collection omnibus

DANS LA MÊME COLLECTION

MICKEY SPILLANE

Mon nom est Mike Hammer

J'aurai ta peau

Pas de temps à perdre

Dans un fauteuil

Nettoyage par le vide

Fallait pas commencer

Baroud Solo

In the baba

Préface de Jean-Claude Zylberstein

PRESSES DE LA CITÉ

© 1989 Presses de la Cité pour la présente édition
ISBN 2-258-02817-5 N° Éditeur : 5714
Dépôt légal : février 1989

SOMMAIRE

SPILLANE : MODE D'EMPLOI

par Jean-Claude Zylberstein

1. Raisons d'un triomphe

En 1947 l'Amérique se repose. Un repos bien mérité, menacé tout de même par la guerre froide qui, si l'on peut dire, s'échauffe.

Est-elle inquiète, cette Amérique qui déploie sa puissance sur toute la surface du globe ? Plus encore qu'en 1918, elle est en tout cas à la recherche de certitudes.

Mickey Spillane et son héros Mike Hammer vont lui en apporter.

Le succès — jamais dépassé — de cet écrivain démontrera en effet la perfection d'une adéquation comme il s'en est rarement produit entre un auteur, son héros et l'esprit de l'époque.

En 1947 paraît *J'aurai ta peau* (« I the jury »). C'est plus qu'un succès : les ventes du livre vont dépasser six millions d'exemplaires !

Six titres vont suivre jusqu'en 1952 [1], ils connaîtront un sort comparable, et Spillane, sur cette « distance », ne sera jamais égalé : d'autres millionnaires du livre ont fait leur apparition en quarante années sur les listes de best-sellers, aucun n'a pu ni su comme lui atteindre le million sept fois de suite. On a pu dire qu'« il fut à lui-même son *seul* concurrent ».

2. Histoire d'un créateur

Millionnaire en exemplaires vendus et en dollars, Spillane va effectuer en 1952 une conversion aussi spectaculaire que sa réussite : en devenant « Témoin de Jéhovah ».

L'énigme cette fois est presque plus difficile à résoudre que l'explication de son triomphe : rien ne paraissait disposer un auteur pris comme synonyme de violence et de sexualité débridées à entrer dans les voies du Seigneur.

Né à Brooklyn en 1918, Spillane avait passé son enfance dans les quartiers pauvres d'une petite ville du New Jersey : Elizabeth. Pendant ses études, il tente de vivre de sa plume. Plutôt mal en collaborant aux magazines B.C.B.G. qui fleurissent dans les années 30 ; un peu mieux en s'orientant vers cette jungle des « pulps » jadis évoquée par Frank Gruber.

Le voici donc collaborateur de *Captain Marvel, Captain America*. Survient la guerre : le père du futur Mike Hammer se retrouve entraîneur de pilotes et participe lui-même aux combats dans l'U.S. Air Force. L'immédiate après-guerre le voit rempiler... chez Barnum and Ringling... comme

---

1. La même année, sept livres de Spillane figuraient sur la liste des dix meilleures ventes de livres du XXe siècle aux États-Unis.

4

acrobate. Entre deux scénarios de bandes dessinées, il travaille pour le F.B.I. et gardera de cette expérience sur le tas les cicatrices dues à deux blessures par balle et une au couteau.

3. Avatars d'une créature

Nanti d'un tel géniteur, Mike Hammer ne pouvait être qu'un *tough guy*, un dur à cuire. Il en est même l'archétype. Comme il l'annonce lors de sa première apparition, il est à la fois « le jury, le juge et tout le tribunal... et aussi le bourreau ».

La chute du roman où la ravissante Charlotte reçoit la balle de 45 que vient de lui expédier notre privé (qui est aussi l'amant de la belle) demeure dans toutes les mémoires. A la dernière question « Comment... as-tu... pu ? » posée par la moribonde, Hammer répond : « Ç'a été très facile. »

Aussi quelques ligues de censeurs se sont-elles émues dès l'époque et la critique dominante leur emboîtant (à tort) le pas lui a-t-elle fait une exécrable réputation de sadique et de réactionnaire ! Sans doute étaient-ils eux-mêmes experts en ces matières...

4. Défense de la violence

Il s'est trouvé ces dernières années des avocats pour fustiger, preuves à l'appui, ces censeurs. Rappelant que Spillane fut le plus populaire de tous les romanciers américains de la période 1947-1952, toutes catégories confondues, Jeff Banks rappelle dans *Twentieth Century Crime and Mystery Writers* que cette gloire tient aux véritables vertus de Hammer, privé courageux, loyal, patriote et « bien plus intelligent » que la critique ne l'a vu, non à ses torts supposés et jamais prouvés.

Ailleurs, le même auteur, disséquant par le menu l'œuvre de Spillane, c'est-à-dire vingt-deux romans et un certain nombre de nouvelles, a beau jeu de démontrer les préjugés de critiques à têtes d'œuf qui feront de Spillane un véritable bouc émissaire, celui de leur propre impuissance créatrice sans doute.

Violent, Hammer ? Oui, mais par fidélité : à son pays, à ses amis, à ses convictions éthiques. Presque un brigadiste. En tout cas un formidable « personnage ».

5. La bataille des sexes

Un autre exégète, Robert L. Sandels, s'est payé le luxe de démontrer pour sa part qu'en réalité Hammer ne se fait pas des femmes la conception misogyne par laquelle des censeurs peureux avaient trop vite cherché à le caractériser, pour mieux le vouer aux gémonies.

Indépendamment de ses doux et bons sentiments pour sa fidèle Velda, la lecture des romans de Spillane, de *Charmante Soirée* à *Baroud Solo* en passant par *Fallait pas commencer* et *Dans un fauteuil,* suffit à en convaincre : Hammer aime les femmes, de l'amour qu'elles lui demandent.

Au petit écran, Stacy Keach a rendu à merveille cette dimension « positive » de Mike Hammer.

Il était bien temps de rendre justice à ce dernier.

6. *Spillane aujourd'hui*

Nos initiatives éditoriales avaient commencé au début des années 70 à rendre à Spillane la part de respectabilité qui lui est due. La publication en France de *Le Dogue* (« The erection set ») et de *In the baba* (« The last cop out ») fut couronnée de succès.

Voici aujourd'hui rééditée en un volume la plus grande partie des aventures de Mike Hammer. Le lecteur pourra ainsi juger par lui-même de la solidité des intrigues, du punch, de l'imagination de son créateur.

Ce ton, ces histoires sont aujourd'hui comme hier en prise directe sur une réalité d'où les progrès technologiques n'ont pas extirpé — loin s'en faut — les racines du mal, ni sectionné ses tentacules.

Dans le combat éternel contre les forces des ténèbres, seuls deux preux chevaliers sont capables de rivaliser avec Mike Hammer : ils ont pour nom Sam Spade et Philip Marlowe...

Hammer a bien mérité de figurer au panthéon des Grands Détectives.

J'AURAI TA PEAU

I, The Jury
Traduit par G.M. Dumoulin

1

Secouant la pluie qui alourdissait mon chapeau, je franchis le seuil de la porte. Personne ne parla. Ils me regardèrent, simplement, et tout le monde s'effaça pour me laisser passer. En face de moi, près de la chambre à coucher, Pat Chambers soutenait Myrna qui pleurait, sans larmes, à gros sanglots convulsifs. Je m'approchai d'elle et, doucement, la pris dans mes bras.

« Venez avec moi, fillette, lui dis-je, et allongez-vous. »

Je l'installai sur le divan et l'un des flics en uniforme plaça un coussin sous sa tête. Discrètement, Pat Chambers m'indiqua l'intérieur de la chambre.

« Ici, Mike », dit-il.

Ici ! Le mot me frappa comme un direct au menton. Ici, sur le plancher, gisait un cadavre. Le cadavre de mon meilleur ami : Jack Williams. Jack, oui, Jack, mon copain. Le type avec lequel, pendant plus de deux ans de guerre, j'avais partagé la boue puante de la jungle. Jack Williams, qui disait toujours « Je donnerais mon bras droit pour sauver un ami », et qui avait tenu parole, un soir, en empêchant un Jap de me couper en deux. Il avait reçu dans le biceps le coup de baïonnette qui m'était destiné, et les chirurgiens avaient dû l'amputer.

Sans un mot, Pat me laissa découvrir le corps, tâter le visage de marbre. Pour la première fois de ma vie, j'éprouvais, soudain, une violente envie de pleurer.

« Comment est-il mort, Pat ?

— Un 45 dum-dum. Dans le ventre. Il vaut mieux que tu n'y regardes pas. »

Je rejetai le drap, d'un seul coup, et dus étouffer une malédiction. Jack était en short, sa main unique crispée en travers de son ventre. La balle, à son entrée, n'avait fait qu'un petit trou bien propre. Mais j'aurais pu enfoncer le poing dans l'orifice déchiqueté par lequel elle était ressortie.

Doucement, je recouvris le corps et me redressai. Il n'était pas très difficile de reconstituer toute l'histoire. Une trace sanglante souillait le plancher, entre le chevet du lit et la chaise sur laquelle, avant de se coucher, Jack déposait chaque soir son bras artificiel. La descente de lit était repliée sous son corps. Il avait essayé de se traîner jusqu'à la chaise. Avec son seul bras gauche et une balle dans l'estomac, Jack n'avait pas capitulé ! Il avait essayé, malgré tout, d'atteindre le revolver qui pendait au dossier de la chaise !...

« Pat ! grondai-je brusquement, est-ce toi qui as déplacé cette chaise ?

— Non. Pourquoi ?

— Elle n'est pas à sa place habituelle. »

Perplexe, Pat me regarda en fronçant les sourcils.

« Que veux-tu dire, Mike ?

— La chaise était toujours ici, à côté du lit, Jack a voulu y prendre son revolver, mais l'assassin n'est pas parti tout de suite, après son coup. Il a reculé la chaise, petit à petit, jusqu'à ce que Jack abandonne. Il est resté là, près de lui, pour contempler son agonie, et le torturer encore davantage ! Ce n'est pas un crime ordinaire, Pat. C'est un meurtre calculé, prémédité, et exécuté de plein sang-froid. J'aurai sa peau, Pat. J'aurai la peau de ce salaud !

— Tu ne vas pas te mêler de ça, Mike ?

— Sans blague !

— Tu vas m'écouter, et nous laisser travailler tranquillement.

— Nous travaillerons ensemble, Pat, comme d'habitude. Mais je te grillerai au poteau. Et j'aurai le doigt sur la gâchette.

— C'est impossible, Mike, et tu le sais parfaitement !

— O.K., Pat, O.K., coupai-je avec lassitude. Fais ton boulot et je ferai le mien. Jack est le meilleur copain que j'aie jamais eu. Nous avons vécu, lutté, souffert ensemble. Il m'a sauvé la vie. Et je ne laisserai pas la loi s'occuper de son assassin. Je sais trop bien comment ça se passe. On lui paie le meilleur avocat de la ville et le tribunal le renvoie chez lui avec des félicitations. Aucun des jurés n'aura jamais eu les tripes arrachées par un dum-dum ! Aucun des jurés ne se sera traîné sur un plancher, avec un seul bras, l'intérieur rempli de sang, et tant de rage au ventre qu'on ferait n'importe quoi pour avoir son assassin ! Le jury sera froid, et impartial, comme il se doit ! Le jury versera des larmes sur le sort du pauvre assassin obligé de tirer pour se défendre et qui « traînera toute sa vie le poids d'un geste irréfléchi ». Non, Pat ! J'aime beaucoup la loi. Mais cette fois, j'appliquerai ma propre loi. Et je ne serai ni froid, ni impartial. Je me souviendrai de tout ce que j'ai vu aujourd'hui. »

Je m'arrêtai, saisis Pat par les revers de son veston et continuai :

« Autre chose encore. Je veux que tu entendes ce que je vais dire, Pat, et que tu le répètes à tous ceux que tu connais. »

Puis je me tournai vers le cadavre de Jack. J'aurais voulu prier pour lui, mais je n'étais capable, momentanément, que d'extérioriser ma haine.

« Tu es mort, Jack, mais j'espère que tu peux m'entendre. Il y a longtemps que tu me connais et tu sais que je n'ai qu'une parole... J'aurai le salaud qui t'a descendu. Il ne sera pas pendu, ni électrocuté. Il mourra comme tu es mort, avec un dum-dum dans le nombril. Je l'aurai, Jack. Quel qu'il soit, je te promets que je l'aurai. »

Je me tus. Pat me regardait d'un air étrange, et je savais ce qu'il était en train de penser. « Pour l'amour de Dieu, Mike, laisse tomber ! Je te connais. Au moindre commencement de preuve, tu vas te mettre à tirer dans le tas, et te fourrer dans un pétrin dont personne ne pourra plus t'extraire. »

« Non, Pat. Je serai prudent. Mais j'ai la haine tenace et le jour où je serai sûr de tenir le tueur au bout de mon automatique, je presserai sur la détente, et ce sera mon tour de ricaner en le regardant mourir. Toi, Pat, tu ne pourrais que le conduire à la chaise électrique et ta conscience serait tranquille. Mais pas la mienne ! La chaise est trop douce, quelquefois. Ce tueur doit souffrir autant que Jack ! »

Il n'y avait rien de plus à faire. Pat avait compris. Il n'essaierait plus de me faire revenir sur ma décision. Ce serait, désormais, une simple question de vitesse. Et je savais qu'il ferait ce qu'il pourrait pour parvenir avant moi au coupable... Ensemble, nous quittâmes la chambre à coucher. Les hommes du coroner étaient arrivés. Ils allaient procéder à l'évacuation du cadavre.

Je m'assis sur le divan, à côté de Myrna, et la laissai sangloter de tout son cœur, contre mon épaule. Ainsi, elle ne verrait pas partir son fiancé, dans le panier d'osier de la morgue. Myrna était une brave gosse. Quatre ans auparavant, Jack l'avait empêchée d'enjamber le parapet du pont de Brooklyn. Elle était alors dans un triste état, sous-alimentée et minée par la drogue. Il l'avait emmenée chez lui, et placée, jusqu'à guérison complète, dans une clinique de désintoxication. Ils s'adoraient et, sans la guerre, se seraient mariés depuis longtemps.

A son retour, Jack avait voulu lui faire lâcher son emploi. Mais elle l'avait persuadé de la laisser continuer jusqu'à ce que lui-même eût trouvé une situation. Il n'était plus question, pour lui, de reprendre son ancien métier de flic. Et la perte de son bras droit lui barrait bien des voies, mais il avait beaucoup d'amis. Bientôt, il entra au service d'une compagnie d'assurances. C'était tout de même du travail de police. Jack était heureux. Myrna l'aimait. Ils allaient pouvoir se marier... Et maintenant, cette fin brutale !

Myrna, hébétée, se laissa docilement entraîner par le flic que Pat avait chargé de la reconduire chez elle.

« Jack avait organisé une petite fête hier soir, commença Pat. Un groupe d'amis, paraît-il.

— Je sais, coupai-je. Il m'avait invité, mais j'étais mort de fatigue et j'ai dû me récuser. Il s'agissait de quelques vieux amis d'avant son départ aux armées.

— Myrna m'a donné leurs noms, et mes hommes s'occupent d'eux, indiqua brièvement Pat.

— Qui a trouvé le corps ? questionnai-je.

— Myrna. Elle et Jack devaient aller à la campagne aujourd'hui, à la recherche d'un endroit pour bâtir leur cottage. Elle est arrivée ici vers huit heures. Ne recevant aucune réponse de Jack, elle s'est inquiétée. Son bras le faisait souffrir, depuis quelque temps. Peut-être avait-il perdu connaissance !... Elle appela le concierge, qui la connaissait, et ne fit aucune difficulté pour lui ouvrir la porte. Quelques secondes plus tard, il remonta en l'entendant crier et ce fut lui qui nous téléphona. Elle eut encore la force de me renseigner sur la surprise-party d'hier soir, et s'effondra. C'est alors que je t'ai fait appeler.

— A quelle heure est-il mort ?

— Environ cinq heures avant notre arrivée, d'après le coroner. C'est-à-dire vers trois heures un quart. L'autopsie nous donnera une réponse plus exacte.

— Personne n'a entendu la détonation ?

— Non. L'assassin a dû se servir d'un silencieux.

— Un 45 fait toujours du bruit, même avec un silencieux !

— Je sais. Mais les voisins du dessous étaient également en fête, et personne n'a rien entendu.

— Tu as les noms des invités ? »

Pat tira un calepin de sa poche, en arracha un feuillet qu'il me tendit.

« Myrna est arrivée la première, vers huit heures et demie. Elle a joué, ensuite, le rôle de maîtresse de maison. Le dernier est arrivé vers onze heures et tous sont repartis vers une heure, après avoir dansé, plaisanté, et bu modérément. »

Je jetai un coup d'œil sur la liste. Je les connaissais presque tous, au moins de nom.

« Où sont-ils allés en partant d'ici ?

— Ils se sont entassés dans les deux voitures disponibles. Myrna a voyagé dans celle d'Hal Kines. Ils sont allés droit à Westchester après l'avoir déposée en chemin. »

Il y eut un silence, et Pat demanda :

« Que penses-tu du motif, Mike ?

— Je n'en vois pas, pour l'instant. Mais il n'a pas été tué pour rien. Et je suis prêt à parier qu'il s'agit d'une grosse histoire. Et toi ? Tu n'as rien trouvé ?

— Rien, Mike. J'espérais que tu pourrais nous aider. »

Je souris. Et cependant, je n'avais pas l'intention d'être drôle.

« Je vous aiderai, Pat, et je vous tiendrai au courant... après avoir pris quelques tours d'avance.

— Ça va, Mike. J'aurai besoin de toi. Mais j'ai pour moi toutes les ressources d'une organisation scientifique perfectionnée...

— ... qui me poussera de côté, en sortant une paire de menottes, lorsque j'arriverai devant elle au poteau ! Je sais, Pat ! Mais tu as contre toi d'être lié par des règles et des principes, et de devoir obéir à tes chefs. Moi je suis seul, et rien ne m'empêche de casser le bras d'un type pour le faire parler, ou de le persuader à coups de crosse dans les gencives que je ne suis pas en train de plaisanter. Je ne sous-estime par les flics, Pat. Mais je sais que j'arriverai le premier... Et je ne me laisserai pas pousser de côté. »

Renonçant à poursuivre une conversation aussi manifestement inutile, Pat laissa un de ses hommes en faction devant la porte de Jack et nous gagnâmes l'ascenseur. Dans le hall, il trouva quelques reporters auxquels il donna un bref exposé de l'affaire.

Ma voiture m'attendait au coin de la rue, en compagnie du car de la Brigade criminelle. Je pris congé de Pat et me dirigeai vers mon bureau, qui était en même temps le quartier général de l'Agence Mike Hammer, Enquêtes, Filatures.

2

Le bureau était fermé, mais quelques coups de pied dans la porte suffirent à m'en livrer l'accès.

« Oh ! dit Velda en repoussant le battant, c'est vous !

— Que signifie ce « Oh ! c'est vous ! » ? Aviez-vous oublié que vous aviez un patron ?

— Bah ! Il y a si longtemps que vous n'êtes pas rentré que je vous prenais pour un créancier. »

Je soupirai, et la suivis dans mon repaire. Cette fille avait des jambes comme on n'en fait plus. Elle n'avait pas peur de les laisser voir et, lorsque je lui dictais du courrier, j'avais toutes les peines du monde à penser à autre chose. En outre, elle portait des robes collantes qui la moulaient beaucoup trop étroitement pour ma tranquillité d'esprit. Avec ça, tout le contraire d'une fille facile, et parfaitement capable de défendre sa propre vertu. Je l'ai vue plusieurs fois le faire comprendre à des imprudents qui s'étaient mépris sur son compte. Lorsqu'une action rapide s'avérait nécessaire, elle avait une manière bien à elle d'ôter l'un de ses souliers et de vous l'appliquer sur le crâne, qui manquait rarement son effet. Sa position de secrétaire d'une agence de police privée lui donnait le droit de porter sur elle un amour de calibre 32 incroyablement plat dont elle ne craignait nullement de se servir, lorsque nous partions tous les deux en expédition punitive. Depuis trois ans qu'elle travaillait pour moi, je n'avais jamais essayé d'en faire autre chose que ma secrétaire. Non que je n'en mourusse point d'envie, mais parce qu'il m'eût été impossible, ensuite, de travailler sérieusement avec elle...

Je me laissai choir dans mon vieux fauteuil, et Velda me jeta un paquet de documents dont l'atterrissage au milieu de mon bureau souleva un nuage de poussière.

« Voilà tout ce que j'ai pu recueillir sur les invités d'hier soir », dit-elle.

Stupéfait, je relevai la tête.

« Comment se fait-il que vous soyez au courant ? Pat n'a téléphoné qu'à moi. »

Un sourire satisfait éclaira le visage de Velda.

« J'ai des relations parmi les reporters, expliqua-t-elle. Tom Dugan, du *Chronicle,* savait que Jack était votre ami. Il a téléphoné ici pour tâcher d'avoir quelques renseignements, et c'est moi, en fin de compte, qui lui ai soutiré ce qu'il savait. Presque tous les invités étaient dans vos fiches. Tom m'a fourni des indications supplémentaires, et... voilà le résultat. »

J'ouvris le paquet, en tirai une liasse de photos. Velda se pencha par-dessus mon épaule et énuméra :

« Hal Kines. Étudiant en médecine. Vingt-trois ans. Allure d'un matelot... Jumelles Bellemy. Vingt-neuf ans. Célibataires. Oisives. Bonnes à prendre. Fortune héritée de leur père. Intérêts dans quelques filatures du Sud.

— Je les connais, coupai-je. Belles filles, mais pas très fines. Je les ai rencontrées deux ou trois fois chez Jack. »

La photo suivante représentait un type d'un certain âge, au nez cassé. Celui-là, Velda n'avait pas besoin de me le nommer. C'était George Kalecki, bootlegger sorti de la prohibition avec plus d'un million de dollars. Il fréquentait, à présent, la meilleure société, mais continuait, en sous-main, à financer des affaires louches. Il avait toujours derrière lui une demi-douzaine d'hommes de loi prêts à parer les coups durs éventuels.

« Vous en savez plus long que moi sur Kalecki, dit Velda. Hal Kines habite chez lui, à Westchester, à deux kilomètres environ de Myrna. »

J'acquiesçai. Jack m'avait beaucoup parlé de lui. Il avait fait sa connaissance par l'intermédiaire d'Hal Kines. Kalecki finançait également les études médicales du gosse, et personne n'avait jamais su pourquoi.

Suivaient la photo de Myrna et son histoire complète. Admise le 15-3-40 à l'Hôpital général. Ressortie le 21-9-40 complètement désintoxiquée et confiée à la garde du détective Jack Williams. Source d'approvisionnement en stupéfiants totalement inconnue... Myrna, je le savais, avait fait promettre à Jack de ne jamais essayer d'apprendre par elle la provenance de la drogue qui, peu à peu, l'avait poussée vers le suicide. Jack l'aimait trop pour revenir sur sa promesse !...

« En voilà une que vous trouverez à votre goût, patron ! » ricana Velda.

Je saisis la photographie, et mon cœur se mit à faire une étrange gymnastique. La photo avait été prise sur une plage. La jeune femme était grande, nonchalante et mieux que nue, dans un maillot de Lastex blanc. Des jambes longues, un peu musclées, peut-être, pour plaire aux experts d'Hollywood, mais qu'on ne pouvait regarder sans avoir envie d'en palper la dureté. Un ventre plat. Des épaules larges et pleines, encadrant deux seins qu'on sentait désireux d'échapper à l'emprise de l'étoffe. Et des cheveux si blonds qu'ils paraissaient blancs sur la photographie. Quant à son visage... Elle était encore plus jolie que Velda. Et cependant, j'avais toujours estimé la chose impossible.

« Qui est-ce ? dis-je d'une voix légèrement incertaine.

— Vous avez tous les renseignements sur le rapport, répondit sèchement Velda. Charlotte Manning. Psychiatre. Bureaux dans Park Avenue. Clientèle exclusive, et très chic ! »

Je n'osai relever les yeux sur ma secrétaire. Peut-être est-ce prétentieux de ma part, mais j'ai toujours eu l'impression que Velda attendait son heure. Elle ne me l'a jamais dit, évidemment, mais chaque fois que je rentre au bureau avec du rouge à lèvres sur mon col de chemise, elle ne me parle plus pendant une ou deux semaines.

Je rejetai le paquet de documents sur mon bureau et me retournai vers Velda.

« Vous avez quelque chose à ajouter, Mike ?

— Pas maintenant. Dans son état actuel, l'affaire ne tient pas debout.

— Et le motif ?

— Je n'en sais rien. Jack était régulier. Il n'a jamais manqué de donner une chance aux types qui le méritaient. Il n'a jamais pris part à une grosse affaire et ne possédait rien de précieux. D'ailleurs, rien n'a été volé. Son portefeuille a été laissé sur la table de nuit, avec plusieurs centaines de dollars à l'intérieur. Le meurtre a été commis par un sadique. Jack a essayé d'atteindre son revolver, mais l'assassin a reculé la chaise, lentement, et Jack a dû se traîner par terre, essayant avec sa main unique d'empêcher ses intestins de se répandre...

— Mike, assez ! »

J'obéis, et regardai le mur. Tôt ou tard, j'aurais le salaud qui avait tué Jack. Je le descendrais sans pitié. Comme un chien enragé. Je l'ai déjà fait bien des fois. Je le ferai encore. Pas de sentiment. Surtout depuis la guerre. Les gens sont tellement stupides qu'ils jugent les tueurs, au lieu de les descendre, simplement, comme je le fais moi-même, de temps à autre. Et c'est moi qu'ils traînent devant la justice. Leur justice ! Cette justice qui se laisse aveugler par des arguties légales et acquitte régulièrement les coupables. Ils me traînent devant elle, et me pendraient, si Pat Chambers et quelques autres ne savaient que je suis de leur côté, et ne m'aidaient à sortir du pétrin...

Velda, que je n'avais pas entendue partir, revint avec l'édition de midi des principaux journaux. L'affaire s'étalait en première page, sur quatre colonnes, sous des manchettes impressionnantes. Le dernier paragraphe reproduisait, mot pour mot, la promesse que j'avais faite à Jack, de tuer son assassin comme son assassin l'avait tué.

« Les salopards ! grondai-je. Je leur casserai les reins pour avoir imprimé cela ! Ils en font des gorges chaudes, et c'est Pat qui m'a joué ce tour ! Pat que je prenais pour un copain ! Passez-moi le téléphone !

— Doucement, Mike, dit Velda. Après tout, Pat est un flic. Et c'était le meilleur moyen de vous jeter le tueur dans les jambes ! S'il sait que vous voulez l'avoir, peut-être essaiera-t-il de passer à l'offensive, et c'est vous qui l'aurez !

— Merci, fillette, répondis-je. D'accord pour la première partie mais rien de fait pour la seconde ! Pat ne désire pas que je rencontre l'assassin. Et s'il veut me le jeter dans les jambes, c'est pour mieux lui passer les menottes sous mon nez avant que j'aie eu le temps de lui trouer la peau du ventre !

— Je ne sais pas, Mike. Pat vous connaît. Il sait que vous ne vous laisserez pas évincer.

— Non ?... Je vous parie un sandwich contre une promesse de mariage qu'un flic m'attend à chacune des sorties de l'immeuble. Je les sèmerai, bien sûr, mais il y en aura d'autres à proximité, prêts à reprendre le flambeau. »

Les yeux de Velda brillaient comme des tisons ardents.

« Vous parlez sérieusement, Mike ? Je veux dire : au sujet du pari ?

— Absolument, fillette. Vous voulez que nous y allions voir ? »

Elle sourit avec enthousiasme. Je m'emparai de mon chapeau et marchai sur ses traces, non sans avoir, au préalable, appris par cœur l'adresse des bureaux de Charlotte Manning.

Pete, le liftier, nous souhaita un cordial bonsoir. Je lui décochai un coup de coude dans les côtes et répondis :

« Bonsoir, Pete, comment vas-tu ?

— Très bien, excepté qu'avec tous les gens qui montent et descendent, je n'ai même plus le temps de m'asseoir. »

Je ne pus m'empêcher de ricaner car Velda, déjà, avait perdu son pari. La réplique de Pete faisait partie d'un code que nous avions mis au point, plusieurs années auparavant, et m'apprenait que j'allais avoir de la compagnie, dès ma sortie de l'immeuble. Je payais Pete chaque semaine, mais sa collaboration m'était précieuse. Pete repérait les flics encore plus vite que moi. Et pour cause ! Il avait été pick-pocket, jusqu'à ce que l'État employât des moyens de persuasion qui le firent abandonner sa vocation première.

Nous sortîmes par la porte de devant. Je ne vis personne, et me sentis pâlir. Pete s'était-il trompé de signal ?... Velda n'avait pas les yeux dans sa poche, elle non plus, et le sourire qu'elle arborait tandis que nous nous engagions dans le tourniquet valait la peine que l'on se dérangeât de loin pour le voir. Elle enferma mon bras dans une étreinte d'acier, prête à me conduire tambour battant jusqu'au plus proche juge de paix [1].

Puis nous dépassâmes le tourniquet vitré et son sourire disparut tandis que j'étouffais prudemment un ricanement soulagé. Notre suiveur nous précédait ! Et un seul mot jaillit des lèvres appétissantes de Velda. Un mot que les jeunes filles convenables n'utilisent jamais en public, mais que les galopins prennent plaisir à graver sur les murs de la ville...

« Oh ! » fit-je, indigné.

Elle me jeta un regard noir, et adressa au flic un coup d'œil assassin. L'homme était habile. Il avait dû nous voir venir, du trottoir d'en face, et s'était arrangé pour nous dépasser au moment précis où nous sortions de l'immeuble. Un autre nous attendait, sans doute, dans la direction opposée. Celui-ci, en tout cas, avait oublié de transférer son automatique sous son aisselle et pour qui sait voir, un automatique fait dans une poche-revolver une bosse aussi évidente que celle d'un chameau.

Lorsque nous atteignîmes le garage, l'homme s'était évaporé. Je ne perdis pas mon temps à le chercher dans les encoignures, sortis ma voiture de son box et ouvris la portière à l'intention de Velda.

« Où allons-nous, maintenant ? interrogea-t-elle sombrement.

— Dans un milk-bar, où vous pourrez me payer le sandwich que vous avez perdu », répliquai-je.

Et j'appuyai sur le champignon pour échapper au feu meurtrier de ses yeux.

3

En sortant du milk-bar, je déposai Velda chez son coiffeur et me dirigeai vers Westchester. Je n'avais pas eu l'intention de rendre visite à George Kalecki avant le lendemain matin, mais un coup de fil au bureau de Charlotte m'avait fait revenir sur ma décision. Elle était rentrée chez elle, en effet, et sa secrétaire avait reçu l'ordre de ne pas donner son adresse. Je promis de rappeler ultérieurement et lui dis que je désirais voir sa patronne au plus tôt. Je ne pouvais chasser de mon esprit l'image de cette femme. Quels seins, grand Dieu ! Et quelles jambes !

Vingt minutes plus tard, je sonnai à la porte d'un immeuble qui avait dû coûter son petit quart de million [2]. Un maître d'hôtel parfaitement stylé m'ouvrit et s'enquit de l'objet de ma visite.

« M. Kalecki, répondis-je.

— Qui dois-je annoncer, monsieur ?

---

1. En Amérique, les licences de mariage sont délivrées par les juges de paix. (N. d. T.)
2. De dollars, évidemment.

— Mike Hammer, détective privé. »

Je lui fourrai ma plaque sous le nez, mais il ne parut pas impressionné.

« J'ai bien peur que M. Kalecki soit trop indisposé pour vous recevoir, monsieur », dit-il.

Je savais que je ne serais pas accueilli comme le fils prodigue, mais je n'avais pas l'intention, non plus, de me laisser impressionner.

« Allez lui dire de se désindisposer, répliquai-je. Et faites vite si vous ne voulez pas que je me charge de le soigner moi-même ! »

Le maître d'hôtel me soupesa du regard, et dut comprendre que je ne plaisantais pas, car il me débarrassa de mon chapeau, déclara : « Par ici, monsieur Hammer », et me laissa m'enfoncer dans l'un des énormes fauteuils de la bibliothèque.

George Kalecki ne tarda pas à venir m'y retrouver. Il avait les cheveux gris et paraissait plus fort que sur sa photographie.

« Pourquoi êtes-vous entré après que mon domestique vous eut dit que je n'y étais pour personne ? aboya-t-il.

— Pas de ça, Lisette, coupai-je en allumant une cigarette. Vous savez pourquoi je suis ici.

— Bien sûr, je lis les journaux. Mais je ne suis pas en mesure de vous aider. J'étais couché au moment du meurtre et je puis le prouver.

— Hal Kines est rentré en même temps que vous ?

— Oui.

— Le maître d'hôtel vous a ouvert la porte ?

— Non, j'avais ma clef.

— Quelqu'un vous a-t-il vu entrer, en dehors d'Hal Kines ?

— Je ne le pense pas, mais sa parole suffit.

— Pas tant que vous serez au nombre des coupables possibles ! » ricanai-je.

Kalecki blêmit de colère et sembla sur le point de me sauter à la gorge.

« Comment osez-vous me parler sur ce ton, rugit-il. La police m'a laissé en dehors de cette histoire. Jack Williams est mort plusieurs heures après mon départ. »

Je l'empoignai solidement par le plastron de sa chemise.

« Écoute-moi, sale fripouille, lui crachai-je à la face. C'est moi qui te parle, pour l'instant, et non la police. Et c'est moi qui te descendrai si les faits me persuadent que tu es coupable. Je n'attendrai pas de pouvoir le prouver, et je descendrai peut-être une demi-douzaine de salopards comme toi avant de trouver le bon, mais de toute manière ils n'auront pas volé leur sort ! »

Personne ne lui avait jamais parlé de cette façon. Il ouvrit la bouche, mais rien ne sortit. S'il avait protesté, je lui aurais enfoncé les dents jusque dans la gorge.

Dégoûté, je le repoussai et sortis juste à temps de la trajectoire du lourd cache-pot qu'Hal Kines destinait à mon crâne. Il se brisa sur mon épaule, je me retournai, bloquai son gauche, frappai bas et l'achevai d'un direct à la mâchoire.

« Il fut un temps où vous faisiez votre travail vous-même, George, gouaillai-je. A présent, vous chargez un collégien d'assommer les gens par-derrière, et dans une maison remplie de miroirs ! »

Il ne répondit pas. Il chercha une chaise et s'y effondra, ses yeux mi-clos luisants de haine. S'il avait eu un revolver à portée de la main, il aurait tenté de s'en servir et serait mort, car j'ai eu trop souvent l'occasion de cueillir mon 45 sous mon aisselle pour me laisser battre à ce petit jeu.

Kines commençait à remuer, sur le plancher. Je lui caressai les côtes avec le bout de mon soulier. Il s'assit et grogna :

« Vous n'avez même pas le courage de vous battre proprement. »

Je me penchai, le saisis sous les bras et le remis sur ses pieds. Ses yeux s'écarquillèrent.

« Toi, le boutonneux, lui dis-je, ne t'avise pas de jouer encore à l'homme. Tu te crois costaud, mais je le suis plus que toi, et je te laisserai sur le carreau si tu m'empoisonnes l'existence, compris ? Maintenant, assieds-toi. »

Il s'écroula sur un sofa et ne bougea plus. Pendant ce temps, George avait repris haleine.

« Un moment, monsieur Hammer, protesta-t-il. Vous êtes allé trop loin déjà. J'ai des amis très influents et…

— … et vous leur direz de m'arrêter pour coups et blessures, et aussi de m'enlever ma licence ? Soit ! Mais je préfère ne pas penser à ce qui restera de votre physionomie lorsque je vous retrouverai. Quelqu'un vous a déjà rectifié le nez, mais je peux faire beaucoup mieux. A présent, fermez-la et tâchez de répondre à mes questions… Tout d'abord, à quelle heure êtes-vous parti de chez Jack ?

— Vers une heure, grogna George.

— Où êtes-vous allé ?

— Nous sommes rentrés directement, dans la voiture d'Hal.

— Qui, nous ?

— Hal, Myrna et moi. Nous l'avons déposée en route et sommes venus ici après avoir remisé la voiture au garage. Interrogez Hal, il confirmera ce que je vous dis. »

Hal me regarda, manifestement tourmenté. C'était sans doute la première fois qu'il était mêlé à une histoire de meurtre. Et le meurtre n'est jamais drôle.

« Ensuite, demandai-je.

— Ensuite, quoi ? dit Hal. Nous avons bu un verre et nous nous sommes couchés.

— Ensemble ? » m'informai-je.

Hal se dressa d'un bond, rouge de colère. J'appliquai sur son nez la paume de ma main et le repoussai sur le sofa.

« Alors, séparément ? continuai-je. Ce qui signifie que vous avez eu le temps, l'un comme l'autre, de ressortir la voiture et d'aller descendre Jack sans rien demander à personne. A moins que vous ayez fait le coup en participation… Si vous vous imaginez que vous jouez sur le velours, vous vous fourrez le doigt dans l'œil. Pat Chambers n'est pas un imbécile et vous feriez bien de vous préparer à le recevoir. Et si l'un de vous est mûr pour la chaise électrique, je lui conseille de le dire à Pat. De cette manière, il sera toujours certain de vivre jusqu'à la fin du procès.

— On m'appelle ? » interrogea une voix.

Je me retournai. Pat souriait, sur le seuil de la porte. Je lui fis signe de pénétrer dans la pièce.

« En effet, nous parlions de toi », approuvai-je.

George Kalecki avait retrouvé son aplomb.

« Arrêtez cet homme, capitaine, dit-il. Il s'est introduit chez moi par la force, m'a insulté et a frappé mon invité. Examinez le bleu de son menton. Raconte-lui ce qui est arrivé, Hal. »

Hal sentit mon regard se poser sur lui. Pat se tenait à trois mètres de nous, mains aux poches et apparemment décidé à observer la plus stricte neutralité. Il comprit, soudain, que Jack était un flic, et que Pat était un flic et que Jack avait été tué, et qu'on ne tue pas un flic sans le payer tôt ou tard.

« Il ne s'est rien passé du tout, affirma-t-il.

— Espèce de sale petit menteur, glapit Kalecki. Répète un peu ses menaces ! De quoi as-tu peur ?...

— De ceci, George », coupai-je tranquillement.

Mon poing s'enfonça dans son estomac jusqu'à la limite de mon bracelet-montre. Il s'affaissa, vomissant ses poumons, la physionomie écarlate. Hal ne broncha pas. Et je jurerais avoir lu sur son visage enflé une lueur de satisfaction intense.

« Tu viens ? demandai-je à Pat.

— Ouais. Nous n'avons rien de plus à faire ici. »

La voiture de Pat était garée sous le porche de l'immeuble. Nous nous y installâmes, gagnâmes la route nationale et filâmes vers la ville.

« Tu as tout entendu ? » questionnai-je.

Il me jeta un regard en coin et acquiesça.

« Je suis arrivé au début de ton sketch. Rends-moi cette justice que je n'ai pas cherché à intervenir.

— Au fait, ajoutai-je sans commenter sa réflexion, ne t'imagine surtout pas que ma vue baisse. J'avais repéré ton flic. D'où a-t-il téléphoné ? Du poste d'essence où j'ai abandonné ma bagnole ?

— Oui. Ta manœuvre l'a désarçonné et il a téléphoné pour demander de nouvelles instructions. Pourquoi es-tu venu à pied jusqu'ici ?

— Tu me déçois, Pat. Kalecki avait certainement donné ordre au portier de ne pas m'ouvrir, après avoir lu cet article dans le journal. Je suis passé par-dessus le mur, et j'ai sonné directement chez lui... Voilà le poste d'essence. Arrête-toi. »

Un homme en complet gris dormait sur le banc de la station.

« C'est ton flic, dis-je à Pat. Réveille-le avec ménagements. »

Pat quitta sa voiture et secoua l'individu. Il revint à lui en souriant comme un imbécile.

« Il vous avait repéré, mon vieux, lui dit Pat en me montrant du pouce. Vous devriez revoir votre technique.

— Il m'avait repéré, s'étrangla le flic. Mais...

— Votre « feu » donne une drôle d'allure à votre fesse droite, camarade, dis-je solennellement. Vous feriez mieux de le porter ailleurs. »

Je grimpai dans ma bagnole et me disposai à partir.

« Tu continues ton solo, Mike ? s'informa Pat.

— Plus que jamais.

— Alors, suis-moi en ville, j'ai quelque chose qui peut t'intéresser. »

Il passa le premier. Mon suiveur le suivit, et je suivis mon suiveur. Pat semblait vouloir jouer franc-jeu. Il m'utilisait comme appât, mais cela m'était parfaitement égal. Toutefois, il me serrait de trop près pour que nos chances fussent équitablement réparties. Agissait-il ainsi pour me protéger, ou pour protéger les suspects ? Je n'en savais rien, et je m'en moquais.

L'article paru dans les journaux n'avait pas encore eu le temps de produire son effet. L'assassin ne s'affolerait pas aussi vite. Il savait, de toute manière, qu'il lui faudrait compter avec les flics, d'autant plus que la victime appartenait elle-même à la police et que rien ne stimule davantage un flic que le meurtre d'un autre flic. Il lui fallait, en outre, compter avec moi et si je n'étais pas encore sur sa liste noire, ma tournée des suspects n'allait pas tarder à m'y inscrire en priorité.

Pour l'instant, je n'avais rien contre Kines et Kalecki. Rien. Pas l'ombre d'un motif. Tous deux avaient eu la possibilité de descendre Jack, et George Kalecki n'était pas ce qu'il feignait d'être. Il avait toujours eu la main dans un certain nombre d'affaires louches. Quant à Kines, j'ignorais quel rôle il tenait dans la distribution, mais je l'apprendrais, tôt ou tard.

Pat traversa la ville sans se servir de sa sirène et nous parquâmes nos voitures à proximité de son bureau. Une fois installés de part et d'autre de sa table de travail, nous commençâmes par avaler d'un trait une large rasade de cognac, puis je réclamai les informations annoncées à l'extérieur. Posément, Pat ouvrit un classeur, et jeta devant moi un dossier étiqueté : « Myrna Devlin ».

Le dossier contenait toutes les pièces que je possédais moi-même, et quelques-unes que je ne possédais pas.

« Où veux-tu en venir, Pat, demandai-je. Si tu établis un rapport entre ce meurtre et Myrna Devlin, j'aime mieux te dire tout de suite que tu fais fausse route.

— Peut-être, Mike. Lorsque Jack a empêché Myrna de faire le saut, il l'a traitée comme n'importe quel autre cas d'intoxication. Il l'a conduite à la section spéciale de l'hôpital et ce n'est qu'à force de la revoir qu'il est tombé amoureux d'elle. Il a connu tous ses mauvais aspects avant de connaître les bons. S'il l'a aimée dans ces conditions, c'est que son amour était à toute épreuve.

— Je ne comprends pas, Pat. Je connais Myrna aussi bien que Jack. Si tu en fais la candidate numéro un pour la chaise électrique, nous aurons des mots, tous les deux.

— Ne t'énerve pas, Mike. Je n'ai pas fini. Lorsqu'elle a été relâchée, elle a fait promettre à Jack de ne plus jamais aborder le sujet.

— Je sais. Il le lui a promis en ma présence.

— Et il a toujours tenu parole. Mais le cas avait été transmis au service des stupéfiants. Sans s'en rendre compte, Myrna avait parlé, au début de sa cure. Une sténographe avait relevé tout ce qu'elle disait et elle en avait dit suffisamment pour permettre au service des stupéfiants de découvrir une organisation qui opérait aux environs de la ville. Malheureusement, au cours du raid final, le type qui pouvait nous en dire plus long reçut une balle dans la tête et l'affaire n'alla pas plus loin...

— J'ignorais tout cela, Pat.

— Je sais. Tu étais aux armées. Et il a fallu près d'un an pour en arriver là. L'organisation en question opérait dans plusieurs États et les fédéraux étaient de la fête. Mais ils n'ont jamais inquiété Myrna. Elle venait d'une petite ville et avait été entraînée à se droguer par une femme avec laquelle elle partageait un appartement. Cette femme se procurait la neige par l'intermédiaire d'un type qui posait au bookmaker, mais qui, sous ce couvert, collectait et distribuait de la drogue. Son ange gardien était un homme politique qui occupe à présent une cellule à Ossining, sur l'Hudson... Quant au chef suprême de l'organisation, personne ne le connaît ni ne l'a jamais vu. Toutes les transactions étaient faites par correspondance, la drogue adressée à des boîtes postales, par petits colis anodins, et les paiements effectués ensuite, en espèces, également à des boîtes postales... »

Il allait continuer son récit, mais je l'interrompis.

« C'est le monde renversé, Pat, protestai-je. Habituellement, les clients paient d'avance... et ne sont jamais certains de recevoir la camelote. »

Pat alluma une cigarette et acquiesça vigoureusement.

« Dans le mille, approuva-t-il. C'est justement ce qui rendit la chose si difficile. En ce moment même, plus d'une boîte postale doit contenir de ces petits colis de drogue, expédiés comme échantillons sans valeur. Et nous n'avions pas affaire à un amateur. Les arrivages étaient trop réguliers, la source, trop féconde. Nous étions parvenus à récupérer quelques emballages non détruits par les destinataires. Aucun ne portait le même cachet postal.

— Élémentaire, à condition d'avoir du personnel !

— Toutes les localités desquelles les colis avaient été expédiés furent passées au peigne fin par les hommes des « stupéfiants ». Sans résultat, bien sûr. Mais chacune de ces localités était régulièrement desservie par les autobus et par les chemins de fer. N'importe quel voyageur pouvait déposer un petit paquet dans une boîte aux lettres, en passant. Nous n'avions aucun moyen de prévoir l'origine des envois ultérieurs...

— Je vois, Pat, mais puisque cette organisation a été démembrée, quel rapport présente ton histoire avec Myrna et le meurtre de Jack ? »

Pat me jeta un long regard inquisiteur. Puis ses yeux errèrent dans le vide et je le connaissais pour savoir qu'il était en train de réfléchir avec une grande intensité.

« Jack a tenu parole, vis-à-vis de Myrna, dit-il. Mais c'était un flic jusqu'au fond de l'âme. Il détestait les escrocs et par-dessus tout les salopards qui remplissent leurs poches en ruinant les vies de gens tels que Myrna.

— Et alors ? m'informai-je.

— Et alors ?... Myrna a pu, sans s'en apercevoir, le mettre sur une piste dont il ne nous a jamais parlé. Quelqu'un a pu avoir peur de ce qu'il savait et décider de le museler à jamais... »

Je bâillai. Cela m'ennuyait de décevoir l'ami Pat, mais je savais qu'il se fourvoyait.

« Jack avait certainement quelque chose, dis-je. Quelque chose qu'il savait depuis longtemps, et dont il a réalisé tout d'un coup l'importance, à moins qu'il ne s'agisse d'une acquisition de fraîche date et c'est pourquoi nous n'en avons pas entendu parler. Il devait être vital pour le tueur de reprendre ce que Jack possédait, mais rien n'a été volé, n'est-ce pas, et son appartement n'a pas été fouillé ?

— Non, dit Pat.

— Alors ? Un simple tuyau qui pouvait signifier la perte du tueur ? C'est possible, mais je ne pense pas que ce tuyau ait pu lui venir de Myrna... »

Je me levai, glanai mon chapeau et me dirigeai vers la porte.

« A bientôt, camarade. Mes frais ne me sont pas remboursés et je ne puis me permettre de perdre du temps, mais je te tiendrai au courant...

— Avec combien d'heures de retard ?

— Juste assez pour arriver avant toi au coupable ! »

Je lui fis au revoir de la main, cueillis dans ma poche une cigarette tordue, et descendis. Je traversai la salle du rez-de-chaussée dans laquelle deux douzaines de détectives en civil fumaient des cigares infects et m'effaçai dans une encoignure à droite de la porte cochère. Le type qui m'avait déjà suivi dans la matinée sortit à son tour et me chercha à la ronde, d'un air effaré. Je lui frappai amicalement sur l'épaule.

« Vous avez du feu ? » lui demandai-je en présentant ma cigarette redressée. Il devint d'un intéressant rouge betterave et s'exécuta.

« Au lieu de jouer au gendarme et au voleur, suggérai-je, pourquoi ne viendriez-vous pas avec moi ?

— O.K. », grogna-t-il.

Je m'installai au volant de ma voiture et il s'assit à côté de moi. J'essayai d'engager la conversation mais il encaissa toutes mes plaisanteries sans mot dire. Je tournai à gauche dans Broadway, puis à droite dans une petite rue, et stoppai devant un hôtel de modeste apparence. L'un derrière l'autre, nous nous engouffrâmes dans le tourniquet vitré, auquel je fis décrire un tour complet afin de me retrouver dans la rue, à mon point de départ. Le flic était resté à l'intérieur du tourniquet. Je me baissai, et le bloquai à l'aide d'une cale de caoutchouc prélevée sur la portière de ma bagnole. Le flic se mit à marteler la glace de la porte en hurlant des injures confuses. S'il voulait me rattraper, il lui fallait courir à la porte de derrière et contourner le pâté de maison. Au bureau de la réception, l'employait riait sous cape. Ce n'était pas la première fois que j'utilisais son tourniquet de cette manière. Je remontai dans ma voiture, et démarrai. Ma portière vibrait avec un tel bruit de ferraille que je notai mentalement d'acheter une nouvelle cale. Je ne tenais pas à ce que la glace me lâche en route, et je pourrais en avoir besoin, la prochaine fois que je serais suivi.

4

Une antichambre ultra-moderne, avec des sièges apparemment fragiles mais solides et confortables. Des murs vert olive, coupés de tentures aux teintes sombres et reposantes. La lumière du jour n'y pénétrait pas, remplacée par l'éclat indirect de lampes à réflecteurs. Les pieds s'enfonçaient jusqu'aux chevilles dans une épaisse moquette qui étouffait efficacement tout bruit de pas. De la pièce voisine, parvenaient atténuées les variations d'un quatuor à cordes.

Je me serais certainement endormi si la secrétaire qui m'avait évincé au téléphone n'était venue m'extraire de mon fauteuil. Elle avait deviné que je n'étais pas un client. Avec ma barbe de vingt-quatre heures et mon complet informe, je devais lui faire presque peur. « Mlle Manning va vous recevoir, dit-elle. Donnez-vous la peine d'entrer. » Elle avait un peu trop appuyé sur le « donnez-vous la peine », et, lorsque je passai près d'elle, elle marqua un léger recul.

« Ne craignez rien, poupée, gouaillai-je. Je ne mords pas. Tout ceci n'est qu'un déguisement. » Puis je poussai la porte et entrai d'un pas ferme.

Sa photographie ne lui rendait pas justice. Elle était délicieuse, et mieux que cela encore, mais le mot pour le dire reste à inventer. Elle était assise derrière son bureau, les mains croisées sur son buvard. Elle était ce que serait un tableau si les plus grands peintres du monde réunissaient sur une seule toile tout le meilleur de leurs techniques.

Ses cheveux étaient presque blancs, et tombaient sur ses épaules en ondulations si lumineuses et si douces qu'on était tenté d'y enfouir son visage. Des sourcils naturellement plus foncés que ses cheveux soulignaient son front pur d'une double courbe délicate, sous laquelle brillait une paire d'yeux noisette enchâssés dans des cils longs et admirablement bien plantés.

Une ample tunique noire à manches longues tentait vainement de combattre l'agressivité de ses seins. Quant au reste de sa personne, je ne pouvais que l'imaginer ou me souvenir, car le bureau bloquait mon regard au niveau de sa ceinture.

Je doute que mon visage ait changé d'expression, mais il est probable qu'elle m'eût intenté un procès si elle avait pu lire ce qui se passait dans mon crâne.

« Bonjour, monsieur Hammer. Asseyez-vous, je vous prie », dit-elle.

Sa voix était un métal en fusion. J'aurais aimé l'entendre en d'autres circonstances, mais je comprenais, déjà, pourquoi Charlotte Manning avait réussi dans sa profession, car je me trouvais en présence d'une femme à laquelle n'importe qui pouvait tout raconter.

Je m'assis non loin d'elle et elle me fit face. Ses yeux soutinrent mon regard avec une fermeté que jamais encore je n'avais rencontrée chez une femme.

« Je suppose que vous êtes ici en visite officielle ?

— Pas exactement ; je suis détective privé.

— Oh ! »

Mais sa voix ne contenait pas trace de la curiosité empreinte de mépris qui, chez mes interlocuteurs, suit généralement l'annonce de ma profession.

« Est-ce au sujet de la mort de M. Jack Williams ? dit-elle.

— Oui. C'était mon meilleur ami, et je conduis ma propre enquête, en marge de celle de la police. »

Elle m'étudia une seconde et ses yeux s'éclairèrent.

« Ah ! oui. J'ai lu votre déclaration dans les journaux. En fait, j'ai essayé d'analyser votre raisonnement. Je m'intéresse toujours aux cas de ce genre.

— Et quelles sont vos conclusions ? »

Sa réponse me stupéfia.

« J'ai bien peur de vous approuver, avoua-t-elle, quoique je sois persuadée de la réprobation unanime de mes anciens professeurs, si je me risquais à faire en public une telle déclaration. »

J'entrevis ce qu'elle voulait dire. Les éminents psychiatres ne déclarent-ils pas, en effet, que quiconque commet un meurtre est victime d'un moment de folie, quel que soit le motif du meurtre !

« Comment puis-je vous aider ? demanda-t-elle.

— En répondant à quelques questions. A quelle heure êtes-vous arrivée chez Jack, hier soir ?

— Vers onze heures. J'avais été retenue par un malade.

— A quelle heure êtes-vous partie ?

— Vers une heure. Nous sommes tous partis ensemble.

— Et qu'avez-vous fait ?

— Je suis allée au Chicken Bar avec Esther et Mary Bellemy. Nous en sommes reparties peu de temps avant la fermeture, c'est-à-dire vers deux heures moins le quart, puisqu'il ferme à deux heures. J'ai déposé les jumelles Bellemy à leur hôtel et suis rentrée chez moi à deux heures et quart environ. Je m'en souviens également, car j'ai dû régler mon réveille-matin avant de me coucher.

— Personne ne vous a vue rentrer chez vous ? »

Elle éclata d'un adorable petit rire.

« Si, monsieur le district attorney, répondit-elle. Ma femme de chambre, qui est venue me border dans mon lit, comme d'habitude. Le cas échéant, elle m'eût aussi entendue ressortir, car la porte de mon appartement actionne un timbre et Kathy n'a pas le sommeil lourd. »

Je ne pus m'empêcher de sourire.

« Avez-vous déjà reçu la visite de Pat Chambers ? questionnai-je.

— Ce matin… mais beaucoup plus tôt », répondit-elle en riant encore.

Ce rire me fit frissonner des pieds à la tête. Cette femme était le sex-appeal en personne.

« Il est venu, il a vu, il a conclu, poursuivit-elle. En ce moment même, il doit être en train de vérifier mon histoire.

— Il ne laisse pas l'herbe lui pousser sous les pieds, musai-je. A-t-il parlé de moi ?

— Non. Il a l'air de connaître son métier et je le trouve éminemment sympathique.

— Quand avez-vous fait la connaissance de Jack Williams ?

— Je ne pense pas avoir le droit de vous le révéler. »

Je secouai la tête :

« S'il vous a consultée au sujet de Myrna, vous pouvez tout me dire. Je suis au courant. »

Ma déclaration sembla la surprendre. Je savais que Jack avait fait preuve, pour tout ce qui touchait au passé de Myrna, d'une discrétion quasi absolue.

« Eh bien, admit-elle enfin, il m'a effectivement consultée, sur l'avis d'un docteur, au sujet de Myrna. Je doute que vous puissiez comprendre ce qu'est pour un cocaïnomane l'abandon soudain et total de sa drogue. La tension est presque insoutenable. Le patient est en proie à de violentes convulsions. Son système nerveux mis à vif par les stupéfiants l'expose à des souffrances inimaginables, et le praticien ne peut rien pour lui. Il arrive que le patient se suicide au cours d'une crise de folie.

« Le sujet prend librement sa décision. S'il accepte de se soumettre au traitement, il est enfermé dans une cellule capitonnée. Durant le premier stade de la cure, il change d'avis et supplie ses gardiens de lui rendre sa drogue. Ensuite, les souffrances et la tension augmentent dans de telles proportions qu'il perd complètement la tête et sort de sa cellule définitivement guéri ou incapable de continuer à vivre. Myrna en est sortie complètement désintoxiquée. Mais elle avait subi un épouvantable choc nerveux, et c'est pourquoi Jack m'avait appelée. Je me suis occupée d'elle pendant et après sa guérison. Mais depuis sa sortie de clinique, je n'ai jamais eu à lui rendre visite pour des raisons professionnelles...

— Je crois que c'est à peu près tout. Il y a d'autres aspects du problème que j'aimerais discuter avec vous, mais auparavant, j'ai besoin de contrôler certains détails.

— Tels que les heures indiquées dans mon récit ? Ou devrais-je dire mon alibi ? enchaîna-t-elle. Dans ce cas, je ne puis que vous conseiller de courir à mon appartement avant que ma femme de chambre soit partie faire son marché hebdomadaire. »

Elle sourit. Encore un sourire de ce genre et elle allait connaître le goût d'une barbe de vingt-quatre heures... J'essayai de garder un visage impassible, mais ce fut plus fort que moi. Je ne pus m'empêcher de lui offrir un spécimen de mon propre sourire en biais.

« Cela et autre chose, concédai-je. Dans mon métier, il ne faut avoir confiance en personne. »

Elle se leva. J'attendais cela depuis le début de notre entrevue et si sa tunique était descendue plus bas que ses genoux, je crois que je serais allé la relever pour voir enfin ses jambes.

« Il me semble, dit-elle, que l'amitié est plus forte entre hommes qu'entre femmes ?

— Surtout envers un ami qui n'a pas hésité à sacrifier son bras droit pour vous sauver la vie », soulignai-je doucement.

Une ride fugitive barra la surface lisse de son front.

« Ainsi, c'était vous, murmura-t-elle. Jack parlait si souvent de vous, mais toujours à la troisième personne... Il n'a jamais fait allusion à la perte de son bras, quoique Myrna m'ait expliqué plus tard de quelle manière il avait dû être amputé.

— Jack ne voulait pas me causer d'embarras. Mais ce n'est pas seulement pour cela que je veux avoir son assassin. Avant la guerre, Jack était déjà mon meilleur ami.

— Je suis certaine que vous l'aurez, dit-elle avec une sauvage sincérité. Et je l'espère de tout mon cœur.

— Merci », dis-je.

Nous nous regardâmes un instant, sans parler. Puis je me repris et m'emparai de mon vieux chapeau.

« Je dois partir, à présent, dis-je à regret. Mais je reviendrai vous voir. »

Elle me reconduisit jusqu'à la porte de sortie.

« A très bientôt, n'est-ce pas ? » murmura-t-elle d'une voix qui me sembla légèrement moins assurée. Je descendis l'escalier en espérant ne pas m'être trompé sur la signification de la lueur qui avait flambé une seconde dans ses yeux, au moment précis où je prenais congé d'elle.

« Monsieur Hammah ? s'informa la femme de chambre, une négresse du plus beau noir.

— Oui, répondis-je. Comment le savez-vous ?

— Un monsieur de la police vous attend dans l'aut'pièce. Entrez, si vous plaît. »

Pat m'attendait, effectivement, vautré près de la fenêtre, dans un confortable fauteuil.

« B'jour, Mike », me jeta-t-il.

Je déposai mon chapeau sur la table et m'installai à côté de lui.

« Alors ? questionnai-je.

— Son histoire concorde. Un voisin l'a vue rentrer chez elle à l'heure indiquée et la négresse confirme son alibi. (Je dois avouer que je ressentis aussitôt un immense soulagement.) Je savais, poursuivit Pat, que tu t'amènerais tôt ou tard. Et je t'ai attendu pour te dire de ne pas faire enrager mes flics de cette façon.

— Enrager ! Tu en as de bonnes. Laisse-les à l'écurie ou envoie-moi un expert.

— C'est pour ton bien, Mike.

— Je suis capable de prendre soin de moi-même, et tu le sais parfaitement. »

Pat se renversa sur son siège et ferma les yeux. La pièce n'était pas très grande, mais, comme le bureau de Charlotte Manning, meublée avec un goût très sûr. Quelques tableaux pendaient aux murs, au-dessus d'étagères remplies de livres reliés. L'une des bibliothèques contenait uniquement des ouvrages sur la psychologie. Un diplôme encadré trônait à l'aise au centre d'une des parois. De l'autre côté du salon, j'apercevais une chambre, l'entrée de la cuisine et celle de la salle de bains. La chambre de la bonne devait être située à l'autre extrémité du corridor d'entrée.

L'ensemble des couleurs n'avait pas été étudié, comme au bureau de Charlotte Manning, pour créer une ambiance favorable à la paix de l'esprit, mais il convenait à merveille à sa magnifique occupante.

En face de moi, gisait un divan bas dont l'aspect moelleux me donna des idées. Mais il restait beaucoup à faire et je poussai Pat du bout de mon soulier.

« Ne t'endors pas, capitaine de mon cœur, lui conseillai-je. Ce sont les contribuables qui te paient.

— Je n'en avais pas l'intention, protesta-t-il. Je te laissais simplement jouir de l'atmosphère. Si tu es prêt, partons ! »

Kathy accourut en nous entendant nous diriger vers la sortie. Elle ouvrit la porte et j'entendis le timbre auquel Charlotte Manning avait fait allusion.

« Il fonctionne également lorsqu'on appuie sur la sonnette ? demandai-je.

— Oui, monsieur. Et quand la porte s'ouv' aussi.

— Pourquoi ?

— Quand j'suis pas là, mam'selle Charlotte doit répond' elle-même à la porte. Et quand elle est occupée dans la chambre noire quand quelqu'un sonne, elle va ouvrir et quand les visiteurs montent, elle sait quand ils entrent et elle se dérange pas une deuxième fois, pour la sonnette et pour la porte. »

Je regardai Pat, et Pat me regarda.

« Quelle chambre noire ? » demandai-je.

Kathy bondit littéralement.

« Celle où elle fait les photographies, bien sûr ! » répondit-elle d'un air offensé.

Pat et moi eûmes la sensation d'avoir l'air de parfaits idiots. Ainsi, Charlotte faisait de la photographie. Cela ferait un excellent sujet de conversation, à notre prochaine rencontre.

Un sujet entre autres, évidemment.

5

Pat et moi nous installâmes devant deux demis, dans le petit café d'en face. Il me demanda si j'avais trouvé quelque chose et je dus lui répondre par la négative.

« Et le motif, continuai-je. Je n'ai pas encore eu le loisir de m'en occuper. As-tu un fil conducteur ?

— Non. D'après les experts, le projectile est sorti d'une arme neuve. Nous avons fait des recherches, mais la balle n'a été tirée par aucun des 45 vendus récemment.

— L'arme a pu être vendue plusieurs années auparavant et ne servir qu'à cette occasion, suggérai-je.

— Nous nous en occupons également, mais n'avons rien trouvé jusqu'alors. Aucun des suspects ne possède de revolver.

— Du moins officiellement.

— C'est une possibilité. Il n'est pas très difficile de se procurer une arme à feu.

— Et le silencieux ? Le tueur n'était pas un novice. Un silencieux et une balle dum-dum...

— Rien non plus dans ce sens. L'appareil a pu être prélevé sur une carabine. Certains silencieux de carabine peuvent s'adapter à un 45. »

Nous dégustâmes notre bière en silence.

« Oh ! reprit soudain Pat, j'allais oublier de te dire que George Kalecki et Hal Kines ont déménagé ce matin...

— Pourquoi ?

— Quelqu'un a tiré sur Kalecki, par la fenêtre, la nuit dernière. La balle lui a frôlé le crâne. Un 45, également. Nous avons comparé le pruneau avec celui qui a tué Jack. L'arme est la même. »

Je faillis m'étrangler avec ma bière.

« Et tu allais l'oublier ! hoquetai-je.

— Oui... Ah ! autre chose.

— Quoi encore ?

— Il est persuadé que c'est toi qui as fait le coup. »

Je reposai mon verre avec une violence telle que Pat sursauta.

« Le saligaud ! grondai-je. Cette fois, il n'y coupe pas d'une correction comme...

— Oh !... Assez, Mike. Assieds-toi et tiens-toi tranquille. Il a le bras long, tu sais, et nous a obligés à vérifier tes faits et gestes. Tu as déjà descendu quelques citoyens indésirables, Mike, et nous avons de nombreux spécimens de tes pruneaux. Nous leur avons comparé la balle de Kalecki, mais sans succès. D'ailleurs, nous savions où tu étais la nuit dernière... »

Je m'assis, le sang au visage.

« Tu as une façon d'expliquer les choses qui les font passer comme autant de lettres à la poste, Pat, affirmai-je. Mais trêve de plaisanteries. Où habitent à présent Kalecki et consort ?

— Au coin de la rue, ricana Pat, dans le même immeuble que les jumelles Bellemy, mais au second étage.

— Tu y es allé ?

— Pas chez les jumelles. Mais j'ai vu George et Hal. J'ai dû dissuader George de porter plainte contre toi pour coups et blessures. Il s'est laissé facilement convaincre, d'ailleurs. Il a beaucoup entendu parler de tes méthodes et se remonte simplement de temps en temps avec ses propres mots. »

Nous nous séparâmes devant la porte du café, et je me dirigeai vers l'immeuble indiqué. Lorsqu'on m'accuse de meurtre — raté ou non — j'aime aller jusqu'au fond des choses. Le fait que le tueur ait raté son coup était du reste la seule raison véritable pour laquelle Pat croyait en mon innocence. Moi, je ne l'aurais pas manqué.

Kalecki avait probablement donné ordre au portier de ne pas me laisser entrer. Je pénétrai donc dans le hall comme un locataire régulier et me fis conduire par le garçon d'ascenseur jusqu'au troisième étage. Le liftier pouvait avoir la trentaine. Il était maigre et ricaneur. Nous étions seuls dans la cabine et, lorsqu'elle s'arrêta, je lui fourrai sous le nez un billet de cinq dollars.

« Kalecki. George Kalecki. Il est nouveau dans cette boîte. Le numéro de son appartement et ce billet t'appartient. »

Il me regarda des pieds à la tête.

« Vous devez être ce type qui s'appelle Hammer, décida-t-il. Il m'en a donné le double pour ne rien vous dire. »

Je tirai mon 45 de dessous mon aisselle, et les yeux du liftier s'arrondirent.

« Je suis ce type qui s'appelle Hammer, concédai-je. Et si tu ne me donnes pas le numéro de son appartement, les dix dollars de George ne suffiront pas à payer ton dentiste. »

Je levai vers ses gencives le canon de mon revolver.

« 206, sur le devant ! » cria-t-il sans se faire prier davantage. Je roulai mon billet en boule, l'enfonçai dans sa bouche ouverte et rengainai mon automatique.

« Tâche de te souvenir de moi, ajoutai-je. Et si tu ne la fermes pas, comme une huître, c'est moi qui t'ouvrirai, toujours comme une huître.

— O-o-oui, monsieur », balbutia-t-il.

Il sauta dans sa cabine et claqua hâtivement la porte.

Je partis à la recherche du 206, le trouvai et frappai sans douceur. Pas de réponse. Je collai mon oreille au battant. (Les panneaux des portes constituent d'excellentes tables de résonance qui amplifient plusieurs dizaines de fois le moindre bruit fait à l'intérieur d'une pièce.) Mais je n'entendis rien. Le nid était vide. Pour m'en assurer, cependant, je glissai une feuille de papier sous la porte et redescendis d'un étage. Puis j'ôtai mes souliers et remontai sur la pointe des pieds. La feuille de papier n'avait pas bougé.

Je sortis de ma poche un trousseau de fausses clefs. A la troisième tentative, la porte s'ouvrit. J'entrai, et repoussai le verrou derrière moi.

L'appartement avait été loué meublé. Aucune affaire personnelle ne traînait, en dehors d'une photo de Kalecki, sur la cheminée de la première pièce. Je pénétrai dans la chambre à coucher. Il y avait deux commodes, mais un seul lit. Ainsi, ils couchaient ensemble. Et je n'avais dit cela, la veille, que pour les mettre en fureur !

Sous le lit, je découvris une valise, dont j'inventoriai le contenu. Elle renfermait, outre du linge de corps et une demi-douzaine de chemises blanches, un amour de 45 flanqué de deux chargeurs de rechange. Les 45 sont réservés aux professionnels et l'on n'arrêtait pas, depuis deux jours, d'en rencontrer dans tous les coins ! Quelle époque, grand Dieu… Je reniflai le canon, mais il était propre. L'arme n'avait certainement pas été utilisée au cours des dernières semaines.

Rien encore dans les tiroirs des deux commodes. Je n'y trouvai guère qu'un album de photographies appartenant à Kines qui le montrait prenant part à tous les sports universitaires connus et à quelques autres. Puis un certain nombre d'instantanés de femmes de tous âges, dont quelques-unes fort présentables. à condition de les aimer grandes et plutôt minces. Quant à moi, je n'ai jamais aimé les femmes qui ressemblent à des garçons. Enfin, plusieurs photos représentant Kines et Kalecki dans diverses circonstances. Hal et George à la pêche. Hal et George au camping, devant leur tente. Hal et George devant la vitrine d'un magasin…

Je tombai en arrêt, haletant comme un chien de chasse. Sur cette photo, Hal ne ressemblait pas le moins du monde à un collégien, mais bien plutôt à quelque important businessman. Ce n'était pas cela, cependant, qui avait attiré mon attention. Dans la vitrine, derrière lui, je pouvais distinguer, en effet, un de ces panneaux de contre-plaqué sur lesquels de nombreux commerçants affichent quelques extraits des dernières actualités. L'une des photographies était parfaitement lisible et représentait le sinistre du *Morro Castle*. Or, le *Morro Castle* avait brûlé en mer plus de huit années auparavant et Hal Kines avait l'air plus vieux qu'il le paraissait à présent !

Je n'eus pas le temps, toutefois, de réfléchir à ce problème, car l'ascenseur venait de s'arrêter à l'étage. Je gagnai la porte d'entrée, et l'ouvris alors que George Kalecki s'apprêtait à glisser sa clef dans la serrure.

« Entrez, George », lui dis-je aimablement.

Il parut moins stupéfait que terrorisé. Croyait-il vraiment que c'était moi qui lui avait tiré dessus, la veille ? Derrière son dos, Hal se préparait à prendre la fuite. Mais déjà, George avait repris son sang-froid.

« Effraction... Violation de domicile, énonça-t-il en hésitant. Cette fois...

— Oh ! bouclez-la donc et entrez. Ces discussions finissent par devenir monotones. Si vous restiez davantage à la maison, vos visiteurs ne seraient pas obligés de vous y attendre. »

L'un suivant l'autre, ils pénétrèrent dans la chambre à coucher. Kalecki en ressortit bientôt, rouge de colère, mais je ne lui laissai pas le temps de mettre à mon actif un délit supplémentaire.

« Dans quel but, cette artillerie ? m'informai-je.

— Pour les types de votre genre, aboya-t-il. Pour les types qui essaient de me descendre à travers ma fenêtre. D'ailleurs, j'ai un permis.

— Je n'ai jamais dit le contraire. Mais je vous conseille de ne l'utiliser qu'avec beaucoup de prudence et de modération.

— Ne vous tracassez pas. Je vous préviendrai la veille. Et maintenant, j'aimerais savoir ce que vous fabriquez chez moi.

— Je veux l'histoire du coup de feu qui vous a raté. Vous m'avez accusé de la tentative de meurtre et je n'aime pas du tout ça. »

George alluma un cigare avant de se décider à répondre.

« Je vois que vous avez des relations dans la police, dit-il enfin. Demandez-leur.

— J'aime recueillir mes renseignements à la source, coupai-je. Et si vous êtes intelligent, vous ne vous ferez pas tirer l'oreille. La balle qui a tué Williams et celle qui vous a manqué sont sorties du même 45. Or, je veux le tueur, et vous le savez. En outre, s'il vous a raté la première fois, il ne vous ratera sans doute pas la deuxième. A vous de voir où sont vos intérêts. »

Kalecki ôta son cigare de sa bouche. La peur crispait son visage et rendait son regard étrangement fuyant. Il essayait de ne pas le laisser voir, mais il n'y parvenait qu'à moitié. Un tic nerveux faisait tressauter l'une des commissures de ses lèvres.

« Je ne pense pas pouvoir vous aider. J'étais assis près de la fenêtre. La balle a brisé la vitre avant de s'enfoncer dans le dossier de ma chaise. Je me suis jeté à plat ventre et j'ai gagné le mur, en rampant...

— Pourquoi ?

— Pourquoi ! Pour sauver ma peau, évidemment. Vous n'auriez pas voulu que je reste dans la ligne de tir, non ? »

J'affectai de ne point remarquer son regard méprisant.

« Vous avez la tête dure, George, répondis-je. Pourquoi vous a-t-on tiré dessus ? »

Nerveusement, il essuya la sueur qui coulait sur son front.

« Comment le saurais-je ? On ne peut être dans les affaires, sans susciter des inimitiés.

— Vous parlez bien, George. Mais cet ennemi-là a également tué Jack Williams. Pourquoi êtes-vous sur sa liste ? »

Il tremblait, à présent, et ne faisait plus aucun effort pour cacher sa terreur. « Je ne sais pas, je ne sais vraiment pas, bégaya-t-il. Je n'ai fait qu'y réfléchir et je n'ai abouti à rien. C'est pourquoi j'ai déménagé. Dans mon pavillon, n'importe qui pouvait m'avoir. Ici, au moins, je ne suis pas seul. »

Je me penchai en avant, martelai : « Réfléchissez encore. Il existe un lien entre Jack et vous. Quel est-il ? Que saviez-vous, que possédiez-vous en commun ? Si vous êtes capable de répondre à cette question, nous tenons le criminel !... Dois-je vous cogner la tête contre les murs pour vous aider à réfléchir ? »

Il se redressa et marcha de long en large. Il n'était plus très jeune. Et le fait qu'un tueur ait inscrit son nom sur la liste des hommes à abattre le rendait à demi fou de terreur et de rage.

« Je ne sais pas, gémit-il. Je ne vois pas. Je connaissais Jack depuis trop peu de temps. Hal le connaissait mieux que moi. Il lui avait été présenté par Miss Manning. Ne comprenez-vous pas que, si je savais quelque chose, je serais trop heureux de vous le dire ? Vous imaginez-vous que j'aie envie de me faire descendre ? »

Ses paroles me rappelèrent un aspect de l'affaire que j'avais négligé jusqu'alors. Hal Kines était vautré dans un fauteuil, à proximité de la cheminée. Il aspirait et rejetait avec force la fumée de sa cigarette. Pour un athlète, il semblait négliger les règles les plus élémentaires... Et je pensais toujours à cette photo vieille de huit ans, sur laquelle le prétentieux adolescent d'à présent avait l'air, déjà, d'un homme mûr. Ou bien avait-elle été prise devant un magasin abandonné depuis des années ?

« O.K., Hal, approuvai-je. Racontez ce que vous savez. »

Il se tourna vers moi et j'entrevis un instant son profil parfait de divinité grecque.

« Je n'ai rien à ajouter, dit-il.

— Comment avez-vous connu Miss Manning ? Où l'avez-vous rencontrée ?

— Oh !... A l'école, au cours d'une conférence sur la psychologie pratique. A l'issue de celle-ci, elle avait invité plusieurs étudiants à visiter sa clinique de New York. J'étais de ceux-là. Depuis, elle s'est intéressée à moi et m'a aidé dans mes études... »

Je voyais une raison évidente pour laquelle Charlotte avait pu s'intéresser à lui. Je faillis l'en étrangler de rage, mais n'était-il pas plausible, également, qu'elle se fût intéressée à lui sur le seul plan professionnel ? Après tout, une femme telle que Charlotte pouvait avoir tous les hommes qui lui plaisaient.

Moi compris.

Je continuai :

« Et Jack ? Quand l'avez-vous connu ?

— Peu de temps après. Miss Manning nous a présentés et nous avons soupé avec lui et Myrna. Ensuite, je me suis trouvé compromis dans une rixe, après un match de football. Le dernier de la saison. Toutes les règles d'entraînement levées, vous savez comment cela se passe. Nous avons tout cassé dans un bistrot. Jack connaissait le propriétaire et, au lieu de nous laisser arrêter, s'est arrangé pour que nous payions simplement les dégâts.

Nous eûmes encore l'occasion de nous rencontrer, alors que j'étudiais l'aspect psychologique du cas d'un maniaque homicide. Il me facilita l'accès d'un tas d'endroits où je n'aurais pu pénétrer seul et nous devînmes rapidement d'assez bons amis. »

Le récit d'Hal Kines ne m'apportait rien de constructif. Ni Jack ni moi n'avions jamais appartenu au genre bavard et notre amitié s'était développée dans les stands de tir, devant les graphiques balistiques et les fiches anthropométriques. Pendant notre séjour aux armées, nous n'avions guère parlé d'autre chose. Certes, il avait mentionné les noms de plusieurs de ses amis. Je connaissais bien Myrna. J'avais eu l'occasion, sur le terrain professionnel, de rencontrer Kalecki. Quant aux jumelles Bellemy, j'avais souvent vu leurs photographies dans les journaux, mais ne les avais aperçues réellement qu'une fois.

Je n'avais plus rien à faire ici. J'enfonçai mon chapeau sur ma tête et sortis. Ni l'un ni l'autre ne pensa à me dire au revoir, et je m'en consolai en claquant la porte aussi fort que possible. Dans l'escalier, je me demandai comment George s'était procuré son 45. D'après Pat, cependant, aucun des suspects ne possédait une arme à feu. Mais George avait un 45, et qui plus est, le permis de le porter ! Du moins l'avait-il prétendu... Bah, si l'on retrouvait prochainement un cadavre avec un pruneau de 45 dans l'œsophage, je saurais toujours où commencer mes recherches.

Les jumelles Bellemy habitaient au cinquième étage. Leur appartement occupait la même position que celui de Kalecki. Je sonnai. La porte s'entrouvrit. J'entendis cliqueter une chaîne de sûreté et aperçus dans la pénombre un visage de femme.

« Oui ? interrogea-t-elle.

— Miss Bellemy ?... (Elle acquiesça.) Je suis Mike Hammer, détective privé. J'aimerais vous parler au sujet de l'assassinat de Jack Williams. Pouvez-vous...

— Mais comment donc ! »

Elle referma la porte, ôta la chaîne de sûreté. Cinq secondes plus tard, je me trouvai en face d'un splendide spécimen de féminité athlétique, à la peau fortement hâlée, aux bras et aux épaules joliment musclés, comme ceux d'une statue. Comme Charlotte Manning, ses photos ne lui rendaient pas justice. Pourquoi diable ces deux filles étaient-elles demeurées célibataires ? Celle-ci du moins ne semblait affligée d'aucune tare que sa dot ne pourrait combler. Et je connais pas mal d'individus qui, selon l'expression consacrée, l'eussent prise toute nue, sans autre capital que ses richesses physiques, si cette solution ne les avait privés du plaisir de la déshabiller.

« Vous entrez ?

— Merci. »

Je la suivis à l'intérieur de l'appartement qui ressemblait en tous points à celui de George Kalecki. Une légère odeur de parfum remplaçait cependant la saveur âcre des cigares, et deux divans bas séparés par une table à thé occupaient le fond du salon. Je m'assis sur celui de gauche et elle s'installa sur celui de droite.

« Alors ? questionna-t-elle. Que désirez-vous savoir ?

— D'abord, à quelle Miss Bellemy j'ai affaire en ce moment. Je ne tiens pas à mélanger mes jumelles.

— Oh !... Je suis Mary, s'esclaffa-t-elle. Esther est partie faire des achats, c'est-à-dire qu'elle ne rentrera pas avant ce soir.

— Je pense que vous pourrez me renseigner. Avez-vous déjà reçu la visite de M. Chambers ?

— Oui. Et il m'a annoncé la vôtre.

— Brave garçon !... Vous connaissiez Jack avant la guerre, n'est-ce pas ?

— Oui, bien avant.

— Vous n'avez rien remarqué, au cours de la petite fête ?

— Non, rien. Un peu bu. Un peu dansé. Jack ne semblait pas tout à fait dans l'ambiance. Je l'ai vu parler sérieusement à Myrna, plusieurs fois, et il s'est retiré dans la cuisine pendant près d'un quart d'heure avec M. Kines, mais ils en sont ressortis en riant aux éclats, comme s'ils venaient de s'entre-raconter de bonnes histoires.

— Pas de conversations particulières ?

— Mon Dieu... non. Myrna et Charlotte ont fait quelques messes basses, mais les hommes les ont vite séparées. Je crois qu'elles s'entretenaient du prochain mariage de Myrna.

— Ensuite ?

— Ensuite, sandwich et retour au bercail. Ma sœur et moi avions oublié nos clefs, comme d'habitude, et nous avons dû éveiller le gardien pour qu'il vienne nous ouvrir. Nous nous sommes couchées tout de suite. J'ignorais tout du meurtre jusqu'au coup de téléphone d'un reporter qui nous appela pour nous demander nos impressions. Nous nous attendions à recevoir la visite des policiers, mais le lieutenant n'est venu qu'aujourd'hui. »

Elle s'arrêta court et tendit l'oreille.

« Oh ! excusez-moi, dit-elle, j'ai laissé l'eau couler dans la baignoire. »

Elle s'éclipsa et disparut dans la salle de bains. Peut-être étais-je en train de devenir sourd ? J'eus beau tendre l'oreille, je n'entendis aucun bruit d'eau courante.

Je passai le temps en feuilletant les magazines qui traînaient sur une étagère. Le premier ne contenait que des gravures de mode. Le second — *Confessions* — relatait entre autres la triste histoire d'une pauvre fille qu'un détective privé séduit et abandonne dans la grande ville. Elle tente de se jeter sous le métro. Un beau jeune homme la rattrape au vol et se jure de refaire d'elle une femme respectable.

Ils étaient sur le point d'obtenir leur licence de mariage lorsque Mary Bellemy revint dans le salon. Je relevai la tête et me sentis tout chose. Elle avait ôté son tailleur gris et portait à présent un peignoir simple et sobre dans le dos duquel pendaient ses longs cheveux déroulés. Son visage était avenant, propre et énergique.

Elle passa entre moi et la fenêtre, et la lumière crue du jour rendit transparent, une seconde, le peignoir de soie qu'elle portait. Elle n'avait rien sous ce peignoir. Rien. Elle se retourna, me sourit, et s'assit à côté de moi.

« Je suis désolée d'avoir dû vous quitter, dit-elle, mais l'eau ne serait pas demeurée longtemps chaude.

— Ce n'est rien. La plupart des femmes y passent leur journée. »

Elle éclata de rire.

« Pas moi, dit-elle. J'avais hâte d'entendre la suite. »

Elle croisa les jambes et se pencha pour prendre une cigarette. Je regardai ailleurs. Je n'avais pas de temps à perdre. Et j'avais l'intention de voir Charlotte un peu plus tard.

« Cigarette ? offrit-elle.

— Merci. »

Elle se renversa sur le divan et souffla sa fumée vers le plafond.

« Que puis-je vous apprendre encore ? Je puis parler également au nom de ma sœur puisque nous sommes revenues ensemble. Et vous pourrez contrôler mon histoire, comme l'a fait M. Chambers, en l'interrogeant elle-même.

— Ce ne sera pas nécessaire, affirmai-je. Ces détails sont secondaires. Ce qui importe, ce sont les chocs de personnalités que vous auriez pu remarquer ces jours derniers, entre Jack et les autres... N'avez-vous rien vu, rien surpris par hasard...

— Je crains bien de ne pouvoir vous aider sur ce point. Je ne fais jamais attention à ce qui se passe autour de moi et je ne sais pas écouter aux portes. Ma sœur et moi vivons isolées. Même en ville, nous n'avons que peu d'amis, aussi sauvages que nous-mêmes... »

Elle ramena ses jambes sous elle et me fit face. Le peignoir s'ouvrit largement, mais elle ne se pressa pas de le refermer. Elle laissa mes yeux se régaler de la vision de sa jolie poitrine. Son ventre plat n'était qu'une succession de muscles fins, parallèles... Je me léchai les lèvres et murmurai :

« Combien de temps resterez-vous en ville ?

— Jusqu'à ce qu'Esther ait étanché sa soif d'acquisitions. Sa joie dans l'existence est de porter de jolies robes, même si elle est seule à se voir bien vêtue.

— Et la vôtre ?

— Ma joie dans la vie est de vivre. »

Quinze jours plus tôt, je ne l'aurais pas comprise. Maintenant, oui. Rien ne comptait pour cette femme, ni le temps, ni les gens. En toutes circonstances, elle ne devait suivre que son désir.

« Dites donc, commençai-je, comment vous distingue-t-on de votre sœur ?

— L'une de nous a une tache de naissance sur la hanche droite.

— Laquelle ?

— Pourquoi ne pas y aller voir ? »

Oh ! frangin, cette fille cherchait les histoires.

« La prochaine fois, bâillai-je. J'ai du travail.

— Ne soyez pas idiot », dit-elle.

Ses yeux retenaient les miens. Des yeux violets, étincelants. Sa bouche entrouverte était rouge, humide, provocante. Le peignoir glissait de ses épaules, mais elle n'essayait même plus de le refermer. La soie rose formait un intéressant contraste avec sa peau brune. Où prenait-elle ses bains de soleil ? Son corps était brun partout, sans trace d'épaulettes... Elle décroisa ses jambes, s'étira comme une chatte heureuse, laissant le soleil jouer sur les muscles de ses cuisses nues.

Je ne suis qu'un homme. Je me penchai vers elle, pris sa bouche. Ses bras se nouèrent autour de mon cou. Son corps frémissait de passion déchaînée. La pointe de sa langue cherchait la mienne. Je posai mes mains n'importe où, sur son corps, et la sentis tressaillir des pieds à la tête. Je savais à présent pourquoi elle ne s'était pas mariée. Un seul homme ne suffirait jamais à la satisfaire. J'arrachai le peignoir, scrutai chaque centimètre de sa peau nue, puis quittai le divan et repris mon chapeau.

« C'est votre sœur qui doit avoir cette marque de naissance, constatai-je. A bientôt. »

Je m'attendais à une explosion de commentaires injurieux, mais je n'entendis rien, qu'un rire lointain et moqueur. J'aurais aimé connaître les réactions de Pat, dans les mêmes circonstances. Et je m'étais demandé, soudain, si Mary n'avait pas été laissée sur mon chemin — ne lui avait-il pas, en effet, annoncé ma visite ? — pour me retarder pendant que Pat poursuivait son enquête... Bah ! s'il s'amusait à ce petit jeu, je connaissais moi-même une jolie petite poule, dans la 3e Avenue, qui adorait, elle aussi, jouer des tours. Surtout aux policiers.

Mais Mary ne perdrait rien pour attendre.

6

Velda était encore au bureau. En apercevant la lumière, je m'arrêtai dans le hall, devant un miroir, et m'essuyai soigneusement la bouche. Mais je dus me contenter de rabattre étroitement mon veston par-dessus mon col de chemise. Jamais je ne comprendrai pourquoi le rouge à lèvres tient si peu sur les femmes et si opiniâtrement sur les hommes. La prochaine fois que je rendrais visite à Mary Bellemy, j'emporterais une serviette à démaquiller.

Je pris mon courage à deux mains, et entrai en sifflotant. Velda me jeta un regard et sa bouche se durcit.

« Il en reste derrière votre oreille », dit-elle.

Lorsque Velda est de cette humeur, il vaut mieux ne pas la contrarier. Je ne répondis pas, et pénétrai dans mon bureau. Elle m'y avait préparé une chemise et une cravate fraîchement repassées. Velda a aussi ses bons côtés. Je garde toujours quelques effets de rechange, au bureau, et il est rare qu'elle ne prévienne pas mes besoins.

Je me penchai sur le lavabo, savonnai mon visage et mes bras, enfilai ma chemise et saisis la cravate. Je n'ai jamais pu faire proprement un nœud de cravate. Habituellement, Velda venait me donner un coup de main, mais lorsque j'entendis claquer la porte de sortie, je compris que pendant un temps indéterminé, je ne pourrais plus compter sur elle.

En redescendant, je m'installai au bar, et dis au garçon de m'apporter un whisky-soda tous les quarts d'heure. J'étais un vieux client de l'établissement et ma commande ne l'étonna pas le moins du monde.

Puis je tirai une liste de ma poche et ajoutai quelques notes au paragraphe consacré à Mary Bellemy. Ces notes, jusqu'à présent, offraient un caractère essentiellement psychologique, mais il est toujours profitable, dans une affaire de meurtre, d'étudier la personnalité de chaque suspect. Je n'avais encore accompli rien de réellement important. Je m'étais contenté de passer en revue les coupables possibles les plus évidents, en donnant à chacun une excellente raison de faire son examen de conscience !

De son côté, la police ne demeurait certainement pas inactive. Et elle disposait de moyens qui lui permettraient de parvenir avant moi au coupable, si je lui laissais le temps de me distancer. Pat, jusqu'alors, n'avait rien fait de plus que moi-même. Et j'aurais parié qu'il n'avait pas, non plus, obtenu de meilleurs résultats. Nous cherchions tous deux le mobile du crime. Il en existait un, fatalement. Un meurtre n'arrive pas comme un accident. Un meurtre exige un minimum de réflexion. Réflexion tardive, parfois, mais réflexion tout de même.

Quant au facteur temps, Hal Kines et Kalecki avaient eu amplement celui de commettre le meurtre. Myrna également. Et Charlotte Manning, quoiqu'il me déplût foncièrement d'imaginer l'une ou l'autre coupable. Restaient les jumelles Bellemy. L'oubli de leurs clefs, et la nécessité d'éveiller le gardien de nuit, établissaient avec certitude l'heure de leur retour. Si cet incident était la conséquence d'un habile calcul, d'avance, je leur tirais mon chapeau. Inutile de demander à l'une d'elles si sa sœur était ressortie. Il existe entre les jumeaux une entente étrangement étroite, et celles-ci ne devaient pas constituer une exception. Le cas échéant, elles mentiraient, tromperaient, et n'hésiteraient sans doute pas à se parjurer l'une pour l'autre.

Mary Bellemy était-elle une nymphomaniaque ? Les deux sœurs, affirmaient les journaux, étaient douces et paisibles, ni jeunes, ni vieilles, et misanthropes. Ce que faisait chacune d'elle lorsqu'elle était seule dans sa chambre en compagnie d'un représentant de l'autre sexe n'intéressait personne qu'elles-mêmes. J'avais hâte de rencontrer Esther Bellemy, et de jeter un coup d'œil à cette tache de naissance.

Ensuite, il y avait la tentative de meurtre dirigée contre Kalecki. Cette histoire ne me plaisait qu'à moitié, et je décidai, momentanément, d'aiguiller mon enquête dans cette direction. Je demandai l'addition et le garçon fronça les sourcils. Je n'en étais encore qu'à mon troisième quart d'heure.

Je montai dans ma voiture et gagnai le Hi-Ho Club. Son propriétaire avait fait fortune pendant la prohibition et l'endroit était plutôt malsain, mais je connaissais le nègre qui gérait la boîte. Quatre ans auparavant, il m'avait aidé à me sortir d'une petite explication à coups de 45, et je l'en avais récompensé en éloignant à jamais de ses murs un gangster de bas étage auquel il avait refusé de payer tribut. Mon nom est plutôt connu dans le quartier, et personne, depuis, ne s'est avisé d'inquiéter Sam. Il est toujours utile d'avoir des relations dans les milieux *ad hoc*.

Le Gros Sam me salua cordialement, d'un « rond » cérémonieux de sa serviette humide. Je lui serrai la main et commandai un verre. Mes voisins de comptoir, un bâtard jaune et un grand nègre au teint d'anthracite, me regardèrent d'un sale œil jusqu'à ce que Sam se fût écrié : « Comment allez-vous, monsieur Hammah ? Content de vous voir. Y a longtemps qu'on ne vous a pas vu. »

A l'énoncé de mon nom, les deux consommateurs transportèrent leurs verres à l'extrémité du comptoir. Sam avait compris que je ne venais pas le voir dans le but de goûter sa bière. Il gagna donc l'autre extrémité et je le suivis.

« Qu'y a-t-il, monsieur Hammah ? Qu'y a-t-il pour vot' service ?

— On parie toujours, dans le coin, Sam ? »

Il inspecta les environs, d'un rapide regard circulaire.

« Bien sûr, monsieur Hammah. Comme un peu partout. Pourquoi ?

— George Kalecki est toujours le grand patron ? »

Sam humecta ses lèvres épaisses. Il était nerveux. Il ne voulait pas refuser de m'aider, mais il avait peur de trop parler.

« Il s'agit d'un meurtre, Sam, insistai-je. Et mieux vaut me répondre à moi qu'être convoqué par les flics... »

Je vis son visage se plisser, son front devenir soucieux.

« O.K., monsieur Hammah, dit-il. Kalecki est toujours le grand patron, mais on ne le voit plus jamais. Il a des commissionnaires.

— Bobo Hopper travaille toujours pour lui ? Il est ici, n'est-ce pas ?

— Oui, mais il ne travaille plus pour Kalecki. Il a trouvé mieux, ces derniers mois, et il élève des abeilles. »

Des abeilles !... Évidemment, Bobo n'était qu'à moitié humain, un exemple caractéristique de ce que la vie peut faire d'un homme. Son cerveau avait douze ans et son corps n'était pas plus développé. Sous-alimenté depuis l'enfance, il n'était à présent que la caricature osseuse de l'homme qu'il eût pu devenir. Mais c'était un type épatant. Vous pouviez lui jouer des tours pendables et cependant demeurer son ami. Le monde entier était son ami. Oiseaux, animaux, insectes. Je l'ai vu pleurer devant une fourmilière détruite et se lamenter sur le sort des fourmis écrasées. Et maintenant, il élevait des abeilles !

« Où est-il, Sam ? Dans l'arrière-salle, comme d'habitude ?

— Oui. La dernière fois que je l'ai aperçu, il regardait un livre illustré sur les abeilles. »

Je vidai mon verre, en espérant que ceux qui s'en étaient servis avant moi n'aient contracté aucune maladie contagieuse. Je pénétrai dans l'arrière-salle. Le bâtard jaune et le grand nègre me suivirent des yeux.

Bobo était installé dans un recoin. La « passe anglaise » et les roulettes avaient été empilées contre le mur, près de l'unique fenêtre dont les barreaux faisaient ce qu'ils pouvaient pour empêcher le soleil d'éclairer le réduit, laissant tout le travail à une paire d'ampoules souillées par les mouches. Un tas de balayures gisait sous une table, précairement contenu par de vieux écriteaux publicitaires.

Fixées au mur à l'aide de punaises, quelques photos pornographiques achevaient de disparaître sous une couche de poussière. Quelqu'un avait essayé d'en reproduire une sur le papier de tenture, au crayon bleu, mais l'essai était lamentable. La porte menant au bar était la seule issue praticable. Je voulus pousser le verrou, mais il en manquait la moitié et je me contentai de refermer doucement le battant.

Absorbé par sa lecture, Bobo ne m'avait pas entendu venir. Ses lèvres épelaient silencieusement les légendes des illustrations. Je lus un instant par-dessus son épaule, puis lui appliquai dans le dos une claque retentissante.

« Alors, on ne salue plus les vieux amis ? »

Il sauta de sa chaise, me reconnut et sourit de plaisir.

« Mike Hammer, s'exclama-t-il. Si je m'attendais à te voir ! »

Il me tendit sa main étique. Je la serrai et il enchaîna :

« Que fais-tu par ici, Mike ? Es-tu venu me faire une visite d'amitié ? Attends, je vais te trouver une chaise. »

Il ne trouva qu'un petit fût, souvenir des jours dorés de la prohibition, mais il me l'offrit avec tant de bonne grâce que je l'acceptai de grand cœur.

« Il paraît que tu élèves des abeilles, Bobo ?

— Oui... J'apprends leur élevage dans ce bouquin. C'est épatant, Mike, elles me connaissent. Quand je mets la main à l'entrée de leur ruche, elles se posent sur moi sans me piquer. Je te montrerai...

— Cela doit être épatant, approuvai-je. Mais le matériel coûte cher, non ?

— Bah... J'ai fabriqué une ruche dans une caisse à œufs. Et je l'ai peinte. Elles aiment leur ruche. Elles ne la quittent pas comme les abeilles des éleveurs riches. Je les ai mises sur mon toit où ma propriétaire me laisse les élever. Elle n'aime pas les abeilles, mais je lui ai donné un peu de miel et elle a aimé le miel. Je suis bon pour mes abeilles. »

Meilleur que le monde ne l'était pour lui. Il bouillonnait littéralement d'enthousiasme. Différent en cela de tant d'autres qui avaient moins de raisons que lui de se plaindre de la vie. Il n'avait pas de foyer, pas de famille, mais sa propriétaire le laissait élever ses abeilles. Bobo était un drôle de gosse, généralement taciturne, mais capable de parler pendant plusieurs heures des sujets qui lui tenaient au cœur.

« J'ai appris que tu avais trouvé un nouvel emploi, Bobo, dis-je.

— Oh ! oui, Mike. Quelque chose de vraiment très bien. Ils m'appellent le commissionnaire en chef.

— Travail dur ? m'informai-je.

— Assez. Je fais des courses, je livre des paquets et je balaie. Quelquefois, M. Didson me permet de me servir de sa bicyclette. Je m'amuse beaucoup et je me fais des relations.

— Bien payé ?

— Et comment. Un quart ou un demi-dollar à chaque course. Je commence à être connu chez les richards de Park Avenue. La semaine dernière, je me suis fait près de quinze dollars. »

Quinze dollars. Pour lui, c'était une somme, car il vivait très simplement. Et maintenant, il était très fier de lui.

Moi aussi.

« Très bien, Bobo, commentai-je. Comment as-tu trouvé un si bon emploi ?

— Tu te souviens du vieil Humpy ? »

J'acquiesçai. Humpy était un bossu d'une cinquantaine d'années qui allait chaque jour cirer les souliers, dans les bureaux de Park Avenue. Plusieurs fois, il m'avait servi d'agent de renseignements. Il aurait fait n'importe quoi pour gagner un dollar ou deux.

« Le vieil Humpy était tuberculeux, continua Bobo. Il est donc allé cirer les souliers en montagne et j'ai pris sa succession. Je ne le faisais pas si bien que lui, évidemment, mais les gens se sont mis à me confier des commissions, des petites livraisons, etc. Je vais les voir de bonne heure tous les matins. Je n'y suis pas allé aujourd'hui parce que j'avais rendez-vous avec un type pour l'achat d'une abeille-reine. Il n'en faut qu'une par ruche et il en a deux. Il m'en demande cinq dollars. Crois-tu que ce soit trop cher, Mike ?

— Je ne le pense pas, Bobo, répondis-je. Je n'aurais sans doute pas distingué une abeille-reine d'un ornithorynque, mais les reines se paient cher, dans toutes les espèces. Qu'a dit M. Kalecki lorsque tu as cessé de travailler pour lui ? »

Bobo ne se referma pas sur lui-même, comme je m'y étais attendu.

« Il a été très chic, affirma-t-il. Il m'a donné dix dollars parce qu'il y avait longtemps que je travaillais pour lui et il a ajouté que je pourrais ravoir ma place lorsque je le désirerais. »

Ceci ne m'étonna qu'à moitié. Bobo était aussi honnête qu'un nouveau-né. Et pourtant, le système des paris par l'intermédiaire de commissionnaires réserve auxdits commissionnaires, pour un risque relativement restreint, des sources profitables de substantiels revenus. Mais Bobo était beaucoup trop simple pour penser à être déshonnête.

« Il a été vraiment très chic, approuvai-je. Mais on gagne davantage en s'établissant à son compte.

— Oui, Mike. Et un jour, je ne pratiquerai plus que l'élevage des abeilles. On peut gagner beaucoup d'argent en élevant des abeilles. Plus tard, je deviendrai peut-être un grand apiculteur. »

Il prononça le dernier mot avec un sourire extatique. Puis son sourire disparut, se transforma, graduellement, en une inquiète stupéfaction. Ses yeux, par-dessus mon épaule, étaient rivés à la porte de l'arrière-salle. Je lui tournais le dos moi-même, mais je n'avais pas besoin de regarder la porte pour savoir que nous n'étions plus seuls dans la pièce.

Le couteau glissa devant ma gorge avec une lenteur circonspecte. Il avait dû être récemment aiguisé, car la lame portait encore les traces d'une pierre à affûter. Et la position de la main sur le manche m'apprit que j'avais affaire à un connaisseur.

Les yeux de Bobo s'agrandirent de terreur. Il ouvrit la bouche pour crier, mais aucun son ne jaillit de ses lèvres. La sueur se mit à couler sur son front, son nez, ses joues creuses. Le deuxième bras de mon agresseur passa par-dessus mon épaule, sa main écarta doucement mon veston, à la recherche de mon automatique...

Je m'arc-boutai sur le sol, me rejetai en arrière, violemment, contre la poitrine de l'homme. Nous culbutâmes. Mes pieds envoyèrent la table à deux pas et, tandis que le tonneau sur lequel j'étais assis s'en allait heurter le mur le plus proche, je saisis le poignet armé et tirai.

Le bâtard jaune me tomba dessus. Je vis arriver une godasse ferrée et me déplaçai juste à temps. Le grand noir avait manqué ma tête de quelques centimètres. Je lâchai le bras du bâtard, attrapai le pied du nègre. Deux secondes plus tard, je combattais pour ma vie sous deux hybrides puants et suants.

Le couteau reparut. Je plaçai une excellente clef au poignet. Les tendons s'étirèrent, les os se désarticulèrent avec un bruit écœurant. Le bâtard jaune hurla, lâcha le couteau. Je me relevai juste à temps pour voir charger le grand nègre, tête baissée.

Inutile de m'abîmer le poing sur son crâne. Je lançai mon pied à sa rencontre, de toutes mes forces. Le bout de mon soulier l'atteignit en plein visage. Son élan le conduisit jusqu'au mur, contre lequel il s'affaissa, assommé. Les dents de sa mâchoire inférieure traversaient à présent sa lèvre. Deux de ses incisives s'étaient détachées, cimentées près de son nez par un gros caillot de sang.

Le bâtard jaune essayait de se relever, crispant dans sa main gauche son poignet droit brisé. Je l'aidai, le saisis par le col de sa veste et le remis sur ses pieds. Puis, du dos de ma main libre, je le giflai à toute volée, sur le nez. L'os craqua. Le sang jaillit. Il ne plairait certainement plus aux beautés colorées de Harlem. Il gémit, s'écroula. Cette fois, je le laissai tomber.

Par acquit de conscience, je les fouillai tous les deux. Quelques photos de femmes, dont une blanche, onze dollars et des récépissés de paris. Le nègre tenta de se défiler lorsque je m'approchai, mais le contact de mon poing et de sa mâchoire endommagée le raya définitivement du contrôle. Dans ses poches, je trouvai une lame de rasoir avec un petit bâton coincé dans le trou central. Vous connaissez le truc. On se cale la lame entre deux doigts, le petit bâton l'empêche de glisser et il suffit de souffleter quelqu'un pour lui taillader le visage.

Bobo n'avait pas bougé de sa chaise, mais il avait retrouvé son sourire extatique.

« Oh ! Mike, dit-il, tu es un drôle de type. J'aimerais être comme toi. »

Je glissai un billet de cinq dollars dans la poche de sa chemise.

« Achète donc un roi pour ta reine, lui dis-je. Je reviendrai te voir bientôt. »

Je repris mes deux antagonistes par le col de leur veste, et sortis de l'arrière-salle en les traînant derrière moi. Le Gros Sam me vit arriver, ainsi qu'une douzaine de consommateurs. Tout le monde avait l'air d'attendre quelque chose.

« Que se passe-t-il, Sam ? Pourquoi as-tu laissé ces deux singes essayer de m'avoir ? Tu devrais commencer à me connaître. »

Le sourire de Sam s'élargit.

« Y avait longtemps qu'on n'avait pas eu de distractions, dans le coin, monsieur Hammah. »

Il se tourna vers ses clients et enchaîna :

« Passons la monnaie. »

Je jetai les deux individus au milieu du bar pendant que les consommateurs réglaient Sam. La prochaine fois, ils s'abstiendraient de parier contre moi.

Au moment où je m'apprêtais à prendre congé de Sam, Bobo surgit de l'arrière-salle, agitant comme un drapeau mon billet de cinq dollars.

« Hé, Mike, dit-il, je ne peux pas le garder ! Les abeilles-reines n'ont pas besoin de rois.

— Toutes les reines ont besoin de rois, Bobo, lui jetai-je par-dessus mon épaule. Demande-le plutôt à Sam, il te l'expliquera. »

Bobo se tourna vers Sam et je m'esquivai. Le gosse passerait sans doute le reste de sa vie à chercher en vain la réponse.

Le retour à la maison me prit plus longtemps que je n'avais escompté. La circulation était intense, et il était près de six heures lorsque j'entrai enfin dans mon appartement. Ma chemise propre était pleine de sang. Pas le mien, heureusement. Et la cravate que j'avais eu tant de mal à nouer était irrémédiablement perdue. Quant à la poche de mon veston, elle était déchirée jusqu'au bas des coutures, et je regrettai de n'avoir pas tué le maudit bâtard. Dieu sait ce que coûte un complet neuf, depuis la fin de cette saleté de guerre.

Je pris une douche chaude, puis une douche glacée, me débarrassai prestement de ma barbe, brossai mes dents et me changeai des pieds à la tête. Sans doute n'était-il pas correct de rendre visite à une dame avec un revolver sur soi, mais, sans mon 45 sous l'aisselle, j'ai l'impression de me promener tout nu ; j'en vérifiai donc le fonctionnement, y ajoutai une goutte d'huile, et le glissai dans son étui. De toute manière, mon tailleur a l'habitude de ménager un emplacement spécial dans les complets que je lui commande, et mon veston ne tombe correctement que lorsque j'y insère l'étui de mon 45.

Je m'inspectai dans la glace de mon armoire, mais, sans Velda, je suis incapable de décider si mon costume est bon pour une soirée mondaine ou la piste du Barnum Circus. Je regrettais, à présent, de ne m'être pas méfié davantage des agaceries de Mary Bellemy. Je tenais trop à Velda pour risquer de la perdre, mais je savais que pendant une semaine ou plus, elle me tiendrait elle-même dans une farouche quarantaine. Il faudrait que j'essaie, à l'avenir, de la traiter avec moins de désinvolture. Mais pourquoi diable était-elle si stricte au point de vue moral ?

Ma bagnole avait soif et je la conduisis au garage. Henry, le mécanicien, était un de mes vieux copains. Il aimait cette bagnole. C'était lui qui avait renforcé son châssis et installé sous son capot le moteur d'une limousine accidentée. De l'extérieur, elle avait l'air tout juste bonne pour le tas de ferrailles. Mais elle était impeccablement chaussée et je me chargeais, sur n'importe quelle route, de rattraper n'importe quelle voiture aérodynamique et taillée pour la vitesse ! Dans son genre, cette bagnole était un pur chef-d'œuvre.

Je remontai à rebrousse-poil une rue à sens unique et stoppai bientôt devant l'appartement de Charlotte. Je n'avais pas oublié son regard, lors de notre première entrevue, et j'espérais la trouver seule et libre de toute invitation antérieure. Les sujets de conversation ne nous feraient certes pas défaut. En tant que psychiatre, elle devait être plus observatrice que tous les autres réunis. Dans son métier comme dans le mien, chaque petit détail pouvait avoir son importance...

En bas, je pressai la sonnette d'appel. Le vibreur grésilla et j'entrai. La domestique noire m'attendait sur le seuil de la porte, mais cette fois, elle avait revêtu son manteau et son chapeau. Dès qu'elle m'aperçut, elle cria :

« Le voici, mam'selle Charlotte !

— Merci, répondit la voix fraîche de Charlotte Manning. Vous pouvez aller au cinéma, à présent. »

Je pris congé de Kathy, d'un signe de tête, et m'assis sur un canapé.

« Bonjour. »

D'un bond, je me relevai et pris la main cordiale et chaude qu'elle me tendait.

« Bonjour vous-même, répondis-je. M'attendiez-vous réellement ?

— Vanité, sans doute ? J'espérais si fort votre visite que je me suis préparée pour vous. Comment trouvez-vous ma robe ? »

Elle pivota sur la pointe des pieds et me regarda par-dessus son épaule. Disparu, le psychiatre en renom ! Il ne restait plus, devant moi, que Charlotte Manning, la femme, délicieusement jeune et belle. Sa robe de jersey de soie bleue adhérait à son corps comme un tissu humide, cachant tout, et révélant tout. Ses longs cheveux bouclés étincelaient sur ses épaules, sans parvenir, toutefois, à éclipser la flamme de ses yeux.

Elle fit quelques pas dans la pièce, à la manière d'un mannequin de grande maison. Elle était splendide, plus mince que je ne l'avais imaginé la première fois, la taille fine et les épaules larges. Ses seins étaient deux choses vivantes et tentantes que n'enserrait aucun soutien-gorge. Des bas de Nylon gainaient ses jambes musclées et désirables, et ses souliers à hauts talons la faisaient presque aussi grande que moi.

« Alors, l'aimez-vous ? répéta-t-elle.

— Beaucoup, et vous le savez... D'ailleurs, vous me rappelez quelque chose.

— Quoi donc ?

— Un moyen de torture.

— Oh ! non. Il n'est pas possible que je vous fasse cet effet.

— Pas exactement. Mais supposons que nous enchaînions au mur un type qui n'a pas vu une femme depuis très longtemps, et que vous marchiez devant lui comme vous venez de marcher devant moi, alors, là, ce serait de la torture. »

Elle rit, d'un beau rire de gorge, en rejetant sa tête en arrière. Je dus me retenir à quatre pour ne pas l'enlacer, et poser mes lèvres à la naissance de ses seins. Elle me prit par la main, et me conduisit à la cuisine. Sur une table dressée pour deux, reposait un poulet rôti et découpé, près d'une pile imposante de petites pommes de terre sautées, dorées à point.

« Asseyons-nous et mangeons. Il y a déjà une heure que le souper vous attend. »

Je m'assis, subjugué. Ou bien cette fille avait demandé à Myrna quels étaient mes goûts et mes faibles, ou bien elle joignait à l'exercice de la psychiatrie celui de la voyance extralucide. Le poulet rôti et les pommes de terre sautées ont toujours été mon plat préféré.

« Charlotte, dis-je en m'installant à table, si j'avais une raison quelconque de m'inquiéter, je trouverais ce repas trop tentateur pour ne pas être empoisonné. Mais de toute façon je crois que je le mangerais quand même. »

Charlotte nouait autour de sa taille un petit tablier bordé de rouge.

« Vous avez une raison de vous inquiéter, dit-elle.

— Je vous écoute, répondis-je, la bouche pleine de poulet.

— J'ai des centaines de clients, commença-t-elle en s'asseyant à son tour. Chose bizarre, presque tous des hommes. Mais de si petits hommes. Ou bien ils n'ont jamais eu de personnalité, ou bien ils l'ont rapidement perdue. Leurs esprits sont étroits, leurs conceptions limitées. Ils sont refoulés, obsédés, pitoyables. Eh bien, lorsqu'on est chaque jour en contact avec ces hommes sans virilité, et qu'on retrouve parmi ses amis et ses relations les mêmes spécimens de dégénérescence, on finit par aspirer, de toutes ses forces, à rencontrer enfin un homme véritable.

— Merci, murmurai-je.

— Je n'ai pas eu besoin de vous voir longtemps pour rendre mon diagnostic, continua Charlotte. Dès que vous êtes entré dans mon bureau, j'ai reconnu un homme digne de ce nom, un homme habitué à vivre et à dompter la vie. Vous m'avez paru immense, moralement et physiquement. Aucun refoulement, aucune répression...

— Et cependant, j'ai une obsession, coupai-je.

— Je m'avoue impuissante à la concevoir.

— Je veux un tueur, dis-je en m'essuyant la bouche. Je veux descendre un tueur. »

Elle m'observa une seconde, en déchirant une cuisse de poulet. Puis elle secoua la tête et sourit.

« Mais ceci est une belle obsession, dit-elle. Et maintenant, mangez ! »

Il devait y avoir plus d'un poulet dans cette assiette car je m'aperçus, soudain, que la mienne était pleine d'un tas imposant d'os rongés. Charlotte avait fait de son mieux, elle aussi, mais je l'avais laissée loin derrière. Après les desserts et la seconde tasse de café, je me renversai sur mon siège, content comme une vache repue.

« Votre cuisinière fait des miracles, remarquai-je.

— Cuisinière ? Mon œil ! ricana-t-elle argotiquement. J'ai préparé tout cela moi-même. Je n'ai pas toujours eu de l'argent, vous savez.

— Si vous vous décidez un jour à vous marier, vous n'aurez aucun mal à trouver un mari.

— Oh ! j'ai ma méthode, affirma-t-elle. Je les attire chez moi, je leur fais goûter ma cuisine, et avant la fin du repas, j'ai ma demande en mariage.

— Pas cette fois, dis-je, très digne. On m'a déjà fait le coup, à plusieurs reprises.

— Mais pas aussi bien que moi », conclut-elle.

Nous éclatâmes de rire. Je lui proposai de l'aider à laver la vaisselle et elle me tendit un tablier que je posai poliment sur le dossier d'une chaise. Si Pat ou quelqu'un d'autre arrivait à l'improviste et que je m'embrouille dans les nœuds, je n'aurais pas assez de toute ma vie pour me remettre de cet affront.

Après la vaisselle, nous nous installâmes dans le salon. Charlotte se pelotonna dans le fauteuil et je me laissai choir dans le sofa. Nous allumâmes des cigarettes, elle me sourit et commença :

« Allez-y, cher monsieur Hammer, dites-moi à présent le but de votre visite. D'autres questions ?

— Oui, avouai-je. Mais ne m'en veuillez pas pour cela. Ma visite, en réalité, avait un double but. Vous voir dans un cadre moins sérieux que celui de votre bureau — et je n'espérais pas ce qui m'attendait ! — et voir si, en votre qualité de psychiatre, vous n'auriez pas la possibilité de jeter une lumière quelconque sur le meurtre de mon ami, Jack Williams.

— Peut-être le pourrais-je, si vous précisiez davantage ce que vous attendez de moi.

— Je veux des détails. Il est entièrement raisonnable de supposer qu'un des invités de la surprise-party a tué Jack. Il est tout aussi raisonnable de supposer que le coup a été fait par un personnage actuellement inconnu. Je me suis livré à quelques études de caractères, et je n'aime pas ce que j'ai trouvé. Mais je n'ai pas découvert le mobile du crime. Je ne vous demande pas une opinion basée sur les faits et la logique, mais votre opinion professionnelle. Qui, à votre avis, a le plus de chances d'être le coupable ? »

Charlotte aspira une dernière bouffée, puis écrasa sa cigarette dans un cendrier. Je voyais à l'expression tendue de son visage qu'elle réfléchissait intensément. Une minute s'écoula avant qu'elle se décidât à reprendre la parole.

« Ce que vous me demandez n'est pas facile, dit-elle enfin. Pour juger une personne, il faut habituellement douze jurés, un juge, et des heures sinon des jours de délibération. Lorsque je vous ai rencontré, Mike, je n'ai pu m'empêcher d'étudier votre caractère. Je voulais savoir ce que vous étiez exactement. Ce n'était pas très difficile. Votre nom est apparu fréquemment dans les journaux. Des éditoriaux vous ont même été consacrés, et presque tous défavorables. Mais j'ai trouvé des gens qui vous connaissaient et vous aimaient, dans toutes les classes de la société. Je pense comme eux. Mais j'aurais peur, en vous disant ce que je pense, de condamner un innocent à mort. Vous êtes impulsif, Mike, et je ne veux pas cela. Vous sauriez être si bon si vous n'aviez été entraîné, toute votre vie, à détester avec tant de force.

« Je puis vous dire, seulement, ce que j'ai observé. Ce sont des détails, mais vous saurez peut-être les interpréter correctement. Voyez-vous, Mike, j'ai l'habitude des conflits personnels, des drames intimes, des luttes intérieures, mais je ne saurais porter un jugement sur des différends entre deux ou plusieurs personnes. Je remarque les choses, mais ne puis rien faire de plus qu'en tenir registre. Si une personne hait une autre personne, je puis déterminer les motifs de sa haine et l'aider à raisonner plus clairement, mais si sa haine l'a poussée à commettre un meurtre, je ne puis que constater ce meurtre en ajoutant que je m'y attendais. Quant à la découverte d'un meurtrier cela dépasse de très loin le cadre de mes possibilités. »

Je l'avais écoutée avec une grande attention et je comprenais parfaitement ce qu'elle voulait dire.

« Alors, racontez-moi ce que vous avez observé.

— Peu de choses, je le crains. Jack était nerveux, depuis plus d'une semaine. Je lui en avais fait la remarque, mais il avait éclaté de rire en me disant qu'il essayait toujours de se réadapter à la vie civile. Sa réponse m'avait semblé parfaitement normale. Un homme qui a perdu un membre a plus de mal que les autres à se refaire à la vie quotidienne.

« La nuit de la surprise-party, la tension de ses nerfs me parut encore accrue. Et chose curieuse, elle semblait avoir gagné Myrna. Elle était soucieuse à son sujet, j'en suis sûre. Tous deux le cachaient de leur mieux, mais il y a des détails qui ne trompent pas. Un court accès de colère devant un verre brisé, un tressaillement convulsif à l'occasion de quelque bruit inattendu... Quant à M. Kalecki, il était de mauvaise humeur avant d'arriver.

Il a plusieurs fois rembarré Hal Kines et parlé fort impoliment à Mary Bellemy.

— En quelles circonstances ?

— Au cours d'une danse. Je n'ai pas entendu ce qu'elle lui avait dit, mais j'ai entendu sa réponse. Quelque chose dans le genre : « Pas de ça avec moi, poupée, et tenez-vous-le pour dit ! » Dès la fin de la danse, il l'a reconduite auprès des autres et l'a laissée dans son coin. »

Je ricanai. Charlotte me jeta un regard interrogateur.

« Mary Bellemy a sans doute fait à George une proposition déshonnête, dis-je vertueusement. George n'est plus très jeune. D'où son indignation. Et Mary Bellemy est une nymphomaniaque.

— Comment le savez-vous ?»

Sa voix habituellement chaude était descendue à plusieurs degrés au-dessous de zéro.

« Quoi que vous puissiez penser, vous avez tort, prétendis-je. Elle a simplement essayé avec moi, mais je n'étais pas à prendre.

— Sur le moment ?

— Ni sur le moment, ni plus tard. J'aime faire une partie du travail, et non ce qui m'est offert sur un plateau.

— J'essaierai de m'en souvenir. Je soupçonnais Mary d'être ainsi, mais je ne m'étais jamais donné la peine d'approfondir. Nous n'étions que des amies de rencontre. Néanmoins, lorsque nous nous disposâmes à partir, Jack m'arrêta près de la porte et me demanda de venir le voir dans le courant de la semaine. Puis ils m'ont tous appelée, j'ai dû rejoindre les autres… et je ne l'ai jamais revu. »

J'essayai d'assembler ces nouvelles pièces au reste du puzzle, mais ne pus y parvenir. Ainsi, Jack et Myrna étaient nerveux, ce soir-là. Peut-être pour les mêmes raisons. Ou peut-être pas. Et George Kalecki était de mauvaise humeur…

« Qu'en pensez-vous ? demanda Charlotte.

— Rien encore. »

Elle quitta son fauteuil, vint s'asseoir à côté de moi, sur le divan. Sa main chercha la mienne et nos yeux se rencontrèrent.

« Promettez-moi quelque chose, Mike. Je ne vous demanderai pas de vous tenir à l'écart et de laisser faire la police, non, mais promettez-moi que vous serez prudent. »

J'eus soudain l'impression de l'avoir connue toute ma vie. Sa main tremblait légèrement dans la mienne. Mon propre cœur battait à tout rompre. Et c'était seulement la deuxième fois que je la voyais !

« Je serai prudent, promis-je. Pourquoi vous tourmentez-vous ?

— Voilà pourquoi », dit-elle.

Elle se pencha vers moi, les lèvres entrouvertes, et m'embrassa sur la bouche. Je la saisis par les bras et la serrai si fort que les mains m'en firent mal ; mais elle ne broncha pas. Lorsqu'elle s'écarta de moi, ses yeux étaient brillants et tendres. Un volcan faisait éruption dans ma propre poitrine. Elle regarda les marques, sur ses bras, et sourit.

« Vous aimez aussi fort que vous haïssez, Mike ? » dit-elle.

Cette fois, je fis attention de ne point la meurtrir. Je la pris dans mes bras, afin qu'elle sentît à son tour le feu qui me consumait. Ce baiser fut plus long que le premier. Je n'oublierai jamais ce baiser. En quittant sa bouche, je l'embrassai sur les yeux, dans le cou et à la naissance des seins, fouillant de mes lèvres l'entrebâillement de son corsage.

C'était meilleur encore que je l'avais imaginé.

Puis je l'obligeai à se retourner et nous fîmes face à la lumière. Elle frotta sa joue contre la mienne, retenant mes bras autour de sa taille...

« Je m'en vais, à présent, murmurai-je. Si je reste plus longtemps, je ne partirai plus. La prochaine fois, je resterai davantage... »

Elle releva la tête et je l'embrassai sur le nez.

« Je comprends, répondit-elle doucement. Mais le jour où tu voudras de moi, je serai là. Viens sans te faire annoncer et prends-moi. »

Je l'embrassai de nouveau, prudemment, cette fois. Elle me tendit mon chapeau et répara elle-même le désordre de ma coiffure.

« Au revoir, Mike.

— Au revoir, Charlotte. J'ai passé une soirée magnifique avec une femme merveilleuse. »

Je parvins tant bien que mal au bas de l'escalier. Je me souvins à peine de l'endroit où j'avais parqué ma voiture. Je ne pensais plus à rien qu'à ce visage, à ce corps admirable, à l'intensité de ces yeux, à la passion de ces baisers. Je stoppai dans Broadway et bus un verre pour m'éclaircir les idées. Elles devinrent encore plus brumeuses. Je rentrai chez moi et me couchai, complètement épuisé.

7

Je m'étais couché, et m'éveillai plus tôt que d'habitude. Je me douchai, me rasai, déjeunai et me servis une tasse de café. J'en étais à la troisième tasse lorsque le commis de la teinturerie me rapporta mon complet nettoyé, pressé et stoppé. C'était vraiment du beau travail. Je m'habillai sans me presser et appelai mon bureau.

« Agence Hammer, Police privée, bonjour.

— Bonjour vous-même, Velda. Ici, Mike.

— Oh ?

— Ne soyez pas fâchée, mon chou, plaidai-je. J'avais récolté ce rouge à lèvres en service commandé. Comment puis-je travailler si vous me tenez le couteau sur la gorge ?

— Cela n'a pas l'air de tellement vous gêner, répondit sa voix calme. Que puis-je faire pour vous, MONSIEUR Hammer ?

— Pas de coups de téléphone ?

— Non.

— Pas de courrier ?

— Non.

— Pas de visites ?

— Non.

— Rien à signaler ?

— Non.

— Voulez-vous m'épouser ?

— Non.

— Alors, au revoir, Velda.

— Vous épouser ! Allô, Mike, attendez une minute. Mike, MIKE ! Allô !... »

Je raccrochai tout doucement, content de moi. La prochaine fois, elle y regarderait à deux fois avant de m'infliger ce traitement négatif. Mais il serait inutile de recommencer le même tour. Elle ne ferait pas non plus deux fois la même erreur et c'en serait fait de mon célibat. (Quoique Velda ait été jusqu'alors la seule femme avec laquelle j'aie parfois envisagé le mariage sans éprouver un sentiment d'horreur insurmontable.)

L'appartement de Jack était toujours sous scellés et je ne tenais pas à avoir des ennuis avec le district attorney. Je cherchai donc un autre moyen d'y pénétrer et allais repartir bredouille lorsque je me souvins de l'existence, derrière la salle de bains, d'une petite courette d'aération commune à deux immeubles situés sur la même propriété. Je pénétrai dans l'immeuble du fond et, après un rapide calcul, frappai à une certaine porte. Un petit homme entre deux âges vint m'ouvrir. J'exhibai ma plaque en aboyant : « Police ! » Il ne demanda pas d'explications, et s'effaça pour me laisser passer. Dans le salon, il se retourna vers moi, râpé et ventripotent, image de la vertu civique. Rien de tel que ces citoyens respectables pour éprouver une peur bleue à l'entrée chez eux de la police.

« Je suis en train d'étudier les possibilités d'accès à l'appartement de M. Jack Williams, qui a été tué avant-hier. L'une des fenêtres de votre appartement fait face à celle de sa salle de bains, n'est-ce pas ?

— Euh... Oui. Mais personne n'aurait pu passer par chez nous sans être vu !

— La question n'est pas là, cher monsieur, lui expliquai-je. Quelqu'un a pu descendre du toit avec une corde. Je veux voir si cette fenêtre peut être ouverte de l'extérieur. Et je n'ai pas l'intention de jouer les Tarzan pour m'en rendre compte.

— Oh ! je vois, soupira le petit homme, soulagé. Eh bien, mais... Par ici... »

Une tête de femme émergea de la chambre à coucher, questionna :

« Que se passe-t-il, John ?

— Police ! répliqua John d'un air important. Ils veulent que je les aide. »

Il m'escorta jusqu'à la salle de bains, dont je relevai la fenêtre. Ces gens pudiques, craignant sans doute les regards indiscrets, n'avaient jamais dû s'en servir, car j'eus un mal de chien à en manœuvrer le battant. Enfin, il céda, dans une pluie de peinture séchée et de rouille.

La fenêtre de Jack était exactement en face de celle-ci. La courette d'aération n'avait pas plus d'un mètre de large. Je grimpai sur le bord de la fenêtre, tandis que le petit homme me retenait futilement par ma ceinture. Je me dressai, me laissai tomber en avant. Le petit homme poussa un cri qui attira sa femme sur les lieux. Mais je posai les mains sans encombre sur le mur d'en face, ouvris facilement la fenêtre de Jack, et me glissai dans sa salle de bains. Rien n'avait été déplacé. Le service des empreintes avait laissé sa poudre spéciale sur les trois quarts des objets usuels, et la position du corps de Jack avait été dessinée à la craie sur le sol. Son bras artificiel était toujours au même endroit. Son revolver avait disparu, mais il y avait une note dans l'étui. « Mike, disait cette note, ne t'énerve pas au sujet du revolver, c'est moi qui l'ai. Pat. »

Brave Pat ! Il était sûr que je trouverais un moyen d'entrer sans rompre les scellés du D. A. ! Je remis la note en place après y avoir ajouté : « Merci, frangin. Je ne m'énerverai pas. Mike. »

Il était évident que la police avait perquisitionné dans tout l'appartement. Très proprement, mais très efficacement, et il fallait toute ma connaissance du logis de Jack pour remarquer certains petits détails insolites.

Je commençai moi-même par le salon, examinai les chaises, les coussins du canapé, les bords de la carpette. L'intérieur de la radio n'avait pas été touché, ainsi que le prouvait l'épaisse couche de poussière qui s'y était déposée. Les livres ne contenaient aucun papier personnel. Et s'ils en avaient contenu, ils étaient à présent entre les mains de Pat.

Rien non plus dans la salle de bains. J'essayai la chambre à coucher, relevai le matelas, examinai les coutures. Jack avait tenu un journal, mais il le laissait toujours sur sa table de nuit et la police avait dû l'enlever également. J'allai jusqu'à baisser les stores, au cas où un papier y ait été roulé. Toujours rien... Et cependant, si Jack était sur une grosse affaire, il devait bien exister un document quelconque, un carnet de notes, un...

La police avait-elle également trouvé le petit agenda de Jack ? J'ouvris les tiroirs de la commode, secouai le linge de corps, les chandails, les chaussettes... Rien.

Comme j'ouvrais le tiroir du bas, une cravate glissa par-dessus la planche du fond. Je dus extraire entièrement le tiroir pour réussir à la récupérer. Sur le fond de contre-plaqué, je retrouvai la cravate récalcitrante. J'y trouvai, également, le petit agenda de Jack.

Je le mis dans ma poche, replaçai tout aussi vite que possible. Il était près de dix heures et je ne voulais pas courir le risque d'être surpris par un flic de Pat, ou un constable appelé par le petit homme que mon long séjour dans l'appartement du crime pouvait rendre, à la longue, soupçonneux.

Mais il m'attendait bien sagement, derrière la fenêtre de sa propre salle de bains. Je refis le même chemin en sens inverse, après avoir longuement examiné les murs et tenté de parvenir jusqu'à la gouttière.

« Avez-vous trouvé quelque chose ? s'informa-t-il.

— Rien pour l'instant. J'ai également vérifié les autres fenêtres, mais elles n'ont pas été ouvertes. »

Je feignis quelques instants encore de m'intéresser à l'état du mur, puis annonçai :

« Un coup pour rien. Je vais redescendre par votre escalier plutôt que m'amuser à refaire le saut une troisième fois. O.K. ?

— Certainement. Par ici... » Il me reconduisit jusqu'à la porte comme un chien d'aveugle et conclut : « Toujours à votre disposition, monsieur l'inspecteur. Nous serons toujours trop heureux de vous aider. »

Je me rendis à mon bureau et y pénétrai en tirant l'agenda de ma poche.

Velda cessa un instant de maltraiter sa machine à écrire et appela : « Mike ! »
Je me retournai. Je savais ce qu'elle allait dire.

« Oui, trésor ?

— Ne jouez pas ainsi avec moi.

— Mais je ne jouais pas, chérie, répondis-je. Si vous aviez dit oui, nous
serions fiancés. Venez voir quelque chose. »

Elle me suivit. Je posai les pieds sur mon vieux bureau et feuilletai l'agenda
de Jack.

« Qu'est-ce que c'est ? » s'informa Velda.

Je le lui expliquai, et ouvris le petit livre à la première page. Elle contenait
une liste de noms, tous rayés. Puis, venaient un certain nombre de pages
datées, couvertes de références à des cas anciens, d'hypothèses et de solutions
possibles. Toutes ces pages également avaient été rayées.

Vers le milieu de l'agenda, certaines pages n'étaient plus rayées. J'en
dressai une liste que Velda compara avec mes fiches et me ramena après
avoir mentionné « Affaire classée » au bout de chaque ligne. Toutes ces
affaires avaient été évidemment résolues après le départ de Jack aux armées.

Jusqu'alors, ce n'était pas très encourageant. En travers d'une page, datée
du jour de sa démobilisation, Jack avait marqué : « WHOOPIE ! » Sur la
page suivante, s'étalait la recette du veau marengo, avec un post-scriptum
conseillant d'y mettre davantage de sel. Une page ou deux de chiffres et de
comptes. La balance de son avoir et de ses dépenses vestimentaires. Puis
une brève remarque : « Eileen Vickers. Famille toujours à Poughkeepsie. »

Jack était né à Poughkeepsie, et y avait vécu jusqu'à son entrée au collège.
Eileen Vickers était évidemment une de ses compatriotes, rencontrée après
quelques années. Les pages suivantes ne contenaient que des instructions
relatives à une police d'assurance. Puis le nom d'Eileen Vickers apparaissait
une seconde fois en ces termes : « Revu E. V. Téléphoner à sa famille. »
La page était datée d'une quinzaine de jours avant la mort de Jack.

Cinq pages plus loin, je découvris : « R. H. Vickers, c/o Halper. Pough.
221. Téléphoner après 6 heures. » Puis, au-dessous : « E. V. alias Mary
Wright. Adresse inconnue. A voir. »

J'essayai de coordonner ces notes disparates. Jack, apparemment, avait
rencontré une de ses compatriotes, qui lui avait appris que sa famille habitait
toujours Poughkeepsie. Il avait essayé de les joindre par téléphone, s'était
aperçu qu'il fallait les appeler aux bons soins d'un nommé Halper, et ceci,
à l'heure du souper. Ainsi, il avait appris qu'Eileen Vickers voyageait sous
un faux nom et ne possédait pas d'adresse connue.

Je continuai.

« E. V. Retéléphoner famille. Situation fâcheuse. Trouver et organiser
un raid le 29 au 36904. »

Nous étions le 29 !

Une courte note barrait la dernière page : « Demander à C. M. ce qu'elle
peut faire. »

C. M. Charlotte Manning. Cette note confirmait ce qu'elle m'avait dit.
Jack avait réellement désiré la voir dans le courant de la semaine, mais leur
entrevue était demeurée à l'état de projet.

Je décrochai le récepteur, demandai le 221 à Poughkeepsie. Il y eut quelques déclics, puis une voix lasse répondit :

« Allô ?

— Allô, monsieur Vickers ?

— Non, ici, M. Halper, M. Vickers n'est pas encore rentré. Puis-je lui faire une commission ?

— Mon Dieu, je voulais simplement savoir s'il avait une fille à New York. Je...

— Mieux vaut ne pas en parler à M. Vickers, coupa la voix. Qui est à l'appareil ?

— Michael Hammer, détective privé. Je travaille sur un meurtre, en liaison avec la police, et il est possible que la fille de M. Vickers ait quelque chose à voir avec cette affaire. Pouvez-vous me donner quelques renseignements ? »

Halper hésita un instant, puis concéda :

« M. Vickers n'a pas revu sa fille depuis le collège. Elle l'a quitté pour vivre en situation irrégulière avec un jeune homme. M. Vickers est un homme très strict et sa fille est désormais morte pour lui... »

Je le remerciai, et me tournai vers Velda. Sourcils froncés, elle examina les chiffres mentionnés par Jack dans son agenda : 36904.

« Mike ! dit-elle.

— Oui ?

— Savez-vous ce que c'est que ça ? »

Je regardai le numéro. J'avais pensé, d'abord, qu'il devait s'agir du numéro d'ordre d'un dossier de la police officielle. Et cependant, cet assemblage de chiffres me semblait vaguement familier.

« J'ai l'impression de l'avoir déjà vu quelque part, musai-je. Ce numéro...

— Et de cette façon ? coupa Velda. Elle s'empara d'un crayon et écrivit : XX 3-6904.

— Bon sang ! Un numéro de téléphone !

— Tout juste, grand cerveau. Remplacez les deux X par les lettres *ad hoc* et vous aurez ce que vous cherchez. »

Je bondis de ma chaise et me précipitai sur mon classeur. Je savais que j'avais déjà vu ce numéro. Il se trouvait au dos d'une carte qu'un galopin — que j'avais d'ailleurs évincé à coups de pied au derrière — avait essayé de me vendre, quelques jours plus tôt. Je revins avec un dossier dans lequel j'entassais tous les documents de ce genre et en tirai triomphalement la carte en question.

« Voilà », m'écriai-je.

« SACHEZ DANSER, disait la carte. VINGT JOLIES FILLES SE FERONT UN PLAISIR DE VOUS L'APPRENDRE... » Et c'était bien le numéro mentionné par Jack. LO 3-6904. LO pour LOellen. Velda me prit la carte des mains et la lut.

« Qu'est-ce que c'est, Mike ? dit-elle.

— Le numéro de téléphone d'une maison de rendez-vous. Celle-là même, si je ne me trompe, où je retrouverai cette Eileen Vickers. »

Je tendis la main vers l'appareil. Velda m'empêcha de le décrocher.

« Vous n'allez pas y aller, non !

— Pourquoi pas ?

— Mike ! cria-t-elle, indignée et blessée.

— Pour l'amour du Ciel, Velda, ai-je l'air d'un imbécile ? Après avoir vu les films éducatifs dans lesquels l'armée vous enseigne ce qui arrive aux bons petits garçons qui suivent de mauvaises petites filles, j'aurais peur d'embrasser sur la joue ma propre grand-mère.

— O.K. Faites ce qui vous plaira. Mais pas de blagues, Mike Hammer, ou vous chercherez une autre secrétaire ! »

Je ricanai, ébouriffai ses cheveux et composai le numéro.

« Allô ? »

Je vis clairement, derrière le faux engouement de cet « Allô ? » une blonde oxygénée, quinquagénaire et décolletée, à la cigarette agressive.

« Allô, répondis-je. Quelque chose de libre, pour cette nuit ?

— Qui est à l'appareil ?

— Pete Sterling. Un petit farceur m'a donné votre adresse.

— O.K. Arrivez avant neuf heures ou vous raterez le début des réjouissances. Resterez-vous toute la nuit ?

— Peut-être. Comptez sur moi pour la nuit, de toute manière. J'aviserai sur place. »

J'adressai un clin d'œil à Velda, mais elle n'eut pas l'air de trouver cela drôle.

« A ce soir. Apportez de l'argent. Et sonnez trois coups longs et un court.

— Compris. »

Je raccrochai.

Les yeux de Velda étaient pleins de larmes qu'elle tentait en vain de retenir. Je la pris dans mes bras et la serrai doucement contre moi.

« Allons, chérie, la grondai-je. Si je ne prends pas les choses comme elles viennent, je n'arriverai jamais à rien.

— Vous n'avez pas à aller jusque-là, renifla-t-elle.

— Mais il n'en est pas question, mon chou. Je n'en suis pas encore réduit à fréquenter ces endroits. Je connais pas mal de femmes qui consentiraient à meubler mes nuits, si je le leur demandais. »

Elle posa ses deux mains sur ma poitrine et me repoussa.

« A qui le dites-vous ! cria-t-elle littéralement. Je ne vous confierais pas à ma meilleure amie... Oh ! je vous demande pardon, Mike. Je ne savais pas ce que je disais. Après tout, je ne suis que votre secrétaire.

— Secrétaire ? Tu parles, gouaillai-je, en lui pinçant le nez. Je ne sais ce que je ferais si je ne vous avais pas. Et maintenant, voici les ordres du grand chef. Soit ici, soit chez vous, restez à proximité du téléphone. J'aurai peut-être besoin de vous pour vérifier certains angles de l'affaire. »

Velda émit un petit rire.

« O.K. Je m'occuperai des angles. Ne vous occupez pas trop des courbes. *Bye-bye.* »

Elle entreprit de mettre de l'ordre sur ma table de travail.

Je m'esquivai.

8

Je commençai par téléphoner à Pat. Il me demanda où j'en étais, mais je n'avais pas l'intention de lui parler d'Eileen Vickers avant de l'avoir rencontrée moi-même. Je choisis donc quelques numéros dans l'annuaire, y ajoutai celui de la maison de passe, et le priai de bien vouloir me fournir les adresses correspondantes. Je l'en remerciai, raccrochai, et comparai avec l'annuaire les renseignements obtenus. Toutes les adresses étaient exactes. Jusqu'à nouvel ordre, Pat semblait décidé à jouer franc-jeu. Et s'il s'amusait à mettre son nez dans cette liste d'adresses, il perdrait des heures avant de parvenir à celle qui importait réellement.

Cette fois, je parquai ma voiture à une certaine distance du but de mon expédition. La maison en question était un immeuble de trois étages, en véritable pierre brune, qu'encadraient deux autres immeubles aussi tristes et mornes d'apparence. J'observai un instant la maison, mais ne vis entrer ou sortir personne. Une lumière brillait au troisième étage, mais aucune ombre ne bougeait derrière les fenêtres closes. J'étais arrivé un peu tôt...

La maison ne se trouvait pas dans un quartier réservé, et cependant l'endroit me parut bien choisi avec son voisinage vieillot et respectable, et l'agent bon enfant qui, plusieurs fois par nuit, devait y faire une ronde indulgente. Pas de gosses. La rue était trop triste pour les attirer. Pas d'ivrognes dans les coins des portes. J'écrasai ma cigarette sur le trottoir, traversai la chaussée et sonnai. Trois coups longs, un coup bref. J'entendis vaguement le tintement de la sonnette, mais la femme qui vint m'ouvrir n'était ni blonde ni décolletée. Ses cheveux étaient roulés sur la nuque, son visage fort maquillé, sa robe noire et haut boutonnée. Elle avait une cinquantaine d'années et l'allure d'une mère de famille.

« Pete Sterling, annonçai-je.

— Donnez-vous la peine d'entrer. »

Elle referma la porte derrière moi et me précéda dans la salle d'attente. Le contraste était saisissant. En dépit de la morne façade, cette pièce offrait un aspect vivant et jeune, avec un mobilier moderne et confortable, des murs lambrissés d'acajou, une cheminée décorée et l'amorce d'un escalier impeccablement ciré. Je compris pourquoi aucune lumière n'était visible de la rue. Toutes les fenêtres étaient soigneusement obturées à l'aide de lourds rideaux de velours noir.

« Puis-je vous débarrasser de votre chapeau ? »

Je le lui remis. Un poste de T.S.F. jouait un air de jazz, quelque part dans les profondeurs. La respectable quinquagénaire revint au bout de quelques instants, et me fit signe de m'asseoir en face d'elle.

« C'est gentil, chez vous, remarquai-je.

— Nous n'avons pas à nous plaindre, approuva-t-elle. Vous m'avez dit au téléphone que vous aviez rencontré l'un de nos agents en ville. Lequel était-ce ?

— Un petit avorton au profil de rat. Il vendait mal sa marchandise, et je lui ai flanqué mon pied quelque part. »

Elle m'adressa un sourire ambigu.

« Oui, je m'en souviens, monsieur Hammer. Nous avons dû lui accorder deux jours de vacances. »

Si elle s'attendait à me voir sursauter, elle se fourrait le doigt dans l'œil.

« Comment m'avez-vous reconnu ? l'informai-je paisiblement.

— Ne soyez pas si modeste, protesta-t-elle. Vous avez fourni trop de copie aux journalistes pour être totalement inconnu. Et maintenant, dites-moi, je vous prie, pourquoi vous êtes venu ?

— Devinez », murmurai-je.

Elle sourit.

« Après tout, pourquoi pas, ricana-t-elle. Eh bien, monsieur... Sterling, je suppose que vous aimeriez monter ?

— Ouais. Qu'y a-t-il là-haut ?

— Vous verrez par vous-même. Un excellent assortiment. Mais tout d'abord, veuillez me remettre vingt-cinq dollars. »

Je lui donnai l'argent. Elle me conduisit jusqu'à l'escalier et pressa un bouton d'appel. Une porte s'ouvrit au-dessus de nos têtes, illuminant la cage de l'escalier. J'aperçus, au sommet des marches, une fille brune vêtue d'une robe transparente.

« Montez ! » cria-t-elle.

En trois bonds, je la rejoignis. Elle n'était pas jolie, mais adroitement maquillée. Un corps agréable, cependant. Je la suivis, et elle m'introduisit dans une salle à peu près semblable à celle d'en bas, mais singulièrement plus peuplée. Madame mère n'avait pas menti, en promettant un excellent assortiment. Elles fumaient et lisaient, allongées ou assises, et il y en avait, effectivement, pour tous les goûts : brunes, blondes, châtaines, une paire de rousses, toutes assez jeunes et presque nues.

Les tableaux de ce genre sont supposés accélérer les battements de votre cœur, mais celui-là ne m'inspira qu'une indifférence mêlée d'un vague dégoût. Je pensai à Velda. Je pensai à Jack. J'étais venu chercher Eileen Vickers, mais je ne l'avais jamais vue. Qui devais-je demander ? Eileen Vickers ou Mary Wright. Il était peu probable qu'elle travaillât ici sous son véritable nom...

Personne ne s'occupait de moi. La fille brune qui m'avait introduit me regardait d'un air interrogateur. Evidemment, j'étais censé faire mon choix. Enfin, la fille brune me demanda :

« Désirez-vous quelqu'un plus particulièrement ?

— Mary Wright, dis-je.

— Elle est dans sa chambre. Je vais la chercher. »

Elle disparut, revint, annonça : « Par ici, l'avant-dernière porte à droite. »

J'acquiesçai et me trouvai dans une sorte de long couloir, percé de part et d'autre de portes nouvellement posées. Toutes possédaient une poignée, mais pas de serrures. L'avant-dernière à droite ne différait pas des autres. Je frappai. Une voix féminine cria : « Entrez ! » J'entrai.

Assise devant une coiffeuse d'acajou, Mary Wright se brossait les cheveux.

Elle était en culotte et en soutien-gorge, les pieds chaussés de pantoufles. Dans le miroir, elle me regarda entrer.

Elle avait dû être jolie, mais ce temps-là était passé. Son visage était durement marqué par la vie, non par l'âge. Elle pouvait avoir vingt-huit ou trente ans, mais paraissait beaucoup plus. Un léger tic faisait tressauter par instants la commissure gauche de ses lèvres. Elle avait un corps de femme bien nourrie, mais froid et sans élan. Vide comme une coquille d'escargot. Son passé et sa profession se lisaient à livre ouvert dans ses yeux éteints. Le genre de fille que l'on peut frapper à mort sans en obtenir un gémissement. Comme les autres, elle ne portait qu'un maquillage relativement discret. Cette maison devait avoir une clientèle raffinée.

Elle était de taille moyenne, châtain clair, les yeux marron. Assez bien faite. Seins insuffisants, mais cuisses et mollets agréables.

« Bonjour. »

Sa voix aussi était agréable. La voix d'une épouse que son mari surprend dévêtue et qui l'accueille avec une bonne grâce impudique.

« Vous arrivez tôt, ajouta-t-elle.

— J'en avais assez de traîner dans les bars. »

J'examinai rapidement la chambre, tâtai les rebords de la table, inspectai les murs. Ces maisons sont fréquemment pourvues d'appareils d'écoute et je ne voulais pas être pris au piège. Je m'agenouillai et jetai un coup d'œil sous le lit.

Pas de fils.

« Si vous cherchez un microphone, dit Mary d'un ton légèrement amusé, nous n'en possédons aucun. Et les murs sont absolument insonores. »

Elle se leva, me fit face.

« Un verre, avant ?

— Non.

— Alors, après ?

— Non plus.

— Pourquoi ?

— Parce que je ne suis pas venu pour cela.

— Alors, pourquoi êtes-vous venu ? Pour parler de la pluie et du beau temps.

— Vous l'avez dit, Eileen. »

Je crus qu'elle allait s'évanouir. Elle devint mortellement pâle. Puis ses yeux se durcirent et elle serra les dents. Ce serait certainement moins facile que je l'avais imaginé.

« Qu'est-ce que cela signifie ? Qui êtes-vous ?

— Je m'appelle Mike Hammer, fillette. Je suis détective privé. »

Mon nom ne lui était pas inconnu. Elle se raidit, tandis que la terreur s'infiltrait dans ses yeux, et balbutia :

« Un flic... Si c'est mon père qui vous envoie...

— Je ne connais pas votre père, coupai-je. Et personne ne m'envoie. Un de mes copains a été tué, voici peu de temps. Il s'appelait Jack Williams. »

Elle porta sa main à ses lèvres. Elle parut sur le point de crier, mais se contint. Elle s'assit sur le bord du lit, épuisée, et une larme raya son fond de teint.

« Non, dit-elle… Je ne savais pas.

— Vous ne lisez pas les journaux ? (Elle secoua la tête.) Parmi ses papiers, j'ai trouvé votre nom. Vous l'avez vu quelques jours avant sa mort, n'est-ce pas ?

— Oui. Allez-vous m'arrêter ?

— Non. Je ne veux arrêter personne, mais je veux tuer quelqu'un : l'assassin de Jack. »

Elle sanglotait à présent. Elle tentait de retenir ses larmes, mais elles coulaient plus vite qu'elle ne pouvait les essuyer.

Je commençais à ne plus comprendre. Je l'avais prise pour une « dure de dure », elle haïssait apparemment son propre père et pleurait en apprenant la mort de Jack !

« J'ai tant essayé de cacher la vérité à Jack… Mais il avait fini par la découvrir. Il m'avait même trouvé un emploi, mais il m'a été impossible de le garder. »

Elle enfouit son visage dans l'oreiller. Elle sanglotait si fort que ses épaules nues tressautaient violemment. Je m'assis près d'elle et l'obligeai à se redresser.

« Inutile de pleurer, grognai-je. Relevez-vous et écoutez-moi. Jack voulait organiser une rafle aujourd'hui dans cette maison, mais son message n'est jamais parvenu à la police. Qu'y a-t-il de prévu pour ce soir ? »

Elle cessa de pleurer, réfléchit longuement, sourcils froncés.

« Je ne sais pas, dit-elle enfin. Je ne vois pas pourquoi Jack aurait fait fouiller la maison. Il en existe des douzaines de ce genre dans la ville et…

— Mais peut-être celle-ci est-elle différente des autres ? Réfléchissez encore. Qui attendez-vous ce soir ? »

Elle haussa les épaules.

« La représentation habituelle, dit-elle. Beaucoup de clients, racolés en ville par les rabatteurs. Mais jamais personne d'important. Rien que des bourgeois plus ou moins aisés. »

Bien sûr. Des gros bourgeois cossus, provinciaux pour la plupart. Des jeunes écervelés soucieux de dépenser facilement leur argent. Des sadiques des deux sexes, amoureux de la crasse, et qui paieraient n'importe quoi pour s'y vautrer. Quelques blasés, amateurs de sensations inédites. Et l'employé consciencieux qui doit économiser sou par sou pour s'offrir une nuit de plaisir… et s'en vanter le reste de sa vie. Pas intéressant, tout ça…

J'essayai d'approfondir un autre aspect de la question.

« Comment en êtes-vous arrivée là, Mary ?

— Zut. C'est une longue histoire et je n'ai aucun désir de vous la raconter.

— Écoutez, Mary, je ne me mêle pas de vos affaires pour le plaisir de vous embêter. Vous pouvez être en possession, sans le savoir, d'un facteur important, et quel que soit ce facteur, je suis convaincu qu'il offre un rapport direct avec la mort de Jack. Je pourrais tout démolir ici et vous arracher votre histoire à coups de poing, mais je n'en ai pas l'intention. Si vous aviez de l'affection pour Jack, prouvez-le.

— Oh ! très bien. Si vous pensez que cela puisse servir à quelque chose, je le ferai pour Jack. C'est l'un des seuls types véritablement chic que j'aie rencontrés dans ma vie. Il m'a tendu la perche, plusieurs fois, mais je n'ai pas su m'en montrer digne. Je pleure généralement quand je raconte cette histoire, mais il y a trop longtemps que cela dure pour m'émouvoir encore. »

J'allumai une cigarette et lui en tendis une. Elle l'accepta et nous nous mîmes à fumer. Je m'adossai au pied du lit et attendis la suite de son récit.

« Cela a commencé au collège du Midwest. Je devais être institutrice. Un jour, j'ai rencontré un nommé John Hanson. Il était grand, jeune, et beau garçon. Nous devions nous marier. Une nuit, je l'ai raccompagné, après un match de football, et vous connaissez la suite. Trois mois plus tard, j'ai dû interrompre mes études. John ne voulait pas se marier encore et il m'emmena chez un docteur qu'il connaissait. L'opération me laissa dans un état de nervosité chaque jour grandissante. Nous nous mîmes en ménage et vécûmes pendant un certain temps sous le nom de M. et Mme John Hanson. Puis mes parents eurent vent de la chose. Comment, je n'en sais rien. Je reçus une lettre de mon père, qui me reniait définitivement. Le même soir, John ne rentra pas à la maison. Je l'attendis, puis appelai l'école. Il avait complètement disparu. Le loyer payé d'avance tirait à sa fin. Je ne savais plus que faire...

« Et maintenant, la partie désagréable de l'histoire. Je commençai à recevoir des visiteurs. Ce qu'ils m'offraient était ma seule source de revenus. Cela dura quelques semaines. Puis le propriétaire en fut informé et me jeta dehors. J'avais à peine eu le temps de réfléchir qu'une auto me conduisit à un hôtel meublé.

« Ce n'était pas comme ici. C'était sale et délabré. La tenancière était une vieille harpie qui nous jetait pour un rien des objets à la tête. Elle me dit qu'elle connaissait sur le bout du doigt toutes mes activités passées et que si je ne me montrais pas compréhensive, elle me remettrait à la police. Que pouvais-je faire ?

« Une nuit, au cours d'une conversation avec une camarade de chambre, je racontai une fois de plus mon histoire. Elle était dure et experte et savait se faire valoir. Elle rit au point de ne plus pouvoir s'arrêter et m'avoua qu'elle aussi s'était laissé avoir de cette manière. Mais voilà le hic. Je lui décrivis John, et elle le reconnut. C'était lui qui avait fait d'elle ce qu'elle était à présent. Elle explosa. Nous cherchâmes John, mais sans succès...

« Je faisais partie, désormais, d'une grosse organisation. On nous véhiculait à droite et à gauche, selon les besoins. Il y a un bon bout de temps que j'ai échoué dans cette boîte. Et c'est tout... »

C'était tout, en effet. Une bien vieille histoire. J'étais sincèrement navré pour elle, même si elle affectait de prendre les choses avec tant de désinvolture.

« En quelle année fréquentiez-vous l'université ?

— Il y a douze ans.

— Merci. »

Pour l'instant du moins, je ne voyais pas ce que je pourrais tirer de cette histoire. Je lui tendis ma carte et un billet de cinq dollars.

« Vous me trouverez toujours à cette adresse si vous apprenez du nouveau. Et maintenant, bonsoir, j'ai besoin de réfléchir. »

Elle me regarda, stupéfaite.

« Vous voulez dire... que vous partez ? Vous ne désirez rien de plus ?...

— Non. Merci tout de même. Et veillez au grain.

— Je veillerai. »

Sans l'avoir cherché, je trouvai un second escalier et gagnai le hall d'entrée par un colimaçon de fer forgé dissimulé derrière une draperie. La vieille femme à la robe haut boutonnée posa son livre devant elle et constata :

« Vous partez déjà ? Je croyais que vous deviez passer la nuit ? »

Je pris mon chapeau et murmurai :

« J'en avais l'intention. Mais je suis moins jeune que je le pensais. »

Elle ne se donna pas la peine de me reconduire.

Je postai ma voiture à proximité de la maison. Si Jack n'avait pas eu une bonne raison de souhaiter cette rafle, il ne l'eût jamais mentionnée dans son agenda, et je voulais voir qui franchirait cette porte dans les quelques heures à venir. Je m'installai confortablement sur les coussins râpés et attendis. Quoi, je n'en savais rien. Je ne voyais pas encore le rapport existant entre la mort de Jack, les gens qu'il connaissait, son agenda, cette maison de passe, et Eileen Vickers. Je ne voyais rien, mais je sentais, derrière tous ces facteurs disparates, un courant souterrain de haine et de violence, un courant dont le flot torrentiel ne laissait derrière soi que la mort et l'épouvante.

Eileen, par exemple : une prostituée en route pour la tombe parce qu'un salopard l'avait séduite, obligée à avorter, possédée quelque temps et laissée choir ensuite. Ce genre de type devrait être traqué, réduit à merci et suspendu par les pouces jusqu'à ce que mort s'ensuive. Désignez-m'en quelques-uns et je me charge d'eux, personnellement. Et la camarade de chambre d'Eileen, prostituée elle aussi, de la même manière, et par la faute du même individu ! John Hanson. Jamais entendu parlé de lui. Depuis douze ans... Eileen devait avoir... voyons, à quel âge entre-t-on au collège ?... Vers dix-huit ans... Elle pouvait l'avoir connu l'année suivante, dix-neuf. Plus douze égale trente et un. Elle en paraissait au moins quarante. Un mot aimable de son père, au moment propice, et tout cela eût été évité. Un foyer où retourner, et elle échappait aux pièges de l'existence... Comment le vieux avait-il pu apprendre, à Poughkeepsie, ce qui se passait dans un collège du Midwest ? Bah, cette sorte de nouvelle voyage toujours avec une rapidité étonnante. Quelque écolière jalouse à la plume empoisonnée. Ou quelque autre maîtresse du John Hanson. Il en avait sans doute une ou plusieurs douzaines !... Eileen devait se faire pas mal d'argent, même si elle travaillait à dix ou quinze pour cent. Cette boîte était un modèle du genre, et faisait partie d'une organisation de grande envergure. Ces gens-là avaient de l'argent. Rien que la séance de ce soir...

Je réfléchissais à bâtons rompus, avec une telle ardeur, que je remarquai à peine le premier taxi. La portière s'ouvrit, et le véhicule déversa sur le trottoir un jeune éphèbe que je crus reconnaître — c'était, si ma mémoire était fidèle, le fils d'un « bouc » de Brooklyn — et un gros tas de graisse à forme vaguement humaine que je n'avais jamais vu auparavant. Ils furent immédiatement admis, et j'en conclus qu'ils devaient appartenir aux habitués de la maison.

Cinq minutes plus tard, un second taxi déposa devant la porte un étrange couple. Lui — si l'on peut dire — était petit, maigrelet, et précieusement enveloppé dans un ample manteau en poil de chameau. Elle — mais elle n'avait de la femme que la jupe et les bas — était grande, anguleuse et masculine. Elle marchait à grands pas conquérants et ce fut elle qui sonna et poussa la porte lorsqu'on vint leur ouvrir. Joli couple. Il faut de tout pour faire un monde. Dommage que ces deux-là soient demeurés devant la porte, lors de la distribution des sexes. On avait dû leur donner les restes et pas assez de l'un ou de l'autre.

Pendant plus d'une heure, je regardai entrer dans la maison d'en face des individus, hommes et femmes, appartenant à toutes les catégories sociales. Si j'avais eu une « candid camera », ma fortune était faite. Eileen n'était peut-être pas assez au courant de l'actualité pour pouvoir les identifier, mais je reconnus quatre politiciens notoires, et une demi-douzaine de personnalités de toute sorte dont les photographies ne se tenaient jamais plus d'une quinzaine consécutive à l'écart des colonnes de la presse. Tous entraient. Aucun ne ressortait. Cela signifiait que la représentation était commencée, les transactions, en cours.

Vingt minutes s'écoulèrent sans qu'une autre voiture s'ajoutât à la file des véhicules en attente. Si Jack avait espéré pincer quelqu'un dans cette boîte, ce n'était pas l'un de mes suspects ni l'une de nos relations communes. Je ne saisissais pas.

Et soudain je compris. Ou du moins, je pensai comprendre.

Je démarrai, quittai le bord du trottoir, et me rendis tout droit à l'appartement de Jack. Cette fois, j'entrai par la porte de devant, après avoir brisé les scellés et crocheté la serrure. Par bonheur, le téléphone n'avait pas été débranché. Je composai mon numéro et attendis.

« Allô, police ?... Le capitaine Chambers, S.V.P. Pat Chambers, des Homicides. Et plus vite que ça.

— Ici, le capitaine Chambers, dit bientôt la voix de Pat.

— Allô, Pat. Ici, Mike Hammer. Je suis chez Jack. Prends deux hommes avec toi et viens le plus tôt possible. Et si tu as pris des livres chez Jack, amène-les par la même occasion. Ah ! autre chose. Demande une escouade armée, pour une rafle éventuelle. »

La voix de Pat perdit son calme habituel.

« Que se passe-t-il, Mike ? Tu as trouvé quelque chose ?

— Je le crois, répondis-je, mais grouille-toi, ou il sera trop tard. »

Je raccrochai sans lui laisser le temps de poser d'autres questions. Puis j'allumai la lampe du salon et ouvris la bibliothèque. Je trouvai rapidement ce que je cherchais. Trois des volumes n'étaient autres que trois années reliées de ces publications universitaires qu'on imprime dans tous les collèges du Midwest et d'ailleurs. Je m'installai sur une chaise et commençai à les feuilleter. Je cherchais une photographie de John Hanson.

Il y avait là plus qu'une possibilité. Jack avait rencontré Eileen après de nombreuses années. Il était au courant de son passé et, en tant que policier, n'avait dû avoir aucun mal à découvrir la nature de ses occupations présentes. Il savait ce qui lui était arrivé jadis et connaissait l'individu. La page de garde de chaque recueil portait le cachet d'un bouquiniste de Times Square. L'étiquette était propre, le papier nullement jauni. Ce devait donc être une acquisition de fraîche date. Supposons à présent que Jack ait retrouvé John Hanson et qu'il lui ait cassé le morceau ! Il s'exposait inévitablement au meurtre. Hanson devait avoir une famille, une situation que la publication de ses exploits antérieurs n'eût pas manqué de compromettre...

Pat arriva et je n'avais découvert aucune photo étiquetée « John Hanson ». Mais Pat avait sous le bras trois autres livres du même genre.

« Voilà, Mike, dit-il en les jetant sur le divan. Et maintenant, raconte. »

Aussi brièvement que possible, je lui exposai la situation. Il m'écouta avec attention, me demandant parfois de répéter un détail.

« Ainsi, tu crois que cette Eileen Vickers constitue la clef de l'énigme ?

— Je n'en sais rien, mais c'est possible. Prends un de ces livres et cherche Hanson. Grand et beau garçon d'après Eileen, mais toutes les femmes amoureuses voient leurs hommes grands et beaux garçons. A propos, pourquoi avais-tu confisqué ces trois bouquins ?

— Ils étaient tous trois dans le salon, ouverts. Jack les feuilletait juste avant de mourir. Cela m'a semblé drôle qu'il s'amuse à parcourir de vieilles feuilles universitaires. Je les ai donc emportées et j'ai fait comparer tous les noms qu'elles contiennent avec nos fiches.

— Et alors ?

— J'ai trouvé deux cas de bigamie, un type qui avait déjà été pendu pour meurtre et un de mes amis, droguiste à Brooklyn. Rien d'intéressant. »

Nous nous assîmes et relûmes ces bouquins infernaux d'une couverture à l'autre. Puis nous les échangeâmes et recommençâmes la même opération. Le tout sans trouver trace du nommé John Hanson.

« Toujours l'aiguille dans la botte de foin, Mike, remarqua Pat. Tu es sûr que Jack avait acheté ces bouquins dans le but d'y rechercher ce type ?

— Sûr, oui. Quoi d'autre ? Ces bouquins remontent à une douzaine d'années, les dates concordent... Et, tiens — je tirai l'agenda de ma poche et le lui jetai — examine un peu ce truc-là et ne me reproche pas d'obstruer la marche de la justice. »

Pat obéit et remarqua :

« Je suis venu ici le lendemain de ta visite. Tu l'as trouvé sous le dernier tiroir de sa commode, n'est-ce pas ?

— Oui. Comment le sais-tu ?

— A la maison, j'ai laissé tomber quelque chose par-dessus le dos d'un tiroir, de cette manière. Et cela m'a rappelé que nous n'avions pas regardé dans le fond de cette commode, lors de la perquisition. Je suis venu, j'ai trouvé ta note, et je n'ai pas insisté. »

Il parcourut l'agenda d'un bout à l'autre et l'empocha. Je m'en moquais. Il avait cessé de m'être utile.

« Je pense que tu as raison, Mike, dit-il. Que faisons-nous, à présent ?

— Nous allons chez le bouquiniste, Pat. Jack a pu consulter d'autres livres. J'aurais dû demander à Eileen le nom de son école, mais j'ai compris trop tard... »

Pat chercha dans l'annuaire le numéro de la librairie. Elle était fermée, mais il demanda au propriétaire de rester sur place jusqu'à notre arrivée. Nous quittâmes l'appartement de Jack, devant la porte duquel Pat laissa un de ses hommes.

Je laissai tomber ma voiture, grimpai avec Pat dans le car de police et nous fonçâmes vers Times Square en nous ouvrant un chemin à grands coups de sirène. En un temps record, nous parvînmes à la librairie qu'un petit homme chafouin et sous-alimenté nous ouvrit avec une mauvaise grâce évidente. Pat exhiba sa plaque et entra aussitôt dans le vif du sujet.

« Un de vos clients a acheté voici quelques jours plusieurs vieux recueils de publications universitaires. Tenez-vous registre des ventes ?

— Oui et non. Nous enregistrons les prix, mais non les titres des livres. Nous n'avons que des ouvrages d'occasion, ainsi que vous pouvez le voir vous-mêmes.

— Aucune importance, dit Pat. Lesquels a-t-il emportés ? »

Le petit homme hésita en tremblant.

« Peut-être pourrais-je le déterminer », admit-il enfin.

Il nous conduisit dans l'arrière-boutique, se munit d'une échelle et désigna l'étagère supérieure.

« C'est de la marchandise presque invendable, gémit-il. Nous en avions deux douzaines environ. Ah !... En effet. Il y en a peut-être dix de partis. »

Dix. Pat et moi n'en possédions que six. Qu'étaient devenus les quatre autres ?

« Hé, criai-je, vous souvenez-vous de quelles écoles ils venaient ? »

Il haussa ses épaules étiques.

« Non, je ne l'ai jamais su. Ils sont restés là des années. Ce n'est même pas moi qui les ai descendus. J'étais occupé, je lui ai montré l'endroit et lui ai dit de les prendre lui-même. »

Je secouai l'échelle et le petit libraire se cramponna au mur.

« Descendez ceux qui restent, ordonnai-je. Envoyez-les-moi, que diable. Nous n'avons pas toute la nuit devant nous. »

Il s'exécuta. J'en attrapai une partie, mais les autres s'éparpillèrent sur le sol. Pat m'aida à les transporter jusqu'à la table à emballer où le petit homme ne tarda pas à nous rejoindre.

« Vos factures, à présent, aboyai-je. Quelqu'un a signé pour ces livres lorsque vous les avez achetés et je veux voir les reçus...

— Mais il y a si longtemps et...

— Faites ce que je vous dis, bon Dieu, et ne discutez pas, ou je vous fais activer à coups de pied quelque part ! »

Il disparut.

« Hé, doucement, Mike, me rappela Pat. Je travaille pour New York, et ce type est un contribuable.

— Moi aussi, Pat, coupai-je. Et nous n'avons pas toute la nuit. »

Le libraire revint au bout d'une minute, les bras chargés de classeurs poussiéreux.

« Ils sont là-dedans, dit-il avec une sombre satisfaction. Vous voulez les rechercher immédiatement ? »

Il espérait que nous les emporterions, car si nous nous mettions à les rechercher sur place, nous y passerions toute la nuit. Pat l'avait compris, lui aussi, mais il décrocha le téléphone et demanda une douzaine d'hommes. Dix minutes plus tard, nous étions tous installés dans divers recoins de la boutique avec chacun un classeur sur les genoux.

Ce libraire écrivait comme un porc. Et un expert-comptable n'eût certaine- ment rien compris à sa manière de tenir ses livres, mais je n'étais pas envoyé par le service des impôts sur le revenu ! Au bout d'une demi-heure, je rejetai mon classeur et en saisis un autre. J'étais parvenu à la moitié de celui-ci lorsqu'un policeman appela Pat Chambers.

« Est-ce bien ce que vous cherchez, mon capitaine ? s'informa-t-il en lui tendant une liste de titres.

— Viens voir, Mike, cria Pat.

— C'est cela », constatai-je.

C'était cela, en effet. La liste des ouvrages vendus par un commissaire-priseur chargé de liquider la succession d'un nommé Ronald Murphy, collectionneur de livres. Nous comparâmes cette liste avec les bouquins laissés pour compte, tandis que Pat renvoyait ses hommes. Je trouvai les titres des quatre ouvrages manquants. L'un venait d'une université du Midwest, les autres d'écoles situées dans l'Est. Restait maintenant à découvrir un exemplaire de ces maudits bouquins.

« Voilà, dis-je à Pat. Mais où allons-nous nous les procurer ?

— Moi, je sais, dit Pat.

— Où cela ? questionnai-je d'un ton plein d'espoir.

— A la Bibliothèque nationale.

— Au milieu de la nuit ?

— Le métier de policeman a du bon, parfois », ricana-t-il.

Une fois de plus, il décrocha le récepteur et donna quelques coups de téléphone. Quand ce fut fait, il se tourna vers le libraire, désigna le fouillis que nous avions laissé sur sa table à emballer et demanda : « Voulez-vous que nous vous aidions à remettre de l'ordre ? »

Le petit homme secoua la tête avec une vigueur inaccoutumée.

« Oh ! non. Demain, il fera jour. Très heureux d'avoir pu vous être utile. Toujours à votre disposition. »

Cette ville était saturée de citoyens respectueux des lois ! Encore un qui viendrait frapper à la porte de Pat s'il écopait un jour d'une contravention !

Trois personnes nous accueillirent à l'entrée de la Bibliothèque nationale. Un homme d'un certain âge, nerveux et agité. Et deux secrétaires du sexe masculin, nullement nerveux, mais un peu endormis. Nous entrâmes, et l'un des gardiens de nuit verrouilla la porte derrière nous.

L'endroit était encore plus sinistre qu'une morgue. La chiche lumière des ampoules électriques n'atteignait pas les hauts plafonds voûtés. Nos pas résonnaient sinistrement dans les corridors, éveillant tout autour de nous des échos interminables. Nos ombres mouvantes animaient les statues. Si vous êtes impressionnable, ne vous promenez jamais au milieu de la nuit dans la Bibliothèque nationale de New York.

Pat avait déjà dit ce que nous cherchions. Le vieux conservateur envoya ses deux secrétaires dans les entrailles du bâtiment et ils revinrent quelques minutes plus tard, porteurs des quatre bouquins en question.

Nous nous installâmes sur une petite table et, à la lueur d'une baladeuse, feuilletâmes chacun deux des livres. Quatre livres en tout. Quatre livres que Jack avait possédés et qu'on lui avait dérobés, laissant les six autres sur place. Quatre livres sur les dix qu'il avait achetés.

Le conservateur lisait par-dessus nos épaules. Lentement, méthodiquement, nous tournions les pages jaunies. J'allais tourner une page consacrée aux sports inter-universitaires lorsque je m'arrêtai court, bouche bée. J'avais trouvé la photo de John Hanson, et je restai muet, à la contempler, incapable de prononcer une parole. A présent, je commençais à comprendre.

A ce moment, Pat me toucha la main et me désigna, dans son propre livre, une seconde photographie. Lui aussi avait découvert John Hanson. Lui aussi commençait à comprendre. Nous nous emparâmes des deux autres livres et n'eûmes aucune peine à l'y découvrir à nouveau.

« Allons-y ! » criai-je.

Pat fonça derrière moi, ne s'arrêtant quelques secondes dans le grand hall que pour convoquer d'urgence l'escouade qu'il avait commandée. Puis nous quittâmes la Bibliothèque nationale, réintégrâmes le car de police et, pour la seconde fois, nous ouvrîmes à grands coups de sirène un chenal dans la circulation nocturne. Nous trouvâmes un camion plein de policemen déjà en station sur les lieux. Derrière nous, une seconde voiture surgit d'une rue adjacente et se rangea aux côtés du camion.

Les hommes de Pat bloquèrent les deux extrémités de la rue et, pendant que Pat et moi nous dirigions vers la porte, commencèrent à former le cordon. Il n'y eut pas, cette fois, de coups brefs ni de coups prolongés, mais un unique coup de hache d'incendie et la porte nous livra passage.

Quelqu'un cria, et les autres l'imitèrent. Un tumulte infernal régnait dans la maison, mais les policiers eurent tôt fait de calmer les manifestants. Je conduisis Pat à travers la salle d'attente ultra-moderne, l'escalier ciré et le gynécée actuellement vide de ses occupantes. Nous traversâmes la pièce, surgîmes dans le corridor aux multiples portes et, l'un suivant l'autre, courûmes jusqu'à l'avant-dernière.

Elle était entrebâillée et une odeur de poudre assaillit mes narines. Eileen Vickers était étendue sur son lit, complètement nue, et morte. La balle était entrée dans la région du cœur. Ni Pat ni moi n'eûmes besoin de regarder deux fois la blessure. C'était bien une balle de 45.

Nous trouvâmes également John Hanson. Il gisait au pied du lit, la tête auréolée de sang et de cervelle. Le mur aussi en était tout éclaboussé, et la balle s'y était logée après lui avoir traversé la tête de part en part.

Certes, il n'était pas beau à voir, ce John Hanson.

Tel était, du moins, le nom sous lequel il s'était fait inscrire dans les universités.

Moi, je le connaissais sous le nom d'Harold Kines.

9

Nous prîmes soin de ne toucher à rien et Pat laissa un homme de garde à l'intérieur de la chambre. Toutes les issues de la maison de passe avaient été bloquées et la foule entassée à l'entresol, à l'intérieur d'une haie de policemen. Sans m'attarder davantage, je courus à la porte de derrière.

Ces coups de feu n'avaient pas été tirés plus de deux minutes avant notre arrivée. Si le tueur n'était pas dans la foule, il se trouvait encore à proximité de la maison, à l'intérieur du cordon de police. La porte de derrière donnait sur une courette cernée de tous côtés par une palissade de deux mètres cinquante entièrement blanchie à la chaux. Personne ne l'avait escaladée, j'en étais sûr, et l'herbe de la cour n'avait pas été récemment foulée. La cave s'ouvrait sur cette cour, mais le cadenas était intact et la porte de communication avec l'immeuble voisin était verrouillée de la même manière. Le tueur ne s'était pas échappé par ce chemin.

Je traversai la cuisine en courant, puis le hall et entrai dans la salle de spectacle. L'auditoire avait été réinstallé par les flics sur les rangées de sièges analogues à ceux des salles de cinéma, et les « artistes » étaient demeurées parquées sur la scène, en un groupe compact et apeuré.

« La porte de derrière ? me jeta Pat.

— Non, dis-je. Il n'est pas sorti par là.

— Alors, le tueur est encore ici. Tout le « bloc » est cerné et personne n'a pu sortir.

— Jetons un coup d'œil sur cette bande d'énergumènes », proposai-je.

Nous marchâmes entre les rangées de sièges, scrutant des physionomies qui eussent désiré disparaître. Il y aurait de curieuses explications, demain, si quelques-uns de ces plaisantins tenaient à garder leurs foyers intacts. Ils faisaient de leur mieux pour éviter d'être vus, mais aucun n'échappa à nos regards. En dépit de nos espoirs, pourtant, nous ne pûmes mettre la main sur George Kalecki. Il s'était esquivé à temps, à moins qu'il ne fût pas venu de la soirée.

Quant à la tenancière, elle demeura introuvable.

Les hommes de l'Homicide Squad examinèrent en vain la chambre d'Eileen. Lorsqu'ils eurent terminé leur travail et pris d'innombrables photographies, je me penchai sur les restes de Kines, et à l'aide d'un crayon, accentuai certaines lignes de son visage.

« Joli boulot, n'est-ce pas ? » grondai-je.

Pat me regarda de travers.

« Raconte, dit-il. Je sais qui est ce type, mais rien de plus.

— Hal n'était plus un collégien, dis-je d'une voix tremblante de fureur. J'ai commencé à le comprendre le jour où j'ai vu une photo de lui et de George devant l'incendie du *Morro Castle*, mais j'ai eu le tort de ne pas pousser plus loin le raisonnement. Ce salaud était un pourvoyeur. George et lui étaient derrière un syndicat qui dirige des maisons de prostitution. Hal se chargeait de leur fournir des femmes jeunes et jolies… »

Pat examina attentivement le visage de Kines et me désigna d'autres lignes à demi oblitérées par des mèches de cheveux saturés de sang.

« Hal était un de ces types qui ont l'air éternellement jeunes, continuai-je. Et il aidait de temps en temps la nature avec de menues interventions de chirurgie esthétique. Souviens-toi de ces publications universitaires dans lesquelles nous avons retrouvé sa photo. C'était là qu'il se procurait ses femmes. De pauvres filles envoyées par leurs parents dans des collèges d'Etats voisins. Il les séduisait, les compromettait, disparaissait et veillait à ce qu'elles fussent prises dans un engrenage dont personne ne pouvait plus les tirer. Dieu sait combien il a fait de victimes. Je parie qu'il ne passait jamais plus d'un semestre dans chaque établissement. Il avait dû trouver le moyen de falsifier ses diplômes universitaires et, une fois dans la place, se mettait aussitôt au travail...

— Très fort, commenta Pat, et très astucieux.

— Trop, grognai-je, car ma théorie est dans le lac. Je lui avais imputé le premier crime, mais je sais à présent qu'il n'a pu le commettre. Jack l'avait découvert et Kines le savait. Sans doute avait-il vu chez lui les vieux recueils universitaires. Et Jack voulait que la rafle ait lieu ce soir pour prendre Hal en flagrant délit. Si j'avais suivi son idée sans chercher d'abord à comprendre, Eileen ne serait certainement pas morte. »

Pat venait de réussir à extraire la balle du mur à l'aide de son canif. Celle qui avait tué Eileen s'était arrêtée avant de ressortir et le coroner était en train de la récupérer. Lorsque ce fut fait, Pat les examina soigneusement et dit :

« Des 45. Toutes les deux, Mike. Et toujours des dum-dum.

— Le tueur voulait être sûr de son coup, constatai-je avec une rage froide. C'est bien lui. Celui qui a tué Jack. Inutile de comparer ces balles avec les autres, Pat. Elles correspondent, j'en suis certain... Le salaud ! Des dum-dum dans le ventre, la tête ou le cœur. Je me ferai un plaisir de le descendre, Pat. Et je me demande si je ne lui rectifierai pas la physionomie avant, avec un couteau de cuisine !

— Tu ne feras rien de cette sorte », contredit doucement Pat.

Je ricanai. Les hommes du coroner emportèrent les cadavres. Nous redescendîmes à l'étage inférieur où les policiers relevaient soigneusement les noms et adresses des assistants. Déjà, les filles avaient été empilées dans le camion de la police.

« Personne n'a franchi le cordon, mon capitaine, dit à Pat l'un des policemen.

— O.K., dit Pat. Réduisez-le et faites fouiller les allées et les immeubles voisins. Vérifiez scrupuleusement l'identité de chacun. Et arrêtez tout ce qui vous semblera louche. Et quand je dis tout, je veux dire : n'importe qui ! Compris ?

— Oui, mon capitaine. »

Le flic salua et s'éloigna. Pat se retourna vers moi.

« Reconnaîtrais-tu la tenancière ? demanda-t-il.

— Tu parles ! m'exclamai-je. Pourquoi ?

— J'ai au bureau les photographies d'un certain nombre de personnes soupçonnées de tenir des maisons de tolérance. J'aimerais te les montrer. Celle-ci, d'après les filles, était connue sous le nom de Miss June. Aucun des invités ne la connaissait. La plupart du temps, c'était l'une des filles qui allait ouvrir la porte. Miss June ne se dérangeait que si le signal habituel n'était pas donné.

— Et Kalecki ? coupai-je. Voilà le type qu'il faut trouver.

— En ce moment même, ricana Pat, plus de mille hommes sont à ses trousses. Penses-tu pouvoir faire mieux ? »

Je ne répondis pas. Avant de me lancer moi-même sur la piste de George, j'avais un certain nombre d'autres choses à faire. Peut-être était-il le coupable, mais je n'avais pas l'intention de me contenter de lui. Je les voulais tous, pourvoyeurs, racoleurs, tenancières. Leur arrestation constituerait mon repas, le tueur, mon dessert. J'aurais aimé savoir comment Jack avait démasqué Harold Kines. Je ne le saurais jamais, à présent.

Mais Jack avait des relations. Peut-être avait-il déjà rencontré Hal ? Peut-être connaissait-il la nature des occupations de Kalecki et soupçonnait-il le reste ? Peut-être l'histoire d'Eileen avait-elle mis le point final à ses convictions ? Hal opérait depuis trop longtemps pour avoir pu couvrir complètement ses traces. Jack savait où chercher John Hanson et il l'avait trouvé comme nous l'avions fait nous-mêmes, dans les vieilles feuilles universitaires.

Si Hal avait tué Jack, comment son propre meurtrier eût-il pu se procurer le revolver ? Cette arme était dangereuse, pour le meurtrier comme pour ses victimes. Ce n'était pas un jouet qu'on pouvait se prêter comme une bicyclette... Mais Hal n'avait pas tué Jack. Il avait dû repérer les livres, oui, et en parler à quelqu'un d'autre. Et ce quelqu'un était le tueur. Ou bien n'était-ce qu'une coïncidence, et le tueur n'avait-il qu'un rapport lointain avec Hal ? Dans ce cas, Jack aurait été tué pour une autre raison et le tueur n'aurait emporté les quatre livres que pour brouiller cette piste et éviter d'être découvert par le truchement de ce rapport lointain qui le liait à Hal.

Et où tout cela me laissait-il ? Exactement à mon point de départ. Et je ne pouvais me permettre de rester bloqué indéfiniment à mon point de départ, attendant que quelque nouveau crime m'apporte de nouveaux moyens d'investigation. Il me fallait aller de l'avant. D'ores et déjà, certains détails commençaient à émerger du chaos des faits. Peu de chose, bien sûr, mais assez pour me montrer, derrière toute cette tuerie, l'existence d'un motif unique et impérieux. Certes, je ne le distinguais pas encore. Mais j'y parviendrais, avant peu. Pour l'instant du moins, je ne chassais plus un tueur mais un motif.

Je dis à Pat que j'allais me coucher et il m'établit un laissez-passer pour franchir le cordon de police. Un taxi me conduisit jusqu'à l'appartement de Jack devant lequel je retrouvai ma propre voiture. Vingt minutes plus tard, je fumais une cigarette dans mon lit, avant de dormir, en pensant toujours aux derniers événements. Rien ne semblait me mener à rien. Je haussai les épaules, écrasai le bout de ma cigarette et dormis.

Le lendemain matin, ma première visite fut pour George Kalecki. Comme je m'y étais attendu, Pat m'y avait depuis longtemps précédé. Je demandai au policeman de garde s'il avait un message pour moi et il me remit une enveloppe cachetée. « Mike — avait écrit Pat Chambers — il n'y a plus rien ici. Kalecki est parti sans même emporter une valise. P. »

Je déchirai la note et la jetai dans une corbeille à papiers, devant l'entrée de l'hôtel meublé.

La journée s'annonçait vivante et chaude. Une armée de gosses s'ébattait au soleil, sur les trottoirs, plus remuante qu'une bande d'écureuils. Je m'arrêtai devant un marchand de cigares duquel j'appelai le bureau de Charlotte. Elle était absente mais sa secrétaire avait reçu instruction de me dire, si je téléphonais, que je la trouverais dans Central Park, du côté de la 5e Avenue, près de la 68e Rue.

J'entrai par Central Park West, et décrivis un large tour qui m'amena à proximité de la 5e Avenue. Je parquai ma voiture dans la 67e Rue et parcourus à pied le reste de la distance. Charlotte n'était assise sur aucun des bancs. Je sautai par-dessus la grille et traversai le gazon jusqu'à l'allée intérieure. Des milliers de promeneurs sillonnaient le parc en tous sens. Des nurses en uniforme, presque toutes discrètement escortées, marchaient lentement dans le soleil. Plus d'une m'adressa un sourire plein d'espoir.

Je venais juste de me payer un paquet de cacahuètes lorsque j'aperçus Charlotte Manning. Elle aussi poussait une voiture d'enfant et m'adressait des signaux frénétiques. Je levai les deux bras à mon tour et la rejoignis au galop.

« Bonjour », dis-je. Elle portait un léger tailleur gris, délicieusement ajusté. Ses cheveux d'or cascadaient allègrement sur ses épaules. Son sourire était plus éclatant que le soleil de cette belle journée.

« Bonjour, Mike, répondit-elle. Je vous attendais. » Elle me tendit la main. Une main ferme, douce et tiède. Une main de femme saine et forte. Sans la lâcher, je glissai mon bras sous le sien et me plaçai près d'elle, derrière la voiture.

« Nous devons avoir l'air d'un couple de nouveaux mariés, s'exclama-t-elle.

— Pas tellement nouveaux », rectifiai-je en désignant la voiture.

Elle rougit et posa sa joue contre la mienne.

« Comment se fait-il que vous ne travailliez pas ? demandai-je.

— Par un jour comme celui-ci ? Mon premier rendez-vous est à deux heures et une amie m'a demandé de promener son bébé pendant qu'elle faisait quelques courses.

— Vous aimez les enfants ?

— Je les adore. Un jour, j'en aurai une demi-douzaine. »

Je sifflai.

« Eh, doucement, protestai-je. Je ne gagne pas assez d'argent pour nourrir tant de bouches.

— Et alors ? Je gagne honorablement ma vie et... hum, est-ce une demande en mariage, monsieur Hammer ?

— Presque, concédai-je. Je ne me suis pas encore laissé prendre au piège, mais lorsque je vous regarde, je suis prêt à changer d'avis. »

La conversation devenait dangereuse et j'en revins rapidement à l'affaire qui nous préoccupait tous les deux.

« A propos, Charlotte, avez-vous vu les journaux, ce matin ?

— Non, pourquoi ? s'inquiéta-t-elle.

— Hal Kines est mort. »

Elle se tourna vers moi, stupéfaite, et son front se plissa d'émotion. « Non », souffla-t-elle. Je sortis un journal de ma poche et lui montrai les manchettes. Elle les parcourut, déconcertée.

« Oh ! Mike, c'est horrible. Qu'est-il arrivé ?

— Asseyons-nous une minute », proposai-je en indiquant un banc désert.

Charlotte consulta sa montre et secoua la tête.

« Non, décida-t-elle. J'ai rendez-vous avec Betty dans quelques minutes. Accompagnez-moi donc jusqu'à la porte, je lui remettrai son bébé et vous pourrez me reconduire au bureau en me racontant toute l'histoire. »

Je m'exécutai, sans omettre le moindre détail. Charlotte m'écouta en silence, avec une attention soutenue. De toute évidence, elle cherchait à approfondir les aspects psychologiques de l'histoire. Je dus m'interrompre avant la fin, car Betty était en avance. Nous fîmes connaissance, bavardâmes quelques minutes et prîmes congé de Betty, qui s'éloigna avec son fils.

Nous partîmes dans l'autre direction, suivant le mur de pierre qui sépare le parc de la 67e Avenue. Nous n'avions pas fait plus de dix mètres lorsqu'une automobile parvint à notre hauteur. Pas le temps de réfléchir. J'aperçus le canon du revolver, derrière la glace à demi baissée de la portière et écrasai Charlotte sous moi, dans la poussière. La balle s'aplatit sur le mur, au-dessus de nos têtes, et George Kalecki n'eut pas le temps de tirer une seconde fois. Il passa en prise et fonça dans la 5e Avenue. Son coup était remarquablement combiné. Nous étions seuls devant ce mur, sans une voiture pour lui donner la chasse. Pas même un taxi en maraude.

J'aidai Charlotte à se relever et l'époussetai. Son visage était blême, son regard légèrement instable, mais sa voix ne tremblait pas. Croyant à une simple chute, deux promeneurs couraient vers nous. Je ramassai la balle au pied du mur, dans la poussière. C'était un 45. Puis je remerciai les deux inconnus et nous poursuivîmes notre promenade.

Charlotte attendit un instant, puis constata :

« Vous brûlez, Mike. Quelqu'un veut se débarrasser de vous.

— Je le sais, ricanai-je. Et je connais l'identité du tireur. C'était notre ami George... Kalecki. Il faut qu'il soit au bout de son rouleau pour tenter de m'abattre en plein jour.

— Ne riez pas ainsi, Mike. Ce n'était pas tellement drôle. »

Je la pris par la taille et sentis qu'elle tremblait un peu.

« Je suis désolé, chérie, dis-je. Ce n'est pas la première fois qu'on essaie de me descendre. Mais vous auriez pu être touchée. Laissez-moi vous reconduire chez vous. Vous avez besoin de changer de vêtements. Cette chute dans la poussière ne vous a pas arrangée. »

Deux ou trois fois au cours du trajet, Charlotte ouvrit la bouche comme pour parler et s'interrompit. Finalement, je l'interrogeai :

« Qu'y a-t-il, Charlotte ? »

Elle fronça les sourcils.

« Est-ce à cause de votre promesse à Jack que Kalecki a essayé de vous tuer ?

— Probablement. C'est la meilleure raison que je connaisse.

— En savez-vous donc plus que quiconque sur cette affaire ? »

Je réfléchis un long instant et répondis :

« Je ne le pense pas. La police possède les mêmes renseignements que moi. Mais j'ai en plus ma haine personnelle envers le tueur et des moyens d'action beaucoup plus énergiques. »

Il était près de dix heures lorsque nous entrâmes dans l'appartement de Charlotte. Nous montâmes par l'escalier et pressâmes le bouton de sonnette.

« Zut, dit Charlotte, j'avais oublié que Kathy sortait aujourd'hui. »

Elle chercha sa clef, la trouva, ouvrit la porte. Le tintement du timbre d'appel salua notre entrée.

« Préparez-nous un verre pendant que je prends une douche et change de vêtements, dit Charlotte.

— O.K., répondis-je en l'aidant à sortir les bouteilles, mais j'aimerais me servir d'abord de votre téléphone.

— Allez-y, Mike. Faites comme chez vous. »

Elle disparut. Je composai le numéro de Pat et dus attendre que l'opérateur l'ait appelé à une demi-douzaine de postes avant de l'obtenir lui-même.

« Pat ?

— Oui, Mike.

— Apprends ceci pour ta gouverne. Kalecki est encore en ville.

— Comment le sais-tu ?

— Il vient d'essayer de me descendre. »

Pat écouta attentivement mon récit et demanda :

« As-tu relevé son numéro ?

— Bien sûr. Et c'était une Cadillac 41 ou 42. Bleu foncé avec des tas d'accessoires chromés. Il se dirigeait vers le centre de la ville.

— Très bien, Mike. Je vais transmettre la consigne. Tu as la balle ?

— Et comment. C'est un 45, mais pas un dum-dum. Juste un amour de petit pruneau. Tu es visible dans le courant de l'après-midi ?

— Oui, je ne bouge pas, à moins d'imprévu... Hé, Mike. Nous avons examiné les balles qui ont tué Kines et la petite Vickers.

— Elles viennent du même revolver. Celui qui...

— Oui, Mike. Toujours le même tueur.

— Nom de D... ! » jurai-je.

Je raccrochai et sortis la balle de ma poche. Venait-elle également de ce revolver ? Je pensais à celui que j'avais découvert sous le lit de Kalecki et regrettais à présent de m'être fié à ma vue et à mon odorat pour déterminer s'il avait été récemment utilisé. J'aurais mieux fait de l'emporter et de le remettre aux experts de Pat.

Je remis le bout de métal dans ma poche et préparai deux cocktails. Puis j'appelai Charlotte et elle me cria de le lui apporter.

Peut-être aurais-je dû attendre une seconde, ou frapper ? Mais je ne fis ni l'un ni l'autre et trouvai Charlotte complètement nue, debout sur sa descente de lit. Lorsque je la vis ainsi, mon sang se mit à bouillir et les verres tremblèrent dans mes mains. Elle était plus belle que je l'avais imaginé. Si ferme, si féminine. Affolée, elle s'empara de sa robe et la tint devant elle, mais j'avais eu le temps de voir une rougeur divine envahir son corps des pieds à la tête.

Elle aussi éprouvait de graves difficultés à retrouver le contrôle de sa respiration.

« Mike », dit-elle. Sa voix tremblait et ses yeux ne quittaient pas les miens. Je regardai ailleurs pendant qu'elle enfilait sa robe, puis me retournai et lui tendis son verre.

Nous bûmes d'un trait, et le mien n'éteignit pas l'incendie qui brûlait en moi. J'avais envie de l'enlacer et la serrer à la briser. Nous posâmes les verres vides sur la table de nuit. Nous étions affreusement proches. Un moment que je n'oublierai pas.

Elle se précipita dans mes bras, enterra son visage dans mon cou. Je lui renversai la tête, l'embrassai sur les yeux. Ses lèvres se séparèrent et je l'embrassai sur la bouche, très fort. Je savais que je lui faisais mal, mais elle ne cherchait pas à se dégager. Elle me rendait ce baiser avec ses lèvres, ses bras, son corps. Elle aussi était en flammes et cherchait à supprimer entre nous un espace qui n'existait plus. Mes bras la meurtrissaient, l'écrasaient contre moi. Jamais auparavant je n'avais désiré une femme avec autant d'intensité. Mais jamais auparavant je n'avais réellement aimé une femme.

Sa bouche s'écarta de la mienne, elle resta dans mes bras, épuisée, haletante, les yeux mi-clos, abandonnée.

« Je te désire, Mike, dit-elle.

— Non, murmurai-je.

— Si, Mike. Prends-moi.

— Non.

— Mais pourquoi, Mike ? Pourquoi ?

— Non, chérie. Pas maintenant. C'est trop beau pour que je risque de le perdre. Notre heure viendra, mais pas maintenant. »

Je la soulevai, l'emportai hors de cette chambre. Si nous y étions demeurés davantage, je ne répondais plus de rien. Je l'embrassai de nouveau, avant de la déposer devant la porte de la salle de bains, et ébouriffai ses cheveux.

« A la douche, chérie ! » chuchotai-je.

Ses yeux ensommeillés me sourirent. Elle entra et referma la porte. J'allai rechercher les verres et jetai au lit un regard nostalgique. Peut-être étais-je un fieffé crétin ?... Je haussai les épaules et retournai au salon.

Lorsque j'entendis fonctionner la douche, j'appelai pour la seconde fois la secrétaire de Charlotte.

« Ici, Mike Hammer. J'attends un ami et je lui ai dit de vous téléphoner. Lorsqu'il le fera, dites-lui où je suis allé, voulez-vous ?

— C'est fait, triompha-t-elle. Il a déjà téléphoné et je lui ai dit qu'il vous retrouverait dans le parc. Vous a-t-il manqué ?

— De peu ! » eus-je envie de répondre. Mais je me contentai de lui dire : « Oh ! non. Il va certainement arriver », et raccrochai.

Ce vieux George ! Il avait dû me suivre, me perdre, et déduire que j'irais voir Charlotte. Pas si bête...

Je préparai un second cocktail et m'étendis sur le divan. Ainsi, George m'avait suivi, et je ne m'en étais pas aperçu. Mais comment avait-il pu déduire que j'irais voir Charlotte ? Etait-ce donc écrit sur mon visage ? L'amour vous joue de ces tours, paraît-il. Mais il avait failli m'en jouer un bien mauvais. Si je n'avais pas fait ce plongeon, *in extremis,* Kalecki me cueillait comme une fleur. Et les flics n'étaient certainement pas près de lui mettre la main dessus. George était un type prévoyant, et habile, qui avait dû se ménager de nombreuses voies de retraite. La police ne m'inquiétait pas. M. Kalecki m'était spécialement réservé. Et Pat aurait prochainement des raisons de regretter sa réflexion moqueuse d'après la rafle de la veille.

Charlotte fut prête en un temps record. Nous ne parlâmes pas de ce qui était arrivé, mais nous pensions tous deux à ce qui avait failli arriver, et nous savions fort bien que nous y pensions l'un et l'autre. Elle me sourit, se servit un verre et s'assit près de moi.

« Comment savais-tu que je viendrais aujourd'hui ?

— Depuis que je t'ai vu je n'ai pas cessé de t'attendre. Est-ce que j'ai tort ?

— Pourquoi ?

— Tu m'as dit que tu n'aimais pas les victoires faciles.

— Avec toi, c'est différent. Nous n'avons pas de temps à perdre. »

Elle s'allongea dans mon épaule et je lui rapportai la conversation que je venais d'avoir avec sa secrétaire.

« Tu ne tiens pas ta promesse, Mike. Tu n'essaies pas d'être prudent. S'il s'agit de Kalecki, il est habile et dangereux et... Oh ! Mike, fais attention à toi, je t'en prie. S'il t'arrivait quelque chose, je...

— Tu ?...

— Mike ! Tu ne comprends donc pas que je suis amoureuse de toi ? »

Je lui caressai les cheveux et murmurai : « Si, petite sotte. C'est aussi visible sur ton visage que cela doit l'être sur le mien. »

Elle me regarda. « Oui, dit-elle. C'est visible ! » Nous éclatâmes de rire. Je me sentais une âme d'écolier.

« Et maintenant, dit-elle, parlons sérieusement avant que je reparte pour mon bureau. Ta visite n'était pas complètement désintéressée, n'est-ce pas ?

— Comment diable l'as-tu deviné ? » m'exclamai-je.

Charlotte me tapota la main, d'un air protecteur.

« Combien de fois faudra-t-il vous rappeler que je suis psychiatre et habituée à étudier les gens ? Spécialement, conclut-elle avec coquetterie, lorsque j'ai une raison spéciale de m'intéresser à ces gens !

— Touché ! plaisantai-je. C'est vrai. Je suis venu te demander ce que tu pouvais m'apprendre sur Hal Kines. »

Cette question la ramena sur terre.

« Je m'y attendais après ton récit des événements de cette nuit, dit-elle. Hal Kines faisait sa médecine. Il n'en était encore qu'au cours préparatoire. Et tu dis que sous ce couvert, il procurait des femmes aux maisons de tolérance ! N'est-ce pas une manière de procéder plutôt inhabituelle ?

— Pas tellement. Pour venir à bout de ces pauvres filles, il leur faut les éloigner de chez elles, puis les pousser graduellement sur la pente. Ensuite, ils les tiennent en les menaçant de donner à la police les preuves de leurs activités passées. Que peuvent-elles faire ? Elles ont été trahies, chassées de leurs foyers, sans personne pour les recueillir... Seule demeure ouverte la porte qui les plonge plus profondément encore dans le vice et l'abjection. Mais là, elles sont certaines de manger, de gagner de l'argent et de ne pas coucher dehors. Une fois qu'elles ont franchi cette porte, il leur est impossible de revenir en arrière. Cela demande du temps, mais les résultats parlent d'eux-mêmes. Et cette méthode permettait à Hal d'avoir les filles sans courir de risque grave.

— Je vois... Je l'avais connu à l'occasion d'une conférence donnée aux étudiants en psychiatrie de son collège et je l'avais choisi, parmi quelques autres, pour leur permettre d'étudier sur place mes méthodes de traitement. Hal était un travailleur infatigable et très en avance sur les autres. J'avais attribué cette avance à ses capacités naturelles, mais depuis des années qu'il suivait le même enseignement, il avait fini par en retenir quelque chose !

— Je comprends cela, commentai-je. Comment vivait-il ?

— Il habitait dans un immeuble proche de mon bureau, lorsqu'il se trouvait en ville. A l'école, je suppose qu'il dormait dans un dortoir et, chaque fin de semaine, il venait visiter ma clinique et habitait chez Kalecki. Il s'absorbait tellement dans son travail qu'il ne parlait jamais d'autre chose. Je sais cependant qu'il a failli se faire arrêter un jour et que c'est Jack qui l'a tiré d'affaire.

— Il me l'a dit lui-même, approuvai-je. Et au point de vue vie privée ? N'a-t-il jamais essayé de te faire la cour ?

— Non. Crois-tu qu'il voulait me séduire, pour son syndicat ?

— Quoi ! Le s... »

Puis je vis qu'elle s'était moquée de moi et en ris avec elle.

« Non, décidai-je. Il te savait trop intelligente pour donner dans un tel panneau. Je pense que tu devais lui servir d'excuse à son séjour prolongé en ville. Ou peut-être étudiait-il réellement la psychiatrie, dans ses aspects favorables au bon acheminement de son travail ?

— Est-il possible qu'il ait tué Jack ? »

Je ne l'avais pas attendue pour me poser cette question.

« J'y ai pensé, dis-je. Peut-être Jack avait-il déjà compris et l'obligeait-il à rester en ville ? Jack n'appartenant plus à la police officielle ne pouvait le mettre en état d'arrestation, mais il pouvait posséder le moyen de le faire tenir tranquille pendant que lui-même cherchait les preuves de ses théories.

— Mais a-t-il tué Jack ?

— Je donnerais mes deux jambes et l'un de mes bras pour connaître la réponse. N'importe quoi, pourvu qu'il me reste un bras pour tirer.

— Et que s'est-il passé entre Hal et la petite Vickers ?

— Hal est certainement allé la voir pour la supprimer, et le tueur les a eus tous les deux.

— Mais dans ce cas, comment Jack eût-il pu savoir qu'il irait la tuer ce jour-là ?

— Je n'en sais rien, Charlotte. Peut-être savait-il qu'il y viendrait, mais pour une tout autre raison ?

— Peut-être. Ou peut-être savait-il que le tueur serait là, lui aussi. Mais le tueur n'avait pas encore tué. Il devait y avoir autre chose. Je suis en train de tout mélanger, je crois ?

— J'en ai l'impression, approuvai-je. Mais à mesure que le complot s'épaissit, le nombre des personnes impliquées diminue. Trois sont mortes, une autre — Kalecki — a laissé voir son jeu, et le tueur reste tranquille dans son coin et se rit de tous nos efforts. Bah... Rira bien qui rira le dernier. Toute la police le recherche. Pat le veut autant que moi, mais du diable si je me laisse évincer à l'arrivée. La dernière entrevue aura lieu à huis clos. Rien que moi, le tueur, et une seule balle. Une honnête balle. Pas une dum-dum. Mais qui lui rentrera tout de même dans le ventre, au bon endroit, et fera autant de travail qu'une douzaine de dum-dum. »

Charlotte m'écoutait intensément, les yeux écarquillés. Elle m'étudiait et m'analysait sans vergogne, et, vaguement embarrassé, je la secouai par les deux épaules.

« Pourquoi me regardes-tu comme ça, chérie ? Je ne suis pas fou, tu sais.

— Je ne l'ai pas pensé un seul instant, Mike. As-tu toujours été aussi entier, aussi dur ? Ou est-ce seulement depuis la guerre ?

— J'ai toujours été ainsi, répliquai-je, aussi loin que je me le rappelle. Je déteste les salopards qui tuent pour le plaisir de tuer. La guerre n'a fait que m'apprendre certaines choses que j'ignorais encore. Peut-être est-ce pour cela que je m'en suis sorti ? »

Je consultai ma montre. Il se faisait tard.

« Tu as un rendez-vous à deux heures ? Alors, il est temps de partir.

— Tu me reconduis au bureau ?

— Bien sûr. Prends ton manteau. »

Nous roulâmes lentement, afin de demeurer ensemble le plus longtemps possible. Nous ne parlâmes plus, ni de l'affaire, ni de nos démêlés amoureux. Nous étions presque arrivés lorsque Charlotte demanda :

« Quand nous revoyons-nous, Mike ?

— Bientôt, promis-je. Si Kalecki retéléphone, fais répondre par ta secrétaire que je dois te retrouver à ce coin de rue, en face du bureau. Puis, essaie de me joindre et nous tâcherons de coincer l'ami George. Ta secrétaire reconnaîtra certainement sa voix s'il appelle sous une fausse identité.

— O.K., Mike. Et si M. Chambers téléphone ?

— Confirme l'histoire du coup de feu, mais ne parle pas du coup de fil. Si nous pouvons l'avoir, je veux m'en occuper moi-même. »

Elle se pencha vers moi, m'embrassa et sortit. Je regardai ses jambes disparaître au coin du hall d'entrée. Quelle femme ! Parfaite des pieds à la tête. Et tout cela m'appartenait. J'aurais voulu crier ma joie et exécuter une gigue.

Un klaxon se fâcha, derrière moi, et je me hâtai de redémarrer. Une lumière rouge me stoppa ; un peu plus loin, j'entendis mon nom et me retournai. Je vis une silhouette vêtue de brun se faufiler entre les véhicules arrêtés. J'ouvris la portière, et Bobo s'installa près de moi.

« *Hello,* Bobo, le saluai-je. Qu'est-ce que tu fais par ici ? »

Bobo était tout excité de m'avoir ainsi rencontré.

« Je travaille, Mike, dit-il. Et pas dans un endroit spécial. Un peu partout dans Park Avenue ! »

Une fois de plus, il bouillonnait d'enthousiasme. Les mots coulaient de sa bouche comme l'eau d'un robinet.

« Où vas-tu ? s'informa-t-il.

— En ville, mais je peux te déposer quelque part. Où vas-tu ? »

Bobo se gratta la tête.

« Je pourrais renverser ma tournée, dit-il d'un ton pensif. J'ai une lettre à délivrer dans la rue du Canal.

— O.K., Bobo, je vais t'y déposer. »

La lumière rouge disparut, je gagnai Broadway et tournai à gauche. Bobo adressait des signes aux jeunes filles que nous croisions, mais je savais que cette course en automobile l'excitait et le remplissait de joie.

« As-tu réentendu parler de Kalecki ? demandai-je.

— Ma foi non. Il a dû lui arriver quelque chose, car il a remercié plusieurs de ses commissionnaires. J'en ai rencontré un aujourd'hui.

— Et chez le Gros Sam ? Rien de nouveau ?

— Rien. Personne ne me parle depuis que tu as éliminé les deux négros. Ils ont peur que j'aille te chercher s'ils m'embêtent. » Il émit un ricanement de jubilation. « Ils me prennent pour un dur, moi aussi, et ma propriétaire m'a conseillé de ne pas te fréquenter. Tu te rends compte, Mike ?

— Oui, dis-je. Comment vont les abeilles ?

— Oh ! à merveille. J'ai ma reine. Mais tu t'es trompé, Mike. Une abeille-reine n'a pas besoin de roi.

— Alors, comment auras-tu des petites abeilles ? » questionnai-je.

Il fronça les sourcils, perplexe.

« Elles pondent des œufs, je crois », murmura-t-il.

Je le déposai à proximité de Canal Street. Il m'adressa un sonore « Au revoir ! » et s'éloigna au petit trot.

Un chic gosse, ce Bobo. Complètement inoffensif, et serviable, avec ça...

10

Pat m'attendait au stand de tir. Un policeman en uniforme me conduisit au sous-sol et me le désigna. Je me dirigeai vers lui et le trouvai en train de pester sur le résultat de son dernier chargeur.

« Tu as des ennuis, mon mignon ? gouaillai-je.

— Je crois que mon revolver a besoin d'un nouveau canon », grogna-t-il.

Il tira de nouveau sur la silhouette mouvante qui servait de cible, et la toucha entre le cœur et l'épaule.

« Que désires-tu de plus, Pat ? m'informai-je.

— Ce coup-là n'arrête pas obligatoirement son homme », expliqua-t-il.

Pat n'était jamais content ! J'éclatai de rire et il me tendit son arme.

« Tiens, essaie ! dit-il.

— Pas avec cette casserole ! » répondis-je.

J'exhibai mon 45 et débloquai le cran de sûreté. La cible surgit et se déplaça rapidement dans le champ de tir. J'assurai la crosse dans ma main, tirai trois fois, à cadence rapide. Pat arrêta la cible et regarda les trois trous, dans la tête de la silhouette.

« Pas mal », commenta-t-il.

Je l'aurais assommé de bon cœur.

« Pourquoi n'avoues-tu pas que tu as affaire à un expert ? le taquinai-je. Ces trois balles auraient arrêté leur homme, je te le garantis !

— Bah !... concéda-t-il. Tu passes ta vie à travailler tes coups ! »

Nous réempochâmes nos revolvers, et nous dirigeâmes vers l'ascenseur.

« Tu as ton pruneau ? dit Pat. Nous allons le comparer avec les autres. Allons-y. »

Dans l'ascenseur, il l'examina soigneusement, mais une balle qui rencontre un mur est nettement plus endommagée qu'une balle récupérée à l'intérieur d'un corps humain et il était impossible d'obtenir ainsi une certitude.

Dans la salle des études balistiques, Pat inséra la balle dans un instrument compliqué et j'éteignis la lumière. Les images très agrandies de deux balles se dessinèrent sur un écran. L'une provenait de l'arme du tueur, l'autre, du 45 de Kalecki. Je reconnus, ou crus reconnaître, certains détails de l'alésage du canon.

Pat retourna les deux images en tous sens, essayant d'y relever des marques similaires. Il cru avoir trouvé, mais, lorsqu'il superposa les rayures, il s'aperçut qu'elles étaient tout à fait différentes. De guerre lasse, il abandonna la partie et redonna de la lumière.

« Rien à faire, Mike, dit-il. Ces balles ne sont pas sorties de la même arme. Si Kalecki a commis les autres meurtres, il a changé de revolver.

— Possible, mais improbable. On ne change pas de revolver après avoir commis trois crimes avec la même arme ! »

Pat acquiesça et pressa un bouton. Il remit la balle à un de ses hommes, lui ordonna de la faire photographier et de classer les photographies dans les fiches. Puis nous nous assîmes dans un coin, je lui refis en détail le récit de l'agression qui avait failli me coûter la vie, et lui soumis enfin mon opinion sur le meurtre de Kines. Il ne fit aucun commentaire. Pat appartient à ce genre de flics peu bavards qui enregistrent les faits et les laissent mûrir dans leur tête. Je suis toujours étonné de trouver des hommes de sa sorte dans les rangs de la police régulière. Mais c'est en allant plus loin que les uniformes et en prenant contact avec les rouages internes de l'organisation que l'on rencontre les vrais penseurs. Ils ont à leur disposition un équipement inimaginable, des points de contact dans tous les mondes et en dépit des invectives que leur adressent périodiquement les journaux, ils savent parfaitement en tirer parti. Sans doute certains d'entre eux ont-ils conjuré sur leurs propres têtes la fureur populaire. Comme partout, il y a des brebis galeuses. Mais aussi de nombreux individus dans le genre de Pat, qu'aucune puissance au monde n'est capable de corrompre. Peut-être aurais-je été moi-même un de ceux-là, s'il n'y avait pas eu tant de règles à suivre et de principes à respecter.

Lorsque j'eus terminé mon récit, Pat s'étira et dit :

« Je ne puis malheureusement rien ajouter, Mike. J'aimerais pouvoir t'aider à mon tour, car tu as fait de l'excellent travail. Tu m'as donné les faits. Donne-moi maintenant ton opinion. A ton avis, qui est le tueur ?

— Si je le savais déjà, tu aurais sur les bras un « homicide justifié », ricanai-je. Je commence à me demander si nous ne devons pas le rechercher en dehors de nos suspects primitifs, qui semblent en bonne voie d'extermination. Sans compter Kalecki, que nous venons d'éliminer en raison même de ses petites attentions à mon égard. Peut-être est-ce lui ? Il avait des raisons de le faire. Ou peut-être est-ce quelqu'un de plus puissant que lui dans la hiérarchie du syndicat qui dirige cette entreprise de prostitution en gros. Jack pouvait avoir découvert cela, aussi... Peut-être le meurtre d'Hal Kines cache-t-il la vengeance d'une femme plus avisée que les autres, qui aurait découvert à temps les intentions du triste individu. A moins que ce ne soit la vengeance d'un père, d'un frère, ou d'un ancien fiancé. Hal a gâché tant de vies qu'il a pu se laisser aller à commettre quelques erreurs. Dans ce cas, il faudrait que Jack ait éventé le projet, et qu'aveuglé par la haine notre tueur l'ait assassiné, ainsi qu'Eileen, pour pouvoir assouvir en paix sa soif de vengeance. Il y a tant d'aspects dans cette affaire qu'on finit par s'y égarer...

— J'y ai pensé également, Mike. Ce n'est pas tellement improbable. Et maintenant... — il se leva — suis-moi que je te mette en présence d'une de tes vieilles amies. »

Une de mes vieilles amies ? Intrigué, je le pressai de questions, mais il me fit l'apologie de la patience et je me tus. Nous parvînmes enfin à une petite pièce dans laquelle deux détectives interrogeaient une femme, sans toutefois recevoir la moindre réponse. Elle tournait le dos à la porte et je ne la reconnus qu'après avoir fait le tour de sa chaise.

Amie... Je vouai mentalement Pat Chambers à tous les diables. Cette femme n'était autre que la tenancière qui nous avait filé entre les doigts au cours de la nuit précédente.

« Où êtes-vous allés la repêcher ? m'informai-je.

— Elle errait dans les rues comme une âme en peine, vers quatre heures du matin, et un policeman de service l'a arrêtée pour défaut de pièces d'identité. »

Je me tournai vers elle. De longues heures d'interrogatoire l'avaient complètement vidée, mais ses bras étaient croisés sur son ample poitrine, en un geste de défi, quoiqu'elle parût à deux doigts de la crise nerveuse.

« Vous vous souvenez de moi ? » lui demandai-je.

Elle tourna vers moi ses yeux abrutis de sommeil et bégaya :

« Oui, je vous reconnais.

— Comment avez-vous quitté la maison, au cours de la rafle ?

— F...-moi la paix. »

Pat se procura une chaise et s'assit à califourchon, en face d'elle. Il avait tout de suite compris à quoi je voulais en venir.

« Si vous refusez de répondre, dit-il calmement, nous vous inculpons de meurtre, et bien malin l'avocat qui vous en sortira. »

Ses bras tombèrent et elle humecta ses lèvres desséchées. Cette fois, le coup avait porté. Elle commençait à craindre pour sa peau. Puis la terreur disparut de son regard et elle ricana.

« F...-moi la paix, vous aussi. Je ne les ai pas tués.

— Peut-être, admit Pat, mais le meurtrier a quitté la maison par le même chemin que vous, nous pouvons supposer que vous avez facilité sa fuite et ce genre de complicité est aussi punissable qu'une culpabilité plénière.

— Vous êtes fou ! » hurla-t-elle.

Disparue, sa contenance digne et respectable du premier soir. Ses cheveux étaient ternes et emmêlés. La lumière révélait tous les pores élargis de son visage blafard. Elle montra les dents et avala sa salive.

« J'étais seule, affirma-t-elle.

— Mais l'accusation tient toujours. »

Elle se mit à trembler, balbutia :

« Je vous dis que j'étais seule. J'étais à la porte lorsque la police est arrivée. Je savais de quoi il s'agissait. J'ai couru à la sortie de secours et me suis sauvée.

— Où est cette sortie ? intercalai-je.

— Sous l'escalier. Un bouton actionne un panneau dissimulé, dans les boiseries. »

En un éclair, je me remémorai la topographie de la salle d'attente.

« Si vous avez couru à l'escalier, le tueur devait descendre au moment où vous y êtes parvenue. Qui était-ce ?

— Je n'ai vu personne. Je vous dis que je n'ai vu personne. Pourquoi ne me laissez-vous pas tranquille ?... »

Elle s'effondra, le visage enfoui dans ses mains.

« Emmenez-la », ordonna Pat. Puis, se tournant vers moi :

« Qu'en penses-tu ?

— Son explication est plausible. Elle nous a vus arriver et s'est enfuie. Mais le tueur a eu de la chance. Nous sommes entrés deux minutes environ après les coups de feu. Les chambres sont insonores et personne ne pouvait les entendre. Le meurtrier avait dû projeter de se mêler à la foule et de s'esquiver à la fin de la représentation ou plus tôt, lorsque personne ne garderait la porte. Mais, en redescendant du premier étage, il nous entendit, vit la tenancière manœuvrer son panneau et changea ses plans. Il laissa la vieille sorcière prendre quelques secondes d'avance et s'engouffra à sa suite. Lorsque nous examinerons ce panneau, nous constaterons sans doute qu'il se referme assez lentement. Nous sommes montés immédiatement, pendant que les autres s'occupaient des clients. Mais le tueur a pu s'éclipser avant que les deux extrémités de la route fussent efficacement bloquées. Nous étions pressés d'arriver et nous n'avions pas eu le loisir d'organiser le cordon à l'avance. »

Nous vérifiâmes sur place le bien-fondé de mon hypothèse. La tenancière n'avait pas menti. Nous trouvâmes le bouton au cœur d'une fleur de bois sculpté. Il actionnait un moteur électrique d'un seizième de cheval relié au secteur par l'intermédiaire d'un inverseur et d'un disjoncteur. Le tout n'était pas merveilleusement installé et avait dû être posé lors du changement d'affectation de cette maison jadis respectable. Le passage secret n'avait pas plus de trois mètres de long, puis il tournait à angle droit et menait à une porte qui, une fois fermée, se confondait avec le mur, dans le sous-sol de l'immeuble voisin. (Sans doute les locataires de cet immeuble en ignoraient-ils eux-mêmes l'existence.) Ensuite, il suffisait de gagner la cour et de sortir dans la rue. Le trajet ne demandait pas plus de quarante-cinq secondes. Nous examinâmes soigneusement chaque centimètre du passage secret. Un coupable pressé de fuir laisse fréquemment derrière lui quelque trace révélatrice. Mais nous ne découvrîmes pas le moindre indice et, découragés, remontâmes dans la salle d'attente.

« Eh bien, j'ai l'impression que ton calcul était juste, dit Pat en allumant une cigarette.

— Cela ne nous avance guère. As-tu trouvé quelque chose, en fouillant le passé d'Hal Kines ? »

J'avais posé cette question d'un ton dubitatif et une lueur d'amusement flamba une seconde dans les yeux de Pat.

« Nous avons jusqu'alors des rapports affirmatifs de vingt-sept écoles différentes, dit-il. Il n'a jamais passé plus d'un semestre dans un établissement, excepté dans le dernier. Souvent même, un mois suffisait. Et lorsqu'il abandonnait l'école, selon la durée de son séjour, une ou plusieurs jeunes filles partaient au cours de la même semaine. Une douzaine de nos hommes sont demeurés pendus au téléphone toute la journée et ce n'est pas fini. »

Je maudis mentalement Hal Kines et ajoutai :

« Qu'avait-il dans ses poches, au moment de sa mort ?

— Rien de spécial. Une cinquantaine de dollars, de la petite monnaie, son permis de conduire et un certificat de propriété concernant sa voiture. Quelques cartes de clubs, toutes du dernier établissement. Il était trop habile pour se promener avec des papiers compromettants. Rien non plus dans sa voiture, en dehors d'un pantalon féminin. A propos, comment a-t-il pu entrer pendant que tu étais de faction devant la porte ? »

Je réfléchis.

« S'il est entré pendant que j'étais là, il n'est pas arrivé seul. Un déguisement, peut-être ? Mais j'en doute... Ah ! si. » Je fis claquer mes doigts et enchaînai : « A présent, cela me revient. Ils sont arrivés à six ou sept, à un certain moment, et ont bloqué derrière eux quelques autres qui les suivaient. Tous étaient pressés d'entrer, de crainte d'être vus, et Hal pouvait être parmi eux.

— Alors ? Seul ? dit anxieusement Pat.

— Je ne sais pas. Mais il n'est certainement pas arrivé avec le tueur, sachant qu'il allait se faire descendre dès qu'ils se retrouveraient en tête à tête ! »

Le soir tombait, et nous décidâmes de remettre au lendemain la suite de cette discussion. Je pris congé de Pat et rentrai chez moi pour faire un brin de toilette. L'affaire commençait à me porter sur les nerfs. Elle était aussi facile à résoudre qu'il est aisé d'ouvrir une porte verrouillée avec un bouledogue suspendu au fond de son pantalon.

Je me fis apporter mon souper d'un restaurant situé au coin de la rue et l'arrosai généreusement de bière brune. J'avais éclairci un certain nombre de mystères, mais il me restait une énigme à résoudre. Celle d'une certaine tache de naissance sur la hanche d'une certaine jumelle. Il était près de neuf heures lorsque je composai le numéro des sœurs Bellemy. Une voix douce répondit à mon appel.

« Miss Bellemy ?

— Oui

— Ici, Mike Hammer.

— Oh !... Elle hésita une seconde et ajouta : Que puis-je faire pour vous ?

— Qui est à l'appareil ? Mary ou Esther ?

— Esther Bellemy.

— Puis-je venir vous voir ? J'aimerais vous poser quelques questions.

— Pourquoi ne pas le faire par téléphone ?

— Ce serait un peu long. Alors ? Puis-je venir ?

— Entendu. Je vous attendrai. »

Je la remerciai, raccrochai, enfilai un manteau et descendis reprendre ma voiture.

Esther était la réplique exacte de sa sœur. S'il existait entre elles une différence quelconque, j'étais incapable de la découvrir. Sans doute résidait-elle uniquement dans leurs personnalités respectives ? Mary était une nymphomaniaque. Voyons comment serait Esther.

Elle me salua avec une cordialité empreinte de réserve. Sa robe du soir, d'une sobre simplicité, mettait cependant en valeur les formes gracieuses de son corps. Comme Mary, elle avait le teint hâlé et l'apparence d'une femme rompue à tous les sports. Sa coiffure était différente, relevée, selon la mode, et roulée sur le sommet de la tête. Je n'aimais pas du tout cette coiffure. Pour moi, une femme aux cheveux relevés a l'air constamment à la recherche d'un seau et d'une serpillière, prête à frotter le carrelage de la cuisine. Mais le reste suffisait amplement à me faire oublier ce manque de goût en matière de coiffure.

Je m'assis sur le divan que j'avais occupé lors de mon entrevue avec l'autre jumelle. Esther nous servit deux whisky-soda et partit en quête de glaçons. Lorsqu'elle revint, elle s'assit à son tour et me demanda d'un ton vaguement ironique :

« Alors ? Qu'attendez-vous de moi, monsieur Hammer ?

— Appelez-moi Mike, dis-je très poliment. Je n'ai pas l'habitude de ce formalisme.

— Très bien, Mike. »

Nous choquâmes nos verres et je commençai :

« De quelle manière connaissiez-vous Williams ?

— Superficiellement. Une amitié consécutive à de fréquentes rencontres, mais nullement intime.

— Et George Kalecki ? Comment le connaissiez-vous ?

— Très peu. Il me déplaisait.

— Votre sœur a porté sur lui un jugement similaire. Vous faisait-il la cour ?

— Vous plaisantez !... Il était de mauvaise humeur, le soir de la surprise-party. A peine poli. Je ne pense pas que ce soit un gentleman. Il a quelque chose de repoussant.

— Cela n'a rien d'étonnant. Il a été gangster, autrefois. Et ses activités actuelles sont nombreuses et toutes illégales. »

Elle croisa ses jambes au moment précis où je constatais que je n'avais plus rien à lui demander. Quand les femmes se résigneront-elles à couvrir suffisamment leurs jambes pour empêcher les hommes de penser à des choses interdites ? Esther vit mes yeux remonter le long de ses mollets et s'aventurer au-dessus de ses genoux, et tenta vainement de tirer sur sa jupe.

« Continuez, dit-elle.

— De quoi vivez-vous, si ce n'est pas indiscret ? » questionnai-je.

Je connaissais déjà la réponse, mais je ne savais vraiment plus que dire.

Les yeux d'Esther brillèrent de malice.

« Nos valeurs en Bourse nous rapportent suffisamment, dit-elle. Mon père était gros actionnaire dans un certain nombre de filatures. Pourquoi ? Cherchez-vous à faire un riche mariage ?

— Non. Autrement, vous me verriez plus souvent. Vous possédez également une grande propriété, je crois ?

— Trente acres en pelouse et dix en futaie. Une maison de vingt-deux pièces avec dépendances, piscine, plusieurs courts de tennis, et une douzaine d'admirateurs toujours prêts à me dire à quel point je suis jolie dans le seul but de m'en déposséder. »

J'émis un sifflement de stupéfaction.

« Et l'on m'avait dit que vous habitiez une modeste résidence ! » commentai-je.

Esther éclata de rire, un rire franc et sain qui faisait trembler ses épaules et l'obligeait à rejeter sa tête en arrière. Tout son buste suivit le mouvement et ses seins tendirent à craquer l'étoffe mince de sa robe. Ils étaient fermes, pleins, et aussi vivants que toute sa personne.

« Aimeriez-vous m'y rendre visite, Mike ?

— Bien sûr, acquiesçai-je sans prendre le temps de réfléchir. Quand ?

— Samedi prochain. Nous avons organisé un match de tennis nocturne, à la lueur de projecteurs. Myrna Devlin sera là. Pauvre petite, c'est le moins que je puisse faire pour elle. Elle a été tellement ébranlée par la mort de Jack.

— Je la conduirai. Est-ce que je connais quelqu'un d'autre ?

— Charlotte Manning. Vous l'avez certainement rencontrée.

— Certainement », affirmai-je.

Elle comprit ce que mon ton impliquait et me menaça de l'index.

« Ne vous faites pas de ces idées, Mike ! »

J'essayai de ne pas sourire.

« Comment m'amuserai-je dans ce désert de vingt-deux pièces si je ne me fais de ces idées ? » demandai-je.

Le rire disparut de ses yeux, remplacé par quelque chose de plus complexe.

« Pourquoi pensez-vous que je vous invite ? » dit-elle.

Je posai mon verre sur la table, me levai et vint m'asseoir près d'elle.

« Je ne sais pas, dis-je. Pourquoi ? »

Ses bras se nouèrent autour de mon cou, attirant ma bouche vers la sienne.

« Devinez », murmura-t-elle.

Nos lèvres se scellèrent. Je me couchai sur elle, laissant mon corps caresser le sien. Elle frotta son visage contre mes joues et je sentis dans mon cou la chaleur de sa respiration haletante. Elle tremblait chaque fois que mes mains trouvaient ses seins ou ses épaules. Elle parvint à dégager l'une des siennes et j'entendis s'ouvrir les boutons de sa robe. Je posai mes lèvres sur sa poitrine et son tremblement se transforma en frémissements convulsifs. Elle me mordit. Je la serrai plus fort. Elle poussa un gémissement de douleur et d'extase. Elle se collait à moi, cherchant à libérer toute la passion qui l'habitait.

Je trouvai le commutateur et l'obscurité s'établit dans la pièce. Rien n'existait plus, qu'elle et moi. Pas de bruit. Pas un mot. Pourquoi aurions-nous parlé ? Rien que l'écrasement des coussins, le raclement d'ongles sur une dure étoffe, le tintement d'une boucle de ceinture, le choc d'un soulier sur le sol. Rien que deux respirations haletantes et parfois le son humide d'un baiser.

Puis le silence.

Après un temps inappréciable, je redonnai de la lumière, l'explorai des pieds à la tête.

« Menteuse ! ricanai-je.

— Pourquoi ? bouda-t-elle.

— Pas de tache de naissance... Mary ! »

Elle s'esclaffa, acheva de bouleverser ma coiffure.

« Je savais que vous seriez assez intrigué pour y regarder de plus près, expliqua-t-elle.

— Je devrais vous flanquer une bonne fessée.

— Chiche !

— Non. Vous seriez capable d'y prendre du plaisir. »

Je quittai le divan et préparai deux verres pendant que Mary se rhabillait. Elle but le sien d'un seul trait. Je pris mon chapeau et m'apprêtai à partir.

« Invitation confirmée pour samedi ? demandai-je.

— Plus que jamais, dit-elle entre ses dents. Et ne soyez pas en retard. »

Je rentrai chez moi. Nous approchions du but, je le sentais. Je m'installai dans mon fauteuil, avec de quoi boire et de quoi fumer, et tentai de réfléchir. Trois meurtres jusqu'à présent. Et le meurtrier courait encore ! J'établis mentalement la liste des facteurs restant à éclaircir avant d'atteindre la solution de l'affaire. Pourquoi Jack avait-il été tué ? Que possédait-il de si précieux, ou de si dangereux pour le criminel ? Etaient-ce les livres, ou autre chose ? Etait-il allé dans cette maison pour tuer Eileen, la menacer, la prévenir ? Si le tueur ne m'était pas inconnu, comment avait-il pu entrer, lui aussi, sans que je l'eusse repéré ? Trop de questions encore demeurées sans réponses. Trop de réponses toutes également probables. Où était la vérité ?

Et George Kalecki ? Pourquoi était-il en fuite ? Pourquoi avait-il essayé de me descendre ? Parce que je cherchais à avoir le tueur ? Possible, et très probable. Mais était-il le tueur ?

Tous les invités de la surprise-party avaient eu l'occasion de tuer Jack. Quant aux motifs... Lesquels d'entre eux possédaient des motifs ? Myrna ? Impossible. Pour des raisons purement sentimentales.

Charlotte ? Grand Dieu non. Raisons sentimentales, encore. En outre, sa profession était incompatible avec le crime. Elle était doctoresse. Psychiatre. Et n'avait connu Jack qu'en raison de la maladie de Myrna. Aucun motif.

Les jumelles ? Une nymphomaniaque, et l'autre encore inconnue. Beaucoup d'argent, pas d'ennuis. Quels rôles jouaient-elles ? Esther avait-elle un motif ? Il faudrait que je m'occupe d'elle. Et de sa tache de naissance. Se pouvait-il que Mary eût été repoussée par Jack ? La passion frustrée peut pousser une nymphomaniaque jusqu'au suprême épanchement du sang répandu. Mais pourquoi eût-elle emporté les quatre livres ?

Hal Kines ? Il venait d'être assassiné.

Eileen Vickers ? Elle aussi était morte. Il était un peu tard pour les inculper.

Ou bien existait-il deux tueurs ? Hal avait pu tuer Jack, tuer Eileen, et être tué à son tour, à l'aide de son propre revolver. Une théorie intéressante, mais nous n'avions trouvé dans la chambre aucune trace de lutte. Et pourquoi Eileen était-elle nue ? S'apprêtait-elle à exercer sa profession, lorsque son ancien amant l'avait surprise ?

Et pourquoi ? Pourquoi ? Pourquoi ?

Où était caché, qui détenait le secret de tous ces problèmes ? Il n'était pas dans l'appartement de Kalecki, ni dans celui de Jack, à moins que je fusse devenu incapable de me servir de mes yeux.

Fallait-il rechercher le tueur en dehors des suspects primitifs ?

Quel labyrinthe... Je finis une bouteille de bière et la posai à mes pieds. Mon cerveau s'engourdissait. Dans quelques minutes, je ne pourrais même plus penser. Si seulement je connaissais mieux les activités de Kalecki. Quel rapport offraient-elles avec le reste ? Il fallait que je retrouve Kalecki. Si Hal était encore en vie...

Je me levai d'un bond, meurtris ma cuisse d'un énergique coup de poing. Bon sang, comment n'y avais-je pas pensé plus tôt ? Hal n'avait jamais eu de base d'opérations à New York. S'il gardait trace de ses exploits, ses papiers ne pouvaient être qu'à l'école. Et ces papiers pouvaient me donner le mot de l'énigme.

Je m'habillai, aussi vite que je le pus, repris mon manteau, glissai dans ma poche un chargeur de rechange et téléphonai au garage de faire apporter ma voiture devant la porte de chez moi.

Il était plus de minuit, et le mécanicien qui m'attendait sur le trottoir dormait littéralement debout. Je le gratifiai d'un bon pourboire, embarquai et m'éloignai rapidement. La circulation commençait à être réduite, je réussis à ne pas me faire stopper par les lumières rouges, parvins à la West Side Express Highway et me dirigeai vers le nord. Pat m'avait donné l'adresse du dernier collège fréquenté par Hal Kines. En temps ordinaire, ce collège était situé à trois bonnes heures de New York. Mais je n'avais pas l'intention de perdre mon temps.

A deux reprises, des « motards » me donnèrent la chasse, mais le moteur de ma vieille guimbarde les sema sans effort et ils n'insistèrent pas. Je craignais qu'ils fissent bloquer la route devant moi, mais rien de tel ne se produisit et je continuai mon chemin sans encombre.

Un poteau indicateur me lança sur une mauvaise route et je dus ralentir, mais, en changeant de comté, je retrouvai un macadam impeccable et, jusqu'au bout, roulai pleins gaz.

Parksdale n'était plus distant que de huit kilomètres. L'écriteau de la chambre de commerce m'apprit que la ville comptait trente mille habitants et abritait les autorités cantonales. Voyez-vous cela ! Je n'eus aucun mal à trouver le collège, qui était situé sur une colline, à deux kilomètres au nord de la ville. Quelques fenêtres étaient encore éclairées. Probablement celles des couloirs. Je stoppai devant une maison de deux étages sur laquelle je découvris l'inscription : « M. Russell Hilbar. Doyen des Etudiants. »

L'obscurité la plus complète régnait sur la maison, mais je ne me laissai pas impressionner. Je posai mon doigt sur la sonnette et ne l'en ôtai que lorsque je vis la lumière apparaître sous la porte et un maître d'hôtel indigné s'encadrer dans l'entrebâillement. L'homme avait enfilé sa veste de travail par-dessus sa chemise de nuit. Je n'avais jamais rien vu d'aussi ridicule. Je n'attendis pas d'être annoncé, le repoussai à l'intérieur de la pièce et faillis entrer en collision avec un grand type distingué en robe de chambre marron clair.

« De quoi s'agit-il, monsieur ? Qui êtes-vous ? »

Je lui montrai ma plaque et ajoutai :

« Mike Hammer. Détective. New York.

— Vous êtes ici en dehors de votre territoire, monsieur, tonna le doyen. Que voulez-vous ?

— Voir la chambre d'un étudiant nommé Hal Kines.

— La police locale a été saisie de l'affaire et j'ai bien peur qu'elle soit seule compétente. Par conséquent... »

Je ne le laissai pas terminer son discours.

« Écoutez, mon vieux, dis-je en pointant de l'index vers son estomac, il est possible qu'un meurtrier soit actuellement en liberté dans cette boîte. S'il n'a encore tué personne, il peut le faire à tout moment. Et il le fera certainement si vous ne me dites pas où je peux trouver la chambre d'Hal Kines. Et si vous ne me dites pas où est cette chambre, je vais vous rectifier le portrait de telle manière que votre propre mère ne reconnaîtra plus son fils. »

Russell Hilbar recula et s'appuya sur le dossier d'une chaise. Il était devenu d'une pâleur de cire et semblait sur le point de défaillir.

« J-j-je ne savais pas, balbutia-t-il. La chambre de M. Kines occupe le numéro 107, au rez-de-chaussée de l'aile gauche, juste au coin, mais la police locale l'a mise sous scellés et je n'ai pas le droit de...

— Au diable la police locale. Eteignez ces lumières et ne bougez pas d'ici. Et tâchez de ne pas décrocher ce téléphone !

— Mais que diront les étudiants si...

— Je me charge d'eux », lui jetai-je en refermant la porte.

Je m'orientai, trouvai la façade du collège et me dirigeai vers l'aile gauche. L'herbe étouffait le bruit de mes pas et je gagnai rapidement le coin du bâtiment, priant tout bas que mon intuition ne m'ait pas induit en erreur et souhaitant de ne pas arriver trop tard. Je m'aplatis contre le mur et atteignit la fenêtre en question. Elle était à hauteur d'épaule et complètement fermée. Je collai mon oreille à la vitre. L'obscurité était totale. Je n'entendis aucun son à l'intérieur, décidai de tenter ma chance. Mes doigts se glissèrent sous le battant, le relevèrent sans un grincement inopportun. Puis je sautai, effectuai un rétablissement rapide, et tombai sur le nez à l'intérieur de la chambre.

Ce plongeon me sauva la vie. Deux traits de feu trouèrent l'obscurité, dans le coin opposé de la chambre, deux détonations m'assourdirent, et deux balles s'écrasèrent au-dessus de ma tête, sur le rebord de la fenêtre ouverte.

Ma main ressortit armée de sous mon aisselle. Deux nouvelles détonations retentirent simultanément. Je tirai trois fois, aussi vite que mon doigt put presser sur la détente. Quelque chose me fouetta les côtes, mais la balle suivante s'enfonça dans le plancher, précédant de fort peu la chute du tireur.

Cette fois, je ne voulus courir aucun risque. Je bondis dans l'obscurité, atterris sur un corps inanimé, trouvai le revolver, sous mon pied, l'envoyai rouler à l'autre bout de la chambre et manœuvrai enfin le commutateur.

George Kalecki était mort, mes trois balles dans la région du cœur. Mais il avait eu le temps d'accomplir la mission qu'il s'était fixée, car une odeur de papier consumé se répandait lentement dans toute la pièce, et le coffret d'acier qui gisait dans un coin ne contenait plus, déjà, qu'un amas de cendres chaudes et fumantes.

11

Quelqu'un se mit à marteler la porte à coups de poing et un concert d'interjections variées s'éleva dans le couloir.

« Bouclez-la et ne restez pas devant cette porte, criai-je.

— Qui est là ? demanda une voix.

— L'oncle Charlie, répliquai-je. Allez chercher le doyen et amenez-le ici après lui avoir dit d'appeler la police.

— Surveillez la fenêtre, vous autres, vociféra la voix. Les scellés sont intacts, il a dû entrer par là ! C'est cela, Duke, prends la carabine. Et n'hésite pas à tirer. »

Bande de jeunes cinglés ! Si le porteur de la carabine perdait son sang-froid, il me descendrait de la fenêtre avant que j'aie eu le temps de m'expliquer. Je ne pouvais tout de même pas tirer sur des collégiens !... Je courus à la fenêtre, me penchai au-dehors. Quatre gosses de seize à dix-huit ans contournaient déjà le bâtiment au triple galop. Ils s'arrêtèrent en me voyant, dans un grand déploiement de poussière. Je fis signe d'approcher à l'homme-à-la-longue-carabine.

« Viens ici, toi ! » criai-je.

L'adolescent marcha vers la fenêtre, tenant son arme devant lui comme s'il chargeait à la baïonnette. Une fois de plus, j'exhibai ma plaque. Le gosse était à demi mort de frayeur.

« Tu vois cet insigne ? lui dis-je. Je suis un flic, de New York. A présent, fichez-moi le camp. Si vous voulez absolument faire quelque chose, surveillez les abords du collège et ne laissez partir personne. Compris ? »

Il acquiesça, soulagé. Il était heureux d'avoir une occasion de s'éloigner sans perdre la face. L'instant d'après, je l'entendis hurler des ordres dans tous les coins. Quelques secondes plus tard le doyen arriva à son tour, suant et soufflant comme un cheval malade.

« Que s'est-il passé ? gémit-il.

— Je viens de descendre un type, répondis-je. Appelez la police et tenez les gosses à l'écart. »

Il repartit en ahanant et je restai seul, en dehors de cette rumeur de voix excitées et curieuses, de l'autre côté de la porte. Ce que j'avais à faire devait être fait avant l'intrusion de la police locale.

Je jetai un coup d'œil au 45 de Kalecki. C'était bien celui que j'avais trouvé dans sa chambre lorsque je l'avais fouillée.

Puis je criblai entre mes doigts les cendres du coffret d'acier. Je découvris, au fond, la couverture carbonisée d'un carnet, qui se réduisit en poussière dès que je tentai de la saisir. J'aurais donné un million de dollars pour savoir ce qu'avaient contenu ce ou ces carnets. Mais George avait pris soin de ne rien laisser subsister... J'examinai les alentours du coffret noirci. Quelques cendres également, dont un fragment encore lisible sur lequel je relevai une série de numéros. Comment diable Kalecki avait-il pu mener à bien son entreprise sans attirer l'attention de quelque gardien de nuit ? De l'extérieur, ce feu de papier devait être aussi visible que la lueur d'une ampoule électrique.

Le mystère n'était pas difficile à résoudre. En retournant la descente de lit, je vis qu'elle était couverte de noir de fumée. Collée à la trame du tissu, j'en retirai une demi-page de carnet oubliée là par George ou cachée sous ce tapis au moment de mon arrivée. George y était accusé d'un double meurtre et le document indiquait également l'endroit où l'on pourrait en retrouver les preuves : dans un casier d'une banque de New York dont la clef était entre les mains du fondé de pouvoirs.

Ainsi, George était un meurtrier. J'avais toujours pensé qu'il en avait l'étoffe, et ce bout de papier m'en apportait la preuve. Ma foi, je ne pouvais que m'en féliciter, car cela suffirait à justifier mon acte de légitime défense. Je plaçai la feuille de carnet dans une enveloppe que je porte toujours sur moi pour cet usage, me l'adressai et y collai un timbre. Puis je brisai les scellés d'un coup d'épaule, faillis renverser une demi-douzaine de collégiens, les dispersai, partis en quête d'une boîte aux lettres, y déposai mon enveloppe et revins dans la chambre de Kines attendre paisiblement l'arrivée de la police.

Tout commençait à s'éclaircir. Je m'étais figuré, jusqu'alors, que George était la grosse légume de ce syndicat, mais il n'en était qu'un rouage parmi tant d'autres. Hal Kines avait été le grand patron, grâce à ses méthodes aussi subtiles que celles mises en œuvre pour alimenter en pauvres filles ses maisons de tolérance. Il se donnait du mal pour y parvenir, mais le jeu en valait la chandelle. D'abord, il choisissait des individus au passé trouble, et contre lesquels il lui serait relativement aisé d'obtenir des preuves irréfutables. Il leur montrait ces preuves, ou tout au moins un photostat, et obligeait ces types à travailler pour lui. Si j'avais pu sauver le contenu de ce coffret, nous détruisions l'un des plus immondes rackets de la terre. J'étais arrivé trop tard, mais assez tôt, cependant, pour ne pas repartir absolument bredouille. Peut-être trouverait-on des duplicata, dans le casier de la banque ? C'était douteux. Hal devait déposer ses documents dans de nombreux casiers, à raison d'un casier par personne. Ainsi, lorsqu'il désirait se débarrasser d'une partie de son gang, il lui suffisait de conseiller anonymement à la police de faire ouvrir certains casiers, à l'exclusion de tous les autres ! Très fort, en vérité. Et admirable de prévoyance.

J'étais étrangement satisfait d'avoir descendu Kalecki, mais j'étais sûr, maintenant, de n'avoir pas encore atteint mon but initial. Et si le massacre continuait à ce train, il ne resterait plus personne. Il y avait donc un inconnu dans cette affaire. Un « X... » dont tout le monde ignorait l'existence, à l'exception, peut-être, de ceux qui étaient déjà morts.

La police locale arriva en grande pompe. Le chef, un gros fermier au teint florissant, parcourut la pièce, revolver au poing, et me plaça promptement en état d'arrestation. Deux minutes plus tard, après une séance d'explications gesticulantes et de menaces plus ou moins insidieuses, il me remit non moins promptement en liberté et, pour apaiser sa vanité blessée, je le laissai examiner tout son soûl ma licence de détective privé, mon permis de port d'arme et quelques autres documents officiels.

Je téléphonai à Pat et lui passai un écouteur. Ces flics de petites villes n'ont aucun respect pour les autorités extra-territoriales, mais lorsqu'il se mêla à la conversation, Pat le menaça à son tour d'appeler le gouverneur s'il refusait de collaborer avec moi et le gros fermier se tint tranquille. Je lui donnai assez de détails pour lui permettre d'établir son rapport et repris la route en direction de New York, à une allure beaucoup plus raisonnable.

Le jour se levait lorsque je pénétrai dans le bureau de Pat. Je tombais de sommeil. Pat m'attendait, cependant, et je lui expliquai les circonstances exactes de la fusillade. Il envoya quelques hommes à Parksdale, pour prendre les photos nécessaires et examiner les cendres du coffret d'Hal Kines. Je n'avais aucune envie de rentrer chez moi, et passai un coup de fil à Charlotte. Elle était déjà levée et prête à partir.

« Peux-tu rester jusqu'à ce que j'arrive ? lui demandai-je.

— Certainement, Mike. Dépêche-toi. Je veux savoir ce qui est arrivé.

— Je serai là dans un quart d'heure », affirmai-je.

Mais la circulation était déjà intense, et je ne parvins à l'appartement de Charlotte que près d'une demi-heure plus tard. Elle m'attendait dans le salon, tandis que Kathy faisait le ménage. Elle me débarrassa de mon manteau, et me pilota jusqu'au divan. Je m'y étendis avec un soupir d'aise. Elle se pencha vers moi, m'embrassa. Il me resta tout juste assez d'énergie pour lui rendre son baiser. Je lui racontai succinctement mon histoire, qu'elle écouta sans m'interrompre, en caressant doucement mon front et mon visage.

« Puis-je faire quelque chose ? s'informa-t-elle.

— Oui. Dis-moi ce qui fait une nymphomaniaque.

— Ainsi, tu es allé la revoir ! cria-t-elle, indignée.

— Visite d'affaires, chérie ! expliquai-je en me demandant ce que je trouverais lorsque je n'aurais plus cette excuse.

— Très bien, sourit Charlotte. Je suppose que je puis te croire. Quant à ta question, une nymphomaniaque peut être née ainsi ou l'être devenue au cours de son adolescence, par la faute de son entourage. Dans le premier cas, il s'agit d'une hypertrophie glandulaire. Dans le second, d'une évolution progressive d'enfants obligées pendant leur formation à se replier sur elles-mêmes, et qui, en devenant adultes, libèrent à tout venant leurs passions refoulées.

— Les nymphomaniaques « évoluées » peuvent-elles mal tourner ?

— Tu veux dire : leurs passions les pousseront-elles à tuer ?... Je ne le pense pas... Elles ont d'autres moyens d'assouvir leurs passions.

— Par exemple ? questionnai-je en ignorant l'allusion.

— Eh bien... Si une nymphomaniaque déverse sa passion sur une certaine personne et se voit repoussée, au lieu de tuer cette personne, elle en trouvera simplement une autre !... C'est plus simple, plus rapide et plus efficace. Si cette rebuffade a blessé son amour-propre, elle le guérira en remportant d'autres victoires. Tu comprends ? »

Je comprenais parfaitement, mais je désirais encore autre chose.

« Les deux jumelles sont-elles des nymphomaniaques ? » demandai-je.

Charlotte me fit présent d'un de ses délicieux rires de gorge.

« Non, dit-elle. Mary est incorrigible et ne fait aucun effort pour s'amender. Elle vit plus pleinement que sa sœur, mais Esther a dû l'aider si souvent à se dépêtrer des conséquences de ses démêlés amoureux qu'elle a tendance elle-même à fuir les aventures. Elle est charmante, aussi belle que sa sœur, mais sans ses talents de mangeuse d'hommes. Si elle tombe un jour amoureuse, elle l'acceptera tout naturellement.

— Il faudra que je fasse sa connaissance, dis-je d'une voix pâteuse. Vas-tu chez elles, cette semaine ?

— Oui, je suis invitée. J'arriverai tard, mais je ne raterai pas le match. Et il me faudra repartir aussitôt. Tu es invité ?

— Oui. Je dois y conduire Myrna. A condition toutefois qu'elle ne se récuse pas.

— Parfait ! » s'exclama Charlotte.

Je n'en entendis pas davantage et sombrai dans un sommeil d'une profondeur d'océan.

Je me réveillai vers quatre heures de l'après-midi. Kathy m'entendit remuer et m'apporta un plateau chargé d'œufs au bacon et de café fumant.

« Voici vot' déjeuner, monsieur Hammah, dit-elle. Mam'selle Charlotte m'a recommandé de prend' soin de vous jusqu'à son retour. »

Elle m'adressa un sourire éclatant et disparut.

Je mangeai de bon appétit et bus avec reconnaissance trois tasses de café bouillant. Puis j'appelai Myrna, et elle répondit à ma demande qu'elle m'attendrait samedi vers dix heures du matin. Je raccrochai, et cherchai dans les étagères de quoi me distraire jusqu'au retour de Charlotte. J'avais lu presque tous les romans. Je passai donc aux ouvrages techniques, en feuilletai un énorme intitulé *Traitement par l'Hypnotisme des Maladies mentales,* et ne tardai pas à l'abandonner. Je n'y comprenais absolument rien. Il s'agissait, je crois, de mettre le patient en état d'hypnose et de lui suggérer un traitement qu'il exécutait ensuite, par automatisme, sans s'en rendre compte lui-même.

Je me représentai hypnotisant une belle fille et lui suggérant... Au diable cette idée ! Ce n'était ni très propre ni très flatteur. Je n'en étais pas encore réduit à des méthodes aussi draconiennes. J'en choisis un autre, pour ses illustrations. Il s'appelait *Psychologie du Mariage.* Une manière de petit chef-d'œuvre. S'il avait été écrit plus simplement, je l'aurais dévoré d'une couverture à l'autre. Pourquoi diable ne traduisaient-ils pas ces ouvrages en langage de tous les jours ?

Charlotte me surprit dans cette lecture.

« Monsieur s'instruit ? s'informa-t-elle.

— Autant le faire pendant que je le puis encore... Avant peu, il sera trop tard. »

Elle m'embrassa, me servit un whisky-soda. Je l'acceptai et demandai à Kathy de m'apporter mon manteau et mon chapeau. Charlotte parut désappointée.

« Déjà ? protesta-t-elle. Je croyais que tu dînerais avec moi.

— Pas ce soir, chérie. Je dois me faire raser et rendre visite à mon tailleur. »

Je lui montrai les dommages causés à mon costume par la balle de Kalecki. Elle pâlit en se rendant compte à quel point je l'avais échappé belle.

« Tu... tu es blessé, Mike ?

— Une simple égratignure. »

Je la lui montrai et m'habillai en vitesse. Elle dut me quitter pour aller répondre au téléphone.

Elle fronça les sourcils, dit :

« Vous en êtes sûr ? Très bien, je vais m'occuper de lui. »

Elle raccrocha et je lui demandai la raison de sa mine soucieuse.

« Un client, dit-elle. Il a répondu au traitement, puis a fait une rechute. Je vais lui prescrire un sédatif et aller le voir demain matin.

— Alors, je me sauve. Je vais commencer par me faire couper les cheveux et gratter le menton.

— O.K., chéri, dit-elle en m'entourant de ses bras, il y a un coiffeur au coin de l'avenue.

— Il... fera... l'affaire, intercalai-je entre nos baisers.

— Reviens vite, Mike.

— Plus que cela encore, chérie. »

Je m'esquivai. Heureusement, la boutique du coiffeur était vide. J'ôtai mon veston, m'installai sur le siège. Le coiffeur loucha vers mon 45 et m'escamota sous une large blouse. « En brosse ! » ordonnai-je. Il ne fit aucun commentaire et ses ciseaux entrèrent en danse. Un quart d'heure plus tard, je remontai dans ma bagnole et me dirigeai vers Broadway.

J'entendis beugler la sirène, mais je ne reconnus Pat que lorsque le car me dépassa et qu'il se pencha au-dehors. Il était trop absorbé pour me remarquer et traversa le carrefour en diagonale tandis que l'agent de la circulation arrêtait le flot des véhicules. Un peu plus loin, une autre sirène s'ouvrait un chemin vers le nord.

Une intuition semblable à celle qui m'avait lancé sur la piste de Kalecki me poussa à suivre le hurlement des sirènes dès que le flic nous fit signe de reprendre notre route. Je tournai à gauche, dans Lexington Avenue, aperçus au loin le toit blanc de la voiture de Pat, puis la vis ralentir et s'engouffrer dans une rue perpendiculaire.

Cette fois, je dus laisser ma voiture à un « bloc » de distance. Deux cars de police barraient la rue à ses extrémités. Je montrai ma carte et ma plaque au premier policeman et fendis la foule jusqu'au centre d'attraction des regards. Pat était sur place, avec un personnel nombreux du Service des Homicides. Je suivis son regard et contemplai la silhouette recroquevillée sur le bord du trottoir. Du sang coulait d'une blessure béante, et tachait de brun le dos de son veston. Pat me fit signe de faire ce que je voulais et je retournai le cadavre.

Un sifflement s'échappa de mes lèvres. Bobo Hopper n'élèverait jamais plus d'abeilles.

« Tu le connais ? dit Pat.

— Oui. Il s'appelle Hopper. Bobo Hopper. Un garçon épatant, et tout à fait inoffensif. Il a été longtemps commissionnaire, pour le compte de Kalecki.

— Il a été tué à l'aide d'un 45.

— Quoi ?

— Et il y a autre chose. Suis-moi. »

Nous entrâmes dans la pharmacie devant laquelle gisait Bobo. Le propriétaire faisait face à une escouade de détectives, à la tête de laquelle je reconnus l'inspecteur Daly, de la section des stupéfiants. Il me détestait cordialement depuis que j'avais, à sa barbe, résolu une affaire importante.

« Que faites-vous ici ? aboya-t-il.

— La même chose que vous, répondis-je.

— Alors, vous pouvez disposer. Il n'y a pas de place ici pour un détective privé.

— Un moment, inspecteur Daly ! »

Lorsque Pat parlait sur ce ton, il était généralement écouté. Daly respectait Pat. Il était parti du bas de l'échelle, montant en grade à la force du poignet, alors que Pat était parvenu à sa position actuelle en passant par les examens et les laboratoires. Leurs méthodes étaient essentiellement différentes, mais Daly était assez sportif pour reconnaître la valeur de Pat et lui obéir.

« Mike a fait plus que n'importe qui dans cette affaire, continua Pat. Sans lui, nous en serions encore à notre point de départ. Et j'aimerais qu'il puisse suivre de près cette nouvelle phase de l'enquête. »

Daly me jeta un regard meurtrier et haussa ses épaules massives.

« O.K., dit-il. Qu'il reste ! Mais tâchez de ne pas soustraire la moindre parcelle de preuve ! » conclut-il en se tournant vers moi.

La dernière fois, c'était en gardant les preuves dans la poche de ma veste que j'étais parvenu à réduire à merci un gros trafiquant de drogue que personne d'autre n'avait pu abattre. Et cela, Daly ne l'avait pas oublié.

« Racontez encore une fois votre histoire, ordonna-t-il au pharmacien. Et veillez à n'omettre aucun détail ! »

A bout de nerfs, le petit homme agita ses mains grasses et se tourna successivement vers tous les assistants. Pat dut lui sembler le plus sympathique de la bande, car ce fut à lui qu'il conta sa triste aventure.

« Je ne faisais rien, gémit-il. Je balayais sous mon comptoir ou quelque chose comme ça. Ce type entre et me demande de lui remplacer le contenu d'une petite boîte qu'il avait à la main. Il me dit qu'il est livreur et qu'il perdra sa place si je ne puis la lui remplacer. Il venait de la laisser tomber, et quelqu'un avait marché dessus !

« Je prends la boîte, goûte la poudre, et vais faire un essai dans mon laboratoire. Plus de doutes, c'est de l'héroïne ! Je téléphone à la police, comme un bon citoyen, et ils me répondent de le retenir ici ! Est-ce que je sais si ce n'est pas un gangster, moi, et s'il ne va pas sortir un revolver de sa poche ! J'ai une famille, messieurs… »

Il s'arrêta, frissonna, et reprit :

« Enfin, je prends mon temps, mais il me dit de me presser et met la main dans sa poche ! Peut-être a-t-il un revolver ! J'emplis sa boîte d'acide borique, lui prends un dollar et il s'en va. Je quitte mon comptoir pour essayer de voir où il va, mais le voilà qui s'effondre avec une balle dans le dos. Alors j'ai rappelé la police et vous êtes venus.

— Avez-vous vu quelqu'un s'enfuir en courant ? dit Pat.

— Personne. La rue n'est pas très fréquentée, à cette heure.

— Avez-vous entendu le coup de feu ?

— Eh, non. J'ai juste vu le sang couler et je suis rentré téléphoner. »

Pat se caressa pensivement le menton.

« Et une auto ? N'avez-vous pas vu s'éloigner une auto ? »

Le petit homme réfléchit, ouvrit la bouche, se ravisa, réfléchit encore et dit lentement.

« Si... Maintenant que vous en parlez, je me souviens d'en avoir vu passer une, quelques secondes auparavant. Elle roulait doucement, mais quand je suis sorti, elle avait déjà disparu. »

L'un des hommes de Daly avait pris l'interrogatoire en sténo. Pat et moi examinâmes le corps. D'après sa position, et la nature de la blessure, nous conclûmes que le tueur devait se diriger vers Lexington Avenue lorsque le coup avait été tiré. La boîte d'acide borique, saturée de sang, reposait près de la main de Bobo. Ses poches contenaient huit dollars, une carte d'abonnement à une bibliothèque circulante et un *Manuel du Parfait Apiculteur*.

« Silencieux, toujours, dit Pat. Je parierais à dix contre un que c'est le même revolver.

— Je ne parierais pas contre toi, acquiesçai-je.

— Qu'en penses-tu, Mike ?

— Je n'en sais rien. Si Kalecki vivait encore, cette histoire achèverait de le compromettre. Après la prostitution, les stupéfiants. Bobo m'avait dit qu'il ne travaillait plus pour lui et je le croyais trop simple pour mentir, mais je me demande si je n'avais pas tort. »

Nous regardâmes le cadavre un instant, sans le voir, puis nous éloignâmes de concert.

« Pat ! m'exclamai-je soudain.

— Oui ?

— Tu te souviens du jour où quelqu'un a essayé de tuer Kalecki, chez lui... La balle provenait de l'arme du tueur. Pourquoi ? Sa position était-elle devenue à ce point dangereuse, non seulement pour lui, mais pour le tueur ? Il faut que nous déterminions pourquoi celui que nous recherchons a tenté de tuer Kalecki.

— Oui, Mike. Mais ceux qui eussent pu nous le dire sont morts.

— Non, Pat. Il reste le tueur. As-tu quelque chose d'important à faire en ce moment ?

— Rien qui ne puisse être remis. Daly s'occupe du cas de Bobo. Pourquoi ? »

Je lui pris le bras et l'entraînai vers ma voiture. Lorsque nous parvînmes à mon appartement, le facteur était déjà passé. Je trouvai dans la boîte la lettre que je m'étais adressée de l'école, déchirai l'enveloppe et expliquai à Pat la nature du document qu'elle contenait. Pat ne connaissait que trop les habitudes des flics de province et approuva entièrement ma manœuvre. Puis il décrocha mon téléphone et lorsque nous arrivâmes à la banque, le président avait déjà reçu l'ordre officiel de nous laisser accéder au casier mentionné sur la feuille de papier.

Il y avait dans ce casier assez de preuves pour faire pendre Kalecki une douzaine de fois. J'étais reconnaissant à la providence, à présent, de m'avoir permis de lui loger ces trois balles dans le corps. L'homme était la plus abjecte fripouille qu'il m'ait jamais été donné de rencontrer. Les photostats et documents originaux renfermés dans ce casier prouvaient que George Kalecki avait commis tous les délits énumérés par le code pénal, plus quelques autres encore inédits. Mais rien de plus. Et la mort du principal intéressé ôtait à cette découverte quatre-vingt-quinze pour cent de sa valeur intrinsèque.

Pat feuilleta rapidement le dossier, l'inséra dans une grande enveloppe et signa une décharge.

« Que vas-tu en faire ? lui demandai-je lorsque nous fûmes ressortis.

— Étudier tout cela de très près. Peut-être sera-t-il possible de retrouver la trace de certains chèques... Et toi ?

— Je vais rentrer chez moi. Tu as autre chose à me proposer ? »

Pat ricana, d'un air embarrassé.

« Vois-tu, Mike, je me figurais que tu avais gardé pour toi de nombreux facteurs de l'affaire, mais je me rends compte que tu joues franc-jeu et je vais te dire quelque chose. »

Il tira un calepin de sa poche et l'ouvrit.

« Voici une liste de noms, dit-il. En connais-tu quelques-uns ? »

Il s'éclaircit la voix et commença :

« Henri Strebhouse. Carmen Silby. Thelma B. Duval. Virginia R. Reims. Conrad Stevens. »

Il s'arrêta et me regarda, attendant ma réponse.

« Strebhouse et Stevens ont fait de la prison, constatai-je. Et je crois avoir aperçu cette Thelma B. Duval dans le carnet mondain, à plusieurs reprises, mais je n'en connais aucun.

— Ils sont tous actuellement dans des sanatoriums, dit Pat. Intoxiqués jusqu'aux moelles.

— Tiens, tiens, musai-je. Comment le sais-tu ?

— Par les rapports de la section des stupéfiants.

— Je savais qu'ils tenaient quelque chose, mais comment se fait-il que l'affaire n'ait pas transparu dans les journaux ? Ah ! j'y suis ! Ils n'ont pas encore découvert la source, pas vrai ? Quelle est-elle ?

— C'est ce que Daly aimerait savoir. Mais aucun ne veut parler, même sous la menace d'une peine d'emprisonnement. Malheureusement, la plupart ont des relations trop haut placées pour que nous puissions les forcer à parler. Mais nous savions que la drogue leur était livrée par un petit bonhomme simple d'esprit qui était loin de se douter de la nature de ses colis.

— Bobo ! criai-je.

— Exactement. Ils seront capables de l'identifier, à moins que sa mort ne les pousse à se taire encore davantage.

— Nom d'un chien, grondai-je, et nous ne pouvons les bousculer pendant la durée de leur traitement. Nous sommes gentiment muselés. Il y a un lien entre tous ces meurtres, Pat. A première vue, l'affaire est parfaitement incohérente, mais regarde comme tout s'enchaîne. Bobo et Kalecki... Kalecki et Hal... Hal et Eileen... Eileen et Jack. Ou nous sommes tombés sur une organisation aux activités multiples, ou nous nous trouvons devant une chaîne logique de circonstances. Jack a mis le feu aux poudres et le tueur l'a descendu. Mais ce meurtre a découvert autre chose et il s'est trouvé pris dans un cercle vicieux, obligé de tuer à nouveau pour échapper à la fatalité. Eh bien, mon vieux, je crois que nous n'avons pas fini d'en voir avant la fin de cette aventure !

— A qui le dis-tu ! grogna Pat. Et nous n'avons pas avancé d'un pas.

— N'exagérons rien, Pat. Je commence à y voir un peu plus clair. Rien de précis encore, mais il y a un commencement à tout.

— Et c'est ?

— Je préfère ne pas le dire, Pat. Je puis me tromper et je n'ai encore aucune idée de l'identité du tueur...

— Toujours ce match contre la montre, Mike ?

— Tu parles ! gouaillai-je. Nous avons franchi le dernier virage, mais la piste est glissante et boueuse et il nous faudra gagner un sol plus ferme avant de fouetter nos chevaux. Mais tu ne me battras pas, Pat.

— Je te parie que si.

— Tenu. Je parie un gueuleton.

— D'accord. »

Nous nous séparâmes. Il héla un taxi et je rentrai chez moi.

C'est en ôtant mon pantalon que je me rendis compte de la perte de mon portefeuille. J'avais deux cents dollars dans le compartiment réservé à cet usage et je ne pouvais me permettre d'accepter cette perte avec le sourire. Je remis mon pantalon et regagnai ma voiture. Le portefeuille n'y était pas. Le coiffeur ? J'avais payé la note avec de la monnaie prélevée dans ma poche. Zut et zut.

Je retournai chez Charlotte. La porte du hall était ouverte et j'entrai. Arrivé devant chez elle, je sonnai, mais personne ne répondit. Et cependant, j'entendais Kathy chanter à pleine voix *Swanee River*. Je cognai dans la porte. Elle m'ouvrit.

« Que se passe-t-il ? demandai-je. Votre sonnette ne fonctionne plus ?

— P'têt' bien, monsieur Hammah. Entrez. Entrez. »

Charlotte courut à ma rencontre, gantée, vêtue d'une blouse tachée et radieuse.

« Chéri, dit-elle, c'est gentil d'être revenu aussi vite. »

Je l'enlaçai, et elle me tendit sa bouche. Kathy semblait décidée à ne pas nous quitter des yeux.

« Tournez-vous, indiscrète ! » ordonnai-je.

Elle obéit, et je pus embrasser sa patronne. Charlotte soupira, posa sa tête sur ma poitrine.

« Tu restes, à présent ?

— Non.

— Oh ! ... pourquoi ? Tu viens d'arriver.

— Je suis venu récupérer mon portefeuille. »

Je le retrouvai sur le divan, derrière les coussins. J'avais dû l'y perdre pendant mon sommeil.

« Et je suppose que tu m'accuseras de voler ton argent, plaisanta Charlotte, boudant comme une petite fille.

— Imbécile ! dis-je tendrement en embrassant sa tête blonde. Que fais-tu dans cet étrange costume ?

— Je développe des photos. Tu veux les voir ? »

Elle me conduisit à la chambre noire, éteignit les lumières, alluma une lampe rouge, au-dessus de l'évier. Quelques moments plus tard, elle me remit une épreuve encore humide d'un type assis sur une chaise, les mains collées aux accoudoirs de métal, la physionomie douloureusement tendue. Elle ralluma la lumière et regarda la photo.

« Qui est-ce ?

— Un cas. Hal Kines l'avait fait sortir de l'hôpital pour le traiter dans ma clinique.

— De quoi souffre-t-il ? Il a l'air terrorisé.

— Non. Simplement en état d'hypnose, opération qui consiste réellement à créer chez le patient une impression de détente et de confiance. Cet homme était un kleptomane incorrigible. En approfondissant son cas, nous avons découvert que, durant toute son enfance, il avait été privé de tout et forcé de voler pour obtenir ce qui lui était nécessaire. Je lui ai trouvé un emploi, expliqué les raisons de son état. En comprenant pourquoi il était kleptomane, il est devenu capable de combattre sa folie. A présent, il est complètement guéri. »

Je remis la photo dans le séchoir et regardai autour de moi. Cette chambre noire avait dû lui revenir cher. Il faudrait que j'augmente mes revenus si je voulais arriver à ne pas priver ma femme de son violon d'Ingres.

Charlotte dut lire mes pensées, car elle dit :

« Lorsque nous serons mariés, je donnerai mes photos à développer au studio du coin !

— Non, protestai-je. Nous nous débrouillerons. »

Cette fois, ce fut elle qui m'enlaça. Je l'embrassai si fort que je me meurtris les lèvres. Et je la tenais si serrée que je m'étonnais de l'entendre encore respirer.

Main dans la main, nous retournâmes à la porte de sortie.

« Que ferons-nous ce soir, Mike ? Où irons-nous ?

— Je ne sais pas. Au cinéma ?

— Pourquoi pas ? »

J'ouvris la porte, désignai la sonnette.

« Elle ne marche plus ? m'informai-je.

— Oh ! encore ! s'exclama Charlotte. Kathy fait toujours sauter la prise avec son aspirateur. »

Je me baissai et rebranchai la sonnette.

« Je serai là vers huit heures, chérie », criai-je.

Elle me laissa descendre un étage ou deux, puis m'envoya un baiser et disparut.

12

Mon tailleur eut une attaque lorsqu'il vit l'état dans lequel la balle de Kalecki avait mis mon veston. Sans doute avait-il peur de perdre l'un de ses meilleurs clients. Il me recommanda la prudence, et s'engagea à me le rendre stoppé dans le milieu de la semaine suivante. Je pris mon autre complet et rentrai chez moi.

Le téléphone sonnait. Je jetai le complet sur le dos d'une chaise et décrochai le récepteur. C'était Pat.

« J'ai le rapport sur la balle qui a tué Bobo, Mike, dit-il.

— Alors ?

— Toujours la même arme.

— Nous nous en doutions. Est-ce tout, Pat ?

— Oui. J'ai également le revolver de Kalecki. Sa balle ne concorde qu'avec celles qu'il t'a destinées, à Parksdale. L'arme a été vendue jadis dans le Sud, est passée dans plusieurs mains et a fini par atterrir chez un prêteur sur gages de la 3e Avenue où elle a été vendue à un certain George K. Masters. »

Je remerciai Pat et raccrochai. Pourquoi diable Kalecki utilisait-il ce nom ? Parce qu'il avait peur d'être repéré et condamné pour les crimes qu'il avait commis des années auparavant ? Nous ne le saurions sans doute jamais, à moins que Pat réussît à interpréter correctement les documents contenus dans le casier d'Hal Kines. Du reste, à quoi bon ? Il était trop tard pour juger Kalecki.

Je dînai, pris une douche et m'habillais lorsque le téléphone sonna de nouveau. Cette fois, c'était Myrna, qui me demandait de venir la chercher plus tôt, si possible, le lendemain matin. Je lui donnai mon accord et elle raccrocha. Elle paraissait encore très ébranlée et j'étais heureux de pouvoir lui rendre ce service. Cette sortie ne manquerait pas de la remonter un peu, et j'avais peur qu'elle tente d'échapper à son chagrin en reprenant de la cocaïne. Elle valait mieux que cela, et rencontrerait, tôt ou tard, un brave garçon qui, sans lui faire oublier Jack, la rendrait également heureuse. La nature nous a fait de cette manière et c'est sans doute mieux ainsi.

Je retrouvai Charlotte faisant les cent pas devant son appartement. Lorsqu'elle me vit arriver, elle se mit à battre la mesure avec son pied droit, comme si je l'avais fait attendre plusieurs heures.

« Mike, dit-elle avec indignation, tu as cinq minutes de retard.

— Ne te fâche pas, ricanai-je. J'ai été retenu par la circulation.

— Piètre excuse. N'aurais-tu pas essayé, par hasard, d'élucider à nouveau le mystère de la nymphomaniaque ?

— Tais-toi et embarque, répliquai-je. Ou nous ne trouverons de place dans aucun cinéma.

— Où allons-nous ?

— Je me sens d'humeur à voir un bon film policier, si tu es d'accord. Peut-être pourrai-je y apprendre quelque chose ?

— O.K. Partons, Sherlock. »

Nous finîmes par découvrir un petit établissement qui n'avait pas devant sa porte une queue longue d'un kilomètre et assistâmes à la projection d'une invraisemblable intrigue policière aussi pleine de trous qu'un fromage de Gruyère, et d'un western à peine plus animé qu'une course de tortues.

En ressortant, nous mangeâmes un sandwich et entrâmes dans un bar pour boire un verre. Je commandai de la bière et Charlotte m'imita.

« Hé, commande ce que tu veux, dis-je en haussant les sourcils. J'ai de l'argent sur moi. »

Elle s'esclaffa.

« J'aime la bière, Mike. Alors, pourquoi commanderais-je autre chose ?

— Tu es pleine de contradictions, plaisantai-je. Un dada onéreux, mais tu bois de la bière. Peut-être ne me coûteras-tu pas aussi cher que je le pensais, après tout.

— Et si nous sombrons dans une misère noire, je peux retravailler.

— Aucune de mes femmes ne travaille, dis-je. Quant à la légitime, je la veux à la maison, où je puisse toujours la retrouver. »

Charlotte posa son verre et me regarda d'un air courroucé.

« Sais-tu que tu ne m'as jamais demandée en mariage ? Alors, comment sais-tu si je veux de toi ou non ?

— O.K., sorcière ! »

Je pris sa main, la portai à mes lèvres.

« Voulez-vous m'épouser, madame ? »

Elle rit, mais ses yeux étaient embués de larmes et elle dut enfouir son visage dans mon cou.

« Oh ! oui, Mike. Oui, oui, oui. Je t'aime tant.

— Moi aussi, je t'aime, chérie. A présent, bois ton verre. Demain, chez les jumelles, nous nous ménagerons quelques instants de solitude et ferons des projets d'avenir.

— Embrasse-moi. »

Deux énergumènes me regardaient d'un air railleur. Je m'en moquais. Je l'embrassai sur la bouche et en prenant mon temps, je vous le garantis.

« Quand aurai-je ma bague ? s'informa-t-elle.

— Bientôt. J'attends quelques rentrées la semaine prochaine et nous irons aussitôt chez Tiffany. D'accord ?

— D'accord, Mike. Je suis si heureuse. »

Nous finîmes nos verres et nous nous disposâmes à partir. Les deux énergumènes firent « Hé, hé... » sur mon passage. Je lâchai le bras de Charlotte, pris leurs deux têtes et les choquai comme une paire de potiches. Je voyais leurs yeux dans le miroir. Ils avaient l'air de quatre billes d'agate. Le barman m'observait, bouche bée. Je le saluai et rejoignis Charlotte. Derrière moi, les deux hommes s'affaissèrent comme des sacs vides.

« Mike ! dit Charlotte en se cramponnant à mon bras.

— Oui, Charlotte ? » répondis-je en souriant.

Je n'étais pas mécontent de ma petite personne.

Kathy dormait. Nous entrâmes sur la pointe des pieds et Charlotte mit la main sur le timbre pour arrêter ses sonorités cristallines. Mais les ronflements un instant interrompus par le bruit de la sonnette reprirent de plus belle. Kathy avait dû se retourner et se rendormir aussitôt.

Elle ôta son manteau, me demanda :

« Un dernier verre ?

— Non.

— Quoi donc ?

— Toi. »

Elle se rua dans mes bras, cherchant ma bouche. Je la serrai fort et sentis contre moi la double pression frémissante de ses seins enflammés de passion.

« Dis-le, Mike.

— Je t'aime. »

Elle me redonna ses lèvres. Puis je la repoussai et saisis mon chapeau.

« Assez, chérie, implorai-je. Encore un baiser comme celui-là et je n'attends pas que nous soyons mariés. »

Elle sourit et me chargea, bouche offerte. Je la tins à distance et reculai vers la porte.

« Ne pars pas, Mike.

— Il le faut.

— Alors, marions-nous. Dès demain. »

Je souris, plein d'orgueil. Elle était tellement adorable que c'en était indécent.

« Pas demain, chérie, dis-je, mais très bientôt. Je ne pourrai plus attendre longtemps. »

Elle tint le battant de la sonnette pendant que j'ouvrais et refermais la porte. Puis je l'embrassai légèrement, du bout des lèvres, et m'enfuis. Je savais que je dormirais peu cette nuit-là. Lorsque Velda apprendrait ma décision, elle me jetterait le toit à la tête. Je tremblais à l'idée de le lui dire.

Mon réveille-matin sonna à six heures. Je pressai le bouton d'arrêt, me levai, m'étirai. Le soleil brillait au-dehors. Une belle journée en perspective. Une bouteille de bière entamée reposait sur ma table de nuit. Je la goûtai. Elle était aussi plate qu'une galette des rois.

Après une bonne douche, j'enfilai ma robe de chambre et fouillai la cuisine à la recherche de comestibles. Une souris m'avait précédé dans mon dernier paquet de macaronis, mais je découvris des oignons et des pommes de terre, les épluchai, les jetai dans une casserole de graisse et laissai le tout mijoter pendant que je préparais du café.

Les pommes de terre étaient un peu brûlées, mais c'était bon quand même. Le café aussi était agréable. Dans quelque temps, j'aurais comme cuisinière la blonde la plus merveilleuse du monde. Et je ne pensais pas uniquement à sa cuisine.

Myrna était levée lorsque je l'appelai. Elle promit d'être prête pour huit heures et me demanda de n'être pas en retard. Je la rassurai sur ce point et appelai Charlotte.

« Allô, fainéante ! bâillai-je.

— Tu n'as pas l'air tellement courageux toi-même.

— Qu'es-tu en train de faire ?

— J'essaie de dormir. Tu m'as laissée hier soir dans un tel état que je n'ai pas fermé l'œil. Je n'ai fait que me retourner dans mon lit pendant plus de trois heures. »

Cette nouvelle me combla de joie.

« Je vois, affirmai-je. A quelle heure seras-tu chez les Bellemy ?

— Au début de la soirée à moins que je puisse me libérer plus tôt. Je serai là pour le match. Quels sont les joueurs ?

— Je ne sais plus. Une paire de champions découverts par Esther et Mary. Je t'attendrai avec impatience. Ne me déçois pas.

— O.K., chéri. »

Elle m'embrassa dans le téléphone et je lui rendis son baiser avant de raccrocher.

Velda ne serait pas encore au bureau. Je composai son numéro personnel. Lorsqu'elle décrocha, j'entendis un « fond radiophonique » de lard grillant sur le feu.

« Allô, Velda ? Mike.

— Hé, depuis quand vous levez-vous si tôt ?

— J'ai un rendez-vous important.

— Se rapportant à l'affaire ?

— Eh bien... Oui, en quelque sorte. Je ne puis me permettre de le manquer. Si Pat téléphone, dites-lui qu'il peut me toucher à la résidence des jumelles Bellemy. Il a leur numéro. »

Velda ne répondit pas tout de suite. Je savais qu'elle cherchait à deviner mes intentions.

« Très bien, dit-elle enfin. Prenez garde à ce que vous faites. Puis-je travailler utilement pendant votre absence ?

— Je ne vois rien de spécial.

— A propos, combien de jours resterez-vous sans venir au bureau, cette fois ?

— Jusqu'à lundi, peut-être.

— Très bien, Mike. Au revoir. »

Je raccrochai. Je n'avais rien osé dire à Velda, au sujet de Charlotte. Pleurerait-elle ? Oh ! zut, c'était la vie, cela. Si Charlotte n'avait pas existé, j'aurais épousé Velda. Velda était une fille épatante et peut-être Charlotte serait-elle arrivée trop tard, si j'avais eu le loisir de penser plus tôt au mariage...

Oh ! quelle vie !

Myrna était prête lorsque j'arrivai. Je casai sa valise dans l'auto et l'aidai à s'installer. Elle avait mauvaise mine, les yeux cernés, les traits tirés, les pommettes un peu trop saillantes. Sa nouvelle robe était jolie. Elle aussi l'eût été, sans cette expression malheureuse qui la défigurait...

Je ne voulais pas parler de Jack. Je savais qu'elle avait dû voir les manchettes qui annonçaient la mort de George Kalecki, mais elle évita le sujet et nous devisâmes à bâtons rompus, de choses indifférentes.

Le soleil était magnifique, la route, peu encombrée. Nous roulâmes à un petit quatre-vingts. Sur le bord des chemins, des gosses jouaient déjà au ballon ou à cache-cache. Nous traversâmes une zone de petits cottages et j'observai Myrna, à la dérobée.

Elle pleurait, doucement, et je fis la grimace. Elle n'oublierait pas aussi facilement que je l'avais supposé.

Je ramenai la conversation au match de tennis, aux sœurs Bellemy, et elle sembla se remettre de sa défaillance. Bientôt, nous franchîmes les limites de la propriété des Bellemy. Nous avions cru arriver en avance, mais une dizaine de voitures stationnaient déjà le long de la maison et l'une des jumelles se précipita à notre rencontre. Laquelle, je n'en savais rien jusqu'à ce qu'elle m'adresse la parole.

« Bonjour, naïf !

— Bonjour, Mary », répondis-je.

Elle était vêtue d'un short et d'un soutien-gorge qui ne laissaient rien à l'imagination. Les deux pièces d'étoffe étaient tellement ajustées que tous les détails de son corps étaient parfaitement visibles. Je ne pouvais détacher mes yeux de ses jambes et elle se frottait contre moi en me conduisant vers la maison.

Je changeai de main la valise de Myrna et, devant cette barrière improvisée, Mary étouffa un ricanement excité. Une femme de chambre se chargea de Myrna et Mary m'accompagna jusqu'à ma propre chambre.

« Avez-vous apporté des vêtements de sport ? dit-elle.

— Oui. Mais les seuls sports que j'aie l'intention de pratiquer ici se passeront dans le cadre du bar.

— Jamais de la vie. Il y a un golf derrière la maison et l'on demande des partenaires pour le tennis.

— Pour l'amour du Ciel, ai-je l'air d'un athlète ? »

Elle m'examina des pieds à la tête.

« Et comment ! s'écria-t-elle.

— Quelle sorte d'athlète ? plaisantai-je.

— Un athlète en chambre », jeta-t-elle.

Et ses yeux disaient qu'elle ne plaisantait pas.

Elle revint avec moi prendre mes vêtements dans ma voiture, et me suivit à nouveau jusqu'à l'intérieur de ma chambre, une pièce immense, confortable, avec un lit assez large pour trois personnes.

Elle n'attendit même pas que j'aie refermé la porte. Elle se pendit à mon cou et me tendit sa bouche. Pouvais-je décevoir mon hôtesse ? Je l'embrassai.

« A présent, sortez pendant que je m'habille, ordonnai-je.

— Pourquoi ? bouda-t-elle.

— Écoutez, dis-je sans conviction, je ne me déshabille jamais devant une femme.

— Depuis quand ?

— La première fois, il faisait noir. Et il est trop tôt pour ce genre d'exercice. »

Elle me décocha un autre de ses sourires incendiaires. Ses yeux me suppliaient de la déshabiller. « O.K., naïf », dit-elle enfin. Et elle quitta la pièce avec un rire qui me fit frissonner.

Un concert de hurlements m'attira à la fenêtre. Sur la pelouse, deux garçons insuffisamment développés faisaient mine de se faire du mal tandis que leurs camarades leur criaient des encouragements. Quel milieu ! Ils mordirent ensemble la poussière, se relevèrent, se décochèrent quelques coups de manchette sans aucune gravité. Je souris. Sans doute se disputaient-ils les faveurs des oiselles assez peu vêtues qui assistaient au combat ? Je remplis une cruche au lavabo et la leur versai sur le crâne. La bagarre cessa. Tous deux poussèrent des cris de fausset et détalèrent, en s'ébrouant. Le reste de la bande m'aperçut et me héla. J'étais content de ma plaisanterie.

Mary m'attendait au bas de l'escalier. J'avais revêtu une chemisette sans manches et un pantalon de toile. Myrna nous rejoignit bientôt, fouettant ses mollets avec une raquette de tennis. Je constatai avec satisfaction que Mary était déçue de ne pas m'avoir à elle toute seule. Nous nous dirigeâmes vers les courts, Mary suspendue à mon bras. Et, cependant, j'eus soudain l'impression de la voir venir à ma rencontre, et réprimai une exclamation de surprise. Esther était exactement semblable à sa sœur, mais ses manières étaient plus froides, sa tenue, plus réservée. Elle aussi vous donnait envie de la déshabiller. Elle aussi vous procurait de curieuses sensations, tout au long de l'épine dorsale. Elle me présenta un groupe d'hommes et de femmes dont j'oubliai immédiatement les noms et Mary m'entraîna vers un court pour une partie de simple.

Je n'ai jamais été fort au tennis, et, lorsque j'eus éparpillé toutes les balles dans la campagne environnante, nous partîmes à leur recherche, les récupérâmes et laissâmes tomber nos raquettes. Nous nous assîmes sur un banc, et Mary allongea devant moi ses jambes brunes et musclées.

« Pourquoi rester ici à perdre notre temps, Mike ? Nous serions si bien dans votre chambre. »

Quelle femme !

« Vous brusquez les choses, Mary. Pourquoi n'êtes-vous pas comme votre sœur ?

— Qui vous dit que je ne le suis pas ? ricana-t-elle.

— Ce qui signifie ?

— Oh ! rien. Mais Esther n'a pas les yeux dans sa poche, elle non plus. Il y a beau temps qu'elle n'est plus vierge.

— Qu'en savez-vous ? »

Mary s'esclaffa, et prit ses genoux dans ses mains.

« Elle tient un journal, expliqua-t-elle.

— Le vôtre est certainement plus épais ! commentai-je.

— Un peu », admit-elle.

Je la pris par la main et ses yeux s'éclairèrent.

« Montrez-moi le bar », demandai-je.

Nous entrâmes par une porte-fenêtre. Les murs du bar étaient couverts de coupes, de médailles et de trophées gagnés par les sœurs Bellemy dans des compétitions innombrables couvrant tous les sports, depuis le golf jusqu'au ski. Elles ne perdaient apparemment pas leur temps. Et pourtant, elles ne semblaient pas aimer la publicité.

Mary dut considérer mon cas provisoirement sans espoir, car elle m'abandonna entre les mains d'un barman qui lisait des magazines illustrés et remplissait mon verre chaque fois que je le vidais.

Myrna vint boire un verre, et repartit après quelques mots insignifiants. Quelques invités vinrent également se rafraîchir, mais ne séjournèrent point dans le bar. L'un des deux garçons que j'avais arrosés paraissait disposé à me le reprocher, mais je le saisis par le cou et le fond de son pantalon, et le déposai en dehors du bar. Je commençais à m'ennuyer. J'aurais aimé que Charlotte fût présente, et regrettai un peu de n'avoir pas cédé aux avances de Mary. Avec elle, au moins, je ne me serais pas ennuyé. Oh ! évidemment, elle n'avait pas la classe de Charlotte. Elle ne savait que faire l'amour. Charlotte ne lui était certainement pas inférieure, sur ce terrain, et elle possédait, en plus, l'intelligence, la délicatesse, une foule d'autres qualités.

Je quittai le bar, regagnai ma chambre sans avoir été repéré. Je réendossai mon costume de ville, 45 compris, et m'allongeai sur le lit. J'avais dû boire un peu plus que je ne le pensais, car je m'endormis d'un seul coup et me réveillai pour promener mes yeux sur le visage le plus enchanteur de tout l'univers. Voyant que j'étais réveillé, Charlotte cessa de me secouer, m'embrassa, bouleversa ma coiffure.

« Quelle drôle de façon de me souhaiter la bienvenue, s'écria-t-elle. Je pensais que tu m'attendrais sur la route, prêt à m'accueillir dans tes bras protecteurs.

— Bonjour, charmante ! » murmurai-je.

Je l'attirai sur le lit et l'embrassai.

« Quelle heure est-il ? »

Elle consulta sa montre.

« Sept heures et demie !

— Grand Dieu ! J'ai dormi les trois quarts de la journée.

— A présent, habille-toi et descends. Je veux voir Myrna. »

Je me levai, plongeai mon visage dans le lavabo et tentai d'atténuer les faux plis de ma veste. Lorsque je me jugeai présentable, je descendis. Mary m'accueillit au bas de l'escalier.

« Vous serez assis près de moi, ce soir », dit-elle.

Les invités commençaient à se mettre à table et je trouvai facilement le menu qui portait mon nom. Charlotte était assise en face de moi et je me sentis partiellement rasséréné. Le dîner serait très agréable à condition que Mary consentît à laisser ses jambes sous sa chaise. Myrna avait été placée à côté de Charlotte et toutes deux s'isolèrent bientôt dans une conversation particulière, riant de temps à autre à quelque menue plaisanterie.

Par habitude, je passai en revue les visages des assistants. L'un d'eux me sembla vaguement familier : celui d'un petit homme maigre d'allure austère qui bavardait avec son vis-à-vis. Il m'était impossible d'entendre ce qu'il disait, mais il dut me reconnaître, car il regarda plusieurs fois dans ma direction, et toujours à la dérobée.

Puis il se tourna une seconde vers le bout de la table que j'occupais et, en le voyant de face, je l'identifiai enfin. C'était un de ceux que j'avais vu pénétrer, l'autre soir, dans la maison de passe de Miss June !

Je touchai l'épaule de Mary. Elle me regarda et je lui demandai :

« Quel est ce type, là-bas, à votre droite, en face de ce gros plein de soupe ?

— Mais c'est Harmon Wilder, notre homme de loi, répliqua-t-elle. C'est lui qui fait tous nos placements. Pourquoi ?

— Simple curiosité. Je pensais le reconnaître.

— Rien d'étonnant. Il a été autrefois l'un des meilleurs avocats criminels. Mais il a lâché le barreau pour se consacrer à des travaux moins sensationnels.

— Ah ? » dis-je.

Charlotte venait de trouver mon pied, sous la table, et le tapotait du bout de son soulier. La lune baignait les pelouses, autour de nous. J'avais hâte que le repas fût fini.

Mary tenta de m'entraîner dans une conversation un peu trop suggestive. Les yeux de Charlotte étincelèrent, et elle l'interrompit assez impoliment. Mary parut se douter de quelque chose et chuchota à mon oreille :

« Je vous aurai cette nuit, gros malin, après son départ. »

Mon coude lui meurtrit les côtes. Elle fit : « Aïe ! »

Après le repas, les deux joueurs de tennis se souhaitèrent mutuellement bonne chance et tout le monde se dirigea vers les courts. Je parvins à rejoindre Charlotte et m'y rendis moi-même en sa compagnie et celle de Myrna. De nouvelles voitures arrivaient à chaque instant. Des voisins, probablement, conviés à ce match nocturne. Les projecteurs illuminaient le court central, autour duquel des sièges avaient été transportés pendant mon sommeil. Ce fut une ruée générale. Nous arrivâmes trop tard et dûmes nous installer dans l'herbe, à une courte distance du terrain. Derrière nous, la foule se referma. L'arbitre annonça les joueurs, à l'aide d'un micro portatif, et les deux adversaires se placèrent. Je n'avais jamais vu un vrai match de tennis mais je m'amusai davantage à regarder aller et venir les têtes des spectateurs, qu'à observer le jeu lui-même.

Et cependant, ces diables de garçons connaissaient leur métier. Ils faisaient des merveilles avec leurs raquettes et leurs balles et chacun de leurs coups particulièrement spectaculaires éveillait parmi la foule de tumultueuses ovations.

Myrna, qui donnait des signes de fatigue, s'excusa un instant auprès de moi et de Charlotte, et nous dit qu'elle allait au vestiaire chercher un comprimé d'aspirine. Elle avait à peine quitté sa place que Mary s'y assit et recommença son manège. Je m'attendais à une réaction violente de la part de Charlotte, mais elle se contenta de sourire et me laissa me débrouiller tout seul.

Mary lui frappa sur l'épaule.

« Puis-je vous l'emprunter une minute ? Je veux lui présenter quelqu'un.

— Bien sûr, allez-y. »

Charlotte me congédia gaiement en faisant mine de bouder. Mais elle était sûre de moi, sûre d'elle-même. A partir de maintenant, Charlotte n'avait plus rien à craindre. Elle m'avait. Et je ressentais une envie furieuse d'étrangler Mary. J'étais bien, assis sur l'herbe, à côté de Charlotte...

Nous fendîmes la foule des invités. Mary me prit fermement par le bras et me conduisit vers le bois.

« Où est la personne que vous voulez me présenter ? demandai-je.

— Toujours naïf, constata-t-elle. Je voulais simplement vous avoir un peu pour moi toute seule.

— Écoutez, Mary, expliquai-je. L'autre fois, c'était différent. Mais à présent, Charlotte et moi sommes fiancés et ce ne serait loyal ni envers vous, ni envers elle. Je...

— Mais je ne vous demande pas de m'épouser, s'exclama-t-elle. Cela enlève tout le charme de la chose. »

Que faire avec une femme aussi obstinée ?

« Écoutez, répétai-je. Vous êtes très gentille et je vous aime beaucoup, mais vous me compliquez terriblement l'existence. »

Elle lâcha mon bras. Nous marchions à présent sous les arbres et l'obscurité y était intense. La lune avait disparu derrière un amas de nuages. Je continuai à lui parler, à tenter de la persuader de ne plus me persécuter ainsi. Mais je ne voyais même pas son visage. Je l'entendais seulement respirer, et fredonner le refrain d'une chanson en vogue.

Je commençais à être à court d'arguments lorsqu'elle se décida enfin à prendre la parole.

« Me donnerez-vous un dernier baiser si je vous promets d'être sage ?

— Bien sûr, fillette, dis-je, soulagé. Mais le dernier. »

Je tendis les mains pour l'embrasser, et reçus le plus beau choc de mon existence. La diablesse avait ôté tous ses vêtements dans l'obscurité et se pressait maintenant contre moi, souple, ardente, et complètement nue. Ce baiser était du métal en fusion. Je ne pouvais la repousser, et n'en avais plus ni la force, ni le désir. Elle m'enlaçait comme une liane, m'attirant à elle, me contaminant de son désir. La rumeur de la foule applaudissant les joueurs sombra peu à peu dans le néant, et je n'entendis plus que le grondement furieux qui montait crescendo dans mes oreilles bourdonnantes.

La partie était presque terminée lorsque nous rejoignîmes le gros des invités. J'avais pris soin de m'essuyer soigneusement la bouche et de réparer le désordre de ma toilette. Mary aperçut sa sœur et, temporairement calmée, me fit la faveur de disparaître un instant. Je fendis la foule et retrouvai Charlotte à l'endroit où je l'avais laissée. Elle en avait eu assez de rester assise, cependant, et partageait une glace avec un grand jeune homme blond.

Ce spectacle me fit voir rouge. Mais pouvais-je décemment l'accabler de ma jalousie après ce que je venais de faire ? Je l'appelai, elle s'excusa auprès de l'individu, et me revint.

« Où étais-tu passé ?

— Je combattais, mentis-je. Je combattais pour mon honneur.

— Et tu as remporté la victoire ? Ou bien devrais-je m'abstenir de t'interroger ?

— J'ai triomphé, affirmai-je avec d'autant plus de force que ma conscience me tourmentait. Mais cela a demandé un certain temps. Tu es restée là à m'attendre ?

— Exactement. Comme une épouse sage et vertueuse qui demeure au foyer pendant que son mari sort avec d'autres femmes. »

La clameur qui marqua la fin du match de tennis se confondit avec le hurlement. Ce hurlement venait de la maison, et glaça instantanément l'allégresse. Il se prolongea après l'extinction brutale des vivats et se termina progressivement, en une sorte de gémissement sourd.

Je lâchai la main de Charlotte et courus vers la maison. Le barman nègre se tenait sur le seuil de la porte, blême comme seul un nègre sait l'être, et désignait l'escalier d'un doigt tremblant. Sans m'attarder à demander d'inutiles explications, je gagnai le premier étage, pénétrai dans le vestiaire dont la porte était demeurée entrouverte. La femme de chambre était étendue sur le sol, évanouie. Non loin d'elle, gisait Myrna, la poitrine trouée, les mains crispées sur les seins en un geste défensif.

Je tâtai son pouls. Elle était morte.

J'entendais, en bas, la charge démente de la foule, à travers les pelouses du parc. Je criai au barman de fermer les portes, puis décrochai le téléphone, sonnai le gardien de la grille d'entrée, lui dis de ne laisser sortir personne et redescendis en trombe. Je trouvai, sans difficulté, les trois hommes en combinaison de travail auxquels j'avais attribué mentalement les fonctions de jardiniers ou d'hommes de peine et leur demandai qui ils étaient. L'un était jardinier, les autres hommes de peine.

« Y a-t-il des fusils dans cette maison ?

— Oui, monsieur. Six carabines et un fusil de chasse, dans la bibliothèque, répondit l'un des hommes à tout faire.

— Allez les chercher, ordonnai-je. Un meurtre a été commis et le coupable se cache quelque part dans le parc. Fouillez la propriété et tirez sur quiconque essaiera d'en sortir. Compris ? »

Le jardinier voulut discuter, mais je lui fourrai ma plaque sous le nez et tous trois revinrent quelques secondes plus tard porteurs des fusils. Puis ils se dirigèrent vers la sortie et s'éparpillèrent dans le parc. Je m'arrêtai moi-même au milieu du perron, face à la foule, et levai les bras pour réclamer le silence. Je leur expliquai ce qui venait de se passer. Un murmure horrifié parcourut l'assistance, quelques femmes crièrent, tout le monde trembla.

Je levai les bras une seconde fois.

« Que personne n'essaie de sortir, continuai-je. Le parc est surveillé par des hommes armés qui ont ordre de tirer sur quiconque tentera de s'enfuir. Que chacun recherche qui se trouvait près de lui pendant le match de tennis, Inutile de vous rappeler à quel point il serait dangereux de mentir. Restez tous à proximité de la maison et tenez-vous tranquilles. »

Charlotte s'approcha de moi, très pâle, et demanda :

« De qui s'agit-il ?

— Myrna, répondis-je. Elle ne se tourmentera plus pour Jack. Elle est morte. Et le tueur est là, quelque part, sous mon nez.

— Puis-je t'être utile, Mike ?

— Oui. Cherche les sœurs Bellemy et amène-les-moi. »

Lorsqu'elle fut partie, j'appelai le barman, qui tremblait comme une feuille au vent.

« Qui est entré ici ? questionnai-je.

— J'ai vu personne, monsieur. J'ai vu monter une jeune fille, mais elle n'est pas redescendue parce qu'elle était morte, monsieur.

— Tu es toujours resté ici ?

— Oui, monsieur. Je reste ici à attend' les invités qui ont soif et j'entre avec eux quand ils viennent boire. Mais j'ai vu personne excepté cette jeune fille. Mais elle est morte.

— Cesse de le rappeler à chaque instant, coupai-je, exaspéré. Tu n'as pas quitté ton poste, même pas un instant ?

— Non, patron. A peine un instant.

— Qu'appelles-tu à peine un instant ? »

Le moricaud semblait effrayé. Il avait peur de s'aventurer trop loin, dans un sens comme dans l'autre.

« Allons, parle !

— J'ai été me chercher à boire, une fois, patron. De la bière. Ne le dites pas à mam'selle Bellemy.

— Nom de D... », jurai-je.

Cette minute avait suffi au meurtrier pour pénétrer dans la maison sans être vu.

« Combien de temps as-tu mis à faire l'aller et retour ? Attends, non, va te chercher de la bière et reviens... »

Le Noir s'éloigna, entra dans le bar, en ressortit aussitôt avec une bouteille de bière. Le tout ne lui avait pas demandé plus de vingt secondes.

« As-tu fait aussi vite l'autre fois ? Réfléchis. As-tu bu ta bière ici ou dans le bar ?

— Ici, patron », dit-il simplement, en montrant du doigt une bouteille vide.

Je lui criai de ne pas bouger, courus derrière la maison. Elle comprenait deux corps de bâtiments juxtaposés, celui dans lequel avait eu lieu le meurtre ayant dû être plus récemment construit. Les seuls moyens d'accès étaient les portes-fenêtres du bar, la porte de derrière, ou la porte de communication avec l'autre corps de bâtiment. Les fenêtres étaient fermées de l'intérieur. La porte également. Les battants jumelés de la porte de communication solidement verrouillés de part et d'autre. Je cherchai en vain quelque autre issue, mais il n'en existait pas. Se pouvait-il que le tueur fût encore pris au piège, à l'intérieur de la maison ?

Je retrouvai la bonne imparfaitement remise de son évanouissement. Je la fis asseoir sur la dernière marche de l'escalier au moment où Charlotte et les deux jumelles arrivaient à leur tour.

La bonne n'était pas encore en état de subir un interrogatoire. Je criai à Charlotte d'appeler Pat Chambers et de lui dire de venir aussi vite que possible. Il se chargerait lui-même, ultérieurement, de prévenir la police locale. Mary et Esther transportèrent la bonne au rez-de-chaussée, et l'installèrent dans un fauteuil. Je retournai dans la chambre du crime et refermai la porte derrière moi. Inutile de me casser la tête au sujet des empreintes. Mon tueur n'en laissait jamais.

Myrna avait revêtu son manteau bleu, quoique la nuit fût beaucoup trop chaude pour cela. Elle gisait en face d'une psyché, recroquevillée sur le tapis. J'examinai la blessure. Toujours un 45. Le 45. Je m'agenouillai, cherchant la balle, et remarquai une poudre blanche éparpillée en traînées parallèles, comme si quelqu'un avait essayé de la ramasser. J'en recueillis quelques grains dans une enveloppe, et tâtai à nouveau le cadavre. Il était encore chaud, mais cette température retardait certainement l'établissement de la rigidité cadavérique.

Les mains de Myrna étaient tellement crispées que je ne les ouvris qu'avec difficulté. En mourant, elle avait arraché quelques fibres de son manteau, qui s'étaient logées sous ses ongles. Elle avait eu une mort horrible, mais rapide, Dieu merci.

Je retrouvai la balle dans les plis du manteau. Un 45, évidemment.

Toujours le même. Mais pourquoi diable s'en prendre à Myrna ? Elle était aussi étrangère à l'affaire que moi. Alors ? Le motif ? Ce motif qui avait causé la mort de tant de personnes différentes... Jack, oui, je comprenais son assassinat. Jack était un flic, et comme tel, en contact journalier avec des voleurs, des escrocs, des meurtriers. Mais Myrna ? Et Bobo ? Bien sûr, il livrait de la drogue, mais il l'ignorait et n'avait pas vécu assez longtemps pour dire où il l'avait eue et à qui il devait la remettre.

Je sortis, et refermai doucement la porte. J'avais aimé Myrna. Presque autant que Jack. Comme une sœur cadette. Elle aussi était morte. Où ce massacre s'arrêterait-il ?

Dans le hall, Esther Bellemy s'efforçait de réconforter la bonne. Mary se servait un whisky : ses mains tremblaient. Le coup l'avait ébranlée beaucoup plus que sa sœur. Charlotte revenait, apportant une compresse glacée qu'elle appliqua sur le front de la bonne.

« Peut-elle parler ? lui demandai-je.

— Oui. Mais ne la brusquez pas. »

Je mis un genou en terre, à côté de la malheureuse, et lui tapotai gentiment la main.

« Vous vous sentez mieux ? » Elle acquiesça. « Je n'ai que deux ou trois questions à vous poser, et vous pourrez aller vous coucher. Avez-vous vu quelqu'un entrer ou ressortir ?

— Non ; je faisais le ménage dans les pièces du fond.

— Avez-vous entendu la détonation ? »

Elle secoua lentement la tête, accablée.

« Et toi ? criai-je à l'adresse du barman noir.

— Non, patron », répondit-il.

Le 45 était donc toujours muni de son silencieux. Il fallait que nous le trouvions. Un instrument de ce genre n'était pas aussi facile à dissimuler qu'un automatique non équipé d'un appareil amortisseur.

« Pourquoi êtes-vous montée ? demandai-je à la bonne.

— Pour mettre les vêtements en ordre. Les invités les avaient jetés pêle-mêle sur le lit. Et je me suis trouvée en présence du cadavre ! »

Elle enfouit son visage dans ses mains et se mit à sangloter.

« Avez-vous touché à quoi que ce soit ?

— Non, je me suis évanouie.

— Fais-la coucher, Charlotte. Et donne-lui un somnifère. Elle est complètement bouleversée. »

Charlotte et Esther entraînèrent la bonne vers une chambre proche. Mary ne vidait un verre que pour en emplir un autre et le vider à son tour. Avant peu, elle aurait besoin d'être couchée, elle aussi. Je tirai le nègre à l'écart.

« Je remonte, lui dis-je. Ne laisse personne entrer ou sortir, compris ? Sinon, je te boucle. A tout à l'heure ! »

Je n'eus pas à insister davantage. Il balbutia un acquiescement que je ne compris pas, se précipita sur la porte d'entrée et la verrouilla solidement.

Mon tueur devait être encore dans la maison. Il lui fallait ressortir par la porte principale ou par une fenêtre du premier étage. Toutes les autres issues étaient barricadées. Et cependant, en dehors des quelques secondes d'absence du barman, jamais le hall n'avait été totalement désert. Ces quelques secondes avaient suffi au meurtrier pour pénétrer dans la maison, mais il n'avait pas eu le temps matériel d'en ressortir avant que le Noir ait repris son poste. Le barman disait la vérité, j'en étais sûr. Du reste, le tueur n'eût pas risqué de le soudoyer ni de le menacer. Il lui était infiniment plus simple de le descendre.

Revolver au poing, j'explorai toutes les chambres du premier étage, attendant, espérant une attaque. Toutes les fenêtres étaient fermées de l'intérieur. En dernier ressort, j'essayai celle de la chambre du crime. Elle s'ouvrit sans difficultés. Mon tueur était passé par là.

Ou bien n'était-ce qu'une coïncidence ? S'il avait sauté, il ne serait pas allé plus loin, car une hauteur de cinq mètres séparait la fenêtre du sol cimenté. Une étroite saillie, large d'une dizaine de centimètres, courait à la base de la fenêtre et tout autour du bâtiment. Mais elle était vierge de poussière et par conséquent d'empreintes éventuelles, ainsi que je pus le constater en frottant quelques allumettes.

J'essayai de marcher sur ce rebord de pierre, face d'abord, puis dos au mur, et faillis me retrouver dans le parc. Si le meurtrier s'était enfui par là, il devait avoir du sang de chat dans les veines. Je refermai la fenêtre, et sortis dans le couloir. En me penchant à l'une des fenêtres qui s'ouvraient à ses extrémités, j'aperçus une échelle d'incendie. Très simple, en vérité. Le tueur frappe, gagne l'échelle et disparaît dans le parc. Très simple... pour un acrobate ! Je n'avais pas fini de contracter des migraines.

Je redescendis à temps pour installer Mary dans le fauteuil et sauver le fond de la bouteille. Elle en avait laissé à peine assez pour moi. Une demi-heure plus tard, Pat et son état-major arrivèrent, escortés par quelques représentants de la police locale. Je n'ai jamais compris comment Pat parvient sans coup férir à triompher de la routine et des limites territoriales. Mais, cette fois encore, il avait réussi à avoir ses coudées franches et personne ne nous dérangea pendant que je lui racontais en détail la découverte du corps de Myrna.

Le coroner du comté constata le décès, et estima que la mort remontait à deux heures environ.

« Cette température rend impossible une estimation plus précise, ajouta-t-il. Je tâcherai de faire mieux après l'autopsie. »

Mais cette indication suffisait. Myrna avait été tuée pendant que je me promenais dans les bois avec Mary Bellemy.

« Il ne manque personne ? s'informa Pat.

— Esther va nous donner une liste des invités et nous vérifierons. Mais je ne le pense pas. J'ai posté des hommes autour du mur d'enceinte et à l'entrée de la grille.

— O.K. Allons-y. »

Tous les invités furent entassés dans la pièce principale de l'autre bâtiment. Esther nous remit une liste de noms et Pat fit l'appel. A l'énoncé de son nom, chaque invité devait s'asseoir sur le sol. Les hommes de Pat veillaient à ce qu'aucun ne bouge avant son tour. Cinquante pour cent des invités étaient déjà assis lorsque Pat appela : « Harmon Wilder. »

Pas de réponse. Il répéta : « Harmon Wilder. » Même résultat. Mon petit copain l'homme de loi avait disparu. Pat fit signe à un détective et je le vis se diriger vers le téléphone. La chasse à l'homme commençait. Six noms plus bas, Pat énonça : « Charles Sherman. » Il le répéta une seconde fois et personne ne se manifesta. Je ne connaissais pas ce nom et me renseignai auprès d'Esther.

« C'est l'assistant de M. Wilder, dit-elle. Il était là pendant le match. Je l'ai vu.

— Eh bien… Il a filé avec son patron. »

Pat enregistra l'information, et un autre nom s'envola sur les ondes, vers toutes les voitures de police. Lorsqu'il parvint au bas de la liste, vingt personnes étaient encore debout. Vingt spécimens de cette race de pique-assiette qu'on rencontre dans toutes les réceptions, lorsque le nombre des invités leur permet de se perdre dans la foule. En tout, près de deux cent cinquante personnes.

Pat assigna un certain nombre d'invités à chacun des détectives et à moi-même. Je reçus les domestiques, Charlotte, les jumelles, et une dizaine d'inconnus. Lui-même se réserva les invités clandestins. Dès que nous eûmes pointé nos listes, il s'éclaircit la gorge et reprit la parole.

« Toutes les personnes ici présentes sont soupçonnées de meurtre, annonça-t-il. Toutes sauf une sont innocentes. Vous vous présenterez à l'énoncé de votre nom, et serez interrogés séparément. Nous voulons votre alibi, savoir avec qui vous étiez, et où vous vous trouviez il y a… (il consulta sa montre) deux heures et cinquante minutes. Si vous tentez de déguiser la vérité, nous vous prendrons en flagrant délit de contradiction et vous serez arrêtés pour faux témoignage. C'est tout. »

Je ralliai mes futures victimes et les emmenai sous le porche. Je commençai par les domestiques. Tous répondirent les uns des autres et je les renvoyai. Les dix invités me donnèrent les noms des gens avec lesquels ils se trouvaient à l'heure indiquée et j'enregistrai leurs dépositions. Mary était avec moi, Esther s'était tenue près de la chaise de l'arbitre et plusieurs invités confirmèrent ses paroles. Les deux jumelles se retirèrent, à leur tour. Esther soutenant sa sœur à moitié endormie. J'avais réservé Charlotte pour la fin, de manière à demeurer seul avec elle.

« Et toi, bébé, dis-je. Où étais-tu ?

— Tu ne manques pas d'audace, protesta-t-elle. J'étais où tu m'as laissée choir avec tant de désinvolture.

— Hé, ne te fâche pas, douce enfant. Il m'était impossible de me défiler. »

Je l'embrassai, et elle continua :

« Bah ! après cela, tout est oublié. Pendant une partie de ton absence, j'ai partagé des glaces avec un joli garçon du nom de Fields. Et pendant le reste de cette absence, j'ai échangé des réflexions spirituelles avec un don Juan sur le retour dont j'ignore le nom, mais qui n'était pas sur la liste. Il est de taille moyenne et porte une barbe en éventail. »

Je me souvenais de l'individu. Je mentionnai donc : « Barbe en éventail. Nom inconnu », et nous retournâmes ensemble dans la grande salle où Pat commençait à réunir ses listes. Lorsque toutes furent terminées, ses hommes les comparèrent soigneusement, sous ma surveillance et celle de Pat. Il y avait eu quelques confusions d'identité, mais elles furent vite rectifiées et, lorsque toutes les listes eurent été repointées, nous nous aperçûmes que tout le monde — même Harmon Wilder et Charles Sherman — possédait d'excellents alibis.

Pat et moi nous mîmes à jurer comme des charretiers. Puis il reprit haleine et ordonna à ses hommes de relever les noms et les adresses de tous les invités, et de leur rendre la liberté en leur recommandant expressément de demeurer dans les parages. Il était pratiquement impossible, en effet, de retenir tous ces gens sur place. La piste, une fois de plus, aboutissait à un cul-de-sac.

Presque toutes les automobiles démarrèrent en même temps. Un flic se chargea du vestiaire, car nous ne tenions pas à ce que les invités bouleversent la chambre du crime en reprenant leurs vêtements respectifs. J'aidai Charlotte à enfiler son manteau bleu à col de fourrure et je revins avec elle dire au revoir à Esther Bellemy. Sa sœur était toujours hors de combat, mais elle-même prenait congé de tous les assistants, même des indésirables, devant la porte de la résidence.

Je lui serrai la main et promis de la revoir bientôt. Charlotte était venue en train et je la pris dans ma voiture. Lentement, nous nous dirigeâmes vers la ville.

Les roues tournaient, les kilomètres défilaient, et ma rage augmentait de seconde en seconde. Le cercle. Toujours le cercle. Il avait commencé à Jack et finissait à Myrna. Et pas l'ombre d'un motif cohérent, d'une théorie capable de tenir compte du meurtre de Myrna. J'entendis Charlotte renifler et la regardai. Elle pleurait. Elle avait eu beaucoup d'amitié pour Myrna.

Je l'entourai de mon bras et la serrai contre moi. Cette aventure devait lui faire l'effet d'un affreux cauchemar. La mort était pour moi une vieille connaissance. Mais pas pour elle. Peut-être Wilder et Sherman pourraient-ils apporter une indication quelconque, lorsque les flics les auraient retrouvés ? Lorsqu'on a la conscience tranquille, on ne s'enfuit pas ainsi, sans rien dire à personne. Étaient-ils les inconnus dont j'avais fini par soupçonner l'existence ? C'était possible. Et plus probable que jamais. Les flics les retrouveraient. Ils connaissaient leur boulot. La chasse à l'homme était leur spécialité. En avant, garçons ! Ne les manquez pas. Et s'ils se défendent, tirez dans le tas. Pas de quartier. Je regretterai un peu de n'avoir pu le faire moi-même, mais tant pis. Je ne veux pas la gloire. La justice, simplement.

Nous parvenions à la hauteur de l'appartement de Charlotte, et je cessai de réfléchir. Ma montre marquait minuit et demi. J'ouvris la portière, elle sortit.

« Tu ne montes pas un instant ?

— Pas ce soir, chérie, dis-je. Je veux rentrer chez moi et réfléchir.

— Je comprends. Embrasse-moi. »

Elle me tendit sa bouche. Je l'embrassai. Ah ! quand pourrais-je l'accompagner sans éprouver ces scrupules ridicules. Je la désirais tant, cependant. Mais j'avais désiré et possédé d'autres femmes. Elle, je l'aimais. J'avais hâte que nous fussions mariés.

« Je te verrai demain ?

— Je ne le pense pas. J'essaierai.

— Je t'en prie, Mike, plaida-t-elle. Autrement, nous ne nous reverrons pas avant mardi.

— Et lundi ? m'informai-je.

— Je dîne avec Esther et Mary. Elles reviennent en ville... Esther est plus ébranlée que tu ne le penses. Mary se remettra vite, mais Esther est touchée. Je trouve qu'elle a été magnifique.

— C'est mon avis... Si je ne te vois pas demain, je te téléphonerai lundi et nous nous retrouverons mardi. Peut-être pourrons-nous alors nous occuper de cette bague ?... »

Nous échangeâmes un interminable baiser et je la regardai disparaître. J'avais besoin de penser. Longtemps. Et très fort. Il y avait trop de cadavres dans cette affaire. J'avais peur de la laisser aller plus loin. Je devais réussir maintenant. Ou jamais.

Je laissai ma voiture au garage, rentrai chez moi et me couchai.

13

Le dimanche fut lamentable. La pluie fouettant les vitres s'allia à mon réveille-matin pour me tirer prématurément de mon sommeil. J'écrasai d'un coup de poing le bouton d'arrêt, maudissant cette satanée habitude qui me faisait remonter la sonnerie alors même que je n'avais pas besoin d'elle.

Je ne me rasai pas, ne pris pas de douche, fis brûler mon déjeuner, comme de coutume, et je mangeai en pyjama, avec de longs intervalles entre les plats. Je passai devant un miroir en allant porter les assiettes dans l'évier. J'y jetai un coup d'œil, et me trouvai nez à nez avec une physionomie hérissée de barbe, sale, surmontée d'une tignasse hirsute et ornée d'une expression particulièrement hagarde. Je me trouvai parfaitement hideux.

Par bonheur, le réfrigérateur était plein de bière fraîche, et j'avais un paquet de cigarettes de réserve, en plus de mon paquet entamé. J'ouvris la porte de l'appartement. Les journaux tombèrent sur le sol. Je séparai soigneusement les feuilles illustrées des feuilles d'information, jetai ces dernières dans la corbeille à papiers, et me mis à lire les aventures de Mathurin Popeye et de Donald-le-Canard.

Puis j'essayai la radio, marchai de long en large, accumulai des mégots dans tous les cendriers. Rien à faire. Je me jetai sur une chaise, pris ma tête à deux mains, tentai de réfléchir encore. Toujours la même réponse, le même problème, le même néant. J'étais battu, vidé, réduit à merci.

Et cependant, quelque chose remuait derrière tout ce chaos. Quelque chose qui faisait son possible pour sortir. Un petit détail qui m'apporterait la clef de l'énigme, et que je savais connaître, et que je n'arrivais pas à identifier. Pas une intuition, non. Un fait. Un petit fait concret, réel, indiscutable...

Quel était-il ?... J'avais à chaque instant l'impression de pouvoir le saisir et cependant il persistait à m'échapper. Je me gavai de bière. Non. Non. Non... NON ! La réponse m'échappait toujours. Comment diable nos esprits sont-ils faits ? Si compliqués qu'un détail peut se perdre dans le labyrinthe de nos connaissances. Pourquoi ? Cette saleté de mot, toujours présent. Il y a un pourquoi dans tout. Et le problème est d'y répondre. Je me savais capable d'y répondre. Mais je ne le pouvais pas. Tâchez de comprendre !... Pourquoi, pourquoi, pourquoi ?

Je perdis la notion du temps. Je mangeai, bus. Le soir tomba. Je donnai de la lumière, bus encore. Le temps passa. Je continuai de lutter, perdis, luttai à nouveau. Un fait. Un détail. Quel était-il ? QUEL ÉTAIT-IL ?

Je m'aperçus, soudain, que le réfrigérateur était vide, et me jetai sur mon lit, épuisé. Rien. Toujours rien. Cette nuit-là, je rêvai que le tueur se riait de moi. Je ne pouvais voir son visage, mais j'entendais son rire. Il avait Myrna, et Jack, et Bobo, et les autres, pendus au bout de plusieurs chaînes, et j'essayais en vain de briser une vitre qui me séparait d'eux, et j'avais un 45 dans chaque main, et le tueur n'était pas armé, et je jurais, pestais, rageais, mais la vitre refusait de se rompre ! Et le tueur riait, riait, riait...

Je m'éveillai avec la bouche amère. Je me brossai les dents, mais le mauvais goût persista. Je me tournai vers la fenêtre. Le lundi était digne du dimanche. L'eau tombait à seaux. J'en avais assez de cette claustration, me rasai, m'habillai, enfilai un imperméable et descendis manger au restaurant. J'en ressortis vers une heure. J'entrai dans un bar et bus verre sur verre. Lorsque je pensai à regarder la pendule, il était près de six heures...

Je fouillai dans mes poches, à la recherche de mon second paquet de cigarettes. Ma main toucha une enveloppe. Bon sang ! Deux jours que je me torturais les méninges et j'avais négligé l'essentiel. Je demandai au barman l'adresse de la plus proche pharmacie et m'y rendis immédiatement.

Je demandai au patron s'il pouvait déterminer la nature d'une substance dont j'ignorais l'origine. Il acquiesça, à regret, car l'heure de la fermeture était proche. Je secouai le contenu de mon enveloppe sur une feuille de papier. Il disparut dans son laboratoire et revint peu de temps après, alors que j'essayais, devant un miroir, de donner une forme à mon nœud de cravate. Il me rendit l'enveloppe avec un regard soupçonneux. Sur l'enveloppe, il n'avait écrit qu'un seul mot.

Héroïne.

Je me retournai vers le miroir. Et ce que j'y vis me glaça le sang dans les veines. J'y vis mes yeux se dilater. Le miroir. Ce mot et le miroir... Je payai le pharmacien, m'enfuis comme un voleur.

Je ne pouvais parler. Une joie démente bouillonnait en moi. J'étais alternativement glacé et brûlant de fièvre. Si ma gorge n'avait pas été aussi serrée, j'aurais hurlé comme une bête sauvage. Tout ce temps ! Pas de temps perdu, bien sûr, car il fallait que cela finît ainsi. J'étais heureux, heureux. Comment pouvais-je être aussi heureux ? Je savais POURQUOI, mais était-il juste que je sois heureux ? Ce n'était pas juste. Je n'avais pas le droit d'être heureux. J'avais battu Pat, après tout. Lui ne savait pas encore POURQUOI. Moi, je le savais.

Moi, je savais le nom du tueur.

Et j'étais heureux. Vite, je retournai au bar.

J'envoyai voltiger ma cigarette à quatre pas, et m'engouffrai dans le hall, dont la porte n'était pas fermée. Inutile de prendre l'ascenseur ; j'avais le temps. Je montai l'escalier, me demandant à quoi ressemblerait cette dernière étape.

La porte était fermée à clef, mais je m'y étais attendu. Le cinquième crochet fit l'affaire. J'entrai. A l'intérieur, régnait ce silence spécial des maisons vides. Je m'abstins d'allumer la lumière. Je connaissais suffisamment la disposition des meubles pour ne pas renverser quelque chose. Je m'installai dans un fauteuil. Les feuilles d'une plante verte posée sur une table frôlèrent ma joue d'une caresse glaciale. Je les repoussai et m'allongeai dans le fauteuil, après avoir tiré mon 45 de son étui et débloqué le cran de sûreté.

J'étais prêt. J'attendais le tueur.

Oui, Jack, c'est la fin. J'ai été long à comprendre, mais ça y est, je sais qui est le tueur. Curieux à quel point cette affaire était incohérente, n'est-ce pas ? Tout conjurait à égarer mes recherches. Jusqu'à cette petite erreur... Ils finissent tous par commettre une petite erreur. Voilà où le bât blesse ces tueurs lucides et froids. Ils dressent leurs plans d'action, oh, si soigneusement !... Mais ils sont seuls devant de multiples problèmes, alors que nous, les flics — officiels ou non —, nous sommes nombreux à travailler sur une même affaire. Certes, nous laissons passer beaucoup de choses. Et puis, l'un de nous tombe en arrêt devant la solution logique... Seulement, voilà. Celle-ci n'était pas logique. Simple question de chance. Tu te souviens de ce que je t'ai promis ? Je tuerai le tueur, Jack. Une balle sous le nombril. Il mourra, Jack, mais pas trop vite. Il aura le temps de souffrir. Plusieurs minutes. Quel qu'il soit, je te l'ai promis. Sans chaise, sans corde, rien qu'une balle dans le ventre, par le trou de laquelle s'écoulera sa vie. Peu de sang, mais je le regarderai agoniser et serai heureux d'avoir tenu ma promesse. Un tueur doit mourir ainsi. D'une sale mort. Douloureusement. Sans fanfare. Rien que la détonation d'un honnête 45, sans silencieux... Dans quelques minutes, il sera là, devant moi. Il me verra. Peut-être essaiera-t-il de me faire changer d'avis ? Ou de me descendre ? Mais je sais ce que je puis attendre. Et j'ai mon 45 dans la main. Et avant de m'en servir, je ferai souffrir le tueur, moralement. Je lui ferai raconter comment tout cela est arrivé, histoire de voir si je ne me suis pas trompé. Peut-être lui donnerai-je sa chance ? Peut-être pas ? Je hais trop fort et tire trop vite. C'est pourquoi l'on dit tant de choses sur mon compte. C'est pourquoi le tueur m'aurait descendu, dans peu de temps. Mais c'est fini, Jack. Je l'attends. Je l'attends.

La porte s'ouvrit. La lumière s'alluma. J'étais tellement enfoncé dans le fauteuil que Charlotte ne me vit pas, tout d'abord. Elle ôta son chapeau, devant un miroir. Puis elle aperçut mes jambes et, en dépit de son maquillage, toute couleur disparut de ses joues veloutées.

(Oui, Jack. Charlotte. Charlotte la divine. Charlotte la merveilleuse. Charlotte qui aimait les chiens et promenait les bébés dans le parc. Charlotte que l'on ne pouvait voir sans désirer la serrer dans ses bras et goûter la douceur de ses lèvres. Charlotte dont le corps de feu et de velours était une offrande qu'un dieu n'eût pas eu le courage de refuser. Charlotte, oui. Charlotte, la tueuse.)

Elle me sourit. Il était difficile de voir que ce sourire était forcé, mais je le savais. Elle savait que je le savais. Et elle savait pourquoi j'étais venu. Le canon du 45 pointait droit vers son estomac.

Sa bouche me sourit, ses yeux me sourirent, elle eut l'air heureuse de me voir, comme elle l'avait toujours été. Lorsqu'elle parla, son visage rayonnait de bonheur.

« Mike, chéri ! Oh ! comme je suis contente de te voir. Tu ne m'as pas téléphoné, comme convenu, et je commençais à m'inquiéter. Comment es-tu entré ? Oh ! je sais. Kathy laisse toujours la porte ouverte !... Elle est de sortie, aujourd'hui. Et s'il te plaît, Mike, ne nettoie pas cet affreux revolver ici. Il me fait peur.

— Je comprends cela », coupai-je.

Elle s'arrêta, stupéfaite, fronça les sourcils, me regarda d'un air étonné. Si je n'avais pas été certain de tenir enfin la vérité, je n'aurais jamais su qu'elle jouait la comédie. Seigneur, quelle actrice elle eût fait ! Son jeu était parfait, et elle écrivait, mettait en scène et jouait tous les rôles. Tout y était. Gestes, silences, intonations. Chaque détail était un impossible chef-d'œuvre. Je sentis le doute s'infiltrer dans mon esprit et secouai la tête.

« Inutile, Charlotte. Je sais. »

Ses yeux s'élargirent. Je souris intérieurement. Elle devait être morte de frayeur. Elle se souvenait de ma promesse. Elle ne pouvait pas l'avoir oubliée. Personne ne pouvait l'avoir oubliée, parce que j'ai la réputation de toujours tenir mes promesses. J'avais promis de loger une balle dans le ventre du tueur. Et elle était ce tueur...

Elle prit une cigarette dans une boîte proche, l'alluma d'une main encore ferme. Ce fut ainsi que j'appris qu'elle s'était ménagé une porte de sortie. Je ne voulais pas lui dire que c'était inutile, mais mon revolver ne la quittait pas d'une seconde.

« Mike...

— Non, dis-je. Écoute-moi, Charlotte. J'ai été long à comprendre, mais c'est fini, maintenant. Hier, j'aurais eu peur d'admettre la vérité, mais aujourd'hui, je suis heureux. Plus heureux que je ne l'ai été depuis bien longtemps. C'est le dernier meurtre qui m'a ouvert les yeux. Ils étaient si différents. Tellement calculés, tellement méthodiques que j'avais cru me trouver en face d'un maniaque de l'homicide, ou d'un personnage totalement étranger au cercle de mes suspects. Tu as eu de la chance. Rien ne semblait se relier à rien. Tout était si incohérent, si compliqué. L'affaire sautait d'une chose à l'autre, sans aucune liaison apparente. Et cependant, tout découlait du même motif de base...

« Jack était un flic. Un flic a toujours au moins un ennemi. Surtout si cet ennemi le sent sur ses talons, prêt à le découvrir. Mais Jack ignorait à quel point il te serrait de près, jusqu'au jour où tu es venue lui loger un pruneau dans le ventre, n'est-ce pas ? »

J'aurais presque regretté la brutalité de ma question. Elle me regardait, immobile, pathétique. Deux larmes coulaient sur ses joues. Si pathétique et sans défense. Comme si elle avait voulu m'arrêter, me montrer à quel point j'avais tort. Ses yeux étaient deux étangs de supplication, qui priaient, imploraient. Mais je continuai.

« Tu as commencé seule, d'abord. Conséquence directe de ta profession et de ton tempérament. Oh ! tu gagnais largement ta vie, mais cela ne te suffisait pas. Tu voulais de l'argent, beaucoup d'argent. Non pour le dépenser bêtement, mais pour l'avoir, simplement. Tu avais chaque jour l'occasion de sonder la fragilité des hommes, leurs vices et leurs faiblesses. Et tu avais peur. Tu avais complètement perdu l'instinct social de la femme, qui est de dépendre d'un homme. Tu avais peur. Mais tu as vite découvert un moyen d'augmenter le montant de ton compte en banque. Un moyen infaillible. Un excellent moyen. Mais le moyen le plus sale et le plus abject de la terre, à une ou deux exceptions près...

(Le chagrin disparut de ses yeux, chassé de ses prunelles par une passion plus forte. Quelque chose se préparait. J'ignorais quoi, mais je la sentais venir. Elle se tenait devant moi, grande et droite comme un martyr, poignante de beauté, d'espoir et de confiance. Un sanglot errait dans sa gorge. Son ventre était si plat, contre la ceinture de sa robe... Elle laissa tomber ses bras le long de ses hanches, ses mains fines et belles qui ne demandaient qu'à être tenues. Et ses lèvres qui désiraient clore les miennes d'un long baiser. Quelque chose se préparait, mais je n'osais pas m'arrêter maintenant. Il fallait que je l'empêche de parler, si je voulais avoir la force de tenir parole.)

« Ta clientèle... Une clientèle riche, orgueilleuse. Avec ta beauté, tes capacités, tes études continuelles, tu ne recevais que des clients de cette sorte. Et tu les soignais, tu guérissais leurs troubles mentaux. Tu les guérissais, oui, mais avec des drogues. Des drogues à base d'héroïne. Ils prenaient tes remèdes ; ces remèdes leur devenaient indispensables, et comme tu étais leur unique source d'approvisionnement, ils payaient cher pour en obtenir davantage. Très fort, en vérité. En tant que docteur, tu pouvais te procurer facilement toutes les catégories d'alcaloïdes. Je ne sais comment tu les faisais livrer mais nous en parlerons tout à l'heure...

« Puis tu as rencontré Hal Kines. Par hasard, bien sûr, mais n'est-ce pas ainsi que tout commence ? C'est ce qui rendait la chose si difficile. Tout s'était passé d'une façon si simple, si naturelle. Tu ne connaissais pas la véritable nature de ses activités, n'est-ce pas ? Puis un jour, il a accepté de se soumettre à une expérience d'hypnotisme. Il a agi comme un imbécile, mais que pouvait-il faire s'il voulait continuer à jouer son rôle d'étudiant passionné par tout ce qui touchait à la psychiatrie ? A la faveur de cet état, tu lui as soutiré, sans l'avoir prémédité, bien des détails sur les phases les plus répugnantes de sa vie.

« Tu pensais le tenir, alors. Tu lui as dit ce que tu avais découvert et tu lui as proposé de travailler pour toi... Tu avais perdu d'avance, car Hal n'était pas un adolescent, mais un adulte à l'esprit mûr et fertile. Il avait déjà compris ce que tu faisais et, l'un vis-à-vis de l'autre, vous vous trouviez sur un pied d'égalité. Tu te souviens de ton livre : *Traitement par l'Hypnotisme des Maladies mentales ?* Il était écorné, annoté. Il avait été soigneusement étudié. Je savais que tu étais très forte, sur ce terrain, mais je n'ai compris que ce soir.

(Elle se tenait devant moi, grande et droite. Mon sang reflua vers mon cœur

en voyant ce qu'elle s'apprêtait à faire. Lentement, ses mains remontèrent le long de son corps, pressant sa robe sur sa peau, puis s'arrêtèrent sous ses seins, les soulignant comme deux coupes. Ses doigts coururent le long de son corsage, en ouvrant les boutons, un par un.)

« Hal et toi guettiez farouchement la première fausse manœuvre de l'un ou de l'autre. Mais vous n'osiez pas encore engager le combat. A ce moment, Jack parut. Jack était honnête, et possédait un esprit vif et perspicace. Quelque chose dans la conduite d'Hal avait éveillé ses soupçons. Et, tout en l'aidant à se tirer d'un menu pétrin et le secondant dans son travail d'étudiant, il menait sur lui une enquête serrée. Il découvrit une partie de la vérité, puis rencontra Eileen et son récit fit le reste. Par elle, il avait su la date de la fameuse représentation et savait qu'Hal y serait, car Hal était le grand organisateur de ce genre de choses...

« Mais retournons légèrement en arrière. Jack voulait te voir au cours de la semaine à venir. Il ne te soupçonnait pas, non, mais tu étais en rapport constant avec Hal, par l'école et par la clinique, et il désirait te demander ton assistance !

« Puis, la nuit de la surprise-party, tu aperçus les publications universitaires et compris que Jack était sur la piste d'Hal Kines. S'il le faisait arrêter, Hal penserait que tu l'avais donné et parlerait. Lorsque Kathy se fut rendormie, tu débranchas le timbre de la porte, et retournas rapidement chez Jack. Sans doute avais-tu emporté ses clefs, en partant ? Tu l'acculas dans sa chambre à coucher. Et là, Charlotte, pour la première fois de ta vie, tu as tué. Tu lui as logé une balle dans le ventre et tu es restée là, devant lui, à étudier ses réactions, à le regarder essayer de saisir ce revolver que tu reculais, peu à peu... C'est bien ainsi que les choses se sont passées, n'est-ce pas ? Non, ne réponds pas, c'est inutile, car il n'y a pas d'autre explication.

(Lentement, très lentement, elle sortit le corsage de la jupe. J'entendis le léger frottement de la soie sur la laine. Elle déboutonna également les manches, et laissa tomber le corsage sur le sol. Elle ne portait pas de soutien-gorge. Ses épaules étaient adorables, animées par des muscles forts et invisibles, qui faisaient palpiter la ligne merveilleuse de son cou, les globes fermes et juvéniles de ses seins nus. Elle était si jolie, si jeune, si désirable. Je me souvenais de ce soir où je l'avais tenue contre moi, sur le lit de sa chambre, de ce soir où elle m'avait supplié de la prendre... Elle secoua la tête, jusqu'à éparpiller ses cheveux blonds, sur ses épaules, en longues cascades de métal en fusion.)

« Dans les livres trouvés chez Jack, il y avait des notes marginales au sujet d'Eileen, n'est-ce pas ? Et la photo d'Eileen en compagnie d'Hal Kines ! Tu en as parlé à celui-ci ; il t'a dit qui était Eileen, et tu l'as poussé à aller la menacer, à aller la prévenir de se tenir tranquille. Tu l'as suivi, et tu les as tués tous les deux, pensant que l'affaire serait étouffée par le syndicat des maisons de prostitution qui ne se soucieraient pas de voir la police mettre le nez dans ses affaires. Et tu avais raison. Quelqu'un se serait chargé de faire disparaître les deux cadavres, si nous n'étions pas arrivés si vite. Lorsque tu nous as entendus, tu as connu un instant de panique. Mais la mauvaise chance t'a offert une compensation en te permettant de voir la tenancière s'engouffrer dans son passage secret. Tu l'as suivie, à son insu... Et ni Pat ni moi n'avons jamais pensé à te demander ton alibi pour cette nuit-là. Mais je parierais que tu t'en étais ménagé un superbe !...

« N'oublions pas George Kalecki. Hal a dû tout lui raconter, une nuit qu'il avait bu plus que d'habitude. C'est pourquoi il était de mauvaise humeur, le soir de la surprise-party. Il était soucieux et en colère à cause d'Hal. Hal t'a dit ce qu'il avait fait, tu as essayé de tuer Kalecki, et tu l'as manqué. Kalecki a déménagé, mais il ne pouvait raconter à la police les raisons de cet attentat. C'est pourquoi il m'accusa de cette tentative de meurtre, afin de me pousser à avoir le meurtrier avant que celui-ci ait eu le temps de parvenir jusqu'à lui.

« Après la mort de Kines, alors que nous venions de quitter Betty, ce n'était pas moi que George voulait descendre, mais toi. Il savait qu'il était sur ta liste, et que tu l'aurais s'il ne prenait pas les devants. Il voulait disparaître, mais il ne pouvait le faire avant d'avoir détruit les preuves accumulées contre lui par Hal Kines, et qui suffisaient à l'envoyer vingt fois sur la chaise électrique ! Là encore, tu as eu de la chance. S'il n'avait pas essayé de me descendre, je ne l'aurais pas tué, et si je ne l'avais pas tué, je l'aurais fait parler, je te le garantis. Mais après, c'était impossible...

(Elle fit glisser la fermeture Eclair de sa jupe, qui tomba en tas autour de ses chevilles. Elle se débarrassa également de sa combinaison, qu'elle baissa lentement, savamment, afin de tirer de son geste tout l'érotisme désirable. Puis elle la laissa tomber à son tour et poussa délicatement l'ensemble, du bout de son pied. Ses jambes, grand Dieu ! Ses jambes hâlées et musclées, dont le galbe me faisait entrevoir des images torturantes. Des jambes parfaites, dorées, qu'aucun bas n'eût pu rendre plus belles encore. De jolies jambes issues d'un ventre plat et joliment conformé. Une taille invraisemblablement fine. Des cuisses d'une inimaginable perfection. Et des chevilles passionnées. Un peu plus fortes que celles des stars. Des jambes auxquelles il devait faire bon mêler les siennes. Elle ne portait plus, à présent, qu'un petit pantalon de soie transparente. Et c'était une blonde authentique.)

« Ensuite, il y eut Bobo Hopper. Sa mort n'était pas préméditée. Ce fut un malheureux accident. Il avait travaillé pour Kalecki, mais ceci ne constitua qu'une simple coïncidence. Il servait de commissionnaire à de nombreuses personnes de ton voisinage, portait des lettres et des paquets, balayait les planchers, faisait ce qu'on lui demandait pour un demi-dollar. Il travaillait aussi pour toi et livrait tes petits paquets en même temps que beaucoup d'autres. Il était un peu simple d'esprit, mais content de vivre, et n'eût pas fait de mal à une mouche. Puis, un jour, il laissa tomber une petite boîte que tu lui avais donné ordre de livrer immédiatement. Un remède, lui avais-tu dit. Il avait peur de perdre son emploi, dont il n'était pas peu fier, et essaya de faire renouveler l'ordonnance chez un pharmacien ! Pendant ce temps, le client auquel tu avais annoncé l'arrivée de son héroïne te téléphona pour te dire qu'il n'avait pas encore reçu la visite du messager. J'étais chez toi ce jour-là, tu t'en souviens ? Pendant que j'allais me faire couper les cheveux, tu as sorti ta voiture, tu as suivi la route la plus directe, celle qu'avait dû emprunter Bobo. Tu l'as vu ressortir de chez le pharmacien, avec sa boîte brisée et une boîte neuve semblable, et tu l'as tué.

« Non, ton alibi ne tient pas. Kathy était à la maison et ne t'a pas vue sortir ni revenir, c'est vrai. Tu as prétendu être demeurée dans ta chambre noire, et personne ne dérange quelqu'un dans une chambre noire. Tu as donc débranché le timbre, une seconde fois, tu es partie et tu es revenue sans attirer l'attention de Kathy. Mais, dans ta précipitation, tu as oublié de rebrancher le timbre. Tu t'en souviens ? C'est moi qui l'ai fait en revenant chercher mon portefeuille. Et ma visite inopinée a renforcé encore la perfection de ton alibi.

« La mort de Myrna, elle aussi, fut accidentelle. Et lorsque je t'ai quittée, pendant le match de tennis, je t'ai donné l'occasion de la tuer. Quand as-tu compris les conséquences possibles de l'absence de Myrna ? Immédiatement, sans doute, comme dans le cas de Bobo Hopper. Tu as un cerveau fantastique. Tu savais comment l'esprit de Bobo réagirait, en cas d'accident. Et tu connaissais l'esprit féminin, aussi. Tu n'étais pas psychiatre pour rien !... Je dormais lorsque tu es arrivée chez les Bellemy. Mais ton manteau avait la même teinte que celui de Myrna, avec en plus un col de fourrure. Et tu connaissais la détestable habitude qu'ont les femmes, lorsque le hasard leur en fournit l'occasion, d'essayer les vêtements des autres. Tu ne pouvais te permettre de courir ce risque, car tu avais de l'héroïne dans la poche de ton manteau. Un sachet, peut-être, ou simplement des traces du poison. Tu en avais rapporté à Wilder et à Sherman, et c'est la raison de leur fuite absurde. Ils ne voulaient ni jeter leur neige, ni être arrêtés avec la camelote sur eux.

« Si Myrna n'avait pas cédé à ce penchant féminin, tu aurais feint de t'être inquiétée pour elle, etc. Mais hélas ! tu es arrivée trop tard. Elle avait essayé ton manteau. Elle avait trouvé la poudre dans ta poche, et elle connaissait la nature de cette poudre qui, sans Jack, l'eût poussée au suicide. Tu l'as trouvée avec l'héroïne dans la main, et tu l'as tuée. Puis tu lui as ôté ton manteau, tu l'as rejeté sur le lit, avec les autres, et tu l'as revêtue du sien, en ayant soin de déposer dans ses plis la balle qui l'avait traversée. As-tu déjà brûlé ton manteau ? Sans doute, n'est-ce pas, car il portait des traces de poudre ! Quelques fibres de laine étaient demeurées sous les ongles de Myrna et j'aurais compris plus tôt, si son manteau à elle n'avait été de la même couleur... Mais il y avait le miroir, et les quelques grains d'héroïne que tu n'avais pu récupérer. Une jeune femme ne se tient devant un miroir, dans une pièce pleine de vêtements, que pour observer l'effet sur elle d'un manteau, ou d'une robe, qu'elle n'a pas l'habitude de porter...

« Je ne sais où tu vas chercher ta chance, Charlotte. Tu es entrée pendant une courte absence du barman, mais, puisqu'il t'avait fallu tuer encore, tu ne pouvais te permettre de ressortir par le même chemin. Tu es donc repartie par le petit rebord de pierre et l'échelle d'incendie. J'étais trop gros moi-même pour le faire, mais tu es si mince ! Tu as ôté tes souliers pour éviter de laisser des traces sur le ciment ? Personne n'a remarqué ton départ ni ton retour. Une intéressante expérience de psychologie collective, n'est-ce pas ?

« Non, Charlotte, aucun jury ne te condamnerait. Trop de présomptions, et pas de preuves. Et l'on ne peut briser un alibi que des gens innocents comme ta Kathy croient conforme à la vérité.

« Mais moi, je te condamne, Charlotte. Plus tard, nous détruirons ce qui restera de ton œuvre funeste. En attendant, je ne me soucie pas d'entendre un habile avocat réduire à néant mon argumentation et me faire passer pour un clown aux yeux d'un jury de braves gens. Non, Charlotte, à présent, c'est moi, le jury, et le juge, et tout le tribunal, et j'ai une promesse à tenir. Aussi belle que tu sois, et pour autant que je te désire et t'ai presque adorée, je te condamne à mort, et je suis aussi le bourreau. »

(Ses pouces se glissèrent sous l'élastique du petit pantalon et, lentement, le tirèrent. Elle en sortit comme elle eût émergé de sa baignoire, complètement nue à présent, belle comme une déesse, dorée par le soleil et s'offrant tout entière à mon désir. Bras tendus, elle s'avança vers moi. Sa langue mouilla ses lèvres, les faisant luire de passion. Un parfum grisant s'élevait de sa peau nue. Ses seins frémissaient au rythme de sa respiration. Comme il eût fait bon y poser ma tête, dormir sur elle et me perdre en elle. J'étais las, hagard, épuisé. Elle se pencha vers moi, lèvres offertes, ses deux bras déjà prêts à entourer mon cou...)

La détonation du 45 fracassa le silence de la pièce. Elle chancela, recula d'un pas. Ses yeux étaient une symphonie d'incrédulité, un immense refus d'ajouter foi à leur témoignage. Lentement, elle regarda son ventre nu, et la blessure de laquelle s'écoulait, doucement, un mince filet de sang noir.

Je remis mon 45 dans son étui, me tournai, et regardai la plante grasse, derrière moi. Sur la table, à côté du pot, j'aperçus le revolver, muni de son silencieux, dont le cran de sûreté avait été laissé en position de tir. Ces bras amoureux l'eussent facilement atteint. Ce visage offert au baiser attendait réellement d'être inondé de sang lorsque le dum-dum me broierait la cervelle. Je l'entendis tomber et me retournai. Ses yeux n'exprimaient plus qu'une énorme souffrance. La souffrance qui précède la mort. Une souffrance sans nom mêlée du même étonnement incrédule.

« Comment... as-tu... pu ? » hoqueta-t-elle.

Elle n'avait plus que quelques secondes à vivre, mais je sais qu'elle perçut ma réponse.

« Ç'a été très facile », prétendis-je.

PAS DE TEMPS A PERDRE

My gun is quick
Traduit par G.M. Dumoulin

1

Quand vous êtes chez vous, peinard, au coin d'un bon feu, douillettement vautré dans la bergère qui vient de grand'maman, vous demandez-vous, parfois, ce qui se passe au-dehors ? Sûrement pas. Vous ouvrez un bouquin, et vous oubliez qui vous êtes, et vous vivez, sans bouger de votre place, les aventures imaginaires de types qui n'ont jamais existé. A preuve que vous le faites, juste en ce moment ; vous vous apprêtez à vous exciter sur ce qui est arrivé à d'autres que vous. Et vous vous dites, peut-être, que vous aimeriez que ça vous arrive à vous, ces trucs-là. Paraît que les Romains s'excitaient comme ça, quand ils s'asseyaient sur les gradins du Colisée pour regarder les bêtes féroces étriper une brochette d'esclaves. Ils s'étranglaient de joie et ils se flanquaient de grandes claques dans le dos lorsque les griffes déchiraient la chair des victimes. La mise à mort des gladiateurs vaincus les comblait d'allégresse. Oh ! c'est épatant de pouvoir se rincer l'œil sans risquer une égratignure. D'accord. Mais les jours succèdent aux jours et jamais rien de tout ça ne vous arrive, et vous vous dites que ça n'existe pas, sinon dans les livres, et vous dormez sur vos deux oreilles. Mais ne vous y fiez pas trop : il se passe des choses, à l'extérieur, pendant que vous lisez dans votre fauteuil. Il s'en passe nuit et jour, et partout, auprès desquelles les week-ends romains feraient figure de petite bière. Il s'en passe jusque sous votre nez et vous ne vous en doutez même pas. Oh ! vous pourriez les trouver, si vous vous en donniez la peine. Il vous suffirait de chercher un peu. Je n'en ferais rien, cependant, si j'étais à votre place, parce qu'elles sont rarement belles à voir. Mais je ne suis pas à votre place, et mon boulot est d'aller au-devant de ces choses, qui sont rarement belles à voir parce qu'elles montrent les gens tels qu'ils sont. Il n'y a plus de Colisée, aujourd'hui, mais la ville est plus vaste et contient plus de gens que l'arène. On n'y rencontre pas de bêtes féroces, mais les griffes de l'homme peuvent être aussi coupantes et sont deux fois plus meurtrières. Il faut être du bâtiment, et tout le contraire d'un empoté, si l'on veut rejoindre son fauteuil et le coin de son feu. Il faut tuer le premier, n'importe comment, dans n'importe quelle circonstance. Mais il faut être du bâtiment, je le répète, et n'avoir ni les yeux, ni les mains dans ses poches. Ou, sinon, c'est vous qu'on étripe.

Il était minuit bien tassé lorsque je rapportai à Herman Gable le manuscrit qu'il avait égaré. Pour moi, ce n'était rien de plus qu'un fatras de vieux papelards, couverts de caractères à peine lisibles, mais, pour mon client, paraît que ça valait plusieurs fois les deux mille cinq cents billets qu'il s'était engagé à me verser, si je lui ramenais ses paperasses. Ce crétin-là les avait tout simplement jetées dans le vide-ordures avec un paquet de vieux journaux. Il m'avait fallu trois jours pleins pour en retrouver la trace et les récupérer avant qu'ils ne soient partis en fumée dans le four crématoire de la ville. Pourtant, lorsque j'empochai les cinquante fafiots de cinquante dollars, croyez-moi, je ne regrettai plus de n'avoir pas fermé l'œil les deux nuits précédentes.

Je lui signai un reçu et regagnai ma bagnole. Je n'avais pas l'intention d'écorner cette galette avant d'avoir dormi tout mon saoul. Après ça, je verrais peut-être à me payer un peu de bon temps. J'avais la prétention de rentrer chez moi, mais au premier feu rouge je piquai du nez sur mon volant et me réveillai une minute plus tard au milieu d'un beau gâchis. Quelques pare-chocs s'embrassèrent, tandis que les bagnoles reculaient pour contourner la mienne, mais j'étais si claqué que je n'essayai même pas de répondre aux gentillesses de leurs propriétaires. J'ai pourtant un répertoire bien garni. Je me rangeai le long du trottoir et coupai le contact. Un peu plus loin, sous le métro aérien, il y avait un bistro ouvert toute la nuit et je sentais le besoin de m'enfiler quelques tasses de café fort tassé pour me remettre les yeux en face des trous.

Ça cocottait un peu, dans cette boîte-là ! Deux clochards s'envoyaient un bol de soupe à dix cents, en pillant l'assiette de bretzels posée sur le comptoir. Un poivrot essayait de manger des œufs durs sans choir du tabouret sur lequel il était juché, et y réussissait pas mal. Ce fut seulement quand je m'assis à mon tour que je remarquai la fille installée dans un coin. Elle avait des cheveux roux qui ne sortaient sûrement pas d'une bouteille de teinture et paraissait mignonne, vue de mon perchoir.

— Qu'est-ce que ce sera ? s'informa le barman, d'une voix aussi moelleuse que celle des crapauds amoureux.

— Un jus. Et corsé, gars.

La fille leva les yeux, sourit, cessa de faire reluire ses ongles, enfouit ses petits outils dans un sac de nylon et vint onduler de la hanche dans mon coin. Lorsqu'elle se fut assise à côté de moi, elle murmura :

— Shorty a un cœur de pierre. Imagine-toi qu'il ne veut même pas me faire crédit d'une tasse de café. Ça t'embêterait de m'en payer une ?

J'étais trop claqué pour discuter le coup.

— Ça fera deux, criai-je.

Le barman posa les tasses devant nous avec tant de gentillesse qu'il renversa la moitié du café sur le linoléum du comptoir.

— Écoute, la Rouquine, aboya-t-il, j'aimerais que tu te transportes ailleurs, toi et ton tralala. Je tiens pas à avoir les flics sur le dos...

— Te fatigue pas, Shorty. Tout ce que je demande à monsieur, c'est une tasse de café. Il a l'air beaucoup trop fatigué pour jouer au petit soldat ce soir.

— Ouste, décampe, Shorty ! ajoutai-je.

Il me regarda de traviole, mais, comme je n'étais pas d'humeur à plaisanter et que j'en faisais largement deux comme lui, il grogna et s'en alla chercher des rognes aux deux cloches, qui s'étaient envoyé tous les bretzels de l'établissement. J'en profitai pour jeter un coup d'œil à ma rouquine.

Il faut avouer que, de près, ça n'était pas ce que ça promettait. Elle avait dû être bien roulée quelques années auparavant, mais ça se fatiguait. Sa bouche était méchante, amère, et ses yeux savaient des choses qu'elle n'avait certainement pas apprises en tricotant au coin du feu. Ses vêtements trop collants laissaient deviner une jolie surface de chair encore assez appétissante. Avec ça, de longs doigts aux jolis ongles bien soignés, qui tenaient la grosse tasse craquelée avec une sorte de chic qui me frappa. Je crus d'abord qu'elle portait une alliance. Mais, quand elle posa sa tasse sur le comptoir, je vis qu'il s'agissait simplement d'une bague en toc, au chaton d'émail bleu, orné d'éclats de diamants, qui faisaient quelque chose comme une fleur de lis.

— Je te plais ? demanda-t-elle brusquement.

— Bien sûr, ma jolie, mais, comme tu l'as vu toi-même, j'ai ma claque ce soir.

Elle éclata de rire.

— Et moi je suis trop à la page pour te faire l'article. Ce que j'ai à vendre ne t'intéresserait pas.

— Ma chère ! On fait de la psychologie.

— Faut bien.

— Et ma tête ne te revient pas ?

Une lueur traversa son regard.

— Avec de beaux gars comme toi, c'est la femme qui paie, dit-elle.

Après ça, je ne pouvais pas faire moins que de lui offrir une cigarette. J'en allumai une moi-même et je fis mon petit modeste :

— Je voudrais bien que toutes les poupées que je rencontre soient du même avis.

— Elles ne le font peut-être pas voir, mais elles sont du même avis.

Décidément, elle était sympa. Peut-être parce que ses yeux étaient durs, mais semblaient capables de pleurer encore. Peut-être parce qu'elle me disait des choses qu'un gars est toujours content d'entendre. Peut-être bien aussi que j'étais à bout et que je n'avais pas envie de me retrouver seul chez moi cette nuit-là. Et puis, franchement, elle ne me déplaisait pas, et elle le savait. Elle me souriait comme si elle m'avait toujours connu.

— Comment t'appelles-tu ? demanda-t-elle.

— Mike. Mike Hammer. Pure souche new-yorkaise, blanc, majeur et vacciné. Ça suffit, comme pedigree ?

— C'est drôle. Je croyais que tous les hommes s'appelaient Smith ou Jones. Qu'est-ce qui se passe ?

— Pas d'épouse au foyer, fillette, ricanai-je. L'étiquette n'appartient qu'à moi. Comment t'appelles-tu, toi, en dehors de « la Rouquine » ?

— On ne m'appelle pas.

Ça claqua sec, et ses yeux se plissèrent, tandis qu'elle finissait son café.

— Une autre tasse ?

Elle secoua la tête.

— Non, merci... Si Shorty n'était pas aussi rat, je n'aurais pas besoin de mendier une tasse de café.

D'après ma façon de la regarder, elle aurait dû comprendre qu'il y avait plus qu'une simple curiosité dans ma question quand je lui demandai :

— Il y a du chômage dans la corporation, la gosse ?

L'espace d'une seconde, ses yeux flamboyèrent, tandis qu'elle se regardait dans l'un des miroirs sales du bistro.

— Non ! dit-elle sèchement.

Probable que ça ne lui avait pas plu, mais pourquoi ?

Je jetai un dollar sur le comptoir ; Shorty s'en empara et me rendit la monnaie, que j'empochai, puis je me retournai vers la Rouquine.

— On ne t'a jamais dit que tu avais l'air d'une fille bien ? J'en ai vu de toutes les sortes, tu penses, mais je crois que tu pourrais faire mieux que ça... beaucoup mieux.

Elle embrassa le bout de son index et le posa sur ma joue.

— Tu es gentil, Mike. Je me suis parfois demandé si j'étais encore capable d'éprouver de l'amitié pour quelqu'un, mais je t'aime bien, toi.

Un métro passa en grondant au-dessus de nos têtes, et nous n'entendîmes pas la porte s'ouvrir. Je sentis la présence du type derrière nous, avant même de l'apercevoir dans la glace. C'était un grand gars, brun, huileux, avec le rictus inamovible des types à la redresse, et il puait la gomina bon marché. Son complet aux plis acérés aurait fait un boum à Harlem.

— Salut, la môme, dit-il.

La Rouquine se retourna brusquement et ses lèvres se crispèrent.

— Qu'est-ce que tu veux ?

Sa voix avait perdu toute chaleur, toute expression. Son visage était pâle et tendu.

— Tu plaisantes ?

— Je suis occupée. Débarrasse le plancher.

Il la saisit par le bras, l'obligea à lui faire face.

— J'aime pas ta façon de répondre, la Rouquine.

J'avais à peine quitté mon tabouret que Shorty était près de nous et saisissait quelque chose, sous le comptoir. Puis il vit mon visage et s'arrêta court. L'autre type fit la même remarque, mais commit l'erreur de ne pas s'arrêter.

— Barre-toi, avant que je te casse la gueule, gronda-t-il.

Il allait me rentrer dedans, sans plus d'explications, mais je lui flanquai quatre doigts raides comme des bouts de bois dans le creux de l'estomac, juste au-dessus du nombril, et il se plia en deux, comme un couteau de poche. Je le rouvris d'un revers de main qui lui aplatit les lèvres contre les dents et laissa en travers de sa bouche une marque garantie bon teint.

Un tel traitement suffit à calmer la plupart des gens. Celui-là pouvait à peine respirer, mais il jurait à jet continu et sa main droite montait convulsivement vers son aisselle gauche. La Rouquine nous regardait, en proie à la terreur, tandis que Shorty beuglait derrière son comptoir, trop effrayé lui-même pour intervenir.

Histoire de plaisanter, je sortis mon 45, en appliquai le canon sur le front de l'obstiné et ramenai le chien en arrière.

— Touche à ton pétard, métèque de mon cœur, et je te fais sauter la cervelle, ricanai-je.

Il réagit, mais pas de la façon que j'escomptais. Ses yeux vacillèrent et il s'écroula, évanoui. Shorty avait des tics. La Rouquine était encore trop terrifiée pour pouvoir parler. Lorsqu'elle eut repris son souffle, elle murmura :

— Tu... tu n'avais pas besoin de faire ça pour moi. Va-t'en, maintenant, va-t'en avant qu'il reprenne connaissance. Il te tuerait.

Je lui pris la main.

— Tu crois vraiment qu'il pourrait me tuer ?

Ses yeux scrutèrent mon visage. Quelque chose la fit tressaillir violemment.

— Non. Non. Je ne le crois pas. Mais je t'en prie, va-t'en. Pour moi.

Sa voix était suppliante.

Je lui souris. Elle avait peur. Elle avait de graves ennuis, mais c'était une amie. Je sortis mon portefeuille.

— Fais quelque chose pour moi, veux-tu ?

Je lui fourrai dans la main trois billets de cinquante dollars.

— Quitte le quartier, achète des frusques convenables et cherche un boulot moins dangereux...

Personne ne m'avait jamais regardé comme elle me regarda alors, et personne, je l'espère, ne me regardera jamais plus ainsi. Un regard comme ça n'est à sa place que dans une église, quand on prie, ou quand on se marie, ou quelque chose dans ce goût-là.

Le métèque était revenu à lui, mais il ne me regardait pas. Il regardait le portefeuille ouvert dans ma main et l'insigne épinglé à l'intérieur. Et, si je n'avais pas eu toujours mon pétard à la main, il aurait essayé de sortir le sien. Je glissai ma main sous son veston, lui confisquai son feu — un automatique à crosse plate, — le saisit au collet et le traînai jusque sur le trottoir.

Non loin de là, il y avait un poste d'appel de police-secours. Je m'en servis et, deux minutes plus tard, une voiture-radio s'arrêta devant nous. Deux flics sautèrent sur le trottoir.

— Hello, Jake, dis-je au conducteur.

— Hello, Mike. Qu'est-ce qui se passe ?

Je remis le métèque sur pied.

— Ce petit farceur a essayé de jouer du revolver, expliquai-je.

Je lui tendis le 32 de mon copain le métèque.

— Je ne pense pas qu'il ait un permis de port d'arme et vous pourrez le boucler jusqu'à demain. Je passerai dans la matinée et porterai une plainte en règle. Vous savez où me trouver.

Le flic empocha le pétard et poussa le type dans la voiture. Je leur tournai le dos et repris le chemin de ma bagnole.

Ce ne fut pas le lendemain, mais le surlendemain matin, qu'après avoir dormi une trentaine d'heures, pris une douche, rasé ma couenne et confortablement garni mon estomac, je poussai finalement la porte de mon bureau.

Velda leva les yeux et m'injuria du regard avant même d'ouvrir la bouche. Lorsque je l'avais choisie comme secrétaire, ç'avait été beaucoup plus à cause de sa silhouette — et quelle silhouette ! — que de ses qualités professionnelles. Le fait qu'elle se soit avérée, par la suite, aussi intelligente qu'impeccablement bâtie ne gâtait, bien entendu, absolument rien à la chose.

— Pas trop tôt, grogna-t-elle en cherchant les traces de rouge à lèvres ou autres détails mystérieux qui trahissent un homme sans qu'il soit jamais capable de comprendre comment ni pourquoi.

D'après sa façon de sourire, je compris que le verdict m'était favorable. Je sortis de mon veston et jetai sur son bureau la majeure partie du paquet de gros billets.

— De quoi beurrer les épinards, fillette. Payez les factures en retard et mettez le reste à la banque. Pas de visites ?

Elle mit la galette sous clef et répondit :

— Deux ! Une affaire de divorce et un type qui voulait un garde du corps. Il semble que le mari de sa maîtresse ait juré de le refroidir à la première rencontre. Je les ai envoyés tous les deux chez Ellison.

— Cette histoire de garde du corps pouvait être intéressante...

— Certainement. Il m'a montré une photo de la fille. Toute en buste et en jambes, comme vous les aimez.

— Vous savez très bien que je déteste les femmes...

Je m'installai dans mon fauteuil et dépliai le journal du matin. Tout de suite, la photo me sauta aux yeux. Elle occupait le coin inférieur de la première page et représentait ma rouquine de l'avant-veille, étendue dans le ruisseau. Elle était morte. UN CHAUFFARD RENVERSE UNE JEUNE FEMME ET PREND LA FUITE, disait la manchette.

— Pauvre gosse ! Quelle déveine !

— De qui parlez-vous ? questionna Velda.

Je lui passai le journal.

— J'étais avec cette gosse, avant-hier soir. C'était une bitumeuse et je lui ai payé une tasse de café dans un bouiboui de la Troisième Avenue. Avant de la quitter, je lui ai donné un peu d'argent pour qu'elle change de métier, et voilà ce qui lui est arrivé.

— Vous avez de belles fréquentations, commenta Velda d'un ton sarcastique.

Je pris la mouche.

— Bon Dieu, elle n'était pas après moi ! Je lui ai donné sa chance et elle m'en a montré plus de gratitude que ne l'aurait fait la majorité des propres à rien qui se prétendent des hommes.

— Je suis navrée, Mike. Sincèrement !

Elle s'empara du journal, lut l'article et dit en fronçant les sourcils :

— Elle n'a pas été identifiée. Connaissez-vous son nom ?

— Diable non ! Elle était rousse, c'est tout ce que je sais.

Je repris le journal et parcourus l'article à mon tour. Elle avait été trouvée dans la rue, à deux heures et demie. Il devait y avoir un certain temps qu'elle gisait ainsi, dans le ruisseau, lorsqu'un type plus malin que les autres avait signalé au flic de garde la présence à cet endroit d'une femme ivre morte. La supposition n'était point déraisonnable, car les pochards des deux sexes abondaient dans le coin. Mais le plus curieux était qu'on n'avait retrouvé sur elle aucun moyen de l'identifier.

J'empochai le journal et dis :

— Ne partez pas tout de suite, Velda. J'ai une course à faire.

— Au sujet de cette pauvre fille ?

— Oui. Il est possible que je puisse contribuer à son identification. Téléphonez à Pat et dites-lui que j'arrive.

— O.K., Mike.

Je laissai ma bagnole où elle était et me rendis en taxi au bureau de Pat Chambers. Pat est capitaine dans la Brigade criminelle et flic jusqu'au bout des ongles, mais, à le regarder, personne ne s'en douterait. Il est rare de voir des flics se commettre avec des détectives privés, mais Pat avait eu autrefois l'intelligence de comprendre que je pouvais, dans certains cas, avoir le bras plus long que la loi elle-même, et ce qui n'avait été, au début, qu'une saine compréhension de nos intérêts réciproques s'était transformé, à la longue, en une solide amitié.

Je le rejoignis au laboratoire, où il procédait à des expériences de balistique.

— Hello, Mike, dit-il cordialement, qu'est-ce qui t'amène si tôt ?

— Un problème, mon vieux.

Je sortis le canard de ma poche, lui désignai la photo.

— Qu'avez-vous découvert, au sujet de cette fille ?

Je le suivis dans le petit bureau attenant au laboratoire et allumai une cigarette, tandis qu'il décrochait le téléphone.

— Allô, ici Chambers, dit-il. Je veux savoir si la fille qui a été tuée la nuit dernière par un chauffard a pu être identifiée.

Il écouta pendant quelques instants, fronça les sourcils et raccrocha.

— Alors ?

— Rien de sensationnel. Le cou cassé. La blessure ne plaît pas à l'un de mes gars, et ils refusent de se prononcer sur la cause de la mort jusqu'à plus ample examen. Tu sais quelque chose ?

— Non. Mais j'étais avec elle la veille de sa mort.

— Alors ?

— Alors, c'était une prostituée. Je l'ai rencontrée dans un bistro, et nous avons bavardé.

— Elle t'a dit son nom ?

— Même pas son prénom. Seulement « la Rouquine ».

Pat se laissa choir dans son fauteuil.

— Nous ignorons toujours qui elle est. Elle était vêtue de neuf des pieds à la tête. Sac à main neuf avec quelques dollars dedans. Et pas une cicatrice, rien qui permette de l'identifier. Même pas une marque de blanchisseuse.

— Je sais. Je lui ai donné cent cinquante dollars pour se renipper et chercher un boulot régulier. Elle l'a fait, apparemment.

— Tu deviens généreux, en vieillissant !

Sa plaisanterie me rappela le sarcasme de Velda et je me hérissai.

— Toi aussi ! Nom de Dieu, est-ce que je ne peux pas jouer les bons Samaritains une fois de temps en temps sans que tout le monde ricane ? C'était une horizontale, d'accord, mais elle avait l'air d'une bonne gosse et j'ai fait quelque chose pour elle. Elle était tellement heureuse qu'elle a peut-être oublié d'ouvrir les yeux, en traversant la rue, et voilà ce qui est arrivé ! Chaque fois que je touche à quelque chose, je provoque une calamité !

— Hé ! minute, Mike, ne t'emballe pas. Je sais ce que tu ressens... Et je n'avais pas l'intention de te vexer.

— Ah ! ça va, Pat, c'est moi qui m'excuse. Cette histoire m'a mis en boule.

— Tu m'as toujours fourni un point de départ. Si elle a acheté des vêtements neufs, nous pouvons en trouver l'origine. Avec un peu de veine, nous mettrons la main sur ses vieilles frusques et suivrons les marques de blanchisseuse. Attends-moi ici, Mike.

Je passai cinq minutes à maudire les parents qui mettent des gosses au monde et ne sont pas fichus de les empêcher de mal tourner. Une sale façon de mourir. Sans même un nom. Juste un trou, et la terre par-dessus. Personne autour, à part les vers, et les vers ne pleurent pas. Mais Pat découvrirait son identité, et un couple de parents pour verser les larmes. Ça ne changerait rien, bien sûr, mais j'aurais le sentiment d'avoir fait quelque chose.

Pat revint avec sa tête des mauvais jours.

— Ils y ont pensé, annonça-t-il. Les employés des magasins ont tous dit la même chose... Elle est repartie avec les vêtements neufs sur le dos, et les vieux sous le bras.

— Elle a donc dû les déposer chez elle.

— Oui. Elle n'avait aucun paquet avec elle lorsqu'on l'a retrouvée.

— Je n'aime pas beaucoup ça, Pat. Quand une femme de son âge fait peau neuve, elle ne regarde même plus ses vieux vêtements, et ceux qu'elle avait dataient de l'année dernière. Elle a dû s'en débarrasser quelque part.

Pat saisit un bloc-notes.

— Le mieux que nous puissions faire est de publier sa photo et de souhaiter que quelqu'un la reconnaisse. Et nous allons procéder à une enquête dans le voisinage de l'endroit où tu l'as rencontrée. Ça te va ?

— Oui. C'est tout ce qu'on peut faire, je suppose.

Il tourna les pages de son bloc, mais, avant que j'aie pu lui dire où se trouvait le bistro, un type en blouse blanche entra dans le bureau et lui remit un rapport. Pat y jeta un coup d'œil. Puis il leva la tête et me regarda de travers.

J'ouvris la bouche pour lui demander quelle mouche le piquait, mais il me tendit la feuille et fit signe au technicien du labo de se retirer. Le rapport concernait ma rouquine. Il n'ajoutait rien à ce que Pat m'avait dit, mais quelqu'un avait griffonné, dans le bas de la page, qu'il y avait à peu près autant de chances qu'il s'agisse d'un meurtre que d'un accident. Le cou de la victime avait été brisé d'une manière assez suspecte.

Pour la première fois depuis que je le connaissais, Pat se conduisit comme un vulgaire flic.

— Pas mal, ton histoire, Mike. Mais si c'est tout ce que tu as trouvé...

— Va te faire voir, Pat ! coupai-je.

Je savais ce qui se passait dans ce cerveau officiel.

— Je me souviens d'un temps où tu étais un type à la hauteur, Pat, grondai-je. Je me souviens d'un temps où tu me rendais service, et où je te rendais service sans poser de questions. Est-ce que je t'ai jamais joué de sales tours ?

Il essaya de parler, mais je l'interrompis :

— Bien sûr, il nous est arrivé une ou deux fois de n'être pas tout à fait d'accord, mais tu me mets le grappin dessus avant même de savoir ce qui se passe. Ouais, je connais le refrain. Tous les flics chantent le même : je n'ai pas le droit de garder quoi que ce soit pour moi... Tout ce que je peux faire, c'est protéger mes clients. Mais, encore une fois, est-ce que je t'ai jamais laissé tomber avec une sale histoire sur les bras ?

Pat sourit :

— O.K., Mike, je rentre sous terre. Mais fais-moi l'amitié d'admettre que j'avais des raisons de me méfier. Quand tu es dans le bain, c'est toujours jusqu'au cou, et, dans ces cas-là, tu ne te gênes pas pour me soutirer les renseignements qui te sont nécessaires. Je ne t'en veux d'ailleurs pas pour ça. Mais, contrairement à toi, il y a des tas de gens auxquels je dois rendre des comptes...

Il continua de parler, mais je ne l'écoutais plus. Je revoyais la Rouquine baiser le bout de son doigt et sourire comme je savais qu'elle n'avait pas souri depuis longtemps. Et j'éprouvais une drôle de sensation au creux de l'estomac, parce que je revoyais aussi le métèque au ricanement perpétuel porteur d'un 32 sous son aisselle gauche. Il y avait eu de la terreur dans les yeux de la Rouquine lorsqu'elle l'avait regardé. Je sentis mes ongles s'enfoncer dans mes paumes et jurai entre mes dents. C'était toujours ainsi que ça commençait. Une colère aveugle, homicide, qui me donnait envie de sauter à la gorge du ou des salauds en cause et de serrer jusqu'à ce qu'ils ne respirent plus. Je savais très bien, d'ores et déjà, qu'ils pouvaient biffer tout ce qui précédait ou suivait le mot « meurtre », et le mot « meurtre » lui-même, pour le récrire en gros, à l'encre rouge, en travers de la page.

— Qu'est-ce qui te fait penser qu'il s'agit d'un meurtre, Mike ? disait Pat.

L'animal ne m'avait pas quitté des yeux.

Je rejetai le rapport sur son bureau.

— Je ne sais pas, mais quelle importance ? Quand on est mort, on est mort, et rien ne peut vous faire revenir à la vie.

— Pas d'échappatoires, Mike, veux-tu ? Que sais-tu de plus que moi ?

— Je sais à quoi elle ressemblait lorsqu'elle était en vie. C'était une bonne gosse.

— Ensuite ?

— Ensuite, rien. Si c'est un accident, personne n'y peut rien. Si c'est un meurtre...

— Ouais, Mike. Je connais ton refrain, moi aussi... Si c'est un meurtre, tu vas rechercher le salaud qui a fait le coup et lui frotter les oreilles avec tant de gentillesse que lui aussi s'en sortira avec le cou cassé...

— Ouais, dis-je.

— Mike.

— Ouais ?

— Si c'est un meurtre, l'affaire ressortit à ma section. Ce n'est sans doute pas un meurtre, mais, si c'en est un, n'en fais pas encore un match-poursuite, Mike. C'est assez d'une fois... Où l'as-tu rencontrée ?

— Dans un bistro de la Troisième Avenue, sous le métro aérien. L'endroit exact, je ne m'en souviens pas, parce que j'étais claque, mais je le retrouverai facilement.

— Tu ne cherches pas à gagner du temps, par hasard ?

— Mais si, voyons. Boucle-moi pour entrave à la marche de la justice. J'aurais dû prévoir qu'elle se ferait buter et t'emprunter ton calepin.

— Trêve de plaisanteries, Mike.

— Je t'ai dit que je le retrouverai, oui ou non ?

— Ça va. Pendant ce temps-là, nous allons procéder à l'autopsie et rechercher ses vieux vêtements. Dès que tu auras retrouvé l'endroit, passe-moi un coup de fil. Je le retrouverais probablement sans ton aide, mais tu peux le faire plus vite... si tu le veux.

— Sûr ! approuvai-je.

Je souris et lui serrai la main et le quittai bien sagement alors que j'avais envie de tout casser. Je n'aime pas perdre mon sang-froid de cette manière, mais c'était plus fort que moi. Et c'est pareil à chaque fois que je flaire un meurtre.

Je redescendis au rez-de-chaussée et demandai au sergent de garde l'adresse de Jake Larue. Il me donna son numéro de téléphone ; je le remerciai et gagnai la plus proche cabine. La femme de Jake dut le réveiller pour qu'il puisse me répondre et il était déjà de mauvais poil lorsqu'il vint au bout du fil.

— Ici, Mike Hammer, Jake. Qu'est devenu le zigoto que je t'ai passé l'autre soir ?

Jake jura grossièrement.

— T'aurais mieux fait de rester couché, Mike.

— Pourquoi ?

— Il avait un permis de port d'arme, et ça aurait pu me coûter cher.

— Sans blague ! Ils donnent des permis à des gars comme ça, maintenant ?

— Des clous ! Il s'appelle Feeney Last, et il est au service du vieux Berin-Grotin, dans l'Ile, en qualité de chauffeur et de garde du corps...

Je sifflai entre mes dents et raccrochai le récepteur. Ainsi, les tueurs avaient des permis de port d'arme, à présent ! Après ça, il n'y avait plus qu'à tirer l'échelle.

2

Il était un peu plus de quatre heures lorsque je réintégrai mon bureau.

— Pat vient de téléphoner, annonça Velda.

— En vous disant de me dire d'être bien sage, je suppose.

— Quelque chose comme ça. Alors, comment s'appelait-elle ?

— Sais pas. Mais je le saurai.

— Mike, c'est vous le patron et ça m'ennuie de vous parler ainsi, mais il y a de bonnes affaires en vue et vous êtes en train de perdre votre temps sans profit pour personne.

Je jetai mon chapeau sur sa table.

— Qui dit meurtre dit profit possible, mon enfant, répliquai-je.

— Mais qui parle de meurtre ?

— Moi.

Je me vautrai dans mon fauteuil et m'étirai consciencieusement. Velda me laissa bâiller tout mon saoul et dit :

— Que cherchez-vous, Mike ?

— Un nom, fillette. Rien qu'un nom pour une pauvre gosse qui est morte incognito. Idiot, pas vrai ? Mais je ne peux pas dire au fleuriste de marquer « A la Rouquine » sur la couronne... Que vous inspire le nom de Berin-Grotin, Velda ?

Elle hésita un instant. Sans doute cherchait-elle à intercepter mon regard, mais j'observais, au plafond, les ébats d'une mouche.

— Vous voulez certainement parler d'Arthur Berin-Grotin. C'est un vieil homme du monde de soixante-dix ou quatre-vingts ans, jadis célèbre dans tout Broadway pour ses bombes fastueuses et sa générosité. Puis l'âge est venu, et il a acheté une conduite...

— Pourquoi diable un type comme ça aurait-il besoin d'un garde du corps ? m'informai-je.

Velda fouilla dans sa mémoire.

— Si mes souvenirs sont exacts, sa propriété a été cambriolée plusieurs fois, dans l'Ile. Vu son grand âge, il est normal qu'il ait engagé un garde du corps. Le plus drôle est qu'à chaque fois le cambrioleur aurait pu obtenir ce qu'il désirait en frappant simplement à la porte d'entrée. Arthur Berin-Grotin est la plus grande poire en même temps qu'un des plus grands philanthropes de la ville.

— Grosse fortune ?

— Énorme.

— D'où vous vient cette science ?

— Si vous lisiez autre chose, dans les journaux, que les aventures de Popeye ou de Donald Duck, vous en sauriez autant que moi. Sa photo paraît dans les journaux aussi souvent que celle d'Orson Welles. Il est apparemment très imbu de l'honneur de la famille. Lorsqu'il n'est pas en procès avec un imbécile quelconque pour diffamation, il déshérite un parent éloigné pour avoir souillé le noble nom de Berin-Grotin. Il y a un mois, il a financé un hôpital d'un million de dollars ou je ne sais quoi du même genre. Attendez...

Elle se leva et feuilleta un tas de vieux journaux.

— Voilà quelque chose qui le concerne, dit-elle au bout d'un moment.

La photo avait été prise dans un cimetière. Sur un fond de monuments et de pierres tombales, se dressait un grand mausolée. Deux ouvriers juchés sur un échafaudage ajustaient une plaque de marbre. A droite de la photo, un dessin représentait le futur monument. C'était quelque chose dans le genre temple grec classique. Arthur Berin-Grotin ne tenait certes pas à coucher à la belle étoile après sa mort !

Velda replia le journal et le rejeta sur la pile.

— C'est un client, Mike ?

— Non. J'ai entendu prononcer son nom, par hasard. Simple curiosité.

— Vous mentez.

— Et vous, vous oubliez le respect que vous devez à votre patron ! ricanai-je.

Elle me tira la langue et retourna s'asseoir à son bureau. Je lui donnai quartier libre, enfonçai mon chapeau sur mon crâne et m'esquivai. J'entrai dans le premier bar et commandai de la bière. J'avais besoin de reprendre mon souffle.

J'en étais à mon troisième verre lorsqu'un crieur entra dans l'établissement avec le journal du soir. Pat avait fait du bon boulot. La photo de la morte s'étalait en première page, avec la légende : « Connaissez-vous cette jeune femme ? » Sûr, que je la connaissais, la Rouquine. Jamais je ne pourrais l'oublier. Et d'autres que moi se donneraient probablement beaucoup de mal, en ce moment même, pour oublier qu'elle avait existé.

Je fourrai le journal dans ma poche et gagnai ma voiture. La circulation était si intense que, lorsque j'atteignis la Troisième Avenue, il était près de six heures. Je retrouvai facilement le bistro en question et parquai ma bagnole juste devant la porte. Puis j'entrai, m'installai sur un tabouret, pliai le journal de manière que la photo de la Rouquine soit clairement visible et le posai sur le comptoir. Shorty servait un consommateur, à l'autre extrémité de la salle. Il ne m'avait pas encore vu.

Lorsqu'il m'aperçut, il changea de couleur et parut ne plus pouvoir détacher ses yeux de mon visage.

— ... C'que vous voulez ? demanda-t-il enfin.

— Des œufs au bacon. Pas trop cuits. Et du café.

Il se pencha pour prendre des œufs sous le comptoir. L'un d'eux lui échappa, mais il ne sembla même pas le remarquer. Deux fois de suite, je le surpris en train de m'observer dans un miroir. Il faillit casser les œufs en dehors de la poêle.

Shorty n'avait pas l'air du tout dans son assiette. Et, lorsqu'il dut repousser le journal pour poser mes œufs devant moi et qu'il aperçut la photo de la Rouquine, je crus qu'il allait tourner de l'œil.

— Ce qu'il y a d'épatant, avec les œufs, dis-je d'un ton léger, c'est qu'on peut leur faire n'importe quoi, ils restent toujours des œufs.

Shorty se contenta de me regarder sans chercher à m'interrompre.

— Ouais, les œufs sont des œufs. De temps en temps, cependant, on tombe sur un œuf pourri. As-tu jamais écrabouillé un œuf pourri, Shorty ? Ils font floc et empoisonnent l'atmosphère. Y a rien qui me mette en boule comme de tomber sur un œuf pourri.

J'avais presque terminé mon assiette lorsque Shorty me demanda :

— T'es un flic, pas vrai ?

— J'ai un insigne dans mon portefeuille... et un pétard sous le bras.

— Détective privé, hein ? s'esclaffa-t-il, partiellement soulagé.

Je posai ma fourchette et le regardai.

— Shorty, j'ai bonne envie de te casser la gueule, histoire de rigoler. Tu passes peut-être pour un dur, mais, si je me mets en tête de te rectifier le portrait, tu en voudrais à ta mère de t'avoir jamais mis au monde. Je m'appelle Mike Hammer, mon pote. Tu dois avoir entendu parler de moi. J'adore discuter gentiment avec les gros malins de ton espèce.

Pour la seconde fois, il changea de couleur.

Je lui montrai la photographie et posai mon doigt sur la question qui la soulignait. Shorty savait que je ne plaisantais plus. Je commençais à perdre mon sang-froid et il le savait, et il n'était pas rassuré. Néanmoins, il haussa les épaules.

— Eh bien ! quoi ? Je sais pas qui elle est.

— Ce n'était pas la première fois qu'elle venait ici.

— Non, ça faisait un peu plus d'une semaine que je la voyais. Une ou deux fois elle a essayé de raccrocher mes clients, et je l'ai jetée dehors. Tout le monde l'appelait la Rouquine. C'est tout ce que je sais.

— Tu as déjà fait de la prison, pas vrai, Shorty ?

Ses lèvres se retroussèrent.

— Salaud ! gronda-t-il.

Je l'attrapai par le col de sa chemise et l'attirai contre le comptoir.

— Quand un type sort de taule, il arrive qu'il marche droit. Il arrive encore plus souvent qu'il fasse le contraire. Je parie que, si les flics décidaient d'y regarder d'un peu plus près, il ne leur faudrait pas plus d'une semaine pour boucler ta boîte et te renvoyer d'où tu viens.

— Puisque je te dis que je sais rien. Si je savais quelque chose, j'te le dirais tout de suite. J'veux pas d'embêtements.

— Tu te rappelles le métèque que j'ai vidé l'autre soir. Il s'appelle Feeney Last. Combien de fois est-il venu ici ?

Shorty se lécha nerveusement les lèvres.

— Deux ou trois fois, peut-être, je sais pas au juste. Il cherchait la Rouquine, un point c'est tout. Il n'a même jamais mangé ici.

Je le lâchai, jetai un demi-dollar sur le comptoir et me levai.

— Si je découvre que tu en savais plus long que tu m'en as dit, tu ne tarderas pas à avoir un nouveau visiteur. Un gentil petit visiteur en costume de flic. Mais, quand il te mettra la main dessus, tu auras beaucoup de mal à lui répondre, parce que, d'ici là, je t'aurai enfoncé les dents jusqu'aux amygdales.

Au moment où j'allais sortir, il me rappela.

— Eh, mon pote !

Je me retournai.

— Je... je crois qu'elle avait une chambre quelque part au coin de la rue. A droite en sortant.

Il n'attendit pas ma réponse pour disparaître derrière son comptoir, sous prétexte de ramasser l'œuf qu'il avait laissé choir.

Je remontai la Troisième Avenue jusqu'au coin de la première rue transversale. Il aurait fallu plus d'une semaine pour explorer les meublés, qui abondaient dans le voisinage, et je n'étais pas d'humeur à me balader de porte en porte.

Devant un kiosque à journaux, je repérai trois jeunes blancs-becs en costumes de sport aux couleurs sensationnelles qui criaient des saletés à toutes les passantes. Une blonde aux formes opulentes gifla le plus proche et reçut en réponse son pied quelque part. Elle n'insista pas.

Je traversai la rue et m'arrêtai devant le gosse, qui tenait sa joue. J'entrouvris ma veste pour lui permettre d'apercevoir la courroie du baudrier de mon 45. Dès qu'ils surent que je portais un pétard, ils me regardèrent comme un demi-dieu. Celui qu'avait giflé la blonde en oublia même de frotter sa joue. Ainsi va le monde !

— Y a une chouette petite rousse qui crèche dans le coin, mon pote, lui dis-je en clignant de l'œil. Sais-tu où je pourrais la trouver ?

Fier de s'entendre parler d'homme à homme, le gosse me rendit mon œillade.

— Ouais, elle avait une piaule dans le garni de la mère Porter, riposta-t-il d'une voix canaille en roulant des épaules rembourrées. Mais c'est pas la peine d'y aller voir. Cette petite tordue-là s'est fait f... en l'air hier soir. Sa photo est dans tous les journaux.

— Sans blague ? Quelle poisse !

Il me poussa du coude et me jeta un regard entendu.

— Elle était bonne à rien de toute manière. Mais, si tu veux une vraie poupée, je connais une adresse dans la Vingt-Troisième...

— Un autre jour, mon pote. Autant que je fasse un tour dans le quartier pendant que j'y suis.

Je lui glissai une pièce.

— Va boire un verre avec tes copains.

Je m'éloignai en souhaitant que la première gorgée les étouffe.

Martha Porter était une sorte de mammouth d'une cinquantaine d'années qui débordait d'une robe aussi grande qu'une tente-abri. La majeure partie de ses cheveux formait sur sa nuque un chignon énorme, tandis que le reste se promenait au petit bonheur en travers de son visage.

— Vous cherchez une chambre ou une fille ? s'informa-t-elle.

Je lui tendis un billet de dix dollars.

— J'ai vu la fille. Maintenant, je veux voir la chambre.

Elle commença par faire disparaître le billet.

— Pourquoi ?

— Parce qu'elle m'a soulevé du pognon et des papiers importants et qu'il faut que je les retrouve.

Elle ricana avec indifférence.

— Ah ! encore une ! Eh bien ! vous retrouverez peut-être vos papiers, mais sûrement pas votre galette. Elle est arrivée ici avec les frusques qu'elle avait sur le dos et deux dollars dans son portefeuille. J'ai pris les deux dollars pour la chambre. Et c'est tout ce qu'elle m'a jamais versé.

— D'où venait-elle ?

— J'en sais rien et je lui ai pas demandé. Elle avait deux dollars et c'était ce que coûtait la chambre. D'avance, puisqu'elle avait pas de bagages.

— Comment s'appelait-elle ?

— Sais pas, et je vois pas pourquoi je le lui aurais demandé. Elle m'aurait dit qu'elle s'appelait Smith, ou quelque chose comme ça. Si vous voulez voir la chambre, c'est au premier étage, dans la cour. J'y suis pas montée depuis qu'elle s'est fait tuer. Dès que j'ai vu sa photo dans les journaux, je me suis doutée qu'il viendrait quelqu'un tôt ou tard. Toutes ces garces-là me font mal au ventre.

Il n'y avait qu'une porte sur le palier indiqué. J'entrai et repoussai le battant derrière moi.

Celui qui avait fouillé la chambre connaissait certainement son boulot.

Le matelas gisait à terre, vidé de son contenu. Les quatre tiroirs de la commode avaient été renversés et superposés pour permettre au visiteur d'examiner la moulure qui marquait la limite du plafond. Le linoléum lui-même avait été arraché du parquet, et l'unique placard retourné de fond en comble. Pas d'erreur, c'était du beau travail. Et, pourtant, je ne tardai pas à sourire, car, après avoir fouillé dans les endroits les plus invraisemblables, ils avaient démoli tout le reste, allant jusqu'à élargir un trou de souris qui béait dans la plinthe. Cet acharnement signifiait sans doute qu'ils n'avaient pas trouvé ce qu'ils cherchaient.

Je poussai du pied le bric-à-brac étalé sur le plancher, mais il n'y avait pas grand'chose à voir. De vieux magazines, un journal ou deux, quelques sous-vêtements et objets divers qui avaient dû se trouver dans les tiroirs. Un manteau gisait à terre, toutes coutures arrachées, doublure en lambeaux. Quelqu'un avait fait ample usage d'un couteau acéré.

Puis le vent bouscula la laine éparse du matelas et je m'approchai de la fenêtre ouverte. Elle donnait sur un escalier d'incendie et avait été proprement forcée. Près d'elle, sur le plancher, je trouvai un peigne en matière plastique. Je le ramassai ; il faillit m'échapper, tant il était graisseux. Quelques cheveux noirs étaient enroulés autour de ses dents. Je l'approchai de mes narines.

Il empestait la brillantine. Une brillantine à bon marché. Une brillantine de métèque. Je n'en étais pas certain, mais je pourrais toujours m'en assurer. Je retrouvai la grosse dans le corridor et lui décrivis l'état des lieux. Elle poussa un hurlement et se rua dans l'escalier, ébranlant tout le bâtiment.

C'était assez pour aujourd'hui. Je rentrai chez moi et me couchai. Mais la Rouquine hanta mon sommeil et je ne dormis guère.

A six heures et demie, le réveil m'arracha à mes cauchemars et je me retrouvai debout sur la descente de lit, tremblant comme un chaton égaré dans un chenil. Je me précipitai sous la douche, me rasai de près, déjeunai et fis l'inventaire de ma garde-robe.

Aujourd'hui, le trente et un était de rigueur. J'étalai mon meilleur costume sur le lit et, pour une fois, accordai une certaine attention à l'harmonie de l'ensemble. Lorsque j'eus enfilé le tout et donné un coup de brosse à mes chaussures, j'avais l'air presque convenable. Suffisamment, du moins, pour la visite que je m'apprêtais à faire.

Je trouvai le nom d'Arthur Berin-Grotin dans l'annuaire de Long Island. Neuf heures et demie venaient de sonner lorsque je lançai ma bagnole sur la route de l'Ile, reniflant avec délices la brise iodée qui soufflait de l'Océan. Une heure plus tard, suivant les indications d'un majestueux poteau indicateur, je quittai la route et, par un long chemin carrossable aux proportions d'autostrade, atteignis bientôt le but de mon voyage. Bien qu'extrêmement luxueuse, la maison n'offrait pas cet aspect tape-à-l'œil des résidences de nouveaux riches. Au sud, toutes les fenêtres étaient garnies de vitres fumées pour filtrer la lumière crue du soleil. Je m'arrêtai sous l'arche d'un portique, stoppai le moteur et sautai à terre. J'appuyai légèrement sur le bouton de cuivre de la sonnette et perçus, à l'intérieur de la maison, les vibrations mélodieuses d'un carillon électrique. Le maître d'hôtel qui vint ouvrir la porte était si vieux et si petit qu'il dépassait à peine la poignée monumentale. Il avait l'air si faible que j'entrai avant qu'un courant d'air refermât la porte et lui dédiai mon plus beau sourire.

— Je voudrais voir M. Berin-Grotin, s'il vous plaît.

— Oui, monsieur. Votre nom, je vous prie ?

Il caquetait comme une vieille poule.

— Michael Hammer, de New York.

Le vieillard prit mon chapeau et m'introduisit dans une immense bibliothèque lambrissée de chêne sombre.

— Si Monsieur veut bien attendre ici, je vais informer mon maître de votre arrivée. Il y a des cigares sur cette table.

Je le remerciai, me carrai dans un vaste fauteuil de cuir et regardai autour de moi pour voir comment vivaient ces gens de la haute société. Pas mal, pas mal... Je choisis un cigare, en mordis l'extrémité et cherchai un endroit où la recracher. Le seul cendrier disponible était une délicate poterie de Wedgewood et je me serais fait pendre plutôt que de souiller une telle merveille. La vie des gens de la haute n'est peut-être pas tellement enviable, après tout. Des pas retentirent dans le hall, à l'extérieur de la bibliothèque, et je n'eus d'autre ressource que d'avaler ce maudit bout de cigare pour m'en débarrasser.

Arthur Berin-Grotin entra, et je me levai. Qu'on le veuille ou non, il y a des gens qui inspirent le respect, et Berin-Grotin était un de ceux-là. C'était un vieillard, bien sûr, mais les années avaient été gentilles avec lui. Son dos n'était point voûté, et ses yeux étaient aussi vifs que ceux d'un jeune garçon. Il devait mesurer près d'un mètre quatre-vingts, et sa belle chevelure blanche ajoutait encore à sa taille.

— Monsieur Berin-Grotin ? m'informai-je.

— Oui. Bonjour, monsieur.

Il me tendit la main et je la lui serrai.

— J'aimerais mieux que vous utilisiez seulement la première moitié de mon nom, ajouta-t-il. Ces noms à trait d'union m'ont toujours exaspéré, et, puisque j'en porte un moi-même, je trouve préférable de le raccourcir. Que puis-je faire pour vous, monsieur Hammer ?

Contrairement à celle de son maître d'hôtel, sa voix était agréable et nullement chevrotante. Aussi ferme et franche que sa façon de vous serrer la main. Il prit un siège et me fit signe de me rasseoir. Je ne m'embarrassai point de préambules et de circonlocutions.

— Je suis détective, monsieur Berin. Je ne suis pas exactement sur une affaire, mais je cherche quelque chose. Une identité. Une jeune femme a été tuée l'autre jour, en ville, par un chauffard. C'était une prostituée rousse, et personne ne connaît son nom.

— Ah ! parfaitement. J'ai vu cela dans le journal. Vous avez une raison de vous intéresser à elle ?

— Oui et non. Je lui ai donné un peu d'argent pour lui permettre de repartir d'un bon pied, et, le lendemain, elle a été tuée. J'essaie de découvrir son identité. Il n'est pas gai de mourir sans que personne sache que vous êtes mort.

Le vieillard ferma les yeux et parut touché.

— Je vous comprends, monsieur Hammer. J'y ai souvent pensé moi-même et c'est ce que je crains le plus. J'ai survécu à ma femme, à mes enfants, et, lorsque je mourrai, personne ne sera là pour pleurer sur ma tombe.

— J'en doute, monsieur.

Il sourit.

— Merci. Quoi qu'il en soit, dans ma vanité, je fais ériger un monument qui, de temps à autre, rappellera mon nom à l'attention du public.

— J'ai vu la photographie du caveau dans les journaux.

— Peut-être vous semblé-je morbide ?

— Pas le moins du monde.

— On prépare sa maison pour toutes les phases de l'existence... Pourquoi pas pour la mort ? Mon absurde nom à trait d'union mourra avec moi, mais du moins restera-t-il en vue pendant bien des générations à venir. C'est assez ridicule de ma part, je vous l'accorde, mais je mets cela sur le compte de l'orgueil. Orgueil de porter un nom qu'ont porté avant moi plusieurs hommes illustres. Orgueil de famille. Orgueil de l'œuvre accomplie. Mais vous n'êtes pas venu pour m'entendre parler de mes préparatifs funéraires. Vous disiez que cette... jeune femme...

— Personne ne semble la connaître. La veille de sa mort, votre chauffeur lui a cherché querelle dans un bistro où je me trouvais par hasard.

— Mon chauffeur ?

Il paraissait stupéfait.

— Oui, Feeney Last, pour être plus exact.

— Comment cela s'est-il passé ?

— Il importunait la Rouquine et je lui en ai demandé raison. Il a essayé de dégainer son pétard et je lui ai cassé la figure. Ensuite, je l'ai remis entre les mains des flics en leur disant de le coffrer pour port d'arme prohibé et ils se sont aperçus qu'il était parfaitement en règle.

Ses sourcils blancs se rejoignirent.

— Vous... vous croyez qu'il aurait tiré ?

— Je n'en sais rien. Je n'ai pas voulu en courir le risque.

— Je sais qu'il était en ville, ce soir-là. Je n'aurais jamais cru qu'il se conduirait de cette façon ! Avait-il bu ?

— Il ne m'en a pas donné l'impression.

— De toute manière, c'est inexcusable. Peut-être vaudrait-il mieux que je le renvoie ?

— C'est à vous d'en décider. Si vous avez besoin d'un dur pour vous protéger, c'est certainement l'homme qu'il vous faut.

— J'ai été cambriolé plusieurs fois et, bien que je ne conserve jamais de grosses sommes chez moi, je possède un certain nombre d'objets de valeur qu'il me déplairait de voir disparaître.

— Où était-il, la nuit où cette pauvre fille a été tuée ?

Il n'était pas difficile de deviner à quoi je pensais, et le vieillard secoua la tête.

— J'ai bien peur que vous ne deviez abandonner cette idée, monsieur Hammer. Feeney ne m'a pas quitté de l'après-midi ni de la soirée. Nous sommes allés à New York ce jour-là, car j'avais plusieurs rendez-vous. Nous avons dîné à l'*Albino Club,* puis nous sommes allés au théâtre et nous sommes retournés à l'*Albino* pour manger quelque chose avant de rentrer à la maison. Feeney ne m'a pas quitté d'une seule minute.

— En tant que chauffeur !

— Non, en tant que compagnon. Ici, à la campagne, Feeney revêt sa livrée de chauffeur lorsque je rends des visites, parce que cela choquerait tout le monde s'il ne le faisait pas. Mais, lorsque je vais en ville, je préfère avoir quelqu'un à qui parler et Feeney reste en civil, si j'ose m'exprimer ainsi...

— Je vois.

Il n'y avait rien à faire contre un alibi tel que celui-là. Je savais parfaitement que le vieux gentleman ne mentait pas, mais j'avais un goût amer dans la bouche. J'avais espéré pouvoir coller quelque chose sur le dos de ce sale métèque.

— Je comprends vos soupçons, reprit doucement M. Berin. La conduite de Feeney ce soir-là n'était certainement pas faite pour vous inspirer confiance. Mais n'a-t-elle pas été renversée et tuée par un chauffard ?

— C'est ce que disent les journaux. Personne n'a vu l'accident se produire. Alors, comment peuvent-ils en être sûrs ? Elle m'a fait l'effet d'une brave gosse et je ne peux pas supporter de la voir enterrer au champ de navets.

Il passa une main tremblante sur son visage et me regarda.

— Monsieur Hammer... si je puis vous être utile... en payant, par exemple, les frais d'un enterrement... chrétien. Je serais heureux que vous y consentiez. Quand je pense à mon somptueux tombeau, je suis... un peu honteux, vous comprenez, et...

Je l'interrompis d'un hochement de tête.

— Je préférerais le faire moi-même, mais je vous remercie de l'intention. Il vaudrait mieux, évidemment, que je puisse retrouver sa famille...

Le maître d'hôtel apporta du brandy. Nous bûmes à nos santés respectives et vidâmes nos verres. C'était du brandy de première, et je m'y connais. Mais je ne l'appréciai qu'à demi, parce que la piste que j'avais cru pouvoir suivre s'arrêtait là. Ou presque. Le métèque pouvait, malgré tout, connaître l'identité de la Rouquine.

— Où avez-vous déniché ce Feeney Last ? dis-je brusquement.

— Il m'a été chaudement recommandé par une firme qui avait utilisé ses services dans le passé. J'ai fait mener sur son compte une enquête approfondie et le rapport a été favorable. De quelle nature pouvaient bien être ses relations avec la morte ? Avez-vous une idée quelconque à ce sujet ?

— Ma foi non. Peut-être avait-il simplement recours à ses services. Où est-il actuellement, monsieur Berin ?

— Il est parti pour le cimetière ce matin de bonne heure avec la plaque qui porte mon nom. Je lui ai donné instructions de rester là-bas et de veiller à ce qu'elle soit correctement posée. Il ne reviendra pas avant cet après-midi.

C'était tout ce que je désirais savoir.

— Je vais pousser une pointe jusque-là, déclarai-je. Où est le cimetière ?

Il se leva et nous nous dirigeâmes vers la porte de sortie. Le petit maître d'hôtel jaillit de je ne sais où et me tendit mon chapeau.

— Reprenez le chemin de la ville, expliqua M. Berin. Le cimetière se trouve à proximité du premier carrefour, à l'ouest du village. Le gardien vous conduira à l'endroit voulu...

Je le remerciai et nous nous serrâmes la main. Il était toujours là, debout sur le perron, lorsque je démarrai, et j'agitai le bras, en signe d'adieu. Je vis, dans le rétroviseur, qu'il me rendait la politesse.

Le gardien du cimetière ne fut que trop heureux de me montrer toutes ses belles pierres tombales et les fosses nouvellement creusées sur lesquelles s'élevaient d'immortels chefs-d'œuvre. Pour un beau cimetière, c'était un beau cimetière. Et, d'après les noms gravés sur tous les caveaux de famille, ce n'était pas le premier venu qui pouvait s'en venir pourrir dans son sol fastueux.

Mon guide prit grand soin d'attirer mon attention dans la direction opposée jusqu'à ce que nous fussions parvenus au pied d'une petite colline, que couronnait une acropole en miniature.

— Et voici, dit-il alors avec un geste large, le monument qui perpétuera le souvenir d'un grand homme : M. Arthur Berin-Grotin. Peu d'hommes méritent autant que lui de garder une place dans les cœurs de leurs prochains.

Je crus un instant qu'il allait fondre en larmes.

— Un homme très intelligent, continua-t-il. Il arrive trop souvent que de grands noms soient perdus pour la postérité. Mais M. Berin-Grotin...

— Berin, rectifiai-je.

— Ah, vous le connaissez donc ?

— Un peu. Pensez-vous que je puisse aller voir ça de plus près ?

— Oh ! certainement.

Il ouvrit la portière de ma voiture.

— Venez, je vais vous conduire.

— J'aimerais mieux y aller seul. Je n'aurai sans doute jamais l'occasion de revenir et... vous comprenez ?

Il approuva chaleureusement :

— Bien sûr. Il vous suffit de continuer tout droit. Moi, j'ai quelques concessions à voir par ici...

Je lui laissai le temps de s'éloigner entre les pierres tombales et montai le sentier. Les ouvriers travaillaient du côté opposé, et personne ne me vit approcher. Le caveau était un véritable temple aux longues colonnes fuselées, muni d'énormes portes de bronze massif entièrement ciselées à la main. Je ne compris que deux des mots gravés sur l'arche du portail : Berin-Grotin. Le reste était du latin et la clef de voûte représentait trois plumes disposées comme sur l'étiquette d'une grande marque de whisky. La plus grande au centre, toute droite, et les deux autres recourbées vers l'extérieur. Elles étaient si délicatement sculptées dans le marbre qu'on se serait attendu à les voir s'envoler au moindre souffle de vent. Rien d'affecté, rien d'ostensible : l'orgueil d'un nom et la grandiose simplicité de l'édifice inspireraient au public les conclusions adéquates.

Je contournai le monument et soudain me rejetai en arrière. Il était là, le métèque. En train d'injurier les ouvriers, pour une raison ou pour une autre.

Mais, cette fois, il portait un austère costume de gabardine et une casquette de chauffeur. L'un des ouvriers lui répondit de fermer sa gueule ; il ramassa une pierre et la jeta dans la direction de l'échafaudage.

Mû par une impulsion soudaine, je sortis de ma poche le peigne de matière plastique, m'accroupis et le lançai dans l'allée. Il glissa jusqu'aux pieds du métèque, heurta un petit caillou et s'arrêta. Feeney Last ne se retourna pas tout de suite, mais, lorsqu'il le fit, son soulier accrocha le peigne et le renvoya dans ma direction. Instinctivement, il porta la main à la poche de sa chemise, puis ramassa le peigne, le passa dans ses cheveux et le rendit à sa poche.

Il ne m'en fallait pas davantage. C'était bien le métèque qui avait boule-versé la chambre de la Rouquine.

— Hello, Feeney, dis-je.

Il sursauta, me reconnut, montra les dents, rugit :

— Enfant de putain !

Nous comprîmes tous les deux la même chose en même temps : pas de revolvers. Cette perspective dut plaire à Feeney, car son rictus se transforma en un sourire sardonique, et ce fut d'un geste très naturel qu'il plongea sa main droite dans sa poche. Est-ce que, par hasard, il me prenait pour un bleu ? Tout aussi naturellement, je déboutonnai mon beau veston neuf et m'adossai au mur de marbre.

— Qu'est-ce que tu veux, mouchard ?

— Toi, métèque de mon cœur.

— Tu me crois si facile à prendre ?

— Bien sûr.

Son sourire s'accentua.

— Je suis monté chez la Rouquine, hier soir. Qu'y as-tu cherché, Feeney ?

Son sourire disparut. Une lueur de folie homicide s'alluma dans son regard.

— Il y avait un peigne, sur le plancher, près de la fenêtre. Quand tu t'es courbé en deux pour ressortir, il a glissé de ta poche. C'est le peigne que tu viens de ramasser...

Sa main jaillit de sa poche. La lame de son couteau jaillit de son manche. Je jaillis de mon veston et le lui jetai à la figure. Il manqua mon ventre de quelques centimètres. Bondissant en arrière, il recommença, mais j'eus plus de veine que la première fois. La lame s'enfonça dans l'étoffe de mon beau veston, je tirai violemment et le couteau lui échappa.

Feeney Last n'était pas un amateur, et mon bras droit était encore partiellement engagé dans la manche de mon veston. Avant que j'aie pu m'en débarrasser, il revint à la charge, frappant des deux poings. Je bloquai son gauche avec ma joue droite et sa droite avec mon menton. Puis je cognai à mon tour, au petit bonheur ; je touchai en pleine figure et, tandis qu'il s'en allait rebondir sur le mur du mausolée, je dégageai mon bras droit et fonçai comme un imbécile. J'aurais pourtant dû me méfier. S'arc-boutant contre le tombeau, il me décocha une ruade qui atterrit dans mon estomac et me fit rouler deux fois sur moi-même. Si j'avais pas continué à rouler, ses talons joints m'auraient rompu la colonne vertébrale. Mais Feeney était comme moi : trop pressé. Il voulut recommencer, je l'attrapai par un pied et sa tête alla faire connaissance avec le sol cimenté.

Plus d'erreurs, cette fois. Je pouvais à peine respirer, mais il me restait assez de force pour exécuter une clef au bras qui le fit hurler de douleur. Il resta comme ça, face contre terre et criant grâce, tandis que je m'asseyais sur son dos et tirais lentement sa main vers sa nuque.

— Qui était la Rouquine, Feeney ?

— Sais pas.

Un centimètre de plus vers la nuque. Son visage saignait d'avoir été frotté contre la pierre.

— Qu'est-ce que tu cherchais, Feeney ? Qui était-elle ?

— Sais pas, je le jure... Bon Dieu !... Arrête !

— J'arrêterai... quand tu te mettras à table.

Encore un centimètre. Il se mit à parler. Si bas que je l'entendis à peine.

— C'était... une grue... que j'avais connue, autrefois, sur la Côte. J'étais monté... chez elle, et elle m'avait volé... quelque chose, pendant mon sommeil... Je voulais... le récupérer.

— Qu'est-ce que c'était ?

— Des photos... d'un type avec une poule... dans une chambre d'hôtel. Il payait régulièrement... et elle me les avait prises...

— Qui était-elle ?

— Je sais pas, je le jure ! Je te le dirais, mais je sais pas. Oh ! bon Dieu de bon Dieu...

Pour la deuxième fois depuis que je le connaissais, Feeney tourna de l'œil. J'entendis des pas derrière moi et me relevai pour me trouver face à face avec deux ouvriers en salopettes. L'un d'eux avait le nez tuméfié et l'œil au beurre noir, et sa façon de tenir son marteau ne me disait rien qui vaille.

— Vous êtes dans le coup, les gars ?

Le type au visage meurtri secoua la tête.

— On voulait juste s'assurer qu'il avait son compte. C'est un salaud. Toujours à gueuler et à commander, et toujours prêt à cogner si ça va pas comme y veut. Si son patron était pas aussi chouette, y a longtemps qu'on en aurait joué un air.

L'autre approuva silencieusement.

Je renfilai ce qui restait de mon beau veston neuf, puis ramassai Feeney et le hissai sur mon épaule. Il y avait une fosse fraîchement ouverte, non loin de ma bagnole. Je me penchai en avant et Feeney alla s'aplatir deux mètres plus bas, dans la terre meuble. Si quelqu'un ne le découvrait pas avant la descente du cercueil qu'attendait cette fosse, un certain nombre de gens éprouveraient dans ce cimetière la plus belle trouille de leur vie.

Le gardien s'approcha pour me dire au revoir, lorsque je parvins à la sortie. Mais un seul coup d'œil à mon visage suffit pour qu'il demeurât figé sur place, la bouche démesurément ouverte.

— Pas aimables, tes macchabées, mon pote, lui criai-je.

3

Je passai chez moi pour changer de vêtements, cassai la croûte dans un petit restaurant et me rendis à mon bureau. Il était plus de cinq heures, mais Velda était encore là. Et Pat aussi. Il me sourit et nous échangeâmes une poignée de main.

— Qu'est-ce que tu fais ici ? lui demandai-je.

— Je suis monté en passant, pour vous donner les dernières nouvelles. Velda est d'excellente compagnie. Dommage que tu ne l'apprécies pas davantage.

— Je l'apprécie, mais elle ne me donne jamais l'occasion de le lui prouver.

Je lui jetai un coup d'œil et elle me fit une grimace.

— Quelles sont les nouvelles ?

— Nous avons trouvé le type qui a tué la Rouquine.

Mon cœur se mit à marteler mes côtes.

— Qui est-ce ?

— Un jeune crétin. Il était blindé, il roulait trop vite et venait de brûler un signal. Il a eu la vague impression de heurter quelque chose, mais, comme il était dans son tort, il a donné toute la gomme au lieu de s'arrêter. C'est son père qui nous l'a envoyé.

Je dus m'asseoir.

— Tu en es sûr, Pat ?

— Certain. C'est le seul accident signalé dans le secteur, cette nuit-là. Et nous avons les aveux du gosse. En outre, le labo a trouvé des traces de peinture sur la robe de la fille et des fragments de fibres textiles sur l'aile de la voiture. L'expert pense que la nature insolite de l'accident provient du fait qu'elle a été prise en écharpe et s'est cassé le cou en tombant sur le bord du trottoir.

— Mais il y aurait plaie, dans ce cas.

— Pas nécessairement. Le col de son manteau a empêché la peau de se déchirer. Les seules écorchures sont celles qui ont été causées par sa chute. Elle avait les genoux et la joue égratignés, c'est tout.

— Et l'identification ?

— Rien encore. Le bureau des disparitions enquête.

— Qu'ils aillent au diable !

J'allumai une cigarette. Pat me laissa faire, puis se leva et vint se planter devant moi.

— Mike, dit-il en me mettant la main sur l'épaule, il y a longtemps que je te connais. Et, malgré ce que je viens de te dire, tu crois toujours qu'elle a été assassinée, pas vrai ?

— Oui.

— Tu as une raison précise de le croire ?

— Non.

— Très bien. Si jamais tes idées s'éclaircissent, fais-le-moi savoir.

J'acquiesçai et levai les yeux, et notre vieille amitié était dans nos deux regards. Pat savait aussi bien que moi que, dans notre genre de profession, l'intuition est bien souvent le résultat de l'habitude et d'une longue expérience.

— Elle est à la morgue, à présent ? lui demandai-je.

Il acquiesça.

— Je veux la voir.

— O.K. Allons-y.

Je dis à Velda de rentrer chez elle et partis en compagnie de Pat. Ce fut à peine s'il ouvrit la bouche jusqu'à ce que nous fussions arrivés à destination. Il faisait froid, dans le vieux bâtiment de brique, un froid stagnant qui sentait la mort et les antiseptiques. Pat demanda au gardien la liste des effets personnels de la morte et nous attendîmes, sans dire un mot, tandis qu'il farfouillait dans un tiroir entrouvert. Le silence absolu qui régnait alentour me donnait la chair de poule.

Il n'y avait pas grand-chose. Ses vêtements ; mais tout le monde porte des vêtements. Un tube de rouge à lèvres, un poudrier, un peu d'argent ; quelques babioles sans importance, semblables à celles que toute jeune femme entasse dans son sac à main. Je rendis la liste au gardien.

— Rien d'autre ?

— C'est tout ce que j'ai, bâilla-t-il. Vous voulez la voir ?

— Si ça ne vous fait rien.

Il nous précéda tout au long des rangées de cases étiquetées, les effleurant du doigt comme un gosse fait courir une baguette sur les barreaux d'une grille. Lorsqu'il parvint à la section des « non identifiés », il consulta la feuille de papier qu'il avait à la main et ouvrit la deuxième case en partant du bas. Pour lui, la Rouquine aurait pu aussi bien être un dossier de correspondance.

La mort n'avait fait qu'atténuer la dureté de son visage. Son cou était meurtri et sa joue écorchée, mais rien de tout cela ne paraissait mortel. Et pourtant...

— Quand aura lieu l'autopsie, Pat ?

— Il n'y aura pas d'autopsie, à présent. Ce n'est plus nécessaire, puisque nous tenons le chauffard. Il ne s'agit plus d'un meurtre.

Pat ne vit pas ma grimace. Je regardais les mains de la morte, jointes sur sa poitrine, pensant à la manière dont elle avait tenu sa tasse de café. Comme une princesse. Je revoyais encore la bague qu'elle portait, et qui n'était plus à son doigt. Un salaud quelconque la lui avait arrachée de force, mais la marque était passée inaperçue, au milieu d'autres écorchures.

Et ce n'était pas un simple vol. Un voleur aurait pris le sac à main, et non la bague, pendant qu'elle gisait dans le ruisseau. Et jamais une femme n'oubliera de mettre une bague, surtout lorsqu'elle est vêtue de neuf.

Ouais, Pat se trompait. Il ne savait pas, et je n'allais pas le lui dire. Pas encore, du moins. C'était un meurtre, pas autre chose. Et j'en étais sûr, à présent.

— Prêt, Mike ?

— Oui.

Avant de partir, je demandai à revoir la liste de ce qu'ils avaient trouvé sur elle. Aucune bague. Je retrouvai l'air frais du dehors avec un plaisir sans mélange. Nous nous assîmes dans ma voiture et j'allumai une cigarette.

— Que va-t-elle devenir à présent, Pat ?

Il haussa les épaules.

— Oh ! comme d'habitude. Nous allons garder le corps le temps légal, tandis que nous essaierons de l'identifier, et, ensuite, elle sera enterrée.

— Pas avant que je connaisse son nom, Pat.

— Sois raisonnable, Mike. Nous allons faire tout notre possible pour l'identifier.

— Moi aussi.

Pat me jeta un regard en biais.

— De toute manière, préviens-moi à temps. Je paierai son enterrement s'il le faut.

— Mais tu es persuadé du contraire... O.K., Mike, fais ce que tu veux. En tant qu'accident, l'affaire n'intéresse plus ma section, mais, si je te connais bien, tu vas faire tout ton possible pour me la recoller sur les bras. Ne me prends pas en traître, c'est tout ce que je te demande. Si tu trouves quelque chose, fais-le-moi savoir aussitôt.

— Naturellement.

Nous nous serrâmes la main et je démarrai.

La lettre avait deux jours de retard. Relevée dans l'annuaire téléphonique, dont aucune nouvelle édition n'avait paru depuis que j'avais déménagé, l'adresse originale était celle de mon ancien appartement. La poste l'avait rayée et m'avait fait suivre la lettre. L'écriture m'était inconnue, mais elle était harmonieuse et féminine et fine : une écriture de femme instruite.

Ma main tremblait en ouvrant l'enveloppe. Elle trembla encore davantage lorsque je commençai à lire la lettre, car cette missive attardée émanait de ma mystérieuse rouquine.

Cher Mike, disait-elle,

Quelle journée magnifique ! Je me sens si neuve des pieds à la tête que j'ai envie de crier mon bonheur en pleine rue ! Je n'ose même pas vous remercier, parce que les mots sont trop faibles et mon cœur trop petit pour exprimer et contenir tant de reconnaissance. Quand je vous ai rencontré, Mike, j'étais fatiguée... fatiguée de faire tant de choses dont une seule avait encore un peu d'importance, à mes yeux. Maintenant, je ne suis plus fatiguée, et tout est clair à nouveau. Peut-être aurai-je encore besoin de vous, Mike. Jusqu'à présent, je n'avais personne en qui je puisse avoir confiance et c'est si dur, parfois. Ce n'est pas de votre amitié que j'ose présumer, parce que nous ne sommes pas réellement amis. Mais j'ai confiance en vous, et vous ne pouvez pas savoir ce que cela signifie pour moi de connaître quelqu'un en qui je puisse avoir confiance.

Vous m'avez rendue très heureuse.

Votre « ROUQUINE ».

Oui, je l'avais rendue très heureuse pendant une demi-journée, et placée dans une position où il faisait bon vivre et où c'était dur de mourir. Je chiffonnai la lettre dans mon poing et la jetai contre le mur.

Une bouteille de bière me rendit mon sang-froid. Je ramassai la lettre et la lissai soigneusement sur la table. Je la relus plusieurs fois, mot par mot. Ce n'était pas le genre de lettre qu'aurait écrite une vulgaire prostituée ; son écriture et son style avaient une sorte d'élégance qu'on ne rencontre jamais chez les filles dont le ruisseau est l'élément naturel. J'en ai connu et fréquenté des tas, d'une côte à l'autre, et il y a une chose que je sais : elles appartiennent toutes à un type bien défini. Et le vice transparaît clairement dans tout ce que font, disent ou écrivent celles qui ont ça dans le sang.

La Rouquine avait été une bonne gosse. Elle avait dû abdiquer toute dignité pour faire quelque chose d'important. Quelque chose qui avait encore de l'importance, à ses yeux, selon ses propres mots. Et peut-être aurait-elle encore besoin de moi... Oui, plus que jamais, elle avait besoin de moi. Et je ne me déroberais pas à son appel.

Elles ne commencent à arpenter les trottoirs qu'après la tombée de la nuit, si c'est là ce qui vous attire. Mais, si vous êtes pressé, il y a toujours des gars prêts à vous renseigner, qui vous conduisent directement à l'endroit voulu et passent ensuite encaisser leur pourcentage. Ce sont généralement des gringalets aux joues creuses, dont les petits yeux attentifs sont perpétuellement en mouvement, et qui remuent une poignée de monnaie ou un trousseau de clefs dans leur poche, en vous parlant du coin de la bouche.

Cobbie Bennett était l'un de ceux-là. Tant qu'il y aura des filles pour faire commerce de leur corps, il y aura des gars comme Cobbie pour leur trouver des clients. Je le dénichai dans un bistro répugnant proche de Canal Street, une main autour d'un verre à cocktail, l'autre accrochée à sa ceinture, en grande conversation avec deux collégiens de dix-sept ou dix-huit ans, qui pâlirent et filèrent comme des lièvres lorsque je vins m'asseoir auprès d'eux.

— Hello, Cobbie ! dis-je.

Le petit maquereau avait plutôt l'air d'une belette acculée que d'un être humain.

— Qu'est-ce que tu veux ?

— Pas ce que tu vends. A propos, qui vends-tu, en ce moment ?

— Cherche, mouchard.

— O.K.

Je posai ma main sur sa cuisse, pinçai une bonne poignée de viande et serrai en tournant un peu. Cobbie laissa choir son verre et se mit à jurer. Lorsqu'il commença à baver, je lâchai prise et lui commandai un autre verre. Il rata plusieurs fois sa bouche en le portant à ses lèvres.

— Tu as compris, ou je continue ? ricanai-je.

Ses yeux injectés de sang me découpaient en petits morceaux. Il se frotta la jambe et fit une grimace.

— T'as pas besoin qu'on te fasse un dessin, non ? Tu sais très bien ce que je fais. J'ai jamais changé de métier. Qu'est-ce que ça peut te f... ?

— Tu travailles pour un circuit ?

— Non, je suis à mon compte, admit-il d'un ton hargneux.

— Qui était la Rouquine qu'on a assassinée l'autre nuit, Cobbie ?

Ses yeux s'écarquillèrent et sa bouche tressauta.

— Qui a dit qu'on l'avait assassinée ?

— Moi.

Le barman me servit un verre de bière. Tout en buvant, j'observais le petit entremetteur. Il essayait de se faire encore plus petit, de disparaître à l'intérieur de ses vêtements, comme s'il craignait d'être vu en ma compagnie. Cette attitude le classait dans la même catégorie que Shorty. Lui aussi avait les jetons.

— Les journaux disent qu'elle a été renversée par un chauffard. T'appelles ça un meurtre ?

— Cobbie... tu ne voudrais pas que je me fâche sérieusement après toi, n'est-ce pas ? Alors...

Sa réponse fut longue à venir. Puis ses yeux montèrent lentement à la rencontre des miens ; il finit son verre, d'un seul trait, le reposa et dit :

— Hammer, tu es un bougre de salaud. Si j'avais quelque chose dans le ventre, je prendrais une bonne prise, je me procurerais un pétard et je te flanquerais trois balles dans les tripes. Je sais pas qui était la Rouquine et je m'en fous. J'ai rabattu des gars sur elle, une ou deux fois, mais la plupart du temps elle était pas chez elle pour faire le boulot et je l'ai laissée tomber. Juste à temps, d'ailleurs, parce que pas bien longtemps après on m'a passé le mot qu'elle était brûlée.

— Qui ça on ?

— Comment veux-tu que je le sache ? Ces trucs-là ne viennent pas d'une seule source. Tout le monde le disait, alors, j'ai pas insisté...

— Continue.

Il savait ce que j'attendais de lui.

Il se commanda un autre verre. Il ne parlait plus aussi fort, à présent.

— Laisse-moi tranquille, je te dis. Je sais pas pourquoi elle était brûlée. Peut-être qu'un tueur voulait se l'attitrer et que ça commençait à se savoir. Peut-être même qu'elle était plombée. Tout ce que je sais, c'est qu'elle était brûlée, et j'ai jamais cherché à en savoir davantage. Pourquoi que tu demandes pas à quelqu'un d'autre ?

— Mais à qui, Cobbie ?... Je t'aime bien, tu sais. Tellement que j'ai bonne envie de chanter partout quels bons copains nous sommes. Et serviable avec ça. Jamais à court de tuyaux avec un copain comme Cobbie. Pourquoi demanderais-je à quelqu'un d'autre ce que tu peux me dire toi-même ? Supposons que je ne sache pas à qui poser toutes ces questions ?

Il avait réussi à pâlir un peu plus. Il se pencha pour prendre son verre et faillit le renverser.

— J'ai entendu dire qu'elle avait travaillé dans une maison...

Il vida son verre et murmura une adresse en s'essuyant la bouche d'un revers de main.

Je ne me fatiguai pas à le remercier ; c'était déjà beaucoup que je ramasse ma monnaie et que je vide les lieux. Je traversai la rue et me postai dans l'enfoncement d'une porte cochère. Quelques minutes plus tard, Cobbie sortit à son tour, jeta un coup d'œil circulaire, enfonça ses poings dans ses poches et s'éloigna. Lorsqu'il eut disparu, je m'assis à mon volant et passai en revue les données du problème.

Une prostituée rousse assassinée, dont la chambre avait été fouillée et la bague volée.

Un métèque prompt à jouer du pétard, du couteau ou même de ses poings, qui avait fouillé la chambre de la Rouquine parce qu'elle lui avait volé les photos dont il se servait pour faire chanter un autre type. Du moins, c'était ce qu'il prétendait.

Un patron de bistro qui avait fait de la taule, et chez qui la Rouquine venait quelquefois. La peur le tenait au ventre.

Un maquereau qui savait que la Rouquine était brûlée, mais ignorait pour quelle raison. Ou peut-être, après tout, la connaissait-il, mais il avait peur, lui aussi...

Je secouai la tête et me rendis à l'adresse que m'avait indiquée Cobbie. C'était une ruelle à sens unique, bordée d'innombrables bistros pleins d'hommes et de femmes aux visages marqués par la déchéance, depuis longtemps résignés à leur abjection. Je suivis les numéros et trouvai celui que je cherchais. Mais ce n'était plus qu'un numéro. De ce qui avait été une maison, il ne restait plus qu'un squelette hideux, noirci par les flammes. Portes et fenêtres béaient comme autant de bouches de lépreux.

La fin de la piste. Je jurai et frappai du pied le bord du trottoir.

Un gosse de dix ans s'approcha et dit d'une voix rocailleuse :

— Un corniaud a jeté une allumette par la fenêtre dans un tas d'ordures, y a de ça dix-quinze jours. Presque toutes les poules ont grillé.

Tous ces gosses étaient beaucoup trop avancés pour leur âge. J'avais besoin de boire un verre. J'entrai dans le bar le plus proche et m'arrêtai devant le comptoir, les ongles enfoncés dans les paumes. Une piste et, au bout de la piste, un cul-de-sac. C'était à se cogner la tête sur les murs... Le barman ne me demanda pas ce que je voulais. Il me fourra un verre et une bouteille sous le nez, emplit un demi de bière, prit le dollar que je lui tendais et ramena la monnaie. Lorsque je me servis un second verre d'alcool, il ramassa la monnaie, me rapporta de la bière et attendit.

— Un autre ?

— Non. Où est le téléphone ?

— Là, dans le coin.

Je m'enfermai dans la cabine, glissai un nickel dans la fente et composai le numéro personnel de Pat Chambers.

— Allô, vieux, ici Mike. J'ai besoin d'un renseignement. Il y a eu le feu, récemment, dans un bordel de la rue où je me trouve et je veux savoir s'il y a eu enquête. Peux-tu me le dire ?

— Je le suppose, Mike. Donne-moi l'adresse.

Je m'exécutai ; il la répéta et enchaîna :

— Raccroche pendant que je téléphone au bureau. Donne-moi ton numéro, je te rappelle tout de suite.

Quelques instants plus tard, j'étais de nouveau pendu au téléphone.

— Mike ?

— Oui.

— L'incendie remonte à douze jours. Il y a eu enquête approfondie, parce que la maison avait été frappée d'interdiction d'occuper un mois auparavant et qu'elle aurait dû être déjà évacuée. Le type qui a jeté une allumette enflammée par la fenêtre est encore à l'hôpital. C'est le seul qui soit sorti vivant de l'incendie. Les flammes barraient la porte d'entrée et celle de derrière était bloquée par des tas d'immondices.

» Trois des femmes périrent sur le toit, deux dans les chambres et deux autres en sautant par les fenêtres avant que les pompiers aient pu tendre leurs filets. Destruction complète, étant donné l'effondrement rapide des planchers.

Pat ne me laissa pas le temps de le remercier. Sans transition, sa voix se fit tranchante.

— Dis-moi ce que tu sais, Mike. Ce n'est pas la curiosité qui t'a conduit là-bas et, si tu as toujours la même idée en tête, je veux savoir ce que tu sais, et tout de suite.

— O.K., gros malin, m'esclaffai-je. J'essaie toujours de trouver qui était la Rouquine. J'ai trouvé un type qui croyait savoir qu'elle avait travaillé ici, avant de se mettre à son compte, et c'est comme ça que j'ai échoué dans ce quartier.

Cette fois, ce fut à son tour de rire.

— C'est tout ? J'aurais pu te renseigner si tu m'avais téléphoné plus tôt. Elle s'appelait Sanford, Nancy Sanford. Elle se servait de plusieurs prénoms, mais Nancy était le plus fréquent, et c'était probablement le sien.

Je grinçai des dents.

— Qui vous l'a dit ?

— Nous disposons d'un certain nombre d'hommes, dans la police, Mike, dit-il doucement. Deux des nôtres ont fini par retrouver sa trace.

— Et vous savez peut-être également qui l'a tuée, non ?

— Sûr. Le gosse. Je t'ai déjà dit ce qu'avaient trouvé les gars du labo. Et maintenant, nous avons un témoin. Un type qui l'a vue zigzaguer sur le trottoir, ivre apparemment, à quelque distance de l'endroit où elle a été renversée ensuite par le gosse.

— Avez-vous retrouvé ses parents... quelqu'un qui la connaissait ?

— Non. Elle avait apparemment coupé tous les ponts avec son passé.

— Elle va donc recevoir le traitement habituel : caisse en sapin et fosse commune.

— Que veux-tu que nous fassions, Mike ? L'affaire est close, en dehors du jugement de ce gosse...

— Écoute, Pat, vociférai-je, si vous l'enterrez avant que je vous le dise, c'est à toi que je casserai la gueule, flic ou pas flic, copain ou pas copain...

— Nous ne sommes pas pressés, Mike, riposta-t-il calmement. Prends ton temps, prends ton temps.

Je raccrochai doucement et sortis de la cabine, répétant une fois, puis deux, le nom que je venais d'apprendre. Je dus parler un peu trop fort, car la brune assise dans le coin du bistro releva brusquement la tête et me regarda avec des yeux vagues. C'était un morceau de choix, vue sous n'importe quel angle, et sa présence en ces lieux paraissait plutôt déplacée. Elle portait une robe de satin noir dont le décolleté en V descendait jusqu'à la boucle de sa ceinture.

Ses lèvres, outrageusement fardées, s'écartèrent ; elle sourit et dit :

— Nancy... toujours Nancy. Tout le monde cherche Nancy. Pourquoi ne fait-on pas un peu plus attention à la pauvre Lola ?

— Qui cherche Nancy ?

— Oh ! tout le monde.

Elle tenta de poser son menton sur son poing, mais son coude glissa de la table.

— Je crois qu'ils l'ont trouvée, d'ailleurs, parce que Nancy n'est plus là. Nancy est morte. Saviez-vous que Nancy était morte ? Je l'aimais bien, Nancy, mais, puisqu'elle est morte, Lola pourrait peut-être la remplacer ? Lola n'est pas mal non plus, et elle est encore vivante. Vous aimerez beaucoup Lola quand vous la connaîtrez mieux...

Sacré Dieu, mais j'aimais déjà beaucoup Lola !

4

Lorsque je m'assis a côté de la brune, le barman m'examina avec tant d'attention que les trois ivrognes accoudés au comptoir se retournèrent. Ceux-là n'avaient aucune importance : ils n'étaient certainement pas capables de voir aussi loin. Je me contentai donc de regarder le barman avec mon air le plus aimable et il s'empressa de vaquer à ses propres occupations. Ce qui ne l'empêcha pas, d'ailleurs, de se tordre le cou à forcer de tendre l'oreille.

Lola décroisa ses longues jambes et se pencha vers moi. Le bord de son grand chapeau informe me frôla le front.

— Tu as l'air sympathique, toi, dit-elle. Comment t'appelles-tu ?

— Mike.

— Mike tout court ?

— Ça suffira pour l'instant. Qu'est-ce que tu dirais d'une promenade en bagnole ? Ça t'éclaircirait les idées.

— Je sais, je sais. Tu as une décapotable grand sport pour promener Lola. J'adore les hommes qui ont des décapotables.

— Elle n'est pas décapotable, mais c'est une bagnole, et elle roule. Alors, tu viens ?

— O.K.

Elle se leva, et je l'aidai à trouver son équilibre. Pour une belle gosse, c'était une belle gosse. Impeccable à tous points de vue. Grande, svelte et aussi jolie que possible, à condition de ne pas y regarder de trop près. De près, bien sûr, il y avait cette expression du regard et ce pli amer de la bouche, qui ne pouvaient signifier qu'une seule chose : elle était à vendre, et pas cher.

Ma bagnole n'était pas ce qu'elle avait espéré, mais elle était confortable et elle se renversa sur les coussins et laissa la brise lui caresser le visage et mêler ses cheveux. Elle ferma les yeux, et je crus qu'elle s'était endormie jusqu'à ce qu'elle arrachât de sa tête et jetât, hors de la voiture, le grand chapeau informe. Ensuite, elle s'endormit pour de bon.

Je n'avais aucune destination précise. Je roulais simplement, suivant sans me faire de bile quiconque me précédait. Nous traversâmes ainsi le pont de Manhattan. Puis je parcourus Flatbush Avenue à la suite d'un camion et, avant que j'aie compris ce qui se passait, nous avions laissé derrière nous les lumières de la ville et longions doucement Floyd Bennett Field, et l'air ambiant charriait une senteur marine. Nous traversâmes le pont et le camion tourna à gauche. Alors je cessai de le suivre pour rouler dans la direction de la brise...

Nous étions parqués depuis une heure à Rockaway Point lorsque Lola se réveilla. La radio jouait en sourdine, et la musique se dissolvait dans l'air et rejoignait les étoiles et, si ce n'avait pas été le meurtre qui m'avait conduit jusqu'ici, j'aurais été parfaitement heureux.

Elle me jeta un regard ensommeillé et dit :

— Hello, vous...

— Hello, fillette.

— Où est Lola, cette fois-ci ?

— A la plage.

— Et avec qui ?

— Un individu nommé Mike... C'est moi. Je t'ai trouvée en ville, en retournant un caillou, tu te rappelles ?

— Non, mais tu n'as pas l'air méchant.

Elle me contempla un instant sans mot dire. Sans remords, sans étonnement. Avec un soupçon de curiosité.

— Quelle heure est-il ?

— Plus de minuit. Tu veux rentrer ?

— Non.

— Tu veux faire un tour ?

— Oui. Est-ce que je peux ôter mes souliers et marcher dans le sable ?

— Ote tout ce qu'il te plaira d'ôter, Lola.

— Peut-être un peu plus tard, quand nous serons sur la plage, Mike.

— Ne fais pas ça. Je suis trop susceptible.

Nous descendîmes l'étroit sentier, la main dans la main, à la lueur de la lune. Les doigts de Lola étaient chauds et doux, mais se cramponnaient aux miens comme à une bouée de sauvetage. Je me remémorai ce qu'avait dit la Rouquine, au sujet des gars comme moi, qui n'avaient jamais besoin de payer, et je me demandai si ce n'était pas vrai, après tout.

Elle ôta ses souliers et marcha dans le sable et, lorsque nous atteignîmes le môle, nous sautâmes et j'ôtai mes souliers, moi aussi, et courus avec elle jusqu'à la lisière de l'eau. Elle était froide, mais pas trop, et c'était agréable de patauger ainsi, trop agréable pour que je me décide à prendre la parole. Bientôt, nous laissâmes derrière nous la dernière jetée de bois, et les maisons elles-mêmes reculèrent.

— Ça me plaît, ici, Mike, déclara-t-elle bientôt.

Elle lâcha ma main et ramassa un coquillage et le regarda comme s'il se fût agi d'un spécimen très rare. Je la pris par la taille, nous nous écartâmes de l'eau et nous assîmes dans les dunes. Je lui offris une cigarette et vis, dans la flamme de mon briquet, que son expression s'était modifiée et qu'elle avait fait la paix avec elle-même.

— Pas trop froid ? demandai-je.

— Un peu. Je n'ai pas grand-chose, sous ma robe.

Je lui jetai mon veston sur les épaules et m'appuyai sur mes deux coudes, tandis qu'elle prenait ses genoux dans ses bras.

Lorsqu'elle arriva au bout de sa cigarette, elle se retourna vers moi et dit :

— Pourquoi m'as-tu amenée ici, Mike ?

— Pour causer.

A son tour, elle se renversa sur le sable.

— Je me souviens à présent, Mike. N'était-ce pas au sujet de Nancy ? J'acquiesçai.

— Elle est morte, Mike. Je l'aimais bien, elle aussi.

— Qui l'a tuée ?

Il y eut un long silence, durant lequel Lola scruta mon visage.

— Tu es un flic, n'est-ce pas ?

— Privé. Et je ne travaille que pour moi, dans cette affaire.

— Et tu crois qu'elle a été assassinée ?

— Lola, je ne sais que croire. Pour l'instant, je tourne en rond. Disons que la façon dont elle est morte ne me plaît guère.

— Mike... si je te disais que je crois qu'elle a été assassinée, moi aussi ? Je bondis sur place.

— Qu'est-ce qui te pousse à le croire ?

— Oh ! je ne sais pas. Des tas de choses. Si elle n'a pas été assassinée, disons qu'elle est morte accidentellement avant d'avoir pu être assassinée...

Je roulai sur le côté et ma main couvrit la sienne. La lueur de la lune sur son décolleté plongeant ne m'aidait nullement à réfléchir. Sa peau était blanche et lisse, en violent contraste avec le satin noir de sa robe. La seule chose à laquelle j'arrivais à penser sérieusement était au genre de soutien-gorge qu'elle pouvait porter sous une telle robe. Ce devait être un chef-d'œuvre de mécanique.

— Dans quelles circonstances l'as-tu connue, Lola ?

— Nous avons travaillé ensemble, dit-elle simplement.

— Toi ?

Je n'en croyais pas mes oreilles.

— Je n'en ai pas l'air ?

— Oui et non. Avec des types pleins aux as et propriétaires de décapotables grand sport, peut-être. Mais pas dans un quartier pareil ! Qu'est-ce que tu faisais dans ce bouiboui ?

— J'ai travaillé dans la maison d'à côté, voilà quelques semaines.

— Je croyais que toutes les femmes avaient été tuées au cours de l'incendie.

— Oui, mais je n'étais pas là. J'étais à l'hôpital. Depuis un certain temps déjà. Je suis sortie aujourd'hui.

Elle baissa les yeux et traça des lettres, dans le sable : *Blenno*.

— Voilà pourquoi j'étais à l'hôpital. Voilà pourquoi je travaillais ici au lieu de m'en tenir aux types pleins aux as et propriétaires de décapotables.

C'est ce que je faisais au début, mais ensuite... Je ne suis pas très forte, hein, Mike ?

— Non, répliquai-je. Ni toi, ni Nancy n'auriez jamais dû en venir là. Quoi qu'il puisse arriver, ça ne finit jamais que d'une seule manière. Non, Lola, c'est impardonnable.

— Quelquefois, si.

Elle me passa la main dans les cheveux et la laissa retomber avec un soupir.

— C'est peut-être pour ça que Nancy et moi étions si proches l'une de l'autre... Parce que nous avions quelque excuse. J'étais amoureuse, Mike... terriblement amoureuse d'un type qui n'en valait certes pas la peine. J'aurais pu me faire épouser par qui j'aurais voulu, mais, non, il a fallu que je tombe amoureuse d'un propre-à-rien. Nous devions nous marier quand il a quitté la ville avec une grue de bas étage qui passait sa vie dans les bistros et les boîtes de nuit. J'étais complètement dégoûtée. Si c'était là tout ce qui comptait pour les hommes, pourquoi n'en profiterais-je pas ? A partir de ce jour-là, j'ai eu tout ce que j'ai voulu, et je ne suis plus jamais tombée amoureuse de personne.

» Au début je pleurais souvent, mais la vie devenait si facile... J'avais quelque chose que convoitaient les hommes et, puisqu'ils étaient disposés à payer... C'était si facile que ça ne valait même plus la peine d'exploiter une seule poire à la fois. Et puis, un jour, j'ai rencontré une fille à la coule qui m'a présentée aux gens qu'il fallait ; ils m'ont donné un nom et un numéro de téléphone et j'ai gagné beaucoup d'argent, et j'ai eu tout le loisir de le dépenser.

» Les poires payaient gros, mais ils en avaient pour leur argent et ne couraient aucun risque. Et puis, un jour, j'ai un peu trop bu et commis une erreur. Les clients ont commencé à se plaindre, ils m'ont repris mon nom et mon numéro de téléphone, et c'est ainsi que j'ai fini par échouer dans cette maison où j'ai connu Nancy. Nancy avait une raison d'être là, elle aussi, et c'est ce qui nous a rapprochées. Ce n'était pas la même raison, mais c'était une raison et cela nous plaçait au-dessus des autres.

» Un jour, j'ai fini par comprendre et je suis allée à l'hôpital. C'est pendant mon séjour là-bas que Nancy a été tuée et que la maison a brûlé. J'étais revenue ce soir pour emmener Nancy, mais on m'a dit qu'elle était morte et, comme c'était ma seule amie, je suis entrée chez Barney et j'ai bu.

— Et quand tu m'as entendu prononcer son nom, tu t'es jetée à ma tête.

— Je n'en avais pas l'intention, Mike. J'étais ivre. On ne se défait pas aussi vite d'une vieille habitude. Tu me pardonnes ?

Le mouvement qu'elle fit écarta de sa poitrine le bord de son décolleté, et je fus prêt à lui pardonner n'importe quoi. Mais j'avais encore de nombreuses questions à lui poser.

— Et Nancy ? A-t-elle suivi la même route que toi ? La même route... descendante ?

— C'est ce qui arrive tôt ou tard aux meilleures d'entre elles, Mike. Oui, Nancy avait eu son numéro de téléphone, elle aussi.

— Et... elle avait dû aller passer quelque temps à l'hôpital, comme toi ?

Elle parut soudain perplexe.

— Non, c'est bien ce qui est le plus bizarre. Elle était très prudente. Elle gagnait beaucoup d'argent, et puis, tout d'un coup, elle a disparu de la circulation. Elle rencontrait à tout bout de champ des gens qui ne l'avaient pas vue depuis longtemps, et elle semblait avoir peur...

— Peur ? De quoi ?

— Je ne l'ai jamais su. Ce sont des choses qu'on ne demande pas.

— Possédait-elle quoi que ce soit de précieux ?

— Je n'en sais rien. Elle était assez peu communicative, en ce qui concernait ses effets personnels. Le seul objet de valeur que je lui aie connu était une caméra, un appareil de fabrication étrangère dont elle s'était servie autrefois, pour travailler. Tu sais, elle photographiait des couples, dans la rue, et leur remettait une carte qu'il leur suffisait de retourner avec vingt-cinq cents pour obtenir leur cliché.

— Il y a longtemps de ça ?

— Oh ! oui, un bon bout de temps. Je suis tombée par hasard, un jour, sur les cartes qui lui restaient et je lui ai demandé ce que c'était. La compagnie pour laquelle elle travaillait s'appelait *Photo-Éclair,* si je me souviens bien.

J'allumai deux cigarettes et lui en donnai une.

— Quel est ton nom de famille, Lola ?

Elle hésita une seconde et dit :

— Bergan. Lola Bergan, et je viens d'une petite ville qui s'appelle Byeville, dans le Mississippi. Ma famille y est toujours. Ma mère et mon père me croient modèle, et j'ai une petite sœur qui veut faire comme moi quand elle sera grande, et, si elle fait comme moi, je l'étrangle de mes propres mains.

Qu'aurais-je pu répondre à cela ? Je dis :

— Une dernière question, Lola. Réponds-moi oui ou non, sans réfléchir. Si tu me mens, je le verrai tout de suite. Le nom de Feeney Last te rappelle-t-il quelque chose ?

— Non, Mike. Pourquoi ?

— Nancy le connaissait... et j'ai eu l'occasion de faire sa connaissance.

— Mike... est-ce que tu aimais Nancy ?

— Non, c'était une amie. Je l'ai rencontrée et je lui ai parlé et nous sommes devenus de bons copains. Et c'est le lendemain même qu'un salaud l'a descendue.

— Je suis désolée, Mike. Crois-tu que nous puissions devenir de bons copains, nous aussi ?

Elle posa sa tête sur mon épaule et ma main remonta le long de son corps jusqu'à ce que je sache avec certitude que son soutien-gorge n'était nullement un chef-d'œuvre de mécanique pour la bonne raison qu'elle ne portait pas de soutien-gorge. Et la ceinture de sa robe était la clef de voûte de l'ensemble et, lorsqu'elle fut débouclée, l'ensemble s'écroula dans un murmure de satin et la lueur de la lune brilla sur tout son corps jusqu'à ce que j'en éclipse l'éclat blafard et qu'il ne reste rien, rien que le chuchotement des vagues et le bruit de nos respirations haletantes.

La sonnerie du téléphone me réveilla vers une heure et quart. Je rejetai mes couvertures et décrochai le récepteur.

— Allô ?

— D'où sortez-vous ? questionna Velda. J'ai essayé de vous avoir toute la matinée.

— J'étais là... mais je dormais.

— Que diable avez-vous fabriqué cette nuit ?

— J'ai travaillé. Qu'est-ce que vous aviez à me dire ?

— Un monsieur est venu au bureau, ce matin, un monsieur très riche. Il s'appelle Arthur Berin-Grotin et il veut vous voir. Il reviendra à deux heures et demie et je suggère que vous soyez là. A toutes fins utiles, je vous signale que le compte en banque s'accommoderait fort bien de quelques rentrées.

— O.K., fillette, j'y serai. Son garde du corps était-il avec lui ?

— En tout cas, il est monté seul.

— Très bien. A tout à l'heure, mon chou.

Je barbotai dix minutes sous la douche et déjeunai sans me sécher, en buvant du café fort. Le complet que j'avais porté la veille était dans un état lamentable, fripé du haut en bas, rempli de sable et maculé de rouge à lèvres. Il ne me restait que mon costume de tweed, celui qui est fait pour être porté sur un revolver.

Je bouclai mon 45 sur mon cœur, enfilai le costume, passai chez le coiffeur et en ressortis assez tôt pour arriver au bureau quelques minutes avant M. Berin-Grotin.

Il était exactement deux heures et demie lorsque Velda me l'annonça. Je me levai à son entrée et lui serrai la main.

— Heureux de vous revoir, monsieur Berin. Installez-vous donc.

— Merci.

Il prit place dans un grand fauteuil et se pencha en avant, les deux mains appuyées sur sa canne.

— Jeune homme, dit-il, depuis que vous m'avez quitté, hier matin, j'ai beaucoup pensé à cette pauvre fille dont vous m'avez parlé.

— La Rouquine ? Elle s'appelait Nancy Sanford.

Le vieillard haussa les sourcils.

— Vous avez déjà découvert son nom ?

Il avait l'air assez surpris.

— Diable non, avouai-je en souriant. C'est la police qui l'a identifiée...

— Ont-ils trouvé ses parents... quelqu'un qui se charge de... du corps ?

— Non. Ils ne peuvent pas grand-chose. La ville regorge de filles dans son genre. Elle était sans doute originaire d'un autre État, et partie de chez elle depuis si longtemps que personne ne se soucie plus d'avoir de ses nouvelles. Je suis le seul qui essaie de lui rendre son passé.

— C'est exactement la raison pour laquelle je viens vous voir, monsieur Hammer.

— Mike... Je déteste les cérémonies.

— Ah !... parfaitement... Mike ! Voyez-vous, je passe mon temps à donner de l'argent à toutes sortes d'institutions charitables, mais... c'est une manière plutôt abstraite de faire la charité, n'est-ce pas, et je me suis dit que, puisque j'avais là l'occasion — si tardive fût-elle — de venir en aide à quelqu'un de précis, je devais la saisir au vol.

— Je vous ai dit que je m'occuperais moi-même de l'enterrement, lui rappelai-je.

— Je sais... mais ce n'est pas ce que j'avais en tête. Ce que je voudrais, c'est vous engager. Si vous faites une enquête, il faut bien que quelqu'un la finance, et, puisque je partage votre désir de retrouver ses parents, j'aimerais que vous m'autorisiez à vous en fournir les moyens.

C'était une aubaine à laquelle je ne m'étais pas attendu.

— Si vous voulez, lui dis-je. Je l'aurais fait de toute façon, mais cela peut me faciliter les choses.

Il sortit son portefeuille d'une poche intérieure.

— Et quels sont vos tarifs, Mike ?

— Cinquante dollars par jour. Pas de notes de frais en sus. Tout est compris dans les cinquante dollars.

— Avez-vous quelque idée du temps qui vous sera nécessaire ?...

Je haussai les épaules.

— Aucune ; pour l'instant, je suis encore en plein brouillard.

— Alors, voici ce que nous allons faire...

Il posa sur mon bureau un paquet de beaux billets de cinquante dollars flambant neufs.

— Voici mille dollars. Si vous découvrez les parents de cette jeune femme en moins de vingt jours, cette somme vous reste acquise de toute manière. Si, au bout de vingt jours, vous n'avez rien découvert, alors il est probablement inutile que vous persévériez. Que pensez-vous de cet arrangement ?

— Je pense que c'est un vol, monsieur Berin.

Son visage s'éclaira.

— Je ne le pense pas, monsieur Ham... Mike. Je sais à présent qui vous êtes et ce que vous avez fait et ce dont vous êtes capable. S'il est possible de réussir, vous réussirez. Agissez donc à votre guise et, s'il faut de l'argent, n'hésitez pas à me téléphoner. D'accord ?

— Certainement.

— Laissez-moi vous expliquer pourquoi je prends cette affaire tellement à cœur, Mike. Je suis en train de me préparer à quitter cette vie en grande pompe, dépensant des milliers de dollars pour perpétuer mon nom, et cette pauvre fille meurt comme si elle n'avait jamais existé. Voyez-vous, Mike, je sais ce qu'est la solitude. Ma femme — peut-être le savez-vous ? — était une sportive enthousiaste. Elle aimait trop la mer. Au cours d'une de ses croisières à bord d'un yacht qui n'aurait jamais dû s'aventurer à plus de quelques milles des côtes, elle a été emportée par une lame. Mon fils unique a été tué pendant la Première Guerre mondiale. Il me laissait une fille, et, lorsqu'elle est morte à son tour, j'ai su ce que c'était qu'être seul au monde. Comme ma femme, elle aimait trop la mer. Et la mer a fini par la prendre, un jour de tempête, au large des Bahamas. Inutile de dire qu'on n'a jamais retrouvé leurs corps. Et j'ignore s'il y a même une croix de bois sur la tombe anonyme de mon fils, là-bas en France. Peut-être comprendrez-vous mieux, maintenant, que je fasse ériger un monument à ma propre mémoire ? Et que je veuille aujourd'hui vous aider à rendre cette malheureuse à sa famille. Je suis heureux qu'il y ait des gens comme vous, Mike. Avant de vous rencontrer, je croyais que tout ce qui importait aux yeux des hommes était l'argent. Je sais maintenant qu'il existe des exceptions.

J'ôtai ma cigarette de mes lèvres, rejetai la fumée vers le plafond et hochai doucement la tête.

— L'argent est une belle chose, monsieur Berin, mais il arrive parfois qu'un type se fâche tout rouge et que l'argent cesse de lui importer... Où devrai-je vous adresser mes rapports ?

Il hésita :

— Je n'avais pas pensé à cela. Si vous trouvez quelque chose d'intéressant, écrivez-le-moi ou donnez-moi un coup de téléphone. Mais ne vous croyez pas obligé de me rendre des comptes. Vous avez absolument carte blanche.

— Ah !... autre chose encore. Feeney Last est-il toujours à votre service ?

Ses yeux brillèrent d'un éclat malicieux et un large sourire détendit son visage.

— Non... heureusement ! Il semble avoir éprouvé un choc... assez violent ! Il m'a épargné le souci de le renvoyer en me donnant sa démission. Mon jardinier le remplace en attendant que je cherche un autre chauffeur. Au revoir, Mike.

Il se leva en prononçant ces derniers mots, s'inclina courtoisement, et je quittai mon fauteuil pour aller lui ouvrir la porte. Nous nous serrâmes la main, il s'inclina une seconde fois en passant devant Velda et sortit. Elle attendit que la porte se fût refermée et dit :

— Que pensez-vous de lui, Mike ? Moi, je le trouve épatant.

— Moi aussi, poupée. Dommage que les types comme lui soient aussi rares.

— Et il a de la galette, par surcroît ! Les affaires reprennent...

Je regardai l'interphone. Elle avait relevé le commutateur et entendu toute la conversation. Je feignis de la prendre au collet, mais elle bomba la poitrine avec un sourire narquois et je jugeai préférable de ne pas toucher à son décolleté. J'appelai Pat au téléphone, nous convînmes de nous retrouver chez Mooney et, lorsque nous fûmes installés devant d'énormes tasses de café et une grande assiette d'amuse-gueule, je n'y allai pas par quatre chemins.

— Pat, il y a dans cette ville un certain nombre de belles filles qui gagnent leur vie en recevant des coups de téléphone et en étant là quand on vient leur rendre visite. Qu'est-ce que tu sais sur la question ?

Sa tasse stoppa à mi-chemin entre la table et sa bouche ouverte.

— J'aurais dû me douter de quelque chose, grogna-t-il. Si je te réponds, j'ai l'air d'un flic marron qui est au courant de tout ce qui se passe, mais ferme obligeamment les yeux. Et, si je ne te réponds pas, j'ai l'air d'un parfait crétin qui ignore ce que tout le monde sait.

— Pat, murmurai-je, ces choses-là existent dans toutes les villes, si vertueux que soient leurs citoyens et si intransigeants que soient leurs flics. C'est comme les contributions. Elles existent, et personne ne peut s'en débarrasser. Et qui donc aime les contributions, en dehors de la poignée de bureaucrates qui contrôlent la grosse galette ?

— Tu m'en diras tant ! s'esclaffa Pat. Mais, en fait, il n'y a pas grand-chose à raconter, parce que tous ces gens-là savent tenir leur langue. Et leur clientèle ne peut se permettre d'attirer l'attention sur elle en portant plainte. La police connaît la situation et fait ce qu'elle peut. Mais, derrière la police, il y a la politique. Et, contre les politicards, les flics sont souvent impuissants.

» Et puis il y a la question des preuves. Au sommet de l'échelle, il n'existe pas de « maisons » proprement dites, ni, bien entendu, de comptabilité officielle. On fait une simple suggestion à la personne que cela peut intéresser, et la personne se charge du reste. Je suppose que les filles doivent verser ensuite un pourcentage à qui de droit et qu'en cas d'« oubli » de leur part leurs noms cessent tout simplement d'être « suggérés » aux personnes adéquates. Ceci n'exclut nullement, bien sûr, l'emploi d'un autre genre de sanctions. Il y a eu, au cours des dernières années, plusieurs morts suspectes qui semblent corroborer cette supposition.

— Et comment le coroner a-t-il appelé ces morts suspectes ?

— Suicides, la plupart du temps, sauf en ce qui concerne Russ Bowen. Tu connais son histoire. Il était à la tête d'un circuit de maisons closes et, comme cette autre combinaison lui portait préjudice, il a essayé de nous la mettre dans les mains. Nous l'avons retrouvé percé comme une écumoire, il y a quelques mois, et toutes ses maisons ont cessé de fonctionner. Impossible de découvrir le moindre indice. Même les moutons devenaient muets comme des carpes dès que le nom de Bowen était prononcé. C'était un meurtre, naturellement, mais tous les autres cas ont été qualifiés de « suicides ».

— Et c'étaient des suicides ?

— C'étaient des meurtres, et tu le sais parfaitement. Mais nous finirons par les avoir, Mike. Et pas seulement les petits tueurs qui font le sale boulot, mais les autres, ceux qui les paient, ceux qui poussent de pauvres filles dans le ruisseau et emplissent tranquillement leurs comptes en banque, ceux qui les descendent lorsqu'elles cessent de marcher et se paient une bonne tranche de rigolade à chaque fois que les journaux appellent ça des suicides !

Son visage était un masque de haine. Nos regards se croisèrent et je murmurai :

— Des suicides... ou des accidents, Pat ?

— Les deux, oui... Il y en a eu, aussi, qui avaient l'allure d'accidents, et...

Il s'interrompit. L'expression haineuse s'était dissipée.

— Tu m'as bien eu, hein, salopard ! gronda-t-il.

Je pris mon air le plus innocent, mais il savait à quoi s'en tenir.

— O.K. ! dis-je. N'ai-je pas toujours affirmé que Nancy avait été assassinée ?

Il serra les dents et les poings et se pencha au-dessus de la table.

— Le diable t'emporte, Mike ! Au début, tu m'as bien embêté, parce qu'il était possible que tu aies raison. Et puis je suis allé jusqu'au fond des choses et j'ai su que tu avais tort, je l'ai su, tu m'entends ! Et maintenant, je sais toujours que j'ai raison et que tu as tort, mais je commence à m'imaginer que j'ai tort, alors que je sais avoir raison ! Quand te décideras-tu à raisonner comme tout le monde ou à choisir une autre tête de Turc ?

— Quand les meurtres cesseront de pouvoir être maquillés en accidents.

— C'est bien cette bagnole qui l'a renversée, Mike. Le conducteur reconnaît avoir bousculé quelque chose, mais il était trop saoul pour voir ce que c'était. Le labo a relevé des traces sur la bagnole et sur la fille. Des témoins l'ont vue zigzaguer sur le trottoir, ivre morte, avant l'heure de l'accident. Le type qui l'a renversée est insoupçonnable. Aucun contact avec la pègre. Nous nous en somme assurés.

Je fis un signe affirmatif.

— Et pourtant, tu commences à avoir des doutes ?

Il jura grossièrement.

— Et pourtant, tu me fais douter de tout ce que j'ai appris, et je me conduis comme un bleu en face de sa première grosse affaire. Et sais-tu pourquoi ?

— Oui, mais dis toujours.

Il se pencha un peu plus vers moi et siffla entre ses dents :

— C'est parce que je sais que tu as quelque chose dans le crâne et dans le ventre. C'est parce que je sais que tu pourrais faire un bon chef de bande, mais que tu fais un flic encore meilleur. Quand tu tiens un fil conducteur, tu ne le lâches plus, et le pire, c'est que tu t'embarques rarement à tort, parce qu'en plus de tout cela tu as une façon de sentir les choses que je suis loin de posséder moi-même. Il y a des moments où je voudrais te voir aux antipodes.

Je lui tendis mon paquet de Luckies et en allumai une moi-même.

— Cesse de te détester à ce point, Pat, et dis-moi qui dirige ce business.

— Je voudrais bien le savoir. Mais en dehors de quelques vagues suspects...

— Je m'en contenterai.

— Oh ! non ! Après toi, mon joli. Souviens-toi que c'est moi qui suis supposé tout savoir. Vas-y, Mike, chante-moi ta chanson, je t'écoute.

Je commandai d'autres tasses de café et mis Pat à la page de tout ce qui s'était passé, n'omettant que certains détails trop intimes. Il ne prit aucune note, mais je savais que son esprit méthodique classait implacablement les faits et s'efforçait d'en tirer quelque chose. Lorsque j'eus fini de parler, il mit une cigarette dans sa bouche, se renversa sur sa chaise et fuma un instant en silence.

— Tu as là une curieuse accumulation d'événements disparates, Mike, dit-il enfin. Passe maintenant aux théories.

— Je n'en ai pas, répliquai-je. Tout est encore trop incohérent...

— Recommence en partant de la Rouquine.

— Elle a été tuée. Il y avait donc une raison de la tuer. Et quelle raison pouvait-on avoir de tuer une fille dans sa position ? Un chantage ? J'y ai pensé, mais ça ne colle pas. Qu'aurait valu sa parole devant un tribunal ? Peut-être avait-elle la preuve des écarts de conduite de quelque imbécile, mais j'en doute. Elle ne fréquentait pas de personnages assez importants. Et s'il s'agissait de menu fretin, le menu fretin en question se serait contenté de la descendre sans tant de cérémonies. Non, Pat, je sens autre chose derrière tout ça et le jour où je saurai ce que c'est, quelqu'un regrettera d'avoir assassiné la Rouquine.

— Feeney Last, par exemple ?

— Sûrement pas. Feeney n'est pas un artiste. Il aime les couteaux et les revolvers. Il a dit que Nancy lui avait volé les photos dont il se servait pour faire chanter quelqu'un, et c'est fort possible, mais, s'il l'avait tuée, il l'aurait tuée sans toutes ces fioritures.

— Et ton client, Mike ?

— Berin-Grotin ? Aucun rapport, Pat. Il est d'un autre siècle. Il a tout ce qu'on s'attend à trouver chez un gentleman de la vieille école : argent, position, bonnes manières... Et ce n'est pas un idiot. Lorsqu'il a eu besoin de protection, il a engagé Feeney. Mais, lorsque l'imbécile s'est fourré dans de sales histoires, il a aussitôt envisagé de le renvoyer. J'ai même eu l'impression qu'il était satisfait de ce qui était arrivé au cimetière.

— Ce qui nous amène à Lola. Quel rapport a-t-elle avec le reste ?

— Aucun. Elle connaissait Nancy, un point c'est tout.

— Mais encore, Mike ? Ce n'est pas n'importe qui, d'après ta description.

— N'importe qui ?

Je m'esclaffai.

— Une femme magnifique, Pat. Un corps à te faire dresser les cheveux sur la tête. Lola, comme Nancy, est une brave gosse qui a mal tourné. Seulement, elle s'est reprise avant qu'il soit trop tard.

— Tu m'as dit que le patron du bouiboui où tu as rencontré Nancy et ce petit salaud de Cobbie Bennett avaient peur de quelque chose. Que penses-tu de ces deux types, Mike ?

— Ils sont en dehors du tableau, Pat. Shorty a déjà fait de la taule et ne tenait pas à se mouiller dans une affaire de meurtre. Cobbie fait un business où rien n'a d'importance, excepté l'argent. Tous deux sont beaucoup trop faciles à effrayer, c'est pourquoi je suis persuadé de leur insignifiance...

Pat réfléchit un long moment. Puis il haussa les épaules et dit :

— Les suspects dont je te parlais tout à l'heure ne sont que des comparses. Ils font les courses et exécutent les ordres. Il y a belle lurette que j'ai fait certaines suppositions, mais je me garderai bien de t'en faire part ; tu serais capable de les prendre pour argent comptant et de nous fourrer tous les deux dans le pétrin jusqu'au cou.

— Tes suppositions sont presque toujours justifiées, Pat. Je suis preneur.

— Ouais, mais je ne suis pas vendeur. Et ce ne sont que des suppositions, sans rien derrière. Mais je peux voir s'il n'y a pas de moyen d'en faire autre chose que des suppositions, sans rien brusquer, bien entendu, pour n'alarmer personne.

— O.K. ! A nous deux, nous pouvons faire du bon boulot.

Pat écrasa sa cigarette dans le cendrier et la contempla quelques secondes avant de reprendre la parole.

— Et maintenant, la question primordiale, Mike. Tu m'as fourré là-dedans : qu'est-ce que tu veux que je fasse ?

— Pense à l'accident de Nancy comme à un meurtre pur et simple, et lance tes hommes dans cette direction. Ils finiront bien par trouver quelque chose, et le moindre détail peut nous être d'un grand secours.

— D'accord, Mike. Je vais à l'encontre de toutes mes conceptions en faisant ce que tu me demandes, mais je compte sur ta collaboration pleine et entière ! D'accord ?

— D'accord.

— Mais, pour l'instant, tu n'as rien à m'offrir ?

— J'ai rendez-vous ce soir avec Lola, répliquai-je. Veux-tu que je lui demande de te présenter une de ses copines ?

5

Lola ouvrit la porte avant même que mon doigt eût quitté le bouton de la sonnette. Elle portait une robe noire très fermée, fort différente du décolleté plongeant de la veille. Mais aucune étoffe, si grossière fût-elle, n'eût pu combattre l'agressivité de ses seins.

Sa voix était semblable au ronronnement d'un petit chat heureux.

— Bonjour, Mike. Tu n'entres pas ?

— Essaie un peu de m'en empêcher.

Elle m'introduisit dans un petit salon où rôdait encore une légère odeur de peinture. Je me laissai choir dans un vaste fauteuil et murmurai :

— Nouvelle crèche ?

Elle acquiesça et se mit à préparer des cocktails.

— Oui, Mike. L'autre me rappelait trop de souvenirs sordides. Et j'ai une surprise pour toi.

— Laquelle ?

— J'ai repris mon ancien métier de modèle. Dans un grand magasin, à un salaire modeste. Rien de sensationnel, mais je suis heureuse.

Elle avait l'air aussi neuve que l'ensemble de l'appartement. L'avenir était devant elle, et le passé aboli. J'aurais aimé ne pas avoir à le lui rappeler.

— Et tes anciennes... relations, Lola ?

— Fini, Mike. J'ai tout laissé derrière moi. Les gens que je connaissais ne viendront pas me chercher ici, et je ne risque guère de les rencontrer ailleurs. Si cela se produit un jour, j'agirai en conséquence.

Elle me tendit un verre et nous bûmes à nos santés réciproques. J'allumai une cigarette, elle en fit autant, et, lorsqu'elle releva les yeux, constata que je l'observais.

— Mike, dit-elle, c'était... merveilleux, cette nuit, n'est-ce pas ?

— Merveilleux, répétai-je.

Et je le pensais.

— Mais ce soir, tu n'es pas venu... que pour ça, n'est-ce pas ?

Je secouai doucement la tête.

— Tout est arrivé si vite. Je t... tu me plais plus qu'il n'est raisonnable... Je sais que je n'ai guère le droit de parler ainsi, mais...

— Ne dis pas de sottises, Lola. C'est moi qui suis parti du mauvais pied. Mais comment diable aurais-je pu m'en empêcher ? Tu es une fille comme on en voit peu.

Elle sourit.

— Merci, Mike. Et maintenant, dis-moi pourquoi tu es venu ce soir.

Je posai mes pieds sur un pouf, tirai sur ma cigarette et commençai :

— Nancy a été tuée, Lola. Il faut que je sache pourquoi elle a été tuée.

Elle faisait un business vieux comme le monde. Un sale business, régi par l'argent et la politique, et dont les membres les plus propres sont encore les filles qui le pratiquent. Mais, comme elles sont tombées aussi bas qu'on peut l'être, elles adoptent une attitude. Rien ne peut les blesser, mais il suffit de peu de chose pour qu'elles se laissent aller à blesser autrui... Nancy aurait-elle pratiqué le chantage, Lola ?

Sa main tremblait si violemment qu'elle dut poser son verre sur la table à thé. Ses yeux étaient pleins de larmes, mais elle parvint à sourire et bredouilla :

— Tu ne mâches pas tes mots, Mike.

— Tu n'étais pas en cause, fillette.

— Je sais, mais c'est plus fort que moi... Non, je ne pense pas que Nancy ait pu faire une chose pareille. C'était peut-être une... elle avait peut-être mal tourné, mais elle était honorable. Je suis certaine qu'elle avait une raison précise pour agir comme elle le faisait. Peut-être était-ce simplement pour l'argent ? Je n'en sais rien. C'est parfois un moyen rapide de s'enrichir...

— En supposant que l'argent ait été son unique raison, à quoi l'employait-elle ?

— Je ne saurais te le dire, Mike. Nous avions de l'affection l'une pour l'autre, mais nous ne nous faisions pas de confidences.

— Écoute, m'impatientai-je, il faut absolument en sortir. Remonte à la source de tout le système. Qui le dirigeait ? Il me faut des noms.

Elle pâlit affreusement, et ses yeux s'emplirent de crainte.

— Non, Mike, chuchota-t-elle. Tiens-toi à l'écart de ces gens-là.

— De quoi as-tu peur, fillette ?

Ses doigts se crispèrent sur les accoudoirs de son fauteuil.

— Ne m'oblige pas à te dire des choses dont je ne veux pas me souvenir.

— Ce n'est pas des choses que tu as peur, Lola, c'est des gens... Quelles gens ? Pourquoi as-tu peur de penser à eux ?

Elle secoua la tête avec une expression torturée.

— Ils sont forts, Mike, et sans merci. Ils... détruisent des vies... comme ils dépensent un dollar. Ils me tueront, si je parle, Mike... Ils l'ont déjà fait...

La colère avait supplanté la crainte, sur son visage, mais sa voix tremblait toujours.

— Ce n'est pas comme... les maisons, Mike... c'est plus grand. Un petit groupe très fermé qui contrôle toute la ville. Et, si tu essaies de travailler pour ton propre compte, ils le savent et il t'arrive quelque chose. Je ne veux pas qu'il m'arrive quelque chose, Mike.

Je me levai, m'assis sur un des accoudoirs et lui caressai les cheveux.

— Il ne t'arrivera rien, bébé. Parle. Dis-moi ce que tu sais.

Elle éclata en sanglots, et, lorsqu'elle releva les yeux, son regard était celui d'une bête acculée.

— S'ils apprennent que je t'ai dit quoi que ce soit... à toi ou à qui que ce soit... ils me tueront, Mike. Ils ne peuvent pas se permettre de laisser parler les gens. J'ai peur. Et que pourrais-tu faire ? Ça a toujours existé et ça existera toujours. Ça ne vaut pas la peine qu'on risque d'en mourir.

Je choisis soigneusement mes mots, parce que je commençais à me mettre en boule.

— Lola, lui dis-je, tu ne me connais pas beaucoup, mais il y a des tas de gens qui me connaissent. Et il se peut, en effet, qu'ils aient le pouvoir de terroriser les honnêtes citoyens, mais ils en rabattront lorsque je m'occuperai d'eux, parce qu'ils savent que, s'ils veulent jouer au petit soldat avec moi, je n'hésiterai pas à leur flanquer un pruneau dans les tripes. J'ai un pétard et je sais m'en servir, et je m'en suis déjà servi dans le passé... plus d'une fois ! Ma licence me permet de m'en servir et, quand je m'en sers, je passe devant le tribunal et j'explique pourquoi. S'il arrive un jour que mes explications ne soient pas satisfaisantes, on m'enlèvera ma licence et on me rendra la vie dure, d'accord. Mais s'ils se servent, eux, de leurs pétards, ils iront s'asseoir sur la chaise électrique et ils le savent aussi bien que moi. Les dés sont pipés, fillette. Descendre un de ces salauds est ma distraction favorite et je n'en rate jamais l'occasion, et c'est pourquoi ils ont peur de moi.

» Ne t'inquiète pas, fillette. Même s'ils apprennent qui a parlé, ils se tiendront tranquilles, parce que je vais faire courir le bruit que je veux avoir leur peau, et ils savent que je ne suis pas un sportsman. Je les descendrais aussi bien par derrière que par devant et sans crier gare. Je suis capable de jouer leur jeu... mais en pire !

Ma main reposait sur son épaule. Elle tourna la tête et me baisa le bout des doigts. Nulle frayeur ne hantait plus son regard. Elle remplit les verres et but le sien d'un trait, sans reprendre haleine. Puis elle le reposa doucement sur la table et sourit. Elle était prête à parler.

— Personne n'a l'air de savoir qui est à la tête de cette organisation, Mike, mais ils ne laissent absolument rien au hasard. Et les filles qu'ils choisissent ne sont pas n'importe qui. Il faut qu'elles soient belles, bien éduquées et suffisamment cultivées pour pouvoir être à l'aise dans les milieux les plus chics. Leurs « clients » sont tous des gens riches. En général, un rendez-vous signifie un week-end dans quelque propriété retirée ou une courte croisière à bord d'un yacht luxueux. Évidemment, il en est d'autres moins somptueux, mais tout aussi lucratifs, par exemple lorsqu'un homme d'affaires veut « distraire » un collègue ou un associé. Il semble que ce genre de tactique soit tellement efficace que l'argent investi n'a aucune importance.

» Une fille n'est engagée qu'après une enquête approfondie, et lorsqu'on la rencontre trop souvent en ville avec trop d'hommes différents. Un jour, elle fait la connaissance d'une ou de plusieurs autres filles déjà à la page, et qui paraissent avoir tout ce qu'elles désirent sans se donner beaucoup de mal pour le gagner. Elles nouent de faciles amitiés, échangent quelques confidences, et bientôt la « nouvelle » commence à se demander pourquoi elle continuerait à faire gratuitement ce que les autres font pour des sommes substantielles. Elle en parle à ses « amies », qui la présentent aux personnes adéquates. On l'installe dans un bel appartement, on lui verse une avance et on la porte sur les registres. Quand un client demande une fille répondant à son type, elle reçoit un coup de téléphone et le tour est joué. Les cadeaux qu'elle reçoit lui restent acquis. Quant à l'argent payé d'avance pour la rémunération de ses services, la part qui lui en revient est versée discrètement à son compte en banque.

» Elle est toujours libre de quitter l'organisation pour se marier et, dans ce cas, touche un boni proportionnel à ses mois — ou à ses années — de service. Je pourrais te citer les noms de certaines grandes dames de la meilleure société qui, à un moment donné de leur existence, ne valaient pas plus cher que moi. Elles ne disent jamais rien, parce qu'elles ne pourraient parler sans trahir leur passé, et l'organisation ne cherche pas à les retenir de force, parce que rien n'est plus dangereux qu'une femme hystérique.

» Mais il arrive, malgré tout, qu'une des filles devienne dangereuse. Soit qu'elle se réveille un beau jour avec une conscience, soit qu'elle se mette à boire et parle trop, soit qu'elle exige un plus gros pourcentage, et menace de vendre la mèche. L'organisation prend alors soin d'elle-même. La fille disparaît sans laisser de traces... ou meurt accidentellement. Et c'est pour les autres une leçon de discrétion...

» Lorsque je suis devenue moi-même dangereuse pour les clients, j'ai perdu ma place dans l'organisation. Oh ! personne ne m'a dit quoi que ce soit. Ils ont simplement cessé de s'occuper de moi. Je me suis trouvée avec un appartement coûteux sur les bras et plus la moindre source de revenus. J'ai donc réuni tout ce que j'avais et je suis partie. J'étais trop honteuse pour aller chez un médecin et je ne savais que faire. Et puis, à force de tomber toujours plus bas, un jour, j'ai fini par comprendre et je suis entrée à l'hôpital. Dès que j'en suis ressortie, j'ai voulu aller chercher Nancy, mais, entre-temps, la maison avait brûlé, Nancy était morte, et... tu étais là.

Elle se renversa sur son siège et ferma les yeux, épuisée. Je n'avais aucune envie de la tourmenter davantage, mais c'était un mal nécessaire.

— Des noms, maintenant, ordonnai-je.

Elle n'ouvrit pas les yeux, mais chuchota :

— Murray Candid. Il dirige plusieurs boîtes de nuit, mais il est toujours au *Double Zéro*. C'est lui que j'ai rencontré, au début, et qui m'a introduite dans l'organisation. Il est important, mais ce n'est pas le grand patron. La ville est divisée en secteurs, et il est seulement à la tête de celui dans lequel je travaillais. Il est dangereux, Mike.

— Moi aussi.

— Que vas-tu faire à présent ?

— Je ne sais pas encore. Impossible de l'accuser sans preuves, il aurait la loi pour lui. Non, il me faut des preuves. Mais où diable vais-je aller les pêcher ?

— Ils ont des livres, Mike. Ils aimeraient s'en passer totalement, mais ils ne le peuvent pas, parce qu'ils n'ont pas confiance les uns dans les autres.

— Est-ce Candid qui les a ?

— J'en doute. Il se peut qu'il ait certaines listes d'importance secondaire, mais les véritables registres sont dans les mains du grand patron.

Je me levai et bus le reste de mon verre.

— O.K., Lola, c'est toujours un point de départ. Tu n'as pas besoin de t'inquiéter, je ne te mettrai pas dans le bain. Ne bouge pas d'ici. Je reviendrai te voir de temps à autre...

Elle se leva, à son tour, posa sa tête sur mon épaule et cacha son visage dans mon cou.

— Sois prudent, Mike, soit très prudent, je t'en prie.

— Je suis toujours prudent, poupée, ricanai-je. Ne t'en fais pas pour moi.

— C'est plus fort que moi. Je devrais peut-être me faire examiner par un psychiatre, mais je suis complètement folle de toi.

Avant que j'aie pu ouvrir la bouche, elle posa son index en travers de mes lèvres.

— Pas un mot, Mike. Laisse-toi aimer bien gentiment. Je ne vaux pas grand-chose et je le sais mieux que personne. Ne croyez pas que je veuille vous imposer la moindre obligation, monsieur Hammer. Sachez simplement que, depuis cette nuit, il existe à New York une fille qui sera toujours à vous, bien à vous. Si j'avais eu l'intelligence de mener une vie normale, je ne te laisserais jamais plus m'échapper, sale brute !

Cette fois, je lui fermai la bouche. Son corps frémissait contre le mien, et je sentais sous mes doigts de longs frissons courir le long de son dos. Ses lèvres étaient fermes et incandescentes et douces.

Je la repoussai plutôt rudement avant que tout le reste soit oublié. Nous demeurâmes un instant immobiles, face à face, à cinquante centimètres l'un de l'autre, avant que je parvienne à recouvrer l'usage de ma voix.

— Garde tout ça pour moi, Lola, dis-je enfin d'un ton rauque. Rien que pour moi.

— Rien que pour toi, Mike, répéta-t-elle.

Je la laissai là, svelte et grande et belle, et m'enfuis précipitamment, emportant la vision de ses seins orgueilleux, soulevés par un désir auquel nous ne pouvions ni l'un ni l'autre nous permettre de céder pour l'instant.

Le *Double Zéro* était un caveau de la Sixième Avenue, que deux zéros de néon signalaient à l'attention du public. Debout au pied de l'escalier, un individu aux oreilles en chou-fleur jouait consciencieusement son rôle de portier, et je lui glissai un quart de dollar pour qu'il ne me repère pas comme un radin. Il était onze heures et quart et la boîte était pleine à craquer. Les deux tiers de l'assemblée étaient en toilette de soirée. Contrairement à la plupart des boîtes de nuit, il n'y avait de chrome nulle part. Le bar était d'acajou massif, et les tables cernaient une piste de danse sur laquelle il était réellement possible de danser sans s'écraser les orteils.

La plupart des clients étaient des provinciaux en bordée. Ceux qui avaient amené leurs épouses dégustaient leurs consommations en louchant d'un œil vers les anatomies provocantes des entraîneuses, en regrettant amèrement de n'avoir pu laisser la bourgeoise à l'hôtel.

Oui, l'atmosphère du club était fort réussie. Elle vous transportait dans un ancien saloon des camps de mineurs du Far West, et les clients avaient l'air d'aimer ça. Je m'installai dans un coin retiré, commandai un cocktail et le bus à petites gorgées en attendant les événements.

Cinq minutes plus tard, une entraîneuse blonde me repéra et louvoya dans ma direction.

— Alors, on s'amuse ?

— Pas trop.

Je lui reculai une chaise en face de la mienne et fis signe au garçon de lui apporter un verre.

— Et ce n'est pas du thé, mon chou, dit-elle lorsqu'il eut posé un manhattan devant elle.

— Pourquoi me dis-tu ça ?

— Tous ces fermiers — elle désigna, par-dessus son épaule, la salle encombrée — ont lu quelque part que les entraîneuses buvaient du thé froid alors qu'ils payaient du whisky. Ils veulent toujours goûter le contenu des verres.

Il était inutile de tourner plus longtemps autour du pot.

— Où est Murray ? demandai-je.

La blonde me regarda plus attentivement, consulta sa montre et secoua la tête.

— Il arrive rarement avant minuit, répliqua-t-elle. Tu es un de ses copains ?

— Pas exactement. J'ai besoin de le voir.

— Vois Bucky. C'est lui qui dirige la boîte quand Murray n'est pas là.

— Non, c'est Murray qu'il faut que je voie. Tu te souviens de Nancy Sanford ?

Elle me regarda avec une curiosité accrue.

— Oui, je me souviens d'elle. Elle est morte dernièrement.

— Je sais. Je veux découvrir où elle habitait.

— Pourquoi ?

— Écoute, ma jolie, je suis enquêteur d'assurances. Nous avons des raisons de croire que Nancy Sanford était en réalité quelqu'un d'autre. Elle vivait sous un faux nom. Oh ! nous sommes au courant de ce qu'elle faisait. Mais, si elle était vraiment cette autre personne, nous avons une police à son nom dont les bénéficiaires toucheraient cinq mille dollars.

— Mais pourquoi venir chercher ici ?

— Parce que nous avons entendu dire qu'elle y avait travaillé.

Les yeux de la blonde s'attristèrent.

— Elle travaillait dans une maison...

— Elle a brûlé, coupai-je.

— Ensuite, elle a eu un appartement...

— Celui qu'elle habitait juste avant de mourir. Nous l'avons trouvé. Mais avant tout cela ?

— Je l'ignore. J'ai perdu sa trace après son départ d'ici. J'ai bien peur de ne pouvoir t'être d'aucune utilité. Demande à Murray.

— C'est ce que je vais faire. Incidemment, il y a cinq cents dollars à la clef pour toute personne qui nous renseignera.

Son visage s'éclaira.

— Je ne pige pas très bien, murmura-t-elle. Cinq cents dollars pour découvrir où elle habitait, et non qui elle était ? Ça ne tient pas debout.

— Nous voulons trouver l'endroit parce qu'il y a quelqu'un dans le voisinage qui peut l'identifier d'une façon positive. Et nous voulons obtenir une certitude absolue avant de faire quoi que ce soit.

— Autrement dit, pas un mot à la reine mère jusqu'à ce que j'aie mis la main sur quelque chose. Si je peux mettre la main sur quelque chose.

— Tout juste.

— O.K. Reviens dans deux ou trois jours. D'ici là, j'aurai peut-être trouvé quelque chose.

Elle vida son verre, afficha son sourire professionnel et s'éloigna. La perspective de toucher cinq cents dollars avait paru l'enchanter. Elle ne dirait donc pas un mot à la reine mère et s'efforcerait de les gagner. Ce n'était pas exactement ce que j'étais venu chercher au *Double Zéro,* mais c'était mieux qu'un fiasco total.

Une heure et demie et cinq verres plus tard, Murray Candid fit son entrée. Je ne l'avais encore jamais vu, mais lorsque les garçons se mirent à courir en tous sens, avec des mines affairées, je compris que le patron était arrivé.

Murray Candid était petit et rond, avec des joues couperosées, quelques mentons et une physionomie d'oncle à héritage qui respirait l'honnêteté. Les deux types qui l'encadraient se donnaient l'allure d'amis de la famille, souriaient et serraient les mains à la ronde, mais leur façon d'observer la foule et de garder le patron sous leur aile ne pouvait signifier qu'une seule chose : c'étaient deux chiens de garde payés par Candid pour veiller sur sa personne. Jeunes, bâtis en force et vêtus de smokings impeccables, ils refusaient aimablement, mais avec fermeté, les verres et les cigarettes qu'on leur offrait. C'étaient des durs authentiques, et qui avaient l'air d'aimer leur boulot.

L'orchestre apparut sur la scène, un projecteur erra sur la piste de danse, l'éclairage de la salle diminua d'intensité et Murray Candid s'éclipsa, en compagnie de ses deux gardes du corps. Je savais, désormais, où se trouvait la porte de son bureau... J'attendis quelques minutes, assistai à un excellent numéro de strip-teasing, payai mon addition et me dirigeai vers la porte en question. Elle donnait accès à un long corridor au bout duquel s'ouvraient deux autres portes. L'une était vitrée et portait l'inscription « SORTIE ». L'autre était en acier, peinte aux couleurs du bois, et n'était munie d'aucune poignée. Je touchai le bouton de la sonnette et n'entendis aucun son, mais, quelques secondes plus tard, le battant s'entrouvrit, et l'un des deux chiens de garde me salua d'un signe de tête interrogateur.

— J'aimerais voir M. Candid. Il est là ?

— Oui. Votre nom, je vous prie.

— Martin. Howard Martin, de Des Moines.

Il décrocha du mur un téléphone intérieur et j'en profitai pour tâter la porte. Elle avait sept ou huit centimètres d'épaisseur et sa face intérieure était garnie d'un revêtement insonore. Charmante attention.

— M. Candid va vous recevoir, annonça le garde du corps.

Sa voix était parfaitement inexpressive. Avec un léger déclic, la porte d'acier se referma derrière moi. Nous étions dans une sorte d'antichambre dont l'unique ornement était une autre porte. Il l'ouvrit et s'effaça pour me laisser entrer le premier. J'étais parvenu au centre de la pièce lorsque j'entendis quelqu'un tousser et vis une porte se refermer doucement. Il y avait des portes plein les murs, dans cette maudite officine, mais pas une seule fenêtre.

Un immense bureau de chêne cachait la moitié inférieure de Murray Candid. Des photos dédicacées d'artistes de music-hall ornaient la paroi, derrière sa tête. Il y avait un divan, quelques sièges confortables et un petit bar-radio. Rien de plus, si l'on exceptait le second chien de garde allongé sur le divan.

— Monsieur Candid ?

Il se leva en souriant et me serra la main. Je m'attendais à quelque chose de moite et de mou. Ce n'était pas du tout ça.

— Monsieur Martin, de... voyons... Des Moines, n'est-ce pas ?

— Exact.

— Asseyez-vous, monsieur Martin. Que puis-je faire pour vous ?

Le type vautré sur le divan avait à peine tourné la tête, mais il lança soudain :

— Il a un pétard, Murray.

Il ne me prit nullement au dépourvu.

— Sûr, mon pote, ricanai-je, je suis flic de mon état. Police de Des Moines.

Mais, intérieurement, je bouillais. Mon complet avait été taillé pour nous contenir tous les deux, mon 45 et moi, sans que personne s'en aperçoive. Ces gars-là étaient des fortiches.

Murray sourit de plus belle.

— Vous autres, policiers, avez l'impression d'être nus quand vous ne portez pas vos armes, n'est-ce pas ? Que puis-je donc faire pour vous ?

Je pris mon temps, allumai une cigarette et me renversai contre le dossier de mon fauteuil. Lorsque mon allumette atterrit dans le cendrier, j'étais prêt à me jeter dans le bain.

— Je voudrais quelques belles filles pour une garden-party. Nous organisons un grand banquet, le mois prochain, et on a l'intention de bien s'y amuser.

Si j'espérais provoquer une réaction, je me fourrais étrangement le doigt dans l'œil. Murray fronça les sourcils d'un air perplexe et battit la charge sur le bord de son bureau.

— Je ne vous suis pas très bien. Vous avez dit... des belles filles ?

— Sûr.

— Mais comment pourrais-je...

Je le gratifiai de mon sourire le plus égrillard.

— Écoutez, monsieur Candid, je suis un flic. J'ai des copains qui s'en sont payé une sacrée tranche en ville, il n'y a pas longtemps, et ils m'ont dit que c'était à vous qu'il fallait que je m'adresse pour obtenir ce genre d'article.

Murray paraissait sincèrement stupéfait.

— A moi ? Je reconnais que j'emploie des entraîneuses... des danseuses plus ou moins nues, mais de là à... Je ne vois pas comment je pourrais vous être utile en la circonstance. Je ne suis certes par un... un...

— Je fais ce que m'ont dit les copains, monsieur Candid. Ils m'ont juste dit de venir vous voir.

Il sourit de nouveau.

— J'ai bien peur qu'ils ne se soient trompés, monsieur Martin. Je regrette de ne pouvoir vous rendre service.

Il se leva, signifiant ainsi que l'entretien était terminé, mais, cette fois, il ne me tendit pas la main. Je lui dis au revoir et suivis le jeune athlète perspicace vers la sortie.

Je regagnai le bar et tentai de réfléchir. J'avais fait chou blanc. Il n'y avait dans le bureau du joli M. Candid ni classeur, ni coffre-fort, ni aucun endroit où pouvaient être rangés les livres dont Lola m'avait parlé, en supposant que de tels livres existassent. C'était toujours une cachette possible d'éliminée. S'ils n'étaient pas là, ils devaient être ailleurs.

Lorsque j'eus fini mon verre, je récupérai mon chapeau et quittai le *Double Zéro* pour entrer, en face, au *Roi du Coquillage,* une petite boîte spécialisée dans les produits de la mer, dont le bar donnait sur la rue. Je m'installai commodément et me préparai pour une longue attente. Mais j'avais à peine touché au premier plat que Murray Candid sortait de son club et s'éloignait, seul, d'un pas rapide. Je le suivis à quinze ou vingt mètres de distance. Il y avait tant de monde sur les trottoirs que je ne courais guère le risque d'être repéré.

Je ne pus m'empêcher de sourire lorsque je constatai finalement où allait Murray Candid. Il y avait un parc de stationnement à l'extrémité de la rue, et c'était vers son entrée qu'il se dirigeait. Même s'il me repérait à présent, j'avais la meilleure excuse du monde : ma voiture était parquée au même endroit.

Je le laissai entrer, réduisis vivement la distance qui nous séparait et tendis mon ticket au gardien, qui me remit en échange les clefs de ma voiture.

Il n'y avait aucun bruit dans le parc de stationnement, en dehors du grincement des graviers sous mes pas. J'aurais dû entendre une portière claquer, un moteur démarrer quelque part, mais il n'y avait rien, que le silence de jungle des nuits citadines.

Puis j'entendis un faible cri, à l'autre extrémité d'une rangée de voitures. Je restai figé sur place, l'entendis une seconde fois et, sans hésiter davantage, fonçai vers le cri.

Et je courus tête baissée le long d'une allée ténébreuse de chrome et de métal peint et rencontrai la crosse d'un revolver qui m'envoya à dame avec un beuglement étouffé dans la gorge. Pas le temps de bouger, pas de place pour me retourner. Des pieds me labouraient les côtes avec un acharnement et une force terribles, tandis que la crosse du pétard s'abattait et remontait et s'abattait encore.

Je savais que je gémissais, mais je n'entendais pas ma voix. Je levai la main pour tenter de saisir quelque chose, n'importe quoi, mais un talon m'écrasa la joue et ma tête heurta un objet de métal et je n'essayai même plus de bouger.

C'était presque agréable de rester immobile. Toute douleur avait disparu. Je savais qu'ils cognaient toujours, mais je ne voyais plus rien, je ne sentais plus rien, que le contact bizarrement indolore de souliers pointus.

— Assez, dit une voix monotone.

Quelqu'un chuchota que ce n'était pas assez, et les deux voix discutèrent un instant, mais, finalement, ce fut la première qui l'emporta, et les coups cessèrent de pleuvoir et mes oreilles de fonctionner. Étais-je éveillé, endormi ou mort ? Était-ce un cauchemar ou la réalité ? Je n'en savais rien et ne tenais nullement à le savoir.

6

Les premiers rayons de soleil m'éveillèrent... J'avais la physionomie enfoncée dans le gravier, les mains étendues de chaque côté de ma tête et tellement crispées que j'eus un mal de chien à redresser mes doigts. Lorsque je fus parvenu à m'asseoir, je constatai sans surprise que la sueur qui tombait de mon visage était rouge. Les efforts que je venais de faire pour me relever avaient dû rouvrir de multiples coupures.

En même temps que la mémoire, revint la souffrance, crescendo, jusqu'à ce que ma tête oscillât de droite à gauche, comme celle d'un ours, au rythme du tonnerre qui grondait sous mon crâne. Je jurai, et mes lèvres meurtries se fendirent. Alors je cessai de bouger et me contentai de réfléchir.

Le poids qui me faisait pencher d'un côté n'était autre que mon revolver. Ça, c'était le bouquet ! Pas un instant je n'avais eu la moindre chance de m'en servir. Quel crétin j'avais été de donner dans un tel panneau ! Je méritais vingt fois ce qui m'était arrivé.

Par un hasard miraculeux, ma montre avait survécu, sans autre dommage qu'un verre rayé. Il était six heures et quart. J'avais passé la nuit entre ces deux bagnoles. Les gars qui m'avaient sonné connaissaient leur affaire. Ils avaient eu soin de me tendre leur piège dans la section des voitures parquées pour la nuit entière.

J'essayai de me lever, mais échouai lamentablement et me laissai retomber contre la bagnole la plus proche, pantelant. Le plus petit mouvement m'arrachait des grognements de douleur. Mes vêtements étaient déchirés et souillés. Tout un côté de mon visage n'était plus qu'une plaie, et je ne pouvais toucher ma nuque, fût-ce du bout des doigts, sans faire la grimace. Je me demandai, vaguement, si leurs pieds m'avaient fracturé quelques côtes. J'avais, en tout cas, l'impression de respirer des flammes.

J'ignore combien de temps je restai ainsi à cribler les graviers entre mes doigts en pensant à mille choses confuses. Une heure, peut-être ? Lorsque j'eus bâti une jolie pyramide de petits cailloux, je les repris un par un et les lançai sur l'enjoliveur chromé qui ornait la roue de la bagnole opposée. Chaque fois que je touchais ma cible, elle émettait un « bing » cristallin.

L'un des cailloux ne fit pas le même « bing », je me penchai en avant pour le ramasser et tenter une seconde expérience. Mais ce n'était pas un caillou. C'était une bague. Une bague au chaton fleurdelisé, endommagée par les pieds qui l'avaient enfoncée dans les graviers.

D'un seul coup, ma fatigue disparut. Je me retrouvai debout, souriant d'une oreille à l'autre, sans me soucier des cassures de mes lèvres, parce que cette bague était celle de la Rouquine et qu'un salaud quelconque se ferait truffer la panse le jour où il essaierait de me la reprendre !

Ma bagnole était à l'endroit où je l'avais laissée. Je m'assis au volant, cherchai longuement la position la moins douloureuse, sortis de la file et, en passant devant le gardien, lui jetai deux dollars pour payer mes heures de stationnement supplémentaires. Il se réveilla juste assez longtemps pour ramasser l'argent, mais ne leva même pas la tête.

Je croyais pouvoir rentrer chez moi, mais je me trompais. Bien avant d'atteindre Broadway, je recommençai à souffrir comme un damné. C'était à peine si mes jambes parvenaient à manœuvrer les pédales. Je bifurquai vers l'appartement de Lola, dans la Cinquante-Sixième, trouvai une place pour garer ma bagnole et stoppai le moteur. Je me reposai un moment, quittai mon siège, claquai la portière et pénétrai dans l'immeuble en titubant.

Jamais je n'aurais cru que monter un escalier puisse être un tel supplice. Finalement, je m'affalai contre la porte de Lola et pressai le bouton de la sonnette. Elle vint ouvrir aussitôt et ses yeux s'exorbitèrent :

— Grand Dieu, Mike, qu'est-il arrivé ?

Elle me prit à bras-le-corps et me pilota jusqu'au divan du petit salon.

— Mike... Il faut que j'appelle un médecin.

Péniblement, j'avalai ma salive et dis :

— Non.

— Mais, Mike...

— J'ai dit non, bon Dieu ! Laisse-moi me reposer un peu... Ça ira...

Elle m'ôta mes souliers et posa mes pieds sur les coussins. Malgré son expression soucieuse, elle était adorable, gainée dans sa robe noire de la veille, qu'on eût dit peinte sur sa peau.

— Tu allais sortir, fillette ?

— J'allais partir au travail, Mike. Je n'irai pas, maintenant.

— Sans blague ! Et comment, que tu vas y aller ! Permets-moi seulement de rester ici jusqu'à ce que je me sente mieux. Je suis encore d'une seule pièce, pour autant que j'en puisse juger, et ce n'est pas la première fois qu'un truc de ce genre m'arrive. Allez, file !

— J'ai encore une heure devant moi.

Elle dénoua ma cravate, me débarrassa des ruines de mon veston et de ma chemise sans trop me faire souffrir et je la regardai avec étonnement.

— Tu as la main légère, fillette.

— J'ai été infirmière, pendant la guerre. Je vais te nettoyer.

Elle alluma une cigarette et me la mit entre les lèvres. Puis elle disparut dans la cuisine et revint bientôt avec de l'eau chaude et des serviettes. Mes muscles commençaient à se raidir et ce fut elle qui m'ôta le mégot de la bouche et l'écrasa dans un cendrier. Puis, s'armant d'une paire de ciseaux, elle coupa mon maillot de corps et mit mon torse à nu. Ce n'était pas très beau à voir. Il y avait d'énormes meurtrissures violacées, et des plaies couvertes de sang séché, et des endroits où le sang coulait à nouveau. Elle me pressa méthodiquement les côtes, cherchant d'éventuelles fractures, et je dus me tenir à quatre pour ne pas crier. Mais, lorsqu'elle eut terminé, nous savions tous les deux qu'il n'y avait rien de cassé et que je n'étais mûr ni pour le corbillard, ni pour le fauteuil roulant.

L'eau était brûlante, mais c'était ce qu'il fallait. Elle me nettoya soigneusement le visage et toucha les plaies avec de la ouate imbibée d'une solution antiseptique. Je fermai les yeux tandis qu'elle administrait les mêmes soins à mes bras, à mes épaules et à ma poitrine. Je dormais presque lorsque je sentis qu'elle débouclait ma ceinture.

J'ouvris les yeux, murmurai : « Eh là ! », mais elle passa outre. Et le moindre mouvement me coûtait un tel effort et le moindre effort était si douloureux que je la laissai achever de me déshabiller sans protester davantage. La douleur disparaissait sous la caresse magique de ses doigts, dans la mousse onctueuse et chaude de l'eau savonneuse, et c'était si merveilleux que je m'endormis au meilleur moment pour ne me réveiller que vers quatre heures, seul dans l'appartement, avec un drap — et rien d'autre — sur le corps. Sur le guéridon, à côté de moi, reposaient une carafe, un paquet de Luckies et une courte note : *Mike chéri. Ne bouge pas jusqu'à mon retour. Tes vêtements ont pris le chemin du vide-ordures ; de toute manière, tu ne te sauveras pas dans ce costume. J'ai pris tes clefs et vais aller chez toi chercher d'autres vêtements. Ton revolver est sous le divan, mais ne t'en sers pas, si possible, ou l'on me donnera mon congé. LOLA.*

Mes vêtements dans le vide-ordures !... Avec la bague de Nancy dans la poche ! Je rejetai le drap, me redressai d'un seul coup et recommençai à souffrir. Mais j'aurais pu m'épargner cela. Mon portefeuille, la bague et le reste du contenu de mes poches formaient un petit tas bien propre, derrière la carafe. Du moins étais-je en bonne position pour atteindre le téléphone sans effort supplémentaire. J'appelai le standard, demandai les renseignements et donnai à l'opératrice le nom et l'adresse de mon client. Le petit maître d'hôtel prit la communication et me passa son patron :

— Ici, Mike Hammer, monsieur Berin.

La voix de mon interlocuteur était joyeuse et chaude. La mienne manquait de fermeté.

— Oh ! bonsoir, Mike. Comment allez-vous ?

— Mal, merci. Je viens d'encaisser une raclée de première bourre.

— Pardon ?

— Je suis tombé dans un piège et je me suis fait démolir. C'est ma faute. J'aurais dû me méfier.

— Qu'est-il arrivé ?

Je l'entendis avaler sa salive. La violence n'était pas son lot.

— J'ai suivi un nommé Murray Candid dans un parc de stationnement et vous connaissez la suite. L'un de ces salopards s'est imaginé faire preuve de mansuétude à mon égard en ne m'achevant pas, mais je commence à douter de sa clémence. Je serais mieux mort...

— Grand Dieu, Mike, explosa-t-il, vous feriez peut-être mieux... Je veux dire...

Je tentai de ricaner, mais ce fut un fiasco lamentable.

— Pas mèche, monsieur Berin. Ils m'ont esquinté, mais ils ne m'ont pas fait peur. La prochaine fois, je serai sur mes gardes. Dans une certaine mesure, je suis content que ce soit arrivé.

— Content ?... Je ne comprends pas, Mike...

— L'un de ces salauds n'était autre que le meurtrier de la Rouquine, monsieur Berin.

— Vraiment ? Alors, vous avancez, Mike. Mais comment le savez-vous ?

— Il a perdu, en me tapant dessus, la bague qu'il a ôtée du doigt de Nancy Sanford avant de la tuer. Cette bague est maintenant en ma possession.

— L'avez-vous vu, Mike ? Seriez-vous capable d'identifier votre agresseur ?

Je commençais à l'intéresser, le vieux bougre ! Je m'en voulus de le décevoir.

— Non, monsieur Berin. Il faisait noir, et, tout ce que j'ai vu, c'est trente-six chandelles.

— Quel dommage, Mike ! Qu'allez-vous faire, à présent ?

La position commençait à me fatiguer.

— Je n'en sais rien encore, monsieur Berin. Écoutez... je vous rappellerai un peu plus tard.

— Entendu, mais... prenez bien garde à vous, Mike. S'il vous arrivait quelque chose, je m'en sentirais directement responsable.

Je lui dis de ne pas s'en faire, raccrochai et me laissai retomber en arrière avec le téléphone à la main. Je m'installai confortablement, sur le dos, et appelai Pat à son bureau. Il était déjà parti. Je composai le numéro de son appartement. Il fut heureux d'avoir de mes nouvelles et m'écouta religieusement, sans m'interrompre une seule fois. Je ne lui parlai pas de la bague, mais il devina que je ne lui avais pas tout dit.

— Il y a autre chose, n'est-ce pas ? grogna-t-il.

— Qu'est-ce qui te le fait croire ? lui demandai-je.

— Tu as l'air beaucoup trop content de toi pour un type qui vient de se faire assaisonner.

— Je suis content parce que l'adversaire commence à s'émouvoir.

— Qui étaient ces types ? Les fiers-à-bras de Murray Candid ?

— Possible, Pat, mais je n'en suis pas certain. Rien de neuf ?

— La compagnie d'assurances du gosse qui a renversé Nancy Sanford est prête à payer. Eux aussi recherchent les parents.

— Leur as-tu dit quoi que ce soit ?

— Non. Je leur ai donné le rapport officiel, un point, c'est tout. Mais ces gars-là sont habiles. Ils peuvent mettre la main sur quelque chose. Et j'ai entendu parler de ton petit copain.

— Mon petit copain ?

— Feeney Last.

Je faillis lâcher l'appareil. Le nom seul de ce satané métèque avait le don de me mettre en rage.

— Il jouit d'une bonne réputation. Jamais fait de taule, jusqu'à preuve du contraire. Nous avons trouvé deux villes, sur la côte Ouest, où il était connu. Employé dans les deux cas par des firmes qui avaient besoin d'un dur comme gardien. Et il a même eu l'intelligence de nous retourner par courrier le permis qui lui a été délivré lorsqu'il est entré au service de Berin-Grotin. C'est un gars qui connaît la musique.

— Il a décidé de s'en tenir au surin.

— Quoi ?

— Pas besoin de permis pour porter une lame, frangin, et Feeney est un expert.

Je commençais à ne plus pouvoir tenir le téléphone. Je pris congé de Pat, raccrochai, posai ma tête sur le traversin pour réfléchir tout à mon aise... et me réveillai en sursaut vers quatre heures, le pétard au poing et l'autre main sur la bague de Nancy.

Mais c'était seulement Lola. Mon expression de somnambule homicide dut lui causer une belle frayeur, car elle lâcha le paquet qu'elle portait.

— Mike !

— Excuse-moi, Lola. Je suis un peu nerveux, ces jours-ci !

Je jetai le pétard sur la table et glissai la bague à mon petit doigt.

— J'ai... j'ai apporté tes vêtements.

Elle ramassa le paquet et vint s'asseoir sur le bord du divan. Je l'attirai contre moi et l'embrassai longuement sur la bouche.

Elle sourit.

— Comment te sens-tu ?

— Beaucoup mieux. Grâce à toi, et à ces quelques heures de sommeil. Je vais avoir du mal à me remuer pendant quelques jours, mais ça me servira de pense-bête. La prochaine fois, j'ouvrirai l'œil...

J'observai un instant son visage soucieux et murmurai :

— J'ai rarement vu d'aussi belle gosse que toi, fillette.

Elle rit de plaisir, se leva d'un bond et arracha le drap qui me couvrait.

— J'en ai autant à votre service, monsieur Hammer, s'esclaffa-t-elle.

Je poussai un beuglement, récupérai ma toge et l'expédiai dans la cuisine pour revêtir les frusques qu'elle m'avait apportées. J'étais en train de nouer ma cravate lorsqu'elle annonça que la soupe était prête. Je la rejoignis et mis les pieds sous la table.

— Je t'aimais mieux dans l'autre costume, constata-t-elle.

— Pas d'impertinences, et cassons la croûte ! ordonnai-je.

J'avais trop faim pour parler en mangeant. Et la chère était succulente.

— Ces côtelettes m'ont remis à neuf, déclarai-je en allumant une cigarette.

Elle prit celle que je lui offrais et dit :

— Que vas-tu faire, maintenant, Mike ?

— Je ne sais pas encore. D'abord, je veux trouver pourquoi on m'a arrangé de cette manière. Et, ensuite, je veux trouver qui l'a fait.

— Je t'avais dit que Candid était dangereux.

— Ce n'est pas ce gros poussah qui est dangereux, mon chou, c'est sa galette. Avec ça, il engage des gens pour faire le sale boulot qu'il ne veut pas faire lui-même.

— Le résultat est toujours le même, Mike. Méfie-toi de lui... Tu étais allé au *Double Zéro* pour chercher les livres, n'est-ce pas ?

— Non. Je voulais surtout reconnaître les lieux. Ces gars-là ne sont pas des novices et, s'ils tiennent des livres, il faudra se lever tôt pour les déterrer.

Je tirai sur ma cigarette. Je n'arrivais pas encore à me tenir droit, mais ça passerait, il faudrait bien que ça passe.

— Nancy a été tuée, repris-je. J'ignore de quelle façon, puisque le gosse qui l'a bousculée croit l'avoir tuée tout seul. Mais pourquoi aurait-elle ôté sa bague ? Les femmes n'agissent pas de cette manière ! Et l'un des petits farceurs qui me sont tombés sur le poil l'avait dans sa poche. C'est donc bien un meurtre, et pas un accident.

» Nancy a délesté Feeney de ce qui lui servait à faire chanter un personnage que nous ne connaissons pas, mais tu me dis qu'elle ne donnait pas dans ces sortes de choses. Elle était brûlée, d'après un autre type, mais personne ne sait pourquoi. Tout cela n'a ni queue ni tête, mais une chose au moins est certaine. Il y a trop de façons de faire taire les gens sans risquer la chaise électrique pour que des professionnels commettent un crime à moins d'une raison grave. Quel est ton avis, Lola ?

— Je ne vois pas pour quelle raison grave Nancy aurait dû mourir. Elle était assez secrète, je te l'ai dit, mais elle était incapable d'une mauvaise action.

— Et pourtant, elle avait l'air de poursuivre un but, en faisant ce qu'elle faisait ?

— Oui, c'est exact.

— Elle ne faisait pas ça pour se venger d'un homme ? A la suite d'une déception amoureuse ou quelque chose comme ça ?

— Évidemment, non ! Elle était trop intelligente pour agir aussi bêtement !

Je hochai la tête. Elle se pencha vers moi et me regarda, longuement.

— Mike, dit-elle enfin d'une voix rauque, à quelle race appartiennent exactement les gens qui tuent ?

— A la pire de toutes, Lola. Ce sont des gens pour lesquels rien n'a plus d'importance. Des gens qui placent une certaine chose plus haut que le prix de la vie humaine et tuent pour l'obtenir, et tuent pour la conserver. Mais, quelle que soit cette chose, elle ne vaut jamais le prix qu'eux-mêmes doivent payer tôt ou tard.

— Tu as déjà tué, toi aussi, Mike.

Je sentis mes lèvres se retrousser.

— Oui, et je tuerai encore, Lola, parce que je hais les salopards qui descendent impunément leur prochain et qu'ils me haïssent aussi et qu'il m'est facile de les pousser jusqu'à ce qu'ils essaient de me régler mon compte et que je puisse tirer en état de légitime défense et me justifier devant un tribunal. Les flics ne peuvent pas aller aussi loin, mais ils aimeraient le faire, crois-le bien. On charrie toujours la police, mais il y a beaucoup de types réguliers parmi eux, des types qui en ont dans le ventre, mais qui ont les bras liés par la routine et les règlements, et qui doivent, en toutes choses, passer par la voie hiérarchique ! Il y a aussi des salauds et des traîtres, parmi eux... moins qu'on ne croit. Et beaucoup le sont devenus par dégoût de voir arriver des choses qu'ils n'ont pas le pouvoir d'empêcher, et des fripouilles se tirer indemnes d'histoires qui feraient pendre d'honnêtes citoyens.

Les yeux de Lola brûlaient à présent d'une lueur intense, passionnée.

— Que puis-je faire pour t'aider ? chuchota-t-elle.

— Réfléchis, Lola. Réfléchis à toutes les conversations que tu as pu avoir avec Nancy. Réfléchis à tout ce qu'elle a pu te dire ou sous-entendre. Et si tu te souviens de quelque chose qui ait la moindre chance d'être importante, dis-le-moi.

— Oui, Mike, mais comment reconnaîtrai-je l'importance possible de ce quelque chose ?

Je posai ma main sur la sienne.

— Écoute, fillette... Je suis désolé de devoir en reparler, mais vous faisiez partie, Nancy et toi, d'une organisation dont le seul but était de ramasser de l'argent. Et tout ce qui était susceptible d'empêcher cet argent d'affluer dans les caisses de certaines personnes pouvait être une cause de meurtre, même s'il ne s'agissait que d'un simple soupçon. Voilà ce que tu dois rechercher dans tes souvenirs.

— Je crois que je comprends, Mike.

J'empochai mes cigarettes.

— Tu sais où me téléphoner. Mais ne fais rien qui puisse attirer sur toi l'attention de qui que ce soit.

Côte à côte, nous nous dirigeâmes vers la porte.

— Pourquoi ? demanda-t-elle. Ai-je donc tant d'importance à tes yeux, Mike ?

Elle était plus adorable que jamais, grande et svelte et gracieuse, avec ses lèvres frémissantes et la profondeur soudaine de son regard levé vers moi. Je la pris dans mes bras et sentis palpiter contre moi toute la ferme rondeur de son corps magnifique.

— Tu as à mes yeux plus d'importance que tu le crois. Tout le monde peut mal tourner. Mais rares sont ceux qui savent se reprendre. Tu es une exception, Lola.

Ses yeux s'embuèrent de larmes et sa joue toucha la mienne.

— Non, Mike. Il me reste encore tant de chemin à parcourir... Sois gentil avec moi... mais pas trop. Je crois que je ne pourrais pas le supporter.

Comment lui répondre avec des mots ? Je posai mes lèvres sur les siennes et sa bouche était une flamme ardente qui bientôt gagna tout son corps jusqu'à ce qu'elle se renversât en arrière et gémît sous la pression brutale de mes mains.

Finalement, je m'enfuis comme un voleur et descendit l'escalier comme si rien ne s'était passé la veille et comme si mon corps n'était pas raide comme un piquet, et mon visage enflé et couvert de meurtrissures.

7

Je m'assis à mon volant, mais ne démarrai pas tout de suite. Que faire à présent ? Je n'en avais aucune idée. La bague de Nancy brillait faiblement à mon petit doigt. Si seulement cette bague avait pu parler... O.K., peut-être le pouvait-elle ? Peut-être. Trois quarts d'heure pour tard, je m'arrêtai devant une petite bijouterie, qui appartenait à l'un de mes plus vieux copains. Il s'apprêtait à partir lorsque je cognai à la porte, mais il me reconnut à travers la vitre et vint m'ouvrir aussitôt.

— Salut, Nat, tu as quelques minutes à me consacrer ?

Son visage se fendit en un large sourire. Il n'avait pas changé — toujours grassouillet comme un bébé Cadum — et portait toujours, malgré sa prospérité actuelle, le veston d'alpaga et le pantalon luisant des années de disette. Sa main saisit fermement la mienne et m'entraîna à l'intérieur du magasin.

— Mike ! Tout le temps que tu voudras... Passe donc dans l'arrière-boutique.

Je lui tapai sur l'épaule et passai devant lui.

— J'ai besoin de ton aide, Nat.

— Sûr, Mike.

Il me désigna une chaise et je m'assis tandis qu'il débouchait une bouteille de vin. Nous bûmes à nos santés réciproques et j'en vins au but de ma visite. Automatiquement, Nat vissa dans son orbite une loupe d'horloger et s'empara de la bague que je lui tendais.

— Voilà, Nat. Que peux-tu me dire au sujet de ce bijou ?

Il l'examina sous tous les angles possibles, puis laissa retomber la loupe dans la paume de sa main.

— Cette bague a-t-elle une histoire particulière, Mike ?

— Non. Rien qui se rapporte à son origine.

— Dommage. Est-ce très important ?

— Très.

— J'ai déjà vu bien des bagues de ce genre, mais... Enfin, c'est une bague de femme, vieille de trois cents ans ou plus. Tu vois la couleur de l'or, Mike. Ils utilisent aujourd'hui d'autres alliages plus durs que celui-ci. Le motif est partiellement effacé, mais je ne pense pas qu'elle ait jamais porté aucune inscription... Non, je suis navré, Mike, mais je ne puis t'en dire davantage...

— Et le motif, Nat ? Tu ne connais personne qui pourrait en retrouver la trace ?

— Si tu pouvais découvrir la compagnie qui l'a fabriquée, leurs archives...

Il s'interrompit et haussa les épaules.

— Mais, il y a trois cents ans, elle n'a pu être fabriquée que sur le Vieux Continent. Et avec la guerre et les nazis... De toute manière, il n'existait pas de grandes compagnies, en ce temps-là. C'étaient de petites affaires, transmises de père en fils, qui fabriquaient sur commande les bijoux de ce genre.

Je remis la bague à mon petit doigt.

— Merci tout de même, Nat. Ça m'évite toujours des pas inutiles.

Il fronça les sourcils et plissa le menton d'un air perplexe.

— La police n'a-t-elle pas des méthodes pour faire reparaître des inscriptions usées par le temps, Mike ?

— Oui, mais suppose que je me trouve en face d'un jeu d'initiales. Ce seront celles du propriétaire originel, et, puisqu'il s'agit d'une bague de femme, combien de fois le nom aura-t-il changé, même si elle n'est jamais sortie de la famille ? Non, si ce n'avait pas été une antiquité, elle aurait pu m'aider à résoudre le problème, mais puisque c'est comme ça...

Je me levai et lui tendis la main. Il parut désappointé.

— Déjà, Mike ? Il y a plus d'un an que tu n'es pas venu à la maison.

— Pas ce soir, Nat. Une autre fois. Bonjour pour moi à Flo et aux gosses.

— Je n'y manquerai pas, Mike. Les gosses vont être furieux que je ne t'aie pas amené.

Je regagnai ma bagnole et, avant de repartir, contemplai une fois de plus la bague de Nancy. Pourquoi diable le tueur la lui avait-il arrachée du doigt ? Pourquoi, puisqu'il était pratiquement impossible d'en retrouver l'origine ? Et quel était le salaud qui l'avait trimbalée dans sa poche jusqu'à ce qu'il la perde en me cognant dessus, dans le parc de stationnement ?

Une moitié de mon esprit conduisait la voiture et s'arrêtait chaque fois qu'il le fallait. L'autre se demandait pourquoi l'on avait pris la peine de m'endommager le portrait. Et avec quelle perfection dans l'exécution ! Je n'étais pas assez important pour être descendu, mais je l'étais assez pour recevoir cet avertissement.

Car ce ne pouvait être qu'un avertissement.

Murray et ses acolytes ne me connaissaient ni d'Ève ni d'Adam, mais ma petite histoire n'avait pas dû les convaincre, et cette raclée signifiait : « Passe au large et occupe-toi de tes oignons ! » Et l'un de ceux qui me l'avaient infligée avait tué la Rouquine, ou du moins trempé dans l'affaire...

Ce fut seulement lorsque je m'arrêtai à proximité du parc que je compris pourquoi j'y étais revenu. Je n'étais pas sûr que le gardien soit le même que la veille, mais je frappai au guichet et lui demandai :

— Personne n'a rien perdu sur ton territoire, mon pote ?

— Juste un gars qu'a signalé la perte des clefs de sa bagnole. Pourquoi ? T'as trouvé quelque chose ?

— Oh ! une bricole sans valeur. Rien de vraiment important. Je te demandais ça en passant, à tout hasard.

Il referma son guichet et je me disposais à vider les lieux lorsqu'une voiture vira pour entrer dans le parc, et les faisceaux tournants de ses phares accrochèrent deux jambes au moment où elles disparaissaient d'un bond entre deux bagnoles.

Je m'arrêtai court.

Les jambes suivaient la rangée le long de laquelle j'avais couru la veille.

Mon cœur s'emballa tout à coup, je guettai le moment propice et franchis silencieusement la palissade grillagée du parc de stationnement.

C'était peut-être quelque chose et ce n'était peut-être rien, mais j'étais décidé à ne courir aucun risque. A deux reprises, les graviers grincèrent sous mes semelles et je m'arrêtai, l'oreille tendue. Mais le type était beaucoup trop occupé pour m'entendre. Accroupi contre un marche-pied, il tamisait les graviers entre ses doigts. Il me tournait le dos. Je me redressai et m'offris le luxe de le regarder faire un instant sans mot dire.

Une autre voiture pénétra dans le parc. Il s'immobilisa, retenant son souffle jusqu'à ce qu'elle eût trouvé sa place et que le conducteur fût reparti. Puis il recommença à cribler les graviers.

— Perdu quelque chose ? m'informai-je.

Il tenta de se relever si vite qu'il s'étala de tout son long. Il y parvint au second essai et bondit sur ses pieds en frappant des deux poings, mais, cette fois, j'étais prêt. La première tournée ne lui suffit pas. Il lança son gauche en un large crochet, mais j'esquivai d'une rapide flexion et lui administrai un doublé au corps qui le plia en deux. Je n'étais pas d'humeur à respecter les règles. Je relevai violemment mon genou et lui écrasai le nez. Puis je le redressai d'une main, l'adossai à la bagnole et cognai de l'autre poing jusqu'à ce que ses bras tombent inertes le long de son corps. Lorsque je le lâchai, il s'affaissa comme un sac vide et ne bougea plus.

Je grattai une allumette, l'approchai de son visage, ou de ce qu'il en restait, et jurai entre mes dents. Je n'avais jamais vu ce type de ma vie. Il était jeune, et ses fringues ne sortaient pas d'un magasin de confection. Je le fouillai, découvris qu'il ne portait pas de revolver et s'appelait Walter Welburg. Son portefeuille était bien garni. Ses poches ne contenaient aucune clef. Peut-être était-ce là ce qu'il cherchait réellement ?

Nom de Dieu ! Mais aussi, pourquoi m'avait-il sauté dessus quand je lui avais demandé s'il avait perdu quelque chose ? Je quittai le parc de stationnement, la conscience troublée, et pris le chemin du *Double Zéro*. Les taxis commençaient à affluer, et les bouches béantes des boîtes de nuit à engloutir leur ration de poires. Le boxeur en livrée du *Double Zéro* était sur le trottoir, plus attentif à ouvrir les portières et à remplir ses poches de quarts de dollar qu'à surveiller l'entrée de l'établissement. Je m'économisai vingt-cinq cents en me faufilant derrière son dos.

La petite du vestiaire me remit un ticket en échange de mon chapeau. Puis elle vit les marques de coups sur mon visage et sourit :

— Que s'est-il passé, beau brun ? Elle t'a dit non et tu as cru qu'elle plaisantait.

Je lui rendis son sourire.

— Erreur, fillette, j'essayais de la repousser.

Elle se pencha au-dessus du comptoir et posa son menton dans les paumes de ses mains, m'offrant le spectacle gratuit de ce qu'il y avait dans son corsage. Ça valait la peine d'être vu.

— Je crois que j'en aurais fait autant, si j'avais été à sa place, dit-elle.

— Tu n'en aurais pas eu besoin, belle enfant. Je n'aurais pas essayé de te repousser.

Je lui envoyai un baiser, qu'elle fit mine d'attraper au vol et d'enfouir dans son décolleté. Ses yeux étaient noirs et pleins de sensualité.

— Il faudra que tu reviennes chercher ton chapeau. A tout à l'heure, beau brun.

Toutes les tables les plus proches de la piste étaient occupées. Un projecteur minuscule errait sur la silhouette d'une chanteuse qui faisait plus de musique avec ses hanches qu'avec sa voix. Ni Murray, ni ses chiens de garde n'étaient dans la salle. Je m'installai contre un mur et commandai un cocktail.

J'y avais à peine touché lorsque mon entraîneuse blonde vint s'asseoir auprès de moi.

— Je te cherchais, m'informa-t-elle.

Elle prit une cigarette dans mon paquet et l'alluma.

— Tu as parlé de cinq cents dollars, hier soir…

— Oui.

— J'ai peut-être quelque chose pour toi.

— Continue.

— Mais ça vaut plus de cinq cents dollars.

— Tu en es sûre ?

— Tu pourras en juger par toi-même.

— De quoi s'agit-il ? On peut acheter pas mal de choses avec cinq cents dollars.

Le numéro de la chanteuse tirait à sa fin. La blonde écrasa la cigarette sur un cendrier.

— Écoute... File avant que les lumières reviennent. Je sors d'ici vers une heure. Rendez-vous au coin de la rue. Nous monterons chez moi et je te montrerai ce que j'ai à vendre.

— O.K.

— Et tu feras bien d'apporter plus de cinq cents dollars.

— Je vais voir ce que je peux faire.

Elle sourit, inclina la tête et me quitta. J'expédiai le reste de mon verre, payai le garçon et regagnai le vestiaire. La petite feignit de montrer les dents.

— Tu es trop pressé, lança-t-elle. Je ne sors pas avant plusieurs heures.

Elle reprit, en me tendant mon chapeau, la posture qui me montrait l'endroit où elle avait mis le baiser que je lui avais lancé. Je pliai un billet dans le sens de la longueur, le glissai par-dessus le baiser et poussai du bout des doigts, jusqu'à ce qu'on ne le voie plus.

— Tu peux le garder si le patron ne le trouve pas, ajoutai-je.

— Il n'irait jamais le chercher là, s'esclaffa-t-elle en se redressant. Mais il est à toi si tu veux le reprendre.

Elle avait des idées, cette petite. Dommage qu'elle ne soit pas libre tout de suite, car j'avais une longue soirée d'attente en perspective. Faute de mieux, je m'installai dans un bar et dévorai des sandwiches. Mais mon esprit me ramenait sans cesse à l'entraîneuse blonde... Cinq cents dollars. Juste la moitié de mes honoraires. Il me fallut deux heures pour prendre une décision, mais, finalement, j'allai m'enfermer dans la cabine téléphonique du bistro et demandai l'interurbain. Je dus parlementer un moment avec le gnome qui servait de maître d'hôtel à M. Berin avant qu'il se décidât à réveiller son patron.

— Bonsoir, dit enfin M. Berin d'une voix ensommeillée.

— Ici Mike, monsieur Berin. Navré de devoir vous déranger, mais il y a du nouveau.

— Je suis à votre disposition, Mike. De quoi s'agit-il ?

— J'ai offert cinq billets à une entraîneuse pour tout renseignement important concernant la Rouquine. Elle a quelque chose à vendre, mais elle veut davantage. Est-ce que je me porte acheteur, ou est-ce que j'essaie de la faire parler d'une autre manière ?

— Mais... combien avez-vous dit... et... qu'est-ce que...

— Cinq cents dollars. Et elle ne m'a rien dit encore. J'ai rendez-vous avec elle.

— Je vois.

Il réfléchit un instant.

— Qu'en pensez-vous, Mike ?

— C'est vous qui payez, monsieur Berin. Mais on peut toujours voir, quitte à laisser tomber si ça ne vaut rien.

— Mais vous pensez que cela peut valoir quelque chose ?

— J'en ai l'impression. La dame en question est entraîneuse dans une boîte qui s'appelle le *Double Zéro,* et elle a connu Nancy, dans le temps...

— Alors, allez-y, Mike. La somme est insignifiante... Pour moi, du moins. Voyez de quoi il retourne, et faites pour le mieux...

— O.K., mais elle veut l'argent tout de suite.

— Très bien. Signez-lui un chèque. L'argent sera à votre banque dès demain matin.

— Entendu. Je vous rappellerai plus tard. Bonne nuit.

Je raccrochai et retournai m'asseoir. A minuit et demi, je ramassai ma monnaie et retournai tranquillement à ma voiture. Il était une heure cinq lorsque je vis la blonde sortir du *Double Zéro*. Je démarrai, ouvris la portière, m'arrêtai à côté d'elle et lui criai d'embarquer.

— Direction ?

— Tout droit. J'habite dans la Quatre-Vingt-Neuvième.

Elle avait posé à ses pieds une petite valise de cuir usagée.

— C'est ça ? lui demandai-je.

— Oui.

Je profitai d'un feu rouge pour mieux la regarder. Pas mal, pas mal du tout. Ses courbes avaient l'air authentiques, et, par endroits, trop belles pour être vraies.

Elle tourna la tête, s'aperçut de mon examen et sourit.

— Curieux ? murmura-t-elle.

— Au sujet du sac ?

— Non, à mon sujet ?

— Je suis toujours curieux au sujet des blondes.

Le signal passa au vert et je redémarrai. Une fois dans la Quatre-Vingt-Neuvième, je roulai jusqu'à ce qu'elle me dise d'arrêter, puis me rangeai contre le trottoir, coupai le contact, ouvris la portière et m'emparai de la petite valise.

— Tu n'as pas l'intention de me brûler la politesse, par hasard ? plaisanta-t-elle.

— J'y ai pensé. Et puis c'est la curiosité qui l'a emporté.

— La curiosité ? Au sujet du sac ?

— Non, à ton sujet.

Elle me prit par la main et, quelques minutes plus tard, nous étions dans son appartement. C'était joli et confortable, bien qu'un peu impersonnel. L'appartement d'une femme de goût qui n'a pas souvent l'occasion de rester chez elle.

— Je m'appelle Ann Minor, annonça-t-elle lorsque j'eus posé mon chapeau sur une petite table.

Puis elle me regarda d'un air ambigu et ajouta :

— Et toi ?

— Mike Hammer, Ann. Je ne suis pas inspecteur d'assurances, mais détective privé.

— Je sais. Je me demandais si tu allais me le dire.

— Qui t'a renseignée ?

— Personne. Je savais que je t'avais déjà vu quelque part, mais c'était seulement en photo, dans un journal.

— Est-ce pour cela que tu m'as fait décamper aussi vite, ce soir, au *Double Zéro* ?

— Oui. Murray n'aime pas les flics, même privés.

— Que peut avoir à craindre de la police un honnête homme d'affaires ?

— Répète... en supprimant un mot.

C'était parfaitement inutile. Je m'assis sur le bras d'un fauteuil et la regardai suspendre son manteau dans un placard, poser mon chapeau sur l'étagère supérieure et refermer la porte.

— Je ne suis pas une gosse, reprit-elle. Je crois que je ne l'ai jamais été. Tu n'étais pas venu au *Double Zéro* pour t'amuser et je le savais. Quand tu as parlé de Nancy, j'ai commencé à comprendre... et à trembler. Dis-moi... Tu sais te défendre ?

Elle avait à peine prononcé le dernier mot que le canon de mon 45 était braqué vers sa poitrine. Lorsqu'elle l'eut bien regardé, je le remis dans son étui et croisai les bras. Ses yeux s'étaient élargis.

— Je hais Murray... Il ne m'a jamais rien fait. Il me paie régulièrement mon salaire, mais j'ai vu ce qu'il avait fait à d'autres pauvres gosses, et je le hais...

Je mourais d'envie d'ouvrir la petite valise, et elle le savait. Souriante, elle s'approcha de moi, tapota l'endroit où je mettais mon portefeuille et dit :

— Tu as apporté l'argent ?

— Oui.

— Combien ?

— Ça dépendra du contenu de ce sac. Qu'en feras-tu, lorsque tu l'auras touché ?

— Je partirai pour un long voyage. J'en ai plein le dos de cette sale ville !

Je ramassai la valise. Elle n'était pas très lourde. Le cuir était taché et couvert d'éraflures. J'essayai de l'ouvrir, mais elle était fermée à clef.

— Elle est à toi ? m'informai-je.

— Non, elle était à Nancy. Il y a un petit débarras, à côté des loges, où l'on entrepose tout ce qui gêne ailleurs. La boîte a été transformée, il y a pas mal de temps. Nancy ne devait pas être là quand ils ont dégagé les loges et entassé toutes sortes de trucs dans le débarras. Elle a cru sans doute que la valise avait été volée, mais quand j'ai mis la main dessus, un beau jour, je l'ai reconnue.

— Et tu ne l'as jamais ouverte ?

— Je n'ai jamais pensé à emporter de quoi l'ouvrir. Et j'ignorais encore que Nancy ne reviendrait plus.

Elle nous servit à boire, s'installa au coin d'un sofa et continua de m'observer en silence. Lorsqu'elle eut fini son verre, elle le posa sur le tapis et ramena ses jambes sous elle, découvrant avec art ses longues cuisses au galbe irréprochable. Puis elle respira profondément, ses seins combattirent les plis de sa robe, et j'attendis, oppressé, de les voir gagner la bataille.

— Tu ne l'ouvres pas ? questionna-t-elle.

Sa voix contenait un défi.

— Il me faudrait un pic à glace, un couteau... Quelque chose.

J'affectais un détachement que j'étais loin de ressentir.

Elle passa trop près de moi en se dirigeant vers la cuisine et je l'arrêtai et la pris dans mes bras et l'embrassai sur la bouche et promenai mes lèvres à l'intérieur de son décolleté, tandis qu'elle gémissait doucement et tremblait sous mes mains. Lorsque je la lâchai, ses yeux étaient deux tisons ardents prêts à flamber comme des torches et sa bouche une chose rouge et passionnée sur laquelle errait une langue agile.

Elle disparut dans la cuisine avant que j'aie pu la retenir et je l'entendis fourrager dans un tiroir, et je l'entendis refermer le tiroir, mais elle ne revint pas tout de suite et, lorsqu'elle revint, sa robe avait cédé la place à un peignoir de satin sous lequel je la devinai nue.

— Ça te plaît ? me demanda-t-elle.

— Sur toi, oui.

— Et sur quelqu'un d'autre ?

— Ça me plairait toujours.

Elle me tendit un solide tournevis, chuchota :

— Est-ce que ça ne peut pas attendre ?

Je l'embrassai sur le bout du nez.

— Non, mon chou, ça ne peut pas attendre.

Je m'accroupis devant la valise et commençai à peser méthodiquement sur la serrure. Bientôt, elle céda, mais, au moment où j'allais soulever le couvercle, toutes les lumières s'éteignirent, à l'exception d'une petite lampe de chevet.

— Mike, murmura Ann.

Je me retournai brusquement, un juron au bord des lèvres, mais rien ne sortit, parce qu'elle avait jeté son peignoir sur le dossier d'un fauteuil et se tenait debout au centre de la pièce, admirable statue vivante perchée sur des talons hauts, les pieds écartés et les poings sur les hanches, me provoquant de tout son corps. Sa blondeur n'était pas authentique, mais ses courbes étaient bien à elle.

J'oubliai la valise et les coups que j'avais reçus la veille et l'enlaçai et trouvai sa bouche et tombai avec elle sur le sofa, et les ombres projetées par la lampe ondulèrent autour de la pièce tandis que s'éternisait le silence.

Plus tard, j'allumai une cigarette. Ma main tremblait. Ann souriait, et sa voix était douce, presque musicale.

— Je me demandais si je pouvais encore être assez importante pour te faire oublier tout le reste.

— Tu es heureuse de m'avoir arrêté en chemin, hein ?

— Oui.

Ses yeux ne me quittèrent pas lorsque je me relevai après avoir éteint ma cigarette.

J'ouvris rapidement la valise et ne pus m'empêcher de siffler entre mes dents. Elle était pleine de vêtements de nouveau-né, tous flambant neufs : chaussons, bonnets, brassières, et bien d'autres machins dont j'ignorais le nom. Au fond du sac, gisaient deux couvertures de coton, soigneusement pliées.

La Rouquine était mère ! Quelqu'un était donc père. Un merveilleux motif de chantage et de meurtre. Mais ce n'était pas le genre de Nancy. Et il y avait autre chose. Tous ces petits vêtements n'avaient jamais servi. Quelques-uns portaient encore des fragments d'étiquettes... Alors ?...

Dans l'une des poches de la doublure, je trouvai des épingles à nourrice, un tube de rouge à lèvres et un miroir ; dans l'autre, un petit album de photographies. Toutes représentaient Nancy, une Nancy différente de celle que j'avais rencontrée, âgée de seize ans au maximum, insouciante et fraîche comme une fleur nouvelle. Il s'agissait d'instantanés pris lors de quelque pique-nique, en compagnie de divers jeunes gens, mais Nancy ne semblait avoir aucune préférence pour l'un d'entre eux.

Elle souriait sur toutes les photos, et deux au moins me permirent de constater qu'elle portait sa bague d'or ancienne au chaton fleurdelisé...

Les paysages n'étaient que des étendues anonymes de sable ou d'eau. L'envers des épreuves ne portait aucune date, aucune indication, pas même l'adresse de la maison qui les avait développées. Rien. La piste se terminait en cul-de-sac.

— Est-ce que cela peut t'être utile ?

Ann me parlait. Je secouai ma torpeur et hochai affirmativement la tête. Une idée commençait à trotter sous mon crâne. Je tirai mon carnet de chèques, en rédigeai un et le posai sur la table. J'avais déjà pris ma décision, mais je lui demandai :

— Combien en veux-tu ?

Pas de réponse. Je me retournai et la contemplai un instant, toujours allongée sur le sofa, nue et souriante.

— Rien, dit-elle. Tu as déjà payé.

Je refermai la valise, allai reprendre mon chapeau dans la penderie et ouvris la porte. La Rouquine ne s'était pas trompée, mais Ann pourrait tout de même partir en voyage.

Je lui adressai un clin d'œil complice, qu'elle me retourna sans mot dire, et la porte se referma derrière moi.

8

Je ne dormis pas cette nuit-là. Rentré chez moi, j'étalai le contenu de la valise sur la table et fumai une cigarette en essayant de comprendre. Des vêtements de bébé. Des instantanés. Une vieille valise de cuir élimé... Tout cela avait appartenu à la Rouquine. Et puis ?

Il y avait de la bière dans le Frigidaire. Je la liquidai jusqu'à la dernière goutte et réfléchis encore et, lorsque le soleil apparut au-dessus de la barre d'appui de ma fenêtre, je décrochai le récepteur et appelai M. Berin.

— Ici Mike, annonçai-je.

— Bonjour, Mike. Vous êtes matinal.

— Je ne me suis pas encore couché.

— Vous vous repentirez de ces écarts lorsque vous aurez mon âge, jeune homme.

— Peut-être, mais, pour l'instant, c'est vous qui allez vous repentir, car j'ai laissé à ma copine un chèque de cinq cents dollars.

— Fort bien, Mike, je vais m'en occuper immédiatement. Avez-vous appris quelque chose d'intéressant ?

— Non, mais ça va venir, ça va venir.

— Alors, je considère que cet argent a été bien employé. Ne pouvez-vous m'en dire davantage ?

— J'ai une vieille valise pleine de vêtements de bébé et quelques instantanés de la Rouquine. Le tout lui appartenait.

Il resta un instant silencieux et admit que c'était surprenant. Je me déclarai entièrement d'accord avec lui.

— Qu'allez-vous faire à présent ? me demanda-t-il.

— Dormir, avant tout. Ensuite, on verra.

— Alors, bonne nuit, Mike. Et si vous avez encore besoin de moi, n'hésitez pas à me téléphoner.

— Entendu.

Je raccrochai. Mes yeux étaient des charbons ardents et j'avais trop bu de bière. Je me jetai sur mon lit et sombrai dans un lourd sommeil peuplé de cauchemars nébuleux auxquels m'arracha, vers midi, la sonnerie du téléphone. Au début, je tentai de la chasser, comme un moustique importun, mais elle persista et je me retrouvai sans savoir comment avec le récepteur collé contre l'oreille et la voix de Velda résonnant dans ma tête et répétant d'un ton plein d'angoisse :

— Mike... Est-ce vous, Mike ? Mike, répondez-moi !

— C'est bien moi, cocotte, parvins-je enfin à lui répondre. Qu'est-ce que vous voulez ?

Elle était furieuse, mais manifestement soulagée.

— D'où sortez-vous, Mike ? C'est la quatrième fois que je vous téléphone ce matin.

— Je n'ai pas bougé d'ici. Je dormais.

— Oh ! vous avez découché une fois de plus, hein ? Comment était-elle ?

— Yeux verts, cheveux bleus, peau rouge. Que voulez-vous ?

— Pat a téléphoné ce matin de bonne heure. Il a demandé que vous le rappeliez aussitôt que possible. C'est au sujet de Feeney Last.

— Pourquoi diable ne le disiez-vous pas ? A plus tard, Velda, je vais l'appeler immédiatement.

Mais le capitaine Chambers n'était plus à son bureau, et le sergent de service refusa de me dire où je pourrais le joindre. J'eus envie de l'injurier, mais je me contins, raccrochai, réunis tous les petits vêtements de mioche, les remis dans la valise en compagnie des photos et pris une douche.

Le téléphone sonna quelques instants plus tard et je dus foncer dans le salon, mouillant tout sur mon passage, mais je ne fis aucun reproche à Pat. J'étais beaucoup trop impatient d'entendre les dernières nouvelles.

— Mike ! s'esclaffa-t-il. A quoi emploies-tu tes nuits, mon pote ?

— Si tu le savais, tu voudrais changer de place avec moi. Velda m'a dit que tu avais quelque chose au sujet de Feeney. Je t'écoute.

Il entra tout de suite dans le vif du sujet.

— Mes sondages n'avaient rien donné jusqu'alors, mais j'ai reçu ce matin une lettre d'un shérif de la Côte. Il semble que Feeney Last réponde au signalement d'un individu recherché là-bas pour meurtre. Malheureusement, le seul type qui pouvait l'identifier est mort et ils doivent marcher d'après la description qu'il leur avait faite.

— C'est déjà quelque chose. Feeney ne devait pas être bien difficile à décrire : un métèque. Que vas-tu faire ?

— J'ai demandé des précisions. Si elles collent avec le reste, je lance mes hommes à ses trousses. J'ai fait reproduire la photo de son permis de port d'arme et l'ai envoyée au shérif à toutes fins utiles. Et maintenant, au revoir ; j'ai une mort sur les bras, et il faut que je fasse un rapport.

— Une de nos connaissances ? m'informai-je.

— Non, à moins que tu ne fréquentes les pièges à touristes. Il s'agit d'une femme. Elle était entraîneuse au *Double Zéro,* un cabaret de la...

Ma main se crispa autour du récepteur.

— Comment était-elle, Pat ?

— Blonde oxygénée. La trentaine. Pas mal, au demeurant. Suicidée. Il y avait une lettre d'adieu dans son sac à main, parmi des papiers d'identité.

— Suicidée, hein ? ricanai-je avec amertume.

Il y avait eu plus d'une blonde oxygénée au *Double Zéro,* mais j'aurais parié n'importe quoi que je savais qui était celle-ci. Mon ton parut déplaire à Pat Chambers.

— Suicidée, sans aucun doute, Mike, insista-t-il. N'essaie pas d'embrouiller une fois de plus les choses.

— Elle s'appelait Ann Minor ?

— Oui... quoi ! Comment le sais-tu ?

— Le corps est à la morgue ?

— Ouais... Écoute...

— Rendez-vous là-bas dans vingt minutes.

Je raccrochai.

Il me fallut près de trois quarts d'heure pour atteindre la morgue, et Pat faisait les cent pas devant la porte de l'édifice lorsque je m'arrêtai au bord du trottoir. Il tressaillit en voyant mon visage et dit d'un air dégoûté :

— J'espère qu'ils n'essaieront pas de te garder, là-dedans. J'ai vu des cadavres qui avaient meilleure mine que toi.

Lorsque nous fûmes devant le corps, Pat écarta le drap et attendit.

— Tu la connais ?

Je fis un signe affirmatif.

— Quelque chose à voir avec l'affaire Sanford ?

Même jeu.

— Nom de Dieu, Mike, un de ces jours, le coroner t'étranglera de ses propres mains. Il est sûr qu'il s'agit d'un suicide.

Je recouvris doucement le visage de la blonde.

— Elle a été assassinée, Pat.

— O.K. Allons quelque part où nous puissions causer.

Pat s'attabla devant un déjeuner substantiel, mais je ne commandai rien de plus qu'une bouteille de vin rouge.

— Dis-moi ce que tu sais, Pat.

— Elle s'appelait Ann Minor... mais je ne t'apprends rien, apparemment. Elle travaillait pour Murray Candid depuis quatre ans. Danseuse avant cela, dans diverses petites boîtes, rien sur sa vie privée. Appartement en ville. Bien considérée dans la maison...

» Fréquemment sujette au cafard, ces derniers mois, d'après ses compagnes de travail, mais rien qui ait pu permettre de prévoir son suicide. Sa lettre d'adieu disait simplement qu'elle était fatiguée de tout, qu'elle n'avait aucun but dans la vie et qu'elle n'avait aucune raison de rester sur terre, d'où son plongeon. L'écriture correspondait à sa signature relevée sur d'autres documents.

— Foutaise !

— Les experts s'en sont assurés, Mike.

— Alors, ils feront bien de s'en assurer une deuxième fois.

Pat discerna la crispation de mes mâchoires et baissa les yeux.

— J'y veillerai, murmura-t-il.

Il engloutit une bouchée de spaghetti et continua :

— Voilà comment les choses se sont passées... apparemment. Juste avant l'aube, elle est allée jusqu'au bout du quai démoli, près de Riverside Drive, elle a ôté son chapeau, ses souliers, sa veste, elle a posé le tout sur la berge, avec son sac à main par-dessus, et s'est jetée à l'eau.

» Sans doute ne savait-elle pas nager. Quoi qu'il en soit, elle se serait noyée de toute manière, parce que sa robe s'était accrochée à des bouts de ferraille immergés et la retenait au fond. Vers huit heures et demie ce matin, des gosses ont repéré ses effets, puis son corps, et ont appelé un flic qui a téléphoné à la brigade volante. Ils ne se sont même pas donné la peine d'essayer de la ranimer.

— Depuis combien de temps était-elle morte ?

— Entre quatre heures et cinq heures et demie.

J'expédiai un verre de vin et murmurai :

— Je l'ai quittée vers trois heures moins le quart, cette nuit.

Les yeux de Pat lancèrent des flammes, et il embrocha nerveusement un nouveau contingent de spaghetti. Ils étaient peut-être bons, mais il ne les sentait sûrement pas descendre.

— Continue, ordonna-t-il.

— Elle avait trouvé une valise qui appartenait à Nancy. Nancy avait travaillé au *Double Zéro,* jadis, et j'avais demandé à Ann Minor de flairer le vent, autour d'elle. La valise était pleine de vêtements de bébé, tous flambant neufs. Nous sommes montés chez elle, et j'y suis resté jusqu'à deux heures et demie, trois heures moins le quart.

Il hocha la tête.

— Avait-elle l'air effrayée... ou cafardeuse ?

— Quand je l'ai quittée, elle était parfaitement heureuse. Elle ne pensait nullement au suicide.

— Sacré nom, Mike ! Je...

— Quand doit avoir lieu l'autopsie ?

— Aujourd'hui... maintenant ! Et voilà que ça recommence ! Je ne serais pas surpris d'apprendre qu'ils lui ont trouvé de l'arsenic dans les viscères, à présent.

Il repoussa rageusement sa chaise, alla s'enfermer dans la cabine téléphonique de l'établissement, revint au bout d'une minute et grogna :

— Rapport officiel dans deux heures. Ils s'occupent d'elle, en ce moment.

— Et je parie que le verdict restera le même.

— Pourquoi ?

— Parce que nous n'avons pas affaire à des imbéciles.

— Ce sont peut-être eux qui ont affaire à des imbéciles, hein, Mike ?

J'allumai une cigarette et lui souris. Je venais de me rappeler quelque chose que j'avais lu ou entendu dire, au sujet des noyés.

— Parle pour toi, fiston, répliquai-je. Nous allons faire mousser le coroner. J'aimais beaucoup cette blonde.

— Tu penses que c'est arrivé à cause de Nancy, n'est-ce pas ?

— Oui.

— Alors, apporte-m'en la preuve, Mike. Je ne peux rien faire sans cela.

— Je te l'apporterai.

— Quand ?

— Quand nous aurons mis la main sur quelqu'un d'assez bien renseigné pour pouvoir parler.

D'un clignement d'œil, Pat marqua son approbation.

— Je nous vois très bien en train de le faire parler, murmura-t-il.

— Tu n'auras pas cette peine, ripostai-je. Quand je t'amènerai quelqu'un, il sera si content de se mettre à table qu'il n'y aura pas besoin de le prier.

— Tu lui auras fait la morale auparavant, je suppose ?

— Et comment ! ricanai-je.

— Tu sais ce que tu vas trouver devant toi, naturellement ?

— Sûr. Des gars avec des gardes du corps plein les poches. Des gars capables de se défendre eux-mêmes si les gardes du corps se font démolir. Des gars bardés de galette et défendus par leurs petites armées personnelles.

— Nous naviguons en eaux dangereuses, grommela Pat.

— Je le sais. Et c'est là que j'ai l'avantage, Pat. Étant donné ta position officielle, ils peuvent te mettre des bâtons dans les roues. Mais, moi, je peux les envoyer au bain. Ils ne peuvent pas m'obliger à démissionner, et ils ne peuvent pas m'effrayer, parce que je peux faire plus de bruit à moi tout seul qu'eux tous réunis.

— A qui le dis-tu !

Pat retourna à ses spaghetti et moi à ma bouteille de vin. Mais, avant qu'il ait eu le temps d'allumer une cigarette, le tenancier du bar l'appela au téléphone. Il revint cinq minutes plus tard en souriant d'une oreille à l'autre.

— Ta théorie de meurtre a du plomb dans l'aile, Mike. Les experts se sont livrés à un nouvel examen, et il ne subsiste aucun doute sur l'authenticité de la lettre d'adieu. Pas traces de contrefaçon. Cette fois, tu t'es bien fourré le doigt dans l'œil.

Je n'essayai même pas de discuter. Quand les experts de la police sont formels sur quelque chose, ils savent ce qu'ils disent.

Pat m'observait.

— Il y a encore l'autopsie, bougonnai-je.

— Tu veux y assister ?

Je secouai la tête.

— Non. Je vais faire un tour. J'ai besoin de réfléchir. Je te rappellerai plus tard. D'ici là, tâchez de voir dans les hôpitaux...

— ... S'ils ont jamais eu une certaine Nancy Sanford dans leurs sections « maternité », etc., etc. D'accord, Mike, j'y pensais.

— Et l'on dit que les flics sont bêtes !

Je réglai l'addition, pris congé de Pat devant la porte et m'éloignai le nez au vent. Suicidée ? Sans blague ! Ann Minor avait dû poser trop de questions et attirer l'attention sur elle. Elle essayait de gagner cinq cents dollars. Elle avait gagné le repos éternel.

Pauvre blonde...

Je fis le tour complet du pâté de maisons, puis réintégrai ma voiture et mis le cap sur Riverside Drive. Une fois arrivé à destination, je parquai la bagnole et me dirigeai vers le quai démoli dont Pat m'avait parlé. Ils y avaient posté un garde, mais il me regarda un bon coup et dut comprendre que j'étais du bâtiment, car il me fit signe de passer sans demander à voir mes papiers.

L'eau du fleuve était grise et pouvait paraître belle jusqu'à ce qu'on se penche et qu'on aperçoive les ordures qui flottaient le long de la rive. Je ne tardai pas à découvrir, au sommet d'un tas d'immondices, une boîte de fer-blanc encore munie de son couvercle. J'en nettoyai soigneusement l'intérieur à l'aide de mon mouchoir et jetai le mouchoir. Puis je descendis sur les piliers qui soutenaient les restes du quai, emplis ma boîte d'eau du fleuve, regagnai ma voiture et, au lieu de téléphoner à Pat, me rendis tout droit à son bureau.

Tout de suite il me tendit une feuille dactylographiée.

— Voilà le rapport, Mike. Elle est morte par suffocation. Noyée. Et nous ne nous étions pas trompés sur l'heure non plus...

Je ne me fatiguai pas à lire le rapport :

— Le coroner est-il encore là, Pat ?

— Il est en bas... Pourquoi ?

— Dis-lui d'attendre.

— Tu es sûr que ça en vaut la peine ? Il n'est pas commode. Et il est avec le district attorney.

— Ça en vaut la peine.

Je posai ma boîte sur son bureau.

— Dis-lui de faire analyser ça.

Il la secoua légèrement, fronça les sourcils et me regarda. Lorsqu'il vit que je n'avais pas l'intention de lui fournir des explications, il se leva et quitta son bureau. Cinq secondes plus tard, j'entendis fonctionner l'ascenseur.

J'en étais à ma neuvième Lucky lorsque Pat revint. J'étais sûr qu'il était en boule.

Il l'était. Il posa violemment la boîte sur son bureau et me fit face, le visage empourpré de colère :

— Et alors ? Qu'est-ce que c'est que cette histoire ? Il a analysé le contenu de ta boîte, et il m'a dit que ce n'était que de l'eau, avec toutes les sortes de cochonneries imaginables. Ensuite, il m'a demandé pourquoi je lui avais fait faire ce boulot et j'ai eu bonne mine ! Je ne savais pas ce que j'espérais trouver là-dedans, mais j'attendais mieux, tout de même...

— Pourquoi ne lui as-tu pas demandé si c'était le même genre de flotte polluée qu'il avait trouvée dans les poumons de la blonde ? Pas dans son estomac, tu m'entends : dans ses poumons. Quand on se noie, on suffoque, parce que la petite soupape qu'on a dans la gorge bloque le passage de l'air pour empêcher l'eau de pénétrer dans les poumons. Il n'en faut pas beaucoup pour suffoquer quelqu'un... juste assez d'eau pour bloquer cette petite soupape. Il y a de l'eau dans l'estomac, mais très peu dans les poumons. Vas-y. Pose-lui la question.

Les yeux de Pat s'exorbitèrent.

— Et tu as trouvé ça tout seul ? dit-il, montrant les dents.

Il décrocha son téléphone. La conversation ne dura pas plus d'une minute.

— Ils s'en occupent, annonça-t-il après avoir raccroché le récepteur. Je crois que tu as fait mouche.

— C'est ce que je me suis tué à te répéter...

— Ne vas pas trop vite, Mike. Il faut attendre le rapport. Et maintenant, à toi la parole.

— C'est très simple, Pat. Ann Minor a été noyée, probablement chez elle, et jetée ensuite dans le fleuve.

— Il a donc fallu qu'ils sortent le corps de la maison sans se faire repérer.

— Et alors ? Qui se promène dans la rue à cette heure ? Ils n'ont certainement éprouvé aucune difficulté pour la sortir de chez elle et la jeter à l'eau.

— Mais il y a un hic : la lettre d'adieu.

— J'ai aussi mon idée là-dessus.

Pat posa son menton sur son poing.

— Continue, tu m'intéresses.

— Des clous ! Elle est un peu tirée par les cheveux, et tu la trouveras bien toi-même...

— Pas sûr, dit-il sérieusement. Je passe pour une lumière, dans ma section, j'aime mon boulot, et je le fais bien, mais, depuis quelque temps, c'est toi qui ponds toutes les idées. Est-ce que je m'encroûterais, par hasard ?

Je ne pus m'empêcher de rire.

— T'inquiète pas, fiston, tu ne perds par les pédales. Tu oublies simplement qu'une fripouille intelligente peut en savoir autant qu'un flic intelligent. Il y a des moments où il faut savoir se mettre dans la peau d'une fripouille...

— Ça va, je connais le refrain.

— Nous voilà avec deux meurtres sur les bras. Tous deux ressemblaient à autre chose. Nous n'avons pas encore prouvé que le premier était un meurtre, mais le deuxième montre à qui nous avons affaire. Et ce ne sont pas des amateurs.

Quelques instants plus tard, le téléphone sonna. Pat resta impassible jusqu'à la fin de la conversation, mais je savais qu'il souffrait mille morts.

— L'eau recueillie dans ses poumons était claire, avec des traces de savon. Elle a sans doute été noyée dans sa baignoire. Aucune contamination d'aucune sorte.

— Alors, haut les cœurs !

— Ouais. Tous ces imbéciles me félicitent, mais ils veulent savoir comment j'en suis arrivé là.

Je me levai d'un bond.

— Dis-leur que tu as calculé ça tout seul, dans tes deux petites têtes.

Pat jura doucement, mais il souriait. Et je souriais aussi en quittant son bureau parce que, pour la première fois peut-être de ma vie, je voulais avoir la police derrière moi. Cette affaire était trop forte pour un seul homme. Les flics avaient du personnel et de l'artillerie, et des cerveaux, par surcroît, ce qui ne gâtait rien à la chose. Avant peu, ça barderait.

J'engloutis quelques sandwiches et rentrai chez moi. Mais je cessai de sourire lorsque je tentai d'introduire ma clef dans la serrure de mon appartement. Elle se coinça au premier essai, puis au second, et je n'eus pas besoin de la regarder deux fois pour voir qu'elle avait été crochetée. Je sortis mon pétard, enfonçai la porte et chargeai comme un crétin, au risque de me faire descendre. Heureusement pour moi, le visiteur était déjà reparti.

Mais il avait laissé des traces de son passage. Et quelles traces ! Coussins éventrés, tiroirs vidés sur le plancher, vêtements jetés en tas, les poches retournées, Frigidaire béant, commode renversée... Je téléphonai au portier, mais il n'avait vu personne, il n'avait rien remarqué, et je dus l'engueuler pour qu'il n'ameute pas les voisins.

La valise de Nancy avait été vidée de son contenu, la doublure entièrement décousue.

Et le petit album de photos brillait par son absence.

Je perdis deux heures à faire l'inventaire de ce qu'il y avait dans la maison. Mais j'aurais pu m'épargner cette peine. Ils avaient laissé sur une table cinquante-quatre dollars et une montre-bracelet. En revanche, ils avaient emporté une vieille série de négatifs.

J'allumai une cigarette, regardai autour de moi et fis diverses remarques qui me livrèrent le secret de cette perquisition. Ils avaient pris les photos, d'accord, mais c'était autre chose qu'ils étaient venus chercher. Quelque chose de suffisamment petit pour être caché dans mon encrier — renversé sur le bureau, — dans une salière ou une poivrière — toutes deux vidées au milieu de l'évier, dans la cuisine, — derrière cette prise de courant — arrachée au mur et retournée, — à l'intérieur de ce petit réveil — brisé à coups de talon sur le plancher...

Oui, ils avaient cherché autre chose. Je levai la main et souris à la bague de Nancy. « Ils reviendront, fillette, lui dis-je. Ils ne t'ont pas eue, cette fois ; donc, ils reviendront. Et nous serons prêts à les recevoir. »

Mon histoire commençait à prendre forme. Nancy en occupait le centre. Nancy ou sa bague. Et ses photographies. Elles étaient vieilles et ne signifiaient rien pour moi. Mais elles étaient importantes pour quelqu'un d'autre et c'était pour cela qu'Ann Minor était morte. Les vêtements de bébé n'avaient aucune importance, puisqu'ils les avaient laissés sur place ; la bague et les photos avaient de l'importance, mais ils n'avaient trouvé que les photos...

Le téléphone sonna. J'allai répondre. C'était Pat. Le coroner et le district attorney avaient changé d'avis quant au « suicide » d'Ann Minor. Mais la lettre d'adieu n'en demeurait pas moins authentique, et ils voulaient une explication.

— Interroge ses amis, dis-je à Pat. Il y a une chance pour qu'elle ait vraiment voulu se suicider, un jour, et que quelqu'un l'en ait dissuadée, mais ait conservé la lettre à toutes fins utiles.

— Tu penses à tout, hein ?

— J'aimerais penser à tout.

— L'ennuyeux, c'est que j'ai déjà suggéré cette idée au district attorney, et qu'il partage ton opinion là-dessus : il la trouve tirée par les cheveux... Tu joues toujours franc-jeu, Mike ?

— Cent pour cent, vieille branche. Tu auras de mes nouvelles à chaque fois que j'aurai du nouveau. Comme maintenant. Quelqu'un s'est introduit dans mon appartement et l'a retourné de fond en comble. Ils cherchaient la bague de Nancy. Ils ne l'ont pas trouvée, mais ils ont emporté les instantanés que m'avait remis la blonde.

— Nom de Dieu ! explosa Pat. Pourquoi les as-tu gardés chez toi ? Tu aurais bien dû te douter que...

— Inutile de fermer la cage après le départ de l'oiseau. Je n'aurais jamais su qu'ils étaient importants s'ils ne les avaient pas volés. Ils voulaient la bague, mais du diable si je sais pourquoi, puisqu'il est impossible d'en retrouver l'origine.

Pat se tut un instant et reprit :

— Moi aussi, j'ai des nouvelles pour toi. Une réponse d'un hôpital de Chicago. Nous avons eu de la veine de la recevoir aussi vite.

Ma main se crispa autour du récepteur.

— Oui ?

— Nancy Sanford y a accouché d'un enfant mort-né, voilà bientôt quatre ans. Elle était fille mère et a refusé de divulguer le nom du père. Une organisation charitable s'est occupée d'elle, à l'époque, mais, ensuite, personne ne sait ce qu'elle est devenue.

Je le remerciai d'une voix tremblante.

— Eh ! Mike, lança-t-il au moment où j'allais raccrocher, la bague... tu ferais mieux de me la remettre.

Je ricanai :

— L'affaire Sanford est toujours un accident, dans tes bouquins. Le jour où ce sera un meurtre, je te donnerai la bague.

Il tenta de discuter, mais je l'interrompis.

— Que vas-tu faire au sujet de la blonde... et de Murray Candid ?

— On vient de le ramasser à son club. Mes hommes l'amènent ici. Écoute, au sujet de la bague, il vaudrait mieux...

Je le remerciai de nouveau et raccrochai doucement. Murray allait subir un interrogatoire. J'avais donc une heure ou deux devant moi, même s'il avait un bon avocat et des relations en haut lieu. C'était plus de temps qu'il ne m'en fallait pour faire ce que j'avais à faire.

9

Murray Candid avait deux numéros de téléphone : celui du *Double Zéro* et celui de son domicile personnel, à Brooklyn. J'essayai Brooklyn, où un maître d'hôtel à l'accent britannique me répondit que M. Candid était sorti et ne rentrerait pas avant l'heure de fermeture du club, mais que si je désirais lui laisser un message... Je lui souhaitai poliment le bonsoir et raccrochai.

Un maître d'hôtel, ah oui ! Et sans doute aussi des candélabres dorés et de précieux vases de Chine... J'hésitai une seconde, puis composai le numéro de Lola. Elle reconnut ma voix et je savais qu'elle souriait lorsqu'elle me dit :

— Hello, Mike chéri. Où es-tu ?

— Chez moi.

— Viendras-tu, ce soir ?

Ce n'étaient que de simples mots, mais je ressentis une bizarre impression de confort et d'intimité.

— Un peu plus tard, peut-être. Pour l'instant, je suis occupé. Connaissais-tu Ann Minor, Lola ? Elle travaillait pour Murray.

— Certainement, Mike. Je la connais depuis des années. Pourquoi ?

— Elle est morte.

— Non !

— Si. Elle a été assassinée, et je sais pourquoi. Sa mort et celle de Nancy font partie de la même affaire, mais cette fois les flics sont dans le bain.

— Oh ! Mike... pourquoi... pourquoi tout ça ? Ann n'était pas... une des nôtres. Elle essayait même, souvent, d'aider les pauvres gosses qui faisaient fausse route. Oh ! Mike, pourquoi, pourquoi ?

— Quand je saurai pourquoi, je saurai qui l'a tuée, mon chou. Mais la question n'est pas là. Sais-tu où Murray peut avoir une retraite personnelle ? En dehors de son appartement de Broadway, bien entendu, un endroit où il peut organiser des partouses, recevoir ses associés, etc.

— Oui... oui. Il avait quelque chose à Greenwich Village. J'y suis allée une fois, à l'occasion d'une... d'une party. Ce n'était pas très joli, Mike... Mais ce n'est certainement plus au même endroit. Il n'aimait pas rester trop longtemps à la même place, mais il ne s'écartait jamais du Village...

Elle me donna l'adresse qu'elle connaissait.

— Il faudrait que tu te renseignes dans le voisinage, pour savoir où il est à présent. Je pourrais sûrement le trouver, mais...

— Ne bouge pas de chez toi, je le trouverai moi-même.

— Oui, Mike. Sois prudent, je t'en prie.

Je souris.

— Ne crains rien, fillette, je serai prudent. Je te donnerai un coup de fil dès que j'aurai terminé. D'accord ?

— Si tu l'oublies, je ne te le pardonnerai jamais. Je t'attendrai.

Je raccrochai et tapotai gaiement l'appareil.

Il pleuvait lorsque je descendis au garage. Les portes cochères étaient pleines de piétons bloqués par la violence de l'averse et les rares voitures roulaient au ralenti. Je sortis du garage en marche arrière, virai sur place, gagnai Broadway et me dirigeai vers le Village. On n'y voyait pas à quelques mètres devant soi, mais la circulation était si réduite que je ne tardai pas à m'arrêter devant un bouiboui appelé *Chez Monica,* qui se trouvait à deux pas de l'adresse indiquée par Lola. Je traversai la rue sous la pluie battante et m'y engouffrai tête baissée. C'était un endroit comme un autre où commencer mes recherches. Trois des têtes qui se levèrent à mon entrée appartenaient à des gens que le mauvais temps avait poussés *Chez Monica,* et qui buvaient des Martini en consultant incessamment leurs bracelets-montres. Assises dans un coin de la salle, deux lesbiennes échangeaient des regards langoureux et s'emmêlaient les jambes sous le couvert de la table. En revanche, les deux poules qui leur faisaient face m'adressèrent leurs plus beaux sourires et parurent sur le point de s'entre-sauter à la gorge. La soirée avait dû être morte pour elles. Et *Chez Monica* avait une clientèle éclectique.

Le barman était un type énorme avec une cicatrice sur le menton et les oreilles en choux-fleurs. Ce n'était sûrement pas lui qui s'appelait Monica. Il sourit de toutes ses dents — qui n'étaient plus très nombreuses — lorsque je commandai un whisky.

— Enfin un gars normal, croassa-t-il. Pas étonnant qu'y pleuve !

Les deux lesbiennes firent la moue et parurent offensées. Le barman posa la bouteille de whisky sur le comptoir.

— Là où que j'étais avant, les dames se bagarraient pour avoir un type. Ici, elles veulent pas en entendre parler.

— Elles ne savent pas ce qu'elles perdent, commentai-je.

— Y en a deux dans l'arrière-salle, mon pote. Tu peux toujours voir si t'en trouves une à ton goût.

Il cligna de l'œil — ce qui ne l'embellit point. Je pris mon verre et franchis la porte indiquée. Il y avait bien là les deux poupées annoncées à l'extérieur, mais elles étaient déjà dans de meilleures mains que les miennes. Deux femmes en tailleurs de coupe masculine s'occupaient d'elles, et mieux que je ne l'aurais fait moi-même.

J'étais à peine assis qu'un des consommateurs du bar venait me rejoindre.

— Ce barman est d'une impertinence... n'est-ce pas ? dit-il d'un ton sucré.

Je grognai et vidai mon verre. Ces gars-là me donnent la nausée.

— Vous êtes nouveau dans le quartier, n'est-ce pas ?

— Ouais.

— Vous venez d'en ville ?

— Ouais.

— Oh !

Il fronça les sourcils.

— Et vous... avez déjà un rendez-vous ?

J'allais lui flanquer un marron, mais je me ravisai au dernier moment et murmurai :

— Je vais chez Murray Candid. Il m'a donné son adresse, mais je l'ai oubliée...

— Murray ? Quelle coïncidence ! C'est l'un de mes plus chers amis. Mais il a redéménagé ces temps-ci... Georgie m'a dit qu'il était maintenant à deux pâtés de maisons d'ici, juste au-dessus de la grande épicerie. Il y a longtemps que vous le connaissez ? La semaine dernière, il me disait encore... Hé ! vous ne partez pas déjà, on n'a pas eu le temps de...

Je ne me retournai même pas. S'il essayait de me suivre, je l'enroulerais autour d'un lampadaire. Mais il m'avait donné l'indication que je désirais. J'avais de la veine. Peut-être aurais-je dû lui taper sur les fesses pour le récompenser.

Je n'eus aucun mal à trouver la grande épicerie. Elle était fermée, et l'obscurité régnait dans toute la maison. Je réussis à garer ma voiture entre deux autres bagnoles et profitai du passage d'un trio de piétons pour m'introduire dans le hall. Là, sous prétexte d'allumer une cigarette, je jetai un coup d'œil alentour, mais je ne vis rien de suspect. La porte n'était pas fermée. Je la repoussai derrière moi et, à la lueur d'une allumette, examinai les boîtes aux lettres. L'une portait l'inscription « BYLE, premier étage ». C'était le nom qui était peint sur les volets de l'épicerie. L'autre était neuve et ne portait aucun nom. Mais la maison n'avait que deux étages.

Jusqu'au premier palier, toutes les marches craquèrent, mais lorsque je l'eus dépassé, en suivant la rampe à tâtons, elles cessèrent de protester. Cette partie de l'escalier devait être plus neuve que la précédente. Retenant mon souffle, je cherchai la poignée de la porte, la trouvai et la tournai lentement jusqu'à ce que le pêne fût complètement sorti de la gâche. Puis j'exerçai sur le battant une pression imperceptible et me figeai aussitôt sur place, car elle n'était pas fermée à clef. A la même seconde, mes oreilles tendues perçurent un léger bruit, à l'intérieur de l'appartement. Il y avait quelqu'un chez Murray Candid.

Millimètre par millimètre, j'entrouvris la porte. Les gonds bien huilés n'émirent pas le moindre grincement. Le petit hall d'entrée était plongé dans l'obscurité, et les sons étouffés provenaient d'une autre pièce. Je continuai de pousser la porte, sortis mon 45 de son étui, m'aplatis contre le mur, à l'intérieur du hall, et attendis les événements. Quelque chose s'écroula, et quelqu'un chuchota, dans une pièce voisine :

— Tu peux pas faire gaffe où tu mets tes pieds ?

Ils étaient donc au moins deux.

— Nom de Dieu, jura une autre voix, je me suis coupé la main.

Les pieds d'une chaise raclèrent le plancher, écrasèrent les débris de verre.

— Je t'ai dit de faire moins de bruit, reprit la première voix.

— Et moi, je te dis de fermer ta gueule. Je vais me bander la main dans la cuisine.

Il se dirigea vers l'entrée, heurtant les meubles. Sa silhouette se dessina, noire sur fond plus noir encore, dans l'encadrement d'une porte. Puis sa main frôla mon veston, et il ouvrit la bouche pour crier.

Le canon de mon pétard l'atteignit en plein front, avec un léger bruit sourd, ses genoux plièrent sous lui, je le pris à bras-le-corps et entendis le sang tomber goutte à goutte, sur le plancher. Tout se serait bien passé si j'avais pu le retenir, mais il me glissa des mains, son revolver s'échappa de son étui et fit en dégringolant un fracas de tous les diables.

Je n'entendais plus rien. Je traînai les pieds et jurai entre mes dents, comme un type qui vient de rentrer dans un mur.

— Ray ! Eh ! c'est toi, Ray ? appela l'autre type.

Il fallait bien que je réponde.

— Sûr, que c'est moi, grognai-je.

— Reviens ici, Ray.

Je me débarrassai de mon chapeau et de mon imperméable et posai le tout sur le plancher. Le type que j'avais assommé avait à peu près ma taille. Avec un peu de veine, ça pourrait marcher.

Je revins juste à temps à une plus saine conception des choses, et ce fut à quatre pattes que je passai dans la pièce voisine. Le gars était là, debout, face à la porte, et son revolver était braqué vers l'endroit où se serait trouvé mon ventre.

Son copain ne s'appelait pas Ray, et je lui avais répondu !

Il me vit au même instant, et une langue de flamme jaillit dans ma direction, avec un « plop » assourdi, mais, déjà, je roulais sur moi-même, et sa balle s'écrasa dans le mur.

Je pressai la détente, au petit bonheur, et la détonation du 45 ébranla la maison de la cave au grenier. Puis je m'accroupis dans un coin particulièrement sombre et m'obligeai à respirer silencieusement, alors que j'aurais voulu haleter comme un bouledogue. L'autre type avait moins de contrôle sur lui-même. Ayant émis un léger hoquet, il eut peur de s'être fait repérer et se déplaça rapidement. Désormais je savais où il était, mais je ne tirai point. Il bougea de nouveau, délibérément. Il devait commencer à se demander s'il ne m'avait pas eu avec sa première balle.

Je commençais, moi, à avoir des crampes et à sentir mon bras s'engourdir. Mais j'étais appuyé dessus et ne pouvais changer de position. Je m'appliquai à ne pas regarder directement l'endroit où je savais qu'il était et à ne fixer mon regard sur aucun point précis, comme ils nous avaient appris à le faire, dans la jungle. Ça avait marché, là-bas. Il faudrait bien que ça marche, aujourd'hui.

Et, finalement, je vis sa tête apparaître. Le peu de lumière qui filtrait à travers les stores permettait à peine de le distinguer. Il entrait juste dans ma ligne de tir.

Ce fut le moment que choisit son copain pour revenir à la vie. Ses pieds heurtèrent le mur de l'entrée, ses ongles grattèrent le sol... Puis il dut retrouver la mémoire, car il poussa un cri et se précipita vers la porte.

L'autre perdit son sang-froid, rejeta l'air que contenait sa poitrine avec un bruit de soufflet de forge, bondit en avant et buta contre une chaise qui me tomba sur le bras au moment exact où je pressais la détente.

Il hurla, se releva, trouva la porte. Mes jambes étaient ankylosées, et, lorsque je pus enfin me débarrasser de la chaise, le deuxième fuyard descendait déjà l'escalier. Sur les reins. Quelques secondes plus tard, un moteur ronfla dans la rue, le conducteur passa brutalement en prise, et la bagnole s'éloigna.

Il était inutile de les poursuivre. Je grattai une allumette, découvris un commutateur et donnai de la lumière. Un seul coup d'œil me suffit pour comprendre ce qu'ils étaient venus faire. Une bonne moitié des livres de la grande bibliothèque, qui se dressait dans un coin de la pièce, gisaient sur le sol. Quelques-uns s'étaient refermés, en tombant, mais la plupart étaient ouverts.

Je remis mon pétard dans son étui et repris l'ouvrage où ils l'avaient laissé. Avec la lumière allumée, j'allais beaucoup plus vite, et j'en étais aux deux tiers de l'avant-dernière rangée lorsqu'un des bouquins laissa échapper le petit carnet caché à l'intérieur d'un trou pratiqué dans l'épaisseur de ses pages.

Quelqu'un hurlait dans la rue. Une porte claqua à l'étage inférieur. Je fourrai le livre sous ma ceinture, contre mes reins, ramassai, dans le corridor, mon chapeau et mon imperméable, et descendis l'escalier quatre à quatre. Lorsque je parvins au palier du premier étage, la porte des Byle, épiciers, se referma brutalement, et j'entendis claquer un verrou.

J'arrivai en trombe dans le couloir. La porte de sortie était grande ouverte. Il pleuvait toujours à torrents, mais la pluie même me parut accueillante. J'allais parcourir les derniers mètres qui me séparaient encore de la rue quand un météore inconnu me frappa à la nuque et envoya ma tête s'écraser contre le mur. Mon corps avait dû suivre le mouvement, mais je n'en étais pas certain. Je ne ressentais aucune douleur. Je baignais dans un abîme de lumière diffuse que traversa soudain une brusque lueur rouge. Un choc ébranla ma poitrine, et, juste avant de perdre connaissance, je compris que j'étais tombé dans un piège et qu'un salaud quelconque venait de me tirer une balle dans la région du cœur.

Mon évanouissement dura peu. Du moins, je le suppose. Une sirène de police hululait quelque part. En me cramponnant à la rampe, je réussis à me remettre sur pied. Inconsciemment, je repris possession de mon chapeau et de mon imperméable, titubai jusqu'à la porte et sortis à l'air libre. Il y avait un attroupement, à l'autre bout de la rue, mais la nuit était si noire, la pluie si dense, que je passai inaperçu et pus regagner ma voiture sans être inquiété.

Je m'effondrai en travers du siège de devant. La voiture de police s'arrêta bientôt, non loin de là. La foule se rapprocha, sa rumeur s'enfla de seconde en seconde. Si je restais comme ça, ils finiraient par me remarquer. Bah ! qu'ils aillent au diable. Que tout le monde aille au diable. Mes yeux se fermèrent, mes bras s'amollirent brusquement, et je m'affalai sur le plancher de la voiture, la tête contre les pédales, dans une position bizarrement contrefaite.

Il faisait froid, plus froid que jamais. J'étais trempé comme une soupe, mais je ne pouvais pas bouger, parce que les Japs n'étaient guère qu'à une vingtaine de mètres. Il devait y avoir une roulante, quelque part, derrière nos lignes, parce que je sentais les odeurs du café chaud et de la ratatouille. J'avais envie de les appeler pour qu'ils lancent un barrage d'artillerie, afin que je puisse sortir de ce trou individuel et les rejoindre. Mais, si j'essayais de les appeler, les Japs me repéreraient et me flanqueraient une grenade sur le crâne. Et cette flotte qui n'arrêtait pas de tomber…

J'ouvris un œil. La pluie s'engouffrait à travers la portière ouverte et j'étais réellement trempé jusqu'aux os. L'odeur de café devait émaner de quelque fenêtre proche. Je parvins à me relever et à m'asseoir au volant.

La foule était partie, la police était partie, tout le monde était parti. Il n'y avait plus que la pluie, les rectangles noirs des fenêtres, et un ivrogne qui zigzaguait sur le trottoir. Je comprenais parfaitement ce qu'il pouvait ressentir. Le brouillard commençait à se dissiper, la douleur à grandir démesurément dans ma tête et dans ma poitrine. Je glissai ma main à l'intérieur de mon veston et sortis mon 45 de son étui. Une balle en avait fracassé la culasse et s'y était coincée. A chaque fois que je respirais, je souffrais comme un damné, mais le choc n'avait même pas entamé ma peau.

Et l'auteur de ce beau coup était persuadé que j'étais mort.

Le petit livre était toujours sous ma ceinture, dans mon dos. Je le jetai sans le regarder dans le compartiment du tableau de bord. Dix minutes s'écoulèrent encore avant que je puisse me risquer à reprendre le volant. Et ce fut seulement lorsque je vis ma main à la lueur des ampoules du tableau de bord que je compris toute l'étendue de ma défaite. La bague de Nancy ne brillait plus à mon doigt. « Ils » étaient revenus plus tôt que j'avais escompté.

Les événements se précipitaient. A ce train-là, je n'aurais bientôt plus qu'à prendre ma retraite.

10

Le temps ne comptait pas pour Lola. Elle avait dit qu'elle m'attendrait, et elle avait tenu parole, car la lumière brillait toujours derrière les rideaux de son petit salon. Je parquai ma voiture et parcourus lentement la distance qui me séparait de la porte de l'immeuble. Chaque pas se répercutait douloureusement dans ma tête, et, lorsque j'allumai une cigarette pour tenter d'oublier cette torture, la fumée se coinça dans ma poitrine comme un corps solide et je faillis hurler de souffrance.

Venir à bout de l'escalier ne fut pas non plus une petite affaire. J'y parvins en montant deux ou trois marches, puis en me reposant quelques secondes et en repartant à la même allure.

— Oh ! Mike ! dit simplement Lola lorsqu'elle m'eut ouvert la porte.

— J'ai bien failli te poser un lapin, répliquai-je.

Mon sourire ne devait pas être très convaincant, car elle secoua la tête et murmura :

— Mike, viendras-tu me voir un jour... en bon état ?

Elle me prit par la main et me conduisit à l'intérieur de l'appartement. Je ne pouvais détacher mes yeux de sa silhouette, que moulait étroitement une adorable robe d'un vert irisé. Ses cheveux étaient souples et fins et roulaient sur ses épaules en vagues brunes qui vous donnaient envie de fermer les yeux et d'y enfouir votre visage. Elle avait retrouvé sa beauté, quelque part en chemin, ou peut-être ne l'avait-elle jamais perdue, mais elle lui appartenait désormais pour toujours.

Mes mains trouvèrent sa taille et je l'attirai contre moi. Sa bouche était une flamme, sa langue une chose inquisitrice et vive qui posait des questions auxquelles je répondais avec avidité. Lorsque je la repoussai enfin, elle respira profondément avant de me dire qu'elle serait à moi chaque fois que je le voudrais. C'était visible.

Je passai ma main dans ses cheveux comme j'avais envie de le faire.

— Mike, chuchota-t-elle.

— Oui ?

— Je t'aime, Mike. Non, n'essaie pas de m'aimer en retour. Laisse-moi seulement t'aimer.

J'embrassai doucement ses paupières closes.

— Il y a des choses qu'il est bien difficile de ne pas faire.

— Je t'en prie, Mike. J'ai encore trop de chemin à parcourir pour être digne de toi.

— Digne de moi ! Mais mon passé a été aussi orageux que le tien, fillette ; seulement, pour un homme, il paraît que ça n'a pas d'importance. Ce n'est pas ce qu'on fait qui compte, mais ce qu'on pense...

Elle reprit ma main et sourit.

— Merci, monsieur Hammer, vous me facilitez la tâche et c'est pourquoi je vous aime tant. Mais faites ce que je vous demande. Je veux être digne de votre amour.

Je voulus l'embrasser sur le nez, mais je manquai mon coup et grimaçai de douleur. Lola changea de visage et me conduisit à la chaise la plus proche.

— Qu'est-il arrivé, cette fois, Mike ?

— Mon revolver a paré une balle qui était destinée à ma poitrine, et le même petit farceur m'a frappé à la nuque avec un tronc d'arbre ou quelque chose comme ça.

— Qui était-ce ?

— Sais pas. Il faisait noir, et il ne m'a pas dit son nom.

Elle dénoua ma cravate, déboutonna le col de ma chemise, s'assit sur l'accoudoir du fauteuil et me massa doucement la nuque. Ses doigts étaient longs et frais et habiles. Je posai ma tête contre sa hanche et fermai les yeux. Sa proximité même était apaisante.

— Ils m'ont repris la bague de Nancy, Lola.

— Ah ?

— J'ai trouvé le pied-à-terre de Murray et j'y suis allé. Deux de ses hommes cherchaient quelque chose dans la bibliothèque. Il avait dû leur dire où chercher, sans avoir le temps de leur donner tous les détails.

— Ont-ils trouvé ?

— Non... Il s'agissait d'un livre. Un livre qui était caché à l'intérieur d'un autre livre.

Sans ouvrir les yeux, je le sortis de ma poche et le lui tendis. Elle le feuilleta un instant et murmura :

— C'est de l'hébreu.

— Je m'y attendais.

Elle me le rendit et je l'examinai à mon tour. C'était un petit carnet relié de cuir, facile à glisser dans la poche d'un gilet, et que ses dimensions réduites permettaient de dissimuler presque n'importe où. Les trois quarts de ses pages étaient couvertes de lettres et de chiffres. D'incompréhensibles symboles. De majuscules et de minuscules. Parfois même de lettres inversées. Tout cela rédigé d'une écriture précise, avec un soin méthodique de comptable.

— Qu'est-ce que c'est, Mike ?

— Un code quelconque.

— Peux-tu le déchiffrer ?

— Non, mais il y a des gens qui le peuvent. Toi, peut-être. Aucun de ces signes ne te rappelle rien ?

Je tournai les pages une par une, tandis qu'elle regardait par-dessus mon épaule. Mais, à chaque nouvelle page, elle secouait la tête, et j'aurais peut-être abandonné avant la fin si je n'avais senti brusquement sa main se refermer sur mon bras.

— Qu'y a-t-il ? haletai-je.

— Non, ce n'est pas possible.

— Dis toujours.

Son doigt tremblant se posa sur un symbole complexe, qui ressemblait à de la sténo, mais n'en était certainement pas.

— Il... il y a longtemps de ça... J'étais dans le bureau de Murray... Quelqu'un a téléphoné et Murray a parlé un instant ; puis il a noté quelque chose sur un calepin. Je crois... je crois que c'était ce signe-là. Ensuite, il s'est rendu compte que je l'observais, et il a fermé son calepin. Mais, un peu plus tard, il m'a dit que j'avais un rendez-vous...

— Qui était-ce ?

— Est-ce... est-ce indispensable ?

Sa voix était suppliante.

— Oui.

— Je ne me souviens pas de son nom, dit-elle très vite. C'était un provincial. Il était gras et poussif et je le haïssais... Mike, oh ! Mike, je t'en prie...

— O.K., fillette, c'est suffisant.

J'allongeai le bras et décrochai le téléphone. Pat était couché, mais il ne dormait pas. Sa voix était bien éveillée, attentive et brève.

— Je savais que tu m'appellerais tôt ou tard, dit-il. Que se passe-t-il ?

— C'est ce que j'aimerais savoir.

— Eh bien ! comme il fallait s'y attendre, Murray ne savait rien. D'après lui, Ann Minor a toujours été neurasthénique et il a accepté très calmement la nouvelle de son suicide.

— Tu parles !

— Il avait un bon avocat, nous n'avons pas pu le retenir. Et, une demi-heure après son départ, mon téléphone s'est mis à sonner sans arrêt. Je n'aurais jamais cru que les dessous de cette ville puissent être aussi sales. Tu as mis le feu aux poudres, fiston.

— Et ce n'est pas fini. Attends l'explosion. Rien d'intéressant chez Ann Minor ?

— Rien. Aucune empreinte, en dehors des siennes, sur le bord de la baignoire. Traces du même savon dans l'eau recueillie près du bouchon d'écoulement. Elle a bien été noyée chez elle...

— Et la lettre d'adieu ? T'es-tu renseigné...

— Ne m'en parle pas ! Deux de mes hommes avaient à peine commencé à interroger les employés du *Double Zéro* qu'ils étaient appelés au téléphone et qu'une voix leur conseillait de laisser tomber s'ils ne voulaient pas se faire descendre.

— Et qu'ont-ils fait ?

Il y avait de la fierté dans la voix de Pat lorsqu'il me répondit :

— Ils ont refusé de se laisser impressionner. Ils ont fait rechercher l'origine de l'appel, mais il émanait d'une cabine publique. Ils m'ont demandé des instructions et je leur en ai donné. Je leur ai dit de cogner quelques têtes les unes contre les autres en cas de nécessité.

Je m'esclaffai.

— Tu commences à te dessaler.

— Non, je commence à m'énerver. Pour qui diable ces gars-là prennent-ils les flics ? Pour leurs larbins ?

— Exactement, approuvai-je. Écoute, Pat, j'ai quelque chose d'important à te faire voir. Je sais qu'il est tard, mais c'est réellement important. Rapplique en vitesse, veux-tu ?

Il ne me posa pas de questions. Je l'entendis se glisser hors de son lit et lui donnai l'adresse de Lola. Il la répéta à mi-voix et coupa la communication.

Pendant que je téléphonais, Lola avait rempli deux grands verres de bière. Lorsque j'eus raccroché, elle m'en tendit un en disant :

— Voilà de quoi occuper l'une de tes mains.

— Et l'autre ?

— Elle trouvera bien une autre occupation.

J'allai m'asseoir près d'elle sur le canapé, et le moins que je puisse dire, c'est que Pat arriva beaucoup trop tôt.

Je fis les présentations.

— Voici Pat Chambers, Lola, le meilleur parmi les meilleurs.

— Bonsoir, Lola, dit Pat.

Il jeta son chapeau sur le canapé et ne perdit pas son temps en vains préambules.

— Vas-y, Mike, je t'écoute.

Je lui remis le petit carnet relié de cuir.

— Ceci appartenait à Murray, Pat. C'est en code. Crois-tu pouvoir le déchiffrer ?

Il le feuilleta longuement, et ses mâchoires se crispèrent.

— C'est un code mnémotechnique, je le parierais. Il a un signe ou un symbole pour tout ce qui l'intéresse, et il est le seul à les connaître.

— Les gars de Washington ont bien fini par déchiffer le code impérial japonais, non ?

— Ce n'était pas la même chose. Il s'agissait de longs textes où les répétitions de mêmes signes ou assemblages de signes abondaient. Mais si tu me dis un mot — ou plusieurs — et que tu sois le seul à en connaître le sens, comment diable le devinerais-je ?

— Lola croit avoir reconnu l'un des symboles. Murray l'utilisait pour identifier l'un de ses clients. Si tu veux mon opinion, ce petit bouquin est le livre de comptes du dénommé Murray Candid, et ces signes représentent ses clients et... les membres de son personnel.

Pat bondit sur ses pieds, les yeux brillants d'excitation.

— Nom de Dieu, Mike, si tu ne te fourres pas le doigt dans l'œil, nous allons lui casser les reins. Nous allons démolir sa saloperie d'organisation et...

Voilà ce que faisait au langage de Pat la fréquentation trop assidue d'un détective privé !

— Temporairement du moins, lui rappelai-je.

— Cela vaut mieux que pas du tout ! Où as-tu pêché ce truc-là, Mike ?

— Candid a un pied-à-terre dans Greenwich Village. Quand tes gars l'ont piqué pour lui poser des questions indiscrètes, il a envoyé là-bas deux des siens avec mission de mettre ce petit bouquin en sûreté. Je les ai surpris en train de vider la bibliothèque. Nous avons eu des mots, j'ai failli me faire endommager le portrait, mais, finalement, je les ai mis en fuite et j'ai trouvé le carnet dans les pages creusées d'un gros livre...

— Tu pourras les identifier ?

— Non. Je n'ai pas vu leurs visages. Mais l'un des deux aura une coupure à la main et un bleu maison en travers du front. L'autre est son copain. Renseigne-toi au *Double Zéro*. Je pense qu'il s'agissait des gardes du corps personnels de Murray. Nous avons agi si vite qu'il n'a pas eu le temps de planquer ce petit bouquin lui-même...

— Tu as peut-être raison. Je vais faire des photostats du contenu de ce carnet et les remettre aux experts. Je te tiendrai au courant des résultats.

— D'ac.

— Où pourrai-je te joindre ?

— Nulle part. C'est moi qui te téléphonerai.

— Qu'est-ce que tu veux dire, Mike ? Tu ne...

— Je suis supposé être mort.

— Bon Dieu !

— Il y avait trois types chez Murray. L'un des trois n'était pas dans le coup. Tout ce qu'il voulait, c'était la bague de Nancy. Il m'a flanqué une balle dans la poitrine, à bout portant. Mon pétard m'a sauvé la vie. Mais le gars en rabattra sans doute quand il me reverra.

Pat n'avait pas besoin de longues explications pour comprendre.

— Il t'a suivi. Il a tué la blonde, t'a filé jusque chez toi, a fouillé ton appartement et s'est remis à te suivre jusqu'à ce qu'il ait une bonne occasion de te descendre.

— Oui. Dans une allée obscure.

— Et c'était la bague qu'il voulait.

— Oui. J'avais le carnet sur moi, et il ne l'a même pas cherché.

— Ce qui fait deux adversaires différents, tous deux après toi pour des raisons différentes.

— Peut-être est-ce pour la même raison, mais ils l'ignorent encore.

Pat sourit.

— Ils vont se demander ce qui est arrivé à ton cadavre.

J'opinai du bonnet.

— Qu'ils se le demandent, répliquai-je. Ils vont finir par conclure que les flics ont une raison de garder ma mort secrète. Ils vont s'imaginer que vous en savez plus long que vous ne voulez bien le dire. Attendons les événements, Pat.

Il acquiesça, gagna la porte, sourcils froncés, mais lèvres souriantes, se retourna pour nous dire au revoir, d'un geste de la main, et disparut. Lola ramassa la bouteille de bière vide et me regarda de côté.

— Si tu es vraiment mort, je vais me faire un plaisir de te veiller.

Mais, lorsqu'elle revint de la cuisine, elle était sérieuse.

— Peux-tu me dire... au sujet de ton appartement qui a été fouillé, tu sais...

Je la mis au courant de tout et elle m'écouta avec une attention soutenue.

— Ces photos qui t'ont été volées, Mike...

— C'étaient de simples instantanés de Nancy, pris alors qu'elle était plus jeune.

— D'accord, mais peut-être le voleur les a-t-il emportées à toutes fins utiles, sans prendre le temps de les regarder. Peut-être aurait-il emporté n'importe quelles photos.

Je commençais à comprendre où elle voulait en venir, mais je désirais m'en assurer.

— Que veux-tu dire, Lola ?

— Nancy avait une caméra, je te l'ai dit. Peut-être le voleur cherchait-il des photos qu'elle avait prises. Et peut-être a-t-il emporté celles-ci par erreur.

Je lui tapotai la joue et souris.

— Un bon point pour toi, fillette. Mais ne m'as-tu pas dit que Nancy ne se serait jamais livrée à une activité telle que le chantage ?

— J'ai dit que je ne le pensais pas. Je ne le pense toujours pas, du reste, mais on ne sait jamais.

— Et tout cela nous ramène à ce salopard de Feeney. Peut-être ai-je commis une erreur, moi aussi, en disant qu'il n'était capable de tuer qu'avec un couteau ou un revolver. Bon sang... Il m'a dit que Nancy lui avait volé les photos de quelqu'un dans une chambre d'hôtel avec une fille. Qui était ce quelqu'un, et qui était la fille ? Peut-être Nancy elle-même ? Si elle avait un bon appareil, elle pouvait prendre des photos avec un déclencheur automatique. Peut-être Feeney savait-il qu'elle avait ces photos et voulait-il s'en emparer ? Ou peut-être Feeney les avait-il et s'en était-elle emparée ? Peut-être même avaient-ils fait le coup ensemble ?

» Nous ne sommes sûrs que d'une chose : Feeney a fouillé sa chambre. Mais il y a un hic : Feeney possède un alibi. Il était avec Berin-Grotin lorsque Nancy a été tuée, et, à moins qu'il n'ait pu s'esquiver sans que le vieux bougre s'en aperçoive...

Son expression me rappela soudain celle de Pat, lorsqu'il s'apprêtait à me contredire.

— Mais tu as dit que M. Berin était certain de ne l'avoir pas quitté d'une minute... et que la police était tout aussi certaine que Nancy avait été renversée accidentellement par ce gosse...

Ma poitrine endolorie se remit à me faire mal, et je m'installai plus confortablement.

— Oui, je sais... Rien ne tient debout, dans cette affaire. Si Nancy a été tuée accidentellement, qui lui a pris sa bague, et pour quelle raison ? Et pourquoi cet acharnement à la reprendre ? Cette bague est la clef du problème, je le sens. Si je pouvais trouver ce qu'elle signifie, je tiendrais la solution.

J'insérai deux cigarettes entre mes lèvres et les allumai. Lola prit la sienne et récapitula, entre deux bouffées :

— Nancy avait des photos importantes. C'est pour essayer de les retrouver que sa chambre a été fouillée, puisque, à ce moment-là, ils avaient la bague. Tu dis qu'ils ne les ont pas trouvées. Ensuite, ils ont fouillé ton appartement et ont emporté des photos apparemment sans importance. Admettons qu'elles aient été sans importance. Ceci posé, où sont, et quelles sont les photos importantes ?

Seigneur, comment avais-je pu être aussi stupide ? J'écrasai la cigarette allumée dans ma main et ne sentis pas la brûlure. Les photos, toujours les photos. Nancy s'était servie de sa caméra pour prendre toutes sortes de photos compromettantes, et Feeney avait dû les voir en montant chez elle et s'était mis en tête de s'en emparer. Mais, avant qu'il ait pu tuer Nancy, elle s'était fait renverser par cette bagnole. Peut-être Feeney avait-il chargé quelqu'un de la tenir à l'œil, et peut-être ce quelqu'un avait-il été assez malin pour la débarrasser de sa bague et de tous autres moyens d'identification ! Pourquoi ? Parce que, si elle était identifiée, quelqu'un pourrait parvenir avant lui aux précieuses photos. La bague n'était qu'un facteur secondaire du problème.

Et Nancy, un maître chanteur en puissance.

Mais je me foutais de ce qu'elle avait été. Pendant quelques instants, elle avait été mon amie. Feeney ne l'avait peut-être pas tuée, mais il en avait eu l'intention, et c'était tout comme. La blonde aussi avait été ma copine.

— Cette caméra, Lola ? Où peut-elle bien être ?

Elle me répondit par une autre question.

— Nancy était dans la dèche, lorsque tu l'as rencontrée ?

Cette fois, je compris tout de suite.

— Parbleu oui ! Feeney devait l'empêcher de travailler en chassant ses clients. Il a essayé avec moi... Elle était fauchée. Elle a mis son appareil au clou !

La vieille sorcière qui tenait le « garni » avait dit que Nancy lui avait versé ses deux derniers dollars. Elle n'avait pas d'argent. D'où venait-elle ? Essayait-elle d'échapper à Feeney Last ?... En tout cas, elle avait laissé ces photos derrière elle et quelqu'un les cherchait qui prenait son temps parce qu'il me croyait mort. Avant peu, ce quelqu'un éprouverait une violente surprise.

Lola glissa son bras autour de moi.

— Puisque je suis mort, et qu'un cadavre ne peut décemment se promener dans les rues, lui expliquai-je, il va falloir que tu uses tes pauvres jambes à courir de prêteur sur gages en prêteur sur gages, jusqu'à ce que nous ayons retrouvé cet appareil photographique. Il y aura une adresse, sur le talon du récépissé, et c'est cela que nous cherchons.

Lola sourit et allongea ses jambes devant moi. Très lentement, elle releva sa robe, dévoilant la ferme plénitude de ses mollets, et, tirant encore jusqu'à ce que j'aperçoive au-dessus de ses bas la blancheur de ses cuisses :

— Crois-tu vraiment que j'arriverai à les user ? s'informa-t-elle, le regard malicieux.

J'allongeai la main et rabattit sa robe, ce qui ne me ressemblait pas du tout, mais le jeu en valait la chandelle, car elle rejeta sa tête en arrière pour rire tout à son aise et je l'embrassai avant qu'elle ait pu refermer la bouche, et ses bras entourèrent mon cou :

— Je t'aime, Mike, souffla-t-elle, je t'aime, je t'aime, je t'aime.

Lorsque j'eus enfin trouvé le courage de la repousser, elle transforma prestement le canapé en lit d'une personne. J'ôtai mes souliers et jetai ma veste sur une chaise.

— Va te coucher, lui dis-je. Nous veillerons mon cadavre une autre fois.

— Bonne nuit, Mike.

Elle m'envoya un baiser, mais je secouai la tête, et elle revint m'en donner un authentique. Je m'allongeai en pensant vaguement qu'il fallait que je sois vraiment mal en point pour dormir sur un canapé alors qu'il y avait, dans la pièce voisine, un lit et une fille adorable qui ne demandaient qu'à m'accueillir.

11

Lola était aussi adorable le lendemain matin qu'elle l'avait été la veille. Mais elle n'était déjà plus dans son lit lorsque je revins au monde, et elle m'apprit, à la table du petit déjeuner, qu'elle avait téléphoné à son patron et obtenu la permission de s'absenter pendant deux ou trois jours.

— Tu es bien considérée, dans ton nouvel emploi, remarquai-je.

— Je fais leur affaire, et le directeur est un brave homme.

Après le petit déjeuner, elle revêtit un tailleur, cacha ses cheveux sous un chapeau et ne se maquilla qu'à peine.

— J'essaie d'avoir l'air de ne pouvoir faire mes emplettes ailleurs que chez les prêteurs sur gages, observa-t-elle.

— Ils ne te croiront jamais, mon chou.

— Pas de viles flatteries !

Elle s'assit en face de moi et conclut :

— A nous deux, maintenant, Mike. Que dois-je dire et faire ?

J'allumai ma première cigarette.

— Prends l'annuaire des professions. Établis la liste de tous les prêteurs de la ville et vogue la galère, tu n'as plus qu'à marcher. Tu connais l'appareil de Nancy. Il peut se trouver dans la vitrine, ou il peut être à l'intérieur. Dis au type ce que tu veux et vois ce qu'il a à t'offrir. Si tu tombes dessus, achète-le. Mais souviens-toi qu'il nous faut l'adresse mentionnée sur le talon du récépissé. Tu fabriqueras ta propre histoire en chemin… mais qu'elle soit bonne, et n'aie pas l'air de trop y tenir. Il ne faut éveiller les soupçons de personne.

Je sortis quelques billets de mon portefeuille.

— Voilà pour tes taxis, ton restaurant, et ce que le gars te demandera si tu trouves l'appareil…

Elle fourra les billets dans son sac.

— Sincèrement, tu crois que nous avons une chance, Mike ?

— Une chance, oui. La seule que nous ayons. Du moins pour l'instant.

— Tu vas rester ici pendant mon absence ?

— Je ne sais pas encore.

J'inscrivis au dos d'une enveloppe le numéro de mon appartement, celui de mon bureau et, enfin, celui de Pat Chambers.

— Si tu trouves quelque chose, appelle-moi ici, ou à ces numéros. Si tu rencontres des difficultés et que je ne sois pas disponible, téléphone à Pat... Tu as bien tout pigé ?

Elle acquiesça.

— Ai-je droit au baiser d'adieu ?

Je l'attrapai au vol et la fis choir dans mes bras. Mes lèvres meurtrirent les siennes et le feu se remit à nous gagner. Je dus la repousser finalement, mais je n'en avais pas envie.

— Je ne veux pas m'en aller tout de suite, protesta-t-elle.

— File, et plus vite que ça !

Elle feignit une terreur intense et s'esquiva.

Dès qu'elle fut partie, je décrochai le téléphone et appelai mon bureau.

— Je regrette, M. Hammer est absent, commença Velda.

— Où pourrais-je le joindre ?

— Je n'ai pas l'autorisation de le dire. Il... Mike ! Où diable êtes-vous passé ? Vous pourriez vous occuper un peu mieux de vos affaires. Je n'ai jamais...

— Trêve de compliments, cocotte, je fais ce que je peux. M'a-t-on appelé au téléphone ?

— Et comment ! Ils ne me laissent même pas le temps de répondre au courrier.

— Qui ça, ils ?

— D'abord un type qui a refusé de me dire son nom et promis de rappeler. Ensuite, deux clients possibles dont les affaires étaient si urgentes qu'ils voulaient que vous lâchiez tout pour vous occuper d'eux.

— Comment s'appelaient-ils ?

— Mark Johnson et Joseph Johnson, s'esclaffa Velda. Et ils n'appartenaient pas à la même famille.

J'émis un grognement. Johnson est, après Smith, le nom le plus courant de l'annuaire.

— Et qui encore ?

— Un nommé Cobbie Bennett. J'ai eu un mal fou à comprendre son nom, tant ses dents claquaient. Lui aussi voulait vous voir immédiatement.

— Cobbie ! Il n'a pas dit pourquoi ?

— Il a refusé de dire quoi que ce soit. Il a rappelé quatre fois depuis son premier coup de téléphone et rappellera encore.

— O.K., dites-lui...

J'allais lui dire de donner à Cobbie le numéro de Lola, mais je me ravisai.

— Dites-lui de m'appeler chez moi dans une heure, j'y passerai pour prendre sa communication. Rien d'autre ?

— Votre client, M. Berin-Grotin. Il voulait savoir si son chèque était arrivé à temps à votre banque. Je n'en savais rien et je lui ai dit que vous le rappelleriez. Il m'a dit que c'était inutile, si tout s'était bien passé.

— Tout ne s'est pas exactement bien passé, mais il est tout de même inutile que je le rappelle maintenant. Ne vous éloignez pas du téléphone, fillette, et répondez à tout le monde que vous ne savez pas où je suis et que vous n'avez pas eu de mes nouvelles depuis hier. Compris ?

— Mais...

— Il n'y a pas de mais. Les seules personnes auxquelles vous pouvez parler librement sont Pat et une jeune femme prénommée Lola. S'ils ont quelque chose pour moi, tâchez de me joindre chez moi ou ici.

Je lui donnai le numéro de Lola et attendis qu'elle en prît note.

— Mike, que se passe-t-il ? Pourquoi... ?

Je commençais à être fatigué de répéter toujours la même histoire.

— Je suis mort, Velda. Le tueur croit qu'il m'a eu.

— Mike !

— Oh ! ne vous inquiétez pas. La balle a rencontré mon 45. Ce qui me rappelle que je dois en acheter un autre. R'voir, Velda. A bientôt.

Je raccrochai le récepteur et pris le temps de réfléchir. Cobbie Bennett. Il claquait des dents et voulait me voir. Mais il avait refusé de dire pourquoi. Je me demandai lequel des deux Johnson était le tueur désireux de s'assurer que j'avais bien quitté cette vallée de larmes. Mais, comme je n'avais aucun moyen de résoudre ces problèmes, je haussai les épaules et me mis en route.

Je passai d'abord chez un armurier, où ma licence me permit d'obtenir un 45 tout neuf provenant des surplus de l'armée. Le type me recommanda de faire changer le numéro du revolver sur mon permis de port d'arme, et j'arrivai chez moi dix minutes avant le coup de téléphone de Cobbie. Aucun nouveau visiteur n'était venu tout remettre en ordre pendant mon absence.

Cobbie se donna beaucoup de peine pour s'assurer que c'était bien moi et je dus lui faire répéter trois fois l'adresse qu'il m'indiquait avant de pouvoir le comprendre. Velda n'avait nullement exagéré. Le petit Cobbie avait la trouille au ventre. Il raccrocha le récepteur comme si le téléphone lui-même avait été contre lui.

Je laissai ma voiture au garage et sifflai un taxi. J'avais mon nouveau 45 sur mon cœur et je me sentais un autre homme. Lorsque j'eus donné au chauffeur l'adresse du garni où se cachait Cobbie, je m'adossai confortablement aux coussins du siège arrière et fis quelques exercices destinés à assouplir les muscles de mon cou.

Mais tout le long du chemin je pensai à Nancy. Quels avaient été ses sentiments lorsqu'elle s'était vue resapée comme une dame, dans le miroir du magasin ? Elle avait été heureuse, je le savais. La lettre qu'elle m'avait écrite bouillonnait de bonheur. Quelle était donc cette chose, cette seule chose qui avait de l'importance pour elle ? Nancy la Rouquine, qui aurait pu être une grande dame, et dont la vie avait fait ce qu'elle était : une pauvre fille contrainte à se vendre pour vivre, et terrorisée par un salopard de métèque. Nancy... Je lui avais rendu un petit service, et l'on eût dit que ses yeux reflétaient les cierges d'un autel. Nous avions été de rudement bons copains, l'espace de quelques minutes...

— Nous y sommes, mon pote, dit le chauffeur.

Je le payai et trouvai la maison indiquée par Cobbie. Il me repéra par une fenêtre du deuxième étage et, lorsque je pénétrai dans le corridor, il m'appela du haut de l'escalier.

— Ici, Mike, au second.

Je montai en me méfiant des encoignures. Les corridors fertiles en recoins sombres ne m'avaient pas laissé un très bon souvenir.

Cobbie Bennett n'était pas gros, mais ce fut tout juste s'il ne me souleva pas de terre lorsque je mis le pied sur le palier. En deux temps et trois mouvements, il m'avait entraîné dans sa chambre. La porte était refermée, le loquet repoussé. Je me vautrai dans l'unique siège, l'air aussi à l'aise que si j'avais eu tout mon temps devant moi, tandis qu'il parcourait la petite pièce en tous sens.

— Ils sont après moi, Mike. Je me suis débiné juste à temps.

— Qui ça, ils ?

— Il faut que tu m'aides, Mike. C'est toi qui m'as mis dans le pétrin, il faut que tu m'en sortes. Ils sont après moi, et pour de bon. Il faut que je quitte la ville.

Il fourra une cigarette dans sa bouche et tenta de l'allumer. Il gâcha cinq allumettes avant d'y parvenir.

— Qui ça, ils ? répétai-je.

Cobbie se lécha les lèvres. Ses épaules tressautaient nerveusement et il se tournait à chaque instant vers la porte.

— Mike... Quelqu'un t'a vu avec moi, l'autre soir. Ils l'ont appris et ils veulent m'avoir. Il faut absolument que je file... Dis quelque chose, Mike, ne reste pas là comme ça sans rien dire...

— Qui ça, ils ?

Il comprit enfin et blêmit.

— J'en sais rien, Mike, parole. Il se prépare quelque chose dans cette ville et je sais pas ce que c'est. Tout ce que je sais, c'est qu'ils sont après moi parce que j'ai été vu avec toi l'autre soir. Qu'est-ce que je vais faire, Mike ? Je peux pas rester ici. On voit que tu les connais pas. Quand ils veulent t'avoir, ils finissent toujours par y arriver.

Je me levai, m'étirai et bâillai ostensiblement.

— Qu'est-ce que tu veux que je te dise, Cobbie ? Si tu ne veux pas parler, va te faire voir. Je n'ai pas de temps à perdre avec toi.

Il se cramponna à ma gauche et gémit.

— Non, Mike, attends... Si je savais quelque chose, je te le dirais, mais je ne sais rien. Ils veulent m'avoir parce qu'ils ont su que je t'avais parlé de cette Rouquine. J'ai vu des types dans la rue, hier soir. C'étaient pas des gars d'ici. C'est des spécialistes des coups durs, des gars qui se chargent de faire le sale boulot. Je sais pourquoi ils sont ici. Ils sont après moi, et après toi aussi, peut-être.

Il commençait à m'intéresser.

— Continue, Cobbie.

— Le business est organisé, tu comprends. On paie pour être protégé et on paie cher. Je ne sais pas où va l'argent, mais tant qu'on paie et qu'on la boucle, tout marche au poil. Mais t'es venu me voir, et on m'a vu discuter avec toi, et c'est pour ça qu'ils veulent me buter. Il faut que tu m'aides, Mike... Est-ce que tu peux pas faire quelque chose ?

— Peut-être.

Une lueur d'espoir traversa ses yeux. Il passa sa langue sur ses lèvres parcheminées.

— Oui ?

— Réfléchis, Cobbie. Qui étaient ces gars que tu as vus ?

Son visage se creusa.

— Des durs. Des gars qui jouent du pétard. Ils viennent de Detroit, je crois.

— Pour qui travaillent-ils ?

— Pour le type qui reçoit l'argent qu'on paie, sans doute.

— Des noms, Cobbie ?

Il secoua la tête ; tout espoir avait disparu de son regard.

— Comment veux-tu que je sache quelque chose, Mike ? Toutes les semaines, je donne le quart de mes gains à un type qui transmet la galette à un autre type qui la transmet à un autre jusqu'à ce qu'elle atteigne le haut de l'échelle. Je sais rien, Mike. J'ai jamais essayé de savoir. C'était trop dangereux. Mais je... j'ai peur, Mike. Tu es le seul qui puisse me tirer de là. Tout le monde sait que je suis condamné, et personne lèverait le petit doigt pour me secourir...

— Personne ne sait que tu es là ?

— Non. Toi seulement.

— Et la propriétaire ?

— Elle me connaît pas, et elle s'en fout. Qu'est-ce qu'on va faire, Mike ?

— D'abord, tu vas me promettre de ne pas quitter cette pièce, même pour descendre au rez-de-chaussée. Ne t'approche pas de la fenêtre et ferme toujours ta porte à clef.

Ses yeux s'écarquillèrent, et il me saisit par le bras.

— Tu as trouvé quelque chose, Mike. Tu crois que je pourrai quitter la ville ?

— Peut-être, mais il faut y aller prudemment. Tu as de quoi manger ?

— Deux ou trois boîtes de conserve, et de la bière.

— Ça te suffira jusqu'à demain. Et maintenant, écoute-moi bien. Demain soir, à neuf heures et demie précises, sors de cette maison, descends la rue, tourne à droite, reprends à gauche à la première rue, et continue tout droit, en disant bonjour aux gens que tu connais, comme si tu étais parfaitement tranquille. Mais ne t'arrête pas. Sous aucun prétexte. Compris ?

La sueur coulait de son front jusque sur son visage.

— Bon Dieu, Mike, tu veux me faire descendre. Je peux pas sortir comme ça et...

— C'est ta seule chance... à moins que tu préfères te faire descendre ici, ou mourir de faim ?

— Non, Mike, c'est pas ce que je voulais dire, mais... partir comme ça...

— Tu feras ce que je te dis ou tu ne le feras pas ! Je n'ai pas de temps à perdre avec toi, Cobbie !

Il se mit à pleurer et bredouilla :

— Ou... ou... i ! Je le ferai. A neuf heures et demie.

Il releva la tête, les joues ruisselantes de sueur et de larmes.

— Qu'est-ce que tu comptes faire, Mike ? Peux-tu me le dire ?

— Non, pas mèche. Fais seulement ce que je te dis. Si tout se passe bien, tu pourras quitter la ville tout d'une pièce. Mais souviens-toi bien d'une chose...

— Laquelle ?

— Ne re-viens ja-mais !

Je l'abandonnai à sa solitude et à ses sanglots. Dehors, la pluie s'était remise à tomber. Je gagnai la plus proche station de métro. Une rame me fila sous le nez, mais j'en profitai pour m'enfermer dans une cabine téléphonique et composer le numéro de Lola. Pas de réponse. Elle n'était donc pas encore rentrée. J'appelai mon bureau. Velda n'avait rien de neuf à me signaler. Je raccrochai sans lui laisser le temps de me questionner, car la rame suivante venait de s'arrêter le long du quai.

En chemin, j'eus une idée, et ce fut à cause d'elle que j'allai récupérer ma bagnole au garage et la parquai non loin d'un bureau de poste. Lola m'avait dit que Nancy avait travaillé, dans le temps, pour une compagnie nommée *Photo-Éclair* ou quelque chose d'approchant. J'étudiai consciencieusement l'annuaire téléphonique, mais ne trouvai rien. Puis j'eus une nouvelle inspiration, demandai un vieil annuaire et repris mes recherches. Cette fois, je fus récompensé de ma peine. *Photo-Éclair* avait un numéro de téléphone et une adresse officielle, à deux pas de la Septième Avenue. Mais, lorsque j'essayai de les avoir au bout du fil, je n'entendis rien de plus qu'une série de déclics. La standardiste me demanda quel numéro je désirais et m'apprit que l'abonné avait résilié son contrat depuis un certain temps.

Encore un cul-de-sac. Encore un fil conducteur qui me claquait entre les doigts. A moins que... Oui, c'était une chance à courir. Ils n'avaient plus de numéro de téléphone, mais le bureau existait peut-être encore. Je quittai le bureau de poste et courus jusqu'à ma voiture, sous la pluie battante. Je démarrai en douceur et fis fonctionner mon essuie-glace. A chaque fois qu'un feu rouge m'obligeait à m'arrêter, je distinguais vaguement, derrière les portes des magasins, les visages mornes des piétons bloqués par la pluie. Avec l'eau qui ruisselait sur les vitres, ils avaient l'air de se livrer à d'invraisemblables danses du ventre.

La maison que je cherchais était une vieille bâtisse lépreuse dont une quincaillerie occupait le rez-de-chaussée. Je trouvai au fond d'un couloir un vieux type au menton orné d'une barbe de huit jours qui me demanda ce que je voulais.

— Où est le gardien de cette boîte ?

— Qu'est-ce que vous y voulez ?

Il cracha un jet de jus de chique dans la cage de l'ascenseur.

Je lui montrai mon insigne et un billet de cinq dollars.

— C'est moi, le gardien, admit-il.

Il empocha les cinq dollars et attendit que je le questionne.

— Je cherche une compagnie nommée *Photo-Éclair*. Ils avaient leurs bureaux à cette adresse.

— Il y a longtemps de ça, mon pote. Y a plus d'un an qu'ils ont décanillé.

— Il y a quelqu'un dans leurs anciens locaux ?

— Non. Qui est-ce qui louerait un trou pareil ? Y faudrait une autre affaire comme *Photo-Éclair*. On les voyait jamais, sauf le soir.

— On peut visiter ?

— Sûr. Y a qu'à monter.

Un ascenseur poussif nous emmena péniblement jusqu'au quatrième étage. La porte, marquée « Chambre 209 », n'était pas fermée à clef. Le gardien manœuvra un commutateur et la lumière s'alluma dans la pièce.

C'était un beau gâchis. Les gars de *Photo-Éclair* avaient dû quitter leurs locaux comme si le diable était à leurs trousses. Épreuves et négatifs jonchaient le plancher, couverts de poussière et de toiles d'araignée. Les deux fenêtres avaient perdu leurs stores, mais elles n'en avaient pas besoin, tant les vitres étaient noires de crasse. Quelques empreintes de talons transparaissaient encore dans l'hyposulfite renversé à gauche de la porte.

Je ramassai quelques instantanés et les examinai. Tous avaient été pris dans la rue et représentaient des couples marchant la main dans la main, sortant de quelque théâtre ou bavardant sur quelque banc. Tous portaient au dos un numéro de plusieurs chiffres et une annotation griffonnée.

Une grande caisse contenait des fiches en blanc. Une autre débordait de fiches qui avaient été retournées à la compagnie avec une pièce de vingt-cinq cents et le nom et l'adresse de l'expéditeur inscrits au bon endroit. Celles-ci étaient ficelées par paquets d'une centaine et le tout devait représenter deux ou trois milliers de dollars. *Photo-Éclair* n'avait pas été une si mauvaise combine, après tout.

Sur une étagère, étaient alignées des boîtes à chaussures portant divers noms d'hommes ou de femmes. L'une était étiquetée « N. Sanford », et mon cœur se mit à battre plus vite. Mais elle ne contenait que des cartes de la maison, numérotées d'avance pour correspondre aux différents clichés.

A ce moment, le gardien émit un son inarticulé, cracha sur le sol et grogna : « M'est avis que c'était pas comme ça quand y sont partis. »

Je me retournai vers lui.

— Pardon ?

— Ouais. J'étais monté voir si y-z-avaient laissé les quatre murs et tout ce bric-à-brac était empilé dans un coin. On dirait que quelqu'un s'est amusé à tout flanquer par terre.

— Sans blague ?

Il cracha.

— Ouais.

— Comment s'appelait le patron ?

— J'ai oublié son nom.

Il haussa les épaules.

— Un vieux bonze, radin comme pas un. Un jour, y s'est ramené avec une décapotable, il m'a dit qu'il changeait de secteur et il a filé.

— Et ses employés ? Que sont-ils devenus ?

— Z'ont fait du pétard, quand y sont rentrés ce soir-là. Mais qu'est-ce qu'y voulaient que j'y fasse ? Je pouvais tout de même pas leur payer leurs salaires ! Heureux encore que j'aie vu partir le patron, ou j'aurais pu me mettre la ceinture pour le loyer.

Je jetai un dernier coup d'œil alentour et nous redescendîmes.

— Trouvé quèque chose ? me demanda-t-il lorsque nous fûmes dans l'ascenseur.

— Non. Je recherche le patron de la boîte. Il doit du pognon à un de mes clients. Des pellicules qu'il a jamais payées.

— M'étonne pas de lui. Ça me rappelle qu'y a encore quèque chose à eux, dans la cave. Une des filles qui travaillaient ici. Elle m'avait glissé un dollar pour mettre quèque chose de côté, en bas, avant de partir.

— Une des filles qui travaillaient ici ?

— Ouais. Une rouquine. L'avait l'air d'une brave gosse.

Il cracha à travers la grille de l'ascenseur tortillard.

— Vous ne lisez jamais les journaux ? lui demandai-je.

— Je regarde les images, quèquefois. Cassé mes lunettes, y a quatre ans. Jamais racheté d'autre paire. Pourquoi ? Y se passe quèque chose ?

— Non. Voyons ce qu'il y a dans cette cave.

Un autre billet de cinq dollars alla rejoindre le premier dans sa poche. Il sourit, montrant de vieux chicots boueux. L'ascenseur rencontra la terre ferme et s'arrêta brutalement. L'air du sous-sol était humide et sentait le moisi. On entendait des rats courir un peu partout. Mon compagnon préleva une torche électrique, dans quelque recoin, et en promena le faisceau tout au long des murs. L'un suivant l'autre, nous escaladâmes des caisses pourries, des meubles brisés, des débris de toutes sortes. Il remua le contenu d'un grand coffre métallique à l'aide d'un manche à balai, mais rien n'en sortit, sinon quelques rats. Plus loin, nous découvrîmes des piles de vieux journaux, des classeurs bourrés d'anciennes factures, une collection de nus aussi peu artistiques que possible... J'allais les remettre en place lorsque le gardien s'écria :

— Nous y v'là !

Il me passa la torche électrique et je la tins immobile tandis qu'il dégageait d'un tas de débris sans nom une boîte de carton solidement ficelée. Quelqu'un avait écrit « Prière de ne pas détruire », en travers du couvercle. Le cœur battant, je reconnus l'écriture de Nancy.

— C'est bien ça, déclara mon guide en reprenant la lampe.

Il aperçut un rat sur un tuyau et, avec une précision implacable qui témoignait d'une longue pratique, l'aspergea de jus de chique. L'animal poussa des cris déchirants, tomba de son perchoir, se roula dans un amas de vieux papiers et, finalement, ne bougea plus. Ce gars-là devait mâcher de la mort-aux-rats.

Satisfait, il ramena le faisceau de la torche sur la boîte de carton. Je vins facilement à bout de la ficelle pourrie et dégageai une seconde boîte en meilleur état que la première. Ma main tremblait tandis que j'en soulevais le couvercle et faisais signe au gardien de rapprocher la lumière.

Cette seconde boîte contenait des photographies, étiquetées par dates et classées en deux rangées avec un soin minutieux, entre d'épaisses couches de papier buvard destinées à absorber l'humidité. Peut-être était-ce à cause de ces autres photos qui m'avaient été dérobées, peut-être était-ce simplement parce que je savais que certaines photos — dont j'ignorais encore la nature — jouaient un rôle important dans cette affaire, mais je tremblais à présent des pieds à la tête et ce fut en retenant mon souffle que je me mis à les examiner.

Et je ne tardai pas à jurer comme un possédé, parce que ces photos, comme toutes les autres, n'étaient rien de plus que des instantanés pris au hasard des rues et représentant des couples souriants, marchant bras dessus bras dessous ou faisant des grimaces. J'étais si furieux que j'aurais tout laissé là, sur place, si je ne m'étais souvenu que ces photos m'avaient coûté dix dollars. Je fourrai donc la boîte sous mon bras et repris le chemin de l'ascenseur.

A huit heures et quart, j'appelai Pat chez lui. Il n'était pas encore rentré et j'essayai son bureau. La standardiste finit par le joindre et, dès que j'entendis le son de sa voix, je compris qu'il y avait du grabuge.

— Mike ? dit-il. Où es-tu ?

— Pas loin. Rien de neuf ?

— Si. Je veux te parler. Peux-tu me rejoindre au *Roundtown Grill* dans dix minutes ?

— J'y serai. Que se passe-t-il ?

— Je te le dirai dans dix minutes.

Dix minutes plus tard, je m'asseyais en face de lui, dans l'arrière-salle du *Roundtown,* et, sans dire un mot, il posait devant moi la dernière édition d'un journal du soir. « Police contre industrie du vice », proclamait une manchette aussi haute que large. Je parcourus l'article. Il disait simplement que la police était en possession de renseignements précis qui allaient lui permettre de mener à bien la plus grande opération de nettoyage que la ville ait jamais vue.

Quelqu'un avait parlé.

— Est-ce toi qui as eu la langue trop longue, Mike ?

— Tu sais bien que non.

— Oui. Mais il fallait que je m'en assure.

Il roula le journal en boule et le jeta sous la table, poings et mâchoires durement crispés.

— Sais-tu combien il existe de petits salauds en ce bas monde, Mike ? Il doit en exister des millions, dont les neuf dixièmes habitent cette ville. Chacun de ces petits salauds contrôle une certaine tranche de suffrages. Chacun de ces petits salauds désire que certaines choses soient faites et que certaines autres choses ne soient pas faites. Ils téléphonent à quelque personnage important et lui font part de leurs désirs. Lorsque le personnage en question reçoit de nombreux coups de téléphone du même genre, il commence à s'émouvoir et décroche le téléphone à son tour et conseille aux gars dans mon genre, par personnes interposées, d'y aller doucement, ou gare ! Joli, pas vrai ? Tu sais que tu as un boulot à faire et ces salauds-là t'obligent à tout laisser tomber.

Il but deux verres coup sur coup et en commanda un troisième. Je ne l'avais jamais vu dans cet état.

— J'ai essayé d'être un flic honnête, continua-t-il. Je me suis toujours imaginé que je devais ça aux contribuables, mais je commence à me demander si je n'ai pas toujours été un triple imbécile. Ça vient de toutes les directions : coups de téléphone, allusions discrètes, rappels voilés qu'il y a des gens au-dessus de moi et que je ne suis qu'un flic et qu'il est facile de me casser si je ne marche pas droit...

— Viens-en aux faits, Pat.

— La mort d'Ann Minor a été officiellement qualifiée de meurtre. Je peux retrouver un assassin. Mais malheur à moi si je trouve davantage. Ils ont entendu parler du carnet de Murray Candid, aussi, mais ils ignorent qu'il est rédigé en code.

— *Ils,* ce sont les grosses légumes compromises dans le business de la prostitution, et qui ne veulent pas que leurs noms soient mentionnés ?

— Oui.

— Que vas-tu faire ?

— De deux choses l'une. Ou je continue, et l'on m'oblige à démissionner, ou je laisse tomber, et je garde ma place.

— Alors ?

Pat était dans ses petits souliers.

— Je n'en sais rien, Mike.

— Il va bien falloir que tu te décides.

— Je sais, et, pour la première fois peut-être, je voudrais porter ton insigne au lieu de porter le mien.

— Tu l'as dit, fiston. Et la réponse est évidente, pas vrai ?

Il leva les yeux, et son regard croisa le mien, et il sourit sans desserrer les dents.

— Fais ta part du boulot, Pat, je m'occuperai des gars qui essaieront de t'en empêcher. S'il le faut, je leur enfoncerai les dents jusqu'au fond de la gorge et j'espère qu'il le faudra. Ils ont peur, en ce moment. Ils agissent vite. Nous avons ce petit bouquin, mais il n'est certainement pas essentiel. Il en existe d'autres, sois tranquille, et que nous ne sommes pas près de dénicher. Mais nous les aurons quand même. Nous coincerons un gars qui se mettra à table et, pour sauver leurs peaux, les autres feront comme lui. Ensuite, nous trouverons les preuves nécessaires.

Je posai ma main bien à plat sur la table.

— Pour l'instant, nous n'avons pas besoin de preuves, Pat. Pour l'instant, nous n'avons besoin que de les chercher. Tôt ou tard, ils passeront à l'offensive, et nous serons prêts à les recevoir.

— D'accord, mais quand ?

— Demain soir… A neuf heures et demie précises, un petit maquereau du nom de Cobbie Bennett sortira du garni où il se terre actuellement et descendra la rue. Il est condamné parce qu'il a été vu bavardant avec moi. Il a déjà vu des tueurs à gages tourner autour de sa cachette, et d'ici demain soir ils l'auront repéré. Ils essaieront de l'avoir, mais nous serons là, et c'est nous qui les aurons. Ça donnera à penser à leurs employeurs…

— Ce Bennett sait-il qu'il va servir d'appât ?

— Il s'en doute. C'est sa seule chance de s'en tirer vivant. Et s'il y reste, ce ne sera pas une grande perte. Poste tes hommes aux bons endroits et, si Cobbie en réchappe, laisse-le filer. Il ne peut plus nous être utile, et il ne reviendra jamais.

J'inscrivis l'adresse du garni et traçai sur un bout de papier la route que suivrait Cobbie. Pat y jeta un coup d'œil et le fourra dans sa poche.

— Cette histoire peut me coûter ma situation, fiston.

— Oui, mais si tout se passe bien, fini les allusions et les coups de téléphone, et les petits salauds dont tu parlais tout à l'heure n'auront rien de plus pressé que de quitter la ville.

— Et tout cela à cause d'une rouquine, dit lentement Pat.

— Oui. Tout cela à cause de Nancy, et parce qu'elle a été assassinée.

— Nous n'en savons rien.

— Je ne le sais pas, mais j'en suis sûr.

— Et pourtant, la compagnie d'assurances est prête à payer, si l'on parvient à mettre la main sur ses héritiers.

J'avais déjà entendu ça quelque part. Je finis mon verre et me levai.

— Je te téléphonerai demain, Pat. Je veux être de la fête. Tu me diras ce qu'aura donné le petit bouquin noir.

Une nouvelle fois, Pat montra les dents et ses yeux flamboyèrent.

— Il a déjà donné quelque chose, riposta-t-il. Nous avons rendu visite à Murray Candid et nous avons trouvé, parmi d'autres paperasses, quelques notes comportant des symboles semblables à ceux du petit bouquin. Il aura des explications à fournir... quand on lui aura remis la main dessus.

Ma bouche s'ouvrit, et j'eus du mal à la refermer.

— Qu'est-ce que tu veux dire... lui remettre la main dessus ?

— Murray Candid a disparu. Personne ne l'a vu depuis que nous l'avons laissé repartir, me répondit Pat.

12

La pluie s'était transformée en un crachin pénétrant qui rendait la chaussée glissante et chassait les derniers piétons. Ainsi, Murray Candid avait disparu. Pourquoi ? Ce satané, cet éternel pourquoi ! S'était-il esquivé pour échapper à ce qui allait suivre ou avait-il subi le sort qu'avaient subi dans le passé un certain nombre de ses collègues ? Mais non, Murray était trop malin pour s'être laissé prendre. S'il connaissait trop de choses, il savait qu'il les connaissait et il devait y avoir quelque part, entre les mains d'un homme de loi, un rapport substantiel prêt à être transmis à la police en cas d'« accident ». Non, Murray Candid n'était pas mort. La ville était assez grande pour le cacher. Mais on le retrouverait tôt ou tard. Chaque gare, chaque tête de ligne d'autobus, devait être déjà surveillée, et les hommes de Pat cueilleraient certainement d'autres rats que Murray essayant d'abandonner le navire en détresse.

Je m'arrêtai non loin de chez Lola, entrai dans une épicerie, me chargeai d'un tas de mets froids et me servis du sac pour masquer mon visage. Je trouvai Lola étendue sur le canapé avec les pieds plus hauts que la tête et une serviette humide sur le front. Je posai mon paquet sur une chaise, elle jeta ses deux bras autour de mon cou et je me penchai vers elle pour l'embrasser.

— Dure journée, fillette ?

— Terrible. Je suis fatiguée, affamée et trempée jusqu'aux os. Et je n'ai pas trouvé la caméra.

— J'ai ce qu'il faut pour calmer ta faim. Et rien à faire cuire. Il n'y a qu'à déballer et se mettre à table.

— Tu es un type épatant, Mike, je voudrais...

— Quoi ?

— Rien. Allons dîner.

Je glissai mon bras gauche sous sa taille, mon bras droit sous ses cuisses et la soulevai.

— A la cuisine, James, ordonna-t-elle.

Elle rafla le sac au passage et nous nous assîmes à table, genou contre genou.

— Raconte-moi ta journée, Lola, lui dis-je un peu plus tard en me léchant les doigts.

— Il n'y a pas grand-chose à raconter. J'ai fait une quinzaine de prêteurs, aucun n'avait la caméra, et quelques questions discrètes m'ont permis d'apprendre qu'ils ne l'avaient jamais eue. Quelques-uns des employés étaient si persuasifs que j'ai failli acheter une douzaine d'appareils et pas mal d'autres objets...

— Il reste encore beaucoup de prêteurs à visiter ?

— Oui, Mike. J'ai bien peur que ce soit assez long.

— Il faut persévérer.

— C'est bien mon intention. Incidemment, chez trois des prêteurs situés dans le même périmètre, quelqu'un était passé avant moi, qui cherchait aussi un appareil photographique.

Je sursautai.

— Qui ?

— Un homme. J'ai prétendu avoir chargé l'un de mes amis de me seconder dans mes propres recherches et l'un des employés s'est souvenu que le type voulait une caméra commerciale pour prendre des photos dans la rue. Ce n'est sans doute rien de plus qu'une coïncidence.

— Possible, mais je n'aime pas ça...

— Je n'ai pas peur, Mike, il...

— Si ce n'est pas une coïncidence, il peut apprendre chez d'autres prêteurs que tu es passée avant lui et te repérer en fin de compte. Je n'aime pas du tout ça.

— J'en ai assez vu de toutes les couleurs pour être capable de me défendre, Mike, dit-elle avec une indicible amertume. Un coup de genou bien placé peut faire de gros dégâts et, si ce n'est pas suffisant, je pousse un cri perçant et j'ameute une foule de héros.

Je ne pus m'empêcher de rire.

— O.K., O.K., je n'insiste plus... Et maintenant, dégage-moi cette table, nous avons du travail à faire.

— Quel genre de travail ?

— Regarder des photos prises par Nancy à l'aide de la fameuse caméra. Il se peut qu'elles signifient quelque chose, il se peut qu'elles ne signifient rien. Je ne les ai pas trouvées à l'endroit où elles auraient dû être, et c'est pourquoi j'espère qu'elles pourront nous apprendre quelque chose.

Je lui expliquai rapidement de quelle manière j'avais mis la main sur ces instantanés, et nous séparâmes en deux tas le contenu de la boîte. Au début, je soumis chaque photo à un examen approfondi, mais elles se ressemblaient toutes à un tel point que je ne tardai pas à presser le mouvement. Des visages, encore des visages. Des sourires et des expressions stupéfaites et des poses calculées... Sur deux d'entre elles, l'homme avait essayé de cacher son visage, tandis que la femme souriait de toutes ses dents. Je les examinai longuement et les mis de côté. Les portions de visages visibles au-delà des mains levées me paraissaient vaguement familières.

— Mike, dit Lola.

Elle me tendit un instantané représentant une jeune fille souriante et un monsieur d'un certain âge aux sourcils froncés.

— C'était... l'une d'entre nous, Mike, murmura-t-elle.

— Et lui ?

— Je ne sais pas.

Je posai la photo sur les deux autres. Cinq minutes plus tard, Lola fit une nouvelle découverte. La fille était, cette fois, une longue créature sculpturale d'une trentaine d'années. Quant au type, il était gras et court, en dépit de vêtements bien coupés qui s'efforçaient de le faire paraître grand et svelte.

— Tu la connais également, Lola ?

— Oui. Elle n'a pas fait long feu à New York. Elle a trouvé une poire et l'a épousée. Je me souviens aussi de ce type. Il dirige une grande maison de jeu, quelque part en ville, et s'occupe également de politique. Il venait la chercher dans une voiture officielle.

Ça commençait à se dessiner, nom d'un chien. Toutes sortes de petits *parce que* qui peu à peu répondaient aux *pourquoi*. Toutes sortes de petites choses qui deviendraient grandes, si le bon Dieu me prêtait vie ! Chacune de ces photos avait peut-être un sens que j'étais incapable de discerner. Ou peut-être les neuf dixièmes d'entre elles n'étaient-elles rien de plus qu'un adroit camouflage destiné à décourager les chercheurs éventuels ?

Je retournai l'instantané et découvris, au dos, légèrement inscrite au crayon, la mention « V. S-5 ». Voir S-5 ! N'était-ce là qu'une indication de caractère commercial — mais l'organisation de *Photo-Éclair* ne m'avait point paru aussi méthodique, — ou bien Nancy possédait-elle un fichier personnel, d'une nature moins anodine ?

J'opérai la découverte suivante parce que j'étais en veine et que certains visages vous inspirent une telle répulsion qu'ils vous sauteraient aux yeux, même s'ils se trouvaient au sein d'une foule. La photo représentait un couple de jouvenceaux d'une vingtaine d'années, mais ce n'était pas eux qui étaient importants.

C'était l'arrière-plan qui était important. Les visages clairement visibles à l'arrière-plan. L'un était celui de mon client, M. Berin-Grotin, sur le point de franchir une porte. L'autre était Feeney Last en livrée de chauffeur, repoussant la portière d'une automobile. Et Feeney regardait un passant, le visage convulsé de haine et de triomphe anticipé. Et le visage du passant était convulsé, lui aussi, mais de terreur, et l'objectif l'avait saisi alors qu'il marquait un temps d'arrêt en apercevant Feeney.

Il avait de bonnes raisons d'être terrifié. Ce passant s'appelait Russ Bowen, et on l'avait retrouvé percé comme une écumoire peu de temps après que cette photo eut été prise.

Je sentis ma peau se tendre sur mes tempes. Lola parla, mais je ne l'entendis point. Elle s'empara de ma main, m'obligea à lever la tête.

— Qu'y a-t-il, Mike, qu'y a-t-il ? Pourquoi me regardes-tu comme ça ?

Je lui tendis la photo et lui montrai la petite scène, à l'arrière-plan.

— Ce type-là est mort, Lola. L'autre s'appelle Feeney Last.

Elle me jeta un regard incrédule et secoua la tête.

— Non... Ce n'est pas possible, Mike.

— Si, fillette. C'est bien Feeney Last. Cette photo a été prise alors qu'il était au service de M. Berin. Je reconnaîtrais ce métèque n'importe où, même si je ne le revoyais pas pendant quelques millions d'années.

Son visage ne changea pas d'expression.

— Il s'appelle Miller, Mike, Paul Miller. C'est l'un de ceux qui... qui fournissent des filles aux... maisons.

— Quoi !

— Oui, Mike. L'une de mes... anciennes camarades me l'a désigné un jour dans la rue, voici quelques mois. Il travaillait sur la côte Ouest et envoyait les filles dans l'Est, pour le compte du syndicat. Je suis sûre que c'est lui.

Très astucieux, Feeney, pensai-je, très astucieux. Qui donc eût songé à aller chercher un pourvoyeur de lupanars sous la livrée d'un chauffeur de grande maison ? Seigneur Dieu, si Berin-Grotin apprenait un jour que le nom dont il était si fier avait servi de couverture à une telle activité, il ferait pendre Feeney par les pouces jusqu'à ce que mort s'ensuive ! J'examinai de nouveau la photographie, vis mon client parfaitement ignorant de la petite scène qui se déroulait derrière son dos. L'image même de l'homme du monde accompli pénétrant dans son club habituel (*Albino Club*, entrée du bar, disait l'inscription au-dessus de la porte) tandis qu'à deux mètres de là se préparait un meurtre !

— Connais-tu l'autre type ?

— Oui. Il dirigeait plusieurs maisons closes, n'est-ce pas ? Est-ce qu'il n'a pas été assassiné ?

— Oui. Criblé de balles...

Lola ferma les yeux et je retournai la photo. « V.T-9-20 ». Voir T-9 à 20. Si mon interprétation était correcte, cela signifiait que onze pages de quelque dossier étaient consacrées à cette photo. Les détails du meurtre de Russ Bowen, sans doute ? La Rouquine avait-elle découvert quelque chose au sujet de ce meurtre ? Si tel était le cas, cela pouvait expliquer bien des choses.

Je ne trouvai rien d'autre dans mon tas de photos, ni dans celui de Lola, mais, lorsqu'elle eut fini de les regarder toutes, elle me remit une demi-douzaine d'instantanés et attira mon attention sur les femmes. C'étaient ses anciennes collègues, et les types n'étaient pas des michés ordinaires. Ils suaient l'argent par tous les pores et de gros diamants brillaient à leurs doigts.

Et toujours ces annotations sibyllines, au dos des épreuves... Je mis sous enveloppe l'ensemble de nos trouvailles et fourrai l'enveloppe dans ma poche intérieure. Puis je rejetai le reste des photos dans la boîte et me mis à marcher de long en large. Lola me suivit dans le salon, mais se contenta de m'observer sans mot dire.

Feeney Last. Paul Miller. Un pourvoyeur d'envergure qui venait de la Côte et opérait sous le couvert de la respectabilité d'autrui. Il persécutait Nancy et possédait de bonnes raisons de le faire. S'il s'agissait de chantage, elle voyait grand, et les autres filles ne se doutaient probablement de rien.

— J'ai besoin de boire un verre, annonçai-je.

— Tu as déjà épuisé ma réserve, répondit Lola.

Je pris mon chapeau.

— Mets ton manteau. Nous sortons.

— Mais est-ce que tu n'es pas mort ?

— Pas au point de remourir de soif.

En chemin, je tentai de réfléchir. La pluie avait vidé les rues. Les taxis roulaient lentement, prêts à stopper au moindre coup de sifflet, au moindre geste du bras. Nous passâmes devant le *Double Zéro*, et Lola, qui s'était blottie contre moi, se redressa un instant pour jeter un coup d'œil dans cette direction. Mais il n'y avait rien à voir. Toute la boîte était plongée dans l'obscurité et quelqu'un avait cloué sur la porte un écriteau portant en grosses lettres ce simple mot : « FERMÉ ». Pat n'avait pas l'air de vouloir se contenter de demi-mesures. Je parquai ma bagnole, nous entrâmes dans un bar, et nous nous perchâmes sur les hauts tabourets, à l'une des extrémités du comptoir.

Les quatre types assis à l'autre bout se mirent à dévisager Lola et sifflèrent entre leurs dents lorsqu'elle ôta son manteau. L'un d'eux dit au barman de servir un verre à madame et le barman posa devant Lola un second Martini et Lola m'interrogea du regard, mais j'étais trop plongé dans mes pensées pour lui répondre. Le visage de la Rouquine flottait devant mes yeux. Je la revoyais boire son café et je revoyais ses mains croisées sur sa poitrine et la meurtrissure — perdue parmi les autres — qu'avait laissée à son doigt l'arrachement brutal de sa bague. Et je revoyais Feeney Last, dont le rictus infernal de sale métèque semblait me défier de parvenir à la solution.

Les quatre types ricanaient entre eux et parlaient assez fort pour être entendus. L'un d'eux quitta son siège en haussant les épaules, fit une plaisanterie obscène et se dirigea vers Lola. Il l'avait prise par la taille et s'apprêtait à s'asseoir sur le tabouret voisin lorsque je roulai ma cigarette entre mes doigts et la lançai d'une pichenette. L'extrémité incandescente lui brûla la paupière et il poussa un cri de douleur. Ses copains quittèrent leurs sièges et ébauchèrent une manœuvre d'encerclement qui arriva une seconde trop tard. Lorsqu'ils virent le gros malin étendu par terre, en train de vomir tripes et boyaux parce que ma semelle avait rencontré son estomac, ils regagnèrent sagement leurs tabourets et ne bougèrent plus.

Je payai moi-même le second Martini de Lola.

— Allons-nous-en, Mike, chuchota-t-elle. Je tremble si fort que je peux à peine tenir mon verre.

Je donnai un bon pourboire au barman et nous partîmes.

— Quand te décideras-tu à m'adresser la parole ? demanda-t-elle. Tu as défendu mon honneur et tu ne m'as même pas accordé le sourire de la victoire.

Je souris. De bon cœur.

— Comme ça ?

— C'est mieux. Un jour, il faudra que tu me racontes l'histoire de tes cicatrices, Mike... Celle-ci, au-dessus de tes yeux, et celle-là, sous ton menton.

— Je ne te raconterai qu'une partie de leur histoire.

— Souvenirs des femmes qui ont traversé ta vie, je suppose ?

J'acquiesçai béatement. Elle me donna un coup de poing dans les côtes et feignis de s'être fait mal.

Au lieu de rejoindre immédiatement la voiture, j'entraînai Lola sur le trottoir désert.

— Où allons-nous ? s'informa-t-elle.

— A l'*Albino Club*. Tu connais ?

— Non. Mais pourquoi ? Je croyais que tu ne voulais pas être vu ?

— Je n'y suis jamais allé, moi non plus. Je dois à mon client les cinq cents dollars qu'Ann Minor n'a pu encaisser, et j'ai une chance de le trouver là-bas.

— Je vois.

Le club n'était pas loin. Mais il était dit que nous n'en verrions pas l'intérieur, car nous avions à peine fait quelques pas dans le petit hall d'entrée que Lola s'arrêtait court et prononçait mon nom d'une voix méconnaissable. Je suivis la direction de son regard et compris tout de suite. A travers une cloison vitrée, on apercevait une partie du bar. Quatre barmen tuaient le temps de leur mieux derrière un comptoir de chêne ciré devant lequel se tenaient seulement deux clients. Mais l'un d'eux était Feeney Last, et l'autre le type auquel j'avais cassé la figure dans le parc de stationnement. Un poids tomba de ma conscience lorsque je vis ce qui restait de son nez. Le salaud cherchait bien la bague, et non les clefs de sa voiture.

Feeney n'avait pas l'air de s'en faire. Après tout, qu'avait la police contre lui ? Rien, pas la moindre preuve du plus petit délit. Si seulement j'avais pu lui sauter à la gorge. Mais je ne pouvais rien prouver contre lui, moi non plus. Et j'étais supposé être mort !

Nous ressortîmes aussi vite que nous étions entrés, brisant le cœur du portier que l'arrivée de deux clients avait paru combler de joie. Nous entrâmes dans un autre bistro et je courus à la cabine téléphonique.

Pat était chez lui.

— Ici Mike, fiston, lui dis-je. Je viens de voir Feeney Last à l'*Albino Club*, avec un type auquel j'ai endommagé le portrait il n'y a pas longtemps. Peux-tu mettre un de tes hommes à ses trousses ? J'ai autre chose à faire ou je le suivrais moi-même...

— Tu parles ! explosa Pat. Il y a plus de deux heures que toutes les voitures-radio le recherchent.

— Mais je croyais que vous n'aviez rien...

— J'ai reçu des nouvelles de la Côte. C'est bien lui qu'ils recherchent pour le meurtre dont je t'ai parlé.

Quelque chose me poussa à lui demander :

— De quel genre de meurtre s'agissait-il, Pat ?

— Il a cassé le cou d'un type au cours d'une rixe. Il a essayé d'abord avec un couteau, puis il l'a perdu dans la bagarre et, finalement, il lui a cassé le cou.

Un frisson glacial me parcourut du haut en bas et je me retrouvai dans le hall obscur du pied-à-terre de Murray Candid et je sentis à nouveau, derrière mon oreille, l'impact du coup violent qui m'avait mis hors de combat. Je n'avais plus le moindre doute, à présent. Feeney disposait de plus d'une technique. Il était capable de tuer avec un pétard, avec un surin, et avec ses mains nues même, en cas de nécessité.

— Il est à l'*Albino Club*, Pat. Tu sais où ça se trouve. Mais je vais tâcher de gagner la voiture-radio de vitesse et, si j'arrive avant tes hommes, c'est du tombereau de la morgue que vous aurez besoin.

Je raccrochai, traversai le bar sans même regarder Lola et courus, de toutes mes forces, vers le club que nous venions de quitter.

J'avais mon 45 au poing lorsque je contournai le coin de la rue. Ma poitrine était une boule de feu qui rejetait l'air en spasmes douloureux, mais j'entendais, loin derrière moi, hululer une sirène, et je ne pensais à rien, qu'à arriver le premier.

Nous perdîmes tous les deux, et je ne tardai pas à découvrir pourquoi. Il y avait un poste de radio, derrière le comptoir, et Feeney avait réussi à persuader le barman de le laisser branché sur la longueur d'onde des appels de police, « histoire de rigoler ». Et il avait dû rigoler, effectivement. Il devait rigoler encore, dans la bagnole qui les emportait loin de là, lui et son copain, le type au nez cassé.

13

Pat arriva sur les lieux sept minutes après la voiture-radio. Lola m'avait rejoint, et nous occupions le centre d'un petit cercle de curieux que les flics s'efforçaient de disperser.

— Quelle poisse ! commenta Pat. Tu n'as pas vu leur bagnole ?

— Non. Le portier se rappelle seulement qu'elle était noire. Je suis arrivé quelques secondes trop tard. Il y a de quoi devenir enragé... Mais il ne perd rien pour attendre.

Nous nous retirâmes dans un coin sombre et je continuai :

— Comment va ton affaire, Pat ?

— Mal ! Les engueulades et les menaces pleuvent sur ma pauvre tête et je ne sais plus à quel saint me vouer. Il y a des gens qui ont le bras rudement long, dans cette ville. Et les journalistes nous mènent la vie dure parce que nous ne pouvons rien leur dire... Ce qui ne les empêche pas de broder sur le peu qu'ils savent...

Il sourit méchamment.

— J'ai dirigé deux rafles, ce soir, et les yeux te sortiraient de la tête si je te disais qui nous avons ramassé. Nous pouvons citer des noms, à présent, et porter des accusations précises. Plusieurs ont essayé de corrompre mes hommes, et ils le paieront, c'est moi qui te le dis.

— Je te crois sur parole.

— Ils ont les foies, Mike. Ils ignorent ce que nous savons et ne peuvent pas courir de risques. Ou je me trompe fort, ou dans vingt-quatre heures toute la ville sera sens dessus dessous.

— As-tu pris les dispositions nécessaires pour demain soir ?

Il alluma une cigarette et jeta l'allumette dans le ruisseau.

218 PAS DE TEMPS A PERDRE

— Tu sais, Mike, il y a des moments où je me demande si c'est bien moi qui dirige ma section.

Mais il souriait. Et son sourire était amical.

— Oui, tout est prêt, reprit-il au bout d'un instant. Les hommes ont été désignés, mais je ne leur ai pas encore donné mes ordres. Je ne veux plus risquer la moindre indiscrétion.

— O.K. Pour l'instant, ils tirent sur leurs ficelles, et, lorsqu'ils verront que ça ne les avance pas à grand-chose, c'est sur nous qu'ils tireront. Mais nous les battrons à ce petit jeu, et ils seront mûrs pour tes filets. Bonsoir, Pat.

Une voiture de presse venait de stopper le long du trottoir. Trop de journalistes me connaissaient de vue pour que je puisse m'attarder davantage. Je pris le bras de Lola, nous allâmes récupérer la bagnole et elle insista pour que je monte chez elle boire une tasse de café. Il faisait bon dans son appartement et je dormais à moitié en pensant à Nancy, lorsque Lola revint de la cuisine et dit :

— Le café est prêt, Mike.

Je m'éveillai en sursaut, les poings fermés et prêt à me défendre.

— Je parie que tu pensais à moi, plaisanta-t-elle.

Je laissai retomber mes mains sur mes genoux.

— Passe à l'offensive, et tu verras !

Elle m'embrassa du regard et me tendit une tasse.

— Je t'aime, Mike, dit-elle doucement. Tu es une brute, tu es capable de haïr et de tuer, et pourtant, au fond de toi, tu es bon. Si ma vie avait été différente, je souhaiterais que tu me rendes mon amour, mais, puisque c'est impossible, je veux simplement que tu saches à quel point je t'aime.

Je ne l'avais jamais vue aussi radieusement belle, détendue, heureuse, purifiée de corps et d'esprit par l'intensité même de son amour. La perfection faite femme. Elle avait de larges épaules sur lesquelles tombaient en cascades ses lourds cheveux encore humides de pluie. Ses seins, dont aucun soutien-gorge n'entravait le libre jeu, étaient deux hémisphères de beauté juvénile qui appelaient les caresses à travers l'étoffe tendue de sa mince robe. Son ventre se fondait harmonieusement entre ses cuisses, et ses jambes semblaient issues des rêves d'un sculpteur.

Je posai ma tasse sur la table, incapable de détourner mon regard. Elle me tendit les mains et je la pris dans mes bras et ma bouche trouva la sienne et ses lèvres étaient de miel et sa langue de vif-argent.

Je tentai de la retenir lorsqu'elle voulut se dégager. Mais elle m'obligea à prendre une cigarette et me donna du feu. Et la flamme de l'allumette n'était pas plus ardente que celle qui brûlait dans ses yeux et qui me disait d'attendre, d'attendre encore un peu. Elle éteignit l'allumette, m'embrassa légèrement sur la joue et disparut dans la chambre à coucher.

La cigarette n'était plus qu'un minuscule mégot lorsqu'elle m'appela :

— Mike...

J'écrasai la cigarette dans un cendrier et suivis le son de sa voix.

Elle était debout, immobile, au centre de la chambre, et la robe de soie diaphane qu'elle portait à présent accentuait en quelque sorte sa nudité, moulant étroitement chaque ligne, chaque courbe de son corps. Sa voix était à peine perceptible.

— Il y a un millier d'années, j'ai fait cette robe moi-même, en vue de ma nuit de noces, Mike, et j'avais oublié son existence jusqu'à ce que je t'aie rencontré.

Elle fit deux pas vers moi, les yeux brillants de passion contenue.

— Je n'ai jamais eu de nuit dont je veuille me souvenir, Mike. Donne-moi celle-ci. Aime-moi cette nuit, rien que cette nuit, d'un amour aussi fort que le mien, et je n'en demanderai pas davantage...

— Je t'aime, Lola. J'avais dit que je n'aimerais jamais plus, mais je t'aime...

— Rien que cette nuit, Mike.

— Je t'aimerai aussi longtemps que je le voudrai, Lola. Tu mérites mieux que moi, tu...

Sa main me ferma la bouche. Puis elle prit l'une de mes mains et la conduisit au décolleté de sa robe.

— Je l'ai faite pour ne la porter qu'une fois. Il n'y a qu'un moyen de l'ôter.

Mes doigts saisirent l'étoffe, entre ses seins palpitant de désir. Je tirai violemment, elle se libéra des lambeaux de sa robe, d'un gracieux mouvement d'épaules, et je la serrai contre moi, nue et consentante.

— Je t'aime, Mike, répéta-t-elle.

Sa bouche était fraîche, mais son corps brûlait d'un feu intérieur qui n'était pas près de s'éteindre.

Ce fut une nuit qu'elle avait cru ne jamais connaître.

Ce fut une nuit telle que je n'en avais jamais connu, ni n'en connaîtrai, sans doute, jamais plus.

J'étais seul lorsque je m'éveillai. Épinglée sur l'oreiller, près de ma tête, je trouvai une petite note de Lola : *Cette nuit a passé trop vite, Mike. Et maintenant, il faut que je mène à bien la mission que tu m'as confiée. Le petit déjeuner est prêt. Il te suffira de tout réchauffer.*

Le petit déjeuner ! Tu parles. Il était plus de midi. Je mangeai sur le pouce, en m'habillant, tout en écoutant la radio. Pour la première fois de sa vie, le speaker du journal parlé semblait profondément excité. Il lisait les nouvelles à un rythme rapide, accentuant certains mots et ne reprenant haleine qu'à la fin de chaque paragraphe. La police avait effectué deux autres rafles, au cours de la nuit, arrêtant quiconque était soupçonné d'avoir quelque rapport avec le gigantesque trust du vice qui contrôlait la ville tout entière. Et les filets étaient en train de se refermer sur des gens et des endroits dont je n'avais jamais songé à mettre la respectabilité en doute...

Ce qui caractérise ces sortes d'opérations, c'est qu'une fois lancées il est impossible de les arrêter. Les journaux en font de véritables croisades et le public part en guerre, plein d'indignation vertueuse, contre des choses qu'il tolérait la veille avec une indifférence absolue. Mais les meilleures scènes ne seraient jouées que plus tard, devant les tribunaux, après des tergiversations et des retards sans nombre. Et, ce jour-là, il faudrait des preuves. Des preuves solides. Ou, sinon, tous les coupables de quelque envergure ressortiraient de la salle d'audience libres comme l'air, en poussant un gros soupir et en réfléchissant aux mesures à prendre pour qu'une telle alerte ne vienne pas une seconde fois interrompre le cours de leurs activités.

Je descendis acheter quelques journaux et remontai aussitôt chez Lola. Moins réservés que la radio, éditorialistes et chroniqueurs insinuaient que plus d'un personnage important avait éprouvé le besoin de quitter la ville à la veille de l'enquête. La police se refusait à faire la moindre déclaration, mais certains politicards de troisième magnitude avaient émis des protestations enflammées qui eurent le don de me mettre en joie. J'aurais parié à dix contre un que ces gars-là essayaient de se couvrir en faisant plus de bruit que la police.

Je téléphonai à Pat. Il était claqué, mais heureux d'avoir de mes nouvelles.

— Tu as lu les journaux ? me demanda-t-il.

— Oui. Et j'ai écouté la radio. L'exode a commencé !

— Ça, tu peux le dire. On les ramasse à droite et à gauche, essayant de filer à l'anglaise. Quelques-uns ont parlé assez pour nous donner de nouveaux fils conducteurs, mais nous ne tenons encore que les exécutants, ceux qui font le boulot... Et les clients.

— C'est grâce à ceux-là que le business peut prospérer.

— Ils vont payer plus cher qu'ils ne l'escomptaient. Cette ville est pleine de morveux qui attendent qu'on les mouche.

— Et tu es leur homme ?

— Je suis leur homme, Mike.

— Reçois-tu des demandes de remise en liberté sous caution ?

— Comme s'il en pleuvait. Et jamais personne ne s'est fait injurier comme je l'ai été aujourd'hui.

— Si, moi.

— Oui. Mais personne ne veut ta place comme ils veulent la mienne.

Il bâilla dans le téléphone et continua :

— A propos, Mike, ton copain Murray Candid a été vu en ville. Il rend visite à des tas de gens, en compagnie d'un alderman.

— Il n'essaie donc pas de filer ?

— Apparemment, non. Il reste dans la coulisse jusqu'à ce que les choses se précisent. Je crois qu'il attend de voir jusqu'où nous sommes décidés d'aller. Il risque de recevoir un choc.

— Tu as un mandat d'arrêt contre lui ?

— Impossible, Mike. Il avait un alibi... Voilà encore autre chose qui va t'intéresser, mais garde-le pour toi. On a enregistré hier et aujourd'hui une soudaine affluence de durs. Ils passent leur temps à se balader en ville, histoire de faire peur à ceux qui seraient tentés de bavarder.

— Qu'est-ce que tu dis de ça ?

— Rien encore. La plupart ont déjà fait de la taule, mais nous n'avons rien contre eux actuellement. Nous avons essayé de les retenir, aux fins d'interrogatoire. Ça n'a pas marché. Ils ont tous les poches bourrées de galette et un avocat à portée de la main. Aucun d'entre eux n'était armé, et tous ont fait preuve envers mes flics d'une courtoisie raffinée. Rien à leur reprocher.

— C'est encore la grosse galette qui parle, Pat. Ces gars-là sont payés pour faire peur aux bavards, d'accord, mais ils ne font pas que bluffer. Ils agissent aussi, et les bavards en puissance le savent et personne ne l'ouvrira tant qu'ils seront dans nos murs. Il n'est pas agréable de savoir que, tôt ou tard, on se retrouvera à la morgue parce qu'un type a été payé d'avance pour faire le boulot et que c'est un employé consciencieux.

— Eh ! oui, Mike, c'est comme ça. Nous avons les mains liées...

Les mains liées ! Je frappai le dossier d'une chaise qui n'y était pour rien. O.K., O.K., qu'ils jouent donc aux durs ! Qu'ils importent un gang de tueurs à la coule et capables de tout ! Ces types-là ne pensaient pas par eux-mêmes, mais ils étaient accessibles aux sensations et aux émotions humaines, et lorsqu'ils verraient le sang couler dans la rue, ils seraient moins pressés de sortir leurs pétards. Ils se cavaleraient, comme tous les autres, et courraient jusqu'à ce que leurs jambes refusent d'aller plus loin.

— Tu es toujours là, Mike ?

— Oui. Je pensais.

— Eh bien ! moi, je vais aller dormir un peu. Tu seras là, ce soir ?

— Je ne voudrais pas manquer ça pour un empire.

— Alors, à ce soir ! Mais ne te fais pas trop voir. Le district attorney est assez intrigué et, s'il apprenait que tu es à la base de l'affaire, il y aurait du grabuge.

— Ne t'en fais pas. Si jamais Lola te téléphone, ne lui pose pas de questions. Fais ce qu'elle te demande sans discuter, c'est important.

— Elle est sur l'affaire, elle aussi ?

— Oui, et si elle trouve ce que j'espère lui voir trouver, tu n'auras plus à te faire de bile. A ce soir.

Je raccrochai. La fin était proche, ou du moins en vue. Mais où diable irais-je débusquer Feeney à présent ? La ville était trop grande pour que j'aie une chance de lui mettre la main dessus s'il se tenait à carreau. Il faudrait l'obliger à commettre une erreur, mais laquelle ?

J'appelai l'interurbain et demandai le numéro de M. Berin. Le maître d'hôtel m'informa que son patron venait de partir pour la ville et qu'il avait retenu un appartement au *Sunic House*. Il songea ensuite à demander qui était à l'appareil, mais je raccrochai sans répondre et appelai Velda chez elle. Elle devait être partie déjeuner, car la sonnerie du téléphone résonna longuement sans attirer l'attention de personne. Je ne pouvais pourtant pas rester là indéfiniment à me tourner les pouces...

De guerre lasse, je repoussai la chaise et enfilai mon veston. Quelque chose tinta dans ma poche. C'étaient les doubles des clefs de l'appartement, que Lola avait dû faire reproduire à mon intention. Un petit médaillon pendait à l'anneau. Je l'ouvris. Il était en forme de cœur et contenait la photo de Lola. Je lui rendis son sourire et murmurai à sa muette effigie toutes les choses qu'elle m'avait empêché de lui dire la veille.

Il y avait toujours de la pluie dans l'air. Un vent froid soufflait du fleuve, déposant partout de minuscules gouttelettes d'humidité. Les parapluies étaient prêts à s'ouvrir à la moindre provocation et les yeux se levaient fréquemment vers le ciel.

Je passai dans divers bars un morne après-midi. Toute la ville ne parlait que de la lutte entreprise contre le vice et jubilait, à chaque nouvelle édition du journal parlé, d'entendre de nouveaux grands noms rouler dans la boue.

Je dînai vers sept heures et demie, puis réintégrai ma bagnole et, quelques minutes après neuf heures, m'arrêtai non loin de chez Cobbie. Je jetai un coup d'œil au-dehors et vis que sa chambre était plongée dans l'obscurité. Je relevai le col de mon veston, rabattis mon chapeau sur mes yeux et attendis. Quelques vieilles guimbardes stationnaient de loin en loin, tout au long de la rue, et les trottoirs étaient déserts, car la pluie, qui depuis le matin menaçait, s'était remise à tomber à verse.

Il n'était pas tout à fait neuf heures et demie lorsque Cobbie quitta son garni. Malgré la pluie, il ne marchait ni vite, ni droit. Son pas heurté l'entraînait à chaque instant loin des lampadaires, partout où l'ombre était la plus épaisse, et je le vis ralentir encore, à deux reprises, pour regarder dans les pans coupés des vitrines s'il était suivi.

Je lui laissai le temps de disparaître au premier tournant et démarrai. Si les flics étaient là, ils avaient trouvé le moyen de se rendre invisibles. Rien ne bougeait nulle part. Je savais quelle route allait prendre Cobbie, et, plutôt que de le suivre, décidai de le précéder et de l'attendre. Je contournai donc le pâté de maisons et me rangeai au coin d'une rue perpendiculaire. Une autre bagnole stoppa le long du trottoir au moment où Cobbie arrivait, et le petit maquereau s'arrêta court, pétrifié par la terreur. Mais le conducteur de la bagnole s'engouffra simplement dans un bistro encore ouvert et Cobbie alluma une cigarette avant de poursuivre sa route. Ses mains tremblaient convulsivement.

J'abandonnai ma voiture et copiai la tactique de Cobbie, passant de recoin sombre en recoin sombre et fuyant toute lumière comme la peste. L'averse avait au moins un avantage. Elle me permettait de m'arrêter à chaque instant, sous prétexte de m'abriter.

Nous étions à présent dans le fief habituel de Cobbie. Dix heures sonnèrent quelque part. Un flic passa en sifflotant. Mais les rues étaient toujours désertes. Pas trace de Pat ni de ses hommes. Et soudain, le petit maquereau leva les bras et poussa un cri d'abjecte épouvante, hypnotisé par ce qu'il venait de voir au sommet d'un perron.

Si le type avait tiré du haut des marches, il aurait eu Cobbie sans coup férir. Mais il voulut opérer de plus près et s'élança dans l'escalier, revolver au poing. Cloué sur place, Cobbie se mit à hurler. Mais son agresseur n'eut pas le temps de tirer, car une seconde silhouette jaillit de la même porte et sauta sur le tueur avec une violence telle que tous deux roulèrent ensemble aux pieds de Cobbie.

Je courais déjà lorsque je sortis mon 45. Mais j'étais encore à quelques mètres lorsque l'un des deux adversaires se releva d'un bond et fit feu dans la direction de Cobbie, allongé sur le trottoir. L'autre ne prit pas la peine de se relever. Posant son coude sur le sol, il visa soigneusement et pressa la détente. L'agresseur de Cobbie tournoya sur lui-même et s'écroula.

Une détonation retentit, quelque part dans la rue. Quelqu'un cria et tira de nouveau.

— Mike Hammer, détective privé, dis-je au flic. Mon insigne est dans ma poche, si tu veux le voir.

Il se releva et secoua la tête.

— Pas la peine, je te connais.

Une voiture-radio prit un virage sur deux roues et nous dépassa, la portière déjà ouverte, avec un flic sur le marchepied, pétard au poing. Des fenêtres s'ouvraient un peu partout, et les flics criaient aux curieux de rester chez eux et de ne pas s'exposer.

— Il est sur le toit ! glapit une voix.

Presque aussitôt, des projecteurs s'allumèrent, révélant sur un toit les silhouettes d'une demi-douzaine d'hommes lancés à la poursuite de quelque fuyard.

La rue fourmillait de flics et je ne tardai pas à repérer Pat.

— Comment diable avez-vous fait ? lui demandai-je. Il y a une minute, il n'y avait pas un chat dans la rue.

Pat grimaça un sourire.

— Nous les avons filés toute la journée et pas un d'entre eux ne s'en est douté. Quand ils sont venus occuper leurs postes, mes hommes se sont planqués aux mêmes endroits qu'eux... derrière leur dos. Nos petits copains restaient en liaison par téléphone. Ils savaient que Cobbie était dans le secteur, mais ils ignoraient l'endroit exact. D'où leur nombre...

— Combien au tableau de chasse ?

— Neuf, jusqu'à présent. Sept se sont rendus sans combattre. On les a laissés faire jusqu'au dernier moment, pour qu'ils n'aient pas le temps de donner l'alarme aux autres. Qu'est-il arrivé à celui qui a essayé de buter Cobbie ?

— Il est mort.

De nouveaux coups de feu retentirent sur les toits, au-dessus de nos têtes. Nous perçûmes un cri aigu. Puis l'un des flics descendit dans la gouttière et rugit :

— Il est mort. Préparez une civière. L'un des nôtres est blessé.

Pat se remit à distribuer des ordres. Je le quittai et rentrai dans l'ombre. Il y avait un attroupement autour du premier cadavre, mais Cobbie Bennett brillait par son absence.

14

Ce fut d'un pas extraordinairement allègre que je rejoignis ma bagnole. J'étais heureux, parce que ces salauds-là venaient d'essuyer, sur leur propre terrain, une cuisante défaite. Je branchai la radio un peu plus tard, juste à temps pour capter un bulletin spécial relatant ce qui venait de se produire. Et je ne serais pas le seul à l'entendre. Éparpillés dans toute la ville, d'autres tueurs à gages l'entendraient aussi. Et la grosse galette cesserait d'être tout pour eux, à présent que les flics se mettaient à employer leurs méthodes. Enfreindre la loi est une chose, mais le tueur le plus stupide et le plus gonflé commence à réfléchir lorsqu'il la sent sur ses talons, prête à employer le langage des 45 réglementaires et des mitraillettes. Ils riraient un peu moins fort, ce soir. La boule de neige roulait toujours et commençait à prendre des proportions respectables. Le moment viendrait où les dernières ficelles de la politique leur casseraient entre les doigts. Et ce serait à mon tour de rire.

Je passai à proximité du *Sunic House*, et, malgré l'heure indue, décidai de rendre visite à mon client. Après tout, c'était lui qui finançait mon enquête, et il serait content d'apprendre qu'il en avait enfin pour son argent. Des tas de gens se souviendraient du nom de Berin-Grotin, et c'était cela qu'il avait toujours voulu.

Le *Sunic House* était une relique des temps révolus, un antique palace pour messieurs seuls. Le silence qui régnait dans le vaste hall d'acajou et de cuir n'était certainement pas dû à l'heure tardive : c'était probablement comme ça toute la journée. Les tableaux suspendus aux murs lambrissés représentaient des aspects de la ville disparus depuis longtemps, et l'employé de la réception aurait pu être mon grand-père.

Je lui demandai si M. Berin était arrivé.

Il opina du bonnet et fronça les sourcils.

— Mais je suis sûr qu'il n'aimerait pas être dérangé, monsieur. Il vient ici depuis bien des années et je connais ses habitudes.

— Il s'agit d'une affaire urgente, mon vieux. Passez-lui un coup de fil, voulez-vous ?

— J'ai bien peur, monsieur, que... Je ne pense pas qu'il soit convenable...

— Et si je me fourre deux doigts dans la bouche et que je me mette à siffler à tue-tête, et qu'ensuite je cavale d'un bout à l'autre de la pièce en hurlant comme un possédé, que déciderez-vous ?

Ses sourcils rejoignirent son crâne, et il se tourna vers un autre vieux bonze endormi dans un grand fauteuil.

— Dans ce cas, je serais obligé d'appeler le détective de l'établissement, monsieur, dit-il d'une voix chevrotante d'émotion.

Je lui dédiai mon sourire le plus radieux, insérai mon pouce et mon index entre mes dents et, de l'autre main, désignai le téléphone. Il pâlit, rougit, pâlit à nouveau, tout en se torturant les méninges avec le fol espoir de trouver une issue praticable. Puis il dut conclure qu'un seul client dérangé valait mieux que toute la boîte réveillée en sursaut et décrocha le téléphone intérieur.

Finalement une voix lui aboya dans l'oreille ; il perdit contenance et bafouilla :

— Je... je vous demande pardon, mon... monsieur, mais il y a là un... un homme qui insiste pour vous voir. Il... il dit que c'est très urgent...

Le téléphone aboya de nouveau et le vieil employé avala péniblement une gorgée de salive.

— Dites-lui que c'est Mike Hammer, lui soufflai-je.

— C'est... c'est un certain... un certain M. Hammer... Oui, monsieur, Mike Hammer, parvint-il à intercaler entre les protestations indignées de son client. Oui, il est là, monsieur. Très bien, monsieur. Je vous l'envoie immédiatement, monsieur.

Il raccrocha, s'épongea le front et me foudroya du regard.

— Chambre 406.

Je le remerciai d'un signe de tête et ne pus résister au plaisir de monter l'escalier sur la pointe des pieds, avec des précautions exagérées, tandis qu'il me suivait des yeux d'un air horrifié.

M. Berin avait ouvert sa porte à mon intention. Je la repoussai derrière moi, m'attendant à pénétrer dans quelque chambre d'hôtel confortable, sans doute, mais vieillotte et un tantinet mortuaire. Je me fourrais étrangement le doigt dans l'œil. En dépit des apparences, le *Sunic House* était à la page, et l'appartement de M. Berin une petite merveille de luxe et de bon goût.

Quelques instants plus tard, mon client apparut, vêtu d'un peignoir de soie, ses cheveux blancs renvoyés en arrière par d'énergiques coups de brosse, le visage exempt de toute somnolence. Sa main serra fermement la mienne.

— Heureux de vous voir, Mike, très heureux.

Nous traversâmes le salon, dont un piano à queue occupait le centre, et passâmes dans une petite bibliothèque ornée d'animaux naturalisés et de photographies encadrées de mon client lorsqu'il était plus jeune.

— Vous êtes bien installé, ici, monsieur Berin.

— Oui. Il y a des années que j'occupe cet appartement. C'est ma résidence citadine, et j'y bénéficie de tous les avantages d'un hôtel. Asseyez-vous donc.

Je me laissai choir dans un fauteuil et posai mes deux mains sur les accoudoirs.

— Un cigare ?

— Non, merci.

Je sortis mon paquet de Luckies.

— Désolé de vous tirer du lit à une heure pareille.

— Ne vous excusez pas, Mike. J'admets que j'ai été plutôt surpris, mais vous avez certainement une bonne raison d'agir ainsi.

Je m'entourai d'un nuage de fumée.

— Pas exactement. J'avais surtout envie de bavarder avec quelqu'un, et, comme je vous dois cinq cents dollars, je me suis dit que cela me fournissait un excellent prétexte pour vous tomber dessus.

— Cinq cents dollars ?... Vous voulez parler de l'argent que j'ai envoyé à votre banque pour couvrir cette... dépense...

— Oui. La jeune femme en question n'a pas vécu assez longtemps pour l'encaisser...

Il ouvrit de grands yeux et je continuai :

— J'ai été suivi. Comme un imbécile, je ne me suis pas méfié, et j'ai été suivi. Et celui qui m'a suivi l'a tuée et a maquillé son meurtre en suicide. Ça n'a pas marché, mais pendant que j'étais sorti le même type a fouillé mon appartement et s'est emparé de certaines photographies...

— Vous savez qui...

La voix lui manqua.

— Feeney Last. Votre ancien chauffeur, monsieur Berin.

— Grand Dieu !

Ses mains se crispèrent sur ses genoux.

— Qu'ai-je fait, grand Dieu, qu'ai-je fait ?

Pour la première fois depuis que je le connaissais, il paraissait vieux et prostré.

— Vous n'avez absolument rien fait. Si vous ne lui aviez pas servi de couverture, il serait entré au service de quelqu'un d'autre et le résultat aurait été le même.

Je me levai et lui mis la main sur l'épaule.

— Soyez heureux, au contraire. Vous avez entendu parler de ce qui se passe en ce moment dans cette ville ?

— Oui, Mike.

— C'est à cela qu'a servi votre argent. Vous m'avez engagé pour identifier la Rouquine. Ni vous ni moi ne voulions qu'elle finisse au champ de navets. Et voilà ce que nous avons trouvé, et c'est loin d'être terminé... Bientôt, dans quelques jours peut-être, le soleil pourra briller sur une ville propre.

Lentement, il releva la tête.

— Merci, Mike.

— Puis-je utiliser votre téléphone ?

— Je vous en prie. Il est dans le salon, à côté. Je vais nous préparer deux verres, pendant ce temps-là. Je crois que j'en ai besoin. Je n'ai pas l'habitude de ces sortes de nouvelles, Mike.

Ça me faisait quelque chose de le voir aussi triste. Le vieux bougre n'était pas fait pour fréquenter des types dans mon genre. J'appelai Velda chez elle. Lorsqu'elle répondit enfin, elle était furieuse.

— C'est moi, Velda. Rien de neuf, au bureau ?

— Bon sang, Mike, vous téléphonez à des heures impossibles. J'ai attendu toute la soirée au bureau que vous téléphoniez... Cette fille dont vous m'avez parlé... Lola, n'est-ce pas ?... Elle a envoyé une enveloppe en exprès. Il y avait un récépissé de prêt sur gage à l'intérieur, et rien d'autre...

— Un récépissé de prêt sur gage !

J'en avais des trous dans la voix.

— Alors, elle l'a trouvé, Velda ! Nom de Dieu, elle l'a trouvé ! Et qu'est-ce que vous en avez fait ?

— Je l'ai laissé là-bas, sur mon bureau.

— Ça, alors, c'est une bonne nouvelle ! Écoutez, fillette, j'ai laissé chez moi les clefs du bureau. Retrouvez-moi là-bas dans une heure... disons, une heure et demie. J'appellerai Pat et nous pourrons continuer ensemble. Nous touchons au but, Velda, à tout de suite !

Je coupai la communication, laissai remonter le crochet et composai le numéro de Lola. Elle décrocha avant que le téléphone eût fini de sonner. Elle était haletante d'excitation trop longtemps contenue.

— Ici Mike, baby...

— Oh ! Mike, où es-tu ? As-tu trouvé mon enveloppe ?

— Je viens de téléphoner à Velda. Elle l'a laissée au bureau. Où as-tu trouvé la caméra ?

— Dans une petite officine, non loin de Bowery. Elle était en vitrine...

— Magnifique ! Où est-elle à présent ?

— Je l'ai.

— Alors, pourquoi m'avoir envoyé le récépissé ?

Sa voix trembla légèrement.

— Quelqu'un d'autre la cherchait aussi, Mike. Dans cinq endroits différents, ils étaient passés aujourd'hui même, quelques heures avant moi.

Un frisson glacé courut le long de ma colonne vertébrale.

— Et qu'est-il arrivé ?

— Rien. Je me suis dit qu'ils employaient sans doute la même méthode que moi... d'après l'annuaire téléphonique, et j'ai repris la liste par la fin...

M. Berin entra, m'offrit un verre sans mot dire et se retira.

— Ensuite ?

— Eh bien ! je l'ai trouvée, mais j'avais peur de garder le récépissé sur moi. C'est pourquoi je l'ai envoyé à ton bureau, par messager spécial.

— On fera quelque chose de toi. Je t'aime, sale gosse. Tu ne sauras jamais à quel point.

— Je t'en prie, Mike.

J'éclatai de rire, débordant d'une joie délirante que je n'avais pas connue depuis bien longtemps.

— Tu ne m'empêcheras pas de te le dire, cette fois, Lola. Quand tout ça sera fini, nous aurons le monde à nos pieds et toute la vie devant nous. Et je veux te l'entendre dire aussi, Lola, bien haut et distinctement.

— Mike, je t'aime, je t'aime.

Elle se mit à sangloter et le répéta encore.

— Moi aussi, je t'aime, fillette. Encore un petit moment, et je serai là. Tu m'attends ?

— Naturellement, chéri. Dépêche-toi, je t'en prie. J'ai tellement hâte de te retrouver.

Lorsque j'eus raccroché le récepteur et vidé mon verre, je rejoignis M. Berin dans la bibliothèque. J'aurais aimé pouvoir lui communiquer un peu de mon bonheur. Il semblait en avoir besoin.

— C'est fini, annonçai-je.

Il me regarda, mais il n'avait pas l'air de me voir.

— Y aura-t-il encore... d'autres tueries, Mike ?

— Peut-être. Ou peut-être la loi suivra-t-elle son cours sans plus de bagarres.

— Je suppose que je devrais être satisfait. Mais je ne puis me résigner à accepter aussi facilement toutes ces morts dont je suis partiellement responsable.

Il frissonna et désigna son verre vide.

— Un autre cocktail, Mike ? Moi, je vais en boire un second.

— Avec plaisir.

En passant, il souleva le couvercle d'un appareil de radio dont le dessus formait tourne-disque. Le change-disque automatique était déjà garni. Il posa l'aiguille sur le premier et l'appareil se mit à jouer. C'était de la grande musique, de la musique classique. Du Wagner ou du Beethoven, ou quelque chose comme ça. Je me renversai dans mon fauteuil et regardai la fumée de ma cigarette monter lentement vers le plafond.

Cette fois, M. Berin apporta la bouteille, le shaker et un vase plein de glaçons.

— Racontez-moi tout ça, Mike, dit-il un peu plus tard en me tendant un verre. Pas les détails, bien sûr, rien que l'essentiel, et les raisons pour lesquelles toutes ces choses se produisent. Peut-être retrouverai-je ma paix d'esprit, lorsque je serai au courant de tout.

— Ce sont les détails qui comptent, monsieur Berin, je ne puis les laisser de côté. Mais, auparavant, je veux que vous compreniez qu'il fallait que ces choses arrivent et qu'il est heureux qu'elles soient arrivées. Nous avons cherché un nom et rencontré le crime. Nous avons cherché un criminel et trouvé des noms, de grands noms. A présent, la police n'épargne plus personne. Les flics ont été prompts à saisir leur chance et ils sont en train de nettoyer la ville. C'est de la fierté, non de la tristesse, que vous devriez ressentir, monsieur Berin.

— Si seulement nous avions pu faire quelque chose pour cette pauvre fille...

— Nancy ?

— Oui. Elle est morte dans une solitude tellement absolue... Mais, s'il est vrai qu'elle ait eu un enfant illégitime et qu'elle soit descendue ensuite de plus en plus bas, qui est à blâmer, sinon la jeune femme elle-même ?

Il secoua la tête, les sourcils froncés.

— Si seulement elles avaient un peu de fierté, un peu d'orgueil, ces choses-là n'arriveraient jamais... Je me suis demandé parfois, Mike, si ma propre fierté n'était pas exagérée, si mon sens de l'honneur du nom n'était pas puéril et vain, mais...

Il fit un geste évasif.

— Je comprends votre point de vue, monsieur Berin. Mais on ne peut tenir rigueur à ces gosses des erreurs qu'elles commettent. Presque toutes en commettent, mais quelques-unes seulement sont prises dans la filière et ne s'en relèvent pas...

La bouteille était à moitié vide lorsque je songeai à consulter ma montre et me levai d'un bond. Je saisis mon chapeau, me souvins juste à temps des cinq cents dollars et libellai rapidement un chèque.

— Je suis déjà en retard. Velda va me passer quelque chose.

— Je suis bien content d'avoir pu bavarder avec vous, Mike. Revenez me voir demain. Je veux savoir ce qui se passe. Et soyez prudent, voulez-vous ?

— Vous pouvez compter sur moi.

Nous nous séparâmes et, lorsque j'atteignis le rez-de-chaussée, j'entendis la porte se refermer doucement. Le vieil employé était toujours là. En me voyant, il mit son index en travers de ses lèvres... J'hésitai une seconde, mais qu'auriez-vous fait à ma place ? Je lançai un grand coup de sifflet avant de disparaître.

Velda m'attendait devant l'immeuble, tenant son parapluie comme un vulgaire gourdin. Je me rangeai le long du trottoir et donnai du klaxon.

— Je croyais que vous aviez parlé d'une heure et demie.

— Navré, mon chou, j'ai été retenu.

— Vous êtes toujours retenu par une chose ou l'autre !

La colère lui allait à ravir.

Nous traversâmes le hall d'entrée et gagnâmes l'ascenseur. Velda m'observait du coin de l'œil, luttant contre sa curiosité. Enfin, elle n'y tint plus.

— D'habitude, je sais ce qui se passe, Mike.

— Tout est arrivé à cause de la Rouquine, lui expliquai-je brièvement. Elle se servait de sa caméra pour prendre des photos.

— Tiens ! Comme c'est original.

— Mais ce n'étaient pas des photos ordinaires. Elles pouvaient servir à faire chanter les gens. Elle devait en avoir des tas et des tas... et c'est ce qui cause toute cette panique. Pat est allé de l'avant comme si elles étaient en notre possession. Mais nous en aurons besoin pour prouver nos dires.

— Je vois.

Elle ne voyait pas tout à fait, mais elle préférait me le laisser croire. Il faudrait que je prenne le temps de la mettre à la page. Un peu plus tard.

Nous atteignîmes notre étage. Velda ouvrit la porte du bureau et donna de la lumière. Je n'y avais pas mis les pieds depuis si longtemps que j'avais l'impression d'entrer chez quelqu'un d'autre. Je m'approchai de la table de Velda tandis qu'elle s'arrangeait les cheveux devant un miroir.

— Où est-il, fillette ?

— Sur mon sous-main.

— Je ne le vois pas.

— Oh ! ces hommes ! Pour l'amour du ciel... Ici...

Ses yeux soudain s'écarquillèrent.

— Mais... vous n'êtes pas en train de me faire une blague, Mike ?

— Une blague ? Qu'est-ce que vous voulez dire ?

— Mike... Il n'est plus là.

— Allons donc !

— Je vous assure... Je l'avais mis là, avant de partir. Je...

Elle s'interrompit brusquement.

— Qu'y a-t-il ?

J'avais presque peur de parler.

Sa main se posa sur son bloc-notes. Toute couleur avait déserté son visage.

— Qu'y a-t-il, nom de Dieu ?

— La page du dessus a été déchirée... Celle sur laquelle j'avais inscrit l'adresse et le numéro de Lola.

— Bon Dieu !

D'un bond, j'allai ouvrir la porte d'entrée et relevai, autour du trou de la serrure, une douzaine de petites rayures faites par celui qui l'avait crochetée. Je dus pousser un hurlement, car je l'entendis se répercuter tout au long du couloir, alors même que je courais vers l'ascenseur. Velda m'appela, mais je n'y pris point garde. Pour une fois, le liftier m'avait attendu et la cabine était demeurée à l'étage, grille ouverte, prête à redescendre.

— Vite ! haletai-je.

La grille claqua derrière moi, et il renversa la manette.

— Qui est monté ici, ce soir ? lui demandai-je.

— Personne, que je sache, monsieur.

— Quelqu'un aurait-il pu monter par l'escalier sans être vu ?

— C'est possible, monsieur. Avec la pluie, mon aide et moi avons dû éponger les planchers sans arrêt, depuis notre arrivée.

La cabine avait à peine touché le rez-de-chaussée que j'étais déjà dans ma voiture.

— Bon Dieu, répétais-je en écrasant l'accélérateur. Bon Dieu...

Les pneus hurlaient et dérapaient à chaque tournant, puis se cramponnaient au sol et repartaient jusqu'au virage suivant. Heureusement qu'il pleuvait, et que l'heure était tardive. Si une autre voiture avait croisé ma route, si un piéton s'était dressé devant moi, je n'aurais jamais pu les éviter, car je fonçais droit devant moi, et pour rien au monde n'aurais tourné mon volant.

Je m'arrêtai pile devant la maison et me précipitai dans l'escalier. Je parvins à la porte et la trouvai ouverte et tentai de crier, mais aucun son ne sortit de ma gorge.

Lola gisait sur le sol, les bras en croix. La partie supérieure de sa robe était trempée de sang.

Je courus à elle et tombai à genoux près d'elle et posai ma main sur son front. Le sang sortait en gargouillant de la blessure béante qui trouait sa poitrine, mais elle respirait encore.

— Lola...

Ses paupières tremblèrent, se soulevèrent. Elle me reconnut, et ses lèvres si vivantes et si désirables s'écartèrent en un pâle sourire.

— Bon Dieu, Lola...

J'essayai de l'aider, mais ses yeux me disaient qu'il était trop tard. Trop tard. Sa main bougea, me toucha, puis désigna successivement le téléphone et la porte, au prix d'efforts surhumains qui la tordirent de souffrance. Ses lèvres remuèrent et n'émirent aucun son, mais je savais que, pour la dernière fois, elle disait : « Je t'aime, Mike », et je savais ce qu'elle voulait que je fasse et je me penchai vers elle et l'embrassai doucement sur la bouche et goûtai le sel de ses larmes.

Mon Dieu, pourquoi elle, pourquoi ?

Elle avait refermé les yeux. Elle souriait toujours, mais elle était morte. Et je devais être mort aussi, car je ne ressentais plus rien. Aucun sentiment. Aucune émotion. Rien qu'un vide immense. Tout était arrivé si vite. Cet amour, et cette mort soudaine, à la veille de la victoire. Je fermai les yeux et dis une prière qui eut du mal à sortir, mais qui commençait par : « Bon Dieu... » Lorsque je rouvris les yeux, son index désignait toujours la porte, même à présent, essayant encore de me dire quelque chose.

Essayant de me dire que le tueur était toujours là et que j'étais monté trop vite pour qu'il ait eu le temps de s'enfuir ! Mes jambes m'amenèrent dans l'entrée avant que j'aie pu réfléchir. Je m'y attardai une seconde, les oreilles tendues... et je l'entendis enfin. Je l'entendis qui descendait lentement sur la pointe des pieds, espérant que j'appellerais d'abord un médecin, et peut-être la police, et que je lui laisserais le temps de filer.

Mais Lola était morte et aucun médecin ne la ferait revenir.

Je n'essayai pas d'y aller doucement. Je descendis les marches deux par deux, en me cramponnant à la rampe et, lorsqu'il m'entendit, le tueur renonça au silence et imita mon exemple. Je l'entendis lancer son moteur alors que j'atterrissais dans le hall et, lorsque je débouchai sur le trottoir, je vis démarrer sa voiture et plongeai littéralement dans la mienne.

15

Il fallait que le tueur soit devenu fou d'épouvante pour conduire de cette manière. Peut-être entendait-il mon rire démoniaque, tandis que je réduisais lentement la distance qui nous séparait ? Je n'arrivais pas à respirer normalement. J'étais obligé d'aspirer l'air d'un seul coup, de le retenir aussi longtemps que possible et de le rejeter brutalement, avec un sifflement hideux.

Chaque seconde voyait diminuer la distance, chaque seconde alimentait le feu qui me consumait les tripes et rétrécissait mon champ visuel jusqu'à ce qu'il ne reste plus devant moi qu'une sorte de long tunnel dont l'autre bagnole marquait l'extrémité.

Parfois, dans les virages, ma voiture semblait sur le point de décrire un tête-à-queue. Et c'était la peur qui me permettait de me retrouver à chaque fois dans le bon sens, sur mes quatre roues. La peur de le voir m'échapper, la peur de mourir avant d'avoir exécuté le tueur.

Nous filions à présent vers le fleuve et nos pare-chocs n'étaient plus qu'à quelques mètres l'un de l'autre. Je connaissais maintenant ses intentions. Je savais qu'il voulait atteindre le grand boulevard extérieur pour essayer de m'y gagner de vitesse. Mais il ne pourrait pas me semer. Ni maintenant ni jamais. Cette nuit, c'était moi qui tenais la faux et le sablier, et je riais comme un dément tandis que les larmes coulaient sur mes joues.

S'il n'y avait pas eu de pilier, au centre du boulevard, il aurait sans doute réussi son virage. Mais je freinai moi-même, du pied et de la main, lorsque j'entendis le fracas de la collision et vis des éclats de verre voler dans toutes les directions. La bagnole roula une fois sur elle-même avant de retomber sur ses quatre roues. Je l'évitai de justesse et m'arrêtai à quelques mètres.

J'ouvris ma portière juste à temps pour voir le tueur sauter à terre, chanceler et braquer son pétard vers moi. Je plongeai sur le sol ; la balle se perdit dans la nature, et je sortais mon 45 lorsque Feeney décida de fuir.

Cours, Feeney, cours. Cours jusqu'à ce que ton cœur soit prêt à éclater et que tu t'écroules en tas, sur la route, incapable de te mouvoir, mais capable de voir encore comment tu vas mourir. Cours, Feeney, cours et cours encore. Entends-moi derrière toi courir un peu plus vite. Ralentis une seconde et tu ne courras plus.

Il se retourna sans cesser de courir et tira au petit bonheur. Je ne me donnai même pas la peine de riposter. Il fonça vers le quai et s'engouffra dans la noire ouverture d'un vieux hangar. L'obscurité l'engloutit, et m'engloutit aussitôt, car j'étais presque sur ses talons et il le savait.

Les ténèbres étaient si intenses que je heurtai durement une caisse et m'arrêtai court. Je l'entendis, à la même seconde, s'effondrer, jurer et ramper, quelque part devant moi. Lentement, les choses se dessinèrent : tas énormes de caisses empilées jusqu'au plafond et séparées par d'étroits corridors. Je m'accroupis, délaçai mes chaussures et les ôtai avant de poursuivre mon avance. Tapi dans quelque recoin, Feeney devait attendre que je passe entre lui et la porte béante, et tirerait lorsque ma silhouette se découperait contre la nuit bleue de la ville.

« Vite, pensai-je. Dans une minute, il comprendra. Il comprendra que la rage ne dure qu'un temps avant de céder la place à la raison. Alors, il saura d'où viendra mon attaque. » Je contournai les piles de caisses, me fiant à la providence pour parvenir au fond du hangar et placer Feeney entre moi et la porte. Je découvris une allée qui menait tout droit à la sortie, mais Feeney ne s'y trouvait pas. Puis mon pied déplaça une planche et je me rejetai automatiquement en arrière.

Heureusement pour moi, car Feeney était allongé sur le sol, et la balle qu'il m'envoya par-dessus son épaule siffla très près de mon oreille.

Mais je l'avais repéré. Je tirai sans me découvrir et l'entendis ramper sous les caisses. Lentement, silencieusement, je me mis à escalader la pile, éprouvant la solidité de l'ensemble avant de passer à la caisse supérieure et me dégageant sans le moindre bruit des clous et des échardes qui pénétraient dans mes vêtements et dans ma chair. Un chat n'aurait pas fait mieux.

Je parvins au sommet de la pile, qui formait une vaste plate-forme, et rampai lentement, silencieusement, calculant mes distances. Lorsque je regardai du haut de la pile, j'aperçus le bras de Feeney qui sortait armé de l'intérieur d'une énorme caisse couchée sur le côté. Je me penchai et lui broyai les doigts d'un pruneau bien placé et lui sautai dessus lorsqu'il roula hors de sa cachette.

J'avais lâché mon revolver. Je n'en voulais pas... rien que mes mains nues. Il releva violemment son genou et je me détournai juste à temps et reçus le coup sur la cuisse. Il tenta de me frapper à la pomme d'Adam, du tranchant de sa main valide, tandis que mes poings lui martelaient le visage. Puis il essaya de m'écarter à coups de pied et de m'aveugler en me fourrant dans les yeux la masse visqueuse, sanguinolente, qui avait été sa main droite.

Enfin, mes mains trouvèrent sa gorge, et serrèrent, et je lui cognai la tête sur le ciment jusqu'à ce qu'il ne bougeât plus et cognai, et cognai, et cognai, des deux poings, jusqu'à ce que je réalise enfin ce que j'avais fait du visage de Feeney et qu'une nausée me submerge et que je me mette à vomir, brusquement.

Alors j'entendis les sifflets de police, et les sirènes, et les cris, et les appels. Je fouillai Feeney et trouvai le récépissé et le rectangle de papier irrégulièrement déchiré, du côté de la souche, qui avait coûté la vie à Lola.

Ils me conduisirent au-dehors, écoutèrent ce que j'avais à leur dire et entrèrent en contact par radio avec le central, qui passa un coup de fil à Pat Chambers. Ensuite, je cessai d'être un tueur assoiffé de sang pour redevenir un détective lancé aux trousses d'un assassin. La preuve — un couteau taché de sang — était dans la poche de Feeney Last.

Oh ! ils furent très gentils avec moi. Ils ne m'emmenèrent même pas au poste pour m'interroger. Ils avaient ma déclaration et Pat avait fait le reste. Je rentrai chez moi dans un car de police, tandis qu'un flic suivait avec ma voiture. Demain, disaient-ils, demain, il ferait jour. Ce soir, il fallait que je me repose. Dans quelques heures, l'aube se lèverait et chasserait la démence de la nuit. Mon téléphone sonnait lorsque je pénétrai dans mon appartement saccagé. C'était Pat. Il me dit de ne pas bouger, qu'il arrivait tout de suite. Je raccrochai sans répondre un seul mot, cherchant des yeux une bouteille absente.

Pat était oublié, tout était oublié. Je redescendis et allai frapper chez Joe Mast, qui vint m'ouvrir en pyjama et, voyant mon visage, ne me posa aucune question. Il attendit que je me sois accoudé au comptoir et, sans dire un mot, me versa un grand verre de whisky que j'expédiai d'un seul coup, en me hissant sur un tabouret.

Je n'en sentis pas le goût ; je ne sentis même pas l'alcool descendre. Je tendis mon verre à Joe, mais il secoua la tête.

— Doucement, Mike. Bois ce que tu veux, mais vas-y doucement.

Une voix parla, et je savais que c'était la mienne, mais je n'avais pas conscience de parler.

— Je l'aimais, Joe. Elle était merveilleuse, et elle m'aimait. Elle est morte cette nuit, et, la dernière chose qu'elle ait dite, c'est qu'elle m'aimait.

» Ç'aurait été merveilleux. Elle m'aimait tellement, et je commençais tout juste à l'aimer. Et je savais que ce ne serait pas long avant que je l'aime autant qu'elle m'aimait... Mais il l'a tuée, ce salaud, et je lui ai écrasé la tête à coups de poing, et le diable lui-même ne le reconnaîtrait plus, à présent... mais ça n'empêche pas que Lola est morte...

Je voulus prendre une cigarette, dans ma poche, et ramenai en même temps le récépissé de prêt sur gage. Je le lissai sur le zinc du comptoir, entre le verre et le paquet de cigarettes. Il était établi au nom de Nancy Sanford, Hôtel Bellevue, Coney Island.

— Il méritait de mourir. Il avait tué Nancy et Ann Minor, et il a tué Lola. Il avait voulu me tuer aussi, mais les autres l'en avaient dissuadé. Il était trop tôt pour me tuer. Il est dangereux de tuer sans préparer soigneusement son coup...

Je me revoyais dans le bureau de Murray Candid. Une porte s'était refermée au moment de mon entrée, et j'avais entendu quelqu'un tousser. C'était Feeney. Il m'avait repéré dans la boîte de nuit, et il avait dit à Murray qui j'étais. Pas étonnant qu'ils aient voulu m'avertir. Feeney avait eu raison de vouloir me tuer, dans le parc de stationnement. Dommage pour lui que les autres l'en aient dissuadé. Était-ce lui qui avait perdu la bague, dans son ardeur à me taper dessus, cette nuit-là ? Nom de Dieu, pourquoi cette bague présentait-elle un problème ? Que diable signifiait-elle ? Tout avait commencé à cause de cette bague. Tout finirait-il sans elle ?

Je la revoyais nettement, cette garce de bague, avec sa fleur de lis écrasée. La bague de Nancy. Où était-elle à présent ? Et pourquoi ? Mon cœur se mit à marteler mes côtes avec une intensité presque douloureuse. J'avais regardé jusque-là sans les voir les bouteilles alignées sur les étagères de Joe.

Oui ! Oui ! Je savais où était la bague !

Et je savais pourquoi elle y était !

Comment avais-je pu être aussi insondablement stupide !

Et Lola, qui m'avait lancé sur les traces de Feeney, avait essayé de me dire autre chose. Et je ne l'avais pas comprise !

Joe tenta de m'arrêter, mais je sortis en courant et rejoignis ma voiture. Je savais ce que j'allais trouver là-bas, à l'Hôtel Bellevue. Nancy était fauchée lorsqu'elle y habitait, puisqu'elle avait dû engager sa caméra. Et, puisqu'elle était fauchée, il avait bien fallu qu'elle quitte l'hôtel sans ses bagages. Mais elle savait qu'ils y seraient en sûreté. A sa disposition lorsqu'elle aurait de quoi payer ses dettes !

Je découvris l'Hôtel Bellevue dans une rue de traverse flanquée de terrains vagues. Du toit, la vue était peut-être belle, mais elle ne l'était pas de l'endroit où je me trouvais. Je parquai ma voiture à bonne distance et m'approchai de la porte d'entrée, découvrant à mesure les murs lépreux, les fenêtres barricadées, l'écriteau « Fermé pour la saison ». Au-dessous, un autre écriteau plus petit informait le public que l'établissement était placé sous la protection de quelque obscure agence de gardiennage.

Je tirai de ma cigarette une dernière bouffée et jetai le mégot dans le ruisseau.

Inutile d'essayer d'entrer par la porte ou par les fenêtres, que défendaient de puissantes barres d'acier. J'escaladai la palissade du plus proche terrain vague et contournai l'hôtel. Il pleuvait de nouveau, et je sentis mes lèvres se retrousser de contentement. Bienheureuse pluie, merveilleuse averse. Dans cinq minutes, l'eau aurait achevé d'effacer toute trace de mon passage.

Je grimpai sur le toit d'une sorte d'appentis et pris le temps de détacher un morceau de mon veston du clou qui me l'avait arraché. Il était primordial que je ne laisse traîner derrière moi aucun indice susceptible de trahir ma présence.

De mon perchoir, je pouvais atteindre l'une des fenêtres du premier étage, mais cela ne m'avançait guère, car elle était aussi hermétiquement bouclée que celles du rez-de-chaussée. Je levai les yeux. Un peu plus haut que ma tête, il y avait une rangée de briques qui faisait saillie, mais, ensuite, le mur était pratiquement lisse jusqu'au toit, en dehors de quelques fissures insignifiantes.

Pourtant, c'était le seul moyen.

Je n'hésitai pas. Mais lorsque, après deux tentatives infructueuses, je parvins enfin à me hisser jusqu'à la gouttière, je poussai un grand soupir de soulagement. J'avais eu chaud, à tous points de vue.

Lorsque j'eus repris mon souffle, j'examinai les lucarnes du Bellevue, choisis la plus endommagée et la forçai. Quelques instants plus tard, j'atterris dans un grenier, où ma chute provoqua l'écroulement de tout un tas de bric-à-brac. Je sortis de ma poche un stylo-torche électrique, trouvai la porte et entrepris une visite méthodique, quoique rapide, des lieux.

Malgré son nom ambitieux, l'Hôtel Bellevue n'était qu'une boîte infâme. Les tapis des couloirs étaient usés jusqu'à la corde, les portes à moitié disjointes. Mais ni les combles, ni les chambres du second étage ne recelaient ce que je cherchais. A chaque nouvelle porte, je retenais mon souffle, mais la lampe ne découvrait rien de plus que l'habituel lit sans literie et la commode solitaire.

Enfin, à l'étage inférieur, je tombai en arrêt devant une porte marquée « débarras », dont un cadenas énorme prétendait interdire l'accès. Je pris ma torche électrique entre mes dents et tirai de ma poche le trousseau de crochets de serrurier que je trimbalais toujours dans ma voiture. A la troisième attaque, le cadenas s'ouvrit. Je le posai sur le plancher et poussai la porte.

Il y avait de tout dans cette pièce. Des chaises brisées, des matelas, des ustensiles de cuisine et des couvertures usagées. Et, contre le mur du fond, se dressait une pyramide de malles et de valises, de cartons et de paquets ficelés. Chacun de ces objets était agrémenté d'une étiquette portant au crayon rouge la somme due par son propriétaire.

Un vieux tapis couvrait la partie centrale du plancher. Je le déplaçai, pris soin de ne pas marcher en dehors de l'endroit qu'il avait occupé et découvris bientôt une mallette marquée « Nancy Sanford ».

Mes crochets l'ouvrirent au premier essai et ce fut avec un respect mêlé de vénération que je dépliai quelques-uns des dossiers qu'elle contenait et demandai pardon à Nancy d'avoir pu croire un instant qu'elle avait eu l'intention de pratiquer le chantage sur une grande échelle. Là, dans cette malle, était sa raison de vivre, un exposé complet de l'industrie du vice, étayé par des photographies, des documents, des annotations de toutes sortes qui ne signifiaient rien pour l'instant, mais se révéleraient plus tard lourdes de conséquences. Il y avait des visages et des noms à la pelle. De grands noms. Et des visages familiers. La ville tremblerait sur ses bases. Park Avenue accuserait le coup. Mais il y avait plus encore : l'organisation du business dans toutes ses ramifications, avec des photos agrandies de bouquins et de papiers qui fourniraient à Pat plus de preuves qu'il était nécessaire. Nancy avait fait là un travail de Romain.

Mes oreilles perçurent un léger bruit métallique. Je rabattis le couvercle de la mallette, la refermai à clef, regagnai la porte, ramenai le tapis sur les empreintes de mes pas, m'assurai que je n'avais laissé aucune trace, repoussai la porte et remis le cadenas en place. Une poignée de poussière recueillie le long de la plinthe suffit à lui rendre son aspect primitif. J'entrai dans la chambre voisine et attendis.

Je n'avais pas besoin de le voir. J'entendais un sifflement caractéristique, et je savais qu'il portait une lampe à essence sous pression, et je me le représentais s'arrêtant devant chaque porte et jetant dans chaque pièce un rapide coup d'œil, tout comme je l'avais fait. J'entendis même son soupir lorsqu'il repéra le débarras. Je l'entendis poser la lampe sur le sol et crocheter la porte et je sortis de ma cachette, mon 45 à la main.

Le bruit qu'il fit en déplaçant la mallette couvrit celui que je fis moi-même en m'approchant de la porte. Il était trop excité pour prendre le temps de crocheter la serrure de la petite malle. Il la força prestement et farfouilla parmi les dossiers et ricana dans sa barbe, jusqu'au moment où je lui dis :

— Bonsoir, monsieur Berin-Grotin.

J'aurais mieux fait de lui tirer dans le dos et de rester tranquille, car il se retourna avec une promptitude incroyable, renversant la lampe et tirant simultanément. Une balle m'atteignit en pleine poitrine et me rejeta en arrière, tandis qu'une autre me touchait à la jambe.

— Le diable vous emporte ! hurla-t-il.

Je roulai sur moi-même et pressai plusieurs fois la détente, au jugé. Il riposta, et la balle s'enfonça dans le mur au-dessus de ma tête. Mais il avait tiré trop près du sol et le combustible répandu par la lampe brisée s'enflamma d'un seul coup, tendant un écran de feu entre Berin et moi-même. Il était à quatre pattes sur le plancher, momentanément aveuglé par la lueur des flammes.

J'assurai la crosse de mon 45 dans ma main et tirai. Le pétard m'échappa, mais mon pruneau le cueillit en pleine hanche et l'envoya dinguer les quatre fers en l'air. Tout flambait à présent. Déjà l'incendie gagnait les paquets de vieille literie. Une boîte de peinture et une bouteille contenant je ne sais quoi explosèrent avec un ronflement sourd. Il devenait difficile de sentir quoi que ce soit, même la chaleur.

Berin grogna, dans son coin, et parvint à se redresser. Puis il m'aperçut, couché devant lui sur le plancher, réduit à l'impuissance par mes blessures et la perte de mon arme, et allongea la main vers son propre revolver.

Il m'aurait tué si une pluie d'étincelles et de plâtras n'avait annoncé le fléchissement d'une des poutres du plafond, et si la poutre elle-même ne s'était écroulée soudain, clouant au sol le maudit tueur.

J'éclatai de rire — bien que je n'eusse aucune chance d'en réchapper moi-même — et ris, et ris encore jusqu'à en perdre le souffle.

— Fini, Berin, fini ! Tu aurais pu t'en tirer, mais, maintenant, il est trop tard.

Il tenta de repousser la poutre fumante, et je sentis une odeur âcre de chair brûlée.

— Au secours, Mike ! Je vous donnerai tout ce que vous me demanderez, mais aidez-moi à me dégager... Mike... !

— Impossible. Je ne peux même pas bouger... grâce à toi !

— Mike...

— Nous allons crever ensemble, bougre de salaud ! Je vais y passer, d'accord, mais je m'en moque, parce que tu vas y passer aussi. Tu n'aurais jamais cru que ça en arriverait là, hein ? Tu avais la bague, et tu croyais avoir tout le temps voulu pour agir. Tu ignorais que j'avais tué Feeney et que je lui avais repris le récépissé.

» Lola m'attendait. Tu m'avais entendu lui dire de m'attendre, au téléphone ! Tu as appelé Feeney en allant chercher à boire, après avoir branché le pick-up pour que je n'entende rien ! C'était moi qu'elle attendait, et c'est à un tueur qu'elle a ouvert la porte. Oui, tu m'as endormi avec ta musique et tes belles paroles, pendant que Feeney se rendait à mon bureau. Il a fait du beau travail, là-bas. Du travail de professionnel. Mais il fallait qu'il aille tuer Lola, parce qu'elle connaissait l'adresse inscrite sur le récépissé et qu'elle avait la caméra.

» Feeney t'a téléphoné après l'avoir assassinée, mais elle n'était pas encore morte et elle l'a vu faire. Tu as dit à Feeney de décamper et d'aller t'attendre quelque part. Tu n'aurais pas voulu qu'il mette la main sur ces dossiers. Lola m'a montré le téléphone, avant de mourir, mais je n'ai pas compris tout de suite. Je suis arrivé trop vite pour que Feeney puisse s'enfuir, et il a dû monter à l'étage supérieur pour me laisser passer, mais j'ai fini par l'avoir quand même. Oui, tu as été prudent jusqu'au bout. Tu as pris ton temps avant de venir ici. La dernière chose à faire était d'attirer l'attention de quelqu'un...

— Mike, je brûle...

Ses cheveux se mirent à fumer, se volatilisèrent en une courte flamme. Il cria. Le feu nous cernait de toutes parts.

— C'est seulement ce soir que j'ai compris. Oui, la bague était importante. Je regardais une bouteille de whisky, et il y avait trois plumes sur l'étiquette, disposées comme celles que tu as fait graver sur ton mausolée. J'ai pensé tout à coup que ces trois plumes ressemblaient à une fleur de lis, et j'ai compris. C'étaient ces trois plumes qu'il y avait sur la bague, mais écrasées et usées par le temps au point d'être méconnaissables.

Pour la deuxième fois, il tenta de se dégager, le visage crispé par l'effort et la souffrance. Je l'observai une seconde et me remis à rire.

— Ces trois plumes faisaient partie de ton sceau familial, hein ? Une royauté de pacotille. Toi et ta fierté pourrie ! Nancy Sanford était ta propre petite-fille. Elle attendait un bébé, et tu l'as jetée à la rue. Et qu'est-ce que tu pensais, alors, de sa fierté à elle ? Elle a travaillé, sous un nom d'emprunt, mais c'était dur. Et, finalement, elle a mal tourné. Elle a fait la connaissance de types comme Russ Bowen et Feeney Last, et un jour elle t'a vu avec Feeney, et elle a compris.

» J'imagine très bien ce qu'elle a dû ressentir lorsqu'elle s'est rendu compte que tu étais un de ces salauds qui vivaient dans le luxe et le confort grâce à l'argent tiré des corps de pauvres filles, à l'abri d'une façade respectable. A partir de ce jour, elle n'a plus eu qu'une seule idée en tête : réduire à néant tout ton sale business.

» Et puis elle a dû laisser ses bagages derrière elle, jusqu'à ce qu'elle ait assez d'argent pour les récupérer. C'est alors que Feeney l'a retrouvée et s'est douté de quelque chose. Qu'a-t-il vu ? Certaines photos, peut-être ? Assez, en tout cas, pour te mettre la puce à l'oreille.

Au-dessus de nous, le plafond se craquelait et tombait par morceaux. Le feu se communiquait rapidement à toute la vieille baraque vétuste. Seul le plancher était encore intact. Mais pas pour longtemps. Avant peu, il prendrait feu à son tour, et ce serait la fin. J'essayai de remuer, mais l'effort était trop grand. L'unique consolation qui me restait était de contempler l'homme prisonnier de la poutre et de me souvenir que je ne mourrais pas seul.

J'eus un nouvel accès de rire, et Berin tourna la tête. Une étincelle tomba sur sa joue, mais il ne la sentit point.

— Nancy a été assassinée, continuai-je. Feeney et toi l'avez suivie, vous l'avez obligée à monter dans la voiture. Feeney lui a cassé le cou et vous l'avez jetée sur le trottoir. Feeney jouait sur le velours, puisque tu lui servais d'alibi. Il ratait rarement son coup, mais il a raté Nancy, ce jour-là, comme il m'a raté, plus tard, dans le couloir de Murray Candid. Et vous avez eu la veine insensée que la malheureuse trouve encore la force de se relever et d'aller se fourrer devant les roues d'une bagnole conduite par un chauffard. Des gens l'ont vue chanceler et ont affirmé qu'elle était ivre, alors qu'elle était déjà presque morte ! Vous avez dû bien rigoler, tous les deux, quand vous avez lu ça dans les journaux.

» Et tout cela à cause de ton incommensurable orgueil. A l'origine, tu n'étais rien de plus qu'un oisif qui jetait sa galette par les fenêtres. Et, lorsque tu t'es aperçu que la galette commençait à s'épuiser, ton orgueil s'est encore dressé entre toi et la perspective d'une vie médiocre. Des petits malins t'ont mis à la coule et tu leur as servi de couverture jusqu'à ce que tu puisses te débarrasser d'eux et diriger toi-même le business, en sous-main. Tu vivais somptueusement du plus sale trafic de la terre, mais ton orgueil ne t'a même pas permis de reprendre ta petite-fille, après qu'elle eut fait un faux pas. Ensuite... ensuite, tu n'as pas hésité à l'assassiner lorsqu'elle est devenue dangereuse.

Le ronflement des flammes couvrait presque ma voix. Des bruits de moteurs montaient de la rue, mêlés au fracas de pans de murs qui s'effondraient. Le feu avait dû s'étendre vers les étages inférieurs, et c'était la raison pour laquelle nous étions encore vivants.

— Mais tout est là, dans cette mallette. Tu vas mourir, et ton sale nom à trait d'union sera noyé dans la boue qui en sortira...

— Jamais, hurla-t-il. Jamais ! La mallette va brûler, et, même s'ils la retrouvent, ils s'imagineront que je suis venu ici avec toi, Mike. Oui, ce sera toi mon alibi et mon nom restera. Personne ne découvrira qui était cette fille à présent, et personne ne saura jamais...

Puis il s'interrompit en voyant ce que je faisais et se mit à crier d'une voix aiguë. Car la colère m'avait donné la force de me relever enfin et de pousser la mallette, et de pousser encore, jusqu'à ce que j'arrive à l'amener près de la fenêtre. Alors, je réunis toute mon énergie et, malgré les souffrances que m'infligeaient les blessures de ma jambe et de ma poitrine, parvins, en faisant basculer la mallette, à la hisser sur la barre d'appui. Une dernière poussée... Je retombai pantelant sur le sol. Mais la mallette avait enfoncé les vitres et une clameur excitée suivit son atterrissage sur la chaussée.

— Il y a quelqu'un là-haut !

La brusque ouverture de la fenêtre créa un courant d'air qui aspira les flammes et me les lança au visage. Les jambes du pantalon de Berin commençaient à se consumer. Il n'aurait jamais dû me parler comme il l'avait fait. Je ramassai son revolver, qui gisait non loin de ma main, et posai mon index sur la détente.

— Regarde ton employé, Berin. Tu sais ce qu'il va faire ? Écoute-moi bien, et comprends-moi bien, car tu n'as plus que quelques minutes à vivre. Ton mausolée ne sera pas vide. La Rouquine y logera. La pauvre fille que ton orgueil a répudiée. Elle sera dans cette tombe, toute seule. Et sais-tu où tu seras toi-même ? Au champ de navets, avec Feeney Last. Si j'arrive à m'en tirer, je dirai à la police que le corps qu'ils auront retrouvé — le tien — est celui d'un de tes hommes que tu avais envoyé ici pour me descendre. Toi, on ne saura jamais ce que tu es devenu ; et, lorsqu'on parlera de toi, ce sera avec dégoût, comme d'une chose immonde. Nancy habitera ton monument. Et toi, tu seras perdu, à jamais perdu. Des animaux se promèneront sur ta tombe. Il n'y aura rien. Pas même un nom...

La douleur qui hantait ses yeux n'était plus seulement physique. Sa bouche tremblait d'horreur. Une horreur d'essence presque mystique. Il avait toujours eu l'appréhension de disparaître sans qu'aucune trace ne subsiste de son passage. Il n'était pas encore mort, mais il vivait déjà son enfer.

— Néanmoins, je ne me priverai pas du plaisir de te tuer. Tu me dois bien ça, pour Lola et pour la blonde. Je vais te tuer pour pouvoir à nouveau vivre en paix avec ma conscience. Je leur dirai que nous nous sommes canardés, et que j'ai fini par t'avoir... Ils seront là dans une minute. Quand ils m'auront descendu, je leur dirai qu'il est inutile de remonter. Je te laisserai griller jusqu'à ce qu'il soit impossible de t'identifier.

Un jet d'eau frappa le mur extérieur, trouva la fenêtre et transforma la pièce en un véritable bain de vapeur.

— Ils vont dresser une échelle contre ce mur, dans une minute ou deux. A ce moment-là, je presserai la détente. Et tout sera fini pour toi...

Le plafond du couloir s'écroula, entraînant dans sa chute le mur et la porte calcinée. Je regardai Berin et m'esclaffai. Il tourna la tête et fit face au canon de son propre revolver. Le plafond s'affaissait à vue d'œil, se lézardait de toutes parts. Le visage du tueur était un vil masque de haine, et je savais qu'il souhaitait de toutes ses forces que le plafond s'effondrât, nous engloutissant l'un et l'autre.

L'extrémité d'une échelle heurta le mur à côté de la fenêtre et se stabilisa sur la barre d'appui. Presque aussitôt, elle se mit à tressauter. Quelqu'un en gravissait les échelons, protégé par les lances d'arrosage.

Berin hurlait à gorge déployée, mais mon rire couvrait sa voix.

Il criait toujours lorsque je pressai la détente.

DANS UN FAUTEUIL

The Big Kill
Traduit par G.-M. Dumoulin

C'était une de ces nuits où le ciel vous pèse sur les épaules tel un énorme carcan. La pluie griffait les vitres du bar comme une multitude de chats en colère et tentait de s'introduire dans la cambuse chaque fois qu'un type quelconque en poussait la porte. L'air sentait la bière éventée et les frusques saturées d'eau, avec juste ce qu'il fallait de parfum bon marché pour vous retourner l'estomac.

La fille, qui me lorgnait depuis un bon moment, dut conclure que j'avais assez de pognon pour rincer deux dalles au lieu d'une, car elle quitta sa place et vint tortiller de la croupe dans mon voisinage immédiat.

« T'es nouveau dans le quartier, pas vrai ?

— Non. Je suis là depuis six heures.

— Tu me paies un verre ? »

Elle s'assit près de moi et se pressa contre mon flanc gauche.

« Non. »

Mon refus lui coupa l'herbe sous le pied. Elle sursauta et cessa brusquement de jouer de la cuisse.

« Depuis quand les messieurs bien élevés refusent-ils de payer à boire aux dames ? minauda-t-elle en me décochant une œillade lourde comme une porte de garage.

— Je ne suis pas un monsieur, cocotte.

— Ça tombe bien, je suis pas une dame. Alors, paie-moi un verre. »

Je lui payai donc un verre.

« Et, maintenant, fiche-moi la paix, lui dis-je lorsqu'elle fut servie.

— Eh ! dis, t'es pas très sociable ! protesta-t-elle.

— Je sais. J'ai pas envie d'être sociable. Y a environ six mois que j'ai cessé d'être sociable, et j'ai l'intention de continuer.

— T'as des peines de cœur ?

— J'ai jamais de peines de cœur. Je suis un misanthrope.

— Sans blague ! »

Elle s'écarta et m'examina comme si j'avais quelque chose de contagieux. Puis elle dut conclure que je n'étais pas gravement atteint, car elle se rapprocha et se remit à frotter sa cuisse contre la mienne.

« Mets les voiles, lui dis-je avec douceur.

— Eh ! qu'est-ce qui t'arrive ? J'ai jamais...

— J'aime pas les gens ! coupai-je. Quand on en réunit un nombre suffisamment important, ça finit toujours par faire du vilain, pour une raison ou pour une autre. Un misanthrope, c'est un gars qu'aime pas les gens. Je suis un misanthrope, et t'es comprise dans le lot, alors décanille !

— J'aurais pourtant juré que t'étais quelqu'un de bien, soupira-t-elle.

— Y en a d'autres que toi qui s'y sont trompés, bébé. »

Cette fois, elle comprit, leva le siège et partit en quête d'un autre miché. C'était pas un endroit où passer sa soirée, bien sûr, mais y avait rien d'autre d'ouvert dans le secteur, et la pluie tombait toujours avec un acharnement qui touchait au sadisme. Cette attente forcée et le martèlement continuel de l'averse commençaient à me taper sur les nerfs, et je ne devais pas être le seul à réagir de cette façon, car une bagarre se déclencha soudain à l'autre bout du comptoir, se propagea tout le long du zinc ; elle menaçait de tourner au vinaigre lorsque le barman assomma le plus belliqueux des gars avec le manche de son pic à glace. Instantanément, tout le monde retrouva sa bonne humeur. Deux brancardiers bénévoles se chargèrent de déposer le gars amoché sur le trottoir, histoire de lui rafraîchir les idées, tandis que le barman expulsait un deuxième soiffard et que la radeuse embarquait un client plus comestible que le fils de ma mère. Le gars n'avait pas l'air absolument emballé, mais, une fois de plus, la biologie l'emporta sur la prudence, et tous deux se glissèrent dehors, sous la pluie battante.

Moi, je restai là, en buvant, juste assez pour me sentir incapable de supporter cela plus longtemps et commençai à regarder autour de moi, histoire de voir quel type j'allais flanquer dehors le premier. Le barman, peut-être, s'il essayait de rejouer du pic à glace. Ensuite ça regazerait sans doute, et je pourrais me servir moi-même un dernier drink et le siroter en paix.

Soudain la porte s'ouvrit sur un type en bras de chemise, trempé jusqu'aux os, porteur d'un paquet informe, recouvert de sa veste, qu'il alla déposer sur une des banquettes au fond de la salle avant de s'approcher du comptoir.

Personne ne fit attention à lui. Je le vis jeter un dollar sur le zinc, boire un verre, en commander un second et l'emporter à sa table. Personne ne se retourna pour le suivre des yeux. Pas même le barman. Ils avaient peut-être l'habitude de voir des hommes pleurer, dans ce sale coin ?

Il posa son verre sur la table, s'assit près du paquet et le découvrit. Croyez-moi si vous voulez, en fait de paquet, c'était un mioche, un an et demi, deux au plus. Je jurai à mi-voix, et grinçai des dents. La flotte, cette boîte infâme, un mioche et un type qui chialait ! Pour vous remettre au beau fixe, on fait mieux. J'étais encore plus dégoûté de la vie que trois minutes auparavant.

Je ne pouvais plus regarder autre chose que le type et le mioche. Le type, c'était un pauvre bougre aux épaules pointues, qui n'avait pas dû manger souvent à sa faim dans sa garce de vie. Il n'était sûrement pas plus vieux que moi, mais ses yeux et sa bouche étaient environnés de rides profondes. S'il avait jamais eu le moindre espoir en la vie, il avait dû l'abandonner depuis longtemps.

Si encore il s'était arrêté de chialer ! Mais je voyais les larmes couler sur ses joues, tandis qu'il caressait la tête du moutard en lui chuchotant quelque chose à l'oreille. Puis il se pencha pour l'embrasser, et, lorsqu'il releva les yeux, je vis se gonfler sa poitrine étriquée.

Moi, je plongeai le nez dans mon verre, pour ne pas être obligé de voir ça plus longtemps, et ce fut alors que je l'entendis repousser brutalement sa chaise et que, en me retournant, je le vis courir vers la porte du bar. Cette fois-ci, il avait les bras vides.

J'eus soudain l'impression que je venais de boire du pétrole et je crachai un nouveau blasphème à la face du monde. Saloperie d'existence ! Je culbutai un pochard en courant à mon tour vers la porte du boui-boui, agrippant le bec-de-cane, ouvris le battant vitré et laissai l'averse me fouetter le visage comme elle avait envie de le faire depuis le début de la soirée. Une voix pâteuse me cria de boucler la lourde, mais je haussai les épaules.

Le petit bougre n'avait pas eu le temps d'aller bien loin, mais trop tout de même pour que je puisse l'atteindre avant la Buick qui venait de quitter le bord du trottoir. Un pétard aboya deux fois de suite à l'intérieur de la bagnole, et le gringalet tomba en avant. Sur quoi un type sauta de la Buick, avant même qu'elle soit complètement arrêtée, courut jusqu'au bonhomme et se mit à le fouiller.

Je n'aurais pas dû tirer d'où j'étais, sacré nom ! Un 11,25, ça n'est pas fait pour le tir à distance, et mon premier pruneau creusa une encoche dans le trottoir avant de repartir en sifflant dans la direction du gars à la Buick, qui poussa un cri de surprise, se redressa et revint en quatrième vers la bagnole arrêtée. Le conducteur lui braillait de se manier le pot. Il allait y arriver, bon sang, quand un des pruneaux lui ricocha dans les guibolles et lui fit piquer une tête dans l'eau fangeuse du ruisseau.

La Buick bondit en avant, fit une embardée folle, et le type qui nageait dans le caniveau n'eut que le temps de pousser un hurlement de terreur avant que la bagnole lui passe sur les reins. Par acquit de conscience, j'achevai de vider mon chargeur dans la direction de la Buick, mais je savais bien que c'était inutile.

Et voilà comme ça vous arrive, les histoires ! J'étais dans la rue déserte, avec un petit bougre au dos troué à deux endroits, couché sur le trottoir dans sa chemise trempée. Il n'avait plus l'air fatigué du tout. Ce qui restait du type qui l'avait fouillé n'était pas assez joli pour que je m'amuse à l'examiner de plus près.

J'allumai une cigarette. Le petit bougre ne pouvait plus m'entendre, bien sûr, mais je lui dis tout de même :

« Une belle vacherie de ville, hein, frangin ? »

Seul, le tonnerre me répondit. Pas d'erreur, on était dans l'ambiance.

Il ne fallut aux flics pas plus de deux minutes pour arriver sur les lieux. Ils rappliquèrent des deux extrémités de la rue, sirènes en action, et stoppèrent de part et d'autre du macchabée tartiné dans le ruisseau. Un flic débarqua de chacune des deux voitures-radio, tandis que les conducteurs restaient à leurs volants respectifs. J'eus immédiatement un pétard dans le nombril.

« Qui êtes-vous ?

— Témoin oculaire », dis-je laconiquement.

Un flic passa une main experte sur mes poches, tira mon 11,25 de son étui, en renifla le canon et releva la tête. Je crus un instant qu'il allait m'en appliquer la crosse en travers du portrait, mais il était assez vieux dans le métier pour se renseigner avant de conclure...

« O. K. ! grogna-t-il lorsqu'il eut soigneusement examiné mon insigne, ma carte de détective privé et mon permis de port d'arme. Qu'est-ce qu'y s'est passé ? »

Je rengainai mon pétard et mon portefeuille.

« Ce gars-là est entré dans le bar, là-bas, il y a quelques minutes. Il avait les jetons, et ça se voyait. Il a bu deux verres et il est reparti en courant. Ça m'a intrigué, et je l'ai suivi.

— Sous cette flotte ! ricana l'autre flic.

— Je suis curieux de nature, répliquai-je.

— Ça va, continuez », aboya une voix.

Je haussai les épaules.

« Quelqu'un lui a flanqué deux balles dans la peau par la portière d'une Buick, un type est sorti de la bagnole pour le fouiller, je l'ai touché aux jambes, et le conducteur de la Buick lui a passé dessus. Intentionnellement.

— Alors, t'avoues avoir tiré ! rugit le flic au pétard, un jeunot encore mal dégrossi, dont les lèvres tremblaient d'excitation.

— Range-moi ça et appelle le chef, trancha l'autre. Je connais ce type-là.

— Eh ! il avoue qu'il a tiré, s'obstina le bleu. Qu'est-ce qui nous prouve qu'il a pas inventé cette histoire de Buick ?

— Va voir le macchabée qu'est dans le caniveau », répondit patiemment l'autre flic.

Junior obéit, vomit dans le ruisseau et regagna sagement sa voiture. Sûr que, la prochaine fois, il laissera faire les anciens !

Pat arriva vers une heure du matin. Il examina les deux cadavres, écouta le rapport du flic qui m'avait fouillé et vint finalement me rejoindre.

« Salut ! Pat, lui dis-je.

— Qu'est-ce que tu fous là, Mike ? s'informa-t-il en faisant signe à ses flics de nous laisser tranquilles.

— C'est moi le témoin oculaire.

— Oui, je sais. »

Derrière Pat, le bleu avide de jouer les grands méchants se léchait nerveusement les lèvres, en se demandant qui je pouvais bien être et en priant le bon Dieu que je ne parle pas de son zèle intempestif au capitaine Pat Chambers.

« T'es sur une affaire ? poursuivit Pat.

— Écoute, vieux, si j'étais sur une affaire, je te le dirais et je garderais le reste pour moi. Mais je ne suis pas sur une affaire et j'ignore tout de cette histoire. Ce gars-là s'est fait buter, j'ai touché l'autre aux jambes, et l'homme à la Buick l'a achevé. Un point, c'est tout ce que je sais. »

Pat secoua la tête.

« J'aime pas les coïncidences. Surtout quand t'es de la partie, figure-toi.

— Je te donne ma parole que je n'y suis pour rien, Pat. Tu connais ces deux gars-là ?

— Non, et comme de bien entendu, ils n'ont pas l'ombre d'un papier dans leurs poches. »

Le fourgon de la morgue arriva, suivi du médecin légiste. Tout le monde se mit au boulot, et lorsqu'ils se disposèrent à embarquer les macchabées j'allai jeter un coup d'œil à celui qui gisait dans le ruisseau.

Les roues de la Buick lui avaient donné la forme approximative d'un sablier, et la terreur et la souffrance avaient fait de son visage un masque convulsé. Il devait avoir dans les quarante-cinq piges, et ses frusques du bon faiseur contrastaient bizarrement avec ses semelles trouées et ses cheveux trop longs.

« Il est chouette, pas vrai ? ricana le conducteur du fourgon en promenant le rayon de sa torche électrique sur le cadavre.

— Ouais, approuvai-je en regardant ailleurs.

— Et cui-là, c'est rien encore. Si vous aviez vu cui qu'on a tiré de sous un « quinze tonnes » la semaine dernière. Toutes les roues lui avaient passé dessus ; il a fallu qu'on le récupère à la petite cuillère.

— Tu dors bien, la nuit, mon pote ? questionnai-je.

— Naturliche. Pourquoi que tu me demandes ça ? »

Il avait l'air plutôt surpris que je lui pose une question pareille.

« Oh ! pour rien. Éclaire-lui la binette encore un peu. »

Je contournai le cadavre et me forçai à le regarder sous divers angles. Emmitouflé dans son trench-coat, le chapeau rabattu sur les yeux, Pat m'observait attentivement.

« Tu le connais ?

— Je l'ai déjà vu, ripostai-je. Un quelconque fripouillard de petite envergure.

— Le médecin légiste l'a identifié. C'est un ancien de la bande à Charlie Fallon. Il a témoigné à l'enquête, y a dix ou douze ans de ça. »

J'acquiesçai distraitement. Le visage du gars m'était vaguement familier, mais ce n'était pas à Fallon qu'il me faisait penser. Fallon était mort de sa mort naturelle à l'époque approximative où j'avais ouvert mon agence.

« Non, je ne peux pas me rappeler où je l'ai déjà vu, murmurai-je enfin.

— On va s'occuper de lui, dit Pat. Il avait exactement deux dollars cinquante dans ses poches, et rien d'autre. Le petit avorton en bras de chemise avait juste quarante cents et une clef…

— Il devait avoir un dollar quand il est entré dans le bar, approuvai-je. Il a bu deux verres avant de repartir.

— O. K. ! Allons-y. Il y a peut-être quelqu'un là-bas qui pourra nous dire quelque chose.

— Des clous. Personne n'a fait attention à lui quand il est entré. Il a bu deux verres et il est reparti.

— Alors, qu'est-ce qui t'excite à ce point-là ? lança Pat.

— Allons boire un glass, ripostai-je. Je suis tellement écœuré par ce qui se passe dans cette ville qu'à chaque fois que je mets le nez dehors il faut que je prenne une douche en rentrant chez moi. »

La pluie, qui avait cessé depuis un moment, se remit à tomber avec une violence accrue. Je jetai un coup d'œil alentour et me demandai, vaguement, combien de macchabées de plus il y aurait à la morgue le lendemain à la même heure. J'allumai deux Luckies, pendant que Pat échangeait quelques mots avec le médecin légiste, et lui en remis une lorsqu'il revint. Il avait l'air en pétard, comme toujours lorsque la mort violente s'était abattue sur le paysage.

« T'es en boule, hein, Pat, lui dis-je affectueusement. Il n'y a rien que tu puisses faire pour empêcher ces saloperies, pas vrai ? Les flics sont toujours là pour constater la casse, mais, pour ce qui est de la prévenir, zéro, rien à faire. Bon Dieu, quelle vacherie de ville ! »

Personne, bien entendu, n'avait remarqué le petit bougre. Tout le monde, au reste, était plus ou moins bourré. Le barman se souvint d'avoir servi deux verres à un petit bonhomme en liquette, qui était reparti presque aussitôt, mais il n'en savait pas davantage. J'entraînai Pat jusque dans le fond de la salle.

« Qu'est-ce que t'as encore dans le buffet, Mike ? » grommela-t-il, les sourcils froncés.

J'ôtai la veste détrempée qui recouvrait le paquet posé sur la banquette, m'emparai du mioche et l'assis sur mon genou. La tête du moutard endormi ballotta contre mon épaule avant de trouver sa place. Pat repoussa son chapeau en arrière et se mordit la lèvre.

« Qu'est-ce que c'est que ça ? dit-il d'un air grognon.

— Le type qui s'est fait buter... Il avait ce gosse dans les bras et il pleurnichait comme une Madeleine quand il est entré ici. C'est pour ça que je l'ai suivi, quand il est reparti en laissant le môme sur la banquette. J'ai cru tout d'abord qu'il abandonnait son moutard parce qu'il n'avait plus un rond en poche pour le nourrir, mais maintenant j'ai changé d'avis. Le gars savait qu'il allait mourir, c'est pour ça qu'il a parqué le lardon ici avant d'aller au-devant des pruneaux. Joli, pas vrai ?

— Il me semble que tu tires pas mal de conclusions hâtives, fiston.

— T'en as d'autres à m'offrir ? Quoi que ce type ait pu faire, c'est le gosse qui va payer l'addition, maintenant. De toutes les saletés qui soient jamais arrivées dans cette ville, c'est bien la plus...

— Mollo, mollo, Mike.

— Mollo ! Mollo ! Raconte ça au mioche. C'est une bonne nuit pour lui, pas d'erreur ! Son vieux se fait buter et...

— Tu ne sais pas si c'était son père, frangin.

— Pourquoi diable aurait-il chialé comme ça, si c'était pas son mioche ? » Pat grimaça un sourire.

« Si le gars savait vraiment qu'il allait se faire buter, c'était peut-être sur son propre sort qu'il pleurait, pas sur celui du gosse.

— Crotte ! De quoi s'agit-il, d'après toi ?

— Étant donnés le quartier et le personnage mis en cause, je suppose qu'il s'agit d'un règlement de comptes.

— C'est peut-être justement ce que le meurtrier espère te faire croire.

— Pourquoi ça ?

— Je t'ai dit que le gars de la Buick l'avait fait exprès de refroidir son copain, alors pourquoi aurait-il fait ça s'il s'agissait d'un simple règlement de comptes ? »

Pat secoua la tête.

« Tu dois te fourrer le doigt dans l'œil.

— Ça va, ça va, ricanai-je. Tu étais là, et je n'y étais pas. Tu as tout vu, alors tu peux parler !

— Bon Dieu, Mike, t'as eu l'impression qu'il le faisait exprès, mais ça ne tient pas debout. S'il a fait une embardée comme tu le dis, c'était peut-être simplement pour ramasser le gars qu'était couché dans le ruisseau. Il a mal calculé sa distance, et une fois que l'autre a été ratatiné, ce n'était pas la peine qu'il s'attarde dans le secteur. »

Je jurai grossièrement.

« Tu as une meilleure idée ?

— Le gars était touché aux jambes. Le conducteur de la Buick n'a pas voulu qu'il puisse vendre la mèche et lui mettre les flics aux fesses, et c'est pour ça qu'il a préféré l'achever.

— Entièrement d'accord, s'esclaffa Pat brusquement. Je voulais voir simplement si tu étais sûr de ce que tu avançais.

— Va te faire voir, grognai-je.

— J'y vais de ce pas, ricana-t-il. Il faut que je remette ce gosse entre les mains des autorités compétentes. Ce n'est pas encore cette nuit que je roupillerai beaucoup. Rapplique !

— Non, dis-je.

— Quoi ?

— Non, répétai-je. Je garde le même avec moi, au moins pour cette nuit. Tes autorités compétentes ne se dérangeront jamais avant demain matin, de toute manière ! Le môme sera mieux chez moi qu'au Central. »

Il faut croire que je ne sais plus dissimuler ce que je pense, ou que ce vieux Pat commence à trop bien me connaître, car je vis ses mâchoires se crisper et ses épaules se carrer sous son trench-coat.

« Écoute, Mike, gronda-t-il. Si t'es encore en train de mijoter quelque chose, tu ferais bien d'y renoncer tout de suite. Je ne vais pas risquer une fois de plus ma peau et ma situation sous prétexte que tu as encore une de tes idées de derrière les fagots !

— Je n'aime pas ce qui vient d'arriver à ce gosse, Pat, articulai-je à mi-voix. Le meurtre n'est pas un phénomène naturel et fortuit. C'est un truc qui se mijote et qui se prépare dans tous ses détails, surtout quand il y a des professionnels et des grosses Buick dans le tableau. Je ne connais pas ce gosse, mais, quand il sera grand, je veux qu'il sache que son vieux n'est pas mort pour rien et que le tueur qui l'a buté ne l'a pas emporté au paradis. J'ai le droit légal de faire pas mal de choses, y compris de descendre un tueur après l'avoir poussé à tirer le premier, histoire de pouvoir invoquer la légitime défense. Essaie un peu de me dire que j'entrave la marche de la justice, et je te répondrai que j'en ai marre de voir ce qui se passe dans cette ville. Avez-vous retrouvé le gars qui a buté Scottoriggio... ou Binaggio et son collègue de Kansas City ? Combien y a-t-il de meurtres non élucidés dans vos dossiers ? Lis un peu le journal chaque matin et ose me dire en face que la police n'a pas les bras liés par la politique, dans cette putain de ville, et que je n'ai pas le droit de buter un tueur ou deux quand j'en ai l'occasion ? »

Je m'interrompis pour reprendre haleine.

« Ce n'est pas marrant de voir pleurer un homme, Pat. C'est encore moins marrant de voir ce qui vient d'arriver à ce gosse. Quelqu'un me paiera ça, Pat, d'une façon ou d'une autre. »

Pat ne chercha même pas à discuter. Il me regarda un bon moment, puis regarda le moutard et releva la tête.

« Il n'y a pas grand-chose que je puisse faire pour t'arrêter, Mike. Du moins pour l'instant.

— Ni pour l'instant, ni jamais. Tu crois que je peux garder le môme avec moi ?

— Je n'y vois pas d'inconvénient. Je te téléphonerai demain matin. Du moment que t'es dans le coup, le district attorney va sûrement vouloir que tu viennes déposer. Cette fois-ci, tâche de fermer ta gueule, et tu conserveras ta licence. Il essaie de coincer les gros pontes qui règnent sur les tripots et les champs de courses en ce moment, et, comme il n'arrive à rien, il serait fichu de te faire payer pour les autres ! »

Je ne pus m'empêcher de ricaner doucement.

« Il a déjà voulu jouer au petit soldat avec moi, et je parie qu'il grince encore des dents à chaque fois qu'il s'en souvient. Et qu'est-ce qu'il lui arrive, aujourd'hui ? Il manque de phosphates à ce point-là qu'il ne peut même pas coincer un malheureux book ?

— Ce n'est pas si drôle que tu le crois, Mike.

— C'est encore plus marrant que ça ! Même les journaux se gondolent ! »

Pat rougit.

« Tu parles ! C'est les gros pontes comme Ed Teen qui rigolent le plus fort, et ce n'est pas du district attorney ni des flics qu'ils rigolent, c'est de M. Tout-le-Monde, de gars comme toi, qui paient les pots cassés pendant que des types comme Teen et Lou Grindle et feu Charlie Fallon nagent dans le luxe aux frais de la princesse. »

C'était bien son tour, après tout, de piquer sa petite colère hygiénique et de me prendre comme repoussoir. Il se rappela tout de même de me souhaiter une bonne nuit avant de s'esquiver. Je regardai la porte du bar se refermer derrière lui et serrai le marmot contre moi, tandis que les paroles de Pat se répercutaient interminablement dans ma tête.

Lou Grindle. Un rescapé du bon vieux temps qui n'avait jamais cessé de louer ses services au plus offrant et qui était chez lui aussi bien dans les boîtes chics de Broadway que dans les caves de Harlem. La dernière fois que je l'avais aperçu, il était à quatre pattes dans une arrière-salle et jouait à la passe anglaise, tandis que deux de ses acolytes tenaient sa veste et son pognon. Celui qui avait tenu sa veste, cette nuit-là, n'était autre que le gars que j'avais vu tout à l'heure, transformé en sablier, dans l'eau boueuse du ruisseau.

J'enveloppai le gosse dans la veste de son vieux, me plantai devant la porte du bar et sifflai les rares taxis en maraude jusqu'à ce que l'un d'eux s'arrêtât enfin pour me ramasser. Le conducteur me jeta un sale regard lorsqu'il vit ce que j'avais dans les bras.

Je dus le faire attendre devant huit boîtes plus ou moins louches avant d'obtenir le moindre résultat. Finalement, dans la huitième, un barman à moitié blindé me prit pour un gars du bâtiment et me répondit que je trouverais sans doute Lou Grindle dans un cabaret de la 57e Rue, où l'on jouait gros jeu une fois par semaine. Je lui glissai un dollar et réintégrai mon taxi.

« Tu ne crois pas que tu ferais mieux d'aller coucher le môme, mon pote ? explosa le chauffeur lorsque je lui eus donné ma neuvième adresse de la soirée. C'est pas bon pour des petits drôles comme ça d'être trimbalés de cette façon...

— Il n'y a rien qui pourrait me faire plus de plaisir, mon vieux, répliquai-je. Mais j'ai une affaire à régler avant d'aller mettre bébé au dodo. »

Il se retourna sur son siège, pour s'assurer que je n'étais pas noir, puis, haussant les épaules, il prit le chemin de la 57e Rue.

Je laissai le gosse dans le taxi et traversai le trottoir. La boîte que m'avait indiquée le barman était un de ces cabarets fréquentés par les amateurs de spectacles bruyants et obscènes pour qui le montant de l'addition n'est qu'un détail sans importance. Pressés autour de la piste de danse, plusieurs douzaines de pochards tentaient de persuader une adepte du strip-tease de ne pas rester dans les limites de la loi new-yorkaise. A bout d'arguments, ils finirent par jeter des billets roulés sur la piste ; la fille envoya balader slip et soutien-gorge et leur en donna pour leur argent lorsqu'elle se baissa pour ramasser des deux mains ces arguments irrésistibles de la clientèle.

J'attrapai au passage un des barmen pendant qu'il était encore sous l'effet du spectacle et lui dit :

« Où est-ce qu'est Lou ? »

Comme si Lou et moi étions de vieux copains.

« Là-bas dedans. En train de jouer avec les autres. »

Il fit un geste vague vers le fond de la salle. Je fendis la foule dans la direction indiquée, m'assis à une table vacante et grognai à l'adresse du garçon qui était en train de l'essuyer :

« Va chercher Lou et dis-lui de venir. Je sais qu'il est là. »

Il avait une sacrée envie de prendre le billet de cinq dollars que je lui tendais. Néanmoins, il secoua la tête.

« Personne n'a jamais dit à Lou ce qu'il doit faire ou pas. Vas-y toi-même.

— Dis-lui que c'est pour une affaire importante, et il viendra. »

Le garçon se lécha les lèvres, empocha le billet, ouvrit la porte de la cuisine et disparut. Il revint une minute plus tard et me dit que Lou allait rappliquer tout de suite.

Sur la piste de danse, une autre technicienne du déshabillage progressif faisait ce qu'elle pouvait pour décrocher à son tour le prix de la persuasion. Autant dire qu'il n'y avait pas d'oreilles indiscrètes dans le voisinage.

Lou ne tarda pas à faire son entrée, le garçon me désigna d'un signe de tête, et Lou se dirigea vers ma table en se demandant visiblement qui diable je pouvais bien être. Lou semblait avoir dépassé la quarantaine. Ses yeux étaient aussi froids que des billes de verre, et ses cheveux avaient l'air directement peints sur son crâne. Son smok avait dû lui coûter chaud, et il fallait y regarder de bien près pour voir qu'il portait un pétard sous son aisselle gauche.

Lorsqu'il repéra le même genre de bosse sous ma propre aisselle, il commit l'erreur de me prendre pour un flic et ne put s'empêcher de ricaner.

D'un coup de pied, je sortis une seconde chaise de sous la table et murmurai :

« Assieds-toi, Lou. »

Il s'assit, les mains légèrement crispées, comme s'il se fût apprêté à me sauter au colback.

« Vas-y, je t'écoute, et j'ai pas toute la nuit devant moi, grinça-t-il entre ses dents.

— Un de tes petits copains s'est fait buter ce soir », dis-je brièvement.

Ses yeux devinrent encore plus fixes, encore plus froids. C'était sans doute sa façon personnelle d'exprimer sa surprise.

« Qui ça ? aboya-t-il.

— C'est ce que je suis venu te demander. Il tenait ta veste, l'autre nuit, pendant que tu jouais à la passe anglaise. Tu te rappelles ? »

Il s'en souvint peut-être, mais ne le fit pas voir.

Je posai mes deux coudes sur la table et me penchai en avant, le bout des doigts dans l'entrebâillement de mon veston.

« Quarante-cinq piges environ. Taille et corpulence moyennes. Complet chic et godasses trouées. Il a travaillé dans le temps pour Charlie Fallon. Je suis en train de me demander s'il travaillait pour toi cette nuit. »

Cette fois, Lou se souvint et le fit voir. Son visage se tendit, et les veines de son cou menacèrent de faire claquer son faux col.

« Comment que tu t'appelles, Mac ? gronda-t-il.

— Mike Hammer, Lou. Si ça ne te dit rien, tu n'as qu'à te renseigner autour de toi.

— Un privé ! » s'étrangla-t-il, les yeux plus fixes que jamais, en surveillant étroitement mes doigts.

Je les avais poussés un peu plus loin, à l'intérieur de mon veston, et mon index effleurait la crosse du 11,25.

L'expression reptilienne de Lou Grindle se modifia insensiblement. Il n'était plus aussi rapide qu'il l'avait été dans le temps et n'avait visiblement pas l'intention de courir des risques. Surtout lorsqu'il était tout seul !

« Et alors ? » beugla-t-il.

Je lui souris en montrant les dents.

« Ton petit pote... celui qu'est mort, expliquai-je, je lui ai flanqué un pruneau dans les guibolles ; le gars qui conduisait la Buick n'a pas voulu qu'il se fasse coffrer ; il a préféré lui passer dessus. Y venaient de buter un autre gars, à eux deux. »

Lou sortit un cigare de sa poche. Très lentement, pour éviter tout malentendu.

« Personne ne travaillait pour moi cette nuit, grinça-t-il.

— Je l'espère, Lou. Je l'espère pour toi ! »

Il m'envoya un coup d'œil de serpent-en-train-de-digérer-sa-dernière-victime.

« T'as encore beaucoup à apprendre, mouchard. Je n'aime pas qu'on me parle sur ce ton-là.

— Écoute, Lou, murmurai-je, les yeux dans ses yeux, si j'apprends que t'as eu quelque chose à voir avec l'histoire de cette nuit, je me ferai un plaisir de te rectifier le portrait. Essaie un peu de jouer au dur avec moi et tu verras tes tripes étalées sur le pavé avant de mourir. N'oublie pas ce que je viens de te dire, Lou. J'aimerais autant te flanquer un pruneau dans la gueule que d'avoir à te regarder. »

Il blêmit. S'il avait eu des lèvres, ça ne se voyait plus, parce qu'elles étaient roulées contre ses incisives. Je me levai et me dirigeai vers la sortie. Lorsque je me retournai, au bout de quelques pas, Lou avait disparu, et sa chaise retournée gisait contre le mur du fond. Nerveux, le copain !

Il était près de trois heures, et j'avais dit à Velda que je la retrouverais à deux heures et demie dans la salle des pas perdus.

« Gare de Pennsylvanie », criai-je au conducteur en calant le gosse contre moi pour lui éviter les chocs.

Velda n'est pas un genre de femme qu'on risque de perdre dans une foule. Pour la retrouver, rien de plus facile. Il suffit de regarder dans la même direction que le reste de l'assistance. J'employai cette méthode et la repérai presque aussitôt, debout près du guichet « Renseignements », grande et svelte dans un tailleur gris dont la teinte accentuait encore le noir profond de sa chevelure. Une fille comme on n'en rencontre pas tous les jours et qui, malgré son tailleur strict, attirait autant les regards que si elle s'était promenée en bikini. Une fille bigrement intelligente, par surcroît.

J'attendis d'arriver tout près d'elle pour lui dire :

« Bonsoir, Velda. Excusez mon retard. »

Elle se retourna, et ses yeux me dirent exactement ce qu'elle pensait de moi.

« Ça vous casserait quelque chose d'être à l'heure une fois dans votre vie, Mike ?

— Vous êtes bien assez grande pour porter votre valise aux bagages sans l'aide de personne, chérie. J'ai eu du travail entre-temps. »

Elle m'examina si attentivement qu'elle ne comprit la nature du colis qui m'encombrait que lorsque le mioche se mit à s'agiter soudain, en poussant quelques cris étouffés.

« Mike... Qu'est-ce que...

— C'est un petit garçon, mon chou. Mignon, pas vrai ? »

Les doigts de Velda effleurèrent la joue du gosse, qui sourit et referma les yeux. Velda ne souriait pas. Elle m'examinait avec une densité que je connaissais bien, et je n'eus d'autre ressource que de me coller une cigarette dans le bec pour justifier partiellement la crispation de mes lèvres.

« C'est ça, le travail en question, Mike ? »

Je fis entendre un bruit curieux qui ressemblait vaguement à un éclat de rire.

« Oui. Je m'occupe de lui provisoirement... à la place de son père. »

Elle se demanda visiblement si elle devait me croire ou non.

« Mike... cette histoire de Floride peut attendre, s'il s'agit de quelque chose d'important. »

Le haut-parleur invitait les voyageurs pour Miami à monter en voiture. J'hésitai. Devais-je tout lui raconter et lui dire de laisser choir l'escroc de petite envergure qui se trouvait actuellement à Miami avec une pincée de diamants volés ? Velda n'est pas une femme comme les autres, mais c'est tout de même une femme, et elle a une trop haute opinion de ma petite personne pour ne pas essayer de me mettre des bâtons dans les roues quand elle me sent sur le point d'aller au-devant d'une nouvelle volée de pruneaux. Elle a déjà connu ça plusieurs fois. Velda serait exactement ce que j'ai toujours rêvé d'avoir si elle n'essayait pas avec autant d'acharnement de me conserver en vie.

« Allons-y, soupirai-je finalement. Le train part dans cinq minutes. »

Je l'accompagnai jusque sur le quai et, lorsqu'elle me sourit à travers la portière et se pencha pour m'envoyer un baiser, j'ouvris la bouche pour lui dire de redescendre. Trop tard. Le train démarrait. Je lui fis au revoir avec mon bras libre, ressortis de la gare et sautai dans un second taxi.

Une fois chez moi, je déshabillai le gosse, fourrai sa petite salopette pleine de trous dans la boîte à ordures, lui préparai un plumard de fortune au milieu de mon divan, calai le tout avec deux chaises pour l'empêcher de se casser la figure et le repris dans mes bras. Il ne pesait pas bien lourd. Il y en avait sans doute des tas comme lui, dont personne ne se souciait, un peu partout dans cette garce de ville. Ses cheveux étaient encore humides, mais bouclaient tout de même autour de sa tête.

Il rouvrit les yeux au bout d'une minute et demanda : « Papa » d'une petite voix ensommeillée.

« Non, fiston, je suis pas ton paternel, murmurai-je, mais je vais tâcher de le remplacer jusqu'à ce qu'on t'en trouve un autre. »

Je le déposai sur le divan et le couvris tant bien que mal.

Quelqu'un me paierait ça, aussi sûr que je m'appelle Mike Hammer.

2

Un fracas me réveilla le lendemain vers dix heures, en même temps que la sonnerie du téléphone. Je bondis hors des toiles, fonçai dans le salon, et la bordée de jurons que je m'apprêtais à lancer se coinça en travers de ma gorge, parce que le gosse était debout, pieds nus, parmi les débris d'une lampe de porcelaine, et qu'il était en train de sortir de son étui le 11,25 que j'avais posé la veille sur le coin de la table. Je le lui enlevai des mains juste à temps pour l'empêcher de chatouiller la détente. Il avait déjà réussi à bousculer le cran de sûreté.

Ce fut donc avec un pétard dans la main gauche et un môme en train de piquer une colère de tous les diables sous le bras droit que je décrochai le téléphone et gueulai : « Allô ? » dans le récepteur.

A l'autre bout du fil, Pat avait sans doute entendu le chahut, car il se mit à rigoler.

« Ça ne marche pas, le métier de nourrice sèche, Mike ? »

Je lui dis que, s'il m'avait téléphoné pour s'offrir ma tête, il pouvait raccrocher tout de suite et aller se faire voir, par la même occasion.

Il se mit à rigoler de plus belle.

« Rapplique aussi vite que tu pourras, Mike. J'ai des renseignements pour toi.

— Le père du môme ?

— Ouais. C'était bien son père. Rapplique, et je te raconterai toute l'histoire.

— O. K. ! Je serai là dans une heure. J'amène le moutard ?

— Ben... à vrai dire, je l'avais complètement oublié. Parque-le quelque part jusqu'à ce que j'aie pu m'en occuper.

— Eh ! dis donc, tu crois que je vais laisser choir ce gosse comme un vulgaire paquet de linge sale ? Tu... Oh ! O. K. ! A tout à l'heure ! Je trouverai bien quelque chose. »

Je raccrochai et m'assis avec le petit gars sur un genou. Il voulait absolument faire joujou avec mon pétard, et je balançai l'engin sur le divan, hors de sa portée. Puis je téléphonai au concierge et lui dis de m'envoyer un commissionnaire. Un gringalet d'une quinzaine d'années arriva cinq minutes plus tard, et je lui confiai la mission d'aller acheter quelques fruques et de quoi manger pour un mioche d'environ deux ans.

« Vous en faites pas, m'sieur, répondit-il. J'ai plus de frangins à la maison que vous avez de doigts aux mains, alors je sais ce qu'y faut prendre. »

Il s'acquitta de sa mission en un temps record, et, à nous deux, nous parvînmes sans trop de fausses manœuvres à changer et gaver mon nourrisson. Je téléphonai ensuite à l'infirmière en retraite qui habitait au rez-de-chaussée, et elle accepta de se charger du gosse pendant la journée, pourvu que je lui reprenne tous les soirs. Et ça ne me coûterait pas les yeux de la tête. Un œil seulement.

Je donnai cinq dollars pour sa peine au fils de famille nombreuse, pris le gosse et descendis l'escalier.

« En fait de client, lui dis-je tandis qu'il essayait de m'extirper l'œil droit avec son pouce, tu me reviens plutôt cher. »

Je le laissai entre les mains de l'infirmière et lui recommandai de bien prendre soin de lui.

« Ne vous inquiétez pas, répondit-elle. Ça me fait plutôt plaisir d'avoir quelque chose à faire de mes journées. »

Le gosse se remit à beugler en plongeant sa main dans mon veston. Je reculai, et il beugla de plus belle. Avec larmes à l'appui, cette fois.

« Avez-vous quelque chose sur vous dont il peut avoir envie ? s'informa l'infirmière.

— Eh bien, euh !... non, mais il a déjà joué avec ma veste, alors je suppose qu'il s'en rappelle. »

Je pris congé d'elle et filai en quatrième. Elle m'aurait passé un drôle de savon si elle avait su que j'avais laissé traîner mon feu à portée de la main du gosse !

« Le gars qui s'est fait buter s'appelait William Decker, dit Pat. Il avait fait de la taule pour vol avec effraction. Relâché voilà un peu plus de quatre ans. Avant son arrestation, il occupait un poste de choix dans une fabrique de coffres-forts. Puis il a fait des connaissances regrettables, il a quitté son emploi et, malgré ça, il s'est mis à nager dans l'opulence, en même temps qu'un certain nombre de coffres-forts étaient cambriolés ici et là, dans tout un secteur de la ville. Il était soupçonné, mais rien n'avait pu être prouvé lorsqu'il s'est fait prendre, finalement, en flagrant délit d'effraction.

— Quelles étaient les « connaissances regrettables » ? m'enquis-je.

— Des gangsters de petite envergure, qui sont presque tous en taule actuellement... Après sa libération, Decker s'est marié, et il a paru acheter une conduite. Sa femme est morte quinze ou dix-huit mois après la naissance de leur bébé. Soit dit en passant, le gosse s'appelle William, comme son père... En ce qui concerne l'histoire de cette nuit, nous en serions sans doute toujours au même point si, vers onze heures quarante-cinq, cette même nuit, quelqu'un n'avait signalé la présence d'un rôdeur sur une échelle d'incendie, dans Riverside Drive. La voiture-radio qui s'est rendue sur les lieux n'a découvert aucune trace du rôdeur, mais lorsqu'ils se sont mis à examiner l'échelle, ils sont tombés sur une fenêtre forcée et ont entendu un gémissement, à l'intérieur de l'appartement.

« Ils sont entrés et ont découvert une femme étendue sur le plancher. Le cambrioleur l'avait proprement assommée, son coffre-fort était ouvert et son contenu envolé ! Une empreinte a pu être relevée sur le cadran du coffre, et cette empreinte était celle de William Decker. Il nous a suffi de la comparer avec celles qui figuraient sur sa fiche, et le problème était résolu.

— Magnifique ! » gouaillai-je.

Pat releva les yeux, le visage inexpressif.

« On ne fait pas toujours ce qu'on veut, Mike. Tu es en pétard parce que tu étais déjà prêt à redonner la chasse à un tueur et que cette histoire te coupe l'herbe sous le pied.

— O. K. ! O. K. ! Continue... »

Il rejeta un coup d'œil au rapport et enchaîna :

« Après la mort de sa femme, Decker a probablement renoué avec ses anciennes connaissances. Lui et deux autres types ont mijoté un cambriolage, Decker devant ouvrir le coffre pendant que les deux autres faisaient le guet et préparaient la retraite. Notre opinion est que Decker a essayé de filer avec la totalité du butin et que ses deux complices l'ont rattrapé et descendu.

— Jolie théorie. Mais justifiée par quoi ?

— Par le fait que Decker seul était en mesure d'ouvrir le coffre... parce qu'il est repassé chez lui pour y prendre son fils... et parce que tu as vu toi-même le type que tu as touché aux jambes se pencher sur Decker pour le fouiller avant que tu rappliques à la rescousse.

— Sans blague ?

— Je suppose que tu vas me demander où est le fric ? grogna Pat.

— Et comment ! S'il s'apprêtait à filer avec le magot, il l'aurait emporté avec lui... Decker savait très bien ce qui l'attendait quand il est ressorti du bistrot.

— Je crois que je peux répondre à ça, Mike. Tout ce que Decker a récolté dans cette expédition, c'est trois cent dix-sept dollars et un collier de perles de culture d'une valeur de vingt dollars environ. Lorsqu'il s'est rendu compte qu'il n'y avait rien d'autre, il a compris que ses deux complices ne le croiraient pas et il a essayé de filer...

— Alors, où est le pognon ?

— Je crois que nous allons le retrouver au même endroit que les perles... si toutefois ça tombe sur quelqu'un d'assez honnête pour nous l'apporter... c'est-à-dire, en l'occurrence, au-dessus d'une poubelle, quelque part en ville.

— Des clous, oui ! Trois cents dollars, c'est tout de même du pognon, de nos jours. Il ne les aurait pas balancés.

— La colère et le dégoût peuvent faire faire des tas de choses...

— Alors pourquoi qu'il se serait laissé buter ?

— Peut-être parce qu'il avait peur qu'ils s'en prennent au mioche, suggéra Pat.

— Tu as pensé à tout, hein ? ricanai-je. Qui était l'autre type ?

— Un nommé Arnold Basil. Il avait travaillé pour Fallon dans le temps et il avait à son actif trois condamnations et quatorze arrestations suivies d'élargissements, faute de preuves. Après la mort de Fallon, il a passé un certain temps à Los Angeles. Deux de nos moutons ont signalé sa présence en ville au cours du mois dernier, mais il ne semble pas qu'il ait été impliqué dans quoi que ce soit de précis...

— Ont-ils signalé qu'on le voyait souvent dans le voisinage de Lou Grindle ?

— Où que t'as été pêcher ça ? explosa Pat.

— Il m'arrive de sortir le soir... Alors ?

— Ils l'ont signalé.

— Et que vas-tu faire ?

— M'en assurer.

— Ça, c'est une décision énergique ! »

Pat envoya voltiger son crayon à travers le bureau.

« Tu n'as pas besoin de te montrer aussi sarcastique, Mike. Malgré tout mon désir d'épingler ce salopard, je doute fort que ce soit possible. Lou ne travaille pas pour des haricots, et tu le sais aussi bien que moi. Il a son système de protection et il évite de se mouiller les pieds.

— Il y a toujours moyen de s'arranger pour qu'un type se mouille les pieds ! grommelai-je.

— Ouais ? Essaie un peu pour voir ! »

Je me levai et remis mon galure.

« Je crois que c'est ce que je vais faire, histoire de rigoler un peu. »

Les mains de Pat reposaient bien à plat sur le dessus de son bureau.

« Vas-y mollo, Mike. Un de ces jours, c'est toi qui auras les pieds trop mouillés pour qu'on puisse te les sécher à temps.

— Je n'aime pas les faiseurs d'orphelins, Pat. N'oublie pas que le conducteur de la Buick court toujours.

— Je ne l'oublie pas. Il sera en taule avant une semaine.

— A moins que je le rencontre avant, rectifiai-je. Je peux jeter un coup d'œil à ce rapport ? »

Il acquiesça. Je m'emparai des feuillets dactylographiés, appris par cœur deux ou trois adresses et rejetai le rapport sur le bureau de Pat.

« Mike, m'as-tu vraiment tout raconté ? questionna-t-il, le regard vigilant.

— Oui, dis-je.

— Alors raconte-moi le reste. »

Je fourrai ma main dans ma poche pour l'empêcher de trembler.

« Ça ne me plaît pas, voilà tout, répliquai-je. Decker chialait. Tu peux pas savoir quelle tête il faisait, parce que tu ne l'as pas vu chialer. Moi, je l'ai vu, et ça ne me plaît pas du tout.

— T'es cinglé, grogna Pat.

— On le dit. Est-ce que le district attorney veut me voir ? »

— Non. Tu as eu de la veine que toute l'histoire s'éclaircisse aussi vite.

— Alors à bientôt, Pat. Je te tiendrai au courant.

— J'y compte bien. »

Il rigolait intérieurement, mais, moi, je n'avais pas envie de rire. On n'a pas envie de rire quand on a vu un type chialer, embrasser son môme et aller se faire buter.

Il y avait quelque chose qui ne me plaisait pas dans toute cette histoire. Quelque chose qui ne me plaisait pas du tout.

William Decker avait habité dans un de ces quartiers délabrés, voués à plus ou moins longue échéance à la pioche des démolisseurs. Les trottoirs étaient encombrés de vieilles voitures d'enfants et de tas de détritus, parmi lesquels s'ébattaient des hordes de moutards en haillons sous la surveillance théorique d'adultes assis sur les perrons, mais qui laissaient les mômes faire exactement ce qu'ils voulaient, pourvu qu'eux-mêmes pussent discutailler et fainéanter au soleil en lichant de la bière.

La maison dont j'avais relevé le numéro sur le rapport de Pat était une vieille baraque de quatre étages dont la façade s'inclinait dangereusement vers la chaussée. Je garai ma bagnole, me frayai un chemin à travers la marmaille aussitôt accourue et pénétrai dans le couloir. Un type énorme jaillit des ténèbres, un véritable colosse qui avait cinq ou six centimètres de plus que moi, avec une poitrine en futaille et des bras gros comme des cuisses. Il y avait peut-être pas mal de graisse sous sa peau velue, mais il y avait aussi pas mal de muscles.

« Qu'est-ce que tu veux ? grogna-t-il d'un ton prouvant qu'il avait l'habitude de faire peur aux gens.

— Des renseignements, mon pote, répliquai-je. Et je te parie que tu vas me les donner.

Je surveillais ses mains. Elles avaient l'air toutes disposées à me saisir au colback. Je dansai légèrement d'un pied sur l'autre, les talons à quelques centimètres du sol, histoire de lui faire comprendre que, s'il aimait jouer au petit soldat, j'avais de quoi lui répondre.

Brusquement, il éclata de rire.

« T'as l'air d'être un petit rigolo, toi, constata-t-il.

— C'est bien la première fois qu'on me qualifie de « petit », mon pote », lui dis-je.

Il se remit à rigoler.

« Viens boire un coup de jus et tâche de surveiller ton langage. J'ai des visiteurs de toutes les catégories, aujourd'hui. »

Je le suivis jusqu'à l'autre bout du couloir. Il s'effaça pour me laisser entrer le premier, et j'aperçus le prêtre qui était assis devant la longue table, en train de grignoter un croissant visiblement rassis.

« Mon père, c'est... Eh ! comment que tu t'appelles ? tonitrua le colosse.

— Mike Hammer. Bonjour, mon père. »

Le prêtre me tendit une grosse patte vigoureuse, que je serrai avec bonne humeur.

« Moi, je m'appelle Vileck, reprit le colosse. John Vileck, gardien de cette bicoque. Assieds-toi et dis-nous ce qui t'amène. »

Il sortit une autre tasse d'un vieux buffet et la posa devant moi.

« Le lait et le sucre sont sur la table.

— Je suis détective privé, répliquai-je en scrutant mon jus. Je suis venu vous voir au sujet d'un gars qui habitait ici jusqu'à la nuit dernière. »

Le prêtre et le colosse échangèrent un regard.

« William Decker ? s'informa le prêtre.

— Exactement.

— Puis-je vous demander pour le compte de qui vous travaillez ?

— Pour mon propre compte. Je suis en pétard, un point, c'est tout. J'étais là quand Decker s'est fait buter, et ça n'était pas joli à voir. J'enquête pour mon propre compte et à mes propres frais. »

Je sirotai une gorgée de café. Il était chaud et amer en diable.

Vileck remuait le sien distraitement pour le refroidir.

« Decker était régulier et il avait une gentille petite femme. Les flics sont déjà venus, cette nuit et ce matin.

— Ce matin ? Pourquoi ?

— Parce que je les ai appelés y a environ une heure. Entre-temps, quelqu'un était venu farfouiller dans la chambre de Decker. Y a plus un meuble qui tient debout dans la piaule ! »

Le prêtre remit sa tasse sur la table et se renversa contre le dossier de sa chaise.

« Vous pourrez peut-être en tirer quelque chose, monsieur Hammer.

— Peut-être. Si la théorie de la police est justifiée, celui qui a bouleversé la chambre de Decker cherchait une grosse somme que Decker est censé avoir volée la nuit dernière. Il se serait fait descendre parce que son cambriolage n'aurait eu qu'un piètre résultat et que ses copains ne l'auraient pas cru...

— Bande de salauds... », commença Vileck.

Puis il se tourna vers l'ecclésiastique et dit :

« Oh ! pardon, mon père. »

Le prêtre sourit avec indulgence.

« Monsieur Hammer, êtes-vous au courant du passé de William Decker ?

— Je sais qu'il avait fait de la prison... Il vous l'avait dit ?

— Oui. Il m'avait tout raconté. Ce qui m'étonne le plus dans toute cette histoire, c'est que William faisait de son mieux pour mener une vie exemplaire...

— Et comment ! intervint Vileck avec enthousiasme. Moi et le père ici présent, on était les seuls à savoir qu'il avait fait de la taule. C'est la première chose qu'y nous ait dite quand il est venu habiter par ici, et je vais vous dire une bonne chose : Decker était un type régulier. Il aurait même pas triché aux cartes, et jamais un jour de retard pour payer son loyer ou ses factures. Jamais d'ennuis avec personne. Hein ? Qu'est-ce que vous dites de ça ?

— Et vous ? »

Le regard de Vileck exprimait une franche stupéfaction.

« Moi ? Sûr que j'en sais foutre rien ! Il était régulier depuis A jusqu'à Z. Y vivait plus que pour son môme, depuis la mort de sa femme.

— Il avait été durement secoué par cette mort, pas vrai ?

— Et comment ! Fallait qu'il la fasse opérer, mais, quand il en a eu la possibilité, il était déjà trop tard, et elle est morte de son cancer quelques jours après que les toubibs l'aient découpée.

— Il s'est mis à boire ? questionnai-je.

— Non. Il aurait pas voulu faire la moindre chose qui puisse nuire à son moutard. Il en était fou, de ce petit, c'est moi qui vous le dis. C'est pour ça qu'il était strictement régule. »

Le prêtre avait attendu que Vileck eût fini de parler, en secouant affirmativement la tête de temps à autre.

« Monsieur Hammer, il y a une semaine, William est venu me voir à l'église et m'a demandé de conserver par-devers moi ses polices d'assurance, toutes établies au nom de son fils, naturellement. Il voulait être sûr que, si quelque chose lui arrivait, le petit ne manquerait de rien. »

J'en restai baba pendant une seconde ou deux et repris :

« Est-ce qu'il semblait avoir en tête quelque chose de précis... une préoccupation assez forte pour...

— En y réfléchissant, il paraissait effectivement bouleversé, mais, sur le moment, j'ai attribué cela à la mort encore récente de sa femme. Et son histoire était plausible. Comme il devait laisser sa maison vide, chaque jour, pour aller travailler, il préférait que ses papiers importants fussent en lieu sûr. Je n'aurais jamais cru qu'il... qu'il... »

Vileck serra les poings et les cogna violemment l'un contre l'autre.

« Je croirai jamais que c'est parce qu'y s'apprêtait à faire un fric-frac ! beugla-t-il. Ce gars-là était aussi honnête que vous et moi.

— Il y a des circonstances qui peuvent pousser un honnête homme à tourner mal, objectai-je. Est-ce qu'il n'avait pas besoin d'argent ?

— Bien sûr qu'il avait besoin d'argent. Il arrivait à travailler deux ou trois jours par semaine, dans les docks... au quai 51, qu'y se présentait à l'embauche... Y gagnait juste assez pour vivre, mais y s'en tirait.

— Il avait des amis ? »

Le gardien haussa les épaules.

« Un gars des docks qui venait de temps en temps. Et le crieur de journaux aveugle qui habite au bout de la rue. Et moi, naturellement. On était bien copains, tous les deux.

— Aucune raison pour laquelle il aurait pu avoir besoin de fric ?

— Avant que sa femme meure, si, bien sûr, mais pas maintenant ! »

J'achevai de boire mon café et me retournai vers le prêtre.

« Le gosse est actuellement entre mes mains, mon père. Il est très bien soigné, et vous avez tout le temps devant vous pour prendre vos dispositions à son égard. C'est à cause de lui que je suis dans cette histoire, et, quand j'aurai mis la main sur le type qui a buté son père, ils pourront creuser un trou de plus dans le champ de navets. Cette ville a grand besoin de se faire moucher, et je connais un excellent remède contre le rhume de cerveau.

— Je vous en prie, mon fils... Il est impossible que vous parliez sérieusement. »

Vileck m'observa un instant et dit :

« Il parle sérieusement, mon père... Si t'as besoin d'un coup de main, mon pote, pense à moi, veux-tu ?

— Manquerai pas, répliquai-je. Vous n'aurez qu'à me passer un coup de fil quand vous serez prêt à reprendre le gosse, mon père. Vous trouverez mon numéro dans l'annuaire. A propos... comment s'appelle le copain de Decker... celui qui travaille dans les docks ?

— Attends voir, marmotta Vileck. Booker... Cooker... Non, Hooker, c'est ça, Mel Hooker.

— Merci. C'est tout... Je peux jeter un coup d'œil chez Decker avant de partir ?

— Sûr. T'as qu'à monter. Dernier étage, première porte à gauche. Et pas la peine de demander quoi que ce soit aux vieilles taupes qui habitent là-haut. Elles étaient en train de faire la lessive et elles ont rien entendu.

— Merci, répétai-je. Pour les renseignements et pour le café.

— De rien, mon pote. A ta disposition.

— Au revoir, mon père. Vous me téléphonerez d'ici quelques jours ? »

Il acquiesça d'un air profondément malheureux.

« Oui... mais, je vous en prie... pas de violence... »

Je lui souris en me disant qu'il était inutile de commettre un péché de plus en mentant au saint homme, sortis et grimpai au dernier étage. Vileck avait eu raison de dire que plus rien ne tenait debout dans la piaule. C'était le tableau habituel de l'appartement dévasté par une fouille méthodique et brutale, qui s'était visiblement acharnée partout. Il y avait de fortes chances pour que les gars qui avaient pris la peine de réduire en confetti les pauvres biens de feu Decker en eussent été pour leurs frais. Je jetai moi-même un coup d'œil rapide par-ci par-là, balançai mon mégot dans l'évier, refermai la porte et regagnai ma bagnole. J'avais un sale goût dans la bouche parce que, jusqu'à présent, tout semblait confirmer la théorie de Pat. Decker avait effectivement dû retomber dans ses anciennes erreurs et piquer, avec la complicité de deux autres types, un coffre-fort dans lequel il n'avait pas trouvé le gros magot escompté. Mais l'image qui me revenait sans cesse à l'esprit était celle de Decker embrassant son môme avec des larmes plein les joues avant de quitter le bistrot pour aller se faire buter.

Le salopard qui avait piloté la Buick courait toujours, et je ne connaîtrais pas de repos avant d'en avoir le cœur net ! J'appuyai sur le démarreur et repartis à toute allure vers le centre de la ville.

Ce fut la curiosité plus que toute autre chose qui poussa ma bagnole jusqu'à Riverside Drive. Je la rangeai parmi les Cadillac et autres tombereaux de grand luxe alignés le long des trottoirs et, par acquit de conscience, bavardai avec quelques-uns des portiers en uniforme qui gardaient les entrées grandioses des buildings. L'un d'eux crut se rappeler que deux types en Buick avaient rôdé dans le secteur, une semaine auparavant, et ne pouvait dire s'ils avaient eu ou non l'air de repérer les voies d'accès et de retraite des immeubles environnants. Pour deux dollars, il m'escorta moi-même jusqu'à la cour intérieure, et je pus me rendre compte, *de visu*, à quel point William Decker avait eu la partie belle. Tous les immeubles avaient leur échelle d'incendie, et point n'était besoin d'être champion de saut pour en attraper le premier échelon.

Je regagnai la rue, pénétrai dans le hall du building voisin, qui était celui dans lequel avait eu lieu le cambriolage, cherchai, trouvai et pressai le bouton marqué : *Lee Marsha*, décrochai le téléphone intérieur et attendis.

Près d'une minute s'écoula. Puis j'entendis un léger déclic, et ce fut le paradis lui-même qui prit la parole. Bon Dieu, quelle voix elle avait ! Je lui dis que je m'appelais Mike Hammer, que j'étais détective privé et que j'aimerais lui parler au sujet du vol de la nuit précédente. Elle me dit que je pouvais monter, je m'embarquai pour le ciel dans un ascenseur privé qui me déposa devant la porte du nuage 4-D, dont je manœuvrai respectueusement le petit marteau de cuivre ciselé. Une servante moustachue vint ouvrir et m'introduisit dans un joli studio confortable, au fond duquel était assis mon ange.

Du moins la moitié droite de son visage était-elle angélique, car la moitié gauche s'ornait d'un coquard extrêmement humain et d'une meurtrissure large comme un poing en travers de la joue.

Je devais faire une drôle de tête, car ses doigts se mirent à battre la charge sur l'accoudoir de son fauteuil, et elle déclara d'une voix posée :

« Ou vous exprimez poliment votre commisération, monsieur Hammer, ou je vous prie de sortir immédiatement. »

Je ne pus contenir plus longtemps mon hilarité, mais je me gardai bien de sortir.

« Du côté gauche, vous êtes l'une des plus belles filles que j'aie jamais vues, lui dis-je en souriant.

— Je vous remercie... du côté gauche, répliqua-t-elle. Vous pouvez partir, madame Ross. Vous reviendrez vers cinq heures ? »

Le dragon moustachu grogna affirmativement, prit son manteau et disparut.

« Asseyez-vous, monsieur Hammer. Puis-je vous offrir quelque chose ?

— Non, dites-moi simplement où se trouve la matière première. »

Elle se leva et serra son peignoir de nylon autour d'elle.

« Je préfère m'en occuper moi-même. J'en ai assez d'être traitée comme une invalide. Mme Ross représente les « compliments de la direction », avec l'espoir que je ne vais pas leur intenter un procès pour défaut de surveillance de leur établissement. C'est une bonne cuisinière. Autrement, je leur aurais dit de la garder pour eux-mêmes. »

Elle se dirigea vers une desserte, et je la suivis des yeux. Pas de balancement suggestif des hanches ; rien qu'une démarche normale, harmonieuse, plus séduisante que tous les tortillements de croupe du monde. Elle avait des cheveux châtain clair qui tombaient en vagues sur ses épaules et des yeux parfaitement assortis à sa chevelure. Elle devait sortir du bain lorsque je l'avais sonnée d'en bas, car elle dégageait encore une fraîche odeur savonneuse.

Puis elle revint vers moi, un verre dans chaque main, et j'observai béatement les jeux irisés du nylon sur ses cuisses, sur ses épaules et sur sa poitrine.

Je la croyais trop occupée à ne pas renverser le contenu des verres pour avoir pu remarquer mon manège, mais, lorsqu'elle me tendit l'un des deux cocktails, elle s'informa d'un ton légèrement ironique :

« Alors, le tableau vous plaît ?

— Pardon ?

— Oui. Suis-je reçue ?... A votre examen.

— Et comment ! Plutôt deux fois qu'une. Je commence à en avoir assez de voir des femmes qui ont l'air de fleurs penchées en mal de croissance. Et, avec cette mode des bouclettes de trois centimètres, ça change un peu d'en voir une avec des cheveux !

— Quel drôle de compliment ! »

Elle rit et leva son verre. Je l'imitai. Nous bûmes une gorgée.

« Et maintenant, monsieur Hammer...

— Mike pour les dames. »

Elle sourit.

« Mike... Le prénom vous va comme un gant. A quel sujet vouliez-vous me voir ?

— Il y a une chose que j'aimerais bien savoir en premier lieu, et c'est pourquoi votre visage me paraît aussi familier. Même avec votre coquard, j'ai l'impression de vous avoir déjà vue.

— Merci de vous en souvenir encore. »

Je suivis la direction de son regard et me relevai pour aller admirer la photo qui trônait au centre du piano à queue. Sur cette photo, Marsha Lee portait une robe d'époque qui dénudait complètement ses épaules magnifiques et soulignait en « balconnet » son buste juvénile. La photo remontait à plusieurs années, mais je n'aurais pas échangé l'actuelle Marsha Lee contre celle qu'elle représentait. Le temps n'avait fait que l'embellir. Presque totalement masquée par le rebord inférieur du cadre, une mention imprimée signalait que cette photo avait été tirée par la Compagnie cinématographique Allerton.

C'était bien parce que je l'avais déjà vue que Marsha me semblait familière. N'importe qui, du reste, aurait éprouvé la même impression. Dix ans auparavant, elle avait été l'un des plus grands espoirs féminins de l'industrie hollywoodienne.

« C'était le bon temps », soupira-t-elle.

Je remis la photo en place et vins me rasseoir en face d'elle. Elle valait la peine d'être regardée et n'avait pas besoin de se croiser les jambes à mi-cuisse pour attirer l'attention. Elles étaient bougrement jolies, ses jambes, du reste !

« Je me demande comment j'ai pu vous oublier, grognai-je.

— La plupart des gens sont dans le même cas. Le public a la mémoire courte.

— Comment se fait-il que vous ayez déserté l'écran ?

— Oh ! mon histoire est courte, mais bonne. Vous l'avez peut-être déjà lue dans les journaux. Je m'étais follement amourachée d'un homme qui ne me faisait la cour que pour favoriser la marche de sa propre carrière, grâce à la publicité qu'il savait en tirer. Puis, un jour, je me suis aperçue qu'il couchait également avec ma secrétaire à ses moments perdus. J'ai eu le tort de le mettre au pied du mur, et c'est alors qu'il m'a expliqué de quelle manière il s'était servi de moi. Je l'ai menacé de le faire porter sur toutes les listes noires de Hollywood s'il continuait à la voir, et j'avais assez de poids, à l'époque, pour pouvoir mettre ma menace à exécution. Quoi qu'il en soit, il a rompu avec ma secrétaire, et, deux jours après, elle s'est jetée avec sa voiture du haut d'une falaise.

« Vous connaissez Hollywood. Cette histoire m'a fait une publicité désastreuse. Je ne leur ai pas laissé le temps de résilier mon contrat. Je leur ai donné ma démission moi-même et j'ai investi l'argent que j'avais gagné dans des placements qui me permettent de vivre comme je le désire. »

Je jetai un coup d'œil circulaire. Cette seule pièce contenait une fortune en meubles de valeur, et les tableaux qui ornaient les murs n'étaient pas des reproductions à bon marché. Je me serais bien retiré des affaires, moi aussi, si j'avais eu de quoi vivre de cette manière.

« Mais vous n'êtes pas venu ici pour m'entendre raconter l'histoire de ma vie ? reprit-elle soudain, les yeux pétillants de malice.

— Non. Je suis venu pour vous entendre raconter l'histoire de votre cambriolage.

— Il n'y a pas grand-chose à raconter, Mike. Je suis sortie de chez moi un peu avant sept heures pour passer prendre et reconduire chez lui l'un des membres du « Petit Théâtre » qui s'est cassé un bras dernièrement, puis je suis montée chez une de mes amies et je suis rentrée vers minuit moins le quart environ. J'allais donner de la lumière quand j'ai vu le faisceau d'une torche électrique se promener dans cette pièce. Je me suis précipitée comme une imbécile ; j'ai vaguement distingué la silhouette d'un homme, puis j'ai reçu un coup de poing en pleine figure, j'ai essayé de crier, j'ai reçu un second coup de poing et, cette fois, je n'ai pas demandé mon reste. J'étais encore sur le plancher lorsque la police est arrivée.

— C'est bien ce que m'a dit le capitaine Chambers. Vous ont-ils informée que votre cambrioleur s'était fait descendre ?

— Non. Que lui est-il donc arrivé ?

— Tué par l'un de ses complices, selon toute vraisemblance.

— Ont-ils... retrouvé l'argent ?

— Non. Et je pense pas qu'ils le retrouvent jamais. Je commence à croire, tout comme les flics, que le type a dû le balancer, en même temps que vos perles, dans quelque boîte à ordures. Il n'était pas venu ici pour trois cents dollars. On n'organise pas une telle expédition pour voler trois cents dollars ! »

Elle se mordit la lèvre et fronça les sourcils.

« Savez-vous, Mike, que, lorsque vous êtes arrivé, j'étais en train de me demander si mon cambrioleur ne s'était pas tout simplement trompé d'étage ?

— Continuez, murmurai-je.

— Vous connaissez Marvin Holmes ?

— Cette espèce de fils à papa qui entretient toute une écurie de blondes ?

— Exactement. Son appartement est juste au-dessus du mien. Les pièces sont disposées de la même façon, et le coffre-fort mural lui-même est exactement au même endroit ! Il a toujours une petite fortune en espèces à portée de la main, et je sais qu'il n'était pas là hier soir. Je l'ai rencontré en partant, et il a baragouiné quelque chose au sujet d'une boîte de nuit.

— Vous êtes déjà montée chez lui ?

— Plusieurs fois. A l'occasion de diverses parties. N'étant pas blonde, je n'ai rien à espérer ni à craindre de sa part, n'est-ce pas ? » ajouta-t-elle en souriant.

Histoire de voir, je cherchai le numéro de Marvin Holmes dans l'annuaire. Un maître d'hôtel à l'accent germanique me passa son patron, je lui dis que j'étais de la compagnie d'assurances et lui demandai s'il conservait à demeure de grosses sommes en argent liquide. Le gars avait l'air encore à moitié blindé ; il me déclara tout de go qu'il avait plus de dix mille dollars dans son coffre et que le type qui avait ouvert le coffre du dessous la nuit précédente avait dû probablement se gourer d'altitude. Je le remerciai et raccrochai le récepteur.

« Il a eu la même idée que vous, expliquai-je à Marsha. Il croit que votre gars de la nuit dernière a fait une erreur d'un étage, et, jusqu'à preuve du contraire, vous avez raison tous les deux. »

Elle haussa les épaules avec résignation.

« J'aurais aimé récupérer le collier pour des raisons sentimentales. C'était du toc, mais c'est celui que je portais dans mon premier film. »

Même si je souriais, ça ne devait pas être très beau à voir, car j'avais plutôt envie de démolir quelque chose.

« C'est une drôle d'histoire, Marsha. Il y a déjà deux cadavres dans le tableau, et il y en aura sans doute bientôt un troisième. Le personnage qui vous a cambriolée a laissé derrière lui un mouflet de deux ans, et, quand il est ressorti de chez vous, ça a été pour se faire descendre. La question n'est pas de savoir ce qu'il a fait, mais pourquoi il l'a fait. Il marchait droit depuis un bon bout de temps et il adorait son gosse. Il est impossible que, du jour au lendemain, il se soit remis à faire des trucs qui pouvaient le renvoyer en taule et laisser son môme dans le ruisseau. Bon sang, je l'ai vu de mes propres yeux embrasser son fils en pleurant avant d'aller se faire buter ! Il doit y avoir une raison derrière tout ça, et c'est cette raison que je veux trouver ! C'est peut-être une petite raison, et c'est peut-être une grosse raison, mais il faudra bien que je la trouve, foi de Mike ! »

Les yeux bruns de Marsha Lee étaient rivés aux miens.

« Vous êtes un drôle de type, Mike », dit-elle doucement.

Je pris mon chapeau, me relevai, et elle me tendit la main.

« Mike... en ce qui concerne le petit... si je peux faire quelque chose... j'ai largement de quoi vivre, vous savez...

— Dites donc, vous aussi, vous êtes un drôle de type, répliquai-je.

— Merci, Mike.

— Mais je peux très bien m'occuper du gosse... Vous n'auriez pas plutôt un deuxième exemplaire de cette photo ? »

Je désignai le piano d'un léger signe de tête.

« Pourquoi ? L'original ne vous suffit pas ? »

Ce fut mon tour de la regarder longuement. Quelle fille, grand Dieu ! Son corps était tendu, ses seins pointaient à travers la frêle étoffe, hauts et fermes et triomphalement jeunes. La seule chose qui m'empêcha de l'embrasser fut cette vilaine meurtrissure qui s'étendait jusqu'au coin gauche de ses lèvres. Si je l'avais embrassée comme j'avais envie de l'embrasser, ça lui aurait sûrement fait mal. Mieux valait attendre que sa bouche ait retrouvé sa perfection...

« Vous reviendrez, Mike ? » s'enquit-elle.

Inutile de lui répondre. Je souris et, mon chapeau à la main, je tournai les talons et battis en retraite.

3

Je passai à mon bureau dans le courant de l'après-midi. Velda avait laissé quelques lettres sur mon sous-main. Je les parcourus et les jetai dans un tiroir. Il n'y avait là-dedans rien d'urgent ni de sensationnel. Et, sans Velda, le bureau de l'agence était triste à mourir.

J'étais là depuis un bon moment quand la sonnerie du téléphone me tira de ma rêverie. Je me relevai d'un bond, décrochai le récepteur, et une grosse voix masculine m'aboya dans l'oreille :

« Allô ! C'est Mike Hammer ?

— Soi-même. Qui est à l'appareil ?

— Johnny Vileck, mon pote. Heureusement que je me rappelais de ton nom !

— Qu'est-ce qui se passe ? m'informai-je.

— Ben, voilà, au sujet de ce que tu m'as demandé ce matin... si Decker avait eu besoin de pognon...

— Ouais ?

— Ben, j'ai bavardé avec le crieur aveugle en allant acheter mon canard. Le vieux bonhomme en est tout bouleversé. Lui et Decker étaient des vrais copains. En tout cas, ils étaient ensemble, un soir, chez Decker, après la mort de sa femme, quand un gars s'est présenté pour demander à Decker quand est-ce qu'il comptait rendre le pognon qu'il devait. Decker lui a donné quelque chose et, après le départ du gars, il a fait allusion à une grosse somme qu'il avait empruntée pour payer l'opération de sa bourgeoise. Il a parlé de trois mille dollars. »

Je laissai l'information se balader un moment dans mon crâne avant de demander :

« A qui aurait-il pu emprunter une somme pareille ?

— Pas à quelqu'un du voisinage, en tout cas, grogna Vileck. De temps en temps, y a un gars qui tire le bon numéro ou qui tombe sur le bon canasson dans le coin, mais tu penses qu'y le prête pas à personne ! Y a des tas de durs aussi qui ont quèquefois du pognon plein les poches, mais ça fait pas long feu. Sûr que c'est pas dans le coin qu'il a pu emprunter trois mille dollars, mon pote.

— Merci du renseignement, John. Si t'as jamais besoin d'un service, passe-moi un coup de fil.

— Oh ! ça va, c'est tout naturel.

— Est-ce que tu en as parlé aux flics ?

— Non. Y-z-étaient déjà venus, et je suis pas chargé de les tenir au courant de ce qu'y se passe dans ma cambuse, pas vrai ? »

Je pris congé de Johnny Vileck et raccrochai le récepteur. Je l'avais, mon motif de meurtre, et c'était un excellent motif. Decker emprunte trois mille dollars. Pour se libérer de sa dette, il accepte de piquer un coffre-fort. Ses copains ne veulent pas croire qu'il s'est trompé d'étage ; ils le butent, dans l'espoir de récupérer le gros magot, et ne dénichent, pour tout potage, que trois cents malheureux dollars et un collier de perles fausses. Et c'était pour ça, parce qu'un type n'avait pas voulu attendre le remboursement de son pognon, qu'un môme de deux ans avait été transformé en orphelin. C'était ça, ma ville, ouais ! Et dans combien d'autres endroits de ma ville la même chose était-elle en train de se mijoter actuellement ?

Je jurai tout haut, puis je filai directement aux docks, trouvai sans trop de mal la caisse à laquelle Decker avait été affilié, obtins son adresse, que je connaissais déjà, et demandai ensuite au caissier-payeur s'il pouvait m'indiquer l'adresse d'un ou deux bons copains du défunt.

« Pourquoi que vous me demandez ça ? questionna-t-il, soupçonneux.

— Ben, je lui devais un peu d'argent et, comme il a un môme, je voudrais voir si je peux pas faire quelque chose pour lui.

— Oh !... Ben, y se présentait toujours à la bordée avec un nommé Hooker. Mel Hooker. Un grand maigriot avec une cicatrice en travers de la joue. Vous le trouverez dans un des bistrots du coin. Ils ont été payés ce matin, alors y sera sûrement pas chez lui avant ce soir.

— D'ac. Donnez-moi tout de même son adresse au cas où je le raterais. »

Il consulta ses fiches et griffonna l'adresse sur un bout de papier qu'il me tendit. Je le remerciai et partis en quête de Mel Hooker.

Je le trouvai finalement dans un de ces trous à rats où les types à la coule recueillent les pochards qui se sont fait vider des autres établissements et se débrouillent pour leur faire dépenser leurs derniers dollars. Les gars buvaient au comptoir jusqu'à ce qu'ils ne puissent plus se tenir debout, puis allaient s'asseoir sur l'un des bancs alignés le long des murs. L'un d'eux, ivre mort, était assis par terre, adossé à l'une des cloisons, toutes ses poches retournées.

Je trouvai Mel Hooker dans l'arrière-salle. Il avait une bonne demi-cuite, et ça se voyait. La lueur crue des ampoules jaunes faisait ressortir la longue cicatrice blanchâtre qui courait de son front jusqu'à son menton. Je traversai la salle et vins m'asseoir à côté de lui.

Il me regarda d'un œil vague et dit :

« Casse-toi !

— C'est toi, Mel Hooker ?

— Qu'est-ce que ça peut te foutre ?

— Ça te plairait que je te fende l'autre côté de la gueule, matelot ? »

Il laissa choir son verre et tenta de se lever, mais je le repoussai sans la moindre peine.

« Assis, Mel ! J'ai à te causer. »

Sa respiration sifflait bruyamment dans ses narines.

« J'ai rien à te dire, grogna-t-il.

— T'as sûrement des tas de choses à me dire, Mel. Au sujet d'un de tes copains qui vient de mourir. Y s'appelait William Decker. »

Son visage se congestionna, et sa cicatrice parut plus blafarde encore. Son expression se modifia, et je crus un instant qu'il cherchait quelqu'un du regard. Puis il se leva et désigna une table vacante, dans le coin opposé.

« Allons là-bas, dit-il. Et grouille-toi. »

J'allai faire servir deux verres au comptoir et les emportai dans l'arrière-salle. Mel prit le sien d'une main tremblante. J'attendis qu'il en eût liquidé la moitié pour lui dire :

« A qui Decker devait-il de l'argent, Mel ? »

Pour la seconde fois, il faillit laisser choir son verre, le rattrapa juste à temps, le posa sur la table, s'essuya la bouche et grogna :

« T'es un flic ?

— Je suis un détective privé.

— Tu seras bientôt un détective crevé si tu fous pas le camp d'ici.

— Je t'ai posé une question. »

Il passa sa langue sur ses lèvres craquelées.

« Écoute un peu. Je sais rien de rien. Bill était un copain à moi, mais je m'occupais pas de ses oignons. Et, maintenant, fous-moi la paix.

— Decker devait trois mille dollars à quelqu'un, Mel. C'est pas autour de chez lui qu'il a pu les emprunter, alors ça doit être par ici...

— T'es cinglé.

— Et, toi, t'es vraiment un drôle de copain. »

Hooker baissa la tête et regarda ses mains. Lorsqu'il releva les yeux, son visage était tendu, hermétique.

« Écoute un peu, chuchota-t-il. Bill était mon copain et, si je pouvais l'aider, je le ferais, mais il est mort, et ça le fera pas revenir. Tu vois cette cicatrice qui me barre la gueule ? Ben, j'aime encore mieux ça que d'être mort. Maintenant, casse-toi et fous-moi la paix. »

Mais ce fut lui qui se leva, fendit la foule en titubant et disparut. Je vidai mon verre et fis signe au garçon de le remplir. Il me jeta un regard glacial et rafla le dollar que j'avais posé sur la table.

Tout était trop calme, d'un seul coup, dans la cambuse. Et ce foutu garçon qui n'en finissait pas de revenir avec ma monnaie !

Ça, c'était du billard... Est-ce que ces corniauds-là me prenaient pour un bleu ? Je suivis mon nez jusqu'aux toilettes, fis ce que j'avais à faire et commençai à me laver les mains. Ce fut tout le temps qu'ils me laissèrent pour me recueillir.

Le type en veston croisé qui venait d'apparaître à l'entrée des lavabos avait l'air d'un monsieur qui s'apprête à se payer une bonne tranche de rigolade.

« C'est un costaud, pas vrai ? lança-t-il par-dessus son épaule.

— Ouais... »

Le deuxième type était une espèce de mammouth, tout en graisse et en muscles hypertrophiés.

Le petit sortit un long casse-tête de sa poche, tandis que le gros recouvrait ses phalanges d'un énorme coup-de-poing américain et que la radio se mettait à gueuler à plein rendement dans le silence soudain du bar.

Je jetai la serviette de papier et reculai jusqu'à ce que mon dos touchât la porte. Le petit salopard en bavait de joie. Il faisait tournoyer sa matraque comme un tambour-major d'une façon désinvolte qui en disait long sur ses capacités. Quant à l'autre, il avait l'air trop stupide pour être vraiment humain. Si je ne l'avais pas entendu parler, j'en aurais probablement douté.

Je les laissai venir et ne sortis mon 11,25 qu'à la toute dernière seconde, alors qu'ils s'apprêtaient à me réduire en charpie. C'était le seul langage qu'ils fussent à même de comprendre. J'ignore s'ils avaient un pétard sur eux, mais il était trop tard, à présent, pour qu'ils pussent le sortir. Je placardai le mien en travers de la mâchoire du petit bonhomme au casse-tête, qui s'en alla dinguer dans les pattes du mammouth en poussant un beuglement inarticulé, que j'achevai d'assourdir en lui enfonçant les dents jusqu'au larynx avec le canon de mon 11,25. Le mammouth le repoussa de côté et se mit tellement en pétard qu'il me fonça dans le buffet la tête la première. Je n'eus même pas à me presser outre mesure pour lui flanquer mon pied en plein blair. Il tomba à la renverse et ne bougea plus. Je lui flanquai un second coup de targette dans les gencives. Je lui confisquai illico son coup-de-poing et ramassai la matraque. L'autre zigoto était en train de vomir sur le carrelage et tentait de ramper jusque sous le lavabo. Histoire de rigoler, je lui fis sentir le goût de sa propre matraque. Juste un petit coup sec sur le dessus de la main, et j'entendis nettement les os s'écrabouiller. Il se passerait un bon bout de temps avant qu'il puisse matraquer quiconque avec cette main-là, le gars.

Tout le monde s'écarta lorsque je rentrai dans le bar. Les types faisaient une drôle de tête, je vous jure. A croire que j'avais la peste ou le choléra. Le barman me regarda et frotta ses grosses mandibules l'une contre l'autre. Je jetai le coup-de-poing et la matraque sur le zinc et lui fis signe d'approcher.

« Trois verres, ça fait pas un dollar. Rends la monnaie, fiston, et que ça saute. »

Il me rendit cinquante-cinq cents. Je quittai l'établissement avec l'impression d'être à nouveau moi-même et regagnai ma coquelucharde. Je n'avais plus qu'une chose à faire avant d'aller revoir Pat. Mel Hooker n'habitait pas bien loin de l'endroit où Decker avait vécu, mais il y avait tellement de circulation dans le secteur qu'il faisait presque nuit lorsque je trouvai son adresse. C'était un garni comme tous les garnis, avec le classique écriteau : *Chambre à louer*, et la propriétaire embusquée derrière sa fenêtre, prête à me sourire si j'étais un client et à me foudroyer du regard si je n'étais qu'un visiteur.

Elle me fusilla donc du regard lorsque je lui demandai si Mel Hooker était là.

« Il est rentré y a pas dix minutes, grogna-t-elle, après m'avoir indiqué le numéro de sa chambre. Blindé, naturellement. Tâchez de ne pas faire de raffut ou vous allez vous retrouver tous les deux sur le trottoir. »

Si elle avait été plus aimable, je lui aurais refilé un biffeton. Mais je me contentai de la remercier d'un ton sec et m'engageai dans l'escalier. J'entendis Hooker remuer à l'intérieur de sa piaule. Puis je frappai, et tout bruit cessa. Je frappai encore, et je l'entendis traîner la savate jusqu'à la porte et ouvrir son verrou. Je ne sais pas qui il s'attendait à voir, mais c'était sûrement pas moi. J'achevai de pousser le battant d'un bon coup d'épaule, pénétrai dans la pièce et me perchai sur le coin d'une table. Hooker referma la porte, le visage morne, la lèvre inférieure pendante.

« Bon Dieu ! bégaya-t-il.

— Surpris de me voir, Mel ? »

J'allumai une Lucky et continuai de l'observer à travers la fumée.

« T'es un drôle de dégonfleur, lui dis-je. Tu savais ce que ces gars-là s'apprêtaient à faire au fils de mon père et t'as pas voulu rester pour voir le carnage. Tu n'aimes donc pas la rigolade, Mel ?

— Que.. qu'est-il arrivé ?

— C'est pas la première fois que je me trouve en face de ce genre de petits marrants, lui expliquai-je. Ils auraient dû se souvenir de ma binette. Maintenant, c'est eux qui vont avoir du mal à se souvenir de la binette qu'ils avaient avant. Est-ce que tu t'es taillé aussi, Mel, le jour où tes petits copains sont venus chercher Decker ? »

Il s'effondra sur une chaise.

« Je sais pas de quoi tu veux parler », bégaya-t-il.

Je me penchai vers lui et lui crachai en plein visage :

« Je parle d'un copain à toi qui s'appelait Decker et qui avait besoin de pognon. Il l'a emprunté à un salopard d'usurier, et, quand il a pas pu rembourser le magot à la date convenue, ils lui ont flanqué l'épée dans les reins, sans doute en le menaçant de s'en prendre à son fils, alors il a essayé de piquer un coffre-fort, mais il a gâché le boulot, et ils l'ont buté pour ça ! Est-ce que tu sais, maintenant, de quoi je veux parler ?

— Bon Dieu ! » hoqueta Mel.

Il se cramponna aux bras de son fauteuil et chuchota :

« Fous le camp. Laisse-moi tranquille. J'ai rien à te dire. Pourquoi que tu veux pas me foutre la paix ?

— Qu'est-ce qu'y t'arrive, Mel ? T'étais un dur quand je t'ai rencontré au troquet, ce soir ? Qu'est-ce qui te rend si mou tout d'un coup ? »

La rage déforma sa physionomie. Puis il émit un hoquet étranglé et enfouit son visage dans ses mains.

« Fous le camp, bon Dieu ! Vas-tu me foutre le camp d'ici !

— Sûr, que je vais foutre le camp, mon pote. Quand tu m'auras dit qui serre la vis du pressoir dans le secteur !

— Je peux pas, bon Dieu ! Je te dis de me laisser tranquille...

— C'est des durs, hein, Mel ! Plus durs que ceux que tu m'as collés ce soir sur les reins ? »

Péniblement, Mel avala une gorgée de salive.

« Je t'ai pas...

— Charrie pas, matelot ! coupai-je. Ces deux types ne se trouvaient pas là par hasard. Et ce n'est pas pour moi non plus qu'ils étaient là. T'es repéré, pas vrai ? »

Il ne répondit pas.

« C'est pour toi qu'ils étaient là, hein, Mel ? continuai-je. Et t'as cru que c'était une bonne occasion de te débarrasser d'eux en me les flanquant sur le râble. Pas vrai ? »

Il leva son index et le promena doucement tout le long de sa cicatrice.

« Écoute, murmura-t-il, je me suis fait sabrer la gueule une fois déjà. Je veux plus me frotter à ces gars-là. Sincèrement, j'ai rien fait pour te les coller sur le dos. Je sais pas pourquoi y-z-étaient là, mais y-z-y-étaient, et c'est tout ce que je sais.

— Alors, t'es coincé, toi aussi ! commentai-je.

— Non ! » beugla-t-il.

Son visage était blême, et un peu de salive coulait sur son menton.

« Je suis blanc comme neige et je sais pas pourquoi y me tournent autour ! Et toi ! Pourquoi qu'y faut que tu viennes me relancer jusque chez moi ?

— Parce que je veux savoir pour quelle raison ton copain Decker avait besoin de galette.

— Bon Dieu ! Sa femme était mourante. Fallait bien qu'il ait ce pognon ! Comment que j'aurais pu savoir qu'y pourrait pas le rembourser ?

— Rembourser combien ? Et à qui ? »

Instantanément, il se referma comme une huître.

« Vous avez une mutualité pour ce genre de truc, non ? »

Cette fois-ci, il cracha sur le sol.

« Chez qui que tu l'as conduit, Mel ? »

Il ne répondit pas. Je me relevai, le saisis au collet et le remis brutalement sur pied.

« Chez qui l'as-tu conduit, Mel... Ou veux-tu que je te fasse voir ce qui est arrivé aux deux gros durs là-bas, au troquet ? »

Il n'essaya pas de se débattre. Il n'essaya pas de se dégager. Il se contenta de pendre comme une loque au bout de mon bras...

« Bill avait besoin de galette, chuchota-t-il. On avait un tuyau sur un canasson... On a réuni ce qu'on avait...

— Et alors ?

— On a gagné. C'était pas assez, alors on a tout rejoué sur un autre canasson, seulement Bill a emprunté quelques centaines de dollars à un usurier pour pouvoir parier plus gros. On a regagné encore une fois, et j'ai retiré mes billes du jeu. Bill a cru que c'était le moment de tenter le grand coup : il a remboursé son pognon au requin et, juste après, il l'a retapé de mille dollars, pour ajouter à ce qu'il avait déjà, mais cette fois-ci, au lieu de faire un coup fumant, il a tout repaumé.

— O. K. ! Alors Bill devait mille dollars... »

Mel secoua tristement la tête.

« Si ç'avait été que ça... Mais c'est vingt pour cent la semaine, et, à ce tarif-là, ça grimpe vite. »

Je le lâchai. Il retomba sur sa chaise.

« Et, maintenant, le nom du requin, Mel ! »

Ce fut à peine si je l'entendis murmurer :

« Dixie Cooper. On peut le trouver au *Glass Bar*, dans la 8e Avenue. »

Je sortis sans refermer la porte derrière moi. La propriétaire m'attendait dans le vestibule. Elle ne dit rien jusqu'à ce que Mel eût claqué sa porte. Alors elle poussa une sorte de grognement et s'écarta de mon chemin.

Le ciel était en train de réchauffer une nouvelle averse. J'appelai Pat d'un drugstore et le trouvai à son bureau. Je lui dis de m'attendre et regagnai ma bagnole.

Le Central ressemblait à une ruche sans abeilles lorsque j'y fis mon entrée. Il n'y avait qu'une seule voiture-radio devant la porte, le liftier lisait un illustré dans sa cabine, et presque tous les gars du service de nuit erraient comme des âmes en peine à la recherche d'une occupation.

L'ascenseur me déposa à l'étage de Pat. Une machine à écrire cliquetait frénétiquement quelque part dans le voisinage, et, lorsque je poussai la porte, Pat était en train de fourrager à pleins bras dans les tiroirs de son classeur.

« Assieds-toi, Mike, j'arrive », dit-il.

Je parquai ma carcasse dans un fauteuil et le regardai travailler pendant une dizaine de minutes. Lorsqu'il eut fini, je lui demandai en l'honneur de quel saint il passait ses nuits à bosser.

« En l'honneur de la Saint-District Attorney, répliqua-t-il. Le district attorney tient tout le monde sur les dents avec cette histoire de racket du jeu.

— Qu'est-ce qu'il a à s'agiter comme ça, ce n'est pas une année d'élection ? Et ce n'est pas encore lui qui empêchera les gars de jouer. Ça a toujours existé et ça existera toujours. »

Pat s'assit en face de moi.

« Il a des scrupules. Il veut avoir Ed Teen et sa bande.

— Il n'aura pas Ed Teen !

— Il essaie, en tout cas.

— Et toi ? Qu'est-ce que tu fous là-dedans ? »

Pat haussa les épaules.

« Il y a des années que les district attorneys successifs essaient de venir à bout du trust des paris. Et ça n'a jamais réussi... faute de preuves. Aucune descente chez les books n'a jamais rien donné depuis que la police a commencé à s'intéresser à eux.

— Il y a une voie d'eau dans la cale ?

— Qu'est-ce que tu racontes ?

— Une fuite ?

— Naturellement. Ed Teen a quelqu'un qui le renseigne dans le bureau même du district attorney, c'est pourquoi le district attorney veut avoir sa peau. C'est pour lui un affront personnel, et il ne peut pas supporter ça sans réagir. Comme il lui est impossible d'épingler Teen, il est en train de diriger une enquête sur son passé. On sait très bien que Teen et Grindle ont fait pas mal de sales coups, et, si on arrive à leur coller un meurtre sur les bras, il ne nous restera plus qu'à les cueillir.

— Tu parles ! Mais pourquoi le district attorney ne bouche-t-il pas cette fameuse fuite ? »

Les lèvres de Pat firent une étrange gymnastique.

« Il est entouré de gars en qui il a toute confiance, et en qui j'ai confiance, et nous n'avons rien trouvé d'anormal jusqu'ici. Nous passons tout le monde au crible. Nous avons même été jusqu'à vérifier s'il n'y avait pas de dictaphones planqués quelque part ! Ça paraît impossible, mais la fuite n'en existe pas moins. Le district attorney fait exécuter à l'improviste des raids organisés moins d'une heure auparavant, et, quand les voitures arrivent sur les lieux, ils ne trouvent plus un chat dans le secteur. C'est infernal !

— Tu parles ! répétai-je. Le district attorney s'attaque à des gars qui sont plus malins que lui. Il y a aussi beaucoup plus longtemps qu'ils opèrent. Penses-tu pouvoir te libérer de bonne heure, ce soir ?

— Impossible, Mike. »

Il désigna l'imposante pile de paperasses qui trônait sur son bureau.

« J'ai encore au moins trois heures de boulot. »

La machine à écrire s'arrêta brusquement dans la pièce adjacente, et, quelques instants plus tard, une petite brune potelée pénétra dans le bureau de Pat, une corbeille à courrier à la main. Derrière elle marchait une autre brune ni petite ni boulotte. Elle avait tout ce que l'autre n'avait pas et le portait avec autant de discrétion qu'un étendard.

« Miss Scobie, je vous présente Mike Hammer, dit la petite brune boulotte en repartant vers la sortie.

— Enchantée. J'ai souvent entendu le district attorney parler de vous », me dit la brune ni petite ni boulotte.

Je m'esclaffai :

« En mal, j'espère !

— Naturellement. »

Elle éclata de rire et se mit à classer par catégories les paperasses empilées sur le bureau de Pat.

« Miss Scobie est l'une des secrétaires du district attorney, m'expliqua Pat avec un sourire en coin. Il m'a prêté trois de ses collaboratrices pour faire le travail manuel.

— Le travail manuel, ça me connaît ! » ricanai-je.

La gosse Scobie dirigea vers moi le plein feu de ses yeux bleu foncé.

« J'ai aussi entendu parler de ça, souligna-t-elle.

— Vous devriez prendre vos renseignements à la source », répliquai-je.

Elle arrima soigneusement ses dernières paperasses, les réunit à l'aide d'une agrafe, reprit le chemin de la sortie et lança au passage :

« Peut-être ! »

Les intonations de sa voix firent courir une sorte de frisson le long de ma colonne vertébrale.

« Toi et le sexe... soupira Pat lorsqu'elle eut refermé la porte derrière elle.

— Bah !... Il en faut bien, ripostai-je.

— Miss Scobie n'a besoin de personne pour lui tenir la main lorsqu'elle traverse une rue encombrée, m'informa-t-il avec amabilité. Son nom ne te rappelle rien ?

— Non. Il devrait me rappeler quelque chose ?

— Pas obligatoirement. Ses parents sont de grosses légumes dans le Texas. Son vieux a un ranch où il élevait des chevaux avant qu'on y trouve du pétrole. Maintenant, il profite de la vie et élève des chevaux de course, histoire de se distraire.

— L'écurie Scobie ?

— En personne ! Ellen est sa fille. Elle et son vieux ont eu une prise de bec alors qu'elle avait dix-huit ans, elle a fait ses valises et elle est partie. Elle travaille chez nous depuis ce temps-là, il y a de ça une bonne douzaine d'années. Elle n'est guère aimée sur les champs de courses. Quand elle parie sur un canasson, il arrive !

— Alors pourquoi diable se donne-t-elle la peine de bosser ici ?

— Demande-le-lui.

— Pour l'instant, c'est à toi que je le demande.

— Son vieux l'a déshéritée parce qu'elle refusait d'épouser le fils de son meilleur copain. Il a juré qu'elle n'aurait pas un traître centime de son argent. Alors elle ne joue que lorsqu'il y a un crack de l'écurie Scobie dans la course, et, avec ce qu'elle sait sur les canassons, il n'est pas commode de lui faire prendre des vessies pour des lanternes... A chaque fois qu'elle gagne, elle télégraphie au vieux le montant de ses gains, et papa Scobie pique une bonne crise. Mais, si t'as l'intention de lui demander un tuyau, tu fais fausse route, elle ne te le passera pas.

— Et le district attorney se sert d'elle pour essayer d'avoir le syndicat des books ?

— Un chroniqueur a raconté son histoire en long et en large dans un hebdo il y a de ça quelques années, et elle est trop connue, maintenant, pour pouvoir servir à quelque chose dans ce domaine. »

Je me carrai contre le dossier du fauteuil et regardai le plafond.

« Une fille du Texas, soupirai-je. J'aime la façon dont elles sont roulées.

— Moi aussi, grogna Pat, mais redescendons sur terre, veux-tu ? Quoi de neuf ?

— Decker.

— C'est pas du neuf. On cherche toujours le conducteur de la Buick. Quant à la Buick elle-même, on l'a retrouvée. »

Je me redressai.

« Tu n'as pas gaspillé toutes tes balles, ce soir-là, continua Pat. L'une a fracassé la fenêtre de derrière et l'autre a percé le réservoir d'essence. On l'a retrouvée abandonnée dans Brooklyn.

— Une voiture volée ?

— Cette question ! Les pruneaux venaient de ton pétard, les empreintes des pneus concordaient avec celles qui ont été relevées sur le cadavre écrabouillé, et il n'y avait pas une seule empreinte digitale potable dans la bagnole.

— Magnifique !

— On tardera pas à épingler le conducteur.

— Magnifique, te dis-je. »

Pat me jeta un regard dégoûté.

« Qu'est-ce que tu veux de plus pour l'instant ? »

J'allumai une cigarette.

« Écoute, Pat, t'es tombé sur la tête si tu crois que c'est aussi simple que ça le paraît. Decker devait plusieurs milliers de dollars à un usurier, et, s'il a fait ce qu'il a fait, c'est parce qu'il avait l'épée dans les reins. Il était fou de son mioche, et ils l'ont sans doute menacé de s'en prendre au môme s'il ne marchait pas dans le bon sens.

— Et alors ?

— Bon Dieu ! T'es pas en train de devenir aussi cynique que les autres flics, non ? Tu veux que des trucs comme ça continuent à se produire ? Tu veux qu'on continue à ramasser des macchabées sur les trottoirs, simplement parce qu'un salopard quelconque veut sa galette ? Qui est-ce qui est à blâmer dans une histoire comme ça : le pauvre bougre comme Decker qui ne peut pas rembourser ce qu'on lui demande, ou le salaud qui le fait buter s'il ne paie pas ?

— Il y a une loi contre les prêts usuraires !

— Ouais. Y a une loi contre le jeu aussi. »

Le visage de Pat rougit de colère. Je lui posai ma question suivante sans lui laisser le temps de reprendre son souffle :

« Qui est-ce qui dirige le racket actuellement ?

— C'est pas mon rayon, Mike, et tu le sais très bien.

— Ça devrait l'être. Deux hommes sont morts à cause de ça… jusqu'à présent. Et ce que je veux savoir, c'est s'ils sont organisés ou s'ils travaillent chacun pour soi.

— Fallon a dirigé le racket jusqu'à sa mort. Ensuite quelqu'un d'autre a pris les requins sous son aile, mais j'ignore qui.

— Fallon ? Fallon ? Il est mort depuis 1940, et on parle encore de lui ?

— Tu m'as questionné, je t'ai répondu », dit Pat.

J'acquiesçai.

« Qui est Dixie Cooper, vieux frère ? »

Ses yeux se plissèrent.

« Où prends-tu tes renseignements, Mike ? Tu as des oreilles qui traînent dans tous les coins !

— Qui est Cooper ?

— Un mouton, d'une part. Aucune source de revenu bien précise, d'autre part. Il s'intitule « intermédiaire ». Il sait où se trouve quelque chose que quelqu'un veut acheter, il fait conclure l'affaire et touche un pourcentage du vendeur comme de l'acheteur. Du moins, c'est lui qui le dit !

— Des clous, oui ! Ce gars-là est un requin. C'est à lui que Decker devait du pognon.

— Tu peux le prouver ?

— Et comment !

— Prouve-le-moi, et on le coffre. »

Je me levai et remis mon galure.

« Je vais te le prouver, prophétisai-je. Quand j'en aurai fini avec lui, il ne sera que trop content de venir bavarder avec un gars en uniforme… histoire de ne pas avoir les bras transformés en tire-bouchons.

— Vas-y mollo, Mike, recommanda Pat.

— Ouais. Je n'irai pas plus fort qu'ils n'y sont allés avec Decker. Te casse pas le crâne à mon sujet. »

Il me regarda partir, le front soucieux, et répondit à mon « au revoir » par un léger hochement de tête. En tirant la porte après moi, je le vis allonger la main vers le téléphone.

La petite boulotte sortait justement du bureau d'à côté. Je lui souris poliment, elle me rendit mon sourire et poursuivit sa route dans la direction de l'ascenseur. Lorsqu'elle eut disparu à l'intérieur de la cabine, je revins sur mes pas, ouvris la porte qu'elle venait de refermer et passai ma tête dans l'entrebâillement. Le pied sur une chaise, la robe haut relevée, Ellen Scobie arrangeait son bas.

« Joli mollet », commentai-je.

Elle me regarda sans se donner la peine de rabaisser sa robe, comme l'eussent fait la plupart des femmes.

« L'autre est exactement pareil, me dit-elle simplement.

— On peut voir ? »

Elle se redressa et releva lentement sa robe. Elle avait raison ; l'autre jambe était aussi ravissante, mais je ne songeais guère à les comparer. Je soupirai :

« J'adore les brunes.

— Vous adorez toutes les femmes, oui. »

Elle laissa retomber sa robe.

« Surtout les brunes. Qu'est-ce que vous faites, ce soir ?

— Je sors avec vous, j'imagine ? Est-ce que vous n'avez pas quelque chose à m'apprendre sur le travail manuel ?

— Je ne pense pas que vous ayez quoi que ce soit à apprendre, blondie », rétorquai-je.

Elle éclata de rire et glissa son bras sous le mien.

« J'adore les goujats. Allons-y. »

Nous repassâmes devant le bureau de Pat. Il téléphonait toujours, et sa voix était pressante, mais je ne pus comprendre ce qu'il disait.

« Vous ne réalisez certainement pas, dit Ellen lorsque nous fûmes installés dans ma bagnole, que, si jamais on m'aperçoit en votre compagnie, mon patron vous fera éplucher des pieds à la tête.

— Ça m'est égal, s'il vous charge de la besogne ! »

Elle fit claquer sa langue.

« Vous savez très bien ce que je veux dire. Il commence à ne même plus avoir confiance en lui-même.

— Inutile de vous inquiéter à mon sujet, bébé. Il m'a fait éplucher si souvent qu'il connaît jusqu'à l'emplacement de mes grains de beauté. Qui diable peut bien passer les tuyaux à l'extérieur, avec les précautions qu'il prend ?...

— Si je pouvais le découvrir, j'aurais de l'avancement ! En ce moment, on va jusqu'à brûler devant un policier le contenu des corbeilles à papiers. Vous savez ce que je pense ?

— Non, mais je vais le savoir.

— Quelqu'un s'embusque dans l'un des immeubles d'en face et lit sur les lèvres à l'aide d'une longue-vue. »

Je me mis à rire.

« Vous en avez parlé au district attorney ?

— Je le lui ai dit en plaisantant, s'esclaffa-t-elle. Et savez-vous ce qu'il a fait ? Il a donné l'ordre de descendre tous les stores ! Personne ne peut plus me voir, maintenant, au bureau. »

Elle jeta un coup d'œil au dehors et me regarda curieusement.

« Où va-t-on ? s'enquit-elle.

— Rendre visite à une fripouille. »

Elle n'émit aucun commentaire, et ce fut seulement lorsque je l'entraînai dans la direction du *Glass Bar*, après avoir laissé la bagnole dans le parc de stationnement de la 52e Rue, qu'elle esquissa une moue péjorative. Je m'informai :

« Déjà venue dans cette boîte, bébé ?

— Oui. Et, la dernière fois que j'y suis venue, il y a trois femmes qui ont essayé de me faire de l'œil, et le crétin qui était avec moi a eu le front de trouver ça drôle !

— Si j'avais été là, je les aurais bien remplacées toutes les trois à moi seul, dis-je avec conviction.

— Oh ! vous aurez l'occasion de me prouver votre flamme avant peu ! » répliqua-t-elle d'un ton parfaitement naturel.

Je sentis un frisson délicieux se faufiler entre mes omoplates.

Je remis mon galure à la rouquine du vestiaire.

« Dixie Cooper est arrivé ? »

Elle se pencha par-dessus son comptoir et jeta un coup d'œil dans le bar.

« Je ne le vois pas, murmura-t-elle. Il doit être dans l'arrière-salle. Il est arrivé il n'y a pas une demi-heure. »

Dans l'arrière-salle, il n'y avait que quatre tables occupées, et les gens qui étaient assis autour ne répondaient nullement à l'idée que je me faisais de Dixie Cooper. Puis je repérai le gars qui lisait un journal du soir au fond de l'arrière-salle en sirotant un demi de brune. Sa tignasse rejoignait presque ses sourcils, et ses incisives lui sortaient de la bouche comme des crocs. Assis en face de lui, un pédé aux cheveux oxygénés essayait vainement d'engager la conversation. Il me décocha un sourire radieux lorsque je m'assis à côté de lui. Puis il aperçut Ellen et fit une grimace de dégoût.

« Décanille, Joséphine », lui dis-je.

Il haussa dédaigneusement les sourcils et fila.

Dents de Phoque n'avait même pas levé les yeux.

Ellen s'assit près de moi, posa ses coudes sur la table, et, le sourire aux lèvres, attendit les événements.

« ... C'que vous voulez ? » grogna Dents de Phoque.

Je dégainai mon 11,25 et l'insérai délicatement entre le gars et son canard, lui laissai le temps de l'examiner sur toutes les coutures, puis le rengainai et m'assis.

« Tu es bien Dixie Cooper ?

— Ouais », souffla-t-il.

Il ne devait plus avoir un poil de sec, et ses yeux ne quittaient pas la bosse que faisait mon 11,25 sous mon veston. Je commençai mon petit discours :

« Il était une fois un gars qui s'appelait William Decker. Il t'a emprunté de l'argent il n'y a pas bien longtemps de ça et, maintenant, il est mort et trépassé. »

Cooper se lécha les lèvres et tenta vainement de secouer la tête.

« Écoute... je...

— Ta gueule ! »

Je le laissai mijoter dans son jus pendant quelques secondes. Je grondai : « Qui l'a descendu ?

— Bon sang, j'y suis pour rien... C'est pas moi qui l'ai buté... Je te jure que...

— Espèce de petit salaud ! Tu lui as mis le couteau sur la gorge pour qu'il te crache le pognon, et il a fallu qu'il pique un coffre-fort pour pouvoir se libérer ! »

Il releva brusquement la tête, ses dents de phoque plus saillantes que jamais.

« Eh ! explique-toi. J'y pige que dalle. Je lui avais donné mille dollars et y me les a repayés le surlendemain. Sans chiqué, je te jure…

— Une minute ! Tu dis qu'il t'a payé le surlendemain ? »

Il approuva vigoureusement.

« Tu parles ! Intégralement ! Le surlendemain !

— Tu sais ce qu'il avait fait avec le pognon ?

— Ouais. Il avait un tuyau sur un canasson.

— Sûr. Mais il a perdu. Et ça signifie qu'il a trouvé le pognon autre part. Où ça ?

— Comment tu veux que je le sache ? Tout ce que je sais, c'est qu'il m'a repayé. »

Je lui souris, et il se remit à trembler.

« Tu sais ce qu'y t'arrivera, Dixie, si jamais je découvre que tu m'as raconté des histoires ? » dis-je doucement.

Il devait le savoir, effectivement, car ses dents s'entrechoquèrent. Et, vu la dimension de ses dominos, ça faisait un drôle de boucan.

« Bon sang, mais je peux le prouver, bégaya-t-il enfin. Y… y m'a repayé chez Bernie Herman… au bar. Demande à Bernie, il était là. Il l'a vu me donner le pognon et y s'en souviendra, parce que j'ai payé une tournée générale. T'as qu'à lui demander. »

Je me remis à rigoler et passai le 11,25 à Ellen sous la table. Dixie avait l'air de ne même plus pouvoir avaler sa salive.

« J'y vais de ce pas, mon pote, lui dis-je. S'il essaie de se défiler, collez-lui un pruneau dans les guibolles, Ellen ! »

Elle aurait fait une actrice étonnante. Son sourire se teinta de froide détermination, et ce n'était pas parce qu'elle le pensait, mais parce qu'elle était en train de s'amuser comme une folle.

Je trouvai dans l'annuaire le numéro de Bernie Herman, et le gars me répéta textuellement ce que Dixie m'avait dit. Lorsque je les rejoignis, ils n'avaient pas bronché d'un pouce, mais la salive de Dixie devait être à deux doigts de l'étrangler.

Ellen me rendit mon pétard, je le glissai dans son étui et je fis signe de partir au moment précis où le garçon se décidait finalement à venir nous demander ce que nous allions prendre.

« Ton copain t'a blanchi, Dixie. Et je te conseille de rester blanc si tu tiens à ta peau. Tu piges ? »

Une goutte de sueur lui coula dans l'œil, et il baissa instinctivement sa paupière. Ce fut sa seule réponse.

« Apporte-lui un whisky, mon pote, dis-je au garçon. Il en a besoin… Un double, même, pendant que tu y es. »

Je quittai l'arrière-salle, Ellen dans mon sillage, et fendis la foule dans la direction de la sortie. Le bar se remplissait de seconde en seconde, et je n'aurais peut-être pas vu Lou Grindle si je n'avais trébuché sur un pied qui traînait au milieu du chemin. Assis en face de Lou crânait un type qui avait l'air d'un banquier de Wall Street, avec cette différence que ce n'était pas un banquier, mais le plus grand bookmaker sur la place de New York.

« Ton petit copain est toujours à la morgue, Lou, ricanai-je. Qu'est-ce que t'attends pour lui commander des funérailles nationales ?

— C'est un de tes copains, Lou ? s'informa poliment Ed Teen.

— Sûr qu'on est bons copains, pas vrai, Lou ? Un de ces jours, je lui enfoncerai les dents jusqu'aux amygdales. »

Lou ne me quittait pas des yeux. Mes facéties ne l'effrayaient pas le moins du monde. J'allais continuer sur le même ton, mais Ellen me flanqua une petite poussée par-derrière, je repris mon galure au vestiaire, et nous allâmes récupérer ma bagnole. Ellen me regardait comme si elle avait eu peur que je la morde.

« Grand Dieu, Mike, une plaisanterie est une plaisanterie, mais vous allez un peu loin ! Savez-vous qui sont ces deux types ?

— Et comment ! De la canaille. Vous voulez que je vous apprenne quelques gros mots qui leur conviennent parfaitement ?

— Mais... ils sont dangereux.

— Je l'ai entendu dire. Pourquoi ? Vous les connaissez ?

— Naturellement. Mon patron donnerait dix années de sa vie pour pouvoir les amener devant le tribunal. Je vous en prie, Mike, allez-y doucement quand je suis avec vous. J'aime bien plaisanter, mais ces deux types... »

Je la pris par les épaules et la pressai doucement contre moi.

« Écoutez, Ellen, quand des zigotos comme ces deux-là me flanqueront la chair de poule, je prendrai ma retraite. Ces gars-là sont des durs parce qu'ils disposent des armes et des tueurs qu'ils achètent avec leur pognon, mais foutez-les à poil, et, une fois débarrassés de leurs armes et de leur pognon, c'est rien de plus que deux vers de terre qui se tortillent dans la boue à la recherche d'un trou pour s'y planquer !

— Je veux bien vous croire, Mike, mais, pour l'instant, j'ai besoin de boire un verre, et un grand ! J'en ai l'estomac retourné. »

Je posai ma main sur son estomac, reçus son coude dans les côtes, éclatai de rire et l'emmenai prendre un solide vulnéraire dans un autre bar. Ensuite, sur sa propre demande, je la ramenai chez elle, et, lorsque nous parvînmes à destination, elle me demanda si je ne voulais pas monter boire quelque chose et grignoter un sandwich ou deux.

« Je croyais que c'était plutôt à moi de faire ce genre de suggestion ! m'esclaffai-je.

— Les temps ont changé. Surtout quand on arrive à mon âge. »

Lorsque je vis l'intérieur de l'appartement, je louchai dans la direction d'Ellen :

« Ça vous rapporte combien par mois, le métier de secrétaire ? »

Elle éclata de rire.

« Beaucoup moins que ça, en tout cas, riposta-t-elle. Mais je partage cet appartement avec deux de mes collègues, alors tout est divisé par trois. Vous en avez vu une ce soir.

— La petite brune boulotte ?

— Oui. C'est Patty. Elle a d'autres qualités qui attirent les hommes.

— De la galette ? »

Ellen acquiesça.

« Alors, pourquoi travaille-t-elle ?

— Mais pour rencontrer des hommes, naturellement.

— Bon sang, est-ce que toutes les filles courent après tous les garçons ?

— On le dirait. Trouvez-vous un siège pendant que je vais préparer les sandwiches. Vous voulez quelque chose à boire ?

— De la bière, si vous en avez. »

Elle fit un signe affirmatif, disparut dans la cuisine et revint quelques minutes plus tard avec la bière et trois sandwiches sur un plateau. Patty n'était pas encore rentrée, mais le raid d'Ellen dans le réfrigérateur avait réveillé la troisième colocataire de l'appartement, une grande bringue à bouclettes, vêtue d'une chemise courte, qui sortit de sa chambre et s'empara d'un des sandwiches avant même de m'apercevoir.

Puis elle me vit et dit :

« Salut ! »

Je répondis :

« Salut ! »

Elle fit : « Hmmmm ! » et mordit le sandwich à belles dents.

Sa chemise était si courte que le simple fait de lever les bras la fit remonter un peu trop haut. Ellen s'interposa pour me donner mon verre de bière et lança par-dessus son épaule :

« Ou tu enfiles une robe de chambre, ou tu retournes te coucher immédiatement.

— Avec toi dans le voisinage, il me faut bien un handicap ! » riposta l'autre, la bouche pleine.

Mais elle réintégra sa chambre.

Nous dévorâmes nos sandwiches et bûmes de la bière et bavardâmes jusqu'à ce que j'annonce qu'il était temps que je regagne mes pénates, et Ellen me regarda avec une expression qui sous-entendait que je n'avais nul besoin de regagner mes pénates si je n'en avais pas envie. Je lui exposai l'arrangement que j'avais fait avec l'infirmière au sujet du gosse, insistant sur le fait que j'avais déjà un drôle de retard pour aller le border dans son lit.

« Mais il n'est pas trop tard pour me border dans le mien, Mike », dit-elle.

Elle se leva d'un bond, avec la grâce impétueuse d'un chat sauvage. Nos yeux se croisèrent au passage, et je me sentis positivement embrasé par l'ardeur passionnée qui brûlait derrière ses prunelles sombres.

Elle m'appela une minute plus tard. Il n'y avait aucune lumière dans sa chambre, en dehors de celle qui provenait de la pièce voisine. J'entendais sa respiration accélérée, et ce fut d'une main tremblante que je me collai une cigarette entre les lèvres.

« Mike... » chuchota-t-elle.

Je frottai une allumette.

Ses cheveux étalés sur l'oreiller étaient une masse de bronze en fusion. Ses dents luisaient, régulières et blanches, entre ses jolies lèvres rouges. Le drap qui la couvrait moulait la ferme plénitude de ses seins. La beauté d'Ellen était celle de la maturité, et sa sensualité n'était qu'un des modes d'expression de sa vitalité triomphante. Bigre ! Il n'y avait pas que les chevaux qui étaient de pure race, chez les Scobie.

« Borde-moi dans mon lit, Mike. »

J'obéis, puis la contemplai jusqu'à ce que l'allumette s'éteignît. Elle souriait.

« J'adore les brunes, murmurai-je.

— Tu es un Joseph, Mike, s'esclaffa-t-elle.

— Tu me l'as déjà dit ce soir. »

Je quittai la chambre à reculons.

« Tu es un plus grand Joseph que je ne le pensais », cria-t-elle.

Puis elle éclata de rire, et le fameux frisson se remit à faire des siennes le long de mon épine dorsale.

Je pensais toujours à elle lorsque j'enfonçai ma clef dans ma propre serrure. J'y pensais beaucoup trop pour songer à être prudent. Mais, lorsque je tournai la clef, je rencontrai une certaine résistance, et ce fut en jurant que j'ouvris la porte d'un coup d'épaule, puis je me jetai à quatre pattes. Quelque chose siffla au-dessus de ma tête, je captai un bras, tirai de toutes mes forces et culbutai le gars par-dessus moi.

Si j'avais pu sortir mon 11,25, je lui aurais truffé les tripes, et comment ! Je dus me contenter de relever brutalement un de mes genoux à destination de son bas-ventre et ratai mon but de justesse. Le truc qu'il avait à la main s'abattit sur mon épaule, et je sentis mon bras s'ankyloser, tandis que son autre main se refermait autour de ma gorge.

Je parvins à dégager l'un de mes pieds, le lui flanquai dans le ventre. Il poussa un gémissement rauque et se plia en deux au-dessus de moi.

Je crus que c'était arrivé. Je voulus me redresser, et ce fut alors qu'il passa à la contre-offensive. Le truc en question m'atterrit en travers de la tempe, j'entendis le gars se relever, se glisser hors de chez moi et dégringoler l'escalier ; je songeai que tout ça ne serait pas arrivé si j'avais pensé à vérifier le dispositif d'alarme qui me permettait de voir si ma serrure avait été chatouillée ou non, je songeai que j'y aurais pensé si je n'avais pas eu devant les yeux l'image d'Ellen immobile et souriante sur un lit que je n'avais pas le loisir de partager...

Et ce fut tout.

4

Le navire était en perdition, et j'essayais vainement d'agripper le bord du bastingage...

Puis je m'aperçus que ce que je prenais pour la sirène n'était que la sonnerie du téléphone, qu'un poing martelant la porte figurait le bruit des machines expirantes et que j'étais allongé sur mon propre plancher, en train d'essayer de ramper pour attraper le bord de la table.

« Oh ! Bon Dieu... ma tête ! » grognai-je.

Je parvins à me relever. La porte n'était pas fermée à clef, ils n'avaient pas besoin de cogner comme ça ! Le battant était si lourd que j'eus un mal de chien à l'ouvrir d'une seule main.

Je devais avoir une drôle de tirelire, car l'infirmière recula d'un pas en serrant le gosse contre son cœur. Ou le môme n'était pas impressionnable, ou bien il avait l'habitude de voir des binettes boursouflées et pas rasées... Il se mit à rire tout ce qu'il savait en me voyant apparaître !

« Entrez », marmottai-je.

Elle n'en avait pas envie, mais elle entra tout de même. Elle avait l'air drôlement en pétard.

« Monsieur Hammer... commença-t-elle.

— Oh ! ça va, prêchez pas ! C'est pas un lendemain de biture ! J'ai failli me faire fracturer le crâne, oui ! »

Je jetai un coup d'œil vers les fenêtres et précisai :

« Hier soir. Ici même. Je suis désolé de vous avoir laissé le gosse toute la nuit, mais je vous dédommagerai... Saloperie de téléphone... Allô ! allô !

— Mike ? »

C'était la voix de Pat.

« Ouais, c'est moi. Ou, du moins, ce qu'il en reste !

— Quoi ? »

Il avait l'air en pétard, lui aussi.

« Rien. Je me suis fait démolir la cafetière, hier soir, dans ma propre piaule. Et le salopard a mis les bouts, comme de juste.

— Écoute, Mike. Faut que tu rappliques ici aussi vite que possible, tu piges ?

— Qu'est-ce qu'il y a encore ?

— Du grabuge, fiston, et t'es dans le bain... Sacré nom de Dieu ! Mike, combien de fois y faudra que je te dise de pas fourrer ton nez dans les affaires des flics ?

— Eh ! minute...

— Y a pas de minute qui tienne. Rapplique avant que le district attorney t'envoie chercher. On a un autre meurtre sur les bras, et je te répète que t'es dans le bain ! »

Je raccrochai et me pris la tête à deux mains. Elle allait sans doute éclater d'un instant à l'autre, et le plus tôt serait le mieux !

Puis l'infirmière poussa un cri aigu et faillit se rompre le cou en cavalant derrière le môme. Il était à quatre pattes sous la table et il avait déjà la main sur mon 11,25 qui gisait sur le plancher. Elle envoya balader le pétard d'un coup de pied et reprit le mouflet sur ses genoux.

Pas d'erreur, la journée s'annonçait tranquille.

Quelqu'un d'autre frappait à la porte. J'allai ouvrir et me trouvai nez à nez avec un livreur en uniforme.

« C'est vous, Mike Hammer ? s'informa-t-il.

— Hon ! »

Il me remit un carton, je signai sur son calepin et lui glissai un quart de dollar. Le paquet venait d'une boutique qui s'appelait « Le Paradis du Bambin ». Il était plein de barboteuses et de trucs et de machins auxquels était jointe une courte note :

Mon cher Mike,
Les hommes ne valent pas grand-chose en la matière, c'est pourquoi je
me permets de vous envoyer ces quelques vêtements pour votre petit protégé.
Vous me direz s'ils sont bien à sa taille.

Marsha.

L'infirmière m'observait d'un air soupçonneux. Je lui tendis le carton et m'installai dans un bon fauteuil.

« Avant que vous vous remettiez à m'engueuler, laissez-moi vous expliquer quelque chose. Le père du môme s'est fait buter. Assassiner, comme vous dites ! Ce mioche est orphelin, et j'essaie de trouver le salaud qui a fait de lui un orphelin ! Il y a des gars qui désapprouvent mon idée, et ils ont des façons un peu particulières de me le faire savoir, mais ce n'est pas ça qui m'arrêtera. Il est possible qu'ils essaient encore, et vous nous rendriez un fier service, à moi et au gosse, si vous acceptiez de vous charger de lui tout de même jusqu'à ce que ce gâchis soit éclairci. D'ac ? »

Pendant quelques secondes, son visage demeura inexpressif, puis elle sourit.

« Je crois que je commence à comprendre, dit-elle.

— Très bien. Des mesures vont être prises pour assurer l'avenir du gosse. Ce ne sera pas long. »

Je palpai ma tempe et fis la grimace.

« Il vaudrait peut-être mieux que j'y jette un coup d'œil », suggéra l'infirmière.

Je pris le môme sur mes genoux pendant qu'elle tripotait ma bosse. Si elle avait trouvé un trou, je n'en aurais pas été autrement surpris. Finalement, elle se redressa et reprit possession du mioche.

« Rien de grave, je pense, mais vous feriez tout de même mieux de voir un médecin.

— Entendu.

— Vous savez, monsieur Hammer, j'ai vu pas mal de souffrance au cours de ma vie. Ce n'est pas un spectacle nouveau pour moi. Tout ce que je vous demande, c'est de n'en rien rapporter au petit...

— Rien n'arrivera au petit. J'y veillerai. Vous vous occuperez de lui jusqu'à ce que...

— Oui, je prendrai soin de lui. »

Elle s'interrompit, et son front se plissa.

« Il y a des tas de chiens enragés dans cette ville, murmura-t-elle, et qui risquent de n'être jamais attrapés.

— Les chiens enragés, je les abats, répliquai-je.

— Oui, je l'ai entendu dire également. Bonne chance, monsieur Hammer. »

Elle prit le mioche et le carton, et je reconduisis tout le monde jusqu'à la porte.

Une bonne douche remit un peu d'ordre dans ce qui se passait à l'intérieur de mon crâne. Un grand plat d'œufs au bacon par là-dessus, et je sentis mon naturel revenir au galop. Pat m'avait dit que j'étais dans le bain pour un nouveau meurtre, et je n'avais même pas eu l'idée de lui demander qui était le cadavre !

J'essayai de le rappeler, mais les gars du standard ne purent lui mettre la main dessus. Je voulus appeler Marsha pour la remercier, et la gouvernante moustachue m'informa que Miss Lee venait de partir. Elle avait répétition au « Petit Théâtre » et ne rentrerait que dans l'après-midi.

Crotte ! Il ne me restait donc qu'à filer au Central pour y subir une nouvelle inquisition. Ça gazait déjà beaucoup mieux quand je me retrouvai à l'air libre, et lorsque je parquai ma bagnole en face du Central j'avais presque complètement récupéré.

Ils m'accueillirent comme le fils prodigue. La seule chose qui avait l'air de les contrarier, c'était que je sois venu de mon plein gré. Ils auraient visiblement préféré me voir arriver entre deux flics, avec un bouquet de violettes sous chaque œil. Ils me firent poireauter dans une autre pièce, en compagnie d'un jeune sous-district attorney qui se donnait des allures de dur à cuire et qui avait plutôt l'air de ce que vous pensez que d'un moulin à vent.

Je commençais à me demander ce qu'ils attendaient pour entamer les hostilités lorsque j'entendis la voix de Pat dans le corridor. J'ignore qui il engueulait, mais il n'y allait pas avec le dos de la cuiller ! Puis il ouvrit la porte et, sans regarder dans ma direction, alla se planter devant le jeune corniaud qui n'en crachait pas large.

« Depuis quand piétinez-vous les plates-bandes de la Brigade criminelle ? beugla Pat. J'ai encore mon mot à dire ici, que ça vous plaise ou non, et, tant que je serai là, ce sera moi qui m'occuperai des meurtres, compris ? Je sais pas ce qui me retient de vous frotter les oreilles pour m'avoir joué un tour comme ça ! »

Le jeune rougit et quitta son siège.

« Écoutez, capitaine, le district attorney m'a donné carte blanche pour...

— ... pour fourrer votre nez dans mes affaires sous prétexte qu'un de mes amis est soupçonné de meurtre ?

— Exactement ! »

La voix de Pat se fit dangereusement sifflante.

« Foutez-moi le camp d'ici avant que je vous en sorte à coups de botte ! Allez ! Foutez-moi le camp ! Et dites au district attorney qu'il va entendre parler de moi d'ici quelques minutes. »

Le sous-district attorney fila comme un lièvre, et j'attendis qu'il eût disparu pour prendre la parole.

« Qu'est-ce qu'il t'a fait, vieux frère ?

— L'espèce de petit salaud ! Il s'imagine que je vais faire du plat-ventre parce que t'es un copain à moi ! Il m'a fait appeler à l'extérieur sous un faux prétexte juste après que je t'avais téléphoné !

— Le district attorney ne va pas te porter dans son cœur après ça.

— J'en ai plein le dos de voir ces cocos-là empiéter sur mon territoire. Ils ont refait une descente, hier soir, chez un des books d'Ed Teen...

— ... ou supposé tel, intercalai-je.

— Ouais. Et sais-tu ce qu'ils ont trouvé ? Rien ! Zéro ! Des trous dans un mur et un tableau noir... Et c'est pour ça que le district attorney bouscule tout le monde présentement, depuis le maire jusqu'au lampiste ! Mais qu'il essaie de rejouer au petit soldat avec moi et je te garantis que les journaux vont recevoir des nouvelles qui lui feront pas gagner des voix aux prochaines élections.

— Où est-il en ce moment ? questionnai-je.

— Il t'attend.

— Alors, allons-y.

— Une minute, Mike. Est-ce que c'est toi qui as buté un nommé Mel Hooker ?

— Nom de Dieu ! »

Pat fronça les sourcils.

« Qu'est-ce qu'il y a ?

— Ton macchabée était le copain de William Decker. Y misaient tous les deux sur les canassons, et c'est Mel qui l'a présenté à l'usurier qui a financé son dernier pari. Le hic, c'est que Mel m'a dit que Decker y avait perdu sa chemise et que le requin, ce Dixie Cooper dont je t'ai parlé l'autre jour, m'a dit que Decker l'avait repayé... et me l'a prouvé ! »

Pat marmotta quelque chose entre ses dents, me fit signe de le suivre et se dirigea vers la porte. Il avait l'air tout disposé à casser en deux le premier qui lui dirait un mot de travers.

Il y avait un monde fou chez le district attorney ! Le district attorney lui-même, bien sûr, deux de ses substituts et quatre flics en civil répartis tout autour de la pièce. Mince de réunion familiale !

« Asseyez-vous, Hammer », m'ordonna le district attorney.

Je marchai jusqu'à son bureau, plantai mes deux poings sur le dessus du meuble et me penchai vers lui. Je ne l'aime pas, il ne m'aime pas, on ne s'aime pas, mais ce n'était pas encore aujourd'hui que je lui permettrais de me parler sur ce ton-là.

« Monsieur Hammer ! lui dis-je. Je suis venu ici de mon plein gré, histoire de vous éviter de perdre un procès pour arrestation injustifiée, mais, si vous avez l'intention de faire le malin, je suis bien capable de ressortir immédiatement, rien que pour voir ce que vous feriez dans ce cas-là. Il est grand temps que vous appreniez à parler poliment aux électeurs, jusqu'à ce que vous soyez sûr des faits. »

Le district attorney rougit. Ses substituts rougirent. Les quatre flics en bourgeois suivirent le mouvement. J'allai m'asseoir.

« Nous sommes sûrs des faits, monsieur Hammer ! riposta le district attorney avec une maîtrise de soi-même dont je ne l'aurais pas cru capable.

— O. K. ! J'écoute.

— Un certain Mel Hooker a été trouvé mort. La balle qui l'a tué est du calibre 11,25 mm.

— Je suppose que le pruneau est sorti de mon revolver ? »

Le visage du district attorney n'était plus rouge. Il était violet. Un violet malsain.

« La balle a traversé le corps de la victime et, la fenêtre étant ouverte, s'est perdue à l'extérieur. Nous ne l'avons pas encore retrouvée. »

J'allais l'interrompre, mais il leva la main.

« Quoi qu'il en soit, vous avez laissé fort généreusement vos empreintes dans tout l'appartement, la propriétaire a identifié votre photo et jure qu'elle vous a entendu menacer Hooker. Il est donc fort simple de comprendre la suite.

— Ouais, je suis revenu et je l'ai buté, pas vrai ? Il faudrait que je sois complètement idiot.

— Vous l'êtes. »

Ses yeux n'étaient plus que deux fentes étroites, luisantes de haine.

« Et, vous, vous êtes complètement cinglé ! » répliquai-je.

Il voulut se lever, mais je le battis d'une longueur et me replantai devant lui, les poings sur son bureau.

« Pas d'erreur, vous êtes un drôle de crack ! Les gars qui vous ont donné leur voix aux dernières élections doivent passer tout leur temps à s'en féliciter. Bon Dieu ! vous êtes prêt à prendre n'importe qui comme tête de Turc sous prétexte que votre section des mœurs est en train de tourner en rond ! Et ça vous tape tellement sur le cigare que vous vous disposez à me faire coffrer sans même me demander si j'ai un alibi ou non pour l'heure du meurtre ! C'est arrivé hier soir, hein, et je ne sais même pas à quelle heure, mais je vais vous le donner tout de même, mon alibi, sur un plateau, et ensuite vous pourrez aller vous faire foutre ! »

Je désignai l'interphone.

« Faites venir Ellen Scobie. »

Le district attorney suait à grosses gouttes. Il tripota un bouton ou deux et, lorsqu'il entendit la voix d'Ellen Scobie, lui ordonna de venir immédiatement. Je jetai un coup d'œil dans la direction de Pat et le vit hocher la tête pour me dire d'y aller doucement. Puis Ellen entra, m'adressa un sourire perplexe et regarda son patron d'un air interrogateur. Le district attorney n'avait pas l'intention de me laisser parler le premier.

« Miss Scobie, dit-il, étiez-vous avec cet... avec M. Hammer hier soir vers onze heures et demie ? »

Elle n'eut pas besoin de réfléchir pour répondre.

« Mon Dieu, oui, j'étais avec lui.

— Où étiez-vous ?

— Eh bien, à cette heure-là, nous devions être dans un bar de la 52e Rue...

— Très bien, Miss Scobie, ce sera tout. »

Tous les yeux l'escortèrent jusqu'à la sortie.

« Vous pouvez vous retirer, vous aussi, monsieur Hammer, déclara le district attorney lorsque la porte se fut refermée derrière elle. Je commence à être un peu fatigué de votre impertinence. »

Il était blême, à présent, et parlait entre ses dents.

« Mais je ne serais guère surpris que votre licence vous soit enlevée d'ici peu.

— Moi, si ! ricanai-je. Vous avez essayé, une fois, et vous vous souvenez de ce qui est arrivé [1] ? »

Personne ne respirait plus dans la piaule, lorsque je sortis à mon tour. Pat me rejoignit au moment où j'allais pénétrer dans l'ascenseur. Nous ne

---

1. Voir *Fallait pas commencer*.

prononçâmes pas un seul mot jusqu'à ce que nous fussions perchés côte à côte sur les tabourets de *Chez Louie,* devant des demis bien tassés.

« Tu peux dire que t'as du pot, Mike, dit finalement Pat. Si le district attorney n'avait pas les journalistes aux fesses comme il les a en ce moment, tu peux être sûr qu'il te ferait retirer ta licence, même si ça devait lui coûter sa place aux prochaines élections.

— Aaah ! ce gars-là me fait mal aux seins ! Il a une dent contre moi, d'accord, mais il pourrait au moins s'assurer qu'il ne va pas faire une blague avant de s'embarquer comme il le fait ! Lui et ses enquêtes sont en train de couvrir la police de ridicule ! Je ne suis pas un petit garçon. J'en ai autant dans le buffet que tous ses satellites et j'ai peut-être autant de scrupules... à ma façon.

— T'énerve pas, Mike. Je suis de ton côté.

— Je sais, mais tu as les bras liés, comme toujours. Combien lui faut-il de macchabées pour qu'une affaire lui paraisse digne d'attention ? Il y en a déjà trois dans cette histoire et peux-tu me dire ce que fait la police ?

— Plus que tu le crois. »

Je bus une gorgée de bière et observai le visage de Pat dans le miroir qui nous faisait face.

« Nous savions que Decker et Hooker se connaissaient, expliqua-t-il. Les gars du labo avaient relevé quelques empreintes dans l'appartement de Decker. Parmi elles, figuraient celles de Hooker.

— Vous les aviez dans vos fiches ? »

Pat secoua la tête.

« Non, Hooker n'avait jamais fait de prison... Mais, avant de continuer, j'aimerais bien entendre ta version complète de l'histoire. »

Je commandai une deuxième tournée et allumai une cigarette.

« Decker avait besoin de pognon pour faire opérer sa femme. Lui et Mel Hooker avaient des tuyaux pour miser sur le bon canasson. Hooker a su se retirer à temps, mais Decker cherchait le grand boum, et c'est comme ça qu'il a emprunté mille dollars à Dixie Cooper. D'après Hooker, il a tout reperdu, et pourtant, quand j'ai interrogé Dixie Cooper, le petit salopard m'a prouvé que Decker l'avait repayé.

« Alors ? Il faut bien que l'argent soit sorti de quelque part. Ce n'est pas en travaillant dans des docks qu'il a pu se le procurer. Et il n'y a pas trente-six solutions. Ou il l'a volé ou il l'a emprunté à quelqu'un d'autre... Il est possible qu'étant retombé, par force, dans ses anciennes erreurs, Decker les ait trouvées si profitables qu'il n'ait pu se résoudre, ensuite, à retravailler honnêtement. Dans ce cas, et en admettant qu'il se soit gouré d'appartement, il a tout de suite pigé que ses deux associés ne croiraient pas un traître mot de son histoire, il a essayé de se défiler, et ils l'ont rattrapé au vol. »

Pat regardait son verre de bière.

« Et qu'est-ce que Mel Hooker vient faire dans tout ça ?

— Ils étaient copains, pas vrai ? Une fois Decker buté et l'autre type passé au rouleau compresseur pour qu'il ne puisse pas vendre la mèche, le conducteur de la Buick s'est demandé si Decker n'avait pas raconté toute l'histoire à Mel et l'a descendu aussi, pour être tranquille.

— C'est bien comme ça que je vois les choses, approuva Pat.

— C'est bien comme ça que je te reproche de les voir ! » ricanai-je.

Pat me regarda de travers, mais s'abstint de me répondre. Il attendait la suite.

« Le hic, repris-je, c'est que William Decker a marché parfaitement droit jusqu'à cette histoire. Mais il devait savoir ce qui lui pendait au bout du nez, car il avait pris des dispositions pour assurer l'avenir de son fils, au cas où il lui arriverait quelque chose. Et, puisqu'il n'a pas volé l'argent avec lequel il a repayé Dixie Cooper, il a bien fallu qu'il l'emprunte à quelqu'un d'autre, et c'est ce quelqu'un d'autre qui lui a mis le couteau sous la gorge. Il est même fort probable qu'ils savaient où était l'argent et qu'ils avaient tout étudié d'avance pour que Decker n'ait qu'à grimper à l'échelle d'incendie et ouvrir le coffre-fort.

« Seulement, voilà ! Decker s'est trompé d'étage et, lorsqu'il s'est rendu compte qu'il n'avait pas ouvert le bon coffre-fort, il n'a pas osé corriger son erreur, parce que Marsha Lee pouvait revenir à elle d'une minute à l'autre et donner l'alarme. Il savait, bien entendu, que personne ne croirait son histoire et que les autres s'imagineraient qu'il avait planqué le magot quelque part, avec l'intention de venir le récupérer ultérieurement.

« Il fallait, malheureusement, qu'il retourne chez lui pour y prendre son gosse. Quand les autres se sont aperçus qu'il avait filé, ils ont réfléchi un quart de seconde et se sont ramenés dare-dare au domicile de Decker. Il était déjà reparti, mais ils ont rapidement retrouvé sa trace, et, quand il a compris qu'il était coincé, il a embrassé son môme et il est allé au-devant des pruneaux. Avant de passer sur le corps de son copain, le conducteur de la Buick a eu le temps de piger que Decker n'avait pas le pognon sur lui. Il est donc revenu sur ses pas en vitesse, histoire de voir si Decker ne l'avait pas planqué dans sa piaule, et c'est comme ça qu'il a tout flanqué sens dessus dessous. »

J'entendis grincer les dents de Pat.

« Conclusion : tu veux le conducteur de la Buick. »

Mon sourire ne devait pas être très beau à voir.

« Non, Pat. Ça, c'est du boulot. Je te le laisse. Celui que je veux, c'est le salaud qui a remis sur la mauvaise pente un type qui avait réussi à la remonter ! Et je le veux entre quat'z-yeux, pour pouvoir lui casser la gueule tout à mon aise.

— Où est-il, Mike ?

— Si je le savais, je ne te le dirais pas, fiston. Je veux m'occuper de lui personnellement. Je veux pouvoir dire plus tard à ce môme quelle gueule il faisait quand je lui ai flanqué un pruneau dans les tripes.

— Bon Dieu ! Mike, y a des moments où tu m'en demandes un peu trop.

— Mais non, Pat. En tant que citoyen de cette ville, je suis un peu responsable de ce qui s'y passe et, si je suis un peu responsable de ce qui s'y passe, eh bien, j'ai le droit de m'occuper moi-même d'un salopard de faiseur d'orphelins, si j'en rencontre un sur ma route.

— Qui est-ce, Mike ?

— Sais pas encore.

— Mais tu sais où le trouver ?

— Ouais. C'est pas tellement difficile, à condition d'accepter le risque de se faire défoncer le crâne !

— Comme hier soir ?

— Exactement. Et c'est encore un truc dont il faudra que je me repaie sur la bête ! Je ne sais pas encore pour quelle raison, ni comment c'est arrivé, mais j'ai ma petite idée là-dessus.

— Est-ce qu'elle concerne un nommé Lou Grindle, que tu as menacé de refroidir si jamais tu découvrais qu'il était responsable de la mort de Decker ? »

Du coup, j'en restai bouche bée.

« Où diable as-tu pêché ça ? bégayai-je.

— Cette fois-ci, c'est toi qui me prends pour un corniaud, Mike. J'ai vérifié d'une manière très approfondie les rapports qu'entretenait Arnold Basil — l'écrabouillé — avec Lou Grindle et, d'après le comportement de Lou, je n'ai pas été long à deviner que quelqu'un m'avait précédé. Lou était dans une rage folle et il m'a raconté ce qui s'était passé. Alors, laisse-moi te donner un petit conseil, Mike. Laisse tomber Lou Grindle. Les hommes du district attorney le surveillent nuit et jour pour essayer de le prendre en défaut.

— Où était-il hier soir, dans ce cas ? »

Le front de Pat était à l'orage.

« Le salopard leur a filé entre les doigts. Mais il est rentré chez lui vers onze heures, et si tu crois que c'est lui qui a buté Hooker tu te fourres le doigt dans l'œil. Il n'aurait jamais pu être de retour à cette heure-là...

— Je ne crois rien du tout. Je voulais simplement te dire qu'aux environs de dix heures il était dans une boîte de la 52e Rue qui s'appelle le *Glass Bar* en compagnie d'un nommé Ed Teen ! Le district attorney ferait pas mal de recruter du personnel. Celui dont il dispose en ce moment n'a pas l'air très brillant ! »

Pat jura entre ses dents.

« Qu'est-ce qui t'a fait dire ça, Pat ? lui demandai-je.

— Dire quoi ?

— Oh !... établir un rapport entre Lou et Hooker ?

— J'ai pas établi de rapport entre Lou et Hooker. J'ai dit simplement...

— Tu as dit quelque chose qui devrait te faire réfléchir, fiston. Grindle, Decker et Hooker ne vont pas du tout ensemble. Ils sont aux antipodes... »

Il reposa violemment son verre sur le zinc.

« Est-ce que tu te fous de moi, Mike ? Comme si j'étais pas payé pour savoir que Grindle n'est pas un type à se lancer dans un coup dur pour quelques malheureux milliers de dollars, ou que, s'il juge bon de le faire, il envoie pas des gadouilleux pour gâcher le boulot ! Et c'est à moi que tu viens raconter ça !

— Ça va, Pat, t'énerve pas comme ça.

— Bon Dieu ! Qui est-ce qui s'énerve, ici ? Écoute, Mike... »

J'étais en train de penser à autre chose, mais ses intonations me firent tourner la tête.

« Mike, si jamais tu essaies de fourrer Grindle dans ce bain, on est cuit tous les deux, tu piges ? C'est pas parce qu'un de ses gars a voulu se faire un peu d'argent de poche que tu pourras lui coller tous ces meurtres sur le dos. Et, depuis le temps qu'on travaille dur pour essayer d'épingler ce salopard et son patron, je peux pas te laisser mijoter quoi que ce soit qui risque de tout flanquer par terre. Quand on épinglera Teen et Grindle, ce sera à coup sûr, et c'est pas avec des entourloupettes qu'on y arrivera. Alors, laisse tomber !

— Je n'ai jamais eu l'intention de le fourrer dans le bain s'il n'y est pas déjà, Pat », observai-je.

Les doigts de Pat martelaient nerveusement le rebord du comptoir.

« Y a un peu trop longtemps que je te connais », grogna-t-il.

Nous gardâmes le silence pendant cinq bonnes minutes. Puis Pat vida son verre, le repoussa, murmura : « Sacré nom de Dieu ! », répéta ce qu'il venait de me dire et s'en alla. Je le regardai s'éloigner en jurant. Ce n'est pas si facile qu'on le croit d'être un flic. Surtout dans une ville comme New York.

Avant de sortir de *Chez Louie,* je cherchai l'adresse et le numéro du « Petit Théâtre » dans l'annuaire. Je passai un coup de fil, et une souris quelconque me répondit que Miss Lee était bien là, en train de répéter, et que, si j'étais un de ses amis, je pouvoir venir l'y voir.

Situé à la lisière de Greenwich Village, le « Petit Théâtre » était un vieil entrepôt transformé, à la façade couverte d'affiches. La fille qui m'avait répondu au téléphone m'introduisit dans la salle, et dès que Marsha m'aperçut elle descendit de la scène et accourut à ma rencontre.

« Avez-vous reçu mon paquet, Mike ? demanda-t-elle en me serrant la main.

— Oui. Je suis venu pour vous en remercier.

— Comment va le petit ?

— A merveille. Et ne me demandez pas comment je vais moi-même parce que je pourrais pas vous faire la même réponse. Quelqu'un a fait son possible pour m'abîmer le portrait hier soir.

— Mike !

— Bah ! j'ai la tête dure. »

Elle se rapprocha de moi et palpa délicatement ma bosse.

« Savez-vous qui c'était ?

— Non. Si je le savais, le gars serait déjà à l'hôpital. »

Marsha me prit par le bras et m'entraîna dans un coin de la salle.

« Asseyons-nous un peu, Mike, que je puisse me tourmenter confortablement à votre sujet, dit-elle en souriant.

— Vous tourmenter à mon sujet ! Pourquoi diable vous tourmenteriez-vous à mon sujet ? »

Son œil encore tuméfié était tout juste assez fermé pour donner à son regard l'expression la plus sibylline que j'aie jamais vue.

« Je pourrais très facilement me conduire comme une imbécile et vous dire pourquoi, Mike, murmura-t-elle. Voudriez-vous que je me conduise comme une imbécile ? »

S'il n'y avait pas eu tant de monde autour, je l'aurais embrassée sans plus attendre, mais je dus me contenter de lui répondre :

« Ce soir, si vous voulez. »

Et ses lèvres me dédièrent un sourire qui contenait tout un monde de promesses.

Nous avions allumé des Luckies et fumions en silence depuis un certain temps lorsque je me décidai à reprendre la parole :

« Nous avons un autre meurtre sur les bras, Marsha. »

Sa cigarette stoppa à mi-chemin de ses lèvres, et elle se retourna lentement vers moi.

« Un autre meurtre ! Oh ! non !

— Si. Un nommé Hooker, qui était le meilleur ami de William Decker. Vous savez, Marsha, je crois qu'il y a beaucoup plus derrière cette histoire que nous ne le pensions tout d'abord. »

Elle acquiesça, le front soucieux.

« Mon voisin du dessus a été mis en demeure de mettre son argent à la banque au lieu de le conserver chez lui. La direction l'a menacé de lui donner son congé s'il refusait d'entendre raison. Tous les autres locataires ont appris ce qui s'était passé et ils ont fait toute une histoire. L'idée d'être assommés par un cambrioleur — surtout un cambrioleur furieux de s'être trompé de coffre-fort — ne semble guère leur sourire !

— Vous vous en êtes tirée à bon compte. Il aurait pu vous tuer. »

Elle haussa nerveusement les épaules.

« Qu'allez-vous faire à présent, Mike ?

— Continuer à chercher. Faire suffisamment de bruit pour qu'ils essaient encore de m'avoir. C'est quelquefois le meilleur moyen.

— Est-ce... obligatoire ? »

Son regard était inquiet, et sa main pressait doucement mon bras.

« Absolument, Marsha. Je déteste les tueurs.

— Mais faut-il absolument que vous vous y preniez d'une façon aussi... téméraire ?

— Mais oui, mais oui... De cette façon, je peux me payer le luxe de les descendre quand ils essaient de m'avoir.

— Oh ! mon Dieu, Mike, je vous en prie...

— Écoutez, Marsha, quand on a des salopards en face de soi, on ne peut pas se permettre d'user de ménagements. Et plus les choses se précisent, plus les noms de salopards semblent affluer dans cette histoire, Teen et Grindle et un autre qui est mort depuis longtemps, mais qui remonte sans cesse à la surface... Charlie Fallon ! Je ne peux pas me retourner sans entendre parler de lui.

— Charlie Fallon ? » s'esclaffa quelqu'un.

Je n'y avais pas pris garde, mais la plupart des acteurs avaient quitté la scène, et la femme qui venait de s'arrêter auprès de nous me regardait avec un sourire amusé. Je la reconnus immédiatement. Elle s'appelait Kay Cutler, c'était une star en vogue, et, comme il faisait très chaud dans la salle du « Petit Théâtre » et qu'elle n'avait sur elle qu'une mince robe-blouse largement décolletée, j'avais tout au moins sous les yeux deux des plus belles raisons de sa popularité.

Marsha fit les présentations, et Kay retint ma main un peu plus longtemps qu'il n'était nécessaire.

« Surpris ? me demanda-t-elle.

— Naturellement. On ne s'attendrait pas à rencontrer tant de célébrités dans un pareil trou. »

Elles éclatèrent de rire avec ensemble.

« C'est un violon d'Ingres qui nous procure pas mal de bonne publicité, exposa Kay. En réalité, nous ne jouons jamais en public, mais nous dessinons les rôles pour que les autres puissent modeler leur jeu sur notre interprétation. Vous ne le croirez peut-être pas, mais les affaires du « Petit Théâtre » marchent à merveille. Enfin... l'établissement couvre ses frais, et ce n'est déjà pas si mal.

— Vous venez gratuitement ? » m'informai-je.

Elle jeta un coup d'œil dans la direction d'un grand type qui me regardait de travers et riposta :

« Mon Dieu !... pas exactement.

— Vous avez relevé le nom de Charlie Fallon tout à l'heure. Vous le connaissiez ?

— Si c'est celui que je crois, je n'étais pas seule à le connaître. Vous parliez bien du gangster ?

— Oui.

— Son dada était d'écrire des lettres aux vedettes. Même les doublures recevaient couramment des cartes et des fleurs. Il m'a écrit au moins vingt fois pour me faire des compliments sur tel ou tel film. »

Elle sourit et haussa les épaules.

« Il ne faut jamais parler aussi légèrement du temps qui passe, dit-elle. Je prétends toujours avoir à peine dépassé la trentaine. Vous n'avez jamais reçu de lettres de ce Charlie Fallon, Marsha ?

— C'est bien possible. En ce temps-là, je ne m'occupais pas moi-même de ma correspondance. »

Elle s'interrompit et fronça les sourcils.

« A la réflexion, je suis sûre que si. Je me souviens d'en avoir parlé un jour avec ma secrétaire. »

Je tirai sur ma cigarette et rejetai lentement la fumée.

« Il était comme ça, murmurai-je. Il gagnait de l'argent gros comme lui et ne savait qu'en faire, alors il le distribuait aux actrices. Il n'essayait jamais de donner suite à ses lettres ?

— Jamais, affirma Kay Cutler. Il se contentait d'écrire des lettres enflammées, mais jamais personne ne l'a vu à Hollywood. A propos, comment se fait-il qu'on parle encore de lui ?

— Je voudrais bien le savoir. Pour un mort, on peut dire qu'il n'est pas oublié.

— Mike est détective, Kay, expliqua Marsha. Il y a eu des meurtres, et Mike est en train de mener une enquête...

— Vraiment ? »

Elle me jeta un regard plein de sex-appeal.

« Un détective ! Comme c'est excitant.

— Je connais quelqu'un d'autre qui est en train de s'exciter, coupa Marsha en désignant le grand type. Tu ferais mieux de filer si tu ne veux pas avoir des ennuis. »

Kay fit la moue, me serra longuement la main et s'éloigna. Marsha glissa son bras sous le mien.

« Kay est une fille épatante, dit-elle, mais dès qu'elle vous voit avec un homme, il faut qu'elle vous le soulève.

— Chère Kay ! ricanai-je.

— Heureusement que je la connais bien !

— Il y en a d'autres comme ça dans les environs ?

— Si c'est la célébrité qui vous intéresse, je puis vous présenter deux starlettes de Hollywood, une artiste de la télévision, le plus grand comique américain et...

— N'en faites rien. Vous me suffisez amplement. »

Pour la seconde fois, sa main pressa légèrement mon bras, tandis qu'elle éclatait de rire, et, pour la seconde fois, j'eus une furieuse envie de l'embrasser. Le gosse avec le bras en écharpe qui venait de lui taper sur l'épaule en murmurant : « La répétition va reprendre, Marsha », dut deviner ce que je pensais, car ses yeux s'obscurcirent et il tourna les talons d'un air profondément misérable.

« Ce gosse en pince pour vous, Marsha, murmurai-je.

— Je sais, dit-elle. Il a dix-neuf ans. Le mois dernier, il était éperdument amoureux de Helen O'Roark et lorsqu'il a appris qu'elle était déjà mariée il s'est presque laissé mourir de faim ! C'est lui que je venais de conduire à l'hôpital, le soir où ce William Decker s'est introduit dans mon appartement.

— Qu'est-ce qu'il lui est arrivé ?

— Il est tombé d'une échelle en posant des décors. »

Quelqu'un se mit à cogner sur le dessus du piano, et tout le monde se dirigea vers la scène.

« A ce soir, Mike », chuchota Marsha.

Elle me sourit, sa main toucha ma main, et je murmurai : « A ce soir, Marsha », d'une voix légèrement rauque.

5

Après la pénombre qui régnait à l'intérieur du « Petit Théâtre », le soleil me parut presque aveuglant. Je repris mon volant et laissai à mes yeux le soin de s'occuper de la circulation, tandis que mon cerveau pensait à autre chose. Tout était apparemment si simple. Decker mort sur le trottoir, Arnold Basil mort dans le ruisseau, Hooker mort dans sa propre chambre. Tout cela pour un magot qui n'avait jamais quitté le coffre-fort de son propriétaire. Pourquoi diable m'obstinais-je à chercher autre chose ? Était-ce parce que Basil avait travaillé pour Lou Grindle et que je ne pouvais faire un mouvement sans entendre parler de Charlie Fallon ? Je donnai du klaxon et engueulai le type qui avançait comme une tortue devant moi. Il s'écarta de mon chemin, et je le doublai en maudissant toutes les petites choses qui étaient en train de transformer cette histoire en un puzzle d'une extrême complexité. Puis je me remis à ricaner, parce que c'étaient précisément ces petites choses qui constituaient le puzzle, et c'était dans ces petites choses qu'il fallait chercher la vérité.

Des petites choses telles que les deux gars qui avaient voulu m'assaisonner, lorsque j'avais interrogé Hooker. Comme l'argent que Decker avait emprunté à quelqu'un d'autre pour repayer Dixie Cooper. Comme le fait que Decker eût mis ses affaires en ordre avant d'aller se faire buter. Des petites choses qui ne collaient pas avec le reste de l'histoire.

J'allumai une Lucky et appuyai sur le champignon, parce que je savais où j'allais, à présent, et que je voulais y arriver avant que tous les gars soient sortis des docks. J'avais bien fait de me grouiller, car le barman était seul encore dans son boui-boui lorsque j'en poussai la porte.

« Tu te souviens de moi, mon pote ? » lui dis-je.

Il ouvrait déjà la bouche pour me demander si j'avais l'intention de boire ou non lorsque la mémoire lui revint.

« Ouais ! » admit-il.

Je me penchai en avant et laissai mon veston s'entrebâiller pour qu'il puisse apercevoir la courroie de l'étui de mon 11,25.

« Qui étaient ces deux types, mon pote ? lui demandai-je.

— Écoute, je...

— Tu préfères peut-être que je te pose la question moins gentiment, mon pote ? »

Il se lécha les lèvres et jeta un coup d'œil vers la porte. Mais les premiers clients n'arriveraient que dans un bon quart d'heure, et il le savait parfaitement.

« Je... je sais pas... qui étaient ces gars-là.

— Écoute, gros farceur, Hooker est mort. Il a été buté hier soir, et, comme tu connais ces deux types-là, il est bien possible qu'y viennent te buter un de ces jours, par mesure de prudence. Alors, qu'est-ce que tu préfères ? Que je te fasse cracher leurs noms à coups de crosse dans la gueule ou que je laisse à ces gars-là le soin de s'occuper de toi ? »

Il se mit à suer à grosses gouttes, passa sa main sur ses lèvres et avala une gorgée de salive.

« C'étaient des détectives privés !

— Au bout d'une perche !

— Puisque je te le dis. J'ai vu leurs insignes.

— Continue. Tu m'intéresses.

— Y sont venus ici pour chercher Hooker. Y disaient qu'y travaillait contre le syndicat et que c'était pas un gars régulier. Je suis syndiqué, moi aussi. Si c'était un gars comme ça, y méritait de se faire moucher. Y m'ont montré leurs insignes et y m'ont dit qu'y travaillaient pour le syndicat, alors je les ai laissés faire.

— Tu les avais déjà vus ?

— Non.

— Personne les connaissait ?

— Si.

— Alors, accouche, bon Dieu !

— Y a un gars qu'a dit que c'étaient des durs, des briseurs de grève... Et j'ai entendu le grand appeler l'autre Nocky...

— Quoi encore ?

— C'est tout. Je te jure que j'en sais pas plus long.

— O. K. !... Alors laisse-moi te donner un conseil. Si jamais ces cocos-là se ramènent par ici, décroche ton téléphone et appelle le poste du quartier...

— C'est ça. Pour me faire casser la gueule...

— C'est peut-être ce qu'y feront si t'as pas le temps d'appeler les flics, mon pote. Ces gars-là étaient après Hooker, et c'est peut-être bien eux qui l'ont refroidi. Alors ça doit pas les emballer tellement de savoir que tu les connais et que tu peux faire le rapprochement. Oublie pas ce que je t'ai dit. C'est un conseil d'ami. »

Lorsque je lui tournai le dos pour me diriger vers la porte, ce n'étaient plus des gouttes de sueur qui lui coulaient sur la binette, c'étaient des cascades.

Donc le mammouth et son acolyte étaient des détectives privés, et l'un des deux s'appelait Nocky. N'importe qui peut se procurer un insigne naturellement, mais il était possible qu'ils aient dit la vérité sur ce point, et dès que je trouvai une cabine publique je convertis deux dollars en pièces de cinq cents et téléphonai à toutes les agences que je connaissais. Aucun de mes collègues ne put les identifier d'après leur signalement, mais l'un d'eux avait effectivement entendu parler d'un certain Nocky quelque chose. Il était sûr que Nocky était un sobriquet, j'essayai ensuite les deux ou trois postes de police où j'ai des copains parmi les flics. Le sergent Bellew me dit que le nom ne lui était pas inconnu et que c'était certainement celui d'un détective plus ou moins marron, mais ce fut tout ce qu'il put retrouver dans sa mémoire. En désespoir de cause, j'appelai Pat à son bureau et, d'après sa façon gentille de dire : « Allô ! », je compris tout de suite que j'avais mal choisi mon moment.

« C'est Mike, vieux frère, lui dis-je. Y a quelque chose qui gaze pas ?

— Et comment ! Écoute, vieux, je suis occupé maintenant et...

— Ah ! crotte ! T'es pas occupé à ce point-là.

— O. K. ! Mike. Qu'est-ce que tu veux ?

— T'as jamais entendu parler d'un détective privé surnommé Nocky ?

— Non.

— Peux-tu voir si tu peux me renseigner à son sujet ?

— Foutre non ! Je peux rien faire en ce moment, sinon exécuter les ordres. Le district attorney vient encore de ramasser une veste et il est en train de nous rendre tous cinglés...

— Un autre raid manqué ?

— Bah ! ils sont tous manqués, mais il avait réussi à coffrer deux comparses, et voilà que, cet après-midi, Ed Teen s'amène avec un avocat. Une heure après, les deux comparses étaient libérés.

— Sans blague ! Alors Ed Teen s'intéresse personnellement à la question, maintenant ?

— Sûr. Il veut pas laisser parler qui que ce soit avant d'avoir pu leur faire la leçon auparavant. A propos, je crois qu'on tient quelque chose, dans un autre sens. On a mené une enquête sur nos propres hommes, et je crois qu'on a trouvé la fuite...

— C'est moche ?

— Plus que moche. Il s'agit d'un détective de première classe, et il est dans les dettes jusqu'au cou. C'est l'un de ceux qui étaient au courant de toutes les descentes projetées, et dans sa situation actuelle, il est fort possible qu'il se soit laissé acheter.

— Avez-vous trouvé de quelle manière il s'y prend pour passer les tuyaux à l'extérieur ?

— Non. Si c'est bien lui, il a dû mettre au point un sacré système, parce qu'il est impossible de trouver quoi que ce soit d'irrégulier dans sa conduite passée. De toute façon, garde ça dans ta poche, avec ton mouchoir par-dessus. Je ne t'en ai parlé que parce que je peux avoir besoin de toi d'ici peu. Ce type-là connaît tous les autres flics, naturellement, et il se peut que je doive le faire suivre pour voir à qui il passe les tuyaux.

— A ta disposition. Si tu peux trouver quelque chose sur ce Nocky, tiens-moi au courant.

— Manquerai pas, Mike. Désolé de ne pas pouvoir te renseigner maintenant, mais j'ai du boulot par-dessus la tête. »

Je raccrochai et, comme il me restait une tripotée de pièces de cinq cents, je cherchai et finis par trouver Cookie Harkin dans l'un de ses bars habituels.

« Allô ! Cookie ? Ici, Mike Hammer.

— Salut, Mike. Y a une éternité qu'on s'est pas vus. Comment vont les affaires ?

— Faut pas se plaindre. Tu laisses toujours traîner tes oreilles un peu partout ?

— C'est comme ça que je gagne ma vie. Je vois tout, j'entends tout et je dis tout, moyennant finances.

— T'as jamais entendu parler d'un détective privé surnommé Nocky, une espèce d'avorton qui a un associé du genre mammouth. Spécialisé dans les coups durs, d'après ce que j'ai cru comprendre. »

Je l'entendis fermer la porte de sa cabine avant de me répondre. Et, lorsqu'il reprit la parole, il avait fortement baissé la voix.

« Une minute, Mike. Tu travailles sur quoi en ce moment ?

— Sur une histoire de meurtres, au pluriel, fiston.

— C'est le contraire qui m'aurait étonné.

— Alors ?

— Va falloir que je pose quelques questions autour de moi, Mike. Je crois que je sais de qui tu veux parler et je vais voir ce que je peux faire, mais, si je me trompe pas sur la personne, je tiens à prendre quelques précautions, tu piges ?

— C'est tout naturel. Je te paierai ton temps.

— Dis pas de bêtises. Tout ce que je veux, c'est quelque chose que je puisse imprimer. Tu sais ce que je cherche...

— Besoin de combien de temps ?

— Donne-moi deux heures. Rendez-vous au *Turker Bar*, si t'es d'accord. C'est une boîte ignoble, mais on ne risque pas d'y être embêtés. »

J'allai dépenser le restant de ma ferraille dans un sandwich-bar automatique et parvins au *Turker Bar* à l'heure dite. Cookie était dans l'arrière-salle en train de serrer les mains à la ronde. Cookie est un petit bonhomme maigrichon, avec un grand nez, des oreilles encore plus grandes et des poches qui contiennent toujours assez d'argent pour acheter les cancans lorsqu'ils en valent la peine. Il ne paie pas de mine, mais c'est tout de même le principal informateur d'un des plus célèbres chroniqueurs de la ville. J'attendis que les deux filles qui gesticulaient sur la piste eussent fini de se déshabiller en musique, puis fendis la foule et rejoignis Cookie.

Entre-temps, il s'était assis dans le fond de la salle. Il avait avec lui deux blondes oxygénées aux charmes envahissants, et le petit numéro de jonglerie avec une pièce de monnaie qu'il était en train de leur faire voir n'avait d'autre but que de lui permettre de plonger dans leur décolleté. Les deux blondes buvaient du champagne, et tous trois avaient l'air de se payer du bon temps.

« Salut, homme-singe », lui dis-je.

Il leva les yeux et sourit béatement.

« Mike ! Qu'est-ce que tu viens faire dans un pareil trou ?

— J'aime la solitude, ricanai-je.

— Alors tu tombes bien, nous aussi. Et on avait justement besoin d'un quatrième. Mike, je te présente Tolly et Joan.

— Bonsoir, beautés ! dis-je en m'asseyant sur la quatrième chaise.

— Mike est un de mes vieux copains, les enfants, continua Cookie. C'est un type très bien... Je te confie Tolly, Mike. Joan et moi sommes déjà en grande conversation. C'est une femme de chambre française née à Brooklyn qui travaille chez les Devoe ! Attends un peu qu'elle te fasse une démonstration de son accent. Elle les a tous eus, avec son accent ! Bon Dieu ! tu parles d'une famille de corniauds ! »

Il me décocha une œillade imperceptible, et je réprimai un sourire. Dans un jour ou deux, ce que Joan était en train de raconter paraîtrait noir sur blanc dans les colonnes d'un grand journal, et il y aurait du grabuge dans la famille Devoe. Joan nous donna un specimen de son accent français et nous raconta en détails comment elle avait dû protéger sa vertu contre les attaques du vieux Devoe. Je faillis lui demander si c'était avec son salaire de femme de chambre qu'elle s'était payée sa cape de vison, mais ça n'aurait vraiment pas été très gentil pour ce vieux Cookie.

Quant à Tolly, c'était une fille splendide et qui ne craignait pas de le faire voir. Elle avait une sacrée surface d'épiderme au grand air et rien d'autre sous sa robe collante qu'elle ne portait visiblement que par respect des conventions. Elle m'expliqua qu'elle avait posé pour un peintre de Greenwich Village, jusqu'à ce qu'elle l'eût surpris en train de se servir d'un appareil photographique au lieu de faire marcher ses pinceaux. Elle n'avait pas tardé à découvrir qu'il vendait ses photographies à un bon prix aux connaisseurs et avait obligé l'artiste à lui ristourner cinquante pour cent sur le produit de la vente, sous peine de passage à tabac par un de ses anciens copains du Bronx. Grâce à ce fructueux commerce, Tolly avait à présent des revenus confortables.

« Ton petit copain l'artiste joint l'utile à l'agréable, cocotte, lui dis-je. Ça ne m'embêterait pas du tout de te voir déshabillée... »

Elle éclata de rire, couvrit son sac à main et me jeta une épreuve du format carte postale.

« Voilà ! » s'esclaffa-t-elle.

Avec les poses plastiques que son artiste peintre lui avait enseignées, il n'était pas difficile de voir pourquoi ses photos se vendaient si bien.

Nous finîmes par faire un tour de danse, tandis que Cookie s'appliquait à tirer les vers du nez de la femme de chambre française née à Brooklyn. Tolly n'eut aucun mal à me faire le grand jeu, car nous étions plus tassés, sur cette piste de danse, que des sardines dans leur boîte. La danse finie, nous regagnâmes la table de Cookie, et Tolly me fit du genou jusqu'à ce que Joan et elle éprouvassent le besoin d'aller se repoudrer le museau.

« Belles filles, pas vrai ? lança Cookie en les regardant s'éloigner.

— Tu parles ! Où diable les as-tu dénichées ?

— Je me débrouille. J'en ai pas l'air comme ça, mais je me débrouille. Avec une oiselle comme celles-là sous chaque bras, je peux entrer partout...

— Tu as quelque chose pour moi ?

— Je connais tes deux bougres. Ils sont esquintés en ce moment. C'est toi qu'as fait ça ?

— Ouais.

— Tu as fait du beau boulot. Le petit a juré qu'il aurait ta peau.

— Qui c'est ?

— Des détectives privés. Du moins officiellement. En réalité, c'est deux sagouins qui sont prêts à faire n'importe quel sale boulot pour toucher la forte somme.

— S'ils ont une licence officielle, ils ne peuvent pas gagner d'argent, à moins que quelqu'un les paie pour assurer sa protection.

— C'est exactement ça. Tu sais comment fonctionnent les rackets, Mike ?

— Un peu, oui.

— La ville est divisée en sections. Comme pour les books. L'argent va au gros ponte de chaque quartier, qui reverse sa part à Ed Teen.

— Teen ! Qu'est-ce qu'il fait là-dedans ?

— Rien, mais c'est un de ses seconds qui emploie tes deux petits copains comme gardes du corps. Un nommé Link, dit le Crapaud. Tu as déjà entendu parler de lui ?

— Ouais.

— Alors tu n'as pas dû entendre grand-chose, parce qu'il sait se tenir à carreau. Les gardes du corps sont là beaucoup moins pour le protéger que pour faire circuler le menu fretin. En tant que bookmaker, rien à dire contre lui... Et, maintenant, si tu me donnais quelque chose que je puisse fourguer à qui de droit ? »

J'allumai une cigarette et lui en passai une. Assis en face de moi, Cookie souriait comme si j'étais en train de lui raconter des histoires grivoises.

« Il y a eu un meurtre l'autre soir, lui dis-je. Puis il y en a eu un autre. Au début, ils n'avaient pas l'air tellement importants, mais, plus ça va, plus ça prend une autre tournure. Je ne veux encore rien te dire, mais, dès que je saurai quelque chose, je te le passerai en priorité. Ça colle ?

— C'est régulier. De quels meurtres s'agit-il ?

— Un nommé William Decker, un nommé Arnold Basil et, le lendemain, un nommé Mel Hooker, le copain de Decker.

— J'ai vu ça dans les journaux.

— Tu en verras d'autres sur le même sujet. Où peut-on trouver ce Link le Crapaud ? »

Cookie me donna deux adresses, que je notai dans un coin de ma mémoire, et enchaîna :

« Autre chose, Mike. Laisse mon nom en dehors de tout ça. Les pétards et les coups-de-poing américains, c'est pas mon rayon. Sorti du bla-bla-bla, je ne vaux pas tripette, alors tu ne m'as pas vu et je ne t'ai rien dit.

— Ne t'en fais pas pour ça », répliquai-je.

Je jetai un billet sur la table, pour couvrir le champagne de Tolly, et levai le siège.

« Eh ! tu ne vas pas t'en aller maintenant ? protesta Cookie. Qu'est-ce que je vais faire de Tolly ? Elle en pince déjà pour toi, et je ne peux pas m'occuper de deux souris en même temps.

— Occupe-t'en à tour de rôle. Bonsoir.

— Toi, alors, t'es un drôle de lâcheur ! Et ça après que je t'avais collé un pareil morceau de choix dans les bras !

— Je n'ai pas besoin qu'on me tende les morceaux de choix, vieille branche, je suis assez grand pour me servir tout seul. Dis à Tolly que j'irai la voir un de ces jours. J'ai le sens artistique extrêmement développé. »

Je m'esquivai avant le retour de Tolly. L'esprit est toujours bien disposé, mais la chair est faible, et c'était moins que jamais le moment de batifoler.

L'une des adresses que Cookie m'avait données était celle d'un bar. J'y entrai en passant, mais ni le barman ni le patron n'avaient aperçu M. Link ce soir-là. Ils me donnèrent fort obligeamment l'adresse de son domicile. Je l'avais déjà, mais je les remerciai tout de même et réintégrai ma bagnole.

Je trouvai le Crapaud dans sa résidence. Il était impossible d'appeler autrement la grande bâtisse de pierre de taille située au fond d'un grand jardin qui avait l'honneur d'abriter M. Link, dit le Crapaud. Cette baraque-là valait ses deux cent cinquante mille dollars comme un sou. Il y avait de la lumière à tous les étages, et pourtant rien ne bougeait derrière aucune des fenêtres. Je rangeai ma coquelucharde derrière la Packard du maître de céans, escaladai le perron et pressai le bouton de la sonnette. Un carillon argentin résonna quelque part et près d'une minute s'écoula avant que la porte finît par s'entrebâiller et que le visage de M. Link apparût au-dessus de la chaîne de sûreté.

Je comprenais sans peine pourquoi M. Link avait été surnommé le Crapaud. Il avait une bouche énorme, de lourdes bajoues et des yeux tellement saillants qu'ils avaient l'air sur le point de jaillir de leurs orbites.

« Salut, Crapaud, lui dis-je. Tu ne me fais pas entrer ? »

Même sa voix ressemblait au coassement d'un crapaud.

« Qu'est-ce que tu veux ?

— Te parler. Au sujet d'un meurtre. »

Il sourit, la chaîne de sûreté retomba contre la porte, et je vis pourquoi il avait l'air si content de lui-même. Sa main droite tenait un pétard de gros calibre, dont le canon visait mon nombril.

« Qui es-tu ? » coassa-t-il.

Quand il souriait, il méritait doublement son surnom.

Avec des gestes doux et mesurés, je sortis mon portefeuille de ma poche et lui montrai mon insigne. J'aurais aussi bien fait de m'en épargner la peine, car ses yeux ne quittèrent pas mon visage.

« Mike Hammer, détective privé, lui dis-je. Tu devrais me connaître, Crapaud.

— Moi ?

— Deux de tes hommes me connaissent en tout cas. Ils ont essayé de me passer à tabac.

— Entre », dit-il d'une voix lente.

Il referma la porte derrière moi et se servit du canon de son pétard pour me pousser jusqu'au salon. Jusque-là, ça m'était égal, mais, lorsqu'il arrima dans un fauteuil le gros tas de graisse qui lui tenait lieu de corps et qu'il manifesta l'intention de me laisser debout devant lui au milieu de la carpette, je commençai à me sentir chaud aux oreilles.

« Range ton feu, Crapaud, lui dis-je.

— Pas avant d'avoir entendu ce que t'as à dire au sujet de ce meurtre, détective à la manque ! J'ai horreur qu'on me lance des meurtres à la tête ! »

Plus je le regardais, plus ça me mettait en boule.

« T'as jamais reçu une balle dans les tripes, gros lard ? » lui demandai-je.

Il rougit jusqu'à la racine des cheveux.

« Moi, ça m'est déjà arrivé d'encaisser des pruneaux. Et plus d'une fois. Alors grouille-toi de ranger ton joujou si tu veux pas que je te donne l'occasion de t'en servir. T'auras le temps de ne tirer qu'une seule fois, et même si tu ne me rates pas, j'aurai toujours celui de te répondre. »

Je levai lentement la main, jusqu'à ce que mes doigts fussent à l'intérieur de mon veston. Il ne tira pas. Il avait bien trop peur de me rater. Il laissa tomber son pétard sur la chaise qui était à côté de lui et me maudit des yeux pour avoir démontré qu'il avait pas plus de cran qu'une lavette.

Comme ça, ça me plaisait. Ça ne m'embêtait plus du tout de rester debout pendant qu'il était assis, au contraire.

« Tu te souviens de William Decker ? » questionnai-je.

Ses yeux se fermèrent lentement et se rouvrirent de même. Puis il acquiesça, secouant hideusement ses mentons.

« Tu sais qu'il est mort ?

— Espèce de salaud, tu vas pas essayer de me coller ça sur le dos ! »

Le gars avait vraiment tout du crapaud. Voix, physique, rien n'y manquait.

« Decker jouait aux courses. Et c'était toi qui prenais ses paris.

— Et alors ? Je prends des tas de paris... aboya-t-il.

— Je croyais que tu ne t'occupais pas du menu fretin ?

— Menu fretin ? Des clous ! Ce gars-là jouait aussi gros que n'importe qui... Écoute...

— Ta gueule ! Et estime-toi heureux que je sois pas un flic ou tu répondrais à mes questions avec une lampe dans les yeux, c'est moi qui te le dis. Où Decker trouvait-il l'argent pour parier ?

— Il l'empruntait...

— A Dixie Cooper, au cas où tu l'aurais oublié. »

Il leva les yeux, mais je ne pus déchiffrer si le nom lui rappelait quelque chose.

« Combien Decker t'a-t-il lâché ?

— Plusieurs milliers de dollars, mais c'est pas la peine que t'essaies de le prouver. Je tiens pas de comptabilité.

— Et c'est pour ça que tu l'as supprimé ?

— Nom de Dieu ! »

Il se releva d'un bond, tremblant des pieds à la tête.

« Je lui ai rendu son pognon, oui, pour qu'il puisse rembourser ce qu'il avait emprunté. Je peux pas voir ces espèces de miteux qui peuvent même pas se permettre de perdre ! Il était prêt à se foutre à l'eau, alors je lui ai rendu son pognon pour qu'y puisse payer ses dettes. »

Je l'agrippai au colback et l'attirai vers moi.

« Tu mens, Crapaud... Où étais-tu quand Decker s'est fait buter ? »

Ses grosses pattes grasses se refermèrent autour de mon poignet. Mais il n'y avait que du lard dans les bras et pas trace de muscles.

« Ici. J'étais ici ! Lâche-moi !

— Et tes deux zigotos ? Nocky et son copain le gorille ?

— Je sais pas où y-z-étaient. Je suis pour rien dans cette histoire. Ça m'apprendra à être poire. J'aurais mieux fait de les laisser s'occuper de lui ! J'aurais mieux fait de garder son pognon et de le foutre dehors !

— Ça ne les a pas empêchés de s'occuper de quelqu'un d'autre. Ils s'apprêtaient à assaisonner le copain de Decker quand il me les a collés sur les reins. Je croyais les avoir guéris d'écouter aux portes, mais la leçon était pas suffisante, apparemment. Le type en question est mort le même soir avec un pruneau de 11,25 dans le buffet. J'ai entendu dire que ces gars-là travaillaient pour toi, et c'est pas pour leur compte personnel qu'ils en avaient après Hooker !

— Hooker ? »

Il essaya de froncer les sourcils d'un air perplexe et rata son coup.

« Ne fais pas l'innocent, sacré nom de Dieu ! Tu sais très bien de qui je veux parler. Mel Hooker. Le gars qui avait mis son pognon en commun avec Decker pour miser sur les canassons. »

Il passa une langue énorme sur ses lèvres minces.

« Il... Ouais, je sais. Hooker. Nocky et lui se sont bagarrés. C'est quand il a pris son pognon pour se retirer. Il était blindé et y s'est mis à gueuler que c'était pas régulier, et Nocky a essayé de le flanquer dehors, et Decker a failli lui ouvrir la tête...

— Alors c'est pour ça que Nocky l'a buté ?

— Non, non. Il aurait pas fait ça. Il était en pétard, et c'est pour ça qu'y voulait lui casser la gueule, mais il l'aurait pas buté. N'importe qui te dira que je veux pas de ces trucs-là... »

Je le repoussai d'une bourrade.

« Pour un book, t'as rudement bon cœur, mon pote. Des comme toi, on n'en trouve pas un sur cent mille, et je suis modeste. Mais je te souhaite d'avoir dit la vérité, Crapaud, parce que, si j'apprends que tu m'as raconté des histoires, je me charge de te faire suer ta graisse, et comment ! Où sont tes deux salopards ?

— Comment veux-tu que je le sache ? »

Je lui flanquai le revers de ma main en travers de la bouche, il trébucha et tenta d'attraper son pétard sur la chaise, mais le poids de sa grosse bedaine le déséquilibra, et je le frappai une seconde fois, sans lui laisser le temps de reprendre son souffle. Il s'écroula contre la chaise. Il avait le pétard sous la main, mais il était trop dégonflé, à présent, pour essayer de s'en emparer.

« Où sont-ils, Crapaud ?

— Ils... ils ont des chambres... au-dessus du restaurant Rialto.

— Leurs noms ?

— Nocky... c'est Arthur Cole. Et l'autre s'appelle Glenn Fisher. »

Mes doigts étaient imprimés sur sa physionomie, et je voyais dans ses yeux qu'il espérait que je lui tourne le dos, ne fût-ce qu'une seconde. La folie meurtrière qui habitait son regard faisait tellement saillir les globes de ses yeux que ses paupières n'arrivaient même plus à les couvrir.

Je lui tournai le dos pour téléphoner, mais il y avait un miroir en face de moi, et je continuai à l'observer du coin de l'œil, tout en cherchant dans l'annuaire le numéro du Rialto.

Ce fut le directeur qui prit la communication et il me répondit que les deux hommes n'habitaient plus dans son établissement. Ils avaient fait leurs valises quelques heures auparavant, ils les avaient embarquées dans un taxi, et personne ne savait où ils avaient l'intention de se rendre. Oui, ils avaient payé ce qu'ils devaient avant de partir, et la direction était fort satisfaite d'être finalement débarrassée d'eux.

Je raccrochai et me retournai.

« Ils ont filé, Crapaud. »

Il ne répondit pas.

« Où sont-ils allés ? »

Il fit un geste d'ignorance.

« J'ai la vague impression que tu ne vas pas tarder à avaler ton acte de naissance, Crapaud », lui dis-je.

Avant de partir, j'ôtai tous les pruneaux qu'il y avait dans son pétard. C'étaient des 11 blindées, dont une seule aurait suffi à couper un type en deux. Je rejetai près de lui le revolver vide et m'esquivai.

Il pleuvait, mais, pour une raison ou pour une autre, la nuit était bougrement agréable à respirer ; elle voilait pudiquement le château monstrueux à l'intérieur duquel vivait ce crapaud qu'était M. Link. Je savais, maintenant, pourquoi les lumières étaient allumées dans toute la maison. C'étaient les seules amies de M. Link. Il ne devait pas beaucoup aimer l'obscurité, M. Link !

Ayant repris mon volant, j'allai jusqu'au bout de la rue, virai sur place et revins sur mes pas. Je n'avais pas refait la moitié du chemin que la Packard jaillissait de la propriété, dérapait jusqu'à l'autre côté de la rue avant de pouvoir se redresser et se ruait en rugissant dans la nuit mouillée. Je ne pus m'empêcher de rigoler parce que je savais que le Crapaud n'allait nulle part à cette allure-là ! Mais il était tellement en pétard qu'il avait besoin de passer sa rage sur quelque chose, et, ce soir, c'était la bagnole qui allait payer pour les autres.

J'aurais continué tout droit s'il n'avait pas laissé sa porte grande ouverte.

Laissant mon moteur tourner au ralenti, je traversai la rue, remontai le chemin carrossable et pénétrai dans la maison.

Cette grande baraque représentait la somme des efforts faits par le Crapaud pour être un homme du monde. Mais ce n'était qu'une piètre tentative. Toutes les lumières de la maison s'allumaient et s'éteignaient d'en bas, et les semelles du Crapaud étaient les seules qui eussent laissé leurs empreintes dans l'épaisse couche de poussière qui recouvrait les marches de l'escalier. Il y avait trois chambres d'amis, deux salles de bains et un salon au dernier étage, un appartement spacieux et confortable au premier, et les seules pièces utilisées étaient la chambre du Crapaud et la cabine de douche attenante. Tout le reste était net et inanimé, avec les traces du dernier nettoyage clairement visibles un peu partout. Au rez-de-chaussée, la cuisine était un capharnaüm de vaisselle sale et de journaux fripés. L'office contenait assez de provisions pour nourrir une centaine d'invités, mais il n'y avait rien de plus, au vestiaire, que le chapeau de M. Link et le pardessus qu'il avait négligé de revêtir avant de sauter dans sa Packard.

J'explorai la bibliothèque et le cabinet de travail sans poser mes doigts nulle part, puis descendis au sous-sol et m'offris un verre à la santé du Crapaud. Les murs étaient lambrissés de bois noueux, et deux ou trois cents chopes et pichets alignés sur d'étroites étagères s'efforçaient vainement de recréer dans cette cave l'atmosphère d'une brasserie. Voisine du bar, la salle de billard était aussi poussiéreuse que le reste. Il y avait même une machine distributrice de cigarettes dans un coin. Il suffisait d'en manœuvrer le levier pour se servir, et je m'offris un paquet de Luckies à la santé de Link le Crapaud.

Deux autres portes s'ouvraient au fond de la salle de billard. L'une donnait accès à la chaufferie, et je flanquai le bout de mon pied dans une saleté de piège à rat qui faillit m'arracher le gros orteil. L'autre pièce était une sorte de réserve-débarras ; j'allais en refermer la porte lorsque je distinguai quelque chose qui me fit chercher et abaisser le commutateur. Au lieu de s'allumer au-dessus de ma tête, la lumière s'alluma dans le fond de la pièce, et elle était rouge. Ce réduit était une chambre noire. Ou, du moins, il avait eu l'intention de l'être, car rien n'avait servi depuis que tout ce matériel avait été entreposé là-dedans ! Ni la grosse caméra, du type « professionnel », ni les projecteurs, ni les écrans réflecteurs. Les produits chimiques et les plaques avaient pourri sur leur étagère, près d'une boîte en bois qui contenait les vestiges gluants d'une série de tubes de peinture à retoucher. Dans un coin, se dressait une machine d'aspect bizarre dont je fus incapable de deviner la nature. Je remis toutes les housses en place et éteignis la lumière. Link le Crapaud avait vraiment fait ce qu'il avait pu pour s'organiser une occupation intéressante, un dada, une marotte, quoi ! Et, sur un certain plan, je ne pouvais pas l'en blâmer. En fait d'amis, ce répugnant salopard n'avait que tout un tas de joujoux luxueux... et remplis de poussière. Il était riche comme Crésus et n'avait personne pour qui dépenser son argent.

Je laissai la porte ouverte comme je l'avais trouvée et mis le cap sur Riverside Drive où Marsha m'attendait peut-être encore. Ma nuque recommençait à me faire souffrir, et même la pensée que j'allais probablement coucher avec une femme qui avait été une star de cinéma ne pouvait me débarrasser de la sensation agaçante d'avoir oublié quelque chose, un petit détail apparemment insignifiant, mais faute duquel je n'arriverais sans doute jamais à la solution du problème.

J'arrivai chez Marsha sans l'avoir retrouvé, et Marsha m'attendait encore.

« Vous êtes en retard, Mike, me reprocha-t-elle.

— Je sais. Je suis désolé. »

Elle me prit mon chapeau des mains ; j'ôtai mon pardessus et le lui tendis. Elle rangea le tout dans un placard, puis me donna son bras et m'entraîna vers le salon.

Il y avait deux verres pleins sur la table, à côté d'une coupe qui avait contenu de la glace et ne contenait plus, à présent, que de l'eau. Les hautes bougies avaient été allumées et soufflées après avoir diminué de quelques centimètres.

« J'espérais que vous viendriez plus tôt, Mike. A l'heure du souper. »

Elle me donna une cigarette, puis du feu. J'emplis mes poumons de fumée, posai ma tête contre le dossier du fauteuil et la regardai. Elle portait une robe verte qui montait en torsade le long de son corps et ne couvrait qu'une seule de ses épaules. Dans la lumière douce qui baignait le salon, les meurtrissures de son visage étaient presque invisibles.

« Je suis de plus en plus désolé, Marsha, lui dis-je. Vous valez la peine d'être regardée.

— D'un côté, seulement ?

— Non. Des deux côtés. Et aussi des pieds à la tête. »

Ses yeux s'enflammèrent sous ses longs cils recourbés.

« J'aime vous entendre dire ça, Mike. Mais vous avez l'habitude de le dire, n'est-ce pas ?

— Seulement aux belles femmes. »

Elle éclata de rire, prit les deux verres, passa dans la cuisine et revint avec des cocktails fraîchement préparés et de nouveaux cubes de glace. Celui qu'elle me donna descendit tout seul et m'emplit d'une chaleur bienheureuse qui se répandit lentement jusqu'aux extrémités de mes quatre membres. Marsha mit en marche le tourne-disque, remplit les verres, puis s'assit sur le plancher et posa sa tête sur mes genoux.

« Bien ? s'enquit-elle.

— Au poil ! Si seulement tout le reste marchait de la même façon...

— Vous avez toujours le petit ?

— Oui. Il est en bonnes mains. Ils ne tarderont sans doute pas à venir le chercher...

— Je voudrais tellement pouvoir vous aider. Est-ce que je ne pourrais pas vous le garder un peu ?

— Il n'a que deux ans, Marsha. Vous ne sauriez sans doute pas par quel bout le prendre. Non, j'ai une infirmière qui s'en occupe. Elle est âgée, mais très compétente.

— Alors laissez-moi le promener un peu. Je voudrais tellement vous aider, Mike, tellement... »

Je lui caressai doucement les cheveux et la joue et sentis ses lèvres poser un baiser dans le creux de ma main.

« J'aimerais que vous puissiez m'aider, Marsha... Je suis en train de piétiner et je n'arrive pas à comprendre pourquoi...

— Est-ce que ça pourrait vous aider de me raconter toute l'histoire ?

— Peut-être.

— Alors, racontez-la-moi. »

Je la lui racontai. D'un bout à l'autre. En essayant de ne rien omettre et de respecter l'ordre chronologique. Et l'ensemble faisait un joli petit tas de faits disparates. Lorsque je terminai mon récit, j'avais mal dans toute la mâchoire inférieure, tant mes dents étaient serrées.

« Ce n'est pas en vous mettant dans cet état que vous arriverez à quelque chose, dit doucement Marsha.

— Bon Dieu, Marsha, je n'ai jamais su ce que c'était qu'un gosse, mais, quand j'ai ramassé celui de Decker, ça ne m'a pas empêché de comprendre qu'un type puisse se faire trouer la peau pour qu'il n'arrive rien à son môme. Decker savait qu'il allait mourir et il a même pas essayé de l'éviter. Il le savait déjà trois jours avant puisqu'il a éprouvé le besoin de mettre de l'ordre dans ses affaires. Dieu sait ce qu'il a pu éprouver pendant ces trois jours.

— Ça n'a pas dû être drôle.

— Oh ! je n'en sais rien. Plus ça va, moins j'y comprends quelque chose. »

Je me frottai violemment le visage.

« Decker et Hooker pariaient chez Link le Crapaud, et Link marche avec Ed Teen et Lou Grindle, et c'est un des hommes de Grindle qui a descendu Decker. Tout ça se tient, mais l'ensemble est parfaitement incohérent.

— Je suis navrée, Mike.

— Vous n'avez aucune raison de l'être.

— Mais si. Jusqu'à un certain point, c'est chez moi que l'histoire a commencé. Je ne peux pas m'empêcher de penser au gosse.

— Ç'aurait été la même chose si Decker avait forcé le bon coffre-fort. Il savait qu'il allait mourir, qu'il rapporte la galette ou non, mais pourquoi ? »

Marsha se retourna pour me regarder.

« Peut-être avait-il réellement l'intention de filer avec l'argent. Si tel est le cas, il savait évidemment qu'il courait un grand risque d'être rattrapé, et c'est peut-être pour ça qu'il avait mis de l'ordre dans ses affaires à titre de précaution ? Le fait qu'il se soit trompé d'étage n'aurait alors rien changé au dénouement de l'histoire ? »

C'était à peine si je pouvais ouvrir les yeux, tant ils me brûlaient.

« De quelque côté qu'on envisage le problème, c'est toujours un superbe gâchis. Je sais qu'il y a une réponse quelque part, mais, j'ai beau me triturer les méninges, je n'arrive pas à l'en faire sortir. C'est tout juste si je suis encore capable de réfléchir.

— Fatigué, Mike ? »

Je baissai les yeux vers elle, elle leva les yeux vers moi, et je savais que nous pensions à la même chose. Puis sa tête retomba lentement.

« Je suis une imbécile, n'est-ce pas ? dit-elle.

— Non, Marsha. Pourquoi dites-vous ça ?

— Mike... Avez-vous déjà été amoureux ? »

J'acquiesçai d'un hochement de tête.

« C'était agréable ?

— Je le croyais.

— Êtes-vous amoureux… maintenant ? »

Sa voix était à peine perceptible.

Je haussai les épaules. Que diable aurais-je pu lui répondre ?

Elle se releva d'un bond et secoua la tête. Ses cheveux formaient un halo sombre autour de son visage souriant.

« J'avais bien préparé mon programme. J'avais l'intention de me conduire comme une imbécile, de toute façon… »

Elle me tendit la main pour m'aider à quitter les profondeurs moelleuses du fauteuil. Sa bouche était plus chaude qu'elle n'aurait dû l'être. Son corps souple et fluide.

« Pourquoi moi, Marsha ? chuchotai-je. Vous savez qui je suis. Je ne suis pas célèbre et je travaille pour gagner mon argent. Je ne suis pas du tout de votre classe. »

Elle me regarda avec une expression impossible à décrire. Il y avait dans ses yeux une langueur qui n'était pas celle du sommeil.

« Donnez-moi la possibilité de n'être qu'une femme, Mike. Je ne veux pas de ces choses que vous dites ne pas être. Je les ai eues. Je veux les choses que vous êtes. Vous êtes brutal et pas tellement beau, mais il y a en vous quelque chose de diabolique et d'angélique à la fois qui vous rend totalement différent des autres. »

Elle se dégagea doucement et, tandis que je remplissais mon verre, il y eut un léger déclic, et la lueur de la lampe céda la place à une minuscule veilleuse. Je me retournai, vis sa main repousser l'épaulette unique de sa robe, qui tomba en plis soyeux sur la mince ceinture de cuir. Puis la lumière disparut complètement, engloutissant la silhouette à demi nue que j'avais tout juste eu le temps d'entrevoir.

Je vidai mon verre et le posai sur la table à tâtons. Puis j'entendis un nouveau glissement soyeux, et, soudain, elle fut contre moi, invisible et nue, sans rien entre elle et moi pour l'empêcher d'être une femme, tissant autour de nous la trame d'un désir trop grand pour qu'il soit possible d'y échapper.

Et, lorsque la trame fut brisée, je m'en allai doucement, comme un voleur, sachant bien qu'elle se tisserait à nouveau et qu'il ne tiendrait qu'à moi de la briser encore, chaque fois que j'en éprouverais le désir.

6

J'étais en train de prendre mon petit déjeuner, le lendemain matin vers dix heures et quart, lorsque le téléphone sonna. Je décrochai le récepteur, et la standardiste m'annonça qu'on allait me parler de Miami. Ce fut avec un plaisir sans mélange que j'entendis la voix de Velda.

« Bonjour, chérie, lui dis-je. Comment vont les affaires ?

— A merveille. Du moins, en partie. Notre homme a filé en avion, mais il a laissé le butin derrière lui. L'enquêteur de la compagnie d'assurances est ici, en train de dresser un inventaire du bric-à-brac.

— Parfait, parfait. Tâchez de lui soutirer quelque chose pour vous, si possible.

— Ce ne serait pas très difficile, s'esclaffa-t-elle. Il me fait une cour effrénée. Mike, est-ce que je vous manque ? »

Je n'étais pas très fier de moi, mais j'étais parfaitement sincère lorsque je lui répondis :

« Beaucoup.

— Je ne veux pas dire en tant que collaboratrice, Mike.

— Moi non plus, chérie.

— Je ne vous manquerai plus très longtemps. Je reprends le train cet après-midi. »

Je réfléchis une seconde. J'avais envie de la revoir, mais pas si tôt. J'étais plongé jusqu'au cou dans une sale histoire et je me souvenais de ce qui était arrivé la dernière fois où j'avais mis Velda dans le bain.

« Une minute, chérie, lui dis-je, c'est toujours la compagnie qui paie. Continuez à suivre ce type. Il les intéresse autant que le butin, et, si vous pouvez le retrouver et le faire arrêter par la police locale, nous garderons certainement leur clientèle.

— Mais, Mike, il a pris l'avion pour Cuba.

— Faites-en autant et, si dans une semaine vous n'avez pas retrouvé sa trace, laissez choir et revenez. »

Elle se tut pendant quelques secondes. Puis :

« Mike... Il y a quelque chose qui ne va pas, de votre côté ?

— Ne dites pas de bêtises.

— Si vous m'expédiez comme ça...

— Écoutez, chérie, l'interrompis-je, si quelque chose n'allait pas, vous le sauriez. Je viens juste de me lever et je n'ai pas encore les idées très claires. Soyez gentille et faites ce que je vous dis.

— O. K. ! patron. Tu m'aimes, Mike ?

— Si on te le demande... »

Elle éclata de rire et raccrocha. Si on le lui demandait, elle le saurait. Les femmes savent toujours ces sortes de choses.

Je finis de déjeuner, grillai une cigarette et me rasai en écoutant la radio. Bientôt, le speaker abandonna Washington et la politique pour revenir à New York et aux dernières descentes organisées par le district attorney contre le racket du jeu. Celles de la nuit précédente avaient été couronnées de succès, les flics avaient coffré quelque vingt-cinq personnes, et le bulletin d'informations laissait entendre que la police espérait venir prochainement à bout des gros pontes de la corporation.

Lorsque j'eus achevé de me barbifier, j'allai ouvrir ma porte et pris sous mon paillasson le journal du matin. Les photos des personnes arrêtées figuraient en première page, et il y avait à l'intérieur un plan qui indiquait les endroits où avaient opéré les books ramassés au cours de la nuit.

Le nom d'Ed Teen n'était mentionné que dans l'éditorial, qui soulignait le fait que les avocats personnels de M. Teen étaient en train de se démener pour faire élargir les inculpés. Il était précisé, en outre, que la plupart des témoins se montraient extrêmement réticents lorsque la police leur demandait d'identifier ceux à qui ils remettaient leurs paris ou par l'intermédiaire de qui ils encaissaient leurs gains. A la fin de l'éditorial, le chroniqueur accusa carrément Lou Grindle de diriger une organisation chargée d'empêcher les témoins d'ouvrir la bouche et mettait la police en demeure de donner des explications à ce sujet.

Avant de quitter la maison, je passai chez l'infirmière, et la suivis dans son salon juste à temps pour rattraper le poste de T.S.F.

« Il n'est pas très en avance pour parler, mais c'est un vrai garçon », m'expliqua-t-elle sans s'émouvoir.

Le gosse me reconnut tout de suite. Je l'avais à peine soulevé de terre qu'il plongeait la main dans mon veston avec un sourire extatique. Et il se débattit comme un beau diable lorsque je prétendis l'empêcher d'accéder à l'objet de ses convoitises.

« Il a quelque chose de changé, dis-je à l'infirmière.

— Je pense bien, reprit-elle en souriant. Je lui ai coupé les cheveux. »

Je reposai le gosse sur le plancher, mais il se raccrocha à ma jambe en jacassant comme une pie borgne.

« Il a un faible pour vous, ajouta l'infirmière.

— Je suis probablement sa seule famille, à présent. Avez-vous besoin de quelque chose ?

— Non. Je vous l'aurais fait savoir.

— O. K. ! Alors, à bientôt. »

Le gosse se mit à brailler lorsqu'il vit que je repartais, et j'agitai la main comme un idiot pour lui dire au revoir, mais ce n'était pas ça qu'il voulait. Il était si petit et son chagrin était si sincère que j'en avais honte de le laisser choir comme ça, mais je me promis de m'occuper de lui dès que j'en aurais le loisir.

Deux journalistes sortaient du bureau de Pat en scribouillant quelque chose sur leurs blocs-notes, lorsque j'arrivai devant sa porte. J'entrai et la repoussai derrière moi.

« Salut, Mike, dit-il.

— Bonne journée ?

— Aujourd'hui, on est des héros. Demain, on sera autre chose.

— Vous avez trouvé la fuite ?

— Non. Ou si c'est bien celui qu'on croit, alors c'est qu'y se tient à carreau. Rien n'avait été passé à l'extérieur sur l'opération de cette nuit.

— Comment a-t-il pu s'apercevoir qu'on le soupçonnait ?

— C'est un flic de longue date. Il connaît suffisamment la musique pour s'apercevoir qu'il est surveillé.

— Il en a parlé ?

— Non, mais il a changé d'attitude. Il est offensé qu'on puisse le soupçonner ou quelque chose dans ce goût-là.

— Ça va faire un sacré boum dans la presse. Je suppose que les journaux vont exiger du district attorney qu'il conduise une enquête approfondie à l'intérieur de...

— Le district attorney n'est pas au courant, trancha Pat. Et tâche de garder ça pour toi. Je m'occupe de ça moi-même. Si c'est bien celui qu'on soupçonne, il est inutile que le scandale éclabousse toute la brigade. Et on n'est pas encore sûr que ce soit lui. »

J'aurais voulu faire quelque chose pour Pat. Il avait l'air claqué et complètement dégoûté de l'humanité. Je demandai :

« A part ça, la nuit a été bonne ?

— Oh ! ça va, charrie pas », commença-t-il.

Puis il me regarda mieux et vit que je n'étais pas en train de l'asticoter.

« Zéro, dit-il. On a bouclé une ou deux officines et on a coffré une brochette de comparses qui vont probablement s'en tirer indemnes ou avec des sentences ridicules. Teen est un fortiche, et ses avocats le sont encore plus que lui. Ils savent tout ce qu'il y a à savoir, et, ce qu'ils ne savent pas encore, ils l'inventent. Tu sais ce que je crois ? Je crois qu'il est en train de nous laisser alpaguer une poignée de menu fretin, histoire de calmer un peu le district attorney et de raffermir en douce sa propre position.

— Je ne pige pas très bien, murmurai-je.

— Je vais t'expliquer ça en deux mots. Si c'est de la violence qu'il faut pour protéger son racket, Teen passe le mot à Lou Grindle. Mais, si c'est de l'argent qu'il faut, il arrose, et plus il arrose, plus les touche-à-tout et les politicards qui lui mangent dans la main sont irrémédiablement compromis et, un beau jour, ils s'aperçoivent qu'ils ne peuvent plus se permettre de le laisser se faire coincer, parce qu'ils savent très bien que ce serait leur perte, à eux aussi, et c'est pour ça qu'ils font des heures supplémentaires pour assurer la sauvegarde de ce salopard.

— Joli.

— Ouais... Écoute-moi bien, Mike. Après tout ce que tu as vu, lu ou entendu dire sur Ed Teen, sais-tu ce que nous avons actuellement contre lui ?

— Non.

— Rien. Pas ça ! Des soupçons, des présomptions, mais ce n'est pas avec ça qu'on convainc un jury. Nous savons tout ce qu'il manigance et nous n'en avons pas la moindre preuve. Il y a un mois que j'épluche son passé pour tâcher d'y trouver quelque chose et j'en suis toujours au même point ! »

Pat enfouit son visage dans ses mains et se frotta les yeux.

« Est-ce que tu as eu le temps de t'occuper un peu de Decker et de Hooker ? »

Ma question eut au moins le mérite de le faire sourire.

« Oui, tout de même, répliqua-t-il. J'avais l'intention de te téléphoner pour te mettre au courant. Depuis quatre mois, Hooker versait de l'argent sur un compte en banque. Près de mille dollars à chaque fois. Il les recevait apparemment toujours le même jour, et c'était toujours la même somme, à quelques dizaines de dollars près, qu'il prélevait sans doute avant de faire son versement. Ça concorde avec ton histoire de tuyaux increvables...

— Il en a fait souvent, des versements, de ce genre-là ?

— Toutes les semaines, sans exception, depuis quatre mois.

— Et Decker ?

— Rien. Quatre de mes hommes ont reconstitué son emploi du temps au cours des dernières semaines aussi loin qu'il a été possible de remonter. Jusqu'à preuve du contraire, il ne fréquentait pas d'individus douteux. Les personnes qui ont répondu de lui sont également des gens qui savent de quoi ils parlent. Incidemment, j'ai parlé moi-même au prêtre de sa paroisse. Il pourra te reprendre le gosse vers la fin de la semaine. »

Il se tut et m'observa pendant quelques secondes.

« Qu'est-ce que tu penses de tout ça, Mike ? »

Je pris le temps d'allumer une cigarette.

« Si je te le disais, ça te ferait peur, fiston. »

Son front se plissa un peu plus.

« O. K. ! Fais-moi peur.

— T'as peut-être été plus près d'épingler Teen que tu ne te l'imagines, vieille branche. »

Ses doigts cessèrent de battre la charge sur le bord de son bureau. Je continuai :

« Est-ce qu'il n'y aurait pas de quoi se marrer si le gars qui a buté Decker te permettait de remonter jusqu'à Ed Teen ?

— Ouais, je crois que j'en mourrais de rire, dit Pat, les yeux mi-clos.

— Ces versements réguliers faits par Hooker... Ce n'était pas de l'argent gagné en misant sur les canassons, Pat. Hooker était payé pour faire quelque chose. Tu n'as pas une idée là-dessus ?

— Non.

— A mon avis, il était payé pour placer un certain type dans une certaine position où il devenait facile de lui forcer la main.

— Cesse de parler par énigmes.

— Impossible, Pat. C'est encore une énigme pour moi-même, mais il y a une chose que je peux te dire. Vous avez tort de traiter cette histoire comme une affaire ordinaire, parce qu'en agissant comme ça vous risquez de rater une bonne chance de caramboler Teen et son racket avec !... »

L'espace d'une seconde, Pat afficha sa tête de flic, puis il se renversa contre le dossier de sa chaise avec l'air plus heureux et plus excité qu'il ne l'avait été depuis de nombreuses semaines et lança :

« Raconte, Mike !

— Donne-moi un petit coup de main d'abord, et je crois pouvoir te promettre une histoire cohérente...

— C'est bien parce que c'est toi, Mike. Si tu étais quelqu'un d'autre, je t'interrogerais sous la lampe, jusqu'à ce que tu me craches tout ce que tu sais. Mais, comme c'est toi, je ne peux que regretter que t'aies jamais voulu entrer chez les flics... les vrais !

— Je n'aime pas vos heures de travail. Ni vos salaires.

— T'aime mieux travailler pour la peau et pouvoir me mettre en boule chaque fois que t'en as l'occasion ! O. K. ! Vide ton sac. Qu'est-ce que tu veux ?

— D'abord une paire de détectives privés répondant aux noms d'Arthur Cole et de Glenn Fisher. »

Il nota les deux noms sur un bout de papier et me jeta un regard interrogateur.

« Nocky ?...

— C'est Arthur Cole.

— Tu aurais dû me donner leurs noms plus tôt.

— Je ne les avais pas encore. »

Il abaissa l'une des manettes de son interphone.

« Dites au sergent Mac Millan de venir me voir. »

Une voix répondit que Mac Millan allait monter tout de suite, et, tandis que nous l'attendions, Pat alla fourrager dans son classeur et en sortit finalement un dossier qu'il me jeta sur les genoux au moment précis où la porte s'ouvrait, livrant passage à un flic en bourgeois qui mâchonnait un cigare éteint.

« Je vous présente Mike Hammer, sergent », dit Pat.

Le flic changea l'orientation de son cigare et me tendit la main.

« Heureux de vous connaître, sergent, lui dis-je.

— Autant à votre service, Mike. J'ai pas mal entendu parler de vous.

— Le sergent Mac Millan va pouvoir nous renseigner sur ces gars-là, expliqua Pat. Que savez-vous sur deux soi-disant détectives privés nommés Arthur Cole et Glenn Fisher, Mac Millan ?

— Beaucoup de choses. La licence de Fisher lui a été enlevée, y a un mois de ça. Qu'est-ce que vous voulez savoir ?

— Les généralités, répliquai-je.

— Ces gars-là sont des salopards de la pire espèce. Surtout Fisher. Vous les avez déjà vus ? »

J'acquiesçai. Pat désigna la chemise qui reposait sur mes genoux. Je l'ouvris et y trouvai quelques photographies prises pendant une bagarre entre briseurs de grèves et manifestants dans les docks. Mes deux copains étaient au premier plan, en train de jouer de la matraque.

« C'est des faiseurs d'histoires, continua le sergent. Il y a un an de ça, un gars qui avait le bras long leur a fait obtenir leur licence, pour donner à leurs actes une allure légale. Leurs casiers sont vierges, mais ils ont été arrêtés plusieurs fois pour rixe sur la voie publique, etc. Ils travaillent pour n'importe qui, pourvu que ça paie bien. Vous voulez que je les fasse rechercher, capitaine ?

— Qu'est-ce que tu en penses, Mike ?

— Ce ne serait pas une mauvaise idée, mais ce n'est pas à New York que vous les trouverez. Ils ont filé hier soir, et vous ferez bien d'alerter aussi la police ferroviaire, parce qu'ils sont sans doute encore dans le train. Cole a une main aplatie et Fisher la gueule en compote. Ce sera pas bien difficile de les retrouver.

— O. K. ! Alors, allez-y, sergent.

— Entendu, capitaine, dit Mac Millan. J'ai tout ce qu'y me faut. Je vais m'en occuper tout de suite. »

Il me dit au revoir et se retira, tandis que Pat s'était emparé d'une des photos, l'examinait.

« Alors, Mike ?

— Ces gars-là travaillaient pour Link le Crapaud. »

Pat releva brusquement la tête.

« Ils en avaient après Hooker jusqu'à ce que j'essaie de lui tirer les vers du nez, et c'est alors qu'ils se sont rabattus sur moi. J'ai pas pigé assez vite ou Mel Hooker serait peut-être encore vivant. Hier soir, j'ai rendu visite à

M. Link, et il n'a été que trop heureux de me dire comment s'appelaient ses satellites.

— Mike, sacré nom !...

— Si tu te demandes comment j'ai appris pour qui travaillaient ces deux cocos-là alors que les flics ne le savaient pas, cesse de te tourmenter... J'ai un copain qui sort beaucoup... avec des blondes oxygénées.

— Je ne me demande pas ça du tout. Je me demande comme j'ai pu être assez stupide, ou assez négligent, pour... »

Il s'interrompit et sourit amèrement.

« Y a un an de ça, j'aurais vu la connexion, ou tout au moins je t'aurais laissé me persuader beaucoup plus vite. Tout ce que tu fais se rapporte plus ou moins directement à l'affaire Ed Teen. Savais-tu qu'on s'apprêtait à faire passer Link par la filière, cette semaine ?

— Non.

— Eh bien, je te l'apprends. Lui et quatre autres. Le district attorney a tout de même réuni une sacrée documentation sur les hommes de l'organisation Teen-Grindle.

— Alors pourquoi que tu t'es pas remué plus tôt ?

— Parce que ceux qui travaillent pour Teen et Grindle travaillent tous pour leur propre compte entre-temps. Rien ne prouvait qu'Arnold Basil travaillait pour Grindle quand il a buté Decker, après avoir participé à ce cambriolage.

— Tu es sûr que c'est lui qui a buté Decker ?

— Aussi sûr que les gars du labo. Ils ont passé Basil à la paraffine, et, si les traces de poudre qu'ils ont relevées sur lui provenaient d'une fusillade antérieure, je demande à ce qu'on me dise où elle a eu lieu ! Si l'affaire Decker offre un rapport quelconque avec Teen et Grindle, on le trouvera.

— Je le trouverai, Pat. C'est moi qui me suis occupé de l'affaire Decker jusqu'à présent.

— Écoute, Mike, je sais ce que tu penses. Tu te fous éperdument qu'on coince Ed Teen ou qu'on le coince pas. Tout ce que tu veux, c'est la peau du gars par la faute de qui le gosse est devenu orphelin... et tu risques de tout nous flanquer par terre.

— D'accord, mon pote, ricanai-je. Alors, essaie un peu de me faire identifier quelqu'un, et on rigolera deux minutes.

— Mike !

— Écoute, Pat, c'est moi qui ai vu ces deux gars-là et c'est moi qui leur ai cassé la gueule. Si je la boucle, t'as rien contre eux, et tout ce que je veux, c'est trois ou quatre jours de grâce pour mener l'affaire à ma façon... et aussi jeter un coup d'œil au dossier de Link le Crapaud.

— Alors, là, c'est impossible. Il est dans le classeur « ultra-confidentiel » du district attorney !

— Tu peux pas mettre la main dessus ?

— Non. Faudrait que je lui explique pourquoi et je veux pas lui redonner l'occasion de me faire tourner en bourrique.

— Oh ! m... Tu sais quelque chose sur le Crapaud ? »

Pat secoua la tête.

« Sans doute pas plus que tu peux en savoir toi-même. Je n'ai rien fait de plus que d'écouter et de dire le peu que je savais, quand ils ont mis le dossier de Link sur le tapis. Les hommes du district attorney ont enquêté eux-mêmes... »

Je laissai mon regard errer sur les toits d'en face, à travers la fenêtre ouverte, et je savais que pendant ce temps-là Pat ne me quittait pas des yeux.

« Tu crois que Link est le dernier maillon de la chaîne, pas vrai ? » dit-il enfin.

J'acquiesçai.

« Explique un peu.

— On dit que les gars ont du pognon plein leurs poches, aiment le vin, les femmes et les chansons, commençai-je, mais le gars qui a dit ça a oublié quelque chose : les canassons ! Si tu en doutes, va sur un champ de courses et reluque un peu les limousines et les décapotables et les comptes en banque qui vont avec elles.

— Alors ?

— Alors il était une fois un fils à papa qui s'appelait Marvin Holmes, qui avait un faible pour les blondes, jetait son pognon par les fenêtres et gardait toujours une fortune dans son coffre-fort. Il misait aussi sur les canassons par l'intermédiaire d'un bookmaker du nom de Link le Crapaud, et puis, un jour, il décida que les canassons ne couraient pas dans le bon sens et refusa de couvrir ses paris...

— Alors ?

— Alors, enchaînai-je sur un ton moins fantaisiste, comme le nommé Marvin Holmes est trop gros pour qu'on puisse se permettre de le bousculer, le gars Link cherche un autre moyen d'obtenir son fric. Quelqu'un lui signale un ancien expert ès coffres-forts du nom de William Decker, mais l'homme a acheté une conduite et entend la conserver. Link attend que Decker ait besoin de galette et arrose un de ses compagnons de travail, du nom de Mel Hooker, pour qu'il l'aiguille dans sa direction. Ils montent une petite mise en scène pour faire croire à Decker qu'il est en train de gagner une fortune, Decker veut tenter le grand coup et y perd sa chemise. Comme ce n'est pas une grosse légume et qu'il a un mouflet, rien n'est plus facile que de le bousculer. Il sait ce qu'il arrivera s'il n'apporte pas son pognon au requin et il a la peur aux tripes. Et c'est pour ça que le jour où Link le Crapaud lui propose d'ouvrir un coffre-fort il saute dessus à pieds joints, va porter l'argent de Link à l'usurier et fait ce qu'on lui dit de faire.

« Tout aurait bien marché si Decker ne s'était pas trompé d'étage. Mais, dans ces conditions, il ne lui restait qu'une chance de s'en tirer, et c'était de filer à l'anglaise. Il en avait peut-être toujours eu l'intention puisqu'il avait pris des dispositions pour assurer la subsistance de son môme si les choses tournaient mal ? Quoi qu'il en soit, Basil et son copain, le conducteur de la Buick, l'ont rattrapé et descendu sans la moindre peine, et c'est pendant que Basil fouillait Decker pour voir s'il avait le magot sur lui que je suis entré dans la bagarre. Basil avait dû crier ou faire signe à l'autre que Decker n'avait rien sur lui avant que je me mette à tirer, et, quand il s'est affalé dans le ruisseau, le conducteur de la Buick a préféré lui passer dessus que de lui laisser une chance de l'ouvrir trop grande.

« Reprenons les choses à partir de ce moment-là. Le gars à la Buick savait où gîtait Decker. Il se dit que Decker a pu planquer l'argent chez lui en allant y chercher son môme, il y retourne en vitesse, n'y trouve rien. Puis il se dit que Basil s'est peut-être trop pressé quand il a fouillé Decker... mais j'étais déjà sur les lieux, et le type commence à se demander si ce n'est pas moi qui ai profité de l'occasion pour m'approprier le magot ! Il s'introduit chez moi pendant mon absence, mais je rentre assez tôt pour le surprendre en pleine action, je veux aller trop vite en besogne, et c'est lui qui me laisse sur le carreau.

« Supposons maintenant qu'il s'agisse bien du Crapaud. Deux types sont morts, et, si quelqu'un perd les pédales, il risque d'aller s'asseoir sur la chaise électrique. Hooker n'était pas au courant des détails du meurtre, mais il savait beaucoup de choses, et sa cicatrice prouve qu'il n'en était pas à sa première rencontre avec les Arthur Cole et autres Fisher. Quand il repère deux des hommes du Crapaud dans son sillage, il commence à trembler pour sa peau. Ils sont là pour lui, sans aucun doute. Ils attendent l'occasion propice. J'ignore si Hooker a essayé de se faire bien voir en me les flanquant aux fesses ou s'ils m'ont vu eux-mêmes en train d'essayer de le faire parler, mais, de toute manière, ils ont voulu me faire la peau et ont raté leur coup. Ensuite ils se sont retournés vers Hooker et, cette fois-ci, n'ont pas raté leur coup. C.Q.F.D.

« Mon intervention a effrayé le Crapaud au point de lui faire expédier ses deux zigotos loin de New York, et c'est pour ça que, si on peut les récupérer, ça ne devrait pas être bien difficile d'épingler le Crapaud... »

Le silence s'éternisa.

« En supposant, toutefois, que tu sois parti du bon pied, précisa finalement Pat.

— Bien sûr.

— On va le savoir tout de suite. »

Il décrocha son téléphone, demanda une ligne extérieure et, en attendant la tonalité, feuilleta rapidement l'annuaire. Puis il composa un certain numéro, attendit un instant et dit :

« Je voudrais parler à M. Holmes. Ici, le capitaine Chambers, de la Brigade criminelle. »

Il écouta pendant quelques secondes, les sourcils froncés, et, lorsqu'il raccrocha doucement le récepteur, je savais déjà ce qu'il allait me dire.

« Marvin Holmes est parti, Mike. Pour l'Amérique du Sud. Hier matin. Avec une de ses blondes.

— Comme ça, c'est complet », grognai-je.

Et je ne reconnus pas ma propre voix.

« Oui, c'est parfait, souligna Pat. Il est pas trop gros pour qu'on puisse pas le bousculer après tout. On dirait que quelqu'un lui a mis le feu au derrière.

— Je l'espère... Mais j'aimerais bien savoir qui conduisait la Buick, cette nuit-là.

— Certainement pas le Crapaud lui-même.

— Je n'en suis pas si sûr. Avec le magot qu'il espérait empocher, il ne tenait sûrement pas à ce qu'il passe par toutes sortes de mains avant de lui parvenir. Ouais, fiston, je crois que cette histoire va me permettre d'avoir le Crapaud.

— Pas toi, Mike. Nous. Les flics. La justice. Tu vois ce que je veux dire.

— On fait un pari ? »

Brusquement, je cessai d'être son copain. Ses yeux étaient trop gris et son visage trop fermé, et je n'étais plus qu'un suspect assis en face de lui et qui allait répondre à ses questions jusqu'à ce qu'il se jugeât suffisamment renseigné.

S'il croyait ça, il se fourrait le doigt dans l'œil.

« Alors il y a encore autre chose ! gronda-t-il.

— Il pourra y avoir autre chose. Si tu me donnes deux ou trois jours de grâce.

— Tu sais ce qui m'arrivera si tu flanques tout par terre ?

— Tu sais ce qui risque de m'arriver ?

— Ouais, dit-il. Tu peux te faire buter.

— Exactement.

— O. K. ! Mike, tu auras tes trois jours. Et Dieu te vienne en aide si tu te fourres dans le pétrin, parce que c'est pas moi qui t'en sortirai. »

Il mentait doublement, et je le savais. Je ne disposais pas de trois jours, et il ne me laisserait pas tomber si j'avais besoin d'un coup de main, mais je fis mine de le croire et pris congé de lui. Il n'avait pas changé d'expression lorsque je refermai la porte derrière moi, mais sa main était déjà sur le téléphone.

L'une des sténodactylos me dit que Ellen Scobie était partie déjeuner, mais que je la trouverais sans doute au *Beefsteak Nelson* si j'y allais tout de suite. Le *Beefsteak Nelson* était à deux pas, et, lorsque je vis Ellen en train de grignoter son os, dans le fond de la salle, je me dis qu'après tout les archives du district attorney n'étaient peut-être pas aussi inaccessibles que le pensait Pat.

Elle m'avait aperçu, elle aussi, et me regardait venir en souriant.

7

Elle portait une robe noire, mais, sans Ellen dedans pour la mettre en valeur, la robe n'aurait pas été grand-chose. Le soleil lui avait doré la peau, et sa longue chevelure caressait ses épaules nues chaque fois qu'elle bougeait la tête.

« Salut, Mike », dit-elle.

Je m'assis en face d'elle.

« Vous êtes seule ?

— Depuis un bon moment. Tous mes camarades ont déjà réintégré leurs bureaux respectifs.

— Et vous ?

— Moi ? Il m'arrive de travailler la nuit, mon cher, et comme le budget municipal ne prévoit aucune compensation pour les heures supplémentaires, ils sont bien obligés de m'accorder le temps que je leur demande. Vous voulez manger quelque chose ? »

Je commandai un demi et un sandwich au jambon avec de la moutarde. D'un commun accord, nous attendîmes d'avoir fini de manger pour reprendre la conversation. Elle était rudement agréable à regarder. Non seulement parce que c'était une belle fille, mais à cause de cette vitalité contenue qui se manifestait dans ses moindres gestes. Assise dans le coin de la loge, avec les jambes haut croisées, elle était en train de s'amuser ferme, parce que l'ingénue qui déjeunait de l'autre côté de l'allée faisait ce qu'elle pouvait pour monopoliser l'attention de son compagnon, dont les yeux se fourvoyaient à chaque instant dans la direction d'Ellen.

« Je me déteste quand je fais des choses comme ça, murmura-t-elle.

— Vos amies doivent vous adorer.

— Mes amis m'adorent. Les hommes, je veux dire. Comme vous, Mike. Vous êtes venu ici pour me voir. Vous m'adorez tellement que vous ne pouvez plus vous passer de moi ! »

Elle éclata de rire.

« Il m'arrive même de rêver de vous, lui dis-je.

— Tu parles ! s'esclaffa-t-elle.

— Blague dans le coin, je suis sincère.

— J'aimerais vous l'entendre dire sur un autre ton. Il y a en vous quelque chose qui me fascine. Et, maintenant que vous m'avez fait la cour, qu'est-ce que j'ai qui vous fait envie ? »

Mes yeux durent faire une drôle de gymnastique, car elle ajouta malicieusement :

« En dehors de ça, bien entendu.

— Votre patron possède un dossier sur un nommé Link le Crapaud. Je peux y jeter un coup d'œil ? »

Elle affecta un profond désespoir.

« J'aurais dû m'en douter. Je passe le plus clair de mon temps à me faire belle, en espérant votre visite, et quand vous vous amenez c'est pour me demander de grimper sur un nuage.

— Ce qui veut dire ?

— Ce qui veut dire que c'est presque impossible, Mike.

— Pour quelle raison ? »

Elle se détourna, les yeux vagues, et dit :

« Mike, je...

— Ce n'est pas exactement un secret pour moi, Ellen. Pat m'a dit que le district attorney s'apprêtait à faire passer Link le Crapaud par la filière.

— Alors il aurait dû vous dire que ces dossiers sont sous clef et bien gardés, par surcroît. Le district attorney n'a confiance en personne.

— Il a confiance en vous.

— Et si je me fais coincer, non seulement je perdrai ma place, mais je n'en trouverai jamais une autre et je passerai par la filière, moi aussi, à destination de la taule... »

Elle prit une Lucky dans mon paquet, et je lui donnai du feu.

« Je ne veux qu'y jeter un coup d'œil, Ellen. Je n'ai pas l'intention de voler quoi que ce soit et je garderai pour moi ce que j'aurai lu.

— Je vous en prie, Mike. »

Je cassai l'allumette en deux et la jetai dans mon assiette.

« O. K. ! O. K. ! Je vous en demande peut-être un peu trop. Les archives du district attorney sont tellement secrètes qu'il ne sait même pas lui-même ce qu'il a entre les mains. S'il était un peu moins cachottier, le public collaborerait davantage. En ce moment, il est en train d'essayer de détruire le racket du jeu, et qu'est-ce que ça donne ? Tout le monde trouve ça marrant. Mais, sacré bon Dieu ! s'il leur donnait la possibilité de jeter un coup d'œil sur les meurtres, les violences, les chantages et autres saloperies qui découlent de ce trust du jeu, ils réfléchiraient avant de rigoler et de s'en laver les mains. Il faudrait leur faire voir un macchabée ou deux avec des trous plein la poitrine, ou la veuve d'un gars qui vient de se faire buter, ou un petit gosse qui est brusquement devenu orphelin, parce qu'un de ces salauds-là s'est cru autorisé à descendre son père. »

Ellen écrasa dans un cendrier la cigarette qu'elle avait laissée se consumer entre ses doigts sans en tirer une seule bouffée. Ses yeux étaient brillants et brumeux à la fois. Indéchiffrables.

« Vous aurez ce dossier, Mike », dit-elle simplement.

Je payai les deux additions, et nous quittâmes le restaurant. Ellen s'arrêta devant le bar qui faisait face au Central et m'en désigna la porte.

« Attendez-moi là, dit-elle. Je ne vais pas remonter ; ça pourrait sembler louche à quelqu'un.

— Alors comment allez-vous faire pour sortir ce dossier ?

— Patty... la petite boulotte avec laquelle je loge, vous savez ? Elle est de service cet après-midi. Je vais la demander en bas et lui dire d'emporter le dossier quand elle sortira ce soir. Si je le prenais tout de suite, le district attorney serait fichu de vouloir le consulter aujourd'hui.

— Très bien, acquiesçai-je. Mais vous croyez qu'elle marchera ? »

Elle écarta l'objection d'un geste de la main.

« J'ai rendu à Patty toutes sortes de services et je ne lui ai jamais rien demandé. Autant que je commence aujourd'hui... Je reviens dans une dizaine de minutes. Attendez-moi au comptoir, voulez-vous ?

— D'accord. Et ensuite ?

— Ensuite, vous m'emmènerez aux courses. La petite Ellen a des tuyaux increvables aujourd'hui.

— Oui. Pat m'a parlé de ça. J'espère que vous ne vous montrerez pas égoïste.

— Je crois que nous allons avoir tous les deux une journée extrêmement fructueuse, Mike », dit-elle, et ce n'était pas des courses qu'elle parlait.

Elle revint une dizaine de minutes plus tard, je l'embarquai dans ma bagnole et démarrai.

« Patty apportera le dossier ce soir. Ça l'embêtait un peu, mais elle a dit qu'elle attendrait que tout le monde soit parti pour le glisser dans sa serviette. Elle doit emporter du travail avec elle aujourd'hui, alors ce ne sera pas très difficile.

— Brave Patty.

— Est-ce que ça ne mérite pas un baiser ? »

Je me penchai sur elle et l'embrassai. Ses lèvres étaient comme une coupe pleine d'un vin capiteux.

Un coup de klaxon du gars qui était derrière moi me rappela à mes devoirs, et je dus reposer la coupe sans l'avoir pleinement savourée.

Je décrochai trois gagnants cet après-midi-là. Le troisième me valut un sacré battement de cœur, parce que j'avais sur lui un report qui s'écrivait avec quatre chiffres et que cette espèce de toquard était en train de se faire rejoindre dans la ligne droite alors que je le voyais déjà gagner dans un fauteuil. Les hurlements de la foule atteignirent leur paroxysme, et quelqu'un se mit à me secouer le bras.

C'était Ellen.

« Vous pouvez ouvrir les yeux, Mike, disait-elle. Il a gagné. D'une courte tête. »

Je jetai un coup d'œil au tableau, puis aux tickets que j'avais roulés en boule dans le creux de ma main.

« Je ne recommencerai plus jamais ça ! bégayai-je. Comment font ceux qui gagnent leur vie sur les champs de courses pour ne pas mourir d'une embolie ? Vous savez combien je viens de gagner ?

— Environ quatre mille dollars, non ?

— Oui. Et quand je pense que, jusqu'à présent, je travaillais pour gagner ma vie ! Vous devriez être millionnaire, ma jolie !

— Hélas ! Non.

— Vous n'avez pas perdu votre journée non plus, pas vrai ?

— Non.

— Alors ?

— Je n'aime pas la couleur de l'argent. »

Je baissai les yeux vers elle et vis qu'elle serrait les poings.

« Vous savez pourquoi j'aime voir gagner les chevaux de l'écurie Scobie. C'est pour moi la seule et la meilleure façon de rendre à mon père la monnaie de sa pièce. C'est à cause de moi, et de moi seule, qu'il les fait souvent courir sous d'autres couleurs, mais je l'apprends toujours avant la course. Qu'il le veuille ou non, il me fait gagner de l'argent, et ça le rend à moitié fou de rage. Mais c'est tout de même de l'argent qui vient de lui, quoique indirectement, et je n'en veux pas...

— Si vous avez l'intention de le jeter, je suis preneur.

— Je ne le jette pas. Je vais vous faire voir ce que j'en fais. »

Nous passâmes encaisser et regagnâmes ma bagnole.

« Comment se fait-il que personne n'essaie de vous suivre, coup pour coup ? Si quelqu'un utilisait votre système et jouait un gros paquet, il pourrait faire un sacré boum ! »

Elle sourit et me prit la main.

« Ce n'est pas comme ça que ça se passe, Mike. Tous les chevaux de l'écurie Scobie ne sont pas des gagnants, loin de là. Il se trouve simplement que je sais lesquels gagneront ! Et ça n'a rien à voir avec ma science de la race chevaline ! P'pa a un vieil entraîneur qui m'aime beaucoup. C'est lui qui m'a appris tout ce que je sais sur les chevaux. Quand un cheval doit gagner, il me le fait savoir, et je parie sur lui.

— C'est tout ? »

Elle se mit à rire.

« Absolument tout. Les journaux ont raconté que c'était moi qui étudiais et choisissais les chevaux sur lesquels je jouais, et je les ai laissés faire parce que je sais que ça fait bisquer le vieux. »

Sur le chemin de la ville, les quatre mille dollars que j'avais dans mon portefeuille commencèrent à me brûler la peau, et je voulus emmener Ellen dans la boîte la plus select que je connaissais pour organiser une petite fête. Mais elle refusa obstinément et m'indiqua la route que je devais suivre, complétant ses instructions à mesure que nous ressortions du centre de la ville.

J'étais en pleine euphorie. Puis, comme un camion nous obligeait à marquer le pas, je pris le temps de regarder autour de moi et je sentis mon optimisme s'envoler à tire d'ailes. Nous étions à deux pas de l'endroit où Decker s'était fait descendre, après avoir déposé son mioche sur la banquette d'un bar miteux.

Ma gorge se serra d'un seul coup. J'étouffai un juron, doublai le camion en voltige et appuyai sur le champignon jusqu'à ce que Ellen me fît tourner à droite et stopper entre la camionnette d'un limonadier et une vieille guimbarde tout juste bonne pour la ferraille.

« Vous venez avec moi, Mike ? » demanda-t-elle.

Je la suivis à l'intérieur d'une sorte de lotissement qui avait dû être improvisé dans un groupe de vieux entrepôts ou quelque chose dans ce goût-là, et elle me présenta à deux ou trois vieilles qui étaient en train de boire le thé en famille. Tous les visages s'illuminèrent quand Ellen remit à l'une des vieilles femmes les matelas de billets qu'elle avait gagné aux courses, et je crus que tout le monde allait se mettre à pleurer.

Ellen, selon toutes les apparences, entretenait pratiquement la maisonnée. Une sacrée maisonnée à ce que je pus voir en jetant un coup d'œil dans le gymnase. Quand Ellen me rejoignit dehors, je la regardai comme si je la voyais pour la première fois.

Elle se mit à rire, se pencha vers moi et m'embrassa. Cette fois-ci, elle me donna le temps de savourer une bonne lampée de vin capiteux avant de me reprendre la coupe.

Puis je dégageai la bagnole et repartis vers le centre. Il était un peu plus de six heures lorsque nous nous installâmes dans un bon restaurant. Ellen passa un coup de fil à Patty et revint en disant que presque tout le monde avait déjà quitté le Central et que Patty laisserait le dossier à la maison.

« J'espère qu'on pourra le remettre en place aussi facilement demain matin, acheva-t-elle.

— Ne vous tourmentez pas, bébé. Il n'y a rien là-dedans que je ne pourrais trouver moi-même... si j'avais tout mon temps devant moi.

— Je ne me tourmente pas, Mike. C'est juste parce que je n'ai jamais rien fait de semblable jusqu'à présent... »

Elle sourit et plongea son nez dans son assiette.

Il était huit heures dix lorsque nous quittâmes l'établissement. Le tonnerre grondait au-dessus de Jersey, et les premières gouttes de pluie résonnèrent sur le toit de la bagnole au moment précis où je démarrais.

En un rien de temps, les ruisseaux devinrent des fleuves, et, malgré mes essuie-glace, c'était à peine si je voyais à quelques mètres devant moi. Il n'y avait plus personne sur les trottoirs, sauf ceux qui avaient le courage de les traverser en courant pour s'engouffrer dans les taxis... Un portier muni d'un parapluie aux dimensions d'un parasol vint chercher Ellen pour l'escorter jusqu'à l'entrée de l'immeuble, lorsque nous stoppâmes devant chez elle, et fit un second voyage pour mézigue. Mais telle était la violence de l'averse que Ellen en avait reçu dans le dos une bonne giclée et que sa robe lui collait au corps comme un timbre-poste.

Elle me fit passer devant elle lorsque nous quittâmes la cabine de l'ascenseur. J'allais frapper, mais elle m'écarta doucement et glissa sa clef dans la serrure.

« Personne ?

— Non. »

J'ôtai mes souliers et les transportai dans la cuisine, pour ne pas laisser des empreintes humides sur tous les tapis.

« Versez-nous à boire, Mike. Vous trouverez des verres dans ce placard. Le temps d'ôter cette robe trempée et je reviens.

— Dépêchez-vous. »

Elle revint en un temps record, je lui tendis un verre, nous trinquâmes et bûmes, puis je lui demandai de sortir le dossier de M. Link. Elle me fit signe de passer dans le salon, et je m'assis sur une chaise rembourrée, tandis qu'elle déplaçait une lourde statue de marbre et plongeait sa main derrière le piédestal.

« Votre coffre-fort privé ?

— Oui. Pour les lettres intimes, lingerie de nylon et autres objets précieux qu'une femme de ménage pourrait avoir envie d'emporter avec elle. »

Ma main tremblait d'impatience lorsque j'ouvris le dossier, mais elle tremblait bien plus encore — et de rage, cette fois — lorsque je le refermai, après avoir parcouru le dernier document et que j'envoyai le tout balader à travers le salon. Ellen poussa un petit cri de saisissement et recula d'un pas.

« Mike !

— Excusez-moi, Ellen, mais je vous ai fait courir un risque inutile. Il n'y a rien là-dedans. Pas une broque !

— Oh ! Mike, c'est impossible ! Le district attorney travaille dessus depuis plus d'un mois.

— D'accord ! Pour essayer d'impliquer Link dans son sacré fourbi de lutte contre le jeu. Il démontre que ce type-là est un bookmaker. Et alors ? Il lui suffisait de se déplacer et de confier lui-même un pari au Crapaud ! Pas besoin d'un mois de boulot pour en arriver là ! Link ne sortira pas de cette inculpation-là, d'accord, mais ce n'est pas ça qui conduira le district attorney à Teen et à Grindle ! »

Je ramassai deux des rapports et les plaquai sur la table à thé.

« Regardez ! Ce sont les seuls dans tout le dossier qui donnent quelques précisions sur le passé de Link, et ils remontent au temps où Roberts était district attorney. Qu'est-ce qui s'est passé entre ce temps-là et maintenant ? »

Elle se pencha vers les rapports et désigna le numéro imprimé au tampon de caoutchouc dans le coin supérieur droit des deux documents.

« C'est un numéro de code, Mike. Ces rapports faisaient partie d'une série.

— Alors où sont les autres ?

— Ou ils sont dans les archives, ou ils ont été détruits. Il n'est pas rare qu'un haut fonctionnaire décide de faire place nette quand il vient occuper le bureau de son successeur. Il arrive même qu'il aille jusqu'à détruire la plupart des archives de son prédécesseur.

— Sacré nom de Dieu !

— Je m'occuperai de ça dès demain matin, Mike. Il est possible qu'elles soient encore entreposées quelque part.

— Je ne peux pas me permettre d'attendre jusqu'à demain matin, sacré bon sang. Il doit y avoir un autre moyen. »

Ellen se mit à ramasser les feuillets épars et à les reclasser soigneusement dans l'ordre où je les avais trouvés.

« Je ne vois pas d'autre moyen, dit-elle. A moins que vous ne vouliez vous mettre en rapport avec Roberts lui-même. Il se peut qu'il se souvienne de quelque chose.

— Ça serait magnifique. Où habite-t-il ?

— Je n'en sais rien, mais je pourrai le savoir. »

Elle me regarda pensivement.

« Faut-il absolument que ce soit ce soir, Mike ?

— Oui, Ellen. Je suis désolé. »

Je la pris dans mes bras avant qu'elle eût décroché le téléphone et elle posa sa tête contre mon épaule en levant les yeux vers moi.

« Ça ne fait rien, Mike. Je comprends. »

Elle dut téléphoner à trois personnes avant d'obtenir l'adresse et le numéro de Roberts. Il habitait en dehors de la ville, à Flushing. Ellen me passa le récepteur, je demandai l'interurbain et attendis.

Ce fut Mme Roberts qui prit la communication.

« Je regrette, mais M. Roberts n'est pas là ce soir, me répondit-elle. Puis-je lui faire une commission ?

— Non. Pouvez-vous me dire quand il rentrera ?

— Pas avant demain midi, au plus tôt.

— Merci, madame. Je le rappellerai. »

J'eus un mal de chien à ne pas jeter le récepteur contre un mur. Pas d'erreur, j'avais de la veine !

J'entendis Ellen rire derrière moi, et je me retournai pour lui dire de la boucler, mais, quand une femme vous regarde comme celle-là me regardait, on n'a pas envie de lui dire quoi que ce soit. On la regarde, simplement.

Je dus faire appel à toute ma volonté pour ne pas la prendre dans mes bras.

« Ne rends pas les choses trop difficiles pour moi, fille du Texas. Le temps presse.

— Je ne peux même pas t'acheter, hein, Mike ?

— Tu n'auras jamais besoin de m'acheter, bébé. Mais j'ai quelque chose à finir, et c'est peut-être une question de minutes.

— Si je te laisse partir, tu ne reviendras peut-être jamais, homme du Texas !

— Hé là ! Je suis né à New York, mon chou.

— Il n'y a que par la naissance que tu n'es pas du Texas, Mike. Jamais une femme ne passe en premier avec toi. »

Elle se haussa sur la pointe des pieds pour m'embrasser.

« Mais il arrive tout de même que les hommes du Texas reviennent, continua-t-elle. C'est pour ça qu'il y a encore des hommes au Texas.

— Attention à toi, quand tu remettras le dossier en place », lui dis-je.

Puis je m'esquivai. Elle regardait à travers les vitres lorsque je m'engouffrai dans ma bagnole. Elle aurait été assez satisfaite si elle avait pu voir ce que je pensais.

Je m'arrêtai dans un bar et repassai toute l'histoire en revue, d'un bout à l'autre, telle que je l'avais reconstituée à l'intention de Pat. Tout concordait, mais je ne pouvais m'empêcher de penser qu'il y avait, quelque part, quelque chose qui ne collait pas, et j'étais en boule, parce que je n'arrivais pas à mettre le doigt dessus. Je me répétais que c'était le Crapaud qui avait conduit la Buick et donné les ordres à Arnold Basil, parce qu'il ne pouvait se permettre de faire confiance à quelqu'un d'autre. J'essayais de me persuader que c'était bien le Crapaud qui avait organisé le meurtre de Decker et tenté d'organiser le mien, mais il me restait toujours un doute au fond de mon esprit, et, j'avais beau faire, je n'arrivais pas à m'en débarrasser.

Je finis par abandonner la partie et rentrai chez moi.

Pat m'attendait devant la porte, et son visage n'avait plus rien d'amical. Il ne me laissa même pas le temps de lui dire bonsoir.

« Donne-moi ton pétard, Mike », ordonna-t-il.

Je ne discutai pas. Il s'en empara, vérifia le contenu du chargeur, examina la culasse et renifla le canon.

« Tu sais déjà quand je l'ai utilisé pour la dernière fois, lui dis-je.

— Sans blague ? »

Quelque chose commençait à me chatouiller les tripes.

« Cesse de faire l'imbécile, Pat. Qu'est-ce qui te chagrine ?

— Ne fais pas l'imbécile toi-même, Mike ! Je croyais pouvoir te faire confiance, mais il semble que je me sois trompé ! Il a fallu que tu fasses ce que t'avais envie de faire. Eh bien, c'est cuit, rôti, lessivé ! Je te croyais assez malin pour ne pas faire de telles idioties, mais...

— De quoi s'agit-il, Pat ?

— Trêve de plaisanteries, Mike. Le Crapaud est mort. Un pruneau de 11,25...

— Et c'est moi qu'on accuse ?

— Parfaitement, aboya Pat. C'est toi qu'on accuse. »

8

Pour une raison ou pour une autre, je conservai mon sang-froid. « Nous y voilà, pensai-je. Link le Crapaud n'était pas réellement le dernier maillon de la chaîne. »

Pat empocha mon revolver.

« Allons-y, Mike.

— Tu es sûr de toi, pas vrai ? »

Une minute auparavant, il avait été sûr de lui, mais plus maintenant. Je vis sa bouche se crisper et ses yeux se fermer à demi, tandis que son regard fuyait le mien.

Je n'attendis pas sa réponse.

« Ce n'est pas moi qui l'ai tué, Pat. Je l'aurais peut-être fait, mais quelqu'un d'autre est passé avant moi.

— Le médecin légiste a fixé l'heure du décès à quatre heures environ, la nuit dernière.

— Tu aurais dû me le dire tout de suite, Pat. J'étais occupé à cette heure-là. Vraiment occupé.

— Tu peux le prouver ?

— C'est bien ce que je veux dire.

— Mike... si tu me racontes des histoires...

— Tu me prends vraiment pour un imbécile ?

— O. K. ! Prouve-moi le contraire. »

Je n'aimais pas beaucoup sa façon de me regarder. Je ne suis peut-être pas un très bon menteur, et j'étais en train de lui monter un drôle de bateau. La nuit dernière, à quatre heures du matin, je roupillais comme un bienheureux et je n'avais aucun moyen de le prouver. Mais, si j'essayais de lui dire la vérité, il me faudrait un mois pour le convaincre de mon innocence.

« Viens », grognai-je.

Je me dirigeai vers l'appareil téléphonique du hall d'entrée, glissai une pièce dans la fente et composai le numéro que je voulais appeler, espérant que la personne intéressée me comprendrait à demi-mot.

Rien qu'à entendre sa voix, je la revis comme je l'avais vue la veille, avec sa robe verte montant en torsade le long de son corps.

« Ici, Mike, Marsha, lui dis-je. Il y a là un policier qui veut te poser une question... »

Je ne pus en dire davantage. Pat me prit le téléphone des mains alors qu'elle se demandait encore ce que tout ça pouvait bien signifier.

« Ici, le capitaine Chambers. J'ai cru comprendre que vous pouviez me dire où était M. Hammer la nuit dernière. Est-ce exact ? »

Je n'entendis pas la réponse de Marsha, mais Pat me jeta un regard aigu, la remercia et raccrocha le récepteur. Il n'avait pas l'air de très bien savoir sur quel pied danser.

« Alors, t'as passé la nuit avec elle », grommela-t-il.

Je remerciai mentalement Marsha et bafouillai :

« J'espère que tu seras discret, Pat.

— Tu feras bien d'éviter ce genre de fantaisie quand Velda sera de retour, mon gars.

— D'accord, mais c'est tout de même un alibi.

— Ouais. Faudrait être piqué pour s'en aller descendre un salaud comme le Crapaud plutôt que de roupiller avec une fille pareille ! O.K. ! Mike, t'as un alibi. J'ai une vague idée que je devrais peut-être pas le croire, mais la mort du Crapaud ne représente pas une grande perte pour l'humanité, et, si tu m'as raconté des blagues, je finirai toujours bien par l'apprendre. »

Je lui offris une cigarette, en pris une moi-même et craquai une allumette sur l'ongle de mon pouce.

« Est-ce que tu me racontes l'histoire ou est-ce que c'est un secret d'État, comme tout le reste ?

— Y a pas grand-chose à raconter. Quelqu'un est entré chez lui et l'a buté. Point, à la ligne.

— C'est tout ?

— Oui. Il était dans son lit, en train de roupiller, et celui qui lui a réglé son compte s'est ensuite payé le luxe de fouiller toute la maison. Je retourne là-bas, si ça te dit quelque chose.

— Le district attorney est sur les lieux ?

— Il n'en sait rien encore. Il est en train d'opérer quelque part, avec la Brigade des mœurs, une fois de plus, dit Pat d'un ton las.

— Et le pruneau ? Tu l'as fait expertiser ?

— J'ai pas attendu le rapport, avoua Pat, gêné. J'étais si convaincu que c'était toi que je suis venu ici tout de suite, sans rien dire à personne. Et, d'ailleurs, j'ai vu tes canons de rechange...

— Ouais, je suis vraiment un type à la redresse, pas vrai ?

— Ah ! ça va, Mike, appuie pas, veux-tu ?

— Qui a découvert le corps ?

— Jusqu'à preuve du contraire, c'est la police. Un télégraphiste qui avait un message pour le Crapaud a vu la porte ouverte et assez de bric-à-brac sur le plancher du corridor pour que ça lui suggère l'idée d'un cambriolage. Quand il a sonné et que personne n'a répondu, il a ressauté sur son vélo, il est allé prévenir les flics, et c'est comme ça que le corps a été découvert...

— Tu as une idée de ce qu'ils cherchaient... et du résultat de la fouille ? »

Pat jeta son mégot sur le sol.

« Non. Viens donc voir toi-même. Ça te consolera peut-être un peu. »

Ce qui restait de Link le Crapaud n'était vraiment pas un spectacle susceptible de consoler qui que ce soit. La mort avait transformé sa rotondité en quelque chose d'oblong et de flasque. Il gisait sur le dos avec la bouche ouverte, aussi laid dans la mort qu'il l'avait été dans la vie. Le trou noir qui marquait le centre de son front était entouré de brûlures de poudre. Celui qui l'avait abattu avait fait son boulot de très près. Le derrière de son crâne était amalgamé avec les plumes de l'oreiller.

Lorsque j'en eus assez, je redescendis au rez-de-chaussée où Pat et ses flics exploraient le capharnaüm, à la recherche d'un indice quelconque.

« Du beau travail. Et sûrement pas très bruyant, hein, Pat ? lui dis-je.

— Tu parles ! » ricana-t-il.

Malgré l'aspect chaotique de l'ensemble, il était visible que la maison avait été soigneusement et méthodiquement fouillée par quelqu'un qui connaissait bien son ouvrage. Il n'y avait pas une éraflure sur les meubles. Les coussins des sièges étaient tous fendus à l'endroit de la couture. Tout ce qui pouvait être dévissé ou démonté avait été dévissé ou démonté. Les livres gisaient sur le sol, certains avec le dos arraché.

« Ce qu'ils cherchaient n'était pas gros, s'ils pensaient le trouver là-dedans », commenta Pat en désignant un des bouquins endommagés.

Un flic vint le prévenir qu'il y avait une chambre noire pleine de matériel photographique au sous-sol, et Pat me laissa seul au milieu du salon, à l'endroit exact où le Crapaud m'avait tenu au bout de son pétard la nuit précédente.

Un autre flic entra dans le salon, à la recherche de Pat. Je lui dis qu'il venait de descendre à la cave et qu'il allait remonter tout de suite. Le flic me fit voir ce qu'il avait à la main.

« Reluquez-moi un peu les pin-ups que je viens de dénicher ! »

Il s'interrompit pour rire tout à son aise.

« Sûr qu'il aimait pas les nouveaux spécimens. Je comprends ça, d'ailleurs. J'aime mieux la récolte d'avant guerre, moi aussi.

— Voyons un peu. »

Il se mit à les examiner en me les passant à mesure.

La plupart d'entre elles étaient des photos de grand format éditées par diverses compagnies cinématographiques. Les autres étaient des agrandissements de clichés pris au cours de représentations théâtrales. Toutes étaient dédicacées au nom de Charlie Fallon, avec la sincère amitié ou parfois les baisers des plus grandes stars de Hollywood.

Intercalées entre les photos, se trouvaient deux ou trois listes de rendez-vous et de numéros de téléphone privés qui auraient fait crever de jalousie n'importe quel chroniqueur de Broadway. Certains des noms mentionnés étaient accompagnés de la mention : « Présentée à F... »

« Encore ! »

Je pouvais me tourner de n'importe quel côté, c'était toujours le même nom qui remontait à la surface. Fallon, Fallon, Fallon. Arnold Basil avait travaillé autrefois pour Fallon. Toutes les stars connaissaient Fallon. Link le Crapaud avait en sa possession les collections de photos d'actrices de Charlie Fallon. Mais Fallon était mort depuis dix ans, sacré nom d'un chien !

Je n'attendis pas le retour de Pat. Je chargeai le flic de lui dire que je le rappellerais le lendemain matin ; je quittai la maison et fendis l'attroupement à l'instant précis où le district attorney arrivait en compagnie de ses hommes. Inutile de le regarder deux fois pour piger qu'il venait de subir un nouveau et cuisant échec. Il avait l'air tout disposé à sauter à la gorge de quiconque aurait l'audace de lui adresser la parole. Il y avait toujours une voie d'eau dans sa cale et, si ça continuait à ce train, il risquait fortement de faire naufrage.

S'il n'avait pas été si tard, j'aurais téléphoné à Marsha pour la remercier de m'avoir sorti d'un fichu pétrin, mais tout ce que je voulais à présent, c'était rentrer chez moi, me vautrer sur mon plumard et ruminer tout ça jusqu'à ce que je tombe sur cette bouchée trop dure que je n'arrivais pas à digérer, mais que j'avais avalée sans m'en rendre compte. Si je parvenais à l'isoler du reste, j'aurais mon tueur.

J'eus la veine de trouver un taxi en maraude et rentrai chez moi sans trop me faire mouiller. Ils étaient deux, cette fois, devant ma porte. Un énorme et l'autre à peine plus petit. Ce fut lui qui me présenta l'insigne calé dans la paume de sa main, tandis que l'autre faisait un pas de côté, prêt à me flanquer une pêche si je faisais mine de résister. Tous deux avaient la main gauche dans la poche de leur veston, histoire de me faire comprendre qu'ils n'étaient pas là pour plaisanter.

« Police, mon pote, dit le plus petit en remettant son insigne dans sa poche.

— Qu'est-ce que vous me voulez ?

— Tu le sauras toujours assez tôt. En avant.

— Minute ! intervint le deuxième, qui glissa sa main à l'intérieur de mon veston et s'empara de mon 11,25. Y paraît que t'as mauvais caractère, ricana-t-il. Un pétard et un gars qu'a mauvais caractère, ça vaut pas grand-chose.

— Pas plus qu'un insigne sans le petit étui de cuir dans lequel un flic le porte habituellement. »

Ils échangèrent un rapide regard, et le canon d'un pétard me laboura les côtes.

« Fortiche, pas vrai ? Avance, fortiche !

— Ça ferait un drôle de boum dans une maison tranquille comme celle-ci. Vous risqueriez d'avoir des ennuis.

— Sûr, mais tu serais plus là pour les voir. Avance, mon pote. ! »

Ces gars-là étaient des professionnels, des vrais. Ils savaient comment se placer pour que je ne puisse pas les avoir par surprise et quelle allure prendre pour que personne ne pige le scénario, dans le cas improbable où on croiserait quelqu'un. L'un d'eux avait dans la poche de son veston une bouteille de whisky avec laquelle il m'arrosait pour que je pue l'alcool à quinze pas, si jamais ils devaient m'assommer et m'emporter les pieds devant. Et je n'avais pas eu besoin de les regarder au microscope pour savoir qu'ils avaient reçu l'ordre de me buter s'il n'y avait pas moyen de faire autrement.

Nous sortîmes dans la rue et le plus grand aboya :

« Où est ta bagnole ? »

Je la lui désignai. Il tendit la main, et je lui donnai mes clefs. L'autre leva la sienne, une bagnole démarra quelque part derrière nous et nous dépassa sans même ralentir.

La musique infernale qui se déclenche toujours à l'intérieur de mon crâne, dans ces moments-là, explosa brutalement, fortissimo, avec une telle intensité que mes mains se mirent à trembler de rage. Est-ce que ces tordus-là s'imaginaient qu'il n'y avait qu'eux, en fait de pros, dans la corporation ? Est-ce qu'ils s'imaginaient que c'était la première fois qu'on m'emmenait « faire un tour » ? S'ils croyaient ça, je leur réservais une sacrée surprise, parce que j'avais un petit 8 mm planqué en permanence entre la portière de ma bagnole et le siège de devant, de manière facilement accessible si j'en avais besoin.

Ils me firent prendre le volant, bien entendu. Le plus grand était assis à côté de moi, mais pas près de moi, non, c'était un vrai pro. Il était rencogné contre la portière opposée, laissant entre nous le plus de place possible, avec mon propre pétard au poing et le poing posé sur son genou. Le plus petit, lui, occupait le siège arrière, mais il s'appuyait sur le dossier du siège de devant, comme s'il était en train de me parler à l'oreille, avec cette seule différence qu'il ne parlait pas ! Mais le canon du pétard qu'il ne cessait de presser contre ma nuque était plus éloquent que tout ce qu'il aurait pu raconter.

Je vous jure que nous fîmes une sacrée promenade, cette nuit-là ! Histoire de réchauffer l'ambiance, je mis la radio en route et cherchai un programme approprié à la situation. Je trouvai du Wagner et allumai une cigarette, puis une autre, en ayant grand soin de les allumer à chaque fois avec le briquet du tableau de bord, pour que les yeux de mes copains s'habituent à me voir remuer les bras.

Nous filions vers Islip lorsque mon voisin m'ordonna de ralentir. Devant nous, un chemin goudronné coupait la grand-route.

« A droite, et tout droit, jusqu'à ce que je te redise de tourner », grogna le grand type.

Il me fit prendre encore plusieurs virages. L'odeur de l'Océan m'arrivait par bouffées, avec le vent du large. Les maisons étaient de plus en plus rares, de plus en plus espacées, et aucune lumière ne brillait.

Ils n'eurent pas besoin de me dire d'arrêter lorsque j'aperçus les lumières camouflées du petit cottage et la grande limousine parquée contre son flanc. Je freinai doucement, mon voisin émit un grognement approbateur, et la pression du revolver contre ma nuque diminua légèrement. Le gars qui avait occupé le siège arrière descendit le premier et se posta près de la portière, tandis que l'autre empochait mes clefs et débarquait à son tour.

« Ça va, tu comprends vite, me dit-il. Continue comme ça et rentre dans la maison. Doucement. »

J'avançai. Au suprême ralenti. Ils étaient tous les deux derrière moi, à un mètre à gauche et à droite. Des vrais pros, je vous dis. Ils auraient pu me descendre, l'un comme l'autre, avant que j'aie eu le temps de faire deux pas. Je pris ma dernière cigarette et jetai le paquet vide. Le plus petit poussa la conscience professionnelle jusqu'à le ramasser. Je n'avais pas d'allumettes, et personne n'offrit de me donner du feu. Je dus me contenter de laisser pendre la Lucky au coin de mes lèvres. Il était trop tôt pour que je commence à me tracasser. Ce n'étaient ni l'endroit ni le moment. Un cadavre n'est pas si facile à planquer. Pas plus qu'une bagnole. Quand on partirait, ce serait tous les deux ensemble. J'aurais presque pu faire un dessin de la façon dont ça se produirait.

La porte s'ouvrit, et une silhouette noire s'encadra dans l'entrée.

« Salut, pourriture », lançai-je.

J'aurais mieux fait de me taire, car Lou Grindle me flanqua un marron en travers de la bouche, et je sentis mes incisives s'enfoncer profondément dans ma lèvre supérieure. Les canons de deux pétards me poussaient vers lui, et je n'aurais pu esquiver le coup, même si je l'avais essayé. Mais je lui collai ma droite dans l'estomac et n'attendis pas qu'il se fût redressé pour doubler du gauche à la mâchoire. J'y avais mis toute la gomme, et je sentis mes phalanges se déchirer sur ses dents.

Personne n'osa tirer, mais l'un de mes deux flics à la manque me frappa à la nuque de toutes ses forces, et je m'écroulai sans même avoir eu le temps de souffler.

La souffrance ne vint que beaucoup plus tard, lorsque je repris connaissance, et elle n'était pas dans ma tête, où je m'attendais à la trouver. Elle était partout, et le moindre mouvement que je faisais était une véritable torture. Je parvins à ouvrir un œil. L'autre était presque entièrement recouvert par une masse de chair pulpeuse qui était ce que leurs coups de botte avaient fait de ma joue. Quelque part, un robinet coulait goutte à goutte avec une sorte de régularité inexorable.

« Il est réveillé, signala quelqu'un.

— S'il n'a pas encore pigé, y va piger cette fois-ci.

— Stop. Quand je vous le dirai ! »

La voix était si impérieuse que personne ne bougea.

Mon œil ouvert regardait mes pieds attachés l'un contre l'autre aux barreaux d'une chaise. Je ne voyais mes bras nulle part ; je ne les sentais pas, non plus, et je ne pus que supposer qu'ils étaient également attachés quelque part derrière moi, au dossier de la chaise. Et ce n'était pas un robinet qui coulait comme ça.

C'était mon nez, ou ce qu'il en restait.

Je parvins à me redresser et les aperçus enfin, assis en demi-cercle, comme des vautours attendant la mort de la victime pour se repaître de son cadavre. Les deux gars qui étaient venus me chercher, l'arme toujours au poing, Lou Grindle avec une serviette sanglante devant la bouche.

Et Sa Majesté Ed Teen, perché sur le bord d'un fauteuil, le menton appuyé sur sa canne. Il avait toujours l'air d'un banquier, melon gris inclus.

Il m'observa pendant une minute ou deux, l'air pensif.

« Vous ne vous sentez pas bien ?

— A ton avis ? »

Je faillis étouffer, rien qu'avec ces quatre syllabes.

« Ce n'était pas vraiment nécessaire, vous savez. Nous voulions simplement bavarder avec vous. Tout aurait pu se passer d'une façon très amicale. »

Il sourit.

« Et, maintenant, voilà qu'il faut que nous vous attachions jusqu'à ce que nous ayons fini de bavarder ! »

Lou me jeta sa serviette au visage.

« Trêve de politesses, sacré nom de Dieu ! Je me charge de le faire jacasser, moi, et en vitesse !

— Ta gueule ! »

Ed ne cessa même pas de sourire.

« Vous avez de la veine que je sois ici, cher monsieur Hammer. Lou est plutôt impulsif. »

Je ne lui répondis pas.

« Dommage que vous ayez dû tuer le Crapaud, monsieur Hammer. Il m'était très utile. »

Je toussai :

« T'es cinglé !

— Remarquez que je ne vous demande pas d'explications. Je ne suis pas la police. Si vous l'avez tué, c'est que vous aviez vos raisons de le faire. Ce que je veux, c'est ce que vous savez et qui m'intéresse. Où l'avez-vous caché ? »

Cette fois, je parvins à sortir une phrase entière :

« Sais pas... de quoi tu parles.

— Lou, rafraîchis-lui la mémoire. »

Il s'installa plus confortablement pour assister au spectacle. Lou ne se servit pas de ses pieds cette fois-ci, mais son poing, entouré de la serviette humide, les remplaçait avantageusement. Il connaissait à fond la technique du passage à tabac, mais j'en avais tant encaissé, la première fois, que je ne tardai pas à sombrer à nouveau dans l'inconscience. J'essayai d'y rester et n'y parvins pas.

« Vous vous en souvenez, maintenant ? » disait poliment la voix métallique d'Ed Teen.

Je dus secouer la tête sans m'en rendre compte, car Lou se remit à cogner, me plongeant à nouveau dans une sorte de coma au sein duquel j'entendis vaguement la voix de Teen qui criait :

« Assez, assez ! Vous voyez bien qu'il ne sent plus rien. Laissez-lui le temps de se reprendre et de réfléchir un peu. »

Lou s'arrêta. Il respirait comme un soufflet de forge, et son menton était plein de sang. Il alla se rasseoir et se massa méthodiquement les phalanges. Il avait l'air très content de lui-même.

Teen martelait le sol de sa canne.

« Ça n'est que le commencement, monsieur Hammer. Et il vous serait si facile de l'éviter.

— Je... n'ai... pas... tué... Link, haletai-je.

— Que vous l'ayez tué ou non, je m'en moque. Ce que je veux, c'est ce que vous avez pris dans son appartement. »

Lou toussa et cracha du sang. Puis ses yeux s'agrandirent, il eut un haut-le-cœur et poussa deux de ses incisives dans la paume de sa main à l'aide de sa langue. Lorsqu'il releva la tête, ses yeux lançaient des flammes.

« Espèce de salaud ! Je vais te faire ton affaire...

— Reste ici, Lou, et ferme ta gueule. Tu feras ce que je te dirai de faire. »

Je crus un instant que Grindle allait sauter à la gorge de Teen. Mais Ed ne se laissait pas impressionner aussi facilement, ainsi que le prouvait le revolver qui venait d'apparaître dans sa main.

Le visage de Lou était blême de rage.

« Va te faire f..., toi et Fallon, et Link, et tout le reste...

— Tu zozotes, Lou. Assieds-toi. »

Lou s'assit et s'absorba dans une contemplation morose de ses dents. Il en était si fier, de ses dents ! Elles étaient si blanches et si brillantes. Il ne pouvait pas y croire. Ses doigts remontaient sans cesse jusqu'à ses gencives, et il jurait à jet continu. Mais le revolver d'Ed Teen ne le quittait pas d'une seconde. Lou Grindle était dans une rage telle qu'il s'en serait pris à n'importe qui.

« Sacré bon Dieu, explosa-t-il tout à coup, ce serait pas arrivé si tu m'avais laissé faire ! J'aurais buté Fallon et la garce qui vivait avec lui, et le Crapaud avec, pour faire bon poids, et rien de tout ça serait arrivé ! »

Il se retourna lentement vers moi, le regard plein de haine.

« Toi aussi, je te buterai, salaud !

— Tu te feras poser un bridge, Lou », dit aimablement Ed Teen.

Tout ce que disait Teen était infiniment aimable.

Grindle eut un second haut-le-cœur et quitta la pièce. J'entendis de l'eau couler quelque part. Puis un bruit de gargarisme. Ed sourit aimablement.

« Vous l'avez touché à l'endroit où il est le plus sensible... Dans sa vanité !

— A quel endroit es-tu le plus sensible, Ed ?

— Je connais beaucoup de gens qui aimeraient le savoir.

— Moi, je le sais. »

J'essayai de sourire, mais mon visage était comme un bloc de bois.

« Tu seras très sensible à deux endroits, quand ils t'y passeront les bracelets de la chaise électrique.

— Je crois que je vais dire à Lou d'employer les grands moyens... murmura-t-il.

— Tu veux dire... comme au bon vieux temps, quand c'était Fallon qui tirait les ficelles ? Avec un cigare allumé et une paire de pinces ? »

Ses narines palpitèrent délicatement.

« Où les as-tu cachés ? » gronda-t-il.

L'eau coulait toujours dans la pièce voisine. Sans se retourner, Ed appela :

« Johnny... Occupe-toi de lui. »

Le grand type s'approcha de moi. Il était fort comme un bœuf, mais ne connaissait pas son boulot. Le premier de ses coups de poing me toucha au menton, et je tournai de l'œil avec gratitude. Ils m'arrosèrent d'eau froide et recommencèrent.

Les temps morts étaient de plus en plus longs entre les rounds. Je sortais à moitié du brouillard et y retombais presque aussitôt, sans même savoir si je parlais ou non.

« Il est cuit, Ed, protesta finalement le grand type. Je crois pas qu'y sache ce que tu veux.

— Il le sait très bien. »

La canne se remit à marteler le plancher.

« Réveille-le ! »

Un nouveau seau d'eau m'éclaircit la vue et une faible portion de l'esprit. Ed attendit quelques minutes en contemplant d'un air songeur l'extrémité de son cigare.

« Vous m'entendez ? » s'informa-t-il enfin.

Je fis un signe affirmatif.

« Comprenez-moi bien. Je vous pose la question pour la dernière fois. Quand vous serez mort, ce que vous avez entre les mains ne vous sera plus d'aucune utilité.

— De quoi... veux-tu parler ? »

Ed jeta un coup d'œil dans la direction des deux autres. S'ils n'avaient pas été là, il m'aurait donné quelques précisions, mais ce que j'étais censé savoir n'était sans doute pas fait pour leurs grandes oreilles.

« Vous savez très bien ce que je veux dire. Vous m'avez causé bien des ennuis, monsieur Hammer. Vous n'êtes qu'un détective privé, mais vous avez déjà tué des gens. Dans votre sphère, vous êtes aussi dépourvu de scrupules que je le suis moi-même... mais vous êtes moins intelligent. C'est la raison pour laquelle nos positions respectives sont ce qu'elles sont en ce moment. Gardez ce que vous avez. Je ne doute pas que vous l'ayez dissimulé dans quelque endroit connu de vous seul, où personne n'ira le chercher après votre mort... et certainement pas avant la mienne, en tout cas. Johnny, va voir ce que fait Lou. »

Johnny passa dans la pièce voisine et revint aussitôt.

« Y se repose, dit-il. Il a dég... sur le plumard.

— Laisse-le. Détache cet homme. »

Ils me détachèrent, mais je ne pus me relever tout de suite. Ils laissèrent à la circulation de mon sang le temps de se rétablir dans mes quatre membres. Puis Johnny m'attrapa au colback et me remit sur pied.

« Qu'est-ce que je fais de lui, Ed ?

— Ce que tu voudras. Martin, ramène-moi en ville. Ça me suffit pour aujourd'hui. »

Le plus petit des deux similiflics porta deux doigts au bord de son chapeau et attendit que Ed eût jeté son pardessus en travers de son bras. Puis il ouvrit la porte, et je suis sûr qu'il alla jusqu'à aider son patron à descendre les marches. Il faisait un chouette larbin. Le moteur de la limousine se mit à ronronner, et le ronronnement s'éloigna dans la nuit.

Johnny lâcha le col de mon veston et me fourra son pétard dans le dos.

« T'as entendu ce qu'a dit le patron. »

Il me poussa vers la porte.

La dernière balade. L'aller simple. Le voyage à sens unique. Appelez ça comme vous voudrez. Vous êtes là dans une bagnole à chercher fiévreusement un moyen de vous en tirer et, chaque fois que vous croyez avoir trouvé quelque chose, vous tombez nez à nez avec le canon d'un pétard et vous comprenez que ce n'est pas encore de cette façon-là que vous pourrez sauver votre peau. Vous suez à grosses gouttes et vous essayez vainement d'avaler votre salive. Vous avez envie de hurler, quand quelqu'un passe sur le trottoir, mais le canon d'un revolver vous meurtrit les côtes, et vous y renoncez. Il y a un flic au carrefour. Une prière se coince dans votre gorge. Il va les reconnaître... apercevoir leurs pétards... il va arrêter la voiture, et vous serez sauvé. Des clous. Il se retourne au moment précis où la bagnole traverse le carrefour, et vous vous demandez ce qu'est devenue votre prière. Vous n'avez même plus la force de suer, parce que votre corps est complètement déshydraté, et la langue que vous vous passez sur les lèvres n'est plus qu'un morceau de bois râpeux. Vous pensez à des tas de choses, mais surtout au peu de temps qui vous reste à vivre...

Je me souvenais que j'avais pensé à toutes ces choses, la première fois, mais, là, c'était différent. J'étais beaucoup trop épuisé. J'avais la force de conduire, et c'était tout. Johnny m'observait étroitement, mon 11,25 dans sa grosse patte.

Je lui demandai une cigarette. Il me la donna, et je l'allumai avec le briquet du tableau de bord. Je la fumai rapidement. Il m'en donna une autre et rit en voyant à quel point ma main tremblait lorsque je la portai à ma bouche. Il rit en me voyant remonter la vitre de la portière parce que j'avais trop froid, puis la redescendre quelques instants plus tard parce que j'avais trop chaud. Il rit en voyant avec quelle docilité je prenais les virages qu'il m'ordonnait de prendre, ralentissant à chaque fois pour prolonger de quelques secondes le temps que j'avais encore à vivre.

Il rit encore, lorsqu'il m'eut fait stopper à l'endroit de son choix, en voyant mes bras retomber sans force le long de mes hanches. Il détourna les yeux pendant une fraction de seconde pour chercher la poignée de la portière, et ce fut son dernier rire.

Je lui vidai en pleine figure le chargeur du petit 8 mm que je venais de tirer de sa cachette, entre siège et portière, et le fis choir sur la route à coups de pied, après avoir ôté mon 11,25 de ses doigts morts...

L'aube commençait à poindre lorsque j'abandonnai ma bagnole à une courte distance du cottage. Une simple conduite intérieure avait remplacé la limousine de Ed Teen contre le flanc de la maison. Je savais qui était là. Celui que Ed avait appelé Martin était revenu chercher Lou.

Je contournai la maison et m'arrêtai sous la fenêtre de la chambre à coucher. Lou était en train d'engueuler Martin, le menaçant de le laisser sur le carreau s'il continuait à le secouer. Je me redressai pour jeter un coup d'œil à l'intérieur, mais il n'y avait pas de lumière, et les rideaux étaient épais. J'entendis couler de l'eau. Puis les voix s'éloignèrent vers la partie postérieure de la maison, et je décidai de tenter ma chance.

Les marches de bois étaient trop vieilles pour grincer encore, mais je n'avais pas l'intention de courir le moindre risque. Je m'accroupis devant la porte d'entrée avec mon pétard dans la main droite et tournai doucement la clenche. Quelqu'un avait dû la graisser récemment. Je poussai la porte. Le gars à la burette était un chic type. Il avait également graissé les gonds.

Je ne me remis à respirer que lorsque je fus à l'intérieur de la baraque, avec la porte refermée derrière moi. Mon cœur faisait assez de bruit pour réveiller un mort, et mes jambes essayaient de m'attirer vers le plancher au lieu de me pousser en avant. Le 11,25 était presque trop lourd pour que je puisse le porter.

Je luttai désespérément contre la défaillance qui était en train de me terrasser ! Pas maintenant, bon Dieu ! Pas maintenant, alors que la réponse était dans la bouche de Lou et que j'aurais peut-être encore la force de lui casser quelques dents pour la lui faire vomir. Je sentis que j'allais tomber et levai la main pour m'appuyer au mur. Je bousculai la porte d'un placard, qui se referma avec un claquement.

Silence.

Puis une voix incertaine :

« C'est toi, Johnny ? »

Je ne pouvais répondre. Et mes genoux étaient en train de me trahir.

« Réponds, Johnny, bon Dieu ! »

Lou jura, et une lance de flamme poignarda l'obscurité.

Ma chute était réelle. Lou avait entendu trop d'hommes tomber de la même façon pour s'y tromper un seul instant. Mais c'était seulement parce que mes jambes ne pouvaient plus me porter. J'avais toujours mon pétard à la main, et je laissai les pas se diriger vers moi avant de presser la détente.

La détonation fracassa le silence. Je roulai sur moi-même jusqu'à ce que je rencontre un obstacle et frottai mon seul œil valide pour tâcher de le garder ouvert, tandis que deux pétards expédiaient du plomb dans les murs.

Ma main trouva le pied d'un guéridon, l'envoya dinguer à travers la pièce. Il rebondit sur le sol et se fendit sous le choc des balles. Lou et Martin gueulaient à qui mieux mieux, se reprochant mutuellement de gâcher leurs munitions. Le silence retomba. Ils me croyaient touché et ne voulaient pas courir de risques. Je les entendis changer de position. J'avais un peu récupéré. Je changeai de position, moi aussi.

Encore quelques minutes, et le jour commencerait à filtrer à travers les rideaux, et ils verraient plus clair que moi. C'était comme des gosses en train de jouer à cache-cache, cette reptation incessante, cette terreur d'être attrapé, ces mouvements qui se voulaient silencieux et qui faisaient un boucan du diable.

Quelqu'un respirait d'une drôle de façon juste devant moi. Il n'y avait rien de plus, entre nous, que la largeur d'une chaise. Il y eut un son imperceptible à l'autre bout de la pièce, puis un léger murmure à moins de deux mètres devant moi.

« Il est là. »

Une flamme orangée jaillit à l'autre extrémité de la pièce. Un juron lui répondit. Puis un gémissement. Puis deux coups de feu qui ne visaient personne et la chute lourde d'un cadavre.

« Je l'ai eu, le salaud ! »

Lou zozotait toujours.

Sa silhouette s'interposa entre le rectangle blafard de la fenêtre et moi-même.

« T'as eu ton propre type, Lou », lui dis-je.

Lou voulut faire trop de choses en même temps. Il essaya de se jeter à plat ventre, de tirer et de jurer à la même seconde. Il fit deux choses sur les trois. Il tomba à plat ventre parce que je l'avais touché. Il tira, parce que la dernière crispation de sa main morte avait pressé la détente. Mais il ne jura pas, parce que mon pruneau lui avait traversé la tête, emportant avec lui la réponse à toutes mes questions.

Je n'avais plus rien à faire ici.

Dehors, la grisaille de l'aube avait fait place au matin. Au petit matin. Je mis un temps considérable à regagner ma bagnole et beaucoup plus de temps encore à attraper la grand-route.

Et, là, le destin décida de m'offrir une petite compensation sous la forme d'un gars qui faisait de l'auto-stop et qui savait conduire. Je lui dis que j'avais été attaqué par des malfaiteurs et lui demandai de prendre le volant.

Il accepta avec empressement. Il était navré pour moi.

Ça n'avait rien d'étonnant. J'étais navré pour moi, moi aussi.

9

On était au coin de la 9e Avenue, et le gars qui était assis près de moi me tirait par le bras pour me réveiller. Il allait bien finir par me l'arracher complètement s'il continuait à me secouer comme ça. Je parvins à garder l'œil ouvert et me tournai vers lui.

« Ben, mon vieux, qu'est-ce qu'y-z-ont dû te filer ! Y m'a fallu une demi-heure pour te réveiller.

— Quelle heure est-il ?

— Huit heures et demie. Comment que tu te sens ?

— Mal, merci.

— Tu veux que j'appelle quelqu'un ?

— Non.

— Écoute, faut que je prenne mon autobus. Tu crois que ça va pouvoir gazer ? Sinon, je vais attendre un peu.

— Merci... Ça ira.

— O. K. ! Tu m'as rendu service. Je voudrais pouvoir t'aider.

— Tu le peux. Va me chercher un paquet de pipes. Des Luckies. »

Il repoussa le quart de dollar que je lui tendais, alla me chercher un paquet de Luckies, m'en colla une dans la bouche et l'alluma.

« Tâche de faire gaffe à toi, maintenant. Tu ferais mieux de rentrer directement chez toi et de roupiller vingt-quatre heures. »

Je lui dis de ne pas se faire de bile et restai là jusqu'à la fin de la cigarette. Ensuite je me traînai jusqu'au volant, appuyai sur le démarreur et partis comme un grand garçon.

La circulation ne me portait pas sur les nerfs aujourd'hui. Je ne fus que trop heureux de me placer derrière un camion et de le suivre docilement, sans protester. Je n'aurais pas pu donner un coup de volant un peu brutal, même si je l'avais voulu. Je poussai tant bien que mal jusqu'au commissariat central.

Il y avait un monde fou sur les trottoirs. Des gens qui se rendaient à leur boulot, sans même se douter de leur bonheur. J'enviais la bonne nuit de sommeil qu'ils avaient passée. J'enviais leurs binettes intactes, leurs corps exempts de meurtrissures. J'enviais des tas de choses, jusqu'à ce que je prenne le temps de réfléchir. Après tout, j'étais vivant. Ça, c'était quelque chose.

Qu'est-ce qu'il y avait comme flics, devant le grand immeuble de briques rouges ! Des flics en uniforme, des flics en bourgeois, des flics à pied, des flics en bagnole, qui entraient au Central ou s'en allaient faire leur boulot à travers la ville. Une fourmilière de flics. Deux voitures-radio quittèrent simultanément le bord du trottoir, et le cabriolet marron qui était devant moi se hâta d'occuper l'une des places. Je pris la deuxième et reculai contre le pare-chocs de la bagnole suivante pour laisser à l'autre gars la place de manœuvrer.

Il avait l'air de savoir conduire aussi bien que je sais tricoter. J'eus beau donner du klaxon, il me rentra dedans avec tant d'énergie que j'allai me meurtrir les côtes sur le volant.

Ce gars-là croyait peut-être que j'avais pas assez de bleus comme ça ? Je sautai sur le trottoir pour l'engueuler. Il était en train de sortir de sa bagnole, le visage penaud. Puis il aperçut ma binette et resta bouche bée.

« Alors t'es sourd, ou quoi ? beuglai-je. A quoi que ça sert, un klaxon, d'après toi ? »

Puis je le reconnus. C'était le sourdingue qui avait bu un demi à côté de moi, la veille, pendant que j'attendais Ellen, et, d'après sa mimique, je compris que son Sonotone était toujours détraqué. J'en avais tellement marre que je lui tournai le dos et pénétrai dans le Central.

Un flic que je connaissais bien me jeta un regard effaré, mais passa sans me reconnaître. Un autre me demanda si j'étais là pour déposer une plainte et parut très surpris lorsque je secouai la tête. Des flics cavalaient dans tous les sens, attendant leurs ordres ou partant en mission. Je demandai au gars du standard d'appeler le capitaine Chambers. Il me demanda mon nom, je lui répondis :

« Mike Hammer. »

Il s'arrêta net, sa fiche à la main, et murmura :

« Sacré nom de Dieu ! »

Il dut manœuvrer une demi-douzaine de fiches avant de trouver Pat. Finalement, il dit « Oui, mon capitaine » deux ou trois fois et se retourna vers moi.

« Il descend tout de suite. Attendez-le ici. »

J'attendis exactement une minute et dix secondes, montre en main. Pat sortit de l'ascenseur en courant et, lorsqu'il m'aperçut, poussa un grognement de stupéfaction.

« Bon Dieu, qu'est-ce qu'y t'est arrivé ?

— Je me suis fait assaisonner, fiston. Et par des connaisseurs. »

Il regarda ses souliers pendant quelques secondes, puis se jeta à l'eau :

« Tu es en état d'arrestation, Mike.

— Quoi ?

— Suis-moi. »

L'ascenseur nous attendait. Nous débarquâmes à l'étage de Pat, et, machinalement, je me dirigeai vers son bureau.

« Non, Mike, par ici.

— Eh ! qu'est-ce qui se passe ? »

Comme la nuit précédente, son regard fuyait le mien.

« T'es recherché depuis ce matin, Mike. Le district attorney a lancé un mandat d'arrêt contre toi, et tu n'as absolument rien à dire.

— Navré de vous avoir fait courir. De quoi m'accuse-t-on ?

— Le district attorney a voulu consulter le dossier de Link, cette nuit, et ne l'a pas trouvé. Il était là, ce matin, quand Ellen Scobie a essayé de le remettre en place. Grâce à toi, deux braves filles vont perdre leur emploi et sans doute passer en jugement, elles aussi. Quant à toi, tu es cuit, Mike, et y a rien que tu puisses faire, ni que je puisse faire pour toi. »

Sacré Pat ! Ça me faisait quand même plaisir de le voir afficher une gueule pareille.

« Tu vieillis, fiston, lui dis-je. Depuis deux ans, t'arrêtes pas de me mettre en garde contre ci et ça et de me prédire toutes sortes de catastrophes. On a pourtant fait du bon boulot ensemble, mais tu deviens trop prudent. C'est pas bon pour un policier criminel. »

On arrivait devant la porte du district attorney. Et juste à ce moment-là, sous la pression, peut-être, de la nécessité, ou simplement pour corser un peu la situation, deux ou trois pièces du puzzle s'emboîtèrent dans ma caboche, je me souvins d'une réflexion que Ellen m'avait rapportée, lors de notre première sortie, l'ajoutai au reste et obtins quelque chose qui allait mettre une fois de plus l'orgueil du district attorney à rude épreuve.

Ce fut moi qui posai ma main sur la poignée de la porte.

« Allons-y, fiston, le district attorney et moi, on a une petite affaire à discuter ensemble.

— Une minute, Mike. Qu'est-ce que tu mijotes encore ?

— Je mijote rien du tout, Pat. Je vais juste lui proposer un petit échange, un point, c'est tout. »

Je poussai la porte. C'était presque comme la dernière fois. Le district attorney derrière son bureau, flanqué de ses deux substituts, les flics en bourgeois, à l'arrière-plan, le sténographe et enfin le fils de ma mère, vers qui convergeaient tous les regards.

Mais il y avait, en plus, Ellen et sa copine, assises sur des chaises de bois et qui pleuraient toutes leurs larmes de réserve.

Si j'avais été comme d'habitude, la scène se serait déroulée autrement. Mais, presque aussitôt, tous les yeux reflétèrent une sorte d'horreur. Ellen cessa de pleurer, porta sa main à ses lèvres et réprima le cri qui naissait dans sa gorge.

« Doucement, doucement », lui dis-je.

Elle se mordit la lèvre et cacha son visage dans ses mains.

La voix du district attorney était extrêmement sarcastique, cette fois.

« Bonjour, monsieur Hammer, dit-il.

— Content que vous vous en souveniez », répliquai-je.

Si les circonstances avaient été différentes, il aurait changé de couleur. Mais pas cette fois-ci, non. Il aimait ce petit jeu du chat et de la souris. Il y avait un sacré bout de temps qu'il attendait son heure, et il avait la ferme intention d'en tirer le maximum, surtout devant un tel auditoire.

« Je suppose que vous savez pourquoi vous êtes ici ? »

Il croisa les bras. Ses deux substituts firent de même. C'était marrant.

« J'en ai entendu parler. »

Mes jambes recommençaient à flageoler. Je pris une chaise et m'assis en face du district attorney.

« Dois-je vous faire la lecture des chefs d'accusation ?

— Inutile. Inculpez-moi donc de vol et de conspiration, et de je ne sais quoi encore, et faites-moi coffrer. C'est tout ce que vous désirez !

— Vous ne serez pas jugé seul, monsieur Hammer ! »

Il jeta un coup d'œil dans la direction des deux femmes. Ellen avait apparemment épuisé sa réserve, mais son amie sanglotait toujours.

« Vous êtes-vous donné la peine de vous demander pourquoi nous nous étions donné celle d'emprunter pour une nuit un dossier d'ailleurs dépourvu de la plus petite valeur ?

— Pouvez-vous me dire ce que cela changerait ? »

Ellen toucha le bras de Patty, et Patty cessa de pleurer. Je sortis mon paquet de Luckies, et en mis une entre mes lèvres, autant pour reprendre mon souffle que pour ménager mon effet.

« Ça changerait beaucoup de choses, repris-je. Nous serions alors inculpés de conspiration ayant pour but d'accomplir quelque chose que les autorités officielles étaient incapables d'accomplir elles-mêmes. Je vois ça d'ici dans les journaux... »

Il sourit, l'imbécile !

« Suffit, monsieur Hammer, nous connaissons votre refrain. »

Il allait y aller de sa petite conférence lorsque la voix de Pat retentit dans le fond de la salle. Je devinai, à ses intonations, qu'il avait les nerfs à fleur de peau, mais sa voix n'en était pas moins chargée d'autorité.

« Vous feriez peut-être mieux de le laisser parler !

— Alors, parlez ! »

Le sourire fit place à une grimace de fureur.

« Et j'espère pour vous que ce que vous avez à dire est intéressant, parce que la prochaine fois que vous le direz ce sera devant un juge et douze jurés !

— C'est intéressant... Nous... »

J'appuyai sur le « nous ».

« ... Nous avons trouvé la voie d'eau ! »

Pat émit un hoquet de stupéfaction et fit un pas en avant.

« Ellen vous l'a suggéré naguère, et la pleine signification de la chose ne vous est même pas apparue. Nous savons de quelle manière les renseignements sont transmis à l'extérieur. »

Il m'observait attentivement, tentant de déceler le mensonge, car il chercha le regard de Pat et, ne recevant de sa part aucune suggestion, murmura :

« Comment ?

— Je ne vais pas vous ennuyer avec les détails de notre enquête. Qu'il vous suffise de savoir que, grâce à la collaboration d'Ellen et de Patty, je suis en mesure de vous dire comment votre homme s'y prend.

— Comment, sacré n... »

Il se maîtrisa à grand-peine. Je lui rendis le sourire dont il m'avait gratifié tout à l'heure, quand c'était moi le perdant.

« Pas si vite. Donnant donnant. Ou vous laissez tomber toutes les charges qui pèsent sur ces demoiselles et moi-même, et non seulement vous les laissez tomber, mais vous les oubliez aussi, ou vous pouvez courir pour que nous vous disions quoi que ce soit. »

Il n'avait pas le choix. J'aperçus le visage de Pat dans le miroir auquel le district attorney tournait le dos, et que je sois pendu si l'honorable capitaine Chambers ne ricanait pas d'une oreille à l'autre !

« Vous voudrez bien nous laisser, messieurs, annonça le district attorney avec un certain embarras. Restez, capitaine Chambers. »

Pour les deux substituts, c'était la suprême insulte. Mais ils cachèrent leurs sentiments et suivirent à l'extérieur les policiers en civil.

« Je n'ai aucune sympathie pour vous, monsieur Hammer, déclara le district attorney lorsqu'ils eurent refermé la porte, mais, quand je suis battu, je sais le reconnaître. Si vous dites la vérité, vous pouvez considérer toutes les charges comme nulles et non avenues.

— Merci », grommelai-je.

Les deux femmes gardèrent le silence. Elles étaient trop abasourdies.

« J'ai cru comprendre que vous saviez qui transmettait les renseignements à l'extérieur ? » continuai-je.

Le district attorney fronça les sourcils.

« C'est exact. Nous en sommes moralement certains. Mais nous ne pouvons rien faire contre lui tant que nous n'avons pas découvert quelle méthode il emploie.

— C'est simple comme bonjour. Il y a un gars de l'autre côté qui porte un Sonotone détraqué. Il n'entend rien de rien. Il lit sur les lèvres. Un sourdingue expérimenté lit facilement sur les lèvres à dix mètres ou davantage. Votre bonhomme sort dans la rue, s'avance jusqu'au bord du trottoir et remue les lèvres comme s'il remuait du chewing-gum, ou quelque chose dans ce goût-là, mais, en réalité, il énonce un endroit et une heure et, le cas échéant, grimpe dans son car et participe à la descente en question. Pendant ce temps-là, le sourdingue téléphone à un certain numéro et répète ce qu'il vient d'apprendre. Ces endroits-là sont organisés pour être rapidement vidés, et, quand vous arrivez sur les lieux, il n'y a plus rien ni personne. C'est vraiment simple comme bonjour.

— Il est là en ce moment ?

— Il était en train de parquer sa bagnole quand je suis arrivé. Un cabriolet marron. »

Le district attorney jura dans sa barbe et bondit sur son téléphone.

Ce fut l'affaire de quelques minutes. Dès qu'il se vit coincé, le sourdingue se mit à table, et lorsque le district attorney eut raccroché le récepteur il prit à peine le temps de me remercier et de dire aux deux femmes que leur travail serait pris en considération, avant de disparaître dans le corridor.

Je m'approchai d'Ellen et voulus la prendre dans mes bras. Mais elle posa ses deux mains sur ma poitrine et me repoussa.

« Mike, pas maintenant. Je suis trop bouleversée. Ça a été... horrible. Horrible !

— Un peu plus tard ?

— Oui, c'est ça, un peu plus tard. »

Elle disparut à son tour, Patty dans son sillage.

« O. K. ! Tout est bien qui finit bien, grogna Pat, mais tu leur as imposé une drôle d'épreuve avant de revenir les tirer du pétrin. »

Nous quittâmes le bureau du district attorney, et je m'affalai sur ma chaise habituelle dans le bureau de Pat. Il me donna le temps d'allumer une cigarette avant de me dire :

« Je suis pas le district attorney, Mike. T'as pas besoin d'échanger quoi que ce soit avec moi, alors jouons cartes sur table. Cette histoire de sourdingue n'était qu'un accident. Un heureux accident, mais un accident tout de même. Si le district attorney n'était pas si pressé d'alpaguer Teen et Grindle, il l'aurait compris. Deux petites questions, et tu te retrouvais dans le pétrin.

— Et j'aurais eu tout de même quelque chose à lui offrir.

— Par exemple ?

— Lou Grindle est mort. Je l'ai buté quelques heures avant de m'amener ici. Non seulement ça, mais deux de ses tueurs sont morts également. J'en ai buté un, et Lou a buté l'autre par erreur, en le prenant pour moi.

— Mike !... »

Les poings de Pat martelaient les accoudoirs de son fauteuil.

« Boucle-la et écoute-moi. Teen m'a fait cueillir chez moi. Il croyait que c'était moi qui avait tué Link et que j'avais pris quelque chose dans son appartement. C'était un kidnapping, et j'avais la loi pour moi quand je les ai descendus, alors t'inquiète pas. Il y a un macchabée sur la route, quelque part du côté d'Islip, et la police locale doit l'avoir déjà ramassé. Les deux autres sont dans une maison que je pourrai te désigner sur une carte, et tu feras bien d'y aller voir avant qu'ils soient découverts par quelqu'un d'autre.

« Ed Teen est parti en donnant l'ordre de me régler mon compte, mais c'est pas pour ça que tu pourras le faire coffrer, parce qu'il a sans doute un alibi tout préparé, pour les cas de force majeure, et quand il...

— Bon Dieu, pourquoi que tu l'as pas dit tout de suite ? On réfutera n'importe quel alibi si tu dis qu'il était dans le coup...

— Allons, allons, ne t'énerve pas comme ça, fiston. J'aimerais bien te voir réfuter son alibi. Tous ceux qui jureront que Teen ne les a pas quittés de la nuit préféreront n'en pas démordre, plutôt que de se faire truffer les tripes. Tout ce que tu pourrais leur offrir, c'est une cellule ! Non, mon vieux, ce n'est pas avec ça que tu coinceras ce vieux Teen. Il est déjà passé par toutes les filières. »

Pat se frappa le front avec la paume de sa main.

« Quand je pense que tu as perdu une heure à jouer au plus fin avec le district attorney, au lieu de me dire ça tout de suite.

— J'étais venu pour ça, vieille branche, et je te l'aurais dit tout de suite si tu m'avais pas flanqué cette histoire d'arrestation dans les pattes. »

Il sortit une carte de son classeur, et je lui indiquai la position approximative de la maison. Il fit marcher son téléphone, quelqu'un se mit en rapport avec la police d'Islip. Le corps du nommé Johnny avait effectivement été découvert.

« Pat... »

Il s'interrompit, et sa main se referma autour du récepteur.

« Prends le temps de découvrir le corps de Lou Grindle avant d'en parler au district attorney, veux-tu ? »

Il raccrocha.

« Qu'est-ce que tu veux en dire, Mike ?

— Je crois que je sais comment on va pouvoir coincer Teen.

— C'est une mauvaise raison, Mike. »

Sa voix était dangereusement douce.

« Si tu le lui dis maintenant, il va me retomber sur le dos, Pat. Et, malgré tous vos flics et tout votre équipement, vous courez toujours après des ombres...

— Tu en sais plus long que tu veux en dire, pas vrai ?

— Non... mais c'est les ombres qui me courent après, maintenant. Je sais quelque chose que je ne devrais pas savoir, mais quoi ? J'ai cru un instant que le Crapaud était celui que je cherchais.

— C'était celui que tu cherchais. »

Il le dit d'un ton si naturel que je faillis ne pas comprendre.

« Quoi ?

— C'est bien lui qui conduisait la bagnole quand Decker a été tué. »

Et je m'étais pourtant promis la peau de celui qui avait fait du gosse un orphelin ! J'aurais voulu qu'il meure en sachant pourquoi il mourait, et pas avec un pruneau dans le cigare, mais avec mes deux mains autour du cou... jusqu'à ce qu'il tire une langue de cinquante centimètres.

« Comment le sais-tu ?

— Cole et Fisher ont été retrouvés à Philadelphie. Ils ont voulu se frayer un chemin, pétard au point, et ils ont raté leur coup. Cole a vécu assez longtemps pour dire quelques petites choses.

— Lesquelles ?

— Tu avais raison au sujet de Decker et de Hooker. C'est bien le Crapaud qui a fait descendre Mel. Cole et Fisher devaient accompagner Decker, et puis Link a changé d'avis et il y est allé lui-même.

— Tu veux dire qu'ils avaient l'ordre de buter Decker ?

— Non. Juste de l'accompagner pour faire le guet et assurer la retraite. C'est tout ce qu'ils savaient. »

Je me hissai hors du fauteuil, écrasai mon mégot sur le cendrier de Pat et remis mon chapeau.

« O.K. ! Vois ce que tu peux faire de ton côté, Pat, mais donne-moi un peu de temps. J'ai besoin de dormir. J'ai besoin de sommeil plus que toute autre chose.

— Si Grindle est mort, il ne ressuscitera pas. Disparais. Et téléphone-moi à ton réveil. Je te donnerai autant de temps que je pourrai t'en donner.

— Merci, vieux.

— Eh ! Mike...

— Quoi ?

— Fais voir ta gueule à un toubib.

— Je vais me faire couper la tête et m'en procurer une nouvelle, ricanai-je.

— Si seulement tu pouvais dire vrai », répliqua sérieusement Pat.

10

Il y avait tout un comité de bienvenue devant ma porte, cette fois-ci. Tout le monde voulait me voir. J'étais aussi populaire que Bing Crosby et je m'attendais presque à les voir se battre pour me demander des autographes.

La femme du concierge, qui avait souri en reconnaissant mon pas, fit une drôle de binette en me voyant apparaître. Le concierge cessa de chatouiller ma serrure, fendit la foule pour venir au-devant de moi et resta baba, lui aussi. Puis Marsha bouscula tout le monde, parvint au premier rang, et le rire avec lequel elle s'apprêtait à m'accueillir se congela sur ses lèvres.

« Mike !

— Bonjour, Marsha.

— Oh ! Mike, je savais que quelque chose vous était arrivé ! »

Ses doigts effleurèrent ma joue, et je sentis sa main trembler.

« Mike... Qu'est-ce que...

— Je vous raconterai ça... Qu'est-ce que c'est que tout ce peuple ?

— Je n'ai pas cessé de vous appeler hier soir et ce matin, Mike... Je croyais que quelque chose vous était arrivé... comme l'autre fois, dans votre appartement. Oh ! Mike...

— Ce n'est rien, Marsha. Je serai vite remis à neuf.

— Je... je suis venue, et vous ne répondiez pas. J'ai dit au concierge qu'il devait vous être arrivé quelque chose et il... il essayait d'ouvrir votre porte... Oh ! Mike, j'ai eu tellement peur... »

Le concierge acquiesça, léchant ses lèvres craquelées. Mes voisins me jetèrent un dernier regard et dérivèrent lentement vers leurs logis respectifs.

« Vous nous avez tous effrayés, monsieur Hammer, déclara la concierge, une grosse qu'aucun corset ne pouvait contenir. Nous vous croyions déjà mort ou quelque chose comme ça.

— Vous ne vous trompiez pas de beaucoup... Merci d'avoir pensé à moi. Et maintenant, si ça ne vous fait rien, j'aimerais aller me reposer. Je ne me sens pas très en forme.

— Y a-t-il quelque chose...

— Non, merci. »

Je sortis la clef de ma poche et ouvris la porte. Je dus m'appuyer contre le mur un instant avant de pouvoir entrer. Marsha me prit par le bras et me conduisit jusqu'à mon fauteuil. Je m'assis et laissai tomber ma tête en arrière. La journée avait été un peu longue. On ne peut pas supporter des journées pareilles et rester sur ses pieds. Marsha pleurait doucement en délaçant mes chaussures. Et la souffrance revenait peu à peu, mordant un peu plus profond à chaque seconde. Marsha m'avait ôté ma cravate et déboutonnait ma chemise lorsqu'on frappa. J'entendis la porte s'ouvrir, le bourdonnement d'une conversation chuchotée, la voix suraiguë d'un mioche...

« Mike... C'est une infirmière.

— Le concierge m'a dit de monter vous voir, dit l'autre voix.

— Merci, ça va très bien...

— J'en doute. »

La voix devint très professionnelle.

« Voulez-vous surveiller le petit, je vous prie. Merci. »

Elle me prit par le bras.

« Il vaut mieux que vous vous couchiez... »

Je n'essayai pas de discuter. Elle avait réponse à tout. Marsha était sur le divan en train de jouer avec le gosse. Je passai dans ma chambre. L'infirmière me coucha en deux temps, trois mouvements. La cuisson de la teinture d'iode m'arracha à mon premier sommeil, et j'entendis l'infirmière dire à Marsha qu'il fallait appeler un médecin. Elle avait à peine fini de parler qu'il était déjà là — telle fut, du moins, mon impression — en train de me tripoter avec des mains qui avaient depuis longtemps oublié d'être douces. Puis il repartit comme il était venu, et j'entendis les deux femmes décider de rester sur place jusqu'à mon réveil. Le gosse poussa un cri de joie pour une raison ou pour une autre, et ce fut la dernière chose que j'entendis.

Ensuite je rêvai par intermittence. Decker avec son môme. Hooker qui parlait à Decker. Link le Crapaud qui écoutait, prêt à lancer ses hommes sur Mel Hooker s'il ne disait pas ce qu'il fallait. Ed Teen et Lou, debout près d'un cadavre qui devait être celui de Fallon et suivant des yeux les manœuvres de Link. Pat... Marsha... Ellen... le district attorney... Des douzaines de jolies femmes aux visages célèbres.

Et puis une femme dont le visage n'était pas célèbre, une femme qui n'avait pas de visage et que j'essayais d'attraper et que je n'étais pas seul à vouloir attraper, parce que Teen, et Link, et Grindle tendaient leurs bras vers elle et n'arrivaient pas, eux non plus, à la rejoindre...

« Mike, réveillez-vous ! »

J'ouvris mon œil intact, et l'autre s'ouvrit de lui-même. A demi.

« Marsha ?

— Vous étiez en train de parler et de vous débattre, Mike. Êtes-vous réveillé ? »

Elle avait l'air fatiguée. L'infirmière avait l'air fatiguée. Mais le gosse était frais et rose.

Je grognai : « Je suis réveillé » et lui fis signe de baisser le store.

« J'ai dormi longtemps ?

— Toute la journée d'hier, toute la nuit et une bonne partie d'aujourd'hui. »

Je me palpai les joues. Elles paraissaient moins enflées.

« Seigneur... Quelle heure est-il ?

— Quatre heures et demie, Mike... Le capitaine Chambers est à l'appareil... Pouvez-vous lui répondre ?

— Ouais. Dites-lui de ne pas quitter. J'arrive. »

J'enfilai mon pantalon, jurant à chaque fois que je rencontrais un bleu ou une plaie. J'étais couvert de teinture d'iode et de ruban adhésif, mais je pouvais bouger, à présent, sans avoir envie de hurler.

« Allô !...

— Mike ? Qu'est-ce que tu fous ? Je t'avais dit de me rappeler...

— Oh ! ça va. Je viens de me réveiller.

— Le district attorney a trouvé Grindle.

— O. K. !

— Il veut te voir.

— De quoi m'accuse-t-il, cette fois ? De meurtre ?

— De rien du tout. Je t'ai couvert. Mais il veut Ed Teen et il s'imagine que tu es encore en train de le rouler.

— Qu'est-ce qu'il a encore dans le...

— Eh ! mets-toi à sa place. C'est son poste qui est en jeu.

— Foutre ! Je lui ai donné ce que j'avais. Qu'est-ce qu'il veut de plus ? La tête de Teen sur un plateau ?

— Ne sois pas idiot, Mike. Il le veut vivant sur le banc des accusés. C'est la seule chose qui peut lui sauver la mise aux yeux du public.

— Qu'est-il arrivé au sourdingue ?

— Tout ce qu'il savait, c'était le numéro d'une cabine publique de la grande gare centrale. S'il ne téléphonait pas toutes les heures, cela signifiait qu'il y avait du grabuge. Nous avons fait rechercher le numéro, mais, quand nous sommes arrivés là-bas, il n'y avait personne alentour, bien entendu. Le sourdingue travaillait par l'intermédiaire d'un autre gars qui transmettait les tuyaux à qui de droit. Ils étaient payés tous les deux de la même façon. Un mandat-poste le premier de chaque mois.

— Ed doit être en train de se tenir les côtes à force de rigoler.

— Peut-être pas à ce point-là, mais il a certainement le sourire. Nous avons vérifié son alibi pour la fameuse nuit, et il est parfait. Nous savons tous les deux qu'il est méticuleusement faux, mais va-t'en le prouver devant un jury ! D'après Teen, cette histoire est complètement ridicule ; il a joué aux cartes toute la nuit avec un groupe d'amis...

— Ouais, le coup classique. Une bonne séance sous la lampe, et il crachera la vérité.

— C'est pas encore cette fois-ci qu'on l'amènera sous la lampe, Mike.

— Y a peut-être autre chose à faire.

— Même pas, Mike. Ses avocats ne le quittent pas de l'œil et ils sont eux-mêmes bien protégés par une escouade de détectives privés et tout aussi marrons... Essaie la moindre chose et tu y laisseras ta peau.

— Alors, que me veut le district attorney ? »

Il hésita un long instant avant de me répondre.

« Mike... Tu joues franc-jeu avec moi ?

— Tu sais tout ce que je sais, Pat. Pourquoi ?

— J'ai bien peur que le district attorney te soupçonne de garder pour toi des tas de choses... A ce propos, téléphone à Ellen dès que tu auras une minute. Elle veut te parler.

— Elle est là en ce moment ?

— Non. Elle vient de partir. Et j'ai encore autre chose pour toi. Le fils à papa est de retour.

— Marvin Holmes ?

— Ouais. La douane nous a prévenus, mais trop tard pour qu'on puisse mettre la main dessus. Aux derniers renseignements, il était avec une blonde d'allure étrangère et semblait faire de son mieux pour rester planqué.

— Il a toujours la trouille au ventre ?

— Apparemment, oui. J'espère qu'on va pouvoir le toucher aujourd'hui. Il est trop connu pour rester longtemps inaperçu. Écoute, Mike, rappelle-moi un peu plus tard. C'est un asile d'aliénés, ici, en ce moment. J'ai les hommes du district attorney sur le dos à chaque instant. »

Il raccrocha. Brave vieux Pat ! Il n'avait jamais cessé d'être avec moi. Mon sort le tracassait suffisamment pour qu'il veuille me donner la possibilité de choisir moi-même le moment et le lieu de ma prochaine conversation avec le district attorney !

Assise sur le bord du divan, Marsha bâillait à s'en décrocher la mâchoire.

« Va falloir qu'on file, bébé.

— Quelque chose qui ne va pas ?

— Des gens qui veulent me parler et que je ne peux pas me permettre de voir en ce moment. Il faut que j'aille quelque part où je puisse réfléchir en paix, sans risquer d'être dérangé.

— Allons chez moi, Mike. Je ne serai pas bien gênante. Tout ce que je veux actuellement, c'est me coucher et dormir... dormir...

— O. K. ! Je vais m'habiller. »

Je réintégrai ma chambre et achevai de me préparer. Quelqu'un frappa à ma porte. Je criai :

« Entrez ! »

C'était l'infirmière, avec la main du gosse dans la sienne. Il se serait peut-être tenu tranquille, mais il aperçut mon pétard suspendu au dossier d'une chaise et il avait déjà la main sur l'étui lorsqu'elle le rattrapa.

« Si seulement il aimait autant ses jouets ! soupira-t-elle.

— Il deviendra peut-être flic en grandissant », plaisantai-je.

Elle me jeta un regard désapprobateur.

« J'espère que non ! »

Elle marqua une pause.

« Miss Lee me dit que vous allez partir ?

— C'est exact.

— Alors vous pourriez peut-être me rendre un service.

— Avec plaisir.

— J'ai les peintres chez moi. Ça ne vous ennuierait peut-être pas trop que je reste ici avec le petit ?

— Pas le moins du monde, et, si quelqu'un téléphone, répondez que je ne suis pas ici et que vous ne savez pas quand je rentrerai.

— Vous... n'attendez pas de visiteurs ? »

Sa voix était légèrement tremblante.

J'éclatai de rire et secouai la tête.

« Pas de ce genre-là, du moins ! »

Elle soupira et ramena le mioche dans le salon. Je bouclai mon pétard sous mon aisselle, enfilai une veste par-dessus et jetai un coup d'œil au complet que j'avais porté l'avant-veille. Il ne valait vraiment plus la peine d'être confié à une stoppeuse. Je vidai le contenu des poches sur la commode, roulai le complet en boule et l'enfonçai dans ma poubelle, par-dessus les vieilles frusques du gosse.

Marsha m'attendait dans le salon en essayant de cacher ses paupières rouges sous une couche de fard. Nous prîmes congé de l'infirmière et du gosse, descendîmes et nous embarquâmes dans ma bagnole. Elle s'endormit presque immédiatement, et j'eus un mal de chien à la réveiller lorsque nous arrivâmes devant chez elle.

J'essayai de la secouer, de la pincer. Zéro. Alors je l'embrassai sur la bouche.

La méthode réussit. Elle me sourit et ouvrit les yeux.

« Nous y sommes, lui dis-je. Debout, camarade !

— C'est toi qui m'as fait ça, gémit-elle.

— Qu'est-ce que ton dragon à moustache va me passer !... »

Elle sourit en plissant son nez.

« Ah ! c'est pour ça que tu as accepté tout de suite. Tu croyais qu'il allait y avoir un chaperon. Je suis navrée, Mike, mais nous allons être seuls. Mon dragon moustachu ne vient plus... »

Je lui flanquai un faux uppercut à la pointe du menton et l'aidai à sortir de la bagnole. Le liftier resta coi quand il aperçut ma physionomie, et je dus lui répéter deux fois le numéro de l'étage avant qu'il se décidât à fermer la grille. Si seulement il avait pu me voir la veille !

Nous étions si loin de tout, là-haut ! Les rayons du soleil filtrant à travers les stores projetaient des grilles d'ombre sur le plancher du salon. Marsha m'installa dans un grand fauteuil et disparut dans la cuisine, où je l'entendis faire tous ces bruits agréables que fait une femme lorsqu'elle se retrouve dans son élément. Bientôt l'odeur combinée du café frais et du bacon en train de griller se répandit dans l'appartement, rappelant à mon estomac depuis combien de temps il n'avait pas été rempli, et je sentis l'eau me venir à la bouche.

Incapable d'attendre plus longtemps, j'allai lui offrir mes services.

« Affamé ? s'enquit-elle.

— Terriblement.

— Moi aussi. J'ai mangé quelques biscuits rances chez toi et, depuis, je ne me suis rien mis sous la dent. »

Nous n'échangeâmes plus un seul mot jusqu'à ce que nos assiettes fussent vides et nos estomacs pleins. Puis j'allumai une cigarette, tandis que Marsha tournait le bouton de la radio, en quête d'une musique adéquate. Tout aurait été pour le mieux dans le meilleur des mondes si le concert n'avait cédé la place, quelques minutes plus tard, au bulletin d'informations. C'était l'un des émetteurs locaux, et le speaker se lança presque aussitôt dans les nouvelles de la ville :

« ... Une époque vient de prendre fin, enchaîna-t-il avec solennité après un brillant préambule. L'homme que la police, la presse et la pègre connaissaient sous le nom de Lou Grindle a été trouvé mort dans un cottage isolé sis à quelque distance d'Islip, Long Island. Les cadavres de deux de ses hommes ont été également retrouvés, l'un dans le cottage en question, l'autre à vingt-cinq kilomètres de là, sur le bas-côté d'une voie de grande communication. Les traces d'une violente bataille à coups de revolver ont été relevées dans toute la maison, et, d'après les experts en balistique de la police, c'est une balle issue du revolver de Grindle lui-même qui a tué l'un de ses propres hommes. Un reporter présent sur les lieux a prétendu que la maison avait dû être utilisée par Grindle et ses hommes pour soumettre certaines de leurs victimes à une inquisition en règle, mais, interrogée sur ce point, la police a refusé de faire la moindre déclaration. En raison des répercussions possibles du décès de Grindle, le district attorney a également refusé de se prononcer sur la question, mais on déclare dans les milieux bien informés que les autorités compétentes sont en pleine possession des faits. Depuis la fin de la prohibition, Lou Grindle... »

J'allongeai la main et remplaçai la suite du bulletin d'informations par une rumba pleine d'exotisme, dont le rythme chassa du salon ténébreux les dernières syllabes prononcées par le commentateur. Mais Marsha ne l'écoutait pas...

« Mike ! C'est toi qui ?... »

Je ne pus m'empêcher de sourire.

« Ils allaient me descendre. Ils m'ont passé à tabac d'abord et, ensuite, ils m'ont emmené faire un tour... Mais c'est moi qui ai gagné.

— Grand Dieu ! Mike...

— Ça n'arrivera plus, mon chou.

— Mais... pourquoi, Mike ?

— Si seulement je le savais... »

Elle se tassa frileusement sur sa chaise.

« Et tout ça... à cause de ce cambriolage raté ?

— Oui, Marsha. Tout ça pour un cambriolage raté ! Tu t'es fait casser la figure, je me suis fait casser la figure. Decker est mort, laissant un mouflet. Un roi de la pègre est mort, deux de ses hommes sont morts, Arnold Basil est mort, Link le Crapaud est mort, deux prétendus détectives privés sont morts, Mel Hooker est mort... Si ça continue comme ça, il n'y aura bientôt plus personne de vivant dans cette histoire !

— Mike, et s'ils essayaient encore de...

— De m'avoir ? Je ne leur en donnerai pas l'occasion. Si quelqu'un doit avoir quelqu'un d'autre, ce sera moi... Je peux me servir du téléphone ? »

Elle acquiesça. Je me levai, vérifiai le numéro de Marvin Holmes et le composai sur le cadran. Quelqu'un venait juste de décrocher le récepteur dans l'appartement du dessus, lorsqu'on frappa à la porte. Marsha me serra convulsivement le poignet, j'hésitai une seconde, puis, dégainant mon 11,25, débloquai le cran de sûreté, lui mis le pétard dans la main et répondis aux « Allô ! allô ! » qui étaient en train de me massacrer le tympan.

Elle ouvrit la porte avec le revolver pointé droit devant elle, demeura un instant pétrifiée, puis éclata de rire. Je me détournai et, en réponse à la question du maître d'hôtel aux intonations germaniques, demandai :

« M. Holmes est-il là ?

— Si c'est encore la police, vociféra-t-il, puis-je vous dire qu'il n'est pas rentré au cours des cinq dernières minutes ! M. Holmes ne m'a pas dit quand il reviendrait, mais, dès qu'il sera là, je lui transmettrai votre message. »

Je raccrochai en même temps que lui et m'approchai de Marsha qui riait toujours avec une nervosité évidente. Le gosse au bras en écharpe essayait de la calmer et simultanément de lui arracher le revolver. Je commençai par récupérer le 11,25, le remis à sa place et secouai Marsha jusqu'à ce qu'elle cessât de rire comme une folle.

« Je... je suis navrée, Mike... J'ai cru que...

— Bon sang, Marsha... soupira le gosse.

— Entrez, entrez, Jerry. »

Il alla refermer la porte.

« Je vous présente M. Hammer... Jerry O'Neill. »

Jerry murmura : « Enchanté », mais ne fit aucun effort pour me serrer la main. Jerry ne m'aimait pas beaucoup. Il n'était pas bien difficile de comprendre pourquoi.

« Mike, j'ai besoin de boire quelque chose... Vous allez bien trinquer avec nous, Jerry.

— Non, merci. Il faut que je file. J'ai... »

Il regarda Marsha, espérant susciter en elle une certaine jalousie.

« J'ai un rendez-vous, ce soir. »

Il fut déçu.

« Mais c'est très bien, ça, Jerry, s'écria Marsha. Vous aviez quelque chose à me dire ?

— Eh bien !... »

Il me jeta un regard de profond dégoût.

« On s'est tous fait de la bile quand on ne vous a pas vue... On a téléphoné plusieurs fois, mais... Eh bien, ils ne voulaient pas que je vienne, mais je suis venu quand même, pour voir si tout allait bien... Il n'y avait personne la première fois.

— Oh ! Jerry, je suis désolée, mais je n'ai pas quitté M. Hammer de toute la journée.

— Je vois.

— Vous pouvez leur dire de ne plus se tourmenter.

— C'est ce que je vais faire. »

Il ouvrit la porte.

« Au revoir, Marsha.

— Au revoir, Jerry. »

Il s'abstint de m'adresser la parole. Dès qu'il eut refermé la porte, je remis à Marsha l'un des deux verres que je venais de préparer.

« Tu n'aurais pas dû lui faire ça. Il est fou de toi, ce petit.

— C'est pourquoi je suis obligée d'agir ainsi, Mike. Il faut bien qu'il finisse par comprendre.

— On ne peut guère l'en blâmer, d'ailleurs.

— J'aimerais bien que tu partages ses sentiments ! »

J'allais répondre, mais elle ne m'en donna pas le temps. Ayant posé son verre vide sur le bord de la table, elle me sourit d'un air las et se dirigea vers sa chambre à coucher. Au moment de disparaître, elle se retourna pour m'adresser un dernier sourire. Le soleil agonisant dardait ses rayons à travers les stores et plongeait tout l'appartement dans une lumière diffuse. Les teintes roses de son corps adoucissaient l'éclat métallique du peignoir de nylon qui moulait les rondeurs de ses cuisses et son ventre plat et montait jusqu'à sa jeune poitrine.

« Bonne nuit, Mike », dit-elle simplement.

Elle disparut en même temps que le soleil, et j'entendis la porte se refermer.

Je tendis l'oreille, guettant le claquement discret de quelque loquet.

Mais je n'entendis plus rien. Rien.

11

J'avais cru que je pourrais attendre le sommeil avec un verre à la main, en essayant de retrouver dans ma tête le petit détail insignifiant qui persistait à m'échapper et qui, je le sentais, pourrait me fournir la solution du problème. Je me torturai les méninges à tenter de le faire surgir du chaos de mon esprit jusqu'à ce que je dusse me tenir à quatre pour ne pas casser quelque chose.

Non, il n'y avait rien à faire. Ce n'était pas dans ma nature de rester vautré dans un fauteuil pendant que les événements étaient en train de suivre leur cours. J'en avais assez de l'obscurité et de la solitude. Plus tard, peut-être, je ne demanderais pas mieux que de m'y replonger, mais le moment n'était pas venu, non, le moment n'était pas venu de m'endormir.

Je quittai sans bruit l'appartement de Marsha, empruntai l'escalier plutôt que d'effrayer encore le liftier et m'installai dans ma coquelucharde. Je baissai la vitre de la portière, et la brise nocturne remit un peu d'ordre dans mes idées. Pat m'avait dit qu'Ellen voulait me parler. La première chose à faire était de voir ce qu'elle avait à me dire.

Je la retrouvai emmitouflée dans son peignoir de tissu-éponge. Elle était plus adorable que jamais.

« Je... je ne vous attendais pas, Mike, murmura-t-elle, stupéfaite.

— Vous n'êtes pas contente de me voir ? » plaisantai-je.

Un nuage voila ses yeux expressifs, qui paraissaient capables de passer successivement par toutes les couleurs de l'arc-en-ciel, et deux larmes tremblèrent au bord de ses paupières.

« Entrez, Mike. »

Je ne pigeais pas très bien. Elle me suivit dans le salon et me désigna un siège. Je m'assis. Elle s'assit en face de moi, mais à bonne distance. Et ses yeux évitaient de me regarder.

« Ellen... Qu'est-ce qu'il y a de cassé ?

— Ne parlons pas de ça, Mike.

— Attendez une minute... Vous avez bien dit à Pat que vous vouliez me parler, pas vrai ?

— Oui. Mais ne dites plus rien, je vous en prie. »

Je comprenais de moins en moins, mais je n'insistai pas.

« O. K. ! Je vous écoute », murmurai-je.

Elle se releva, prit quelque chose sur le dessus de la radio, me le tendit. C'était un dossier officiel. Mais il devait y avoir des années qu'il dormait dans les archives du commissariat central. La chemise était poussiéreuse et jaunie, les papiers qu'elle contenait craquaient sous les doigts. Ellen revint s'asseoir en face de moi.

« C'est le vieux dossier de Link le Crapaud. Je l'ai trouvé enfoui sous des tonnes d'autres paperasses dans la salle des archives.

— Ellen... Le district attorney sait que vous avez pris ce dossier ?

— Non.

— Ellen...

— Regardez si c'est bien ça qu'il vous faut. »

Sa voix était parfaitement inexpressive.

J'ouvris le dossier, dont la moitié supérieure me resta dans la main. Mais c'était bien cela qu'il me fallait. Link avait été photographe autrefois. Un excellent photographe, selon toutes les apparences, puisque la plupart des actrices professionnelles s'étaient adressées à lui, à l'époque, pour faire exécuter leurs photos publicitaires. Rien n'avait échappé à Roberts, l'ancien district attorney, et ce fut grâce à ses notes marginales que je finis par reconstituer la véritable histoire.

Charlie Fallon était un collectionneur acharné de photos d'actrices. Il payait bien les photos dédicacées, surtout lorsque l'actrice lui était présentée, et c'était la raison pour laquelle il avait été en rapports constants avec Link le Crapaud.

Mais ç'avait été seulement après la mort de Fallon que le nom de Link avait commencé à être prononcé dans les milieux policiers. A partir de ce moment-là, il n'avait plus été question de photographie. Abandonnant son studio, Link était devenu, du jour au lendemain, l'un des plus grands bookmakers de New York, et, bien que ses contacts personnels avec Ed Teen eussent été rarissimes, il était évident que, tout comme les autres, il payait tribut au caïd de la profession. Témoin son ascension constante, depuis la mort de Charlie Fallon.

Il y avait des tas d'autres choses dans le dossier, mais le reste ne m'intéressait pas. Je le rejetai sur la table à thé, d'un geste brusque, et cherchai le regard d'Ellen.

« Est-ce que... cela résout quelque chose ? demanda-t-elle.

— Une chose. La connexion entre Charlie Fallon et Link le Crapaud. Pour le reste, je ne sais pas encore.

— Vous espériez davantage...

— Je ne sais pas. Peut-être. Mais vous avez fait tout ce que vous pouviez, Ellen, et c'est ça qui compte. Il est inutile que vous rapportiez ces paperasses. Link est mort, et le district attorney ne cherchera pas ce dont il ignore l'existence. »

Elle me regardait toujours, le visage impassible.

« Il vaut mieux que je m'en aille », suggérai-je.

Elle ne fit pas un geste pour me retenir ou m'accompagner jusqu'à la sortie. Je revins sur mes pas et me plantai devant elle.

« Eh bien, fille du Texas, quelle mouche vous pique ? Je vous avais demandé de me rendre un service et je vous avais flanquée dans le pétrin, d'accord ! Mais enfin je vous en ai tirée !

— Ce n'est pas ça, Mike. »

Elle évitait toujours de me regarder.

« Vous êtes une fille du Texas qui aime les gars du Texas, même s'ils sont nés à New York City ! Qu'est-ce que vous voudriez que je fasse ? Que j'apprenne à monter à cheval ? »

Elle releva les yeux. Aucun nuage n'obscurcissait plus son regard. Ses yeux étaient bleus à nouveau. Bleus et pleins d'amertume.

« Vous êtes un homme du Texas, Mike. Un homme comme j'ai rêvé d'en avoir un et comme je n'en aurai jamais, parce que les hommes de votre espèce ne sont jamais là bien longtemps. Il faut toujours qu'ils cherchent la bagarre et qu'ils la provoquent, au besoin, et qu'ils aillent se faire tuer.

« J'avais tort de vouloir un homme comme ça. J'avais lu trop de romans et entendu raconter trop d'histoires par trop de vieux bonhommes du Texas. Ça n'a rien de drôle de vivre en sachant que celui que vous aimez risque de se faire tuer d'un instant à l'autre, simplement parce que ça lui plaît comme ça ! Non, Mike. Vous êtes exactement ce que je veux. Tant que vous êtes en vie, c'est une aventure excitante de vivre avec vous, mais, quand vous serez mort, ce ne sera pas drôle du tout de vous avoir connu. Les hommes du Texas me font peur, maintenant. Je vais vous oublier et cesser de rêver. J'attendrai de rencontrer quelqu'un de paisible et d'ordinaire auprès de qui je mènerai une vie à peu près normale et peut-être ennuyeuse, mais avec qui je pourrai sortir le soir sans risquer qu'il se fasse descendre à mon côté. »

Je sentis un éclat de rire me monter à la gorge et la regardai s'asseoir sur le bord du divan.

« Oui, Ellen, ripostai-je, et vous regretterez toujours de n'avoir pas su ce que c'était, avec un homme du Texas. »

Brusquement, la colère et l'amertume désertèrent ses prunelles.

« Non, répliqua-t-elle, parce que je vais le savoir immédiatement. »

Nous nous quittâmes dans la grisaille de l'aube. Elle me dit : « Au revoir, homme du Texas », et je dis : « Au revoir, fille du Texas. » Et je partis sans me retourner, parce que tout ce qu'elle avait dit était vrai et que je ne tenais pas à le lire encore dans son regard. Je parquai ma bagnole à l'ouest de Central Park et grimpai au sommet d'une butte herbeuse, du haut de laquelle je pourrais voir le soleil se lever.

L'humidité de la nuit s'élevait lentement comme un voile de gaze à mesure que le soleil réchauffait la terre. Le parc tout entier avait l'aspect irréel d'un décor de rêve, et j'éprouvai tout à coup l'impression irraisonnée de poursuivre celui que j'avais fait l'autre nuit et qui s'était terminé lorsque Teen, Grindle et moi-même avions essayé de rejoindre la femme sans visage.

L'impression devint si forte que je me retournai brusquement, m'attendant à l'apercevoir. Et je faillis pousser un grognement de surprise en la voyant là, debout au milieu du sentier. Mais je revins aussitôt sur terre et ricanai dans ma barbe, parce que, contrairement à l'autre nuit, elle avait un visage et que ce visage n'était que celui d'une promeneuse solitaire contrariée de trouver un intrus dans son sentier préféré.

Je la regardai s'éloigner d'un pas vif et la remerciai mentalement. Je savais, à présent, qui était la femme sans visage de mon rêve. Je savais qu'elle avait un visage et un nom que je ne connaissais pas encore et qu'elle n'avait été là, dans mon rêve, que pour me souffler une chose à laquelle j'aurais dû penser moi-même.

J'attendis que le soleil eût achevé de rendre au parc son aspect habituel. Puis je me replongeai dans la civilisation et passai le plus clair de ma journée à chercher un petit bonhomme aux grandes oreilles qui sortait généralement avec une blonde à chaque bras. Vers trois heures et demie, je donnai un coup de téléphone. Trois secrétaires particulières se renvoyèrent ma communication, avant de me passer finalement le collaborateur principal de Harry Bailen, le célèbre chroniqueur.

« Je suis un copain de Cookie Harkin, lui dis-je. J'ai quelque chose d'urgent à lui passer et je peux pas lui mettre la main dessus. Je veux son adresse personnelle, si vous l'avez. »

Il l'avait, mais il n'était pas disposé à me la donner.

« Je regrette, monsieur, mais c'est un renseignement de caractère privé.

— Ce que j'ai à lui dire l'est aussi. Ou je le passe gratuitement à Cookie, ou je le vends à quelqu'un d'autre. Vous avez le choix.

— Si vous avez quelque chose d'intéressant, je serai très heureux de le transmettre à M. Bailen.

— Je m'en doute ! m'esclaffai-je. Mais Cookie Harkin est un de mes copains, et c'est à lui que je le passerai ou bien à un concurrent de votre patron, et ça ne plaira pas beaucoup à Bailen quand il apprendra ça. »

Il me dit de ne pas quitter et s'en alla discuter avec quelqu'un, mais quand il revint sa décision était prise.

— Cookie Harkin loge à l'hôtel *Mapuah,* me dit-il d'un ton sec. M-a-p-u-a-h. Vous savez où c'est ?

— Je trouverai bien. Merci. »

Je trouvai l'adresse du *Mapuah* dans l'annuaire. C'était bien le genre d'hôtel dans lequel je m'attendais à voir habiter Cookie. La seule règle était d'y payer son loyer à bonne date. Pour le reste, tout le monde s'en foutait manifestement, à commencer par l'employé chauve qui siégeait derrière le comptoir de la réception.

« Cookie Harkin, s'il vous plaît ?

— 309. »

Il ne releva même pas la tête et ne fit aucun effort pour m'annoncer.

La seule concession au modernisme était l'ascenseur. Il était automatique, mais c'était sans doute parce qu'ils n'auraient trouvé aucun liftier pour le faire marcher.

La chambre de Cookie était l'une des mieux situées. Elle occupait le coin sud-est du troisième étage, sur la cour, assez loin de la rue, pour ne pas entendre trop de bruit et respirer un peu d'air frais.

Je frappai deux fois, entendis craquer les ressorts du lit à l'intérieur de la chambre, et Cookie se mit à beugler :

« Ouais ?

— C'est Mike, Cookie. Sors de tes toiles.

— O. K. ! Une minute. »

La clef grinça dans la serrure, et Cookie ouvrit la porte en se frottant vigoureusement les yeux, uniquement vêtu de sa veste de pyjama.

« T'as des drôles d'heures pour te lever, lui dis-je.

— Je me suis couché tard. »

Il y avait l'empreinte d'une tête sur chacun de ses deux oreillers, et la porte qui communiquait avec la pièce voisine était close.

« Ouais, je veux bien te croire. Est-ce qu'elle peut entendre ce qu'on raconte ici ? »

Il se réveilla complètement.

« Non. T'as quelque chose pour moi, Mike ?

— Qu'est-ce que tu aimerais avoir ?

— Je ne suis pas un imbécile, Mike, j'ai lu les journaux. Je sais ce qui s'est passé à Islip. Donne-moi des détails, et je fais un boum de tous les diables. »

Je m'assis et allumai une cigarette.

« Je t'offre un échange, Cookie.

— Eh ! une seconde, Mike...

— T'inquiète pas. Il n'y a pas de tueurs dans le coup, cette fois-ci. Rends-moi un service, et tu auras ton histoire. Depuis A jusqu'à Z.

— Tope-là. Je t'écoute. »

Je lui sortis toute l'histoire sans omettre un seul détail, et il avait décroché son téléphone avant que j'aie eu le temps de lâcher le dernier mot. Ses yeux étaient pleins de gros billets, et l'affaire était assez importante pour que le grand Harry Bailen lui-même prenne la communication. Je lui recommandai de ne pas charrier les flics, et quand il transmit le conseil, en ajoutant que l'histoire aurait une suite s'il était observé, Bailen se déclara d'accord, et sa voix se mit à trembler d'excitation.

Cookie raccrocha et se frotta les mains, souriant d'une oreille à l'autre. Ce qui, chez lui, n'était pas une façon de parler.

« T'as qu'à demander, Mike, et je ferai en sorte que tu sois servi.

— Tu te souviens de la mort de Fallon ?

— Et comment. Il est mort dans un théâtre de Broadway. D'une crise cardiaque, si je ne me trompe.

— C'est ça.

— Il passait pratiquement sa vie dans les cinémas et les théâtres, du plus miteux au plus select...

— A l'époque de sa mort, il était marié ou bien il vivait avec une femme, pas vrai ? Qui était-ce ?

— Voyons... »

Il se laissa choir sur son lit pour mieux réfléchir.

« En tout cas, il n'était pas marié. Mais il devait être en ménage avec une souris quelconque.

— Qui était-ce ?

— Ça, c'est une autre paire de manches. Il y a dix ans de ça. C'était un gars qu'aimait les femmes.

— Celle-là devait avoir quelque chose de spécial s'il vivait avec elle. »

Ses yeux s'emplirent de ruse.

« C'est elle que tu veux ?

— Ouais.

— Quand ?

— Aussitôt que possible.

— Elle a pu quitter la ville.

— J'en doute. Pas ce genre de souris. »

Cookie fit une grimace et me décocha une œillade complice.

« Et s'il faut que j'arrose ?

— Arrose. Je te couvrirai. Dépense ce qu'il faudra. »

Je me relevai et griffonnai un numéro de téléphone sur la couverture d'un carnet d'allumettes.

« J'attendrai ton coup de fil. Tu pourras me toucher ici à n'importe quelle heure. Si quelqu'un t'interroge au sujet de cette histoire que ton patron va imprimer, réponds que c'est un bruit qui court et que, en ce qui me concerne, tu ne m'as pas vu depuis une éternité.

— O. K. ! Mike. Compte sur moi. »

Il commençait à s'habiller lorsque je le quittai, et je savais que, si l'ancienne maîtresse de Fallon était à New York, il la trouverait. Ce n'était qu'une question d'heures.

Je rentrai chez Marsha. Elle dormait toujours. Je me préparai un verre et attendis. Je pouvais attendre, maintenant, parce que quelqu'un d'autre travaillait pour moi. J'essayai de toucher Pat par téléphone et n'y parvins pas. Tant pis. J'étais bien, la radio jouait en sourdine, et je regardais la fumée de ma cigarette monter lentement vers le plafond.

A huit heures moins le quart, j'ouvris la porte de la chambre à coucher et donnai de la lumière. Elle avait rejeté ses couvertures et souriait dans son sommeil. Elle se réveilla lorsque je l'embrassai, et, dès qu'elle me vit, je compris à qui elle avait souri dans son rêve.

« Tu peux toujours parler de moi, bébé, ricanai-je. Tu as fait tes deux tours de cadran, comme tout le monde !

— Oh ! non, Mike, ce n'est pas possible.

— Mais si. Il est presque huit heures du soir.

— Je devais aller au théâtre cet après-midi. Qu'est-ce qu'ils vont penser ? »

Ses mains se rejoignirent derrière ma nuque et ses lèvres cherchèrent ma bouche.

Mais je la repoussai gentiment. Je voulais voir si elle avait peur, elle aussi, comme Ellen. Elle sourit, comme si elle avait deviné ma pensée, et je ne discernai aucune appréhension dans son regard. Aucune.

« Debout ! » grondai-je.

J'allai nous improviser des sandwiches, tandis qu'elle prenait sa douche et s'habillait. Puis nous mangeâmes un morceau en regardant le soleil terminer sa course.

A dix heures moins cinq, il se mit à pleuvoir.

Quelque chose me disait que cette nuit verrait la fin d'une autre course, qui avait commencé sous la pluie et se terminerait sous la pluie. Une course à la mort, que rien ne pourrait arrêter avant la ligne droite et l'effort ultime de l'arrivée.

Le grand coup ! C'était ce qu'avait cherché Decker.

Il l'avait trouvé, mais c'était lui qui l'avait reçu.

A dix heures sept, Cookie me téléphona.

« Allô !

— Allô ! Mike ? »

Sa bouche devait être très proche du récepteur.

« Je t'écoute.

— Je l'ai trouvée. Elle s'appelle Georgia Lucas, et, en ce moment, elle chante sous le nom de Dolly Smith.

— Oui. Quoi encore ?

— Mike... Elle a quelqu'un d'autre à ses trousses. Plusieurs fois, je suis passé après un autre type aujourd'hui. J'aime pas ça, Mike. Elle est repérée. »

Toute l'énergie que j'avais accumulée, sans le savoir, en vue de ce dénouement me remonta brusquement à la gorge, et ce fut d'une voix rauque que je lui répondis :

« Qui est-ce, Cookie ? Qui est-ce qui la recherche ?

— Je ne sais pas, mais je connais ces symptômes. Elle est repérée, et, si tu la veux, tu feras bien de te dépêcher.

— Où est-elle ?

— A sept ou huit mètres de moi. Elle porte une robe blanche et rouge, avec les cheveux assortis. Elle est en train de chanter une chanson de corps de garde.

— Où ça, bon Dieu ?

— Greenwich Village. Une petite boîte qui s'appelle *Chez Harvey*.

— Ça va ; je connais.

— O. K. ! Le spectacle finit dans dix minutes et ne recommence qu'une heure après. Dans l'intervalle, elle vend des cigarettes. Y a autour de moi des gueules qui me reviennent pas, Mike. Si je peux, je vais essayer de la voir dans sa loge. Autre chose, Mike, tu ne rentreras pas dans la salle si t'es seul ; vaudrait mieux que j'appelle Tolly.

— Laisse Tolly tranquille. Je ne serai pas seul. Tâche de ne pas la quitter de l'œil. »

Je raccrochai en tentant vainement d'imaginer son visage. Parce que c'était elle, la femme sans visage de mon rêve. La femme que Lou Grindle avait associée à Fallon et à Link et à moi-même dans ses imprécations. La femme que tout le monde cherchait et qui répondrait à toutes les questions.

« Mike... chuchota Marsha dans l'obscurité.

— Mets ton manteau, Marsha. Il faut que nous sortions. »

Elle me fit la faveur de ne pas discuter. Quelques instants plus tard, nous étions dans ma bagnole, roulant sous la pluie battante, tandis que les essuie-glaces rythmaient la fuite des secondes.

La tempête faisait rage, et, dans un boui-boui miteux de la rive est, une rouquine trop fardée était peut-être en train de se frotter contre un gars qui ne voulait pas d'elle, le barman était peut-être en train d'assommer un ivrogne trop belliqueux, la porte était peut-être en train de s'ouvrir pour livrer passage à un petit bougre trempé qui portait un paquet dans ses bras. Un paquet humide, avec une petite tête hirsute.

Quelqu'un d'autre se préparait peut-être à mourir.

« Tu es bien silencieux, Mike.

— Je sais. Je pense à une autre nuit comme celle-ci.

— Où allons-nous ? »

Je ne répondis pas.

« Depuis le début, c'était Fallon. Quoi qu'il puisse arriver, son nom était toujours prononcé. Il l'a été quand Decker est mort. Il l'a été quand Link est mort. Il l'a été quand Grindle est mort. La femme que nous allons voir a disparu quand Fallon est mort. Elle va nous dire pourquoi elle a dû disparaître et pourquoi Link le Crapaud est devenu un si gros ponte du jour au lendemain. Et, quand je saurai ça, je saurai pourquoi Decker a mis ses affaires en ordre avant de mourir et ce qu'il y avait de si important chez Link le Crapaud, et si Link était vraiment celui que je cherchais ou bien si c'était quelqu'un d'autre dont je ne soupçonne même pas encore l'existence... »

Je recommençais à serrer les mâchoires, et Marsha posa sa main sur la mienne.

« Nous allons bientôt le savoir », me dit-elle d'une voix apaisante.

Je parquai ma bagnole et jetai mon imperméable sur nos deux têtes avant de cavaler jusqu'à l'entrée de *Chez Harvey*.

Le portier déclara qu'il faisait un sale temps, et je dis comme lui. La demoiselle du vestiaire déclara qu'il faisait un sale temps, et je dis comme elle. Cookie ne nous parla pas du temps lorsque nous nous assîmes à sa table. Quelque part en chemin, il avait perdu son sourire, et la blonde qui était avec lui ne souriait pas non plus. Elle avait l'air d'une tapineuse de bas étage.

Je leur présentai Marsha, Cookie fronça les sourcils, et je lui dis qu'il pouvait parler devant elle. Mais ce fut la blonde qui prit la parole :

« Ne faites pas attention à mon maquillage, chuchota-t-elle. Ça me réussit quelquefois de me transformer en radeuse. Je suis sur l'affaire Cookie depuis le début.

— Arlène est une des secrétaires d'Harry, expliqua Cookie. Elle est fameuse pour le dépistage. C'est elle qui a déniché Georgia.

— Où est-elle, Cookie ?

— En train de changer de costume, sans doute. Le spectacle recommence dans quelques minutes. »

La blonde déplia une feuille de papier qu'elle tenait dans sa main.

« Georgia... *alias* Dolly... quarante-huit ans, et les paraît. C'est l'ancienne maîtresse de Fallon. Il y a pas mal d'années, elle a été belle et bonne chanteuse, mais le temps a changé tout ça. Après la mort de Fallon, elle est passée d'un boulot à l'autre, pour tomber finalement dans la prostitution. On a retrouvé sa piste grâce aux tuyaux que nous a passés un gars qui fait le circuit des maisons closes. Après la guerre, elle a fait six mois de taule pour vol à l'étalage. Quinze jours après sa sortie, elle s'est introduite dans un appartement et s'est refait coincer. Deux ans de taule, cette fois. Elle est retournée en maison à sa sortie, puis elle a eu la chance de décrocher un engagement. Elle est ici depuis un mois.

— Vous avez trouvé tout ça sans la voir elle-même ? »

La blonde inclina la tête.

« Je croyais que tu devais essayer de lui parler, Cookie ?

— J'en avais l'intention. J'ai changé d'avis. »

Son regard désigna le fond de la salle où Ed Teen était assis, en train de bavarder avec quatre hommes. Deux d'entre eux étaient des avocats. Les deux autres étaient des costauds à sales gueules.

Une partie de mon verre se répandit sur la table.

« Je croyais que tu m'avais dit qu'il n'y avait pas de tueurs dans le coup, grogna Cookie.

— J'ai changé d'avis, moi aussi. »

Je lâchai mon verre pour ne pas renverser tout le reste.

« Ils m'ont vu entrer ?

— Non.

— Ils te connaissent ? Ils savent pourquoi tu es ici ?

— Tu me prends pour un débutant ? »

Il se lécha nerveusement les lèvres.

« Tu crois que c'est eux que j'ai croisés plusieurs fois aujourd'hui ? »

Sa question me rendit mon sourire.

« Je le crois, Cookie. »

J'avais à peine fini de parler que les lumières diminuaient progressivement et qu'un projecteur éclairait l'estrade sur laquelle venait d'apparaître un gars en smoking blanc. Il s'assit au piano et joua une courte introduction, à l'issue de laquelle une fille aux cheveux de jais écarta les rideaux et vint se planter devant le micro.

Je ne pouvais pas me permettre d'attendre plus longtemps. Les événements se précipitaient un peu trop.

« Je vais dans les coulisses, Cookie. Pendant ce temps-là, tu vas appeler le capitaine Chambers, à la Brigade criminelle, et lui dire de rappliquer ici aussi vite qu'il le pourra. Dis-lui pourquoi. Je ne sais pas ce qui va se passer, mais ne t'éloigne pas, et t'auras ton histoire. »

Le visage de Cookie devint blême.

« Écoute, Mike, je ne veux pas…

— Fais ce que je te dis, Cookie. »

Je me levai.

« Je vous accompagne, Mike », dit Marsha.

Je secouai la tête.

« Impossible, mon petit. C'est mon affaire. Vous avez reçu assez de coups comme ça. »

Je me penchai vers elle et l'embrassai. Il y avait des larmes dans ses yeux.

« Je t'en prie, Mike, chuchota-t-elle. Je ne veux pas… qu'il t'arrive encore quelque chose. Attends au moins la police.

— Il ne m'arrivera rien du tout. Rentre chez toi et n'y pense plus.

— Tu… tu ne reviendras pas, Mike.

— Je reviens toujours, lui dis-je. Ne t'inquiète pas. »

Je me détournai, pour ne plus voir son visage bouleversé, et m'assurai que le 11,25 glissait bien librement dans son étui.

Il faisait trop sombre pour qu'on puisse distinguer quoi que ce soit. J'entamai la traversée de la salle et vis, par-dessus mon épaule, Cookie entraîner Marsha vers le bar. La blonde était déjà partie. Je ne l'avais pas vue disparaître.

12

Le rideau masquait une étroite niche, qu'un autre rideau isolait des coulisses. Je franchis ce second rideau et le laissai retomber derrière moi.

Le binoclard qui lisait un journal sportif, assis sur une chaise pliante, me regarda par-dessus ses lunettes.

« Les clients sont pas admis dans les coulisses, mon pote. »

Je lui fis voir un billet de cinq dollars.

« Qu'est-ce qui te dit que je suis un client ? »

Il s'empara du billet et le fit disparaître.

« C'est vrai, ça. T'as plutôt une tête d'inspecteur de la sécurité.

— C'est ce que tu répondras si on te demande qui je suis. Où est la loge de Dolly ?

— Dolly ? Ce vieux débris ! »

Il ôta ses lunettes et désigna l'extrémité du couloir.

« Elle a pas de loge, mais y a un magasin d'accessoires, là-bas au bout. C'est là-dedans qu'elle se change. »

Il remit ses lunettes.

« Elle vaut pas tripette, mon pote. En ce moment, elle bouche un trou dans le programme, et c'est tout.

— T'inquiète pas pour ça.

— J'en ai pas l'intention. »

Il me regarda curieusement, puis haussa les épaules et se remit à lire.

Une seule ampoule éclairait le couloir. A droite s'ouvraient les portes des loges, à l'intérieur desquelles les femmes se préparaient pour leurs numéros. Derrière l'une des portes, une voix d'homme se plaignait de la modicité des cachets. Une voix de femme lui dit de fermer sa gueule. La conversation se termina par un bruit de gifles.

Je découvris une porte métallique marquée : *Régie*, attendis un instant, l'oreille tendue, et frappai. Une voix étouffée demanda qui était là. Je frappai de nouveau.

La porte s'entrebâilla, et je la bloquai avec mon pied.

« N'ayez pas peur, Georgia, je suis un ami », murmurai-je.

Lorsqu'elle m'entendit prononcer son nom, ses yeux se remplirent de terreur, elle recula jusqu'à ce que la peur lui fauchât les jambes et l'obligeât à s'asseoir sur une vieille caisse. J'entrai et repoussai la porte derrière moi.

La femme de mon rêve avait un visage maintenant. Et ce n'était pas un beau visage. Il avait été joli autrefois, mais la misère et la crainte l'avaient profondément raviné. Elle n'était pas très grande et devait livrer une lutte sans merci à la graisse qui commençait à l'envahir. Mais les cheveux teints, les yeux surchargés de rimmel, la taille impitoyablement comprimée n'étaient que trop évidents. Cookie m'avait dit qu'elle chantait des chansons de corps de garde. C'était sans doute pour ça que la direction l'avait engagée.

Sa terreur était trop intense pour pouvoir durer bien longtemps.

« Qui... êtes-vous ? souffla-t-elle.

— Je vous ai dit que j'étais un ami. »

Je m'assis, en face d'elle, sur une deuxième caisse. Le temps pressait. La porte était à ma droite, bien dans mon champ de vision.

« Ed Teen est dans la salle », dis-je à Georgia.

Une résignation depuis longtemps consentie chassa de ses yeux les derniè-res traces de terreur.

« Vous avez peur de lui, n'est-ce pas ? questionnai-je.

— Plus maintenant », risposta-t-elle.

Des larmes commençaient à délayer son rimmel, mais elle souriait malgré tout. Un sourire infiniment las, sans gaieté aucune.

« Il fallait que ça vienne, dit-elle simplement. Il lui a fallu des années, mais je savais qu'il me retrouverait tôt ou tard.

— Vous aimeriez ne plus avoir à fuir et à vous terrer comme ça ?

— Oh ! mon Dieu ! »

Elle cacha son visage dans ses mains.

Je me penchai vers elle et l'obligeai à relever la tête.

« Georgia... Vous savez ce qui s'est passé ?

— Je l'ai lu dans les journaux.

— Maintenant, écoutez-moi bien. La police va arriver d'un instant à l'autre. Les flics sont vos amis, eux aussi, bien que vous n'ayez jamais voulu le comprendre ! Personne ne vous fera plus de mal. »

Elle acquiesça d'un signe de tête, sans ouvrir la bouche.

« Je veux que vous me racontiez tout ce qui concerne Charlie Fallon. Dites-moi tout ce que vous savez sur Fallon, et sur Grindle, et sur Ed Teen et sur Link le Crapaud. Vous pouvez me le dire ? »

J'allumai une cigarette et la lui tendis. Elle l'accepta et la contempla longuement avant de la porter à ses lèvres.

« Charlie... On vivait ensemble, lui et moi. Il travaillait avec Ed et Lou, mais c'était lui qui était le chef.

« Tout a commencé quand l'état de Charlie s'est mis à empirer. Il avait le cœur malade. Ed et Lou étaient furieux parce qu'ils devaient faire tout le travail et ils ont cherché un moyen de se débarrasser de lui. Mais Charlie était plus malin qu'eux. Il a découvert ce qu'ils mijotaient, et, comme, à cette époque, le district attorney faisait tout ce qu'il pouvait pour détruire leur organisation, Charlie a trouvé un moyen de les remettre au pas. Il avait peur qu'ils le tuent... Alors il a réuni tout ce qui pouvait incriminer Ed et Lou, des choses qui les conduiraient tout droit à la chaise électrique, et les a emportées chez Link le Crapaud pour les photographier. Link a mis tout ça sur microfilm.

« Charlie me l'a raconté le soir même. Nous en avons ri tous les deux, ce soir-là, dans la cuisine... Il m'a dit qu'il joignait les microphotographies à une lettre adressée au district attorney et qu'il allait confier le tout à un de ses amis personnels, avec mission de le mettre immédiatement à la poste s'il lui arrivait quelque chose.

« Je le revois cacheter toute sa correspondance, ce soir-là. C'est la dernière lettre qu'il ait jamais écrite. Il avait l'intention d'attendre un peu, puis de dire à Ed et à Lou ce qu'il avait fait, mais il est arrivé quelque chose qu'il n'avait pas prévu. Link le Crapaud a saisi l'occasion de s'introduire dans l'organisation. Il est allé trouver Ed et il lui a raconté ce que Charlie avait fait.

« Lou est venu me voir immédiatement. Il m'a menacée. J'avais peur... Sincèrement, c'était pas ma faute... J'ai pas pu refuser. Lou m'aurait tuée si je n'avais fait ce qu'il me disait de faire ! Ils voulaient tuer Charlie de manière à n'être pas soupçonnés. Ils savaient qu'il avait des crises fréquentes et qu'il fallait qu'il avale des tablettes de nitroglycérine, et ils m'ont obligée à enlever celles qu'il transportait toujours dans sa poche... Je vous jure que je n'ai pas pu faire autrement. Ils m'ont forcée à le faire. Charlie a eu la crise le lendemain, au théâtre, et il est mort ! Mon Dieu, j'aurais pas voulu le faire, mais c'était le seul moyen de sauver ma peau !

— Les salauds ! grondai-je. Link a dû exécuter deux copies des documents et en garder une pour lui-même ; autrement ils l'auraient buté depuis longtemps. C'est ce que Teen s'est imaginé que j'avais trouvé dans son appartement ! »

Georgia secoua la tête, incapable de comprendre ce que je disais.

« Après la mort de Fallon, repris-je, qu'est-il arrivé ? Qu'a fait le district attorney ?

— Rien, sanglota-t-elle. Il n'est rien arrivé ! »

L'ignominie de la chose s'enfonça comme une dague dans mon cerveau. Je tenais ma réponse et je n'avais plus besoin que d'un simple coup de téléphone pour acquérir une certitude.

Je pris Georgia par le bras et la remis sur pied.

« Venez, nous allons mettre les voiles. Y a-t-il quelque chose que vous vouliez emporter ? »

Machinalement, elle ramassa son sac et mit son chapeau. Personne dans le couloir. Le binoclard lui-même s'était escamoté. J'entraînai Georgia vers la sortie des artistes, ouvris la porte et fis un pas à l'extérieur.

« C'est lui, Ed ? s'enquit une voix.

— Oui. Vas-y. »

S'il y avait quelqu'un de surpris dans toute cette histoire, ce n'était pas moi. Je plongeai et roulai sur moi-même avec mon pétard au poing, dans l'obscurité dense, avant même que Ed Teen ait fini de répondre. Ils étaient tous en train de gueuler et de courir vers la sortie de l'impasse, et leurs pruneaux se croisaient quelque part au-dessus de moi, mais je savais que la porte métallique de l'entrée des artistes s'était refermée sur Georgia, et mon 11,25 était une chose vivante qui donnait de la voix dans le vacarme général. J'attrapai les chevilles d'un des zigotos qui passait devant moi et lui flanquai le canon de mon pétard en travers de la margoulette. Je distinguai une autre silhouette, plaquée contre le mur, et tirai. L'instant d'après, quelque chose me dégringolait dessus, ma main libre se referma sur une gorge et serra, puis je reçus un coup de pied dans l'estomac et lâchai prise.

Un corps me clouait au sol. Une voix beuglait :

« Mais colle-lui un pruneau. »

Je dégageai mon bras droit, qui avait été coincé sous mon propre corps, et levai mon 11,25...

J'ignore qui aurait tiré le premier si les deux salopards ne m'avaient lâché pour cavaler vers la sortie de l'impasse en entendant la sirène des flics. Ils n'atteignirent la rue que pour recevoir en pleine figure les faisceaux de trois torches électriques et levèrent docilement les bras.

Je reconnus la voix de Pat, qui criait mon nom. Puis le faisceau de sa propre torche se posa sur moi, et il m'aida à me relever.

« Elle est là, lui dis-je. Va la chercher.

— Qui ça ?

— Georgia, l'ancienne maîtresse de Fallon. »

Il grogna quelque chose entre ses dents et courut vers le fond de l'impasse, tandis que je m'adossais au mur pour reprendre haleine. Georgia était sortie pendant la bagarre, car il n'eut pas besoin de pousser la porte métallique. Je le vis s'accroupir derrière les poubelles et revenir avec Georgia dans les bras.

« Elle est... morte ? soufflai-je.

— Non. Évanouie, je pense.

— Heureusement, Pat. Garde-la comme la prunelle de tes yeux. Pour l'instant, c'est ce que tu as de plus précieux au monde. Le district attorney va être positivement fou d'elle.

— Mike, qu'est-ce que c'est que cette histoire ?

— Elle va te la raconter elle-même, Pat. Sois gentil avec elle, et elle te dira tout. Quand tu auras entendu son histoire, tu n'auras plus qu'à préparer la chaise pour Ed Teen ! Il a été le principal instigateur du meurtre de Fallon, et c'est elle qui va le prouver. »

Pat déposa Georgia dans une voiture et dit au conducteur de la conduire au Central. Je désignai les deux zigotos, qui étaient en train de fournir aux flics des explications que personne n'écoutait. Pat les regarda, et ils se mirent à suer.

« Ce sont les hommes de Teen, Pat. Ed était là aussi, mais il a filé. C'est le gars dont je t'ai déjà parlé qui a retrouvé la piste de Georgia, en même temps que les gars de Teen la cherchaient aussi. Ed n'est pas fou. Il a tout de suite pigé qui faisait rechercher Georgia et il est venu lui-même pour s'assurer que le boulot serait bien fait. Vous n'aurez pas de mal à le rattraper. C'est l'affaire d'une heure ou deux. »

Cookie était au premier rang de la foule. Je lui fis signe d'approcher. Il avait mon imperméable sur le bras. Je l'endossai.

« Voilà le gars en question, Pat. C'est lui qui a retrouvé Georgia, et ça mérite bien que tu lui passes toute l'histoire avant de la passer aux autres journaux.

— Mais qui est-ce qui va la raconter, l'histoire ? Toi ?

— Non. Il y a si longtemps que Georgia l'a sur le cœur qu'elle ne sera que trop heureuse de te la raconter elle-même, fiston. Je rentre chez moi. Quand tu auras fini, monte à la maison, et on en reparlera. »

Pat m'observait attentivement.

« Le meurtre de Decker... a quelque chose à voir avec tout ça ?

— Et comment ! Mais on ne pouvait pas le voir tout de suite.

— Et... c'est fini maintenant ?

— Complètement. »

Je vidai les lieux et stoppai devant le premier drugstore ouvert toute la nuit. Je m'enfermai dans une cabine et demandai l'interurbain. Roberts était là, cette fois, et sa voix était celle d'un homme fatigué qu'on vient de réveiller en sursaut.

« Ici, Mike Hammer, monsieur Roberts. Je voulais vous appeler plus tôt, mais ça ne m'a pas été possible. J'ai quelque chose de très important à vous demander. »

Sa voix n'était plus ensommeillée maintenant.

« Allez-y, je vous écoute.

— Pendant que vous étiez district attorney, vous avez mené une enquête pour abattre Fallon et sa bande, n'est-ce pas ?

— Oui. J'ai échoué, d'ailleurs.

— Dites-moi... n'avez-vous jamais rien reçu de Fallon lui-même peu après sa mort ?

— Comment cela ?

— Une lettre.

— Ma foi, non ! »

Puis il réfléchit un instant et continua :

« Mais votre question me rappelle un curieux incident... J'ai trouvé une enveloppe, un jour, dans ma corbeille. Elle m'était adressée et portait l'adresse de Fallon. Je connaissais l'adresse de Fallon, bien entendu, mais, comme il logeait dans un grand hôtel... comportant de très nombreux appartements, je ne m'y suis pas arrêté. C'était effectivement après la mort de Fallon. Mais cet incident m'avait tout de même frappé, puisque je m'en souviens encore...

— Je vois. Je vous remercie, monsieur Roberts, et je suis désolé de vous avoir dérangé. »

Ce n'était pas vrai. Je n'étais pas désolé du tout.

« Aucune importance », dit-il.

Il raccrocha, et j'en fis autant.

J'avais ma réponse. Je veux dire que je l'avais tout entière, à présent, et que mon esprit me criait de me hâter avant qu'il soit trop tard, bien qu'au fond de moi-même je sache parfaitement qu'il était trop tard.

Je repris mon volant et fonçai dans la nuit, sans m'occuper des signaux lumineux ni des coups de sifflet qui saluaient mon passage, maudissant à mi-voix les faiseurs de veuves et d'orphelins qui jugeaient nécessaire de tuer parce que le dieu qu'ils adoraient était un dieu de papier portant le mot « dollar ». Je laissai ma bagnole devant la porte, montai l'escalier quatre à quatre, glissai ma clef dans la serrure et fis irruption dans mon propre appartement avec la main crispée autour de la crosse de mon 11,25.

Elle était là, comme je m'en doutais, et je n'arrivais pas trop tard, malgré tout, puisque l'infirmière gisait sur le sol, avec une plaie à la tête, mais qu'elle respirait régulièrement et que le mouflet pleurait auprès d'elle en tirant sur sa robe.

« Marsha, tu es bien ce que j'ai connu de plus dégoûtant dans ma vie, murmurai-je, et j'ai pourtant connu bien des choses répugnantes. »

Je n'ai jamais vu de haine comparable à celle qui flamba dans ses yeux lorsqu'elle me fit face, après avoir lâché le couteau qui était en train d'éventrer si proprement les coussins de mon divan.

« Dieu sait si j'aurais dû piger, cependant, quand j'ai vu les coussins ouverts le long de la couture, chez le Crapaud. Jamais un homme n'aurait fait ça. Dommage que je t'aie interrompue. Tu étais en train de faire du boulot presque aussi propre que chez Link, mais tu ne trouveras pas ce que tu cherches, Marsha. Elles n'ont jamais été cachées, pour la bonne raison que je ne les ai jamais trouvées, mais, de toute manière, tu n'as pas pensé un seul instant que si j'avais trouvé les microphotos je ne les aurais pas cachées pour m'en servir comme tu l'as fait toi-même ! »

Ce n'était pas la crainte qui la faisait trembler des pieds à la tête, mais l'effrayante intensité de sa haine. J'éclatai de rire. C'était bien mon tour à présent.

Ses lèvres n'avaient plus rien de leur douceur passée. Elles étaient retroussées jusqu'à ses gencives, comme celles d'un fauve qui va mordre.

« Ça te plaît pas de m'entendre rire, hein ! Marsha ? Et pourtant tu as dû rire bien souvent quand tu étais seule. Et tu avais bougrement raison, parce que c'était drôle, en effet, cette façon que j'avais d'asseoir toutes mes théories sur une mauvaise base, que tu m'avais, d'ailleurs, gentiment suggérée !

« Depuis le début, je me suis imaginé que Decker s'était trompé d'appartement. Au bout d'une perche, oui ! Decker savait rudement bien ce qu'il faisait. Ils avaient trop bien repéré les lieux pour qu'il ait pu faire une erreur aussi stupide.

« Il y a beaucoup d'hypothèses dans mon histoire, mais je suis prêt à parier que je ne me trompe pas d'une broquille, et le peu que j'ai suffira à t'envoyer en taule jusqu'à ce qu'on ait trouvé le reste et que tu ailles griller sur la chaise.

« Voyons un peu… Tu occupais à Hollywood une position que pas mal de filles t'auraient enviée. Tu n'avais pas un très grand nom, mais c'était tout de même un nom. Et puis tu as fait la connaissance d'un gars ambitieux, dépourvu de scrupules, qui s'est servi de toi pour monter à l'échelle et tu as commencé à perdre les pédales.

« A la même époque, il y avait aussi à New York un type nommé Charlie Fallon qui était en train d'écrire tout un tas de lettres. Parmi elles, figurait une lettre d'admirateur qui t'était destinée. L'autre était adressée au district attorney et contenait assez de preuves pour conduire à la chaise deux gangsters notoires. Le vieux Charlie était très content de lui-même ce soir-là. Il l'était même tellement que, lorsqu'il a mis son courrier sous enveloppe, il a interverti deux d'entre elles. Et c'est ainsi que le district attorney a reçu l'une des lettres d'admirateur que Fallon pondait par douzaines et que l'actrice en question a trouvé dans la sienne les preuves sur microfilm destinées au district attorney !

« Cette actrice, c'était toi. Et ça s'est passé juste avant la mort de ta secrétaire, pas vrai ? Oui, je vois ça sur ton visage… Elle voulait remettre le contenu de l'enveloppe aux autorités, mais la chère Marsha ne l'entendait pas de cette oreille. L'erreur inconsciente de Fallon t'avait mis entre les mains un moyen de gagner facilement ton argent et tu entendais le conserver ! L'histoire de ton beau type t'a fourni un prétexte épatant pour « suicider » ta secrétaire, et ce meurtre-là, au moins, a marché comme sur des roulettes.

« Voyons maintenant ce qui s'est passé à New York dans le même temps. Le district attorney a reçu une lettre, d'accord. Elle était de Fallon, mais l'enveloppe ne contenait rien de plus que la lettre qui t'était destinée. Teen et Grindle avaient sans doute déjà quelqu'un qui travaillait pour eux dans le bureau du district attorney, un flic marron qui a ouvert l'enveloppe lorsqu'elle est arrivée. Et, quand il leur a remis ce qu'elle contenait, ils n'ont pas dû se casser beaucoup les méninges pour deviner ce qui était arrivé. Que pouvaient-ils faire, sinon attendre ?

« Leur attente n'a pas été longue. Tu t'es amenée avec la main tendue, ils te l'ont graissée, et il y a dix ans que ça dure ! Tu vois, même les dates concordent. Mais tu sais ce que c'est que le chantage, ma petite Marsha. On devient de plus en plus exigeant, et vous étiez deux à les pressurer. Link avait fait une reproduction des documents pour son usage personnel, et c'est avec cette copie qu'il s'était ménagé une place de choix dans l'organisation. Mais vos demandes conjuguées devenaient trop lourdes. Il fallait que l'un de vous deux disparaisse. Link étant au courant, ils lui ont peut-être même fait remarquer que, s'il pouvait s'emparer de tes microphotos, sa position serait encore plus sûre et plus rémunératrice ? De toute manière, c'est à ce moment-là que Decker est entré dans le tableau. Les bons experts en coffres-forts ne courent pas les rues ; Link a mis la main sur Decker d'une façon ou d'une autre et s'est servi de Mel Hooker pour fourrer Decker dans un pétrin duquel il ne pourrait sortir qu'en faisant ce qu'on lui dirait de faire. Ils avaient bien calculé leur coup, mais ils avaient compté sans Decker lui-même.

« Decker connaissait la musique et ne voulait pas que son fils puisse avoir à souffrir. Il savait ce qu'il allait faire et qu'il risquait d'y laisser sa peau. Quand il s'est emparé de ces photos dans ton coffre, je suis persuadé qu'il se disposait à les remettre aux flics. Mais il fallait qu'il aille chercher son mioche, et ils sont allés trop vite pour lui. Alors il a fait la seule chose qu'il pouvait faire : il a caché les microphotos à un endroit où elles seraient sûrement retrouvées, il est sorti et il s'est fait descendre.

« La suite, tu la connais. Je t'ai raconté que c'était Link qui avait contraint Decker à exécuter ce cambriolage, et tu es allée le buter. En dix ans, tu avais eu le temps de réfléchir à toute l'histoire, pas vrai ? Et, pendant que tu y étais, tu as d'autant plus essayé de mettre la main sur ses copies à lui que tu n'avais plus les tiennes et que tu pouvais craindre pour ta peau. J'ignore si tu les as trouvées. Oui, n'est-ce pas ? Et, comme tu croyais que j'avais l'autre exemplaire, tu t'es cramponnée à moi comme une sangsue et tu m'as joué le grand jeu, et j'ai donné dans le panneau ! Ah ! tu peux dire que tu as appris à jouer la comédie depuis dix ans. Je n'ai pas marché, j'ai couru ventre à terre...

« Mais tu ne pouvais pas te sortir de l'idée que j'avais ces foutues copies ! Tu es même allée jusqu'à faire faire un double de mes clefs pendant que je roupillais, pas vrai ? C'est avec ça que tu es entrée ce soir ? Il fallait que tu risques le paquet, parce que tu savais que, lorsque j'aurais causé avec l'ancienne maîtresse de Fallon, je connaîtrais la vérité !

« Ouais, tout le monde cherchait ces saletés de photos ! Link avait fouillé la chambre de Decker, et je m'étais imaginé qu'il était également venu le soir où je me suis fait assommer, pour fouiller mon appartement. Et c'est ça qui collait pas dans l'histoire et que j'arrivais pas à digérer, sans savoir pourquoi. Link était au volant de la Buick et il n'a pas eu le temps de voir qui j'étais lorsque je suis intervenu, alors comment aurait-il pu savoir où j'habitais ? Et la seule personne qui ait su, ce jour-là, que j'avais eu l'occasion de fouiller Decker aussitôt après sa mort, c'était toi, Marsha, à qui je l'avais dit moi-même.

« Tu veux que je devine qui m'a assaisonné de cette façon-là ? Ça n'est pas bien difficile. C'est cet abruti du « Petit Théâtre »... le gosse au bras cassé, qui t'a tellement dans la peau qu'il ferait n'importe quoi pour coucher avec toi. Il m'a estourbi avec sa gouttière. Où est-il, ce soir, Marsha ? Je parie qu'il serait content d'être de la fête, non ? »

Son expression de haine indicible se transforma en un sourire plein de ruse.

« Il est ici, Mike », dit-elle.

Je réagis une fraction de seconde trop tard. Je me détournai juste à temps pour entrevoir l'objet blanc qui m'arrivait dessus ; puis mon crâne éclata en mille morceaux, et je perdis connaissance.

Lorsque je rouvris les yeux, je savais d'avance ce que j'allais voir. Le mioche pleurait à gros sanglots, terrorisé par tout ce qui se passait devant lui d'incompréhensible. Je parvins à m'accroupir sur le sol, et les grimaces que je faisais durent lui sembler très drôles, car il se mit, sans transition, à rire aux éclats, courut jusqu'à l'une des chaises éventrées et acheva de la vider de son rembourrage avec un superbe enthousiasme.

Mon regard croisa celui de Marsha, qui souriait en m'observant. Elle avait un revolver à la main, et mon propre 11,25 était sur la table, mais, pour l'instant du moins, je n'avais pas la force d'essayer de le récupérer.

Assis sur une chaise, Jerry pressait son bras cassé contre sa poitrine, le visage convulsé par la souffrance. Son plâtre était entièrement fendu d'un côté.

Puis j'aperçus, éparpillés sur le plancher, le costume que j'avais entassé dans la poubelle et la vieille salopette du môme qui avait occupé le fond du récipient. Et Marsha souriait en me montrant sa main ouverte sur laquelle reposaient les microphotographies.

« Elles étaient dans la poche de la salopette du gosse ! »

C'était si simple qu'elle n'était pas encore remise de sa stupéfaction.

« Elles ne peuvent plus te servir, Marsha. Teen est cuit, et ces photos n'ont plus aucune valeur pour toi. Tu n'as plus personne à faire chanter. »

Je m'arrêtai pour reprendre haleine. Quelque chose de chaud et de visqueux me coulait dans le cou.

« Je n'en ai plus besoin, approuva-t-elle. Je vais les détruire avec celles du Crapaud. Il ne restera plus que toi, Mike, et ça m'est vraiment dur d'être obligée de te tuer, mais il le faut absolument. »

Elle ne jouait plus la comédie, maintenant. La pièce était finie, et elle pouvait rengainer ses sourires et ses larmes jusqu'à la prochaine représentation.

Je regardai Jerry, dont les souffrances semblaient s'être légèrement atténuées.

« Alors il va falloir que tu l'épouses, hein ! Marsha. Il te tient comme tu tenais Ed et Lou... »

Elle émit un bref éclat de rire.

« Non, Mike. Il va falloir que le pauvre Jerry soit sacrifié, lui aussi, car c'est lui qui va constituer mon alibi. »

Sa main libre s'empara de mon 11,25.

« Tout le monde sait qu'il est fou de moi. Et il est si jaloux que rien n'étonnera de sa part, surtout s'il nous a surpris ensemble chez toi... comme ce soir. Il aura perdu la tête, tu te seras défendu, et vous vous serez entretués. L'infirmière aura reçu une balle perdue et sera morte, elle aussi. Il ne restera plus que moi pour raconter cette malheureuse histoire, Mike ! »

Jerry se leva lentement.

« Marsha ! » souffla-t-il, incrédule.

Le 11,25 aboya dans la main de Marsha, Jerry s'affaissa et mourut après un dernier hoquet, tandis qu'elle rejetait le revolver sur la table. Celui qu'elle tenait dans son autre main n'avait jamais cessé de me viser, et sa main ne tremblait pas le moins du monde.

Il ne lui restait plus qu'à me buter, à tuer l'infirmière et à s'évanouir, pour revenir à elle en pleurant lorsque la police, alertée par les voisins, pénétrerait dans l'appartement. Et personne ne douterait de sa parole, sacré bon sang ! pour la bonne raison que tout jouait en sa faveur, comme autrefois lorsqu'elle avait assassiné sa secrétaire. Ça ferait un boucan de tous les diables dans la presse, mais elle pouvait bien se permettre ça !

Elle allait tirer d'une seconde à l'autre. Tous les voisins devaient être déjà réveillés, l'oreille tendue, et pour que son histoire demeurât vraisemblable il ne fallait pas que les détonations fussent trop espacées. Ensuite elle placerait les revolvers dans des mains mortes, et le tour serait joué.

C'est alors que je vis, derrière elle, le mioche s'arrêter auprès de la table, les yeux braqués avec envie sur le joujou qu'il convoitait depuis si longtemps et qui faisait de si jolis « boums ».

Les gosses sont d'excellents observateurs qui adorent imiter les grands.

Le visage illuminé par un radieux sourire, William Decker junior prit le 11,25 dans ses deux petits poings, qui se refermèrent sur la crosse en même temps qu'ils pressaient la détente.

Marsha laissa tomber son arme, ses traits exprimèrent une stupéfaction sans borne, tandis qu'elle s'écroulait à mes pieds, et le gosse, perplexe, regarda avec méfiance le beau jouet bizarre que la secousse lui avait arraché des mains.

NETTOYAGE PAR LE VIDE

The Long Wait
Traduit par G.-M. Dumoulin

1

« Lyncastle, annonça le chauffeur du car. Correspondance par route et par fer pour Chicago et toutes les villes de l'Est. Vingt minutes d'arrêt pour les voyageurs qui continuent vers le sud. »

Je pris ma valise et quittai l'autocar. Un train sifflait, à une courte distance de la gare, et un cheminot gesticulait sur le quai en criant aux voyageurs de se grouiller s'ils voulaient attraper leur correspondance. Je posai ma valise pour allumer ma dernière cigarette, la repris et pénétrai dans la salle d'attente, chichement éclairée. Je n'avais pas besoin de me presser. Lyncastle était le but de mon voyage. J'étais arrivé.

Pas un tabouret de libre devant le comptoir du buffet. Je poussai une pointe jusqu'aux lavabos, fis ce que j'avais à faire et me lavai les mains. Inutile d'essayer de faire mieux pour l'instant. Il me faudrait autre chose qu'un lavabo et un demi-litre de savon liquide pour débarrasser ma couenne de la poussière qui s'y était accumulée pendant plus de quinze cents kilomètres. J'avais grand besoin de changer de frusques et de confier ma binette aux soins diligents d'un coiffeur. Je réintégrai la salle d'attente.

Cette fois, il y avait un siège de libre au buffet. J'ingurgitai deux sandwiches, empilai par-dessus un café nature et un café arrosé, me retournai sur mon tabouret et, pour la première fois, remarquai le petit vieux préposé à la distribution des billets. Il y avait une queue de cinq ou six personnes devant son guichet, mais c'était moi qu'il regardait, tantôt à travers, tantôt par-dessus ses binocles à monture d'acier. Tout le monde râlait dans la queue, mais il avait l'air de s'en soucier comme d'une guigne. Entre deux tickets, c'était toujours vers moi que revenait son regard.

Tout au long de ces quinze cents kilomètres, je m'étais demandé comment se passerait la première rencontre. Ce n'était pas du tout comme ça que je l'avais imaginée, mais, lorsque le dernier client eut été servi, j'allai me planter à mon tour devant le guichet tenu par le vieux petit bonhomme aux cheveux gris et à la belle moustache en guidon de course.

« Salut, papa ! » lui dis-je avec irrévérence.

Un large sourire retroussa sa moustache.

« Johnny MacBride ! murmura-t-il. Salut, fiston...

— Ça fait un bout de temps qu'on s'est pas vus, hein, p'pa ? »

Son expression me déconcerta, mais j'étais au moins sûr d'une chose : le vieux m'avait reconnu.

« Je comprends ! s'exclama-t-il.

— Tout va bien en ville ? »

Il fit un drôle de bruit avec son râtelier.

« Comme toujours... Tu comptes... rester ?

— Au moins quelque temps.

— Johnny... »

Je ramassai ma valise.

« A bientôt, papa. Je suis fatigué et sale comme un cochon. Faut que je me trouve une crèche pour la nuit. »

Il valait mieux que je ne traîne pas trop ici. Ce n'était pas le moment de précipiter les choses. Ce que j'ignorais, j'avais tout le temps de l'apprendre, et la moindre imprudence pouvait m'être fatale.

J'achetai un paquet de Luckies au kiosque à journaux et ressortis de la gare juste à temps pour voir repartir l'autocar qui m'avait amené. Il était trop tard, à présent, pour changer d'avis, mais, de toute façon, je n'avais jamais eu l'intention de changer d'avis. J'avais trois choses à faire dans cette garce de ville. Tuer quelqu'un. Empêcher quelqu'un d'autre de nuire davantage en lui cassant les deux bras. Fouetter une troisième personne avec une bonne ceinture de cuir, de manière à lui en laisser les marques imprimées sur la peau jusqu'à la fin de ses jours.

Cette troisième personne était une femme.

Je cherchais un taxi des yeux lorsqu'un grand type sortit des ombres et se mit à me reluquer. Il avait l'allure, la corpulence et les gestes mesurés de ces anciens boxeurs poids lourds qui commencent à s'empâter sans rien perdre pour cela de leur force et de leur vitesse. Un nouveau pas en avant l'amena dans le rond lumineux d'un lampadaire et je distinguai sa grosse figure aux traits grossiers, qui semblait dessinée en cercles concentriques autour de son énorme cigare. Il portait un chapeau neuf à larges bords, et son complet-veston eût été beaucoup plus seyant s'il n'avait pas eu un pétard dans sa poche revolver.

Je ne me retournai vers lui que lorsqu'il m'adressa la parole pour me demander du feu. A la lueur de l'allumette que je lui tendis, ses traits me parurent encore plus grossiers. Brutaux. J'éteignis l'allumette et, par habitude, en écrasai le tison entre mes doigts.

« Tu comptes rester longtemps en ville, mon pote ? »

Il aspira une bouffée de fumée et me la souffla en plein visage.

« Peut-être, répondis-je.

— D'où que tu viens ?

— D'Oklahoma. »

J'emplis ma bouche de fumée et lui rendis la monnaie de sa pièce. Il toussa.

« J'étais dans le pétrole, ajoutai-je.

— Alors, y a pas de boulot pour toi par ici.

— De quoi je me mêle ? » ricanai-je.

Il leva la main et je crus qu'il allait m'allonger un marron, mais il se contenta de me montrer son insigne.

« Je cultive mes oignons, riposta-t-il. On n'aime pas les émigrants dans le coin. Surtout les chômeurs. Y a un car qui repart dans vingt minutes. Je te conseille de le prendre.

— Qu'est-ce qui se passera si je le prends pas ?

— Je peux t'en donner un échantillon, si ça t'intéresse. »

Histoire de rigoler, je balançai ma cigarette, m'escamotai dans l'ombre épaisse projetée par le coin du bâtiment et ripostai :

« Ça m'intéresse. »

Il plissa les yeux, cherchant à me repérer. Les vrais durs ont une qualité précieuse : ils pigent tout de suite à qui ils ont affaire.

« Vingt minutes, répéta-t-il. Et les gars de la station rallument les lumières extérieures pour chaque départ. »

Un taxi s'arrêta non loin de là. Je ramassai ma valise et traversai la chaussée. Le chauffeur, un jeunot à la tignasse gominée toisa mes frusques crasseuses, s'assura que le flic me suivait de près, et, lorsque je lui dis : « En ville ! », s'esclaffa bruyamment.

« Avec quoi que je vais être payé ? » s'enquit-il.

Je sortis mon pognon de ma poche et feuilletai les billets de vingt et cinquante dollars jusqu'à ce que je tombe sur une paire d'unités que je laissai choir sur le siège de devant.

« O.K. ! patron. En ville ! » acquiesça le chauffeur.

Je m'installai sur le siège arrière et claquai la portière au nez du flic. Planté là sur le bord du trottoir, il avait l'air extrêmement perplexe. Comme retour au bercail, ça n'était peut-être pas très engageant. Mais c'était beaucoup plus conforme à ce que j'avais imaginé.

Je me fis déposer devant l'hôtel Hathaway, l'établissement le plus select de toute la ville. Je n'eus même pas besoin d'y montrer patte blanche. Le chauffeur de taxi et le chasseur de l'hôtel devaient avoir un système de signalisation bien au point, de même que le chasseur et l'employé de la réception. Tout le monde me sourit comme si j'avais porté un smok, et personne ne me demanda de payer d'avance. Le chasseur fit son boulot avec un superbe empressement et reçut cinq dollars pour sa peine.

« Puis-je vous faire monter quelque chose, monsieur ? s'informa-t-il avant de se retirer.

— Quelque chose dans quel genre ?

— N'importe quoi. Du whisky, si ça vous chante. Ou des femmes.

— Quel genre de femmes ?

— Vous ne seriez pas déçu.

— Non, c'est elles qui le seraient. Une autre fois, peut-être.

— A votre service. Vous n'avez qu'à demander Jack. C'est moi, Jack. »

Il m'adressa un sourire en coin.

« Je peux vous avoir tout ce qui se fait de mieux en ville. Dans n'importe quel genre d'article.

— Manquerai pas », lui dis-je.

Il s'esquiva. Je fermai la porte à double tour, envoyai balader mes frusques, sortis de ma valise mon nécessaire à raser, le peu de linge et de chaussettes propres qu'elle contenait, réempilai tout le reste dedans et la poussai dans un coin. Demain matin, je flanquerais tout ça dans une poubelle et repartirais à zéro. Mais, pour l'instant, je n'avais d'autre ambition que de me décrasser des pieds à la tête, même si je devais pour ça me déboucher tous les pores avec un tire-bouchon, puis de me glisser dans les toiles et d'y rester jusqu'à ce qu'il me prenne fantaisie d'en ressortir.

Ce fut le soleil qui me réveilla. Je pris le temps de m'étirer et de bâiller tout mon soûl, puis rejetai les couvertures et m'approchai de la fenêtre. Pour une belle journée, c'était une belle journée. Elle arrivait même à faire paraître la ville sympa. Tripots et troquets étaient hermétiquement clos, à cette heure, et il n'y avait personne dans les rues, sinon quelques ménagères en train de faire leurs emplettes.

Je pris une nouvelle douche, me rasai, commandai un petit déjeuner substantiel, et dis ensuite à la standardiste de me mettre en rapport avec un magasin de vêtements pour hommes. Lorsqu'elle me passa la communication, j'égrenai rapidement la liste de tout ce qu'il me fallait, et je venais de terminer mon petit déjeuner lorsque l'envoyé du magasin arriva en compagnie d'un retoucheur, les bras chargés de paquets et de cartons. Heureusement pour moi, je suis un de ces types qui peuvent entrer tout droit dans un costume de confection, et le retoucheur n'eut pas grand-chose à faire, en dehors de la suppression des rembourrages. Je ne suis pas précisément une demi-portion.

Ils repartirent heureux comme des petits poissons dans l'eau, avec une bonne somme pour leur patron et un bon pourboire pour eux-mêmes. Il ne me manquait plus qu'un coup de tondeuse, mais il y avait un barbier au rez-de-chaussée de l'hôtel.

Les coiffeurs sont des drôles de zigotos. La plupart d'entre eux doivent être tout à la fois des reporters, des orateurs et des G-men refoulés, car ils ont une façon bien à eux de vous ficeler sur leur fauteuil et de se lancer dans une revue commentée des derniers événements qui ferait pâlir de jalousie des speakers du journal parlé. Je lui dis de me les tailler en brosse, et ce furent les seuls mots que je réussis à placer durant toute l'opération. Il m'expliqua, avec un certain sadisme, tout ce qu'il ferait, lui, s'il était maire de la ville. Une association d'idées l'aiguilla sur la politique internationale, et, si je l'avais écouté, j'aurais remarqué que, vers la fin, il s'interrompait de plus en plus fréquemment et ne continuait à déblatérer qu'au prix d'un visible effort. Il n'avait pas l'air dans son assiette lorsque je le payai, et sa pomme d'Adam montait et redescendait sans arrêt, derrière sa cravate.

Je remettais mon veston quand le chasseur qui pouvait m'avoir n'importe quoi en ville ouvrit la porte pour me crier :

« On vous demande au téléphone. Le gars dit que c'est urgent, et je lui ai dit de ne pas quitter pendant que j'allais vous chercher. Je vous avais vu entrer ici. »

Je le suivis jusque dans le hall de l'hôtel, où il m'indiqua une rangée de cabines.

« Prenez la quatre. Je vais dire au bureau de vous le passer. »

Je le remerciai, lui envoyai un quart de dollar et m'enfermai dans la cabine numéro quatre. Pour un type qui n'avait jamais mis les pieds à Lyncastle, cette communication était plutôt inattendue. Si ça continuait comme ça, ce serait peut-être plus rigolo que je l'avais imaginé.

« Allô ?

— Allô !... Johnny ?

— En personne.

— Grand Dieu ! Johnny, faut que tu sois piqué pour t'être esquivé comme ça. Y m'a fallu jusqu'à maintenant pour retrouver le taxi qui t'a conduit en ville, hier soir. »

Il parlait comme si j'étais censé le connaître, et je le connaissais effectivement. C'était le vieux bougre de la gare, celui qui m'avait reconnu la veille.

« Je m'excuse, papa, ripostai-je. Je venais de faire un long voyage et j'avais besoin de sommeil.

— Johnny, explosa-t-il. Faut vraiment que tu sois tombé sur la tête pour parler comme ça. Tu vas tout de suite quitter ton hôtel et rappliquer ici en vitesse ! J'ai pas pu dormir de la nuit, rien que d'y penser. J'ai pas besoin de te dire ce qui va t'arriver dès que tu vas mettre le pied dehors. Saute dans le premier taxi et rapplique en vitesse, compris ? Y a un car qui part vers l'ouest dans une demi-heure, et je t'ai préparé ton billet... »

Je regardais à travers la porte vitrée de la cabine téléphonique, et c'est ainsi que je les vis entrer. Ils étaient deux. L'espèce d'armoire qui gardait les abords de la gare, après la tombée de la nuit, et un autre, à peine plus petit, qui avait l'air à peu près aussi satisfait que s'il venait de piétiner un nid de vipères. Il serrait les poings en marchant et il avait une grosse bosse sur la hanche, lui aussi. Deux, même. Une de chaque côté.

« Trop tard, papa, dis-je dans le récepteur. Ils sont déjà là.

— Oh ! bon Dieu, Johnny !

— A un de ces jours, p'pa. »

Je raccrochai et sortis de la cabine. L'armoire surveillait l'ascenseur et l'autre était en train de demander au réceptionniste la fiche du client qui était arrivé la veille au soir. Personne ne me vit approcher.

Il ne s'attendait sûrement pas à lire « John MacBride » sur la première ligne du petit rectangle de carton, car il se mit à jurer entre ses dents.

« Je ne suis pas bien difficile à trouver », murmurai-je.

Il devint aussi rouge que si l'on venait de l'écorcher vif. La fiche retomba sur le comptoir et ses deux mains montèrent lentement vers mon cou.

« Si jamais tu me touches, tu vas le regretter », lui dis-je sans élever la voix.

Ses mains s'arrêtèrent à mi-chemin de ma gorge et je vis ses yeux s'écarquiller jusqu'à ce que ses orbites parussent incapables de les contenir. L'armoire sortit une matraque de sa poche, me regarda, regarda son collègue, et dit :

« C'est ce type-là ? »

L'autre acquiesça.

« Comme on se retrouve ! » ricana l'armoire.

Il fit un pas dans ma direction.

Je leur souris à tous les deux :

« Vous énervez pas, les enfants, leur conseillai-je. Essayez de m'emmener par la force et je vous parie qu'on sera trois à sortir d'ici sur des civières. »

Mes yeux ne quittaient pas la matraque.

Le gars qui la tenait grimaça un sourire.

« On croirait presque un vrai dur », commença-t-il.

Mais il rangea sa matraque, tandis que l'autre me regardait toujours. Il avait baissé les mains, mais pas les yeux, fichtre non. Et je n'avais jamais vu de haine comparable à celle qui habitait son regard.

« Avance, Johnny, grogna-t-il enfin. Reste devant moi et, si tu veux me faire plaisir, essaie de te cavaler, que je puisse te trouer la paillasse. »

Je ne suis pas facile à effrayer. Tout ce qui pouvait le faire l'a fait pendant la guerre, et il ne reste rien, à présent, qui puisse encore m'impressionner. Je les regardai dans les yeux pour le leur faire comprendre, et ils le comprirent. Tous les deux. Puis je les précédai sur le trottoir et dans le car de police, et personne ne dit mot pendant tout le trajet.

L'homme aux deux pétards s'appelait Lindsey. Le capitaine Lindsey. C'était écrit sur son bureau. L'armoire s'appelait Tucker quelque chose ou quelque chose Tucker, parce que c'était comme ça que le capitaine l'appelait. Nous étions maintenant dans le bureau de Lindsey, mais, avant ça, plusieurs choses s'étaient produites, telles que le sergent de garde s'arrêtant net au milieu d'une phrase pour me regarder passer, bouche béante, et le reporter qui s'était mis à beugler : « Nom de Dieu ! » en roulant des yeux ronds avant de se précipiter vers la salle de la presse pour y prendre sa caméra.

Il en avait été pour ses frais, d'ailleurs, car Lindsey m'avait aussitôt chambré dans son antre, où il y avait, en plus de son bureau, deux chaises et un grand classeur. Tucker et Lindsey avaient immédiatement monopolisé les deux chaises, me laissant debout en face d'eux.

« Tu as un sacré culot, Johnny, dit Lindsey au bout d'un moment. J'aurais jamais cru que tu serais revenu comme ça ! »

Je sortis une cigarette de ma poche et l'allumai sans me presser.

« Vous êtes sûrs de ne pas vous tromper ? »

Les deux flics échangèrent un regard. Lindsey sourit et secoua la tête.

« Comment diable aurais-je pu t'oublier, Johnny ?

— Tout le monde peut se tromper, insistai-je. Si vous m'accusez de quelque chose, dites-le. Autrement, foutez-moi la paix et laissez-moi partir. »

Il devait y avoir des années que Lindsey attendait l'occasion de ricaner comme ça.

« Je sais pas ce que tu te figures, MacBride, et je m'en fous éperdument. Tu es accusé de meurtre. Un meurtre vieux de cinq ans, pour lequel tu vas aller te balancer au bout d'une corde ! Et je peux te dire tout de suite que je serai là, au premier rang, quand la trappe va s'ouvrir, et, si personne réclame ta carcasse après l'autopsie, je me chargerai de la couper en rondelles pour la distribuer aux cochons. Est-ce que t'as compris, maintenant ? »

Je commençais, en effet, à piger pas mal de choses, y compris l'affolement du petit vieux de la gare, quand il m'avait téléphoné. Un meurtre ! Et vieux de cinq ans, par surcroît. Ça promettait du drôle de sport.

« Prouvez-le ! » dis-je paisiblement aux deux flics.

Le visage de Lindsey était un bloc de glace.

« Tout de suite, MacBride. La dernière fois, tu n'es pas resté assez longtemps pour apprendre ce que nous avions trouvé, pas vrai ? Tu m'en voudras pas si je rigole, mais je me suis jamais autant amusé qu'aujourd'hui. Tu savais pas qu'on avait retrouvé l'arme avec un superbe assortiment d'empreintes digitales, hein, Johnny ? Maintenant, tu le sais, et je vais te les donner, tes preuves ! Tout de suite, Johnny ! Rien que pour le plaisir de te voir changer de gueule. »

Il se releva et fit signe à Tucker de marcher derrière moi. Nous parcourûmes un long corridor à l'autre bout duquel le reporter braillait comme une ânesse parce que les flics refusaient de le mettre dans le coup. Lindsey poussa une porte marquée « LABORATOIRE », et je pénétrai à sa suite dans une petite pièce pleine de trucs et de machins qui dépassaient ma compétence. Lindsey devait avoir si souvent regardé cette fiche qu'il en connaissait l'emplacement exact. Il la tira du dossier et l'exhiba triomphalement. C'était la plus belle série d'empreintes que j'aie jamais vue. Toutes bien claires et bien nettes, avec des lignes tarabiscotées, au milieu. Tucker me frappa sur l'épaule.

« Avance, gros malin. »

Lindsey m'attendait derrière une table, avec une fiche vierge devant lui. Il déposa un peu d'encre grasse sur une plaque de verre, l'étala soigneusement avec un rouleau de caoutchouc, me prit la main et pressa successivement mon index sur la plaque de verre et sur la fiche neuve.

Il dut s'imaginer que j'y avais mis de la mauvaise volonté, car il me reprit la main et recommença l'opération avec plus de soins encore que la première fois.

Le résultat fut exactement le même : une tache noire. Lindsey jura et je ne pus m'empêcher de rigoler parce qu'il pourrait continuer comme ça jusqu'à perpète, le résultat serait toujours le même !

Je n'ai plus d'empreintes digitales.

Mon rire lui fit perdre son sang-froid. Il me flanqua un marron en travers des gencives, et, avant qu'il ait pu recommencer, je lui collai sous le menton un uppercut qui le culbuta par-dessus la table avec le tube d'encre grasse, le rouleau de caoutchouc et tout le reste du bazar. Tucker avait eu le temps de dégainer sa matraque, mais pas celui de calculer son coup. L'extrémité de la chocotte attrapa le revers de mon veston et le déchira jusqu'à l'emmanchure. Il voulut tenter un second essai et je le pliai en deux d'une droite au creux de l'estomac. J'eus le temps de voir mon gauche transformer sa sale gueule en une tomate bien mûre. Puis, mon propre crâne vola en éclats, et la dernière chose que j'entendis fut la voix de Lindsey hurlant derrière mon dos.

Ce fut également la première chose que j'entendis à mon réveil. Elle tremblait légèrement et vociférait :

« Vous pouvez toujours me dire que j'ai eu tort de faire ça ! Je regrette rien. Tout ce que je regrette, c'est de pas l'avoir tué. »

Puis une autre voix : celle de Tucker.

« Moi pas. J'espère qu'y va s'en tirer. Je veux m'occuper de lui personnellement, avant qu'y crève. »

J'aurais voulu lui répondre, mais je ne le pouvais pas. Tout mon corps n'était qu'une immense douleur qui partait de ma tête et y remontait en vagues successives. J'attendis que ça se calme un peu et m'obligeai à ouvrir les yeux. J'étais étendu sur un lit de fer, dans une petite pièce pleine de monde. Les murs étaient peints en blanc et l'air sentait l'antiseptique.

Lindsey avait une grosse meurtrissure au menton, et le visage de Tucker disparaissait presque entièrement sous d'épais bandages. Il y avait en outre deux types en complets de couleurs sombres, une infirmière et deux hommes en blanc avec leur stéthoscope pendant sur la poitrine. Les deux toubibs examinaient une série de radiographies en discutant à voix basse.

« Simple commotion cérébrale, annonça finalement l'un des deux. Je suis stupéfait qu'il n'y ait pas de fracture. J'ignore comment il a pu s'en tirer à si bon compte.

— J'ai la tête dure », murmurai-je.

Tout le monde se retourna vers moi.

Lindsey sourit. Mais, plutôt que de sourire comme ça, j'aurais préféré qu'il se remette à gueuler. Il vint s'asseoir sur le bord de mon lit comme un vieux copain, et son sourire s'élargit encore.

« As-tu entendu parler de Dillinger, Johnny ? Il s'était donné beaucoup de mal pour se faire rogner le bout des doigts et ça n'a pas marché. Tu es un peu plus malin que Dillinger... ou bien tu as fait faire du meilleur boulot, mais on t'aura quand même. A Washington, ils ont des drôles de cracks qui s'occupent de ces questions-là et, même s'ils n'arrivent à en redéchiffrer qu'un millimètre par-ci par-là, ce sera suffisant. Nous avons du temps devant nous, fiston. Dans le cas de Dillinger, ils disposaient d'une fiche anthropométrique et de photographies et de tout le bataclan. Nous, on n'a rien de tout ça ; tout le monde te connaît et on ne peut pas le prouver, mais on t'aura quand même, Johnny, compte sur moi. »

Tucker fit entendre un curieux gargouillis derrière ses bandages.

« Eh ! capitaine, vous allez pas laisser ça là ! »

Le rire de Lindsey ne contenait pas la moindre parcelle de gaieté.

« Laisser quoi ? s'esclaffa-t-il. Si Johnny ressort un jour de cette ville, ce sera les pieds devant. T'entends, Johnny ? Va voir tes copains. Amuse-toi pendant que tu le peux, parce que ça durera pas longtemps. »

Tucker m'aurait sauté à la gorge s'il ne l'avait pas arrêté.

« Bon Dieu ! Lindsey, bégayait-il. Faut le coffrer. Si on le laisse...

— Ta gueule ! On ne peut rien faire pour l'instant. Si j'essaie de le coffrer, n'importe quel avocat le fera ressortir en moins de cinq minutes. »

Il se retourna vers moi.

« Y a qu'une chose que je te conseille de ne pas oublier, Johnny. N'essaie pas de quitter la ville. Je serai jamais bien loin derrière toi. »

Bon sang, il était temps que je place une réplique, moi aussi. Ça cesserait d'être marrant si je n'en profitais pas pour dire ce que je pensais à chaque fois que j'en avais envie.

« Y a une chose que je te conseille de pas oublier, Lindsey, ripostai-je. N'essaie pas de reporter la main sur moi ou je t'assaisonnerai encore comme je t'ai déjà assaisonné. Et j'en ai autant au service de ton acolyte. »

Quelqu'un s'étrangla dans la petite pièce.

Quelqu'un jura.

Puis les toubibs firent sortir tout le monde et l'un d'eux resta seul avec moi.

« Vous pouvez vous habiller et partir si vous le désirez, dit-il en désignant un placard. Mon avis personnel est que vous feriez beaucoup mieux de vous reposer un moment. Vous n'avez rien qu'un peu de repos ne puisse réparer, mais j'en suis encore à me demander comment vous avez pu résister à un choc semblable.

— Je vais m'habiller et partir, lui dis-je.

— Comme vous voudrez. Mais allez-y doucement.

— J'essaierai. »

Je levai la main droite pour palper ma nuque.

« Qu'est-ce que je dois faire au sujet de ce bandage ?

— Vous avez quatre points de suture dans le cuir chevelu. Revenez d'ici huit jours, et je vous les enlèverai.

— Vous me donnez longtemps à vivre », plaisantai-je.

Il sourit et se retira. Je m'habillai, payai quinze dollars au guichet du rez-de-chaussée et quittai l'hôpital. Ma tête me faisait un mal de chien et mes jambes pliaient sous moi, mais un bon bol d'air nocturne me remit partiellement d'aplomb. J'avais à peine fait quelques mètres qu'une paire de chaussures à clous m'emboîtait le pas. Lindsey tenait parole. Il n'était pas bien loin derrière moi. Ou, sinon Lindsey, du moins l'un de ses hommes. Je commençais à me demander s'ils n'avaient pas de flics au-dessous de cent kilos, dans cette ville. Celui-là était une espèce de tonneau bas sur pattes, qui marchait en se dandinant. Et il était si malin qu'il me fallut presque deux pâtés de maisons pour arriver à le semer !

Dès que je fus débarrassé de lui, j'entrai dans un *drugstore,* composai le numéro de l'hôtel et demandai Jack.

« Allô, ici MacBride, lui dis-je. Tu te souviens du coiffeur qui m'a tondu ce matin ?

— Sûr. Y s'appelle Looth. Pourquoi ?

— Simple curiosité. Merci.

— Y a pas de quoi. A propos, d'où est-ce que vous me téléphonez, monsieur MacBride ?

— D'une cabine publique.

— Oh ! »

Il avait l'air surpris.

« Pourquoi ça ?

— Vous avez vu les journaux de ce soir ?

— Fichtre non. Je sors de l'hôpital.

— Ben, vous devriez les voir. »

Il raccrocha. Je raccrochai, quittai la cabine et achetai un canard. L'article occupait deux colonnes en première page. Ou, du moins, il aurait dû occuper deux colonnes en première page. Mais tout ce qu'il en restait, c'étaient la manchette, d'une part : *La police arrête le meurtrier présumé de Robert Minnow,* et un article de quelques lignes, rédigé avec une certaine incohérence, qui disait à peu près ceci : *John MacBride, qui avait quitté la ville, il y aura bientôt cinq ans, à la suite du meurtre du district attorney, Robert Minnow, a été arrêté hier par le capitaine Lindsey, chef de la police de Lyncastle. Il a été relâché après interrogatoire, et le capitaine Lindsey, questionné, s'est refusé à faire le moindre commentaire. La culpabilité de MacBride ayant été reconnue à l'époque, il semble donc que de nouveaux faits soient survenus dans cette affaire.* Le reste des deux colonnes avait été visiblement rempli avec n'importe quoi, à la dernière minute, et cela signifiait que quelqu'un avait fait censurer la majeure partie de l'article. Ça devenait de plus en plus marrant.

Je cherchai dans l'annuaire le numéro du coiffeur nommé Looth. Il n'était pas chez lui, mais quelqu'un m'indiqua l'adresse de son bar favori ; je hélai un taxi et m'y fis conduire dare-dare. Lorsque je pénétrai dans le bistrot, Looth était en train de raconter à un auditoire béant d'admiration comment il avait pratiquement fait prendre Johnny MacBride à lui tout seul. Son imagination fonctionnait à plein rendement lorsqu'il m'aperçut enfin, dans la foule. Son regard croisa le mien, ses yeux s'ouvrirent démesurément, les mots se coincèrent dans sa gorge et il s'écroula, évanoui. Je bus un demi sur le zinc, pendant qu'ils le transportaient à l'extérieur pour lui faire respirer un peu d'air frais. Tout le monde était visiblement déçu qu'il ait eu ce malaise avant d'avoir terminé son histoire. Je pris bonne note d'aller me faire raser chez lui, le lendemain, et de lui demander poliment de la terminer pour moi tout seul. La prochaine fois, il prendrait le temps de réfléchir avant de décrocher son téléphone pour appeler la police.

Mais on n'était pas encore à demain, et j'avais autre chose à faire. Le taxi qui m'avait amené était toujours devant le bistrot. Je ressautai dedans et dis au chauffeur de me conduire à la gare. D'où nous étions, il fallait, pour s'y rendre, remonter de bout en bout l'artère principale de la ville et j'eus ainsi l'occasion de voir à quoi elle ressemblait après la tombée de la nuit.

Elle ressemblait exactement à tout ce que les journaux, les magazines et la radio en avaient dit. Vous en avez sans doute entendu parler. A l'origine, Lyncastle n'était pas plus pourrie que n'importe quelle autre ville. Il y avait une fonderie qui transformait les minerais en barres de cuivre, au pied de la montagne, et tout le monde était heureux. La population se composait de travailleurs qui s'occupaient de leurs oignons et ne cherchaient pas à empêcher de pousser ceux de leurs voisins.

Les choses auraient pu continuer comme ça si la prohibition n'était venue et repartie. Les trois grandes villes qui entouraient Lyncastle avaient opté pour le régime sec. Lyncastle avait préféré demeurer humide. Ceux qui voulaient boire venaient donc tout simplement à Lyncastle et repartaient avec un bon chargement. Il ne fallut pas bien longtemps pour qu'on y trouvât également, en plus de l'alcool, tous les autres articles illicites, roulette, poker, passe anglaise, machines à sous et tout le saint-frusquin. Personne ne se donnait plus la peine d'aller travailler à la fonderie. Tous les tripots embauchaient du personnel et payaient cher leurs croupiers, donneurs, portiers, hommes de main... Je me demandai un instant quel pouvait être leur tarif pour l'assassinat d'un district attorney trop curieux.

« Nous y v'là, mon pote, annonça le chauffeur du taxi. Un dollar cinquante.

— En v'là deux, et garde la monnaie. »

Je claquai la portière derrière moi et traversai la rue. Il n'y avait personne dans le recoin où j'avais rencontré Tucker la veille. Ils ne surveillaient sans doute que les arrivées. Un petit nègre dormait dans une voiture à bras, la tête posée sur un vieux sac. Une femme, avec un bébé dans les bras, somnolait sur un des bancs de la salle d'attente.

Je rejoignis le vieux bougre au moment où il fermait boutique. Il me fit entrer dans sa cabane, ferma la porte à clef derrière moi et s'assura que le volet de son guichet était hermétiquement clos avant de m'adresser la parole. Il était si excité qu'il sautillait sur place.

« Bon sang, Johnny, tu peux dire que t'es gonflé. Assieds-toi, mon gars, assieds-toi. »

Je m'assis sur la chaise qu'il me désignait.

« Personne ne t'a vu venir ici ?

— Non. Et quand cela serait ? »

Il tira sur ses moustaches, l'air perplexe.

« J'ai entendu causer et j'ai lu les journaux. Comment se fait-il que tu sois là, et qu'est-ce que c'est que ce bandage ? C'est eux qui t'ont fait ça ?

— Oui.

— Explique-toi, sacré bon sang !

— Y a pas grand-chose à expliquer. Un nommé Lindsey a voulu bavarder avec moi. Ça a commencé au poste et ça s'est terminé à l'hôpital. Nous n'avons pas eu le temps de dire grand-chose, ni les uns ni les autres. Lindsey semble croire que nous aurons prochainement l'occasion de reprendre la conversation.

— Je t'avais jamais pris pour un imbécile, Johnny. Je t'ai souvent pris pour des tas de choses, mais jamais pour un imbécile.

— Pour quoi, par exemple ? »

J'avais mis trop de brutalité dans ma question, et il se détourna, mal à l'aise.

« Ah ! excuse-moi, fiston, dit-il. J'avais pas l'intention de remettre ça sur le tapis... Peut-être que je me trompais, d'ailleurs. »

Rien de tel pour se donner une contenance que d'allumer une cigarette. J'ignorais de quoi il voulait parler, et je ne voulais pas risquer de tout gâcher avec une question imprudente.

« Peut-être, approuvai-je.

— Il y a un car qui part dans... »

Il consulta sa montre.

« ... dans plus de deux heures. Tu peux l'attendre ici. Personne ne viendra t'y chercher.

— Te fatigue pas, papa, te fatigue pas, le contredis-je. Raconte-moi plutôt l'histoire de Tonton Lindsey

— Johnny, tu...

— Je t'ai demandé quelque chose, papa.

— Ah ! tu sais bien comment est Lindsey, Johnny. Après le meurtre de Bob Minnow, il a juré qu'il aurait la peau de son assassin, et il a jamais cessé d'y penser. Il est pas comme les autres, Johnny. Lindsey est à peu près le seul flic honnête qui reste à Lyncastle, et c'est pas parce qu'ils ont jamais essayé de l'acheter, c'est parce qu'il est né comme ça. Y a longtemps qu'il aurait été saqué s'il savait pas tout ce qu'il sait. Y parle pas, mais, le jour où il jugera utile de le faire, j'aime mieux te dire que ça fera du bruit dans la maison.

— Continue, papa, l'encourageai-je. Y a pas de mal de choses qui ont dû changer en cinq ans.

— Ouais, approuva-t-il. Ça ne s'est pas amélioré depuis que tu es parti. Tu as vu la ville, pas vrai ? Bistrots, tripots et maisons closes, et tout le monde s'en fout du moment que le pognon rentre dans les bonnes poches. Chaque année, lors des élections municipales, on a l'impression que tout le monde est pour le grand coup de balai, et, chaque année, ce sont les mêmes qui reviennent, et le conseil municipal continue de faire ce que lui disent les commerçants. Et, quand je dis les commerçants, tu sais bien de qui je veux parler.

— Et qui diable fait marcher tout ça ?

— Ben, y a le maire, le conseil municipal, telle et telle association, les républicains, les démocrates. C'est le même tabac que partout ailleurs...

— Je voulais dire : qui fait marcher tout le monde, papa ?

— Oh !... je vois, je vois. Eh bien, toutes les boîtes de la ville appartiennent à la Ligue commerciale de Lyncastle. Autrement dit : la bande à Lenny Servo. Il est derrière tous les cabarets et tous les tripots.

— Toutes les boîtes lui appartiennent ?

— Rien ne lui appartient en propre, il est bien trop malin pour ça. Mais il les contrôle toutes et il est toujours prêt à avancer la galette au gars qui veut en ouvrir une nouvelle. Rien n'est à son nom, mais il gagne plus d'argent que tout le monde...

— C'est quelqu'un de bien, ce gars-là, soulignai-je.

— Tu parles. Il n'a que des amis dans toute la ville. Il est pas chiche de distribuer son pognon quand il est sûr d'obtenir quelque chose en échange. Comme le terrain de jeux dont il a « fait don » à la ville... moyennant quelques marais sans valeur, situés en bordure du fleuve. Il n'y a plus de marais, maintenant, à cet endroit-là, mais une guinguette à la mode, qui rafle toute la clientèle des bateaux et des yachts, à la belle saison.

— D'où sort-il ? »

Le vieux haussa les épaules.

« Personne ne le sait. Il a débarqué à Lyncastle y a six ans de ça et depuis... il a fait pas mal de chemin... Je peux te demander quelque chose, Johnny ?

— Bien sûr.

— Est-ce toi qui as tué Bob Minnow ? »

J'aspirai une bouffée de fumée et la rejetai avant de lui répondre.

« Devine ! » murmurai-je enfin.

Dans la salle d'attente, le bébé se mit à brailler, et sa mère entreprit de le consoler.

« Je n'ai jamais cru que c'était toi, Johnny. »

Le vieux bougre haussa les épaules pour la seconde fois et soupira.

« Je n'avais jamais cru que c'était toi, Johnny, mais, maintenant, j'en suis beaucoup moins certain. »

Je sentis un rictus me retrousser les lèvres.

« Pourquoi ?

— Je croyais pas que t'en avais assez dans le buffet pour faire un truc comme ça, voilà pourquoi ! »

Il me fit face, le visage tendu, comme s'il s'attendait à me voir exploser.

« Qu'est-ce qui t'a fait changer d'avis, papa ? »

Il reprit son air perplexe.

« Il t'a fallu plus de cran pour revenir qu'il t'en aurait fallu pour tuer ce vieux Bob », dit-il.

Je laissai choir mon mégot et l'écrasai sous ma semelle.

« Faut jamais essayer de se mettre dans la peau de quelqu'un d'autre, papa, lui dis-je. On y arrive rarement.

— Oui, je vais finir par le croire... Qu'a dit Lindsey de tout ça ?

— Il est en pétard. Il était tout prêt à me coffrer pour meurtre. Il a le revolver qui a tué Bob Minnow, avec mes empreintes dessus... paraît-il. »

Les yeux de « papa » s'écarquillèrent.

« Alors, tu n'as p... »

Je lui montrai mes doigts.

« Il ne peut pas le prouver, papa. Personne ne peut prouver si je suis moi ou un autre.

— Johnny, hoqueta-t-il. Ça ne marchera jamais...

— Combien que tu paries, papa ? » m'esclaffai-je.

Il sauta de son tabouret, le visage de plus en plus perplexe.

« Je dispose de deux bonnes heures avant d'avoir à rouvrir mon guichet, dit-il. Allons boire un verre. J'en ai bien besoin.

— D'ac ! » répliquai-je.

Je sortis de son kiosque pendant qu'il bouclait son tiroir-caisse et attendis qu'il eût fermé sa porte à double tour. Une lettre qu'il avait dû écrire pendant ses heures de travail dépassait de la poche de son veston. Je l'en extirpai délicatement, la laissai tomber sur le plancher, la ramassai avec ostentation et la lui rendis.

« Tu perds quelque chose, papa. »

Il me remercia et remit la lettre dans sa poche. Mais j'avais eu le temps de lire le nom et l'adresse de l'expéditeur, inscrits au dos de l'enveloppe : « Nicholas Henderson, 391, place Sutter, Lyncastle ». Ça commençait à m'énerver moi-même d'être obligé de l'appeler papa à tout bout de champ. Au moins, comme ça, je ne serais pas pris au dépourvu.

Il s'assit au volant d'une vieille Ford 1936 parquée devant la gare et je m'installai près de lui.

« Où va-t-on ?

— Au seul endroit où l'on puisse encore trouver des bons beefsteaks, répondit-il. Et aussi des belles filles, si toutefois ça t'intéresse.

— Ça m'intéresse toujours de rencontrer des belles filles », gouaillai-je.

Il se retourna si brusquement qu'il faillit perdre l'équilibre.

« T'as bien changé, constata-t-il.

— N'importe qui peut changer en cinq ans », lui rappelai-je.

Il se dégagea en marche arrière et vira devant la gare.

« Ça, tu peux le dire ! » approuva-t-il avec énergie.

2

Au paradis du beefsteak et de la côtelette, Louie Dinero, propriétaire, disait l'enseigne. Situé à bonne distance de la ville, l'établissement dont « papa » Nicholas Henderson m'avait vanté les charmes était un authentique bâtiment de rondins avec, dans le bar, une cheminée monumentale en pierre meulière. S'il fallait en juger d'après le nombre de bagnoles alignées à l'extérieur, l'endroit devait faire des affaires d'or.

« Est-ce que ce n'est pas un peu loin de la ville pour ce genre de commerce ?

— Aucune importance. C'est le seul endroit où l'on puisse encore bien manger. Et ils sont sur la voie nord-sud de grande communication. »

Henderson se mit à distribuer des bonsoirs à la ronde et me présenta au maître de céans : Louie Dinero. Je crois que je prononçai les paroles polies qui s'imposent en pareil cas, mais je n'en suis pas très sûr, parce que j'avais un mal de chien à suivre la conversation tout en observant ce qui se passait sur la piste. L'orchestre jouait une rumba, et la blonde oxygénée qui chantait au micro portait une robe verte, ample comme un peignoir de bain, que fermait un seul bouton cousu au niveau du nombril. Elle accompagnait sa chanson de quelques pas de danse, et, plus la chanson avançait, plus les pas s'élargissaient et plus la robe découvrait l'intérieur de ses jolies cuisses à la peau hâlée, de telle sorte que personne ne pensait plus à manger, dans l'attente de l'inévitable.

La chanson se termina un peu trop tôt, et l'inévitable ne se produisit point. Au lieu de laisser aux clients le temps de reprendre leur souffle, elle se lança dans une nouvelle rumba avec frémissements d'épaules, qui amena progressivement la partie supérieure de sa robe à la lisière de la chute. Mais cette chanson-là se termina trop tôt, elle aussi ; les clients applaudirent à tout rompre et la blonde s'escamota dans les plis du rideau qui pendait derrière l'orchestre.

« Ça vous plaît ? s'informa Louie.

— Plus que ça encore », ripostai-je.

Il me sourit et se frappa la poitrine d'un air satisfait.

« Wendy est épatante, dit-il. Vous verrez qu'elle finira par faire un boum !

— C'est déjà fait, lui dis-je. Tout ce qui m'étonne, c'est qu'elle soit ici.

— Elle s'y plaît, déclara Louie. C'est une gentille petite fille, et je la paie bien. Eh ! Nick, qu'est-ce que vous allez manger, toi et ton copain ?

— Deux beefsteaks maison, Louie. Et fais-nous apporter deux verres là-bas dans le coin, pour commencer. »

L'expression « là-bas dans le coin » désignait une table entourée de plantes grasses, qui était inoccupée parce que personne ne soupçonnait son existence. Nous arrivâmes en même temps que les verres, et nous nous assîmes juste à temps pour pouvoir les rendre au garçon, avec mission de refaire le plein.

« Habitué de la boîte, papa ?

— Sûr. Ça change un peu de la boustifaille des pensions de famille.

— Ça rapporte gros, le boulot de guichetier !

— Dis pas de bêtises, Johnny. Je suis pas un client comme tout le monde ici. C'est un de mes copains qui fournit Louie en barbaque de premier choix, alors je mange toujours au prix de gros. Attends un peu d'avoir goûté aux beefsteaks maison, ça, c'est quelque chose ! »

Non seulement j'y goûtai, mais je n'ouvris plus la bouche avant d'avoir savouré la dernière bouchée ! Henderson avait raison. Les beefsteaks de Louie Dinero, c'était réellement quelque chose ! Je venais d'allumer une Lucky et de m'installer confortablement sur ma chaise pour digérer le mien avec tous les égards dus à son rang, lorsque la blonde oxygénée contourna le mur de verdure. Elle n'avait plus sa robe verte, mais celle qu'elle portait valait également la peine d'être regardée. Puis je l'examinai plus attentivement et me rendis compte que ce n'était pas la robe qui produisait cette impression, mais plutôt ce qu'il y avait dessous.

« Bonsoir, Nick », dit la blonde.

Elle parlait aussi bien qu'elle chantait, d'une belle voix grave, un peu voilée.

« Bonsoir, Wendy. Je vous présente Johnny. »

J'aime les femmes qui vous tendent la main pour vous en serrer cinq comme si elles étaient des hommes. Ça vous procure l'occasion de sentir de quel bois elles sont faites. Ma main me confirma ce que mes yeux avaient vu.

« Bonsoir, Wendy. Votre numéro m'a beaucoup plu. »

Elle éclata de rire.

« Pas trop déçu ?

— Un peu, comme tout le monde. Mais un jour ou l'autre, les fils de votre bouton finiront bien par se fatiguer.

— Si ça se produit un jour, je risque d'avoir froid, dit-elle en souriant.

— J'espère que je serai là pour vous réchauffer !

— Asseyez-vous, Wendy, intervint Henderson. Fini pour ce soir ?

— Fini, fini. Vous allez me reconduire ?

— Bien sûr. Jusqu'à la gare. Et Johnny pourra faire le reste.

— J'espère qu'il se conduira correctement, plaisanta Wendy.

— Ne soyez donc pas si impatiente ! » ricanai-je.

Elle posa son menton sur son poing et me sourit. Elle était si jolie qu'elle arrivait à le rester, malgré ses racines plus foncées que le reste de ses cheveux, et Dieu sait s'il n'y a rien de tel pour gâcher un visage.

« Simple question, dit-elle. On ne peut guère juger les gens sur la mine de nos jours, et vous avez l'air d'avoir eu déjà des ennuis.

— Vous voulez parler de mon pansement ?

— Oui. Et de votre veston.

— C'est les flics qui lui ont fait ça, mon chou », expliqua le vieux Nick.

Son sourire disparut.

« Les flics ?

— Il s'appelle Johnny MacBride. »

Sa bouche prit la forme d'une exclamation stupéfaite. Mais elle se contint et murmura :

« Vous voulez dire...

— Les flics aimeraient prouver que j'ai tué quelqu'un.

— Mais... ils l'ont prouvé ! objecta-t-elle.

— Montre-lui tes doigts, Johnny », dit le vieux.

Je m'exécutai. Ils n'avaient rien d'effrayant. Des mois de dur travail sur les champs pétrolifères avaient fortement atténué leur décoloration et ils auraient ressemblé à n'importe quels autres doigts s'ils n'avaient pas été aussi lisses.

Elle allait parler, mais Henderson la battit d'une longueur.

« Il est piqué », dit-il.

Je repris ma cigarette.

« Vous seriez surpris de savoir à quel point je peux être lucide », grondai-je entre mes dents.

Mon ton alarma le vieux Nick.

« Qu'est-ce que tu veux dire, fiston ?

— Pourquoi m'avoir amené ici plutôt qu'ailleurs ? lui demandai-je. Le beefsteak était de première bourre, mais il y en a sûrement d'autres en ville. »

Il ne répondit pas.

« Tu as été bien long à boucler ton tiroir-caisse avant de partir, papa, insistai-je. Tu as téléphoné en douce, avant de me rejoindre dans la salle d'attente, pas vrai ? Et c'était pour prévenir Wendy, ici présente, de notre arrivée. »

Il resta un instant bouche bée.

« Tu as écouté à la porte, m'accusa-t-il.

— Des clous. Je fais des suppositions, et elles sont justes... Alors ?

— Vous avez raison, Johnny. Il m'a téléphoné, concéda la blonde.

— O.K. ! Johnny, enchaîna le vieux, je lui ai téléphoné. Et je vais te dire pourquoi. T'es cinglé de vouloir t'attarder dans le secteur, mais c'est ton affaire et j'essaierai plus de t'en dissuader. Mais t'es encore plus cinglé d'être descendu dans un grand hôtel, où n'importe qui peut te trouver. Wendy possède une assez grande baraque, et elle va t'en sous-louer une pièce.

— C'est tout ?

— C'est tout, Johnny. Qu'est-ce qui te chiffonne ?

— Rien.

— Si. Je le vois bien. Je suis trop vieux pour t'aider efficacement, maintenant. Quand t'étais gosse et que t'étais tout le temps fourré à la gare, c'était moi qui te montais tes cerfs-volants et qui te démêlais tes lignes et, depuis que tu t'es fourré dans ce sale pétrin, j'ai jamais cessé de me tourmenter à ton sujet. Allons-y. Fichons le camp d'ici. »

Encore une jolie page d'histoire qui remontait à une vingtaine d'années ! Je savais, maintenant, pourquoi le vieux bougre avait l'air de tant s'intéresser à mon sort. J'étais d'autant plus heureux de le savoir que je ne l'avais jamais vu de ma vie.

Wendy alla chercher son sac et son chapeau, dit au revoir à tout le monde et sortit avec nous. Elle prit place à côté de Nick Henderson et je m'installai sur la banquette arrière. Personne ne parla jusqu'à ce que le vieux descendît à la gare en me criant de passer devant.

« Bien sûr, papa ! »

Il tira sur sa moustache et me fusilla du regard.

« Et cesse de m'appeler papa ! Tu sais très bien comment je m'appelle.

— Bien sûr, monsieur Henderson, rectifiai-je en rigolant.

— Tu es devenu bien impertinent pendant ces cinq ans, Johnny ! »

Il était un peu en colère, mais ça ne l'empêcha pas de se retourner pour nous dire au revoir de la main. Nous lui rendîmes son salut et il disparut à l'intérieur de la gare.

« Où habitez-vous, Johnny ?

— A l'hôtel Hathaway. »

Wendy hocha la tête, vira sur place et regagna la route.

« Nous allons rentrer directement chez moi, et vous enverrez chercher vos bagages demain matin.

— Je n'ai pas de bagages. Et je ne vais pas chez vous. Demain, peut-être, mais pas ce soir. »

Elle ne discuta pas.

« C'est votre affaire. Je fais ça uniquement pour Nick. »

Je descendis à une courte distance de l'hôtel et repassai ma tête à l'intérieur de la bagnole, à travers la vitre baissée.

« Quelle est votre adresse... si toutefois l'invitation tient toujours ?

— 4014, route de Pontiel. Une maison blanche, tout en haut de la côte. Je laisserai une clef dans le gros pot de fleurs qui est sur le perron. »

Sa voix était de miel, comme lorsqu'elle chantait ses chansons, et je la revis dans sa robe verte au bouton unique, qui avait l'air de montrer tant de choses et ne montrait rien. Histoire de voir, je l'attirai vers moi jusqu'à ce que sa bouche fût contre la mienne. Je savourai goulûment ses lèvres et sentis sa langue effleurer les miennes. Puis elle se raidit et recula hors de ma portée.

« Je croyais que c'était moi qui étais impatiente, ironisa-t-elle.

— Je suis toujours poli avec les dames », ripostai-je.

Elle embraya si brutalement qu'elle faillit m'arracher la tête. Elle taquinait tous les soirs des douzaines de spectateurs avec son satané tour de chant, mais elle n'aimait pas qu'on lui rende la pareille. Il faudrait que j'aille la taquiner à domicile, un de ces jours.

Je rentrai à l'hôtel Hathaway par la petite porte et repérai le flic avant qu'il ait pu m'apercevoir. Vautré dans un vaste fauteuil, il essayait de lire tout en surveillant la sortie principale et ne faisait proprement ni l'un ni l'autre. Je lui tapai sur l'épaule et il essaya de se relever d'un bond. S'il n'avait pas été aussi lourd, il y serait sans doute arrivé.

« Du calme, papillon, lui dis-je. Je ne sors pas, je rentre. Si tu as besoin de moi, fais-moi téléphoner par le bureau de réception. »

Il me jeta un coup d'œil meurtrier et me regarda pénétrer dans l'ascenseur. Puis il ramassa son journal et se remit à lire. Je débarquai de l'ascenseur à mon étage, traversai le corridor et glissai ma clef dans la serrure.

Je venais d'ôter mon veston lorsque je compris tout à coup que quelqu'un était entré dans ma chambre, pendant mon absence. Il y avait dans l'air une odeur qui n'aurait pas dû s'y trouver. Il me fallut un bon moment pour l'identifier, mais j'y parvins en fin de compte. C'était une odeur d'antiseptique. Comme celle que j'avais sentie en reprenant connaissance à l'hôpital. Comme celle que devaient dégager les pansements de Tucker autour de sa sale binette.

Quel qu'eût été le but de sa visite, il n'avait évidemment rien trouvé, pour la bonne et simple raison qu'il n'y avait rien à trouver. J'achevai de me dévêtir et passai sous la douche. Le choc de l'eau froide raviva mes maux de tête, et je tournai le robinet d'eau chaude jusqu'à ce que la souffrance disparût. J'étais en train de me sécher lorsqu'on frappa à la porte.

« Entrez ! »

Je nouai la serviette-éponge autour de ma taille et je sortis de la salle de bain. C'était Jack, le chasseur. Il avait refermé la porte derrière lui, mais, l'oreille collée contre le battant, il écoutait ce qui se passait dans le corridor.

« Vous savez qu'il y a un flic en bas ? s'enquit-il.

— Bien sûr. Il a essayé de me suivre, mais je l'ai semé, il est trop gros pour courir vite.

— Est-ce que c'est vraiment vous qui avez buté le D.A., y a cinq ans ?

— Pourquoi diable aurais-je buté un D.A. ? protestai-je. J'ai rien contre ces gens-là. »

Il me regarda en souriant, comme si je venais de lui faire une confidence.

« Y a un autre flic qu'est venu perquisitionner, continua-t-il. Un gars déguisé en momie.

— Ouais, je sais. Je l'ai senti.

— C'était Tucker. Un vrai salaud. C'est vous qui l'avez assaisonné ?

— T'as deviné. Pourquoi que tu me racontes tout ça ?

— Vous m'avez donné cinq dollars. Lui pas. Et, qui plus est, y a longtemps que je l'ai sur le dos. Ce salaud-là veut son pourcentage sur tout ce qui se passe dans la ville et, le pire, c'est qu'il l'obtient. Pas de moi, en tout cas. Mais celui qui l'a assaisonné comme ça a droit à toute ma considération. S'il y a la moindre chose que je puisse faire pour vous...

— Merci, fiston, c'est noté. Tu travailles dans quelle branche ?

— Les femmes.

— O.K. ! Tu peux m'en envoyer deux. Une rousse et une brune.

— D'accord. Et n'oubliez pas ce que je vous ai dit. Si vous avez besoin de la moindre chose, à votre service. J'aime la façon dont vous avez arrangé Tucker. S'ils reviennent vous empoisonner, je vous passerai un coup de fil. Il y a une sortie de secours et un monte-charge au bout du corridor. Je laisserai la cabine à votre étage pour que vous puissiez l'utiliser en cas de besoin. »

Il alla recoller son oreille contre la porte et s'esquiva. Je me mis au lit et fermai les yeux. Il était une heure indue, mais, d'après les bruits du dehors, on se serait cru en plein jour.

Je devais dormir depuis cinq minutes lorsque la porte se rouvrit. Quelqu'un donna de la lumière. Je clignai des yeux et vis une brune et une rouquine, debout sur le seuil de ma chambre.

« C'est Jack qui nous envoie, expliqua la rouquine.

— Dites-lui bonjour de ma part et fichez-moi le camp, voulez-vous ? grognai-je.

— Mais il a dit que...

— Je plaisantais. Sincèrement, je suis trop fatigué.

— Pas à ce point-là ! » s'exclama la brune.

Elle s'approcha du lit et rejeta les couvertures.

« Oui, il est vraiment fatigué », dit-elle à la rouquine.

Elles éclatèrent de rire, rabattirent les couvertures et s'en allèrent. Je me rendormis presque aussitôt.

3

Je descendis vers huit heures et demie, le lendemain, et réveillai le flic qui ronflait dans son fauteuil.

« Je vais déjeuner, lui dis-je. Tu m'accompagnes ou tu m'attends ici ?

— T'as pas besoin de faire le malin », grogna-t-il.

Il s'arracha aux profondeurs confortables des coussins et m'emboîta le pas.

Je le baladai dans les rues pendant quelques minutes, trouvai un restaurant qui me parut convenir à mes desseins, m'installai dans un coin et commandai un bon petit déjeuner. Après les œufs au bacon, je commandai une autre tasse de café avec des toasts et posai un dollar sur la table. Le flic vit que je n'avais pas terminé et commanda une autre tasse de café pour lui-même.

La première fois où il détourna les yeux, je me levai, courus jusqu'à la porte de la cuisine, l'ouvris et la refermai derrière moi. Le chef me jeta un regard dépourvu de cordialité.

« Vous voulez quelque chose ?

— Je voulais simplement vous dire que votre cuisine est épatante. »

Il ouvrit la bouche pour m'engueuler, mais je rouvris la porte et réintégrai la salle du restaurant.

Le flic était parti.

Je dis au garçon que l'argent était sur la table, traversai la rue en quatre enjambées et me perchai sur un tabouret, devant le comptoir du *drugstore* d'en face. Trente secondes plus tard, le flic revint en courant, avec une voiture-radio sur les talons. Tout le monde pénétra dans le restaurant et, lorsqu'ils en ressortirent, quelques secondes après, ce fut pour se faire incendier par Lindsey, qui venait de débarquer à son tour de la voiture-radio.

Il n'aurait jamais dû essayer un truc aussi usé. Le gros flic n'était qu'un trompe-l'œil que j'étais censé oublier après l'avoir semé, tandis que celui qu'ils avaient posté derrière le bâtiment ne me quitterait pas d'une semelle. Je me remis à boire du café, en attendant qu'ils se décidassent à vider les lieux, et passai le temps en me faisant expliquer par le garçon où se trouvait la bibliothèque municipale. Comme c'était assez compliqué, il me dessina un plan sommaire au dos d'un menu, je le payai et partis d'un bon pas dans la direction indiquée.

La bibliothèque était un immeuble de trois étages, isolé entre un terrain de jeux et un parc de stationnement. Une plaque de bronze apprenait au passant qu'il s'agissait là de la

BIBLIOTHÈQUE MUNICIPALE DE LYNCASTLE
OFFERTE A LA VILLE
PAR LA LIGUE COMMERCIALE DE LYNCASTLE

Ça représentait un assez joli pot-de-vin, un monument à la gloire de la corruption méthodique et de la crédulité bourgeoise. Ce Lenny Servo était un gars qui savait ce qu'il faisait.

La préposée aux archives — une jolie fille de vingt-trois vingt-quatre ans, qui se donnait beaucoup de mal pour ne pas avoir l'air de mâcher du chewing-gum — m'expliqua fort obligeamment où je trouverais ce que je désirais. Suivant ses instructions, je descendis au sous-sol et, vingt minutes plus tard, j'avais ce que je voulais. c'était un numéro de la *Gazette de Lyncastle*, vieux de cinq ans, deux mois et neuf jours.

UN DISTRICT ATTORNEY ASSASSINÉ
DANS SON BUREAU

proclamait la manchette. Je lus attentivement l'article. Robert Minnow avait été tué à l'aide d'un revolver de 9,5 mm, volé une année auparavant chez un prêteur sur gages. La police se refusait à faire le moindre commentaire. On insinuait simplement, dans les milieux policiers, que l'identité du meurtrier était d'ores et déjà connue.

Le reste de l'article était un retour en arrière qui récapitulait le travail accompli par le district attorney Robert Minnow au cours de l'année précédente.

Tout avait commencé avec l'avènement de la prohibition, à laquelle avaient adhéré les trois grandes villes qui cernaient Lyncastle. Du jour au lendemain, l'industrie et le commerce de l'alcool avaient connu un regain de prospérité, et, comme les habitants de Lyncastle n'étaient pas des gens à s'encombrer de vains préjugés, tout le monde avait fermé les yeux sur la recrudescence du jeu à l'intérieur de la ville, recrudescence qu'avait inévitablement provoquée cet afflux soudain de clientèle extérieure. Une motion avait bien été proposée, visant à mettre le jeu hors la loi sur le territoire de Lyncastle, mais elle n'avait jamais été votée. Personne ne voulait renoncer à cet apport d'argent qui venait de l'extérieur, et presque tous les conseillers municipaux avaient été d'accord pour déclarer que les quelques maisons de jeu existantes à Lyncastle ne pouvaient, en aucune façon, troubler l'ordre public. Il serait toujours temps de s'inquiéter si les choses prenaient de l'extension.

C'était la sagesse même.

Et puis, pratiquement, du jour au lendemain, des tripots de grande envergure avaient ouvert leurs portes au nez et à la barbe des bons citoyens totalement pris au dépourvu. Après qu'une demi-douzaine de personnes eurent été retrouvées assassinées, d'une manière ou d'une autre, le district attorney avait annoncé l'ouverture d'une vaste enquête destinée à clarifier la situation.

Je trouvai de plus amples détails dans un supplément dominical. Un reporter plus malin ou plus courageux que les autres avait déniché quelques informations sur un certain Lenny Servo, qui avait élu résidence sur le territoire de Lyncastle, moins d'un an auparavant. Il venait de l'Est, où il était totalement brûlé, mais il lui restait assez d'argent pour arroser les personnalités idoines et faire étouffer dans l'œuf le processus d'extradition entamé contre lui. Cet « arrosage » l'avait laissé sans le sou, mais Lenny était un garçon dynamique et, en un rien de temps, il avait regonflé son compte en banque et acheté, çà et là, diverses propriétés qui s'étaient révélées, par la suite, comme des endroits rêvés pour y monter des maisons de jeu.

Robert Minnow l'avait traîné deux ou trois fois devant les tribunaux sans jamais parvenir à découvrir qui lui avait fourni son capital initial. Quelques mois s'étaient écoulés. Puis, lors du banquet annuel de la municipalité, le district attorney avait annoncé que Lyncastle était contrôlé par un élément criminel dont les mains étaient aussi bien dans la caisse de la ville qu'autour du cou de chaque citoyen. Il avait ajouté, cependant, qu'il serait prochainement en mesure d'imputer plusieurs crimes à ceux qui les avaient commis et d'exposer un des plus grands scandales de tous les temps.

Il n'avait pas eu le temps d'exposer quoi que ce soit pour la bonne raison qu'une semaine plus tard il était mort.

Et c'était à ce moment-là que Johnny MacBride était apparu dans le tableau.

Johnny MacBride...

Moi...

A la suite d'une plainte déposée par le vérificateur des comptes de l'État, le bureau du district attorney avait procédé, durant cette même période, à l'apurement des comptes de la Banque nationale de Lyncastle. L'examen approfondi des livres de la banque avait amené la découverte d'un détournement de deux cent mille dollars opéré par un certain Johnny MacBride, caissier en vacances, qui avait falsifié les registres d'une manière fort habile, mais pas suffisamment, néanmoins, pour que la supercherie ne fût jamais découverte. Le district attorney avait lancé un mandat d'arrêt contre lui.

Quelques jours après, une femme de charge, pénétrant vers dix heures du soir dans son bureau, l'avait trouvé effondré sur sa table de travail, avec une balle dans la tête. Le revolver gisait sur le plancher, et celui qui avait fait le coup était entré dans le bureau bien tranquillement, avait pressé la détente et s'était esquivé sans rien dire à personne. Le médecin légiste avait déclaré que Robert Minnow était mort depuis une heure environ, lorsque son cadavre avait été découvert. Personne n'avait vu le meurtrier pénétrer dans l'immeuble, ni le quitter ensuite. Pendant une semaine, la police s'était contentée de faire de vagues allusions, puis, un beau jour, le capitaine Lindsey avait annoncé que le meurtrier n'était autre que Johnny MacBride et qu'avant un mois il aurait sa peau.

Ç'avait été un bien long mois pour le camarade Lindsey.

Et l'histoire s'arrêtait là. Robert Minnow avait été assassiné par un vil petit escroc au moment précis où il s'apprêtait à nettoyer la ville. Je remis les journaux en place, sentant au fond de moi naître un doute qui me disait que je pouvais me tromper et que c'était une erreur qui me conduirait tout droit à la potence. Le sous-sol était humide et froid, tout à coup.

Mais ce n'était pas le sous-sol. C'était moi. C'était la sueur froide qui me coulait dans le dos à la pensée que les choses avaient fort bien pu se passer réellement de cette façon, et que ma jolie petite croisade était peut-être vouée d'avance à la catastrophe.

Je me mis en boule contre moi-même et frappai le mur à coups de poing, jusqu'à ce qu'il ne restât plus un seul brin de peau intact sur mes phalanges meurtries. Puis la fureur passa, ne laissant subsister que le doute. Je ressortis quelques-uns des journaux et notai soigneusement, dans ma mémoire, le nom d'un journaliste qui signait Alan Logan. Parmi tous ceux qui avaient quelque chose à dire sur l'affaire Robert Minnow-Johnny MacBride, il était le seul qui ne m'eût point condamné avant le jugement. Tous les autres s'étaient contentés de ratifier l'opinion du capitaine Lindsey. Je remis les journaux en place, remontai vers la civilisation et m'arrêtai sur les marches de la bibliothèque pour allumer une cigarette et tenter de réfléchir. J'étais tellement plongé dans mes pensées que je n'aurais peut-être pas remarqué le petit « flac » qui venait de retentir à mes oreilles, si deux moutards ne s'étaient arrêtés pour regarder le mur, derrière mon dos. Je me retournai et me jetai à plat ventre sur le trottoir au moment précis où retentissait un autre « flac ».

Il y avait un petit trou tapissé de plomb à la hauteur de ma tête, et mon vol plané m'avait écarté juste à temps de la trajectoire du deuxième pruneau.

Si j'avais roulé sur moi-même, les gosses m'auraient probablement suivi. Je pris donc mes jambes à mon cou et m'effaçai du paysage comme si j'avais eu le diable à mes trousses. Je l'avais échappé belle, mais, puisque j'étais sain et sauf, je pouvais me permettre de rigoler. Parce que je n'avais plus le moindre doute, à présent. Parce que je savais que les flics n'étaient pas les seuls à flairer ma piste. Il y avait des gars plus habiles que les flics à pratiquer l'art de la filature. Des gars avec des flingues munis de silencieux que la présence de moutards dans le voisinage de leur cible ne dérangeait pas le moins du monde.

Je contournai le pâté de maisons jusqu'à ce que je fusse revenu au carrefour duquel je pouvais apercevoir la bibliothèque. En face de l'édifice, la rue était bordée de maisons particulières, et ce n'était sûrement pas de l'une d'elles qu'on m'avait tiré dessus, parce qu'à cette distance, ils ne m'auraient pas manqué la première fois.

Mais, derrière les maisons particulières, s'élevaient de hauts immeubles de rapport dont les toits en terrasse constituaient d'excellentes plates-formes de tir auxquelles il n'était pas bien difficile d'accéder. Il était parfaitement inutile que j'aille y jeter un coup d'œil. Ils avaient eu dix fois le temps de filer, après avoir enveloppé le fusil plié en deux dans quelque innocent papier d'emballage.

Par acquit de conscience, je traversai la rue, contournai l'autre pâté de maisons et pénétrai dans le premier immeuble de rapport. Il avait cinq étages, comme tous ses voisins, et un ascenseur que j'empruntai jusqu'au terminus, avant de me glisser dans le petit escalier qui conduisait au toit.

Pas plus difficile que ça.

Je ne relevai rien d'anormal et franchis le petit mur qui séparait la terrasse de celle du bâtiment contigu. Tous ces toits dominaient la librairie, mais deux d'entre eux seulement fournissaient un champ de vision idéal pour ajuster une cible postée sur les marches du perron.

Le premier des deux était celui sur lequel s'était embusqué le tireur.

Et c'était un fortiche, pas d'erreur là-dessus. Il n'avait pas laissé de douilles vides, ni d'éraflures dans la surface lisse du parapet. Mais il n'était pas tout à fait assez fortiche pour avoir effacé les marques creusées par ses coudes et les pointes de ses souliers dans le gravier de la terrasse. Je plaçai mes propres orteils dans les empreintes des souliers, pris la position classique du tireur couché, et constatai que mes coudes reposaient à vingt bons centimètres au-dessus des siens.

Mon copain le tireur était un petit bonhomme. Un mètre cinquante-cinq ou soixante, au grand maximum. Et il serait encore beaucoup plus petit quand je lui aurais mis la main dessus.

Je quittai l'immeuble sans rencontrer personne et passai une demi-heure à remplacer le veston que la matraque de Tucker avait rendu inutilisable. A côté du magasin où j'achetai le veston, se trouvait une armurerie dont les vitrines contenaient une remarquable collection de fusils et de revolvers en tous genres. Je serais entré immédiatement s'il n'y avait eu le petit écriteau qui disait qu'aucune arme à feu ne pouvait être vendue sans un certificat légalisé. Pour pouvoir tirer sur quelqu'un, il fallait avoir un certificat !

Je partis en quête d'une cabine publique et cherchai dans l'annuaire le numéro de la *Gazette de Lyncastle*. Je le composai, demandai Logan à la standardiste et l'obtins après quelques déclics.

« Allô ! ici Logan, dit une voix.

— Vous êtes pris en ce moment ? questionnai-je.

— Qui est à l'appareil ?

— Vous cassez pas la tête. Il faut que je vous parle.

— Pour quelle raison ?

— Une raison qui peut vous fournir de la bonne copie, Logan. Une tentative de meurtre. »

Il n'en demanda pas davantage.

« Je ne suis pas pris... Alors ?

— Donnez-moi rendez-vous quelque part. N'importe où, pourvu qu'il n'y ait personne alentour.

— Vous voulez dire : pas de flics ?

— Ils sont compris dans le lot. »

Le journaliste réfléchit un instant, puis m'indiqua l'adresse d'un bar situé en dehors de la ville qui, spécifia-t-il, serait fermé lorsque j'arriverais, mais dont le patron, un de ses copains, nous laisserait disposer de l'arrière-salle. Je sautai dans un taxi et m'y fis conduire. Le patron m'introduisit dans l'arrière-salle et je trouvai Logan dans une des logettes réservées, pendant les heures d'ouverture, aux amoureux chercheurs de solitude.

Il avait autant l'air d'un reporter que j'ai l'air d'une mère supérieure. D'anciennes cicatrices barraient ses arcades sourcilières, l'une de ses oreilles était en feuille de chou et l'armature de son nez n'avait rien à perdre. Il était en train de travailler sur un problème de mots croisés et ses épaules semblaient à deux doigts de faire éclater son veston. Un dur.

Il ne m'entendit pas arriver. Je me plantai devant la table, de manière à pouvoir la lui pousser dans le buffet s'il jouait au petit soldat. Il dut sentir ma présence, car il releva brusquement la tête.

« Logan ? » m'informai-je.

Son visage se convulsa, et ses lèvres minces se retroussèrent, démasquant de courtes incisives carrées.

« Sacré bon sang de nom d'un chien de bonsoir !

— A tes souhaits, vieux frère, lui répondis-je. T'as un permis de conduire ou quelque chose comme ça ? »

Il ne pigea pas tout de suite. Il prit le temps d'y réfléchir, puis haussa les épaules et jeta devant lui son portefeuille qui s'ouvrit tout seul à l'endroit où se trouvait sa carte de l'Union des Journalistes.

Je m'assis en face de lui.

Encore un que je fascinais littéralement. Il ne pouvait pas se résigner à me quitter des yeux. Et, lorsqu'il retrouva la parole, ce fut pour dire :

« Johnny MacBride. Sacré bon sang de nom d'un chien...

— Tu te répètes, mon pote, lui signalai-je.

— Je voulais pas le croire au début, murmura-t-il, mais quand j'ai appris ce qui s'était passé chez Lindsey... »

Il se cramponnait au bord de la table comme s'il voulait en briser un morceau.

« Personne n'a l'air particulièrement heureux de me voir », remarquai-je.

Il montra les dents pour la seconde fois.

« Non, ça ne m'étonne pas », grogna-t-il.

Moi aussi, je sais faire des grimaces. Je lui en fis une. Une chouette.

« Quelqu'un a essayé de me buter, il y a environ deux heures. Sur les marches de la bibliothèque municipale.

— C'est ça, l'histoire que tu voulais me raconter ? »

Je haussai les épaules.

« Ça n'était rien de plus qu'un prétexte pour t'amener ici. Tu vas commencer par me dire quelque chose, et, si ça me plaît, je te raconterai toute l'histoire. »

Il sursauta comme si je l'avais giflé.

« Espèce de sale petit..., commença-t-il.

— T'as pas l'air de m'aimer beaucoup, toi non plus, ricanai-je.

— Foutre non !

— Pour un gars qui pouvait pas me voir, t'as été plutôt gentil avec moi, dans les colonnes de ton canard, il y a cinq ans. Tous les autres m'avaient drôlement assaisonné.

— Tu sais très bien pourquoi je l'ai fait. Ça m'aurait pas du tout contrarié de te voir te balancer au bout d'une corde. La prochaine fois, c'est moi qui vais t'assaisonner, et pas seulement sur le papier. »

Il s'était levé et me regardait en montrant les dents. Ça commençait à devenir monotone.

« Assieds-toi et boucle-la, lui dis-je. Personne ne m'assaisonnera, et surtout pas toi. Tucker l'a essayé et Lindsey aussi. Et ils y ont laissé pas mal de plumes. »

Il obéit, mais son sourire et ses mains crispées disaient qu'il n'hésiterait pas à me sauter dessus dès qu'il saurait à quoi s'en tenir.

« Fais comme si tu ne me connaissais pas, Logan, continuai-je. Raconte-moi l'histoire des deux cent mille dollars et du meurtre de Bob Minnow...

— Et qu'est-ce que tu me raconteras, en échange ?

— Quelque chose qui t'en bouchera une surface, c'est moi qui te le dis. »

Logan ouvrit la bouche, changea d'avis et la referma sans mot dire.

« J'ai déjà entendu pas mal d'histoires idiotes, grogna-t-il en secouant la tête, mais celle-là...

— Fais ce que je dis, Logan, insistai-je. Tu comprendras après.

— O.K. !... »

Il sortit de sa poche un paquet de cigarettes, en prit une et l'alluma distraitement.

« Ça a commencé quand t'es revenu de l'armée avec toutes tes médailles... »

Il s'interrompit pour me jeter un regard haineux.

« Faudra que tu me racontes un jour comment tu les as gagnées, parce que, si tu t'es conduit en héros pendant la guerre, il a dû t'arriver quelque chose, ensuite, qui t'a changé du tout au tout. »

Sa cigarette s'écrasa entre ses doigts.

« Tu as donc repris ta place à la banque et, avec tes foutues médailles et ton héroïsme à la gomme, tu t'es débrouillé pour séduire une fille, sans t'occuper de qui tu la détournais... »

Il paraissait presque invraisemblable qu'un seul regard humain pût contenir tant de haine. Je n'avais jamais rien vu de comparable, sinon la veille, dans les yeux du capitaine Lindsey.

« Vera West, continua-t-il d'une voix sifflante. Une jeune fille adorable... merveilleuse... avec des cheveux blonds comme le miel... Une fille cent fois trop bien pour un salopard comme toi ! »

Je ris avec insolence. Un rire qui le frappa comme un direct au creux de l'estomac.

« C'est de toi que je l'ai détournée, pas vrai ?

— Salaud ! »

Il allait me sauter à la gorge, mais je ne bronchai pas. Il serra les dents et se maîtrisa, mais sa voix n'était plus qu'un grincement hideux.

« Ouais... Vera ! Elle était si amoureuse de toi qu'elle a continué de l'être, même après que tu te fus servi d'elle comme d'un vulgaire chiffon sale. Et c'est pour ça que je t'ai ménagé, dans mon canard. Je voulais pas la blesser davantage.

— Donc, je suis un salaud. Ensuite ?

— Tu vas pas tarder à être un salaud mort, Johnny.

— Ensuite ? Raconte un peu comment je me suis servi d'elle ? »

Au prix d'un violent effort, il parvint à se rasseoir sur la banquette.

« J'avais pigé tout le scénario longtemps avant les flics... En tant que secrétaire de Havis Gardiner, Vera avait accès à tout un tas de trucs privés, que tes fonctions de caissier ne te permettaient pas d'atteindre. Tu as réalisé un petit tour de force en te faisant passer les bouquins par elle sans éveiller ses soupçons ! La falsification des comptes était un petit tour de force, elle aussi, mais tu connaissais toutes les ficelles. Dommage que tu aies été en vacances lorsque le vérificateur de l'État a flairé le lièvre. Mais tu n'as pas laissé le temps à Bob Minnow de te mettre la main dessus, pas vrai ? Tu as bien su le trouver avant qu'il te trouve...

— Et Vera ? coupai-je.

— C'est à toi de me raconter ça, Johnny. Je veux que tu me dises pourquoi une fille comme Vera s'est laissée glisser le long de la pente, après ton départ, jusqu'à se commettre avec un salopard comme Lenny Servo !

— Où est-elle, à présent ?

— C'est ce que je voudrais bien savoir. Elle a complètement disparu, il y a trois ans de ça. »

La bouche de Logan se tordit.

« Voilà ce que lui a fait notre héros, Johnny MacBride ! Voilà ce que tu lui as fait, espèce d'infâme saligaud... »

Ses mains montèrent lentement vers ma gorge, la gauche, légèrement en avance sur la droite, pour m'empêcher de passer si jamais j'essayais de quitter la loge.

« Johnny MacBride est mort », lui dis-je paisiblement.

Ses mains s'arrêtèrent brusquement. On eût dit qu'elles venaient de rencontrer un mur invisible. Il me regarda comme si j'étais cinglé.

« Quoi ? chuchota-t-il.

— MacBride est mort. Il est tombé du haut d'un pont en construction, et les rapides ont achevé de déchiqueter son corps. J'ai assisté à l'enterrement du peu de chose qu'on a retrouvé de lui, y a de ça quinze jours à peine. »

Il est difficile de faire croire à quelqu'un que celui qui est assis en face de lui a été déchiqueté par le courant d'un fleuve et enterré quinze jours auparavant. Ça ne tient pas debout, et celui auquel on essaie de le faire croire a tendance à ne pas très bien tenir debout, lui non plus. Logan se laissa retomber sur la banquette.

« Tu mens !

— Il y a un certificat de décès classé au bon endroit, si tu veux le voir. »

Il ne me croyait pas encore, mais il commençait à douter de lui-même. Assez, tout au moins, pour demander de plus amples explications.

« Alors, qui diable es-tu ? ricana-t-il.

— Ça, répliquai-je, c'est une chose que j'aimerais bien savoir moi-même.

— T'es cinglé, conclut-il avec une sorte de soulagement, comme si cette constatation était la clef du problème. T'es complètement maboul.

— Non, Logan, je ne suis pas du tout cinglé. Je peux te paraître cinglé, mais c'est la vérité. Tu n'as qu'à téléphoner à une firme du Colorado qui s'appelle la Compagnie de Construction Davitson, et poser la question à n'importe qui. Ce sont des gens qui construisent des ponts et gèrent les puits de pétrole. Ils te le diront.

— Continue.

— Tu sais ce que c'est qu'une coïncidence ?

— Ouais.

— C'est ce qui m'est arrivé. Une coïncidence comme il n'a pas dû s'en produire souvent, depuis que le monde est monde ! Quand j'ai dit que je ne savais pas qui j'étais, ça n'était pas tout à fait exact. Je sais que je m'appelle George Wilson, parce que j'avais ce nom-là sur moi au moment de l'accident, mais je n'en sais pas davantage. Je ne sais même pas si j'ai jamais fait de la prison ou servi dans l'armée, puisque je n'ai plus d'empreintes digitales. »

Je lui montrai mes doigts, et il hocha la tête en fronçant les sourcils.

« Oui, j'ai entendu parler de ça.

— Mais ce n'est qu'une faible partie de l'histoire, Logan. Je peux remonter en arrière jusqu'à une douzaine d'heures avant l'accident auquel je viens de faire allusion, mais un point, c'est tout.

— Vas-y. Je t'écoute.

— Il y a deux ans de ça, la Compagnie Davitson a envoyé un de ses camions dans une petite ville du Colorado pour y recruter des travailleurs. Nous avons été une quinzaine à signer ce jour-là. Tout le monde a flanqué ses bagages dans le camion, et nous sommes repartis pour faire une dernière bringue en ville. Vers onze heures, le camion a repris le chemin du camp avec une quinzaine d'hommes ivres à son bord, chauffeur compris.

« Dans la première descente, le camion a quitté la route pour culbuter, le capot en avant, dans une espèce de ravin. Je me souviens que quelque chose m'a frappé à la tête et j'ai eu la sensation d'être projeté dans les airs. J'ai dû m'évanouir, rester sans connaissance pendant quelques minutes, et, quand je suis revenu à moi, le camion flambait allègrement. De l'endroit où je me trouvais, je sentais l'odeur des gars qui étaient en train de rôtir à l'intérieur. C'est pas bien marrant comme souvenir. Il y en avait un qui était coincé sous une aile et qui braillait comme un possédé parce que le feu s'étendait dans sa direction. Je me suis traîné jusqu'à lui et j'ai réussi à soulever les débris qui le retenaient prisonnier. C'est comme ça que j'ai perdu mes empreintes digitales. Ce sacré bout de ferraille était chauffé au rouge.

« On avait à peine reculé de quelques mètres quand les réservoirs ont fait explosion. On s'est écroulés tous les deux, j'ai tourné de l'œil, et, quand je me suis réveillé, il faisait nuit noire. Le gars que j'avais sauvé s'était débrouillé pour me remorquer jusqu'au bord d'un ruisseau et m'avait lavé la figure. Mes mains ressemblaient à de la viande crue et la première chose qui m'a frappé, c'est que j'avais perdu la mémoire. Je me suis mis dans une telle rage que j'ai tourné de l'œil une fois de plus, en braillant je ne sais quelles insanités. J'ai repris connaissance deux jours plus tard, dans un hôpital. L'autre type avait pu arrêter une bagnole et demander du secours.

« Et voilà où ça se corse. Quand je suis revenu à moi, avec ce trou béant dans ma mémoire, j'ai cru que j'étais vraiment cinglé. J'étais allongé sur un lit d'hôpital et je me regardais moi-même, debout près de ce même lit. Marrant, pas vrai ? Il a fallu le toubib, deux infirmières et Charlie Davitson lui-même pour me convaincre que je n'étais pas fou à lier. Le gars que je regardais me ressemblait d'une façon frappante. Si nous avions été frères jumeaux, nous n'aurions pas pu nous ressembler davantage.

« Oh ! nous avons été couvés pendant tout notre séjour à l'hôpital. En premier lieu, j'étais un cas d'amnésie totale, ce qui n'est pas tellement courant, et puis il y avait cette rencontre hallucinante de deux véritables sosies. L'autre type s'appelait Johnny MacBride. Mon propre nom était inscrit à l'intérieur de ma chemise, mais c'était tout ce que j'avais. Mes bagages avaient été complètement détruits, ainsi que les papiers personnels que le gars de la compagnie avait rangés dans sa serviette. Quelques-unes des valises avaient été projetées loin du camion. Celle de Johnny, par exemple. Il avait eu plus de veine que moi, sur toute la ligne.

« Après ça, bien entendu, on est devenus inséparables. On a fait tellement de blagues et participé ensemble à tellement de bagarres que les gars nous appelaient les Jumeaux du Diable. »

Je m'arrêtai pour allumer une cigarette. J'avais si souvent passé toute l'histoire en revue que maintenant qu'il s'agissait de la raconter à un étranger je ne trouvais plus mes mots.

« Il y a quelques semaines, nous travaillions sur un pont. J'ai glissé sur quelque chose et je suis resté suspendu au bout de ma corde de sécurité, au-dessus d'un gouffre d'une vingtaine de mètres. Il y avait un vent du tonnerre qui me faisait osciller et sciait rapidement la corde contre la tranche d'une cornière. J'étais pratiquement cuit quand Johnny est descendu le long de sa propre corde pour m'en attacher une autre autour du corps. Il venait juste d'y réussir quand sa corde a cassé. Les copains m'ont ramené sur le pont.

« Il a fallu plus de deux jours pour retrouver ses restes et les enterrer. Personne ne savait si Johnny avait encore de la famille. Il ne parlait jamais de lui-même, et c'est en triant ses effets personnels que j'ai compris pourquoi. J'ai trouvé une lettre inachevée qu'il avait dû commencer dans le temps et oublier ensuite. Elle était dans sa valise, parmi d'autres paperasses. Elle n'était pas très explicite, mais ça m'a donné une idée de ce qu'avait été sa vie. Je l'ai relue si souvent que je la connais par cœur. Tu veux savoir ce qu'elle disait, Logan ?»

Il acquiesça d'un hochement de tête à peine perceptible.

« *Il y a cinq ans qu'ils m'ont chassé de Lyncastle*, récitai-je. *Ils m'ont pris mon argent, mon honneur et ma fiancée. Ils m'ont pris tout ce que j'avais, pendant qu'elle me riait au nez, parce que je l'aimais, et qu'elle était avec eux. Elle a ri en partant avec lui, pendant que le petit salopard qui travaille pour lui essayait de me tuer avec un couteau. Je me suis enfui et je continuerai à fuir tant que...* Et ça s'arrêtait là.

— Je n'ai entendu aucun nom propre, observa Logan.

— Il n'y en avait pas. Mais je n'en ai pas besoin. Je les retrouverai quand même et tu sais ce qui se passera ? »

Il ne répondit pas. Il attendait que je le lui dise. Mais je le laissai tirer ses propres conclusions.

« Pour quelle raison t'es-tu embarqué dans cette histoire ? questionna-t-il enfin.

— Pour quelle raison ? Parce que je n'ai jamais eu de meilleur copain que Johnny MacBride. C'était un si bon copain qu'il est mort en essayant de me sauver la vie, et j'ai l'intention de lui rendre tout ce qu'ils lui ont pris, tu piges ?

— Il me semble que tu t'embarques un peu à la légère, non ? Qu'est-ce qui te prouve qu'il n'était pas coupable ? »

Je me levai. Il m'imita.

« Quand on mange, dort, vit et lutte pendant deux ans avec un gars, on en vient à bien le connaître. Johnny n'avait jamais tué personne. »

Nous étions au milieu de la piste de danse quand Logan me frappa sur l'épaule. Il y avait quelque chose de bizarre dans son expression et sa posture. Debout sur la pointe des pieds, les bras ballants, il avait exactement l'allure du boxeur qu'il avait dû être avant de donner dans le journalisme.

« Fameuse, ton histoire, Johnny, dit-il. Mais je vais tout de même la vérifier.

— Je t'ai dit comment tu pouvais le faire », répliquai-je.

Ses lèvres se retroussèrent.

« J'ai un meilleur moyen de voir si tu es Johnny MacBride ou George Wilson. »

Je n'eus que le temps d'esquiver sa droite avant qu'elle me touche entre les deux yeux, lui flanquai le tranchant de ma main gauche en travers de la pomme d'Adam et rentrai au corps d'une droite qui lui coupa le souffle. Je doublai du gauche à l'estomac, puis l'empoignai à deux mains au niveau du diaphragme et l'envoyai rouler à quelques pas.

Je lui donnai dix bonnes secondes pour se relever. Son dîner faisait ce qu'il pouvait pour lui remonter dans l'œsophage et, s'il comptait sur moi pour respecter les règles, il se fourrait bougrement le doigt dans l'œil. Je m'approchai de lui et j'allais lui coller mon escarpin dans les gencives lorsqu'il se retourna vers moi.

Il souriait !

« Ça va, Wilson », dit-il.

Je l'aidai à se remettre sur pied et le soutins jusqu'à ce que ses guibolles fussent redevenues capables de le supporter.

« Qu'est-ce que t'espérais prouver ? lui demandai-je.

— Je l'ai prouvé, affirma-t-il en souriant. Le vrai MacBride aurait jamais fait ça. Johnny était poltron comme pas un. Il avait toujours peur que quelque chose ou quelqu'un lui fasse du mal. Ça va, Wilson, je te crois.

— MacBride. Johnny MacBride, si ça ne te fait rien.

— O.K. ! Johnny.

— Et t'imagine jamais que je suis un poltron, Logan.

— Pas de danger. Mais j'en connais quelques-uns qui se l'imaginent.

— Ils vont avoir de sacrées surprises.

— Tu parles ! » ricana Logan.

4

Je dus aider Logan à regagner sa Chevrolet, qu'il avait parquée devant l'établissement, et l'approvisionner en cigarettes allumées jusqu'à ce qu'il se sentît suffisamment d'attaque pour reprendre son volant.

« Où est-ce que t'as appris à te bagarrer ? me demanda-t-il en pressant finalement le démarreur.

— Sur les champs de pétrole, je suppose.

— Tu n'as jamais pensé que tu pouvais avoir été boxeur, dans le temps ? »

Je fronçai les sourcils et secouai la tête.

« Si je l'ai été, je ne m'en souviens pas.

— C'est pas un novice qui aurait pu me faire ça, Wilson. Je veux dire : Johnny. Ça t'ennuierait que j'essaie de reconstituer ton passé ?

— Au contraire. Mais j'ai déjà essayé moi-même et je ne suis arrivé à rien.

— Je découvrirai peut-être des choses qui ne te plairont pas ?

— Ce sera toujours mieux que rien. Il me vient parfois des pensées qui me donnent la chair de poule. Je m'aperçois tout à coup que je peux faire certaines choses dont je ne me savais pas capable... et que mes mains exécutent sans que j'aie besoin de réfléchir. Je sais me servir d'un pétard comme si je n'avais fait que ça toute ma vie et j'ai découvert un jour que je pouvais ouvrir n'importe quelle serrure avec un bout de fil de fer. Personne ne m'a jamais appris, non plus, à me servir d'un chalumeau ni d'une charge de nitroglycérine... Les copains me charriaient souvent à ce sujet-là. Ils disaient que je ferais un bon éventreur de coffres-forts. Et puis, un jour, j'en ai trouvé un vieux sur un tas de ferraille et j'ai essayé de l'ouvrir. Il m'a fallu exactement quatre minutes pour en venir à bout, à l'aide du cadran. Les gars m'ont surpris en train de m'amuser et je leur ai montré comment on pouvait en faire sauter la porte avec un peu de nitro. La porte s'est détachée comme si je l'avais coupée avec un couteau... si j'ose dire. »

Je regardai Logan et souris.

« Vois ce que tu peux faire dans ce sens-là. Je suis peut-être recherché quelque part, pour vol avec effraction.

— Et si cela est ? »

Je lui montrai mes doigts. Il haussa les épaules.

« Lindsey dit que les gars de Washington arriveront bien à en tirer quelque chose.

— O.K. ! je suis d'accord... Tu crois peut-être que je n'ai pas essayé de savoir qui j'étais ? Je me suis baladé dans les services de l'armée et de la flotte et partout où je pouvais avoir une chance de trouver quelque chose. Cinq ou six experts et docteurs et je ne sais quoi ont sué sang et eau sur le bout de mes doigts, sans jamais parvenir à en tirer quoi que ce soit. »

Logan acquiesça.

« Je vais voir ce que je peux faire, répéta-t-il. Si je trouve quelque chose, je te le ferai savoir.

— Avant ou après l'avoir dit à Lindsey ?

— Ça dépendra de ce que je trouverai. »

Nous roulâmes en silence pendant quelques instants. Je savais qu'il cherchait ses mots, mais, lorsqu'il reprit la parole, ce fut pour me poser une question précise.

« Qu'est-ce que tu as l'intention de faire ?

— Chercher Vera West. »

Son visage se tendit.

« Pourquoi ?

— Parce que c'est la clef de l'ensemble. Je t'ai dit ce qu'il y avait dans cette lettre écrite par Johnny ! *Ils m'ont pris tout ce que j'avais pendant qu'elle me riait au nez, parce que je l'aimais et qu'elle était avec eux...*

— Bon Dieu ! »

Il leva la main et frappa son volant de toutes ses forces.

« Tu ne vas pas tout lui coller sur le dos. Tu n'as aucune preuve...

— Toujours amoureux d'elle ?

— Non. Mais je l'ai été. Et je m'en souviens encore !

— Tu l'as bien connue ?

— Assez pour savoir que ce n'était pas une mauvaise fille.

— Écoute, Logan, lui dis-je. Depuis que j'ai perdu la mémoire, j'ai tout de même redécouvert quelque chose, et c'est qu'aucun homme ne connaît jamais aucune femme... surtout quand il est amoureux d'elle. »

Je lui passai une cigarette et lui donnai du feu.

« Est-ce qu'il y a des photos de police, dans les archives de ton canard ?

— Quelques-unes. Pourquoi ?

— Il y en a peut-être du bureau de Minnow quand il a été tué ?

— C'est possible.

— Allons-y voir, si ça ne te fait rien. »

Le silence retomba et dura jusqu'à ce que Logan eût rangé sa bagnole devant les bureaux de la *Gazette de Lyncastle*. Il disparut à l'intérieur du bâtiment et revint dix minutes plus tard, porteur d'une chemise de papier brun, qu'il me tendit à travers la portière avant de reprendre sa place auprès de moi.

Le dossier contenait quatre photos prises au magnétoscope après la mort de Robert Minnow. La première montrait le district attorney effondré sur son bureau, la tête posée sur son sous-main saturé de sang. Tout autour de lui étaient étalés les papiers sur lesquels il avait travaillé ce soir-là. L'une de ses mains était crispée autour d'un crayon qui s'était brisé en deux lorsqu'il avait frappé son bureau d'un geste convulsif. Son bras avait balayé une pile de lettres qu'on apercevait éparpillées sur le sol, dans le coin de la photo.

Deux des trois autres épreuves représentaient également le cadavre, pris sous des angles différents, de manière à montrer une partie du local : le grand classeur métallique ouvert, le chapeau et le veston de Minnow, suspendus à une patère, une large bibliothèque qui contenait apparemment ses ouvrages juridiques et un porte-parapluies. La dernière photo montrait le revolver gisant sur le sol.

Toutes les quatre étaient si claires qu'il était possible d'identifier certains des papiers disséminés sur le bureau. La plupart étaient des dépositions. Il y avait aussi un acte d'accusation et quelques enveloppes de diverses tailles. Les unes ouvertes et portant des timbres oblitérés, les autres scellées et prêtes à partir. Deux d'entre elles, enfin, portaient de simples mentions griffonnées qui devaient en indiquer le contenu.

« Alors ? grogna Logan.

— Chouette pétard, commentai-je.

— Un 9,5, modèle de la police. Une seule balle tirée. »

Sa bouche se durcit.

« Et les empreintes sur le pétard ?

— Pas les miennes.

— C'est juste. Les siennes. Ils les avaient à la banque, et ils les ont vérifiées avec les dossiers de l'armée, à Washington. »

Je sentis mon front se plisser. Quelque chose clochait dans toute cette histoire, mais quoi ? Je repris les photos pour les étudier à nouveau avant de les rendre à Logan.

« C'était difficile d'entrer chez Minnow ?

— Il n'est jamais bien difficile de forcer une fenêtre. Et deux d'entre elles étaient ouvertes, ce soir-là, dont celle du corridor qui conduisait directement au bureau de Minnow.

— Je vois. Il travaillait à quoi, Minnow, ce jour-là ?

— Comme d'habitude. A tout ce qui pouvait incriminer Servo et contribuer à balayer la pourriture qui continue à s'étaler dans cette ville.

— Servo seulement ?

— Il n'y a pas que lui. Mais c'est lui le caïd. Et il n'y a personne dans toute la municipalité qui ait assez de cran pour s'attaquer à lui.

— Jolie situation.

— Pour Servo, oui. Un jour ou l'autre, ça changera.

— O.K. ! Logan. Merci pour les tuyaux. J'aurai sans doute encore besoin de ton aide. »

Il me jeta un regard en biais.

« A ta disposition… Johnny. Mais n'oublie pas que j'attends de la copie, en échange. Et peut-être même davantage.

— Vera ?

— Ouais. Je la reprendrais encore, quoi qu'elle ait pu faire.

— A condition qu'elle n'ait pas tué Minnow ou participé à son assassinat ? » lançai-je.

Il jura.

« Ah ! j'allais oublier. Combien de temps Vera a-t-elle continué à travailler à la banque, après la découverte du détournement de fonds ?

— Pas très longtemps. Elle avait pris ses vacances en même temps que Johnny. Je n'ai jamais eu l'occasion de parler à Vera, après ça. Elle a quitté la banque et s'est mise à fréquenter les tripots. Et puis, un beau jour, on l'a rencontrée partout en compagnie de Servo… jusqu'à ce qu'elle disparaisse complètement de la circulation.

— Jamais entendu parler d'elle, depuis ?

— Jamais, répéta-t-il d'un ton morne.

— Je veux une photo d'elle, Logan. Tu en as une ? »

Il plongea sa main dans sa poche intérieure et me remit son portefeuille.

« T'en trouveras une dans le porte-cartes, à la fin de la série », murmura-t-il.

Je la trouvai, et la sortis de la case qu'elle occupait. C'était une jolie blonde naturelle, aux longs cheveux soyeux, qui tombaient en cascade sur ses épaules. Elle posait avec coquetterie, mais il se dégageait d'elle une fraîcheur qui ne pouvait être que réelle. Ses lèvres hésitaient au bord d'un sourire, et ses paupières étaient légèrement baissées, voilant à demi l'expression de son regard.

« Qu'est-ce que tu en penses ? s'enquit Logan.

— Elle est belle, répondis-je simplement.

— Oui. Elle était belle. Tu peux garder cette photo, si tu crois en avoir besoin.

— Merci. »

J'empochai l'épreuve et lui rendis son portefeuille. Il le rangea dans son veston, reprit son volant et démarra doucement.

« Je suis à peu près convaincu que tu n'es pas MacBride, dit-il au bout d'un moment, mais, quand tu m'as parlé de tes talents insoupçonnés tout à l'heure, ça m'a fait penser à quelque chose. »

Je pigeai presque tout de suite.

« Non, je n'ai aucun talent pour les mathématiques, lui dis-je. J'aurais fais un piètre caissier de banque.

— Et le MacBride que tu as connu ? »

Je fis un signe affirmatif.

« Maintenant que tu m'y fais penser, ils l'avaient pris comme comptable auxiliaire à la compagnie. »

Avant de me quitter, Logan me fit faire le tour de quelques-uns des cabarets-tripots les plus importants de la ville. La plupart d'entre eux avaient à peine ouvert leurs portes, mais il y avait déjà pas mal de bagnoles dans leurs parcs de stationnement. Presque toutes venaient du dehors, et la moitié de celles-ci n'étaient même pas de l'État. Lyncastle avait le genre de réputation qui attire les touristes comme des mouches.

Je remarquai le même petit écriteau bleu, dans de nombreuses vitrines, et signalai le fait à Logan.

« Membre de la Ligue commerciale de Lyncastle, expliqua-t-il. C'est l'équipe à Lenny Servo.

— Que se passe-t-il, quand on n'est pas membre ?

— Oh ! rien de brutal. Il y a une boîte sur dix qui n'appartient pas à la Ligue, ou quelque chose comme ça, mais les affaires des indépendants ne vont jamais bien fort. S'il y a du grabuge, tout membre de la Ligue est aussitôt défendu par les meilleurs avocats. En outre, Servo a le monopole de l'alcool, et ceux qui n'appartiennent pas à la Ligue n'ont pas le genre de marchandise que les clients leur demandent, alors... »

Il haussa les épaules.

« Et le public ne dit rien ?

— Le public ? ricana Logan. Il fut un temps où le public aurait mis les pieds dans le plat. Mais ce sont les commerçants qui font marcher la ville et il y a assez d'argent qui circule pour que le public accepte de vivre avec les gens qui le font circuler.

— En tant que journaliste, tu dois savoir qui fait marcher ceux qui font marcher le public.

— Ouais. En tant que journaliste, y a des tas de choses que je devrais savoir, pas vrai ? Il y a plus de pognon dans cette ville que tu peux te l'imaginer, mais y en a pas bézef qui passe sur les livres de comptes. Les Féds ont essayé d'aller jusqu'au fond des choses, de même que les gars de l'impôt sur le revenu, et Dieu sait pourtant s'ils sont coriaces, mais personne n'a jamais rien trouvé. Tout le monde accuse Servo, mais il est blanc comme neige. Il paie ses impôts et il évite de se mouiller les pieds. Ils ont épluché le maire et tous les membres du conseil municipal et qu'est-ce qu'ils ont trouvé ? Rien. Absolument rien. »

Il s'interrompit et me regarda de travers.

« Où est-ce que tu veux en venir ?

— Nulle part, Logan, nulle part. »

Nous avions regagné le centre de la ville.

« Dépose-moi ici, au coin de la rue. »

Il se rangea le long du trottoir. Je sautai à terre et claquai la portière.

« Si tu vis assez longtemps pour trouver quelque chose, tu peux me toucher au bureau du journal.

— O.K. !

— Je vais m'occuper de ton histoire.

— Je m'en doute.

— Où puis-je te joindre ? »

J'éclatai de rire.

« Tu ne peux pas, lui dis-je. C'est moi qui te joindrai... si je vis assez longtemps. »

Je le regardai s'éloigner. Puis j'entrai dans un établissement qui s'appelait la Petite Bohème et commandai un demi. Il y avait un petit écriteau bleu dans la vitrine, des machines à sous tout le long des murs, avec deux ou trois clients devant chacune d'elles, un énorme « Phonotomatic » pour étouffer le bruit de l'argent qui pénétrait dans les fentes à jet continu et ne ressortait qu'avec parcimonie, une roulette chromée, deux tables de passe anglaise dans l'arrière-salle et un immense comptoir ovale.

Le demi coûtait vingt-cinq *cents*.

Une affiche officielle spécifiait que l'usage de boissons alcoolisées était interdit aux mineurs, mais j'aurais aimé avoir un dollar pour chacune des petites garces de moins de dix-huit ans qui sirotaient des cocktails sur le zinc en attendant les poires.

Je vidai les lieux et m'en allai boire un autre demi dans le troquet d'à côté, qui n'avait pas de petit écriteau bleu dans sa vitrine. Le demi n'y coûtait que dix *cents*, mais il n'y avait personne dans la cambuse, en dehors du barman.

« Alors, où sont les clients ? lui demandai-je.

— T'es nouveau dans le secteur ? s'informa-t-il.

— Ouais.

— Oh !... Eh bien, ils n'arrivent que plus tard, quand ils se font vider des autres boîtes ou qu'ils commencent à être fauchés.

— Vous devriez prendre quelques machines à sous.

— Ouais. Tu devrais dire ça au patron, matelot. C'est un individualiste...

— Y veut pas jouer le jeu de Lenny Servo ?

— Je croyais que t'étais nouveau dans le secteur ?

— Tu charries, mon pote. Y a qu'à lire les journaux pour savoir ce qui se passe à Lyncastle.

— Ouais. La même chose ?

— Sûr. »

Il me servit un autre demi et s'en servit un pour trinquer avec moi.

« Écoute, lui dis-je. Peut-être que tu vas pouvoir m'aider. Je cherche une fille qui s'appelle Vera West. C'est une de mes cousines éloignées. Y a environ cinq ans, elle s'est flanquée dans un sale pétrin, à la banque d'ici, et, depuis, je l'ai jamais revue. Mais je sais qu'elle a traîné pas mal de temps avec ce Lenny Servo. »

Le barman but sa bière et se mit à tracer des ronds sur le comptoir, avec le pied de son verre.

« Y en a des tas qui ont traîné avec Servo.

— C'était une blonde. Une vraie. Blonde comme du miel.

— Bien roulée ? »

J'acquiesçai.

« Il en a eu une, y a un bon bout de temps, qui était un vrai bijou. Une blonde naturelle.

— Comment s'appelait-elle ? »

Il se remit à faire des ronds sur son comptoir.

« Écoute, matelot, si je le savais, je crois bien que je te le dirais pas. Je suis père de famille et je gagne ma croûte en travaillant dans cette boîte, alors, en dehors de mon boulot... »

Il fit un geste évasif. J'affectai la surprise.

« T'aurais des ennuis avec Servo ?

— Pas en personne... Il est trop important pour faire le boulot lui-même. Assez de questions comme ça, veux-tu ?

— Moi, ce que j'en disais, hein, c'était plutôt histoire de causer. Mais j'aimerais bien la retrouver quand même... »

Il se tourna vers la porte ouverte.

« Les anciennes maîtresses de Servo finissent presque toutes en maison, dit-il à voix basse. Essaie le quartier réservé, un de ces jours. »

Je vidai mon verre et jetai un demi-dollar sur le zinc.

« Garde la monnaie, mon pote. Et merci pour le tuyau. »

Dehors, il faisait chaud à crever ; un orage était en train de se préparer à l'est de la ville, mais ça ne semblait inquiéter personne. Pas avec toutes ces belles salles climatisées ornées d'écriteaux bleus pour y attendre que ça passe. Encore un monopole à l'actif de Lenny Servo : celui de l'air frais.

Je mangeai deux ou trois sandwiches dans un *drugstore* et m'acheminai tout doucement sur la Banque nationale de Lyncastle, dont les bureaux occupaient la moitié d'un pâté de maisons au centre de la ville. Je n'avais fait que quelques pas à l'intérieur du vaste hall lorsque je remarquai le silence insolite qui régnait dans l'établissement. Deux secondes plus tôt, le rez-de-chaussée de la Banque nationale avait été une ruche bourdonnante.

Le garde en uniforme qui s'était levé à mon entrée n'avait pas l'air de savoir s'il devait me dire bonjour ou dégainer son pétard. Je résolus le problème à sa place en lui disant bonjour le premier. Il avala péniblement une gorgée de salive et murmura : « Johnny ? » d'un ton dubitatif.

« En personne, papa ! lui dis-je gaiement. Ça t'ennuierait de m'annoncer à M. Gardiner ? »

Ça l'ennuyait visiblement, mais il leva tout de même la main vers l'appareil téléphonique fixé au mur, derrière son dos. Il n'eut même pas le temps de le décrocher, car la grande porte venait de s'ouvrir à l'autre extrémité du hall, livrant passage à un grand type qui ne pouvait être que le président en personne. Je me dirigeai tout droit vers lui et lui dis :

« Bonjour, monsieur Gardiner. »

Instantanément, toute expression disparut de son visage, cédant la place à une intense stupéfaction. Havis Gardiner était un de ces grands bonshommes très minces et très secs, aux cheveux gris, dont on voit de nombreux spécimens dans les journaux, et qui portent toujours des serviettes bourrées de documents. Pour l'instant, cependant, il avait plutôt l'air d'un gosse qui voit un cirque pour la première fois. L'étendue de sa stupéfaction lui coupait bras et jambes.

« Je veux vous parler en tête à tête, monsieur Gardiner, lui dis-je.

— J'ai déjà vu pas mal d'exemples de culot monstrueux, mais... »

La stupéfaction battait rapidement en retraite devant la fureur.

« Oui, je les dépasse tous, monsieur Gardiner. Et je veux toujours vous parler en tête à tête. Au cas où ma visite vous inquiète, la police sait que je suis à Lyncastle. Pouvez-vous me recevoir, maintenant ?

— Je suis à un conseil d'administration... » commença-t-il, les dents serrées.

Je lui souris et ses poings se crispèrent.

« Très bien, suivez-moi », dit-il.

La grande porte se referma derrière nous avec un claquement mécanique, escamotant le murmure des conversations qui venaient de reprendre, toutes à la fois. Gardiner m'introduisit dans le bureau marqué « Président » et donna un bref coup de téléphone qui renvoya le conseil d'administration à plus tard. Pour un beau bureau, c'était un beau bureau. Velours et acajou, avec tous les accessoires. Gardiner ne m'avait pas dit de m'asseoir, mais je m'assis tout de même en face de lui. Il faisait des efforts si violents pour se maîtriser qu'il risquait de se rompre un vaisseau d'un instant à l'autre.

« Je cherche Vera West, monsieur Gardiner, lui dis-je. Vous n'avez aucune idée de l'endroit où elle se trouve actuellement ? »

Au lieu de répondre à ma question, il décrocha son téléphone et appela la police. Lorsqu'il eut obtenu la communication, il leur dit que j'étais là et voulut savoir pourquoi.

Quelqu'un le lui expliqua. Son visage se décomposa et il raccrocha lentement.

« Vous vous imaginez que vous allez vous en tirer comme ça ! s'exclama-t-il.

— J'en suis persuadé, acquiesçai-je. Parlons un peu de Vera West.

— J'ignore ce qu'elle est devenue, MacBride. Et savez-vous ce que je ferais, si j'étais à votre place ?

— Oui, vous iriez vous faire pendre ailleurs. Mais vous n'êtes pas à ma place. Et, pour votre gouverne, laissez-moi vous dire une bonne chose : je me suis cavalé, d'accord, mais je n'ai jamais pris un traître *cent* dans votre caisse. Vous êtes libre de me croire ou non. »

Son regard qui, depuis le début de l'entrevue, n'avait jamais cessé de m'étudier, trahit successivement toutes les émotions qu'un être humain est capable d'éprouver. Finalement, il se pencha vers moi, par-dessus son bureau, et murmura :

« Que dites-vous, MacBride ?

— Que quelqu'un d'autre a puisé dans la caisse et que ce quelqu'un s'est servi de moi comme bouc émissaire. Est-ce suffisamment clair ?

— Non.

— Permettez-moi d'envisager la question sous un angle différent. Pourquoi ai-je été accusé d'avoir détourné ces deux cent mille dollars ? »

Gardiner examina ses mains, puis me regarda, les sourcils froncés.

« Vous savez, MacBride, si la loi vous avait attrapé jadis, je ne songerais même pas à en discuter avec vous. Mais votre retour volontaire..., en dépit de l'échappatoire que vous fournissent vos empreintes disparues, change quelque peu l'aspect de la question.

— C'est bien mon avis, approuvai-je. Personne ne m'a jamais demandé de donner ma version de l'histoire.

— Quelle est votre version de l'histoire?

— Rappelez-moi d'abord comment ça s'est passé. »

Il fit un geste résigné.

« Très bien... Je ne sais plus que penser à présent, MacBride. Miss West était la seule qui eût accès à ces livres de comptes. Elle n'en avait que faire, d'ailleurs, mais je l'ai remarquée un jour qui sortait de la chambre forte avec les livres en question et je lui ai demandé pourquoi. Elle m'a répondu que vous désiriez les voir. Cet incident a suffisamment éveillé ma curiosité pour que je les examine moi-même, et j'ai cru y relever certains indices de fraude.

— Combien manquait-il exactement ? »

Son regard disait que je devais le savoir aussi bien que lui.

« Deux cent un mille quatre-vingt-quatre dollars, dit-il.

— Drôle de total.

— Le district attorney a vu dans ce chiffre curieux, ainsi que dans les écritures falsifiées, une indication que le coupable comptait persévérer dans la même voie.

— Je comprends. Qu'est-il arrivé ensuite ?

— Je vous ai envoyés en vacances tous les deux en même temps, Miss West et vous-même, et j'ai prévenu le district attorney, qui s'est mis en rapport à son tour avec le vérificateur des comptes de l'État. Ils ont découvert l'escroquerie et vous l'ont directement imputée.

— C'était très gentil de leur part.

— MacBride... pourquoi vous êtes-vous enfui, si... »

J'aurais bien voulu pouvoir lui répondre. Je me bornai à hausser les épaules avec insouciance.

« J'ai perdu les pédales, un point, c'est tout. Mais je suis revenu, maintenant, et c'est ça qui compte.

— Vous êtes revenu pour... vous disculper ?

— Naturellement. »

Il se renversa contre le dossier de son fauteuil, les bras croisés sur sa poitrine.

« C'est incroyable, dit-il. C'est tout simplement incroyable. Je me demande si je dois vous croire ou non.

— Je compte partiellement sur votre aide.

— Écoutez, MacBride. Si... je dis bien : si... vous me dites la vérité, je ne demande pas mieux que de vous aider. Jusqu'à présent, je n'avais jamais douté que vous fussiez réellement coupable. »

Il sourit d'un air docte.

« Mais il m'est arrivé, déjà, de commettre des erreurs et je suis toujours reconnaissant envers qui m'en corrige. Je réserverai donc mon jugement jusqu'à ce qu'une solution intervienne dans cette affaire, pour ou contre vous. Dans l'intervalle, je suis prêt à tout mettre en œuvre pour amener la découverte de la vérité. Jusqu'à preuve du contraire, tout vous accable. Pouvez-vous nous fournir un point de départ ?

— Ce qui importe en premier lieu, c'est de retrouver Vera West.

— Vous savez quelque chose à son sujet ?

— On l'a beaucoup vue avec Lenny Servo. Puis elle a disparu complètement.

— Alors vous en savez autant que moi.

— Vous allez la faire rechercher ?

— Je vais prévenir immédiatement la compagnie d'assurances. Ils se chargeront de la rechercher.

— Lorsqu'elle est partie d'ici, elle n'a rien laissé derrière elle ? Des lettres ou quelque chose comme ça ?

— Non. Elle a complètement vidé ses tiroirs et ne nous a jamais écrit depuis. J'ignore si elle a retrouvé du travail, mais, en tout cas, elle ne nous a jamais demandé le moindre certificat. »

Je hochai lentement la tête et regardai autour de moi en souriant vaguement, comme si j'appréciais ce retour au bercail.

« Vous savez, monsieur Gardiner, j'aimerais jeter un coup d'œil à mon ancienne place, si vous n'y voyez pas d'inconvénient.

— Je ne vois pas pourquoi...

— Ah ! vous savez comment c'est, au bout de cinq ans. On est heureux de revoir les vieilles choses familières. »

Mon idée ne lui plaisait pas le moins du monde. Il la trouvait visiblement idiote. Mais il décida finalement d'exaucer mon caprice et se leva. Il m'escorta jusqu'à la caisse, qui était semblable à n'importe quelle autre caisse de n'importe quelle autre banque de n'importe quelle autre ville du monde. Le caissier qui avait remplacé Johnny était un petit bonhomme à l'échine voûtée, perché sur un haut tabouret. Il y avait de l'argent partout et deux classeurs horizontaux, remplis de fiches individuelles. Je distinguai un bouton d'alarme sous ses pieds et un autre à la hauteur de son genou. Un revolver gisait sur une tablette, au-dessous du guichet. Notre présence devait le rendre nerveux, car il laissa tomber une pièce de dix *cents* et se jeta à quatre pattes pour la ramasser.

Je refermai la porte et souris à Gardiner, qui grommela :

« Je ne comprends pas...

— Question de sentiment », expliquai-je.

Sentiment. Tu parles ! J'étais navré pour Johnny. Je pigeais, maintenant, pourquoi il s'était tourné vers le travail au grand air. Quelle libération, au sortir d'une telle cage.

Gardiner me reconduisit jusqu'à la porte de sortie. Personne ne bavardait plus dans les cages. Tout le monde s'efforçait d'avoir l'air occupé.

« Vous allez rester un certain temps à Lyncastle, bien entendu ? s'enquit-il.

— Bien entendu », répliquai-je.

Je savais que je souriais et je savais aussi ce que signifiait mon sourire. Il signifiait que quelqu'un mourrait avant que je reparte de Lyncastle.

Si jamais j'en repartais un jour.

5

La visite suivante fut pour le siège social de la Ligue commerciale de Lyncastle, qu'une plaque de bronze encadrée d'acajou signalait à l'attention du public. Leurs bureaux occupaient tout le premier étage de l'immeuble et toutes les portes qui donnaient sur le palier n'avaient jamais le temps de se refermer complètement avant qu'une autre personne les rouvrît pour entrer ou sortir. Je choisis celle qui avait l'air d'être l'entrée principale et la poussai.

Un gardien en uniforme bleu me désigna la rangée de sièges sur lesquels poireautaient déjà une douzaine d'hommes et une femme d'un certain âge. Tout le monde regardait anxieusement la pendule fixée au mur, au-dessus de la réceptionniste.

Je regardai anxieusement la réceptionniste.

Elle en valait la peine. Elle n'avait rien sur les épaules et sa robe était noire. Il fallait qu'elle le fût pour mettre en valeur sa chevelure blond platine. Il fallait aussi qu'elle fût en jersey pour coller à ses seins de cette façon-là. Il fallait, enfin, que celle qui la portait eût les jambes croisées pour pouvoir régaler l'assistance à chaque fois qu'elle les décroisait.

Je m'approchai d'elle et lui dis :

« Vous devriez déplacer la pendule.

— Pardon ?

— Mais oui... Personne ne vous regarde.

— Moi ?

— Vous, beauté ! Les jambes, la poitrine, un hectare de peau nue, et personne ne les regarde. Tout le monde regarde la pendule ! »

Elle leva les yeux vers la pendule et consulta son bracelet-montre.

« La pendule va très bien, constata-t-elle.

— O.K. ! n'y pensez plus. Je veux voir Lenny. »

Une telle cervelle dans un tel corps ! Quelle misère !

« Je regrette, mais il va falloir que vous attendiez... Vous avez bien dit Lenny ?

— C'est exact.

— Vous êtes de ses amis ?

— En quelque sorte. »

Elle fit un gros effort pour se concentrer sur la question suivante.

« S'il s'agit d'une affaire commerciale...

— Il ne s'agit pas d'une affaire commerciale, belle enfant.

— Oh ! alors, vous êtes de ses amis. Je vais lui dire que vous êtes là. Comment vous appelez-vous ? »

Je le lui dis. Elle décrocha son téléphone et informa quelqu'un que M. MacBride demandait à être reçu. Derrière moi, tout le monde se tut, attendant que la réceptionniste me renvoyât poliment à mes moutons.

Ils furent déçus, car la blonde hocha solennellement la tête, raccrocha son appareil et dit :

« M. Servo sera très heureux de vous recevoir immédiatement, monsieur MacBride...

— J'aimerais mieux rester ici et vous regarder encore.

— Mais M. Servo a dit...

— Je sais. Qu'il allait me recevoir immédiatement. »

Elle fronça les sourcils, puis son visage s'éclaira. Elle avait compris. Quelle misère !

Je franchis la porte marquée « Privé ». Il y avait un autre réceptionniste dans l'antichambre. Un gros costaud, avec une matraque qui dépassait de sa poche. Il m'indiqua la porte suivante, je traversai l'antichambre et pénétrai dans le bureau de M. Lenny Servo.

La pièce était immense et l'individu qui l'avait décorée devait avoir un chèque en blanc dans son portefeuille. Le trône était un vaste bureau d'acajou au coin duquel siégeait le roi.

Un véritable roi, avec un visage soigné, rasé de près, des tempes grisonnantes et deux gardes du corps vautrés dans des fauteuils confortables.

Lenny Servo m'observait avec des yeux qui faisaient tout leur possible pour ne pas changer d'expression.

« Bonjour, salopard », lui dis-je.

Et, cette fois, ses yeux changèrent d'expression.

Le petit bougre à visage de fouine noyé dans les coussins du fauteuil le plus proche ne pouvait en croire ses oreilles. Il se leva lentement, défripa soigneusement son complet de gabardine verte et me regarda, immobile, bras ballants. Ses mains tremblaient. Ses yeux étaient des fentes étroites qui luisaient au-dessus de ses lèvres minces.

« Espèce de petite ordure », dit-il.

L'autre type n'avait pas bougé. Il n'avait pas l'air de très bien comprendre. J'étais exactement dans le même cas.

Lenny avait une voix agréable, plutôt grave et légèrement traînante.

« Assieds-toi, Eddie, ordonna-t-il. M. MacBride est venu me voir en ami, tu te souviens ? »

Il y avait dans cette pièce quelque chose de presque palpable qui était de la haine ou de la peur ou peut-être les deux ensemble et qui tendait Lenny comme un arc bandé, même s'il n'en avait pas conscience. Ils me regardaient tous, à présent, comme si j'avais été un monstre, une erreur de la nature. J'accrochai un fauteuil avec le bout de mon soulier, l'attirai vers moi, m'installai sur l'un des accoudoirs, allumai une cigarette et rejetai une bouffée de fumée dans la figure de Lenny.

Le gars qu'il avait appelé Eddie jura de nouveau.

« Je suis revenu, mon pote, dis-je à Lenny. Tu sais pourquoi je suis revenu ? »

Un petit muscle se mit à trembler sur sa joue, relevant légèrement le coin de sa bouche. Il sourit.

« Je t'écoute.

— Où est-elle, Lenny ? »

Le sourire disparut.

« C'est une chose que j'aimerais bien savoir, moi aussi.

— Tu es plutôt moche, Lenny, constatai-je. Je me demande ce qu'elle a bien pu te trouver. »

Il ne broncha pas, mais le petit avorton à tête de fouine n'avait pas sa maîtrise. Il jaillit de son fauteuil et, si Lenny ne l'avait pas arrêté avec la pointe de son soulier, il m'aurait volé dans les plumes.

« Laisse-moi passer, Lenny, haleta-t-il, les yeux exorbités. Laisse-moi lui faire ce que j'ai dit que je lui ferais !

— Chaque chose en son temps, Eddie, murmura Servo. M. MacBride comprend ça très bien, n'est-ce pas, monsieur MacBride ? »

Je tirai sur ma cigarette et baissai les yeux vers l'avorton. Histoire de rigoler, je le saisis par les deux bras et le catapultai jusqu'à l'autre bout de la pièce. Il retomba les fesses dans son fauteuil et le culbuta, entraînant un cendrier dans sa chute.

Lorsque Servo se retourna vers moi, son visage était dangereusement blême.

« Un dur, pas vrai ?

— Uh-uh.

— Tu as la mémoire courte, Johnny, pas vrai ?

— Uh-uh. »

Il ne croyait pas si bien dire.

« Tu n'aurais pas dû revenir, Johnny. Tu n'aurais vraiment pas dû. »

Il se leva et s'approcha de moi. Son visage était plus dangereux que jamais.

C'était un nouveau jeu pour moi. Un jeu dont je ne connaissais pas les règles. Mais je m'amusais comme un petit fou.

« Je veux retrouver Vera, Lenny. Si tu as une idée, donne-la-moi, et donne-la-moi vite. Tu sais ce qui va t'arriver si tu ne me la donnes pas ? »

Lenny ne pigea pas tout de suite. Il était le roi et personne n'avait le droit de lui parler sur ce ton. Le troisième type ne pigeait pas du tout. La bouche ouverte, il observait la scène, aussi pétrifié qu'un jeune cul-terreux devant son premier numéro de strip-tease.

« Écoute, MacBride... » siffla Lenny entre ses dents.

Je lui coupai la parole d'une bonne pêche en travers des gencives. Il tenta de se retenir au bord de son bureau, rata son coup et dégringola les quatre fers en l'air. Je jetai mon mégot sur le tapis et sortis. Le gros costaud était toujours là, dans l'antichambre, avec sa matraque dans sa poche et un cigare au coin des babines. Il cessa de rigoler tout seul lorsqu'il me vit apparaître. Il s'était probablement imaginé que c'était moi qui étais en train d'encaisser à l'intérieur du bureau.

« T'aurais dû venir avec moi, mon pote, lui dis-je. On s'est bien amusé. »

Il réfléchissait encore à ce que je venais de lui dire lorsque j'ouvris la porte qui donnait dans le hall. Tous les bancs étaient vides et la blonde platine était en train de recouvrir ses épaules nues d'une sorte de boléro qui lui rendait un semblant de décence.

« Vous avez fini ? s'enquit-elle en m'apercevant.

— Pour l'instant, oui. Et vous ? »

Ses yeux cherchèrent la pendule. Il était cinq heures tapantes.

« Moi aussi.

— O.K. ! Si vous voulez profiter de mon ascenseur...

— Mais il faut que je dise à M. Servo...

— M. Servo n'a envie de voir personne...

— Oh ! mais si. Je le préviens toujours...

— M. Servo est malade, lui expliquai-je patiemment.

— Malade ? Il n'est jamais malade. Que s'est-il passé ?

— Je viens de lui flanquer mon poing sur la gueule, belle enfant. On y va ? »

Ses yeux devinrent légèrement brumeux, mais elle ne dit rien jusqu'à ce que nous fussions dans l'escalier. Point n'était besoin d'attendre l'ascenseur. Nous n'étions qu'au premier étage.

« Vous allez au-devant de gros ennuis, monsieur MacBride, déclara-t-elle avec solennité. Est-ce que vous ne le saviez pas ?

— Si, répondis-je. Je le savais parfaitement. »

Elle se laissa facilement persuader d'aller boire un verre au bar d'en face. J'appris ainsi qu'elle avait vingt-six ans, qu'elle s'appelait Carol Shay, qu'elle avait un appartement en ville, une envie folle de faire du cinéma et un goût prononcé pour les manhattans.

Elle en avait bu cinq ou six lorsqu'elle me tira par la manche et minauda coquettement :

« Vous ne me parlez pas beaucoup, monsieur MacBride.

— Je surveille la maison d'en face, Carol. J'aimerais voir sortir mes petits copains. »

Elle s'esclaffa et but une gorgée de manhattan.

« Il y a longtemps qu'ils doivent être sortis. Par-derrière.

Je dressai l'oreille.

« Pourquoi ?

— C'est là qu'est la voiture. Et c'est par là que montent tous ses rendez-vous privés.

— Alors, à quoi lui servez-vous ? »

Elle acheva de vider son verre et me griffa le dessus de la main.

« Il me trouve décorative. Et, qui plus est, je suis bête. »

Elle éclata de rire.

« Si, si, réellement, je suis bête », insista-t-elle.

Je lui souris. D'accord, d'accord, elle était bête. Pour cent dollars par semaine, elle pouvait se permettre d'être bête.

« Pourquoi avez-vous frappé Lenny ? questionna-t-elle. Vous l'avez vraiment frappé ?

— Bien sûr. Lui et un petit avorton nommé Eddie.

— Eddie ! C'est Eddie Packman... »

Elle baissa nerveusement la voix.

« Il est pire que Lenny.

— Tant mieux. Ça promet d'être intéressant.

— Vous êtes cinglé !

— Pas le moins du monde. Combien d'heures Lenny a-t-il passé là-dedans aujourd'hui ? »

Je désignai du regard les bureaux de la Ligue commerciale.

« Toute la journée.

— Sûre ?

— Naturellement que j'en suis sûre. Il est arrivé à neuf heures ce matin avec les autres. Et il n'a pas bougé depuis. Ils se sont même fait monter à déjeuner. Pourquoi ?

— Oh ! rien de particulier. Quelqu'un a essayé de me descendre ce matin, alors je me demandais si ce n'était pas Lenny qui avait fait le coup... Il a pu sortir par-derrière sans que vous vous en doutiez.

— Non. J'ai eu trop souvent l'occasion de l'appeler au téléphone... »

Je la pris par le menton et l'obligeai à me regarder.

« Il a bien dû s'écouler une heure sans que vous l'ayez en personne au bout du fil, non ?

— Je ne sais pas. Je ne sais vraiment pas.

— Ça va, ça va. Je n'ai pas besoin d'une certitude, lui dis-je. Un doute me suffira pour lui rectifier le portrait la prochaine fois que je le verrai.

— J'ai besoin de boire un verre, soupira-t-elle. J'espère que personne ne m'a vue sortir avec vous. »

Je lui commandai un autre manhattan et attendis qu'elle l'eût expédié pour lui poser ma question suivante.

« Qu'est-ce qui se passe là-haut, Carol ? »

Je vis ses doigts se crisper autour de son verre.

« Que voulez-vous dire ?

— Vous savez très bien ce que je veux dire. Est-ce que c'est le quartier général pour tout ce qui se mijote en ville ? »

Elle hésita longuement avant de hocher affirmativement la tête.

« Par exemple ! »

Son sourire n'était pas aussi éclatant cette fois. Il était un peu triste, un peu perdu.

« Écoutez, monsieur MacBride... je suis bête. Je suis belle, mais je suis bête. Si vous voulez jouer avec Eddie Packman et M. Servo, libre à vous, mais n'essayez pas de me mêler à vos histoires. Je ne sais rien et j'en suis bien contente, parce que vous êtes exactement le genre de type qui pourrait tout me faire dire et me coller dans un sale pétrin.

— J'ai une tête qui vous revient ? »

Elle posa son menton sur son poing et me jeta un regard ensommeillé.

« J'aime les costauds, les risque-tout. J'aime les costumes sans rembourrage et les cheveux coupés en brosse. Je serais folle d'un gars qui pourrait se permettre de malmener Lenny Servo dans son propre bureau et de sortir tranquillement après. L'ennuyeux, c'est que ce genre de gars-là vit jamais assez longtemps pour que je puisse en profiter.

— Lenny n'est pas un type auquel il fait bon se frotter, pas vrai ?

— Oui.

— J'ai entendu dire que c'était un homme à femmes.

— Oui. C'est le genre satyre.

— Quelle est sa maîtresse actuelle ?

— Une espèce de nymphomane qui sait que le chemin de son portefeuille ne passe pas par son cœur. Il la tient enfermée dans son appartement.

— Que va-t-il m'arriver maintenant que je lui ai cassé la gueule ? »

Elle fronça les sourcils.

« Je ne sais pas... Quelqu'un...

— Oui ?

— Il se passe des choses de temps en temps... On ne peut pas s'empêcher d'en entendre parler. Si j'étais vous, je m'en irais par le premier train. »

Sa main se referma sur la mienne.

« Faites-le pour me faire plaisir : fichez le camp !

— Je me plais ici.

— Le diable emporte les grands costauds ! Reconduisez-moi chez moi. »

Elle s'endormit dans le taxi, se réveilla juste assez pour traverser le trottoir et se rendormit dans l'ascenseur. Je dus la porter dans mes bras tout en cherchant une porte marquée « Shay » et, lorsque je l'eus trouvée, pêcher sa clef dans son sac à main.

Je la déposai sur son plumard, remis la clef dans son sac et jetai le sac sur un guéridon. J'allais m'éclipser lorsqu'elle s'écria d'une voix plaintive :

« Tu as oublié de me déshabiller. »

Ses prunelles nageaient un peu dans le manhattan, mais elles étaient parfaitement éveillées.

« La fermeture Éclair va du haut en bas, dans le dos de ma robe », précisa-t-elle.

Puis elle leva l'une de ses jambes et laissa glisser sa robe le long de sa cuisse, de manière à m'offrir une vision enchanteresse d'un joli paysage de peau satinée et de fin nylon.

« Déshabille-moi », insista-t-elle.

Je coinçai deux cigarettes entre mes lèvres, les allumai et lui en collai une dans le bec.

« Une autre fois », lui dis-je.

Elle laissa retomber sa jambe et fit la moue.

« Lâcheur ! » gémit-elle.

Je lui souris et me dirigeai vers la porte.

« Si tu veux te cacher de Lenny, reviens quand tu voudras, cria-t-elle. Le plus tôt sera le mieux.

— Je te prendrai peut-être au mot », ripostai-je par-dessus mon épaule.

Je sortis, claquai la porte derrière moi et regagnai l'ascenseur.

Mes visites n'étaient pas terminées.

L'adresse personnelle de Lenny Servo était dans l'annuaire. Je m'attendais à trouver un immeuble ultra-moderne avec un portier doré sur tranche. Je ne trouvai qu'un simple bâtiment de six étages, avec un ascenseur automatique. Je m'attendais à trouver un marteau de bronze en forme de roulette. Je ne trouvai qu'un simple bouton de sonnette. Je m'attendais à trouver une plaque de cuivre artistement ciselée. Je ne trouvai qu'une simple carte de visite dans un encadrement de métal chromé.

Je ne m'attendais pas non plus à voir ouvrir la porte par une rouquine complètement nue qui me tendit le verre dans lequel elle buvait avant même de me demander ce que je désirais. J'acceptai le verre qu'il me parut impoli de le refuser, bus deux ou trois gorgées et le lui rendis.

« Vous venez toujours ouvrir dans cette tenue ? lui demandai-je.

— J'aime vivre nue, ronronna-t-elle.

— Personne ne s'est jamais plaint ? »

Elle me regarda comme si je venais de dire une bonne blague et acheva de vider son verre.

« Vous avez quelque chose à vendre ?

— Non. Et vous ?

— C'est déjà vendu, répliqua-t-elle. Vous cherchez Lenny ?

— Oui, mentis-je.

— Il n'est pas là, mais vous pouvez entrer et l'attendre. »

Elle referma la porte derrière moi. Là, c'était bien ce que je m'étais attendu à trouver. Belles reliures, discothèque, bar, tout le luxe et tout le confort imaginables, et, finalement, une grande chambre à coucher avec un lit de dimensions inusitées.

Je regardai tout ce qu'il y avait à voir et me retournai finalement vers elle. On ne décrit pas une femme nue quand on a frappé à sa porte et qu'on la trouvée comme ça. Elle est nue, un point, c'est tout, et, au bout d'un petit moment, on finit par trouver ça tout ce qu'il y a de plus naturel.

« Y a longtemps que tu habites ici ? lui dis-je.

— Oh ! des années ! T'es un flic ? »

Sans attendre ma réponse, elle secoua la tête.

« Non, un flic n'aurait jamais osé entrer... Un ami ? »

Elle secoua la tête.

« Non. Jamais un ami ne serait venu, pour commencer... Alors, peut-être un journaliste ? »

Elle s'esclaffa et secoua la tête.

« Non, si tu étais journaliste, tu m'aurais déjà violée... Tu dois donc être un ennemi. »

J'allumai une cigarette et la regardai se servir un autre verre avec une sorte de nonchalance reptilienne.

« Tu sais ce que Lenny va te faire, si jamais il te trouve ici ?

— Non. Explique-le-moi en détail. »

Elle s'esclaffa de nouveau.

« Tiens, pour gâcher la surprise ! Non, je préfère attendre. »

Elle s'empara d'un cube de glace, le tint entre ses doigts et se mit à le sucer.

« Qu'est-ce que tu veux ? s'informa-t-elle.

— As-tu connu une fille qui s'appelait Vera West ? »

Le cube de glace lui échappa et tomba sur ses genoux. Elle le récupéra après quelques secondes de recherches frénétiques.

« Lenny ne va pas t'aimer beaucoup, constata-t-elle.

— Je m'en doute. Alors ?

— J'ai entendu parler d'elle.

— Où est-elle ?

— Oh ! elle a disparu et c'est moi qui m'occupe de Lenny maintenant. Mais j'aimerais bien savoir où elle est, moi aussi.

— Pourquoi ?

— Lenny parle souvent d'elle quand il est soûl. Il m'appelle par son nom et, quelquefois, il l'injurie dans son sommeil. Quand il l'injurie, ça m'est égal, mais j'aime pas qu'il m'appelle par son nom.

— Qu'est-ce qu'il lui arriverait si Lenny la retrouvait ?

— Je sais ce qu'il lui arriverait si je la retrouvais, moi. »

Elle mit dans sa bouche le restant du cube de glace, le fit voyager sur sa langue pendant quelques instants, puis l'avala. Ça lui donna la chair de poule. Une chair de poule qui s'étendit lentement sur tout son corps. Et il y en avait une sacrée surface. Elle frissonna comme si ça lui plaisait et s'étira pour attraper un autre cube de glace, les seins agressivement dardés, le ventre rentré, s'assurant du coin de l'œil que je n'en perdais pas une miette. Je crois qu'elle commençait à se mettre en pétard.

« Alors ? Que lui arriverait-il ? »

Sa langue jongla avec le cube de glace.

« Je l'arrangerais de telle façon qu'aucun homme ne voudrait plus la regarder. Je finirai bien par la retrouver un jour. Je crois que je sais comment...

— Comment ?

— Qu'est-ce que tu me donneras si je te le dis ?

— Qu'est-ce que tu voudrais que je te donne ?

— Tu as le chic pour poser des questions idiotes ! »

Ce n'était pas la première fois que je voyais des yeux comme les siens. Carol avait eu raison en la qualifiant de nymphomane.

« Lenny est fou de toi, pas vrai ?

— Et comment ! Il a un tempérament du tonnerre, lui aussi. »

Je me levai.

« Excuse-moi. Je veux voir quelque chose. »

Elle ne dit pas un mot pendant que je jetai un coup d'œil dans les armoires et dans les commodes. Je trouvai des diamants, des perles, un sac à main bourré de billets de cent dollars, mais pas trace de vêtements. Lenny tenait tant à elle qu'il ne voulait courir aucun risque de la voir s'envoler du nid. Et la seule façon d'obliger sa nymphe à rester au logis était de ne pas lui laisser la moindre pièce d'habillement. Pas bête, Lenny.

Lorsque je la rejoignis, elle n'était plus dans son fauteuil. Elle était allongée sur le divan, avec une cigarette allumée dans chaque main, et son regard me mettait au défi de venir en chercher une.

Je relevai le défi. Je m'approchai d'elle et tendis la main vers l'une des cigarettes. Mais je ne la surveillais pas d'assez près. Elle la retourna, m'en flanqua l'extrémité incandescente sur le dessus de la main et rit en voyant ma bouche se crisper. Elle trouvait ça follement drôle. Elle et Lenny devaient passer de bons moments ensemble.

« Tu as dit que tu savais comment retrouver Vera West, lui rappelai-je.

— Vera ? Oh ! oui... j'ai dit ça, pas vrai ?

— Il vaudra peut-être mieux que je le demande à Lenny lui-même. Quand doit-il rentrer ? »

Elle se tortilla sur le divan.

« Oh ! pas avant des heures et des heures », s'esclaffa-t-elle.

Moi aussi, je connais des trucs amusants, et elle était trop nue pour être vraiment excitante, si vous comprenez ce que je veux dire. J'envoyai balader mon mégot d'une pichenette, et le vis atterrir sur son ventre. Elle se plia en deux avec un juron de charretier. C'était encore plus drôle qu'avec le cube de glace.

Je m'esclaffai à mon tour et pris le chemin de la sortie. Avant d'ouvrir la porte, je la regardai par-dessus mon épaule, au cas où elle se serait apprêtée à me jeter un meuble à la tête. Ces souris-là ne sont pas bonnes, lorsqu'elles se mettent en pétard.

Mais non. Elle souriait, et ses yeux flamboyaient encore plus que sa chevelure.

« Je connais quelques petites choses que je te ferai pour te faire payer ça », lança-t-elle.

Ses intonations m'arrêtèrent une seconde.

« Quand tu reviendras », conclut-elle doucement.

Le concierge de l'immeuble avait sa loge à l'arrière du bâtiment. Il était petit, chauve et complètement édenté, mais le maniement d'innombrables poubelles pleines de cendre lui avait donné des bras à la Mathurin Popeye. Avant de lui demander quoi que ce soit, je lui fis voir un billet de dix dollars. La couleur du billet lui plut. Le chiffre aussi. Il le cueillit délicatement et me fit entrer dans sa loge.

« Vous voulez des renseignements sur qui ? Sur Servo ? Ou sur les catins du sixième étage ?

— Vous comprenez vite, pas vrai ?

— Non. Mais y a qu'eux dans la maison sur qui l'on puisse vouloir se renseigner.

— Quelqu'un d'autre l'a déjà fait ?

— Vous êtes de la police ?

— Non.

— Journaliste ?

— Non. Je veux des renseignements, voilà tout.

— O.K. ! Les catins arrosent les flics. Alors, de temps en temps, ils viennent se renseigner. Plus les affaires marchent, plus ils sont gourmands, vous pigez ?

— Et Servo ?

— Vous avez déjà entendu parler de flics honnêtes ? On en a un, ici. Un nommé Lindsey.

— Je le connais, dis-je.

— De temps en temps, il essaie de savoir qui vient chez Servo.

— O.K. ! Qui vient chez Servo ?

— Vous voudriez que je risque ma peau pour dix dollars ? Très peu, mon neveu ! Pour cent dollars, j'en saurais pas davantage. Pour cinq cents, j'arriverais peut-être à trouver quelque chose.

— Quand on est mort, on ne peut pas davantage dépenser cinq cents dollars que dix ou que cent. »

Ses yeux s'allumèrent.

« Non, mais, avec cinq cents dollars, je foutrais le camp d'ici. A la campagne. C'est pas dans ce trou que je peux gagner du pognon.

— Vous avez quelque chose qui vaut ce prix-là ? »

Ses yeux s'éteignirent et il secoua la tête.

« Non. J'ai même rien qui vaille dix dollars. Je plaisantais. Je vois jamais personne, alors, je bavarde, je bavarde, vous comprenez ? »

J'acquiesçai d'un signe de tête. Je n'étais pas pressé. Des bavardages. C'était tout ce que je pouvais espérer trouver au bout de cinq ans. Mais peut-être finirait-il par en sortir quelque chose.

« Il y a longtemps que Servo habite ici ? »

Le gars parut se détendre un peu. On sentait qu'il allait parler de son sujet favori.

« Oh ! pratiquement, depuis qu'il est arrivé à Lyncastle. Il a dépensé une fortune pour faire refaire son appartement à son goût. J'aimerais que vous voyiez la souris qu'il a là-haut...

— Je l'ai vue. »

Il se mit à jouer au yo-yo avec sa pomme d'Adam.

« Ouais... Comment était-elle ?

— A poil. Elle voulait faire joujou. J'ai pas voulu. »

Il avala une gorgée de salive.

« Bon sang, quelle femme ! Je suis monté réparer un robinet, une fois, et elle avait pas un fil sur le corps. Pendant tout le temps que j'ai travaillé, elle a pas arrêté de m'asticoter, et...

— Vous avez connu ses précédentes ? »

Il sortit de sa transe, me regarda, se mâchonna les lèvres.

« Il a toujours eu des souris de première bourre.

— Vous vous souvenez d'elles ?

— Bien sûr. Je me souviens d'elles toutes. Mais celle-là... »

J'allumai une autre cigarette et l'interrompis.

« Il y a un bon bout de temps, il en a eu une qui s'appelait Vera West. Vous vous souvenez d'elle ? »

Je vis se tendre les muscles de ses bras hypertrophiés.

« Écoutez, me dit-il, je vous connais pas et je sais pas ce que vous cherchez, mais celle-là, c'est la seule dont je vous parlerai pas. »

Je n'essayai pas de lui offrir un autre billet. Je pris ma voix la plus conciliante pour lui dire :

« Je peux pas vous en blâmer. C'était une fille épatante ! et c'est sûrement pas moi qui vous demanderais de raconter des salades sur son compte.

— Et comment, que c'était une fille épatante ! Elle sirotait pas mal et je me suis toujours demandé pourquoi, parce qu'elle avait pas la tête à ça, et elle lui en a fait voir de toutes les couleurs au gars Servo. Combien de fois je l'ai entendue lui demander de venir habiter ici avec lui ! Elle l'a drôlement fait marcher. Je comprends même pas comment il l'a supportée si longtemps. Peut-être qu'il en avait assez de les avoir facilement avec tout son pognon. Mais c'était une bonne fille. La fois qu'une bagnole m'a foutu en l'air juste devant la porte, y me fallait une transfusion. Ben, elle me connaissait à peine, mais elle m'a donné de son sang, comme ça, sans hésiter.

— Elle a disparu, lui dis-je.

— Je sais. J'espère qu'elle a été assez maligne pour se mettre un magot de côté et filer avec. Je pense que c'est ce qu'elle a fait.

— Ça a pas dû plaire à Servo, pas vrai ?

— Je.comprends. Y s'en est trouvé une autre tout de suite, mais il l'avait sec. Il aime bien les garder chez lui comme celle qu'il a en ce moment, et les balancer quand il en a marre. Cette rouquine est bien la première qui dure aussi longtemps. Faut voir comment qu'elle le fait valser ! C'est elle la patronne, là-haut. Comme une femme légitime, quoi.

— Bah ! ils finissent toujours par tomber sur une souris qui les dresse, bâillai-je. Je reviendrai vous voir un de ces jours. Si jamais vous trouvez quelque chose qui vaille cinq cents dollars, gardez-le sous cloche jusqu'à ce que vous m'ayez revu.

— Sûr... Oh ! à propos, y a eu du grabuge, là-haut, hier soir. »

Je m'arrêtai net.

« Avec la fille ?

— Non. Entre lui et un autre type. Je les ai entendus. J'étais sur la terrasse.

— Qu'est-ce qu'ils se disaient ?

— Ça, j'en sais rien. Toutes les fenêtres étaient fermées et je les entendais s'entre-engueuler, mais j'ai pas pu comprendre un seul mot.

— Qui était-ce ?

— Sais pas. Tout ce que je peux dire, c'est que c'était Servo qui gueulait le plus fort et le plus souvent.

— Oh !... »

Je classai cette mystérieuse engueulade dans ma réserve de faits-à-ne-pas-oublier, pris congé du concierge et m'éloignai tout doucettement, en m'efforçant de réfléchir. Essayez un jour de vous balader dans une ville en tentant de rafistoler une histoire vieille de cinq ans. Essayez de retrouver une fille du nom de Vera West sans vous faire repérer par toute la population... J'envoyai mon dernier mégot dans le ruisseau, cherchai un *drugstore* et demandai Logan aux bureaux de la *Gazette*. Personne ne savait où il était passé. Je téléphonai au vieux Nick Henderson, qui se remit dans tous ses états lorsque je lui dis qui j'étais.

« Qu'est-ce que tu es en train de mijoter, Johnny ? J'espère que tout va bien ?

— Tout va bien. J'essaie seulement de réfléchir. T'as du temps devant toi, papa ?

— Bien sûr, bien sûr. Je n'ai rien à faire avant une heure. J'étais encore en train de me tracasser à ton sujet, garçon ! Wendy m'a appelé pour me dire que t'avais pas voulu l'accompagner chez elle.

— Comment va Wendy ?

— Très bien, très bien. Elle était furieuse, simplement.

— J'arrive tout de suite. Tu crois qu'elle viendrait à la gare, si tu lui téléphonais ?...

— Sûr... »

Il marqua une pause et ajouta :

« Elle a encore un bon bout de temps devant elle avant d'aller chez Louie. »

J'avais quelque chose à faire, maintenant. Quelque chose à ruminer tout en roulant vers la gare dans un taxi. Nick et Wendy. Wendy et Nick. Ils avaient été là, tous les deux, pour me souhaiter la bienvenue et, pas bien longtemps après, quelqu'un avait essayé de me descendre...

Je les trouvai tous les deux dans le petit bureau de Nick. Le guichet était fermé, la petite radio portative beuglait sur une étagère à côté d'une cafetière électrique fumante. Nick referma la porte à clef, derrière moi, et me serra la main avec énergie.

Wendy me sourit en ôtant son imperméable, et le mouvement qu'elle fit pour dégager ses bras des emmanchures présenta ses seins pour la revue de détails. Pas la peine d'y regarder à deux fois pour voir qu'elle n'avait rien d'autre sous son chemisier blanc. Sa jupe moulait étroitement ses hanches et chacun de ses gestes suggérait une rumba. Elle jeta son imperméable sur le dossier d'une chaise et s'assit. Nick l'imita.

Je restai debout.

Je m'adossai au battant de la porte et mon visage devait trahir mes pensées, car Wendy fronça les sourcils et Nick s'écria :

« Qu'est-ce qui ne va pas, fiston ? Je...

— Quelqu'un a essayé de me buter, coupai-je.

— Johnny... s'exclama le vieux, consterné.

— La ferme, papa ! Je m'occuperai de toi tout à l'heure. »

Wendy pigea tout de suite ce qu'impliquaient mes paroles. D'accord, elle avait des jambes et des seins et pas mal d'autres choses comme on n'en voit pas à tous les coins de rue, mais ça ne prouvait absolument rien, au contraire. Je la regardai attentivement, en essayant de deviner si elle était capable ou non de descendre un type, et décidai finalement qu'elle devait en être capable.

« Où étiez-vous, ce matin ? lui demandai-je.

— Pourquoi ?

— Répondez. »

Ses yeux affrontèrent les miens, plus brillants que jamais.

« Ne soyez pas aussi... dominateur ! J'ai horreur des durs... si toutefois vous êtes un dur.

— Je le suis assez pour prendre soin de moi-même. Il y a en ville des gens qui ne l'ignorent déjà plus. »

Sa bouche se crispa.

« Alors, maintenant, vous nous soupçonnez tous les deux d'avoir essayé de vous abattre ?

— Peut-être, bébé, peut-être. C'est simple comme bonjour, quand on y réfléchit. Qui diable savait que j'étais en ville ? J'ai assez d'une seule main pour les énumérer. Nick, ici présent. Vous. Lindsey. Tucker. Je devrais peut-être ajouter le chasseur de l'hôtel et le chauffeur qui m'y a conduit... Mais c'est encore plus simple que ça. Ni Lindsey ni Tucker ne m'auraient manqué. Nick n'a pas une assez bonne vue. Le chauffeur et le chasseur ne sont pas assez importants pour avoir essayé un truc pareil. Il ne reste donc plus que vous. Rigolo, pas vrai ? »

Je lui souris.

Elle ne me rendit pas mon sourire, mais sa bouche se radoucit, et, si l'idée ne m'avait paru aussi ridicule, j'aurais cru un instant qu'elle était navrée pour moi.

« A neuf heures moins le quart, ce matin, le facteur m'a réveillée pour me demander une signature, expliqua-t-elle. Vous pourrez le vérifier aisément. Vingt minutes plus tard environ, c'est le laitier qui m'a fait relever, et je lui ai payé ma note. Il s'appelle Jerry Wyndot et vous pourrez le trouver à la Laiterie de Lyncastle. Il n'était pas encore reparti lorsque Louie est arrivé avec mon nouveau costume. Il était avec un de ses amis. Je leur ai offert du café, et nous avons bavardé de mon prochain numéro jusqu'à près de midi. Ensuite...

— Ça suffit », lui dis-je.

J'avais bonne mine. Nick secouait tristement la tête.

« Je ne fais jamais de petites erreurs, Wendy, murmurai-je. Seulement des grosses. »

Elle me regarda. Ses yeux avaient cessé de jeter des flammes.

« Aucune importance, Johnny, dit-elle. Je vous comprends. »

Et son sourire prouvait qu'elle le pensait.

Quand je suis content, je rigole. Et j'étais bougrement content. Avez-vous déjà rencontré une femme à la tête de qui vous auriez pu lancer une telle accusation sans qu'elle vous en tienne rigueur pendant au moins une semaine ?

J'éclatai de rire et Nick se remit à secouer tristement la tête, mais Wendy, elle, fit chorus. Sur un certain plan, c'était une assez bonne blague. Je me perchai sur le tabouret de travail du vieux Nick et distribuai des cigarettes à la ronde.

« J'ai eu déjà pas mal d'ennuis à cause de ça, continuai-je.

— Et tu en auras encore, fiston, approuva Nick, si tu en fais autant avec les gens qu'y faut pas. Et, maintenant, tu vas peut-être nous dire pourquoi tu es venu ?

— Pourquoi ? Parce que je suis coincé, Nick. Qu'est-ce que je vais faire, maintenant ? »

Wendy tira sur sa cigarette.

« Coincé, Johnny ? Comment cela ?

— Faute de renseignements. Je ne peux rien demander aux flics et personne d'autre ne sait quoi que ce soit. Un de ces jours, Lindsey va trouver un moyen de me mettre le grappin dessus, malgré mes empreintes absentes, et, d'ici là, il faut que je me sois disculpé. Mais, pour l'instant, je n'ai pas progressé d'un centimètre. »

Nick approcha sa chaise de la table, pour pouvoir y poser ses coudes.

« Dis-nous ce que tu cherches, Johnny. Bon sang, je connais des tas de gens à qui je peux m'adresser. Qu'est-ce que tu cherches exactement, Johnny ? »

Des choses auxquelles je n'avais jamais pensé s'entrecroisaient dans ma caboche.

« Je n'aime pas la façon dont est mort Minnow. Il était assis derrière son bureau, et... pan, quelqu'un lui a collé un pruneau dans la tête. Du travail propre, net et sans bavures. Et j'étais là, moi, Johnny MacBride, avec un amour de petit motif pour le buter...

— Le revolver », me rappela paisiblement Wendy.

Machinalement, Nick regarda mes mains et attendit la suite.

« Ouais, le revolver, répétai-je. Le revolver avec mes empreintes dessus ! Je me demande ce que Minnow faisait dans son bureau ce soir-là, continuai-je.

— Il travaillait, riposta Nick. C'était son bureau !

— Il était très tard.

— A quoi veux-tu en venir, Johnny ?

— A ce que j'ai dit pour commencer : je n'aime pas la façon dont il est mort. Il aurait dû être sorti de son fauteuil ou allongé sur le plancher, je ne sais pas... S'il a été surpris dans son bureau par le meurtrier, comment se fait-il qu'il n'ait même pas essayé de se lever ? »

Nick tripota sa moustache.

« Ils t'ont donné des médailles, dans l'armée, pour avoir tiré vite et bien, Johnny, me rappela-t-il.

— Pas aussi vite et pas aussi bien, répliquai-je. Je crois plutôt que le tueur était là depuis le début. Minnow lui avait peut-être même fixé rendez-vous à son bureau. Qu'est-ce que vous en pensez ?

— Peut-être. »

Ils avaient parlé tous les deux ensemble, et c'était à moi qu'ils pensaient. Je serrai les dents.

« Qui pourrait nous renseigner ? »

Wendy croisa les jambes. Sa jupe était du modèle « portefeuille ». J'aperçus, à travers l'ouverture, une jolie cuisse ronde, gainée de nylon.

« Minnow a laissé une veuve. Elle sait peut-être quelque chose.

— Vous savez où elle habite ?

— Je peux le trouver. »

Je me levai d'un bond.

« Excellente idée. Allons-y. »

Mme veuve Minnow habitait en lisière de la ville, dans une jolie petite maison préfabriquée. C'était un faubourg familial et tranquille, avec des pelouses autour des bicoques, des balançoires dans les cours et des gens allongés dans des hamacs, sous les arbres. Il y avait un colombier devant le cottage de Mme Minnow, et un écriteau rustique avec le nom de la propriétaire.

Je laissai Wendy s'engager la première dans le petit sentier qui conduisait au perron. Elle pressa le bouton de la sonnette, et, pendant que nous attendions, se retourna pour me sourire. La femme qui vint nous ouvrir la porte avait dépassé la cinquantaine.

« Madame Minnow ? s'informa Wendy.

— Oui... Qu'y a-t-il pour votre service ? »

Je rejoignis Wendy et tâtonnai un instant pour trouver les mots convenables.

« Si vous pouvez nous accorder quelques minutes, nous aimerions vous parler. C'est très important.

— Mais je vous en prie. Entrez donc. »

Elle nous introduisit dans un petit salon où chaque chose était sûrement à sa place et n'en avait pas changé depuis des années. Je m'assis sur le bord du canapé, en compagnie de Wendy, tandis que Mme Minnow prenait place dans une vaste bergère. Lorsque nous fûmes tous installés, elle nous sourit et attendit.

« C'est... au sujet... de votre mari », commençai-je.

Elle ne broncha pas, mais son visage était interrogateur.

« Je m'appelle Johnny MacBride, déclarai-je.

— Je sais. »

Wendy et moi demeurâmes un instant sans voix.

« Croyez-vous que je puisse jamais oublier votre visage ?

— Mais ma présence ici n'a pas l'air de vous... bouleverser.

— Le devrait-elle ?

— Mais je suis censé avoir tué votre mari !

— L'avez-vous tué ? »

Bon sang, elle aurait pu tout aussi bien être ma mère attendant de savoir pourquoi j'avais eu de mauvaises notes à l'école !

« Non, dis-je.

— Alors, pourquoi serais-je bouleversée ? »

Elle allait trop vite pour moi. Je secouai désespérément la tête.

« Je n'ai jamais cru que vous ayez vraiment tué mon mari », ajouta-t-elle.

Il y eut un petit claquement, dans le silence. C'étaient les ongles de Wendy. Elle me jeta un coup d'œil en biais, et se remit à malmener ses ongles en observant intensément Mme veuve Minnow.

« Excusez-moi, madame Minnow, lui dis-je, mais je vogue toujours en plein brouillard. Si vous ne m'avez jamais cru coupable, pourquoi ne l'avez-vous pas dit à la police ?

— Lorsque j'ai atteint cette conclusion, monsieur MacBride, la police avait déjà pris les siennes. J'ai dit ce que je pensais au capitaine Lindsey, mais ça a lui a semblé parfaitement déraisonnable. Depuis ce jour, j'y ai suffisamment réfléchi pour être sûre de ne pas me tromper... et je n'ai jamais cessé d'attendre.

— D'attendre quoi ?

— De vous attendre, jeune homme ! Tôt ou tard, un innocent cherche à se disculper.

— Merci. Mais avez-vous oublié les empreintes sur le revolver ? »

Son sourire était plein de lucidité et de sagesse.

« A vous d'élucider ce problème, jeune homme.

— Merci encore. Mais comment diable avez-vous pu croire en mon innocence avec un détail pareil dans le tableau ? »

Elle soupira.

« Bob et moi étions de vieux époux. Saviez-vous qu'il avait été dans la police, à New York, avant de devenir district attorney ? C'était un excellent policier, et il l'est demeuré toute sa vie. Il n'attachait aux indices et aux détails tangibles qu'une valeur relative. Il s'occupait avant tout des motifs. »

Son regard croisa le mien.

« Le motif du meurtre de Bob n'était pas la vengeance.

— Qu'était-ce donc ?

— Je n'en suis pas très sûre.

— Le soir de sa mort... pourquoi est-il retourné à son bureau ?

— Il faut que je revienne légèrement en arrière pour vous expliquer cela. Il m'avait dit qu'un jour une jeune femme était venue le voir à son bureau. Elle paraissait effrayée et lui avait laissé une lettre qu'il ne devait ouvrir que s'il apprenait sa mort. Cela peut vous sembler insolite, mais ça ne l'est pas tellement. Des requêtes de ce genre lui étaient adressées plusieurs fois par an. Quoi qu'il en soit, il avait oublié de ranger cette lettre dans le coffre-fort de son bureau, et, au lieu de l'y rapporter, l'avait tout simplement déposée dans son coffre personnel, à la maison.

« Quelques mois plus tard, il est revenu de son bureau très ennuyé, en me demandant ce qu'il avait fait de la lettre en question. Je le lui ai rappelé, et il a paru satisfait. Mais, ce soir-là, lorsque je lui ai apporté son thé dans son cabinet de travail, je l'ai trouvé assis devant son coffre, avec la lettre à la main. Il avait l'air extrêmement préoccupé. Je l'ai vu regarder longuement cette lettre, puis la remettre dans un des compartiments et refermer le coffre...

« Le surlendemain, il a reçu de New York un coup de téléphone qui l'a fortement excité. Je l'ai entendu prononcer à plusieurs reprises le mot « confirmation ». Il est monté ensuite dans son cabinet de travail et je l'ai entendu ouvrir son coffre. Lorsqu'il est redescendu, il a mis son manteau, son chapeau, il est sorti et n'est rentré qu'au bout de deux heures. Il est remonté au premier étage et je l'ai entendu rouvrir son coffre. Quelques instants plus tard, il a reçu un nouveau coup de téléphone. De son bureau, cette fois, il m'a dit qu'il était obligé de ressortir et je ne l'ai jamais revu vivant. C'est ce soir-là qu'il a été tué.

— Qui lui avait téléphoné ?

— Un policier du nom de Tucker. »

Je ne pus m'empêcher de serrer les poings.

« Pour quelle raison ?

— Il y avait une lettre exprès pour Bob. Tucker voulait savoir s'il devait la laisser là-bas ou la lui apporter ici. Mon mari lui a dit qu'il allait venir la chercher lui-même. »

Cette espèce de salaud de Tucker...

« Lindsey a vérifié tout ça ? questionnai-je.

— Oui. »

Elle savait déjà ce que j'allais lui demander.

« Qu'est devenue cette fameuse lettre ?

— Je n'en sais rien. Le capitaine Lindsey m'a montré tout ce qu'il y avait dans le bureau de Bob, mais, comme ce n'était qu'une simple enveloppe blanche, je n'ai pu lui être utile.

— Vous croyez qu'il est mort à cause de cette lettre ?

— Entre autres choses. Sa mort a soulagé pas mal de gens.

— Servo ? »

Elle acquiesça.

« Moi ?

— Jusqu'à un certain point.

— Votre mari a pu être assassiné pour des tas de motifs ?

— Excepté pour un brusque désir de revanche. C'était un peu trop facile, un peu trop évident. »

Je me levai. Wendy suivit mon exemple.

« Merci, madame Minnow. Je suis heureux que vous soyez de cet avis. »

Elle hocha la tête. Pour une raison ou pour une autre, elle paraissait satisfaite.

« Si vous avez besoin d'autre chose, ne vous gênez pas. Mon numéro est dans l'annuaire. »

Elle nous reconduisit jusqu'à la sortie. Elle nous suivit des yeux jusqu'à ce que nous eussions réintégré la voiture de Wendy et ne rentra que lorsque nous nous fûmes éloignés. J'attendis que tout ce que je venais d'apprendre se fût gravé dans mon esprit. Puis, je demandai à Wendy :

« Qu'est-ce que vous en pensez ?

— C'est une femme étrange. »

Elle regardait droit devant elle.

« Je ne sais pas comment j'aurais réagi si j'avais été à sa place.

— Elle est loin d'être stupide.

— Oui. Et elle semble parfaitement convaincue de votre innocence.

— Et vous ?

— Mon opinion vous tient à cœur ?

— Pas spécialement, me rebiffai-je.

— Je ne sais pas encore », dit-elle.

Je n'insistai pas. Peu importait ce que pensait Pierre ou Paul, pourvu que personne ne tentât de m'arrêter. Je croisai les bras et réfléchis à cette histoire de lettre. La rue dans laquelle nous nous trouvions coupait l'artère principale de Lyncastle, et Wendy stoppa au carrefour.

« Il faut que je vous dépose ici, Johnny. Je n'ai plus que le temps de passer prendre mes vêtements et de filer chez Louie.

— O.K. ! laborieuse enfant. Et merci. »

J'avais déjà les pieds sur le trottoir lorsqu'elle me prit par le bras. Son expression était curieusement semblable à celle qu'avait eue Mme Minnow à la fin de notre entretien.

« Johnny... à votre manière, vous êtes un chic garçon. J'espère que vous savez ce que vous faites.

— Je le sais.

— Et... Johnny... je suis à peu près convaincue, vous savez. »

Elle plissa son nez comme une sale gosse et se mit à rire.

Je me penchai vers elle. Mais, cette fois, je n'eus pas besoin de l'attirer à moi. Elle vint spontanément à ma rencontre et sa langue fit beaucoup plus qu'effleurer mes lèvres lorsque sa bouche trouva la mienne.

Elle bouda lorsque je la lâchai et m'envoya un baiser avant de redémarrer. Je la regardai s'éloigner, charmante et blonde au volant de sa petite voiture.

6

Je passai ma soirée à boire de la bière dans les bars de Lyncastle en essayant de faire bavarder les barmen, et, vers dix heures, je n'avais rien trouvé de plus que deux zigotos qui se souvenaient d'avoir vu Vera West, jadis, en compagnie de Lenny Servo. Ce fut alors que je décidai de donner sa chance à l'individu qui me suivait depuis le début de la soirée. Je l'avais ramassé dans la deuxième boîte où j'étais entré, et, depuis lors, il ne m'avait pas quitté d'une semelle.

Il portait un complet gris et marchait avec le bras gauche collé le long de son corps pour maintenir le revolver qu'il avait sous l'aisselle. Lorsque je quittai le Miroir Bleu, vers dix heures cinq, il m'emboîta le pas, une fois de plus, et je marchai à bonne allure dans les rues de traverse jusqu'à ce que je parvinsse à un petit coin bien tranquille et particulièrement obscur. D'après ma façon de marcher, il dut croire que j'avais un but bien précis, car il ne se méfia pas le moins du monde. Je l'attendais dans la rue perpendiculaire, planqué derrière une haie, et il vint se jeter pratiquement dans mes bras. Je lui réunis les coudes derrière le dos et lui collai mon genou dans les reins.

« Essaie de crier ou de faire un geste et je te casse en deux », lui dis-je.

Il ne broncha pas d'un poil pendant que je lui confisquais son pétard et le jetais sur la pelouse voisine. J'en fis autant avec son portefeuille et tout ce qu'il avait dans ses poches et ne trouvai pas ce que je cherchais : un insigne. Ce gars-là n'était pas un flic.

Je lui poussai mon genou dans les reins. Son chapeau tomba sur le sol et il se mit à baver, trop terrorisé pour appeler au secours.

« Qui est-ce qui t'a envoyé, mon pote ? » lui demandai-je.

Je n'eus pas le temps de lui poser la question une seconde fois. J'entendis le bruit d'un choc lointain et la nuit devint de plus en plus noire jusqu'à ce que toute lumière disparût, cédant la place à une sorte de gouffre ténébreux, au sein duquel je me sentis partir à la dérive. Puis cette sensation disparut à son tour, chassée par une série de secousses brutales qui se répercutèrent jusqu'au tréfonds de mon cerveau, tandis que les bruits et les voix recommençaient à me parvenir.

« Sacré bon Dieu, y m'a presque cassé en deux, disait l'une des voix.

— Tu vas la fermer, ta gueule ? s'informa quelqu'un d'autre. Tu l'as bien cherché, oui ? C'est tout juste si tu lui marchais pas sur les talons.

— Vous étiez censés me suivre de près, oui ou non ? Vous y avez mis le temps, à ramener vos fraises.

— Et alors ? On s'est ramené, pas vrai ? Le feu était au rouge quand on est arrivé au carrefour. T'aurais peut-être voulu qu'on attrape une contredanse ?

— Quand je pense à l'autre salaud qu'a dit que ce gars-là était un dégonflard ! Pas de pétard avec lui, qu'il a dit. T'as qu'à élever la voix et y se mettra à genoux !

— Cesse de pleurnicher. C'est pas en se mettant à genoux qu'il a gagné ses médailles dans l'armée.

— Et alors ? T'as bien entendu ce qu'il a dit. Que c'était un cas de fatigue du champ de bataille. Qu'il en avait marre de se bagarrer. Pour un gars qu'était censé avoir la trouille, y s'est pas si mal défendu. Peut-être que ces grands costauds finissent par se dégonfler, à la longue, mais ça dure pas, leur trouille des marrons. Et y a longtemps que la guerre est finie. »

Je l'aurais remercié de bon cœur. Il y avait des tas de gens qui avaient pris Johnny pour un poltron. D'abord, Nick. Ensuite, Logan. Et quelqu'un d'autre qui l'avait raconté à ces gars-là. Alors, sous prétexte qu'un type en a assez des bagarres et des tueries, c'est un dégonflé ! Sous prétexte qu'il ne veut plus se battre avec qui que ce soit parce qu'il s'est trop battu pendant la guerre, il passe pour un poltron. Ça, c'était bien une attitude de civils.

Quelqu'un qui était assis à côté de moi se mit à rigoler, je tournai la tête et le canon d'un revolver me laboura les côtes.

« L'enfant est réveillé », annonça celui qui tenait le revolver.

Le petit gros qui m'avait suivi se mit à genoux sur le siège de devant et me flanqua son poing en pleine figure.

« Espèce de salaud, je vais t'apprendre... »

Il aurait continué si mon voisin de gauche ne l'avait repoussé brutalement.

« Arrête, imbécile. Si jamais tu nous fais rentrer dans les décors, c'est à toi que je truffe la panse, pas à lui. Tu piges ? »

Ça fait toujours plaisir de savoir à quoi s'en tenir. J'essuyai le sang qui coulait de ma bouche avec le revers de ma main et murmurai :

« Alors, c'est pour de bon ? »

La pression du pétard contre mes côtes s'accentua légèrement.

« Tu l'as dit, matelot. Et laisse-moi te prévenir de quelque chose. T'es un grand garçon et tu sais te défendre, mais cet engin-là est chargé et armé et, le premier mouvement que tu fais, t'as le premier pruneau en travers des tripes. On meurt pas vite de cette façon-là. Alors, tâche de bien te conduire et t'auras pas le temps de t'en apercevoir.

— Merci. »

Il n'y avait rien que je puisse faire. La ville était déjà loin. Il y avait pas mal de circulation, mais je n'avais aucune chance d'attirer l'attention de qui que ce soit avant que la première balle me perfore les intestins.

Nous devions être à une bonne demi-heure de Lyncastle, quand la bagnole s'engagea dans un chemin grossièrement empierré. Jusqu'à présent, ça s'était à peu près bien passé. Mais, lorsque la voiture quitta la grand-route, je crus que mon cœur allait me défoncer les côtes. L'homme au pétard s'aperçut de mon raidissement et je le sentis redoubler de vigilance. Il faisait encore plus noir que dans le gouffre au sein duquel j'avais dérivé tout à l'heure. La route se mit à monter, puis redevint plane et disparut complètement. La voiture s'arrêta. Le conducteur éteignit ses feux de position, dont la lueur l'avait guidé jusqu'alors ; je distinguai le reflet des étoiles dans quelque mare d'eau stagnante, à une grande distance en contrebas, et compris que la route en question était un chemin sans issue qui finissait en cul-de-sac au bord d'une espèce de carrière.

« Dehors ! »

Je me suis mis à penser des tas de choses, dont la principale était que ces gars-là m'avaient suivi toute la journée en attendant l'occasion de me trouver seul dans un coin tranquille, et que j'avais tout fait pour leur faciliter le boulot.

« Avance vers le trou !

— Écoutez, je...

— Ta gueule et marche ! »

Ils s'étaient déployés en éventail derrière moi, légèrement en retrait pour que je ne puisse ni leur sauter dessus, ni leur échapper dans le noir. Bon sang, je n'allais tout de même pas me laisser buter comme ça, il fallait que j'essaie de faire quelque chose !

Sans leur laisser le temps de me redire de la boucler, je déclarai d'une voix blanche :

« Je veux une cigarette.

— Donne-lui-en une, ordonna une voix.

— Pourquoi diable...

— Fais ce que je t'ai dit. »

Une cigarette surgit de l'obscurité. Je m'en emparai, l'insérai entre mes lèvres et cherchai mon carnet d'allumettes. Celui qui avait protesté se remit en pétard et, pour la seconde fois, l'autre lui coupa la parole.

« Tu crois tout de même pas que je lui aurais laissé un revolver sur lui, non ? »

Je leur fis face et grattai une allumette. Pas un de ces trois crétins ne comprit ce que j'étais en train de faire. J'avais les yeux hermétiquement clos. J'allumai la cigarette, à tâtons, puis secouai l'allumette pour l'éteindre et rouvris les yeux.

J'étais seul à pouvoir distinguer encore quelque chose, dans l'obscurité, alors qu'eux-mêmes ne voyaient plus qu'une grande tache lumineuse, à l'endroit où s'était trouvée l'allumette. Je fis un bond vers la gauche, plongeai et roulai sur moi-même, tandis qu'ils beuglaient à qui mieux mieux et criblaient de balles la tache lumineuse, derrière laquelle je n'étais plus. Ma main droite rencontra un caillou et le lança. Les jurons redoublèrent et les balles s'enfoncèrent dans le sol, assez loin de moi. Le gars qui tirait et jurait avec le plus d'ardeur n'était pas à un mètre. Je me redressai derrière lui, étouffai son cri d'alarme en lui écrasant la gorge avec mon avant-bras et lui arrachai son revolver. Je lui flanquai un bon coup de crosse derrière l'oreille, empochai le pétard et, de toutes mes forces, projetai le gars en avant.

Une balle s'enfonça dans son corps avec le bruit le plus horrible et le plus réjouissant qu'il m'eût été donné d'entendre.

Puis, pendant quelques secondes, ce fut le silence, en dehors des échos qui roulaient sourdement au fond de la carrière.

« Je l'ai eu », annonça une voix.

Je les entendis approcher, craquer une allumette, et les vis se pencher vers le corps.

« Bon Dieu, c'est Larry ! »

Celui qui tenait l'allumette tenta de l'éteindre. Je lui collai un pruneau en pleine tête pendant que je le voyais encore, et il exécuta une sorte de saut convulsif qui le fit basculer à la renverse dans le gouffre béant. Je l'entendis rebondir de roche en roche jusqu'à ce qu'un « floc » étouffé par la distance signalât son ultime atterrissage. Je n'essayai même pas de buter le troisième. Il cavalait déjà comme un lièvre, quelque part dans la nuit, en luttant désespérément contre les broussailles.

Laisser le campement aussi propre au départ qu'à l'arrivée, telle est la loi du boy-scout. Je poussai le nommé Larry avec mon pied jusqu'à ce qu'il allât rejoindre son copain dans le fond de la carrière. Puis je lançai le revolver par-dessus et songeai à vider les lieux.

C'était gentil de leur part de m'avoir laissé la bagnole. Les plaques d'immatriculation n'étaient pas de l'État, et il y avait des jouets sur le plancher, à l'arrière. C'était, évidemment, une voiture volée. Je virai avec précaution et regagnai la route. J'aurais dû me sentir parfaitement bien. J'étais sale comme un cochon, mais j'étais vivant ! N'importe qui s'en serait contenté. N'importe qui, peut-être, mais pas moi. Je savais trop bien me servir d'un revolver. Et je pensais à des choses auxquelles un type normal n'aurait pas pensé, telles que de débarrasser mes doigts de toute trace de poudre avant que les flics puissent me les passer à la paraffine. Et je savais aussi comment faire, mais je ne savais toujours pas qui j'étais, ni ce que j'étais, quelques années auparavant.

Je ressentis un petit choc au cœur, parce que je savais trop de choses que je n'aurais pas dû savoir, mais, d'un autre côté, il était heureux pour moi que je les connusse.

Je trouvai un *drugstore* encore ouvert, à l'entrée de la ville, j'achetai divers articles et regagnai la bagnole. Lorsque j'en eus terminé avec les bouteilles et le pot de dissolvant, je n'avais plus rien à craindre de toute la paraffine du monde. Je jetai le tout par la portière et j'allais redémarrer lorsque je remarquai le calepin, sur le siège de devant.

Ce n'était rien de plus qu'un petit carnet de bazar, à feuilles amovibles, avec un crayon dans le ressort. Celui qui s'était servi de ce calepin en avait arraché les pages au fur et à mesure de leur utilisation. Il était vierge de toute écriture, en dehors d'une courte mention griffonnée au centre du premier feuillet :

« John MacBride, descendu sous son vrai nom à l'hôtel Hathaway. Surveiller les deux entrées. »

C'étaient des gars organisés. S'ils m'avaient raté en ville, ils m'auraient retrouvé à l'hôtel. Je déchirai la première feuille du calepin et jetai le reste par la portière.

C'était la deuxième fois qu'ils essayaient de m'avoir et ce ne serait sûrement pas la dernière. Il fallait que ma disparition fût bougrement importante aux yeux de quelqu'un pour qu'ils se donnassent autant de mal !

Je me dirigeai vers le centre de la ville.

Pas question de rentrer à l'hôtel. Autant faire signer tout de suite mon permis d'inhumer... Il était un peu plus de deux heures lorsque j'abandonnai la bagnole devant le commissariat central. Je n'essayais pas de jouer les bravaches. Mais il valait mieux que les autres me crussent assez sûr de moi pour faire des coups pareils. Ça pourrait les inciter à la prudence. Une prudence que je me chargerais ensuite de leur faire regretter, si vous voyez ce que je veux dire.

Il y avait un bistrot d'ouvert au coin de la rue. Tous les clients avaient leur compte et le barman idem. Ils étaient en train de massacrer une vieille ballade irlandaise, lorsque je pénétrai dans la place. Personne ne me vit m'enfermer dans la cabine téléphonique et, si quelqu'un m'avait vu, il s'en serait fichu comme de son premier caleçon.

Je commençai par demander la *Gazette de Lyncastle,* et l'un des gars du service de nuit me donna le numéro personnel d'Alan Logan. Il fallut cinq bonnes minutes de sonnerie persistante pour le réveiller et, lorsqu'il vint à l'appareil, il n'était pas spécialement satisfait.

« Qui est-ce, et qu'est-ce que vous voulez ? aboya-t-il.

— Ici, Johnny, vieux frère. J'ai des nouvelles pour toi. »

Il se radoucit.

« Tu l'as trouvée ?

— Non, mais quelqu'un d'autre m'a trouvé, moi. Ils m'ont emmené faire un tour.

— Bon Dieu ! Qu'est-il arrivé ?

— Il y a une espèce de carrière à une demi-heure de la ville. Tu sais où elle est ?

— Ouais, ouais. Alors ?

— Alors, y a deux macchabées, là-bas. Le troisième m'a échappé.

— C'est toi qui...

— Un seul. L'autre a été buté par son propre collègue. Le troisième va faire son rapport à qui de droit, alors il vaudrait mieux se presser si...

— Va y avoir du grabuge, Johnny. Attends que Lindsey tombe là-dessus.

— Pas nécessairement. Celui ou ceux qui m'ont mis ces types-là aux trousses ne peuvent pas parler sans se trahir, et il n'y a pas de raisons pour que j'y sois mêlé. Peux-tu garder ça pour toi ?

— Je vais essayer. Je vais appeler les flics et filer là-bas.

— O.K. ! Vois si tu peux découvrir qui sont ces gars-là... A propos, ils se sont servis d'une voiture volée. Je l'ai laissée devant le commissariat central.

— T'es cinglé, Johnny.

— Tout le monde me le dit, je vais finir par le croire. Autre chose encore. Servo élève une rouquine dans son appartement. Comment s'appelle-t-elle et où l'a-t-il pêchée ?

— Doucement, Johnny. T'as pas été renifler dans ce coin-là, non ?

— Si. Tout le plaisir a été pour elle. »

Il jura dans sa barbe.

« T'es en train d'essayer de te faire tuer, pas vrai ?

— Je t'ai posé une question.

— Elle s'appelle Troy Avalard, si tu veux absolument le savoir. Elle vit avec Lenny depuis environ deux ans. Elle est venue ici avec une troupe de music-hall, elle a embobiné Lenny et il a racheté son contrat pour pouvoir la garder.

— Tu sais comment il s'y prend ?

— Ouais.

— Est-ce qu'elle ne met jamais le nez dehors ?

— Quand elle sort, c'est avec Lenny, s'impatienta-t-il. Elle n'a pas son pareil pour amener une poire pleine aux as à la table de poker ou de passe anglaise.

— Qui détenait son contrat, Logan ? »

Je l'entendis suffoquer à l'autre bout du fil. Lorsqu'il retrouva l'usage de la parole, sa voix tremblait de stupéfaction.

« T'aurais dû être flic, Johnny. Tu flaires les odeurs comme un vrai chien de chasse.

— Alors ?

— Lenny a payé cinquante mille dollars pour avoir ce contrat. Ça s'est fait dans le plus grand secret, mais j'ai tout de même eu vent de l'histoire. C'était beaucoup trop cher pour un simple dédit et j'ai fait une petite enquête. Le type qui détenait le contrat l'a cédé pour cinq mille dollars.

— Ça fait une différence de quarante-cinq mille, fiston.

— Je sais compter. Une somme à peu près équivalente a été versée quelques jours plus tard au crédit du compte de Troy Avalard.

— Faut vraiment qu'elle ait des tas de choses à offrir, m'esclaffai-je. Il va falloir que je revoie ça de plus près.

— Bon sang, Johnny, tu...

— Tu ne l'as jamais vue sucer de la glace, Logan ? coupai-je. Je t'assure que ça vaut le déplacement. »

Je raccrochai, sortis du bistrot et sautai dans le premier taxi en maraude sans donner au conducteur la moindre chance de distinguer mes traits.

« Route de Pontiel. Juste à l'entrée.

— O.K. ! patron. »

Il me déposa à l'entrée de la route de Pontiel, je lui réglai le prix de la course et continuai à pied. Ça faisait une trotte. Les maisons s'espaçaient de plus en plus, les lotissements vacants étaient de plus en plus nombreux à mesure que j'avançais. Je traversai un petit bosquet et parvins enfin au bas d'une côte bordée de maisons en construction.

La maison blanche perchée au sommet de la montée était la mieux située de toutes. Elle avait été bâtie, quelques années auparavant, par quelqu'un qui avait flairé l'extension future de la ville dans cette direction, et s'était réservé la meilleure place.

J'escaladai les marches du perron, vérifiai le numéro : 4014, l'initiale du prénom : « W. » Miller et trouvai la clef dans le pot de fleurs, à l'endroit où Wendy m'avait promis de la laisser.

Une petite veilleuse brûlait dans l'entrée, éclairant le pied de l'escalier. Je montai au premier étage, trouvai la salle de bain, me dévêtis prestement et passai sous la douche. Lorsque j'en ressortis, mon pansement était trempé. Je me séchai, prélevai de la gaze et du ruban adhésif, dans l'armoire à pharmacie, et le remplaçai tant bien que mal. Puis je brossai mes vêtements et les rangeai dans la penderie.

Deux chambres communiquaient avec la salle de bain. J'entrebâillai la porte de gauche, sentis une odeur de crème et de poudre de riz et la refermai doucement. J'entrebâillai l'autre porte et ne sentis rien. Bon.

Avant de me coucher, j'ouvris la fenêtre pour respirer un peu l'air frais de la nuit. La lune commençait à se montrer, à l'autre bout de la ville, une lune resplendissante, brillant avec bienveillance sur une cité pourrie.

Je la contemplai pendant quelques minutes, heureux de sentir la brise nocturne sur ma peau nue. J'étais complètement ébloui lorsque je traversai la chambre et m'assis sur le bord du lit, à tâtons.

« Vous êtes encore mieux sans vos vêtements, Johnny. »

Je me retournai, et la lune bienveillante ressortit de derrière un nuage, illuminant les cheveux blonds, la jolie bouche souriante et les seins parfaits de Wendy. La couverture cachait tout le reste.

« Excusez-moi, murmurai-je bêtement. Je croyais... que cette chambre... était vide.

— Elle l'est, habituellement, Johnny. »

Je serais peut-être reparti, mais ses doigts effleurèrent ma peau, et il y avait quelque chose d'animal dans la façon dont elle bougea, sous les couvertures.

Je me penchai vers elle et la pris dans mes bras...

Elle dormait encore lorsque je me levai le lendemain matin. Je descendis à la cuisine, préparai du café et mis le petit déjeuner sur le feu. Elle m'y rejoignit quelques minutes plus tard, drapée dans une robe de chambre qui ne cachait pas grand-chose.

« Joli, murmurai-je. Joli, joli, joli. »

Elle s'assit.

« Tu aurais pu attendre que je fasse le déjeuner moi-même, Johnny.

— Tu as fait preuve d'autres qualités ménagères cette nuit, mon petit chou. En outre, je suis pressé.

— Quelque chose à faire ?

— Oui. Je vais essayer de trouver la personne qui veut me rayer du paysage. »

Ses sourcils se haussèrent.

« Ils m'ont emmené faire un tour, hier soir. C'est la deuxième fois qu'ils essaient de m'avoir.

— Qui ?...

— J'aimerais bien le savoir moi-même. Tu as entendu parler d'une fille qui s'appelait Vera West ?

— Naturellement. Est-ce que ce n'était pas... ?

— Celle dont j'étais amoureux ? Oui. Elle travaillait à la banque. »

Wendy fronça les sourcils et but une gorgée de café.

« Elle a été avec Servo pendant un moment.

— Oui. Et, maintenant, elle a disparu. Il faut que je la retrouve.

— Pourquoi ?

— Cette petite garce m'a... »

Je m'interrompis.

« Es-tu capable de tenir ta langue, Wendy ? »

Sa tasse heurta la soucoupe avec un léger bruit. Elle lut sur mon visage ce qui se passait dans ma tête et se raidit.

« Ce n'est pas très gentil, riposta-t-elle.

— Je ne suis pas en train de faire des choses gentilles, Wendy. J'ai confiance en toi et en papa Henderson, mais si jamais tu répètes ce que je vais te dire à qui que ce soit, je t'ôterai à tout jamais l'envie de recommencer. »

Son visage était blême de colère.

« Je ne t'ai rien demandé, jappa-t-elle.

— Je sais, mais je réfléchis mieux quand je peux bavarder avec quelqu'un. Écoute attentivement et garde tout pour toi... Vera West avait dit à Gardiner, à l'époque, que j'avais demandé à voir un certain nombre de bouquins dont je n'avais que faire. Moralité, c'était elle qui falsifiait les bouquins, mais, comme elle avait pris ses précautions, c'est sur moi que c'est retombé.

— Tu es... allé à la banque ?

— Oui. J'ai vu Gardiner. Il va la faire rechercher, lui aussi.

— Tu es sûr de ce que tu avances ? questionna-t-elle sérieusement.

— Autant qu'on peut l'être sans la moindre preuve. Si j'avais su comment une banque tient ses livres, j'aurais pu lui poser des questions plus précises.

— Mais... »

Ses sourcils montèrent encore plus haut que la première fois.

« Je n'ai jamais travaillé dans une banque, lui dis-je, pour la bonne raison que je ne suis pas Johnny MacBride. Tu es la deuxième et dernière personne à qui je le raconte, mais Johnny MacBride est mort, et je ne suis rien de plus qu'un type qui lui ressemble comme deux gouttes d'eau. »

Je lui expliquai toute l'histoire aussi brièvement que possible et elle m'écouta, bouche bée, visiblement incapable de croire ses oreilles. Je lui fis signe de manger tout en m'écoutant et terminai mon récit à peu près en même temps qu'elle termina son petit déjeuner. J'allumai deux cigarettes et lui en tendis une. Elle en tira quelques bouffées avant de murmurer d'un ton abasourdi :

« C'est incroyable... réellement incroyable. Et personne ne s'est aperçu de quoi que ce soit jusqu'à présent ?

— Pas que je sache. Et je vais les laisser dans leur erreur jusqu'à ce que j'aie découvert pour quelle raison Johnny est parti comme ça, il y a cinq ans... Si parfois tu te demandes pourquoi je t'ai raconté tout ça, c'est parce que je vais avoir besoin de toi.

— Et Nick... est-ce que tu vas le mettre dans le secret ?

— Non. Papa est un brave type, mais il est trop vieux pour pouvoir m'aider. Je lui suis reconnaissant pour ce qu'il a fait jusque-là, mais il ne peut rien faire de plus.

— Cesse donc de l'appeler papa. Il le fait rarement voir, mais il a horreur de ça. Tu es censé le connaître assez bien pour savoir comment il s'appelle.

— Merci de me le rappeler.

— Que veux-tu que je fasse, Johnny ? Je veux dire...

— Continue à m'appeler Johnny. Je veux que tu m'aides à retrouver Vera West. Les femmes s'entendent à poser des questions. N'hésite pas à faire des sondages parmi les clients de chez Louie.

— Mais ils viennent tous du dehors.

— Aucune importance. Il est possible qu'elle ne soit pas à Lyncastle. Si elle a changé de nom, elle a probablement gardé les mêmes initiales... Veronica Waverly, ou quelque chose comme ça. Renseigne-toi également parmi tes amis et connaissances, mais invente une histoire plausible au cas où ils s'étonneraient de tes questions. »

Je repoussai mon assiette et me levai.

« Entendu, Johnny. Et tu peux te servir de ma voiture si tu veux. Je prendrai la vieille. Elles sont toutes les deux dans le garage.

— Merci, Wendy. Et ne m'attends pas.

— Tu reviendras ?

— Je l'espère. C'est tout ? »

Elle pencha la tête vers son épaule droite et me regarda, les paupières mi-closes.

« Embrasse-moi.

— Je ne voudrais pas abîmer ta peinture.

— Chameau !

— C'est tout ? »

Elle me tira la langue.

Wendy était une jolie fille, aucun doute là-dessus ! Un peu fatiguée aux commissures des lèvres et aux coins des yeux, mais bougrement jolie tout de même. Un million de dollars dans une robe verte sous les projecteurs et deux millions de dollars sans robe du tout dans un bon lit chaud.

Ouais.

Je lui dis au revoir et descendis au garage.

La voiture dans laquelle Wendy m'avait déjà véhiculé était une Ford noire en bon état parquée à côté d'une vieille bagnole qui avait dû remporter un triomphe parmi les collégiennes, dix années auparavant.

Je m'assis au volant de la Ford, sortis du garage en marche arrière et remis le cap vers le centre de la ville. Je m'arrêtai en chemin pour acheter la *Gazette de Lyncastle*. Quelqu'un, disait le reportage, avait téléphoné à la *Gazette* sans dire son nom, la *Gazette* avait prévenu la police et la police avait repêché deux cadavres dans une carrière abandonnée située à quelque distance de la ville. Les deux « victimes » étaient des hommes de main de petite envergure, dont les activités étaient généralement centrées autour de Chicago. Tous deux étaient recherchés par la police.

Lindsey avait déclaré qu'il s'agissait, indubitablement, d'un règlement de comptes. Les flics et les reporters avaient dû piétiner les empreintes de pas et de pneus, car l'article n'en disait rien.

Tout cela, bien entendu, se passait en première page. Et ce fut en page quatre que je trouvai le bref entrefilet mentionnant qu'un farceur quelconque avait volé une voiture, s'en était servi pendant quelques heures, et l'avait abandonnée, finalement, devant le commissariat central.

Je repliai le journal, cherchai le numéro de l'hôtel Hathaway dans l'annuaire, m'enfermai dans une cabine publique et demandai Jack le chasseur, au bureau de la réception.

« Ici, Johnny MacBride, Jack, lui dis-je. Peux-tu t'absenter pendant quelques minutes pour venir me voir ?

— Mais certainement, monsieur, répliqua-t-il avec prudence. Dans un quart d'heure, monsieur ? Entendu, j'y serai. »

Je lui avais donné rendez-vous dans un bar situé non loin de l'hôtel Hathaway, pour qu'il n'eût pas besoin de prendre un taxi. Nous arrivâmes presque en même temps, lui à pied, moi en bagnole, et je commandai du café pour nous deux.

« Alors, monsieur MacBride, comment vont les affaires ?

— Elles pourraient aller mieux... Ma chambre est toujours inoccupée ?

— Bien sûr. On vous a demandé deux fois au téléphone, hier soir, et ce matin. Ils n'ont pas donné leur nom.

— Y a-t-il toujours quelqu'un dans le hall ?

— Pas en ce moment. Il y a eu quelqu'un pendant une bonne partie de la nuit. Je suppose que c'était un nouveau flic. »

Je pris un billet de cinq dollars, deux de dix, et les jetai sur la table.

« Tu peux régler ma chambre et me porter sortant, Jack. J'ai laissé une valise avec des vieilles frusques dans un coin. Flanque le tout à la poubelle. Je ne rentrerai pas à l'hôtel.

— Vous avez des ennuis ?

— Plutôt, oui. Je ne suis pas très aimé dans le secteur. »

Jack sourit béatement.

« Oui, j'ai entendu parler de ça. Qu'est-ce qu'il y a de vrai dans toute cette histoire ?

— Ne crois pas tout ce qu'on te dit, ripostai-je.

— Quelqu'un a essayé de vous faire payer pour lui, pas vrai ?

— Qu'est-ce qui te fait croire ça ?

— Votre retour. Si vous aviez chauffé ces deux cent mille dollars, vous seriez à deux cent mille kilomètres, en train de les dépenser. »

Le garçon nous apporta notre café, et j'attendis qu'il fût reparti pour continuer :

« Sans vouloir t'offenser, Jack, comme je sais que tu fais un peu de maquereautage en supplément, j'aimerais te demander si tu n'as jamais entendu parler d'une certaine Vera West. »

Il siffla entre ses dents :

« Vous fréquentez le dessus du panier, pas vrai, Johnny ? C'est une des anciennes de Lenny Servo.

— Où est-elle, à présent ? »

Ses yeux perdirent leur expression juvénile.

« On dirait qu'y a pas mal de gens qui s'intéressent à elle.

— Quelle sorte de gens ?

— Pas des flics, en tout cas. Deux souris que je connais ont déjà été questionnées à ce sujet. Elles ne savaient rien.

— Et toi, tu sais quelque chose ? »

Il mit du sucre dans son café et l'agita pensivement.

« Je ne l'ai revue qu'une fois après que Servo l'eut balancée. Elle descendait du train de nuit avec une valise à la main. Je me souviens qu'elle semblait bouleversée. Il y avait un des gars de Servo sur le quai, qui était là pour embarquer une fille dans le train et, quand elle l'a vu, elle a couru comme une dératée jusqu'au premier taxi. Je ne l'ai jamais revue depuis.

— Quel train c'était ?

— L'express qui vient de Chicago à destination de Knoxville.

— Je vois. Qui était ce gars de Servo qu'elle a aperçu en descendant ?

— Eddie Packman. C'est au moins le bras gauche de Lenny Servo, sinon le bras droit. Il se prend pour quelqu'un de bien. Avant qu'il vienne à Lyncastle, Packman n'était que de la petite bière. Il s'est payé ma tête, un jour, dans une salle de billard, et je lui ai cassé la figure. Je ne le ferais plus maintenant !

— Pourquoi ?

— Parce que, maintenant, c'est moi qui suis de la petite bière et que lui fait partie de la bande à Servo, expliqua-t-il en souriant.

— Alors, tu crois que Vera West a quitté la ville ? »

Il secoua la tête.

« Je ne crois rien du tout. La dernière fois que je l'ai vue, elle revenait en ville et je me souviens qu'elle et Servo ont cessé de se faire voir ensemble à peu près à la même époque, mais je n'avais aucune raison de penser à elle. Il est fort possible qu'elle soit encore à Lyncastle.

— Quelle tête faisait-elle, cette fois-là ?

— Elle était effrayée. Elle était assez souvent entre deux cuites et, cette fois-là, je crois qu'elle avait une bonne gueule de bois. Ses yeux étaient rouges... Elle avait des cheveux magnifiques. Blonds comme de l'or... En dehors de ça, c'était une jolie fille comme il y en a beaucoup. Bien roulée, je pense. Je n'y ai jamais regardé de très près.

— O.K. ! murmurai-je. Supposons qu'elle n'ait jamais quitté la ville. Où aurait-elle pu se cacher ?

— Eh bien, pour commencer, elle aurait pu se teindre en rousse ou en brune, elle aurait pu travailler dans une blanchisserie ou quelque chose comme ça et loger dans une pension de famille. A condition de ne pas trop sortir, elle aurait pu s'en tirer. Je connais une fille qui était recherchée par les Féds et elle n'a jamais bougé de la ville pendant qu'ils l'y recherchaient... Ils ne l'ont jamais trouvée.

— Je vois. Autre chose encore. Pourquoi a-t-elle rompu avec Servo ? »

Ma question parut lui faire de la peine.

« J'ai une bonne mémoire et une imagination fertile, Johnny, m'expliqua-t-il. Je sais additionner deux et deux pour que ça fasse quatre à toutes les fois. Mais, si vous avez des histoires avec Servo et que mon nom soit mentionné, il faudra que j'aille voir ailleurs ce qui s'y passe et je me plais à Lyncastle.

— Ton nom ne sera pas prononcé, Jack, affirmai-je.

— O.K. ! Alors, je vais vous dire ce que je pense. Ce que je pense et non ce que je sais ! Je connais deux ou trois autres de ses anciennes à qui ça n'a pas plu quand il les a balancées. La vie était trop facile quand c'était Lenny qui payait et elles ont essayé de le faire chantonner un petit peu. Elles avaient senti le vent tourner et pris leurs précautions en conséquence. Elles ne sont plus à Lyncastle, maintenant. Et elles ont intérêt à bien se tenir si elles veulent garder leurs dents et la jolie forme de leur nez... Vous voyez ce que je veux dire ?

— Oui... Est-il possible que Vera soit maintenant en maison ?

— Ça n'a rien d'impossible.

— Servo a quelque chose à voir là-dedans ?

— Non, il ne se mouille pas dans ce genre de business. Elles arrosent régulièrement les flics et ça ne va pas plus loin. Avec toutes les poupées qui viennent jouer et rechercher des sensations à Lyncastle, la clientèle n'est pas tellement florissante. Moi, mes copines travaillent en appartement et se déplacent sur demande. Mais les maisons n'ont guère que la clientèle de bas étage.

— Est-ce qu'il faut être introduit pour y pénétrer ? »

Jack sourit, acheva de boire son café et reposa sa tasse.

« Vous pouvez aller de ma part au 107, rue des Hêtres. Vous y serez bien reçu. »

Je sortis un billet de ma poche et me levai tandis que Jack raflait les vingt-cinq dollars.

« Tu garderas ce qu'il y a en trop, lui dis-je.

— Entendu. Merci. Retéléphonez-moi un de ces jours. Je vais voir ce que je peux faire de mon côté. Je pourrai peut-être trouver quelque chose.

— O.K. ! »

Je payai le café, attendis quelques minutes pour laisser à Jack le temps de s'éloigner et réintégrai la bagnole de Wendy. Le moment était venu pour moi d'exhumer l'histoire de ma vie. Ou, plus exactement, de la vie de Johnny.

Ce fut vite fait. A l'hôtel de ville, je découvris que j'étais né le 9 décembre 1919, que mes parents étaient morts pendant que je faisais mes études et que j'avais été légalement adopté par un oncle célibataire, qui était mort alors que j'étais aux armées. Je découvris également où ma famille avait habité, puis retournai à la bibliothèque municipale et puisai dans les vieux journaux locaux l'histoire approximative de mes états de service. Je m'étais engagé avec des centaines d'autres, le lendemain de Pearl Harbor ; j'avais fait mes classes dans le Sud et participé aux débarquements en Afrique et en Normandie.

J'appris tous les détails par cœur, et lorsque je quittai la bibliothèque, ne m'attardai pas sur les marches du perron pour allumer une cigarette. Je sortis par la petite porte latérale, regagnai la bagnole et allai déjeuner.

Vers deux heures moins le quart, je téléphonai à Logan. Nous convînmes d'un lieu de rendez-vous et, lorsqu'il m'y rejoignit une demi-heure plus tard et qu'il quitta sa propre bagnole pour venir s'asseoir auprès de moi, dans celle de Wendy, je vis que son visage était aussi bizarre que l'avait été sa voix à l'autre bout du fil.

« Du nouveau ? lui demandai-je.

— Et comment ! J'ai trouvé qui tu étais. »

Il sortit une enveloppe de sa poche, en tira quelques coupures de presse, ainsi qu'une circulaire imprimée, plusieurs fois repliée sur elle-même.

« Tiens, rince-toi l'œil », me dit-il.

J'étalai le tout sur mes genoux et me sentis pâlir. La circulaire était une affichette de la police avec ma photographie, mon signalement et un libellé disant que je m'appelais George Wilson et que j'étais recherché pour meurtre, vol avec effraction et attaque à main armée.

7

« Où est-ce que tu as trouvé ça ? bégayai-je.

— Dans les archives du canard, tout simplement. Celui qui a classé cette circulaire ne devait pas connaître Johnny. Lis le reste. »

Je lus le reste. Il n'y avait pas de quoi pavoiser. J'étais soupçonné d'avoir commis à peu près tous les délits imaginables et le dernier en date remontait à trois semaines avant l'accident qui m'avait privé de ma mémoire.

« Qu'est-ce que tu vas faire ? demandai-je à Logan.

— Je n'en sais rien. Je n'en sais vraiment rien. Tu es recherché, tu sais.

— Je peux m'en tirer.

— Oui. A cause de tes empreintes. Mais il vaut encore mieux pour toi que tu restes Johnny MacBride. Il ne t'en voudra pas. Il est mort.

— Va te faire voir !

— Moi, je dis ça comme ça.

— O.K. ! Continue.

— J'ai fait plus que de puiser dans les archives, mon pote. J'ai vérifié ton histoire depuis A jusqu'à Z. La compagnie pour laquelle tu travaillais l'a entièrement corroborée. Tu n'es plus ce que tu étais auparavant et je ne vois pas l'intérêt de te faire passer en jugement pour des choses que tu as complètement oubliées. »

Je me retournai pour lui sourire.

« Merci, Logan. Et si jamais je retrouve ma mémoire ?

— Attendons que ça se produise.

— Tu crois que je te le dirais ?

— Non.

— Tu as raison, mon pote. Si j'ai une conscience, elle ne me tourmentera sûrement pas assez pour que je confesse publiquement mes crimes et que je me passe moi-même la corde au cou.

— Tu en cours le risque actuellement. »

Logan s'esclaffa.

« Ce serait assez rigolo que tu sois pendu pour le meurtre de Minnow et non pour ce que tu as fait toi-même.

— Ce serait follement drôle, approuvai-je. Lindsey est-il au courant de cette histoire ?»

Logan secoua la tête.

« Tu l'intéresses beaucoup trop en tant que Johnny MacBride. Pour l'instant, tu as intérêt à le lui laisser croire.

— Et toi, Logan, qu'est-ce que tu fais dans tout ça ? Tu es un reporter et, si je connais bien les reporters, rien ne t'empêchera de raconter une aussi bonne histoire.

— Rien, souligna-t-il, sinon la possibilité de pouvoir en raconter une autre encore meilleure d'ici quelque temps. »

Il me regarda dans les yeux.

« Je vais détruire ces paperasses. Elles pourront être retrouvées, en cas de besoin, mais, actuellement, il serait ridicule de les laisser à un endroit où quelqu'un risque de tomber dessus accidentellement. Je vais attendre, Johnny. Je suis assez bon reporter pour sentir mijoter une histoire sensationnelle et je crois que tu es en train de nous en préparer une. Mais n'essaie pas de me mettre en double, c'est tout ce que je te demande... Tu piges ?

— A merveille. Toujours rien sur Vera ?

— Non. Elle s'est volatilisée. Je suis allé jusqu'à me mettre en rapport avec un de mes copains qui travaille au bureau central de la Sécurité sociale, à Washington. Rien n'a été versé à son compte depuis qu'elle a quitté la banque.

— Et les deux petits farceurs qui m'ont emmené faire un tour ?

— On connaît leur identité, mais c'est tout. S'ils travaillaient pour le compte de quelqu'un ici, il est impossible de dire pour qui.

— Il arrivera autre chose avant peu. Ils étaient trois et le troisième s'est échappé. S'ils récidivent, je te tiendrai au courant.

— A condition que tu t'en sortes. Si c'est le cas, tu pourras me joindre au Bar du Cirque. Quand je n'y suis pas, ils savent où me toucher. »

Je lui souris en montrant les dents.

« Je me suis déjà sorti de pas mal de pétrins, Logan. Je ne suis pas facile du tout à exécuter. »

Il me rendit un sourire du même genre et regagna sa propre bagnole. Une demi-heure plus tard, j'étais dans le quartier réservé. D'un côté, il y avait un marais, de l'autre une route qui menait à la fonderie et, entre les deux, quatre ou cinq pâtés de maisons avec une douzaine de bistrots et quelques boutiques. La rue des Hêtres, où les hêtres brillaient par leur absence, ne faisait aucun effort pour ne pas avoir l'air de ce qu'elle était. Les maisons étaient vieilles, mais soigneusement repeintes et certaines d'entre elles comportaient de nouveaux étages ou des corps de bâtiments fraîchement juxtaposés. Toutes les haies étaient bien entretenues, mais le contenu des poubelles aurait suffi pour dissiper les derniers doutes. Elles étaient toutes garnies de bouteilles vides.

Le numéro 107 était la dernière maison de la rue. Elle était blanche, avec des volets, des stores et une porte rouges.

Très approprié !

Je sonnai. A l'intérieur de la maison, un poste de radio jouait la *Sonate au clair de lune*. Ça n'allait pas très bien avec le business. Je sonnai de nouveau et allumai une cigarette.

Il devait y avoir un piédestal de vacant quelque part, car la femme qui vint m'ouvrir était Vénus en personne, mais avec des bras, et une robe qui ne demandait qu'à éclater. Quant à sa chevelure, elle était noire comme du jais et formait un ensemble parfait avec ses lèvres rouges.

« C'est Jack qui m'envoie », lui dis-je.

Et je dus avoir l'air idiot, car elle consulta son bracelet-montre et sourit avec une légère ironie. Il était à peine quatre heures.

« Si j'avais su que vous existiez, je serais venu de toute façon et j'aurais démoli la porte pour entrer plus vite », conclus-je.

Elle éclata de rire. Elle était encore plus belle, avec la tête renversée en arrière.

« Entrez donc, je vous en prie. Je ne voudrais pas que vous démolissiez ma porte. »

J'entrai et restai bouche bée devant le salon dans lequel elle m'introduisit. Il y avait un petit bar au fond, et les étagères pleines de belles reliures qui l'encadraient n'étaient pas des faux-semblants. Quant aux classeurs qui flanquaient le tourne-disque, ils contenaient beaucoup plus de morceaux classiques que de chansonnettes.

« Ça vous plaît ? »

Elle revenait vers moi avec une bouteille, de la glace et deux verres sur un plateau.

« Je suis un peu surpris. C'est la première fois que j'entre dans un établissement de ce genre.

— Vraiment ? »

Elle trempa ses lèvres dans son verre.

« Je suis seule jusqu'à six heures. Mes... pensionnaires n'arrivent pas avant. »

C'était une façon élégante de me dire qu'elle était la patronne et non pas une simple opératrice, au cas où je me serais fait des idées.

« Je ne suis pas venu pour ça, bébé, l'informai-je. Je cherche des renseignements. Jack a pensé que vous pourriez peut-être me les donner.

— Un gentil garçon, Jack. Qui êtes-vous ?

— Un de ses copains, et mon nom n'a pas d'importance. Vous avez entendu parler de Vera West ?

— Certainement. Pourquoi ? »

Elle m'avait répondu avec tant de naturel que je restai sans voix pendant quelques secondes.

« Où est-elle ?

— Ça, je ne saurais vous le dire. Elle a été avec Lenny Servo pendant un certain temps, mais ça n'a rien d'original.

— Vous... aussi ?

— Il y a bien longtemps... pendant une semaine. »

Elle alluma une cigarette et regarda la fumée monter lentement.

« Vous vouliez me demander si Vera... était parmi nous, n'est-ce pas ?

— Quelque chose comme ça.

— Pour autant que je sache, elle n'est jamais allée jusque-là. Ce n'était pas son genre.

— C'est le vôtre ? »

Elle éclata de rire pour la seconde fois, se pencha vers moi et me passa la main dans les cheveux.

« Ça, c'est une autre histoire, assez longue et très édifiante, mais c'est celle de Vera West qui vous intéresse ; alors, dites-moi ce que vous savez sur elle.

— Mais je ne sais rien sur elle. Je la cherche, un point, c'est tout.

— Vous avez essayé la police ? »

Je ricanai et elle comprit parfaitement ce que je voulais dire.

« Avez-vous essayé la gare ? Si elle a quitté la ville, quelqu'un qui la connaissait a pu la voir partir. Il est fort possible qu'elle ait repris son ancien métier, quelque part. Elle travaillait à la banque, n'est-ce pas ?

— Elle était secrétaire, lui dis-je.

— Alors, il se peut qu'elle le soit redevenue.

— Vous savez des tas de choses...

— J'ai été mariée avec un policier, dans ma prime jeunesse. »

Je souris, écrasai mon mégot dans un cendrier et me levai.

« J'essaierai tout ce qui sera en mon pouvoir, lui dis-je. J'avais espéré que vous pourriez me renseigner, mais puisqu'il n'en est rien...

— Avez-vous essayé Servo ? Il sait peut-être quelque chose ? »

Mon poing droit martelait sans arrêt la paume de ma main gauche.

« J'essaierai... la prochaine fois que je le verrai. »

Ses yeux se réfrigérèrent.

« N'oubliez pas de lui dire bonjour pour moi, murmura-t-elle.

— Dans les dents ? »

Elle acquiesça. Lentement.

« Oui. Et qu'il n'en reste pas une d'entière. »

Nous nous regardâmes pendant un bon moment. Toutes ses pensées étaient dans ses yeux. Plus j'entendais parler de lui et moins j'avais de sympathie pour Lenny Servo.

« Je vais voir ce que je peux faire, ripostai-je.

— Rappelez-moi plus tard. J'aurai peut-être des nouvelles pour vous. Mes pensionnaires savent à peu près tout ce qui se passe en ville. Mon numéro n'est pas dans l'annuaire. C'est le 1346. »

Elle me reconduisit jusqu'à la porte. Elle sentait vaguement le jasmin et sa robe lui collait à la peau. Elle surprit mon regard et sourit.

« Comment diable entrez-vous là-dedans ? m'informai-je.

— C'est un truc. »

Elle me tendit une sorte de gland soyeux qui pendait au bout d'une cordelière, sur son épaule gauche. Elle souriait toujours. Je tirai sur la cordelière.

La robe disparut, tomba à ses pieds. C'était bien Vénus échappée de quelque musée. Elle était encore mieux comme ça qu'avec toutes ses draperies.

« Vous avez compris le système ? s'enquit-elle en souriant.

— Oh ! papillon, soupirai-je. Sur certaines femmes, la peau n'est que de la peau...

— Et sur moi ?

— Un superbe invitation en noir sur blanc... »

J'ouvris la porte, me glissai dans la rue et refermai le battant derrière moi. Je me serais volontiers attardé, mais je n'en avais pas le loisir. Plus tard, peut-être...

Je regagnai le centre de la ville. Cette visite m'avait altéré. J'entrai dans un bar et commandai un demi. Les machines à sous faisaient un vacarme de tous les diables et une clameur s'élevait dans l'arrière-salle. Je n'avais bu qu'une gorgée de bière lorsqu'une grosse patte me frappa sur l'épaule.

« Je te cherche depuis ce matin, petit joueur, dit Tucker.

— Je ne suis pas bien difficile à trouver, gros porc, ripostai-je.

— Ferme ta gueule et ramasse ta monnaie, MacBride, gronda-t-il. Je t'emmène faire un tour. »

Je faillis lui répondre : « Toi aussi ? », mais changeai d'avis et dis simplement :

« Tu m'arrêtes ?

— Mettons qu'on a besoin de toi pour t'interroger. Au sujet d'un double meurtre, là-bas, à la carrière. »

Je ramassai ma monnaie et le suivis docilement. Il y avait deux autres types avec Lindsey, cette fois-ci. J'allais allumer une cigarette quand Lindsey se mit à beugler :

« On fume pas, ici, MacBride ! »

Je rangeai mes cigarettes et m'approchai d'une chaise.

« Reste debout jusqu'à ce que je te dise de t'asseoir ! » ordonna Lindsey.

Je saisis la chaise à deux mains et regardai le capitaine dans les yeux.

« Écoute, Lindsey, lui dis-je, vous êtes quatre dans la cambuse ; mais, si tu continues à le prendre sur ce ton, je vais te casser la gueule et je conseille à personne d'essayer de m'en empêcher. »

Tucker avait déjà sorti son pétard, mais Lindsey l'arrêta d'un geste.

« Laisse-le, Tuck. Il l'ouvrira un peu moins grande tout à l'heure. Assieds-toi, MacBride, assieds-toi. Je suppose que t'as un alibi pour hier soir.

— Je comprends, et un superbe ! » mentis-je.

Je remis la chaise sur ses quatre pieds et m'assis dessus. Les choses se passèrent mieux que je l'escomptais. Lindsey ne me demanda même pas quel était mon alibi, et mon cerveau cessa de tourner comme une turbine à la recherche d'une solution praticable.

« Nous avons trouvé deux revolvers dans la carrière, MacBride. L'un d'eux était couvert de taches compactes en forme de doigts. Est-ce que ça te dit quelque chose ?

— Bien sûr. Le tueur portait des gants.

— Non. Il n'avait pas d'empreintes.

— Tant mieux pour lui !

— Oui et non, MacBride. Ces messieurs viennent de Washington. Ce sont des spécialistes de la question. Ils vont se faire un plaisir d'examiner tes doigts. »

Telle était la raison pour laquelle mon alibi ne l'avait guère inquiété. Il se souciait assez peu des deux macchabées de la carrière. Ce qui l'intéressait, c'était le meurtre de Minnow. Là, il avait de véritables empreintes. Pas des taches compactes.

Je haussai les épaules et me laissai conduire au laboratoire où les deux experts de Washington avaient installé leur matériel. Depuis deux ans, pas mal d'experts s'étaient escrimés sur mes doigts, et j'étais heureux, à présent, que rien n'en fût jamais sorti. Pendant plus d'une heure, je me prêtai à toutes leurs fantaisies, jusqu'à ce que mes doigts fussent écorchés et sanglants. Je ne bronchai même pas lorsque leurs fourbis à rayons ultra-violets commencèrent à me rôtir la viande. Ils n'avaient certainement jamais eu de sujet aussi complaisant que moi, mais, lorsqu'ils eurent épuisé toutes leurs ressources, ils avaient toujours un groupe de taches compactes et un cas sans précédent à porter aux annales de la police : j'étais le premier suspect qui eût jamais réussi à se débarrasser complètement de ses empreintes digitales.

Je quittai le commissariat central, laissant Lindsey en proie à une rage indescriptible. Histoire de m'amuser un brin, j'allai me faire raser chez Looth, le barbier bavard. Il était en train de raser un type lorsque j'entrai chez lui et je m'installai dans un coin sans qu'il m'eût aperçu. Quelques instants plus tard, un petit commissionnaire apporta au type en question une paire de télégrammes et un message téléphoné. Le type lui donna un bon pourboire.

« Merci, monsieur le maire », dit le gosse.

Ce fut ainsi que j'eus l'honneur d'apercevoir le maire de Lyncastle. Un peu plus tard, deux hommes entrèrent, qui saluèrent cérémonieusement M. le maire et se mirent à parler boutique. L'un des deux était conseiller municipal. Le salon de Looth était apparemment le dernier-salon-où-l'on-cause de Lyncastle, l'endroit où l'élite de la ville se rendait journellement pour se faire raser ou couper les cheveux et échanger les derniers potins locaux. Logan ne perdrait certainement pas son temps s'il engageait Looth comme informateur.

Lorsque M. le maire se leva, je le remplaçai dans le fauteuil. Looth me reconnut et ses mains se mirent à trembler tellement que je commençai à me demander si j'allais m'amuser autant que je l'avais cru.

« Écoute, mon pote, lui dis-je, cesse de te tracasser. Tu m'as jeté dans les bras des flics et je me suis offert une petite revanche, l'autre jour, au bar, mais, maintenant, c'est fini. Je suis plus en pétard. Tu peux dormir sur tes deux oreilles. »

Un immense soupir siffla entre ses incisives.

« Je suis... je suis navré, mon... monsieur, bégaya-t-il. Mais voyez-vous... j'ai une très bonne mémoire, et... eh bien ! mon Dieu... c'était une sorte de devoir civique, et...

— Mais oui, mais oui, j'aurais fait la même chose, à ta place. Tu es tout excusé. »

Il me remercia avec effusion et se mit au travail. Je me détendis sous la serviette chaude en pensant au temps où nous nous faisions raser, Johnny et moi, tous les samedis après-midi, pour sortir en ville. On avait fait une paire de fameux copains, tous les deux. Dommage qu'il ne soit plus là. S'il s'était confié à moi de son vivant, on aurait pu faire un sacré boulot à Lyncastle ! Deux Johnny MacBride au lieu d'un. Mais peut-être aurait-il préféré laisser le passé où il était... comme ceux qui avaient tellement peur de le voir remonter à la surface qu'ils faisaient tout leur possible pour me supprimer. Comme ceux qui recherchaient Vera, eux aussi, d'après Jack... »

Looth dit quelque chose que je ne compris pas, et je lui répondis :

« Fais-moi beau, mon pote. J'ai un rendez-vous, ce soir... »

Il me vaporisa de l'alcool sur la figure.

« Oh ! vous voulez dire : Miss West ? Oui, je me souviens. Elle et vous… Oh ! je… Excusez-moi, monsieur MacBride, je ne voulais pas…

— De rien, de rien. C'est si loin maintenant… »

Il souriait lorsqu'il me donna le petit coup de brosse traditionnel. S'il l'avait osé, je crois qu'il m'aurait embrassé.

Une légère bruine vernissait les rues. J'achetai un canard à un jeune crieur et lui demandai où se trouvait le Bar du Cirque. Il me l'expliqua, je regagnai la bagnole et démarrai. Je connaissais le chemin. C'était juste derrière les bureaux de la *Gazette de Lyncastle*. Les vitrines étaient ornées d'éléphants roses et, malgré son nom bizarre, ce n'était rien de plus qu'un repaire de reporters et de linotypistes. Il y avait une vingtaine d'appareils téléphoniques, sur le comptoir, dont une bonne moitié en cours de service. Logan était l'un de ceux qui téléphonaient. Il écoutait beaucoup plus qu'il ne parlait, et, lorsqu'il raccrocha le récepteur, ce fut pour courir vers la sortie.

En passant près de moi, il me saisit par le bras et m'entraîna à sa suite.

« Si tu veux me parler, tu me parleras en route », grogna-t-il.

Je le suivis dans sa Chevrolet, et ce fut seulement lorsque nous fûmes installés côte à côte sur le siège de devant que je lui demandai :

« Où allons-nous ?

— Un article pour moi. Une fille qui s'est fait ratatiner.

— Qui ça ?

— Sais pas. C'est un gars qui me passe des tuyaux, de temps en temps, qui vient de me téléphoner. »

Il prit un virage sur deux roues et continua :

« D'après la façon de travailler de Lindsey et du coroner, on saura rien avant une semaine si on n'est pas sur les lieux quand ils arriveront ! Qu'est-ce que tu as fabriqué, toute la journée ?

— J'ai rendu visite au camarade Lindsey. Il y avait aussi deux experts de Washington. Ils voulaient travailler sur mes empreintes.

— Alors ?

— Alors, rien, comme toutes les autres fois.

— George Wilson est aussi mort que Johnny MacBride, on dirait ?

— Oui, on le dirait. »

Logan s'arrêta finalement devant un vieil immeuble décrépit, à la porte d'entrée surmontée d'une vaste marquise.

« C'était une bonne pension de famille dans le temps, m'expliqua-t-il en escaladant le perron d'un seul bond. Mais, maintenant, c'est plutôt tartoche. »

Un visage anxieux apparut dans l'entrebâillement de la porte. Un visage anxieux que la vue de Logan sembla soulager.

« Oh ! monsieur Logan, quelle histoire ! Je sais pas quoi faire…

— Vous n'avez pas encore appelé la police ?

— Non, je n'en ai encore parlé qu'à Howie, et il m'a dit qu'il allait vous appeler. Dites, monsieur Logan…

— Où est-elle ?

— Au premier étage. La deuxième chambre sur le devant. Montez si vous voulez. Moi, je resterai dehors. »

Il nous suivit dans l'escalier, mais, conformément à ce qu'il venait de dire, demeura sur le palier tandis que nous entrions dans la chambre. La morte était allongée dans son lit, sur le ventre, la tête nichée au creux de son bras replié. Quelqu'un l'avait poignardée dans le dos, à travers drap et couverture, et elle était morte si vite qu'elle avait à peine pris le temps de saigner.

« Tout droit dans le cœur, apparemment, dit Logan d'une voix rauque. Beau travail. Juste entre deux côtes. Le couteau a dû ressortir tout seul.

— Et tout ça du premier coup d'œil, commentai-je sarcastiquement.

— J'en ai vu autant que Lindsey, depuis que je suis journaliste. Où est l'autre zouave ?

— Sur le palier. »

Logan regagna la porte de la chambre.

« Qui est-ce ? vociféra-t-il.

— Elle s'appelle Ines Casey. Elle partage cette chambre avec une copine. Elles sont serveuses quelque part. Pas dans la même équipe.

— T'habites ici ?

— En bas. Hier, elles m'avaient dit qu'une de leurs fenêtres fermait mal, je suis monté aujourd'hui pour la réparer et je l'ai trouvée... comme ça. »

Logan revint vers moi. J'étais à genoux pour regarder le visage de la morte et il s'agenouilla près de moi.

« Elle n'était pas mal, constatai-je. Qu'est-ce que tu penses de ça ? »

Il se redressa en haussant les épaules.

« Est-ce que je sais, moi. Crime passionnel, sans doute. Les serveuses qui travaillent dans les boîtes du coin sont pas toujours très soigneuses dans le choix de leurs amants. Voir résultat. Celui-là n'était pas un novice dans le maniement du couteau.

— Un vrai professionnel, approuvai-je. Il n'a même pas eu besoin de chercher l'endroit. »

Logan frissonna.

« Je vais appeler Lindsey, dit-il.

— Alors, je vais aller t'attendre dans la bagnole. Il ne serait sûrement pas très content de me voir par ici. »

Ni Lindsey, ni Tucker, ni le petit gros qui devait être le coroner, ni les deux flics en civil ne me repérèrent. Le district attorney arriva quelques minutes après eux et repartit le premier. Près d'une heure plus tard, Logan me rejoignit enfin et s'assit devant son volant.

« Alors, quel est le verdict ?

— Poignardée. Agresseur inconnu. Lindsey a passé le plus clair de son temps au téléphone et il a ramassé quelques détails. Elle travaillait au restaurant ABC. Sa compagne de chambre est là-bas en ce moment. Elle fréquentait deux types, mais personne n'est fichu de dire leurs noms.

— Même pas sa compagne de chambre ?

— Non. Il n'y a pas longtemps que ça dure et, comme l'une est de jour et l'autre de nuit, elles n'avaient guère le loisir de parler de leurs affaires de cœur. Elle avait fait leur connaissance au restaurant et misait sur les deux tableaux. La semaine dernière, elle a rompu avec l'un des deux, et ça a fait toute une histoire. Lindsey les retrouvera. Ce sera pas long.

— Pas grand-chose en fait d'article, hein ?

— Pas pour mon genre d'articles, non.

— J'ai pas mal réfléchi en t'attendant », repris-je.

Logan me regarda sans parler.

« Elle n'a pas bougé quand elle a été tuée, pas vrai ?

— Tu parles. Elle a été poignardée en plein cœur. La mort a été instantanée.

— Elle était sur le ventre avec le visage enfoui au creux de son bras, continuai-je.

— Oui, bien sûr, et alors ? »

Je ne pus m'empêcher de rire.

« Ne fais pas attention à moi, Logan, j'ai des idées bizarres en ce moment. Je sais pas où je vais les chercher. »

Logan regarda s'éloigner l'une des voitures de police avec Tucker à son volant, puis il lança son propre moteur et embraya doucement.

« Oh !... j'allais oublier. Tu as vu le journal de ce soir ?

— J'en ai acheté un, mais je ne l'ai pas encore ouvert. Pourquoi ?

— Jette un coup d'œil aux petites annonces personnelles. »

Je sortis le journal de ma poche, le dépliai, cherchai la rubrique des messages personnels et suivis la colonne du bout de l'index, à la lueur du tableau de bord. L'avant-dernière annonce était ainsi libellée :

« Prière J. Mc appeler 5492, ce soir, 11 heures. Urgent. »

Je déchirai le coin du journal et le remis dans ma poche.

« Il se peut que ce soit moi, pas vrai ?

— Ça se peut, acquiesça Logan. C'est arrivé juste avant que le canard aille au clichage. J'ai repéré ça sur les épreuves. C'est un gosse qui l'a apportée et payée.

— Quelle heure est-il ? »

Il consulta sa montre-bracelet.

« Dix heures et demie. On va boire un verre ?

— Sûr. Allons-y. »

Logan parqua sa bagnole devant une boîte qui n'avait pas de petit écriteau bleu dans sa vitrine. Il n'y avait ni machines à sous, ni roulette, ni tables de passe anglaise à l'intérieur et, pour cette raison, il n'y avait pas beaucoup de clients non plus. Un peu avant onze heures, je passai dans la cabine téléphonique. Je voyais la pendule à travers la porte vitrée et j'attendis que la grande aiguille fût sur le chiffre 12 pour introduire ma pièce dans la fente et composer mon numéro. La sonnerie ne résonna qu'une seule fois, quelqu'un décrocha le récepteur et une voix murmura :

« Oui ? »

C'était une voix de femme, grave et harmonieuse et parfaitement inexpressive.

« Je vous téléphone au sujet d'une petite annonce qui a paru dans le journal de ce soir.

— Continuez.

— Je suis un « J. Mc », si cela peut vous renseigner.

— Partiellement, oui.

— Je m'appelle Johnny MacBride.

— Alors, c'est bien à vous que je veux parler. »

La voix marqua une pause imperceptible.

« Voyez Harlan, Johnny. Il faut que vous voyiez Harlan. »

Elle raccrocha si vite que je regardai le récepteur, bouche bée, avant de le reposer sur sa fourchette. Puis je glissai une seconde pièce dans la fente et composai le numéro du standard.

« Ici, Tucker, de la police municipale, dis-je brusquement à la standardiste. Je veux savoir à quoi correspond le numéro 5492. Vous voulez que j'attende ?

— Une minute, je vous prie. »

Et, quelques instants plus tard :

« C'est celui d'une cabine publique située au coin de l'avenue Grand et du boulevard.

— O.K. ! Merci. »

Je ne pigeais pas du tout. Logan était intrigué, mais il ne me posa pas de questions. Je lui dis que l'annonce n'était pas pour moi, et cette explication parut le satisfaire.

Je venais de le laisser au Bar du Cirque et méditais depuis un bon moment, assis au volant de la bagnole de Wendy, lorsque le hasard décida de me faire une petite faveur. Une voiture noire passa près de moi et, brusquement arraché à ma rêverie, je reconnus, en la personne du conducteur, le petit bonhomme qui m'avait doublement filé la veille, en ville, d'abord, et entre les doigts, à la carrière, après le massacre de ses copains.

Instantanément, je démarrai et le suivis. Lorsqu'il commença à ralentir et à raser les bagnoles rangées contre le trottoir, je compris qu'il cherchait un endroit où parquer la sienne, le dépassai, trouvai une place avant lui, et m'y casai en marche arrière. Un instant plus tard, il me dépassa à son tour, se rangea un peu plus loin, quitta sa voiture et revint sur ses pas. Je le laissai passer et prendre une petite avance avant de le filer à nouveau. C'était encore plus facile à pied qu'en bagnole. La bruine s'était changée en une sale petite pluie fine, mais ça n'empêchait pas les affaires de marcher. Les trottoirs étaient encombrés de gogos qui changeaient constamment de crémerie, poursuivant la chance de tripot en tripot. La plupart d'entre eux avaient déjà une demi-cuite, et la nuit était loin d'être terminée !

Le petit bonhomme pénétra dans la boîte la plus vaste et la plus illuminée de toute la rue. Un immense dais recouvrait le trottoir sur toute sa largeur, et un portier déguisé en amiral aidait les clients à débarquer des taxis. « Edward Packman, propriétaire », annonçaient les petites inscriptions placardées en travers des vitrines.

Eddie Packman. Le satellite de Lenny Servo. Celui que Vera West avait aperçu à la gare, avant de se mettre à courir comme une folle vers le plus proche taxi. D'après Jack, tout au moins.

Le comptoir avait quinze mètres de long. Une douzaine de barmen s'efforçaient de satisfaire les quatre rangées de clients qui vociféraient à qui mieux mieux, s'agitant devant leurs étagères avec des gestes saccadés, mécaniques, comme les acteurs dans les bons vieux films de l'ancien temps. Aussi bondé que le bar lui-même, le reste de l'immense salle renfermait toutes les espèces connues de jeux dits « de hasard ». Il y avait même des trous à souris. Les femmes glapissaient, les hommes encourageaient les bestioles, et les souris couraient vers les trous qui rapportaient six dollars contre un. Mais, comme il n'y avait que trois souris et cent cinquante ou deux cents trous, la maison n'y perdait guère.

Mon petit bonhomme but un demi avant de se diriger vers le fond de la salle. Je le vis disparaître dans un petit escalier, commandai un demi moi-même et attendis patiemment.

Il redescendit une demi-heure plus tard, le visage empreint d'un curieux mélange de satisfaction et de colère. Cette fois-ci, il ne s'arrêta pas pour boire un verre. Il gagna directement la sortie, réintégra sa bagnole et démarra aussitôt.

Moi *idem*.

Tout alla bien jusqu'à ce qu'il arrivât à un carrefour complètement désert. Je m'attendais si peu à le voir s'arrêter simplement parce que le signal était au rouge que je me laissai surprendre. Je roulais trop vite pour pouvoir stopper à temps. Je pris le parti de le doubler, mais ma brusque manœuvre attira son attention et, pour la première fois depuis le début de cette filature, il me repéra. Je vis ses yeux s'écarquiller, sa bouche s'ouvrir, et il embraya si brutalement que sa bagnole fit un véritable bond en avant.

Il avait tourné à droite et je dus reculer un peu pour pouvoir l'imiter. Son feu arrière était un œil rouge qui s'éloignait à vive allure, mais la Ford était à la hauteur, et la distance qui nous séparait diminuait rapidement. Nous filions à plus de cent vingt, en maltraitant les pneus dans les virages, et j'étais en boule contre moi-même, parce que j'aurais dû le coincer beaucoup plus tôt.

En ligne droite, je l'aurais déjà rattrapé, mais la Ford était trop légère pour que je puisse prendre les virages à la même vitesse, et il conservait son avance.

Puis il y eut une belle ligne droite, je poussai le champignon jusqu'au plancher de la voiture et me cramponnai au volant, luttant de toutes mes forces pour maintenir la Ford sur la route. Je l'aurais eu si les phares d'un camion n'avaient dessiné un virage, à quinze cents mètres devant nous. Je savais très bien que je ne l'étalerais pas et commençai à freiner doucement. Mais le petit bonhomme essaya de le prendre sans ralentir.

Il dérapa dans le virage, tenta de se redresser et quitta finalement la route, dans un horrible fracas de ferraille tordue et de vitres brisées. Je m'arrêtai cinq cents mètres après le virage, revins en arrière et trouvai la voiture fracassée dans les hautes herbes, à quarante ou cinquante mètres de la route.

Il vivait encore, mais pas pour longtemps. Il ne restait plus de lui que la moitié supérieure d'un corps humain. Une moitié supérieure qui répétait stupidement :

« Un docteur... un docteur...

— Il est trop tard pour aller chercher un médecin, lui dis-je. Qui t'a payé pour me suivre ?

— Un docteur... un docteur... un docteur... »

Puis la litanie cessa à son tour et je me redressai.

Manque de pot. Pour lui comme pour moi. J'aurais tant voulu pouvoir le cuisiner un peu.

J'ouvris son veston et lui pris son revolver. Je débouclai également l'étui de cuir qui pendait sous son aisselle et le jetai loin du lieu de l'accident, parmi les plantes folles. Puis je m'emparai de son portefeuille. J'y trouvai mille dollars en billets de cent, soigneusement rangés derrière deux billets de cinq dollars. J'empochai les dix billets de cent dollars, remis le reste dans le portefeuille et le portefeuille dans la poche du mort.

A présent, les flics et les journaux pourraient imputer l'accident à ce qui coulait à flots dans les bars de Lyncastle.

A présent, je pourrais monter voir Eddie Packman et lui demander ce que le petit bonhomme avait bien pu faire pour gagner ces mille dollars.

Je retournai donc au palais du jeu si brillamment illuminé de M. Edward Packman et demandai poliment si cet éminent personnage était dans ses murs. Mais M. Edward Packman avait quitté l'établissement vingt minutes plus tôt, avec des amis, et personne ne savait où il passerait la nuit.

Tant pis !

J'avais bu trop de bière et pas assez mangé. Mais, ça, c'était un problème facile à résoudre. Je filai tout droit chez Louie Dinero. Le pétard faisait une grosse bosse dans ma poche, et je jugeai plus sage de le cacher sous les coussins de la voiture.

Je m'expliquais avec un beefsteak saignant lorsque Wendy apparut sur la piste, saluée par un « Aaaah » de satisfaction. Elle avait une robe blanche, ce soir, beaucoup moins décolletée que la verte, mais qu'un projecteur braqué dans son dos rendait pratiquement transparente, enveloppant sa silhouette d'un nuage mobile qui laissait tout deviner sans rien montrer vraiment.

Je regardai les visages congestionnés et les bouches ouvertes de tous ces abrutis qui retenaient leur souffle autour de moi, et sentis une colère sourde m'envahir. Ça me mettait en boule de la voir montrer à tous ces sagouins ce qu'elle m'avait montré en privé.

Puis je me dis que j'étais abruti moi-même. Wendy était une jolie fille, d'accord, plutôt mieux que la moyenne des filles, d'accord, mais ses cheveux sortaient d'une bouteille, et, vue de près, les coins de ses yeux et de sa bouche étaient plus durs qu'ils auraient dû l'être. Si elle me montrait en privé ce qu'elle montrait à tous ces sagouins, ce n'était pas une raison pour me faire des idées. J'achevai d'expédier mon beefsteak, payai l'addition et m'approchai de Louie, qui m'adressa un grand salut en italien.

Ce type-là avait une mémoire d'éléphant. Il me reconnut tout de suite, me demanda des nouvelles de Nick et me serra cordialement la main. Je lui demandai poliment si je pouvais aller voir Wendy dans sa loge ; il acquiesça et me montra l'entrée des coulisses. Je trouvai facilement la porte marquée W.M., tournai la poignée et poussai le battant.

J'aurais dû frapper avant d'entrer.

8

Elle était juste en train de faire passer sa robe blanche par-dessus sa tête.

Les lumières crues de sa table à maquillage soulignaient d'ombres séduisantes le relief juvénile de ses seins, la surface incroyablement plane de son ventre musclé. C'était comme ça que son numéro aurait dû se terminer. Alors, là, ç'aurait été vraiment du grand art.

Le piano plaqua un accord dans la salle et elle comprit soudain que la porte était ouverte. Lorsqu'elle me vit, elle fit un bond sur place, comme une biche effrayée, puis elle abaissa la robe devant elle et l'inévitable resta caché.

« Tu te souviens de moi, pas vrai ? » lui dis-je en souriant.

Elle se lécha les lèvres et fronça les sourcils.

« Repos, repos, plaisantai-je. Tu ne vas pas mourir de peur, j'espère. Je t'ai déjà vue comme ça, tu sais, seulement, au clair de lune, c'était plus romantique.

— Tu m'as... effrayée, Johnny. Tu aurais dû frapper.

— J'y ai pensé un peu trop tard.

— Alors, si ça ne te fait rien, transforme-toi en gentleman pendant quelques secondes et retourne-toi. Les ampoules électriques n'ont rien de commun avec le clair de lune. »

Elle me sourit et j'exauçai son désir. Les femmes ont parfois de drôles d'idées.

« Tu as quelque chose de prévu pour ce soir ? »

Elle dut mal interpréter ma question. D'après sa façon de me répondre « Non ! », on aurait cru que je venais de la gifler.

« Tu ne m'as pas compris, Wendy... Je voulais simplement te demander si tu avais l'intention de sortir ce soir ?

— Non. Je suis fatiguée. Je vais rentrer directement.

— Ça ne te dirait rien de sortir avec moi ? »

Elle ne répondit pas. Je me retournai. Assise devant son miroir, elle se mettait du rouge à lèvres. L'éclat brutal des ampoules nues insistait méchamment sur les racines trop foncées de sa chevelure blonde.

« Alors ? murmurai-je.

— Pas ce soir, Johnny. Je suis trop fatiguée.

— C'est très important pour moi.

— Comment cela ?

— Le dernier des trois salopards qui ont essayé de me buter hier soir est en deux morceaux, quelque part le long de la route nationale. »

Elle fit une grimace horrifiée.

« Est-ce toi qui...

— Non. Il est rentré dans les décors avec sa bagnole.

— Mais quel rapport ça peut-il avoir avec ta sortie de ce soir ? »

Je souris et me laissai choir sur une chaise pliante.

« Il avait mille dollars dans sa poche, en jolis billets neufs de cent dollars l'unité. Cet argent lui a été donné par un nommé Eddie Packman. Je veux trouver Eddie. Ce soir.

— Et tu veux que je t'accompagne ?

— Bien sûr.

— Non. »

Elle acheva de se faire les lèvres. Nos yeux se rencontrèrent dans la glace et ne se quittèrent plus.

« Écoute, Johnny, je sais ce que tu ressens, mais... j'ai la faiblesse de tenir à la vie. Et tu es dangereux. Très dangereux... Tu n'es là que depuis très peu de temps et, déjà, trois hommes sont morts.

— Ce n'est que le commencement, Wendy.

— Je sais. »

Elle baissa la tête et se détourna vivement.

« Ça... t'ennuie beaucoup ? »

Je haussai les épaules.

« Pas à ce point-là. La seule chose qui m'ennuie, c'est qu'on ne peut pas entrer dans la moitié des boîtes si l'on n'a pas une belle fille accrochée au bras. »

Elle se retourna pour me dévisager.

« Il y a des moments où... commença-t-elle.

— Oui ?

— ... il aurait peut-être mieux valu que tu restes où tu étais, Johnny !

— Mieux valu pour qui ? Pour un tueur qui est en train de profiter de la vie, quelque part dans le voisinage ?

— Ce n'est pas ce que j'ai voulu dire. »

C'était peut-être la lumière qui rendait son regard si brumeux. Je m'approchai d'elle pour voir ça de plus près, et ce n'était pas du tout la lumière. Il était réellement brumeux et ses prunelles nageaient dans leur propre tristesse. Elle sourit piteusement et s'empara de ma main.

« Je ne suis pas très drôle, hein, Johnny ? Je devrais avoir honte de moi-même... Navrée d'être aussi stupide, Johnny.

— Tu n'es pas stupide. »

L'orchestre jouait une valse lente qui nous enveloppait comme une vapeur légère. Deux larmes tremblaient au coin des yeux de Wendy.

« Tu n'es pas stupide, répétai-je.

— Tout allait bien jusqu'à ce que tu arrives. Il y a là tous les soirs une centaine de types qui voudraient bien de moi et tu es le seul que je veuille. »

Ma bouche trouva sa bouche et je sentis contre mon propre corps les frémissements excités qui la parcouraient des pieds à la tête.

« J'en ai vu de toutes les couleurs, Johnny... Maintenant, je fais un numéro qui montre pas mal de peau et je gagne bien ma vie. J'ai une maison, une auto, deux ou trois bons amis, et j'étais contente comme ça... jusqu'à ce que tu arrives. Tu vois ce que tu m'as fait, Johnny ? »

J'essayai de l'interrompre, mais elle ne m'en laissa pas le temps.

« Ne t'inquiète pas, Johnny. Je ne suis pas stupide à ce point-là. Tout ce que je te demande, c'est de me laisser t'aimer sans te croire obligé de me rendre quoi que ce soit en échange. Est-ce suffisamment clair ? »

Je restai sans voix pendant dix bonnes secondes. C'était la première fois que son âme était dans son regard et il n'y avait plus trace, autour de ses yeux, des dures petites rides que j'avais remarquées le premier jour.

« Oui, oui, bien sûr, bégayai-je.

— A propos... j'ai commencé à me renseigner autour de moi... au sujet de cette Vera West, mais je n'ai encore rien trouvé d'intéressant. »

Je compris à demi-mot et n'essayai pas de revenir sur la conversation précédente.

« Continue à te renseigner, Wendy, ripostai-je. Prudemment, bien entendu, et quelque chose finira bien par en sortir. Pas de regrets, pour la sortie de ce soir ?

— Non, Johnny, je t'en prie... Pas ce soir. »

Je crois que j'aurais été déçu si elle s'était laissé convaincre. J'aime les femmes qui ont de la suite dans les idées. Elle me sourit, je l'embrassai légèrement sur les lèvres et m'esquivai.

Louie me vit ressortir des coulisses et me fit signe de venir trinquer avec lui. Le barman nous servit du champagne et nous levâmes nos coupes à nos santés respectives. Louie fit claquer sa langue et me jeta un coup d'œil oblique.

« Dis-moi quelque chose, Johnny. Est-ce que tu vas m'enlever Wendy ? »

Il lut sur mon visage la question que j'allais lui poser et continua :

« Je t'ai vu la regarder tout le temps. Je sais ce que je dis. Je suis marié. Et j'en ai eu d'autres, avant.

— Écoute, Louie, tu ne voudrais pas perdre Wendy, pas vrai ?

— Eh ! si Wendy s'en va, mon commerce s'en va. »

Il grogna.

« Ou peut-être que non. Les hommes aiment voir des femmes nues. Je pourrai toujours leur en donner...

— Wendy n'est pas une femme nue, Louie.

— Oh ! non, ce qu'elle fait est bien meilleur qu'un *strip-tease*. Qu'elle leur en montre un centimètre de plus, et ils s'imaginent qu'ils ont vraiment vu quelque chose. Wendy est une bonne gosse. Elle en a vu pas mal dans la vie, mais c'est une bonne gosse. Tu piges ?

— Bien sûr.

— Si jamais tu lui fais des entourloupettes... »

S'il n'avait pas été aussi sérieux, il aurait été rigolo comme tout, avec son accent italien. Il parlait exactement comme un futur beau-père.

« T'inquiète pas, Louie, le rassurai-je. Je n'ai pas l'intention de lui faire des crasses. Je trouve que c'est une bonne gosse, moi aussi.

— Je sais, Johnny, je sais. Je m'inquiète toujours trop. Y a longtemps qu'elle est là, Wendy. On est des bons copains. Et Nick aussi, c'est un vieux copain. Là-bas, en ville, y a des tas de sales fourbis qui se passent, mais, ici, c'est loin de la ville et on est peinard et ça nous plaît comme ça, tu piges ?

— Tu es au courant de ces sales fourbis, Louie ?

— Forcément. Mais je m'en mêle pas. Je vois ceux qui passent et ceux qui reviennent. Y a toujours beaucoup de mouvement, ici.

— Tu connais un nommé Eddie Packman ? »

Je crus un instant qu'il n'allait pas me répondre. Puis :

« Oui, pourquoi ?

— C'est un fortiche.

— Oui, c'est aussi un dur.

— Pas si dur que ça. Tu ne sais pas où je pourrais le trouver ?

— Il a une boîte en ville...

— Des clous. Il est sorti, ce soir.

— Alors, tu le trouveras au Navire à l'Ancre. Il a une souris là-bas. Deux fois plus grande que lui. Tu emmènes Wendy ?

— Non.

— J'aime mieux ça... Trop dangereux.

— Oui. Wendy est du même avis. O.K. ! Louie. Merci du tuyau, et à bientôt. Veille sur Wendy. »

J'allais sauter à bas du tabouret, mais il me retint par le bras.

« Johnny... as-tu déjà tué quelqu'un ? »

Ce fut à peine si j'entendis sa voix dans le vacarme environnant.

Je sentis mon visage se tendre et mon estomac se creuser. C'était une question à laquelle je ne voulais pas répondre, mais la réponse devait s'étaler sur ma figure, car il ajouta :

« Joue au dur avec Packman, et quelqu'un va se faire tuer. »

J'acquiesçai. Il lâcha mon bras.

« Ce ne sera pas moi, Louie, répondis-je.

— Non, ce ne sera pas toi, Johnny. »

Avant de partir, je donnai un coup de téléphone.

« Allô ? s'enquit une voix qui ressemblait au champagne que je venais de boire.

— Ici, l'individu qui a tiré sur la cordelière, vous vous souvenez ? »

Son rire était semblable à la mousse du champagne.

« Naturellement. Vous avez paru surpris.

— C'était la première fois que je tirais sur une cordelière.

— Quel dommage...

— Vous m'aviez dit que vous vous renseigneriez...

— J'ai tenu ma promesse. Pensez-vous... — elle hésita une seconde — ... que nous puissions en parler, disons, dans une demi-heure ? »

J'entendis un murmure de voix, à l'arrière-plan, et le choc d'un cube de glace contre la paroi d'un verre. O.K. ! je n'avais pas la tête dure.

« Dans une demi-heure, ça ira très bien. Chez vous ou dans quelque autre endroit ?

— Ailleurs, je vous en prie...

— Entendu. Je serai devant chez vous dans une demi-heure. Je vous ferai signe quand vous sortirez. »

Elle disait au revoir lorsque je raccrochai.

Il me fallut une vingtaine de minutes pour arriver à destination. Il n'y avait pas une seule place libre sur toute la longueur de la rue des Hêtres. Presque toutes les plaques d'immatriculation étaient étrangères à l'État. Je remontai la rue au ralenti jusqu'à ce qu'une bagnole quittât le trottoir et me hâtai de prendre la place. Quelques minutes plus tard, Vénus sortit de chez elle et je donnai un petit coup de klaxon pour attirer son attention. Elle se glissa près de moi, cueillit la cigarette que j'avais entre les lèvres et en tira une dernière bouffée avant de la jeter dans le ruisseau.

« Je me sens l'âme d'une collégienne, dit-elle.

— Échappée du dortoir ?

— Plus ou moins.

— J'espère que je n'ai rien compromis.

— Diable non. En fait, je cherchais une excuse pour m'esquiver lorsque vous avez téléphoné. »

Elle alluma la radio et tourna le bouton jusqu'à ce que le fracas d'une symphonie emplît la voiture.

« L'Orchestre philharmonique de Philadelphie... Ça ne vous ennuie pas ?

— Pas le moins du monde. »

Quelle femme ! Propriétaire d'une « maison » de luxe et amoureuse de musique classique. La tête renversée contre le dossier du siège, les paupières mi-closes, elle respirait les notes harmonieuses de la symphonie. Je gardai le silence jusqu'à ce qu'elle fût terminée. Elle rêva une minute de plus, puis se retourna vers moi et sourit.

« C'est un vrai plaisir de sortir avec vous, cher ami.

— Vous n'êtes pas venue pour me faire écouter de la musique symphonique, pas vrai ? »

Elle rit et prit ma main dans la sienne.

« Vous ne connaissez pas grand-chose aux femmes, n'est-ce pas ?

— Assez pour me défendre, je suppose.

— Je parlais des femmes.

— Il y a une différence ?

— Vous seriez stupéfait.

— Alors, je suppose que je ne connais pas grand-chose aux femmes. »

C'était vrai, d'ailleurs. On n'apprend pas grand-chose sur les femmes en quelques années. Pas même en toute une vie.

« Vous êtes venu pour m'entendre parler de Vera West, me rappela-t-elle.

— C'est juste.

— Tout le monde cherche Vera, en ce moment, n'est-ce pas ?

— Jack vous a téléphoné ? »

Elle acquiesça.

« C'est ce qui m'a permis d'en apprendre davantage. Elles étaient extrêmement réticentes, au début, mais j'ai insisté et elles m'ont avoué que plusieurs hommes leur avaient déjà posé des questions sur Vera.

— Quels hommes ?

— A franchement parler, elles étaient un peu soûles lorsqu'ils les ont interrogées et n'ont guère prêté attention à leurs particularités physiques. Elles voient beaucoup de monde, vous savez... Mais je n'ai pas eu l'impression qu'il s'agissait d'étrangers à la ville.

— Je comprends, mais pourquoi diable les interroger, elles, plutôt que n'importe quelles autres ?...

— L'une d'elles est une ancienne amie d'enfance de Vera, l'autre était la maîtresse d'Eddie Packman à l'époque où Vera fréquentait Lenny. Toutes deux l'ont donc bien connue.

— Ce sont elles que vous avez questionnées ?

— Oui. Mais elles ne savent pas ce qu'elle est devenue. Quand Vera a disparu, elle a disparu complètement, sans laisser de traces.

— Est-il possible qu'elle soit... morte ?

— J'y ai pensé... mais je ne le crois pas.

— Pour quelle raison ?

— Servo n'a pas rompu avec Vera comme il a rompu avec toutes les autres. C'est plutôt le contraire qui s'est produit. J'ignore ce qui s'est passé exactement entre eux, mais je sais qu'elle lui a tenu longtemps la dragée haute et que, lorsqu'elle s'est escamotée, il a durement accusé le coup. Ensuite, bien entendu, il a fait croire à tout le monde que c'était lui qui en avait eu assez. Il est pétri d'orgueil, surtout en ce qui concerne les femmes. Non, je ne pense pas que Vera soit morte. Je crois qu'elle a disparu de sa propre volonté.

— Pour quelle raison ? répétai-je.

— Je me le demande. Si elle avait eu quelque chose pour faire chanter Lenny, elle ne serait pas partie comme ça... c'est-à-dire, à condition qu'elle ait assez de cran et d'astuce pour protéger ce qu'elle possédait au point d'empêcher Lenny de la toucher. Mais ce n'était certainement pas ça. Elle devait avoir une autre raison.

— Elle avait peut-être peur de quelqu'un, suggérai-je.

— Peut-être. Mais il aurait fallu que ce soit de Lenny Servo. Personne d'autre n'aurait pu l'effrayer au point de lui faire quitter la ville.

— Comment cela ? »

Elle haussa les épaules d'une manière éloquente.

« C'est toujours Lenny Servo qui est le patron dans cette ville, et, tant qu'on est de son côté, on n'a rien à craindre. Si quelqu'un d'autre avait essayé de lui faire peur, il lui aurait suffi de le dire à Lenny et ça se serait arrêté là. »

Elle avait raison. Ce qu'elle disait était parfaitement logique et j'avais assez de jugeote pour m'en rendre compte. Je me tournai vers elle.

« Il n'y a qu'un hic, murmurai-je.

— Lequel ?

— Vous ne voyez pas ?

— Non.

— Eh bien, c'est que Lenny ne soit pas le grand patron. »

Un sourire sarcastique se fraya un chemin entre ses lèvres.

« On voit bien que vous ne connaissez pas Lenny Servo.

— J'ai eu l'occasion de l'apercevoir, mais j'ai hâte de faire vraiment sa connaissance. C'est l'un des rêves de ma vie.

— Quel est l'autre ?

— Trouver un petit salopard du nom d'Eddie Packman.

— Grand Dieu ! chuchota-t-elle, vous ne reculez devant aucun sacrifice, n'est-ce pas ?

— Vous venez avec moi ?

— Avec plaisir. Je suis vraiment curieuse de voir si vous êtes un bluffeur ou non.

— Et si je ne suis pas un bluffeur ?

— Je me charge de vous faire comprendre ce que c'est qu'une vraie femme. Dans toutes les règles de l'art.

— O.K. ! » ricanai-je.

Mais il y avait un petit démon dans ses yeux, et mon ricanement sonna faux. Je pressai le starter et démarrai. Une conduite intérieure se rua aussitôt sur la place vacante. Les affaires avaient l'air de marcher, ce soir.

« Où allons-nous ? s'informa Vénus.

— Au Navire à l'Ancre. Vous savez où ça se trouve ?

— La route du Fleuve, tout droit. Pas moyen de se tromper… Vous vous mettez vraiment dans les frais, ce soir. Et c'est là que vous espérez trouver Eddie Packman ?

— C'est possible… A propos, comment puis-je vous appeler ?

— N'importe quel petit nom d'amitié fera l'affaire.

— Vous n'avez pas de vrai nom ?

— J'en ai eu un. Mais il y a très, très longtemps de ça.

— O.K. ! Je vais vous appeler Vénus.

— Merci.

— Moi, je m'appelle Johnny. Johnny MacBride.

— O.K. ! Johnny. »

Ses yeux effleurèrent mon visage et un curieux sourire erra sur ses lèvres.

« Je suis en bonne compagnie, n'est-ce pas ? Il me semblait bien que votre visage m'était familier, mais les photos de journaux n'avantagent jamais personne.»

Elle glissa son bras sous le mien et posa sa tête sur mon épaule. Ses cheveux étaient si noirs qu'on ne les voyait pas dans l'obscurité, mais je les sentais parfois me chatouiller la joue. Ça n'était pas du tout désagréable…

Nous passâmes devant une immense pancarte encadrée de tubes lumineux qui disait que le Navire à l'Ancre n'était plus qu'à trois kilomètres. Je soupirai. La journée avait été longue et n'était pas encore terminée… Logan et la véritable histoire de mon passé. Lindsey, Tucker et les gars de Washington avec leur science et leurs appareils. J'en avais encore mal au bout des doigts… Un meurtre avec lequel je n'avais rien à voir, pour changer un peu… Une annonce bizarre, un coup de téléphone encore plus bizarre et la moitié supérieure d'un type qui me devait indirectement sa mort… Ce fut en pensant au coup de téléphone que je poussai Vénus avec mon coude.

« Réveillée ? » questionnai-je.

Sa main pressa doucement mon bras.

« Vous connaissez quelqu'un qui s'appelle Harlan ? »

Elle réfléchit un instant, puis se pencha en avant pour pouvoir scruter mon visage, les sourcils interrogateurs.

« Harlan tout court ?

— C'est tout ce que je sais.

— J'ai connu une fille qui s'appelait comme ça… il y a bien longtemps. C'est curieux que vous m'en parliez. »

Je ralentis l'allure.

« Continuez.

— C'était une danseuse… Nous travaillions ensemble dans une revue. Harlan était un pseudonyme, mais je n'ai jamais su comment elle s'appelait vraiment.

— Il y a combien de temps de ça ?

— Oh ! longtemps. Dix ans, peut-être. Nous débutions, toutes les deux. Quand la revue a quitté la scène, je l'ai quittée aussi et je ne suis jamais remontée sur les planches, mais je me souviens d'avoir revu le nom d'Harlan, occasionnellement, dans les journaux. Elle avait l'air d'être bien partie. Et puis, un beau jour, elle a cessé de faire parler d'elle... Pourquoi, Johnny ?

— Il y a des tas de pourquoi auxquels j'aimerais pouvoir répondre. Vous vous souvenez de quoi elle avait l'air ?

— Habillée ou déshabillée ?

— Les deux.

— Habillée, elle était très belle. Comme la plupart des beautés de la scène, elle avait un physique standard sur lequel maquilleur et costumier pouvaient broder à l'infini. Vous voyez ce que je veux dire ?

— Très bien, oui.

— Elle avait à peu près ma taille, les cheveux châtains et rien de particulier qui puisse permettre de la caractériser, surtout au bout de tant d'années. Ah, si ! elle était stupide. C'était une fille du tonnerre, tant qu'elle n'ouvrait pas la bouche. Mais, dès qu'elle émettait une opinion, ses admirateurs faisaient de drôles de têtes.

— Est-il possible qu'elle soit à Lyncastle ?

— Je ne le pense pas. En tout cas, je ne l'y ai jamais vue.

— Ce n'est peut-être pas elle que je cherche. J'ignore même si Harlan est une femme. »

Je jurai entre mes dents et appuyai sur le champignon, parce que je venais d'énoncer une vérité fondamentale. Il faut que vous voyiez Harlan, avait dit la voix au téléphone. Harlan pouvait être un homme aussi bien qu'une femme ou qu'un village ! Et pourtant, tout allait si bien.

« Je dois avoir encore à la maison une vieille photo d'ensemble de la revue, dit rêveusement Vénus. Cette Harlan est dessus. Je la rechercherai, à tout hasard.

— O.K. ! »

Le Navire à l'Ancre ressemblait effectivement à un grand navire ancré le long de la berge. Le parc de stationnement était plein à craquer, mais le nègre qui en gardait l'entrée finit par trouver le moyen de nous caser à proximité de l'entrée. Je lui glissai un pourboire et il regagna majestueusement sa guérite.

L'orchestre jouait *Boléro* lorsque nous pénétrâmes dans le bar. Toutes les tables étaient occupées et il y avait tant de monde sur la piste de danse qu'on n'aurait pu y glisser une épingle sans piquer les fesses de quelqu'un. Le sourire de Vénus nous ouvrit un chenal jusqu'au comptoir et nous bûmes deux ou trois cocktails à deux dollars l'échantillon. Mais je n'étais pas inquiet au sujet de mes finances. Pas avec mille dollars en beaux billets neufs dans mon portefeuille. J'en tendis un au barman et lui glissai un demi-dollar pour sa peine, lorsqu'il revint avec ma monnaie. Tous les regards masculins d'alentour convergeaient vers Vénus, et il n'était pas bien difficile de comprendre pourquoi. Jusqu'à présent, je ne l'avais vue que dans le noir et elle m'avait paru bougrement excitante, mais, sous les tubes fluorescents, c'était encore autre chose. D'autant plus qu'elle n'avait visiblement rien sous son chemisier et que la façon dont le premier bouton en réunissait juste à temps les deux bords était un tableau qu'on n'avait pas l'occasion de voir tous les jours.

Mais ce n'était pas tout. Il y avait autre chose. Tous ces sagouins savaient parfaitement qui elle était. Ils n'étaient pas au-dessus d'aller faire un tour dans son quartier, de temps en temps, mais, ce soir, ils faisaient partie des gens respectables et, tout en la déshabillant des yeux, ils la regardaient comme ils eussent regardé une catin de bas étage fourvoyée dans une soirée mondaine. Je leur aurais volontiers cassé la gueule à tous. Bande de foutus hypocrites !

Le barman dut me prendre également pour un pigeon en passe de se faire plumer, car il s'approcha de moi et me dit confidentiellement :

« Vous pouvez doubler votre magot au premier étage, si vous savez y faire, mon vieux.

— C'est vrai ? chuchotai-je.

— Sûr. Y a un gars qu'est reparti avec vingt-cinq mille dollars la semaine dernière.

— Eh ! dis donc, poupée... »

Je poussai doucement la cuisse de Vénus avec mon genou...

« T'as bien fait de m'amener ici. Je me sens en veine, ce soir. Et y a des gars qui jouent pour autre chose que des haricots, là-haut ?

— Et comment !... Vous en aurez pour votre argent, c'est moi qui vous le dis. »

Il cligna de l'œil à l'adresse de Vénus.

« Et Madame également. C'est la maison qui paie les consommations, là-haut. »

Je n'en demandai pas davantage. Je ramassai la monnaie de mon billet de cent dollars et nous suivîmes le garçon qui était accouru sur un signe du barman pour nous montrer le chemin. Je lui donnai un demi-dollar, à lui aussi.

C'était plus select que je n'avais pensé. Des milliers de dollars de capitaux investis et pas un seul *cent* de dépensé à la légère ! Il y avait un bar qui courait sur toute la longueur de la salle et quelques guéridons, de l'autre côté, pour ceux qui éprouvaient le besoin de respirer un peu entre deux parties. Chaque centimètre utilisable de plancher était occupé par un jeu quelconque ; la table de la roulette tenait, au centre, la meilleure place et la foule qui se pressait autour d'elle donnait une vague idée de ce qu'elle devait rapporter à la direction. Je convertis en jetons un autre billet de cent dollars et me dirigeai vers une table de passe anglaise.

Vénus me retint par le bras.

« Vous m'aviez dit que vous aviez déjà « aperçu » Lenny Servo ?

— Oui, nous avons échangé quelques mots. »

Je suivis la direction de son regard et vis Lenny qui parlait à l'un des croupiers. Lorsqu'il releva les yeux, il reconnut Vénus et lui adressa un petit signe de tête qu'elle lui rendit avec une égale indifférence.

Il avait un superbe coquard sous l'œil gauche.

Quant à moi, je m'étais replié derrière une grosse dame et Lenny ne me vit pas. J'étais venu pour trouver Eddie Packman. Lenny viendrait ensuite. Il suffisait de le regarder se pavaner pour comprendre ce qu'il était. Un petit dictateur, un cerveau — sans jeu de mots —, un salopard qui avait assez d'argent pour acheter n'importe quoi, même la mort de ceux qui le gênaient.

Lorsqu'il se retourna, je touchai le bras de Vénus et lui dis :

« Montrez-moi Packman, maintenant.

— Je ne l'ai pas encore vu.

— Moi non plus. On ferait peut-être mieux de circuler un peu ?

— Peut-être. Il est assez facile à perdre dans une foule. »

Nous nous baladâmes un bon moment dans la vaste salle en jouant un jeton de place en place pour faire comme tout le monde, mais Vénus ne trouva pas Eddie et je ne vis aucune souris « deux fois plus grande que lui » qui pût être la sienne. De temps à autre, Vénus me désignait une personnalité locale et me donnait un bref aperçu de ses fonctions et de sa position. M. le maire lui-même était là. Et pas avec Mme la mairesse. Il y avait aussi deux ou trois membres du conseil municipal, qui parlaient politique au comptoir, avec un nombre égal d'individus à binettes d'hommes d'affaires. Il y avait enfin, dans les quatre coins de la pièce, des espèces de gorilles en smokings trop grands ou trop petits, dont la présence dans un tel endroit n'avait rien de surprenant. La seule chose qui me surprit un peu, c'était que deux d'entre eux, lorsqu'ils n'étaient pas ici à gagner de l'argent de poche, appartenaient à la police régulière de Lyncastle.

Je commençais à en avoir plein le dos de jouer à cache-cache avec Lenny.

« Fichons le camp, dis-je à Vénus.

— Encore un tour », répondit-elle.

Naturellement, elle gagna et, vingt minutes plus tard, nous étions encore là. Une bonne moitié de la salle observait le spectacle et le croupier commençait à suer parce que Vénus avait déjà une dizaine de milliers de dollars devant elle et qu'elle continuait à gagner régulièrement.

Le jeu me passionnait tellement que les deux colosses eurent tout le temps de m'encadrer avant que l'un d'eux me frappât sur l'épaule.

« Le patron veut te voir », me glissa-t-il dans le tuyau de l'oreille.

Je me laissai docilement conduire. Je dus m'arrêter, à un certain moment, pour laisser passer une dame et l'objet qui me percuta légèrement la colonne vertébrale n'était pas précisément un stylo à bille.

Nous franchîmes deux portes battantes, parcourûmes un long corridor et stoppâmes en fin de compte devant une porte fermée. L'un des deux mammouths frappa discrètement. Quelqu'un cria d'entrer.

« Toi le premier », grogna le second mammouth.

J'entrai.

Lenny était perché sur le coin du bureau, comme la première fois que je l'avais vu, au siège social de la Ligue commerciale. Il y avait deux autres types avec lui. Un petit gros chauve comme un genou, assis derrière le bureau, l'air tout disposé à bien s'amuser, et un jeune boutonneux qui vérifiait ostensiblement le bon fonctionnement d'un automatique trop grand pour lui, en essayant de se faire passer pour un dur.

Avec un mouvement gracieux qu'il avait dû longuement répéter devant son miroir, Lenny sortit une cigarette d'un étui d'or, la mit entre ses lèvres et l'alluma sans me quitter des yeux. Très impressionnant. Lorsqu'il en eut tiré deux ou trois bouffées, il dit : « Cogne ! » sans élever la voix et les trois paires d'yeux qui se trouvaient en face de moi regardèrent quelque chose qui se passait derrière moi, légèrement à ma droite.

L'indication me suffit amplement. Je pliai les genoux en pivotant vers la droite, la crosse du revolver passa au-dessus de ma tête ; je profitai de l'équilibre instable de l'individu pour lui arracher le pétard d'une violente secousse et flanquai mon quarante-quatre fillette dans le ventre de son copain avant qu'il ait pu sortir le sien de sa poche.

Je n'eus même pas besoin de descendre le boutonneux. Lenny se tourna vers lui, après m'avoir regardé d'un air incrédule, mais le boutonneux n'était pas un dur. Il essayait seulement de le faire croire. Son automatique atterrit sur le sol avec un choc sourd et des gouttes de sueur se mirent à serpenter entre ses boutons. Tout s'était passé si vite que personne n'en était encore revenu.

Celui dont j'avais malmené les tripes fut le seul à tenter quelque chose. Il était si furibond qu'il essaya de me plaquer aux jambes, pétard ou pas. J'ignore s'il apprécia mon geste à sa juste valeur, lorsqu'il fut à nouveau en état de le comprendre, mais j'épargnai tout de même son existence en me contentant de lui coller un bon coup de pied derrière l'oreille. Il s'aplatit sur le sol et ne bougea plus.

« Bon sang, Lenny, t'avais dit que c'était un... » commença le petit chauve.

La cigarette de Lenny tomba sur le tapis et la puanteur de la laine roussie emplit progressivement la pièce. Le canon du pétard regardait son nombril, mais il ne paraissait pas effrayé.

Surpris, plutôt. Et intrigué.

« T'avais pourtant de la main-d'œuvre à ta disposition, Lenny », ricanai-je.

Il ne répondit pas.

« Tu n'as pas encore compris ? continuai-je. Tu devrais lire plus attentivement les journaux. Il y a pas mal de macchabées qui traînent à droite et à gauche, ces temps-ci. »

Le petit muscle se remit à trembler sur sa joue.

« Toi non plus, tu ne comprends pas vite, hein, Johnny ?

— Je suis bouché à l'émeri, quand on me parle sur ce ton, mon pote. Je t'ai posé une question, la dernière fois. Où est-elle, Lenny ? »

Toute couleur déserta son visage. La rage l'étouffait à moitié, rendant sa parole hachée, lorsqu'il riposta d'une voix haletante :

« Je vous aurai tous les deux, MacBride, même si ça doit être la dernière chose que je ferai sur terre. »

Je le laissai dire, puis lui flanquai le canon du pétard en travers des gencives. Il tomba sur les genoux, couvrant son visage de ses mains en gémissant doucement.

Je me tournai vers Caillou-Ras, toujours assis derrière son bureau.

« Tâche de jamais ré-essayer un truc comme ça, toi, compris ? »

Il secoua nerveusement la tête, et ses bajoues claquèrent au vent. Ensuite, je regardai le boutonneux et lui souris. Ça devait être un drôle de sourire, car le boutonneux tourna de l'œil.

Je m'approchai de la porte, vidai rapidement le pétard, empochai les pruneaux et rejetai l'engin sur le tapis. Lenny releva la tête et me regarda sortir avec toute la haine dont il était capable.

« Tu me paieras ça de ta peau ! » lança-t-il.

J'aurais mieux fait de revenir lui enfoncer les dents jusqu'au larynx au lieu de lui répondre : « On verra ça, Lenny », avant de refermer la porte.

Vénus n'avait pas changé de place, mais il n'y avait plus personne autour d'elle et le croupier avait cessé de suer à grosses gouttes. Je lui frappai sur l'épaule et elle bondit au garde-à-vous.

« Grandeur et décadence, Vénus, pas vrai ?

— Nom d'un chien, Johnny, où étiez-vous passé ? Si vous étiez resté là, je partais avec une fortune.

— Désolé. Ce que j'avais à faire ne pouvait pas attendre.

— Oh ! »

Elle ramassa les quelques billets qui lui restaient et les fourra dans son sac.

« Nous partons ?

— Oui. »

Il eût été malsain de s'attarder davantage. Nous jetâmes un coup d'œil sur la piste de danse en retraversant le bar, mais Eddie Packman n'était nulle part, et ils ne louaient pas de cabinets particuliers dans cette boîte.

« Alors, c'est raté ? questionna Vénus, désappointée.

— Complètement, acquiesçai-je.

— On essaie ailleurs ?

— Qu'il aille au diable ! Il fera jour demain et je finirai bien par lui mettre la main dessus.

— Mais je veux être là pour le voir, protesta-t-elle.

— Une vraie tigresse assoiffée de sang ! » murmurai-je.

Elle éclata de rire et je posai mes lèvres sur les siennes, mais, au lieu de m'embrasser, elle me mordit et fit disparaître la cuisson de la morsure avec la pointe de sa langue.

« Ne refais jamais ça, Johnny, haleta-t-elle. Pas toi... Pas quand il y a du monde alentour ! »

Je savais exactement ce qu'elle ressentait. Je lui pris le bras et l'entraînai vers la voiture. Sa jambe était contre la mienne et elle réglait délibérément son pas sur le mien. J'en avais des fourmis dans la moelle épinière.

Nous venions de démarrer lorsque les phares de la bagnole qui arrivait derrière nous attirèrent mon attention.

Ils attirèrent mon attention parce qu'ils étaient éteints.

En nous doublant, l'imbécile accrocha mon pare-chocs arrière et déporta la Ford vers le bas-côté de la route, tandis que les balles fracassaient mon pare-brise et que j'essayais en même temps de me baisser, d'accentuer l'embardée en me cramponnant au volant et d'attirer Vénus avec moi sur le plancher de la bagnole.

La Ford s'immobilisa dans le fossé après nous avoir secoués comme une paire de pruniers. Je parvins à me redresser et poussai un gémissement en voyant la tache de sang s'élargir sur le chemisier de Vénus. J'arrachai le bouton, dénudant d'un seul coup sa poitrine et jurant sans arrêt parce qu'il n'était pas juste que tant de beauté fût ainsi gâchée. J'essuyai le sang avec mes mains, cherchant fiévreusement l'horrible trou bleuâtre dont les bords devaient déjà commencer à enfler.

Mais je ne trouvai rien qu'une coupure bénigne produite par un éclat de verre.

« Bon Dieu ! » m'exclamai-je.

Elle ouvrit les yeux et chuchota :

« Tu peux le répéter, Johnny. »

Je le répétai donc, mais en souriant cette fois.

« Et tu peux continuer à chercher aussi », ajouta-t-elle doucement.

Je continuai donc à chercher, mais pas pour les mêmes raisons, heureux de la sentir bien vivante sous mes doigts. Bien vivante et si désirable.

Pourquoi était-elle vivante, et pourquoi l'étais-je également, c'était une chose qui dépassait mon imagination. J'avais encore dans les oreilles le sifflement des balles qui étaient passées au-dessus de nos têtes.

Elle n'avait aucune envie de le faire et je n'avais aucune envie qu'elle le fasse, mais je l'obligeai tout de même à refermer son chemisier.

9

« Tout va bien ?

— Je... je crois. »

Un morceau de verre lui avait égratigné la joue et, lorsqu'elle secoua la tête, plusieurs éclats de vitre tombèrent de ses cheveux.

« Qui... était-ce, Johnny ?

— Quelqu'un qui a tellement envie de me voir mort qu'il se fout de tuer quelqu'un d'autre par la même occasion. Il semble que ma fréquentation ne soit plus sans danger, bébé.

— On le dirait, pas vrai ? »

Elle chercha autour d'elle les traces des balles, stupéfaite de constater à quel point elle avait été près d'être rayée du nombre des vivants.

« Comment... a-t-il pu... nous manquer ? balbutia-t-elle. Je n'arrive pas à le comprendre.

— Moi si. Il a voulu trop bien faire, et il a mal calculé sa distance. S'il avait laissé ses phares allumés, je n'aurais rien remarqué d'anormal et, s'il n'avait pas accroché mon pare-chocs arrière, il nous aurait peut-être cueillis quand même. Il était seul, bien entendu, et ça n'est pas tellement facile de conduire et de viser en même temps... O.K. ! descendons une minute. »

J'achevai de nettoyer l'encadrement du pare-brise avec la tige du cric, tandis que Vénus époussetait les coussins à l'aide d'une balayette qu'elle avait trouvée dans la poche d'une des portières. Les roues arrière de la Ford étaient encore sur la route et je réussis à l'extraire du fossé au moment précis où la première bagnole sortait du parc de stationnement. Lorsque le conducteur vit que nous nous apprêtions à repartir, il s'arrêta net et rebroussa chemin.

Ou le vent ne soufflait pas dans la bonne direction, ou les gens n'étaient pas curieux dans le secteur. Ils croyaient peut-être que c'étaient des gosses qui faisaient partir des pétards !

Ouais.

Veuf de sa vitre, le pare-brise ne parait plus ni la brise, ni la poussière du chemin. Vénus attendit que nous eussions regagné la grand-route pour éclater en sanglots.

« Ça va mieux ? lui demandai-je lorsque la crise fut passée.

— Beaucoup mieux. Mais je boirais bien une tasse de café. »

Je m'arrêtai au premier boui-boui ouvert toute la nuit devant lequel nous passâmes. Quand je dis boui-boui, c'était plutôt un palace à la manière d'Hollywood, avec tables dedans, tables dehors, station-service et sandwiches chauds à toute heure. C'était apparemment l'un des points stratégiques où les bambocheurs s'arrêtaient pour essayer de se dessoûler un peu avant de reprendre la route, au terme d'une nuit de bombe à Lyncastle.

Nous nous installâmes à l'intérieur. Je fis signe à une serveuse d'approcher et commandai deux cafés et quatre sandwiches chauds. Mais j'avais eu les yeux plus grands que le ventre. Quand on vient de passer à côté d'une giclée de plomb, il est bien difficile d'obliger son estomac à prendre les choses calmement. Le café glissa comme une lettre à la poste, mais l'un des sandwiches à la saucisse resta pour compte sur mon assiette.

Lorsque je relevai les yeux, quelque chose était en train de se passer dans ceux de Vénus et je suivis la direction de son regard. La table qui occupait le coin de gauche, au fond de la salle, était complètement dominée par une rouquine du genre jument de brasseur, bien balancée, du reste, mais dont la stature imposante éclipsait presque totalement l'avorton qui était assis en face d'elle.

« Eddie Packman », souffla Vénus.

Je l'avais déjà reconnu. Il souriait, et le résultat de ce sourire aurait été beaucoup plus à sa place derrière les barreaux d'une cage. Son tailleur lui avait fourni les muscles en même temps que le costume et, de l'endroit où je me trouvais, je voyais briller le diamant qui ornait son doigt. La rouquine devait aimer tendrement son Eddie, car elle lui tenait la main et, pour se distraire, sans doute, faisait joujou avec le diam. J'aurais pu les regarder comme ça, pendant des heures. Le temps n'avait plus aucune importance. Tout ce que je savais, c'était que, lorsqu'il paierait son addition, je sortirais immédiatement derrière lui.

Ce que je voulais voir, surtout, c'était sa bagnole. J'avais encore devant les yeux l'image de la grosse conduite intérieure noire, avec l'œil rouge du pétard clignotant dans ma direction. Je voulais voir si c'était la même avant de lui casser les quatre membres.

C'était bien une conduite intérieure. Elle n'était pas noire, mais d'une couleur foncée, et ça me suffisait amplement. La nuit, toutes les bagnoles foncées sont noires.

« Bonsoir, Eddie », lançai-je.

Il se retourna lentement, élégamment, prêt à dire bonsoir lui-même et referma la bouche sans avoir parlé. Puis ses babines se retroussèrent, il poussa la rouquine hors du chemin, fit un pas en avant et me lança sa droite au visage sans même prendre la peine d'en faire un poing. Parfaitement. Le petit salopard essaya de me gifler, et je ne pigeai pas tout de suite. Je lui attrapai le bras, le soulevai de terre et l'y renvoyai d'une bonne pêche en pleine figure. J'allais continuer à l'assaisonner lorsque mon crâne s'ouvrit en deux dans le sens de la hauteur. Je tournoyai sur moi-même et n'eus que le temps d'apercevoir une rangée de boutons de cuivre avant que le canon du revolver achève de m'envoyer au pays des cauchemars.

Cette fois-ci, je n'étais pas dans une chambre blanche. Il y avait une curieuse odeur dans l'air, mais ce n'était pas de l'antiseptique. Les murs étaient peints en vert, et le soleil qui s'étalait sur le sol avait l'air découpé en tranches. Je levai la tête et compris pourquoi. L'unique fenêtre était pourvue de solides barreaux.

« Réveillé ? » s'informa le flic.

Je grognai et palpai mon crâne. J'aurais mieux fait de m'en abstenir. Le dessus de ma tête n'était qu'un énorme pansement, maintenu par de larges bandes de ruban adhésif. Le simple contact de mes doigts envoya des ondes douloureuses jusqu'au bout de mes orteils.

« Tu veux manger quelque chose ? »

La simple idée d'ingurgiter une nourriture quelconque me retourna l'estomac et je refusai d'un geste, mais il passa outre, et je parvins tout de même à mâchonner quelques tranches de pain grillé trempées dans du café.

Puis un toubib vint examiner mon crâne, comparant ses découvertes avec une paire d'épreuves radiographiques qu'il avait sorties de sa serviette.

« Ça va ? questionnai-je.

— Il n'y a pas de fracture, si c'est ce que vous voulez dire. Mais je m'avoue incapable de comprendre pourquoi.

— C'est ce qu'a dit le dernier toubib. Il y avait des boutons de cuivre derrière le pétard qui m'a assommé.

— T'étais en train de faire du tapage nocturne, m'informa le flic de garde. Tu t'es rendu coupable de coups et blessures avec intentions homicides.

— T'as bonne mine, ripostai-je, mais, pour l'instant, je veux voir un avocat.

— Le tribunal en désignera un d'office.

— Des clous. Je le choisirai moi-même. Et pas plus tard que maintenant. »

Le médecin fit tomber quelques pilules dans le creux de sa main et me les tendit.

« Vous n'êtes pas en état de vous énerver comme ça pour le moment, me dit-il. Il va falloir que vous restiez tranquille pendant quelques jours.

— Re-des clous ! Je choisirai un autre toubib également, s'il le faut. Je veux sortir de ce trou à rats, et le plus vite possible. »

Je vis le médecin se tourner vers le flic et hausser les épaules.

« C'est son droit », dit-il.

Le flic s'escamota et revint en compagnie de Lindsey, qui avait l'air heureux comme un poisson dans l'eau. Je le traitai de salaud et tentai de lui flanquer mon pied dans le ventre, mais il se tint hors de ma portée et je ne réussis qu'à éveiller la douleur à l'intérieur de mon crâne.

« Tu sais pourquoi tu es ici, pas vrai ? ricana-t-il.

— Je le lui ai dit, intervint le flic.

— Parfait. »

Lindsey sortit un calepin de sa poche, s'assit sur une chaise et, le crayon levé, attendit que je dise quelque chose. Il attendrait encore si la presse n'avait fait son entrée sous la forme du camarade Logan.

« Jette un coup d'œil là-dessus, Lindsey, dit-il en tendant une enveloppe au capitaine. C'est un ordre de mise en liberté sous caution ; alors, je te conseille de rengainer ton calepin... »

L'expression de Lindsey était la réplique exacte de celle qu'il avait eue lorsqu'il m'avait vu pour la première fois, à l'hôtel. Mais, lorsqu'il parla, sa voix était aussi calme qu'un bloc de glace, et plus froide encore.

« J'avais entendu dire que t'étais en train de te mouiller avec lui, Logan, mais j'avais pas voulu le croire parce que t'étais un type bien, dans le temps.

— Toi aussi, Lindsey. »

La voix de Logan charriait des glaçons.

Le chef de la police se retourna vers moi.

« Il semble que tu as des copains, maintenant, Johnny. Des copains assez influents pour obtenir des ordres de mise en liberté sous caution à huit heures du matin, et assez riches pour déposer les dix mille dollars nécessaires. Tu t'en tires encore cette fois-ci, Johnny, mais, d'ici peu, ils ne pourront plus faire grand-chose pour toi. »

Le médecin et le flic quittèrent la pièce. Je m'assis sur le bord du lit et fermai les yeux pour tenter d'arrêter la ronde infernale que menaient les murs autour de moi. Lindsey fit un pas vers Logan, sécrétant de la haine par tous les pores.

« Tâche de ne jamais me tomber sous la patte, Logan. Jamais, tu m'entends ? »

Puis il pivota sur lui-même et se dirigea vers la porte.

« Lindsey... » dit Logan.

Ce fut à peine si le chef de la police marqua un temps d'arrêt.

« On a toujours été bons copains, continua Logan.

— Plus maintenant », intercalai-je.

Cette fois, Lindsey se retourna.

« Quand tu voudras bien admettre que même un cerveau comme le tien peut avoir tort, on pourra peut-être redevenir copains. T'en connais pas beaucoup plus long que moi en matière de police et je te dis, moi, que MacBride n'a jamais tué Bob Minnow. Tâche d'y réfléchir, un de ces jours. »

Lindsey réfléchit. Pendant à peu près trois secondes. Puis il sortit et faillit arracher la porte de ses gonds en la claquant derrière lui.

Logan haussa les épaules et se retourna vers ce qui restait de moi.

« Tu te sens assez bien pour décarrer d'ici ?

— Je me sens sûrement pas assez mal pour y rester. Donne-moi un coup de main, veux-tu ? »

Il m'aida à me rhabiller, me soutint depuis l'infirmerie jusqu'au bureau, où je récupérai le contenu de mes poches, puis m'escorta jusqu'à sa Chevrolet, m'installa sur le siège de devant et s'assit auprès de moi.

Il me laissa fumer une cigarette avant de me dire ce qu'il pensait de ma conduite :

« J'ai déjà vu des abrutis, mais, après toi, y a vraiment plus qu'à tirer l'échelle. T'as l'intention de continuer comme ça longtemps ?

— Tout le temps qu'il faudra.

— Tu peux parler ?

— Je peux toujours, bien que ça n'améliore pas spécialement ma migraine. Qu'est-ce que tu veux savoir ?

— Un certain nombre de choses que les flics semblent ignorer. Le copain des deux macchabées retrouvés dans la carrière est rentré dans les décors, hier soir. A eux trois, ils formaient une belle bande de fripouilles spécialisées dans le sale boulot. Les deux premiers ont été butés. Le troisième est mort accidentellement. Bizarre, bizarre...

— Pas tellement. Je le pourchassais et il a fait un soleil. Il est mort sans dire un mot. Ensuite ?

— Il venait de chez Eddie Packman. Tu l'as donc pourchassé, il s'est ratatiné, et, ce matin, tu tombes sur Packman à bras raccourcis et tu te fais coffrer. Pourquoi ?

— Parce que l'individu en question avait sur lui mille dollars en billets neufs qu'Eddie venait de lui remettre pour m'avoir emmené faire un tour la veille. Il avait dû également l'engueuler pour avoir gâché le boulot, parce que le type était en boule quand il est redescendu de voir Eddie.

— Et c'est pour ça que tu as attaqué Packman ce matin ?

— En partie seulement, mon pote. Environ une demi-heure auparavant, quelqu'un m'avait collé une giclée de pruneaux dans le pare-brise, à la sortie du Navire à l'Ancre. Celui qui a fait le coup m'attendait dans une conduite intérieure de teinte sombre. Il m'a doublé, en y allant de son coup de seringue. Personne n'a été touché, mais j'étais en pétard. La voiture d'Eddie est une conduite intérieure de couleur sombre. Ça m'a suffi.

— Ce n'était pas lui, affirma Logan.

— Quoi ?

— Eddie était là depuis deux bonnes heures quand tu t'es amené. Je l'ai vérifié. »

Je lâchai tous les jurons de mon répertoire et Dieu sait si j'en ai appris de nombreux sur les champs de pétrole.

« Ce n'est pas Servo non plus, expliquai-je à Logan, parce que le type m'attendait dehors et que Lenny était derrière moi, à l'intérieur du Navire à l'Ancre. C'est le même zigoto qui a essayé de m'avoir l'autre jour du haut d'un toit et, si ce n'étaient ni Servo, ni Packman cette fois-ci, ce n'étaient pas eux non plus l'autre jour ! »

Une autre idée traversa ma cervelle et je m'interrompis pour demander à Logan :

« A propos, qui diable a déposé ces dix mille dollars pour me faire libérer sous caution ?

— Cramponne-toi à deux mains, riposta-t-il. C'est ton ancien patron, Havis Gardiner.

— Au poil... mais je pige pas très bien.

— Ton système d'approche directe a porté ses fruits. Il te croit innocent. Ou, du moins, il croit Johnny innocent. Les enquêteurs de la compagnie d'assurances ont découvert quelque chose sur Vera West.

— Au poil », répétai-je.

Mais ma voix tremblait.

« Pas tellement, fiston. Ils la croient morte.

— Oh ! m... Quand tout ça va-t-il finir ? »

Il me jeta un regard absent.

« Quand on découvrira pour quelle raison Robert Minnow est mort, dit-il.

— J'ai déjà pensé à ça. Je suis allé voir sa veuve.

— Et alors ? »

Je lui racontai toute l'histoire jusqu'à la dernière minute vécue par Bob Minnow sur cette terre, et je vis son visage se tendre à mesure que je parlais. Lorsque j'eus terminé mon compte rendu, il réfléchit pendant une dizaine de minutes, puis haussa les épaules, l'air perplexe, et appuya sur son démarreur.

« Où allons-nous ? questionnai-je.

— Tu vas rester avec moi jusqu'à ce que je te dépose chez Gardiner.

— O.K. ! vieux frère, lui dis-je, mais j'aimerais bien qu'on s'occupe de ma bagnole, pour commencer. Je ne voudrais pas que l'amie qui me l'a prêtée se tourmente à son sujet. »

Il ne nous fallut pas plus d'une heure pour récupérer la Ford et la laisser entre les mains d'un garagiste. Il nous promit qu'elle serait prête avant midi. Tous les pruneaux étaient passés à travers les vitres, et comme j'avais fait tomber tout le verre qui restait, rien n'indiquait ce qui s'était passé. Logan retourna ensuite à son journal et, lorsqu'il ressortit des locaux de la *Gazette,* je lui demandai :

« Où allons-nous ?

— Faut que je fasse un saut à l'ABC.

— Au sujet de la fille qui s'est fait piquer hier ?

— Ouais. Les flics n'ont pas encore retrouvé ses deux Jules.

— Et sa camarade de chambre ?

— Elle a pris une cuite aussitôt après avoir identifié sa collègue et, la dernière fois qu'on l'a vue, elle grimpait dans un camion avec toute une bande, devant une boîte des faubourgs. Elle est sans doute encore en train de faire la bombe ou de cuver sa cuite quelque part. Ceux qui la connaissent disent que ça lui arrive assez souvent. Je vais juste voir si elle a repris son boulot ou non, ce matin. Si tu veux roupiller un peu, je vais te déposer chez moi.

— Je suis bien ici. Je t'accompagne. »

Logan ne resta que cinq minutes à l'intérieur de l'ABC, tandis que je l'attendais dans la Chevrolet.

« Pas encore revenue, me dit-il à son retour. Mais ça n'a rien de bien nouveau. Son patron dit qu'elle est déjà restée absente pendant toute une semaine, à deux ou trois reprises. »

Il tira une photo de sa poche.

« La voici. »

Je fis « Hmmm » entre mes dents, parce qu'elle n'était pas mal du tout. L'instantané avait été pris sur une plage, elle était en bikini et c'était un sacré morceau de belle fille, à condition de ne pas regarder son visage de trop près. Je rendis la photographie à Logan et me laissai aller contre les coussins. C'était l'affaire de Logan, pas la mienne. Je fermai les yeux et m'endormis...

Le coude qui me meurtrissait les côtes n'y allait pas avec le dos de la cuiller.

« Réveille-toi, bon Dieu ! vociférait Logan.

— Où sommes-nous ? »

Il faisait presque nuit, et la bagnole était rangée le long du trottoir, à proximité d'un haut mur de pierre, dans un quartier que je n'avais pas encore vu.

Logan me laissa le temps de reprendre mes esprits.

« C'est là qu'habite Gardiner. Il veut te voir.

— J'ai dormi toute la journée ?

— Tout juste, Auguste. Allez, viens, grouille-toi. »

Je sortis de la bagnole dont Logan ferma les portières à clef. La grille de fer forgé qui interrompait en son centre le grand mur de pierre avait dû être barbotée au palais de Buckingham ou quelque chose comme ça. Logan sonna, et un grand type en pantalon de cheval vint nous ouvrir la grille. Nous remontâmes un long sentier dallé qui serpentait parmi les parterres et les pelouses. La maison était ancienne, mais spacieuse et d'une excellente facture. Le garage édifié sous les arbres était assez grand pour contenir trois ou quatre automobiles, et j'aperçus un court de tennis dans le fond du parc.

La porte s'ouvrit alors que nous montions les marches du perron, et une femme d'un certain âge, en robe noire, nous introduisit dans une pièce lambrissée de noyer, aux murs abondamment pourvus d'étagères surchargées de livres.

« Faites comme chez vous, messieurs, dit-elle. M. Gardiner va vous rejoindre d'ici un petit moment. »

En fait, elle avait à peine fini de parler que Gardiner lui-même faisait son entrée et s'asseyait dans un vaste fauteuil après nous avoir brièvement salués d'un signe de tête. Il avait l'air de sortir tout droit des pages d'un magazine pour hommes. Oui, vous voyez ce que je veux dire : complet à cent dollars, chemise et cravate impeccables, et coupe de cheveux aussi fraîche que tout le reste. Si dispos et si distingué que j'aurais volontiers échangé sa place contre la mienne, avec mon bandage en guise de galure et le mal de tête qui lui tenait compagnie. Il nous indiqua le divan qui se trouvait en face de lui et croisa les jambes avec une lenteur suffisante pour faire voir qu'il était en colère après quelque chose.

« Qu'est-ce qui vous chiffonne, monsieur Gardiner ? lui demandai-je.

— Le mot me paraît légèrement insuffisant, MacBride, si l'on considère la façon dont vous accommodez les événements à votre propre sauce.

— Vous voulez parler d'hier soir ?

— Je veux effectivement parler d'hier soir. Mais ce n'est qu'un exemple. Avez-vous pleinement compris la signification de ce que vous avez fait ?

— Je pense que oui. Mais il vaut mieux que vous me l'expliquiez au cas où j'aurais laissé passer quelque chose. »

Gardiner regarda Logan.

« Expliquez-le-lui, Alan. Vous êtes plus compétent que moi en la matière.

— Il ne m'écoutera pas.

— Expliquez-le-lui tout de même. »

Logan offrit des cigarettes à la ronde. Gardiner refusa. J'acceptai.

« Nous cherchons deux choses, Johnny. Le meurtrier de Robert Minnow et deux cent mille dollars. En ce qui nous concerne, ton retour a remis toute l'affaire en question. Jusqu'à présent, nous te considérions comme le coupable. Nous avons maintenant des raisons de croire que tu n'es coupable ni du meurtre ni du détournement de fonds.

« Or, précisément à cette époque, le district attorney s'apprêtait à lancer une attaque décisive contre l'élément criminel qui faisait — et fait toujours — de Lyncastle un paradis de l'illégalité. Il est donc assez troublant qu'il ait été tué, dans un simple but de revanche, par un escroc qui n'avait rien à voir avec ledit élément criminel, réduisant ainsi à néant tout le travail qu'il avait fait depuis des mois en vue de cette attaque.

— C'est une chose que je me suis déjà dite, remarquai-je.

— Boucle-la ! Si tu n'es pas coupable, il n'en reste pas moins vrai que ta fuite, tout en faisant de ta culpabilité une certitude, a complètement détourné l'attention, il y a cinq ans, du véritable coupable. Nous savons maintenant que Vera West a pu commettre cette escroquerie, bien que maints détails restent encore à éclaircir, et qu'aussitôt après Vera et Lenny Servo — qui, dirons-nous officieusement, appartient à l'élément criminel précité — ont été très liés jusqu'à ce que Vera disparaisse sans laisser de traces. Il est possible qu'elle soit demeurée auprès de Lenny tant qu'elle a cru avoir besoin de sa protection et qu'elle se soit esquivée un beau jour avec la totalité du magot.

— A moins, souligna Gardiner, que Servo l'ait tuée et se soit approprié l'argent.

— Je penche pour la première solution, intervins-je.

— Pour quelle raison ? questionna Logan.

— Parce que Servo était amoureux d'elle. C'est la seule qui lui ait jamais tenu la dragée haute et qui l'ait finalement laissé tomber de son propre chef.

— Qui te l'a dit ?

— J'ai bavardé avec des tas de gens depuis quelques jours. Vous avez dit que les enquêteurs de la compagnie d'assurances pensaient que Vera était morte. Pourquoi ?

— Ils ont retrouvé sa trace jusqu'à la capitale d'Etat, où elle a séjourné quelque temps avant de partir pour New York, expliqua Gardiner. Sa dernière adresse connue est un petit hôtel des environs de Times Square. Sa piste ne va pas plus loin. Les enquêteurs ont consulté la police de New York et ont trouvé dans les registres de la morgue deux cas de suicide par noyade correspondant l'un et l'autre à l'âge et au signalement de Miss West. Les deux corps ayant été inhumés à la fosse commune, une exhumation aux fins d'identification était pratiquement impossible. La décomposition aurait été trop avancée, depuis tant de mois, pour permettre d'obtenir une certitude.

— Alors ? questionnai-je.

— Alors, il reste à savoir où est passé l'argent, dit Logan. Deux cent mille dollars représentent un sacré magot, et rien n'indique que Vera ait mené la grande vie. »

Gardiner me vit froncer les sourcils et précisa :

« Voilà où réside le problème, Johnny. L'affaire dépasse à présent le cadre local. Depuis la réouverture du dossier, les enquêteurs de la compagnie d'assurances travaillent en liaison avec le Bureau fédéral des recherches. Et je sais que, tout au moins en ce qui concerne la police locale, la seule question qui les préoccupe est de trouver un moyen de prouver votre identité. Si vous n'y prenez pas garde, vous pouvez tout perdre en voulant trop bien faire. »

Je me levai et jetai mon mégot dans la cheminée.

« Autrement dit, vous voulez que je retire mes billes du jeu ?

— Jusqu'à ce que les autorités compétentes aient atteint une conclusion adéquate.

— Que cherchent exactement la compagnie d'assurances et le B.F.R. ?

— D'abord un meurtrier et, ensuite, les fonds détournés.

— Parfait, monsieur Gardiner. Je cherche un tueur, moi aussi. Mais je veux aussi réhabiliter le nom de Johnny MacBride, et c'est pour ça que je ne retirerai pas mes billes du jeu. J'aurai peut-être encore des accrochages avec les flics, mais il y a de fortes chances pour que quelqu'un d'autre ait un sérieux accrochage avec moi, d'ici peu. »

Je m'attendais à des protestations, mais Gardiner se contenta de secouer la tête.

« Je... comprends vos sentiments, Johnny. Je ne suis pas en train d'essayer de... contrarier votre croisade, mais je connais les gens avec lesquels vous vous colletez, et je ne voudrais pas qu'il vous arrive quelque chose avant que le problème ait été résolu.

— Que je me fasse buter, par exemple ?

— Oui. »

Je baissai les yeux vers Logan toujours assis sur le canapé.

« C'est également ton avis ?

— Plus ou moins. Tu risques de tout flanquer par terre.

— Si Vera est encore vivante et que ce soit elle la coupable, tu es d'accord pour le lui faire payer ? »

Il se mit en colère, tout d'abord, puis baissa les yeux.

« Je suis d'accord.

— Je pourrais jeter un coup d'œil aux rapports des enquêteurs ? »

Gardiner sortit de sa poche une enveloppe bourrée de documents qu'il me tendit sans mot dire. Tout ce qu'il venait de résumer à mon intention était là en noir sur blanc, avec la mention « Copie » en travers des feuillets et les cachets et les signatures qui rendaient le tout officiel.

« O.K. ! dis-je en les rendant à Gardiner, je vais y aller doucement. »

Gardiner nous reconduisit lui-même jusqu'à la porte de la maison. La gouvernante en robe noire rendit à Logan son chapeau et nous regagnâmes la Chevrolet. Logan avait l'air de broyer du noir.

« Où veux-tu aller ? me demanda-t-il.

— D'abord, récupérer ma bagnole. Conduis-moi au garage.

— Et ensuite ?

— J'irai quelque part où tu ne pourrais pas me remplacer, mon pote.

— Voir une fille ?

— Ouais.

— Ça te fera sans doute rester tranquille pendant un bout de temps. »

Il me conduisit au garage et, lorsque j'eus payé la note, me fit signe de rappliquer.

« Si t'as besoin de moi, je serai sans doute au Bar du Cirque. J'espère que ce sera pas le cas, parce que je veux me soûler la gueule sans avoir personne sur le dos, tu piges ?

— Tu ferais mieux d'aller voir une fille, toi aussi, lui dis-je.

— Ta gueule !

— O.K. ! O.K. !... Oh ! à propos, tu ne connais personne du nom de Harlan ?

— Non. C'est important ?

— Ça peut l'être. Tâche de voir ça d'ici demain. Il se peut que ce soit une femme.

— O.K. ! »

Je le regardai s'éloigner, récupérai la Ford, la parquai devant le premier restaurant, cassai la croûte et partis en quête d'un téléphone. Il y avait deux cabines au sous-sol, près des lavabos. Je demandai mon numéro, et, presque aussitôt, la voix de velours vint me caresser le tympan.

« Allô ? Ici, Johnny, Vénus. Comment as-tu fait pour disparaître, hier soir ? »

La voix resta de velours, mais ce fut tout.

« Je suis affreusement navrée... J'ai bien peur que ce ne soit pas possible ce soir.

— Allô ! C'est Johnny, Vénus, Johnny...

— Je pourrais arranger quelque chose vers la fin de la semaine, si vous le désirez... »

Je finis tout de même par piger.

« Des ennuis, Vénus ?

— C'est ça. C'est exactement ça. »

Aucun changement, mais aucune hésitation, non plus, dans sa voix.

« Graves ?

— Mais certainement ! »

Elle réussissait même à parler d'un ton enjoué.

« Les flics ?

— Oh ! non... bien sûr que non, voyons !

— Raccroche, Vénus. Je serai là dans cinq minutes. »

Je fis le trajet en un peu plus de cinq minutes. Il devait être encore trop tôt pour les clients, car je ne comptai que six voitures en tout et pour tout dans la rue des Hêtres. Aucune lumière ne brillait dans la maison de Vénus, mais cela n'avait rien de particulièrement inquiétant, parce que la plupart des autres maisons étaient dans le même cas. Une petite boulotte sortait précisément d'une de celles qui étaient encore illuminées. Elle s'arrêta quand elle m'aperçut et me décocha un sourire aussi amical que professionnel.

« Tu cherches quelqu'un, beau gosse ?

— Qu'est-ce qui se passe ? La dernière fois que je suis venu, il y avait des lumières partout.

— Mais... c'est l'heure du souper. Il faut bien que tout le monde mange... même nous.

— Oh !

— Tu peux m'accompagner en ville. On reviendra ensemble un peu plus tard, si tu veux.

— Non... merci. Je vais rester dans le coin. »

Elle haussa les épaules et s'engouffra dans une petite bagnole. J'attendis qu'elle se fût éloignée pour m'approcher de la porte d'entrée. Je ne me donnai pas la peine de faire le tour de la maison, auparavant. Je me foutais éperdument qu'il y ait quelqu'un ou non dans l'entrée, et, dans un certain sens, j'aurais presque aimé qu'il y eût quelqu'un. La porte était fermée à clef. J'essayai l'une des fenêtres. Elle ne bougea pas. Je débloquai le système de fermeture avec la lame de mon couteau et relevai silencieusement le battant inférieur.

Il faisait noir comme dans un four, mais ça ne m'empêchait pas de les entendre. Je dus attendre que mes yeux se fussent habitués à l'obscurité. Puis je traversai la pièce, ouvris doucement la porte, traversai le hall et poussai d'un seul coup la porte d'en face.

Je ne m'étais pas trompé en croyant reconnaître leurs voix.

Servo. Eddie Packman.

Et Vénus.

Elle sanglotait sur un canapé, tandis que Packman essayait de la redresser pour pouvoir la gifler encore. Servo contemplait la scène avec une espèce de rictus sardonique.

S'il n'avait pas tenté de plonger sa main dans sa poche, il aurait sans doute esquivé le premier marron assez mal dirigé que je lançai dans la direction de son visage. Au lieu de ça, mon poing l'attrapa en pleine bouche et ce qui restait de ses dents me déchira les phalanges après lui avoir traversé les lèvres. Il alla dinguer contre le mur et ne bougea plus.

Au cours de la brève seconde qui précéda la folle ruée d'Eddie dans ma direction, j'eus le temps de constater deux choses. Il avait juste la taille qu'il fallait pour remplir avec ses orteils et ses coudes les quatre petits trous imprimés dans le gravier de la terrasse par le tueur qui avait essayé de me descendre sur les marches de la bibliothèque et sa main droite tenait un long surin qui réfléchissait sinistrement la lueur tamisée de la petite lampe. Il le tenait comme un « pro » de longue date, au niveau de sa hanche avec la pointe en avant et le tranchant vers le haut, prêt à piquer un ventre ou à trancher une gorge.

On ne se sert pas de ses mains contre une lame. On ne se sert pas non plus de ses poings ni de ses pieds s'il y a moyen de faire autrement. On fait des choses qu'on ne se savait pas capable de faire et on se demande après où l'on est allé les pêcher, mais ça n'a plus aucune importance parce qu'elles se sont révélées efficaces.

Je raflai l'un des coussins du divan, marchai à sa rencontre, accrochai la lame dans le coussin et le désarmai d'un coup sec.

Lorsqu'il réalisa ce qui venait de se passer, il essaya de se cavaler, mais je lui fis un croc-en-jambe qui le coucha sur le plancher et lui sautai sur le dos. Il hurla comme un possédé lorsque je lui cassai le bras d'un effort brusque, après le lui avoir retourné au-dessus de la tête. Je n'aurais jamais cru que la rupture d'un os puisse faire un tel boucan.

Puis Vénus poussa un cri rauque, et quelque chose me redégringola sur le crâne.

Mon réveil fut beaucoup plus agréable que les deux précédents. Ma tête reposait sur une cuisse nue, et le visage qui était penché vers moi avait les joues marquées d'empreintes rouges, mais c'était tout de même un bien joli visage. Je levai la main pour toucher les cheveux noirs qui l'encadraient. Vénus vit que j'étais vivant et se pencha vers moi pour m'embrasser.

« Il t'a frappé avec le cendrier, dit-elle. J'ai essayé de t'avertir, mais il m'a flanqué son poing sur la figure.

— De quoi avait-il l'air ?

— Il n'avait plus une seule incisive, et ses lèvres enflaient à vue d'œil.

— Et Packman ? »

Vénus rit silencieusement.

« Tu lui as cassé le bras. Il hurlait encore quand Lenny l'a entraîné hors de la maison, parce qu'il voulait te tuer et qu'il croyait que Lenny avait déjà fait le boulot. »

J'aurais bien ri moi-même, mais j'avais trop mal à la tête. Le cendrier gisait encore sur le plancher. C'était un lourd plateau de métal qui aurait réduit mon crâne en bouillie si mon pansement n'avait pas été là pour amortir le choc. Il était imprégné de sang maintenant, mais ça n'était certainement pas plus grave que ça l'était auparavant.

« Comment se fait-il qu'ils m'aient laissé pour mort et qu'ils n'aient pas essayé de te régler ton compte avant de partir ? demandai-je à Vénus.

— Réfléchis un peu, Johnny. Dans cette ville, ils n'auraient eu aucun mal à prouver qu'ils étaient en état de légitime défense, surtout avec un témoin sur les lieux pour certifier que c'était toi qui les avais attaqués.

— Tu aurais dit ça au jury ? »

Elle sourit.

« Qu'aurais-je pu dire d'autre, Johnny ? Je suis encore un peu jeune pour mourir. »

Elle avait raison et je le savais aussi bien qu'elle. Je refermai les yeux.

« Qu'est-ce qu'ils te voulaient ?

— Ils voulaient savoir pourquoi j'étais avec toi, hier. Ils croyaient que j'avais quelque chose à voir dans tout ça.

— Oh ! »

Elle me caressa doucement le visage.

« Mal ?

— Pas plus que d'habitude.

— C'est sûr ?

— Certain. »

Elle me souleva la tête avec mille précautions, la posa doucement sur un coussin, se leva, et je vis, pour la première fois, qu'elle portait une longue robe enveloppante qui descendait jusqu'à terre.

Elle traversa la pièce d'un pas nonchalant et s'arrêta devant le tourne-disque, remuant doucement les épaules au rythme naissant d'un tam-tam.

« Je sais des choses que tu aimerais savoir, Johnny, dit-elle.

— Quelles choses ? »

Ses pieds firent deux pas rapides et elle tourna gracieusement sur elle-même. Sa robe s'envola autour d'elle et ses jambes apparurent, l'espace d'une seconde, blanches sur fond noir.

« Au sujet de Lenny Servo et de sa Ligue commerciale. As-tu vraiment idée de la puissance de son organisation ?

— Il contrôle pratiquement tout le commerce de la ville, pas vrai ? »

Une lente ondulation naquit dans ses jambes, gagna ses hanches et monta progressivement jusqu'à son torse et ses épaules. Ses yeux mi-clos m'observaient, tandis que sa main disparaissait derrière son dos.

« C'est ça... et bien d'autres choses, Johnny. Ce sont des maisons comme celle-ci et quelques autres dans cette rue. Ce sont des endroits comme les arrière-salles de certaines boîtes de nuit, où les hommes se réunissent pour faire la noce avec des filles. Des tas d'endroits où certaines photos peuvent être prises... pour être montrées plus tard à ceux qui refusent de se laisser persuader... »

La robe n'était plus sur elle, mais constituait à présent une sorte de rideau qui la masquait et la démasquait à un rythme si rapide qu'on eût dit une illusion d'optique. Il y avait une bande d'étoffe noire autour de ses hanches, une autre autour de sa poitrine. Il devenait difficile de parler.

« C'est tout ?

— Servo était fauché quand il est arrivé à Lyncastle. Quelqu'un l'a remis sur pied. »

Ses hanches ondulaient et ses bras étaient deux serpents voluptueux qui balançaient le rideau devant elle.

« J'étais une bonne danseuse, dans le temps. »

Ma gorge était de cuir.

« Qui l'a remis sur pied ?

— Tout le monde a dit que c'était toi. Personne d'autre ne disposait d'assez d'argent. Et il lui en a fallu beaucoup pour redémarrer... »

Quelque chose tomba sur le plancher, et, lorsque le rideau s'écarta, suivant le rythme de la danse, il n'y avait plus qu'une seule bande noire, autour de ses hanches.

« Je me suis laissé dire qu'il était arrivé ici avec une femme. Une femme dotée d'un caractère très possessif et qui a disparu bien avant qu'il devienne une grosse légume... »

Le rythme des tam-tams s'accélérait de seconde en seconde. Le rideau virevoltait et retombait trop vite. Beaucoup trop vite.

« Qui te l'a dit ?

— Ne me demande pas ça. C'est tout ce que je sais et elle n'est pas assez importante pour être impliquée dans cette histoire.

— Compris, bébé, murmurai-je. C'est déjà très bien comme ça. »

Vénus fit un geste et le disque se termina dans un crescendo endiablé. Le rideau retomba trop vite, encore une fois. Mais je savais qu'il n'y avait plus rien autour de ses hanches.

Puis, Vénus me jeta sa robe à la tête et courut vers la lampe. Mais la robe manqua son but et la lampe ne s'éteignit pas assez tôt pour me priver du plaisir de l'apercevoir, une seconde, vivante symphonie de courbes audacieuses et de muscles fins, trop vite reprise par l'obscurité.

Puis je l'entendis s'approcher de moi dans les ténèbres.

« J'ai beaucoup aimé ce que tu leur as fait, Johnny.

— Tant mieux.

— Et, maintenant, je vais te montrer ce que c'est qu'une vraie femme. Dans toutes les règles de l'art, bien entendu.

— Bien entendu », répétai-je d'une voix légèrement rauque.

10

La Ford était toujours là, mais elle était coincée, maintenant, entre deux vieilles bagnoles ornées d'insignes universitaires. A ma montre, il était huit heures trente-deux. Mais, dans ma tête, il était l'heure de chercher un coin tranquille pour y mourir en paix. Toutes les fenêtres de la maison étaient illuminées à présent. Sauf une. Et ce fut vers celle-ci que j'agitai une main languissante pour dire au revoir à Vénus.

O.K. ! je suis un imbécile. Je manque de me faire aplatir le peu de cervelle qu'il me reste pour une séance de grand style avec Vénus. Mais on donne des médailles aux soldats pour des trucs similaires et, entre une médaille et Vénus, je sais bien qui je choisirais à toutes les fois. En outre, c'était une excellente source d'informations.

Je dus m'y reprendre en trente-six fois pour dégager la bagnole, mais j'y parvins en fin de compte et j'arrivais au bout de la rue des Hêtres lorsque j'entendis, derrière moi, le ululement des sirènes de police. Avant que j'aie pu réfléchir, ma main éteignit les phares de la Ford, et je me parquai brutalement contre le bord du trottoir.

Il y avait trois bagnoles. Deux cars de police et un cabriolet. Je ne pus m'empêcher de rigoler en les voyant stopper devant chez Vénus et en reconnaissant Tucker et Lindsey dans le peloton de tête. La porte finit par s'ouvrir, et des voix indignées se mirent à les engueuler. Des voix masculines. Ils avaient dû déranger une huile.

S'ils étaient venus pour ramasser un cadavre, ils allaient éprouver un sacré choc. J'en connaissais deux autres qui n'allaient pas tarder à éprouver le même genre de choc. Je me demandai, cependant, pourquoi ils s'étaient donné la peine d'amener deux cars de flics et de cerner la maison s'ils étaient uniquement venus pour ramasser un macchabée. Lenny Servo ne devait pas être très sûr de m'avoir réglé mon compte, et il espérait sans doute que je me ferais buter en tentant de m'échapper.

Je démarrai en douceur et ne rallumai les phares qu'après avoir contourné le coin de la rue. Personne ne fit attention à moi. Ils étaient bien trop occupés. Je filai tout droit au Bar du Cirque. La bagnole de Logan n'était pas devant la porte. Je pénétrai dans l'établissement et demandai au barman s'il l'avait vu dans le courant de la soirée.

« Ouais, ouais, bien sûr. Y m'a dit qu'il allait prendre une cuite, mais il a reçu un coup de fil de son bureau et il a fallu qu'il arrête de se noircir pour aller voir je ne sais qui.

— Où est-il allé ?

— Diable, je suis pas fichu de dire où vont tous ces types-là. C'est toujours pareil avec les reporters. On dirait qu'y sont là pour toute la journée, et, une minute après, y reçoivent un coup de fil et y se cavalent comme si y-z-avaient le feu quelque part. »

Je décrochai un téléphone et demandai la *Gazette*. L'un des rédacteurs m'apprit qu'effectivement deux enquêteurs d'une compagnie d'assurances avaient voulu voir Logan et qu'ils avaient laissé leur numéro pour que Logan les rappelle. Logan avait donc dû les rappeler et les rencontrer entre-temps.

Je cherchai dans l'annuaire le numéro de Havis Gardiner et le demandai. Ce fut la gouvernante qui prit la communication. Elle était en train d'essayer de me faire croire que M. Gardiner était sorti lorsque Gardiner lui-même vint lui ôter le récepteur des mains.

« Allô ! ici, Gardiner.

— Ici, MacBride, monsieur Gardiner.

— Oui ? »

Il n'avait pas l'air très content d'être dérangé à une heure pareille.

« Je n'en ai que pour une minute, lui dis-je. Logan devait rencontrer deux enquêteurs ce soir. Est-ce que ce sont les enquêteurs de votre compagnie ?

— Oui, Johnny. Tous deux représentent la Compagnie nationale d'assurances bancaires. Puis-je vous demander pourquoi vous désirez le savoir ?

— Je cherche Logan.

— Avez-vous essayé son bureau ? Les gens de la Compagnie d'assurances voulaient des photos récentes de Vera West, pour continuer l'enquête à New York. Ils espéraient en trouver dans les archives du journal.

— Oh ! O.K. ! merci. Je vais voir s'ils y sont encore. »

Je raccrochai, rappelai la *Gazette* et me fis passer le bibliothécaire du journal. Sûr, Logan était venu avec deux types. Sûr, y-z-étaient venus chercher des photos. Sûr, Logan avait dit qu'il allait continuer de se cuiter, et même qu'il était déjà pas mal blindé, parce qu'y s'était mis à chialer en repartant avec les deux types.

Vieil imbécile ! Il s'imaginait que c'était l'alcool qui avait fait chialer Logan ! Essayez un peu d'être amoureux d'une fille et de travailler à la faire pendre ! C'était exactement ce que Logan était en train de faire.

Je raccrochai le récepteur et je me disposais à vider les lieux lorsque le barman me rappela.

« Bon sang, j'allais oublier, dit-il. C'est bien toi, Johnny ?

— Oui.

— Logan a laissé ça pour toi au cas où tu viendrais demander après lui. »

Il me tendait une enveloppe. Je m'en emparai, l'ouvris.

« Il te l'a donnée avant de partir ?

— Ouais, peut-être cinq minutes avant. T'as soif ?

— Donne-moi un demi. »

J'allai m'asseoir avec mon verre et sortis de l'enveloppe les deux feuilles qu'elle contenait.

Harlan, nom de plusieurs villes et comtés des États-Unis, avait griffonné Logan. *Harlan, S.A.R.L., fabricants de matériel électrique. Harlan, fabrique de peinture, en Virginie. Harlan, pseudonyme déposé d'une actrice de music-hall. George Harlan, meurtrier condamné à perpète, évadé d'Alcatraz, repris et tué au cours nouvelle tentative d'évasion. Harlan William, gros financier sud-américain. Gracie Harlan, spécialiste du coup de la chambre d'hôtel. Condamnée à New York en 40. Voir coupure jointe.*

Je lus attentivement la coupure de presse épinglée par Logan à la première feuille. C'était l'histoire habituelle. Gracie Harlan se faisait surprendre au lit avec un provincial quelconque, marié et plein aux as, et le faisait chanter. Aucune de ses victimes ne s'était présentée pour témoigner contre elle, mais elle avait eu la langue trop longue, et un district attorney retors était parvenu à lui arracher une confession suffisante pour l'envoyer à l'ombre pendant quelques années. On soupçonnait que le montant global des sommes extorquées à ses victimes devait être beaucoup plus important qu'elle l'avait avoué, mais le fait n'avait pu être prouvé lors du jugement, et elle avait refusé de livrer le ou les compères qui se chargeaient de rabattre les poires dans sa direction et de les surprendre ensemble par la suite.

Le second feuillet spécifiait que c'étaient là tous les Harlan que Logan eût pu découvrir en si peu de temps, que Gracie Harlan était la seule personne présumée encore vivante et qui eût fait de la prison, et qu'il allait se mettre en rapport avec un de ses correspondants de New York, nommé Whitman, pour essayer d'en apprendre davantage.

Je ne pus m'empêcher de sourire en voyant que l'actrice de music-hall dont Vénus m'avait parlé figurait sur la liste. C'était la preuve qu'elle ne m'avait pas raconté d'histoires. Je fourrai les notes de Logan dans ma poche et vidai mon verre. Ça faisait une jolie brochette de « Harlan » en tous genres, mais je les aurais échangés volontiers contre l'identité de la personne qui s'était donné la peine de me faire connaître leur nom.

Je ne m'attardai pas davantage au Bar du Cirque. Logan était en train de prendre une cuite quelque part, et je voulais le retrouver avant qu'il soit totalement incapable de raisonner. Ma petite escarmouche avec Packman et Servo ne le remplirait certainement pas d'allégresse, mais je n'y pouvais absolument rien.

A onze heures et quart, j'avais retrouvé sa piste jusqu'au septième bar dans lequel il avait bu. Le barman du premier m'avait dit qu'il était entré avec trois autres types et qu'il les avait vus prendre des notes en buvant un glass ou deux. Dans les six autres bars, Logan avait été seul, de plus en plus ivre et visiblement en proie au cafard. Un détail me parut singulier. Aucun des bars en question n'appartenait à la Ligue commerciale de Lenny Servo. Peut-être était-ce simplement parce qu'il recherchait la solitude et qu'il ne l'aurait fichtre pas trouvée dans les boîtes aux écriteaux bleus pourvues de tous les moyens les plus perfectionnés de perdre rapidement son argent. Les bars en question étaient encore relativement déserts et le barman du septième — un troquet minable, situé dans une rue de traverse — me dit que Logan était resté une dizaine de minutes et qu'il avait bavardé avec deux bitumeuses, donné un coup de téléphone et bu quelques verres de plus avant de repartir. Où était-il allé ensuite, le barman n'en avait pas la moindre idée.

Ce fut alors que j'abandonnai la partie, Logan pouvait attendre. Mieux valait lui laisser cuver sa cuite et son cafard, et ça irait sans doute mieux le lendemain. Je sirotai un whisky à l'eau en regardant une rouquine essayer d'embarquer un miché hésitant. Juste au moment où ça commençait à rendre, elle s'interrompit brusquement et changea de tabouret. Le barman se tourna vers la porte, grogna quelque chose entre ses dents et, d'un geste automatique, allongea le bras vers la bouteille de scotch posée derrière lui, sur une tablette.

Le type d'un certain âge qui fit son entrée était en costume civil, mais ça n'aurait absolument rien changé s'il avait eu le mot « flic » écrit en travers du visage.

« Rien ce soir, Barney, merci, dit-il au barman en sortant une photo de sa poche. As-tu déjà vu ce type-là ? »

Le barman examina la photographie, lut ce qu'il y avait d'écrit en dessous et secoua la tête.

« Sûr ?

— Certain.

— Si jamais tu le vois, téléphone au central, compris ?

— Ouais, je sais.

— O.K. ! »

Le flic remit la photo dans sa poche. Il allait ressortir lorsqu'il aperçut la rouquine.

« Salut, Ginger, ricana-t-il. Tâche de ne pas traîner dans les rues. »

Elle rougit de colère, mais elle n'avait pas la langue dans sa poche et elle avait du cran par-dessus le marché.

« Avec quoi que je t'arroserais pour que tu fermes ta gueule, si je traînais pas dans les rues ? »

Le sourire du flic devint jaune, tandis qu'il se dirigeait vers la sortie.

Je regardai ma main. Mes phalanges étaient blanches à force de serrer le pied du verre. Le barman s'approcha de moi.

« Tu t'appelles vraiment George Wilson ? » s'enquit-il à voix basse.

Je lui fis signe de ramasser la monnaie qui me revenait.

« Ça se peut, matelot, ça se peut. Et merci quand même.

— De rien. Si cet abruti de flic y voyait plus loin que le bout de son nez, y t'aurait repéré, mais c'est pas moi qui lui donnerai un coup de main. »

Il se pencha vers moi, confidentiellement.

« J'ai déjà fait de la taule, moi aussi. »

Avant de regagner la bagnole, je poussai une pointe jusqu'au *drugstore* du coin et téléphonai chez Vénus.

« Oui ? s'informa une voix hésitante.

— Passe-moi ta patronne, belle enfant. »

Le bruit de fond diminua d'intensité, et je compris qu'elle avait mis sa main sur le récepteur. Le « Oui ? » suivant fut légèrement différent. Plutôt effrayé.

« Ici, Johnny, Vénus.

— Oh ! »

Elle n'en dit pas davantage.

« Il y a quelqu'un là-bas. Tu ne peux pas parler ?

— Oui... Continuez, je vous prie. »

Il y avait quelqu'un, mais elle me faisait comprendre que je pouvais parler. D'ailleurs, je prêtais l'oreille, et je n'avais entendu aucun déclic révélateur.

« Les flics sont venus pour me cueillir, pas vrai ?

— Oui... bien entendu...

— Est-ce qu'ils s'attendaient à me trouver mort ?

— Oh ! non, pas le moins du monde...

— Vivant !

— Certainement.

— O.K. ! belle enfant, chante-leur des berceuses pour les endormir. Je reviendrai te voir quand il y aura moins de poulets dans ta basse-cour. »

Je raccrochai. Les flics n'étaient pas venus pour ramasser un macchabée, comme je l'avais supposé, mais bien pour m'embarquer vivant, et, aussitôt après, ils se lançaient aux trousses d'un certain George Wilson.

Quelqu'un avait parlé...

Ce ne pouvait être que Logan ou Wendy, la ravissante Wendy dont les cheveux blonds sortaient d'une bouteille. J'hésitai un bon moment, puis composai le numéro que le cadran disait d'appeler si l'on voulait parler aux flics. Je demandai le capitaine Lindsey. Il n'en crut pas ses oreilles lorsque je lui dis qui j'étais.

« Te donne pas la peine de faire rechercher l'origine de l'appel, mon pote, ajoutai-je vivement. Si t'as besoin de moi, je viendrai te voir.

— Rapplique immédiatement ! » m'ordonna-t-il.

Il avait l'air de suffoquer légèrement.

« Je vais venir te voir. Mais je veux que tu me dises une chose avant.

— Quoi donc ? aboya-t-il.

— Comment as-tu découvert la vérité ?

— C'est mon petit doigt qui me l'a dit. Les flics ont des tas de petits doigts qui traînent un peu partout. On les appelle aussi des moutons, ou des coups de téléphone anonymes.

— Celui-là n'a pas dit son nom, capitaine ?

— Non. Il a même pris grand soin de déguiser sa voix.

— Il ?

— Il ou elle. Je lui ai pas demandé. Tâche de rappliquer maintenant. »

J'éclatai de rire.

« Oh ! pas immédiatement, capitaine.

— Sacré bon Dieu, je...

— Tout doux, Lindsey, tout doux. J'ai dit que je viendrais si tu avais besoin de moi, mais je n'ai pas dit quand. Bientôt, sans doute, mais pas immédiatement.

— Tu vas t... »

Je raccrochai.

Deux minutes plus tard, j'étais dans ma bagnole et vidais les lieux avec peut-être trente secondes d'avance sur la voiture de police qui remontait l'avenue en se frayant un chemin à grands coups de sirène.

Tout en suivant le courant de la circulation, j'essayai de me remémorer comment avait été la voix qui m'avait passé le tuyau sur « Harlan ». Un autre coup de téléphone anonyme avait mis les flics au courant de ma véritable identité. Je me demandai si les deux coups de téléphone n'avaient pas eu la même origine. Sur le moment, la voix qui m'avait répondu m'avait indubitablement paru féminine, mais, maintenant, je n'en étais plus tellement certain.

Harlan, Harlan, Harlan. Le nom me rappelait autre chose que ce foutu coup de téléphone, et je n'arrivais pas à remettre la main dessus !

Et, tout à coup, un déclic se produisit dans mon crâne, et je sus où et quand j'avais vu ce nom-là. C'était bien avant d'avoir reçu ce fameux coup de téléphone, et mon cerveau l'avait inconsciemment enregistré. « Harlan » était l'un des noms qui avaient été griffonnés en travers des enveloppes que le D.A. avait sur son bureau, le soir de sa mort !

Je revins vers le centre de la ville, pénétrai dans un bar, donnai un nouveau coup de téléphone, puis gagnai une certaine rue, m'arrêtai le long du trottoir et attendis.

Je n'attendis pas longtemps. Bientôt, une autre bagnole s'arrêta derrière moi, une portière claqua, et quelqu'un ouvrit brusquement celle de la Ford.

« Bonsoir, Lindsey », murmurai-je.

Il n'avait pas l'intention de plaisanter. Son pétard était dans sa main droite. Je n'avais pas l'intention de plaisanter moi non plus. J'allumai une cigarette et lui en offris une.

« Assieds-toi et causons, Lindsey. Tu me mettras le grappin dessus quand tu voudras. Je suis pas en train d'essayer de filer. »

Mes intonations lui firent relever la tête.

« Je vais t'embarquer maintenant. J'en ai marre de tes farces. On a peut-être pas tes empreintes, mais George Wilson et Johnny MacBride sont recherchés tous les deux pour meurtre. Ça va donner du fil à retordre aux hommes de loi, mais, de toute façon, tu finiras toujours par te balancer au bout d'une corde !

— Ça te plairait pas de savoir qui a tué Bob Minnow ? »

Une crise de rage impuissante le secoua des pieds à la tête. Il tripotait son pétard comme s'il n'arrivait pas à décider s'il devait me tuer lui-même ou non. Je lui racontai l'histoire que j'avais déjà racontée à Wendy et à Logan, en lui donnant les mêmes moyens de la vérifier. Je lui dis ensuite pourquoi j'étais à Lyncastle, et il ne me crut certainement pas, mais je m'en foutais.

« Donne-moi une semaine, lui dis-je en guise de conclusion. Il me faut une semaine.

— Et pour quelle raison que je te donnerais une semaine ?

— Parce qu'il se peut que, d'ici quelques jours, je t'amène le meurtrier de Minnow sur un plateau. Si tu n'avais pas les bras liés, tu pourrais en faire autant, mais tes flics ont des sources de revenu plus importantes que leur salaire ; alors, c'est pas tes ordres qu'ils exécutent. Servo fait marcher ceux qui sont au-dessus de toi ; alors, ce que tu peux faire et rien, ça fait pas grand-chose. Donne-moi une semaine et, si je me casse le nez, je reviendrai te voir et tu pourras faire ce que tu voudras.

— T'es cinglé. »

Il y avait de l'indécision dans sa voix.

« Ou c'est moi qui suis cinglé de t'écouter.

— Si j'avais voulu filer, je l'aurais déjà fait », lui rappelai-je.

Il remit son pétard dans sa poche.

« Qu'est-ce que tu veux, Johnny ? Dis-le avant que je change d'avis. »

Je me renversai en arrière et regardai le plafond de la bagnole.

« Le soir du meurtre de Minnow... est-ce que son bureau a été fouillé ?

— Oui, grogna-t-il, la respiration sifflante.

— Quelque chose a été volé ?

— Je n'en sais rien. Le meurtrier n'a pas cherché bien loin, parce qu'il n'y avait pas grand-chose de dérangé.

— Et tu es le seul à l'avoir remarqué ? »

Il ouvrit la portière et cracha sur le trottoir.

« Je ne l'ai remarqué que le surlendemain, quand je suis retourné dans son bureau. »

Il soupira.

« J'étais tellement en pétard qu'il m'a fallu deux jours pour retomber sur mes pieds, expliqua-t-il.

— Il y avait une enveloppe sur son bureau, avec un nom de marqué dessus, Harlan. »

Lindsey avait l'esprit vif.

« Tu as causé avec sa femme ? dit-il.

— Ouais.

— L'enveloppe était toujours sur son bureau... mais vide. J'ai soigneusement reconstitué ses faits et gestes de la soirée. Sa femme pensait qu'il avait pu se mettre en rapport avec la personne qui la lui avait confiée, mais ce n'était pas le cas. En sortant de chez lui la première fois, il a commencé par acheter un journal du soir ; ensuite, il s'est rendu aux Galeries Universelles Philbert, où il a fait quelques emplettes... ensuite il est allé boire un verre dans un bar et il est rentré chez lui. Un point, c'est tout.

— Et la lettre n'a jamais été retrouvée ?

— Non.

— T'es-tu jamais demandé ce qui avait pu lui arriver ?

— Je crois que je le sais. La personne en question est venue la lui réclamer.

— Peut-être... Un peu plus tard dans la soirée, Tucker lui a téléphoné au sujet d'une lettre exprès ?

— C'est exact.

— A quoi se rapportait-elle ?

— Comment veux-tu que je le sache ? Il l'avait sans doute déjà classée dans l'un de ses dossiers...

— Il faut que tu retrouves cette lettre, Lindsey. Retourne tous les classeurs et tous les tiroirs si c'est nécessaire, mais il faut que tu retrouves cette lettre.

— Eh ! minute...

— Tu as dit que tu voulais le meurtrier de Minnow ? »

Je le regardai froidement.

« Eh bien, je suis pas en train de te donner des ordres. Je te donne simplement quelque chose qui peut se rapporter à l'affaire. Il faut retrouver cette lettre, Lindsey. »

Ses mâchoires se crispèrent.

« Et toi, qu'est-ce que tu vas faire, pendant ce temps-là ?

— Je vais essayer de trouver qui l'a écrite, et pourquoi. »

Il resta silencieux pendant un bon bout de temps, puis grommela quelque chose entre ses dents, sortit brusquement de la Ford, réintégra sa propre bagnole et démarra comme un fou furieux.

Une semaine. Sept jours. Ce n'était pas très long. Je roulai sans me presser, en surveillant les noms des rues, jusqu'à ce que je tombe sur la bonne. Je me rangeai devant l'immeuble, pris l'ascenseur et sonnai chez Lenny Servo.

Personne ne répondit.

Je récidivai sans plus de succès, patientai quelques instants et redescendis voir le concierge, qui, bien qu'en caleçon court, m'accueillit à bras ouverts. Il s'imaginait sans doute que j'allais encore lui tenir le crachoir pendant une heure.

« Servo n'est pas là ? »

Il secoua la tête.

« Je sais pas. Sa souris est sortie en vitesse, y a un bon moment. Juste comme je revenais de charger la chaudière à eau chaude.

— Elle avait des vêtements sur elle ?

— Ouais. Et qui lui allaient pas. Une robe verte avec des brandebourgs. Y a une des catins d'en haut qu'en a une comme ça.

— O.K. ! j'ai pigé. »

Il baissa la voix.

« Y a quelqu'un qu'a drôlement arrangé Servo.

— Je sais. C'est moi. Pourquoi ?

— Je l'ai encore entendu s'engueuler avec quelqu'un, là-haut. Pendant un moment, j'ai même cru qu'y se battaient, mais y discutaient, simplement. Y-z-étaient drôlement en pétard après quelque chose. »

Je lui tendis un billet de dix dollars, qu'il plia soigneusement dans le creux de sa main.

« A quel étage sont les souris ?

— Au dernier. Porte E. Y a personne avec elles, ce soir. »

Je réintégrai l'ascenseur, débarquai au dernier étage et frappai à la porte de l'appartement E jusqu'à ce qu'une voix féminine me crie d'arrêter.

La brune qui vint m'ouvrir portait un peignoir et rien par-dessous. Elle me sourit et dit d'un air surpris :

« Mais c'est notre petit copain le dormeur. Alors, tu as fini par te réveiller. Entre donc, entre donc. »

C'était l'une de celles que Jack m'avait envoyées à l'hôtel.

« Je suis pas venu pour ça, mon chou, lui dis-je. Pour l'instant, c'est un renseignement que je veux. A l'étage en dessous, il y a la souris de Lenny Servo. Elle est montée pour vous emprunter une robe et elle s'est cavalée. Je veux savoir pourquoi. »

Son sourire professionnel disparut.

« Sans doute qu'elle voulait faire un tour en ville. Comment veux-tu que...

— Écoute-moi bien, ma petite. Troy est dans le pétrin jusqu'au cou. Si tu veux que la tête disparaisse, t'as qu'à refuser de me répondre. »

Elle se mordit la lèvre en essayant de prendre une décision. Je devais avoir l'air sincère, car elle finit par chuchoter :

« Elle avait peur. Voilà pourquoi elle est partie.

— Peur de Servo ?

— Elle ne l'a pas dit. Elle était à deux doigts de la crise de nerfs et, tout ce qu'elle voulait, c'était de quoi s'habiller. Tu sais ce que ça veut dire ?

— Non. A-t-elle dit où elle allait ?

— Pour autant que je puisse comprendre, elle s'apprêtait à quitter la ville. Elle avait l'air terrorisée, et on s'est demandé si Servo ne l'avait pas passée à tabac. Il s'y connaît pour faire des trucs aux gens de manière que ça ne se voie pas. De manière que ça se voie aussi, d'ailleurs.

— C'est tout ? »

Pour la seconde fois, elle se mordit la lèvre.

« Non... Elle a fait allusion à quelque chose qu'il y avait dans le journal de ce soir. Elle a dit que ce serait son tour à présent ou quelque chose comme ça. Mais, comme je courais dans tous les sens pour lui trouver des vêtements à peu près à sa taille, je n'y ai guère prêté attention.

— O.K. ! Merci. Je vais essayer de la trouver.

— Je l'espère. Et si quelqu'un te demande où elle a trouvé les vêtements, tu diras que tu n'en sais rien.

— Oui, ne te tracasse pas.

— Ce petit salopard avait peur de la laisser sortir sans lui. C'était tout juste s'il ne la tenait pas en laisse.

— Ça n'avait pas l'air de tellement lui déplaire, non ?

— Et pourquoi pas ? Elle avait tout ce qu'elle désirait. Elle sortait assez souvent avec lui et elle disait toujours qu'elle se retirerait l'année prochaine... quelque part en Californie, dans un petit truc bien à elle.

— Dommage, commentai-je. Et merci encore. »

Mon premier geste, en ressortant de l'immeuble, fut d'acheter un exemplaire de la *Gazette de Lyncastle*. Ma photographie s'étalait en première page avec l'histoire de George Wilson et la nouvelle de sa présence dans les murs de la cité. Le dernier paragraphe de l'article était particulièrement intéressant. Il disait que le B.F.R. lui-même recherchait George Wilson.

C'était bien ma veine. J'arrivais à convaincre Lindsey de m'accorder un sursis, et c'étaient les gens du gouvernement qui se lançaient à mes trousses !

Mais l'article que je cherchais se trouvait en page deux. Ce n'était rien de plus qu'un court entrefilet relatant les circonstances dans lesquelles une femme s'était suicidée, vers la fin de l'après-midi. Deux gosses l'avaient vue sauter dans la carrière, et, lorsque les secours étaient arrivés, elle était déjà morte. L'autopsie avait démontré qu'elle était ivre au moment de son suicide, et les flics n'avaient eu aucun mal à retrouver sa trace dans toutes les tavernes où elle avait bu ce jour-là. Ses empreintes figuraient dans les dossiers de la Commission sanitaire locale et la morte avait pu être identifiée. Il s'agissait d'une fille de salle qui avait travaillé au restaurant ABC. On supposait à présent que c'était elle qui avait tué sa camarade de chambre et que le remords l'avait poussée ensuite à se suicider. Elle s'appelait Irène

Godfrey et son adresse était celle de l'hôtel où j'avais accompagné Logan l'avant-veille.

Je commençais à entrevoir quelque chose. C'était exactement comme quand on entre dans un cinéma au milieu du film et qu'on se demande de quelle manière tout a commencé. Peu à peu, on finit par reconstituer les causes en voyant les effets, mais le tableau reste toujours légèrement obscur. La personne d'à côté pourrait dissiper vos derniers doutes, mais il est bien rare qu'elle soit assez complaisante pour vous raconter ce qui s'est passé avant votre arrivée.

Je repliai le journal et le glissai sous le siège. Ma main effleura la crosse du revolver que j'y avais caché auparavant, et j'en vérifiai le fonctionnement avant de le remettre dans sa cachette. J'en aurais sans doute besoin tôt ou tard.

Je poussai une pointe jusqu'à la gare. L'embarcadère des autobus était plongé dans l'ombre et j'aperçus Tucker à l'endroit où je l'avais rencontré le premier jour. Puis il alluma un cigare et la lueur de l'allumette éclaira le visage d'un autre type assis sur le bord d'une caisse, derrière Tucker. Il était jeune. Bien mis. Comme un avocat. Et les agents du B.F.R. doivent être avant tout avocats.

J'achevai de contourner la gare, parquai la Ford et me glissai prudemment jusqu'au bureau de Nick, qui faillit dégringoler de son tabouret en m'entendant ouvrir la porte.

« Bon sang de bon sang, on n'a pas idée de flanquer des trouilles pareilles aux honnêtes gens ! Baisse-toi vite pendant que je ferme mon volet. »

Il nous isola rapidement de l'extérieur et compléta son œuvre en bouclant la porte à double tour. Ses mains tremblaient.

« T'as de la compagnie à l'extérieur, Nick.

— Je sais, je sais. Depuis ce matin, qu'y sont là. »

Il se retourna pour prélever une feuille de papier sur une pile qui se trouvait derrière lui.

« Regarde un peu ça. Faut que je les affiche dans la gare. »

La ressemblance était parfaite. Mais il y avait quelque chose de plus que dans le journal : une récompense offerte à toute personne qui pourrait fournir des renseignements...

Je lui rendis la circulaire.

« Drôle d'endroit pour afficher ces trucs-là. »

Nick secoua la tête et regarda la photo :

« La loi dit : dans tous les endroits publics, et c'est un endroit public. Y a tout un panneau de réservé pour ça, sur le quai. »

Il plia l'affichette en deux et la rangea dans un tiroir.

« Y te recherchent dur, fiston. T'aurais pas dû venir ici.

— Je cherche une femme, Nick. La maîtresse de Servo. Elle est rousse, elle porte une robe verte qui ne lui va pas, et, si elle n'était pas en train de chialer, elle devait tout au moins avoir les yeux rouges et le visage éploré... Tu ne l'as pas vue ?

— Non... certainement pas.

— Il y a d'autres endroits d'où elle puisse quitter la ville ?

— Les autocars s'arrêtent un peu partout pour ramasser les voyageurs.

— Et c'est la seule façon ?

— Oui. A moins qu'elle ait une bagnole.

— Je ne le pense pas. O.K. ! C'est tout ce que je voulais savoir. »

Je voulus me relever, mais il me refit choir sur la chaise. Sa moustache était menaçante.

« Doucement, fiston. Tu peux plus te balader comme ça en ville. T'as vu les journaux de ce soir ? »

J'acquiesçai d'un signe de tête.

« Y a la même chose à la radio. Les flics sont venus me répéter au moins trente-six fois de bien faire attention si jamais je te voyais. Supposons qu'y en ait un qui t'attrape ?

— O.K. ! Supposons-le.

— Écoute, Johnny, sois raisonnable. Il faut que tu quittes la ville. Demain... »

Cette fois, je me relevai pour de bon.

« Pas demain, Nick. J'ai encore beaucoup trop de choses à faire. »

Je parvins à regagner la Ford et à filer sans me faire repérer. Un marteau invisible recommençait à me taper sur la tête et j'avais une furieuse envie de vomir. Demain, il ferait jour, et, demain, je réglerais cette histoire, à moins que ce soit elle qui me règle, une fois pour toutes. J'avais bavardé avec des tas de gens. J'avais vu des tas de choses. Je faisais partie de ces choses à présent et j'ignorais encore ce qu'elles représentaient exactement. On ne s'improvise pas détective. Quand on pratique ce boulot-là depuis des années, on connaît des tas de ficelles qui peuvent vous aider à faire un joli paquet bien propre avec des tas de matériaux disparates. Mais je n'étais pas détective. Je n'étais qu'un type comme les autres qui essayait d'exhumer un cadavre vieux de cinq ans et, partant, méconnaissable. Ce n'était pas très facile. Je n'avais pas grand-chose pour me guider. Aucun indice. Rien que des événements qui ne semblaient avoir aucun point commun, sinon qu'ils s'étaient tous produits depuis mon arrivée à Lyncastle.

J'avais une tête qui provoquait les catastrophes. Ils avaient essayé de me tuer, tout d'abord. Puis ils avaient essayé de me faire éliminer par les flics et, quand ça n'avait pas marché, ils avaient réessayé de me tuer. Ils tenaient tellement à ce que Johnny MacBride demeurât mort et enterré qu'ils n'avaient pas hésité à jeter George Wilson dans les jambes des flics.

Tout se brouilla dans ma caboche et je n'eus bientôt plus qu'une seule idée en tête : dormir, dormir, dormir... Je mis le cap sur la route de Pontiel, rentrai la voiture dans le garage, trouvai la clef dans le pot de fleurs et montai directement au premier étage.

Je pris une bonne douche, me débarrassai de ce qui restait de mon pansement et regardai les deux portes qui communiquaient avec la salle de bain. Cette fois, je choisis la chambre parfumée, celle qui sentait la poudre et les crèmes de beauté. Si Wendy avait des velléités de venir me rejoindre, comme l'autre nuit, elle trouverait mon lit vide et comprendrait peut-être l'allusion. J'étais vraiment trop fatigué, ce soir, pour ce genre d'exercice.

Je me glissai dans les toiles. Les draps étaient frais contre ma peau et l'oreiller était un nuage qui m'emporta rapidement vers le pays des rêves...

La chanson venait de très loin. Et ce n'était pas une vraie chanson, mais un refrain fredonné sur un registre grave. Mes yeux s'ouvrirent lentement et ne virent tout d'abord que du noir, trop lourds de sommeil pour pouvoir distinguer quoi que ce soit.

Puis les ténèbres parurent se dissoudre, tandis qu'une forme flexible et blanche se matérialisait progressivement à l'autre bout de la chambre. Je me réveillai complètement, vis sa robe s'envoler, atterrir sur une chaise, suivie de près par sa combinaison. Je m'attendais à la voir se livrer à ces contorsions que font toutes les femmes lorsqu'elles enlèvent leur soutien-gorge, mais je fus agréablement surpris. Elle le déboutonna par-devant et l'ôta comme une veste. Il y eut un dernier glissement soyeux, presque imperceptible, et Wendy leva les deux bras vers le plafond, telle une adoratrice païenne de la lune exécutant une danse rituelle sous le regard de son idole. Lentement, elle cambra les reins, braquant ses seins magnifiques vers la lumière. Puis elle se détendit, passa ses doigts dans ses cheveux et se dirigea vers le lit, fredonnant toujours à mi-voix.

« Joli, murmurai-je. Joli, joli, joli. »

J'entendis sa respiration se coincer dans sa gorge et levai la main vers le commutateur. Mais ses doigts se refermèrent autour de mon poignet et le ramenèrent vers ma poitrine.

« Je préfère toujours le clair de lune, Johnny. »

Sa bouche se posa sur la mienne. Tiède. Délicieuse. Mes mains errèrent au creux de ses reins et je la sentis frémir, voluptueusement.

Puis la nuit se resserra autour de nous comme une couverture jusqu'à ce qu'elle explosât de nouveau, nous laissant épuisés et heureux, l'un près de l'autre, et bavardant du lendemain.

Du lendemain et de ce qu'elle ferait pour moi le lendemain.

Du lendemain où elle trouverait pour moi tout ce qu'il y avait à trouver sur un flic nommé Tucker.

11

Lorsque je me réveillai le lendemain, Wendy était partie. Il ne restait sur l'oreiller que l'empreinte de sa tête, et, sur mon bras, la marque de sa joue. Cette absence me fit une impression contre laquelle je me rebellai de toutes mes forces. Je n'avais aucune envie de tomber amoureux de qui que ce soit. Mais il y avait en Wendy quelque chose de direct et d'honnête qui la différenciait de la plupart des autres femmes. Quelque chose qui faisait que son absence me procurait la sensation d'avoir perdu l'un de mes bras...

J'écartai cette pensée et sautai du lit. Une petite note posée sur la commode me disait de prendre la voiture et : « A ce soir, mon amour. » Signé : « Wendy. » L'empreinte de ses lèvres recouvrait la signature.

Je déjeunai rapidement, sortis la Ford du garage, fis le plein au premier poste d'essence, me procurai une carte routière et pointai un itinéraire qui aboutissait à la capitale de l'État sans passer par les voies de grande communication. J'ignorais en effet si les flics n'arrêtaient pas les bagnoles à une courte distance des sorties de la ville.

Le chemin que j'avais choisi n'était certainement pas le plus court, mais c'était le moins fréquenté, et j'accomplis le trajet à cent de moyenne.

A onze heures, je faisais mon entrée dans la capitale de l'État. A onze heures et quart, j'avais trouvé les bâtiments municipaux. A onze heures et demie, une secrétaire osseuse et revêche m'introduisait dans le bureau d'un certain M. Donahue, qui n'était autre que le vérificateur officiel de l'État. C'était un petit bonhomme rondouillard et souriant, dont les petits yeux bleus pétillaient d'intelligence.

« Que puis-je faire pour vous, monsieur... ?

— MacBride, complétai-je en acceptant le fauteuil et la cigarette qu'il m'offrait. Mon nom vous rappelle peut-être quelque chose ? Il y a cinq ans, vous avez procédé à la vérification des livres de la Banque nationale de Lyncastle et mis au jour une grosse escroquerie. D'après la police, c'est moi qui suis coupable de cette escroquerie, ainsi que d'un meurtre et de quelques autres peccadilles du même genre. Vous vous souvenez de cette affaire ?

— Mon Dieu... oui, je m'en souviens. »

M. Donahue était nerveux à présent. Sa cigarette diminuait à vue d'œil, il n'osait plus me regarder et n'avait pas le cran d'essayer de décrocher son téléphone.

« Cessez de vous tracasser, lui dis-je. Je suis innocent de tous ces crimes et, même si j'étais vraiment coupable, ce n'est pas à vous que je m'en prendrais... De quoi vous souvenez-vous exactement ? »

Il sourit, mais continua à transpirer.

« Ce sont des renseignements confidentiels, vous savez, monsieur Mac-Bride, et j'ignore si la Banque...

— Vous pouvez, si vous le désirez, téléphoner à M. Gardiner, président de la Banque nationale de Lyncastle, lui dis-je. J'ai pu le convaincre que j'avais été victime d'une habile manœuvre destinée à rejeter la culpabilité sur mon dos, et, dans la mesure de ses moyens, il participe actuellement à mes efforts de réhabilitation. Si j'avais été coupable, je ne serais jamais revenu, monsieur Donahue.

— Votre culpabilité n'était pas mon affaire, jeune homme. Je n'ai fait que vérifier les livres. Ils avaient été falsifiés d'une manière fort adroite, mais relativement commune. »

Il s'interrompit et se tourna vers la fenêtre ouverte.

« Voilà deux ou trois ans, une jeune femme m'a adressé une requête analogue à la vôtre. »

Je fronçai les sourcils.

« Vera West ?

— Ce n'est pas le nom qu'elle m'a donné.

— Une blonde. Une blonde naturelle, très jolie ?

— Mon Dieu, oui ! Mais je n'avais pas grand-chose à lui dire que tout le monde ne sache déjà. J'avais été appelé par le district attorney de Lyncastle, celui qui est mort peu de temps après... Le détournement s'élevait, je crois, à deux cent un mille et quelques dollars. Quatre-vingt-quatre, si mes souvenirs sont exacts.

— Ils le sont. Et c'est tout ce dont vous vous souvenez ?

— Eh bien... comme je l'ai dit à cette jeune personne... j'avais également un soupçon... que j'aurais été parfaitement incapable d'étayer par la moindre preuve... Voyez-vous, j'ai eu l'impression que v..., je veux dire que le coupable s'était approprié une somme beaucoup plus importante et que, lorsque l'escroquerie a été découverte, il était en train de rembourser progressivement les fonds détournés.

— C'est intéressant.

— Je ne puis vous expliquer la chose en détail, mais il y avait, par exemple, le montant baroque du total des fonds détournés au moment de la découverte de l'escroquerie. Je me suis déjà trouvé devant des cas semblables de capitaux volés et progressivement remboursés... Il va sans dire que c'est une manœuvre dangereuse, et qui, je pense, ne doit pas réussir très souvent.

— Vous ne pouviez guère exprimer des soupçons aussi vagues, n'est-ce pas ? »

Il comprit tout de suite à quoi je voulais en venir et rougit.

« En fait, expliqua-t-il, je n'y ai pensé qu'après être rentré chez moi. C'était beaucoup trop nébuleux pour que je puisse en parler sans la moindre preuve. Et l'intention de rembourser n'est certainement pas une excuse admise par la loi ! Si vous êtes innocent, et que ce soupçon puisse vous aider, je vous le livre bien volontiers, mais il n'a qu'une valeur très relative en raison de son imprécision, et...

— Très bien, monsieur Donahue, je vous remercie... Vous n'avez jamais parlé à qui que ce soit de la visite de cette jeune femme blonde ?

— Mon Dieu, non... »

Il rougit un peu plus.

« Voyez-vous... le secret professionnel... »

Je voyais ça d'ici. Elle avait dû le flatter, lui faire du charme, et il s'était laissé tirer les vers du nez. Chacun sa méthode, Vera, chacun sa méthode...

« Vous ferez bien de ne pas parler non plus de la mienne, lui conseillai-je en le voyant loucher vers le téléphone. Et, si l'affaire vous intéresse, lisez la *Gazette de Lyncastle*. »

A trois heures et demie, je rangeais la Ford dans le garage de Wendy et pénétrais dans la maison. Elle n'était pas là et ne semblait pas y être revenue, depuis le matin. Je téléphonai à la gare et quelqu'un me répondit que M. Henderson avait pris son après-midi. Non, il n'avait pas dit ce qu'il comptait faire.

J'essayai le Bar du Cirque. Logan n'y était pas. J'essayai son bureau. Une secrétaire me répondit qu'il n'y était pas venu de la journée et qu'il n'avait même pas téléphoné depuis la veille.

« Si vous avez une idée de l'endroit où il se trouve... » continua-t-elle.

Je n'allais fichtre pas lui dire qu'il devait être en train de cuver une cuite quelque part !

« La dernière fois que je l'ai vu, il était sur une histoire. Je vous téléphone parce que quelqu'un devait lui donner des renseignements pour moi. Ça devait venir de New York. D'un certain M. Whitman.

— Oh ! oui. Le mémo est là sur son bureau.

— O.K. ! Lisez-le-moi.

— Eh bien... c'est que... je ne sais pas si...

— Puisque je vous le dis. C'est un renseignement personnel dont j'avais besoin.

— Oh !... alors, voilà, ce n'est pas bien long : *Gracie Harlan et Harlan, pseudonyme déposé, même personne.* C'est signé : WHIT.

— Merci. »

Je raccrochai et fis joujou un instant avec le cadran du téléphone. Les lacunes se comblaient d'elles-mêmes, une par une. Et, quelque part, à l'autre bout de la ville, se trouvait une autre pièce du puzzle.

Je ressortis la bagnole du garage, traversai la ville en un temps record et sonnai bientôt à la porte du 107, rue des Hêtres.

Lorsque Vénus vit que c'était moi, elle m'attira vivement à l'intérieur et referma la porte à double tour.

« Seule ? lui demandai-je.

— Je ne l'ai pas toujours été.

— Qui ?

— Les gars de Lenny Servo. Ils n'ont pas cessé de me harceler depuis que tu es parti. Qu'est-ce que tu as fait depuis hier soir ?

— Des tas de choses. Où sont-ils maintenant ?

— Je n'en sais rien, mais ils reviendront. Les flics sont venus, eux aussi. Et les Féds.

— Ouais ?

— Les choses se corsent. Le conseil municipal a voté une résolution à ton sujet. »

Elle alluma une cigarette, s'approcha de la fenêtre et s'assura qu'il n'y avait personne dans la rue avant de fermer les rideaux.

« J'ai envoyé deux de mes pensionnaires aux renseignements. Elles ont d'excellentes relations.

— Très bien. Raconte.

— George Wilson, Johnny MacBride, quel que soit ton nom, les Fédéraux ont décidé que c'était toi qui avais financé Lenny Servo à ses débuts, que tu avais quitté Lyncastle parce que les choses y marchaient trop bien à ton gré, et que tu étais revenu parce que tu étais brûlé sur tout le territoire. Ils ont même trouvé un long mot scientifique pour dire que tu es incapable de t'adapter à une vie normale depuis ton retour des armées.

— Alors, d'après eux, c'est moi le grand patron, murmurai-je. Et qu'est-ce qu'ils font de Lenny dans tout ça ? »

Les yeux de Vénus se plissèrent.

« Le bruit court qu'il a toujours partagé ses revenus avec toi et qu'il ne serait que trop heureux de voir les Féds te coincer pour n'avoir plus besoin de partager quoi que ce soit.

— Un bruit ! Il doit bien avoir une origine !

— Tu as fait suffisamment parler de toi depuis que tu es à Lyncastle.

— Peut-être, mais c'est un bruit qu'une seconde de réflexion suffirait à détruire.

— Comment cela ?

— Si je suis coincé, il paraît logique que je veuille partager les pots cassés aussi bien que les revenus avec Lenny ! »

Elle soupira.

« Qui es-tu au juste, Johnny ? »

Je me contentai de lui sourire.

« Tu m'avais dit que tu avais une photographie à me montrer, repris-je. L'as-tu retrouvée ? »

Sans dire un mot, elle quitta la pièce et revint quelques minutes plus tard, avec une grande photo d'ensemble qui avait visiblement dormi pendant de longues années dans le fond de quelque tiroir. Elle me la tendit et s'assit sur le bord d'un fauteuil. Elle avait marqué d'une croix la fille dont elle m'avait parlé. Cette fille s'appelait Harlan, et son pseudonyme était déposé. J'avais vu la veille une photo d'elle beaucoup plus récente, qui était celle d'une fille de salle du restaurant ABC, dont le suicide avait été attribué au remords d'avoir assassiné sa camarade de chambre. Avant de se retirer à Lyncastle, elle avait pratiqué le coup de la chambre d'hôtel à New York et fait de la prison.

Les lacunes disparaissaient à vue d'œil. Il n'en restait plus que quelques-unes. Je rendis la photo à Vénus.

« Ça ne te fait rien que je me serve de ton téléphone ?

— Pas le moins du monde. »

Je connaissais tous les numéros par cœur, maintenant. Celui de Logan. Il n'était toujours pas rentré. Celui de Wendy. Elle n'était toujours pas rentrée. Et Nick n'avait pas encore réintégré son bureau. Ensuite, je demandai le capitaine Lindsey et l'obtins immédiatement.

« Ici, Johnny, capitaine. »

Sa respiration devint sifflante.

« Ouais ?

— Alors, cette lettre ?

— Pas retrouvée nulle part.

— Il faut bien qu'elle y soit.

— Écoute, MacBride, j'ai l'impression que tu es en train de gagner du temps. Si c'est le cas, tu ne sortiras pas vivant de cette ville.

— J'en suis sorti ce matin et je suis revenu, Lindsey. Maintenant, écoute-moi. La maîtresse de Servo est en fuite. Tu sais qui je veux dire ?

— Ouais. Troy Avalard. Pourquoi ?

— Quelqu'un veut avoir sa peau, Lindsey. J'ignore si c'est Lenny lui-même. Tâche de la retrouver. Il est possible qu'elle détienne la clef du problème. »

Il jura entre ses dents.

« Tu as répondu toi-même à ta question cette nuit, MacBride. Suppose que je donne des ordres. Quelqu'un d'autre les annulera.

— T'as pas les jetons, Lindsey, non ? » lui demandai-je.

Je l'entendis jurer à nouveau.

« O.K. ! Je vais la rechercher, dit-il.

— Parfait. Téléphone à sa banque et vois si elle a prélevé une grosse somme sur son compte. Je te rappellerai dans cinq minutes. »

J'allai jeter un coup d'œil dans la rue. Il y avait un camion derrière la

Ford et un cabriolet vert clair derrière le camion. Un facteur montait les marches d'un perron, sur le trottoir d'en face. Un gosse en chandail parcourait lentement la rue, en cherchant un numéro. J'allumai une cigarette, attendis deux ou trois minutes et rappelai Lindsey. Troy Avalard n'avait rien prélevé sur son compte. Le caissier avait l'ordre de téléphoner à Lindsey si elle se montrait à la banque.

Je raccrochai.

« L'explosion ne va pas tarder à se produire... n'est-ce pas ? commenta Vénus.

— Comme elle se serait produite il y a cinq ans, si Robert Minnow ne s'était pas fait descendre », ripostai-je.

Je la regardai.

« Tu restes ici ?

— Naturellement.

— Si les gars de Servo reviennent... »

Elle sourit et sa main disparut sous un coussin. Lorsqu'elle réapparut, elle tenait un revolver. Et pas un joujou pour sac de dame, non. Un revolver de gros calibre.

« Je ne me laisserai plus frapper, Johnny, pas même par Lenny Servo.

— D'où sort cet outil ?

— C'est celui de mon mari. Je t'ai dit que j'avais été mariée avec un flic, tu te souviens. C'est lui qui m'a appris à m'en servir.

— Qu'est-ce qu'il lui est arrivé ? »

Elle émit un petit rire sec.

« Un jour, j'en ai eu assez de la vie qu'il me faisait mener. Alors, j'ai profité de ses leçons... J'ai été acquittée. »

Le revolver retourna derrière le coussin, et Vénus me reconduisit jusqu'à la porte. Sa robe était la même que la première fois. Je tirai sur la cordelière, en pris plein mes mirettes, et m'esquivai en rigolant.

La rue était déserte. Je sautai dans la Ford et démarrai. En route, j'allumai la radio et cherchai l'émetteur local. C'était l'heure du bulletin d'informations. J'arrivai trop tard pour entendre les détails, mais j'appris que John MacBride, *alias* George Wilson, n'avait pas encore été capturé, et que le maire priait tous les citoyens de participer aux recherches. Suivait un signalement qui me dissuada de continuer à me balader en ville sans essayer de modifier mon apparence.

C'est parfois sous les yeux des flics qu'un suspect est le plus en sécurité. Tout le monde me croyait terré dans quelque cachette et personne ne se donna la peine de me dévisager lorsque j'entrai dans un magasin et commandai une chemise de travail, une veste de cuir, une combinaison de mécano et une paire de cuissardes. La vendeuse fit l'addition, encaissa, me sourit et reprit son journal. Il y avait ma photo en première page, mais elle était en train de lire le feuilleton. Je cherchai un coin tranquille, changeai de vêtements dans la bagnole et balançai ceux que j'avais portés sur le siège arrière. Je venais de redémarrer lorsque j'aperçus Wendy. Elle sortait d'un salon de coiffure et il y avait un paquet sous son bras. Je m'arrêtai net et l'appelai. Elle traversa la rue, s'assit près de moi et me sourit.

« C'est là que tu as passé ta journée ? »

Je n'avais pas eu l'intention de la blesser, mais son sourire s'effaça et elle secoua la tête.

« Non, je suis juste entrée pour prendre rendez-vous. J'allais rentrer à la maison. »

J'aurais pu m'en rendre compte si je l'avais mieux regardée. Elle était très bien coiffée, mais les racines de ses cheveux étaient toujours aussi noires.

« C'est pour moi ? m'informai-je en désignant le paquet.

— Oui. Tu veux en prendre connaissance, ou je te fais mon rapport, un rapport verbal ?

— Verbal. Je t'écoute.

— Tucker habite dans les faubourgs. Une grande maison avec un bar, une salle de jeu et une salle de billard au sous-sol. Il y a un garage à deux places, derrière la maison, avec une Cadillac toute neuve et une autre bagnole dont il se sert pour travailler.

— Tout ça avec son salaire de flic ?

— Il n'est pas le seul. Presque tous les flics se font arroser pour fermer les yeux sur une chose ou l'autre. Tucker est l'un de ceux qui se débrouillent le mieux.

— Il travaille avec Servo ? »

Wendy haussa les épaules.

« J'ai les déclarations de sept personnes qui ont vu Tucker perdre des milliers de dollars dans une des boîtes affiliées à la Ligue commerciale. Il paraît que c'est Lenny qui a fait annuler sa dette.

— Il peut toujours dire qu'il a regagné une somme équivalente ou supérieure dans une autre boîte. »

Wendy feuilleta le contenu de son paquet.

« Il fait rédiger sa déclaration d'impôts par un agent fiscal. Le type s'est laissé persuader de bavarder un peu. Il dit que Tucker déclarait absolument tout.

— Il a raison. Capone aurait dû en faire autant. Tu as autre chose encore ? »

Elle ferma les yeux et se renversa contre le dossier du siège.

« Je suis retournée voir Mme Minnow. Elle ne nous avait pas tout dit, la première fois. Son mari a traîné plusieurs fois Lenny Servo devant le tribunal.

— Je sais. C'était dans les journaux.

— Le plus important n'y était pas. Bob Minnow avait des preuves qui auraient pu mettre Servo dans une sale posture. Mais, à deux reprises, la veille du jugement, quelqu'un s'est introduit dans son bureau et a ouvert son coffre. A chaque fois, ses documents ont disparu.

— Tucker ! m'exclamai-je. Tucker en aurait eu l'occasion et les moyens ! »

On eût dit qu'elle parlait à travers un brouillard.

« Non. Pas Tucker, murmura-t-elle.

— Alors, qui ?

— Toi ! »

Elle l'avait dit d'une voix douce, mais le mot claqua comme un coup de feu. Et, cependant, elle était là, près de moi, qui me tendait une affichette flambant neuve dont elle avait souligné l'un des paragraphes, attendant paisiblement que je lui prouve le contraire.

Je lus le paragraphe. Il disait que j'étais recherché pour vols avec effraction. Il ne parlait pas de coffres-forts, mais la supposition de Wendy était raisonnable.

Ce qui n'était pas raisonnable, c'était cette confusion qu'elle était en train de faire, qu'ils étaient tous en train de faire, entre Johnny MacBride et George Wilson. Bien sûr, j'avais raconté moi-même, à Logan, mes expériences avec un vieux coffre-fort prélevé sur un tas de ferraille, mais il y avait cinq ans, c'était Johnny qui avait été à Lyncastle. Johnny MacBride. Pas moi, George Wilson.

Je n'essayai pas de prouver quoi que ce soit à Wendy. J'en aurais été parfaitement incapable. Je lui souris et lui dis :

« Ça fait beaucoup de travail pour une seule journée, cocotte. »

Elle recula comme si je l'avais frappée. Il y avait des larmes dans ses yeux et je me demandai ce que je pouvais bien avoir dit qui pût lui faire cet effet.

« Oh ! ne te fâche pas », enchaînai-je.

Je me penchai vers elle, enfouissant mon visage dans ses cheveux. Ils sentaient bon.

« Je n'ai pas pour deux sous d'éducation, Wendy. J'aurais dû te remercier. »

Ses lèvres tremblèrent contre les miennes, puis ses bras se nouèrent autour de mon cou et me retinrent prisonnier jusqu'à ce que je me sois convenablement excusé.

Les petites lignes que j'avais remarquées autour de ses yeux et de sa bouche avaient complètement disparu. Quelque chose lui avait restitué une beauté radieuse qui était bien la sienne et qu'elle me laissa le temps d'apercevoir avant de rentrer dans sa coquille.

J'appuyai sur le démarreur.

« Je retourne en ville, Wendy. Tu m'accompagnes ?

— Non... J'ai des choses à faire. »

Elle me montra son paquet.

« Qu'est-ce que je fais de ça ?

— Dépose-le chez toi. Tu ne veux vraiment pas m'accompagner ? »

Elle secoua la tête et ouvrit la portière. Lorsqu'elle fut sur le trottoir, elle la tint ouverte un instant et me regarda des pieds à la tête.

« Tu es drôlement habillé.

— C'est un déguisement.

— Oh ! »

Elle sourit.

« Sois prudent.

— Tu y tiens ? »

Elle acquiesça d'un signe de tête. Il y avait à nouveau des larmes dans ses yeux. Un autobus passa près de nous et elle se mit à courir, tandis que je me demandais ce que j'avais bien pu dire encore qui lui fasse cet effet-là.

12

Les Galeries Universelles Philbert liquidaient tous leurs stocks à moitié prix. Du moins, c'était ce que prétendaient les écriteaux placardés en travers des vitrines. Je pénétrai dans le magasin à la suite d'une grosse dame déjà chargée de paquets et jetai un coup d'œil autour de moi. Mais je n'étais qu'un client de plus perdu dans la foule et personne ne faisait attention à moi. J'achetai une deuxième chemise de travail, histoire d'avoir quelque chose à porter, traversai les rayons de quincaillerie et me glissai dans une des cabines téléphoniques alignées le long du mur.

La standardiste me passa le numéro que je lui demandais et je vis le vieux bonhomme à visière de celluloïd décrocher le récepteur, de l'autre côté de la cloison vitrée, avant de l'entendre aboyer :

« Allô ?

— Je connais un bon moyen de te faire gagner cent dollars, mon pote », lui dis-je.

Ce genre d'entrée en matière a le don de rendre les gens polis, même s'ils s'imaginent qu'il s'agit d'une erreur. Il y a toujours une chance que ça n'en soit pas une. Je le vis jeter un regard circulaire et ce fut d'une voix étouffée, mais pleine d'espoir, qu'il me répondit :

« Oui... Vous savez à qui vous parlez ?

— Bien sûr. Au service photographique de chez Philbert.

— C'est ça ! »

Il avait l'air surpris, maintenant.

« Vous pouvez vous absenter pendant quelques instants ?

— Certainement.

— O.K. ! Alors, sortez du magasin par la grande porte et tournez à droite. Vu ?

— Oui, mais... »

Je raccrochai et l'observai. Il commença par contempler l'appareil en se léchant les lèvres. Puis il dut conclure que rien ne pourrait lui arriver en plein jour, car il fit signe à un jeune gars de prendre sa place, enfila sa veste, ôta sa visière et sortit de son antre.

Je le suivis.

Lorsqu'il fut sur le trottoir, il hésita un instant, haussa les épaules, et tourna à droite. Quand il parvint à la hauteur de la Ford que j'avais parquée le long du trottoir, je lui tapai sur le bras et lui dis :

« Dans la bagnole. »

Il sursauta, me regarda par-dessus son épaule. Son menton rejoignit sa poitrine et je lui répétai :

« Dans la bagnole ! »

Il ouvrit la portière, s'assit sur le siège de devant et se rencogna contre la portière opposée. Je m'assis auprès de lui. Ses yeux étaient à deux doigts de jaillir de leurs orbites et c'était à peine s'il pouvait avaler sa propre salive. Il était grand temps que quelqu'un me reconnaisse.

Je commençais à savoir y faire. Je me collai une cigarette au coin du bec, l'allumai et lui ris au nez.

« De deux choses l'une, mon pote. Ou tu fais ce qu'il faut pour gagner les cent dollars en question, ou tu l'ouvres trop grande et on cesse d'être copains. Alors, qu'est-ce que tu dis ? »

Il parvint finalement à avaler sa salive et acquiesça d'un signe de tête, mais ce fut tout.

« Tu te rappelles ce qui s'est passé il y a cinq ans ? »

Une autre gorgée de salive. Un autre signe de tête.

« Bob Minnow était district attorney en ce temps-là. Le soir de sa mort, il est allé à ton rayon, et il y a laissé quelque chose. Qu'est-ce que c'était ?

— Je... j'étais pas là... mais Lee m'a dit que... Oui, je me souviens maintenant...

— Qu'est-ce que c'était ? »

Cette fois, il secoua la tête nerveusement.

« Je n'en sais rien. Lee lui a donné... un récépissé. Ça doit se trouver encore dans les casiers.

— Tu pourrais le retrouver ?

— Pas... sans le récépissé. J'ai déjà... cherché. »

Je faillis lâcher ma cigarette.

« Qui t'a déjà demandé de chercher ? »

Il s'aplatit contre la portière opposée, les yeux blancs de terreur.

« Juste l'autre jour... Logan... le journaliste. Il est venu... et il m'a demandé la même chose. »

Ainsi, Logan s'était souvenu avant moi qu'il y avait dans toutes les succursales des Galeries Universelles Philbert un rayon consacré à tous les genres de travaux photographiques, développements, reproductions, etc. Beau travail, Logan.

« Et pourquoi ne peux-tu pas le retrouver ?

— Bon Dieu... on fait des milliers de travaux du même genre. Toutes les compagnies nous amènent leurs documents à reproduire. J'y arriverai peut-être. Ça prendra sans doute deux ou trois semaines...

— Deux ou trois semaines ! Je peux pas attendre aussi longtemps...

— Sans le récépissé...

— Boucle-la ! »

Je jetai mon mégot par la portière. Il atterrit sur le pied d'un type et le gars s'apprêtait à râler lorsqu'il aperçut ma binette. Il continua de marcher sans rien dire.

Je plongeai ma main dans ma poche intérieure et le vieux ne se remit à respirer que lorsqu'il la vit ressortir avec mon portefeuille et non avec un revolver.

Je lui tendis un billet de cent dollars.

« Voilà, lui dis-je. Et n'oublie pas une chose. Tous les flics sont à mes trousses, alors ce n'est un secret pour personne que je suis en ville. Mais parle de cette conversation à qui que ce soit et je te garantis que, jusqu'à la fin de tes jours, tu auras peur de rentrer seul le soir, compris ? »

Ses mains tremblaient tellement qu'il faillit perdre le billet.

« Ton rayon reste ouvert jusqu'à quelle heure ?

— Jusqu'à minuit.

— O.K. ! Ne t'en va pas avant d'avoir eu de mes nouvelles. »

Il faillit se rompre le cou en sortant de la bagnole. J'étais déjà loin lorsqu'il atteignit la porte du magasin et, vingt minutes plus tard, je passais devant la petite maison blanche de Mme Minnow. Elle était sous son porche, dans un rocking-chair. Mais elle se balançait trop vite. Mme Minnow était nerveuse.

Il y avait une conduite intérieure à chaque extrémité de la rue, avec un homme assis au volant. Un jeune homme. Bien mis. L'allure d'un avocat. Il y en avait peut-être d'autres, mais je ne les vis pas et ce n'était pas le moment d'y aller voir. Je ne m'arrêtai que lorsque je trouvai un bar-sandwiches, mangeai, bus et rêvassai sur un magazine jusqu'à ce que la nuit fût tombée. Elle tomba de bonne heure. Les éléments étaient avec moi. Je regagnai la Ford au moment précis où les premières gouttes d'eau commençaient à tomber. J'avais essayé d'avoir Logan au bout du fil, avant de quitter le bar. Mais il n'était pas encore rentré.

Je fumai quelques cigarettes en regardant la pluie ruisseler sur le pare-brise. De temps à autre, un éclair illuminait la rue, suivi de près par le grondement du tonnerre. Il était neuf heures vingt. Je démarrai.

J'avais intérêt à procéder avec prudence. Soit qu'ils s'attendissent à ce que j'allais faire, soit qu'ils fussent là simplement pour protéger Mme Minnow d'une nouvelle attaque de Johnny MacBride, les Féds étaient dans la place. Je rangeai la voiture dans la rue de derrière, sans ôter la clef de contact, pour le cas où je devrais opérer une retraite précipitée, trouvai l'allée qui partageait en deux le pâté de maisons et restai longuement embusqué dans les ombres, à quelques pas du garage de Mme Minnow.

Le gars qui montait la garde sous le petit porche, derrière la maison, ne faisait rien qui pût trahir sa présence, mais, à un moment donné, il changea de position, et le sommet de son chapeau se découpa, une fraction de seconde, contre le fond jaunâtre d'une des fenêtres de la cuisine, à l'intérieur de laquelle devait brûler une veilleuse.

Je suivis la haie, plié en deux, et j'étais debout contre le mur latéral de la maison lorsque je me rendis compte à quel point tous mes gestes étaient précis, mécaniques. De même que les précautions avec lesquelles j'escaladai le treillis métallique couvert de plantes grimpantes. De même que l'habileté silencieuse avec laquelle je me hissai jusqu'à la fenêtre du premier étage, l'ouvris et pénétrai dans la chambre à coucher.

Mes vêtements étaient trempés de pluie, mais ce n'était pas de la pluie qui coulait dans mon dos. C'était de la sueur. Une sueur glaciale. George Wilson, recherché pour meurtre et vols avec effraction. Je ne me souvenais plus de rien, mais les gestes que j'avais dû faire tant de fois étaient toujours là, dans mon subconscient. Je laissai la fenêtre ouverte, traversai la chambre et collai mon oreille contre la porte. En bas, la radio jouait en sourdine, mais je n'entendis rien d'autre. J'ouvris doucement la porte et sortis dans le couloir.

L'escalier, à ma droite. A ma gauche, deux autres portes. Celle du milieu était trop resserrée entre les deux autres pour pouvoir donner accès à une grande pièce. Je choisis la dernière. Elle n'était pas verrouillée, mais n'avait pas dû être ouverte souvent au cours des cinq dernières années. L'air sentait le renfermé et chaque pas que je faisais sur le tapis soulevait un petit nuage de poussière. Il y avait un divan, un bureau, deux classeurs métalliques et un petit coffre-fort, souvenirs de l'homme qui avait fait de cette pièce son cabinet de travail. Je me dirigeais vers le coffre-fort lorsque le faisceau lumineux d'une torche électrique projeta sur le mur d'en face l'ombre monstrueuse de ma silhouette.

Je faillis hurler, pivotai sur moi-même et restai là, immobile, avec la lumière en plein visage, tremblant des pieds à la tête.

« Je savais que vous viendriez », chuchota une voix.

J'eus un mal de chien à retrouver la mienne pour lui répondre :

« Éteignez cette lampe avant qu'ils la repèrent ! »

Elle obéit.

« Comment avez-vous su que j'étais là ?

— Je l'ai senti, jeune homme. Il y a tant d'années que je n'entends plus rien dans cette pièce que, lorsque vous y êtes entré, je l'ai su tout de suite. Un privilège de la vieillesse, je suppose.

— Combien sont-ils en bas ?

— Deux.

— Du B.F.R. ?

— Un seul. L'autre est de la police d'État. Ils ne savent pas que vous êtes ici. »

Je tendis la main. Elle me remit la lampe.

« Connaissez-vous la combinaison de ce coffre ?

— Non. Il n'y avait que Bob qui la connaissait. Il n'écrivait jamais le chiffre et le coffre n'a pas été ouvert depuis sa mort. Il n'y enfermait rien de précieux. Ses papiers personnels étaient dans un coffre à la banque.

— Alors, à quoi servait celui-ci ?

— Il y rangeait occasionnellement des choses qu'il ramenait du bureau.

— Je vais l'ouvrir », lui dis-je.

Je suais à grosses gouttes et j'ignorais pourquoi.

« Allez-y », dit-elle simplement.

L'obscurité cacha mon sourire, mais elle entendit le ricanement étouffé qui fusa entre mes mâchoires.

« Vous avez un cran phénoménal, murmurai-je. D'après les flics, je suis un tueur.

— Ça ne m'a jamais été prouvé. »

Quelle femme ! Son mari aurait été fier d'elle. J'allumai la lampe et m'agenouillai devant le coffre...

Je le connaissais, bon Dieu, je le connaissais sur toutes ses coutures. Chaque rivet, chaque détail m'étaient familiers. Ma respiration me déchirait la poitrine et des griffes d'acier me fouillaient impitoyablement les tripes. Je grelottais de froid. Le passé me ressortait par tous les pores de la peau. Le cadran du coffre-fort était un petit visage narquois qui se payait ma tête et je savais que ce n'était pas seulement ce visage-là qui m'était familier, mais tous les visages de tous les coffres-forts. Depuis cinq ans, j'essayais de ressusciter mon passé, et, maintenant qu'il commençait à montrer le bout de l'oreille, je n'avais plus aucune envie de le voir.

Je savais que Mme Minnow m'observait. Je laissai mes mains et mes oreilles suivre l'instinct insolite qui donnait à mes doigts et à mes tympans des facultés de perception que je n'avais pas cru posséder. Je restai là pendant une vingtaine de minutes à manipuler le cadran. Puis j'entendis ce que, sans le savoir, j'avais espéré entendre. Je tournai la poignée, et la porte s'ouvrit. Un journal vieux de dix ans recouvrait l'étagère d'en bas. Sur celle du milieu, reposait une boîte en fer-blanc, pleine d'anciennes pièces de monnaie. Celle du haut comportait un tiroir. Je l'ouvris et vis un ticket rose, numéroté, de chez Philbert.

J'avais mal dans le dos d'être resté si longtemps agenouillé. Je me relevai, empochai le petit ticket rose et repoussai la porte du coffre, qui se referma avec un léger claquement. Mme Minnow reprit sa lampe et, l'espace d'un éclair, je distinguai son visage. Elle paraissait heureuse.

« Vous avez trouvé quelque chose ?

— Oui. Vous voulez voir ce que c'est ?

— Est-ce que je pourrai vous en dire davantage si vous me le montrez ?

— Non.

— Alors, gardez-le, dit-elle. Et bonne chance.

— Merci. »

Elle étouffa un sanglot lorsque je quittai la pièce, mais n'essaya pas de me suivre. Je regagnai la Ford par le même chemin. Il pleuvait toujours, et mon pantalon était à tordre. Mais je n'avais plus froid. Au contraire. J'avais chaud. J'étais bien.

Je retrouvai le vieux bougre de chez Philbert aussi blême que je l'avais laissé. Il s'empara du ticket, disparut derrière une cloison. Je l'entendis ouvrir des tiroirs métalliques. Puis il revint au bout de quelques minutes avec une enveloppe brune qu'il me remit sans dire un mot. Je lui payai les deux dollars mentionnés sur la fiche, lui laissai le temps de bien voir ma binette et réintégrai ma bagnole.

Je stoppai sous un réverbère pour ouvrir l'enveloppe brune. Elle contenait deux reproductions photographiques et le négatif d'une lettre adressée à Robert Minnow.

Cher Mr. Minnow, disait la lettre, *je vous informe par la présente que, si je meurs avant de vous avoir redemandé cette lettre, j'aurai probablement été assassinée. Vous trouverez dans mes effets personnels des preuves indiscutables de mes rapports avec Léonard Servo et des reproductions photographiques d'autres documents impliquant des gens qui pourront avoir participé à mon assassinat.*

GRACIE HARLAN.

C'était tout. Mais c'était suffisant. Je remis les deux épreuves et le négatif dans l'enveloppe, la glissai sous le tapis de caoutchouc qui recouvrait le plancher de la Ford et redémarrai.

Je m'arrêtai de nouveau devant le premier bar pour donner un coup de téléphone.

« Allô, Lindsey ? Ici, MacBride, capitaine ; j'ai des nouvelles pour toi.

— Moi aussi, j'ai des nouvelles pour toi. Où es-tu ?

— En ville.

— On a retrouvé ton copain.

— Mon copain ?

— Logan. Sa bagnole a été balancée dans un ravin et s'est écrasée au fond... »

L'air que je respirais était brûlant comme du feu.

« Ba... balancée... bégayai-je.

— Ouais. Du moins, c'est ce que je pense. Tous les autres disent qu'il était blindé à double zéro quand c'est arrivé.

— Il l'était cert...

— Bien sûr qu'il l'était. C'est ce que disent aussi les toubibs. Mais il y avait quelqu'un d'autre avec lui, que nous n'avons pu identifier. Complètement écrabouillé...

— Et Logan, bon Dieu ! Logan ? »

La voix de Lindsey était trop douce.

« Il vit. Pour l'instant du moins. S'il en réchappe, ce sera un miracle. Il est dans le coma et ne sera pas en état de parler avant très, très longtemps.

— Quand est-ce arrivé ? haletai-je.

— L'autre nuit, évidemment. Il est resté là-dedans pendant tout ce temps.

— Et l'autre type ?

— Ils sont en train de travailler sur lui. Il a glissé hors de la voiture, au cours de la chute, et la bagnole lui est tombée dessus. Il n'en reste pas grand-chose. Sur quoi Logan était-il en train de travailler ?

— Je voudrais bien le savoir.

— Il y avait une enveloppe vide, près de lui, dans la bagnole, avec ton nom dessus. »

J'achevai de vider le verre que j'avais emporté avec moi dans la cabine téléphonique et ripostai :

« Maintenant, je commence à comprendre.

— Tu pourrais peut-être me dire de quoi il retourne, si ça ne t'ennuie pas trop.

— Je viendrai te voir dès que je le pourrai. J'ai encore quelque chose à faire auparavant. »

Je raccrochai, rapportai mon verre au barman et quittai l'établissement. Lindsey devait être en train de se demander quelles nouvelles j'avais eues pour lui. La prochaine fois, il se garderait de parler trop vite.

L'hôtel où j'étais venu avec Logan avait l'air encore plus minable, sous la pluie, que la première fois. J'en fis le tour complet avant de parquer la bagnole à quelque distance. Le dénouement était trop proche pour que je puisse me permettre de courir le moindre risque inutile. Je sortis le pétard de sous le siège, le fourrai contre ma cuisse, dans l'une des poches à outils de ma combinaison de mécano, et reboutonnai soigneusement le rabat.

Il y avait un nouvel écriteau dans la cour de l'ancienne pension de famille :

A vendre. S'adresser à l'Agence immobilière I. Hinnam. Tél. 1402.

A vendre pas cher, selon toute vraisemblance. Un meurtre. Un suicide. Une malédiction s'étendait à présent sur l'hôtel, dont les derniers locataires avaient dû filer après la découverte du corps d'Irène Godfrey, *alias* Gracie Harlan. Lenny Servo l'achèterait peut-être pour une bouchée de pain. L'endroit ne serait pas tellement mal choisi pour y monter une nouvelle boîte.

La porte d'entrée était fermée à clef. J'aurais pu l'ouvrir avec un bout de fil de fer, mais je n'avais pas de fil de fer et encore moins de temps à perdre. J'enroulai un mouchoir autour de ma main, cassai la vitre d'une des fenêtres, écartai le loquet, relevai la fenêtre et pénétrai dans la pièce. Pendant une minute ou deux, je restai immobile, l'oreille tendue. La pluie martelait les vitres et les boiseries craquaient sous les assauts du vent. C'était tout. Je traversai la pièce, ouvris la porte et m'arrêtai pour écouter encore. Une porte claquait au premier étage, et les branches d'un arbre giflaient quelque fenêtre, au rythme des rafales.

C'était tout.

Je traversai le hall d'entrée. Tous les meubles étaient encore là, négligemment recouverts de vieux draps et de papier d'emballage. Mes pieds trouvèrent les marches de l'escalier sans la moindre fausse manœuvre. Je me souvenais même du pilastre tarabiscoté, et de l'endroit où le tapis usé faisait des plis, sur le palier du premier étage. Haussant les épaules, je continuai mon ascension. Le pilastre et le tapis étaient bien tels que je me les rappelais. Et pourtant, la dernière fois, avec Logan, je n'avais fait qu'entrer et ressortir. Quel étrange instinct m'avait permis d'enregistrer inconsciemment tous ces détails ?

La porte qui claquait au premier étage était également à l'endroit où je m'attendais à la trouver. J'avais remarqué qu'elle fermait mal, lors de notre première visite.

J'ouvris celle de la chambre qu'avaient occupée les deux mortes. Je m'attendais presque à retrouver le cadavre allongé sous les couvertures, avec le visage enfoui au creux de son bras replié.

Mais la chambre n'était plus comme je l'avais vue. Plus du tout.

Quelqu'un avait tout réduit en miettes. Le lit, la commode et les deux chaises étaient entièrement démontés, le matelas avait dégorgé tout son contenu, les couvertures étaient en lambeaux.

Les plinthes elles-mêmes avaient été décollées des murs. Je frottai une allumette et regardai l'intérieur du placard. Le papier qui le tapissait avait été arraché. C'était du beau travail. Bien plus beau que tout ce que j'aurais pu faire moi-même. Si beau qu'il était inutile de chercher davantage.

Je lâchai une bordée de jurons.

Les preuves dont Gracie Harlan avait parlé dans sa lettre n'étaient certainement plus dans cette pièce.

« Nom de Dieu de bon Dieu ! répétai-je.

— Exactement, ironisa une voix derrière mon dos. C'est exactement ce qu'on a dit, nous aussi. Laisse tes mains où elles sont et retourne-toi tout doucement, si tu veux vivre encore une heure ou deux. »

J'obéis et reconnus Eddie Packman en compagnie du boutonneux que j'avais déjà vu au Navire à l'Ancre. Tous deux avaient un pétard au poing. Le bras gauche d'Eddie était dans une gouttière.

La lampe du boutonneux erra le long de mes vêtements, à la recherche d'une bosse révélatrice.

« Il est pas armé, dit-il.

— Vas-y voir de plus près, espèce de corniaud, gronda Eddie. Tu devrais au moins savoir ça, maintenant. Donne-moi la lampe. »

Il l'inséra entre les doigts qui sortaient de sa gouttière et continua de me coucher en joue tandis que le gosse passait sa main sur mes vêtements.

« Je t'avais dit qu'il avait pas de pétard », triompha-t-il.

Le canon de son automatique me rentra dans les côtes.

« Avance, toi ! »

J'avançai, Eddie s'écarta de la porte pour me laisser passer.

« Tu peux essayer de te cavaler, me lança-t-il. Je te descendrais aussi bien ici que n'importe où ailleurs. »

Ses petits yeux haineux ressemblaient à ceux des rats. Et c'était exactement ce qu'ils étaient tous les deux. Des rats. Ils avaient dû rester pétrifiés dans un coin, quand ils m'avaient entendu arriver, jusqu'à ce que je me flanque de moi-même entre leurs mains.

« Avance, toi, répéta le boutonneux. On savait que tu viendrais. T'es un...

— Ta gueule ! » jappa Eddie.

Le boutonneux était nouveau dans la corporation. Il n'aimait pas qu'on lui parle sur ce ton.

« Ta gueule toi-même, riposta-t-il. Pour qui que tu te prends ? »

Eddie chargea le canon de son pétard de répondre pour lui. Je l'entendis entrer en contact avec la joue du junior, qui se mit à sangloter et ne s'arrêta même pas lorsque nous fûmes tous installés dans la bagnole d'Eddie. Il s'assit au volant et conduisit d'une main, tenant de l'autre un mouchoir sanglant contre sa pommette ouverte.

J'étais sur le siège arrière, en compagnie d'Eddie. Sans diminuer la pression du canon de son revolver contre mes côtes, il ramena lentement son bras fracturé en arrière, et avant que j'aie pu prévoir ce qu'il allait faire, me flanqua son plâtre en travers de la tempe. J'eus la sensation que mon estomac était en train de me remonter jusqu'à la bouche, puis je me sentis partir en avant et tombai la tête la première dans un puits sans fond.

Lorsque je repris connaissance, j'avais toujours la tête en bas. Je ne tombais plus, certes, mais je serais tombé si mes mains avaient lâché prise. Puis, je m'aperçus que mes mains ne tenaient absolument rien. Elles étaient retenues, au contraire, par une corde qui les attachait ensemble, derrière le dossier de la chaise. J'ouvris les yeux et distinguai des formes vagues qui, peu à peu, redevinrent mes jambes. Ma tête pesait une tonne et pendait à vingt ou trente centimètres au-dessus de mes genoux.

Lentement, mes yeux voyagèrent à travers la pièce. Il y avait là quelques chaises, une table et, sur la table, une lampe-tempête allumée, dont la mèche trop tirée déposait un disque de fumée noire sur le plâtre craquelé du plafond bas. Il y avait aussi une porte en face de moi, une lourde porte bien ajustée que les rafales du vent n'ébranlaient pas le moins du monde.

Il pleuvait toujours. La pluie crépitait sur le toit, au-dessus de ma tête.

Puis j'entendis un autre bruit d'eau, un clapotis léger dont la pluie n'était pas responsable. Le fleuve. J'étais seul, avec le fleuve.

Mes pieds n'étaient pas attachés. J'essayai de me mettre debout. La chaise suivit le mouvement, s'éleva de quelques centimètres au-dessus du plancher et refusa d'aller plus loin. La corde qui me liait les poignets reliait également la chaise à quelque chose de lourd. Je me débattis comme un beau diable et ne parvins qu'à rétablir la circulation du sang dans mes mains engourdies. Et je le regrettai aussitôt. Ce qui n'avait été, auparavant, qu'une sensation désagréable, était à présent une souffrance aiguë, lancinante. La sueur se mit à ruisseler sur mon front et sur mon visage, tombant goutte à goutte entre mes jambes écartées.

Au bout d'un nombre indéterminé de minutes, la souffrance redevint plus sourde et je soupirai d'aise. Mes doigts étaient poisseux et je compris que les cordes avaient dû m'entamer les poignets.

La position la moins douloureuse était encore celle que j'occupais lorsque je m'étais réveillé. Mais j'en avais marre de regarder le plancher et de contempler mes jambes. Quelque chose me meurtrissait la cuisse droite. Je bougeai et la douleur s'atténua.

Mais je me hâtai de reprendre la même position, car c'était mon revolver qui me meurtrissait ainsi la cuisse. Ils ne l'avaient pas remarqué, non plus, dans cette poche drôlement placée, lorsqu'ils m'avaient ficelé sur leur saloperie de chaise.

Moi et le revolver. On aurait fait une bonne association, tous les deux, si j'avais pu me servir de mes mains. J'aurais dû me méfier, aussi, en voyant cette pièce saccagée. J'aurais dû m'allonger sur le plancher et les attendre avec le pétard au poing. Il y avait des tas de choses que j'aurais dû faire au lieu de me jeter comme un imbécile dans la gueule du loup.

Personne ne connaîtrait le fin mot de l'histoire à présent. La vérité finirait avec moi, au fond du fleuve. La vérité... Gracie Harlan, une ancienne actrice de music-hall qui avait quitté la scène pour exploiter le vieux truc de la chambre d'hôtel, avec Lenny Servo. C'est un truc qui marche toujours. Et Gracie était une belle fille.

Elle avait fait de la prison pour ça, mais ça ne l'avait pas empêchée d'accompagner Lenny à Lyncastle. A Lyncastle, où il y avait un champ d'action tout neuf à prospecter. Ils étaient fauchés à ce moment-là, mais Lenny avait plus d'un tour dans son sac. Quel chantage avait-il utilisé pour obliger Johnny à « emprunter » des fonds à sa banque ? Le salopard... Il avait même réussi à mettre Vera West de son côté. Et, quand l'escroquerie avait été découverte, ç'avait été pour la sauver, elle, que Johnny s'était enfui !

Il avait fallu que Bob Minnow soit fortiche pour parvenir à inquiéter Lenny, malgré les flics corrompus et la municipalité muselée. En fait, tout le monde s'était montré fortiche. Même Harlan, lorsqu'elle avait compris qu'elle devenait un poids mort pour Lenny, maintenant qu'il occupait le haut de l'échelle.

Cette lettre déposée entre les mains de Bob Minnow était le meilleur moyen de protection qu'elle eût pu trouver. La lettre ne devait être ouverte qu'après sa mort, mais, à un stade quelconque de son enquête, Minnow avait dû découvrir la connexion entre Harlan et Lenny Servo.

Peut-être même avait-il soupçonné la vérité. Toujours est-il qu'il avait ouvert la lettre et, s'étant aperçu du bien-fondé de ses soupçons, était allé chez Philbert pour la faire reproduire au cas où quelque chose arriverait à l'original. Il avait été déjà cambriolé par deux fois.

Il suffisait de réfléchir pour comprendre. La lettre déposée entre les mains de Bob Minnow ne constituait une assurance pour Harlan que si Lenny connaissait son existence. Elle avait donc prévenu Lenny de ce qu'elle avait fait. De cette manière, Lenny ne pouvait plus la supprimer. Il lui fallait auparavant reprendre et détruire la fameuse lettre. Le plus tôt serait le mieux.

Les choses n'avaient pas tardé à se précipiter. Une fois la lettre ouverte, Minnow s'était mis en campagne. Le coup de téléphone et la lettre exprès qu'il avait reçus ce soir-là lui apportaient sans doute confirmation de ce qu'il savait déjà. Il s'était rendu directement à son bureau, mais quelqu'un, qui était au courant de ses actes, avait prévenu quelqu'un d'autre et, quand Minnow était arrivé, le meurtrier était déjà dans la place.

Moi, complétai-je. Ou, plus exactement, Johnny. Peut-être avait-il eu l'intention de tout avouer au D.A., et l'avait-il buté en fin de compte ? Il avait très bien pu céder à la panique...

Il m'était difficile d'imaginer Johnny cédant à la panique. Quoi qu'il puisse faire, il était toujours impassible et froid comme un bloc de glace...

Une voiture s'arrêta non loin de là. Des pieds pataugèrent dans de la boue. Quelqu'un jura. Une serrure claqua. Une porte s'ouvrit, se referma. Des pas résonnèrent sur un plancher. Puis la porte de la pièce dans laquelle je me trouvais s'ouvrit à son tour et Lenny Servo apparut sur le seuil, le visage voilé par la cataracte qui dégouttait du bord de son chapeau. Sa bouche était encore enflée. Derrière lui, entrèrent Eddie Packman et le jeune boutonneux. Lenny me regarda un bon moment, puis sortit ses mains de ses poches, jeta son chapeau sur la table et ôta son imperméable.

Je vis ce qu'il allait faire et ne pus que lui cracher en pleine figure lorsqu'il s'avança vers moi, le poing levé. Il m'injuria et cogna des deux mains n'importe où, jusqu'à ce que ses phalanges fussent couvertes de sang. Et pas seulement du mien. Alors, il me flanqua deux ou trois coups de pied dans les tibias et éclata de rire lorsque je vomis de la bile sur le plancher.

« T'aurais dû mettre des gants, Lenny, intervint Packman. Regarde tes poings, maintenant. »

Lenny ne répondit pas. Il ne me quittait pas des yeux, le regard luisant de haine, la respiration sifflante.

« Où est-elle, bougre de salaud ?
— Qui ça ? »

Je pouvais à peine remuer les lèvres.

« Vera ! Parle, sacré nom de Dieu ! »

Je l'envoyai au diable.

« Y parlera pas, affirma Eddie. C'est un dur. »

Lenny se percha sur le coin de la table et se mit à masser ses phalanges. Il avait l'air d'aimer cette position.

« C'est vrai. A quel point, je ne m'en serais jamais douté.

— C'est pour ça qu'ils l'ont décoré dans l'armée », lui rappela Eddie.

La haine jaillissait des yeux de Lenny comme l'eau d'une lance.

« Tu te souviens de ce que je t'avais dit, y a cinq ans ? Je t'avais dit de quitter la ville et de jamais y remettre les pieds. Je t'avais dit que, si tu revenais, je laisserais Eddie s'amuser avec son couteau jusqu'à ce qu'y reste plus rien sur tes os !

« Tu avais peur, en ce temps-là, MacBride. Tu savais très bien que je ne plaisantais pas. Eddie a l'esprit mal tourné, MacBride. Il aime faire couler le sang avec son couteau et le regarder se répandre. C'est pour ça que je le garde avec moi. Tout le monde sait comment il est, et personne ne va jamais bien loin avec moi.

« Sauf toi, MacBride. Toi et quelques autres, mais ils ne sont plus là pour le dire. Et toi, tu vas regretter d'être jamais revenu... »

Eddie sourit béatement et jeta son revolver sur la table. Puis sa main disparut dans sa poche et, lorsqu'il l'en ressortit, je crus tout d'abord qu'elle était vide. Mais son doigt pressa un bouton et la lame jaillit d'un seul coup hors du manche.

« Tu dois être content, lui dis-je. Ça fait trois fois que t'essaies et, aujourd'hui, tu vas pouvoir le faire. »

Ils s'entre-regardèrent et Packman haussa les épaules. Lenny jura. Ses mains saignaient toujours.

« Vas-y », grogna-t-il.

Eddie s'approcha de moi et me coupa un petit morceau de l'oreille droite. Puis il en fit autant avec l'oreille gauche. Le boutonneux se mit à vomir. Eddie recula pour rire tout à son aise.

« Et maintenant, on va rigoler », annonça-t-il.

Il revint vers moi et déboucla ma ceinture.

Une autre voiture freina brusquement, à l'extérieur. La portière claqua et, quelques instants plus tard, un pas lourd résonna dans la pièce voisine. Je vis les lèvres de Lenny se retrousser. Eddie se précipita pour ouvrir la porte.

Un homme entra, portant sur son épaule une femme inanimée qu'il laissa choir sur une chaise. Le nouveau venu était grand et maigre. Il avait un gros revolver, sous son trench-coat.

La femme inanimée n'était autre que Troy Avalard.

« Où était-elle quand tu l'as coincée ? s'informa Eddie.

— Elle essayait de faire de l'auto-stop à dix ou douze kilomètres de la ville. »

Je regardai Troy Avalard. Elle n'avait plus grand-chose de la capiteuse rouquine que j'avais vue l'autre jour chez Lenny. Ses cheveux détrempés par la pluie étaient agglomérés contre son visage. Deux longues égratignures barraient sa joue droite et sa lèvre supérieure était bleue et gonflée.

Servo attendit qu'elle eût ouvert les yeux pour la gifler à toute volée.

« Dommage qu'Harlan se soit suicidé, hein, Troy, on aurait pu organiser une belle petite réunion de famille.

— Lenny...

— Ta gueule, sale petite putain. Tu t'imaginais tout de même pas que j'allais te laisser filer avec mon pognon, non ? C'était bon quand Harlan était vivante, ça, mais plus maintenant. »

Il se remit à la frapper. Elle tenta de protéger son visage avec ses bras, mais il les écarta et frappa de plus belle.

« Lenny ! arrête, Lenny... Mon Dieu... arrête, Lenny ! »

Elle recula jusqu'au mur, sans parvenir à éviter ses coups. Elle criait et sanglotait et Lenny continuait de cogner en souriant d'un air béat. Lorsqu'il s'arrêta finalement, ce fut pour aller prendre le revolver d'Eddie qui gisait sur la table, près de la lampe-tempête.

« Tu ne vas pas mourir tout seul, Johnny, me lança-t-il, et sais-tu pourquoi ? »

Il lut dans mes yeux que je le savais et ricana.

« T'as quelque chose dans la tête, fiston. Elle connaissait Harlan, bien entendu. Elles étaient ensemble sur les planches. Elle savait pourquoi Harlan avait été condamnée, et elle s'est imaginée qu'on exploitait toujours la même combine. Elle m'a fait chanter. »

Il éclata de rire.

« Mais j'en aurai tout de même eu pour mon argent », conclut-il.

Il leva le pétard vers la tête de Troy.

« Son pognon est toujours à la banque, Servo, lui rappelai-je. Quelqu'un va s'apercevoir de sa disparition, un de ces jours, et personne ne croira jamais qu'elle est partie de son plein gré en laissant tout son fric à la banque. Tout ton fric, Lenny. Qui va revenir à un parent quelconque de Troy. Cinquante mille dollars, ou peut-être plus. »

Tous les yeux se tournèrent vers moi. Même ceux de Junior le Boutonneux, qui faisait de vains efforts pour remettre son estomac dans le bon sens. Eddie rouvrit son couteau.

« Au diable ce pognon ! T'en as pas besoin, Lenny.

— Ta gueule ! »

Lenny se tourna vers moi.

« J'ai dit que MacBride avait quelque chose dans la tête, Eddie, j'aimerais bien que tu en aies autant. Il a raison sur toute la ligne... Tu sais où sont les livres de banque, Eddie. Va chercher le sien. Et ramène aussi une formule de crédit.

— Comment veux-tu que je conduise avec mon plâtre ?

— Lobin conduira. »

Le grand type maigre acquiesça d'un signe de tête.

« J'aimerais autant les accompagner, intervint le boutonneux. Je me sens pas très bien.

— O.K. ! vas-y, foutez-moi tous le camp. Je vous donne une demi-heure pour faire l'aller et retour. »

Un quart d'heure dans chaque sens. Nous devions être à la lisière de la ville.

Lobin, Eddie et le boutonneux sortirent en file indienne. La voiture démarrait, à l'extérieur, lorsque Lenny passa dans la pièce voisine pour aller refermer le verrou, derrière eux.

J'avais dix secondes au grand maximum pour sauver ma peau. Troy gisait sur le plancher, à portée de mon pied. Je n'avais pas le temps d'user de ménagements. Je lui flanquai le bout de mon soulier dans les côtes et chuchotai :

« Troy, il y a un revolver sous ma cuisse droite, dans une poche... »

Ses yeux regardaient dans le vague. Le gauche était presque fermé.

« Troy, remue-toi, bon Dieu ! Tu tiens absolument à mourir ? Il y a un revolver sous ma jambe droite, dans une poche. Vite... Il va rev... »

J'entendis Lenny revenir après avoir refermé le verrou. Tout de suite, il s'approcha de moi et se remit à me frapper. Mais je ne sentais plus rien, maintenant, qu'une sorte de martèlement sourd qui anesthésiait mon cerveau. Ensuite, il se rabattit sur Troy. A coups de poing, d'abord. Puis à coups de pied lorsqu'elle retomba à plat ventre sur le sol. Finalement, il alla se rasseoir sur le bord de la table, visiblement épuisé, s'empara du revolver et nous coucha en joue. Mais il ne tira pas encore. Les cinquante mille dollars de Troy étaient encore plus forts que sa haine. C'était trop d'argent pour qu'il pût se résoudre à les perdre. Il rejeta le revolver sur la table et alluma une cigarette.

Troy gémit. Sa bouche émettait des sons incohérents, enfantins, tandis que des bulles rouges s'en venaient crever sur ses lèvres. Elle l'aperçut et s'éloigna désespérément de lui, à quatre pattes, jusqu'à ce qu'elle parvînt près de moi et se cramponnât à mes jambes pour tenter de se redresser.

« Pourquoi que tu lui tends pas la main, MacBride ? Pourquoi que tu fais pas un geste pour aider Madame ? Tu aimes aider les dames, pourtant. Allez, du courage. Aide-la à se relever. Elle en a bien besoin. »

La farce lui parut si drôle qu'il rejeta sa tête en arrière et rit jusqu'à ce que son visage ruisselât de larmes. Ce n'était plus le Lenny Servo qui aimait les beaux bureaux et les vêtements du bon faiseur. C'était un vil petit salopard qui rigolait tout ce qu'il savait parce qu'il était le plus fort et qu'il pouvait se permettre de faire souffrir les gens sans courir le moindre risque.

C'était ce qu'il croyait du moins. Il riait si fort qu'il ne vit même pas Troy Avalard se redresser, retomber en travers de mes genoux, les bras ballants, et rouler à nouveau sur le sol. Je priais entre mes dents lorsque le rire s'étrangla, cédant la place à une vile imprécation.

Lenny saisit le revolver qui reposait près de lui, sur la table, et le braqua vers celle qui avait été sa maîtresse. Il y eut une détonation assourdissante et une immense surprise se peignit sur le visage de Lenny, parce qu'il avait un petit trou juste au-dessus de son bouton de col.

Il ne tomba pas. Ses genoux plièrent sous lui et il s'assit lentement sur le plancher, les jambes croisées. Il demeura dans cette position pendant quelques secondes, puis s'affaissa doucement, le visage contre terre.

« Mon Dieu ! » haletai-je.

Elle se retourna vers moi, une main crispée contre sa poitrine, tandis que l'autre essayait d'endiguer le flot de sang qui jaillissait de sa bouche. Les deux balles étaient parties en même temps. Troy était en train de mourir, et elle le savait. Elle n'avait plus que quelques minutes, et il n'y avait rien que nous puissions faire pour la sauver.

Je la vis se traîner vers moi et j'aurais voulu lui dire de ne pas gaspiller le peu de vie qu'il lui restait en essayant de faire une chose qu'elle n'aurait pas la force de faire, mais je ne pus prononcer un seul mot.

Ses doigts tentèrent futilement de dénouer les nœuds qui retenaient mes poignets prisonniers et je sentis ses ongles brisés me griffer le dessus de la main. Mais ils étaient trop serrés. Elle n'avait pas une chance sur un million de réussir, et je le savais.

Elle le comprit également et rampa vers le pétard que la détonation lui avait arraché. Je vis ce qu'elle allait faire et me raidis sur ma chaise. Le canon du revolver s'insinua entre mes deux mains, et je tentai de les écarter pour que mes doigts ne fussent pas dans la trajectoire de la balle. Dans l'état où elle se trouvait, il y avait une bonne chance pour qu'elle me flanque une balle dans la peau par la même occasion.

Elle pressa sur la détente. Le revolver lui échappa. Je compris aussitôt que mes deux poignets étaient entaillés, et qu'il y avait un sillon de chair à vif, le long d'une de mes paumes, mais ce n'était pas le moment de se tracasser pour si peu. Je tirai sur les cordes, jurai et tirai encore. Elles cédèrent à la troisième tentative et je tombai la face en avant, des morceaux de corde encore autour des deux poignets.

Troy souriait. Elle n'avait plus qu'un souffle de vie, mais elle souriait.

« Déshabille-moi », chuchota-t-elle.

Nymphomane jusqu'au dernier soupir. Je secouai la tête.

« Merci, bébé. Tu ne sauras jamais à quel point je voudrais pouvoir te rendre ce que tu as fait pour moi. »

Je me penchai vers elle et l'embrassai sur le front. Ses yeux se fermèrent et se rouvrirent pour la dernière fois.

« Déshabille-moi », chuchota-t-elle.

Puis, ses yeux se refermèrent.

Ce fut tout. Elle était morte. Je passai doucement mes doigts sur ses lèvres enflées, regrettant que Lenny n'eût point vécu assez longtemps pour que je puisse lui mettre la main dessus. Troy... La jolie Troy qui aimait vivre nue. Son dernier vœu avait été de mourir nue. Avais-je le droit de ne pas exaucer son désir ?

Mes doigts étaient trop engourdis pour pouvoir déboutonner sa robe. J'empoignai l'étoffe à deux mains, arrachai les boutons, un par un. Puis je déchirai sa combinaison et compris pour quelle raison elle avait désiré mourir nue. Collée contre sa peau, à l'aide de ruban cellulosique gommé, se trouvait une photo qui représentait une femme nue, sur un lit.

La femme s'appelait Gracie Harlan, et elle n'était pas seule. J'empochai la photo et attendis d'entendre la bagnole s'arrêter devant la maison. Je pris alors les deux revolvers, passai dans l'autre pièce et restai debout dans l'ombre. Eddie, Junior et celui que Lenny avait appelé Lobin traversèrent la première pièce sans me voir et pénétrèrent dans celle où la mort avait fait son œuvre pendant leur absence.

Le premier, Lobin tenta de sortir son revolver, et je lui logeai une balle dans la tête. Le boutonneux fut moins veinard. Je l'aurais laissé vivre s'il n'avait pas essayé de justifier son emploi. Je le touchai en pleine poitrine et il mourut en pleurant.

Restait Eddie Packman.

Il avait plus que jamais l'air d'un rat. Un rat peut se montrer méchant, mais, quand il se sent acculé, ce n'est plus qu'un immonde rongeur aux dents jaunes dont les petits yeux cherchent désespérément un trou pour s'y réfugier.

Eddie Packman était un rat. Il n'avait plus du tout l'air d'un caïd.

« Quand je suis venu à Lyncastle, Eddie, murmurai-je, je m'étais promis de faire un certain nombre de choses. L'une d'entre elles était que je casserais les deux bras à un salopard. Et ce salopard s'appelle Eddie Packman. »

Il y avait deux revolvers de plus, sur le plancher. Je les ramassai et les jetai sur la table. Puis j'y jetai les deux autres et me dirigeai vers Eddie.

Il voulut courir sa chance et ressortit son couteau.

Une chance. C'était tout ce qu'il avait. Je lui saisis le poignet, lui arrachai son couteau et le lançai dans un coin. Il hurla et se débattit futilement tandis que je l'emportais et le couchais sur la table. Il s'évanouit lorsque je posai son bras valide sur le bord de la table et le brisai d'un coup sec. J'attendis qu'il eût repris connaissance, cassai son plâtre à coups de crosse et lui repliai le bras pour la seconde fois. Pas à l'endroit de l'articulation.

Les yeux d'Eddie regardèrent le plafond, mais les yeux d'Eddie ne voyaient rien.

Le pétard de Lobin était le meilleur des quatre. Un 9,5 de la police. Il y avait d'autres balles dans sa ceinture. Je les empochai. Son insigne était toujours épinglé au revers de son veston, sous son trench-coat. Ils le déclareraient peut-être mort en service commandé et l'inhumeraient aux frais de la communauté.

Je pris la conduite intérieure dans laquelle était venu Lobin. Le halo lumineux de Lyncastle se réfléchissait sur les nuages bas.

Bientôt, peut-être, il aurait une autre couleur. Une couleur plus saine. Bientôt, peut-être, Lyncastle pourrait redevenir une ville normale.

Mais pour ça, il fallait encore que quelqu'un meure.

13

Il était trois heures cinq lorsque je pénétrai dans un bar en tenant un mouchoir devant ma figure, gagnai sans m'arrêter la cabine téléphonique et demandai le commissariat central. Le capitaine Lindsey n'y était pas, je précisai que c'était très important ; la voix me conseilla de l'appeler à son domicile personnel et m'en donna le numéro.

Celle de Lindsey était lasse et plus vieille que de coutume lorsqu'il me répondit enfin.

« Ici, Johnny MacBride, Lindsey. Je n'aurai pas besoin de la semaine que je t'avais demandée... »

Je l'entendis souffler comme un phoque dans le récepteur.

« Qu'est-il arrivé ?

— Servo est mort. Un de ses hommes est mort. Sa maîtresse est morte. Un de tes flics est mort. C'est Eddie Packman qui s'occupe d'eux. Il a les deux bras cassés et il en a pour un bon bout de temps à s'occuper d'eux. »

J'étais las, moi aussi. Claqué. Je n'avais pas envie d'expliquer quoi que ce soit.

« Tu suis la rue principale jusqu'au fleuve. Il y a une vieille baraque, dans ce coin-là, avec la bagnole de Packman devant la porte. C'est là qu'ils sont tous. Y a pas à se tromper.

— Qu'est-ce qu'il est arrivé, bon Dieu ? explosa-t-il.

— T'es un flic, lui dis-je. A toi de tirer tes conclusions. Demain, y aura un macchabée de plus à Lyncastle et, si t'as pas encore compris, je t'expliquerai tout. »

Il jura.

« Lindsey...

— Ouais ?

— Si j'étais à ta place, je perdrais pas Tucker de vue. Il a participé au meurtre de Bob Minnow. C'est lui qui a laissé les fenêtres ouvertes et qui s'est arrangé pour que Bob soit là au moment qu'il fallait...

— Johnny... »

Sa voix tremblait :

« Si tu ne... »

Je l'interrompis une fois de plus.

« Lindsey... Ce macchabée qui était avec Logan...

— On l'a identifié, sacré bon Dieu. Ils m'ont téléphoné y a pas une demi-heure.

— C'est pas un coiffeur nommé Looth ? »

Lindsey n'en revenait pas.

« C'est... c'est exact. Sa femme était en voyage et personne n'avait signalé sa disparition. C'est une marque de blanchisseuse qui a permis de l'identifier. Comment le savais-tu ?

— Je le savais pas. Ça vient seulement de me passer par la tête. Y a deux ou trois petites choses qui viennent de me passer par la tête. L'une de ces choses est une raison supplémentaire pour qu'un assassin meure avant demain matin. »

Et, là-dessus, je raccrochai.

J'avais toutes les réponses dans ma poche à présent, sauf une : la plus grosse. Mais, quand j'arrivai sur le trottoir, je l'avais aussi. La dernière. Simplement parce qu'en traversant le bar j'avais aperçu dans un coin une ivrognesse aux cheveux d'un blond presque blanc, comme ceux de Carol Shay, la réceptionniste de feu Lenny Servo. Je savais même ce qu'il fallait faire pour dissiper mes derniers doutes.

Mais, auparavant, j'avais autre chose à faire.

J'atteignis la maison un peu avant quatre heures. Je marchai jusqu'à la grille et pressai le bouton de la sonnette. Le gars n'avait pas ses culottes de cheval, cette fois-ci. Il était en robe de chambre et visiblement furibard. Lorsqu'il me reconnut, il ouvrit la porte, examina un instant mon visage tuméfié et leva la main vers le téléphone qui permettait de communiquer avec la maison. Je lui collai un coup de crosse derrière l'oreille et le transportai à l'intérieur du petit pavillon qu'il occupait non loin de la grille d'entrée. Je le déposai sur son plumard et le recouvris soigneusement. Ce n'était qu'un simple employé.

Puis je remontai le sentier dallé. Il y avait de la lumière dans le cabinet de travail et, lorsque je sonnai, il vint m'ouvrir tout de suite. Ce n'était pas du tout moi qu'il attendait, et sa surprise transparut un instant sur son visage distingué.

« Bonsoir, monsieur Gardiner, lui dis-je en repoussant la porte derrière moi.

— Est-ce qu'il n'est pas un peu tard ?... »

Il se lécha les lèvres et me salua d'un bref signe de tête. Il n'avait encore rien perdu de sa distinction.

Nous passâmes dans son cabinet de travail, dont je refermai la porte d'un coup de pied. Je me gardai bien de m'asseoir. Je le laissai s'installer dans son fauteuil, mais je restai debout contre la porte. Je n'avais aucune envie de m'asseoir. La simple idée de prendre place sur une chaise m'inspirait une violente répulsion.

« Ils sont tous morts, Gardiner. Tous. Sauf toi. »

Il se retourna vers moi comme si j'avais tiré sur la ficelle qui commandait sa tête.

« Moi ! »

Ses doigts serraient convulsivement les accoudoirs de son fauteuil.

J'acquiesçai.

« Toi ! »

Il n'y avait plus la moindre trace de couleur sur son visage. J'eus l'impression de le voir s'affaisser à l'intérieur de ses vêtements, tandis qu'il contemplait la nuit à travers les vitres de la fenêtre.

« Vous ne pouvez rien prouver, MacBride. »

Dommage qu'il ne m'ait pas vu sourire.

« Non, pas en ce moment précis, Gardiner. Il faudra que Lindsey et le peu de flics réguliers qui lui restent fassent pas mal de boulot avant de pouvoir le prouver, mais, quand ce sera fini, toute la ville saura ce qui est arrivé.

« J'avais cru piger, mais quand j'ai vu Lenny passer à tabac une pauvre fille qui était déjà à moitié morte, j'ai compris que je m'étais fourré le doigt dans l'œil. Une vraie grosse légume n'agit pas comme ça. Ce sont les sous-ordres qui font le boulot à sa place.

« Dans le temps, Lenny était une grosse légume. Quand ils sont arrivés à Lyncastle, lui et Harlan t'ont mis dans une sale posture et t'ont obligé à piquer plusieurs centaines de milliers de dollars dans les coffres de ta banque. Lenny était suffisamment fortiche pour vouloir rembourser le pognon peu à peu de manière que l'« emprunt » ne soit jamais découvert. Lenny n'avait oublié qu'une chose, et c'est que tu étais un fortiche, toi aussi. Tu t'es débrouillé pour le flanquer dans un bain qui t'a permis de le faire chanter à ton tour et d'accaparer une bonne part des bénéfices.

« Mais je parierais que ça n'a pas tellement ennuyé Lenny. Il avait tout ce qu'il voulait et quelqu'un de plus habile que lui pour pousser la voiture, par-dessus le marché. Lenny n'était nullement le génie commercial pour lequel il passait aux yeux de tous. Non, il y avait un véritable homme d'affaires derrière lui.

« Que s'est-il passé avec Harlan, Gardiner ? Est-ce qu'elle a voulu une plus large part du gâteau ? C'était le meilleur moyen de se faire supprimer. Quiconque disposait d'un moyen de vous faire chanter devait disparaître. C'est pour cette raison qu'elle a écrit cette lettre à Bob Minnow.

« Minnow, de son côté, commençait à vous serrer de près. Tu savais qu'il finirait par remonter de Gracie à Lenny et de Lenny... à toi. Et c'est à ce moment-là que Minnow a commis sa plus grosse erreur. Je suis prêt à parier que quelqu'un — toi-même, peut-être — s'est chargé de lui suggérer que celui qui avait financé Lenny, à ses débuts, devait être quelqu'un de la banque. D'où cette histoire de vérification des livres... en particulier de ceux que tu avais mis toi-même dans les mains de Johnny, avec la complicité de Vera West, qui s'était toquée de ton associé.

— Vos empreintes... dit-il faiblement.

— ... étaient sur le pétard qui a tué Minnow, complétai-je. C'était un pétard volé que tu avais déposé toi-même sous ma caisse, à la place du pétard habituel, jusqu'à ce que je l'aie suffisamment manié pour qu'il y ait mes empreintes dessus. Après ça, tu as refait l'échange, et tout était prêt pour le meurtre de Minnow.

« Qui l'a buté, Gardiner ? Je ne pense pas que ce soit toi. Je pencherais plutôt pour Lenny. Tucker s'est chargé de préparer le terrain, et Lenny a buté le district attorney, selon tes directives. Tout aurait été parfait si Minnow n'avait fait reproduire la fameuse lettre. Mais ça, tu ne pouvais pas le savoir.

« Il y aurait eu un autre meurtre aussitôt après si Harlan n'avait eu en sa possession une certaine photo sur laquelle tu figurais en sa compagnie. Cette histoire l'éliminait de l'organisation, parce qu'elle ne pouvait te perdre sans révéler qu'elle avait fait partie d'une bande d'assassins, mais la photo était sa sauvegarde, au moins pour un temps. »

Je sortis de ma poche une cigarette tordue et l'allumai. J'avais rarement fumé d'aussi bonne cigarette. Gardiner se leva, traversa la pièce d'un pas incertain, s'arrêta devant le petit bar roulant et se servit un grand verre d'alcool.

« C'est à peu près à ce moment-là que Troy est apparue dans le tableau. Elle a reconnu Harlan et s'est assuré une part du gâteau. Elle a voulu non seulement de l'argent, mais aussi la source. Du moins, c'est ce qu'elle croyait. Lenny a dû se donner un mal fou pour essayer de tenir cette fille en laisse. Il aurait bien mieux fait de la charger d'or et de l'expédier à cinq cents lieues... »

Je lui souris.

« Il est vrai que ça, tu ne le sais pas encore ! C'est elle... c'est Troy qui a tué Lenny Servo. »

Il lâcha son verre qui rebondit en dehors de la moquette et roula sur le plancher. J'attendis qu'il se fût servi un autre verre.

« J'ai dû te flanquer une belle trouille le jour où je me suis amené à la banque, au bout de cinq ans. Mais c'était une grosse erreur de ma part. Tu as tout de suite flairé quelque chose d'anormal dans mon attitude... Il fallait vraiment que Johnny se soit conduit comme un lâche, il y a cinq ans, pour qu'à son retour Eddie Packman veuille lui sauter dessus sans même sortir son couteau ! Mais Johnny avait fait la guerre. Il y avait gagné des tas de médailles et il était complètement vidé. A bout de courage. Il n'est pas difficile de terroriser un estropié mental, surtout lorsque la femme qu'il aime prend soudain parti pour ceux qui le persécutent. »

Les yeux de Gardiner me disaient que j'avais raison.

« Au bout de cinq ans, je « reviens », continuai-je. Je suis immédiatement repéré, et, te connaissant comme je te connais maintenant, je suppose que tu as essayé de persuader Lenny Servo de me descendre tout de suite. Mais Lenny était moins pressé. Il voulait voir ce que j'avais l'intention de faire. Toi, tu n'as pas voulu attendre. Tu t'es muni d'un flingue, tu m'as suivi jusqu'à la bibliothèque, tu as cherché une bonne plate-forme de tir et tu as attendu que je ressorte. J'aurais dû piger tout de suite. Tu as laissé les empreintes de tes coudes et de tes genoux, et je cherchais un petit bonhomme de la taille d'Eddie. J'aurais dû chercher un gars qui avait du tir une expérience si restreinte qu'il ne savait pas comment tenir un fusil... au point de rater une cible aussi facile ! »

Ses narines palpitaient incessamment, mais il ne bougeait pas, le regard perdu dans les ténèbres extérieures. Sa main était une serre rigide crispée autour du verre.

« Ensuite, il y a eu ce petit épisode, à la sortie du Navire à l'Ancre. Je n'essayais pas de me cacher et j'ignore si quelqu'un — l'un des flics, peut-être — t'a téléphoné de là-bas ou si tu étais derrière moi depuis un bon bout de temps. Il y a une chose que je sais en tout cas et c'est qu'avant de sortir ce soir-là je me suis fait raser chez un barbier nommé Looth, qui avait une excellente mémoire et qui s'est imaginé que j'avais rendez-vous ce soir-là avec mon ancienne fiancée : Vera West. C'est chez lui que toutes les sommités de la ville vont se faire raser et coiffer, tout en échangeant les derniers bruits de coulisse. Tu as dû arriver pas bien longtemps après moi, et il t'a parlé de ce que nous venions de dire. »

Je m'interrompis et le regardai. Il semblait s'être détendu et la main qui tenait le verre d'alcool n'était plus douloureusement crispée comme elle l'avait été quelques instants auparavant. Je le vouai mentalement à tous les diables de l'enfer, parce que j'aurais voulu voir son âme ramper dans la boue et ses yeux s'exorbiter de frayeur et qu'il n'arrivait rien de semblable. Gardiner contemplait la nuit, et j'eus même l'impression de le voir sourire.

« Vera pouvait manger le morceau, elle aussi, à condition qu'elle acceptât de courir le risque d'y laisser sa peau. Tu savais que j'ignorais bien des choses, mais que Vera savait tout. Tu as cru que c'était elle qui était avec moi dans la voiture, et c'est elle encore plus que moi que tu as essayé de descendre, ce soir-là.

« Tu aurais bien mieux fait de laisser les armes à feu aux professionnels, Gardiner. Eux, au moins, ils savent s'en servir. Mais ce n'était pas Vera qui était avec moi. C'était une autre femme, que Lenny connaissait et qu'il a voulu faire parler, avec l'aide d'Eddie, parce qu'il s'est imaginé qu'elle avait quelque chose à voir avec tout ça ! Il a bien fait, d'ailleurs. Ça m'a donné l'occasion de commencer à les assaisonner, tous les deux, et la femme en question m'a aidé à combler quelques-unes des lacunes... »

Il souriait. Cette fois, j'en étais sûr. Il souriait, le salopard ! Et pas tellement avec ses lèvres qu'avec ses prunelles. Un sourire à peine esquissé qui me donnait envie de le descendre tout de suite au lieu de continuer à parler.

« Mais n'oublions pas Logan. Il était avec moi et m'assistait dans mes recherches. Il avait reconstitué pas mal de choses, y compris le rôle de Looth dans cette histoire. Il était blindé jusqu'aux ouïes quand tes enquêteurs ont demandé à le voir. Tu t'es arrangé pour participer à la conférence. Il y avait trois personnes avec lui dans le premier bar. Le barman me l'a dit, ce soir-là, mais je n'y ai pas pris garde. Logan avait une enveloppe dans sa poche. Elle contenait des tas de renseignements sur un nommé George Wilson. »

Je tirai sur ma cigarette et le regardai vider son verre. La bouteille était à moitié vide.

« Tu as dû lui voler cette enveloppe pendant que vous étiez tous dans sa voiture, espérant qu'il croirait l'avoir perdue pendant sa soûlographie. T'as alors téléphoné à la police en déguisant ta voix et tu leur as passé le tuyau. Ça donnait à Lindsey l'occasion de m'épingler. Que je sois pendu sous le nom de George Wilson ou de Johnny MacBride, ça t'était parfaitement égal.

« Mais l'alcool n'empêchait pas Logan de raisonner, même si ses idées n'étaient pas très claires. Il a dû entendre diffuser la nouvelle et s'est remis à réfléchir. Je me demande s'il a fait le rapprochement entre tes cheveux fraîchement coupés et Looth-Bavard, mais la suite prouve qu'il a tiré du vol de son enveloppe les conclusions qui s'imposaient. Il a fait une erreur, lui aussi. Il voulait une histoire. Une histoire documentée. Quel boum ç'aurait été pour lui, en tant que reporter, s'il avait pu résoudre le problème à lui tout seul et en faire profiter son canard ! Comment les choses se sont-elles passées ? Il t'a téléphoné, et, lorsque tu es allé le retrouver, Looth était avec lui... »

Je compris tout à coup pourquoi il souriait, alors qu'il aurait dû trembler et faire sa prière. Il attendait quelqu'un lorsque j'étais arrivé moi-même, et ce quelqu'un était là, maintenant, derrière mon dos, qui observait la scène à travers la fenêtre fermée !...

Je fis un pas de côté délibérément, me plantai en pleine lumière et ne bougeai pas d'un poil tout en continuant à parler et en comptant les secondes qu'il faudrait à un bon tireur pour m'ajuster avec un revolver et presser la détente.

« Mais Logan n'est pas mort, Gardiner. Il vivra peut-être pour nous dire avec quoi tu les as assommés, lui trop soûl, Looth trop gringalet pour pouvoir se défendre, avant de balancer la bagnole dans un ravin... »

Je fis un nouveau pas de côté et pivotai sur moi-même au moment précis où la vitre volait en éclats. Mon propre revolver se cabra dans ma main et la détonation se confondit avec l'écho de la première.

Le reflet de la pièce avait disparu. Il ne restait plus, au-delà du trou béant qu'avait occupé la vitre, que la nuit amicale et chaude, au sein de laquelle chancelait une silhouette au hideux visage sanglant.

Puis, Tucker bascula dans les ténèbres et il ne resta plus que la nuit.

Havis Gardiner n'avait pas bougé. Mais il ne souriait plus, et sa main était redevenue une serre rigide crispée autour de son verre.

Je lui souris comme si ce qui venait de se passer n'était qu'un incident sans la moindre importance. Comme si la mort était une de mes vieilles amies. Comme si j'avais cessé de me demander pourquoi la présence d'un revolver dans ma main était si naturelle que je pouvais pivoter sur moi-même et descendre un type au jugé, sans même prendre le temps de viser.

Gardiner se détourna pour remplir son verre. J'étais heureux, à présent, parce que son âme était en train de ramper dans la boue et que ses yeux étaient exorbités de frayeur. Je remis le revolver dans ma poche et repris la parole.

« Logan vivra sans doute, Gardiner, parce que tu ne seras plus là pour veiller à ce qu'il ne ressorte pas vivant de l'hôpital. L'argent peut faire tant de choses...

« J'allais oublier le meurtre d'Ines Casey, la camarade de chambre d'Irène Godfrey-Gracie Harlan. Tu as eu peur que Gracie veuille s'allier avec moi, pour se venger d'avoir été reléguée, et tu as envoyé Packman et son couteau pour lui faire son affaire. Mais Eddie ne savait pas qu'elle partageait sa chambre avec quelqu'un d'autre. Il n'a pas pris la peine de regarder qui était dans le lit. Il a poignardé la fille et s'est esquivé.

« Harlan a tout de suite compris ce qui s'était passé. Elle a compris qu'elle était condamnée et que même la fameuse photographie ne suffirait plus à la sauver, parce que tu avais perdu toute mesure. Elle a donc remis cette photo à quelqu'un d'autre et s'est planquée.

« Mais, depuis le temps qu'elle vivait dans la crainte, elle a fini par perdre la boule, et, un jour qu'elle avait bu trop de whisky, elle s'est suicidée. Troy avait la photo, mais, lorsque Gracie s'est suicidée, elle a perdu les pédales, elle aussi. Elle a essayé de s'enfuir, vous avez lâché tous vos flics marrons à ses trousses et l'un d'eux l'a retrouvée.

« Ils ont commis une fois de trop l'erreur de me prendre pour un novice et de ne pas me fouiller suffisamment à fond. J'avais un revolver dans cette poche à soufflet, sur la cuisse de ma salopette, et... me voilà. Mais c'est toi qui étais le plus grand novice dans toute cette histoire. Tu l'as prouvé maintes fois depuis mon retour... »

Et il allait le prouver encore d'un instant à l'autre. Il avait un revolver à portée de la main, derrière le bar, et, depuis que j'avais descendu Tucker, il n'avait jamais cessé de bricoler sur le petit comptoir, avec sa bouteille et son verre, essayant de se décider à prendre lui-même l'offensive.

Je laissai choir mon mégot, sortis une autre cigarette de ma poche et l'allumai posément entre mes paumes accouplées.

Toute distinction disparut du visage de Gardiner, cédant la place au masque convulsé d'une démence trop longtemps contenue. Il s'empara du pétard, se retourna et fit feu plus vite que je l'en croyais capable, plus vite, en tout cas, qu'il ne m'était possible de ressortir mon propre revolver. La balle s'enfonça dans la porte, derrière moi. Le choc de l'explosion le fit chanceler, et il se demanda pourquoi je ne tombais pas.

Il n'eut pas le temps de tirer une seconde fois. Je lui logeai une balle dans le ventre, un peu au-dessus de la ceinture, en disant :

« Pour Bob Minnow et Mme Minnow. »

Une deuxième balle, un peu plus bas.

« Pour Logan et Looth. »

Sa bouche s'ouvrit démesurément, cherchant à respirer un air devenu rare. Le revolver tomba sur le tapis et ses mains remontèrent lentement jusqu'à son ventre, recouvrirent les deux petits trous. Doucement, comme un roseau courbé par la brise, il s'agenouilla.

Je lui flanquai une balle dans la tête.

« Pour Johnny MacBride », murmurai-je.

Je quittai la pièce. Drapée dans un peignoir de coton, la gouvernante hurlait au milieu du vestibule, non loin de l'appareil téléphonique.

« Inutile d'appeler un médecin, lui dis-je. Appelez plutôt la police. Demandez le capitaine Lindsey et dites-lui qu'il ne se tracasse plus au sujet de son copain Tucker. Il est mort, lui aussi. Dites à Lindsey que c'était un cas de légitime défense. »

C'était la vérité, n'est-ce pas ?

L'aube suintait au-dessus des toits. Les rues étaient encore humides.

Il n'y avait personne autour de la gare.

J'enfonçai la porte du bureau de Nick et ouvris son tiroir. Sous l'affichette qu'il m'avait montrée l'autre jour il y en avait d'autres et d'autres encore, qui remontaient à plusieurs années. Je calai la porte tant bien que mal et regagnai la Ford. Je savais tout à présent. Tout, jusqu'au dernier détail.

Route de Pontiel. Une maison blanche au sommet d'une côte, à demi voilée par la brume matinale. Une clef dans un pot de fleurs, quatorze marches et trois portes, sur le palier du premier étage. Une chambre d'amis, sur la droite. La salle de bain au milieu. A gauche, une chambre qui sentait la poudre et les crèmes de beauté.

Une blonde oxygénée lisant un journal dans la lueur jaune d'une lampe de chevet.

Une voix haletante.

« Johnny !

— Bonsoir, Wendy. »

Elle laissa tomber son journal et vint se blottir contre moi, les bras noués autour de mon cou, le visage pressé contre mon épaule. Puis elle releva les yeux et ses doigts touchèrent ma bouche, mes joues, mes oreilles. Était-ce l'horreur ou la terreur qui faisait vaciller son regard ?

« Johnny... qu'est-il arrivé ?... »

Je la repoussai brutalement. Son dos heurta le bord de la commode et elle poussa un petit cri de douleur.

« Ils sont tous morts, Wendy. Servo, Packman, Harlan, Troy, Gardiner, Tucker et deux ou trois autres. Un vrai nettoyage par le vide... »

Elle dut comprendre alors pourquoi j'étais venu, car elle se mit à trembler des pieds à la tête.

« J'aurais dû dire : « Bonsoir, Vera », quand je suis arrivé. C'est comme ça que tu t'appelles, pas vrai ? Vera West. »

Elle se lécha nerveusement les lèvres.

« Nick savait très bien que je n'étais pas Johnny MacBride, mais il m'a conduit tout droit jusqu'à toi pour que, par mon intermédiaire, tu puisses te venger de Lenny Servo... »

J'enlevai mon veston et le jetai sur une chaise. Le revolver qui était dans la poche extérieure tomba sur le plancher avec un bruit sourd. J'ôtai ma ceinture et la balançai doucement dans ma main.

« Déshabille-toi, Vera. »

C'était de l'horreur qu'il y avait dans ses yeux.

« Déshabille-toi, répétai-je. Je sais que j'ai raison, mais je veux m'en assurer. Tu vois, je te laisse toutes les chances. »

L'horreur céda la place au défi, et j'entendis un sanglot s'étrangler dans sa gorge. Lentement, elle déboutonna son chemisier, l'ôta et le jeta près d'elle, sur la commode.

« Il y avait deux ou trois petites choses qui ne tenaient pas debout, Vera, mais je n'avais jamais eu le loisir d'y réfléchir vraiment. L'une était la façon rapide dont j'ai fait ta connaissance. Il n'y a pas beaucoup de gens — et encore moins de femmes seules — qui consentiraient à héberger un tueur présumé sans faire la moindre objection ! »

La fermeture Éclair de sa jupe siffla dans le silence, et la jupe encercla ses chevilles jusqu'à ce qu'elle l'enjambât délicatement et la repoussât du bout de son pied. Mécaniquement, elle fit passer sa combinaison par-dessus sa tête, et la jeta derrière elle, près d'elle, sur la commode, sans me quitter des yeux. Elle n'avait plus sur elle que son soutien-gorge et son slip de nylon noir.

« J'aurais dû penser, aussi, à quel point il était curieux qu'une fille comme toi se contente de travailler dans une boîte peinarde comme celle de Louie Dinero, située assez loin de la ville, au lieu de t'installer à Lyncastle, où tu aurais eu un succès fou. Mais tu avais peur d'être reconnue, et tu préférais ne pas trop te montrer, sinon sous les lumières de chez Louie, bien maquillée, bien sophistiquée, en attendant que quelque chose te fournisse l'occasion de rendre à Lenny la monnaie de sa pièce. Et, quand je suis arrivé en ville, tu n'as pas hésité à saisir l'occasion... »

Son soutien-gorge s'ouvrait par-devant. Elle le déboutonna et laissa les épaulettes glisser le long de ses bras. Ses seins frémissaient d'émotion contenue, vivants et fiers et triomphalement jeunes, légèrement plus clairs que le reste de son corps, dans le cadre harmonieux de ses épaules brunes.

« J'aurais dû comprendre aussi que tu n'avais pu réunir tant d'informations sur le camarade Tucker en une seule journée, continuai-je d'une voix enrouée. Je parierais que Nick et toi avez passé de nombreuses semaines à constituer ce dossier... Quand je t'ai rencontrée, ce jour-là, tu sortais bel et bien des mains de ton coiffeur. Il y avait des années que tu travaillais à la perte de Lenny. Tu savais des tas de choses sur des tas de gens. Tu étais au courant de sa vieille association avec Harlan, et c'est toi qui m'as mis sur sa piste, avec cette annonce et ce coup de téléphone anonyme. Tu savais à peu près tout, et tout ce qu'il te fallait, c'était une poire dans mon genre pour faire le sale boulot à ta place. Il n'y a qu'une chose que je veux connaître, Vera, et ce sont les raisons de tes actes. Tu ne mourras pas comme tous les autres, mais tu porteras longtemps sur ta peau le souvenir de cette conversation. Avant, je veux simplement savoir pourquoi tu as agi comme tu l'as fait, Vera. Johnny était un garçon si sympa. »

Elle ne me répondit pas. Elle fit glisser son slip le long de ses cuisses, l'ôta, le jeta négligemment derrière elle, par-dessus le chemisier, la combinaison et le soutien-gorge. Puis elle se redressa, pareille à une statue, les deux mains appuyées sur le bord de la commode et je la contemplai avec nostalgie, sachant bien que c'était la dernière fois que je la voyais ainsi, dans toute la splendeur de sa magnifique nudité. Ma tête esquissa un signe approbateur et la ceinture se balança plus vite, dans ma main.

« Une idée de génie, Vera. Une blonde naturelle se transformant en blonde oxygénée, avec racines plus foncées et tout le saint-frusquin. Il faut que ton coiffeur soit un as, Vera, mais c'était un superbe trompe-l'œil, au cas où quelqu'un trouverait ta physionomie familière. Pas étonnant que tu n'aies jamais voulu que j'allume la lumière, lorsque tu étais nue. »

J'avais la bouche horriblement sèche, et c'était à peine si je pouvais encore parler.

« Tu as beaucoup changé depuis la photo que Logan m'a donnée, murmurai-je pensivement, mais tu es toujours aussi belle... et j'étais en train de tomber amoureux de toi. Oui, comme Johnny. Tu ne trouves pas ça marrant ? Mais c'est fini, maintenant, et tu vas payer pour ce que tu lui as fait... »

Je levai la ceinture. Le tiroir de la commode s'ouvrit et se referma, très vite, et je regardai stupidement le petit revolver qui venait d'apparaître dans sa main. Je m'étais laissé coincer une fois de plus, malgré tous mes beaux discours.

Le visage de Vera reflétait un mélange indescriptible d'émotions contradictoires. Elle désigna la coiffeuse qui se trouvait derrière moi.

« Regarde dans le tiroir du haut », ordonna-t-elle.

J'étais si furieux que je lui aurais sauté dessus pour lui arracher le pétard et lui casser toutes les dents à coups de crosse, quitte à me faire buter dans l'entreprise, si le même curieux mélange d'émotions n'avait également fait trembler sa voix.

J'ouvris le tiroir du haut, me trouvai nez à nez avec ma propre effigie. Tout un tas de George Wilson.

« Et alors ? Nick avait les mêmes dans son tiroir.

— Regarde les dates. »

Au bas de chaque affichette, figurait une date de délivrance, avec instructions de coller bien en vue, dans tous les endroits publics. Les plus vieilles remontaient à sept ans.

Elle me regarda refermer le tiroir.

« Je connais l'existence de George Wilson depuis que Johnny MacBride a quitté la ville. Nick l'a toujours connue. Nous avons craint longtemps qu'il s'agisse du même homme, jusqu'à ce que nous apprenions que George Wilson était recherché bien avant qu'il arrivât quoi que ce soit à Johnny. Regarde maintenant dans le second tiroir. »

Je m'aperçus soudain que je grelottais de froid. Mon esprit était un chaos de pensées confuses duquel je ne parvenais à extraire aucune idée cohérente. J'ouvris le second tiroir et vidai l'enveloppe que j'y trouvai sur le dessus de la coiffeuse. Il y avait là un acte de propriété, concernant la maison dans laquelle nous nous trouvions, et rédigé au nom de Johnny MacBride. Il y avait aussi un certificat de démobilisation et une lettre du ministère de la Guerre.

« Lis », dit-elle.

La lettre était un compte rendu des activités de John MacBride pendant la guerre. Elle retraçait en détail l'entraînement spécial auquel il s'était astreint pour pouvoir participer à des missions secrètes en territoires ennemis dont l'une — l'ouverture du coffre-fort d'un G.Q.G. allemand et le vol des documents qu'il contenait — avait permis la destruction d'un réseau d'espionnage.

Et les pensées tournoyaient dans mon crâne vide sans parvenir à se fixer nulle part. Et la voix de Vera était un baume qui ramenait peu à peu l'harmonie dans ce chaos invraisemblable.

« George Wilson était un criminel recherché. Qu'aurait-il fait si, après avoir trouvé son parfait sosie en la personne de Johnny MacBride, lors de l'accident de camion, il ne s'était pas immédiatement rendu compte que celui-ci avait perdu la mémoire ? Il l'aurait probablement tué sur-le-champ en se débrouillant pour que la police l'identifie à sa place. Mais, puisque son sosie avait perdu la mémoire, il pouvait être encore plus profitable de procéder à une substitution d'identités avant d'aller chercher du secours. De cette manière, il aurait pu aiguiller la police sur un faux George Wilson vivant, au lieu de leur donner simplement un faux George Wilson mort. C'était un projet si séduisant qu'il est mort en voulant empêcher la fatalité de le lui souffler sous le nez ! Était-ce bien un ennemi ou bien le pire ennemi qu'un homme puisse avoir ? »

C'était un peu trop pour moi. Je m'entendais grincer des dents, et mes mâchoires étaient si serrées que je n'arrivais pas à m'en empêcher.

« A condition, toutefois, que je ne me sois pas trompée, enchaîna-t-elle. Tu ne t'es jamais demandé pourquoi j'étais devenue ta maîtresse presque tout de suite ? »

Brusquement, sa voix se fit impérieuse :

« Déshabille-toi ! »

Je lui jetai un regard effaré. Mais elle avait toujours son revolver, et j'étais trop abasourdi pour pouvoir réagir. J'obéis.

« Johnny MacBride avait une cicatrice exactement semblable sur le ventre, dit-elle. Il m'avait bien semblé la reconnaître, au toucher, l'autre nuit, mais je ne pouvais être absolument sûre... bien que, dès le premier jour... »

Elle sourit, et sa voix sombra dans le vague.

Je contemplai la cicatrice. Je m'étais souvent demandé comment j'avais bien pu la récolter.

« Elle est décrite dans un rapport médical adjoint à la lettre du ministère de la Guerre », dit-elle doucement.

Elle avait raison, bien entendu. La ronde de mes idées était une folle sarabande qui tournoyait beaucoup trop vite pour que je puisse les reconnaître au passage, mais je sentais, d'ores et déjà, qu'elle ralentirait un jour et finirait même, à la longue, par s'immobiliser complètement.

Je pris ma tête dans mes mains et la voix de Vera me parvint d'une grande distance...

« Et je vais te dire, maintenant, pourquoi j'ai fait ce que j'ai fait, Johnny. Je n'ai jamais été avec eux. Mais tu avais acheté cette maison et tu m'avais donné dix mille dollars à mettre de côté pour notre futur ménage, sans vouloir me dire où tu les avais eus, et, lorsque le détournement a été découvert, j'ai vraiment cru que c'était toi qui étais le coupable. Je n'ai su que beaucoup plus tard que cette maison et cet argent représentaient tout ce que tu avais économisé depuis des années.

« Ce que tu ignorais, c'était que Bob Minnow soupçonnait quelque chose à la banque et qu'il m'avait demandé secrètement d'ouvrir l'œil, en me faisant part de ses soupçons. Lorsque j'ai cru que tu avais détourné cet argent et que tu t'en étais servi pour financer Lenny Servo, je me suis débrouillée pour faire la connaissance de Lenny, afin de lui tirer les vers du nez. Puis Bob Minnow a été tué et je t'ai cru coupable également, mais je t'aimais toujours. Et, quand Lenny t'a fait capturer par ses acolytes et qu'il m'a mis le marché en main : ou bien j'entrais dans son jeu et il te laissait t'enfuir, ou bien il te livrait à Lindsey, et c'était la pendaison à coup sûr, je n'ai pas hésité. J'ignorais encore qu'il était important, pour eux, que tu t'enfuies de toute manière...

« Je ne regrette pas ce que j'ai fait, Johnny. J'ai vécu des années misérables, j'ai bu, même, pour le supporter. J'avais compris que Lenny dépendait de quelqu'un d'autre, j'avais découvert pas mal de choses sur lui et sur Harlan, mais ils se sont aperçus de ce que j'étais en train de faire et je n'ai eu que le temps de disparaître. Plus tard... »

Je vis le revolver quitter sa main et tomber à ses pieds, sur sa jupe.

« Plus tard... je suis revenue, Johnny. Et j'ai attendu. Je savais que tu reviendrais toi-même, tôt ou tard, et que tu redeviendrais... Je n'avais pas prévu, bien sûr, que tu reviendrais sans ta mémoire, mais tout est bien, puisque, sans me reconnaître, c'est moi que tu as aimée une seconde fois. »

Il n'y avait plus la moindre trace de dureté autour de ses yeux, plus le moindre pli amer aux commissures de ses lèvres. Il n'y avait plus que sa beauté, son amour. Un amour insensé, déraisonnable. Un merveilleux amour. Je l'avais déjà connu et j'étais en train de le réapprendre. Nous étions nus tous les deux, dans une chambre qui était la nôtre, avec deux revolvers désormais inutiles, sur le plancher !

Elle souriait.

« Achève de vider cette enveloppe, Johnny », dit-elle.

Il y avait plusieurs autres documents à l'intérieur de l'enveloppe, mais l'un d'entre eux était plus grand que tous les autres. C'était une licence de mariage délivrée à Johnny MacBride et Vera West un mois environ avant que rien soit arrivé.

« C'est pour ça que je connaissais l'existence de ta cicatrice », dit-elle.

Deux diablotins scintillaient dans ses prunelles.

Mon corps était douloureux et las, ma tête semblait sur le point d'éclater. J'étais fatigué, harassé, épuisé.

Mais pas à ce point-là.

Nous nous tournâmes vers le lit avec un parfait ensemble. La main de Vera monta vers le commutateur.

Je la pris dans mes bras. Elle était frémissante et chaude. Magnifique. Elle m'appartenait.

« Non, Vera, n'éteins pas la lumière », lui dis-je.

FALLAIT PAS COMMENCER

Vengeance is mine
Traduit par G.-M. Dumoulin

Le gars gisait sur le plancher, en pyjama, avec mon pétard dans la main droite et la moitié de la cervelle tartinée sur la descente de lit ! Je me frottais les yeux sans arrêt, pour essayer de dissiper le brouillard, mais les flics m'assommaient de questions, en me cinglant le visage avec un chiffon mouillé, et j'avais l'impression que mon crâne allait éclater, comme celui du type étendu sur le sol.

« Arrêtez, nom de Dieu ! » beuglai-je.

L'un d'eux se mit à rire et me refit choir sur le lit.

Impossible de réfléchir, impossible de me rappeler quoi que ce soit. Tout ce que je voyais, c'était ce cadavre, au milieu de la piaule, avec mon pétard dans la main. Mon 45 ! Un gros malin m'attrapa au colback, me remit sur pied et recommença à me cuisiner. Mais, cette fois-ci, j'en avais ma claque. Je ruai dans le tas, et un poussah en chapeau mou sortit de mon champ de vision, plié en deux comme un accent circonflexe. Je ne pus m'empêcher de rigoler.

« Bougre de salaud, on va te faire payer ça », dit quelqu'un.

Mais, avant qu'ils aient pu me passer à tabac, la porte s'ouvrit, des pieds martelèrent le plancher de la chambre et tout s'arrêta, à l'exception des gémissements de l'accent circonflexe.

« Brave vieux Pat ! dit ma voix. Toujours là quand on a besoin de lui ! »

Il n'eut pas l'air d'apprécier mon humour.

« Tu choisis bien ton temps pour te soûler la gueule, gronda-t-il. Quelqu'un a-t-il touché à ce gars-là ? »

Personne ne répondit. Le poussah au chapeau mou s'effondra sur une chaise et gémit un peu plus fort.

« Il m'a flanqué un coup de savate ! En plein dans le bas-ventre, dit-il.

— C'est vrai, capitaine, continua une autre voix. Marshall l'interrogeait, et c'est comme ça qu'il lui a répondu ! »

Pat émit un grognement indistinct et s'approcha de moi.

« Ça va, Mike, debout ! »

Il s'empara du chiffon mouillé et me le tendit.

Je m'essuyai longuement le visage. Lorsque mes mains eurent cessé de trembler, Pat me poussa dans la salle de bain et me fourra sous la douche. L'eau froide me découpait la peau en fines lanières, mais bientôt je cessai de flotter dans l'espace pour redevenir un être humain, capable de penser et de se souvenir. Je supportai ça le plus longtemps possible, puis fermai le robinet moi-même et sortis de la douche. Pendant ce temps-là, Pat avait fait préparer une cruche de café bouillant qu'il m'entonna presque de force. Je lui pris la cruche des mains et grimaçai un sourire. Il avait l'air complètement dégoûté de vivre sur la même planète que moi.

« Trêve de plaisanteries, Mike, aboya-t-il. Cette fois, tu es dans le pétrin, et pas pour un peu ! Bon Dieu, c'est pas parce que t'en pinçais pour une fille et qu'elle s'est fait buter que tu dois...

— Prêche pas, Pat, coupai-je. Ça fait deux fois que ça m'arrive, et la première...

— O. K. ! dit-il vivement. Parlons d'autre chose. Tu sais ce qu'il y a, dans la pièce d'à côté ?

— Ouais. Un macchabée.

— C'est ça, un macchabée... qui n'en était pas un quand tu es entré avec lui dans cette chambre, hier soir. Et ce matin, il a ton 45 dans la main, son crâne est en bouillie et tu es soûl comme un cochon. Moralité ?

— Moralité, je suis somnambule, je l'ai descendu en dormant, et je ne me souviens plus de rien. »

Pat jura.

« Garde ça pour ceux que ça amuse, Mike. Faut que je sache ce qui s'est passé. »

Nous étions seuls dans la salle de bain. Je désignai la porte de communication.

« Qu'est-ce que c'est que tous ces petits marrants ?

— Des flics, Mike. Des flics comme moi, et qui veulent savoir les mêmes choses que moi. Vers trois heures, le couple d'à côté a entendu un bruit qui ressemblait à un coup de feu. Ils ont attribué ça à un échappement jusqu'à ce que la bonne ouvre la porte ce matin et tourne de l'œil en voyant le tableau. Quelqu'un nous a prévenus et nous sommes là. Maintenant, raconte. Que s'est-il passé ?

— Je veux bien être pendu si je le sais.

— Tu seras pendu si tu ne le sais pas ! » répliqua-t-il d'un ton lugubre.

C'était à son tour de faire de l'esprit, et au mien de ne pas apprécier son humour.

Je regardai Pat, mon frangin, mon pote. Le capitaine Patrick Chambers, meilleur flic de toute la Brigade criminelle. Il avait l'air tellement malheureux que je l'aurais embrassé. Ça me réchauffait le cœur de sentir à quel point il était de mon côté, malgré sa fureur et ses fonctions officielles.

Une horrible nausée me submergea soudain, et je soulevai juste à temps le couvercle de la lunette. Pat me laissa vomir et me rincer la bouche en toute quiétude. Puis il me tendit mes frusques et me fit signe de m'habiller. Mes mains s'étaient remises à trembler si fort que je dus renoncer à nouer ma cravate. Sans mot dire, Pat m'aida à enfiler mon veston. Enfin prêt, j'ouvris la porte et le précédai dans la pièce voisine.

Le poussah était toujours effondré sur sa chaise, mais il ne gémissait plus et je le vis nettement pour la première fois. Il avait une sale gueule. Je ne regrettais nullement ce que j'avais fait. Si Pat n'avait pas été là, il aurait sans doute essayé de se payer sur la bête. Dans ce cas-là, nous aurions été deux.

Les flics en uniforme et les deux inspecteurs en civil observaient Pat avec des mines futées qui signifiaient clairement :

« Alors, les petits copains sont les petits copains, pas vrai, capitaine ? »

Quelques mots de Pat les remirent au pas.

« Commence par le commencement, Mike, dit-il ensuite, après m'avoir installé sur une chaise. Et n'omets pas un seul détail. »

Je baissai les yeux vers le cadavre. L'un des flics avait eu la décence de lui jeter un drap sur la tête.

« Il s'appelle Chester Wheeler, commençai-je. Il est propriétaire à Columbus, Ohio, d'un grand magasin qui lui vient de ses parents. Il a une femme et deux gosses. Il était venu à New York pour affaires...

— Continue, murmura Pat.

— Je l'ai rencontré en 1945, à Cincinnati, juste après ma démobilisation. On avait un mal de chien à trouver des chambres d'hôtel. J'en avais une, à deux lits, et il dormait dans le hall. Je lui ai offert le deuxième plumard, et il l'a accepté. Il était capitaine d'aviation — quelque chose dans le ravitaillement — et chargé de mission par Washington. Nous avons pris une cuite ensemble, nous nous sommes séparés le lendemain, et je ne l'avais jamais revu jusqu'à hier soir. Il était dans un bar, en train de noyer ses soucis dans la bière, lorsque nous nous sommes trouvés nez à nez. Je me souviens que nous avons changé de bistrot une demi-douzaine de fois avant de jeter l'ancre ici. J'avais acheté une dernière bouteille, que nous avons liquidée en pleurant sur nos sorts réciproques. Je crois me rappeler qu'il était en plein cirage lorsque nous nous sommes endormis. Ensuite... ensuite, quelqu'un m'a cinglé la figure avec un torchon mouillé, et ce n'est pas la peine de me demander ce qui s'est passé entre-temps...

— C'est tout ?

— Absolument tout, Pat. »

Il se leva et se mit à explorer la pièce du regard.

« Rien n'a été touché, capitaine », dit l'un des flics en bourgeois.

Pat acquiesça d'un signe de tête et s'agenouilla près du cadavre. J'aurais bien aimé en faire autant, mais mon estomac n'était pas de cet avis. Au bout d'un instant, Pat se redressa.

« Le suicide ne fait aucun doute », commenta-t-il.

Puis, se tournant vers moi :

« Cette histoire-là va te coûter ta licence, Mike.

— Pour quelle raison ? protestai-je. Ce n'est pas moi qui l'ai buté.

— Comment le sais-tu, gros malin ? ricana le poussah.

— Je ne descends jamais les gens lorsque je suis ivre, répliquai-je. A moins qu'ils veuillent se faire passer pour des durs et me marchent sur le pied une fois de trop.

— T'as l'air de connaître la musique, hein ?

— Ouais, j'ai toujours été fort en solfège.

— La ferme, tous les deux ! » aboya Pat.

Le poussah obéit et me laissa seul avec ma gueule de bois. Pat distribua des ordres à la ronde ; tout le monde quitta la pièce, à l'exception du poussah. La porte ne s'était pas refermée que le coroner arrivait à son tour, avec armes, bagages, croque-morts et panier à viande. Un maillet invisible me martelait le crâne. Je fermai les yeux et laissai mes oreilles faire tout le boulot. Le médecin légiste et le chœur des flics eurent tôt fait d'atteindre la même conclusion. C'était bien mon pétard qui avait arrangé Wheeler de cette manière. Un pruneau de 45, tiré à bout portant. Mes empreintes figuraient en bonne place sur la crosse du revolver, avec celles du mort par-dessus...

Pat fut appelé au téléphone, et le poussah en profita pour faire au médecin légiste une suggestion qui m'arracha au siège sur lequel je m'étais effondré.

« ... Ça peut aussi bien être un meurtre, disait-il. Ils étaient ivres ; ils ont eu une prise de bec ; ce gars-là a buté son copain, lui a mis le pétard dans la main et s'est enfilé une bouteille de plus pour se donner un alibi...

— Possible, en effet, dit l'autre en hochant la tête.

— Gros pourceau ! » m'écriai-je en l'attrapant au collet.

Flic ou pas flic, je lui aurais rectifié le portrait si Pat n'avait lâché le récepteur et ne s'était interposé. Cette fois il me prit par le bras et ne me libéra que lorsqu'il eut raccroché. Puis il attendit que le cadavre ait été empaqueté dans le panier d'osier, referma la porte derrière la procession et me fit signe de m'asseoir sur le lit. Mains aux poches, il se remit à parler, et ses mots étaient destinés au poussah en civil tout autant qu'à moi-même. Il parlait à contrecœur, mais sans bafouiller le moins du monde.

« Ça devait arriver tôt ou tard, Mike. Il fallait bien qu'un jour ou l'autre ton satané pétard te fourre dans le pétrin.

— Te fatigue pas, Pat. Tu sais très bien que je n'y suis pour rien !

— En es-tu absolument sûr ?

— Evidemment. J'étais tellement blindé que je n'ai même pas entendu la détonation. Les gars du labo prouveront que je n'ai pas un brin de poudre sur moi. Je me demande même pourquoi nous restons là à discuter.

— Parce que, suicide ou pas suicide, tu vas te retrouver sur le pavé, sans licence. Ils n'aiment pas, à la boîte, que les gens se baladent avec un revolver dans la poche et un chargement de whisky dans le buffet. »

Là, alors, il avait raison. J'étais bel et bien coincé. Son regard fit une dernière fois le tour de la pièce, s'arrêtant sur les vêtements du mort, les bouteilles vides, les mégots éparpillés. Mon pétard gisait sur la table, en compagnie de la douille éjectée, la crosse souillée de poudre blanche...

Pat esquissa une grimace.

« Allons-y, Mike », dit-il.

Tout le long du chemin, le poussah me surveilla étroitement, avec un petit sourire en coin de rue qui avait l'air de dire :

« Essaie un peu de filer, que j'aie un prétexte pour te casser la gueule. »

Pour une fois, je me rendais compte à quel point j'étais verni d'avoir un copain tel que Pat. Il me soumit lui-même aux divers tests et me fit attendre en bas jusqu'à ce que les rapports fussent établis. J'avais eu le temps de remplir un cendrier lorsqu'il redescendit.

« Alors ? questionnai-je.

— Rien sur toi. Traces de brûlures sur le corps.

— La vie est belle », gouaillai-je.

Il haussa les sourcils.

« Tu crois ça ? Le district attorney veut te dire quelques mots. Le patron de l'hôtel où était descendu Wheeler ne semble avoir aucun sens de l'humour et fait un chahut de tous les diables. Prêt ? »

Je le suivis vers l'ascenseur, maudissant la déveine qui m'avait fait rencontrer une vieille connaissance le jour même où l'andouille avait décidé de se faire sauter le caisson. Mais sa décision avait-elle été déjà prise lorsque je l'avais rencontré ? Ou bien la vue de mon revolver avait-elle fait disparaître ses dernières hésitations ? Il était cafardeux, d'accord, mais pourquoi diable n'avait-il pas sauté par la fenêtre au lieu de se servir de mon pétard ? Il aurait pu penser aux ennuis qu'il m'occasionnerait !…

L'ascenseur s'arrêta et, quelques secondes plus tard, nous pénétrâmes dans le bureau du district attorney qui, perché sur le coin de son bureau, écouta les explications de Pat sans jamais cesser de me dévisager d'un air faussement impassible. J'allais lui dire qu'il n'y avait pas de journalistes dans le secteur et qu'il pouvait abandonner la pose lorsqu'il ouvrit enfin la bouche pour japper dans ma direction :

« Vous êtes brûlé dans cette ville, Mr. Hammer ! Je suppose que vous êtes assez intelligent pour le comprendre ! »

Qu'aurais-je pu répondre ? Il avait tous les atouts en main.

« Je ne nie point que vous nous ayez rendu service, dans le passé, continua-t-il, mais cette fois vous êtes allé trop loin. Je suis navré que les choses dussent finir ainsi, mais la ville se passera fort bien, à l'avenir, de vos services… et de vos frasques. »

Pas d'erreur, il était en train de s'en payer une bonne tranche ! Pat le regardait d'un sale œil, mais qu'y pouvait-il ?

« Me voilà donc redevenu simple citoyen ? m'informai-je.

— Parfaitement. Plus de licence… ni de permis de port d'arme. Et cela, dé-fi-ni-ti-ve-ment.

— Avez-vous un motif de me coffrer ?

— Non, malheureusement. Et croyez bien que je le déplore. »

Mon sourire en biais dut lui donner une petite idée de ce qui allait suivre, car il rougit du faux col à la racine des cheveux.

« En fait de district attorney, vous êtes plutôt tocard, ricanai-je. Si je n'avais pas fourni aux journalistes de meilleures occasions d'employer leurs plumes, il y a belle lurette qu'ils vous auraient drôlement assaisonné…

— Cela suffira, Mr. Hammer.

— Bouclez-la, ou faites-moi coffrer. Sinon j'exercerai jusqu'au bout mon droit de libre critique, qui fait partie des prérogatives de tout simple citoyen. Vous avez toujours voulu avoir ma peau, parce que j'avais assez de bon sens pour aller chercher les tueurs où ils se cachaient. Ça faisait de la bonne copie pour la presse quotidienne et votre nom n'était même pas cité !… Je n'ai qu'un mot de plus à vous dire : il est heureux que les flics ne soient pas nommés comme les districts attorneys. Il leur faut une certaine dose de bon sens pour parvenir aux postes qu'ils occupent. Vous étiez peut-être un bon avocat, je n'en sais rien. Mais, ce que je sais, c'est que vous auriez mieux fait de rester dans votre cabinet plutôt que de prétendre diriger des gens qui valent mieux que vous !

— Sortez ! »

Il allait faire explosion d'une seconde à l'autre. J'enfonçai mon chapeau sur mon crâne, lui ris au nez et me dirigeai vers la porte que Pat venait d'ouvrir.

« Une simple contravention pour excès de vitesse, l'entendis-je vociférer derrière mon dos, et vous verrez de quel bois je me chauffe ! Ça aussi, ça fera de la bonne copie pour la presse quotidienne ! »

Je ne me retournai même pas.

Pat garda son sang-froid jusqu'à la première marche de l'escalier. Là, il explosa à son tour.

« Tu n'aurais pas pu fermer ta gueule, non ?

— Non ! »

Je léchai mes lèvres sèches et allumai une cigarette.

« Depuis le temps qu'il attendait ça, il n'était que trop heureux de me tenir à sa merci !

— En attendant, te voilà sur le pavé ?

— Ouais. Je vais ouvrir une épicerie en gros.

— Ne blague pas, Mike. C'est moins drôle que tu le penses. Viens dans mon bureau, on va boire un verre. »

Il m'introduisit dans son sanctuaire, sortit d'un de ses tiroirs une bouteille d'un demi-litre, emplit deux petits verres et m'en tendit un. Nous trinquâmes et bûmes en silence.

« Dommage, dit-il au bout d'un moment. A chaque fois qu'on a travaillé ensemble, on a fait du bon boulot.

— Ouais, grognai-je. Et que va-t-il se passer, maintenant ? »

Il fit disparaître la bouteille et les verres et se balança sur son fauteuil.

« S'il y a enquête, tu seras convoqué, et le district attorney prendra sa revanche en te menant la vie dure. Jusque-là, tu peux agir à ta guise. J'ai répondu de toi. Mais tu es trop connu pour pouvoir filer à l'anglaise.

— Je n'en ai pas l'intention.

— Et pourtant, ça vaudrait peut-être mieux. A partir d'aujourd'hui, tu es sur la liste noire, et tu y resteras tant que les mites n'auront pas bouffé le district attorney. »

Je tirai ma licence de mon portefeuille et la jetai sur son bureau.

« Tu devrais la faire encadrer et la lui offrir pour son prochain anniversaire », murmurai-je.

Mais j'en avais gros sur la patate.

Lui aussi.

Il la ramassa et l'examina d'un air sombre. Puis il s'empara d'une grande enveloppe, en sortit mon 45, épingla ma carte à la liasse de rapports qui y était jointe, et, désignant mon revolver, grommela :

« Tu veux lui donner le baiser d'adieu, Mike ? »

En même temps, il faisait tomber sur son bureau les pruneaux qui restaient dans le magasin.

Au bout d'un instant, mon silence lui parut insolite et il releva brusquement la tête pour se trouver nez à nez avec mon visage hilare.

« Qu'est-ce qui te prend ? » bougonna-t-il.

Mais j'avais les yeux presque fermés, et les coins de ma bouche progressaient graduellement dans la direction de mes oreilles.

« Qu'est-ce qu'il y a de si drôle, s'emporta-t-il en refourrant le tout dans la grande enveloppe. Je n'aime pas te voir cette expression... elle ne présage jamais rien de bon. Qu'est-ce que tu es encore en train de mijoter ?

— Rien, Pat, je t'assure. Je pensais, simplement. Ne sois pas trop dur envers un collègue en chômage.

— Qu'est-ce que tu pensais ? insista-t-il.

— Je pensais à un moyen de récupérer cette carte, voilà tout. »

Ma réponse parut le soulager.

« Si tu y parviens, je te tire mon chapeau, dit-il. Mais je ne vois pas comment tu t'y prendrais.

— Ce ne sera pas tellement difficile, affirmai-je.

— Sans blague ? Tu crois peut-être que le district attorney va te la retourner, avec ses excuses ?

— Je n'en serais pas autrement surpris.

— Tu n'as plus de revolver, tu ne peux pas la lui reprendre par la force !

— Non, ricanai-je, mais je peux lui proposer un marché. Ou bien il me la retourne, avec ses excuses, ou bien je le couvre de ridicule. »

Instantanément, Pat reprit sa tête de flic.

« Mike, tu m'as caché quelque chose.

— Non. Tout ce que je t'ai dit était la vérité. Ton laboratoire l'a confirmé. C'est un suicide. D'accord. Le gars s'est fait sauter le couvercle et je ne sais ni à quelle heure, ni pour quelle raison. Tout ce que je sais, c'est à quel endroit, et ça ne m'avance guère. Tu es fixé, maintenant ?

— Moins que jamais, bougre de salopard ! »

Mais il avait retrouvé son sourire. Je repris mon chapeau et m'esquivai en douceur. Lorsque j'eus refermé la porte, je l'entendis flanquer un grand coup de poing sur sa table et jurer comme un charretier.

Un taxi me déposa devant mon bureau, si toutefois j'avais encore un bureau. Je n'avais plus de licence, je n'avais plus de revolver, donc, je n'avais plus de bureau. J'étais redevenu le simple citoyen Mike Hammer. Je n'avais même plus ma gueule de bois pour me tenir compagnie.

Je trouvai Velda sur mon fauteuil de cuir, le visage enfoui dans les dernières éditions. Lorsque je fis mon entrée, elle lâcha sa pile de quotidiens et releva la tête. Ses joues étaient striées de traces de larmes, ses paupières rouges et gonflées. Elle voulut dire quelque chose, rata son coup, sanglota et se mordit les lèvres.

« Du calme, fillette », murmurai-je.

J'ôtai mon veston et la mis sur pied.

« Oh ! Mike, qu'est-il arrivé ? »

Il y avait une éternité que je n'avais vu Velda se conduire comme une faible femme. Ma grande belle fille de secrétaire était donc humaine, après tout. Je l'aimais beaucoup mieux comme ça.

Je la pris dans mes bras, et elle posa sa tête contre ma joue.

« Rien n'est perdu, mon chou. Ils m'ont simplement repris mon pétard et ma licence. Il y avait trop longtemps que le district attorney en guettait l'occasion. »

Elle rejeta ses cheveux en arrière et me donna un petit coup de poing dans les côtes.

« Cette espèce de sale gommeux ! J'espère que vous lui avez dit ses quatre vérités !

— J'ai fait ce que j'ai pu », ricanai-je.

La tête de Velda retomba sur mon épaule.

« Excusez-moi, Mike. Je suis idiote de pleurnicher comme ça. »

Elle se moucha dans ma pochette et je la poussai doucement vers le bureau.

« Servez-vous quelque chose, Velda. Pat et moi avons bu un verre à la dissolution de l'Agence Mike Hammer. Nous allons boire maintenant à la création de la S. P. D. P., Société protectrice des détectives privés. »

Elle revint avec deux verres garnis et m'en tendit un.

« Je ne trouve pas ça tellement drôle, Mike.

— C'est ce que Pat m'a répété toute la matinée. Le plus drôle de l'histoire, c'est qu'elle est effectivement très drôle. »

Nous vidâmes nos verres et Velda les remplit. J'allumai deux cigarettes et insérai l'une d'elles entre ses lèvres.

« Racontez-moi tout, Mike », dit Velda.

Il n'y avait plus de larmes dans ses yeux. Il y avait de la curiosité, et un bon pourcentage de colère. Lorsque j'eus terminé mon histoire, elle dit quelques-uns de ces mots qui passent pour être déplacés dans la bouche d'une dame et jeta sa cigarette dans la corbeille à papiers.

« Que la peste emporte tous ces personnages officiels et leurs sales petits griefs, Mike. Ils écraseraient n'importe qui pour atteindre le haut de l'échelle. Si seulement je pouvais faire autre chose que de répondre à votre courrier, Mike, j'aimerais... j'aimerais tenir ce joli garçon dans un coin et lui mettre les tripes au soleil ! »

Elle se rejeta dans le fauteuil de cuir et ramena ses jambes sous elle.

J'allongeai le bras et baissai délicatement sa jupe. Certaines femmes n'ont de jambes que pour marcher. Celles de Velda avaient toujours été pour moi une cause permanente de distractions.

« Fini, pour vous, de répondre au courrier », lançai-je.

Des larmes réapparurent dans ses yeux, mais elle sourit bravement.

« Je sais. Je trouverai toujours du boulot. Mais vous, qu'allez-vous faire ?

— Allons, allons, m'esclaffai-je, vous aviez l'esprit plus vif, autrefois.

— Où voulez-vous en venir, Mike ? »

Je m'emparai de son sac à main et le laissai choir sur le bureau, où il atterrit avec un bruit sourd.

« Vous avez un revolver et un permis de le porter, pas vrai ? Et vous avez vous-même une carte de détective privé ? O.K. !... A partir d'aujourd'hui, l'Agence vous appartient. Vous serez le cerveau, et je serai les jambes, bien que... »

Un léger sourire erra sur ses lèvres, tandis qu'elle assimilait lentement le sens de mes paroles et que, m'approchant d'elle, je relevais sa jupe d'un geste vif, plus haut que la frontière de ses nylons.

« ... Bien que, conclus-je en reculant précipitamment, vos jambes vaillent infiniment mieux que les miennes. »

Elle souriait toujours, mais son regard était dangereux et je réalisai soudain que Velda était la seule femme au monde qui ait toujours réussi à me tenir à distance tout en ne faisant rien pour me décourager.

« C'est vous le patron, à présent, continuai-je, et, si vous le voulez bien, nous allons laisser tomber le courrier et consacrer nos efforts au seul boulot qui en vaille actuellement la peine : récupérer mon 45 et ma licence. Je ne vous dirai même pas comment opérer, mais, si votre cerveau fonctionne aussi bien que vos guibolles, vous ne perdrez pas de vue le cadavre de Chester Wheeler. De son vivant, c'était un brave type, homme d'intérieur et bon père de famille. Pour tous détails, voyez la presse quotidienne, qui peut vous fournir un point de départ. Vous trouverez des chèques signés en blanc dans le premier tiroir. »

Et brusquement, ce fut plus fort que moi, j'éclatai de rire.

« Ce n'est pas drôle, Mike », insista Velda.

J'allumai une autre cigarette et remis mon chapeau.

« Vous ne saurez jamais à quel point cela peut être drôle. Une seule balle a tué Chester Wheeler. Il y en a toujours six dans le magasin de mon 45 et, lorsque Pat l'a vidé, il n'y restait plus que quatre pruneaux ! »

Velda m'observait, les lèvres serrées, et ses yeux étaient plus dangereux que jamais.

Mais ce n'était plus moi qu'ils menaçaient.

« Si vous aviez votre revolver à la main, braqué sur le ventre de quelqu'un, pourriez-vous presser la détente et vous tenir prête à la presser une seconde fois, en cas de nécessité ? » murmurai-je.

Elle passa sa langue sur ses lèvres.

« Je n'aurais pas besoin de la presser une seconde fois... Surtout maintenant », répliqua-t-elle.

Elle me regarda traverser le bureau. La main sur la poignée de la porte, je me retournai, lui adressai un signe d'adieu et repoussai le battant. Très vite, car elle ne s'était pas donné la peine de baisser sa jupe, et ses yeux contenaient une invite en même temps qu'un défi.

Avec Velda, je préférais ne courir aucun risque.

Mais j'aurais ma revanche, un jour ou l'autre.

A moins que ce soit elle, qui finisse par avoir la sienne.

2

Ma binette s'étalait en première page de tous les journaux. Ceux-là même qui me baisaient les pieds quand ils voulaient me soutirer une histoire me déchiraient aujourd'hui à belles dents. Un seul avait eu pour moi une pensée émue. Il m'avait écrit une épitaphe ! En vers ! Le district attorney devait se tenir les côtes à force de rigoler.

Il rigolerait moins dans une heure ou deux, le salaud.

J'expédiai un souper sommaire, pris une douche écossaise, me rasai, enfilai un complet fraîchement pressé, puisai dans le premier tiroir de la commode et refis le plein de mon portefeuille. Un coup d'œil au miroir. J'aurais pu avoir l'air distingué, n'eussent été ma sale gueule et le faux pli qui déparait mon veston. Il avait été fait pour être porté sur l'étui d'un 45, mais je pouvais arranger ça, car, si je n'avais plus le 45, j'avais encore l'étui. Quant à ma sale gueule, personne n'y pouvait rien changer.

Il était un peu plus de sept heures lorsque je parquai ma bagnole à proximité de l'hôtel. C'était un de ces établissements désuets à la clientèle plus désuète encore, un de ces établissements où l'on n'accepte pas les femmes seules, à moins qu'elles aient plus de quatre-vingts ans révolus. Avant d'entrer, j'ouvris le boîtier de ma montre, en ôtai le mouvement, et le rangeai dans la poche de ma chemise.

L'employé de la réception ne parut pas heureux de me revoir. Sa main se posa sur le téléphone, puis retomba sur un bouton de sonnette qu'elle pressa par trois fois. Quelques secondes plus tard, entra un individu au cou de taureau, aux larges épaules, dont l'arrivée sembla rassurer l'employé.

« Inutile de me présenter. J'ai perdu le mouvement de ma montre, hier soir, expliquai-je. Il faut que je le retrouve.

— Mais... la chambre n'a pas encore été nettoyée, bégaya-t-il.

— Il me le faut tout de suite », insistai-je.

Je lui fourrai mon poing sous le nez et lui montrai le boîtier vide. Le détective de l'établissement regardait par-dessus mon épaule.

« Mais...

— Tout de suite, répétai-je.

— Ça va, George, je vais monter avec lui », intervint le détective.

Délivré de toute responsabilité, l'employé se hâta de lui remettre les clefs.

« Par ici... »

La chambre était au quatrième étage et portait le numéro 402. Rien n'avait changé. Le plancher était toujours souillé de sang, les lits toujours défaits et la poudre blanche du service des empreintes toujours visible un peu partout. Le détective s'arrêta sur le seuil de la pièce et, bras croisés, me regarda faire.

J'explorai consciencieusement la chambre, me jetant à plat ventre devant chaque meuble et me redressant ensuite avec une sage lenteur, car ce n'était pas le plancher qui m'intéressait le plus.

« Personne n'est entré ici, depuis le départ des flics ? m'informai-je.

— Personne, mon pote, pas même les femmes de ménage. Redescendons. T'as dû perdre ta montre dans un bar. »

Je ne répondis pas. J'avais rejeté les couvertures du lit dans lequel j'avais dormi et je voyais distinctement le trou, dans l'épaisseur du matelas. Quelques centimètres plus haut et je n'aurais pas eu tous ces ennuis avec la police.

Le rembourrage d'un matelas peut stopper une balle plus sûrement qu'une plaque d'acier, mais, lorsque je sondai le trou à l'aide de mon index, je ne rencontrai que du crin. La balle était partie. Quelqu'un était passé avant moi, puisque la deuxième douille, aussi, brillait par son absence. Je n'avais plus rien à faire ici.

« Le voilà », m'écriai-je en montrant au détective le mouvement de ma montre.

Il acquiesça, me regarda remettre les rouages dans le boîtier et me réescorta jusqu'à la sortie de l'hôtel.

Je pris congé de lui avec un sourire de gratitude. Quelque chose me disait qu'avant peu il regretterait amèrement sa complaisance.

Je transportai mon tacot devant un bar, pénétrai dans l'établissement, commandai un demi et m'enfermai dans la cabine téléphonique. Il était tard, mais Pat n'était pas homme à quitter son bureau avant que toutes ses affaires soient en ordre.

« Ici, Michael H. Citoyen », dis-je lorsque j'entendis sa voix.

Il éclata de rire dans le récepteur.

« Salut ! Comment va l'épicerie en gros ?

— Au poil, Pat, au poil. Je viens de prendre une grosse commande de viande fraîchement assassinée.

— Quoi ?

— Rien. Simple métaphore. A propos, suis-je totalement hors de cause, dans l'affaire Wheeler ?

— Oui. Pourquoi ? »

Je n'avais pas besoin de le voir pour deviner qu'il fronçait les sourcils d'un air perplexe.

« Simple curiosité. Dis donc, les anges bleus sont arrivés dans cette chambre longtemps avant que je redescende sur terre. Ont-il passé les lieux au peigne fin, selon leur charmante habitude ?

— Non, je ne le pense pas. Ce qui s'était passé était tellement évident...

— Qu'ont-ils emporté avec eux ?

— Le corps, ton revolver, une douille, et les effets personnels de Wheeler.

— C'est tout ?

— Oui. »

Je marquai une pause.

« Est-ce qu'en général les suicidés ne laissent pas un petit mot d'adieu, Pat ?

— En général, oui, lorsqu'ils ne sont pas ivres ou qu'il n'y a pas de témoin. S'ils y pensaient depuis longtemps, ils essaient généralement de justifier leur acte. Mais s'ils s'y décident brusquement, dans un accès de passion ou de désespoir, ils s'en donnent rarement la peine.

— Je ne pense pas que Wheeler ait été sujet à de tels accès. Selon toutes les apparences, c'était un homme d'affaires lucide et pondéré.

— Rien d'un candidat au suicide, d'après toi ?

— Non. »

J'attendis quelques secondes avant de continuer :

« Pat... combien de pruneaux restait-il dans mon pétard ?

— Quatre, si je ne me trompe pas.

— Tu ne te trompes pas. Et je ne m'en étais pas servi depuis que nous sommes allés ensemble au stand de tir, la semaine dernière.

— Alors ? »

Sa voix trahissait un certain malaise.

« Alors, susurrai-je dans le récepteur, ce pétard ne contient jamais moins de six balles, fiston. »

Je crus que le téléphone allait faire explosion et m'abstins de tout commentaire.

« Mike... Mike, réponds-moi, nom de Dieu ! » beuglait Pat.

J'éclatai de rire, pour lui faire voir que j'étais encore là, et raccrochai délicatement. Dans cinq minutes au maximum, Pat aurait avec le district attorney une petite conversation entre quatre-z-yeux au terme de laquelle l'avantageux blondinet regretterait amèrement de n'avoir pas tourné sa langue sept fois dans sa bouche avant de l'ouvrir aussi grande. Certes le district attorney était une huile, mais Pat n'était pas un petit garçon, et j'aurais payé cher pour assister à leur entretien.

Plus les heures passaient, et plus cette histoire était drôle. Je retournai au comptoir et m'enfilai mon demi. Il était plus de huit heures lorsque j'appelai Velda chez elle. Elle n'y était pas. Elle n'était pas non plus au bureau. Peut-être était-elle en train de s'entendre avec un peintre pour substituer son nom au mien, sur la porte de l'Agence ?

Je regagnai mon tabouret et tentai de réfléchir. Ce n'était pas facile, parce que je n'avais prêté aucune attention à ce qui s'était passé la veille et qu'en plus de ça Wheeler et moi avions bu comme des trous. Le destin ne m'avait-il donné l'occasion de faire sa connaissance, en 1945, que pour me reflanquer dans ses pattes cinq ans plus tard, dans des circonstances aussi particulières ?

Lorsque je lui étais tombé dessus, la veille, j'avais eu l'impression qu'il broyait du noir. Mais mon arrivée avait balayé tout ça, nous avions fait une foire à tout casser, et le cafard n'était revenu que vers la fin de la soirée, dans la chambre d'hôtel, lorsqu'il m'avait dit qu'il était à New York depuis une semaine, pour affaires, et qu'il s'apprêtait à rentrer chez lui.

On n'avait pas été copains bien longtemps, mais on avait été de bons copains. Si tout ça s'était passé au fin fond de la jungle, et qu'un Jap l'ait descendu à côté de moi, j'aurais éventré le Jap, et il en aurait fait autant, dans le cas contraire. Mais tout ça s'était passé à New York, où les meurtres sont censés être rares et se produisent à tout bout de champ. Chester était arrivé dans ma ville une semaine plus tôt, et maintenant il était allongé avec le crâne en bouillie dans un des tiroirs de la morgue.

Une semaine plus tôt ! Qu'avait-il fait ? Que s'était-il passé ? Qui avait-il vu pendant cette semaine ? Où fallait-il rechercher le motif du meurtre ? Ici, ou à Columbus (Ohio) ? Je posai mon chapeau sur le tabouret, pour réserver ma place, et réintégrai la cabine téléphonique.

Je composai successivement deux numéros. Au deuxième, je trouvai le gars que je cherchais. C'était un détective privé comme je l'étais la veille encore. Il s'appelait Joe Gill et je lui avais rendu service plus d'une fois. Aujourd'hui, ce serait à lui de me prouver sa reconnaissance.

« Ici, Mike, Joe, annonçai-je. Tu te souviens de moi ?

— Tu fais trop de bruit pour qu'on t'oublie, s'esclaffa-t-il. J'espère que tu cherches pas du boulot ?

— Pas précisément. Es-tu très pris, en ce moment ?

— Ma foi non. Tu as quelque chose en tête ?

— Et comment, vieux frère. Tu travailles toujours pour les compagnies d'assurances ?

— Je ne travaille plus que pour les compagnies d'assurances, rectifia-t-il. Garde tes durs et tes assassins et laisse-moi mes bénéficiaires manquants.

— Tu veux me rendre un service, Joe ? »

Il n'hésita qu'une fraction de seconde.

« Avec plaisir, Mike. Tu m'as tiré plus d'une épine du pied. Je t'écoute.

— O.K. !... Ce type qui a été retrouvé mort dans la chambre d'hôtel — Chester Wheeler — je veux des renseignements sur lui. Pas l'histoire de sa vie, non... Juste ce qu'il a fait en ville au cours de la semaine passée. Il était venu faire une tournée d'achats pour son magasin de Columbus, Ohio, et je veux savoir ce qu'il a fabriqué depuis son arrivée à New York jusqu'à sa mort. Crois-tu que ce soit faisable ? »

J'entendis une plume gratter du papier.

« Donne-moi quelques heures, Mike, je vais m'en occuper moi-même et lancer mes gars sur les détails. Où pourrai-je te toucher ? »

Je réfléchis un instant, et lui dis :

« Au *Greenwood Hotel*. C'est un petit nid à puces qui se trouve du côté de la Quatre-Vingtième. Les gens n'y sont pas curieux !

— D'ac ! A bientôt, Mike. »

Je raccrochai et sortis de la cabine. Lorsque, fendant la foule des consommateurs, je parvins à rejoindre mon tabouret, il était déjà occupé, le gars avait mon chapeau sur la tête et payait son verre avec ma monnaie.

Je ne me fâchai pas, cependant. L'intrus n'était autre que Pat.

« Salut, petite tête, comment vont les affaires ? » lui demandai-je.

Il se retourna, lentement. Son regard était brumeux et sa bouche sarcastique. Il paraissait las et soucieux.

« Viens dans l'arrière-salle, Mike, dit-il. J'ai à te parler. »

Je liquidai ma bière et emportai un verre plein dans l'arrière-salle. Pat s'assit en face de moi, refusa la cigarette que je lui offrais et ne répondit pas lorsque je lui demandai comment il m'avait trouvé.

« Mike, dit-il fermement sans me quitter des yeux, je n'ai pas l'intention de m'énerver cette fois-ci jusqu'à en perdre le sommeil. Je suis un flic ou, du moins, je suis supposé l'être. Pour l'instant, je traite cette histoire comme si elle était importante et comme si tu en savais réellement plus long que moi, et c'est pourquoi je te demande : Où veux-tu en venir ? »

Je tirai sur ma cigarette et clignai des yeux pour en éviter la fumée.

« Si je te disais que Chester Wheeler a été assassiné, Pat ?

— Je te demanderais comment tu es parvenu à cette conclusion, enchaînat-il sans sourciller.

— Mon pétard a tiré deux balles, Pat, ne l'oublie pas.

— C'est tout ?

— Oui. Ça ne te suffit pas ?

— Non... Écoute, Mike, nous sommes de bons copains, mais j'en ai marre d'être mené en bateau. Tu es toujours en train de flairer le meurtre où il n'est pas, et le pire c'est que tu gagnes à tous les coups. Sois régulier, Mike, est-ce vraiment tout ce que tu sais ? »

J'acquiesçai d'un signe de tête. Le visage de Pat sembla s'adoucir et il respira profondément.

« De temps en temps, Mike, dit-il d'un ton léger, on découvre un suicidé avec un pruneau dans la tête. Parfois, la pièce est littéralement truffée de balles, parce que le type a pressé plusieurs fois la détente avant d'avoir le cran de garder le canon du pétard contre sa tempe. La plupart des gens ne savent pas se servir d'un automatique, de toute manière, et nombreux sont ceux qui tirent un premier coup de feu dans les décors avant de se faire sauter le caisson.

— D'où nous concluons que Chester Wheeler s'est bien suicidé. Mes chers auditeurs, bonsoir.

— Attends, c'est pas fini, ricana Pat. Après ton coup de téléphone, j'ai pris le mors aux dents, j'ai fait marcher mes hommes et ils ont mis la main sur une relation d'affaires de Wheeler qui a passé une partie de sa journée avec lui la veille de sa mort. Ce type a déclaré que Wheeler avait un cafard noir et qu'il avait même prononcé plusieurs fois le mot suicide. Il semble que ses affaires aient été plutôt mauvaises.

— Quel est ce type, Pat ?

— Un fabricant de sacs à main, Emil Perry. Si tu as besoin de moi, viens me voir, Mike, mais plus de coups de théâtre, si ça ne te fait rien. O.K. ?

— Ouais, grinçai-je. Tu ne m'as toujours pas dit comment tu m'avais trouvé.

— J'ai fait rechercher l'origine de ton appel, camarade citoyen. Tu avais téléphoné d'un bar et je savais que tu y resterais un certain temps. Je suis passé à l'hôtel, avant de venir ici, et... j'ai vu le trou, dans ton matelas.

— Je suppose que tu as également trouvé la balle ?

— Bien sûr. Et la douille aussi. »

Je me raidis sur ma chaise, attendant la suite.

« Elles étaient dans le hall, à l'endroit où tu les as laissées tomber. J'aimerais que tu cesses d'essayer de donner à cette affaire un caractère mystérieux... pour le plaisir de me mettre dans le bain.

— Pat ! Bougre de...

— Ça va, Mike, t'excite pas ! Le détective de l'hôtel m'a rendu compte de ton petit sketch. »

Je me levai d'un bond, dents serrées.

« Et je te croyais malin, Pat ! Bougre d'imbécile ! »

Il sourit et m'adressa un clin d'œil complice.

« Alors, plus de mauvaises blagues, hein, Mike ? »

Son sourire se fit amical et il s'esquiva. Ainsi, Pat me prenait pour un farceur, maintenant ! Il avait retrouvé balle et douille dans le hall de l'hôtel, à l'endroit où JE les avais laissées tomber ! Ah ! malheur !

Je sortis du bistrot, pris un bon bol d'air frais et commençai à me sentir mieux. Il y avait un drugstore au coin de la rue. J'y pénétrai, m'approchai des cabines téléphoniques, m'emparai de l'annuaire de Manhattan et le feuilletai sans y trouver ce que je cherchais. J'en fis autant avec celui de Brooklyn, mais ce fut dans celui du Bronx que je découvris enfin l'adresse d'Emil Perry, fabricant de sacs à main.

Il était un peu plus d'onze heures lorsque j'arrêtai mon tacot en face d'un bel hôtel particulier de brique rouge. La bagnole qui stationnait devant la porte était une Cadillac dernier modèle, avec tous les accessoires et les initiales E.P. peintes en lettres d'or sur les portières.

Je soulevai le lourd marteau de bronze de la porte d'entrée, sur lequel étaient gravées, en gothique ou en cursive ou en je ne sais quelle écriture, les mêmes initiales entrelacées : j'allais le laisser retomber lorsque j'aperçus, par une fenêtre du rez-de-chaussée, un spectacle qui me fit reposer le heurtoir avec d'infinies précautions et disparaître dans les ombres. Si ce gars-là n'était autre qu'Emil Perry, il était gras et flasque, avec une fortune en diamants sur sa cravate et autour de ses doigts. Il parlait à quelqu'un que je ne pouvais voir et se léchait les lèvres tous les deux ou trois mots.

J'aurais voulu que Pat soit là pour voir sa binette. Le moins qu'on puisse dire, c'est qu'il les avait à zéro.

Un quart d'heure s'écoula. Le gros homme ne bougeait pas. Il causait toujours avec son invisible interlocuteur et je le voyais de trois quarts arrière, à travers les arbustes. Quelques minutes encore, et un homme sortit de la maison. Je distinguai ses traits lorsqu'il passa devant moi et ricanai silencieusement, en pensant à Pat.

Je connaissais ce gars-là. Il s'appelait Rainey, et c'était un dur qui, pour une forte somme, acceptait n'importe quel sale boulot. Son casier judiciaire était plus chargé qu'une voiture de déménagement.

Je le vis parcourir une courte distance, s'engouffrer dans une bagnole et disparaître. Je m'assis au volant de la mienne, mis le contact et réfléchis. Mr. Perry n'aurait pas ce soir la joie de recevoir ma visite. J'en avais assez vu pour être fixé. Du moins pour l'instant. Je virai sur place et pris le chemin du *Greenwood Hotel*.

Mon ange gardien devait avoir un curieux sens de l'humour, car la chambre qui me fut attribuée portait le numéro 402.

S'il y avait un cadavre dedans le lendemain, il faudrait que ce soit le mien !

Il devait être trois ou quatre heures du matin lorsque Joe Gill frappa à la porte du 402. J'allai ouvrir, regagnai mon plumard et le regardai sortir ses notes de sa poche.

« Si je te présentais l'addition, dit-il en les dépliant, tu en aurais au moins pour deux cents dollars. On a tous donné toute la gomme, et sans grand résultat.

— Dis toujours, l'encourageai-je.

— Ce Wheeler avait l'air d'un type très convenable, exposa Joe. Nous avons pu, jusqu'à un certain point, retracer ses mouvements, mais souviens-toi que nous n'avions que quelques heures et qu'en si peu de temps on peut pas te fournir un rapport minute par minute.

« Il est descendu à l'hôtel immédiatement après son arrivée, il y a huit jours. Chaque matin, il rendait visite aux divers fournisseurs de son magasin et leur passait des commandes tout à fait normales. Aucune de ces visites ne nous a parue importante. En revanche, voici quelque chose qui peut l'être : un jour, il a télégraphié à un nommé Ted Lee, à Columbus, Ohio, de lui câbler cinq mille dollars qu'il a reçus une heure après. Peut-être était-ce pour payer comptant une commande inhabituelle ?

« Nous n'avons pu reconstituer ses soirées avec autant d'exactitude. Les deux ou trois premiers soirs, il est rentré à l'hôtel avec une légère cuite. Un soir, il a assisté à une présentation de modèles organisée par une compagnie dont le nom figure dans ces notes. Le spectacle a été suivi de cocktails et il se peut qu'il ait été parmi ceux qui sont partis ensuite en taxi avec les mannequins les plus éméchés. Après cette soirée, il semble qu'il n'ait guère dessoûlé jusqu'au soir où il t'a rencontré, et tu connais la suite. Un point, c'est tout. »

Il attendit quelques secondes et répéta ses quatre derniers mots.

« Un point, c'est tout.

— Oui, j'ai entendu.

— Alors ?

— As-tu déjà buté quelqu'un, Joe ? »

Son visage devint blême et sa main se mit à trembler.

« Une fois... oui, bégaya-t-il.

— Ça t'a plu ?

— Non. »

Je l'entendis avaler péniblement sa salive.

« Écoute, Mike... ce type... ce Wheeler. Il s'est vraiment suicidé, pas vrai ?

— Tu parles ! On l'a suicidé, oui, et je veux savoir pourquoi !

— Tu... n'auras plus besoin de moi, Mike ?

— Non. Merci, Joe. Laisse tes notes sur mon lit. »

La liasse de papiers atterrit sur ma couverture, et, deux secondes plus tard, j'entendis la porte se refermer doucement. Je restai allongé dans mon lit, mais ne me rendormis pas tout de suite. J'étais en boule. D'abord, parce que c'était un copain à moi qui avait été buté, et pas n'importe qui. Un type qui avait été content de me revoir, même au bout de cinq ans. Ensuite, parce que le tueur m'avait pris pour un novice. S'était-il imaginé que je ne savais pas combien de balles contenait mon propre pétard ? Avait-il cru que je me laisserais enfoncer dans le pétrin sans réagir ?

Mais à quoi bon m'énerver ? J'ignorais quel motif avait eu le tueur de descendre Chester Wheeler. Un motif suffisamment puissant pour nécessiter un meurtre. Un motif suffisamment dangereux pour nécessiter le camouflage de ce meurtre en suicide. Car Ches ne s'était pas suicidé. J'en étais aussi sûr que d'avoir deux pieds pour marcher. Et il y avait une chose que j'aurais pu répondre à Pat, si j'y avais pensé au bon moment : Chester Wheeler avait été dans l'armée ; il savait ce que c'était qu'une arme automatique ; et, s'il avait décidé de se mettre du plomb dans la tête, il n'aurait pas eu besoin de tirer auparavant une balle d'essai.

J'en étais là lorsque je m'endormis. La nuit, dit-on, porte conseil.

3

L'agence de publicité Anton Lipsek, dont les notes de Joe m'avaient fourni l'adresse, était située dans la 33e Rue, au huitième étage d'un vieil immeuble rénové et désormais pourvu de tout le tape-à-l'œil susceptible de plaire à une clientèle excentrique.

L'ascenseur me déposa sur le palier du huitième en même temps qu'une brochette de modèles. Si c'était là tout ce que la maison avait en rayons, ce n'était pas du tout, du tout mon genre. Les guibolles étaient présentables, parce qu'elles devaient beaucoup marcher, mais aux étages supérieurs ça manquait nettement de répondant. Non que je sois ennemi des tailles de guêpe, mais à condition qu'il y ait du relief entre l'estomac et les clavicules !

Les murs du hall de l'agence étaient d'un bleu très clair, avec une double rangée de photos représentant les modèles de la maison dans tout ce qui peut se vendre, depuis les culottes de nylon jusqu'aux décapotables grand sport. Je m'arrêtai devant le bureau de la réceptionniste et la regardai en souriant.

« Monsieur ? s'enquit-elle.

— Plusieurs modèles de cette agence ont participé l'autre soir à un dîner organisé par les Manufactures Calway, lui expliquai-je. L'une de ces jeunes personnes m'intéresse. A qui dois-je m'adresser ?

— Est-ce une requête personnelle ou bien en vue d'une proposition commerciale, monsieur ? » dit-elle d'un air ennuyé.

Il était évident qu'on devait lui poser vingt fois par jour des questions de ce genre.

Je m'appuyai des deux poings sur le bord de son bureau et lui dédiai mon sourire le plus vache.

« Il se peut que ce soit les deux, fillette, mais de toute manière il y a une chose que ce n'est pas, et c'est vos oignons.

— Oh !... ah !... oui, bafouilla-t-elle. Anton... je veux dire : Mr. Lipsek. C'est lui qui s'occupe de ces questions. Je... je vais l'appeler. »

Elle tripota les manettes de l'interphone. Elle devait avoir peur que je la morde, car ses yeux ne quittaient pas mon visage. Bientôt, la boîte de l'interphone émit des sons gutturaux comme seuls peuvent en émettre les interphones, et la réceptionniste m'informa que Mr. Anton Lipsek m'attendait. Cette fois, je lui dédiai mon plus gracieux sourire, celui qui ne fait pas voir les dents, et lui dis :

« Je plaisantais, cocotte. »

Elle fit « Oh ! » et ne me crut pas un seul instant.

L'inscription ANTON LIPSEK — DIRECTEUR s'étalait en lettres d'or sur la porte qu'elle m'avait indiquée. Anton Lipsek prenait apparemment ses fonctions très au sérieux. Lorsque je pénétrai dans son bureau, il était fort occupé à braquer sa caméra sur un sacré morceau de belle fille vêtue de bien peu de chose, de manière à photographier la plus grande surface possible du bien-peu-de-chose qu'elle portait et la plus petite surface possible de tout ce qu'elle montrait. Telle, du moins, fut mon impression.

Je sifflai entre mes dents.

« Épatant ! » murmurai-je.

Anton ne se retourna même pas.

« Trop de peau, grogna-t-il laconiquement

— Qui est-ce ? » demanda le modèle.

Elle ne devait pas distinguer grand-chose, avec tous ces projecteurs en pleine figure.

Anton la fit taire, tout en rectifiant d'une main froidement professionnelle la position de son torse pratiquement nu. Lorsqu'il eut trouvé l'angle idéal, il se replia derrière sa caméra et grommela une réplique indistincte ; la fille bomba la poitrine dans la direction de l'objectif et laissa errer sur ses lèvres le fantôme d'un sourire. Il y eut un déclic. La statue redevint humaine et s'étira voluptueusement, levant les bras si haut vers le ciel que son soutien-gorge s'emplit à craquer et menaça de déborder.

Si Anton avait jamais besoin d'un second, je serais son homme.

Ayant éteint les projecteurs, il alluma un plafonnier et se tourna vers moi. Il était grand, maigre, avec un front d'intellectuel et un menton pointu qui accentuait la forme triangulaire de son visage.

« Ah !... oui. Bonjour, monsieur. Que puis-je faire pour vous ?

— J'aimerais faire la connaissance d'un de vos modèles. Comment dois-je m'y prendre ? »

Les sourcils d'Anton remontèrent de deux centimètres.

« C'est là une requête qu'on nous fait très souvent, monsieur, très souvent, en vérité.

— Vous n'êtes pas du tout sur la longueur d'onde, coupai-je brutalement. J'aime pas les modèles. Trop plates par-devant. »

Anton s'apprêtait à exprimer son étonnement lorsque la fille surgit de derrière un paravent. Un peu plus habillée, cette fois : elle avait enfilé ses souliers.

« C'est pour moi que vous dites ça, farceur ? s'informa-t-elle.

— Non. Vous êtes l'exception qui confirme la règle ! » ripostai-je.

Elle sourit et accepta une cigarette. Anton toussota poliment.

« Ce modèle... dont vous parlez. Vous savez de qui il s'agit ?

— Non. Tout ce que je sais, c'est qu'elle était au banquet des Manufactures Calway, l'autre soir.

— Je vois. Miss Reeves est la seule qui puisse vous renseigner. Voulez-vous lui parler ?

— Bien sûr. »

Je me retournai vers la fille.

« Ça ne vous arrive jamais de porter des vêtements ? lui demandai-je.

— Si... quand je ne peux pas faire autrement. Quelquefois ils m'y obligent.

— Si vous travailliez pour moi, gouaillai-je, je vous obligerais plutôt à ne jamais en porter. »

Anton me frappait sur l'épaule.

« Par ici, monsieur, je vous prie... Ces... hum ! ces jeunes personnes sont parfois insupportables. Il faut toujours les avoir à l'œil.

— C'est exactement ce que j'aimerais faire, m'esclaffai-je.

— Quoi donc ? gronda la fille en me regardant de travers.

— Vous avoir... à l'œil », répliquai-je.

Anton s'étrangla et ouvrit une porte, à l'autre extrémité de son antre.

Je l'entendis prononcer mon nom, mais ne pris point garde à ce qu'il disait, parce que je n'avais d'yeux et d'oreilles que pour la femme assise derrière le bureau. Certaines femmes sont belles ; d'autres ont des corps qui vous font oublier leurs visages ; celle-ci avait les deux. Ses traits étaient d'une beauté surnaturelle. Ses cheveux coupés court, à la dernière mode, nimbaient son visage d'un halo fauve. Son cou se fondait gracieusement dans la ligne de ses épaules larges et fermes. Ses seins étaient ceux de la jeunesse : hauts, orgueilleux, excitants, révoltés par la dure contrainte que leur imposait la stricte blouse de jersey blanc, et dont je les eusse aidés volontiers à se libérer. Elle se leva et me serra cordialement la main. Sa voix était grave et chaude, mais j'étais beaucoup trop occupé à maudire la longueur de sa jupe pour avoir compris le nom sous lequel elle s'était présentée. Ce fut seulement lorsqu'elle eut repris place dans son fauteuil, et que je vis de quelle manière l'étoffe de cette robe longue moulait la rondeur de ses cuisses, que je cessai de vouer la mode aux cinq cents diables et repérai sur son bureau la plaque de cuivre qui portait son nom : JUNON REEVES.

Junon, reine des demi-dieux et des demi-déesses, Junon ! Elle était bien nommée.

Elle m'offrit un verre et nous bavardâmes. Ma voix était tour à tour sarcastique et polie et j'en avais à peine conscience, car le moindre frémissement de son corps me troublait et m'exaspérait à la fois, d'une manière étrange et presque pénible.

« Vous dites que cette jeune femme est partie avec votre ami, Mr. Hammer ?

— Mike, dis-je machinalement. Il est possible qu'elle soit partie avec lui. C'est pourquoi je veux la trouver.

— Mais vous n'avez aucun moyen de l'identifier ?

— Non, je ne l'ai jamais vue moi-même.

— Alors, pourquoi...

— Je veux découvrir ce qui s'est passé cette nuit-là, Miss Reeves.

— Junon, s'il vous plaît. »

Je lui souris.

« Pensez-vous qu'ils aient... — elle sourit à son tour — ... mal agi ?

— Je me fous de ce qu'ils ont pu faire. Tout ce que je veux, c'est savoir ce qui s'est passé. Mon copain est mort. Les flics disent qu'il s'est suicidé... »

Elle m'interrompit, l'air perplexe.

« Dans ce cas, Mr. Hammer...

— Mike, lui rappelai-je.

— Dans ce cas, Mike, pourquoi impliquer la jeune personne en question ? Après tout...

— Ce type avait une famille, coupai-je. Si un journaliste touche-à-tout fourre son nez dans l'affaire et y trouve matière à un bon scandale bien juteux, cette famille en souffrira. S'il y a quelque chose dans ce goût-là, je veux l'étouffer dans l'œuf. »

Une entière compréhension se peignit sur son visage.

« Vous avez raison, Mike. Je trouverai cette jeune personne. Pouvez-vous repasser demain dans la journée ? »

Je me levai, ramassai mon chapeau.

« Avec plaisir, Junon. A demain, donc.

— A demain... Mike. »

Elle se releva et me tendit la main. Chacun de ses gestes avait la souplesse d'un liquide en mouvement, et ses yeux contenaient une flamme qui semblait attendre d'être avivée. Sa main serra fermement la mienne.

Au moment de sortir, je me retournai. Nos regards se croisèrent, et elle sourit. Elle était belle et faite comme une déesse, et ses yeux me disaient des choses que j'aurais dû savoir et qu'il me sembla tout à coup avoir oubliées. Je sortis et refermai la porte.

Quelqu'un m'attendait à proximité de l'ascenseur.

Elle était habillée, cette fois, mais, lorsqu'elle me vit arriver, elle vint à ma rencontre d'un pas tellement décidé que mes yeux recommencèrent à la déshabiller.

« Toujours disposé à m'avoir à l'œil ? lança-t-elle.

— Pas avant que nous ayons été présentés.

— Tu parles ! » s'esclaffa-t-elle.

Nous descendîmes ensemble et, dans le hall du rez-de-chaussée, elle glissa son bras sous le mien. Nous venions d'atteindre Broadway lorsqu'elle dit :

« S'il faut vraiment que nous ayons été présentés, je m'appelle Connie Wales. Et toi ?

— Michael Hammer, cocotte. Ex-détective privé. Pour plus amples détails, prière de te reporter à ton journal habituel.

— Oh ! ma mère, dans quelles mains suis-je tombée ? »

Nous nous installâmes dans l'arrière-salle d'un bar. Je commandai de la bière. Elle commanda la même chose.

« Tu ne reviens pas trop cher à entretenir, constatai-je.

— Ta petite monnaie durera plus longtemps, de cette façon, pouffa-t-elle. Tu n'es pas riche, je suppose ?

— J'ai un peu d'argent, rectifiai-je, mais ce n'est pas toi qui me le feras sortir, fillette. »

Elle éclata de rire.

« La plupart des hommes ne demandent qu'à m'acheter tout ce que je regarde, ronronna-t-elle, les yeux étincelants de malice. Pas toi ?

— Peut-être... à concurrence d'un verre de bière. Une gosse que j'ai connue m'a dit un jour que je n'aurais jamais besoin de payer pour autre chose.

— Elle avait raison », acquiesça Connie.

Elle me contempla pendant quelques instants et dit :

« Qu'es-tu venu faire au studio ? »

Je lui racontai la même histoire qu'à Junon.

Elle secoua la tête.

« Je ne te crois pas, dit-elle.

— Pourquoi ?

— Je n'en sais rien. Ça ne tient pas debout. Pourquoi un reporter irait-il voir plus loin, si la police déclare qu'il s'agit d'un suicide ?

— Parce qu'il n'a pas laissé de lettre d'adieu. Parce qu'il était heureux en ménage. Parce qu'il avait de l'argent et pas d'ennuis visibles.

— Comme ça, c'est déjà plus plausible », concéda-t-elle.

Je lui parlai du banquet et lui demandai :

« Connais-tu celles qui y ont participé ?

— De vue, seulement, s'exclama-t-elle. L'agence, vois-tu, est plus ou moins divisée en deux clans : les mannequins et les numéros dans mon genre, qui sont chargés de remplir les soutiens-gorge et les pantalons et les déshabillés vaporeux, etc. Les mannequins ne rempliraient même pas un sac en papier ! Tout ce qu'on leur demande, c'est d'être minces comme des fils et de bien porter la toilette, mais ce sont celles-là qui sont le mieux payées, et elles nous traitent comme des inférieures.

— Y a vraiment pas de quoi, grognai-je. J'en ai vu quelques-unes dans l'ascenseur. Elles ne peuvent même pas rejeter l'air à fond sans perdre leurs faux seins. »

Elle faillit s'étrangler avec sa bière. Je jetai un billet sur la table et me levai.

« O.K. ! Je te reconduis où tu voudras et, ensuite, j'essaierai de passer à des choses plus sérieuses.

— Je veux rentrer chez moi... où nous pourrons passer ensemble à des choses plus sérieuses.

— Tu vas te faire frotter les oreilles si tu ne la boucles pas. »

Son rire, cette fois, contenait autre chose que de la simple gaieté.

Je l'embarquai dans un taxi ; elle donna au chauffeur une adresse dans la 62e Rue et se serra contre moi.

« Est-ce que c'est très important pour toi de trouver cette fille, Mike ?

— Plus que tu ne peux le soupçonner, Baby.

— Que t'a dit Junon ?

— De revenir demain. Elle espère l'avoir trouvée d'ici là.

— Junon est très... très...

— Très, approuvai-je.

— Elle produit cette impression sur tout le monde. Une pauvre fille comme moi n'a aucune chance auprès d'elle. »

Elle attendit un instant et me pinça le bras.

« Tu pourrais avoir la galanterie de me contredire, Mike.

— Je n'ai rien dit, mais je n'en pensais pas moins.

— Voilà que tu recommences à mentir, s'esclaffa-t-elle. Mais revenons à nos moutons. Si ton ami est vraiment parti en taxi avec un modèle... était-ce le genre de type à essayer de coucher avec elle ? »

Non, ce n'était pas du tout le genre de Chester Wheeler, et je répondis par la négative à la question de Connie. Mais pouvais-je en être sûr ? Il est difficile de prédire ce que fera ou ce que ne fera pas le père de famille le plus respectable s'il se retrouve seul un soir dans une ville où personne ne le connaît.

« Dans ce cas, enchaîna Connie, il est fort possible que la fille l'ait emmené faire la tournée des grands ducs. J'ai beaucoup entendu parler, depuis quelque temps, d'un certain nombre de boîtes où les mannequins emmènent les gogos. Je n'y suis jamais allée moi-même, mais c'est toujours un fil conducteur. »

Je me penchai vers elle et lui pris le menton.

« J'aime ta façon de raisonner, cocotte.

— Je voudrais tant pouvoir t'aider, Mike. »

Ses lèvres étaient fermes et rouges, et légèrement écartées. J'allais sans doute me laisser tenter lorsque le taxi s'arrêta brusquement. Nous étions arrivés. Elle tira la langue au dos du chauffeur et ne lâcha pas ma main, histoire de s'assurer que je descendrais bien avec elle. Je tendis un billet au chauffeur et lui dis de garder la monnaie.

« C'est l'heure de l'apéritif, Mike. Tu vas monter avec moi, n'est-ce pas ?

— Un instant seulement.

— Que le diable t'emporte, gronda-t-elle. C'est la première fois de ma vie que je me donne tant de mal pour séduire un type qui ne veut pas se laisser faire. Quand je pense à tous ceux qui feraient des folies pour moi, si je levais seulement le petit doigt... Suis-je donc dépourvue du moindre charme, Mike ?

— Au contraire. Tu en as au moins deux. Et superbes.

— Ouf. C'est toujours un point d'acquis. Montons. »

Son appartement était au troisième. Je jetai mon chapeau sur une chaise et annexai le canapé.

« Café ou cocktail ? questionna Connie.

— Café d'abord, répliquai-je. Et si tu as des œufs, je suis preneur. Je n'ai pas déjeuné à midi. »

L'omelette n'était déjà plus qu'un souvenir lorsque nous reprîmes la conversation à bâtons rompus. Connie nous servit les cocktails dans le salon et je sombrai dans une douce euphorie. Je n'avais plus d'allumettes, mais, à chaque fois que je remettais une nouvelle cigarette entre mes lèvres, Connie venait me l'allumer et, par la même occasion, remplissait mon verre.

Un brave type assassiné.

Deux balles au lieu d'une.

La balle manquante retrouvée dans le hall, avec la douille.

Suicide, disaient les flics.

Des clous.

J'ouvris les yeux et regardai Connie. Elle m'observait, pelotonnée dans un fauteuil. Depuis notre arrivée, je ne m'étais pas plus occupé d'elle que si elle n'avait pas existé.

« Où en sommes-nous, fillette ? murmurai-je.

— Il est près de sept heures, dit-elle avec rage. Je vais m'habiller, et nous allons sortir. Avec un peu de veine, peut-être pourrons-nous découvrir où est allé ton copain ? »

J'étais trop fatigué pour être galant, et j'avais l'estomac lourd de cocktails.

« Un homme est mort, dis-je lentement. Les flics prétendent qu'il s'est suicidé, et les journaux répètent ce que disent les flics. Mais j'en sais plus long qu'eux. Il a été assassiné. »

Elle pâlit, et je vis sa cigarette s'incurver entre ses doigts.

« J'ai voulu savoir pourquoi et j'ai appris qu'il avait peut-être passé une soirée, ou une nuit, avec une fille, et j'ai appris où travaillait la fille, et je me suis mis à poser des questions à la ronde. C'est alors qu'un très joli modèle avec un corps à damner un saint se suspend à mes basques et me fait une suggestion et m'offre de m'aider. Et je ne peux m'empêcher de me poser des questions, à mon tour, et de me demander ce qui me vaut toutes ces attentions de la part d'une fille pour qui tant d'autres types feraient des folies, mais qui, malgré ça, se jette à la tête d'un paumé sans situation, qui ne veut rien lui payer, sinon un verre de bière, qui bouffe sa réserve d'œufs et s'envoie des cocktails. »

J'entendis son haleine siffler entre ses dents, mais ne bronchai pas d'un poil lorsqu'elle vint se planter devant moi. Soudain, sans crier gare, son petit poing s'abattit sur ma joue et la saveur fade du sang m'emplit progressivement la bouche. Je me contentai de sourire.

« J'ai cinq frères, grondait-elle. Ils sont costauds et pas particulièrement galants, mais ce sont des hommes. J'ai des tas de types qui feraient des folies pour moi, mais il faudrait en additionner un drôle de paquet pour faire un seul homme. Puis tu es arrivé et je n'ai pas eu besoin de te regarder deux fois. Mais toi, tu n'as rien vu. O. K., Mike, je vais te donner quelque chose à regarder, et tu comprendras peut-être ce qui te vaut toutes ces attentions... comme tu dis ! »

Il y eut un bruit d'étoffe déchirée ; des boutons roulèrent à mes pieds ; et, bientôt, elle se tint devant moi, mains aux hanches, seins braqués, frémissante de rage.

Je ne m'étais jamais aperçu auparavant que mon col était trop juste, mais il me serrait tout à coup comme un nœud coulant.

« Je t'attends », dit-elle.

Le goût du sang, dans ma bouche, me rappela ce qu'elle avait fait. Je la frappai du revers de la main, en travers des lèvres. Elle chancela, mais ne recula pas d'un pouce.

« Tu es toujours du même avis ? gouaillai-je.

— Je t'attends », dit-elle.

4

Nous dînâmes dans un restaurant chinois de Times Square. La salle était bondée, mais personne n'avait d'yeux pour le repas. Tous les regards convergeaient vers Connie, le mien compris. Elle avait une de ces robes sans épaulettes, qui ne tiennent que par la tension de l'étoffe sur les seins et semblent toujours à deux doigts de glisser d'un seul coup aux pieds de celles qui les portent. Je la voyais objectivement pour la première fois, non plus comme une femme que je désirais, mais comme une femme que j'avais possédée, et que je pourrais posséder encore. Il était facile de la trouver belle, et difficile de dire pourquoi.

Mais moi, je savais pourquoi. Elle avait été élevée avec cinq hommes, qui l'avaient toujours traitée comme un sixième frère, et non comme une petite sœur délicate et fragile. Et ce mode d'éducation lui avait donné un caractère franc et direct. Lorsqu'elle désirait quelque chose, elle n'y allait pas par quatre chemins. Et ce n'était pas là son moindre charme.

Il était près de neuf heures lorsque nous quittâmes l'établissement.

« Et maintenant ? » questionnai-je.

Elle me prit la main et la fourra sous son bras.

« Nous allons écumer les bas-fonds, dit-elle.

— Pardon ?

— Les boîtes dont je t'ai parlé sont toutes dans le Bowery. Ça te dit quelque chose ?

— Dans le Bowery ? » répétai-je.

Mon visage devait exprimer une certaine surprise, car Connie éclata de rire.

« Le grand détective pris en défaut. Il y a longtemps que tu n'as pas dû descendre dans les bas-fonds, Mike, car, d'après ce que j'ai entendu dire, le Bowery a bien changé. Pas tout le Bowery, bien sûr, mais une boîte de place en place. Récemment, un petit malin a eu l'idée de transformer un ancien coupe-gorge en piège à touristes et il a fait un boum. Tu vois le genre... rempli de truands sortis tout droit du ruisseau pour créer l'ambiance, mais destiné en réalité à une classe dite supérieure et avide de voir comment on vit dans les bas-fonds. »

Je hélai un taxi, nous nous installâmes sur le siège arrière et je grognai :

« Mais comment diable la boîte s'est-elle fait connaître ?

— Les gens se fatiguent de voir toujours les mêmes choses. Dès qu'une boîte « exclusive » ouvre ses portes, la bonne nouvelle circule d'autant plus rapidement qu'elle est tenue plus secrète.

— Qui dirige l'établissement ? »

Connie haussa les épaules.

« Je n'en sais rien, Mike. Je n'ai su tout ça que par ouï-dire. Et, d'ailleurs, il ne s'agit plus d'un seul établissement. Il y en a plusieurs, à présent. Boîtes à modèles et à gogos, et rien de bon marché, c'est moi qui te le dis. »

Le taxi nous déposa tout en bas de Manhattan. Je réglai le chauffeur et Connie reprit mon bras...

Le Bowery, une triste rue peuplée de gens sans visages. Des voix suppliantes, au sein des ténèbres, et des pas traînants, derrière nous. Une main jaillie de l'ombre qui vous tire par la manche, et des voix encore, des voix imprégnées d'un désespoir professionnel. De loin en loin, une femme aux formes étroitement moulées dans des vêtements trop justes, et dont le long regard intense vous informe qu'elle est à vendre. Pas cher. Des bistrots aux portes perpétuellement battantes. Toute une humanité alcoolique et dégénérée, accrochée aux comptoirs.

Il y avait un drôle de bout de temps que je n'étais pas venu dans le coin. Un taxi s'arrêta devant nous, contre le trottoir. Un couple en descendit. Le type était en smoking et la fille en robe du soir. Il y eut une ruée dans leur direction. La fille éclata de rire et lança sur le trottoir, à la volée, une poignée de quarts de dollars. La racaille plongea et se mit à échanger des horions. L'hilarité de la fille redoubla. Le type trouva ça tellement drôle qu'il sortit de sa poche un billet de cinq dollars et qu'il laissa le vent l'emporter. Sûr, c'était marrant de voir les loqueteux sauter en l'air et se bagarrer pour l'attraper. La fille et le type s'en tenaient le ventre.

« Tu vois ce que je voulais dire, chuchota Connie.

— Ouais », répondis-je.

Le type avait un accent du terroir, la fille, celui de Brooklyn. Elle se collait à son compagnon et lui jetait des regards en coulisse qu'il avait l'air d'apprécier. Sûr, il était le roi, cette nuit. Mais je lui aurais volontiers cassé la gueule.

Le couple entra dans un bar et nous le suivîmes. Ça puait là-dedans comme dans une porcherie et les pittoresques s'y comptaient par douzaines. Ils avaient des coquards et des dents en moins. Ils avaient des tiques et des puces et leur langage était plein d'ordures. Deux vieilles sorcières se crêpaient le chignon pour les beaux yeux d'un épouvantail qui pouvait à peine se tenir debout.

Mais les spécimens qui me dégoûtaient le plus étaient ceux qui les regardaient. Ils étaient encore pires. Ils en étaient malades à force de rigoler. Des touristes. Des salopards de touristes pleins aux as, qui trouvaient marrant de distribuer des dollars et des gnons à la ronde. J'étais tellement en boule que je pouvais à peine parler. Un garçon nous pilota jusqu'à l'arrière-salle, qui regorgeait également de spécimens des deux genres. Les touristes s'esclaffaient en lisant les saletés inscrites sur les murs et payaient un prix de tonnerre l'infâme whisky que la maison versait gratuitement aux spécimens du quartier, ceux qui n'étaient là que pour créer l'ambiance. Puisqu'ils appelaient ça rigoler, c'était sûrement pas moi qui allais les affranchir.

Connie sourit à une ou deux filles qu'elle connaissait, et l'une d'elles s'approcha de nous. Je ne me donnai pas la peine de me lever lorsque Connie fit les présentations. La fille s'appelait Kate, et elle était avec une bande de provinciaux.

« C'est la première fois qu'on te voit par ici, pas vrai, Connie ? s'enquit-elle.

— La première... et la dernière, dit Connie. C'est pas du tout mon genre. »

Kate émit un rire de grelot fêlé.

« Oh ! on va pas moisir ici. Ils veulent dépenser du pognon, alors, on va les emmener à l'Auberge. Vous venez avec nous ? »

Connie me regarda. Je hochai affirmativement la tête.

« Entendu, Kate.

— Alors, rappliquez, je vais vous présenter. Ils veulent voir toutes les curiosités... y compris les maisons où... tu vois ce que je veux dire. »

Elle s'esclaffa.

Nous nous levâmes et Kate nous présenta ses compagnons : Joseph, Andrew, Raymond, Homer et Martin. Ils avaient tous des mains molles et blanches, des bagues énormes, des rires écrasants, des portefeuilles aussi rebondis que leur panse et des femmes ravissantes cramponnées à leur bras. Tous, sauf Homer, que sa secrétaire accompagnait. Elle était moins jolie qu'elle semblait compétente. Homer était son amant, et elle ne s'en cachait pas.

C'était la plus sympathique de la bande.

Je leur écrabouillai les doigts à tour de rôle, l'un d'eux commanda une tournée générale, puis le prénommé Andrew déclara qu'il avait assez ri dans cette boîte, les autres firent chorus, tout le monde leva le siège, et, sous la conduite des poupées ravissantes, toute la bande marcha dans les rues sombres. A deux reprises, il fallut enjamber des pochards allongés sur le sol et, plus loin, une rixe nous contraignit à descendre dans le ruisseau. J'avais envie de leur crier d'y rester, parce qu'ils y étaient à leur place, et je l'aurais peut-être fait si Connie ne m'avait serré le poignet, de temps à autre, pour me faire comprendre à quel point elle partageait mes sentiments.

L'*Auberge du Bowery* était une boîte ignoble, avec des planches clouées sur toutes les fenêtres, une enseigne décrépite et toute l'apparence d'un lieu abandonné depuis longtemps.

Du moins de l'extérieur.

La première chose qu'on remarquait, en entrant, c'était l'odeur. Il n'y en avait pas. Et les tables et le comptoir en bois vermoulu, constellés de marques de cigarettes, sentaient le chiqué autant que les spécimens présents dans la salle. Les autres ne s'en rendaient peut-être pas compte, mais, moi, je n'étais pas un touriste.

Tout le monde laissa chapeau et manteau au vestiaire, entre les mains d'une sorcière borgne qui, si elle avait été authentique, aurait dû puer comme trente-six cochons. Tandis que Connie échangeait quelques mots avec deux des planches à pain de son agence, j'allai boire un verre au comptoir et regardai autour de moi. Il y avait, au fond de la salle, une porte ornée d'un vieux calendrier, qui s'ouvrait et se refermait sans arrêt ; et, de l'autre côté de cette porte, ce n'étaient que smokings et robes du soir.

Connie revint vers moi.

« Ce bar n'est qu'une façade, à ce qu'il paraît, me rapporta-t-elle. Le mieux que nous puissions faire est de suivre la foule. »

Je lui pris le bras et nous rejoignîmes la queue de la procession, qui se dirigeait vers le fond de la salle.

Côté bar, la porte au calendrier avait l'air de ne plus tenir que par un seul gond. Mais ce n'était là qu'un truquage. L'huisserie en recélait deux autres, habilement camouflés, et il fallait que cette première porte soit fermée avant que la suivante puisse s'ouvrir. La pièce dans laquelle on entrait tout d'abord constituait une sorte d'antichambre insonore isolant le bar de la partie postérieure de l'auberge.

Et là, pardon, changement à vue !

Il y avait eu des milliers et des milliers de dollars d'investis dans l'installation de cette boîte, et il y avait des milliers et des milliers de dollars dans les portefeuilles de tous les gras-du-bide qui se pavanaient devant les chromes étincelants du bar ou sur les banquettes de cuir.

Une demi-obscurité régnait dans la salle, et tous les regards étaient braqués vers la piste où, dans le rond lumineux d'un projecteur, s'ébattait une fille intégralement nue, qui faisait un numéro de strip-tease à rebours [1]. La voir danser à poil n'était que de la petite bière, mais je n'avais jamais rien vu d'aussi cochon que sa façon de s'habiller. Lorsqu'elle eut fini d'ajuster sa robe, elle quitta la piste et alla s'asseoir auprès d'un crâne chauve que la proximité d'une fille dont il avait eu le loisir d'admirer les charmes les plus intimes parut exciter considérablement. Il commanda du champagne et tout le monde l'acclama.

Les lumières revinrent, et je vis pourquoi cette boîte avait autant de succès. Les murs étaient littéralement tapissés de photographies de modèles. Des filles, des filles par centaines, debout, couchées ou bien assises, plus ou moins habillées ou déshabillées. Certaines de ces photos étaient des épreuves originales. D'autres avaient été découpées dans des magazines. Toutes étaient dédicacées en termes chaleureux à un nommé Clyde.

---

1. Numéro au cours duquel une fille danse en se revêtant lentement.

Un orchestre de jazz venait de s'installer sur l'estrade. Homer invita Connie et me laissa seul avec sa maîtresse, qui se mit à me faire du genou avec tant d'insistance, en regardant anxieusement la piste, que je dus me résoudre à l'inviter.

Il y a des chevaux de cirque qui dansent mieux que moi, mais je n'avais qu'à me laisser guider. Elle me serrait d'assez près pour passer derrière moi, ou presque, et s'amusait, de temps à autre, à toucher du bout de sa langue le lobe de mon oreille. C'était agaçant au possible.

A onze heures et demie, la boîte était pleine à craquer et le vacarme indescriptible. Andrew recommença à réclamer autre chose, les modèles conférèrent à voix basse, et l'une d'elles alla chuchoter quelques mots à l'oreille d'un garçon, qui revint une minute plus tard en hochant affirmativement la tête.

« Nous y voilà, cocotte, ricanai-je.

— Qu'est-ce que tu veux dire ? murmura Connie.

— Toujours la même vieille histoire. Ils ont des tables de jeu dans l'arrière-boutique, et il faut être convenablement présenté pour y pénétrer. Ça fait partie de la mise en scène.

— Tu crois ?

— Attends un peu. Tu vas voir. »

Sous la conduite des modèles, la procession se dirigea d'un air détaché vers une sorte d'alcôve que fermait un lourd rideau de velours. Les événements prenaient tournure. Toutes ces filles étaient des habituées de la maison. Chester Wheeler avait-il déjà fait ce voyage avec l'une d'elles, quelques jours auparavant ? Pourquoi s'était-il fait expédier cinq mille dollars ? Pour jouer, ou pour payer une dette de jeu ? Les pertes peuvent cuber en un temps record, à la roulette. Alors ? Le suicide ? Pour cinq mille dollars ? Et, d'ailleurs, pourquoi payer ? Un mot aux flics, ils retournaient la boîte, et plus de dette.

Au moment de disparaître derrière le rideau, l'une des filles de la bande jeta un coup d'œil, par-dessus son épaule, et glapit :

« Oh ! voilà Clyde ! Salut, Clyde ! »

Le grand type en smoking lui rendit son salut et continua de circuler entre les tables, en serrant les mains à la ronde. Je sentis un ricanement silencieux retrousser mes babines et dis à Connie de passer devant.

Puis j'allai me planter derrière Clyde.

« Que je sois pendu si c'est pas mon vieux copain Dinky », susurrai-je.

Clyde était penché au-dessus d'une table, et je vis son dos se raidir, mais il ne se retourna pas avant d'avoir terminé sa conversation. J'avais eu à peine le temps d'allumer une Lucky que les lumières s'éteignaient de nouveau et que le projecteur recommençait à suivre les contorsions pornographiques d'une fille aussi nue que la précédente.

Clyde se redressa enfin et posa sur moi un regard inexpressif.

« Qu'est-ce que tu fous ici, mouchard ?

— J'allais justement te poser la même question, salopard.

— Fous le camp ! »

Son dos était toujours aussi raide. Il se fraya un chemin entre les tables, en souriant à droite et à gauche. Moi sur ses talons.

« C'est gentil, chez toi », lui dis-je lorsqu'il s'arrêta devant le bar.

Il fit un signe au barman, qui posa devant lui une bouteille et un verre. Il emplit le verre et le vida d'un trait. Ses yeux avaient perdu leur impassibilité. Ils étaient noirs de haine, à présent.

« T'as peut-être pas bien compris ce que je t'ai dit ? marmotta-t-il.

— Si... mais je fais pas partie de ta bande de larbins, Dinky.

— Qu'est-ce que tu veux ? »

Je lui soufflai dans le nez la fumée de ma cigarette et il recula d'un pas.

« Je veux satisfaire ma curiosité, Dink. La dernière fois que je t'ai vu, c'était devant le tribunal. Tu prêtais serment de ton fauteuil roulant. Tu avais un pruneau dans la jambe. Tu t'en souviens, je suppose. C'était moi qui te l'y avais collé. Tu jurais tes grands dieux que c'était pas toi qui conduisais la bagnole dans laquelle un tueur avait tenté de filer, mais ce pruneau dans la guibolle prouvait le contraire. Tu t'es tapé de la taule à cause de ça. Tu t'en souviens, Dinky ? »

Mais Dinky se taisait.

« T'as fait du chemin, depuis ce temps-là, fiston, continuai-je. J'espère que t'as gardé ton fauteuil roulant ? »

Il se servit un second verre et le porta à ses lèvres, mais mon bras heurta son coude et l'alcool lui jaillit au visage. Il blêmit de rage.

« Vas-y mollo, Dink. C'est si facile de se faire repérer. Je vais faire le tour du propriétaire avant de mettre les voiles.

— Les journaux disent que tu portes plus de pétard, Hammer. C'est pas bon pour ta santé. Te mets pas en travers de mon chemin. »

Mon vieux copain Dinky Williams, qui se faisait appeler Clyde maintenant, décrochait le téléphone intérieur, à l'extrémité du bar, lorsque je le quittai.

Il me fallut une minute ou deux pour contourner la piste, dans l'obscurité, et trouver le rideau. Derrière le rideau, il y avait une porte. Elle était fermée à clef. Je frappai et l'inévitable judas s'ouvrit dans le panneau supérieur, encadrant une paire d'yeux et un nez barré d'une cicatrice.

Je crus un instant qu'il n'allait pas me laisser entrer. Puis j'entendis cliqueter la serrure et le battant s'entrebâilla.

Méfiance ou instinct défensif, appelez ça comme vous voudrez, mais, lorsque j'eus fait un pas dans la pièce et que je ne vis personne devant moi, je portai ma main à ma nuque où elle arriva juste à temps pour recevoir le coup qui m'aurait envoyé à dame.

Je poussai un beuglement, plongeai et roulai sur moi-même jusqu'à ce que je me retrouve sur le dos, avec les pieds en l'air, et que j'aperçoive entre mes jambes une espèce de gorille brandissant le casse-tête avec lequel il venait de m'esquinter les phalanges.

Ça ne lui aurait pas donné grand-chose de me taper sur les pieds, et il n'eut pas les réflexes assez prompts pour m'assaisonner pendant que j'étais à terre. Je n'appartiens pas à la race des chats, mais je vous fiche mon billet que j'étais déjà debout, quoique en équilibre instable, lorsque la matraque descendit pour la deuxième fois. Le gars était trop pressé. Je me laissai aller contre le mur et il me manqua. Je ne suis pas une demi-portion, mais lui, c'était le genre mammouth. En outre, j'avais une patte folle et je ne voulais pas abîmer l'autre. Solidement adossé au mur, je lui flanquai un coup de pied en vache qui atterrit au bon endroit. Le casse-tête roula sur le plancher et le gars se plia en deux, les mains entre ses jambes. Je fis un pas en avant et, cette fois, ma godasse lui arriva en pleine gueule. Le salaud s'écroula comme un sac vide en vomissant ses chicots. Il n'attendit pas que j'aie ramassé la matraque pour tourner de l'œil.

Je soupesai son outil. Cet engin-là n'avait pas été fait pour casser les noisettes. Si ma main n'était pas arrivée à temps pour matelasser mon occiput, à l'heure actuelle, j'aurais des ailes aux omoplates. Je fourrai le casse-tête sous mon bras, dans l'étui vide de mon 45, et jetai un mauvais regard au gorille allongé sur le sol.

Cette pièce était encore une de ces antichambres insonores qui semblaient être la spécialité de la maison. Une chaise était appuyée contre le mur, à droite de la porte par laquelle j'étais entré. Histoire de rigoler, j'installai le gars dessus et réinclinai la chaise. Son menton reposait sur sa poitrine, de telle façon qu'on ne voyait pas le sang. Il en avait pour un bon moment à roupiller.

Ceci fait, je traversai la pièce, ouvris la porte d'en face et la refermai derrière moi. L'éclairage était si violent, après la pénombre de l'antichambre, que je ne vis pas Connie s'approcher de moi.

« D'où sors-tu, Mike ? me demanda-t-elle.

— Je viens de renouer connaissance avec un vieux copain, répondis-je.

— Quelqu'un que je connais ?

— Non. »

Puis elle aperçut ma main et pâlit.

« Mike... que s'est-il passé ?

— Je me suis écorché... sur un clou », prétendis-je.

Elle me posa une autre question que je n'entendis pas. J'étais trop occupé à zyeuter l'endroit. C'était une mine d'or, un filon. Et ça marchait à bloc. Comme sur des roulettes ! Mais y avait pas que les roulettes. Y avait aussi des tables pour le poker, la passe anglaise, le faro, et les boîtes à sous de tous les genres. Bref, tout ce qui peut inciter un type à risquer sa chance.

Le décor était celui d'une vieille maison de jeu du Far West, avec des dessins cochons sur les murs et des jougs et des roues de charrette en guise de lustres, au plafond. D'un côté, s'allongeait un comptoir de quinze mètres, en acajou, avec barres de cuivre et crachoirs, et les trous de balles qui étoilaient les miroirs étaient authentiques.

Mais le plus incroyable, c'était l'assistance. Autour de nous, ce n'étaient que coiffures artistiques, visages maxfactorisés, dos nus et seins agressifs. La beauté était là, universelle, banale, professionnelle, sous la forme d'une pléiade de modèles portant sur leurs personnes ce qu'elles avaient l'habitude de faire valoir. On se serait cru dans les coulisses des Folies un jour de grande première.

J'écarquillai les yeux et secouai la tête. Connie souriait.

« Je te l'avais dit, Mike. Elles en raffolent toutes. Ça durera jusqu'à ce que la nouvelle gagne le grand public et, ensuite, elles chercheront autre chose.

— Et tout ça au beau milieu du Bowery. Pat donnerait son bras droit pour être à ma place. »

Je jetai un nouveau coup d'œil alentour. Tant de beauté à la fois. Vraie ou fausse. Le chiendent, c'étaient toutes ces panses rebondies et tous ces cailloux ras qui gâtaient le tableau. Nous nous assîmes dans un coin. Un garçon habillé en cow-boy nous apporta des cocktails et nous informa que c'était la tournée de la maison.

« Qu'est-ce que tu penses de tout ça, Mike ? dit Connie.

— Je n'en sais rien. Je me demande si ça aurait plu à mon copain.

— Est-ce que ce n'était pas un homme comme les autres ?

— Probablement. Quel type refuserait de faire la tournée des grands ducs sous la conduite d'une belle fille ? Il était seul en ville, sans chaperon d'aucune sorte ; son boulot de la journée était fait et il avait besoin de distraction. Elle n'a pas dû avoir beaucoup de mal à le persuader. »

J'allumai une cigarette et sifflai une gorgée de cocktail. Un remous de la foule me permit soudain d'apercevoir le bar et je sentis un frisson glacé monter le long de mon épine dorsale.

« Disparais un instant, veux-tu, dis-je à Connie.

— Elle est vraiment très belle, n'est-ce pas, Mike », murmura-t-elle.

La garce ! Elle n'avait pas les yeux dans sa poche. Elle aussi avait aperçu Junon, assise au comptoir en compagnie d'Anton Lipsek.

« Elle est différente, ripostai-je. Elle les met presque toutes dans sa poche.

— Y compris moi ?

— Je ne l'ai pas encore vue déshabillée. Jusque-là, à toi le pompon.

— Ne mens pas, Mike. »

Ses yeux souriaient et je savais que les miens leur rendaient leur sourire.

« Au cas où cela t'intéresse, précisai-je, c'est la plus belle créature que j'aie jamais vue. Elle a tout ce qu'un homme peut désirer trouver chez une femme et pourtant — si ça peut te faire plaisir — il y a en elle quelque chose qui ne me plaît pas et je suis incapable de comprendre ce que c'est. »

Connie me prit des lèvres la cigarette que je venais d'allumer et se leva.

« Ça me fait énormément plaisir, Mike. Je vais disparaître... mais pas pour longtemps. »

Nous nous séparâmes, et je me dirigeai vers l'endroit où la reine de l'Olympe tenait sa cour. Lorsqu'elle me vit, son sourire ensoleilla l'atmosphère artificielle du bar, et la même sensation inexplicable me réempoigna aux tripes.

« Mike, que faites-vous ici ? » dit-elle en me tendant la main.

Je m'installai près d'elle, sur le haut tabouret qu'elle me désignait, et le regard d'Anton Lipsek ne fut pas le seul à m'observer avec envie.

« Je me suis laissé séduire en quittant votre bureau, répliquai-je.

— Ah ! ah ! » souligna Anton, le bouc en bataille.

Il n'avait pas la tête dure.

« Le charme masculin est peut-être plus indéfinissable que celui des femmes, dit Junon en souriant. Vous n'êtes pas beau, Mike, et pourtant — son regard erra sur l'assistance — aucun des hommes ici présents ne vous arrive à la cheville. »

Compliment pour compliment, aucune des femmes présentes ne lui arrivait au gros orteil. Et, cependant, elle était beaucoup plus habillée que la plupart d'entre elles. Sa robe de soie noire lui montait jusqu'au cou et ses manches rejoignaient ses gants, mais la mince étoffe moulait sa taille fine et ses larges épaules, et ses hauts seins fermes qui bougeaient doucement au rythme régulier de sa respiration.

Elle me fit servir un cocktail. Anton trinqua avec nous, puis s'excusa et se dirigea vers l'une des tables de roulette. Junon parut hésiter un instant avant de chuchoter :

« J'ai des nouvelles pour vous, Mike. Je ne devrais peut-être pas vous le dire, pour être sûre de vous revoir demain. »

Ma main se crispa autour du verre.

« Vous avez trouvé la fille en question ?

— Oui.

— Je vous écoute, dis-je d'une voix que je ne reconnus pas moi-même.

— Elle s'appelle Marion Lester. Je suppose que vous voudrez la voir en personne ? Elle habite au *Chadwick Hotel*. C'est la troisième à laquelle j'aie parlé cet après-midi et elle n'a fait aucune difficulté pour me dire ce qui s'était passé, bien qu'elle ait paru un peu effrayée lorsque je lui ai raconté toute l'histoire.

— O.K. ! O.K. ! qu'a-t-elle dit ? »

Je vidai mon verre et le poussai vers le barman.

« Eh bien... pas grand-chose, en réalité. Votre ami l'a bien raccompagnée chez elle, mais en fait il a fallu qu'il la porte du taxi jusqu'à sa chambre, et il l'a bordée dans son lit, tout habillée, sans même lui ôter ses souliers. Il semble qu'il se soit conduit comme un gentleman.

— Sacré nom de Dieu ! » jurai-je en martelant chaque syllabe.

Junon cessa de sourire et me regarda avec sollicitude.

« Mike ! N'êtes-vous pas heureux que les choses se soient passées ainsi ?

— Je suppose que je devrais l'être. Mais je me fous de la morale. Et c'est ma meilleure piste qui me claque entre les doigts. »

Elle se pencha vers moi et son parfum inonda mes narines. Ses yeux étaient gris. Des yeux qui n'avaient pas besoin, pour parler, du secours de la bouche.

« Viendrez-vous demain, malgré tout ? » souffla-t-elle.

Je serrai les poings, et ma main endolorie se remit à me faire souffrir. Mais je ne dis pas non. Je n'en avais jamais eu l'intention.

« Je viendrai », murmurai-je.

J'éprouvais, une fois de plus, cette sensation bizarre. Je n'y comprenais rien, bon sang, je ne savais pas ce que ça voulait dire.

Une main se posa, légère, sur mon épaule.

« Bonsoir, Junon », dit Connie.

Junon sourit. Le soleil se leva une seconde fois sur l'Olympe.

« Nous rentrons, Mike ? » s'enquit doucement Connie.

Je descendis de mon tabouret et regardai la déesse. Pas de poignée de main, cette fois. Croiser son regard me suffisait.

« Bonsoir, Junon.

— Bonsoir, Mike. »

Je pris le bras de Connie et la guidai vers la porte. Joseph, Andrew, Martin, Homer et Raymond nous rappelèrent, puis la bouclèrent lorsqu'ils virent mon visage.

« … Sait pas rigoler, ce gars-là », entendis-je.

Le mammouth assommé n'était plus sur sa chaise. Deux autres types avaient repris le flambeau et je savais ce qu'ils faisaient là. Ils m'attendaient. Le plus grand était un gars que je connaissais et qui me connaissait et qui n'avait pas l'air du tout dans son assiette. L'autre était un bleu de vingt-deux ou vingt-trois ans, qui se donnait des airs de type à la redresse.

Ils regardèrent Connie, se demandant visiblement sous quel prétexte la faire sortir, afin qu'elle ne soit pas témoin de ce qui allait suivre. Le type que je connaissais se lécha les lèvres et frotta nerveusement ses deux mains l'une contre l'autre.

« On t'attendait, Hammer », annonça-t-il.

L'autre fit meilleure figure. Il orna sa gueule boutonneuse d'un sourire de gars qui connaît la musique et se détacha du mur en équarrissant les épaules.

« Alors, c'est toi, Mike Hammer, pas vrai ? Y disent tous que t'es un dur, mais t'as pas l'air si méchant que ça, mon pote. »

Ma main droite jouait avec les boutons de mon veston. Je respirai à fond ; le casse-tête que j'avais fourré dans mon étui vide se dessina en relief, sous mon bras, et j'aurais défié quiconque de voir la différence.

« T'as toujours un moyen de t'en assurer, fiston », gouaillai-je.

A son tour, le boutonneux se lécha les lèvres, et un peu de salive coula sur son menton. Connie ouvrit la porte. Je passai devant eux et ils ne bronchèrent pas d'un poil. Avant peu, ils se retrouveraient sur le pavé.

Le spectacle était terminé dans la première salle et les touristes frottaient à qui mieux mieux sur la piste de danse. L'ensemble n'était pas spécialement artistique. Ils avaient les mains beaucoup trop occupées pour songer sérieusement à ce que faisaient leurs pieds. Je cherchai des yeux mon ami Clyde, ex-Dinky Williams, mais ne le trouvai point. Nous reprîmes nos frusques au vestiaire et je lançai une pièce de dix cents dans le crachoir de la sorcière borgne, qui m'injuria. Je lui répondis avec usure.

Nos mots n'étaient pas déplacés dans cette portion de l'*Auberge du Bowery*. Deux têtes seulement se retournèrent. L'une était celle de Clyde. Je désignai la porte du fond.

« Pas à la hauteur, ta main-d'œuvre, Dinky », lui criai-je.

Son visage était verdâtre.

L'autre tête était celle d'une femme. Je ne la regardai même pas.

C'était Velda.

5

J'étais déjà là, vautré dans le grand fauteuil de cuir, lorsque Velda glissa sa clef dans la serrure. Elle portait un tailleur ajusté qui la moulait délicieusement ; ses longs cheveux noirs reflétaient le soleil du matin et l'idée me frappa soudain que, de toute la beauté du monde, j'avais toujours eu le meilleur sous les yeux et ne m'en étais jamais aperçu.

« Je pensais bien vous trouver ici », dit-elle d'une voix glaciale.

Elle jeta son sac à main sur le bureau et s'assit dans mon vieux fauteuil. Dame, c'était elle la patronne, à présent.

« Vous ne laissez pas l'herbe vous pousser sous les pieds, Velda.

— Vous non plus.

— Allusion perfide à ma compagnie d'hier soir, je suppose ?

— Exactement. Elle était très bien. Tout à fait votre genre.

— Je voudrais pouvoir en dire autant de votre escorte », ricanai-je.

Sa voix se dégela.

« J'ai un tempérament jaloux, Mike. »

Je me levai, enfouis mes doigts dans ses cheveux, et l'embrassai sur le bout du nez. Sa main se referma autour de mon poignet. Elle avait les yeux mi-clos ; j'en profitai pour pousser son sac hors de portée de sa main et, cette fois, l'embrassai sur la bouche. Ses lèvres étaient fraîches et douces, et ce baiser me donna envie de la prendre dans mes bras et de la serrer contre moi jusqu'à ce qu'elle ne puisse plus bouger. Mais je n'en fis rien, non. Je regagnai mon fauteuil et Velda murmura :

« Ça n'a jamais été comme aujourd'hui, Mike. Ne me traitez pas comme les autres. »

J'allumai une cigarette. Ma main tremblait.

« Je ne m'attendais pas à vous rencontrer dans le Bowery la nuit dernière, fillette.

— Vous m'avez dit de me mettre au travail, Mike.

— O.K. ! Je vous écoute.

— Vous m'avez dit de ne pas perdre de vue le cadavre de Wheeler, Mike. C'est ce que j'ai fait. Tous les détails de l'affaire étaient dans les journaux et je n'avais aucun espoir d'en apprendre davantage sur place. J'ai donc pris le premier avion pour Columbus, où j'ai rendu visite à sa famille et à ses associés, et suis revenue par l'avion suivant. »

Elle allongea le bras, récupéra son sac à main, et en sortit un petit bloc-notes.

« Voilà l'essentiel de ce que j'ai appris. Tout le monde est tombé d'accord sur le fait que Chester Wheeler était un mari, un père et un homme d'affaires aussi énergique que consciencieux. Jamais d'ennuis familiaux. Lorsqu'il partait en voyage d'affaires, il écrivait ou téléphonait régulièrement. Cette fois-ci, ils ont reçu deux cartes postales, une longue lettre et un coup de fil. Il a téléphoné en arrivant à New York pour leur annoncer qu'il avait fait un bon voyage. Il a envoyé une première carte à son fils : puis une seconde qui portait le cachet de la poste du Bowery, et dans laquelle il disait avoir passé la soirée dans un endroit nommé *Auberge du Bowery*. Enfin, il a écrit à sa femme une lettre tout à fait normale. Un post-scriptum adressé à sa fille de vingt-deux ans mentionnait qu'il avait rencontré en ville une des anciennes condisciples de celle-ci. Voilà pour la correspondance.

« Mes entretiens avec ses associés et ses relations d'affaires ne m'ont conduite nulle part. Ses affaires étaient prospères, il gagnait beaucoup d'argent et n'avait aucun souci de ce côté-là. »

Je serrai les dents.

« Et comment que ça nous conduit quelque part », marmottai-je.

Je n'avais pas oublié certaine petite conversation que j'avais eue avec Pat. Certaine petite conversation au sujet d'un petit marrant du nom d'Emil Perry, qui avait prétendu que Wheeler était profondément abattu parce que ses affaires ne marchaient pas.

« Vous êtes sûre que ses affaires étaient prospères ?

— Absolument. Je me suis renseignée aux bonnes sources. Son crédit est excellent dans toute la ville.

— Bravo ! Continuez.

— Eh bien... le seul fil conducteur que j'aie obtenu était le nom de cette *Auberge du Bowery*. Je me suis mise en chasse dès mon retour, j'ai découvert de quoi il s'agissait et je m'y suis rendue. Vous avez l'air d'en savoir plus long que moi sur le type qui dirige la boîte. Je lui ai lancé l'hameçon et il a avalé la ligne. Il n'a pas l'air de vous porter dans son cœur.

— Tu parles ! Je lui ai flanqué jadis un pruneau dans la cuisse qui l'a envoyé faire un tour en taule.

— Après votre départ, il est resté sans voix pendant cinq bonnes minutes. Puis il s'est excusé et s'est engouffré dans l'arrière-salle. Lorsqu'il est revenu, il paraissait très content de lui-même. Il y avait du sang sur ses mains. »

Ça, c'était Dinky tout craché. Il aimait à se servir de ses poings... avec deux ou trois de ses acolytes derrière lui pour veiller au grain.

« C'est tout ?

— Pratiquement, oui. Il veut me revoir. »

J'entendis mes dents grincer et rugis :

« Le salaud ! Je lui casserai la gueule... »

Velda secoua la tête et éclata de rire, enchantée.

« Ne vous laissez pas aller à la jalousie, vous aussi, Mike, s'esclaffa-t-elle. Ça ne vous va pas du tout. Est-il important que je le revoie ?

— Oui, concédai-je à contrecœur.

— Il s'agit toujours d'un meurtre ?

— Plus que jamais, fillette. Un bon gros meurtre, depuis a jusqu'à z.

— Que me conseillez-vous de faire à présent ? »

Je réfléchis un instant, et les mots eurent du mal à sortir.

« Si Clyde vous paraît mordu, dis-je lentement, continuez à l'allécher, gardez vos yeux grands ouverts et observez ce qui se passe. Laissez votre carte et votre pétard à la maison. Il serait dangereux pour vous de lui mettre la puce à l'oreille.

— Il se peut que Wheeler soit sorti avec un modèle cette nuit-là. Il se peut que la fille l'ait emmené à l'*Auberge du Bowery,* où il se peut qu'il soit tombé par hasard sur le motif de son propre meurtre. Si Clyde n'était pas directeur de l'*Auberge,* je laisserais choir toute cette partie de l'affaire, mais sa présence la rend trop intéressante pour que nous l'abandonnions avant d'en savoir plus long.

— Il n'y a qu'un hic. Junon a trouvé la fille avec laquelle il est parti, le soir du banquet, et cette fille n'est pas sortie avec lui.

— Mais alors, Mike...

— Alors, il se peut qu'il soit sorti avec une autre fille un autre soir. Il y a trop d'il se peut dans cette histoire, mais c'est le seul fil conducteur que nous ayons, et la présence de Clyde le rend bon à suivre, au moins jusqu'à plus ample informé. »

Velda se leva et, solidement campée sur deux jambes qui valaient bien celles de n'importe quel mannequin, s'étira jusqu'à ce que sa veste parût sur le point d'éclater. Je détournai hâtivement la tête. Si jamais ce salaud de Clyde osait porter la main sur elle... Je m'enfonçai mon chapeau sur le crâne, ouvris la porte et m'effaçai pour la laisser passer.

Une fois sur le trottoir, je regardai son taxi disparaître, puis allai téléphoner à Pat et lui donnai rendez-vous dans une rôtisserie proche de son bureau. Il était déjà là lorsque j'arrivai et, quand il me vit, commanda une autre tasse de café et un second sandwich. Je m'assis en face de lui.

« Salut, m'sieur l'agent. Comment se porte la Brigade ?

— Comme ci, comme ça, Mike.

— Oh ! j'en suis navré. »

Il but une gorgée de café.

« Tu m'as fait venir, je suis là, je t'écoute », dit-il.

Son visage était si parfaitement inexpressif que je pris la mouche.

« Écoute, Pat, tu ne vas pas te remettre à faire l'andouille. Je t'ai dit que Wheeler avait été assassiné, tu m'as envoyé me rhabiller. Je te le répète aujourd'hui et pour la dernière fois. Tu peux te mettre dans le bain ou m'y laisser tout seul, à ta guise. Mais je t'ai dit aussi que je voulais récupérer ma licence et je la récupérerai. Ce jour-là, ta réputation de flic intelligent tombera dans le lac en même temps que celle du district attorney, et ça, ça m'embêterait rudement. Pour toi, pas pour le district attorney.

« Tu me connais et tu sais que je ne plaisante pas. J'ai déjà vu certaines choses qui n'ont fait que renforcer ma conviction, Pat. Avant peu, je vais encore m'offrir le luxe de descendre un tueur, et ce jour-là c'est le district attorney qui pourra aller se rhabiller. »

Je ne sais pas à quoi je m'attendais. Peut-être à l'entendre monter sur ses grands chevaux et me conseiller la douche froide et la camisole de force ? En tout cas, pas à le voir sourire en disant d'un ton calme :

« Il y a belle lurette que je t'ai accordé une fois pour toutes le bénéfice du doute, Mike. Je pense, moi aussi, que Wheeler a été assassiné. »

Son sourire s'accentua lorsqu'il vit mon expression, et il continua :

« Seulement, voilà le hic. Le district attorney a flairé quelque chose, et il a donné officiellement son opinion professionnelle, conjointement à celle du médecin légiste : le suicide de Wheeler, d'après eux, ne fait aucun doute. On m'a signifié poliment d'employer mon temps à des choses plus sérieuses.

— Mon copain le district attorney ne t'aime pas non plus, apparemment.

— Non.

— Alors ?

— Que sais-tu de nouveau, Mike ?

— Pas grand-chose encore, Pat, mais j'en saurai davantage avant peu et t'en ferai part dès que ce sera assez solide pour que tu puisses en faire état. Je suppose que ton prestige n'a pas souffert de la tirade du district attorney ?

— Pas le moins du monde, au contraire.

— Au poil. Je te téléphonerai ce soir. D'ici là, tu peux commencer à t'inquiéter de la santé d'un salopard du nom de Rainey.

— Je le connais. Il a été arrêté une fois pour coups et blessures. Puis la victime a retiré sa plainte et nous avons dû le relâcher. Il s'intitule organisateur de combats de boxe.

— Bagarres de rue, tout au plus, grognai-je.

— Probablement. Il avait du pognon plein les poches, mais logeait dans le Bowery.

— Où ça ? »

Mes yeux étaient devenus fixes et ceux de Pat en firent autant.

« Dans le Bowery. Pourquoi ?

— J'ai beaucoup entendu parler du Bowery, ces temps-ci. Vois si tu peux trouver quelque chose contre lui, veux-tu ? »

Pat tassa une cigarette sur l'ongle de son pouce.

« Tu joues cartes sur table, Mike, pas vrai ?

— Sûr, frangin. Je t'en dirai davantage dès que je serai certain d'une ou deux petites choses. Et je serais curieux d'en apprendre une, en attendant mieux. Qu'est-ce qui t'a fait changer d'avis, au sujet du « suicide » de Wheeler ?

— Toi, fiston, ricana-t-il. Comme d'habitude. Je t'avais dit que je ne m'exciterais pas, cette fois-ci, mais je n'ai rien eu de plus pressé, en rentrant, que d'aller rendre visite au cadavre. J'ai mis deux de mes spécialistes dans le coup et ils sont d'avis que, bien que les marques relevées par eux sur le corps soient suffisamment légères pour pouvoir passer inaperçues, notre ami Wheeler n'en a pas moins été quelque peu bousculé avant de recevoir une balle dans la tête.

— Il n'a pas dû beaucoup se débattre. Il était complètement soûl.

— Il ne s'est pas beaucoup débattu, confirma Pat. Juste assez pour que son corps en porte la trace. A propos, Mike... cette balle et cette douille retrouvées dans le hall... est-ce toi qui...

— Je t'ai déjà dit que non. Le gars qui est venu les rechercher devait avoir un trou dans sa poche.

— Dommage que vous n'ayez pas fermé la porte à clef, murmura Pat.

— Une serrure ne suffit pas à arrêter un tueur. Il avait tout le temps qu'il lui fallait et pouvait faire autant de bruit qu'il le désirait. La plupart des locataires dormaient comme des souches lorsque la détonation a retenti. Et c'est un vieux bâtiment avec des murs épais comme ça qui étouffent efficacement le bruit qu'on peut faire dans les chambres. »

Pat paya l'addition et se leva.

« Alors, je compte sur ton coup de fil pour ce soir ?

— Sans faute. Tu peux dire au district attorney qu'il aura bientôt de mes nouvelles. »

Un quart d'heure plus tard, j'entrais au *Chadwick Hotel*. Tant qu'elle n'ouvrait pas la bouche, la réceptionniste avait l'air d'une grand-mère respectable. Dès qu'elle l'ouvrait, elle avait plutôt l'air d'une mère, et tout autre que respectable. Je demandai Marion Lester et elle ne me posa pas de questions ni ne se donna la peine de m'annoncer.

« 312, dit-elle. Et tâchez de pas monter l'escalier comme un sauvage. Les marches gueulent. »

Je montai comme un bon garçon, et les marches gueulèrent tout de même. Je frappai à la porte du 312, attendis, et frappai encore. La troisième fois, j'entendis des pieds traîner sur le sol et le battant s'entrebâilla juste assez pour me permettre d'apercevoir une paire de grands yeux bleus, une floraison de bigoudis, et un négligé de satin boutonné jusqu'au cou.

« Bonjour, Marion, lançai-je. Junon m'a dit de venir vous voir. »

Les grands yeux s'agrandirent encore et la porte acheva de s'ouvrir. Je la refermai derrière moi et ôtai mon chapeau, comme un parfait gentleman. Marion se lécha les lèvres et s'éclaircit la gorge.

« Je... viens de me lever, dit-elle.

— C'est ce que je vois. Pas beaucoup dormi ?

— Non. »

Elle me fit entrer dans un salon exigu et m'indiqua un siège.

« Il est si tôt... si ça ne vous fait rien... je vais aller m'habiller.

— Je vous en prie. »

Elle disparut dans la chambre à coucher et revint dix minutes plus tard, en tailleur, les cheveux bien coiffés et maquillée de frais. En si peu de temps, elle avait fait du bon boulot ! Elle s'assit gracieusement, alluma une cigarette et dit :

« Je suis à votre disposition, Mr...

— Mike Hammer. Appelez-moi Mike. Junon vous a-t-elle parlé de moi ?

— Oui. »

Sa voix tremblait légèrement.

« Vous étiez avec... Mr. Wheeler lorsqu'il est... mort ?

— C'est exact. Ça s'est passé sous mon nez et j'étais trop soûl pour m'en apercevoir.

— J'ai bien peur de ne pas pouvoir vous dire grand-chose, Mike.

— Dites-moi ce qui est arrivé cette nuit-là, ça me suffira.

— Junon ne vous a pas raconté...

— Si, mais je veux vous l'entendre redire. »

Elle tira sur sa cigarette et l'écrasa dans un cendrier.

« Il m'a ramenée chez moi. J'avais un peu trop bu et... eh bien, je ne me sentais pas dans mon assiette. Je me souviens que nous avons pris un taxi, et puis... j'ai dû m'endormir avant d'arriver à la maison, car je me suis retrouvée dans mon lit, tout habillée, avec une affreuse gueule de bois. J'ai appris ensuite qu'il s'était suicidé et, franchement, ça m'a fait quelque chose.

— C'est tout ?

— C'est tout. »

Dommage, pensai-je. Wheeler aurait mieux fait de se payer un peu de bon temps avec elle que de se faire sauter le caisson. Dommage...

Comme il était encore trop tôt pour ma visite suivante, je lui demandai de me raconter la soirée depuis le début. Elle lissa ses cheveux avec la paume de sa main et regarda le plafond. Puis elle dit :

« Les Manufactures Calway nous ont engagées par l'intermédiaire de Miss Reeves... Junon. Elle...

— Est-ce toujours Junon qui règle ces questions ?

— Non, pas toujours. C'est quelquefois Anton qui s'en occupe. Mais c'est Junon qui dirige la maison. Elle entame et entretient les relations avec les clients, et elle est si persuasive qu'elle est toujours en train d'en amener de nouveaux à l'agence.

— Je comprends ça », acquiesçai-je.

Elle sourit.

« Notre agence est peut-être la plus exclusive de la ville. Les modèles sont plus payés et plus demandés que ceux des autres agences, et tout cela par l'intermédiaire de Miss Reeves. Un coup de téléphone de Junon vaut une convocation d'un grand studio de cinéma. En fait, plusieurs anciens modèles de l'agence sont déjà passés, grâce à elle, de la photo à l'écran.

— Mais pour revenir à cette soirée... lui rappelai-je.

— Oui... Les Manufactures Calway ont téléphoné et Junon nous a prévenues aussitôt. Nous sommes allées chercher et essayer les robes que nous devions présenter. Puis l'un des directeurs nous a conduites au banquet où nous avons assisté aux discours, allocutions, etc. Ensuite, nous sommes allées enfiler les robes, la présentation de modèles a duré environ vingt minutes, nous avons remis nos vêtements de ville et nous sommes revenues dans la salle du banquet. On commençait à servir les cocktails et... j'ai dû trop boire, puisque...

— A quel moment avez-vous rencontré Wheeler ?

— Lorsque je suis partie, je crois. J'avais du mal à trouver la porte de l'ascenseur, il m'a aidée, nous sommes descendus ensemble et... vous savez le reste. »

Ouais, je savais le reste, c'est-à-dire rien.

Je me levai et repris mon chapeau.

« Merci, fillette. Vous pouvez retourner vous coucher.

— Je regrette de ne pouvoir vous être réellement utile.

— Bah !... grâce à vous, je sais au moins où ne pas chercher. Je vous reverrai peut-être un de ces jours. »

Elle passa devant moi pour ouvrir la porte.

« J'espère, dit-elle, que notre prochaine rencontre aura lieu dans des circonstances moins pénibles. »

Je lui serrai la main et son regard se voila.

« Incidemment, Junon m'a parlé de journalistes. J'espère que...

— Dans l'état actuel des choses, il leur est impossible de faire quoi que ce soit avec cette histoire. Vous pouvez dormir sur vos deux oreilles.

— Merci, Mr. Hammer. Et au revoir.

— Au revoir, fillette. »

Je me réinstallai à mon volant et pris le chemin du Bronx. J'étais en pétard. Pourquoi diable un brave type comme Chester Wheeler s'était-il fait buter alors que des salauds répugnants tels que Clyde se baladaient et trafiquaient en toute quiétude ? Argent ? Vengeance ? Passion ? Où fallait-il chercher le motif ? Je me le demandais toujours lorsque j'arrêtai ma bagnole devant la résidence du nommé Perry.

Cette fois, je laissai retomber le marteau orné des initiales E.P. ; une bonne en uniforme vint ouvrir la porte et me demanda ce que je désirais.

« Je veux voir Mr. Perry, répondis-je.

— Je regrette, monsieur. Mr. Perry a donné des ordres précis pour qu'on ne le dérange sous aucun prétexte.

— Sans blague ? Allez donc lui dire qu'il va être dérangé, et pas plus tard que maintenant. Dites-lui que Mike Hammer veut le voir, et que tout ce qu'un nommé Rainey est capable de faire, Mike peut le faire aussi, et en mieux ! »

J'entrai. Et, lorsqu'elle eut vu ma binette, elle ne tenta pas de m'en empêcher, mais fila au grand trot tandis que je repoussais la porte.

Elle revint deux minutes plus tard, en disant :

« Mr. Perry va vous recevoir dans son cabinet de travail. Par ici, monsieur. »

Elle me regarda pénétrer dans la pièce indiquée, se demandant visiblement si la fin du monde n'était pas arrivée.

Perry était bien le gros trouillard que j'avais aperçu la veille. Avachi dans un large fauteuil de cuir, il avait l'air encore plus effrayé que lors de son entretien avec Rainey. Je balayai d'un revers de main une partie des objets qui garnissaient le dessus de son bureau et m'assis à l'endroit dégagé.

« Perry tu es un foutu menteur », lui dis-je sans autre préambule.

Il ouvrit la bouche et son premier menton se mit à trembler comme un bloc de gelée. Ses petits doigts boudinés pressèrent les accoudoirs du fauteuil, comme pour en sortir du jus, et il balbutia :

« Comment... osez-vous... chez moi... dans ma maison... »

Je m'emparai de son briquet, allumai une cigarette et continuai :

« Qu'est-ce que Rainey t'a promis, Perry ? Une raclée ? »

Je le regardai dans les yeux, à travers la fumée.

« Ou peut-être une balle dans le dos ? »

Ses yeux allèrent de la fenêtre à la porte.

« Que voulez-vous dire...

— Je parle d'une fripouille de bas étage qui s'appelle Rainey. Qu'est-ce qu'il t'a promis si tu ne la bouclais pas ? »

La voix de Perry acheva de sombrer dans le néant et il parut sur le point de vomir.

« Je t'ai déjà dit que ce que Rainey pouvait faire, je pouvais le faire en mieux. Je peux te cogner dessus jusqu'à ce que tu restes sur le carreau. Je peux te flanquer un pruneau dans le ventre à l'endroit où ça fait le plus mal et m'en tirer aussi bien que Rainey.

« Tu as dit aux flics que Wheeler avait fait de très mauvaises affaires et qu'il avait prononcé à plusieurs reprises le mot suicide... »

Il acquiesça d'un pathétique petit signe de tête et je lui crachai mes paroles suivantes à la face :

« Tu es un foutu menteur, Perry ! Les affaires de Wheeler étaient très prospères, et tu le savais, pas vrai ? »

Il secoua la tête, les yeux révulsés de terreur.

« Sais-tu ce qui est réellement arrivé à Wheeler ? »

Ma bouche était à dix centimètres de son visage.

« Il a été assassiné... comme tu le seras toi-même, quand le tueur apprendra que je suis à tes trousses... parce qu'il saura très bien que tu es trop dégonflé pour tenir ta langue. Et un des ces jours, mon gros pourceau, c'est toi qui recevras un pruneau dans les tripes. »

Les bajoues d'Emil Perry devinrent d'un intéressant bleu foncé, et le gros plein de soupe tourna de l'œil. J'attendis tranquillement qu'il revienne au monde.

Cinq minutes plus tard, il ouvrit les yeux et tendit la main vers un alcarazas posé sur son bureau. Je lui versai un verre d'eau glacée qu'il avala d'un trait.

« Tu ne connaissais même pas Chester Wheeler, hein ? » murmurai-je.

Son visage me répondit sans qu'il eût besoin d'ouvrir la bouche.

« Toujours pas disposé à te mettre à table ? »

Il parvint à secouer la tête de gauche à droite. Péniblement. Je me dirigeai vers la porte. La main sur la poignée, je me retournai.

« Tu passes pour un citoyen respectable, gros porc. Les flics acceptent ta parole sans discuter ? Moi pas. Et sais-tu ce que je vais faire ? Je vais aller interviewer ton petit copain Rainey, et voir un peu par quel moyen il te fait marcher. »

Pour la seconde fois, ses bajoues virèrent au bleu, et il tourna de l'œil avant que j'aie refermé la porte. Que le diable le parafiole ! J'avais autre chose à faire que de servir des verres d'eau à de pareilles mauviettes.

6

Le ciel s'était couvert et la température était en baisse. J'entrai dans un restaurant et m'envoyai deux tasses de café bouillant avant de passer chez moi enfiler mes gants et mon pardessus. Je laissai ma bagnole dans un garage et, vers midi et demi, débarquai d'un taxi en face de l'agence Anton Lipsek, dans la 33e Rue.

Cette fois, la réceptionniste ne me posa pas de questions, mais parla dans l'interphone, reçut une réponse affirmative et m'informa que Miss Reeves m'attendait.

Les dieux de l'Olympe pouvaient être fiers de leur reine. C'était la perfection faite femme qui venait à ma rencontre à travers le grand bureau. Elle portait encore une de ses robes haut boutonnées à manches longues, qui ne laissaient voir que ses mains et son visage, confiaient à votre subconscient le soin d'imaginer tout le reste, et vous donnaient envie de la déshabiller pour sentir sous vos doigts la chair palpitante d'une déesse. La brève poignée de main que nous échangeâmes me remit la moelle épinière en tire-bouchon.

« Je suis si contente que vous soyez venu, Mike.

— Je vous avais dit que je viendrais. »

Elle ne portait qu'un seul bijou : un pendentif, qui reposait au bout de sa chaîne d'or, entre ses seins. Je le pris dans ma main et sifflai doucement. C'était une émeraude qui devait valoir une petite fortune.

« J'aime les belles choses, dit-elle simplement.

— Moi aussi », répliquai-je en relevant les yeux.

Elle me remercia d'un sourire, et deux minuscules diablotins dansèrent dans ses prunelles tandis qu'elle pivotait sur elle-même pour aller chercher son manteau.

Ce fut alors que la lumière grise qui filtrait à travers la fenêtre frappa sa courte chevelure fauve, la transformant en un casque d'or dont la vue me glaça le sang dans les veines. Je savais, maintenant, pourquoi Junon me produisait cet effet incompréhensible. Je savais, maintenant, pourquoi j'avais parfois envie de la briser entre mes mains.

Elle me rappelait une autre femme. Une femme que j'avais aimée, et dont je haïssais le souvenir, et que je croyais avoir oubliée. Une blonde magnifique, dont la chevelure était un ruissellement d'or en fusion. Elle était morte, et c'était moi qui l'avais tuée.

« Mike... »

Ce n'était pas sa voix. C'était la voix de Junon. Elle revenait vers moi avec son manteau. La lumière était sortie de ses cheveux. Ils avaient repris leur propre teinte fauve.

Je l'aidai à passer son manteau.

« Nous allons déjeuner ensemble, n'est-ce pas, Mike ?

— Je ne suis pas venu pour affaires. »

Elle éclata de rire.

« A quoi pensiez-vous, Mike ? »

Je me détournai, pour qu'elle ne vît point mon visage.

« A rien de particulier.

— Vous mentez.

— Je le sais. »

Elle chercha mon regard. Ses yeux étaient suppliants.

« Ce n'était pas à moi ? »

Je me forçai à sourire.

« Non, Junon, ce n'était pas à vous.

— J'en suis heureuse, Mike. Vous pensiez à quelqu'un que vous haïssiez, et je ne voudrais pas que vous me haïssiez de cette manière. »

Elle me prit par la main et m'entraîna vers une porte latérale.

« Par ici, Mike. Je ne veux pas vous partager avec tout le personnel. »

Mais, moi, je dus la partager avec deux autres types, qui prirent le même ascenseur que nous, et, pendant toute la descente, ne cessèrent de contempler Junon, déesse en manteau de fourrure. Je n'étais pas le seul sur lequel sa proximité produisait une forte impression.

La voiture de Junon était en station à deux pas de l'immeuble. Elle me remit ses clefs et nous marchâmes dans le vent qui charriait les premiers flocons de neige. Sa bagnole était une Cadillac décapotable munie de tous ces machins chromés qu'on ne voit généralement que dans les vitrines des concessionnaires. Je retins la portière, tandis qu'elle s'installait sur le siège avant, puis fis le tour de la Caddy et m'assis au volant. Ça, c'était vivre.

« Où allons-nous ? m'informai-je.

— J'ai découvert, il y a quelques mois, une petite boîte où l'on mange comme des princes et dont la clientèle est absolument... fascinante.

— Fascinante ? »

Elle s'esclaffa.

« Oh ! ce n'est pas réellement le mot qui convient. Elle est... mon Dieu... assez peu banale. Mais on y mange divinement bien. Oh ! vous verrez. Direction Broadway et, ensuite, je vous montrerai. »

Lorsque je vis l'endroit qu'elle disait avoir « découvert », je ne pus m'empêcher d'éclater de rire.

« Vous n'y êtes encore jamais venu, au moins ? s'inquiéta-t-elle.

— Si, une fois. Et ils m'ont flanqué dehors. Ou du moins, ils ont essayé. Les renforts ont appelé des renforts et j'ai fini par m'en aller tout de même sur mes deux pieds, avec à peine quelques cheveux arrachés. Ce sont des gens charmants. »

Junon lutta en vain contre un éclat de rire.

« Je commence à comprendre pourquoi certains de mes amis auxquels j'avais recommandé la maison faisaient de drôles de têtes lorsque je les revoyais ensuite. Et moi qui leur vantais les mérites de leur cuisine...

— Bah ! ils ne s'étaient sans doute jamais tant amusés. Allons-y. »

Nous entrâmes. Tous les tabourets du bar étaient occupés. Plusieurs regards cherchèrent à intercepter le mien, mais je feignis de ne rien remarquer. A l'extrémité du comptoir, un pédé essayait d'attirer l'attention d'un autre type beaucoup trop soûl pour répondre à ses avances. Lorsqu'il me vit, il m'adressa un radieux sourire et faillit recevoir mon poing entre les deux yeux. Le barman en était, lui aussi, et parut atterré de voir entrer un couple bisexué. La préposée au vestiaire avait l'allure d'un grenadier. Elle me jeta un regard glacial, mais sourit à Junon et l'examina des pieds à la tête. Lorsqu'elle alla suspendre nos manteaux, Junon se retourna vers moi, les joues empourprées, partagée entre le fou rire et la confusion.

« Oh ! Mike, j'ai dû vous paraître idiote !

— Voilà ce que c'est de vivre dans les nuages ! »

Aucune des tables n'était occupée, dans la salle à manger. En revanche, les trois quarts des loges renfermaient des couples de tantes ou de lesbiennes assis côte à côte contre le mur du fond. Un garçon aux manières affectées nous salua jusqu'à terre et nous installa dans la dernière loge de la rangée. Il était évident que nous le choquions. Je commandai des cocktails, que le garçon efféminé revint presque aussitôt déposer devant moi, avec une nouvelle révérence.

« A la beauté, dis-je en levant mon verre. A la reine de l'Olympe descendue parmi les mortels.

— Parmi de... merveilleux mortels », ajouta Junon.

Nous vidâmes nos verres.

« Vous n'auriez jamais dû m'amener ici, jolie dame, soupirai-je, quelques verres et un excellent repas plus tard. Je me sens si heureux de vivre que c'est à peine si je pense encore à mon travail.

— Vous cherchez toujours un motif, pour la mort de votre ami ?

— Oui. Je suis allé voir Marion Lester, mais les choses se sont passées d'une manière si respectable que ça m'a coupé l'herbe sous le pied.

— Et pourtant, vous continuez à chercher ?

— Diable, oui ! Je ne veux pas finir épicier ! »

Elle ne comprit pas ce que je voulais dire, et pour cause. J'éclatai de rire. Je n'avais aucune raison de me sentir aussi heureux, mais au fond de moi je l'étais tout de même, parce que je savais qu'un jour prochain j'aurais de sérieuses raisons de l'être.

« Pourquoi riez-vous, Mike ? Est-ce moi qui...

— Pas le moins du monde, Junon. Je ne pourrais jamais rire de vous. C'est la vie qui me fait rire. Elle est parfois très compliquée, et puis, tout à coup, sans qu'on sache pourquoi, elle devient d'une simplicité enfantine. Comme cette histoire de gras-du-bide et de poupées au dos nu, dans le Bowery. Soit dit en passant, je ne pensais pas vous rencontrer là-bas. »

Elle haussa gracieusement les épaules.

« Pourquoi ? La plupart de ces... « gras-du-bide » sont d'excellentes relations d'affaires.

— J'ai cru comprendre que vous étiez imbattable, dans votre spécialité. »

Elle acquiesça, pensive, et visiblement satisfaite.

« Non sans raisons, Mike. C'est le fruit d'un dur travail, tant au bureau qu'en dehors du bureau. Nous ne travaillons que pour les meilleures maisons et n'employons que des modèles soigneusement sélectionnés. Anton ne s'occupe guère des questions commerciales, mais c'est lui qui exécute toutes les photographies, et vous avez vu quel intérêt il prend à son art.

— Je m'y intéresserais également », ricanai-je.

Elle me tira la langue, avec une gaminerie que je ne lui connaissais pas.

« Je vous crois sans peine, s'esclaffa-t-elle, mais vous ne photographieriez sûrement pas grand-chose.

— Non, mais j'accomplirais sûrement de grandes choses.

— Dans ce cas, vous enfreindriez les règles de la profession.

— Zut ! Ayez pitié du pauvre photographe. Il fait tout le boulot et ce sont les gras-du-bide qui ont tout le plaisir. »

Je tirai sur ma cigarette et clignai des yeux.

« Dites donc, Clyde a l'air d'avoir découvert le Pactole. »

Ma façon désinvolte de le nommer lui fit hausser les sourcils.

« Le connaissez-vous donc ?

— Oui, c'est un vieux copain. Parlez-lui de moi quand vous le reverrez.

— Je ne le connais pas assez bien pour ça. Mais, si j'en ai l'occasion un jour, je n'y manquerai pas. C'est le type du parfait gangster, n'est-ce pas ?

— Revu et corrigé par Hollywood. Quand a-t-il ouvert sa boîte ? »

Elle tapota pensivement sa joue, du bout de son index.

« Oh !... il y a six mois environ. Il est venu un jour au bureau pour acheter en gros les photos de tous nos modèles. Il les leur a fait dédicacer en les invitant à l'ouverture de l'*Auberge*. Le tout dans le plus grand secret, bien entendu. Je n'y suis allée moi-même qu'à force de les entendre toutes vanter les charmes de l'endroit. Il a opéré de même dans la plupart des agences de la ville.

— Pas bête, le frère, ricanai-je. Il les a toutes mises dans sa poche et aucune ne s'en doute. Il savait fichtre bien que la plupart d'entre elles naviguaient avec les gros comptes en banque et qu'elles les amèneraient dans sa boîte. Quand la bonne nouvelle a circulé qu'on y jouait gros jeu, ses affaires ont décuplé. Et maintenant, il a aussi les touristes, qui trouvent ça très moderne et très excitant... Je me demande à qui il graisse la patte.

— Pardon ? dit Junon.

— Vous pouvez parier qu'une ou plusieurs grosses têtes les palpent pour fermer les yeux. Si Clyde n'arrosait pas aux bons endroits, il aurait eu les flics sur le dos dès le premier jour.

— Oh ! Mike, s'impatienta Junon, incrédule, ce genre de tactique a disparu avec la prohibition... »

Puis sa voix se teinta de curiosité :

« Ou bien est-ce que je me trompe ? »

Je contemplai, par-dessus la table, cette femme qui portait sa beauté avec tant de fière arrogance.

« Vous n'avez jamais vu que le meilleur côté des choses, fillette. Mais il s'en passe beaucoup d'autres que vous ne voudriez même pas regarder. »

D'un commun accord, nous changeâmes de conversation, et je m'aperçus soudain que la première moitié de l'après-midi était largement écoulée.

« Un dernier cocktail et nous filons, dis-je. O. K. ? »

Souriante, elle posa son menton sur ses deux mains.

« Devons-nous vraiment nous quitter si tôt ?

— Je le regrette autant que vous, Junon. »

Elle souriait toujours et je continuai :

« J'ai demandé à une autre belle fille pour laquelle des tas de types auraient fait des folies ce qui lui plaisait en moi. Elle m'a fait une bonne réponse. Quelle est la vôtre, Junon ? »

Ses yeux étaient des abîmes sans fond qui cherchaient à m'attirer. Ses lèvres souriaient encore, imperceptiblement. De jolies lèvres pleines de sensualité, qui bougeaient à peine lorsqu'elle parlait à voix basse.

« Je déteste les gens qui me choient. Je déteste les gens qui insistent pour me placer sur un piédestal. Je crois que j'aime à être traitée brutalement, et vous êtes le seul qui l'ait essayé.

— Je n'ai rien essayé du tout.

— Non. Mais vous y avez pensé. Vous ne parlez même pas toujours poliment. »

Comme toute bonne déesse, elle lisait dans les esprits. O. K. ! elle avait raison. Je ne comprenais rien à ce qui se passait dans ma tête, mais parfois, quand je la regardais, j'avais envie de lever la main et de la gifler à toute volée. Peut-être la fréquentation d'une déesse était-elle plus que je n'en pouvais supporter ?

« Rentrons, dis-je. J'ai encore une longue soirée et une longue nuit devant moi. »

La déesse avait des traits humains. Je la regardai se diriger vers les lavabos pour poudrer un nez qui n'en avait nul besoin. J'observais le balancement de ses hanches et la souveraine élégance de sa démarche, et je n'étais pas le seul à les observer. Une fille, qui avait sa qualité d'artiste inscrite sur toute sa personne en multiples taches de peinture, suivit Junon d'un regard enflammé. Il s'agissait d'une de ces garçonnes que semble engendrer par douzaines le monde dit artistique. Un coup d'œil hostile m'informa que j'allais avoir de la concurrence et elle partit sur les traces de Junon. Une minute plus tard, elle revint et je ricanai doucement en voyant son visage.

J'allai attendre Junon sur le trottoir après avoir payé l'addition, qui était plutôt salée. La neige tombait dru, à présent, et je me fis copieusement poudrer le nez, tandis qu'elle achevait de poudrer le sien. La Caddy avait des pneus spéciaux, mais le retour nous prit tout de même deux fois plus de temps que l'aller.

Suivant les directives de Junon, j'arrêtai finalement la bagnole devant un immeuble neuf proche de Riverside Drive.

« Nous y voilà, soupira-t-elle.

— Vous laissez la voiture ici ?

— N'en aurez-vous pas besoin pour faire vos courses de cette nuit ?

— Je n'aurais pas assez de galette pour l'entretenir en carburant. Non, je prendrai un taxi. »

Nous mîmes pied à terre. Le portier en uniforme marron s'approcha et toucha la visière de sa casquette galonnée.

« Faites rentrer ma voiture au garage, je vous prie », lui dit Junon.

Il prit les clefs qu'elle lui tendait.

« Certainement, Miss Reeves. »

Junon n'habitait pas au dernier étage, mais c'était suffisamment haut pour faire un bon Olympe. Meubles et aménagements témoignaient d'un goût parfait, et d'un sens inné du confort. J'avais accepté de monter boire un verre, mais un seul, et je gardai mon manteau et mon chapeau tandis qu'elle maniait le shaker, observant la grâce quasi féline de ses mouvements. Lorsqu'elle revint vers moi avec nos deux verres, ses yeux reflétaient exactement ce qui devait se passer dans les miens. Sa voix était basse et légèrement altérée.

« Je n'ai pas encore trente ans, Mike. J'ai connu beaucoup d'hommes. J'ai eu beaucoup d'hommes, aussi, mais jamais aucun que j'aie désiré vraiment. Et le jour est proche où je vous désirerai, Mike. »

Un serpent se remit à ramper le long de mon épine dorsale et le pied du verre se brisa dans ma main crispée, parce que la lumière imprégnait à nouveau ses cheveux et qu'ils flamboyaient à nouveau comme du métal en fusion. Je me déplaçai, afin de la voir sous un autre angle, vidai le verre et en posai les débris sur la table.

« Vous venez de me regarder encore comme si vous me haïssiez, Mike. »

Je lui pris la main et passai mes doigts dans ses courts cheveux fauves.

« Je vous revaudrai ça un jour, Junon. Je ne peux pas m'empêcher de penser, et ça n'a rien à voir avec vous.

— Qui était-ce, Mike ? Était-elle jolie ? »

J'aurais voulu me taire. Mais c'était plus fort que moi.

« Elle était magnifique. C'était la plus belle créature que j'aie jamais vue, et j'étais amoureux d'elle. Mais c'était aussi une tueuse, et j'avais juré que j'aurais sa peau, et j'ai tenu parole. Je l'ai tuée, et, lorsqu'elle est morte, je suis mort également. »

Junon ne fit aucun commentaire. Mais ses yeux s'offraient à moi, s'efforçaient de me convaincre que je n'étais pas mort. Pas pour elle.

J'allumai une cigarette et filai comme un lièvre, avant que ses yeux devinssent trop convaincants... Dehors, régnait une nuit prématurée, mais la réflection des lumières sur la blancheur de la neige rendait les rues plus claires que d'habitude. Je sautai dans un taxi, le quittai à Times Square et me dirigeai à pied vers le garage où j'avais laissé ma bagnole, en allant à l'agence Lipsek. Chaque pas était une lutte contre la neige et contre la foule emmitouflée des passants. J'arrivais à un carrefour et je m'engageais sur la chaussée lorsque les signaux changèrent de couleur, obligeant les piétons à refluer vers le trottoir.

Quelqu'un dut glisser, car un bruit de verre brisé retentit derrière moi, au coin de la rue. Je me détournai juste à temps pour voir la glace d'une vitrine achever de tomber en morceaux sur le trottoir. Un flic se fraya un chemin parmi la foule et se planta devant le magasin, tandis que je continuais ma route.

J'allais quitter Broadway pour m'engager dans la 33e Rue lorsque la glace d'une vitrine résonna près de moi, sans raison apparente, et fut aussitôt sillonnée par un réseau compliqué de fêlures. Personne ne l'avait touchée. Un moteur rugit et je me retournai juste à temps pour voir la partie supérieure d'un visage, à travers la petite fenêtre de derrière d'une conduite intérieure. Les yeux me regardèrent, une longue seconde, puis la distance s'accrut, entre moi et la bagnole, et je cessai de les distinguer.

« Deux fois le même jour, sifflai-je entre mes dents. Et en plein Broadway, par surcroît. Le salaud, le salaud, le salaud ! »

Je ne me souviens pas d'être allé récupérer ma bagnole, mais je me retrouvai soudain au volant, stoppé devant un feu rouge et encadré par d'autres chauffeurs qui secouaient la tête en me regardant, parce que je parlais tout haut, et tout seul. Il était évident qu'ils me prenaient pour un cinglé. Et peut-être avaient-ils raison. Je deviens cinglé quand on me prend pour cible au beau milieu de l'artère la plus fréquentée du monde !

Cette première vitrine ! J'avais cru que c'était un accident. Mais il y avait un joli petit trou rond au milieu de la seconde, juste avant qu'elle s'écroulât en morceaux sur le trottoir.

Il y avait un garage au rez-de-chaussée de l'immeuble où se trouvait mon bureau. J'y garai ma bagnole, remis mes clefs au gardien de nuit, signai le registre et gagnai l'ascenseur de service.

Une lampe brillait encore derrière la porte vitrée de mon bureau et, lorsque j'en secouai la poignée, Velda vint m'ouvrir et dit :

« Mike ! Que faites-vous ici à cette heure ? »

Je ne fis qu'un bond jusqu'au grand classeur métallique devant lequel je m'agenouillai. Ce que je voulais se trouvait au fond du tiroir inférieur, derrière les piles de dossiers.

« Qu'est-il arrivé, Mike ? »

Elle était debout près de moi et me regardait développer le petit automatique avant de le fourrer dans ma poche.

« Que je sois pendu si je me laisse tirer dessus sans riposter, vociférai-je.

— Quand ? questionna-t-elle.

— Il y a quelques minutes. Le salaud a essayé de me buter en pleine rue. Deux fois de suite. Vous comprenez ce que ça signifie ?

— Oui, dit-elle d'une voix sourde. Cela signifie que vous êtes devenu assez important pour qu'il soit nécessaire de vous tuer. Avez-vous... avez-vous vu qui a tiré ?

— J'ai vu la moitié d'un visage. Pas assez pour le reconnaître. Juste assez pour pouvoir dire qu'il s'agissait d'un homme. Il réessaiera de me descendre, mais la prochaine fois j'aurai de quoi lui répondre.

— Et le district attorney vous fera coffrer. Vous oubliez que vous n'avez plus votre licence, Mike. »

Je me redressai et lui fis face.

« La loi doit protéger les citoyens, ricanai-je. Si je bute un gars en état de légitime défense et que le district attorney veuille me faire enchrister pour port d'arme prohibé, il y aura du sport, c'est moi qui vous le dis.

— Oui. Un bon petit scandale de derrière les fagots. »

Mais je ne répondis pas, car je venais enfin de remarquer sa tenue, et il avait fallu que je sois bougrement excité pour ne pas la remarquer plut tôt. Sa robe du soir ressemblait à celle qu'avait portée Connie la veille. Elle était noire et tendue sur ses seins, et c'était quelque chose de voir toute cette peau nue, entre le noir de sa robe et le noir de sa chevelure. Et c'était autre chose encore de voir à quel point l'étoffe adhérait à tout ce qui n'était pas nu avant de s'évaser largement vers le bas.

« C'est tout ce que vous avez sur la peau ? murmurai-je.

— Oui.

— Il fait froid, dehors, baby. »

Je savais que je me rendais ridicule, mais je n'y pouvais rien.

« Où allez-vous ?

— Voir votre ami Clyde. Il m'a invitée à souper. »

Je serrai les poings sans pouvoir m'en empêcher et me forçai à sourire. Le résultat ne dut pas être très convaincant.

« Si j'avais su que vous portiez des robes comme ça, je vous aurais invitée moi-même », gouaillai-je.

Mais le cœur n'y était pas. De la part de Connie, j'avais trouvé ça normal. Mais l'idée que Velda allait se montrer en public et à ce salaud de Clyde dans une telle robe me faisait monter le sang à la tête.

Il y avait eu un temps où elle aurait rougi et m'aurait flanqué sa main sur la figure. Il y avait eu un temps où elle aurait renoncé à n'importe quoi pour venir manger un sandwich en ma compagnie. Ce temps-là était passé.

Elle enfila une paire de gants noirs qui lui montaient jusqu'au coude, en affectant de ne pas me regarder, sachant très bien qu'elle me frappait au point le plus sensible.

« Le travail, Mike, le travail avant le plaisir. »

Son visage était inexpressif.

« Que faisiez-vous ici quand je suis arrivé ? dis-je sèchement.

— Il y a un mot sur votre bureau. Vous y trouverez tous les détails. J'ai rendu visite aux Manufactures Calway et je vous ai apporté toutes les photos de modèles qui ont été prises ce soir-là. J'ai pensé que vous aimeriez les voir. Vous vous intéressez toujours aux jolies filles, pas vrai ?

— Bouclez-la ! »

Elle me jeta un bref regard et je vis que ses yeux étaient luisants de larmes contenues. Lorsqu'elle marcha vers le bureau pour prendre son manteau, je me remis à maudire Clyde à mi-voix parce que ce salaud-là allait profiter de choses que je n'avais jamais soupçonnées. C'est ce qui arrive quand on vit quotidiennement avec une fille comme Velda. On va chercher bien loin ce qu'on a juste sous la main.

« J'aurais aimé vous voir comme ça plus tôt, Velda », dis-je d'une voix mal assurée.

Elle enfila son manteau et, lorsqu'elle se retourna, les larmes étaient toujours présentes dans ses yeux.

« Mike, hoqueta-t-elle. Je n'ai pas besoin de vous dire que vous pourrez toujours me voir comme il vous plaira... quand il vous plaira. »

Je la pris dans mes bras et sentis contre moi la pression frémissante de tous les contours de son corps. Elle me tendit ses lèvres et frissonna des pieds à la tête lorsque mes mains se refermèrent sur ses épaules nues. Elle libéra sa bouche avec un sanglot, se détourna pour que je ne puisse voir son visage, posa ses deux mains sur les miennes, les conduisit jusqu'à cette robe qui collait à sa peau, et tout le long de son corps vibrant, puis se dégagea et s'enfuit.

Je mis une cigarette entre mes lèvres et oubliai de l'allumer. J'entendais encore résonner ses talons dans le corridor. Distraitement, je décrochai le téléphone et, par habitude, composai le numéro de Pat. Il dit « Allô » trois ou quatre fois avant que je songe à lui demander de monter me voir à mon bureau.

Je raccrochai et regardai mes mains. Elles tremblaient. J'allumai ma cigarette et restai assis, immobile, ne pensant à rien d'autre qu'à Velda.

7

Pat arriva une demi-heure plus tard, battant la semelle et soufflant comme un phoque. Il jeta son chapeau sur mon bureau, sa serviette et son manteau sur le plus proche fauteuil, s'empila par-dessus et dit :

« Tu as l'air sinistre, Mike. Qu'est-ce qui ne va pas ?

— La neige, Pat. La neige me fout toujours le cafard. Quelles sont les dernières nouvelles ?

— Le district attorney s'est fait un plaisir de me dire une fois de plus de pas bouger de mon coin. Si jamais il est saqué, moi, je me ferai un plaisir de lui casser la gueule ! »

Mon visage dut trahir ma surprise, car il enchaîna :

« Je sais, je sais, ça me ressemble pas de parler comme ça ; d'accord. Mais je commence à en avoir plein le dos de me laisser ficeler par toute cette routine. Tu avais le filon avant de perdre ta licence et tu ne t'en doutais même pas.

— Je la récupérerai.

— Peut-être. Mais pas avant que tu aies transformé en meurtre un suicide !

— Tu as failli en avoir un deuxième sur les bras, fiston. »

Il s'arrêta court au milieu d'une phrase et dit :

« Qui ?

— Moi.

— Toi !

— Ni plus ni moins. Et en plein Broadway. Quelqu'un a essayé de me buter avec un pétard muni d'un silencieux, mais tout ce qu'il a descendu, c'est une paire de vitrines.

— Nom de Dieu ! L'une de ces vitrines nous a été signalée. Celle du coin de la Trente-Troisième. Si la balle n'avait pas fait d'autres dégâts à l'intérieur de la boutique, le bris de glace aurait passé pour un accident. Donne-moi l'adresse de l'autre. »

Je lui en donnai l'emplacement exact ; il décrocha mon téléphone, appela son bureau et dépêcha quelqu'un sur les lieux, avec mission de retrouver le pruneau.

« Qu'en pensera le district attorney ? ricanai-je lorsqu'il eut raccroché.

— Te fais pas d'illusions, répliqua-t-il. Avec la réputation que tu t'es taillée, il dira que c'est un de tes vieux amis qui t'a envoyé ses vœux de nouvel an.

— Il est un peu tôt pour ça.

— Alors, il te mettra le grappin dessus sous un prétexte quelconque et tu auras un mal de chien à t'en dépêtrer. Qu'il aille se faire f... !

— Tu ne parles pas comme un vrai flic, vieille branche ! »

Les lèvres de Pat se retroussèrent et son visage s'assombrit.

« Il y a des moments où je voudrais ne pas être un vrai flic, Mike ! Pour l'instant, j'ai les bras liés. Nous sommes tous les deux dans de sales draps et j'aime pas ça. Ou peut-être que je commence seulement à piger certaines choses. Si le district attorney veut jouer au petit soldat avec moi, histoire de se faire mousser dans les journaux, j'aime mieux avoir quelque chose de solide à lui balancer dans les gencives ! »

J'éclatai de rire ! Bon Dieu, il y avait longtemps que je n'avais ri de si bon cœur. Depuis des années que je lui chantais ce refrain, voilà qu'il commençait à en apprendre les paroles !

C'était encore plus drôle qu'au début de l'affaire.

« Vous avez trouvé Rainey ? lui demandai-je.

— Ouais. Il a une profession légitime : il est organisateur de rencontres pugilistiques. Son ring est dans l'Ile. Rien à lui reprocher. Pourquoi m'as-tu lancé sur ses traces ? »

Je sortis une bouteille du tiroir de mon bureau et nous servis deux verres.

« Il est dans ce bain, Pat, je ne sais pas encore à quel titre, mais il y est jusqu'au cou. »

Nous trinquâmes, bûmes et reposâmes nos verres sur le bureau.

« Je suis allé voir Emil Perry. Rainey sortait de chez lui, et Perry avait le trouillomètre à zéro. J'ai essayé d'apprendre quelque chose en l'effrayant davantage. Rien à faire. Mais je sais autre chose. Perry a dit que Wheeler avait parlé de suicide parce que ses affaires allaient à vau-l'eau. Velda est allée à Columbus, et jamais les affaires de Wheeler n'ont aussi bien marché. Qu'est-ce que tu dis de ça, petit frère ? »

Pat siffla doucement.

Je le laissai se remettre de son émotion et continuai :

« Tu te souviens de Dinky Williams, Pat ? »

Il remua la tête de haut en bas.

« Je t'écoute.

— Sais-tu ce qu'il fait actuellement ? m'informai-je d'un ton que j'aurais voulu plus désinvolte.

— Non.

— Si je te disais qu'il dirige, au cœur de cette ville, une maison de jeu ouverte au grand public, qu'est-ce que tu ferais ?

— Je te traiterais de piqué... et je ferais le nécessaire.

— Dans ce cas, tu ne sauras rien. »

Son poing s'abattit sur mon bureau.

« Des clous que je ne saurai rien, s'emporta-t-il. Tu vas me raconter ça, et tout de suite ! Pour qui me prends-tu ? Pour un bleu ?... »

Je m'assis confortablement et le regardai s'exciter tout seul avec un sourire béat. J'étais ravi.

« Écoute, Pat, lui dis-je lorsqu'il s'arrêta enfin. Tu es tout de même un flic. Tu crois en la loyauté et en l'intégrité de la police. Ton devoir te commandera de faire ce que tu viens de dire, et, si tu le fais, un tueur nous passera sous le nez ! »

Il ouvrit la bouche, mais je me hâtai de poursuivre :

« Il y a plus derrière tout ça que nous ne l'avons cru jusqu'alors. Dinky est dans le bain, Rainey est dans le bain, des grosses légumes comme Emil Perry sont dans le bain... et peut-être beaucoup d'autres que nous ne connaissons pas... du moins pas encore. Dinky Williams est en train de faire son beurre avec ses roulettes et autres combines illicites. Mais, sous prétexte que je t'ai dit ça, ne va pas le chanter sur les toits. Je regrette d'avoir à te le rappeler, Pat, mais c'est nécessaire : si Dinky Williams peut exploiter sa boîte, c'est qu'il arrose aux bons endroits. Il y a quelqu'un d'important derrière lui. A moins que ce ne soit un groupe de gens moins importants, mais qui, réunis, arrivent à l'être. Tu veux partir en guerre contre ces gens-là ?

— Et comment !

— Tu crois que tu peux le faire ! Et conserver ton grade, et ton insigne ?

— Je le ferai ! rugit-il, les dents serrées.

— Mais tu ne pourras pas aller jusqu'au bout. Tu seras scié bien avant ! Maintenant, écoute-moi. J'ai des intelligences dans la place. Nous pouvons travailler ensemble, si tu veux bien me faire confiance et ne pas t'emballer. Autrement, zéro. Si Dinky arrose, il nous faut l'arroseur et les arrosés. Pas l'arroseur tout seul. D'accord ? »

Pat me regardait d'un air écœuré.

« Quel grand capitaine de la Brigade criminelle je suis, murmura-t-il. Le district attorney donnerait son bras droit pour un enregistrement de cette conversation. O. K. ! inspecteur, j'attends les ordres. »

Je lui fis le salut du boy-scout.

« Avant tout, nous cherchons un tueur. Pour trouver un tueur, il faut que nous sachions pourquoi Wheeler a été assassiné. Si tu mentionnes dans les milieux *ad hoc* qu'un certain Clyde est en train d'aller au-devant de gros ennuis, il se peut que tu déclenches quelque chose. Ce ne sera certainement pas beau, mais ça pourra nous fournir une indication.

— Qui est Clyde ? »

La sécheresse de son ton me surprit.

« Clyde est le nouveau prénom de Dinky. Il a dû trouver que ça faisait plus raffiné. »

Pat avait retrouvé son sourire.

« J'ai déjà entendu ce nom-là, Mike... et je persiste à dire que tu aurais dû être flic. Tu serais quelqu'un de très haut placé, à l'heure actuelle. A moins que tu ne sois déjà plus qu'un nom sur une pierre tombale...

— C'est ce qui a failli m'arriver cet après-midi.

— Je comprends pourquoi. Ce Clyde a tous les pantins locaux dans sa manche. Il peut tout arranger, depuis une contravention jusqu'à une affaire de meurtre. Il suffit de prononcer son nom pour voir quelqu'un blêmir et perdre les pédales. Notre vieux copain Dinky semble avoir monté en flèche.

— Allons donc, c'est un petit sous-ordre, un homme de paille tout au plus.

— Sans blague. Si nous parlons bien du même type, il a le bras bougrement long. »

Pat était trop calme. C'était à mon tour de m'énerver.

« Tu as fait les vérifications d'usage, à l'hôtel, je suppose ?

— Oui. Quelques personnes y sont descendues la nuit du meurtre de Wheeler, mais toutes avaient des alibis plausibles. »

Je jurai. Pat ricana.

« Est-ce que je te verrai demain, Mike ?

— Oui. Demain.

— Ne te promène pas devant les vitrines. »

Il reprit son chapeau, son manteau, sa serviette et s'en alla. Je me servis un second verre et composai le numéro de téléphone que j'avais inscrit à l'intérieur d'un carnet d'allumettes. Une voix me répondit et je murmurai :

« Allô, Connie... C'est Mike.

— Mike ! Mon amant volage ! Je croyais que tu m'avais oubliée.

— Jamais, cocotte. Qu'est-ce que tu fais ?

— Je t'attends.

— Tu peux m'attendre une demi-heure de plus ?

— Je vais me déshabiller en t'attendant.

— Tu vas t'habiller en m'attendant : il y a de fortes chances pour que nous sortions.

— Il neige, protesta-t-elle, et je n'ai pas d'après-ski ! »

Elle paraissait désappointée.

« Je te porterai dans mes bras. »

Elle protestait toujours lorsque je raccrochai.

Je dactylographiai une courte note, demandant à Velda de me tenir au courant de ses faits et gestes, m'emparai des photos qu'elle m'avait apportées et quittai le bureau.

Le gars de service au garage avait fixé les chaînes antidérapantes autour de mes roues. Je lui donnai un bon pourboire et démarrai dans la tempête.

Connie m'ouvrit la porte et me tendit un verre avant même que j'aie eu le temps d'ôter mon chapeau.

« Mon héros, dit-elle, mon grand héros bravant le blizzard pour venir m'arracher à ma solitude. »

J'expédiai le cocktail, lui rendis le verre vide et l'embrassai sur la joue. Son rire tinta dans mon oreille. Elle referma la porte derrière moi et me débarrassa de mon manteau. Puis elle vint s'asseoir en face de moi, dans le salon, ramena ses jambes sous elle, et soupira :

« Alors, quel est le programme des réjouissances ?

— Une grande partie de cache-cache avec un assassin », répliquai-je.

La flamme de son allumette trembla légèrement.

« Tu... sais ?

— Je soupçonne, ripostai-je avec le même laconisme.

— Qui ? chuchota-t-elle.

— Je soupçonne une demi-douzaine de personnes. Une seule d'entre elles a commis le crime. Le reste y a contribué, d'une manière ou d'une autre. »

Diverses expressions se succédèrent sur son visage, puis elle dit :

« Mike... j'aimerais tant pouvoir t'aider. Est-il possible que quelque chose que je sache ait de l'importance... à mon propre insu ?

— C'est possible.

— Est-ce... la seule raison pour laquelle tu es venu ce soir ? »

Je souris en voyant avec quelle gravité elle attendait ma réponse.

« Tu te sous-estimes, fillette, lui dis-je. Pourquoi ne te regardes-tu pas plus souvent dans la glace ? Tu as un visage qui ferait merveille à l'écran et un corps qu'il serait criminel de couvrir. Tu as l'esprit vif, aussi, et je ne suis qu'un homme. Ça me plaît, tout ça.

« Je suis venu ce soir pour t'interroger, d'accord. Mais si je n'avais pas eu d'autre raison, je serais venu tout de même... pour mon plaisir. »

Elle vint m'embrasser, puis regagna sagement son siège.

« Merci, Mike, dit-elle. Maintenant, je t'écoute.

— Il faudrait d'abord que je sache par quel bout commencer.

— Bavardons, ça viendra tout seul. »

Je haussai les épaules.

« O. K. ! Tu aimes ton travail ?

— Beaucoup.

— Tu gagnes du pognon ?

— Je me défends.

— Tu aimes ta patronne ?

— Ma patronne ?

— Junon. »

Connie fit un geste évasif.

« Junon ne s'occupe pas de moi. Elle avait vu ce que je pouvais donner dans un soutien-gorge ou une parure de nylon, et mon travail lui plaisait.

Lorsqu'elle m'a téléphoné, je suis accourue ventre à terre parce que l'agence Lipsek est la plus select de la ville. Maintenant, Junon choisit simplement les annonces qui me conviennent le mieux et Anton se charge du reste.

— Junon doit les ramasser à la pelle.

— Je comprends ! Non seulement son salaire doit être astronomique, mais elle reçoit perpétuellement des cadeaux de clients généreux. Je plaindrais Anton, si ça le touchait... mais ce n'est pas le cas.

— Et lui ?

— Anton ? Oh ! il se moque de l'argent comme d'une guigne, pourvu qu'il ait son boulot. Jamais il ne laissera à un subordonné le soin de prendre la moindre photographie. C'est peut-être pour ça que l'agence est si prospère.

— Il n'est pas marié, je suppose ? Son épouse se chargerait de le ramener sur terre.

— Anton marié ? Quelle blague ! Avec toutes les femmes qu'il manie, et quand je dis manie, c'est bien le mot qui convient, quelle femme ordinaire pourrait le séduire ? Il est positivement frigide. Pour un Français, c'est plutôt piteux.

— Français ? »

Connie acquiesça et tira sur sa cigarette.

« J'ai su par hasard que Junon l'avait importé de France juste à temps pour lui permettre d'échapper à la justice française. Il semble qu'il ait fait de la photo de propagande, pendant la guerre, pour le compte des nazis. Mais, comme je viens de le dire, Anton se moque de l'argent et de la politique, pourvu qu'il fasse son boulot.

— C'est intéressant, mais pas très utile. Parle-moi de Clyde.

— Je ne sais rien au sujet de Clyde, sinon que son physique de gangster élégant est un puissant attrait pour un tas d'imbéciles des deux sexes.

— Est-ce qu'il couche avec les filles du studio ? »

Elle haussa les épaules.

« Probablement. Lesquelles, je ne saurais le dire, mais il leur offre à toutes des cadeaux de prix et donne à chaque instant des repas d'anniversaire qui, sous le couvert de l'amitié, ne sont que d'habiles prétextes à bonnes affaires. La vogue du Bowery tient depuis plus longtemps que n'a tenue celle d'aucun attrape-gogos du même genre. Je me demande ce qui se passera lorsque Clyde commencera à recevoir des clients ordinaires.

— Moi aussi, dis-je. Écoute, tu peux faire quelque chose pour moi. Fais-toi inviter à l'*Auberge* et regarde autour de toi. Vois de quoi est composée sa clientèle. Je veux parler des gens importants. De ceux qui ont voix au chapitre, dans l'administration de la cité.

— Pourquoi ne m'y invites-tu pas toi-même ?

— Clyde n'aimerait sûrement pas ça et il y aurait du grabuge. Tu n'auras pas de mal à te trouver une escorte parmi tous ces types qui veulent faire des folies pour toi. Ont-ils de la galette ?

— Oui.

— Alors, prends celui qui en a le plus, et fais-la-lui dépenser. Si tu poses des questions, vas-y discrètement, de manière à ne pas attirer l'attention sur toi. Il ne faut à aucun prix que Clyde te remarque. »

Je sortis de ma poche les photos que Velda m'avait procurées et je les lui montrai.

« Tu connais toutes ces filles ?

— Oui... Toutes des mannequins. Pourquoi ? »

J'en choisis une, au centre de laquelle Marion Lester riait de toutes ses dents, très à l'aise dans un énorme manteau de fourrure. A la voir, personne ne se serait douté qu'une ou deux heures plus tard elle serait ivre au point de devoir être mise au lit par Chester Wheeler.

« Tu connais bien celle-ci ? »

Connie émit un son péjoratif.

« C'est l'un des chouchous de Junon, expliqua-t-elle. Elle est venue l'année dernière des studios Stanton. C'est l'une des meilleures, mais c'est aussi une peste.

— Pourquoi ?

— Oh ! elle ne se prend pas pour une petite chose, et c'est une cavaleuse invétérée. Un de ces jours, elle se fera saquer par Junon, car il y a tout de même des clients sérieux qui n'aiment pas qu'on leur fasse du rentre-dedans ! »

Elle me tendit la photo d'une jeune femme vêtue d'une robe de soirée presque transparente.

« Celle-ci s'appelle Rita Loring. On ne le dirait pas, mais elle approche de la quarantaine. L'un des types présents ce soir-là au banquet des Manufactures Calway lui a offert une somme fabuleuse contre son engagement de ne plus poser que pour lui.

— Ne me dis pas que celle-ci a soixante ans, plaisantai-je en lui montrant une autre photo.

— Non, s'esclaffa-t-elle. C'est Jean Trotter, notre benjamine. Elle a à peine l'âge qu'elle porte, c'est-à-dire moins de vingt ans. Elle a quitté l'agence avant-hier, sans crier gare, pour épouser l'élu de son cœur. Elle a écrit à Junon et nous nous sommes toutes cotisées pour lui offrir un poste de télévision. Anton était dans une colère bleue parce qu'elle les a lâchés au beau milieu d'une série. Il a fallu que Junon lui tapote sur l'épaule pour le calmer. Je ne l'avais jamais vu dans une telle fureur. »

Je réunis les photos, les fis disparaître et dis à Connie de se trouver une escorte. Elle m'assassina du regard et fit tout ce qu'elle put pour exciter ma jalousie. C'était le plus beau travail de séduction par téléphone auquel j'aie jamais eu l'occasion d'assister. Et plus elle se faisait charmeuse, plus mon sourire s'accentuait... jusqu'à ce qu'elle perdît son sang-froid et s'en prît à son interlocuteur invisible. Finalement, elle lui donna rendez-vous au bar d'un grand hôtel et raccrocha.

« Tu me dégoûtes, Mike », dit-elle.

Elle me jeta mon manteau à la tête et enfila le sien. Lorsque l'ascenseur nous déposa au rez-de-chaussée, je tins parole et la portai jusqu'à la voiture. Elle ne se mouilla pas les pieds, mais la neige s'engouffra sous sa robe, accentuant sa mauvaise humeur. Nous soupâmes tranquillement, et ensuite je la déposai devant l'hôtel où l'attendait sa future escorte. Nous échangeâmes un baiser d'adieu, et elle me quitta partiellement rassérénée. Je suivis un camion chasse-neige pendant quelque temps, m'arrêtai à proximité d'un bar et sautai sur le téléphone.

J'en étais au deuxième jeton lorsque Joe Gill se décida enfin à sortir de son bain pour venir me répondre.

« Mike ! s'exclama-t-il. Si ça ne te fait rien, j'aimerais mieux…

— Qu'est-ce que c'est qu'un copain pareil, tranchai-je. Écoute, je n'ai pas l'intention de te compromettre. Tout ce que je veux, c'est un petit service. »

Je l'entendis soupirer.

« O. K. ! De quoi s'agit-il ?

— D'un nommé Emil Perry, fabricant de sacs à main. Il habite le Bronx et je veux tout savoir à son sujet, y compris l'état exact de ses finances.

— Là, alors, t'y vas pas avec le dos de la cuiller. Je peux mettre quelques hommes sur sa vie sociale et familiale, mais sur le plan financier, c'est une autre paire de manches. Il y a des lois, dans ce pays.

— Je sais, mais il y a aussi des moyens de les contourner. Je veux être renseigné sur ses comptes en banque, même si tu dois le cambrioler pour y parvenir.

— Écoute, Mike…

— Tu sais très bien que tu n'auras pas besoin d'en arriver là.

— Oh ! inutile de discuter avec toi. Je vais voir ce que je peux faire, mais cette fois nous sommes quittes, hein ! Et ne me rends plus de services à l'avenir.

— Te casse donc pas la tête, m'esclaffai-je. Si tu as des ennuis, fais-moi signe, et j'en parlerai à mon vieux copain le district attorney.

— Ouais. C'est bien ce qui me fait peur. 'Soir, Mike. Je te téléphonerai dès que possible.

— O. K. !… Bonsoir, Joe. »

Je ricanais en sortant de la cabine. Bientôt, peut-être, je saurais quels atouts possédait Rainey pour terroriser une grosse légume comme Emil Perry. D'ici là, Rainey aurait reçu ma visite.

En sortant du bistrot, j'allai voir Ed Cooper au bureau du *Globe*. Il y avait déjà un sacré bout de temps qu'Ed était rédacteur sportif au *Globe* et sa passion était de mener la vie dure aux mille et un combinards de la corporation. Ce qu'il ignorait sur les dessous du sport ne valait pas la peine d'être mentionné. Je le trouvai en train de maltraiter une Underwood, presque aussi vieille que lui.

« 'Qu'tu veux, Mike ? Des billets de faveur ou des renseignements ?

— Des renseignements. Une fripouille du nom de Rainey se dit organisateur de rencontres pugilistiques. Où les organise-t-il ? »

Ed ne s'étonna pas le moins du monde.

« Tu connais le lotissement Glenwood ?

— Sûr.

— Rainey a bâti un ring, là-bas, avec quelques autres types, et ils ont toute la clientèle du lotissement. Ils présentent des combats de boxe et de catch truqués depuis A jusqu'à Z, mais ça les empêche pas de bourrer à toutes les fois. On parie dur, dans le coin, naturellement. T'as quelque chose sur Rainey ?

— Il se peut que j'aie quelque chose. Et il se peut que Rainey fournisse de la bonne copie, d'ici peu. Je tâcherai de te rencarder avant les autres.

— Tu vas là-bas ce soir ?

— Oui. »

Ed consulta sa montre.

« Le ring est ouvert, aujourd'hui. Si tu mets les gaz, tu peux encore arriver pour le premier combat.

— O. K. ! Merci, Ed. Je te raconterai ça en revenant. »

Je remis mon chapeau et ouvris la porte. Ed me rappela.

« Eh ! Mike, ces types dont je t'ai parlé... les associés de Rainey... Ils passent pour des durs. Méfie-toi !

— Je me méfierai, Ed. Merci pour l'avertissement. »

Laissant derrière moi le cliquetis des machines et des rotatives, je regagnai rapidement ma bagnole. La neige tombait toujours, mais les services de voirie faisaient du bon boulot et la circulation s'améliorait de minute en minute. Je garai ma bagnole à une certaine distance du ring de Rainey et passai au guichet.

Le temps de faire la route, j'avais raté le premier combat, mais, à en juger d'après les marionnettes qui gambadaient sur le ring, je n'avais pas raté grand-chose. J'avais payé un dollar pour une place sur le dernier gradin, et la fumée était si dense que je distinguais à peine les boxeurs. Les murs de blocs agglomérés ruisselaient d'humidité et les sièges n'étaient rien de plus que des bancs grossiers confectionnés avec du bois de démolition. Mais la boîte marchait à bloc.

C'était la foule habituelle d'ouvriers et d'anciens G. I. affamés de distractions et prêts à s'exciter sur n'importe quoi. Un hurlement général salua l'envoi au tapis d'un des deux faciles-à-casser, et je vis le bras de l'arbitre se lever et retomber dix fois, sans qu'il me soit possible de l'entendre compter. Les soigneurs remorquèrent la victime du K.O. vers le vestiaire et, quelques instants plus tard, deux autres gladiateurs montèrent sur le ring.

A la fin du quatrième combat, lorsque les deux welters, qui, pendant six rounds, avaient valsé entre les cordes, reprirent la direction du vestiaire, je me levai, gagnai l'allée et me joignis à la procession. Elle m'introduisit dans une vaste pièce aux murs poisseux, meublée d'armoires métalliques cadenassées et de bancs rustiques. L'eau de la salle de douche contiguë coulait jusqu'au centre du plancher. L'endroit puait la sueur et l'embrocation. Dans un coin, deux poids lourds aux mains bandées jouaient aux cartes en marquant les points sur le sol avec des molardos. Je m'approchai d'un des fumeurs de cigare en costume rayé qui discutaient au fond de la salle et lui frappai sur l'épaule.

« Où est Rainey ? »

D'un coup de langue, il changea son cigare de côté et répondit :

« Dans son burlingue, je suppose. T'as un poulain d'engagé, ce soir ?

— Des nèfles ! Il est au lit avec une congestion.

— Manque de pot. C'est pas comme ça qu'on gagne de l'oseille. »

Il restitua le cigare à son coin de bouche habituel et se retourna vers ses interlocuteurs. Je partis en quête du burlingue de Rainey et le trouvai au bout d'un couloir crasseux. A travers la porte, j'entendis le radio-reportage d'un combat en cours à Madison Garden. Quelqu'un jura. Quelqu'un d'autre lui dit de fermer sa gueule. Une porte claqua et je n'entendis plus que la radio.

Je restai planté là pendant cinq bonnes minutes et entendis la fin du combat. Le vainqueur allait parler au micro lorsque la radio s'arrêta. J'ouvris la porte et entrai comme chez moi.

Rainey était assis devant une grande table. Il comptait la recette de la soirée. Je refermai la porte derrière moi, sans trop de bruit, et poussai le loquet. Si Rainey n'avait pas compté à haute voix, il m'aurait entendu. Mais, en fait, il ne se retourna même pas et il en était à cinq mille dollars lorsque je lui dis :

« Bonne soirée, hein ?

— Ta gueule ! » beugla-t-il.

Et il continua de compter.

« Rainey », insistai-je.

Cette fois, il s'interrompit et se retourna lentement, me regardant par-dessus son épaule. Le rembourrage de son veston cachait le bas de son visage et j'essayai de me le représenter, vu à travers la petite fenêtre d'une conduite intérieure, filant dans la 33e Rue. Ça ne collait pas, mais je m'en foutais éperdument.

Rainey était un gars qu'il était facile de détester. Il avait une de ces gueules qui n'ont pas l'air vraies, tant elles reflètent de haine, de cupidité, et de peur conjuguées, mal camouflées par un rictus indélébile. Ses yeux étaient froids, impitoyables, sous d'épaisses et flasques paupières.

Rainey était un dur.

Je m'adossai à la porte, une cigarette pendante au coin des lèvres, la main refermée dans ma poche autour de la crosse de mon petit automatique. Il dut s'imaginer que je voulais l'avoir au bluff, car sa bouche se tordit un peu plus et sa propre main plongea sous la table.

Je tapai sur la porte avec mon pétard et, même à travers l'étoffe de ma poche, le son était diablement authentique. La main de Rainey réapparut. Vide.

« Tu te souviens de moi, Rainey ? » lui demandai-je.

Il ne répondit pas.

J'essayai autre chose.

« Tu devrais t'en souvenir. Tu as voulu me descendre, aujourd'hui, dans Broadway. J'étais devant une vitrine. Dommage pour toi que tu m'aies raté. »

Sa bouche s'ouvrit, ses yeux s'écarquillèrent. J'allongeai la main sous sa table et en ramenai un petit 32 fixé là-dessous à l'aide d'un clip.

« Mike Hammer, bégaya enfin Rainey. Qu'est-ce qui te prend ? »

Je balayai la recette d'un revers de main et m'assis sur le coin de la table.

« Devine ! »

Rainey regarda les billets dispersés sur le sol, puis releva les yeux vers moi.

« Fous le camp avant qu'on te jette dehors, mouchard », rugit-il.

Il fit mine de se lever.

La crosse de son propre 32 lui ouvrit la joue. Il retomba sur sa chaise, le menton inondé de sang et de salive. Je souriais, et pourtant, ça n'avait rien de drôle.

« Tu as oublié quelque chose, Rainey, lui dis-je. Tu as oublié que je suis pas homme à me laisser piétiner les orteils par qui que ce soit. Tu as oublié que j'ai déjà eu affaire à plus durs que toi, et que je leur ai flanqué un pruneau dans les tripes, rien que pour voir quelle gueule ils feraient. »

Il avait les foies, mais c'était tout de même un dur.

« Qu'est-ce que t'attends pour l'essayer, Hammer ? C'est peut-être pas le même tabac maintenant que t'as perdu ta licence de mouchard ? Vas-y, tire ! »

Il rigolait comme une baleine lorsque je pressai la détente du 32 et lui logeai un pruneau dans la cuisse.

« Bon Dieu ! » jura-t-il en saisissant sa jambe à deux mains.

Je levai le pétard jusqu'à ses yeux.

« Dis chiche, Rainey », murmurai-je.

Il se pencha sur l'accoudoir de son fauteuil pour baver tout à son aise sur les billets éparpillés. Je jetai le 32 sur la table et conclus :

« Il y a en ville un gars qui s'appelle Emil Perry. Si tu t'approches encore de lui, je te flanquerai le prochain pruneau à l'endroit où ta liquette rencontre ton pantalon. »

Je n'aurais pas dû m'intéresser autant au son de ma propre voix. J'aurais dû avoir l'intelligence de boucler aussi l'autre porte. Il y avait des tas de choses que j'aurais dû faire ou ne pas faire et personne ne m'aurait poussé le canon d'un automatique entre les côtes, en ricanant :

« Ça va comme ça, bonhomme, à nous, maintenant. »

Le pétard resta contre mes côtes, mais un deuxième type contourna la table et regarda Rainey, qui n'en crachait pas une.

« Il est blessé ! Salaud, tu vas nous payer ça ! »

Il se redressa et me flanqua un marron qui faillit me culbuter par-dessus la table.

« Qu'est-ce que tu fous ici ? Réponds, salaud ! »

Il me flanqua un deuxième marron et, cette fois, je culbutai par-dessus la table.

L'autre type me frappa à la nuque, de la crosse de son pétard, et se tint devant moi tandis que j'essayais de me relever, le désir de tuer inscrit sur toute sa personne.

« Je vais m'occuper de lui, Artie. Ces fiers-à-bras sont mon gibier préféré. »

Rainey cracha et gémit. J'achevai de me redresser et titubai sur place, m'efforçant de paraître plus groggy que je l'étais réellement.

« Donne-moi ça, que je le bute, donne-moi ce pétard ! » hoqueta Rainey.

L'autre type le mit sur pied et le traîna dans ma direction. Le gars à l'automatique ricana et s'approcha d'un pas. C'était ce que j'attendais. Ma main descendit sur la culasse du pétard et la repoussa, tandis que son index pressait désespérément sur la détente. Je lui flanquai un bon coup de genou dans le bas-ventre et n'eus pas grand mal, après ça, à lui arracher le revolver. Il le lâcha et s'affala, pantelant, comme un sac mal rempli.

Les armuriers avaient un certain culot de fabriquer des automatiques aussi faciles à bloquer, mais c'était sûrement pas moi qui irais le leur reprocher. Le gars qui soutenait Rainey le laissa choir et plongea vers le 32 que j'avais laissé sur la table.

Lui aussi eut droit à sa balle dans la cuisse. Pas de jaloux ! Rainey regagna son siège à cloche-pied et me regarda venir, les mains tendues, comme pour me repousser. Je jetai l'automatique sur la table, à côté du 32.

« On m'avait dit que vous étiez des durs, gloussai-je. Je suis un peu déçu. Oubliez pas ce que j'ai dit, au sujet d'Emil Perry. »

Le type dont j'avais aplati le bas-ventre vomissait. Le gars à la cuisse trouée me suppliait d'appeler un médecin. Je gagnai la porte et observai le tableau une minute ou deux.

« Un toubib signalera ces blessures, leur rappelai-je. Ce serait pas une mauvaise idée de lui dire que vous nettoyiez un souvenir de guerre et qu'il est parti tout seul. »

Rainey allongeait la main vers le téléphone lorsque je sortis. Je sifflais en refermant la porte. « Tout ce temps perdu pour la peau », songeais-je un peu plus tard en m'asseyant à mon volant. J'avais assez ri. Maintenant, il allait falloir mettre les bouchées doubles.

8

Il était près d'onze heures et demie lorsque Joe me téléphona. J'étais encore au lit et bredouillai « Allô ? » dans le récepteur.

« Réveille-toi, dit Joe. Et écoute.

— Je suis réveillé, et je t'écoute ! répliquai-je.

— Ne me demande pas comment je me suis procuré tes renseignements ; je les ai, c'est l'essentiel. Emil Perry a plusieurs comptes commerciaux, et deux comptes personnels, un au nom de sa femme, un à son propre nom. Aucun ne présente rien d'anormal, excepté son compte personnel. Il y a six mois, il en a retiré cinq mille dollars. Depuis, la même chose s'est reproduite tous les deux mois, et pas plus tard qu'hier il a encaissé tout le reste, à quelques centaines de dollars près. Ce dernier prélèvement se montait à vingt mille dollars !

— Bouh ! fis-je. Qu'en a-t-il fait ?

— Sais pas. Mais il a une femme et une famille qu'il aime presque autant que sa position sociale, ce qui n'est pas peu dire. D'un autre côté, il aime folâtrer avec les petites femmes. Additionne tout ça et qu'est-ce que ça nous donne ?

— Tout ce qu'il faut pour un bon chantage, ripostai-je. Est-ce tout ?

— En si peu de temps, c'est déjà pas mal. Maintenant, si tu n'as plus besoin de moi, et j'espère fermement que c'est le cas, au plaisir de ne plus jamais te revoir.

— Tu es un pote, Joe. Merci mille fois.

— Et ne me rends plus jamais service, Mike, tu m'entends ?

— C'est juré. Et merci encore. »

Je pris une douche, me rasai, et allai déjeuner. Rainey terrorisait Emil. Emil prélevait régulièrement de grosses sommes sur son compte personnel. Que demander de plus ? Rainey avait eu besoin de pognon pour monter son ring.

Je jetai un coup d'œil à travers les vitres du restaurant. Le ciel était toujours chargé de neige. Je retournai au garage. Les rues étaient déblayées ; je dis au mécano d'ôter de mes roues les chaînes antidérapantes et de les remettre dans ma malle arrière. Lorsqu'il eut fini, je lui glissai deux dollars, sortis en marche arrière et pris le chemin du Bronx.

Je contournai deux fois le pâté de maisons pour m'assurer que la somptueuse conduite intérieure marquée E.P. était bien absente du secteur. Tous les stores étaient baissés et la maison paraissait déserte. Je laissai ma bagnole au coin de la rue et revins à pied jusqu'à la porte d'entrée.

Trois fois de suite, je manœuvrai le lourd marteau de bronze, puis cognai dans la porte à grands coups de botte et attendis. Un gosse à bicyclette, qui jouait dans la rue, m'aperçut et me cria :

« Y a personne, m'sieur. J'les ai vus partir hier soir. »

Je sautai à bas du perron et m'approchai du gosse.

« Qui ça ? m'informai-je.

— Toute la famille, j'pense. La bagnole était chargée comme un camion de déménagement. Ce matin, la bonne et la femme de ménage sont parties aussi. Y m'ont donné un quart de dollar pour aller reporter des bouteilles consignées à l'épicemard, et j'ai aussi gardé la consigne. »

Je lui jetai un deuxième quart de dollar.

« Merci, fiston. Ça paie toujours de pas avoir les yeux dans sa poche. »

Il attrapa la pièce au vol et se remit à faire des acrobaties, dans la rue déserte. J'attendis qu'il se fût éloigné, reparcourus le sentier en sens inverse et, sous le couvert des arbustes qui cernaient la maison, la contournai lentement en m'arrêtant devant chaque fenêtre. Toutes étaient verrouillées. Je jetai un coup d'œil alentour, puis ramassai un caillou et tapai au beau milieu d'une vitre, de plus en plus fort, jusqu'à ce que le verre s'étoilât. Ça fit un vacarme de tous les diables, mais personne ne vint voir ce qui se passait. Un quart d'heure plus tard, j'étais dans la place.

Si portes fermées et meubles recouverts de housses disaient bien ce qu'ils voulaient dire, ça signifiait qu'Emil Perry en avait joué un air. La lumière était coupée. Le téléphone aussi. Toutes les portes qui donnaient sur le hall étaient fermées, ce qui est rare lorsqu'une maison est régulièrement habitée. Dans toutes les pièces régnaient un ordre impeccable, une propreté scrupuleuse. J'explorai tout le rez-de-chaussée, puis montai au premier étage. Deux chambres, une salle de bain, une autre chambre, un studio... le tout propre comme un sou neuf. Puis une porte verrouillée, au-dessus et au-dessous de la poignée. Il me fallut plus d'une heure pour venir à bout de ces satanés engins. Enfin, je poussai la porte. Il faisait noir, là-dedans, comme dans un four. Je grattai une allumette et ne tardai pas à comprendre la raison. De lourdes draperies pendaient devant les stores habituels. Je ne risquais rien à les ouvrir puisque les stores extérieurs étaient également baissés.

J'étais dans le sanctuaire d'Emil Perry.

Il avait dû trop souvent laisser tomber sa grosse chair flasque sur le lit de repos qui meublait un des coins de la pièce, car le sommier s'affaissait lamentablement vers le centre. Il y avait aussi une table à dactylo supportant une machine à écrire, et un classeur à deux tiroirs. J'en inventoriai le contenu. Des lettres d'affaires, rien que des lettres d'affaires. Quelques polices d'assurances et autres papiers personnels. Et toute une série de photos suggestives ! Je refermai le classeur et passai la pièce au peigne fin.

Je ne trouvai rien, absolument rien, sinon un petit tas de cendre noire, dans la cheminée. Mais les seuls fragments qui ne tombèrent pas en poudre sous mes doigts étaient noirs comme de l'anthracite. Je jurai entre mes dents et retournai au classeur, dans lequel je prélevai une police d'assurance souscrite au nom de Mme Perry. Je la sortis de son étui et me servis de la police pour recueillir les fragments et les déposer dans l'enveloppe, que je collai. Puis je remis la police dans le tiroir, m'assurai que tout le reste était bien tel que je l'avais trouvé et quittai la maison. J'avais laissé des traces dans la neige et la boue, mais le sol était trop détrempé pour qu'elles fussent identifiables. Lorsque je me retrouvai au volant de ma voiture, je n'étais pas trop mécontent. Les choses commençaient à se dessiner. Je mis le contact, laissai mon moteur se réchauffer, puis embrayai et me dirigeai vers Manhattan.

Au coin de la 59e Rue, je me rangeai le long du trottoir, entrai dans un drugstore et appelai les Manufactures Calway. Ils me donnèrent le numéro du bureau de Perry, que je composai aussitôt.

« J'aimerais parler à Mr. Perry », dis-je à la standardiste.

J'entendis plusieurs cliquetis, puis une voix annonça :

« Ici, le bureau de Mr. Perry.

— Voulez-vous dire à Mr. Perry que j'aimerais lui parler, réitérai-je.

— Je regrette, monsieur, dit la voix. Mr. Perry n'est pas en ville, actuellement. Puis-je vous être utile ?

— Mon Dieu... je ne sais pas. Mr. Perry nous a commandé un jeu de cannes de golf que nous devions lui livrer aujourd'hui, et notre livreur n'a trouvé personne chez lui...

— Oh !... je vois. Son départ a été plutôt soudain et il ne nous a pas dit où nous pourrions le toucher. Pouvez-vous conserver sa commande par devers vous ?

— Oui... Entendu », répondis-je.

Emil Perry s'était bel et bien tiré des flûtes. Quand reviendrait-il ? Dieu seul le savait. Et encore !

Je rejoignis ma bagnole et rentrai à mon bureau. Si je n'avais pas sonné l'ascenseur du sous-sol, après avoir laissé ma voiture au garage, j'aurais éprouvé une désagréable surprise. Le liftier sursauta lorsque je pénétrai dans sa cabine et me regarda d'un drôle d'air.

« Qu'est-ce qui ne va pas ? » lui dis-je.

Il fit claquer sa langue.

« Je devrais peut-être pas vous prévenir, Mr. Hammer, dit-il, mais deux flics sont montés à votre bureau, tout à l'heure, et deux autres surveillent le hall... »

Je bondis hors de la cabine.

« Il y a quelqu'un là-haut, en ce moment ?

— Oui. Cette jolie fille qui travaille pour vous. Il y a quelque chose qui ne tourne pas rond, Mr. Hammer ?

— Et comment ! Écoutez, mon vieux, oubliez que vous m'avez vu. Je vous revaudrai ça plus tard.

— Comptez sur moi, Mr. Hammer. Heureux d'avoir pu vous rendre service. »

Il ferma sa porte et l'ascenseur remonta. Je glissai cinq cents dans la fente du téléphone mural et composai mon propre numéro. J'entendis les deux déclics des deux récepteurs décrochés presque simultanément.

« Allô ? » dit nerveusement Velda.

J'interposai mon mouchoir entre ma bouche et l'appareil.

« Mr. Hammer ? questionnai-je.

— Je regrette, monsieur, mais il n'est pas encore là. Puis-je lui faire une commission ? »

Je grognai et marquai un temps. Puis :

« Oui, si ça ne vous fait rien. Nous avons rendez-vous au *Cashmore Bar,* à Brooklyn, dans une heure. Veuillez le lui rappeler, s'il vous téléphone, et dites-lui que je serai probablement en retard.

— Entendu, monsieur, riposta Velda. Je lui ferai la commission. »

Sa voix était légèrement sarcastique.

J'attendis près d'un quart d'heure et recommençai la même manœuvre.

« O.K. ! Mike, vous pouvez monter, dit Velda. Ils sont partis, et Brooklyn est loin. »

Elle avait les deux pieds sur mon bureau et se faisait les ongles lorsque j'entrai.

« Je vous emprunte vos habitudes, Mike, dit-elle.

— D'accord, mais je ne porte pas des jupes qui laissent voir mes cuisses », répliquai-je.

Elle rougit, et ses pieds rejoignirent le plancher en quatrième vitesse.

« Comment avez-vous su qu'ils étaient là ? demanda-t-elle.

— C'est le liftier qui m'a affranchi. Il faudra le porter sur notre liste d'étrennes. Qu'est-ce qu'ils voulaient ?

— Vous.

— Pour quel motif ?

— Ils avaient l'air de croire que vous aviez tiré sur quelqu'un.

— Cette espèce de petite ordure a eu le culot de... »

Je m'interrompis brusquement.

« Qui étaient ces gars-là ?

— Ils m'ont fait savoir qu'ils appartenaient au bureau du district attorney. »

L'inquiétude ridait son front.

« Mike... est-ce que c'est grave ?

— Plus que ça encore. Demandez-moi Pat au téléphone, voulez-vous ? »

Pendant qu'elle composait le numéro, j'ouvris le placard et en sortis une bouteille de xérès. J'achevais d'emplir le deuxième verre lorsque Velda me tendit le récepteur.

« Allô, Pat ? »

J'essayais de contrôler ma voix, mais elle contenait trop de fureur pour que j'y parvienne tout à fait.

« Les gars du district attorney viennent de me rendre une petite visite.

— Alors, qu'est-ce que tu fous là ? s'étonna-t-il.

— Je n'y étais pas pour les recevoir. Un plaisantin quelconque leur a dit que j'étais à Brooklyn. Qu'est-ce qui se passe ?

— Tu es dans le pétrin, Mike. Ce matin, le district attorney a lancé un mandat d'arrêt contre toi. Il y a eu des coups de pétard dans l'Ile, la nuit dernière, et deux types ont stoppé des pruneaux. L'un des deux était un nommé Rainey.

— Le nom me dit quelque chose. Ai-je été identifié ?

— Non, mais tu as été vu dans le voisinage, et on t'a entendu menacer Rainey quelques instants auparavant.

— Rainey a-t-il raconté tout ça lui-même ?

— Je ne vois pas comment il s'y serait pris. Rainey est mort, Mike.

— Quoi ? »

Ma voix dut lui faire l'effet d'une explosion.

« Mike... »

Il m'était provisoirement impossible de parler.

« Mike, répéta Pat. Est-ce toi qui l'as tué ?

— Non, haletai-je. Rejoins-moi au bout de la rue, au bar habituel. Il faut que je te parle.

— Disons dans une heure. A propos, où étais-tu la nuit dernière ? »

J'hésitai une seconde.

« Chez moi, répondis-je. Chez moi, et profondément endormi.

— Tu peux le prouver ?

— Non.

— O.K. ! A tout à l'heure. »

Velda avait vidé les deux verres pendant que je téléphonais et s'apprêtait à les remplir. Elle semblait en avoir besoin.

« Rainey est mort, lui dis-je. Je ne l'ai pas tué, mais je le regrette. »

Elle se mordit les lèvres.

« C'est bien ce que j'avais compris. Et le district attorney vous colle ça sur le dos, pas vrai ?

— Plutôt deux fois qu'une. Que vous est-il arrivé cette nuit ? »

Elle me tendit un verre. Nous trinquâmes. Elle vida le sien. Elle n'était vraiment pas dans son assiette.

« J'ai gagné un peu d'argent, dit-elle. Clyde m'a très légèrement soûlée et m'a fait des propositions. Je n'ai pas dit non. J'ai dit : « Plus tard. » Je l'intéresse de plus en plus. J'ai rencontré des tas de gens. Un point, c'est tout.

— Encore du temps perdu ?

— Pas tout à fait. Anton Lipsek est arrivé, complètement ivre, avec une escouade de joyeux lurons et de fort jolies filles. Il a invité tout le monde à monter chez lui, à Greenwich Village, et quelques couples l'ont pris au mot. J'aurais bien voulu profiter de l'occasion, mais Clyde a prétendu de ne pouvoir quitter l'*Auberge* et nous sommes restés là. Un autre couple en a fait autant, principalement parce que le type gagnait à la roulette et qu'il voulait jouer encore. La fille qui l'accompagnait était celle qui était avec vous, l'autre nuit.

— Connie ?

— Elle s'appelle Connie ? » demanda-t-elle d'un ton froid.

J'acquiesçai en souriant.

« Deux des filles arrivées en même temps qu'Anton étaient des collègues de Connie. Je les ai entendues parler boutique jusqu'à ce que votre copine leur sorte des vacheries qui ont mis fin à la conversation. »

Elle attendit que je finisse mon verre.

« Où étiez-vous cette nuit ?

— Je suis allé voir un nommé Rainey. »

Elle pâlit affreusement.

« Mais... mais... vous avez dit à Pat que...

— Je sais. J'ai dit à Pat que je ne l'avais pas tué, et c'est vrai. Je me suis contenté de lui flanquer un pruneau dans la cuisse.

— Grand Dieu ! Alors...

— Non. Ce n'était pas grave. Il a fallu que le tueur passe après moi et lui règle son compte. Pat me donnera tous les détails. »

J'allumai une cigarette et nos yeux se rencontrèrent.

« A quelle heure Clyde vous a-t-il rejointe cette nuit ? »

Ses lèvres esquissèrent une moue.

« Il m'a fait attendre jusqu'à minuit. Il m'a dit qu'il avait été retenu à la dernière minute. Il m'a presque posé un lapin, Mike... juste après que vous m'avez dit à quel point vous me trouviez désirable.

— Il a donc eu le temps d'aller voir Rainey, de le tuer, et de revenir. »

Je m'arrêtai en voyant les yeux de Velda. Elle avala péniblement sa salive et murmura :

« Oh ! non, Mike... ce n'est pas possible ! Je l'ai vu aussitôt après...

— Lorsque Dinky tue quelqu'un, je suis certain que ça ne se voit pas sur sa physionomie. Dinky n'a pas que l'air d'un dur. C'en est un. »

Je ramassai mon chapeau et le redressai d'un coup de poing.

« Si les flics reviennent, amusez-les. Ne parlez pas de Pat. Si le district attorney vient en personne, injuriez-le grossièrement de ma part. Je reviendrai tout à l'heure. »

Mais j'avais à peine fait deux pas dans le couloir qu'un costaud en brodequins montants quittait la dernière marche sur laquelle il était assis et s'approchait de moi en gouaillant :

« Heureux que les copains se soient méfiés ! Y vont être en pétard quand y vont revenir de Brooklyn. »

Un deuxième colosse déboucha de l'autre extrémité du couloir et vint rejoindre son collègue.

« Vous avez un mandat d'arrêt ? » m'informai-je.

Ils me le montrèrent, et le premier mastodonte ajouta :

« En avant, Hammer, et pas d'entourloupettes si tu veux pas qu'on te casse la gueule. »

Je haussai les épaules et, dûment encadré, marchai vers l'ascenseur.

Le liftier comprit tout de suite et secoua tristement la tête. Je vous avais pourtant prévenu, disait sa mimique. Je me glissai derrière lui à l'étage inférieur, lorsqu'il s'arrêta pour cueillir d'autres locataires, et, quand nous débouchâmes au rez-de-chaussée, je me sentais déjà beaucoup mieux. Mais, lorsque le liftier mettrait sa main dans sa poche, il se demanderait sûrement d'où lui était tombé ce petit automatique. Peut-être même irait-il le porter aux flics, comme un bon citoyen ? S'ils voulaient en retrouver l'origine, je leur souhaitais bien du plaisir.

Il y avait un car de police devant la porte, et je m'installai sur une des banquettes, toujours entre mes deux candélabres. Personne ne dit un seul mot, mais, lorsque je sortis mon paquet de cigarettes, l'un des flics l'envoya voltiger d'un revers de main. Trois cigares dépassaient de la petite poche de son veston. Au premier virage, mon coude les réduisit en miettes. Il me regarda comme s'il allait me bouffer et je ricanai doucement.

Le district attorney était prêt à me recevoir. Il y avait un flic en uniforme, devant la porte de son bureau. Les deux détectives m'introduisirent, me firent asseoir sur une chaise de bois et reprirent leurs positions de candélabres. Le district attorney frétillait de jubilation.

« Suis-je en état d'arrestation ? questionnai-je.

— On le dirait, n'est-ce pas ?

— Oui ou non ?

— Oui, dit-il. Pour meurtre.

— Je veux donner un coup de téléphone. »

Son sourire devint radieux.

« Certainement, dit-il. Je serai très heureux de m'entretenir avec vous par l'intermédiaire d'un avocat. Je serai très heureux de l'entendre me dire que vous étiez chez vous, dans votre lit, la nuit dernière. Nous verrons comment il s'y prendra pour démolir les témoignages du portier et de vos voisins de palier, qui ont déjà juré qu'ils n'avaient rien entendu chez vous la nuit dernière. »

Je demandai le numéro du bar où Pat devait me rejoindre, et le district attorney s'empressa de le noter sur un calepin. Flynn, le barman irlandais, prit la communication, et je lui dis :

« Ici, Mike Hammer, Flynn. Il y a chez toi quelqu'un qui peut certifier que je n'ai pas quitté ma crèche cette nuit. Dis-lui de monter immédiatement au bureau du district attorney... Merci. »

Il commençait à brailler le message dans tout le bar lorsque je raccrochai. Le district attorney avait croisé les jambes et balançait doucement l'un de ses pieds.

« N'oubliez pas de me retourner ma licence cette semaine, lui rappelai-je. Avec une lettre d'excuses, naturellement, ou vous pourriez n'être pas réélu la prochaine fois. »

L'un des flics me frappa à la nuque. Je ne bronchai pas.

« Que me reproche-t-on ? » m'informai-je.

Le district attorney ne put résister au plaisir de me répondre :

« Interrompez-moi si je me trompe, Mr. Hammer. Vous êtes allé cette nuit au Ring de Glenwood. Vous avez eu une discussion violente avec ce Rainey. Deux témoins vous ont décrit et ont identifié votre photo. Un peu plus tard, ils étaient dans le bureau de Rainey lorsque vous en avez ouvert la porte, revolver au poing. L'un d'eux a été blessé à la jambe ; Rainey a reçu une balle dans la jambe et une autre dans la tête. Exact ?

— Où est le revolver ?

— Je vous crois assez intelligent pour vous en être débarrassé.

— Qu'arrivera-t-il lorsque ces deux témoins viendront à la barre ? »

Il fronça les sourcils et ne répondit pas.

« J'ai l'impression, continuai-je, que la parole d'individus qui fréquentaient Rainey ne sera pas acceptée sans vérifications.

— J'attends d'avoir vu votre propre témoin », répliqua-t-il.

Pat n'aurait pu choisir un meilleur moment pour faire son entrée. Il avait l'air soucieux, mais, lorsqu'il vit la binette du district attorney, il retrouva instantanément toute son assurance. Le district attorney lui jeta un regard bovin. Pat essaya de s'exprimer avec une certaine déférence et n'y parvint pas. En fait, je l'avais souvent entendu parler plus poliment à des suspects.

« J'étais avec lui la nuit dernière, aboya-t-il. Si vous n'aviez pas pris sur vous de piétiner les plates-bandes de la Brigade, vous l'auriez su plus tôt. Je suis monté chez lui vers neuf heures et nous avons joué aux cartes jusqu'à quatre heures du matin. »

Le visage du district attorney devint livide.

« Par où êtes-vous entré ?

— Par la porte de derrière, dit Pat sans la moindre hésitation. Nous avons garé la bagnole et nous sommes passés par derrière. Pourquoi ?

— Qu'y avait-il donc de si intéressant chez cet homme pour que vous y passiez une partie de la nuit ?

— Ça ne vous regarde nullement, mais je vous l'ai déjà dit. Nous avons joué aux cartes. Et parlé de vous. Mike, ici présent, a fait certaines remarques à votre sujet. Dois-je les répéter pour qu'elles figurent sur le rapport ? »

Une minute de plus et nous aurions la mort du district attorney sur la conscience.

« Inutile, inutile, hoqueta-t-il faiblement.

— Je suppose que vous n'avez plus aucune raison de me retenir ? » intercalai-je.

Sa voix avait à peine assez de force pour traverser la pièce.

« Sortez immédiatement. Vous aussi, capitaine Chambers... Nous nous reverrons. »

Je lui souris. Un joli sourire qui montrait toutes mes dents.

« N'oubliez pas ma licence. Je vous donne jusqu'à la fin de la semaine. »

Il se laissa choir dans son fauteuil et ne bougea plus.

Je suivis Pat jusqu'à sa voiture. Nous roulions depuis dix minutes lorsqu'il dit enfin :

« Je me demande comment tu t'y prends.

— Pour quoi faire ?

— Pour te fourrer dans autant de pétrins. »

Sa réflexion me rappela quelque chose et je lui dis de s'arrêter devant un bar. Je le laissai au comptoir, téléphonai au *Globe* et demandai Ed Cooper.

« Ici Mike, Ed, lui dis-je. J'ai un service à te demander. Rainey s'est fait buter la nuit dernière.

— Ouais, bâilla-t-il, je croyais que tu devais me tenir au courant. J'ai attendu ton coup de fil toute la journée.

— T'excite pas, Ed. Ce n'est pas du tout ce que tu penses. Je n'ai pas buté ce salaud-là, et j'ignorais qu'il allait l'être.

— Sans blague ? »

Ses inflexions me traitaient de menteur.

« Sans blague ! répétai-je fermement. Maintenant, écoute. Ce qui est arrivé à Rainey n'est que de la petite bière. De deux choses l'une. Ou tu téléphones au district attorney et tu l'informes que j'avais pour ainsi dire prévu les événements de la nuit dernière, ou tu me fais confiance et je te réserve la primeur au moment du grand boum. Qu'est-ce que tu en dis ? »

Il rit. Le rire blasé, typique, du vieux reporter.

« J'attendrai, Mike. Il sera toujours temps d'appeler le district attorney, si tu t'es payé ma tête. A propos, sais-tu qui étaient les deux associés de Rainey ?

— Dis toujours.

— Petey Cassandro et George Hamilton. Ils ont fait de la taule, tous les deux, et ont, à Detroit, une réputation de durs bien établie.

— Ils ne sont pas si durs que ça.

— Non ? Tu ne commences pas à changer d'avis, maintenant ? O.K. ! Mike, j'attendrai. Il y a une éternité que j'ai pas eu l'occasion de griller les flics au poteau. »

Je retournai m'asseoir à côté de Pat et lui dis que j'étais allé rassurer Velda. Il acquiesça distraitement. Il avait l'air bougrement embêté. Je lui tapai dans le dos et murmurai :

« Fais pas cette gueule, Pat. Tu as obligé le district attorney à ravaler ses paroles. Ça devrait te remplir de joie.

— Peut-être que je deviens de plus en plus flic, Mike, soupira-t-il. J'aime pas mentir. Si je n'avais pas reniflé un coup monté, je t'aurais laissé te débrouiller tout seul. Le district attorney veut clouer ta peau sur sa porte et il fait tout ce qu'il peut pour y arriver.

— Heureux que tu aies pigé tout de suite et que tu aies connu l'emplacement de mon pigeonnier assez bien pour convaincre le district attorney.

— Il fallait que ce soit convaincant. Sur le moment, tout au moins. Comment diable aurais-tu prouvé que tu n'avais pas quitté ton lit de toute la nuit ?

— Je n'aurais pas pu le prouver, vieille branche, et pour cause ! »

Il faillit lâcher son verre, le posa sur le comptoir et me saisit au collet.

« Dis donc, tu étais bien chez toi la nuit dernière, comme tu me l'as dit au téléphone, pas vrai ?

— Des nèfles ! Cette nuit, je suis allé voir un nommé Rainey. En fait, je lui ai bien logé du plomb dans l'aile. »

Les doigts de Pat retombèrent et son visage perdit toute couleur.

« Nom de Dieu !

— J'ai dit dans l'aile, ou plus exactement dans la cuisse, et non pas dans la tête. Quelqu'un d'autre s'en est chargé. Je m'en veux de te jouer des tours pareils, mais nous avons un tueur à coincer, et je ne pouvais agir autrement. »

Pat vida son verre d'un trait et en commanda un autre. Sa main tremblait si fort que la glace heurtait à chaque instant la paroi du verre.

« Tu n'aurais pas dû faire ça, Mike, gémit-il. Voilà maintenant qu'il va falloir que je t'arrête moi-même. Tu n'aurais pas dû faire ça.

— Sûr. Arrête-moi, et colle-toi pieds et poings liés à la merci du district attorney, pour qu'il te fasse saquer et qu'on nomme à ta place un incapable dans son genre. Arrête-moi, que le tueur rigole un peu et que des petits salopards tels que Clyde continuent à faire fortune... Je suis allé voir Perry. Rainey était chez lui. Perry s'est efforcé de justifier le suicide de Wheeler alors qu'il ne le connaissait même pas. Perry, Wheeler, Rainey, tout se tient. A plusieurs reprises, Perry avait prélevé cinq mille dollars sur son compte en banque. Ça sent le chantage, ça, oui ou non ? Et avant-hier, il a fait un nouveau prélèvement de vingt mille dollars avant de quitter la ville. C'était pas pour payer ses frais de voyage. C'était pour acheter les documents à l'aide desquels Rainey le faisait chanter. Je suis retourné chez Perry, et j'en ai trouvé les vestiges, dans sa cheminée. »

Je sortis l'enveloppe de ma poche et la lui tendis. Il s'en empara distraitement.

« Maintenant, je vais te dire ce qui a déclenché l'affaire Rainey. Quand je suis allé voir Perry, je lui ai dit que j'allais rendre visite à Rainey, lui faire cracher la vérité et la crier sur les toits. Ça a flanqué une telle trouille au gros Perry qu'il en a tourné de l'œil. Derrière mon dos, il a dû téléphoner à Rainey. Il lui a fait une offre et Rainey l'a acceptée. Mais, dans l'intervalle, il fallait que Rainey fasse quelque chose à mon sujet. Il m'a tiré dessus en plein Broadway et, si j'avais bloqué un pruneau ce jour-là, l'affaire aurait tourné court. Je suis allé le voir pour remettre les choses au point, nous avons eu des mots et je lui ai logé une balle dans le gras de la cuisse. Ses associés sont intervenus dans la discussion, nous avons eu des mots, et l'un d'eux a également écopé d'un pruneau dans le gras de la cuisse. »

J'avais eu un instant l'impression que Pat ne m'écoutait pas, mais je m'étais fourré le doigt dans l'œil.

« Et celui que Rainey a reçu dans la tête ? coupa-t-il.

— Laisse-moi finir. Rainey n'agissait pas seul dans cette histoire. Il n'était pas assez malin. Quelqu'un lui donnait des ordres. Un beau jour, il s'est cru assez fort pour voler de ses propres ailes, le grand patron s'en est rendu compte, il est venu à Glenwood pour le supprimer, il m'a vu, il s'est figuré que j'allais faire le boulot pour lui, et, comme je ne l'ai pas fait, il s'en est chargé lui-même.

— Tu as quelqu'un en tête, Mike. Qui ?

— Qui, en effet, sinon Clyde ? Nous n'avons pas encore démontré que Rainey et lui travaillaient ensemble, mais nous y arriverons. Rainey n'habitait pas dans le Bowery pour son plaisir. Je parierais à dix contre un qu'il était là à la disposition de Clyde, lui et une douzaine d'autres durs de son espèce.

— C'est possible, acquiesça Pat. Les deux balles extraites de la cuisse et de la tête de Rainey ont été tirées par le même revolver.

— J'ai tiré sur l'autre type avec l'automatique de son copain.

— Je n'en sais rien. La balle lui a traversé la cuisse et n'a pas été retrouvée.

— Moi, je le sais. Je leur ai flanqué à chacun une balle dans la cuisse et j'ai laissé les revolvers sur la table. »

Le barman vint remplir nos verres. Nous attendîmes qu'il fût reparti et Pat continua :

« Je vais te donner la version des associés de Rainey, Mike. Le type qui était indemne a traîné son copain au-dehors et il a appelé au secours. Personne n'est venu. Il a laissé Rainey — mort — dans son bureau, il a remorqué son copain jusqu'à une bagnole et l'a emmené chez un médecin de Glenwood, d'où il a appelé la police. Il t'a décrit avec exactitude, il a identifié ta photo et nous y voilà.

— Nous y voilà est le mot qui convient. Le tueur est arrivé après mon départ, il a buté Rainey et il a menacé les deux autres ou leur a versé la grosse somme pour qu'ils me collent le meurtre sur le dos. Tous deux ont un casier judiciaire chargé et l'un d'eux portait un pétard. Ils avaient intérêt à suivre les instructions du tueur.

— Le district attorney a leurs dépositions signées.

— Mais, moi, j'ai ton témoignage. Que valent les dépositions de deux gibiers de potence en face du témoignage d'un capitaine Chambers ?

— Sous la foi du serment, ce serait autre chose, Mike.

— Ça n'ira pas jusque-là. Le district attorney se sait battu et, sur un certain plan, je suis content que ce soit arrivé.

— Parle pour toi ! » grogna Pat.

Je le laissai réfléchir un bon moment avant de lui demander ce qu'il allait faire.

« Je vais faire piquer ces deux types, répliqua-t-il. Je leur ferai bien dire ce qui s'est réellement passé. »

Je le regardai, bouche bée.

« Pat ! Est-ce que tu plaisantes ? Crois-tu que ces deux zigotos sont restés là à t'attendre ?

— L'un d'eux est blessé, me rappela-t-il.

— Et alors ? Ces types-là ne sont des durs que jusqu'à un certain point. Ils cessent de l'être quand ils tombent sur un type qui l'est un peu plus qu'eux.

— Je vais tout de même les faire rechercher.

— Bien sûr. Ils pourront nous être utiles... si tu les trouves. Mais j'en doute. A propos, as-tu fait examiner les balles du casseur de vitrines ? »

Pat revint aussitôt à la vie.

« C'est vrai, je voulais t'en parler. Ce sont des 38 toutes les deux, mais tirées par des pétards différents. Tu avais plus d'une personne à tes trousses ce jour-là. »

S'il s'attendait à me surprendre, il dut être déçu.

« Ça n'infirme pas ce que je t'ai dit, Pat. Et ça nous ramène une fois de plus à Clyde et à Rainey. Quand j'ai quitté Perry, il a téléphoné à Rainey. C'était juste avant l'heure du déjeuner et il a pu supposer que j'irais casser la croûte chez moi. En fait, je suis juste monté prendre mon manteau et mes gants, mais je m'attendais si peu à être suivi qu'il a pu facilement me filer toute la journée jusqu'à ce que je sois seul et qu'il lui soit possible de risquer le coup.

— D'accord pour Rainey. Mais que fait Clyde dans le tableau ?

— Réveille-toi, Pat ! Si Rainey recevait ses ordres de Clyde, peut-être Clyde a-t-il lui-même suivi Rainey, pour s'assurer que le boulot serait bien fait ?

— Et ce serait lui qui aurait tenté de t'avoir la seconde fois. D'où les revolvers différents. Tu as réponse à tout.

— Je n'ai vu que la moitié de son visage et j'ignore si c'était bien lui, mais c'était un homme et puisqu'il a déjà voulu me descendre, il recommencera... et ce sera la dernière fois qu'il essaiera de descendre qui que ce soit. »

Nous vidâmes nos verres, ingurgitâmes des sandwiches, et grillâmes une Lucky ou deux. Le tout sans échanger plus de trois paroles.

« Pour revenir au district attorney, Pat, repris-je enfin, qui a bien pu lui mettre l'épée dans les reins pour qu'il se laisse aller de cette façon ?

— Je me demandais quand tu te déciderais à me poser cette question, grommela-t-il.

— Eh bien ?

— Des gens, Mike. Des gens qui se sont indignés qu'un tueur tel que toi puisse encore vaquer à sa guise et ont exigé qu'on fasse quelque chose. Des gens influents dont le domicile est à Glenwood, à l'écart du lotissement. Quelques-uns d'entre eux étaient présents à l'interrogatoire des témoins.

— Qui sont ces gens ?

— L'un d'eux fait partie du ministère des Transports, un autre est leader d'un club politique de Flatbush. Un autre s'est présenté aux dernières élections sénatoriales et a perdu d'un poil. Deux autres sont de gros hommes d'affaires et, quand je dis gros, je sais ce que je dis. Tous deux s'occupent activement des affaires civiques.

— Clyde fréquente le dessus du panier.

— Il peut aller plus haut encore, s'il le désire, Mike. Il peut aller plus bas, aussi, chez les durs de durs, en cas de nécessité. J'ai fait des sondages dans plusieurs directions, depuis que tu m'as mis la puce à l'oreille au sujet de Dinky. Je n'ai pas appris grand-chose, mais suffisamment pour savoir qu'il fréquente aussi bien le dessus que le fond du panier. Crois-moi, Mike, le temps est passé où Dinky n'était qu'un comparse.

— Ouais, commentai-je, mais je crois que le temps est venu pour moi d'avoir avec Dinky une petite conversation amicale. »

9

Quoi qu'il en soit, je ne fis pas ce soir-là ce que j'avais projeté de faire, car, lorsque je regagnai mon bureau, Velda était déjà partie. Elle avait laissé sur ma table une courte note me disant de rappeler Connie. Un poignard souillé de sang tenait lieu de signature. Je n'aimais pas du tout ce genre de prophétie.

Poignard ou pas poignard, je décrochai le téléphone et Connie s'écria en entendant ma voix :

« Oh ! Mike, j'étais si inquiète !

— A cause de moi ?

— Et de qui donc ? Mike... qu'est-il arrivé cette nuit ? J'étais à l'*Auberge* lorsque j'ai entendu parler de ce Rainey... et de toi.

— Une minute, baby, qui as-tu entendu parler de tout ça ?

— Des hommes qui revenaient de Glenwood. Ils étaient juste assis derrière moi.

— Quelle heure était-il ?

— Oh ! je ne sais pas au juste, Mike. Il devait être très tard. J'étais si inquiète que j'ai voulu partir. Je... je ne pouvais pas le supporter... Oh ! Mike... »

Elle se mit à sangloter nerveusement.

« Ne bouge pas de chez toi, dis-je hâtivement. Je serai là dans vingt, vingt-cinq minutes. »

Je brûlai des lumières rouges et, deux fois au moins, entendis de furieux coups de sifflet derrière moi, mais un quart d'heure plus tard je frappais à la porte de Connie. Ses yeux étaient rouges et elle se jeta dans mes bras. Son parfum chassa le froid de mes poumons, le remplaçant par une sensation beaucoup plus agréable.

« Eh bien ! eh bien ! » murmurai-je.

Elle sourit et rejeta sa tête en arrière.

« Il fallait que je te voie, Mike, dit-elle. Je ne sais pas pourquoi j'étais si inquiète, mais je ne pouvais pas m'en empêcher.

— C'est peut-être parce que je te rappelle tes grands frères ?

— Peut-être, mais je ne le crois pas. »

Je l'embrassai doucement et sa bouche en réclama davantage.

« Pas sur le palier, fillette. Les gens pourraient jaser. »

Elle claqua la porte et je lui donnai ce que réclamait sa bouche. Son corps ondulait sous mes mains et je dus la repousser pour entrer dans le salon.

Elle me suivit et s'assit à mes pieds. Elle avait plutôt l'air d'une sale gosse désolée de grandir que d'une vraie femme. Elle était heureuse et frottait sa joue contre mes genoux.

« J'ai passé une nuit détestable, Mike. Si seulement tu avais été là...

— Raconte-moi ça.

— Nous avons bu, dansé, et joué. Ralph — mon chevalier servant — a gagné plus de mille dollars et les a reperdus. Si nous étions allés avec Anton, il n'aurait rien reperdu du tout.

— Anton était là aussi ? Seul, comme d'habitude ?

— Seul, oui, jusqu'à ce qu'il ait bu un coup de trop. Ensuite, il s'est mis à pincer toutes les filles et l'une d'elles l'a giflé. Je ne l'en blâme pas. Elle n'avait rien sous sa robe. Un peu plus tard, il a jeté son dévolu sur Lilian Corbett — elle appartient à l'agence — et s'est mis à lui faire la cour en français. Si elle avait compris ce qu'il disait, elle l'aurait sûrement giflé, elle aussi. Lorsqu'elle l'a envoyé promener, il s'est rabattu sur Marion Lester... en anglais. Elle ne demandait que ça, cette chipie ! »

Je lui caressai doucement les cheveux.

« Ainsi, Marion était là, elle aussi.

— J'aurais voulu que tu la voies tortiller du croupion sur la piste. Elle a si bien travaillé Anton qu'il était complètement excité et, pour exciter Anton, il faut faire plusieurs voyages. Finalement, il a invité tout le monde chez lui et ils sont partis à toute une bande. Qu'est-ce qu'ils ont dû faire comme orgie !

— Je le crois sans peine. Et toi, qu'as-tu fait ensuite ?

— Oh ! Ralph a continué de jouer. Il a reperdu ses gains pendant que je bavardais avec un barman, puis nous sommes retournés nous asseoir à une table et nous avons bu du champagne. »

Elle leva vers moi un regard à nouveau chargé d'angoisse.

« C'est à ce moment-là que ces types sont arrivés. Ils parlaient de la fusillade et de Rainey et de toi. Ils disaient que tu étais juste le type à faire un coup comme ça et l'un d'eux a parié que tu serais coffré avant le lever du jour.

— Comment étaient-ils ?

— Je ne sais pas. Je ne me suis pas retournée pour les regarder. C'était déjà assez dur de les entendre parler. J'en avais l'estomac retourné, et je n'ai pas pu m'empêcher de pleurer. Ralph a cru que c'était parce qu'il m'avait délaissée et s'est mis à me peloter pour me consoler. J'ai voulu rentrer et il m'a raccompagnée jusqu'à ma porte. Mike... pourquoi ne m'as-tu pas téléphoné ?

— J'étais occupé, mon chou. Je sors juste des pattes de la police.

— Ce n'est pas toi qui l'as tué, n'est-ce pas ?

— La balle dans la cuisse, c'est moi. La balle dans la tête, c'est quelqu'un d'autre.

— Mike ! »

Je lui ébouriffai les cheveux et l'embrassai sur le front.

« Tu es arrivée de bonne heure à l'*Auberge,* je suppose ? »

Elle acquiesça.

« Clyde était-il là ?

— Non... en fait, il n'est arrivé que beaucoup plus tard. Il devait être minuit passé.

— Quelle tête faisait-il ? »

Connie fronça les sourcils.

« Mon Dieu... maintenant que tu m'y fais penser, il avait l'air un peu nerveux... préoccupé. »

Parbleu ! S'il venait de buter Rainey...

« Quelqu'un avait-il l'air de s'intéresser à cette conversation ? Clyde, par exemple ?

— Je ne pense pas qu'il les ait entendus. Et personne ne faisait attention à ces hommes qui venaient d'arriver.

— Y avait-il des gens importants dans l'assistance ?

— Ne dis pas de bêtises, Mike ! Pour entrer à l'*Auberge du Bowery,* il faut être quelqu'un d'important, ou accompagner quelqu'un d'important.

— Je suis bien entré, moi ! ricanai-je.

— N'importe quel beau modèle vaut mieux que le mot de passe, riposta-t-elle en souriant.

— Ne me dis pas qu'il y a un mot de passe !

— Il y en avait un, au début, pour pénétrer dans les arrière-salles. Maintenant, c'est devenu impossible, mais il y a toujours ces petites salles de contrôle, entre les grandes salles. Elles sont insonorisées, blindées. »

Je tirai doucement sur ses cheveux jusqu'à ce que ses yeux fussent levés vers mon visage.

« Tu en as découvert, des choses, en si peu de temps. La première fois que tu y es allée, c'était avec moi.

— Tu m'as dit que j'avais l'esprit vif, Mike, l'as-tu déjà oublié ? Pendant que Ralph jouait à la roulette, le barman et moi avons eu une très intéressante discussion. Il m'a décrit les aménagements de la boîte, y compris le système d'alarme. En cas de descente de police, l'alerte est donnée aussitôt et les clients peuvent filer par un passage dérobé. N'est-ce pas gentil de la part de Clyde ?

— Il est plein de sollicitude envers les gros manitous qui emplissent ses coffres-forts... Et maintenant, cocotte, il va falloir que je parte.

— Oh ! Mike, pas déjà, je t'en prie.

— Écoute, j'aimerais rester avec toi, mais quelque part dans cette garce de ville il y a un tueur armé d'un revolver qui n'attend que l'occasion de s'en resservir. Et je veux être là quand il l'essaiera.

— Tu auras celui que tu poursuis, Mike, disait-elle. Rien ne peut t'arrêter. Rien. »

Sa voix tremblait, mais contenait, aussi, une sorte d'indicible fierté.

« Il me serait si facile de t'aimer, Mike », l'entendis-je chuchoter au moment où je refermais la porte.

Dehors, la neige s'était remise à tomber. Je montai dans ma voiture et fis fonctionner les essuie-glace, qui débarrassèrent graduellement mon pare-brise de la neige qui l'encombrait. Cette neige, du reste, n'avait pas que des inconvénients. Grâce à elle, toutes les bagnoles se ressemblaient, et si le tueur avait toujours l'intention de me buter il aurait un mal de chien à retrouver mon tacot parmi tous les autres.

Cette dernière réflexion eut le don de me remettre en boule. L'un de mes pétards était au commissariat central, dans une grande enveloppe, avec ma licence de détective ; j'ignorais ce que le liftier avait pu faire de l'autre, mais je ne me sentais pas à mon aise avec un étui vide sous le bras. Les inoffensifs citoyens pouvaient ignorer qu'il existait des tueurs, mais l'un d'eux voulait avoir ma peau, et il me restait un Luger, tout chargé, dans le dernier tiroir de ma commode...

Je montai chez moi quatre à quatre, sans attendre l'ascenseur, ouvris la porte de mon logement et manœuvrai le commutateur.

Rien.

Je commençais à maudire les fusibles lorsque je pensai, soudain, qu'il pouvait s'agir de tout autre chose et fis un pas de côté, dans l'obscurité. Quelles radiations inconnues émises par le corps humain vous avertissent ainsi, parfois, de la présence du danger et vous inspirent au dernier moment le réflexe animal qui vous sauve la vie ? J'avais à peine fait ce pas de côté que deux détonations, amenuisées par un silencieux, retentissaient à l'autre bout de la pièce, et que deux langues de feu poignardaient les ténèbres... Avec un rugissement étouffé, je plongeai vers l'origine des langues de feu et entrai en contact avec deux jambes qui fléchirent, tandis qu'une voix étouffait un juron. L'instant d'après, un poing me frappa au visage et mon crâne heurta le plancher.

Je cognai à l'aveuglette. Mes pieds accrochèrent ceux de la table et la renversèrent. Les deux vases et le service à cocktail volèrent en éclats, avec un vacarme infernal. Quelqu'un criait dans la pièce voisine. Je parvins à me redresser sur un coude et me cramponnai au revers d'un veston. Mon adversaire était fort comme un Turc et presque aussitôt je reperdis ma prise. Le poing invisible me martelait toujours le visage avec un acharnement démoniaque. J'étais empêtré dans mon manteau et les lumières que je commençais à voir ne venaient pas des ampoules.

Tout ce que je savais, c'était qu'il fallait que je me relève, que je me débarrasse de cette chose qui avait actuellement le dessus et qui ne tarderait pas à m'assommer si je la laissais faire. J'y parvins d'un effort inconscient et entendis mon antagoniste entrer en collision avec la table renversée. Je rugis à nouveau en me ruant à corps perdu, parce que c'était moi, maintenant, qui allais avoir l'avantage.

Puis mes pieds accrochèrent le fil d'une lampe et je m'étalai de tout mon long. Ma tête heurta quelque chose et, avant de tourner de l'œil, je compris que le tueur était en train de se demander s'il allait s'attarder assez longtemps pour me régler mon compte ou s'il était préférable de filer en quatrième. Des portes claquaient un peu partout lorsque je sombrai dans un sommeil artificiel peuplé de cheveux fauves et de déshabillés transparents et de Velda honteusement décolletée...

L'homme qui était penché sur moi avait un visage sérieux et rond et une bouche ovale qu'il s'amusait à tordre dans tous les sens. J'éclatai de rire ; le visage devint plus sérieux encore et la bouche se tordit avec une vigueur accrue. J'observai longuement les contorsions grotesques de cette bouche idiote avant de comprendre que le type me parlait.

Il me demandait mon nom et quel jour nous étions. A force de l'entendre répéter ses questions, je cessai de me gondoler juste assez longtemps pour lui dire comment je m'appelais et que nous étions vendredi. Le visage perdit une partie de son sérieux et la bouche sourit. C'était de plus en plus marrant.

« Ça ira, dit la bouche. J'ai eu peur un instant... »

Le visage disparut de mon champ de vision et la voix continua :

« Une légère commotion cérébrale. Ce ne sera rien. »

Une autre voix déclara :

« Dommage que ce ne soit pas une fracture. »

Je reconnus cette seconde voix. C'était celle du district attorney. Quelques minutes encore et je m'assis péniblement, au prix de douleurs aiguës dans la partie supérieure du crâne. Oui, c'était bien le district attorney, les mains enfoncées dans les poches, aussi froid et désinvolte qu'un district attorney est censé l'être en public.

Ma résurrection marqua le début d'une sorte d'exode. Le petit bonhomme à la bouche marrante, sa trousse noire à la main, deux femmes en bigoudis, le portier, un homme et une femme béants d'émotion... Tout ce monde-là sortit de chez moi, me laissant avec le district attorney, un flic en uniforme, deux détectives en civil ; et puis Pat, mon copain, assis à l'écart, sur l'unique chaise qui soit encore debout.

Le district attorney s'approcha de moi et me montra deux bouts de plomb posés côte à côte sur la paume de sa main.

« Nous les avons extraites de votre mur, Mr. Hammer. Je veux une explication immédiate. »

L'un des types en civil m'aida à me mettre sur pied et ma vue acheva de s'éclaircir. Ils avaient tous des nez, maintenant. J'ignorais que je souriais lorsque le district attorney aboya :

« Qu'y a-t-il de si drôle là-dedans ? Je ne vois rien de drôle dans toute cette histoire.

— ... M'étonne pas », bredouillai-je.

Il me prit au collet et planta son visage à quelques centimètres du mien. Je fermai les yeux pour ne pas loucher. En temps ordinaire, j'aurais rectifié l'alignement de ses jolies quenottes, mais, pour l'instant, je pouvais à peine lever les bras.

« Qu'y a-t-il de si drôle, Mr. Hammer ? répéta-t-il. Que diriez-vous si... »

Je me détournai. Je récupérais rapidement.

« T'as mauvaise haleine, murmurai-je. Fous le camp ! »

Il me projeta contre le mur. Je souriais toujours, mais maintenant je savais que je souriais. Il était vert de rage et sa bouche n'était plus qu'une mince ligne haineuse.

« Parlez ! hurla-t-il.

— Où est ton mandat ? questionnai-je avec une facilité qui me surprit moi-même. Où est le mandat qui te permet de t'introduire chez moi et de me parler sur ce ton, bougre de petit salaud ? Fous le camp et va lécher quelques bottes, histoire de pas en perdre l'habitude ! Fous le camp avec tes acolytes, avant que j'aie assez récupéré pour vous jeter tous dehors ! »

Les deux détectives durent le retenir. Des pieds à la tête, tout son corps était agité de soubresauts convulsifs. C'était la première fois de ma vie que je voyais un type dans un tel état de rage. Ils l'emmenèrent avec eux et, dans leur précipitation, ne remarquèrent même pas que Pat était resté là, confortablement installé sur la chaise.

« J'espère qu'il aura compris, cette fois, commentai-je. Ici, je suis chez moi.

— Tu n'en feras jamais d'autres », dit Pat tristement.

Il m'offrit une cigarette. La fumée s'accrocha à mes poumons d'une façon presque douloureuse. Je redressai une chaise et m'y vautrai, jambes étendues. Pat me laissa reprendre mon souffle et, lorsque enfin j'écrasai mon mégot sur un débris de soucoupe, il releva la tête et dit doucement :

« Vas-tu me raconter ce qui s'est passé, Mike ? »

Je regardai mes mains. Elles saignaient et l'un de mes ongles était à demi arraché. Un menu fragment de tissu était coincé dans la cassure.

« Il était déjà là quand je suis arrivé. Il a tiré deux fois, mais il m'a raté. Ensuite, nous avions fait un tel boucan qu'il a préféré filer après que je me suis assommé. Si je ne m'étais pas empêtré les pieds dans un fil électrique, le district attorney m'aurait fait coffrer pour meurtre, parce que je l'aurais tué, ce salopard ! Qui a prévenu le district attorney ?

— Les voisins ont téléphoné au poste le plus proche, m'expliqua Pat. Ton nom a été prononcé et l'homme de service a appelé le district attorney. Tu penses s'il est accouru ventre à terre. »

Je grognai et massai mes phalanges endolories.

« Tu as vu les balles qu'il avait dans les mains ?

— Oui. C'est moi qui les ai extraites du mur. Des 38, comme celles de Broadway. Ça fait deux fois qu'il te manque, Mike. Et l'on dit que la troisième fois, c'est la bonne.

— Ils vont les comparer à celles de Broadway ?

— Oui, certainement. Selon ta théorie, si elles sont assorties à celle de la première vitrine, c'est Rainey qui t'a attaqué. Si elles sont assorties à celle du coin de la 33e Rue, c'est Clyde. »

Je palpai ma mâchoire, qui était écorchée et meurtrie.

« Rainey est hors de cause, ricanai-je.

— Nous verrons.

— C'est tout vu ! Qu'est-ce que nous attendons pour aller alpaguer ce salaud de Clyde ?

— Pas si vite, Mike, dit Pat en souriant amèrement. Où sont nos preuves ? Crois-tu que le district attorney se laissera convaincre par tes théories... surtout maintenant ? Je t'ai dit que Clyde avait le bras long. Même si c'était lui, il n'a pas laissé de traces. Pas plus que le gars qui a tué Rainey cette nuit.

— Tu as raison. En cas de nécessité, il pourrait même se fabriquer toutes sortes d'excellents alibis.

— Si encore nous travaillions librement sur une affaire de meurtre... mais officiellement Wheeler s'est toujours suicidé et nous aurons du mal à faire admettre le contraire. »

Je lui tendis le fragment de matière textile que je venais d'extraire de mon ongle cassé.

« Il m'a laissé un échantillon de son veston, lui expliquai-je. Tu peux toujours le faire examiner par tes spécialistes. »

Pat examina ma trouvaille et la rangea dans une petite enveloppe qu'il empocha.

« Quel qu'il soit, ce type est un costaud, murmurai-je. Et tu te souviens de ce que tu m'as dit, au sujet des traces relevées sur le corps de Wheeler ? Supposons que ce type ait filé Wheeler et qu'il entre dans la chambre avec l'intention de le tuer et de donner au tableau l'allure d'une querelle de pochards. Supposons qu'au lieu de trouver Wheeler dans son lit il le trouve debout, en train de tituber dans la direction des toilettes. Wheeler comprend ce qui va se passer et s'empare de mon revolver suspendu au dossier d'une chaise.

« Représente-toi la scène, Pat... Wheeler braque le revolver, le type le détourne et la première balle s'enfonce dans mon matelas. Puis le type retourne le poignet de Wheeler, dirige le canon de l'arme vers le crâne de sa victime et le coup part. Est-ce qu'une bagarre de ce genre ne correspondrait pas aux traces relevées sur Wheeler ? »

Pat se recueillit un instant.

« Oui », admit-il enfin.

Puis ses yeux se plissèrent.

« Ensuite, le tueur ramasse l'une des deux douilles et récupère la première balle dans ton matelas. Personne n'aurait remarqué un aussi petit trou, de toute manière. Tout aurait marché comme sur des roulettes si tu n'avais pas su combien de pruneaux contenait ton pétard.

— Je n'aurais jamais douté moi-même que Wheeler se soit suicidé, soulignai-je.

— Et le tueur a trouvé le moyen de reperdre la balle et la douille superflues dans le hall, où nous les avons découvertes plusieurs heures après, acheva Pat. Il est vrai que, si tu n'avais pas mis le feu aux poudres, je ne serais pas retourné à l'hôtel, et la balle et la douille auraient peut-être été balayées par une femme de ménage.

— Le tueur portait un vieux costume, dis-je hors de propos.

— Quoi ?

— Si ses poches étaient trouées, ce devait être un vieux costume. »

Pat me regarda et fronça les sourcils. Sa main plongea dans sa poche et en ressortit plusieurs feuilles de papier. Il les feuilleta, releva les yeux, lut attentivement la dernière page et rendit le tout à sa poche.

« La veille du meurtre de Wheeler, résuma-t-il, deux personnes seulement ont été portées sur les registres de l'hôtel : un vieillard et un jeune homme aux vêtements usagés qui a payé d'avance. Il est parti le lendemain, après la mort de Wheeler, avant que nous cherchions qui que ce soit dans l'hôtel, et assez longtemps après la découverte du cadavre pour n'éveiller aucune suspicion. »

Le brouillard se dissipa dans ma tête et je sentis mes muscles se tendre.

« Ont-ils pu le décrire... Était-ce...

— Non. Il était de taille et de corpulence moyennes, et le but de sa visite en ville était de consulter un stomatologiste. Les trois quarts de son visage étaient dissimulés par un bandage. »

Je jurai.

« C'était une bonne justification pour son absence de bagages. En outre, il avait de quoi payer d'avance.

— C'était peut-être Clyde, grognai-je.

— Ce pouvait être n'importe qui. Si tu persistes à croire que Clyde est derrière tout ça, penses-tu sincèrement qu'il se soit chargé de commettre ce meurtre lui-même ?

— Non, concédai-je avec un profond dégoût. Le salaud aurait payé quelqu'un pour le faire.

— De même pour le meurtre de Rainey. »

Je me levai d'un bond.

« Clyde a déjà été compromis dans une affaire de meurtre, Pat. Rien ne prouve qu'il n'y ait pas pris goût. Rien ne prouve qu'il ne soit pas obligé de faire le sale boulot lui-même, faute de pouvoir se fier à quelqu'un d'autre. Attendons encore quelques jours...

— Le temps nous est compté, Mike.

— Pourquoi ?

— Le district attorney ne m'a pas cru, lorsque je lui ai dit que j'étais chez toi. Il a lancé ses hommes sur l'affaire, et ils auront tôt fait de découvrir le pot aux roses.

— Nom de Dieu !

— Il a les pieds dans les reins, c'est visible. Les pieds de qui, je n'en sais rien, mais ce que je sais, c'est qu'il doit s'agir de pieds rudement importants, et de plus en plus nombreux. Quelque chose va casser, d'un jour à l'autre, et nous risquons d'y laisser, toi, ta peau, moi, mon emploi.

— D'accord, Pat, d'accord, mais que pouvons-nous faire ? Je peux toujours démolir Clyde, mais il me flanquera les flics sur le dos avant que j'aie eu le temps de travailler sérieusement. J'ai besoin de ces quelques jours.

— Je sais. Je le sais mieux que personne. »

J'allumai une cigarette et regardai Pat à travers la fumée.

« Tu sais, Pat, on peut rester un mois dans une chambre close avec un frelon et jamais il ne vous piquera. Mais, si l'on se met à l'asticoter, c'est l'affaire de quelques secondes avant qu'il vous pique une bonne fois.

— Et s'il te pique trop souvent, tu en crèves, compléta Pat.

— D'accord, mais c'est un risque à courir. Qu'est-ce que tu as de prévu pour ce soir ? »

Pat ouvrit la porte, tandis que je courais après mon chapeau.

« Comme tu as bouleversé mon emploi du temps, il faut que je retourne au bureau pour liquider quelques détails. Je veux voir également si les deux associés de Rainey ont été retrouvés. Tu ne t'étais pas trompé à leur sujet. Ils se sont littéralement volatilisés.

— Et qu'ont-ils fait du Ring de Glenwood ?

— Ils l'ont vendu... à un nommé Robert Hobart Williams. Les actes de vente sont parfaitement en règle.

— Sacré nom d'un chien !

— Comme tu dis ! Il l'a acheté pour une bouchée de pain. Ed Cooper a annoncé la nouvelle dans la rubrique sportive du *Globe,* avec tous les sous-entendus de rigueur en pareil cas.

— Sacré nom d'un chien, répétai-je. Voilà qui établit clairement la connexion entre Clyde et Rainey, pas vrai ? »

Pat haussa les épaules.

« Va-t'en le prouver ! Rainey est mort et ses associés ont disparu. Ce n'est pas le seul établissement sportif auquel Clyde s'intéresse. »

J'allais partir en oubliant l'essentiel. Je laissai Pat devant l'ascenseur, retournai dans ma chambre, ouvris le dernier tiroir de ma commode et sortis le Luger de la boîte où il reposait, soigneusement enveloppé dans un chiffon huileux. Je vérifiai le chargeur, introduisis une cartouche dans le magasin et glissai le pétard dans l'étui de mon 45.

Il ne le remplissait pas, mais quelle importance. Il avait fait ses preuves, lui aussi.

La neige tombait toujours, paresseusement, mais si dru qu'on n'y voyait pas à quinze mètres devant soi. J'arrivai au bureau juste au moment où Velda s'apprêtait à partir. Je n'eus pas besoin de la supplier pour qu'elle rejette son manteau sur le mien. Elle était encore plus adorable que la dernière fois, quoique également plus habillée.

« Où allez-vous ? » lui demandai-je.

Elle me servit un verre.

« Clyde m'a téléphoné. Il voulait savoir si ''plus tard'' signifiait aujourd'hui.

— Et qu'avez-vous répondu ?

— Peut-être.

— Où doit se passer le grand événement ?

— Chez lui.

— Vous menez vraiment ce type par le bout du nez, pas vrai ? Comment se fait-il qu'il se résigne à lâcher l'*Auberge* pour vous recevoir ? »

Velda me regarda dans les yeux, puis se détourna. Je m'emparai de la bouteille.

« Je suis vos instructions, vous savez », me rappela-t-elle.

Il lui suffisait de me regarder comme ça, quand je me conduisais de cette manière, pour que j'aie aussitôt l'impression de sortir tout droit d'un égout.

« Excusez-moi, fillette. Je crois bien que je suis jaloux. Je vous ai considérée si longtemps comme une partie de mon mobilier que, maintenant que la compagnie veut me le reprendre, il me semble qu'on m'arrache quelque chose. »

Son sourire illumina toute la pièce. Elle s'approcha de moi et but dans mon verre.

« J'aimerais que vous parliez comme ça plus souvent, Mike.

— Je le pense toujours, même si je ne le dis pas. Racontez-moi ce que vous avez fait à ce type !

— Je joue le rôle d'une fille facile à avoir, mais pas facile à approcher. Il y a des occasions où la vertu jointe au modernisme obtient d'excellents résultats. Clyde commence à tirer la langue. Il m'a déjà proposé d'être sa maîtresse, avec une allusion voilée à une future licence de mariage si je ne marche pas. »

Je reposai mon verre.

« Vous pouvez arrêter les frais, Velda. Je suis sur le point de m'occuper de Clyde moi-même.

— Je croyais que c'était moi, la patronne, dit-elle en souriant.

— Vous l'êtes... en ce qui concerne l'agence. En dehors du bureau, c'est moi qui commande. »

Je la pris dans mes bras, et sa proximité m'inspira des pensées que je n'avais pas le loisir d'approfondir actuellement.

« J'y ai mis le temps, n'est-ce pas ? murmurai-je.

— Trop longtemps, Mike.

— Vous comprenez ce que j'essaie de vous dire, Velda ? Je n'essaie pas de vous mener en bateau. Je... »

Mes doigts lui faisaient mal, mais c'était plus fort que moi.

« Je veux vous l'entendre dire, Mike. Vous avez eu tant d'autres femmes que je n'y croirai pas avant de vous l'avoir entendu dire. Dites-le, Mike, je vous en prie. »

Il y avait dans ses yeux une supplication désespérée. Je la sentais trembler contre moi et ce n'était pas parce que mes mains lui faisaient mal. Je savais que quelque chose était en train de se passer sur mon visage et je n'y pouvais rien. Les mots étaient coincés dans ma gorge.

Je secouai la tête pour tenter d'échapper à cet infernal martèlement qui s'amplifiait de seconde en seconde, je bégayai :

« Non... non ! Je ne peux pas, Velda, je ne peux pas ! »

Je comprenais ce qui m'arrivait. J'avais peur. Une peur atroce, qui transparaissait sur mon visage et dans ma façon de trébucher à travers le bureau pour aller m'affaler sur une chaise. Velda s'agenouilla devant moi. Ses mains me caressaient les cheveux et je sentais la plaisante odeur féminine de la pureté, de la propreté corporelle et morale, de cette beauté qui faisait partie d'elle et que j'avais si longtemps ignorée.

Elle me demanda ce qui s'était passé et je le lui dis. Ce n'était pas ce qu'elle croyait. C'était autre chose. Ses sanglots me rendirent ma voix et je haletai.

« Pas vous, Velda... J'ai cru aimer deux femmes avant vous. Je leur ai dit que je les aimais. Et elles sont mortes, toutes les deux... mais vous, je ne veux pas... je v... »

Ses mains étaient fermes et douces.

« Mike... rien ne m'arrivera, Mike...

— C'est inutile, Velda. Quand tout ça sera fini, peut-être, mais pas maintenant. Je ne peux pas m'empêcher de penser à ces femmes qui sont mortes... Bon Dieu, si je dois encore lever mon revolver sur une femme, je crois que je me laisserai tuer plutôt...

— Calmez-vous, Mike... pour moi... je vous en prie. »

Elle me versa un verre d'alcool et je l'avalai d'un trait, noyant la folie et la souffrance et la haine.

« Merci, chérie, dis-je. Ça va aller, maintenant. »

Elle souriait, mais son visage était humide de larmes. Je séchai ses yeux avec mes lèvres et chuchotai :

« Quand tout ça sera fini, nous prendrons des vacances. Nous viderons le compte en banque et nous chercherons un coin sans meurtres et sans meurtriers... »

Elle me laissa fumer une cigarette tandis qu'elle allait se passer de l'eau fraîche sur le visage. Je restai là, trop anéanti pour penser à quoi que ce soit, essayant de retrouver le contrôle de nerfs trop souvent soumis à trop rude épreuve.

Velda revint au bout d'un moment, moulée dans son tailleur gris qui soulignait chacune de ses courbes. Elle avait les plus jolies jambes du monde et tout en elle était harmonieux et désirable. Je comprenais sans peine pourquoi Clyde brûlait de la posséder. Pourquoi diable avais-je refusé si longtemps de m'avouer que je la désirais plus qu'aucune autre femme ?...

Elle s'empara de ma cigarette et en tira quelques bouffées.

« J'irai voir Clyde ce soir, Mike. Je veux savoir quelles épées de Damoclès il suspend sur les têtes de gens si importants qu'ils peuvent faire et défaire tous les hauts fonctionnaires de la ville, les juges, et jusqu'aux gouverneurs. Quel genre de chantage peut-il bien employer contre ces gens-là ?

— Continuez, Velda.

— Il a des conférences avec ces hauts personnages. Ils lui téléphonent aux heures les plus indues. Ils ne lui demandent jamais rien. A chaque fois, ce sont eux qui apportent quelque chose. Quelque chose que Clyde accepte comme son dû. Je veux savoir par quels moyens il les fait chanter.

— Et vous croyez que ces moyens-là se trouvent dans l'appartement de Clyde ?

— Non. Clyde les garde... ici ! »

Elle se frappa le front.

« Mais il n'est pas assez malin pour les y garder... tout à fait !

— Méfiez-vous, Velda, méfiez-vous de ce type ! Il a le bras trop long, et il réussit à se garder les mains trop blanches pour être réellement naïf. Il...

— Je me méfierai, promit-elle. S'il va trop loin, je suivrai l'exemple d'Anton Lipsek : je l'injurierai en français.

— Vous ne comprenez pas le français !

— Clyde non plus. C'est ce qui le met en boule. Anton lui dit des choses en français et rit à s'en décrocher la mâchoire. Clyde devient rouge-brique, mais c'est tout ce qu'il fait. »

Il y avait là-dedans quelque chose d'anormal et je ne pus m'empêcher de le lui dire.

« Clyde n'est pas homme à se laisser mettre en double par un polichinelle comme Anton. C'est un miracle qu'il ne l'ait pas fait démolir par un de ses gars.

— Et pourtant, il ne l'a pas fait. Il encaissa le coup et rongea son frein. Anton le tient peut-être, d'une façon ou d'une autre.

— Ce sont des choses qui arrivent », acquiesçai-je.

Elle enfila son manteau et se planta devant le miroir. Mais c'était inutile ; la perfection ne peut s'améliorer. Je sus à nouveau ce que c'était que la jalousie et me détournai. Lorsqu'elle eut rectifié la bonne ordonnance de sa chevelure, elle se pencha vers moi et m'embrassa.

« Pourquoi ne restez-vous pas ici cette nuit, Mike ?

— Vous viendrez m'y rejoindre ? »

Elle rit. Un rire sensuel et un peu rauque que je ne lui connaissais pas.

« Oui, à condition que vous partiez lorsque j'arriverai ! Je viendrai sans doute très tard, mais ma vertu sera toujours intacte.

— Je l'espère bien !

— Bonne nuit, Mike.

— Bonsoir, Velda. »

Un dernier sourire. La porte se referma derrière elle. Si j'avais eu Clyde sous la main à ce moment-là, je l'aurais pressé jusqu'à ce que ses tripes se répandent sur le plancher. Même ma cigarette avait mauvais goût. Je téléphonai à Connie. Elle était absente. J'essayai Junon et allais raccrocher lorsqu'elle répondit enfin.

« Ici, Mike, Junon, lui dis-je. Je sais qu'il est très tard, mais je me demandais si vous étiez occupée.

— Non, Mike. Pas le moins du monde. Venez me voir si vous n'avez rien de mieux à faire. »

Rien de mieux à faire !

« Entendu, répliquai-je. J'arrive. »

Junon m'accueillit, souriante, sur le seuil de l'Olympe, vêtue d'une longue robe d'intérieur irisée, qui changeait de nuance au gré de ses moindres gestes. La radio jouait en sourdine, la table était préparée dans le salon, qu'éclairaient pour la circonstance une paire de hauts chandeliers. Les mets étaient délicieux, mais je n'en sentais guère le goût, parce que mes yeux ne pouvaient se détacher d'elle, que je voyais manger et vivre en face de moi, dans cette robe diabolique qui riait et chatoyait sous la lueur dansante des bougies. Comme d'habitude, elle ne laissait voir que son visage et ses mains. De belles, longues mains éloquentes et gracieuses. Des mains de déesse.

Ensuite, nous passâmes dans la bibliothèque, où nous attendaient les cigarettes et les bouteilles du bar. Elle s'assit près de moi sur le divan et se renversa en arrière, la tête posée sur les coussins.

« Pourquoi n'êtes-vous pas revenu plus tôt, Mike ? murmura-t-elle.

— J'ai été très occupé, déesse. Il s'est passé des tas de choses, depuis notre dernière entrevue.

— Celle-ci, par exemple ? »

Son index effleura ma mâchoire endommagée.

« Par exemple, répétai-je. Mais je vous raconterai ça plus tard. Ce n'est pas un beau sujet de conversation.

— Très bien, Mike. »

Elle posa sa cigarette sur un cendrier et me prit par la main.

« Alors, dansons, voulez-vous ? »

Son corps était chaud et souple, la musique, insinuante et douce. Nous nous tenions assez loin l'un de l'autre pour pouvoir lire nos pensées dans les expressions fugitives qui se succédaient sur nos visages. A la fin, je n'y tins plus et tentai de l'attirer contre moi, mais son rire égrena une gamme et elle m'échappa d'une gracieuse pirouette qui enroula sa robe autour de ses chevilles.

L'orchestre attaqua une valse lente et Junon revint aussitôt vers moi ; mais je secouai la tête. J'en avais assez. Ce que je ressentais n'avait rien de commun avec le réflexe animal auquel j'étais habitué. Je ne comprenais pas ce qui se passait en moi, et je reculais devant l'inconnu.

Je la repoussai avec une certaine rudesse ; elle se laissa aller sur le divan et je combattis mon désir de l'y rejoindre jusqu'à ce que mon esprit m'appartienne à nouveau et que je puisse rire de mon propre trouble.

Elle assista à ma victoire et sourit doucement.

« Vous êtes encore plus fort que je le pensais, Mike, dit-elle. Vous êtes un homme, mais vous avez les instincts d'un fauve de la jungle. Rien n'arrive avant que vous l'ayez vous-même décidé, n'est-ce pas ? »

Je remplis un verre et le vidai d'un trait.

« Pas avant, soulignai-je.

— C'est peut-être ce que j'aime le plus en vous, Mike. »

Mon nom, dans sa bouche, avait une étrange sonorité.

« Moi aussi, ripostai-je. Ça m'évite bien des ennuis. »

Je m'assis en face d'elle, sur l'accoudoir du divan.

« Que savez-vous de moi, Junon ?

— Pas grand-chose, reconnut-elle. Mais j'ai déjà entendu parler de vous. »

Elle choisit une longue cigarette parfumée, dans une boîte d'argent, et l'alluma.

« Pourquoi ?

— Je vais vous dire pourquoi je suis ce que je suis. Je suis détective, ou je l'étais, puisque ma licence et mon revolver m'ont été repris sous prétexte que j'étais avec Chester Wheeler lorsqu'il s'est servi de mon arme pour se suicider. Mais Chester Wheeler ne s'est pas suicidé. Il a été assassiné, de même qu'un nommé Rainey. Deux meurtres, et tout un tas de gens trop effrayés pour parler. Le type que vous connaissez sous le nom de Clyde est un ancien margoulin de petite envergure, du nom de Dinky Williams, et il est si grand, à présent, que personne ne peut porter la main sur lui, et que c'est lui qui dicte aux dictateurs.

« Et ce n'est pas fini. Quelqu'un veut ma peau au point d'essayer de me descendre dans la rue et de recommencer dans mon propre appartement. Entre-temps, ils ont essayé de me coller le meurtre de Rainey sur le dos et, si je n'avais pas été sérieusement épaulé, je serais actuellement en taule. Tout ça parce qu'un pauvre type nommé Chester Wheeler a été retrouvé mort dans une chambre d'hôtel. Joli, n'est-ce pas ? »

Je m'étais emballé. Il était impossible qu'elle comprît tout ça d'un seul coup.

« Mike... dit-elle, le visage perplexe.

— Oui, je reconnais que c'est compliqué, continuai-je d'un ton plus calme. Le meurtre est presque toujours compliqué. Tellement que je suis le seul à chercher un meurtrier, alors que tous les autres continuent d'appeler ça un suicide... excepté Rainey, bien entendu. Pour du beau travail, c'est du beau travail.

— C'est effroyable, Mike ! Je ne me doutais pas...

— Et ce n'est pas encore fini ! Pour l'instant, les morceaux se bousculent dans mon crâne, mais ils finiront bien par s'assembler. Je n'ai pas eu assez de sommeil et j'ai traversé trop d'épreuves, ces jours-ci, pour être capable de penser proprement. J'espérais goûter un instant de détente, auprès de vous... c'est plutôt raté ! »

Je souris.

« Je vous crois même fort capable de troubler mes rêves.

— Je l'espère fermement, dit-elle.

— Je vais aller dormir quelque part, enchaînai-je. Longtemps. Et, quand je me réveillerai, j'assemblerai les morceaux et je m'offrirai un tueur de plus. Il est fort, le salaud... assez fort pour retourner le poignet de Wheeler, qui n'était pas une femmelette, et l'obliger à se faire sauter la cervelle. Assez fort pour m'attaquer dans ma propre piaule et presque avoir ma peau. Mais la prochaine fois, ce ne sera pas pareil. Je serai prêt, et je lui tordrai le cou de mes propres mains.

— Vous reviendrez, lorsque tout sera fini, Mike ? »

Je mis mon chapeau et baissai les yeux vers elle.

« Je reviendrai, Junon, et vous danserez pour moi... Seule ! Je vous regarderai danser, et vous me montrerez comment on s'amuse, sur l'Olympe. Je commence à en avoir assez de n'être qu'un mortel.

— Je danserai pour vous, Mike, et vous aimerez l'Olympe. Il n'existe rien de comparable sur terre. Nous aurons une crête pour nous seuls et vous aurez envie d'y rester à jamais.

— Il faudrait une femme exceptionnelle pour me retenir longtemps quelque part. »

Sa langue humecta ses lèvres et ses yeux avouèrent son désir. Son corps se cambra, révélant les souples contours de sa silhouette.

« Moi, j'y parviendrais », dit-elle.

Son regard m'invitait, me défiait de revenir auprès d'elle, et de lui arracher cette maudite robe, pour voir enfin de quoi était faite la chair d'une déesse. Je fis un pas en avant et, pendant une seconde, elle dut croire que j'allais le faire, car ses yeux s'élargirent et ses épaules tressautèrent et ses prunelles reflétèrent, au-delà du désir, le recul instinctif de la femelle devant les attaques du mâle qu'elle a provoqué. Mais ce ne fut pas ce recul qui m'arrêta. Ce fut cette chose que je ne comprenais pas et qui était là, de nouveau, et rampait, glaciale, le long de ma colonne vertébrale.

Je lui dis bonsoir. Le regard qu'elle m'adressa redoubla mon malaise et je m'enfuis comme un voleur. Ma bagnole disparaissait à demi sous la neige. Je ne la conduisis pas plus loin que le premier hôtel, où j'hivernai pour la nuit.

10

Je dormis d'un sommeil de mort, mais les morts, eux, ne dormaient pas. Je parlais en dormant et j'entendais ma propre voix dans le silence. La voix posait des questions, exigeait des réponses qui ne venaient pas et dont l'absence me mettait en rage. Des visages défilaient devant mes yeux en une infernale procession, charriant avec leur rire ce martèlement diabolique qui s'amplifiait, s'amplifiait, s'amplifiait, s'efforçant de repousser ma raison jusqu'au fin fond de mon cerveau, d'où elle ne reviendrait jamais plus. Ma voix leur criait d'arrêter, mais s'engloutissait dans le chœur démoniaque des rires. Et toujours ces visages. Toujours ce visage aux cheveux d'or qui riait et commandait aux infâmes tambours de battre, de marteler, de marteler le rythme sur lequel défilait la procession des morts. Et ma voix qui tentait de crier n'était plus qu'un chuchotement rauque :

« Charlotte... Je te tuerai une seconde fois, s'il le faut... Charlotte... Charlotte-la-Tueuse. »

Et soudain apparut un autre visage, un visage aux cheveux de jais, noirs comme une nuit sans lune. Un visage à la beauté pure, au regard si direct qu'il pouvait même défier les morts, qu'il ordonna aux morts et aux tambours de disparaître et qu'ils disparurent. Et j'entendis ma voix qui disait :

« Velda, Dieu merci ! Velda, Velda, Velda... »

Je m'éveillai. Ma montre était arrêtée, mais l'obscurité régnait dans la chambre. Je jetai un coup d'œil au-dehors. Le ciel était noir. Je décrochai le téléphone et demandai l'heure à la standardiste.

« Neuf heures moins cinq, monsieur », répondit-elle après une courte pause.

Neuf heures moins cinq ! Il ne me fallut pas plus de dix minutes pour m'habiller et descendre au restaurant, où je pris un rapide, mais substantiel repas. Ceci fait, je courus au téléphone et appelai Velda. Ma main tremblait autour du récepteur.

« Allô, fillette, ici, Mike.

— Oh ! Mike... Où étiez-vous passé ? Je ne vivais plus...

— Je dormais, mon chou. J'avais dit aux employés de l'hôtel de ne pas me réveiller avant que je le fasse moi-même et je suis sorti de mes cauchemars à neuf heures moins cinq ! Comment s'est passé votre soirée avec Clyde ? Avez-vous appris quelque chose ? »

Elle étouffa un sanglot et mes mains esquissèrent un geste d'étranglement. Clyde n'avait plus que très peu de temps à vivre.

« J'ai... je me suis appliquée à exacerber son désir, Mike, et... j'ai bien failli le regretter. Si je n'avais pas réussi à le soûler... je ne sais pas comment ça se serait terminé... mais je l'ai fait attendre. Il était complètement soûl et il s'est vanté de pouvoir diriger la ville à sa guise. Il a dit des choses qui étaient destinées à m'impressionner, et qui m'ont réellement impressionnée, Mike. Il fait chanter les plus grands personnages de la ville. Il les tient sous sa coupe et tout ça a quelque chose à voir avec l'*Auberge du Bowery*.

— Savez-vous de quoi il s'agit ?

— Pas encore, Mike. Il pense... que je suis pour lui la partenaire idéale. Il a dit qu'il me dirait tout si... si je... Oh ! Mike, que faut-il que je fasse ? Je hais cet homme et je ne sais que faire.

— L'enfant de salaud...

— Mike... il m'a donné la clef de son appartement. Je dois l'y rejoindre ce soir. Il va tout me dire alors, et faire des arrangements pour me prendre avec lui. Il me désire, Mike. »

Une bande de rats me rongeait les tripes.

« Bouclez-la, nom de Dieu ! Je vous défends de sortir de chez vous ce soir ! »

Je l'entendis sangloter à nouveau et faillis arracher le téléphone du mur. Le martèlement recommençait dans ma tête, de plus en plus vite, de plus en plus fort.

« Il faut que j'y aille, Mike, il le faut !

— NON !

— Mike... je vous en prie, n'essayez pas de m'arrêter. Ça n'a rien de commun avec... ce que vous avez fait vous-même. Je ne risque pas ma vie... J'irai chez lui ce soir, à minuit, Mike, et alors, nous saurons. Ça ne sera pas bien long, ensuite. »

Je me remis à hurler dans le téléphone, mais, déjà, elle avait raccroché. Inutile d'essayer de l'arrêter. Elle savait que je pourrais le tenter et ne serait plus chez elle lorsque j'arriverais.

Minuit. Je disposais de trois heures.

C'était beaucoup moins drôle à présent.

J'appelai Pat. Il n'était pas chez lui. J'essayai son bureau, l'y trouvai, et lui dis que c'était moi sans prononcer mon nom ; il coupa court en me disant qu'il m'attendrait dans dix minutes au bar habituel et raccrocha aussitôt. Je restai cloué sur place à regarder stupidement l'appareil.

Lorsque je m'arrêtai devant le petit bar oú nous nous étions retrouvés maintes fois dans le passé, Pat ne me laissa pas le temps de mettre pied à terre. Avant que j'aie bien compris ce qui m'arrivait, il était assis près de moi, dans ma bagnole, et me faisait signe de démarrer.

« On a écouté notre conversation, m'expliqua-t-il, et il se peut que je sois suivi.

— Les gars du district attorney ?

— Ouais. Et ils sont dans leur droit. Le district attorney s'est déniché un autre témoin pour remplacer ceux qu'il a perdus. C'est un habitant de Glenwood, qui jouit d'une excellente réputation, et qui déchire les tickets à l'entrée du Ring pour se faire un petit rapport supplémentaire. Il t'a reconnu parmi plusieurs photos. Il est prêt à déposer sous la foi du serment que tu étais là-bas ce soir-là ; le district attorney a lancé un nouveau mandat d'arrêt contre toi et, si ça continue à ce train, je ne vais pas tarder à être inculpé de faux témoignage. »

Nous débouchions dans Broadway.

« Où allons-nous ? murmurai-je.

— Au pont de Brooklyn. Une fille vient d'y faire le grand saut et il faut que j'aille voir ça moi-même. Ordre du district attorney par le truchement d'autorités supérieures. Il essaie de me mener la vie dure en m'envoyant à droite et à gauche et s'apprête à me tomber sur le râble lorsque ses hommes auront reconstitué mon véritable emploi du temps au cours de cette soirée que je suis censé avoir passée en ta compagnie.

— Ils nous fourreront peut-être dans la même cellule.

— Oh ! la ferme !

— A moins que tu veuilles tenir mon épicerie, pendant que je serai en taule ?

— Vas-tu la boucler, oui ou non ? Je voudrais bien savoir ce qui te rend aussi spirituel ! »

Je souris, sans desserrer les mâchoires.

« Je vais bientôt m'offrir un tueur, fiston. C'est ça qui me rend aussi joyeux. »

Pat ne répondit pas. Les yeux fixes, il regardait droit devant soi. Lorsque nous arrivâmes au pont de Brooklyn, une ambulance et un car de police nous avaient précédés sur le quai. Pat me dit de l'attendre dans ma voiture et je lui promis d'être bien sage, mais, dès que je me retrouvai seul, je me remis à penser à Clyde et à consulter ma montre toutes les deux minutes et, malgré le risque que je pouvais courir, finis par prendre le parti de rejoindre le groupe de silhouettes agglomérées au bord du quai. L'ambulance venait de repartir, cédant la place au fourgon de la morgue. Pat était penché vers le corps, et le faisceau lumineux d'une torche électrique éclairait en plein le visage de la morte.

Au bout de quelques secondes, Pat se redressa et tendit à l'un des flics une feuille de papier qu'il venait d'extraire d'une des poches de la noyée.

« *Il m'a quittée,* lut le flic à haute voix. C'est tout, capitaine. Pas de signature, pas de nom. C'est tout ce qu'il y a d'écrit. »

Pat acquiesça, et mes yeux retournèrent au visage de la morte. Les croque-morts l'empoignèrent et la déposèrent dans un panier d'osier. Pat leur dit de la classer parmi les « non-identifiés » jusqu'à ce qu'ils en aient découvert davantage. Je jetai un dernier coup d'œil au visage de la morte.

Le fourgon s'éloigna et l'attroupement commença à se disperser. Je me dirigeai lentement vers ma voiture. Ce visage... pâle au point de paraître diaphane... lèvres entrouvertes, paupières closes... Je m'adossai à une palissade, regardant la nuit, écoutant la voix cacophonique de la cité. Je pensais toujours à ce visage...

Un taxi s'arrêta pile à une courte distance et je me rencognai dans l'ombre. Mais le petit gros qui courut en gesticulant vers les flics n'était pas un fonctionnaire de la police et parlait un anglais guttural. Derrière lui reflua la foule excitée. Je la suivis sans me hâter, et, par-dessus les têtes, entendis la voix de Pat dire à l'homme de se calmer et de commencer par le commencement.

« Je suis capitaine, voyez-vous, dit l'homme. Du train de chalands, je suis capitaine. Nous passons il y a deux heures sous le pont et tout est si tranquille que je m'assois sur la dunette et je regarde le ciel. Toujours, je regarde le pont avec les jumelles en passant par-dessous. Je vois les automobiles et j'admire beaucoup le décor.

« Je la vois, alors, vous comprenez ? Elle est en lutte avec un homme qui a la main sur sa bouche et elle ne peut pas crier. Je vois, mais je peux rien faire, parce que nous avons rien sur le bateau pour appeler, excepté le porte-voix. Et tout arrive si vite. Il la soulève et hop ! la voilà dans le fleuve. D'abord, je crois qu'elle tombe sur le dernier chaland du train et j'appelle vite, mais non. Et il faut que j'attende si longtemps pour débarquer, et alors, j'appelle la police.

« Le policier, il me dit de venir ici. La jeune fille, elle, a déjà été repêchée. Voilà ce que je suis venu dire, vous comprenez ?

— Je comprends parfaitement, dit Pat. Pourriez-vous identifier l'homme qui l'a jetée par-dessus bord ?

— Vous voulez dire, je pourrais le reconnaître et dire, c'est lui, oh ! non. Il a un manteau et un chapeau, mais il fait trop noir pour voir sa figure, même avec les jumelles.

— Prenez son nom et son adresse, ordonna Pat à l'un des flics présents. Nous aurons besoin de sa déposition. »

Mais il n'eut pas besoin de demander deux fois s'il y avait d'autres témoins dans l'assistance pour que la foule se débande et que chacun se souvienne brusquement d'un rendez-vous urgent. Pat prit son air sarcastique, jura entre ses dents et se dirigea vers ma voiture, où j'étais supposé l'attendre. J'y arrivai en même temps que lui.

« Je croyais que je t'avais dit de rester dans ta bagnole. Tous ces flics t'ont sur leur liste.

— Et alors ? Il y a des tas de gens qui m'ont sur leur liste, en ce moment. Que penses-tu de cette histoire ?

— Affaire passionnelle, probablement. Elle avait deux côtes et le cou brisés. Elle était morte avant de toucher l'eau.

— Et les trois mots d'adieu. Est-ce son amant qui les lui a fourrés dans la poche avant de la virer par-dessus bord ?

— Tu as toujours une oreille qui traîne, hein ? Oui, c'est ce qui a dû se produire. Ils ne devaient pas être d'accord, il l'a invitée à faire une promenade, et il s'est gentiment débarrassé d'elle.

— Il doit être costaud pour l'avoir arrangée comme ça, hein ? »

Pat fit un signe affirmatif. Nous nous installâmes dans ma bagnole et je continuai :

« Il fallait qu'il le soit pour lui casser le cou et une paire de côtes. Je suis pas précisément un avorton, mais je sais ce que c'est que de tomber sur un de ces salauds. »

Je me tournai vers lui, attendant paisiblement sa réaction.

« Eh ! minute, papillon, sursauta-t-il, incrédule. Nous parlons de deux choses différentes. N'essaie pas encore de m'embrouiller avec tes insinuations...

— Tu sais qui était cette fille, Pat ? coupai-je.

— Non. Nous n'avons pas retrouvé son sac à main. Mais nous l'identifierons par ses vêtements.

— Ce sera long.

— Tu connais un meilleur moyen ?

— Ouais », bâillai-je.

Je tirai de ma poche intérieure une enveloppe pleine de photos. Pat leva le bras et donna de la lumière. Lorsqu'il me rendit la photo que je venais de lui remettre, il avait l'air complètement écœuré.

« Elle s'appelait Jean Trotter, Pat. Elle était modèle à l'agence Anton Lipsek, qu'elle a quittée subitement, voici quelques jours, pour se marier. »

Je crus qu'il n'épuiserait jamais sa réserve de jurons. Il déplia les autres photos dans sa main, comme des cartes à jouer, et ses yeux lançaient des flammes.

« Des photos, des photos, des photos, s'emporta-t-il. Nom de Dieu, Mike, qu'est-ce qui nous pend encore au nez ? Sais-tu ce que c'était que ces débris que tu m'as rapportés de chez Emil Perry ? »

Je secouai la tête.

« Des photos, explosa-t-il. Des débris de photos, beaucoup trop calcinés pour qu'on puisse y voir quoi que ce soit ! »

Le volant de matière plastique se courba entre mes mains et je démarrai comme un fou furieux. Pat avait repris la photo de Jean Trotter et l'examinait à la lueur du tableau de bord. Sa respiration faisait autant de bruit qu'un soufflet de forge.

« Nous allons pouvoir travailler au grand jour, maintenant ! Je vais lancer officiellement toute la Brigade sur l'affaire, s'il le faut. Donne-moi une semaine et nous aurons ce tueur devant...

— Une semaine ! Des clous ! Tout ce que nous avons, c'est deux heures ! Est-ce qu'il est sorti quelque chose du brin d'étoffe que je t'ai donné ?

— Oui et non. Nous avons trouvé le magasin qui a vendu le costume... il y a plus d'un an. Le type se souvient du costume — un très beau costume — mais non de celui qui l'a acheté. Le client l'a payé comptant, en espèces, et c'est tout ce que le gars se rappelle. Notre tueur n'est pas un imbécile.

— On finira tout de même par l'avoir. »

Je déposai Pat devant les bureaux de l'état civil. Il n'aurait aucun mal, avec son insigne, à se faire remettre une copie du certificat de mariage de Jean Trotter. Il fallait que nous sachions avec qui elle s'était mariée et que nous retrouvions son époux. Pat avait conservé la photo de la jeune femme. Elle pourrait lui servir à rafraîchir certaines mémoires, en cas de nécessité.

« Qu'est-ce que tu vas faire, pendant ce temps-là ? s'informa-t-il.

— Je vais tâcher de me renseigner, d'un autre côté. Et ensuite... »

Je consultai ma montre.

« J'irai interrompre une scène de séduction avant même qu'elle ait commencé. »

Je laissai Pat fort perplexe sur le trottoir, m'arrêtai au premier drugstore et téléphonai à Junon. Elle était absente. J'appelai Connie. Elle était chez elle. Je raccrochai sans lui fournir la moindre explication et parvins à son domicile en un temps record, laissant derrière moi tout un chapelet de conducteurs enragés. Un type ouvrait la porte de la rue lorsque je sautai de ma voiture et je n'eus pas besoin de sonner. La porte de Connie n'était pas fermée à clef et, lorsqu'elle m'entendit manœuvrer la poignée, elle me cria qu'elle était dans sa chambre. Je traversai le hall et le salon obscurs et pénétrai dans la dernière pièce, dont la porte était entrebâillée. Connie était allongée dans son lit, couverte jusqu'au cou, et lisait un roman policier. Son sourire disparut lorsqu'elle vit mon visage. Il était inutile de lui dire que quelque chose de grave venait d'arriver.

« Assieds-toi près de moi et dis-moi ce qui t'amène, Mike », murmura-t-elle.

Je m'assis sur le bord de son lit, et ses doigts se refermèrent sur les miens.

« De quoi s'agit-il, Mike ?

— Jean Trotter... elle a été assassinée ce soir. Quelqu'un l'a tuée et jetée dans le fleuve. Encore un meurtre qui devait passer pour un suicide, mais il y a eu un témoin.

— Mike... ce n'est pas possible.

— Si.

— Mon Dieu, quand tout cela finira-t-il, Mike ? Pauvre Jean...

— Cela finira quand nous tiendrons le tueur et pas avant. Que sais-tu à son sujet, Connie ? Qui est ce type qu'elle a épousé ?

— C'était une brave gosse, mais je ne la connaissais pas beaucoup. Nous ne faisions pas le même genre de travail... et j'ignore avec qui elle a bien pu se marier.

— Qui fréquentait-elle ? Avec qui sortait-elle ? Réfléchis, Connie, tu dois savoir quelque chose...

— Non... je... eh bien, quand elle est arrivée à l'agence, elle était fiancée à un cadet de West Point, et puis, ça a cassé, je ne sais pas pourquoi elle a broyé du noir pendant un bon moment, Junon l'a obligée à prendre des vacances, et, quand elle est revenue, elle semblait avoir récupéré... bien qu'elle ait adopté, envers les hommes, une attitude de profonde indifférence... Je sais qu'elle avait des bijoux de prix et, pendant un moment, on a chuchoté, au bureau, qu'elle était entretenue par un étudiant plein aux as, mais j'ignore si c'était vrai. En fait, j'ai été très surprise lorsqu'elle a lâché l'agence pour se marier... »

Je me frottai la tête, essayant de tirer quelque chose de tout ce néant.

« Réfléchis encore, Connie... Est-ce bien tout ce que tu sais sur elle ? Tu ne sais pas de quelle ville ou de quel État elle était originaire ? qui étaient ses parents ?...

— Attends...

— Oui... Quoi ? Dis vite ! »

Elle fronça les sourcils et s'agita sous ses couvertures.

« Je me souviens de quelque chose. Jean Trotter n'était pas son vrai nom. Elle avait un nom à coucher dehors, un nom polonais qu'elle a fait changer lorsqu'elle est devenue modèle. Elle l'a fait changer... je veux dire, légalement. J'ai découpé l'annonce dans le journal, à l'époque. Tu vas trouver ça dans la commode, là, dans un vieux portefeuille, avec d'autres articles concernant les collègues... »

Je commençai à bouleverser le contenu du tiroir indiqué et ne trouvai rien.

« Bon Dieu, Connie, viens le chercher toi-même, m'impatientai-je.

— Je ne peux pas », gloussa-t-elle en riant nerveusement.

Je ricanai et me mis à jeter sa lingerie sur le plancher jusqu'à ce qu'elle poussât un cri aigu et accourût à la rescousse. Je comprenais, maintenant, pourquoi elle ne voulait pas sortir de son lit. Elle n'avait pas un fil sur le corps.

Elle trouva du premier coup le vieux portefeuille et me tendit.

« Tu pourrais au moins avoir la décence de fermer les yeux.

— Pourquoi ? C'est dans ce costume que je te préfère.

— Alors, prouve-le-moi ! »

J'ouvris le portefeuille, mais mes yeux ne tenaient pas en place.

« Pour l'amour de Dieu, enfile quelque chose, veux-tu ? »

Elle me tira la langue, pivota majestueusement sur elle-même, fouilla dans sa garde-robe et endossa son manteau de fourrure.

« Ça t'apprendra ! » dit-elle.

Puis elle s'assit sur une chaise basse et croisa ostensiblement les jambes avec une mimique qui disait clairement : « Regarde et sois tenté, petit joueur, tu as laissé passer ta chance. »

Mais, lorsque je recommençai à feuilleter le contenu du vieux portefeuille, elle laissa négligemment s'écarter les bords de son manteau, et je dus lui tourner le dos pour pouvoir continuer mes recherches. Elle éclata de rire et je fis chorus, car j'avais trouvé l'article qui parlait de Jean Trotter.

Elle s'était appelée Julia Travesky. Par ordre de la cour, elle s'appelait Jean Trotter. Son adresse était celle d'une petite pension pour dames seules sise dans un quartier chic. J'empochai la coupure de journal et rejetai le vieux portefeuille dans le tiroir de la commode.

« C'est toujours mieux que rien, commentai-je. Les documents officiels nous apprendront le reste.

— Que cherches-tu exactement, Mike ?

— Tout ce qui pourra me dire pourquoi il était nécessaire de la tuer.

— J'étais en train de me demander si...

— Oui ?

— Il y a des dossiers, au bureau. Quand une fille pose sa candidature à l'agence, il faut qu'elle fournisse tout son *curriculum vitae*, et des photos de son travail passé, et toutes les coupures de presse dont elle dispose. Celles de Jean y sont peut-être encore. »

Je sifflai entre mes dents.

« Un bon point pour toi, Connie. J'ai téléphoné à Junon, avant de monter chez toi, mais elle n'était pas là. Quel est le numéro d'Anton ? »

Connie s'esclaffa et laissa son manteau s'ouvrir davantage.

« Le vieil ivrogne est probablement encore en train de cuver la cuite qu'il s'est infligée hier soir. Lui et Marion Lester tenaient à peine debout lorsqu'ils sont partis avec les autres pour aller finir la nuit chez Anton. Ni l'un ni l'autre ne sont venus travailler ce matin, Junon n'a rien dit, mais elle était en boule.

— Bon sang de nom d'un chien ! Qui d'autre possède une clef de l'agence ?

— Oh ! si ce n'est que pour ça, moi, je peux entrer. Je suis bien avec le portier. J'avais oublié mon portefeuille au studio, une fois, et il m'a confié son passe-partout. »

Les aiguilles de ma montre tournaient plus vite que de raison. Un rat recommençait à me ronger les tripes.

« Rends-moi un service, Connie. Va là-bas, vois si tu peux trouver le dossier de Jean Trotter, prends-le et reviens en vitesse. J'ai autre chose à faire entre-temps et tu ne peux savoir à quel point tu me rendrais service.

— Non, bouda-t-elle.

— Bon Dieu, Connie, réfléchis un peu. Je viens de te dire que...

— Viens avec moi.

— Je n'en ai pas le temps. »

Elle sourit, se leva, et, avec autant de naturel que si elle avait eu par-dessous une robe du soir, écarta les pans de son manteau et planta ses deux poings sur ses hanches.

De ma vie, je n'avais jamais rien vu d'aussi attirant.

« Viens avec moi, insista-t-elle, et, ensuite, nous rentrerons ensemble. »

Je lui fis signe d'approcher et pressai son buste nu contre moi jusqu'à ce que sa bouche s'entrouvrît. Alors je l'embrassai pour de bon et, lorsque je la lâchai, son souffle était court et ses prunelles vagues.

« Maintenant, fais ce que je t'ai dit de faire, ou gare, grondai-je.

— Tu me dégoûtes, Mike. Tu es une grosse brute, tout comme mes frères, et je t'aime dix fois plus qu'eux. »

Je me penchai vers elle pour l'embrasser une seconde fois, mais elle prévint mon geste, se débarrassa prestement de son manteau et colla son corps au mien, m'incendiant de sa nudité. Ce n'était pas facile de la repousser, parce que je ne trouvais sous mes doigts que de la peau nue, mais cette scène à laquelle je participais me rappelait douloureusement une autre scène, inverse en quelque sorte, qui se jouerait tout à l'heure dans l'appartement de Clyde. J'imaginai Velda résistant aux mains impatientes qui voudraient la dévêtir et se demandant avec angoisse s'il lui faudrait vraiment aller jusqu'au bout pour apprendre ces choses importantes qui me sauveraient et consommeraient la perte de nos adversaires.

Cette pensée me catapulta hors de l'appartement et jusqu'à la plus proche cabine téléphonique, où j'introduisis ma pièce de cinq cents dans la fente de l'appareil sans même entendre les protestations du propriétaire de la boutique, que j'avais bousculé pour entrer au moment où il allait fermer sa porte.

« Peut-être est-il encore temps, pensais-je. Dieu, faites qu'il soit encore temps, accordez-moi les quelques minutes, les quelques fractions d'éternité qui rendront son sens à la vie. » Je composai le numéro de Velda et le téléphone sonna longtemps avant qu'elle se décidât à répondre. Mais, finalement, elle répondit et mon cœur bondit d'allégresse, bien qu'elle voulût raccrocher dès qu'elle entendit ma voix.

« Je suis loin de chez vous, Velda, hurlai-je désespérément, n'ayez pas peur que je tente de vous retenir. Écoutez-moi, Velda. N'allez pas chez lui ce soir. C'est inutile, à présent. Nous touchons au bout de cette affaire... »

La voix de Velda était douce, mais ferme. Si implacablement ferme que je l'aurais frappée de bon cœur, si je l'avais eue sous la main.

« Non, Mike, disait-elle, n'essayez pas de m'arrêter. Je sais que vous allez inventer toutes les excuses possibles, mais c'est inutile. Vous ne m'avez jamais laissée courir aucun véritable danger auparavant et, cette fois, c'est plus important que jamais. Au revoir, Mike...

— Velda, écoutez-moi... Je ne vous raconte pas d'histoires. L'une des filles de l'agence a été assassinée ce soir. Elle s'appelait Jean Trotter... de son vrai nom Julia Travesky. Le tueur l'a eue, Velda, et...

— Qui avez-vous dit ?

— Jean Trotter... Julia Travesky.

— Mike... c'est le nom de la jeune fille que Chester Wheeler a rencontrée à New York. Celle qui était une ancienne condisciple de sa fille. Rappelez-vous, je vous ai dit qu'il l'avait écrit à sa femme, lorsque je suis revenue de Columbus.

— Quoi ? »

Ma gorge était sèche et contractée. Je ne parlais plus qu'au prix d'efforts surhumains.

« Velda, pour l'amour de Dieu, n'allez pas là-bas... Attendez... attendez-moi...

— Non.

— Velda...

— J'ai dit non, Mike. La police est venue, ce soir. Vous êtes recherché pour meurtre. »

J'essayai de parler et n'y parvins pas.

« S'ils vous trouvent, vous n'aurez plus aucune chance. Vous serez coffré, et je ne le supporterai pas.

— Je sais tout cela, Velda. J'ai vu Pat ce soir. Il me l'a dit. Que voulez-vous que je fasse, que je vous supplie à genoux ?...

— Mike... »

La fermeté, Bon Dieu, la fermeté maudite de sa voix ! Elle s'imaginait que je voulais la protéger à tout prix et irait de l'avant, quoi que je puisse dire ! Arrêtez-la, Bon Dieu, puisque je ne peux la convaincre...

« Inutile de venir jusqu'ici, Mike, disait-elle. Je serai partie, et la police surveille la maison. Ayez confiance en moi, Mike. Ne rendez pas les choses encore plus difficiles... »

J'ouvris la bouche. Trop tard, elle avait raccroché. Comme ça, d'un seul coup. Elle avait raccroché, Bon Dieu, et j'étais là, dans une cabine d'un mètre carré, en face d'un appareil désormais inutile. Je raccrochai violemment le récepteur et passai en courant devant le type qui attendait dans sa boutique, la main sur le commutateur, prêt à éteindre la dernière ampoule. Rideau ! Rideau pour moi aussi. Je bondis dans ma voiture. Pat m'avait demandé une semaine. Je disposais de quelques heures. Maintenant, c'étaient les minutes qui comptaient, alors que tout commençait à se tenir.

Jean Trotter... C'était elle que Wheeler avait rencontrée au banquet. C'était elle qui était partie avec lui. Mais Jean avait quitté l'agence juste au bon moment, pour se marier ! Et Marion Lester m'avait dit que c'était avec elle que Wheeler était sorti. Et Marion Lester était très intime avec Anton Lipsek.

Il fallait que j'aie un petit entretien avec Marion Lester. Je voulais savoir pour quelle raison elle avait menti et qui lui avait ordonné de mentir. Je lui poserais la question poliment, d'abord, et, si elle refusait de me répondre, je lui parlerais un peu du pays, jusqu'à ce qu'elle soit contente de se mettre à table, de crier le nom de celui qui l'avait poussée à me jouer cette comédie et que je cherchais pour lui régler son compte.

11

J'essayai d'avoir Pat au téléphone. J'essayai jusqu'à ce que je ne trouve plus d'endroit vraisemblable où téléphoner. Il était en train de courir après un nom qui n'avait plus aucune importance, et je ne pouvais lui mettre la main dessus au moment où j'avais le plus besoin de lui. Partout, je leur dis de lui dire de rester chez lui ou à son bureau jusqu'à ce que je le rappelle et tous me promirent de lui transmettre mon message dès qu'ils le verraient. Un ruisseau de sueur froide me coulait le long du dos lorsque je raccrochai.

La neige tombait de nouveau. Splendide ! Magnifique ! Encore de précieuses minutes, de précieux instants de gaspillés. Je consultai ma montre, égrenai quelques jurons de plus, regagnai ma bagnole en courant et démarrai comme une brute. Wheeler et Jean Trotter. Tous deux avaient été assassinés pour la même raison. Pour QUELLE raison ? Parce qu'il avait reconnu en elle une camarade d'enfance de sa fille ? Savait-il quelque chose au sujet de Jean qui rendait sa disparition nécessaire ?

Il y avait du chantage derrière tout ça. Un chantage pernicieux, assez puissant pour terroriser Emil Perry et tout un tas d'autres gros pontes... Des photographies. Des photographies brûlées. Des modèles. Un photographe nommé Anton Lipsek. Un dur nommé Rainey. Un gangster à la coule nommé Clyde. Tout ça s'enchaînait à merveille.

J'éclatai de rire et me promis une fois de plus la peau du tueur. Attendez que j'aie une ombre de preuve et le district attorney, les flics et tous les autres pourraient aller au diable. Je serais à couvert et je leur donnerais mes bottes à lécher. Au district attorney, particulièrement.

Je dus garer ma voiture à une certaine distance du *Chadwick Hotel* et revenir sur mes pas. J'avais remonté le col de mon pardessus, comme tout le monde, et croisai un flic sans même y prendre garde. Il avait mon signalement dans sa poche et m'avait peut-être déjà vu, mais il était sûrement fort loin de penser à moi.

La taulière du *Chadwick* me reçut avec le sourire.

« Je vous ai déjà vu, fiston, dit-elle en réponse à ma question. Sûr, allez-y. Je l'ai vue arriver et je l'ai pas vue ressortir. Elle doit être là. »

Je retrouvai facilement la chambre de Marion et frappai deux fois. Personne ne répondit, mais il y avait de la lumière sous la porte. La fille était peut-être dans son bain. Je collai mon oreille au battant, mais n'entendis aucun bruit d'eau.

Je frappai une troisième fois. Plus fort.

Pas de réponse.

Je tournai la poignée et la porte s'ouvrit. Marion Lester n'était pas dans son bain. Elle gisait sur le plancher, aussi morte qu'il est possible de l'être. Je repoussai doucement le battant et mis un genou en terre auprès d'elle.

« Nom de Dieu ! » jurai-je à mi-voix.

Elle portait un pyjama de satin rouge, et il eût été facile de la croire endormie... à condition d'admettre pour normal l'angle bizarre de son cou. Il avait été brisé avec tant de force que la vertèbre désarticulée saillait sous sa peau. Sa pomme d'Adam portait l'empreinte des doigts de l'assassin, et le cadavre était raide et froid.

Le tueur avait des mains puissantes et savait s'en servir.

Je décrochai le téléphone et demandai à la sorcière du rez-de-chaussée vers quelle heure elle avait vu rentrer Miss Lester.

« Ben, ce matin, glapit-elle. Elle était blindée à double zéro et c'était à peine si l'escalier était assez large pour elle. Pourquoi, elle est pas là ?

— Si, et elle risque d'y rester longtemps si on ne s'occupe pas d'elle. Elle est morte. Vous feriez mieux de monter en vitesse. »

La femme poussa un beuglement et quitta son poste sans même se donner la peine de raccrocher le récepteur. J'entendis protester l'escalier, la porte s'ouvrit, elle entra, vit ce qu'il y avait à voir, blêmit, rougit, et s'affala sur une chaise en gémissant :

« Seigneur ! C'est-y vous qui avez fait ça ?

— Ne dites pas de sottises. Elle est morte depuis plusieurs heures. Et je veux savoir qui est monté chez elle, aujourd'hui. Qui est venu lui rendre visite ? Qui a demandé après elle au bureau ? Réfléchissez. Vous devez le savoir. Vous avez été là toute la journée. »

Elle continua de gémir et ne répondit pas. Je la secouai jusqu'à ce que ses dents s'entrechoquent et répétai ma question.

« Oh ! Seigneur ! recommença-t-elle. Ils vont fermer la maison. Je vais perdre mon gagne-pain... »

Je lui empoignai la tête à deux mains et l'obligeai à me regarder.

« Écoutez. Ce n'est pas la première. Le type qui l'a tuée a déjà assassiné deux autres personnes et il en tuera d'autres encore si on ne lui met pas le grappin dessus. Est-ce que vous comprenez ce que je vous dis ? »

Elle acquiesça, les yeux pleins de terreur.

« O. K. ! Qui est monté chez elle aujourd'hui ?

— Personne.

— Il a bien fallu que quelqu'un monte chez elle pour l'arranger comme ça !

— Mon Dieu... oui... je... écoutez : je sais pas qui a pu monter chez elle. Y a des tas de gens qui entrent et qui ressortent toute la journée et...

— Et vous ne les remarquez pas ?

— Non.

— Pourquoi ?

— C'est... c'est pas mes oignons.

— Autrement dit, vous tenez un bordel. Cette boîte n'est rien de plus qu'un bordel ! »

La terreur s'atténua dans ses yeux, cédant la place à une sincère indignation.

« Je suis pas une mère maquerelle, fiston. Ici, les locataires font ce qu'elles veulent et je leur pose pas de question, mais je suis pas une mère maquerelle.

— Savez-vous ce qui va se passer ? lui dis-je. Dans dix minutes, la boîte grouillera de flics. Inutile d'essayer de filer parce qu'ils vous rattraperont toujours. Quand ils découvriront ce qui se passe ici — et ils le découvriront, soyez-en sûre — vous serez dans le pétrin, et pas pour un peu ! Maintenant, y a deux choses que vous pouvez faire : ou bien réfléchir un peu et voir ce que vous allez leur raconter, ou bien leur dire ce que vous venez de me dire et voir ce qu'ils auront à vous raconter. Alors ? »

Elle me regarda droit dans les yeux et ce qu'elle me répondit était la vérité vraie du bon Dieu.

« Fiston, dit-elle, que je crève à l'instant si je sais quelque chose. Je sais pas qui est monté la voir aujourd'hui. Ça a pas arrêté de monter et de descendre depuis midi et j'ai lu presque tout le temps.

— O. K. ! lady, soupirai-je. Y a-t-il quelqu'un ici qui puisse me renseigner ?

— Malheureusement non. Le ménage est fait le matin de bonne heure dans les couloirs et l'escalier, et chaque locataire s'occupe de sa propre piaule. Tous ceux qui habitent ici sont des locataires permanents. Aucune chambre n'est louée à la nuit.

— Pas de garçons, pas d'employés ?

— Non. A quoi qu'on les emploierait ? »

Je regardai les restes de Marion Lester et faillis vomir. Personne ne savait rien. Personne n'avait vu le tueur. Ceux qui savaient quelque chose tombaient comme des mouches. A part moi. J'avais eu de la veine de m'en tirer. Il avait d'abord essayé de me descendre. Fiasco. Il avait essayé de me faire griller pour un meurtre. Fiasco. Puis il avait essayé de m'avoir chez moi et raté son coup une troisième fois. Mais je n'avais pas le temps d'attendre sa quatrième attaque.

« Descendez et demandez-moi la police, dis-je à la femme. Je vais les appeler d'ici, mais je ne serai pas là quand ils arriveront. Vous n'aurez qu'à leur répéter ce que vous m'avez dit. Allez, filez ! »

Elle obéit, écrasée par le poids de la calamité qui venait de s'abattre sur elle. Je décrochai le récepteur et attendis. Lorsqu'elle m'eut passé la communication, je demandai la Brigade criminelle et dis au sergent de service :

« Ici, Mike Hammer. Je suis au *Chadwick Hotel* avec une femme assassinée. Non, ce n'est pas moi qui l'ai occie, elle est morte depuis plusieurs heures, mais je viens juste de la découvrir. Le mieux que vous ayez à faire est d'en informer le district attorney en ayant bien soin de prononcer mon nom. Dites-lui que je le verrai plus tard. Non, je n'ai pas l'intention de l'attendre. Si ça ne lui plaît pas, dites-lui qu'il peut porter mon nom sur sa liste de bottes à lécher ; avant peu, c'est lui qui aura besoin de mes bonnes grâces. Ne manquez pas de lui dire tout ça. Bonne nuit. »

Je sortis du *Chadwick* une minute environ avant l'arrivée du gros des troupes. En fait, je m'apprêtais seulement à démarrer lorsque les flics arrivèrent, toutes sirènes en action, escortant une longue limousine noire de laquelle jaillit mon copain le district attorney. Il avait les cheveux en bataille et se mit aussitôt à distribuer des ordres à la ronde. En passant près de lui, je donnai un grand coup de klaxon, mais il était trop occupé à diriger son armée pour remarquer quoi que ce soit. Un autre car de police approchait ; j'en scrutai l'intérieur, espérant y repérer Pat Chambers, mais il n'était pas avec eux.

Il était minuit moins vingt. Velda devait sortir de chez elle, en ce moment. Mes mains tremblaient comme celles d'un alcoolique en pleine crise de délirium. Je stoppai devant un bar, bondis sur l'annuaire téléphonique et cherchai fiévreusement Lipsek Anton. Il habitait à la lisière de Greenwich Village, dans un quartier que je connaissais bien.

Vingt minutes, un quart d'heure à présent. Douze minutes. Il neigeait dru et le vent chassait obliquement les flocons pressés. Les signaux viraient au rouge. Je feignais de déraper et passais quand même, en criant : « Vos gueules » aux bagnoles qui klaxonnaient. Mon pétard me brûlait le flanc et mon index se crispait d'avance. Un tueur mourrait ce soir.

Deux taxis enchevêtrés barraient le carrefour de la 14e Rue. Je montai sur le trottoir et passai. Un flic siffla. Je lui criai d'aller se faire f..., mais il est probable qu'il ne m'entendit pas.

Cinq minutes. J'arrivai à destination, sautai à terre et cherchai mon numéro. Trois minutes. Bientôt, elle arriverait chez Clyde. « ANTON LIPSEK », disait la plaque de cuivre sous le bouton de sonnette. Quelque sale gosse avait écrit un mot grossier, juste en dessous ! La vérité sort de la bouche des enfants. Je pressai la sonnette et attendis. Rien. Je recommençai et laissai mon doigt dessus. Rien. Je pressai un autre bouton et la porte s'ouvrit.

« Qui est là ? cria une voix ensommeillée, dans la cage de l'escalier.

— C'est moi ; je m'excuse, j'avais oublié ma clef !

— Oh ! très bien », dit la voix.

Moi, le mot de passe infaillible. Moi, le Sésame-ouvre-toi. Moi, le crétin, l'imbécile, la cible-pour-assassins. Moi, l'idiot qui tournait en rond pendant qu'un tueur rigolait tout ce qu'il savait, aux premières loges. Moi, dans toute la splendeur de ma stupidité.

Je trouvai la porte d'Anton au dernier étage. Elle était fermée à clef. Minuit cinq. Velda était chez Clyde, dont le lit devait être préparé depuis longtemps. De combien de minutes pourrait-elle retarder l'échéance ? Je flanquai un tel coup de pied dans la porte que la serrure céda. Je la repoussai derrière moi et restai quelques secondes immobile, appelant silencieusement le tueur, mon Luger au poing et le doigt crispé sur la détente.

Rien.

Je cherchai le commutateur à tâtons et donnai de la lumière. Drôle de turne ! Mobilier de jardin, lampes rafistolées, tapis bons à jeter aux ordures.

Mais les murs valaient leur million de dollars ! Les tableaux qui ornaient les murs étaient tous signés de grands noms qui devaient être authentiques, à moins que tous ces cadres somptueux et ces plaques de cuivre artistement gravées ne soient là que pour la frime. Anton avait donc beaucoup d'argent à dépenser et ne le dépensait pas avec les femmes, non ; il le convertissait en valeurs plus stables que les billets de banque. Les inscriptions étaient toutes rédigées en français et je n'y comprenais rien, en dehors des noms propres. Bien que la pièce fût jonchée de verres sales et de bouts de cigarettes, il n'y avait pas un brin de poussière sur les cadres, et les plaques de cuivre avaient été récemment récurées.

Anton avait-il acheté toutes ces toiles avec le produit de ses activités pronazies ? Ou bien était-ce le résultat d'une tout autre industrie ?

Je fis le tour de l'appartement. Il y avait un studio encombré de tout le bric-à-brac qu'on peut s'attendre à trouver chez un homme dont le métier est aussi la marotte, et une petite chambre noire adjacente. Je manœuvrai le commutateur placé à l'entrée de cette dernière ; une petite lampe rouge s'alluma au-dessus de l'évier. La chambre noire ne refermait que ce qu'il était normal d'y trouver, à savoir, un important matériel photographique.

Il n'y avait rien d'autre dans l'appartement.

Je serais reparti sans plus attendre si je n'avais repéré, à hauteur d'épaule, la minuscule image de la lampe rouge réfléchie dans un menu fragment de métal brillant.

Mes doigts coururent le long de la paroi, et ce n'était pas une paroi, mais une porte parfaitement invisible, en dehors de cet infime morceau de métal mis à nu par la rotation fréquente des gonds. Un ressort caché devait permettre de l'ouvrir, mais je n'avais pas de temps à perdre. Je m'arc-boutai contre l'évier et mon talon ébranla la paroi, qui trembla et se fendit. Je recommençai. Mon pied traversa un panneau de bois. Mes troisième et quatrième ruades y pratiquèrent un trou suffisant pour me laisser passer. Je me retrouvai dans une penderie vide dont la porte donnait accès à un autre appartement.

C'était dans celui-ci qu'Anton Lipsek menait une vie plus conforme à sa situation. Une mince paroi avait séparé deux mondes. L'état de la première pièce témoignait d'une récente orgie. Dans un coin, se dressait un bar abondamment garni de toutes les boissons imaginables, et les fauteuils, les divans et les tables n'avaient pas été fabriqués en série, fichtre non ! Ils avaient été faits sur commande et formaient avec les tapis, les draperies et le papier de tenture un ensemble harmonieux, digne d'un maître-photographe comme Anton Lipsek.

Bien entendu, il y avait d'autres pièces. Des tas d'autres pièces. En particulier trois belles chambres à coucher, chacune avec sa propre cabine de douche et son propre W.-C. Toutes renfermaient un ou plusieurs cendriers bourrés de mégots tachés ou non de rouge à lèvres. Dans la dernière, je trouvai même trois mégots de cigares écrasés sur un plateau de verre, près du lit.

Anton avait loué deux appartement contigus et aménagé la chambre noire en couloir de communication.

J'aurais compris tout de suite si mon esprit n'avait pas été anesthésié par d'autres pensées. Anton était célibataire et apparemment pas très porté sur la chose. Alors ? A quoi bon ces deux appartements ? A quoi bon toutes ces chambres ? A quoi bon tous ces lits de deux personnes...

Inconsciemment, mes yeux cherchaient quelque chose. Au-dessus des lits pendait dans chaque chambre un curieux tableau, peint sur verre. Un paysage maritime, avec une mer d'argent. Je m'approchai, la respiration haletante, et vis mon visage dans la mer. La mer avait cet aspect argenté et brillant parce qu'il s'agissait en réalité d'un miroir, sillonné de palmes délicates. C'était infiniment joli. Et très pratique !

J'essayai de décrocher ces tableaux-miroirs, mais ils étaient vissés au mur et je ne réussis qu'à me décoller les ongles. Je fonçai à travers le salon, pénétrai dans la penderie vide et réintégrai l'appartement voisin.

Toutes ces toiles de grands maîtres dans leurs cadres luxueux. Elles avalaient leur million de dollars, et il y en avait pour plus que ça encore derrière elles ! Je décrochai celle qui représentait deux femmes nues folâtrant dans une forêt et trouvai ce que je cherchais.

Il y avait un trou rectangulaire, dans le mur, et, de l'autre côté de ce trou, je voyais le petit paysage peint sur verre. Le ciel et la terre étaient opaques, mais à travers la mer on voyait tout ce qui se passait dans la chambre.

Un miroir transparent installé au-dessus d'un lit de deux personnes. Oh ! frangin, quel beau matériel de chantage !

Il ne me fallut pas plus de dix secondes pour dénicher la caméra dans un placard. C'était un appareil perfectionné, qui, entre les mains d'un artiste comme Anton, devait prendre des photos magnifiques, sans perdre un seul détail d'expression. Le trépied était encore réglé à la hauteur convenable pour braquer l'objectif dans la chambre.

J'eus tôt fait de jeter sur le plancher tout ce qu'il y avait dans le placard, en plus de la caméra. Je cherchais des photos qui seraient aussi des preuves. Des photos qui me permettraient de me justifier après la bagarre, si j'étais obligé d'en descendre un ou deux.

C'était simple comme bonjour, à présent. Anton Lipsek se servait de quelques-unes des filles pour attirer les gros manitous dans ses chambres truquées et prenait des photos sensationnelles qui leur permettaient, à lui et à Clyde, de régner sur la ville. Impossible d'imaginer une forme de chantage plus parfaite. L'opinion publique pouvait passer bien des choses aux grands personnages, mais non ce genre de débordement.

Même Chester Wheeler avait sa place dans ce tableau. Il nageait dans la grosse galette. Il était seul en ville, et un peu éméché. Il avait donné dans le panneau. Mais il avait commis, en outre, une erreur qui lui avait coûté la vie. Il avait reconnu sa partenaire. Il avait reconnu en elle une ancienne condisciple de sa propre fille. Jean-Julia avait eu peur ; elle en avait parlé à Anton, et Anton avait fait assassiner Wheeler. Mais la peur n'avait pas quitté Jean ; elle s'était jetée au cou du premier type venu et l'avait épousé. Tout avait bien marché jusqu'au jour où le tueur avait retrouvé sa trace et s'était assuré qu'elle ne serait jamais effrayée au point de trop parler.

Oui, tout était si simple à présent. Même pour Marion. Anton avait peur de moi. Les journaux avaient imprimé en toutes lettres que j'étais un flic et que cette histoire m'avait valu de perdre ma licence. Il avait donc chargé Marion de me dire que c'était avec elle que Wheeler était sorti, en donnant à leur équipée une conclusion innocente qui coupait la piste.

Qu'était-il arrivé ensuite ? Marion était-elle devenue trop exigeante ? Bien sûr, pourquoi pas ? Elle avait voulu faire chanter le maître chanteur ! Quelle imprudence !

Le tueur avait dû pâlir lorsqu'il avait appris que le type qui gisait ivre mort sur le deuxième plumard était un flic. Il avait dû comprendre que je ferais tout ce que je pourrais pour récupérer ma licence. Il avait dû se renseigner sur mon compte. Il avait dû consulter les collections des grands canards, les archives des tribunaux. Il avait dû apprendre que je tuais aussi vite et aussi facilement que lui-même. Une seule chose nous différenciait. Je ne tuais jamais que des tueurs et j'avais la réputation de ne pas faire de quartier lorsque je me trouvais en présence d'un de ces salauds qui assassinaient en série et s'en tiraient trop souvent indemnes.

Toutes ces pensées s'étaient succédé dans mon crâne en quelques secondes, mais le temps avait fui, malgré tout, depuis que j'étais arrivé chez Anton et, lorsque je baissai les yeux vers mon bracelet-montre, mon sang se glaça dans mes veines. Mais je ne pouvais partir encore. Il me fallait des preuves, des photos. Si je partais les mains vides, Anton, en rentrant chez lui, constaterait que sa combine était éventée et n'aurait rien de plus pressé que de faire disparaître les photos, où qu'elles fussent, et d'alerter Clyde, son associé. Que ferait Clyde, alors, de Velda ? Où l'emmènerait-il ? Quelles initiatives Velda jugerait-elle bon de prendre, et comment tout cela finirait-il ?

Je passai ma rage sur l'appartement-atelier, où il était plus logique de chercher les photos que dans l'appartement-piège. Je déchirai, éventrai, brisai, dispersai sans succès le contenu des deux pièces, et j'allais en faire autant avec la chambre noire lorsque j'entendis des pas dans le couloir qui menait à l'appartement voisin. A travers le trou pratiqué dans le mur, à travers les portes béantes de la penderie désaffectée, je vis Anton ouvrir la porte, écarquiller les yeux et ressortir précipitamment en claquant le battant derrière lui. Je l'entendis se ruer dans l'escalier sans prendre le temps de refermer à clef.

Je me serais tué d'avoir laissé brûler partout des lampes que j'avais trouvées éteintes.

Je plongeai littéralement à travers la paroi crevée. Mon veston s'accrocha aux morceaux de bois. Je hurlai de rage, tirai violemment, laissai derrière moi des fragments d'étoffe et emportai avec moi des débris de cloison.

Le salaud était en train de m'échapper. J'ouvris la porte et fonçai dans l'escalier. Je tombai et roulai jusqu'au palier suivant, me relevai au moment où la porte d'en bas se refermait, bondis, tombai encore et parvins miraculeusement au rez-de-chaussée sans m'être brisé un membre.

J'avais mon Luger au poing lorsque je jaillis à l'air libre, mais à quoi bon ? La bagnole d'Anton roulait déjà vers le carrefour. Je poussai un cri de joie, malgré tout, parce que je m'étais attendu à avoir plus de retard encore. Il avait dû fermer sa portière à clef avant de monter chez lui. La mienne ne l'était pas. Je m'asseyais à mon volant et tournais la clef de contact lorsque j'entendis un fracas métallique qui provenait du carrefour. Je levai la tête et ricanai en actionnant le démarreur, parce que le destin, qui m'avait été si longtemps contraire, semblait avoir décidé de me donner un petit coup de main. Anton avait failli prendre en écharpe un taxi qui débouchait de la rue perpendiculaire. Seule, la rapidité de réflexe des deux conducteurs avait transformé la collision en un brutal froissement d'ailes. Mon moteur toussa et cracha. Je vis Anton ébaucher une marche arrière et suppliai le sort de ne pas me laisser tomber en panne, non, pas maintenant. Mes roues mordirent dans la neige et ma bagnole s'écarta du trottoir. Je pressai mon klaxon des deux pouces pour faire fuir le chauffeur du taxi qui avait quitté son siège et gesticulait futilement dans le sillage d'Anton, en vociférant des injures.

Mais il pouvait toujours courir. Anton était déjà loin, et moi j'étais à ses trousses, et il avait dû entendre mon klaxon, car la longue conduite intérieure noire filait à présent comme une flèche. C'était de cette conduite intérieure qu'on avait essayé de me descendre, au coin de la 33e Rue. On, ça ne pouvait être que Rainey. Anton avait tenu le volant et Rainey le pétard. Le salaud devait déjà griller en enfer.

La neige avait au moins un avantage. Elle avait poussé les bagnoles dans leurs garages et remisé les taxis contre les trottoirs. Les rues étaient de longs entonnoirs blancs qui s'étendaient, vides, sous les lumières. Je gagnais du terrain. Il dut s'en apercevoir et appuya sur le champignon. Il grillait les feux rouges, bien entendu, et je faisais de même. Maintenant, il devait commencer à avoir sérieusement la trouille au ventre. Maintenant, il devait commencer à se demander pourquoi un bolide comme le sien ne pouvait parvenir à semer une vieille guimbarde écornée comme la mienne. Il pouvait toujours se le demander. La solution du problème était sous mon capot, sous la forme d'un moteur solidement campé sur un châssis renforcé, et qui n'avait aucun rapport avec le fer-blanc de sa carrosserie. Il n'avait plus qu'une vingtaine de mètres d'avance, et la distance qui nous séparait diminuait de minute en minute. Il prit un virage à vive allure, dérapa, heurta le trottoir. Je crus un instant qu'il allait s'en sortir et serrai les dents, parce que je savais qu'avec ma bagnole, plus légère, je ne m'en tirerais pas si j'essayais de l'imiter. Mais la Providence éclata de rire et, généreuse, me livra Anton. La conduite intérieure culbuta sur le trottoir et s'écrasa contre le mur d'un immeuble, dans un jaillissement d'éclats de vitres et de débris de toutes sortes.

Je freinai à fond et décrivis un magistral tête-à-queue au milieu de la rue. Je laissai ma bagnole où elle s'était arrêtée et, revolver au poing, courus vers la voiture retournée. Mais c'était inutile. Il n'y avait plus, sur les épaules d'Anton, qu'une pulpe sanguinolente qui avait été sa tête. Le choc n'avait respecté que ses yeux, mais, comme il n'y avait plus rien autour, ils n'étaient pas où ils auraient dû être. Lui qui avait tant aimé la peinture, il ressemblait à un tableau abstrait. La portière avait été arrachée et je jetai un rapide coup d'œil à l'intérieur de la bagnole. Il n'y avait rien dedans, en dehors des restes d'Anton. L'un des yeux morts me regarda fouiller ses vêtements. Son portefeuille contenait une liasse de billets de cinq cents dollars et un récépissé de colis-express, daté du matin même.

Il était adressé à Clyde.

Ce n'était pas Anton le patron, après tout. C'était Clyde. Ce petit salaud que j'avais cru sans envergure était le cerveau de l'équipe. C'était lui, le tueur, et Velda était chez lui, en ce moment. C'était lui, le cerveau et le tueur, et Velda était en train d'essayer de faire parler un gars qui connaissait toutes les ficelles.

J'avais plus d'une heure de retard. Le temps avait marché plus vite que moi. Mais je pouvais encore essayer de le rattraper et de lui faire restituer ce qu'il m'avait volé.

Des cris jaillirent de toutes les fenêtres lorsqu'en quelques bonds je rejoignis ma bagnole. Devant moi, derrière moi, hululaient déjà les sirènes de police. Je m'engouffrai dans une rue de traverse et me tirai des flûtes. Mais quelqu'un avait certainement relevé mon numéro. Quelqu'un le communiquerait aux flics et, lorsqu'ils découvriraient que c'était le mien, le district attorney en boufferait son chapeau. Suicide, qu'il avait dit : ouais...

Un gros malin, notre district attorney, malin comme l'idiot du village.

Et la neige tombait toujours. J'avais encore un bon bout de chemin à parcourir, et la neige tombait toujours. La Providence avait plutôt l'air de me laisser choir.

12

Je sortis le récépissé de ma poche et vérifiai l'adresse. C'était bien là. Un dais couvert d'une lourde bâche bleue permettait aux locataires du gigantesque building de débarquer de leurs bagnoles et de gagner l'entrée du hall sans s'exposer aux intempéries. Un portier déguisé en amiral battait la semelle sur le seuil de l'immeuble. Il avait un nez et des oreilles qui me dissuadèrent d'entrer par la grande porte. Les gars de son acabit étaient toujours trop à l'affût des occasions de se faire valoir pour que je risque de perdre mon temps et d'alerter Clyde en m'expliquant avec lui.

Lorsque je traversai la rue, je feignis de m'éloigner, et sous le couvert de la neige, m'engouffrai dans l'allée cimentée qui conduisait à l'arrière du bâtiment. Quelques marches descendaient vers une porte entrebâillée. Je la poussai et me trouvai nez à nez avec un vieux bougre tout en moustaches qui me demanda ce que je voulais. La pièce dans laquelle je m'étais introduit faisait partie de la chaufferie de l'immeuble.

« Viens ici, papa », dis-je au vieux.

Dans un coin, il y avait une chaise et une petite table. Je lançai dix dollars sur la table. Le vieux ramassa un long tisonnier pointu et s'avança vers moi.

« Clyde Williams, continuai-je. Quel est le numéro de son appartement ? »

Ma question dut lui déplaire, car je vis ses mains se crisper autour du tisonnier. Je n'avais pas le temps de me montrer persuasif. Je sortis mon Luger et le posai à côté du billet de dix dollars.

« Lequel des deux, papa ? » m'informai-je.

Il leva son tisonnier et grogna :

« Qu'é-que vous lui voulez, à Clyde Williams ?

— Je veux le casser en petits morceaux, papa. En tout petits morceaux. Et j'en ferai autant à quiconque voudra m'arrêter.

— Rentrez vot' pétard et vot' argent, dit-il. Il occupe tout le dernier étage. L'ascenseur de service est là-bas au bout. Z'allez le casser en p'tits morceaux, hein ? »

Je ramassai le Luger, mais laissai les dix dollars sur la table.

« Ouais. On dirait que ça te fait plaisir, papa ?

— Si. J'ai une fille. C'était une bonne fille, avant. Plus maintenant. Ce salaud...

— O.K. ! Il n'ennuiera bientôt plus personne. T'as un double de sa clef ?

— Pas moi, non », dit-il tristement.

Ses moustaches tremblaient et ses yeux brillaient d'espoir. Ce n'était pas lui, en tout cas, qui risquerait de donner l'alarme.

L'ascenseur de service montait si lentement que je devais me tenir à quatre pour ne pas lui beugler de se grouiller. Mais ce n'était qu'une mécanique insensible à tout, qui continuait son petit bonhomme de chemin sans se soucier du demi-fou qui marquait le pas dans sa cage tandis qu'une autre mécanique insensible égrenait des secondes longues comme des siècles.

Je finis tout de même par débarquer au dernier étage et m'obligeai à tourner lentement la poignée de la porte et à jeter au-dehors un coup d'œil circonspect.

Un couloir me conduisit à un hall immense, orné de tableaux magnifiques, meublé d'une vingtaine de fauteuils club et de quelques tables chargées de roses fraîchement coupées qui embaumaient l'atmosphère. Les cendriers étaient en argent, et auprès de chaque cendrier reposait un gros briquet de même métal. La seule note discordante était le mégot de cigare qui gisait au centre de l'épais tapis d'Orient.

J'observai un bref instant ce hall des Mille et Une Nuits, sur lequel ne s'ouvraient que deux portes. Celle de l'ascenseur, sans poignée ni garnitures d'aucune sorte, et celle de l'appartement décorée d'appliques de métal et d'un bouton de sonnette d'argent massif. Le tapis étouffa efficacement le bruit de mes pas, tandis que je traversais la vaste salle et tombais en arrêt devant la porte de Clyde, me demandant si je devais sonner ou faire sauter la serrure à coups de pétard.

Mais ce n'était pas nécessaire. Une petite clef plate reposait sur le sol, juste devant la porte, et je la cueillis avec dévotion. Velda avait bien joué sa partie. Elle avait espéré ma venue et laissé sur place la clef que lui avait remise Clyde, après avoir ouvert la porte de cet appartement maudit où il l'attendait.

(Je suis venu, Velda, je suis là. J'arrive trop tard, mais je suis là, et je ne te dirai jamais que ce que tu as fait était inutile. Tu t'imagineras toujours que tu ne pouvais pas agir autrement, que tu devais sacrifier ainsi, pour me sauver, ce que je désirais le plus au monde, et je ne te dirai rien. Je me forcerai à sourire et j'essaierai d'oublier. Mais il n'y a pour moi qu'une manière d'oublier, et c'est de sentir la gorge de Clyde s'écraser sous mes doigts, ou de lui loger des pruneaux dans les tripes jusqu'à ce que mon Luger n'ait plus rien à cracher. De cette façon-là, peut-être, je retrouverai le sourire et pourrai oublier...)

Je tournai la clef dans la serrure et entrai. La porte se referma derrière moi, avec un léger claquement.

Je n'essayai même plus de ne pas faire de bruit. Je savais que la musique couvrirait mes pas, et j'avançai rapidement de pièce en pièce, indifférent à la splendeur du cadre, vers la source de ces notes étranges, obsédantes, que le salaud avait dû choisir tout exprès pour créer une ambiance érotique ! Enfin j'aperçus l'énorme phonographe à rechargement automatique duquel elles émergeaient. Puis je découvris le divan sur lequel Velda était allongée, avec Clyde penché au-dessus d'elle. Dans cette lumière tamisée, Clyde n'était qu'une silhouette noire vêtue d'un peignoir de satin ; une silhouette noire qui exigeait d'une voix rauque ce qu'une silhouette noire s'obstinait à lui refuser encore. Je distinguai la blancheur des jambes de Velda, la blancheur de sa main qu'elle avait jeté sur son visage, et l'entendis gémir. Clyde leva le bras pour se débarrasser de sa robe de chambre et j'aboyai :

« Debout, salopard ! »

Le visage de Clyde était un masque de rage qui se transforma, lorsqu'il me reconnut, en masque d'épouvante.

Je n'étais pas arrivé trop tard, après tout. J'étais arrivé juste à temps pour prévenir un sacrifice inutile ou une initiative désespérée.

« Mike ! » sanglota Velda en se dressant au bord de la couche.

Clyde fit un pas vers moi. Son visage convulsé et tendu suait la haine par tous ses pores.

« Mike, répéta-t-il. Alors, elle te connaît ! C'était un coup monté ! »

Velda se leva et vint se réfugier contre ma poitrine. Je la sentais trembler des pieds à la tête tandis qu'elle sanglotait contre moi.

« Sûr qu'elle me connaît, Dinky. Et toi aussi, tu me connais. Et tu sais ce qui va t'arriver, maintenant ? »

Sa bouche se ferma brusquement. Je soulevai le menton de Velda et murmurai :

« Ça n'a pas dû être drôle, hein, fillette ? »

Elle était incapable de parler. Elle secoua la tête et sanglota de plus belle. Puis elle dit :

« Oh ! Mike, c'était... épouvantable.

— Et je parie que vous n'avez rien appris de plus ?

— Non. »

Elle frissonna et tripota les boutons de sa veste.

J'aperçus son sac à main sur la table et le montrai du doigt.

« Vous avez votre outil avec vous, chérie ?

— Oui.

— Prenez-le. »

Elle obéit, et je ne pus m'empêcher d'éclater de rire, lorsqu'elle eut son revolver à la main, en voyant la binette que faisait Clyde.

« Je vais lui laisser le plaisir de t'exécuter, Dinky. Je vais offrir à Velda la joie de te flanquer un pruneau dans les tripes, pour ce que tu as essayé avec elle et pour ce que tu as fait à des tas de pauvres filles. »

Il grommela quelque chose et continua de m'observer, la lèvre inférieure pendante.

« Je sais tout, Dinky. Je sais comment Anton et toi utilisiez les filles en guise d'appâts, pour amener au bon endroit les gros pontes que vous comptiez pressurer. Dès qu'une des huiles en question était au lit avec une des filles, Anton filmait le couple en pleine action, à travers les petits tableaux truqués, et, ensuite, c'était toi qui t'occupais du reste. Ce qui prouve une fois de plus qu'on ne doit jamais sous-estimer personne. Je te prenais pour un comparse et c'était toi le cerveau de la bande. Fameux, la façon de liquider Wheeler parce qu'il avait reconnu une des filles. Il se serait peut-être tenu tranquille si tu n'avais pas rappliqué avec tes photos et tes menaces de tout dévoiler ; seulement, voilà, tu t'es amené, il s'est fait envoyer cinq mille dollars et il te les a remis ; puis il a voulu ruer dans les brancards, il est allé revoir Jean Trotter et lui a dit qui il était. Jean t'en a fait part et crac, tu as effacé Wheeler. Il n'y a que deux choses qui me chiffonnent. Qu'est-ce que tu avais prévu pour Wheeler avant qu'il s'empare de mon revolver et te donne l'idée de camoufler son meurtre en suicide ? Et pourquoi liquider Rainey ? Parce qu'il n'était pas aussi docile que tu l'aurais voulu ? J'ai ma petite idée là-dessus... Rainey m'a manqué, dans Broadway, et tu as dû lui casser le morceau assez fort pour lui rebrousser le poil et lui donner envie de filer en douce avec le pognon soutiré à Emil Perry. Tu es allé là-bas pour le descendre, tu m'y as repéré, tu as vu là une occasion superbe de me faire coincer pour meurtre et tu as promis aux témoins leur pesant de plomb s'ils répétaient de travers la leçon que tu leur avais apprise. Je parierais même que tu as un alibi cousu main pour cette nuit-là ? Velda m'a dit que tu n'étais pas arrivé avant minuit. C'est plus de temps qu'il n'en fallait, pas vrai ? »

Clyde regardait mon revolver. Je le tenais au niveau de ma hanche, mais le canon était braqué vers son ventre et celui de Velda également.

« Qu'est-ce que tu as fait avec Jean, Clyde ? Elle était supposée avoir quitté l'agence pour se marier. L'avais-tu planquée dans quelque garni, en attendant de te débarrasser d'elle ? A-t-elle lu dans les journaux ce qui était arrivé à Rainey ? A-t-elle essayé de fuir jusqu'à ce que tu lui remettes la main dessus et que tu la liquides à son tour ? Marion Lester a-t-elle voulu monnayer ce qu'elle savait, jusqu'à ce que tu sois obligé de lui tordre le cou ?

— Mike... dit-il.

— Ta gueule ! C'est moi qui parle ! Je veux savoir où sont ces photos, Clyde. Anton n'a pas pu me le dire, parce qu'il est mort. J'aurais voulu que tu voies sa tête. Il avait les yeux à la place de la bouche. Il n'avait pas les photos, c'est donc toi qui dois les avoir. »

Clyde rejeta ses deux bras en arrière et son visage se décomposa.

« T'arriveras pas à me coller un seul meurtre sur le dos, mouchard, hurla-t-il. Je me laisserai pas griller pour les autres, pas moi ! »

Velda me saisit par le bras et je la repoussai.

« Tu l'as dit, Clyde. Tu ne grilleras pas pour meurtre et tu sais pourquoi ? Parce que tu ne sortiras pas vivant de cette pièce. Tu vas mourir ici même et, quand les flics arriveront, je leur raconterai ce qui s'est passé. Tu avais ce pétard à la main et je te l'ai arraché et je m'en suis servi moi-même. Ou bien je vais le passer à Velda et je te le mettrai ensuite dans la main. Ce serait la monnaie de ta pièce, après tout, qu'on te retrouve suicidé. Et le pétard vient d'Europe. Je défie les flics de remonter par lui jusqu'à moi. Qu'est-ce que tu penses de mes petites idées, Clyde ?

— Il n'en pense rien, gros malin, dit la voix derrière moi. Lâche ton feu ou je vous descends tous les deux, toi et la gonzesse. »

Non, ce n'était pas possible que ça m'arrive une deuxième fois. Pas cette fois-ci, mon Dieu, surtout pas cette fois-ci. Mais c'était bien le canon d'un revolver qui me fouillait les côtes. Je laissai tomber le Luger, que rejoignit aussitôt l'automatique de Velda. Clyde poussa un cri de joie sans mélange et le ramassa. Il ne prononça pas un seul mot. Il prit le pétard de Velda par le canon et m'en assena un grand coup, en pleine figure. J'essayai de le saisir, mais la crosse revint à la charge, m'atteignant à la tempe. Le gars qui était derrière moi entra également en action et me frappa à la nuque. Je m'écroulai.

J'ignore combien de temps je restai inanimé sur le tapis. Le temps ne comptait plus, à présent. Dans un brouillard, j'entendis Clyde ordonner à Velda de passer dans une autre pièce. Puis il ajouta :

« Traîne-le jusqu'ici. Je m'occuperai de lui quand j'en aurai fini avec elle. Installe-le dans un fauteuil. Je veux qu'il soit aux premières loges pour voir ce qui va se passer. »

Des mains me saisirent par les aisselles et mes pieds raclèrent le plancher. Une porte claqua. Les mains me laissèrent choir dans un fauteuil et Velda cria :

« Non... oh ! mon Dieu... Non !

— Déshabille-toi... Complètement ! Et en vitesse ! » ordonna Clyde.

J'ouvris les yeux. Le visage de Clyde luisait de luxure insatisfaite. L'autre type me surveillait d'un œil et regardait de l'autre Velda reculer jusqu'à ce que son dos touchât le mur. Il avait toujours son pétard au poing.

Je me mis sur pied.

« Descends-le s'il veut s'en mêler ! » grinça Clyde.

Ils savaient que je m'en mêlerais de toute façon et l'autre salopard leva son revolver.

Ni lui ni Clyde ne regardaient plus Velda. Mais moi, je vis sa main plonger sous sa veste et en ressortir avec un minuscule automatique qui aboya dans le silence ; et le type au revolver porta sa main gauche à son ventre et tenta de jurer, mais n'y parvint pas.

J'essayai d'atteindre Velda et tombai à genoux au moment même où Clyde l'empoignait, s'efforçant de lui arracher son automatique. Je rampai vers celui de l'autre type. Velda luttait avec Clyde, pliée en deux pour l'empêcher de parvenir au revolver. Clyde redoubla d'efforts et l'arme roula dans ma direction, tandis que Velda s'effondrait sur le sol. Clyde n'aurait pas le temps de s'en emparer avant que j'aie ramassé l'autre et il le savait. Il jura, sortit en courant ; la porte claqua derrière lui, puis la clef tourna dans la serrure et je l'entendis pousser des meubles contre le battant. Puis une autre porte claqua quelque part et je n'entendis plus rien.

Ma tête reposait sur les genoux de Velda, qui me berçait doucement.

« Mike, idiot chéri, est-ce que ça va mieux ? Mike, répondez-moi.

— Ça ira, chérie. Donnez-moi encore une minute ou deux. »

Ses lèvres guérissaient les blessures de mon visage. Des larmes coulaient sur ses joues. Je m'obligeai à sourire et elle me serra plus fort. Je touchai d'un index incertain les minces courroies de l'étui invisible qu'elle portait encore sous les ruines de sa veste.

« Bravo, fillette, murmurai-je. Nous ferons du bon boulot, tous les deux. Qui serait jamais allé soupçonner la présence d'un petit automatique sous l'aisselle d'une jolie fille ? »

Elle me rendit mon sourire et m'aida à me remettre sur pied. Je me cramponnai au dossier d'une chaise. Velda secoua la poignée de la porte.

« Mike, elle est fermée à clef ! Nous sommes enfermés ici !

— Nom de Dieu ! »

Je jetai un coup d'œil au type étendu sur le sol.

« Vous pouvez faire une encoche à la crosse de votre pétard, Velda ! » murmurai-je.

Je crus qu'elle allait se trouver mal, mais elle se maîtrisa et ses mâchoires se crispèrent.

« Je voudrais les avoir tués tous les deux, Mike. Qu'allons-nous faire ? Nous ne pouvons pas sortir.

— Il le faut, Velda. Clyde...

— Mike... Est-ce lui ? »

Mon cerveau n'était plus qu'une masse douloureuse qui se rebellait contre toute pensée.

« C'est lui, Velda. »

Je ramassai le revolver et m'approchai de la porte. C'était à peine si j'avais assez de force pour soulever le pétard.

« Mike... la nuit du meurtre de Rainey... Clyde était en conférence. Je les ai entendus en parler à l'*Auberge du Bowery*. Il y était, Mike. »

Mon estomac se contracta. Le sang ronflait derrière mes tempes. J'appliquai le canon du revolver contre la serrure et pressai la détente. La secousse m'arracha l'arme de la main.

« Mike, répéta Velda.

— Je vous ai entendue, Bon Dieu ! Mais c'était Clyde. Clyde et Anton. Ils avaient les photos et... »

Je m'interrompis et restai pétrifié devant cette porte obstinément close.

« Les photos ! Clyde est parti les chercher. S'il s'en empare, il pourra museler la moitié de la ville et il se sortira de tout ça comme une fleur. »

Je récupérai le revolver et tirai dans la serrure jusqu'à ce qu'il n'y ait plus une seule balle dans le magasin. Ces maudites photos... Elles n'étaient pas chez Anton et elles n'étaient pas chez Clyde. La porte de sortie avait claqué trop vite pour qu'il ait eu le temps d'emporter quoi que ce soit. Il ne restait qu'un seul endroit possible : les bureaux de l'agence.

Cette pensée me rendit la force qui me manquait pour attaquer la porte à coups d'épaule. Velda se joignit à moi et nous poussâmes jusqu'à ce que quelque chose s'écroulât, de l'autre côté du battant.

La porte s'entrouvrit. Juste assez pour nous livrer passage. Le silence le plus absolu régnait dans l'appartement.

Je rejetai le revolver vide, ramassai mon Luger sur le plancher de la pièce voisine et désignai le téléphone.

« Appelez Pat, et, si vous ne le trouvez nulle part, appelez le bureau du district attorney. Dites-leur de lâcher tous les hommes disponibles aux trousses de Clyde, et nous arriverons peut-être encore à temps. »

Je courus en titubant jusqu'à la porte et l'ouvris. Velda me cria quelque chose que je ne compris pas, mais je m'abstins de revenir sur mes pas pour lui demander de le répéter. L'ascenseur principal était au rez-de-chaussée, mais le monte-charge de service était resté au dernier étage. Je l'empruntai, l'arrêtai avant le sous-sol et me ruai dans le hall. L'amiral me regarda de travers, s'interposa dans ma trajectoire et reçut mon poing entre les deux yeux. J'étais déjà dans ma bagnole lorsqu'il jaillit sur le trottoir en beuglant. J'étais à deux pâtés de maisons du building de Clyde lorsque le premier car de police arriva sur les lieux. J'en étais à trois fois cette distance lorsque je me souvins que Connie était allée à l'agence pendant que je me rendais chez Clyde.

Mon estomac recommença à se nouer et je poussai à fond la pédale de l'accélérateur...

Un vieux type lisait son journal dans le hall de l'immeuble. Je frappai à la vitre, il releva la tête et me fit signe de filer. Je flanquai un bon coup de pied dans le panneau inférieur, il jaillit de son siège et vint entrouvrir la porte en vociférant :

« C'est fermé. Y a plus un chat dans la maison. Il est trop tard. Revenez demain. »

J'achevai d'ouvrir la porte d'un bon coup d'épaule et questionnai :

« Personne n'est entré ici au cours de ces dernières minutes ? »

Il secoua nerveusement la tête.

« Personne depuis plus d'une heure. Je vous dis que la maison est vide. Pourquoi ?... »

Clyde ne s'était pas montré. Ça ne tenait pas debout, nom de Dieu ! A moins qu'il ait eu un accident en route.

« Peut-on entrer dans l'immeuble par une autre porte ?

— La porte de derrière, mais elle est fermée à clef. Personne ne peut entrer par là si j'ouvre pas de l'intérieur... Écoutez, monsieur...

— Oh ! la ferme ! Appelez les flics si vous avez les foies !

— Je ne comprends pas. Qu'est-ce que vous cherchez ?

— Un tueur, petite tête. Un type qui s'amuse à descendre les gens. »

Il avala péniblement une gorgée de salive.

« Vous... vous plaisantez, pas vrai ?

— Tellement que j'en ai mal au ventre. Je m'appelle Mike Hammer, petite tête. Les flics veulent m'avoir. Le tueur veut m'avoir. Tout le monde veut m'avoir et je suis encore là. Et maintenant... qui est monté ici, ce soir, après les heures régulières ?

— Ben... y a eu... un gars du premier étage qu'est revenu travailler. Et puis, deux ou trois types de la compagnie d'assurances. Y sont montés chercher quelque chose là-haut et y sont redescendus aussitôt. Si vous regardiez sur le registre des entrées tardives...

— Sûr. Le tueur a sûrement pris le temps de le signer. Trêve de plaisanteries... Je veux entrer dans les bureaux de l'agence Lipsek.

— Oh ! dites donc. Y a une jeune fille qu'est montée à l'agence, v'là un bon bout de temps. Je l'ai pas vue repartir. Elle a dû redescendre pendant que j'faisais ma ronde.

— Montons.

— Prenez plutôt l'ascenseur automatique... »

Je le poussai vers l'une des cabines. Il céda en rechignant et pressa le bouton *ad hoc.*

Les portes de l'agence étaient ouvertes et la lumière allumée dans le hall. J'avais mon Luger au poing. Personne ne me surprendrait par-derrière, cette fois-ci. Je parcourus toutes les pièces en donnant partout de la lumière. Il y avait des vestiaires et des petits bureaux et des réduits pleins de fournitures et trois chambres noires impeccablement rangées et une quatrième beaucoup moins impeccable. Enfin, je trouvai la pièce que je cherchais.

Je la trouvai et j'en poussai la porte et restai cloué sur le seuil, la bouche ouverte pour laisser sortir toute la haine affreuse qui grondait dans ma poitrine.

Connie gisait au centre de la pièce, les yeux exorbités, le dos replié en forme de V.

Morte.

La salle était entourée de hauts classeurs poussiéreux. Le tiroir d'un de ces classeurs était resté ouvert et tout un groupe de dossiers avait disparu.

Trop tard, une fois encore.

Le gardien de nuit se cramponnait à moi pour ne pas tourner de l'œil. Il se mit à hurler et me serra le bras de toutes ses forces lorsque je m'agenouillai auprès du cadavre de Connie.

Aucune marque. Rien que cette expression d'incroyable souffrance sur son visage. Le tueur lui avait cassé les reins, d'un seul coup, sans hésitations ni fausses manœuvres. J'ôtai de ses doigts crispés le fragment de bulletin d'expédition qu'elle tenait encore.

Pour attacher à l'écran la lentille grossissante... déchiffrai-je au dos du morceau de papier. Le reste manquait. Dans la poussière du plancher, un rectangle signalait l'endroit où une large caisse était demeurée un certain temps. D'autres traces indiquaient clairement que la caisse avait été traînée jusque dans le hall. Là, il n'y avait plus ni traces ni caisse.

Je laissai la porte ouverte et gagnai le standard téléphonique, le petit gardien de nuit toujours sur les talons. Après avoir essayé plusieurs combinaisons, j'obtins enfin une ligne extérieure et demandai la police. Lorsque le sergent de service eut bien compris ce que je lui disais, je raccrochai le récepteur, traînai le vieux bougre jusqu'à l'ascenseur et lui enjoignis de nous ramener au rez-de-chaussée. Il ne se le fit pas dire deux fois.

C'était bien ce que j'avais pensé. La porte de derrière, dont le gardien était censé posséder l'unique clef, était aussi peu fermée que l'avaient été celles de l'agence. Inutile de demander par quel chemin l'assassin était entré et reparti.

Le vieux ne voulait pas rester seul et me suppliait d'attendre avec lui l'arrivée des flics. Mais j'avais autre chose à faire.

Je savais où trouver le tueur, à présent.

13

Tant de blancheur sur la ville et tant de saleté sous tant de blancheur ! Je conduisais lentement, prudemment, en suivant les sillons creusés dans la neige par les autres voitures. La fumée de ma cigarette se dissolvait dans la nuit comme un songe. Je n'en avais pas savouré d'aussi agréable depuis bien longtemps.

Lorsque j'arrivai à destination, je pris la peine de garer soigneusement ma bagnole et d'en fermer la portière à clef, comme tout bon citoyen rentrant chez soi après une journée bien remplie.

Je tirai une dernière bouffée de ma cigarette et la jetai dans le ruisseau, où elle grésilla un instant avant de s'éteindre. Je traversai la rue et laissai mon doigt sur le bouton jusqu'à ce que la porte s'ouvrît. Alors, j'entrai.

A quoi bon courir ? Le temps n'avait plus aucune importance. Je montai l'escalier bien sagement, marche par marche, en parcourant posément chaque palier. Puis je poussai la porte entrebâillée et dis :

« Bonsoir, Junon. »

J'entrai sans attendre sa réponse. J'entrai dans le salon et regardai derrière les fauteuils. J'entrai dans la chambre à coucher et ouvris la porte de la garde-robe. J'entrai dans la salle de bain et arrachai le rideau de la douche. J'entrai dans la cuisine et mes mains étaient prêtes à saisir et mes pieds à cogner et mon revolver à cracher la mort. Mais il n'y avait personne. Nulle part. Tous les bleus et toutes les plaies que m'avaient occasionnés mes chutes successives dans l'escalier d'Anton, et tous les coups que j'avais reçus et dont je n'avais pas encore eu le temps de souffrir revenaient maintenant à la charge pour me déchirer à belles dents. Le visage que je retournai vers Junon devait être méconnaissable de souffrance et de haine.

« Où est-il, Junon ? » sifflai-je entre mes dents.

Elle était là, grande et belle, et debout devant moi, dans une de ses robes à manches longues, et ses yeux étaient suppliants.

« Mike... »

Elle n'en put dire davantage. La respiration lui manqua et ses seins frémirent sous sa robe.

« Où est-il, Junon ? »

J'avais mon Luger à la main. Mon pouce en trouva le chien et le ramena en arrière.

Les jolies lèvres tremblèrent et Junon recula d'un pas, puis d'un autre, jusqu'à ce que nous fussions revenus dans le salon.

« Où est-il, Junon ? C'est le seul endroit où il ait pu venir en quittant l'agence. Dites-moi où il se cache ! »

Lentement, si lentement, elle ferma les yeux et secoua la tête.

« Oh ! Mike, je vous en prie. Que vous ont-ils donc fait, Mike ?...

— J'ai trouvé Connie, Junon. Elle était dans la salle des archives. Morte. Assassinée. Les dossiers étaient partis. Clyde a eu tout juste le temps de vider le tiroir après avoir tué Connie. J'ai trouvé autre chose, aussi, que Connie avait trouvé avant moi. Un fragment du bulletin d'expédition d'un poste de télévision. Celui-là même que vous étiez censée avoir expédié à Jean Trotter, à l'occasion de son prétendu mariage, et que vous aviez caché dans la salle des archives en attendant de vous en débarrasser. Vous étiez la seule à savoir qu'il était là jusqu'à ce soir. Est-ce Clyde qui l'a fait enlever pour que vous ne soyez pas impliquée ? »

Ses yeux s'ouvrirent démesurément. Des yeux qui criaient leur innocence, leur ignorance de tous ces forfaits que je leur reprochais. Des yeux que je ne croyais plus.

« Où est-il, Junon ? »

Le canon de mon Luger regardait à présent un point situé entre ses seins juvéniles et rieurs qui pointaient sous sa robe.

« Il n'y a personne, Mike. Je ne comprends pas...

— Inutile, Junon. Sept personnes sont mortes depuis le début de cette histoire et je sais pourquoi elles sont mortes et je sais comment elles sont mortes. C'est parce que je voulais savoir qui les avait tuées que j'ai si longtemps tourné en rond. Dommage pour vous que Wheeler n'ait pas été seul, cette nuit-là, et que l'autre pochard ait été moi. Votre petite machine à chantage aurait pu continuer à fonctionner longtemps. Mais qui aurait pu prévoir que je ferais tout pour la démolir.

— Non, Mike, non ! »

Elle tituba et sa main chercha le dossier d'une chaise. Lentement, gracieusement, elle y prit place, chancelante et blême, les dents enfoncées dans sa lèvre inférieure.

« Oui, Junon, oui », disait mon regard. La haine qui bouillonnait en moi me faisait chevroter.

« J'ai cru d'abord que le cerveau de la bande était Anton. Puis j'ai trouvé un récépissé de colis-express adressé à Clyde. Anton lui avait envoyé des photos. L'*Auberge du Bowery* était le miroir aux alouettes destiné à attirer les filles et, avec elles, les gogos. Elle avait été conçue spécialement pour ça.

« Grâce aux photos d'Anton, Clyde avait toute la protection qui lui était nécessaire pour garder ouvert son tripot. Les grosses têtes chantaient... et casquaient. Anton n'était là-dedans qu'un ouvrier bien payé, assez pour s'acheter les tableaux de maîtres dont il avait envie. Clyde était l'exécuteur des basses œuvres, et il avait sa petite armée pour l'appuyer. Mais c'est vous qui étiez le cerveau, vous qui dirigiez et organisiez, Junon, du haut de votre Olympe... »

Je me tus et attendis.

« Junon... »

Elle releva la tête. Ses yeux étaient rouges, ses larmes avaient étalé son rimmel sur ses joues.

« Mike, ne pourriez-vous...

— Qui les a tous tués, Junon ? Où est-il ? »

Ses mains retombèrent inertes, sur ses genoux. Je levai mon revolver.

« Junon... »

Seuls, ses yeux bougèrent.

« Je vais tirer, Junon, et je vous donne ma parole que vous ne mourrez pas vite, si vous refusez de parler. Dites-moi simplement où je puis le trouver et je lui donnerai sa chance de se servir de ses mains comme il a déjà essayé de le faire avec moi et comme il l'a fait avec les autres. Où est-il, Junon ? »

Elle ne répondit pas.

Il ne me restait plus qu'à la tuer, parce que, si je ne le faisais pas, elle trouverait moyen de s'en sortir. J'étais seul à savoir ce qui était arrivé. Il n'y avait contre elle pas l'ombre d'une seule preuve, rien qui pût convaincre un jury, et je le savais. Mais je pouvais toujours la tuer. C'était elle qui avait tout organisé, et elle était aussi coupable que le tueur.

Le revolver trembla dans ma main et j'en serrai convulsivement la crosse pour le maintenir en ligne. Mes yeux étaient des tisons ardents et tout mon corps pliait sous la force implacable qui me poussait vers elle. Je visai sa tête et gémis : « Je ne peux pas, Bon Dieu ! » parce que la lumière était à nouveau dans ses cheveux et que je revoyais le visage de Charlotte.

Je devins fou, fou à lier, pendant quelques secondes, et parlai sans à peine m'en rendre compte.

« Je croyais que je pourrais vous tuer, Junon, mais je ne peux pas. Vous me rappelez une autre femme. C'était elle que je haïssais si fort à chaque fois que vous m'avez vu avec cette expression, vous savez. Je l'ai aimée, mais c'était une tueuse et je l'ai exécutée, comme j'avais juré de le faire. Je ne savais pas qu'il me serait impossible de tuer une autre femme.

« Vous ne mourrez pas ce soir. Je vais vous livrer à la police et vous aurez toutes les chances du monde de vous en tirer, mais je ferai tout ce qui sera en mon pouvoir pour qu'ils vous condamnent. »

Je remis le Luger dans mon étui et lui tendis la main.

« Venez, Junon. J'ai un copain dans la police qui ne sera que trop content de vous coffrer sur ma simple parole, même si ça doit lui coûter son boulot. »

Elle se leva.

Et ce fut comme si l'enfer avait libéré d'un seul coup tous ses démons. Un poing me frappa en plein visage, et deux mains se refermèrent sur ma gorge tandis qu'un genou m'atteignait au bas-ventre avec une force incroyable. Je criai et me pliai en deux, rompant la prise de ces deux mains autour de mon cou. Un reste de raison me donna l'idée de ruer à l'aveuglette, mais, l'instant d'après, elle était à nouveau sur moi, et ses ongles cherchaient mes yeux.

Je rejetai ma tête en arrière et sentis ma peau se déchirer ; je cognai à mon tour et vis son nez s'écraser sous mon poing. Le sang inonda sa bouche, transformant son cri en un gargouillement bestial. Je continuai de cogner et elle me lâcha.

Mais ce n'était que pour mieux me surprendre. En un clin d'œil, ses mains se refermèrent sur mon bras et le retournèrent violemment, exécutant une clef qui me souleva littéralement de terre. Un genou heurta mon épine dorsale et les bras se raidirent. Je sentis que ma colonne vertébrale allait craquer. Était-il possible qu'il y eût tant de force dans deux bras humains ?

Ce fut l'intensité de ma haine qui me sauva. Elle insuffla dans mes veines l'énergie nécessaire à l'effort suprême, titanesque, qui me catapulta hors de ses mains. Ensemble, nous nous ruâmes à la rencontre l'un de l'autre et j'empoignai le devant de sa robe et l'attirai vers moi, mais elle se dégagea et la robe se fendit du haut en bas et Junon s'écroula en travers d'une petite table et je vis juste à temps que sa main droite en avait ouvert sournoisement le tiroir et s'apprêtait à saisir l'automatique qu'il contenait.

Mon Luger jaillit de son étui et ma voix haleta :

« Inutile, Junon ! »

Elle se pétrifia sur place, à demi nue dans sa robe en lambeaux. Elle me tournait le dos et sa main reposait encore à quelques centimètres du revolver. Je lui ordonnai de ne pas bouger, et, sans la quitter des yeux, décrochai le téléphone. Il fallait que, sans plus tarder, je m'assure d'une certaine chose. Je demandai les renseignements et donnai l'adresse de Clyde. Quelques instants plus tard, j'entendis la sonnerie résonner, dans l'appartement de Clyde, et dus parlementer un instant avec un flic avant qu'il se décide à me passer Velda. Je lui posai une question, une seule. Elle me dit que Clyde était au rez-de-chaussée, privé de connaissance. Le vieux portier l'avait assommé par-derrière, avec son tisonnier, lorsqu'il avait essayé de quitter l'immeuble ; Velda ignorait la raison de son acte, mais, moi, je la connaissais. Elle m'interrogeait toujours lorsque je raccrochai le récepteur. Ainsi, Clyde n'était pas allé à l'agence cette nuit-là !

Tout était fini, à présent. J'avais trouvé POURQUOI, j'avais trouvé COMMENT, maintenant, je savais QUI.

« Demi-tour, Junon ! » commandai-je.

Elle pivota, sur la pointe des pieds, et me regarda, toutes les forces du mal déchaînées dans ses yeux. Junon, reine de l'Olympe, presque nue devant moi, la peau luisante sous la lumière.

Demain, le district attorney me renverrait ma licence avec une lettre d'excuses. Demain, Ed Cooper aurait sa copie. Mais ce soir...

« J'aurais dû comprendre, Junon. J'aurais dû comprendre à chaque fois que tu me provoquais et reculais au dernier moment parce que tu savais parfaitement que ça ne marcherait pas. Nom de Dieu, je le sentais depuis le début, mais c'était tellement incroyable. Moi, un gars qui aime les femmes, qui connais toutes leurs astuces... et je donne dans ce panneau ! Ouais, toi et Clyde étiez associés. Et vous étiez plus que ça encore. Lequel des deux entretenait l'autre, Junon ? Est-ce la raison pour laquelle Velda a eu tant de succès auprès de Clyde ? Bon Dieu, quel crétin j'ai été ! J'aurais dû comprendre, le jour où la lesbienne est allée te retrouver, dans les toilettes du restaurant spécial où tu m'avais emmené ! Quelle gueule elle a dû faire en constatant que tu ne valais pas mieux qu'elle ! C'était un rôle qui te convenait à merveille. Tu le jouais si bien que, seuls, ceux qui n'osaient pas parler étaient au courant. Mais ce n'est pas Clyde, c'est toi-même qui as tué Wheeler parce qu'il a été assez fou pour essayer de confondre la fille qui l'avait mis dans le bain, c'est toi qui as tué Rainey parce qu'il voulait te frustrer d'un peu de ton sale pognon, et Jean Trotter parce qu'elle connaissait la vérité, et Marion Lester pour la même raison. Et Connie est morte, elle aussi, parce qu'elle avait découvert le poste de télévision, dans la salle des archives, et qu'elle risquait de comprendre trop de choses. Ouais, je raconterai tout ça aux flics, mais, auparavant, il y a une chose que je vais faire. »

Je lâchai le Luger, qui atterrit sur le tapis avec un bruit sourd, et éclatai de rire lorsque la main de Junon vola vers le tiroir, parce que je n'avais plus besoin de l'abattre froidement, sans lui donner sa chance, et que j'avais ramassé mon Luger, et que la première balle voyageait à travers ses intestins avant que son propre revolver fût complètement sorti du tiroir.

Mais Junon vécut jusqu'à la dernière balle et ne mourut point sans m'avoir entendu lui dire que je savais, maintenant, QUI m'avait suivi pour tenter de me descendre, dans Broadway, lorsque j'avais quitté son appartement, et que les faits qui m'avaient poussé à désigner Clyde lui convenaient encore beaucoup mieux, à *elle,* dont l'identité posait un problème insoluble. Mais demain apporterait les preuves nécessaires, lorsque certains souvenirs se cristalliseraient devant l'image de ce qu'avait été Junon, avec ses cheveux courts soigneusement plaqués sur sa tête et partagés par une raie médiane.

Junon ne mourut qu'après avoir entendu tout cela et j'éclatai de rire, à nouveau, en contemplant les inévitables faux seins et les muscles longs, à la fois puissants et fins, que Junon avait toujours su si bien cacher sous ses robes infernales, qui lui montaient jusqu'au cou et descendaient jusqu'à ses poignets. C'était drôle. Très drôle. Plus drôle que je l'aurais jamais cru. Je savais, maintenant, pourquoi j'avais toujours éprouvé cette sensation inexplicable, qui n'était qu'une répulsion instinctive, lorsque je m'étais approché d'*elle.*

Junon était une reine, et comment, une reine en chair et en os. Vous voyez ce que je veux dire...

Junon était un homme !

BAROUD SOLO

The Girl Hunters

C'est dans le ruisseau qu'ils m'ont dégoté. C'était presque le bout de la nuit. J'ai entendu la bagnole freiner, les portes claquer, et puis des voix.

Deux heures avant j'étais soûl, oui, mais plus maintenant. Deux heures avant, je me prenais pour un lion rugissant. Et puis une bouteille m'avait atterri sur le citron. Rideau pour le lion.

Maintenant, j'étais complètement vidé ! Il ne me restait que l'impression du type qui se sent couler à fond, en plein milieu de la mer.

C'est dans le ruisseau qu'ils m'ont dégoté. C'était presque le bout de la nuit. J'ai entendu la bagnole freiner, les portes claquer, et puis des voix. Des bras m'ont relevé sans douceur et m'ont maintenu debout.

« L'est soûl », a dit un flic.

L'autre m'a tourné face à la lumière.

« Il sent mauvais. Et c'est pas en tombant qu'il s'est ouvert la peau du crâne.

— On l'a sonné ?

— Possible. »

Moi, je m'en foutais pas mal. Ils se gouraient. Deux heures avant j'étais soûl, oui, mais plus maintenant. Deux heures avant, je me prenais pour un lion rugissant. Et puis une bouteille m'avait atterri sur le citron. Rideau pour le lion.

Maintenant, j'étais complètement vidé. Il ne me restait que l'impression du type qui se sent couler à fond, en plein milieu de la mer.

Une main me releva le menton.

« Oh ! c'est un clodo. Il s'est fait taper sur la gueule.

— Tu passeras jamais sergent, fiston. Son costume irait chercher dans les cent dollars, et il lui va bien. Du sur-mesure. Dégueulasse, mais pas depuis longtemps.

— T'as raison, papa. Voyons ses papelards avant de le mettre au ballon. »

Le flic à la voix grave rigola en me tâtant les poches. Il trouva mon portefeuille.

« Peau de balle », dit-il.

Merde, alors ! Il y avait deux biftons dedans quand j'étais sorti. Qu'est-ce que j'avais dû me mettre. Deux cents dollars rien que pour une nuit.

Le flic siffla entre ses dents :

« Sacré trouvaille qu'on a faite !

— Un gars de la haute ? L'en a pas l'air. Pas avec sa gueule. Il a reçu pas mal de gnons sur la tronche.

— Ouais. Michael Hammer, qu'il y a sur sa carte. C'est un privé qui a fait pas mal causer de lui.

— Eh bien, foutons-le en taule, il en fera moins. »

Le bras qui me soutenait me redressa un peu et me dirigea vers la voiture. Mes pieds, c'était comme des masses accrochées à des ficelles.

« Allons, mon gars, faut pas dire des vilains mots, me dit le flic. Il y a des gens que cela n'amuserait pas de vous écouter !

— Qui, par exemple ?

« — Le capitaine Chambers. »

L'autre poulet se remit à siffler.

« Je te le disais qu'on avait fait la pêche miraculeuse. Passe un coup de bigophone au poste. Demande ce qu'on doit faire. Par téléphone, compris ? Faut pas ébruiter ça sur les ondes. »

L'autre s'éloigna en grommelant. Des mains m'aidèrent à monter dans la bagnole, m'accotèrent au dossier, et me calèrent les pieds contre le plancher. Une porte se referma, l'autre s'ouvrit. Un corps lourd se glissa sous le volant, une bouffée de fumée me passa devant la bobine. Pas fameux pour mon estomac !

Le deuxième flic rappliqua.

« Le capitaine dit de le lui amener chez lui ! Il m'a même remercié.

— Au poil. Rendre service au piston, c'est comme du fric en banque, que je me dis.

— Alors pourquoi que tu n'es pas encore inspecteur en civil ?

— Cela ne doit pas convenir à mon genre de beauté, petit. Je laisse ça aux jeunots comme toi. »

La voiture démarra. Je tentai d'ouvrir les yeux. C'était trop dur. Je les gardai fermés.

J'étais toujours aussi perdu. Les morceaux ne s'ajustaient pas. J'avais la gorge sèche, cotonneuse, serrée, la nuque contractée.

Je levai les yeux. Pat me tendait son paquet de sèches.

« Tu veux fumer ? »

Je fis un geste de refus. Sa voix était un peu brutale.

« Tu ne fumes plus ? fit-il.

— Non.

— Depuis quand ?

— Depuis que je n'ai plus le rond. Et puis fous-moi la paix.

— Tu avais tout de même du fric pour te bourrer ! » (Vachement dure, la voix, cette fois.)

Il y a des jours où on n'encaisse rien, pas la moindre plaisanterie, pas la moindre critique. Rien. M'appuyant des deux mains aux bras du fauteuil, je me levai, les cuisses tremblantes d'effort.

« Pat... je ne sais foutre pas ce que tu me veux. Et je m'en balance. De toute façon, tu me débectes. Fous-moi la paix, veux-tu, ma vieille ? »

Son visage changea d'expression, puis redevint dur.

« Il y a une sacrée paie qu'on n'est plus copains, Mike.

— Parfait. Restons-en là. Qu'est-ce que tu as foutu de mes frusques ? »

Il me souffla une volute de fumée à la gueule. Si je n'avais pas dû me cramponner au dossier du fauteuil pour tenir debout, je lui rentrais dedans.

« A la poubelle, répondit-il. Et tu devrais y être avec, mais pour une fois, tu as de la veine.

— Enfant de pute ! »

Je m'étouffai sur une nouvelle bouffée de fumée.

« Tu étais un autre bonhomme, autrefois, Mike. Il fut un temps où je n'aurais pas pu te casser la gueule. Mais continue à me parler aussi gentiment, et je te cogne à t'en rendre dingue.

— N'empêche que tu es un fils de pute », dis-je.

Je vis le coup arriver, sans pouvoir bouger. Un coup de boutoir qui me fit basculer avec le fauteuil, contre le mur, comme une masse inerte. Pas la moindre douleur, seulement un haut-le-cœur, à sec, qui m'amena sur la langue le goût du sang. J'avais une coupure dans la bouche.

Il me laissa me relever tout seul et retomber dans le fauteuil. Quand je fus en état de voir clair, je lui dis :

« Merci, mon pote. Je te revaudrai ça. »

Il haussa les épaules et me tendit un verre.

« Bois un coup de flotte. Cela te remettra l'estomac en place.

— Va te faire aimer. »

Il posait le verre sur une petite table quand on sonna à l'entrée. Il revint et posa un carton sur le divan.

« Des fringues neuves. Habille-toi, me dit-il.

— Moi, je n'ai pas de fringues neuves.

— Si. Tu me rembourseras plus tard.

— La peau de mes olives, je te rembourserai ! »

Il s'approcha, sur la pointe des pieds, comme un boxeur.

« Pour pas grand-chose, je te collerais mon poing sur la gueule, mon petit monsieur. »

Pas moyen d'encaisser ça ! Je me levai à moitié pour lui balancer un swing et, comme le coup précédent, je vis arriver sa paluche sans pouvoir esquiver. Cela fit un bruit de viande écrasée. Mon estomac me remonta encore dans la gorge. Trop tard. J'étais replongé dans le bienheureux cirage.

J'avais mal à la mâchoire. Mal au cou. J'avais peut-être le coffre défoncé ? En définitive, c'étaient surtout les mandibules. Tous mes crocs étaient ébranlés. Une migraine battante sous l'occiput. Ma langue épaissie m'empêchait de parler. J'ouvris les yeux, mais je dus les refermer à moitié pour distinguer le plafond à damier.

Dès que je me sentis mieux, je m'assis en m'efforçant de me rappeler ce qui s'était passé. J'étais maintenant sur le divan, vêtu d'un complet bleu marine, avec une chemise blanche propre au col déboutonné, et une cravate en tricot noir, desserrée. Les godasses aussi étaient toutes neuves. J'étais un peu un enfant qui découvre le monde des fourmis sous une pierre.

« Tu es réveillé ? »

Pat se tenait sur le seuil, avec un autre type qui portait un petit sac noir.

Comme je ne répondais pas, Pat dit :

« Examinez-le, Larry. »

Le type s'accrocha un stéthoscope au cou. Je commençais à reprendre mes esprits.

« Tu ne m'as pas fait mal. Tu n'es pas du calibre ! dis-je.

— Je n'ai pas mis le paquet. Ne fais pas le flambard !

— Alors pourquoi le toubib ?

— Question de principes. C'est Larry Snyder, un ami.

— Et après ? (Le médecin m'avait collé sa petite mécanique sur la poitrine. Même si j'avais voulu l'en empêcher, je n'en aurais pas eu la force.

Il m'examina rapidement mais consciencieusement. Quand il eut terminé, il se redressa et prit un bloc d'ordonnances.)

— Alors ? lui demanda Pat.

— Il a pas mal servi ! Beaucoup de marques. Des coups de poing, deux cicatrices de balles.

— Il y a longtemps de ça !

— Les coups de poing sont récents. Il y a d'autres contusions causées par un instrument contondant. Une côte...

— Avec des godillots ! coupai-je. On m'a piétiné.

— Cas classique d'alcoolisme, poursuivit-il. D'après les signes extérieurs, à mon avis, il n'est pas loin du délirium.

— Bon Dieu ! Cessez de parler de moi à la troisième personne ! », dis-je.

Pat grommela en se tournant vers Larry :

« Qu'est-ce que vous conseillez ?

— Que faire ? Dès qu'on n'a plus l'œil sur eux, ils y retournent. Tous pareils... Vous lui avez acheté des vêtements neufs. Au premier fripier qu'il rencontre, il les échange contre des haillons et un peu de fric pour s'envoyer une biture de première. Ils biberonnent d'autant plus quand ils ont été privés.

— En attendant, je peux le garder une journée au frais ?

— Naturellement. Pour l'instant, il ne risque rien. Il suffit de le surveiller. »

Pat émit un rire sec.

« Je me fous de ce qu'il fera quand je le lâcherai. Il me suffit qu'il soit lucide. J'ai besoin de lui. »

Je remarquai que le médecin nous examinait curieusement, Pat et moi.

« Voyons... C'est bien de lui que vous m'avez parlé ?

— Tout juste, dit Pat.

— Je vous croyais amis ?

— Nous l'avons été, mais on ne garde pas son amitié à un pochard. Ce n'est plus qu'une éponge à alcool et je le foutrais au ballon sans hésiter ! Qu'on ait été amis, cela ne veut rien dire. Les amitiés s'usent vite parfois. La nôtre est foutue. J'ai besoin de lui pour un boulot. En souvenir du passé, je lui fais une ou deux faveurs, mais cela ne se reproduira pas. Après, il reste clodo, et moi flic. Si je le chope en flagrant délit, il est bon. »

Larry se mit à rire doucement en tapotant l'épaule de Pat, qui avait la figure tordue de méchanceté. C'était nouveau pour moi.

« Allons, allons, ne vous mettez pas en colère, lui dit le médecin.

— J'ai horreur des types sans courage.

— Vous voulez que je vous fasse une ordonnance, à vous aussi ? On vend maintenant des tranquillisants en grands flacons économiques. »

Pat se reprit et esquissa un sourire.

« Il ne me manquait plus que lui pour m'emmerder », dit-il en me désignant du pouce.

Larry m'étudia comme un fœtus dans un bocal.

« Lui, en tout cas, il ne me semble pas s'en faire, en dehors de l'envie de picoler.

— Il a bien son petit complexe quand même !

— Ta gueule, lui dis-je.

— Allons, Mickey, explique ton petit complexe au monsieur.

— Pat... » fit Larry.

Pat écarta la main du médecin.

« Allons, vas-y, raconte, Mike. Je ne serais pas fâché de t'entendre t'expliquer !

— Enfant de garce », dis-je.

Il découvrit les dents en un rictus, en s'avançant vers moi.

« Je t'ai prévenu de ne plus être insolent. »

Cette fois, j'étais prêt. Incapable de me lever, je me contentai de lui décocher un coup de tatane en plein dans les burettes, et un doublé dans la bobine quand il se plia en deux. Je lui en aurais collé une série en supplément si ce connard de toubib ne m'avait pas à moitié arraché la tête d'un coup de son sac noir balancé à la volée.

Il nous fallut une heure pour nous remettre, l'un comme l'autre. Pat ne me donnerait sûrement plus l'avantage de le prendre par surprise. Il avait bien envie que je recommence, pour me répandre les tripes sur le plancher.

Le médecin était allé lui-même chercher les produits chez le pharmacien. J'eus droit à deux pilules et une piqûre. Pat avala une poignée d'aspirine. Il lui aurait également fallu une ou deux sangsues sur sa tronche, colorée en noir et en bleu.

Il avait quand même l'air dégoûté et sarcastique chaque fois qu'il me regardait.

« Tu n'as pas raconté tes peines de cœur au docteur, Mike. »

Larry lui fit signe de se taire et acheva de remballer sa trousse. Mais Pat était obstiné.

« Mike a perdu la fille qu'il aimait. Une fille épatante. Ils allaient se marier », dit-il.

La blessure se rouvrit dans mon cœur, me laissant anéanti.

« Ta gueule, Pat.

— Il veut se persuader qu'elle l'a quitté, mais il sait bien qu'elle est morte. Il lui a confié une mission trop dangereuse, et elle n'en est jamais revenue, pas vrai, Mickey ? Elle est morte !

— Il vaudrait peut-être mieux ne plus y penser, Pat, dit doucement Larry.

— Pourquoi ? C'était une amie à moi. Une femme n'est pas faite pour jouer du pistolet. Mais non, il a fallu que ce gros malin lui colle un boulot pareil. Elle était sa secrétaire. D'accord, elle avait une patente de détective privé et un revolver, mais ce n'était quand même qu'une femme. Elle n'est jamais revenue. Vous voulez savoir où elle se trouve probablement, Doc ? Quelque part au fond de la rivière, voilà mon avis. »

Il ne me restait que ma peine. J'observais Pat, j'entendais sa voix, sans rien comprendre.

La voix lointaine disait :

« Regardez-le, Larry, ses yeux vacants, sa main qui tremble. Vous savez pourquoi ? Pour me tuer. Il cherche un revolver qu'il n'a plus, parce qu'il n'a plus son permis, son bureau, sa patente, depuis qu'il a déquillé tous ceux qu'il accusait d'avoir supprimé Velda. Oh ! il a effacé des malfrats qui

le méritaient largement. Il s'en est sorti parce qu'il les a surpris en plein vol
à main armée. Mais notre petit dur n'a pas eu la force de réagir. Et après ?
Après, il noie son âme malade dans le whisky. Bon Dieu ! Regardez sa
main. Comme un gosse qui joue aux cow-boys. Il fait pan ! pan ! avec ses
doigts ! Bon Dieu, il m'abattrait comme un lapin ! »

Je ne vis plus rien sous les gifles du toubib. Cette fois, le médecin n'avait
plus l'air méprisant. Il me releva la paupière pour m'inspecter la pupille, il
me prit le pouls et me pinça le lobe de l'oreille. Je le sentis à peine. Il cessa
ses expériences et me tourna le dos.

« Il est fichu, cet homme, Pat.

— J'en suis enchanté.

— Je ne plaisante pas. C'est un malade. Qu'espérez-vous en tirer ?

— Rien. Pourquoi ?

— Parce que, à mon avis, il ne gardera pas sa raison. Cette petite
exhibition était significative. Il ne faudrait pas le pousser à bout.

— Alors, ne vous en allez pas, car il va drôlement se faire pousser, le
mec.

— Vous aurez des ennuis. Dans son état, il peut perdre la boussole d'un
moment à l'autre, et il ne la retrouvera pas facilement. Qu'attendez-vous
de lui ? »

J'écoutais, à présent. Pas volontairement, mais parce qu'un instinct
trop profondément enraciné m'y poussait, une impulsion irrésistible qui
remontait du passé.

« Il faut qu'il interroge un prisonnier », dit Pat.

Un instant de silence. Puis :

« Vous ne parlez pas sérieusement ?

— Foutre si. Le mec ne veut parler *qu'à lui*.

— Pas de bobards, Pat. Vous avez les moyens de faire parler les gens.

— D'accord, dans les circonstances habituelles. Mais pas quand le prisonnier est à l'hôpital sous la protection d'une armée de toubibs et d'infirmières.

— Oh ?

— Le type a encaissé un pruneau. Il ne tient le choc que dans l'espoir de
parler à cet ivrogne. Les médecins s'étonnent qu'il soit encore en vie, et ne
se l'expliquent que par cette obstination à voir Mike.

— Mais...

— Mais zut, Larry ! (Le ton de sa voix monta sous l'effet d'une fureur
contenue.) Nous utilisons tous les moyens possibles, une fois les jeux faits.
Le type en question a été blessé, et nous voulons mettre la main sur le
meurtrier. S'il y a la moindre piste, nous la trouverons. Peu m'importe ce
qu'on risque à dessoûler ce salopard de Mike, il le faut, même s'il doit en
crever.

— Très bien, Pat. A vous de jouer. Mais rappelez-vous qu'il y a bien des
manières de tuer.

— Si c'est de lui que vous parlez, je m'en fous éperdument. » (Je sentis
le regard de Pat qui me cherchait.)

2

Pat avait tout organisé avec son soin habituel. Lui et Larry m'encadraient, pour me maintenir debout et me propulser. Pour les gens qui nous voyaient, j'étais un malade qu'on amenait par l'entrée des urgences.

Je me fis conduire aux lavabos. Encore une nausée. Après m'être aspergé d'eau froide, je me sentis un peu mieux. Je réussis à effacer mon rictus d'idiot. Heureusement, il n'y avait pas de miroir. Il y avait longtemps que je n'osais plus me regarder dans une glace. Ce n'était pas le moment d'essayer.

La porte s'ouvrit derrière moi. Larry et un interne en blouse blanche, qui venait d'arriver avec un inspecteur en civil, eurent un entretien hâtif. Pat demanda finalement :

« Comment va-t-il ?

— Il n'en a plus pour longtemps, répondit Larry. Il refuse de se laisser opérer. Il sait qu'il a son compte et ne veut pas mourir sous l'anesthésie sans avoir vu votre ami.

— Nom de Dieu ! Cessez de l'appeler mon ami ! »

L'interne me jeta un coup d'œil clinique, de haut en bas, avec un supplément pour ma figure. Ses doigts se portèrent vers ma paupière pour m'inspecter la prunelle, mais je les lui rabattis.

« Bas les pattes, fiston », dis-je.

Pat lui fit signe de ne pas insister.

« Laissez-le à ses chagrins chéris, docteur. Ne cherchez pas à le soulager. »

L'interne haussa les épaules mais n'en continua pas moins à m'examiner. J'étais devenu pour lui un cas psychologique intéressant.

« Faites-le monter. L'autre n'en a plus pour longtemps. Quelques minutes tout au plus. »

Pat se tourna vers moi :

« Tu es prêt ?

— C'est une question ? fis-je.

— Pas exactement. Tu n'as pas le choix.

— Ah ! non ? »

Larry intervint :

« Mike... allez-y.

— Pourquoi pas ? Il a toujours eu besoin de moi pour faire la moitié de son boulot. (Les lèvres de Pat se pincèrent, ce qui me fit sourire.) Donne-moi une idée de ce que tu voudrais savoir. »

Des rides se creusèrent entre le nez et les lèvres serrées de Pat.

« Qui lui a tiré dessus. Demande-le-lui.

— Je ne saisis pas. »

Pat ferma à demi les yeux. Il était furieux de me voir réfléchir de nouveau. Il reprit :

« La balle l'a presque transpercé. On l'a extraite hier. La vérification balistique prouve qu'elle est sortie de la même arme qui a tué le sénateur Knapp. Si le connard de là-haut crève, nous perdons la piste de l'assassin. Compris ? Tu lui demandes qui lui a tiré dessus.

— D'accord. Toujours prêt à rendre service aux amis. Seulement il me faut d'abord un verre.

— Rien à faire.

— Alors, va te faire voir.

— Apportez-lui un verre de whisky », dit Larry à l'interne.

Ce dernier sortit et revint après quelques instants avec une bonne rasade dans un verre à eau. Je le pris d'une main qui tremblait comme la feuille, le levai et dis :

« A votre santé. »

Le type allongé dans le lit nous entendit venir. Il tourna la tête sur son oreiller. Il avait les traits tirés, contractés de douleur. Ses yeux étaient déjà vitreux à l'approche de la mort. Je m'avançai. Il parla le premier :

« Vous... vous êtes Mike Hammer ?

— C'est bien moi. »

Il me regardait, hésitant.

« Vous ne ressemblez pas... »

Je devinai ce qu'il pensait.

« Je suis malade », dis-je.

Derrière moi, Pat grogna avec dégoût. Le blessé s'aperçut alors que je n'étais pas seul.

« Qu'ils sortent. Faites-les sortir. »

Je fis un geste du pouce, sans même me retourner. Larry poussa Pat vers la porte, malgré ses protestations. On ne peut pas discuter avec un médecin, dans un hôpital.

Quand la porte se fut refermée, je dis :

« Très bien, mon gars. Vous vouliez me voir. Vous êtes au bout de la route, alors c'est sérieux. Mettons les choses au point. Je ne vous connais pas. Qui êtes-vous ?

— Richie Cole.

— Bon. Qui vous a canardé ?

— Un type qu'on appelle... le Dragon. Pas d'autre nom... je ne sais pas son véritable nom.

— Écoutez... »

Il agita faiblement la main.

« Laissez-moi parler. »

J'acquiesçai, en m'asseyant sur une chaise. J'avais de nouveau mal au ventre. Il m'aurait fallu une bonne bouteille pour apaiser mes boyaux.

L'homme fit la grimace, en hochant la tête.

« Vous... n'y arriverez jamais. »

Je passai une langue sèche sur mes lèvres qui l'étaient encore plus.

« Je n'arriverai pas à quoi ?

— A la retrouver à temps.

— Qui cela ?

— La femme. (Il ferma les yeux et ses traits se détendirent un instant.) La femme qui s'appelle Velda. »

Je dus serrer les poings pour réprimer un tremblement : Velda !

Il m'observait attentivement, ses yeux n'étaient plus vitreux. Il vit l'effet que me faisait ce nom. Il eut l'air d'approuver.

« Vous la connaissiez ? demandai-je enfin.

— Je la *connais* », fit-il avec un petit signe de tête.

Cette fois, je fus envahi d'un sentiment étrange, parce que je voyais qu'il ne mentait pas. Elle était vivante. *Vivante !*

Je maîtrisai ma voix.

« Où est-elle ?

— En sûreté pour... le moment. Mais on la tuera à moins que... vous ne la trouviez. Celui qu'on appelle le Dragon. Il la cherche aussi. Il faut que vous arriviez le premier. »

J'étais presque sans souffle.

« *Où ?* »

J'aurais voulu le secouer, le faire parler, mais il était trop près de la grande nuit pour s'émouvoir. Il réussit à esquisser un sourire. Il avait de la peine à parler, c'était presque la fin.

« J'ai remis... une enveloppe au vieux Dewey. Le marchand de journaux de Lexington Avenue, près du Clover Bar... pour vous.

— Mais, bon Dieu ! Où est-elle, Cole ?

— Non... trouvez le Dragon... avant qu'il la trouve.

— Pourquoi moi, Cole ? Pourquoi tout cela ? Il y a les flics ? »

Il continua à sourire.

« Il faut quelqu'un... d'impitoyable, un homme terriblement féroce. (Ses yeux où se reflétait son ultime effort étaient fixés sur les miens.) Elle a dit... que vous pourriez... si on arrivait à vous dénicher. Vous aviez disparu... depuis longtemps. (A présent, il luttait très fort, il n'avait plus que quelques secondes.) Pas de police... sauf si c'est indispensable. Vous comprendrez... pourquoi.

— Cole... »

Ses yeux se fermèrent, puis se rouvrirent.

« Vite », dit-il.

Un voile grisâtre éteignit l'étincelle de vie dans ses yeux, dissimulant à jamais son secret.

Je restai près du lit, à contempler le mort, cherchant à ordonner mes pensées dans un cerveau encore trop imbibé d'alcool. Je me demandais où et comment un type comme lui avait pu rencontrer une fille comme elle.

Cole avait été un costaud. Les plans de son visage étaient durement dessinés, même dans le repos de la mort, il avait le nez cassé, la mâchoire carrée, mangée de barbe bleue. Une cicatrice — coup de couteau ? — partait d'un œil pour aller se perdre dans les cheveux. Cole avait été un dur, sans nul doute. Un homme de bonne apparence, mais qui devait faire un métier inhabituel.

Sa main reposait sur le drap : de gros doigts, un poignet épais. Il y avait des cicatrices aux phalanges, mais aucune ne paraissait récente. C'étaient les marques de bagarres anciennes. Le plus inattendu, c'étaient les ongles. Épais et carrés, ils étaient néanmoins soignés. On voyait que la manucure s'en était occupée au moins une fois par semaine.

La porte s'ouvrit devant Pat et Larry. Ils regardèrent le corps et restèrent figés. Puis ils se tournèrent vers moi. Larry examina rapidement le mort, puis communiqua la nouvelle par téléphone. En quelques secondes, un autre médecin et deux infirmières vinrent constater le décès, prenant des notes sur une formule spéciale.

Larry me regarda avec une expression étrange.

« Cela va ? me demanda-t-il.

— Oui, cela va, répondis-je. (Ma voix me parut insolite.)

— Un peu de whisky ?

— Non.

— Cela vaudrait mieux, insista Larry.

— Je n'en veux pas.

— Laissez-le tomber ! dit Pat. (Il me prit par le bras.) Dehors, Mike. Allons bavarder un peu. »

Je me laissai conduire dans une petite salle d'attente au bout du couloir. Je m'assis sur le siège qu'il me désigna. Je me rappelais les paroles du mort, sa grimace en me voyant. Il s'était attendu à autre chose. Ce n'était sûrement pas un clochard invétéré, crasseux, abruti, qu'il avait espéré rencontrer.

« Qui était-il, Pat ? » fis-je d'une voix creuse.

Il ne se donna pas le mal de me répondre. Je sentis son regard se promener sur tout mon corps. Puis il me demanda :

« Que t'a-t-il dit ? »

Je fis un signe de tête. Un seul. Moi aussi, je pouvais être têtu.

Pat déclara avec détachement, mais sans ambiguïté :

« Tu finiras bien par me le dire. Un bon passage à tabac, et tu parles sans effort. Tu le sais. »

J'entendis Larry dire d'une voix blanche :

« Laisse-le, Pat. Il ne peut plus encaisser grand-chose.

— Qu'est-ce que cela fiche ? Il n'est bon à rien pour personne. Un ivrogne, un salopard puant. Maintenant, il sait quelque chose que je veux savoir aussi. Vous vous figurez que je vais me tourmenter à son sujet ? Larry, mon ami, vous ne me connaissez pas très bien.

— Qui était-il ? » demandai-je.

Pat haussa les épaules et m'enfonça ses doigts dans le bras.

« Très bien, petite tête. On va faire les choses à ma manière.

— Mais, Pat, je vous ai prévenu...

— Nom de Dieu, Larry, bouclez-la ! Cette cloche peut me conduire à un assassin ! Le mort lui a parlé. Je finirai bien par savoir ce qu'il lui a dit. Ne me débitez pas vos sermons ni vos boniments de morticole ! Je les connais ces mecs-là ! Je les vois à longueur de journée. Ils se font casser la gueule dans les bars, renverser par les bagnoles, voler par leurs congénères, et ils s'en sortent avec de malheureuses cicatrices ! Si je le tabasse à mort, il parlera peut-être, ou il se taira. Mais je suis décidé à essayer ma méthode. Après ça les toubibs pourront ramasser les morceaux pour le recoller. Moi je passe en premier ! Compris ? »

Larry attendit un moment avant de répondre calmement :

« Oui, je vois. Je me demande si ce n'est pas plutôt vous qui avez besoin de vous faire soigner. »

Pat émit un son qui ressemblait au sifflement d'un serpent. Sa main se desserra sur mon bras. Sans le regarder, je devinai la tête qu'il faisait. Je l'avais vu changer d'expression, comme ça, autrefois. Une seconde après, il avait tué un homme.

Pourtant j'arrivai à détourner sa rage sur moi.

« Il a raison, mon petit pote. Tu as le citron dans un triste état ! »

Je savais que le coup allait venir. Ce fut sec et rapide. Cela ne me causa pas le moindre mal.

« Comment vous sentez-vous à présent ? » me demanda Larry.

Question idiote. Je refermai les yeux.

« Nous vous avons gardé à l'hôpital.

— Je ne vous ai rien demandé, répliquai-je.

— Ce n'était pas bien compliqué. Vous êtes à la charge du public. Vous êtes inscrit comme alcoolique invétéré, avec une accusation d'ivresse et tapage sur la voie publique en supplément. En vous y prenant très bien, vous réussirez peut-être à obtenir votre liberté. Mais j'en doute. Le capitaine Chambers y est assez opposé.

— Qu'il aille se faire aimer.

— Et il n'est pas le seul.

— J'écoute la suite, fis-je, d'une voix rauque, presque inaudible.

— Le district attorney, son adjoint, et une personnalité non connue mais haut placée s'intéressant à toute déposition que vous pourriez faire.

— Ils peuvent également aller se faire frire un œuf.

— Cela pourrait vous aider à quitter l'hôpital.

— Zut ! Pour la première fois que je suis dans un lit depuis une éternité ! Je me plais beaucoup ici.

— Mike... »

Il changea de ton. Maintenant, ce n'était plus le médecin au chevet du malade. Sa voix laissait percer de l'inquiétude, de l'impatience. Je l'examinai entre mes paupières.

« Je suis ennuyé de ce qui arrive à Pat.

— Quel dommage !

— Écoutez, c'est un policier, en quoi il diffère de la plupart des autres hommes... Mais c'est aussi un être normal et sensible. Du moins, il l'était. J'ai fait sa connaissance après votre dégringolade, et j'ai beaucoup entendu parler de vous, monsieur. J'ai vu Pat changer de nature de jour en jour. C'est à cause de vous, et de ce que vous avez fait à Velda. »

Encore ce nom. En une seconde je revécus tous les jours de notre vie côte à côte. Elle était grande, comme une Walkyrie, avec des cheveux sombres comme la nuit.

« Qu'est-ce que ça peut lui faire ?

— Il prétend que c'était une amie. »

J'ouvris lentement les yeux.

« Vous savez ce qu'elle était pour moi ?

— Je crois.

— Bon.

— Il en était peut-être amoureux, lui aussi. »

Impossible de rire comme j'en avais envie.

« C'est moi qu'elle aimait, Doc.

— Ce qui n'empêchait pas Pat de l'aimer. Vous ne vous en êtes pas aperçu, mais c'est l'impression que j'ai. Il est resté célibataire.

— Bah ! Il est amoureux de son métier. Je le connais !

— Vous croyez ?

— Je peux me tromper, docteur. C'est inattendu. Et cela expliquerait un tas de choses.

— C'est à vous qu'il en a maintenant. A ses yeux, c'est vous qui l'avez tuée. Toute sa personnalité en a été transformée. Vous êtes devenu le centre de ses préoccupations. Jusqu'à présent il n'avait pas trouvé le moyen de vous faire payer. »

Il avait les traits tirés, le regard grave, scrutateur.

« Que voulez-vous que j'y fasse ? observai-je.

— Il ne m'en a jamais parlé, et je ne l'ai jamais questionné, mais étant son ami et non le vôtre, je m'intéresse davantage à lui.

— Pas très professionnelle, votre attitude, docteur.

— D'accord, mais c'est mon ami.

— C'était aussi le mien.

— Plus maintenant.

— Et alors ?

— Que s'est-il passé ?

— Êtes-vous prêt à croire ce que vous racontera un alcoolique, presque un criminel ? Puisque je suis accusé de mettre en péril l'ordre public ! »

Il rit sincèrement pour la première fois.

« On m'a dit que vous pesiez autrefois dans les deux cent cinq livres.

— A peu près.

— Vous êtes tombé à cent soixante-huit, déshydraté, sous-alimenté. Un vrai clochard, vous vous rendez compte ?

— Inutile de me le rappeler.

— Là n'est pas la question. Vous ne pigez pas ?

— Non.

— Vraiment ?

— Les toubibs ne parlent pas sérieusement aux ivrognes. Je sais ce que j'étais autrefois. Et je sais ce que je suis devenu.

— Bon. Vous êtes un type fichu. Il ne vous reste rien. Physiquement, du moins. Après une crise pénible, vous avez tenté de vous noyer dans l'alcool.

— J'ai mes faiblesses.

— Complexe de culpabilité ! Vous ne pouviez pas vous en tirer tout seul. Cela arrive aux gars les plus coriaces. Ils tiennent le coup jusqu'à l'événement irrévocable. Alors ils se dégonflent. Totalement.

— Comme moi ?

— Tout juste.

— Continuez.

— Vous êtes devenu alcoolique. Et puis...

— Je suis loin d'être seul. Je connais même des médecins qui...

— Mais vous êtes sorti de l'ornière rudement vite !

— Doucement, Doc !

— Je ne joue pas au curieux, me rappela-t-il.

— Alors parlez clairement.

— Si vous voulez. Racontez-moi donc l'histoire de Velda. »

3

« C'est une vieille histoire », commençai-je.

Je ne voulais pourtant pas en parler. Tout était fini. Il faut laisser les morts en paix. Mais était-elle vraiment morte ?

« Racontez, insista Larry.

— Pat ne vous en a jamais rien dit ?

— Non.

— Eh bien, il s'agissait d'un boulot tout simple. Un M. Rudolph Civac m'avait contacté. Il venait de Chicago, était très riche, et avait épousé une veuve, Marta Singleton, héritière d'une industrie prospère. La meilleure société de Chicago. Bref, ils étaient venus à New York, où elle voulait également paraître dans le monde et présenter son mari tout neuf.

« Elle comptait bien arborer tous les bijoux que son défunt mari lui avait offerts. Il y en avait beaucoup, tentation irrésistible pour les malfrats. Son mari voulait assurer sa protection.

— Tout naturel, fit Larry.

— Oui. Alors il a fait appel à moi. Pour faire surveiller les cailloux, lors d'une soirée mondaine.

— Il avait une raison spéciale ?

— Réfléchissez ! Il y avait pour un demi-million de dollars de cailloux. Mon boulot était surtout fait de corvées du même genre.

— La routine, quoi !

— Exact, docteur, comme les appendicectomies inutiles.

— Touché !

— Vous n'étiez pas visé.

— Bon. Continuez.

— Bref, il s'agissait d'un travail courant. Il y avait à l'époque une bande spécialisée qui s'introduisait dans les réunions mondaines en partant du principe que les bonnes femmes qui s'accrochaient des fortunes au cou n'en avaient nullement besoin... Classique, dans notre métier. La dame en question nous a donc mandés. J'ai pensé qu'il était temps de changer de méthode. Ce soir-là, je m'occupais d'un homicide, pour une compagnie d'assurances. J'ai donc décidé de laisser Velda s'occuper des bijoux, puisqu'elle avait l'avantage de pouvoir rester constamment avec la cliente, même pour aller aux toilettes.

— Et... cette jeune femme ? Qu'en a-t-elle pensé ?

— Velda était du métier. Elle avait sa patente et elle était armée.

— Elle était en mesure de faire face à toutes les éventualités ?

— Du moins à toutes celles que nous pouvions envisager.

— C'était un peu imprudent de votre part, non ? »

Je faillis m'étouffer en lui répondant :

« Vous savez, docteur, des réflexions pareilles, ça pourrait vous coûter cher ! »

Il hocha la tête en souriant.

« Pas de menaces, Mike. Vous n'êtes plus l'homme d'autrefois. N'importe qui vous ferait mordre la poussière, même un pauvre type comme moi ! »

Je tentai de me lever, il me repoussa sans effort. J'avais les nerfs en pelote et un violent mal de tête.

« Vous voulez boire quelque chose ? me demanda Larry.

— Non.

— Cela vous ferait du bien.

— Vous m'emmerdez !

— Bon, souffrez si vous préférez. Vous avez encore quelque chose à me dire, ou vous préférez que je m'en aille ?

— Je vous finis mon histoire. Après, vous pourrez soigner Pat. Dès que je serai sorti d'ici, je n'aurai de cesse de vous avoir foutu mon poing sur la gueule, à vous et à lui.

— Bon. Cela vous donne au moins un but dans l'existence. Je vous écoute. »

J'attendis une minute, évoquant l'enchaînement des circonstances.

« A onze heures, Velda m'a téléphoné à un numéro dont nous étions convenus. Tout se passait bien. Rien d'insolite. Les invités étaient tous gens connus et riches, pas de suspects, pas même dans la domesticité. Ils attendaient M. Rudolph Civac pour se mettre à table. Voilà les dernières nouvelles que j'ai jamais eues de Velda.

— La police a enquêté ?

— Naturellement. M. Civac est arrivé à onze heures quinze. Après avoir salué les invités, il est monté avec sa femme dans l'appartement pour faire un brin de toilette. Velda les a suivis. Comme ils n'étaient pas redescendus une heure et demie plus tard, une domestique est montée voir ce qui se passait. Elle a trouvé les lieux déserts. Elle n'a pas téléphoné à la police, pensant que le couple s'était querellé et était sorti par la porte de derrière de la propriété. Elle a servi le souper, en excusant maladroitement l'absence des hôtes, puis elle a renvoyé les invités et a nettoyé les lieux avec les autres domestiques.

« Le lendemain, on a trouvé Marta Civac dans la rivière, avec une balle dans la tête. Ses bijoux avaient disparu, et on n'a plus jamais revu son mari ni Velda. »

Je dus m'interrompre. Je me refusais à penser à la suite. J'espérais qu'il ne m'en demanderait pas davantage, mais en levant les yeux, je vis qu'il réfléchissait, le sourcil froncé, comme pour établir un diagnostic.

« On les a donc enlevés dans le but de voler les bijoux ? demanda-t-il.

— C'était la seule façon logique de procéder. Il y avait trop de monde. Un seul cri aurait ameuté toute la maison. On a probablement dû les menacer tous les trois, leur dire de sortir sans bruit, les conduire en un lieu où le vol puisse se faire sans risques, et leur faire promettre de ne pas inquiéter les voleurs.

— Velda aurait accepté ?

— Si la vie du client est menacée, c'est ce qu'il y a de mieux à faire. Plutôt abandonner des bijoux dûment assurés que se faire tuer. Un simple coup sur le crâne bien appliqué vous expédie dans un monde meilleur. Et les voleurs de bijoux ne tuent guère que s'ils y sont forcés. (Un frisson me passa dans le dos.) Mais... le cadavre... était l'explication du meurtre. (Je m'interrompis encore une fois, et il attendit patiemment.) Marta était une femme grassouillette, avec des doigts boudinés. Elle s'était parée de trois bagues d'une valeur de cent mille dollars, qu'il n'était pas possible de lui retirer en les faisant glisser. Pour prendre les bagues, ils avaient dû sectionner les doigts.

— Je vois, fit-il doucement.

— C'était affreux.

— Que s'est-il passé, à votre avis, Mike ? »

C'était dur à dire, mais il y avait trop longtemps que c'était en moi.

« Velda leur a conseillé d'obéir, pensant que ce serait un simple vol, sans violence. Probablement que la femme s'est mise à crier quand ils lui ont pris ses bagues aussi sauvagement. Ils lui ont tiré une balle dans la tête. Alors le mari et Velda ont dû vouloir lui porter secours et voilà. »

Je levai les yeux au plafond. Auparavant, c'était si clair, si simple. Totalement incroyable parce que ç'avait été si totalement terrible. Depuis des années je m'étais habitué à n'envisager qu'une possibilité, parce que dans mon métier, on ne se fait pas d'illusions.

Et voilà qu'à présent, ce n'était peut-être plus la vérité.

Larry interrompit mes pensées :

« Donc ils ont tué l'homme et Velda. Les deux corps ont été emportés à la mer, et jamais retrouvés ? »

Ma voix fatiguée fut convaincante :

« C'est ce que dit le rapport de la police.

— Alors Pat vous a tout mis sur le dos ?

— Cela m'en a bien l'air.

— Oui, oui. Vous avez confié à Velda un travail que vous auriez dû faire vous-même.

— Au départ, je ne le pensais pas.

— Peut-être, mais vous vous en êtes fait grief vous-même. Et cela a suffi à faire de vous une épave.

— Vous avez des mots durs, mon ami.

— En tout cas, il y a un élément nouveau, Mike.

— Que voulez-vous dire ?

— Il n'y a pas tellement d'heures, vous étiez très mal en point.

— J'ai encore très mal en ce moment.

— Vous savez bien de quoi je parle. Il n'y a pas longtemps, vous n'étiez qu'un ivrogne.

— Et alors ? Je me suis désintoxiqué.

— Pourquoi ?

— Voir un vieil ami m'a été d'un grand réconfort. »

Il sourit, se pencha et croisa les bras.

« Que vous a dit ce type ?

— Rien.

— Je crois le deviner. Je crois connaître la seule raison qui ait pu faire de l'alcoolique irréductible que vous étiez un homme parfaitement sobre en quelques minutes. »

Il fallait que je m'assure de ce qu'il pensait.

« Racontez-moi cela, docteur ? »

Il me regarda fixement, avec un sourire suffisant, et se carra dans son fauteuil pour savourer sa petite victoire. Quand il estima le moment venu, il me déclara :

« L'homme vous a donné le nom de l'assassin. »

Je tournai la tête pour lui dissimuler mon expression. Quand je reportai les yeux sur lui, il avait toujours le même sourire, aussi contemplai-je le plafond pour le laisser libre de croire ce qu'il voulait.

« Et vous allez repartir en croisade tout seul, comme autrefois, selon ce que m'a raconté Pat, reprit-il.

— Je n'ai pas encore pris de décision.

— Vous voulez un conseil ?

— Non.

— Vous devriez néanmoins vous confier à Pat. Il recherche le même homme.

— Pat peut crever la gueule ouverte.

— Possible. »

Sa voix avait pris un ton étrange.

« Que voulez-vous encore insinuer ? lui demandai-je.

— Vous vous imaginez que Pat ignore que vous avez obtenu un renseignement ?

— Franchement, mon pote, je m'en fous.

— Alors, vous refusez de m'en parler ?

— Tout juste.

— Pat va porter accusation contre vous.

— Tant mieux pour lui. Dès que vous aurez vidé les lieux, je convoque un avocat et Pat aura l'air d'un idiot. Dites-le-lui de ma part !

— Je le ferai. Mais dans votre propre intérêt, réfléchissez. Cela pourrait tourner à votre avantage à l'un et à l'autre. »

Larry se leva, tripotant le bord de son feutre. Il ébaucha un sourire.

« Je tiens à vous dire une chose, Mike. J'ai tellement entendu parler de vous que c'est comme si nous étions de vieux amis. Comprenez-moi bien. Je cherche vraiment à vous rendre service. Il est difficile d'être à la fois le médecin et l'ami. »

Je lui tendis la main, souriant à mon tour :

« Oui, je sais. Ne parlons plus de ce coup de poing sur la gueule. C'est probablement vous qui me casseriez la figure. »

Il éclata de rire, me serra la main et sortit. Il n'était pas au bout du couloir que j'étais rendormi.

Ils apprennent à être patients, dans les bureaux gouvernementaux. Impossible de dire depuis combien de temps il était là. Un petit homme tranquille, ordinaire d'apparence, sans la moindre trace de dureté, sauf dans les yeux, par moments. Il restait assis là comme s'il n'eût rien de mieux à faire que de m'observer.

En tout cas, il était poli. Il attendit que je fusse complètement éveillé avant de me présenter son porte-cartes en cuir et de me déclarer :

« Je m'appelle Art Rickerby, du Bureau fédéral d'investigations (F.B.I.).

— Sans blague ? fis-je sarcastiquement.

— Il y a longtemps que vous dormez.

— Quelle heure est-il ? »

Sans regarder sa montre, il m'annonça :

« Quatre heures cinq.

— Il est relativement tard. »

Il haussa les épaules.

« Pas pour des gens comme nous, dit-il, pour nous, il n'est jamais trop tard, n'est-ce pas ? »

Il avait un pâle sourire, mais ses yeux ne souriaient pas derrière ses verres.

« Venons-en au fait », dis-je.

Il hocha pensivement la tête.

« Êtes-vous... disons, en état de converser de façon cohérente ?

— Vous avez consulté mon dossier ?

— Oui. J'ai également parlé à votre ami, le médecin.

— Bon. Oublions cette histoire d'ivrognerie. C'est fini, vous savez ?

— Je sais.

— Alors, que viennent faire ici les agents fédéraux ? Il y a combien d'années que je suis retiré des affaires ?

— Sept.

— C'est long, monsieur. Je n'ai ni patente ni flingue. Je n'ai même jamais quitté New York de tout ce temps-là. Pendant sept ans je m'isole à ma façon, et tout d'un coup j'ai un Fédé sur le dos. (Je l'examinai pour tâcher de trouver un motif sur son visage.) Pourquoi ?

— A cause de Richie Cole.

— Comment cela ?

— A vous de me le dire, monsieur Hammer. Il a demandé à vous voir, vous êtes venu, il vous a parlé. Je veux savoir ce qu'il vous a dit. »

J'arrivai à retrouver un sourire que je pensais avoir oublié.

« Tout le monde veut savoir la même chose, Rickeyback.

— Je m'appelle Rickerby.

— Désolé. (Je ne pus me retenir de rire.) Mais enfin pourquoi cette curiosité ?

— Peu importe. Dites-moi simplement ce qu'il vous a raconté.

— Mon œil, mon gars. »

Pas de réaction. Sa patience était inlassable. Il me regardait d'un air indulgent, parce que j'étais au pavillon des cinglés, ce qui me donnait toutes les excuses.

Il finit par avancer.

« On peut toujours en parler ?

— On pourrait, mais je refuse.

— Pourquoi ?

— Je n'admets pas l'impatience. On m'a bousculé, forcé à me rendre en des lieux où je ne voulais pas aller. Un flic qui était mon ami me cogne dessus et me menace de poursuites rien que parce que je n'accepte pas les brimades.

— Et si je vous proposais une certaine immunité ?

— Cela commence à devenir intéressant. »

Rickerby choisissait ses mots.

« Il y a longtemps, vous avez tué une femme, Mike. Elle avait elle-même abattu un de vos amis et vous aviez juré que l'assassin paierait un jour ou l'autre. Vous avez supprimé cette femme.

— Vous feriez mieux de vous taire, monsieur ! »

Il avait raison. C'était déjà ancien. Mais cela aurait pu dater de la veille. Je revoyais son visage, sa peau dorée, l'incroyable rousseur de ses cheveux, et ses yeux qui vous dégustaient, qui vous dévoraient d'un seul regard. Oui, Charlotte était toujours présente à mon esprit. Seulement elle était morte.

« Cela vous fait de la peine, Mike ? »

Inutile de le cacher. Je fis un signe affirmatif.

« Je tâche de ne pas y penser. »

Puis j'éprouvai une sensation bizarre en voyant où il voulait en venir. Il avait les traits tirés et les petites rides autour de ses yeux s'étaient encore creusées.

« Vous connaissiez Cole ? demandai-je.

— Il appartenait à notre organisation », répondit-il.

Je ne répondis pas. Il avait attendu patiemment le moment de me dire ce qu'il avait à dire.

« Nous étions très amis, Mike. C'est moi qui l'avais formé. Je n'ai jamais eu de fils, mais c'en était un pour moi. Peut-être comprenez-vous pourquoi j'ai évoqué votre propre passé. Maintenant, c'est quelqu'un que j'aimais qui est mort, et c'est à moi de découvrir l'assassin. Cela devrait vous paraître logique. Cela devrait aussi vous indiquer que je me livrerai à n'importe quelle extrémité pour le trouver. Je me suis fait des promesses, monsieur Hammer. Rien ne m'arrêtera. Vous êtes mon fil conducteur. (Il s'interrompit, ôta ses lunettes, les essuya et les remit.) Vous comprenez bien ma position ?

— Très bien.

— C'est sûr ? (Son ton avait subtilement changé.) Parce que, je vous le répète, je suis prêt à tout. »

Quand il se tut, je l'examinai. Sa façon de s'asseoir, de regarder, son indifférence affectée, tout cela évoquait un félin prêt à bondir sur une proie, malgré les vêtements discrets et les verres à double foyer, sans monture.

Il devenait dangereux, l'homme. Les gens croient trop souvent qu'un homme dangereux doit être massif, les épaules larges, le visage anguleux, les mâchoires serrées, présenter un aspect intimidant. C'est une erreur. Les gens résolus sont dangereux et naturellement ceux qui font le métier de tuer, plus que tous les autres. Art Rickerby était de ces derniers.

« Votre attitude n'est pas très orthodoxe, dis-je.

— C'est peut-être pour vous impressionner ? avança-t-il.

— C'est bon, petit, je suis dûment impressionné.

— Alors, on parle de Cole ?

— La question peut s'envisager sous un autre aspect.

— Pas pour moi, en tout cas.

— Doucement, Art. Vous ne m'impressionnez pas tellement. Moi aussi, je suis un gars à la redresse.

— Plus maintenant, Hammer.

— Alors allez vous faire frire un œuf ! »

Il se leva comme un grand chat gris, toujours aimable, toujours mortellement dangereux.

« J'imagine qu'on en reste là ? fit-il.

— Vous l'avez voulu, mon ami.

— Vous devez pourtant avoir l'habitude du procédé. »

Je me sentais de nouveau fatigué, mais j'esquissai un sourire.

« Les flics ! Tous les mêmes !

— Vous l'avez été.

— Je n'ai même jamais cessé de l'être, dis-je après un temps.

— Alors, aidez-moi. »

Cette fois, je le regardai en face.

« Tout cela est incohérent. Il me faut une journée pour m'y retrouver, et autre chose aussi que vous pouvez me procurer.

— Parlez.

— Allez vite m'obtenir un jour de liberté !

— Et ensuite ?

— Peut-être vous dirai-je ce que je sais, peut-être pas. Ne vous imaginez pas que vous me rendez un service immense, parce que si vous ne me faites pas sortir je m'en irai tout seul. Vous pouvez seulement me faciliter le boulot. A vous de jouer.

— Je vais vous faire sortir. Sans difficulté. Et vous aurez votre journée.

— Merci.

— Mais venez me voir après, que je n'aie pas à vous chercher.

— Bien sûr, mon pote, laissez votre numéro de téléphone au bureau. »

Il dit encore quelques mots que je ne saisis pas, car je me retirais avec délices dans le sommeil comme dans une armure capitonnée.

4

Il me laissa mariner trois jours. Je dus avaler d'innombrables bols de potage, rester au lit et encaisser une série de piqûres avant qu'un grand type mince arrivât avec mes vêtements en compagnie d'une infirmière tout affolée parce qu'une autorité supérieure avait contremandé les instructions médicales à mon égard.

Quand je fus habillé, l'homme me conduisit dehors et me fit monter dans une Ford sans marque distinctive.

« Destination ? » me demanda-t-il.

Je lui répondis de me déposer dans le centre. Il me lâcha devant le restaurant Taft. Au moment où je descendais, il me prit par le bras :

« Vous avez une journée, pas une heure de plus.

— Transmettez mes remerciements à Rickerby. »

Il me tendit une carte commerciale avec un numéro de téléphone et une adresse : Peerage Brokers, sur Broadway.

« Vous le remercierez vous-même », me dit-il en démarrant.

J'attendis quelques minutes, dans un jour étrange que je ne connaissais plus depuis longtemps. C'était le matin. La rue avait son calme des dimanches. Le soleil était voilé de nuages chargés de pluie, et le jour paraissait maussade.

Le premier chauffeur de taxi de la file leva les yeux, m'inspecta des pieds à la tête, et se replongea dans son journal. Je devais avoir bonne mine ! Je fouillai les poches de ma veste. Dans celle de droite, on avait mis cinq billets de dix dollars soigneusement pliés. Je remerciai *in petto* Rickerby et fis signe au premier taxi.

Il s'avança à regret et me demanda l'adresse d'une voix bougonne. Je le laissai mijoter un moment avant de lui indiquer l'angle de la 49e Rue et de Lexington. Je descendis, lui fis changer un billet de dix dollars, lui donnai cinquante *cents* de pourboire et m'assurai que je n'avais pas été filé.

Si Pat était averti de ma sortie, il ne m'avait pas collé ses limiers au train. J'attendis encore cinq minutes avant de remonter vers le nord.

Il y avait vingt ans que le vieux Dewey occupait le même coin de rue. Pendant la guerre, il distribuait les journaux gratuitement aux soldats. C'était sa contribution personnelle à la défense nationale. Certains d'entre nous ne l'oubliaient pas, et Dewey avait maintenant des amis plutôt que des clients. Il avait plus de quatre-vingts ans et plissait les paupières derrière ses lunettes pour reconnaître ses habitués. Mais c'étaient ses trésors, les visages, les voix, les entretiens amicaux. Moi ? Nous étions amis de longue date, et autrefois, il ne se passait pas de jour sans que je lui prenne le *News* ou le *Mirror* sur papier rose, même quand cela m'imposait un détour. Il lui était arrivé de me servir d'intermédiaire en diverses affaires. On pouvait toujours compter sur lui, jamais il ne manquait un jour, jamais il ne se laissait corrompre.

Cette fois, pourtant, il n'était pas là.

Duck-Duck Jones, un gars qui faisait parfois la plonge au Clover Bar, occupait le petit kiosque. Il se curait les dents en regardant le dernier numéro de *Cavalier*. Il y avait bien une demi-minute que j'étais planté devant lui quand il leva les yeux. Il fronça les sourcils et me reconnut enfin :

« Oh ! salut, Mike.

— Salut, Duck-Duck. Qu'est-ce que tu fabriques ici ? »

Il haussa les épaules et leva les sourcils.

« J'aide le vieux Dewey. Je le remplace pendant qu'il mange, vous savez bien ? Ou quand il a à faire.

— Où est-il en ce moment ? »

Nouveau haussement d'épaules.

« L'est pas venu hier. Alors j'ai pris la clef pour ouvrir la boutique. Aujourd'hui, pareil !

— C'est rare qu'il ne vienne pas ?

— Écoutez, Mike. Il se fait vieux. Je le remplace un jour par semaine, quand il va à la visite médicale. Le toubib dit qu'il a quelque chose à l'intérieur. Il a eu mal toute l'année.

— C'est toi qui gardes la clef ?

— Nature ! On se connaît depuis longtemps. Il paie bien. C'est plus drôle que de nettoyer le bar tous les soirs. Il y a des tas de bouquins avec des images. Il y a même une radio sur piles.

— Cela lui est déjà arrivé de manquer deux jours de suite ? »

Duck-Duck fit une grimace de réflexion profonde.

« Non, c'est la première fois. Vous le connaissez. Il veut rien manquer !

— Tu es allé chez lui ?

— Non. Vous croyez que j'aurais dû ? Qu'il est malade ?

— Je vais y passer moi-même.

— D'accord, Mike. Il habite vers la 2e Avenue, près du restau, la troisième maison, au rez-de-chaussée. Il faut...

— Je sais.

— Écoutez, Mike, s'il n'est pas bien, je suis prêt à le remplacer le temps qu'il voudra. Je barboterai rien. Vous pouvez lui dire.

— Entendu, Duck. »

Je partis, mais il me cria :

« Hé, Mike !

— Quoi ? »

Il me souriait de toutes ses dents ébréchées, mais sa curiosité était évidente.

« Vous avez l'air bizarre. Pas comme la dernière fois, chez le Chinetoque. Vous avez arrêté de vous biturer ? »

Je souris à mon tour.

« J'espère que je tiendrai le coup », dis-je.

Le vieux Dewey était propriétaire de la maison. Ce n'était pas grand-chose, mais en plus de son kiosque, c'était son assurance-vieillesse, ce qui le garantissait de l'hospice. Il y avait un institut de beauté assez minable au rez-de-chaussée. Les deux étages étaient occupés par des familles de commerçants du voisinage. Le vieux Dewey vivait humblement au sous-sol. Une pièce lui suffisait pour faire sa cuisine et dormir.

J'essayai la clenche, mais la porte était fermée à clef. Les fenêtres donnaient sur la rue. Elles étaient protégées par des barreaux de fer encastrés dans la brique. Je frappai fort et appelai. Pas de réponse.

J'eus une impression que j'avais appris à ne pas négliger. Mais il y avait si longtemps que je ne l'avais plus éprouvée qu'elle était presque nouvelle. Il y avait rudement longtemps que je ne m'étais trouvé dans un local sombre, avec un meurtre sur les bras.

Autrefois, c'était différent, j'avais un revolver. J'étais costaud.

Maintenant... cela faisait combien d'années ? plus de revolver, plus de bonhomme. Plus rien qu'une épave, un clochard, une éponge à whisky.

Je m'en remis à l'instinct et ouvris la serrure avec la carte que m'avait remise le type mince. C'était une vieille porte, qui bâillait un peu. Je repoussai le battant contre le mur et attendis, exposé à tous les coups possibles. Je ne risquais pas grand-chose car j'avais trop souvent connu le silence écrasant qui entoure la mort.

Il gisait à plat ventre sur le plancher, les bras en croix, les jambes écartées, la tête tournée de côté, les yeux fixés sur le mur avec cette expression commune à tous les morts. Une mare de sang s'était répandue de sa gorge ouverte, et s'était figée depuis longtemps déjà. Cela commençait même à sentir mauvais.

On avait fouillé la pièce, rapidement mais consciencieusement. On devinait le spécialiste, l'habitué qui avait pris tout son temps, sans omettre la moindre cachette imaginable. Le cadavre y était passé aussi. La doublure de sa veste avait été soigneusement explorée, les poches retournées, les chaussures déchiquetées en tous sens.

Pourtant la porte avait été fermée à clef, ce qui prouvait que l'assassin n'avait rien trouvé. Il s'était donné le temps de réfléchir, d'attendre, peut-être pour voir si un autre viendrait à la recherche du même objet.

« Ne t'en fais pas, Dewey, je te vengerai », murmurai-je.

J'essuyai le commutateur, la poignée de la porte, refermai soigneusement. Puis je m'enfonçai dans un labyrinthe de ruelles. Il commençait à pleuvoir.

Il s'appelait Nat Drutman. Il était propriétaire du Hackard Building, où j'avais occupé un bureau sept ans auparavant. Il n'avait pas changé. Un peu plus grisonnant, un peu plus d'expérience dans le regard. Il m'accueillit comme s'il m'avait vu la veille.

« Salut, Mike.

— Salut, Nat.

— Plaisir de vous revoir.

— Merci. »

Cette fois, il sourit gentiment.

« Cela faisait longtemps.

— Beaucoup trop.

— Je sais. (Il m'observait, en attente.)

— Vous avez bazardé les bricoles du bureau ?

— Non.

— Au garde-meubles ?

— Non.

— Pas de plaisanteries, mon vieux », dis-je.

Il haussa les épaules.

« Tout est toujours en place, Mike.

— Pas au bout de sept ans, mon vieux ?

— Vous trouvez cela tellement long ?

— Pour quelqu'un qui attend son fric, c'est long.

— Et alors, qui vous en réclame, du fric ?

— Nat...

— Oui, Mike ?

— Pas de blagues !

— Vous avez toujours la clef ? me demanda-t-il.

— Non, j'étais parti définitivement. Sans clef. Sans rien. »

Il me tendit un objet de cuivre brillant. Je pris la clef et regardai le numéro, 808.

« Je l'ai commandée spécialement, dit-il.

— Allons, trêve de plaisanterie ! » dis-je méchamment.

Il ne voulait pas de querelle.

« Ne me remerciez pas. Je savais que vous reviendriez.

— Merde ! » fis-je.

Il eut l'air blessé. Un rien, autour des yeux et de la bouche, mais je compris que je lui avais fait du mal.

« Sept ans, Nat, cela fait un sacré loyer ! »

Il se refusait à discuter. De nouveau il haussa les épaules.

« Eh bien, en votre faveur, j'ai ramené le loyer à un dollar par an pendant votre absence. »

Je contemplai la clef, avec une impression de malaise.

« Nat...

— Ne dites rien, je vous en prie. Acceptez seulement. Vous vous rappelez quand c'était vous qui rendiez service ? A Bernie, à tous les autres ? Vous n'avez pas oublié...

— C'est bon, Nat. »

Son visage se détendit d'un coup. Il retrouva son sourire.

« Merci, mon vieux, vous ne saurez jamais...

— Oh ! si, je sais, dit-il avec un petit rire. Cela fait sept dollars que vous me devez. Sept ans, sept dollars. »

Je posai un billet de dix sur son bureau. Avec le plus grand sérieux, il me rendit trois dollars, un reçu, et me déclara :

« Vous avez toujours le téléphone également, Mike. Même numéro. Et ne me remerciez pas. Augie Strickland a apporté les six cents dollars qu'il vous devait. Il me les a confiés. Je m'en suis servi pour payer le téléphone. Il doit même vous revenir quelques dollars, en comptant bien.

— Gardez-les pour les charges, dis-je.

— Cela fait plaisir de vous revoir, Mike.

— C'est réciproque, Nat.

— Vous n'avez pas bonne mine. Tout va reprendre comme avant, Mike ?

— Ce serait impossible. Espérons que cela marchera quand même.

— Espérons, Mike.

— Et merci encore, mon vieux.

— Je m'en fais une joie. »

Je regardai la clef, puis refermai les doigts dessus en m'en allant. Quand je fus près de la porte, Nat rappela :

« Mike... »

Je me retournai.

« Velda... ? »

Il me regardait attentivement dans les yeux.

« C'est à cause d'elle que vous revenez ?

— Pourquoi ?

— On me raconte pas mal de choses, Mike. Je vous ai même aperçu deux fois. Je sais des choses que personne d'autre ne sait. Je sais pourquoi vous êtes parti. Je sais pourquoi vous êtes revenu. J'ai même attendu parce que j'étais sûr que vous reviendriez, et vous voilà. Vous n'êtes plus le même, sauf les yeux. Ils n'ont pas changé. Vous êtes tout esquinté, maigre, fatigué. Sauf les yeux, et c'est mauvais signe.

— Vraiment ?

— Oui, pour une personne au moins », dit-il en hochant la tête.

Je glissai la clef dans la serrure et manœuvrai la clenche. Je poussai le battant.

Son bureau était là, dans l'antichambre, avec la machine à écrire sous sa housse, de vieilles lettres entassées, laissées sans réponse. Le dernier mémo qu'elle m'avait écrit était encore près du téléphone qu'une industrieuse araignée avait drapé de ses fils.

La corbeille à papiers portait toujours la trace du furieux coup de pied que je lui avais envoyé. Les deux fauteuils et l'antique banquette destinés aux clients étaient sens dessus dessous, là où je les avais expédiés. La porte de mon propre bureau s'ouvrit, me révélant ma table de travail et mon fauteuil, dans le jour grisâtre. J'entrai, après avoir écarté d'autres toiles d'araignée et m'assis dans le fauteuil. Tout n'était que poussière et silence. Je me retrouvai d'un seul coup reporté de sept ans en arrière. De l'autre côté de la fenêtre, c'était un New York différent de celui que j'avais connu. Mais dans la rue même, ni les bruits ni les gens n'avaient changé.

Je restai quelques instants à me balancer sur mon siège, inspectant distraitement les tiroirs, sans me rappeler ce qu'ils contenaient, ce meuble était presque une antiquité, relique de quelque ancienne firme qui avait dû fournir à ses directeurs ce qui se faisait de mieux.

En ouvrant à fond le tiroir du haut, on découvrait une niche ménagée dans le bois massif. J'y portai la main. Il était encore là.

Un automatique colt 45 du type réglementaire, modèle 1914. Il était toujours bien huilé sous son enveloppe de plastique et quand j'actionnai la culasse, il s'anima dans mes mains.

Je le remis à sa place, près de la boîte de cartouches, et je repoussai le tiroir. L'époque du pistolet, c'était il y a sept ans, plus à présent.

J'étais devenu un homme comme les autres. A la moindre erreur, Pat me mettait le grappin dessus. Une unique erreur et *ils* me posséderaient.

Pat... Ce grand couillon m'en voulait sincèrement. Je me demandai si Larry voyait juste en pensant que Pat avait été lui aussi amoureux de Velda.

En tout cas, il avait rudement changé. Mais il y avait plus. En sept ans, il aurait dû avancer. Il aurait dû être inspecteur. Peut-être que le tourment qui le rongeait avait pris le dessus, l'empêchant d'accomplir sa tâche. Mais au diable Pat ! Ce qu'il voulait, c'était mettre la main sur un criminel d'importance. Un même homme avait tué Richie Cole, le sénateur Knapp, et le vieux Dewey. Probablement ! Eh bien, j'avais un point d'avance sur Pat. Cela lui ferait un meurtre de plus à dépatouiller, mais j'étais seul à connaître le lien possible entre la mort de Dewey et celle des deux autres.

Ce qui me mettait dans une fichue position.

Ça va bien, Hammer, me dis-je. *Ce n'est pas la première fois que tu es en plein milieu du jeu de massacre. Arrange-toi pour t'en tirer à ton avantage. Elle est vivante, quelque part. Vivante ! Pour combien de temps ? Où ? Il y a des tueurs en vadrouille, et elle a sûrement le numéro 1 sur leur liste.*

Je pris le combiné pour appeler Peerage Brokers. Quelqu'un était à l'écoute. Il y eut un déclic quand je demandai :

« Rickerby ?

— Vous avez encore du temps devant vous, me dit-il.

— Ce n'est pas un nouveau délai que je vous demande. Nous avons à parler.

— Où êtes-vous ?

— Dans mon propre bureau, grâce à la complaisance d'un ami. Au Hackard Building.

— J'arrive dans dix minutes.

— Bon. Montez-moi donc un sandwich.

— Avec un whisky ?

— Non. Deux bouteilles de bière, rien de plus. »

Il raccrocha sans répondre. Je baissai les yeux sur mon poignet. Ma montre n'y était plus. Je me rappelai vaguement l'avoir mise au clou. Je devais avoir bu le fric en une demi-journée. C'était une bonne montre, je la regrettais.

Par la fenêtre, je vis qu'il était six heures vingt au Paramount Building. La rue luisait sous la pluie fine qui s'était enfin mise à tomber. J'ouvris la croisée et humai les odeurs de cuisine des restaurants. Pour la première fois depuis longtemps, je les trouvai appétissantes. J'allumai la lampe du bureau et me rassis.

Rickerby entra, posa deux bouteilles de bière et un sandwich devant moi, et s'installa avec son sourire éculé. Je le laissai moisir, le temps de manger le sandwich et de vider une bouteille.

« Je vous remercie de tout ce que vous avez fait, lui dis-je enfin.

— Cela en valait-il la peine ? »

Ses yeux avaient toujours le même calme impénétrable.

« Peut-être. Je n'en sais rien encore, répondis-je.

— Voulez-vous que nous en discutions ?

— D'accord, Rickety.

— Je m'appelle Rickerby.

— Pardon ! Mais procédons par questions et réponses. A moi de jouer le premier.

— Vous n'êtes guère en position d'imposer vos vues.

— Je crois que si. On m'a forcé la main, non ? »

Il haussa les épaules et reprit son attitude patiente.

« Cela n'a d'ailleurs pas d'importance. Posez toutes les questions que vous voudrez.

— Êtes-vous officiellement chargé de cette affaire ? »

Rickerby ne mit pas longtemps à comprendre ma question. C'était assez facile à deviner, aussi se contenta-t-il d'un geste vague.

« Non. Pour le moment, la mort de Richie ne concerne que la police locale.

— Sait-elle ce qu'il était ?

— Je le présume, maintenant.

— Et votre service ne va pas chercher à s'y immiscer ? »

Il sourit sans rien dire. J'insistai :

« Posons la question différemment… si sa mort résultait du boulot dont il était chargé… de l'affaire qu'il poursuivait, votre service serait intéressé ? »

Son silence était un acquiescement.

« Néanmoins, repris-je, s'il avait été victime d'un concours de circonstances banales, cela resterait l'affaire de la police municipale et on cacherait à tout le monde son identité véritable ? Exact ?

— Vous me semblez assez au courant des pratiques de notre service, alors je vous laisse le soin de conclure.

— Je le fais. A mon avis, la question n'est pas résolue pour le moment. On vous a détaché à cause de l'intérêt personnel que vous portez à Cole. Inutile de vous interdire de vous en mêler, vous démissionneriez et poursuivriez l'enquête pour votre propre compte.

— Vous savez, Mike, pour un alcoolique au dernier degré, votre cerveau est remarquablement lucide. (Il ôta ses lunettes et les astiqua avant de les remettre.) Cet aspect de votre personnalité commence à m'intriguer.

— Je vais vous expliquer. C'est le choc. On m'a ramené au jour plutôt brutalement, et me trouver devant la mort en état de sobriété m'a ébranlé.

— Je ne suis pas tellement sûr que ce soit la bonne explication. Mais continuez.

— De quel boulot était chargé Cole ? »

Après un silence, il me déclara :

« Ne faites pas l'idiot. Je n'en sais absolument rien, et si je le savais, je ne le révélerais pas.

— Bon. Sous quelle couleur se déguisait-il ? »

Il hocha la tête en souriant.

« Vous m'avez affirmé que vous étiez prêt à tout pour mettre la main sur son meurtrier. »

Une pleine minute s'écoula. Il réfléchissait. Puis il me dit :

« Je ne vois pas quelle importance cela peut avoir à présent. Richie se faisait passer pour marin du commerce.

— Il était syndiqué ?

— Exact. Il était pleinement affilié. »

5

Le garçon d'ascenseur du Trib Building me lança un coup d'œil curieux quand je lui demandai à voir Hy. En un temps, il n'aurait pas osé. Je n'étais vraiment plus le même homme.

Sur la porte, je lus HY GARDNER en lettres d'or. Je frappai avant d'entrer. Il me regarda fixement, puis il me reconnut et me salua avec une certaine réserve. « Mike... » C'était presque une question.

« Il y a longtemps, hein, Hy ?

— Trop. Je me posais des questions. (Il était toujours aussi gentil, il ne jugeait jamais les gens.)

— Des tas d'autres aussi s'en posaient.

— Pas pour les mêmes raisons. »

Nous échangeâmes une poignée de main. Nous avions tous les deux eu notre petite célébrité, mais il avait continué à monter, alors que je m'étais perdu dans le brouillard. Nous restions cependant amis. Son expression suffit à me prouver que rien n'avait réellement changé entre nous depuis le premier jour où nous avions essuyé une fusillade dans un bar, ce qui lui avait fourni un bel article le lendemain.

Je m'assis en montrant du geste la porte à la blonde aux cheveux bouffants qu'il avait à présent comme secrétaire, et je m'installai confortablement pour savonner mes souvenirs.

« Tu as l'air minable, me dit-il.

— On me l'a déjà dit.

— C'est vrai ce qu'on m'a raconté de toi et de Pat ?

— Les mauvaises nouvelles vont vite.

— Tu connais notre milieu, Mike.

— Bien sûr. Ne te donne pas la peine d'être indulgent.

— Tu es cinglé, fit-il en riant.

— Ne le sommes-nous pas tous plus ou moins ?

— Naturellement, mais tu tiens le pompon. Tu sais ce qu'on raconte ?

— Je l'imagine assez facilement.

— La peau ! Tu ne sais pas les nouvelles qui arrivent dans ce bureau. Quand les flics t'ont cueilli, je l'ai su. Pendant que tu étais chez Pat, j'étais au courant. Et si tu veux que j'aille jusqu'au bout, chaque fois qu'on t'a collé au violon pour ivresse, sans t'identifier, je l'ai su.

— Alors, bon Dieu ! pourquoi n'es-tu pas venu m'en sortir ?

— Mike, fit-il en souriant autour de son cigare noir, j'ai mes propres difficultés. Si tu n'es pas capable de surmonter les tiennes, qui le ferait à ta place ? De plus, je me suis dit que l'expérience te profiterait.

— Merci bien.

— Ne te fatigue pas. Mais j'étais inquiet.

— Une bonne pensée !

— Maintenant, c'est pire. »

Il ôta son cigare de sa bouche pour m'examiner longuement ; puis il l'éteignit dans le cendrier.

« Mike...

— Vas-y, Hy. »

Il était franc. C'était comme notre première querelle, avant de devenir amis.

« Tu es un vrai poison, Mike. On a passé la consigne.

— A toi ?

— Non. Tu sais bien qu'ils ne touchent pas à la presse.

— C'est pour moi que tu t'en fais ? »

Hy grogna, alluma un cigare frais et me sourit. Il avait remonté ses lunettes sur le front et n'importe qui l'aurait pris pour un ballot innocent, mais c'eût été une erreur. Quand il eut allumé le cigare, il me dit :

« Il y a longtemps que j'ai cessé de m'inquiéter à ton sujet. Voyons, que veux-tu de moi ? Il faut que ce soit important, au bout de sept ans !

— Parle-moi du sénateur Knapp. Il est mort pendant... mon absence. »

Il remit tranquillement les choses au point.

« Il n'est pas mort. On l'a tué.

— Bon. Les bibliothèques sont fermées, et je n'ai pas ma carte d'abonnement.

— Il y a trois ans qu'il est mort.

— Continue.

— D'abord, pourquoi ?

— Parce que.

— Tu es plutôt abrupt, mon vieux.

— Tu vois un autre moyen ?

— Pas pour toi.

— Alors, tu me parles du sénateur ?

— On joue le jeu ? Tu me donneras toute l'histoire ?

— Entièrement, Hy. Moi, ce n'est pas en écrivant que je gagne ma croûte.

— Tu as quelques minutes ?

— Si c'est nécessaire. »

Il n'eut même pas besoin de consulter ses dossiers. Il ralluma son foutu cigare et reprit :

« Leo Knapp, c'était un nouveau McCarthy. Il faisait la chasse aux communistes, mais il avait plus d'étoffe, plus de pouvoirs. Il faisait partie du comité adéquat, et de plus, il était l'homme des fusées.

« C'est ainsi qu'on l'appelait, *l'homme des fusées*. Il luttait ferme contre toutes ces idioties que nous tolérons, les grèves au Cap Canaveral, par exemple, où tout un programme a été arrêté par une bande de crétins syndicalistes... Et puis, tu n'as qu'à lire les comptes rendus dans les magazines ! Les communistes nous causent tous les ennuis possibles. Bref, Knapp était la cheville ouvrière de notre programme d'engins et de fusées.

— Grosse affaire, fis-je.

— Et voilà qu'un salopard le descend. Un simple cambriolage, et le sénateur se fait effacer du coup.

— Tu en es certain ? »

Il me regarda, en mordant sur son cigare.

« Tu me connais, Mike, je suis journaliste, et je déteste les communistes. Tu t'imagines que je n'ai pas retourné toutes les pierres que j'ai pu ?

— Je m'en doute.

— Et maintenant, à toi de parler.

— Tu sauras te taire ? »

Il fronça les sourcils, comme si je l'eusse offensé.

« Mike !

— Je sais, je sais. Mais il se peut que je te refile un tuyau sensationnel, et il me faut des garanties. Cela ne doit pas se répandre avant que tout soit réglé. Il s'agit de quelque chose de trop important et je ne veux pas courir le moindre risque d'erreur.

— Alors, accouche. Je sais ce qu'il te faut. Tu as perdu ou gâché tes anciens contacts, et tu veux que je débroussaille à ta place.

— Naturellement.

— Donc, je t'aiderai. Bon sang, ce ne sera pas la première fois.

— Et n'en informe pas Marilyn. Pour elle tu es à la fois un mari tout neuf et un père. Elle ne tient pas à ce que tu retournes au feu.

— Oh ! ta gueule ! Dis-moi ce que tu attends de moi. »

Je le lui expliquai. Je lui fournis des détails vieux de sept ans, sans rien omettre. J'observais ses changements d'expression. Quand j'eus terminé, il reprit son attitude détendue et son calme habituel.

« Qu'attends-tu de moi, en conclusion ?

— Je n'en sais rien au juste. Tiens-toi prêt, si j'ai besoin de ton aide.

— Entendu, Mike. Quand le moment de l'explosion arrivera, tu me laisseras allumer la mèche. Bon Dieu ! On pourrait même interviewer « l'homme-qui-va-mourir » à la télé avant son dernier soupir. Mais blague à part... de quoi as-tu besoin dans l'immédiat ?

— Le sénateur Knapp.

— Pour le moment, sa veuve est à sa résidence d'été, à Phoenicia. C'est là que le sénateur a été tué.

— J'aurais cru qu'elle aurait déménagé ? »

Hy haussa les épaules.

« Ce serait pure sottise, en un sens. C'était la maison préférée du sénateur et elle la maintient en bon état. Le reste du temps, elle habite Washington. Au fait, Laura est même une des femmes les plus en vue de la capitale. Une bien belle fille.

— Ah ! oui ? »

Il hocha la tête, le cigare en l'air.

« Le sénateur était très viril, et il s'était trouvé une femme très féminine. Ils s'entendaient fameusement. On ne reverra pas de sitôt une pareille combinaison.

— Dommage.

— Ainsi va la vie. Si tu veux plus de détails, je te fais préparer un dossier par les archives.

— Cela me rendrait service. »

Deux minutes après un coup de fil, un garçon de course vint poser sur son bureau une épaisse enveloppe jaune. Hy la soupesa et me la tendit :

« Tu trouveras là-dedans tout ce qui a trait au meurtre. Une sacrée histoire.

— Il y aura une suite.

— Oui, je connais ta façon de travailler. »

Je me levai et mis mon chapeau.

« Merci.

— De rien, Mike. (Il rabaissa ses lunettes.) Fais attention, tu n'as pas l'air bien solide.

— Ne t'en fais pas.

— Quand même, ne t'expose pas trop. On change avec les années. Tu n'es plus ce que tu étais. Il y a des tas de gens qui ne seraient pas fâchés de se venger de toi en ce moment même. »

Je lui souris :

« J'ai l'impression qu'il y en a quelques-uns qui ont déjà commencé. »

On prend l'autoroute de New York, on la quitte à Kingston et on vire sur une route de montagne qui traverse un des plus beaux paysages du monde. A Phoenicia, on oblique au nord sur une dizaine de kilomètres. On arrive aux Saules, une maison nichée au creux de la montagne, protégée par des sapins bleus de douze mètres et bercée par un ruisseau chantant qui passe juste devant.

La maison était spacieuse, blanche, très « sénatoriale », et pourtant la joie de vivre qui s'en dégageait lui ôtait toute prétention. J'entrai dans l'allée incurvée et coupai le contact. Je pressai le bouton de sonnette et entendis un carillon à l'intérieur. Au bout d'une minute, je sonnai de nouveau. Personne ne vint répondre.

Pour m'assurer qu'il n'y avait vraiment personne, je contournai la bâtisse sur une allée dallée qui serpentait entre les buissons qui masquaient efficacement l'arrière du terrain.

Je débouchai sur une pelouse. Il y avait une piscine d'un côté et un tennis de l'autre. Entre les deux s'élevait une cabane au toit vert à laquelle s'appuyaient des cabines de douches sans portes. C'était le vestiaire.

Je crus d'abord les lieux déserts, puis j'entendis une musique assourdie. Une haie abritait le coin sud-est de la piscine où un parasol multicolore était visible à travers les branches.

Je restai quelques secondes à l'admirer. Elle avait les mains sous la nuque, les yeux fermés, en plein soleil. Le haut du bikini était rempli à craquer, à vous couper le souffle. Le bas, réduit à sa plus simple expression, roulé très bas au-dessous du nombril, révélait la blancheur de la chair secrète en contraste saisissant avec celle qu'avait caressée le soleil. Son ventre palpitait légèrement au rythme de sa respiration. Elle se tourna un peu en s'étirant, les pieds cambrés, et ses muscles jouèrent tout au long des jambes, comme ceux d'un fauve.

« Bonjour », dis-je.

Elle ouvrit paresseusement les yeux.

« Oh ! (Son sourire s'épanouit, lui embellissant encore le visage.) Oh ! bonjour. »

Je lui tendis sans en être prié un peignoir de bain posé sur la table. Elle le prit, toujours souriante, et le posa sur ses épaules.

« Je vous remercie.

— Il ne fait pas un peu froid pour ce genre de sport ?

— Pas au soleil. (Elle me désigna un transat, près d'elle.) Asseyez-vous. (Quand je fus assis, elle transforma son matelas en siège.) Eh bien, monsieur… ?

— Michael Hammer. Vous êtes bien madame Laura Knapp ?

— Oui. Est-ce que nous nous sommes déjà rencontrés ?

— Non, jamais.

— J'ai pourtant l'impression de vous avoir déjà vu.

— Il fut un temps où ma photo paraissait assez souvent dans les journaux.

— Ah ?

— J'étais détective privé. »

Elle fronça les sourcils en m'examinant et se mordilla la lèvre.

« Il y a eu une histoire avec un organisme de Washington, une fois ? »

Je fis un signe affirmatif.

« Je me rappelle très bien. Mon mari faisait partie d'une commission qui s'en occupait. Ainsi, c'est vous Mike Hammer.

— Vous vous attendiez à mieux ?

— Je ne sais pas trop... peut-être ! fit-elle, espièglement.

— J'ai été malade, expliquai-je.

— Oui, cela se voit. Alors, qu'est-ce qui me vaut ce plaisir ? Est-ce une visite d'ordre professionnel ? »

Inutile de lui mentir.

« Non, mais vous êtes en mesure de m'aider.

— Comment cela ?

— Pourriez-vous m'expliquer en détail comment est mort votre mari, ou est-ce encore un sujet trop pénible ? »

Son sourire se chargea d'une certaine tristesse.

« Vous êtes plutôt brutal, monsieur Hammer. Je n'ai pas peur de parler du passé, mais vous auriez pu vous documenter ailleurs. Est-ce que cela n'aurait pas été plus facile ? »

Je la regardai des pieds à la tête en éclatant de rire.

« Je ne regrette certainement pas le déplacement ! »

Elle rit à son tour.

« Je vous remercie du compliment.

— Néanmoins, je dois vous avouer que j'ai parcouru les coupures de presse.

— Cela ne vous a pas suffi ?

— Je ne sais pas, fis-je en haussant les épaules. Je préfère tenir les renseignements directement de vous.

— Puis-je vous demander pourquoi ?

— Naturellement. Il est arrivé un événement qui pourrait impliquer le meurtrier de votre mari dans un autre crime. »

Elle hocha lentement la tête.

« Je ne comprends pas...

— Ce n'est qu'une hypothèse. Un autre homme a été tué avec la même arme que votre mari. Des détails qui semblaient sans importance peuvent offrir un intérêt nouveau.

— Je vois. (Elle se pencha vers moi, les bras passés autour des genoux, une lueur de curiosité dans le regard.) Mais pourquoi la police ne s'en occupe-t-elle pas plutôt que vous ?

— Elle viendra. Pour le moment, c'est une question de juridiction. Vous aurez prochainement la visite d'un policier de New York, probablement accompagné des agents du county, pour vous demander les mêmes renseignements. Je suis arrivé le premier parce que je n'ai pas de paperasseries à remplir.

— Et si je ne parle pas... (Elle sourit un instant.) Vous allez me battre ?

— Bon sang ! je ne frappe jamais les femmes. »

Elle haussa les sourcils, affectant l'étonnement.

« Sauf à coups de pied », poursuivis-je.

Son rire rauque était plaisant, et il était facile de savoir pourquoi elle était reine dans son milieu mondain de la capitale. L'âge paraissait l'avoir totalement épargnée, bien qu'elle eût passé la quarantaine. Ses cheveux avaient des reflets dorés qui allaient bien avec l'éclat velouté de sa peau.

« Alors, je me mets à table ! Mais en serai-je récompensée ?

— Promis. Vous n'aurez pas droit aux coups de pied.

— Vous me tentez ! Que désirez-vous savoir ?

— Racontez-moi ce qui est arrivé. »

Elle prit un temps de réflexion. Il était évident que les détails étaient bien présents à son esprit, même s'ils ne réveillaient plus sa peine. Elle se décida finalement :

« Il était un peu plus de deux heures du matin. J'ai entendu Leo se lever, mais je n'y ai pas prêté attention, car il lui arrivait souvent de descendre pour manger un peu, la nuit. Ensuite, j'ai entendu des cris, et une détonation. Je me suis précipitée en bas et je l'ai trouvé mourant, étendu sur le plancher.

— Vous a-t-il parlé ?

— Non... il a prononcé mon nom deux fois, et il est mort. (Elle baissa les yeux, puis les releva.) J'ai appelé la police. Pas immédiatement. J'étais... comme assommée.

— C'est normal.

— La police... Ils étaient contrariés. Ils ont pensé que cela avait donné à l'assassin le temps de s'enfuir. (Son regard se voila.) Mais cela n'a pas dû durer plus de quelques minutes. Se peut même que j'aie téléphoné presque immédiatement. Je ne me rappelle plus clairement les premiers instants.

— N'y pensez plus. C'est sans importance à présent. »

Laura resta un moment silencieuse, puis reprit :

« Vous avez raison. Enfin, la police est arrivée, mais elle n'a rien pu faire. Le coupable était parti par la porte-fenêtre du petit bureau, avait traversé la cour, passé la grille et filé en voiture. Il n'y avait pas de traces de pneus. Les empreintes de pas manquaient de netteté.

— Et dans la maison ?

— Le coffre était ouvert et vide. La police pense que Leo a surpris le voleur après qu'il eut ouvert le coffre, ou que le voleur l'a forcé à l'ouvrir. Quand Leo s'est jeté sur lui, l'autre l'a abattu. Il n'y avait pas la moindre marque sur le coffre. On l'avait ouvert au moyen de la combinaison.

— Combien de personnes la connaissaient ?

— Il n'y avait que Leo, autant que je sache.

— Les journaux ont dit qu'il n'y avait rien d'important dedans ?

— C'est exact. Quelques centaines de dollars, un ou deux livres de comptes, les polices d'assurance de Leo, des paperasses juridiques et mes bijoux. Les registres et les paperasses étaient par terre, intacts, par conséquent...

— Quel genre de bijoux ? coupai-je.

— Sans aucune valeur.

— Des copies de bijoux d'un grand prix ? »

Elle répondit sans hésitation :

« Oui, un millier de dollars de bijoux en toc, copies des véritables, qui sont déposés dans une chambre forte et qui valent dans les cent mille dollars.

— Le voleur devait penser que c'étaient les originaux. »

Je vis à son regard qu'elle n'était pas de mon avis.

« Personne ne savait que je gardais ici des copies.

— Si, deux personnes au moins.

— Pardon ?

— Votre mari et le meurtrier. »

Elle finit par voir ce que je pensais.

« Mon mari n'en avait sûrement parlé à personne. Non, vous faites erreur. C'était sans importance pour lui.

— Alors pourquoi les mettre dans le coffre ?

— C'est assez naturel ? En outre, comme vous le dites, ce pouvait être une forte tentation pour qui eût ignoré qu'il s'agissait de bijoux faux.

— Comment se fait-il que vous ignoriez la combinaison ?

— Je n'en avais pas besoin. Le coffre était dans le bureau privé de Leo... et je ne m'occupais jamais de ses affaires.

— Les domestiques ?

— Nous en avions deux à l'époque. Ils étaient âgés et sont morts depuis. Je ne crois d'ailleurs pas qu'ils aient jamais soupçonné qu'il y eût deux séries de bijoux.

— Étaient-ils dignes de confiance ?

— Ils travaillaient pour Leo depuis toujours. Oui, on pouvait leur faire confiance. »

Je penchai la tête en arrière, examinant toutes les hypothèses.

« Se peut-il qu'il y ait eu autre chose dans le coffre ? Quelque chose que vous ignoriez ?

— Certainement. »

J'attendis, un peu contracté.

« Leo *aurait* pu y ranger n'importe quoi, mais j'en doute. Si je ne me trompe, vous pensez à ce qu'on appelle des « secrets d'État » ?

— Cela s'est déjà vu. Le sénateur occupait un haut poste au gouvernement.

— Et il était intelligent, contra-t-elle. Ses papiers importants étaient intacts dans son coffre bancaire. Le F.B.I. les a récupérés immédiatement après sa mort, conformément à une note qu'il avait laissée à ses services. (Elle m'observa un moment pendant que je cherchais un point où me raccrocher.) Puis-je savoir où vous voulez en venir ? » me demanda-t-elle enfin.

Pas de réponse possible. Toute l'affaire se ramenait à une coïncidence qui n'avait rien de particulièrement étonnant. Une même arme avait servi aux deux meurtres. Cela arrive assez souvent. Les deux crimes avaient été commis à des années d'intervalle, et d'après les faits, il n'y avait aucun rapport entre eux.

« Ce n'était qu'une idée, dis-je. Rien ne semble coller. »

Elle déclara calmement :

« Je suis navrée.

— Vous n'y pouvez rien. (Je me levai à regret, répugnant à terminer l'entretien.) Les bijoux sont peut-être à la base, mais un voleur professionnel se renseigne avant d'opérer, et votre maison me semble être du genre à décourager les voleurs d'occasion. »

Laura me tendit la main. Je la pris pour l'aider à se lever. On eût dit une grande chatte qui s'étirait, et pourtant c'était si naturel qu'on n'y pouvait soupçonner la moindre coquetterie.

« Vous êtes sûr que je ne puis rien faire...

— Peut-être que si. J'aimerais voir le bureau privé de votre mari. »

Elle fit un signe affirmatif et m'effleura le bras :

« Tout ce que vous voudrez. »

Elle me laissa seul dans la pièce pendant qu'elle allait s'habiller. C'était une retraite très masculine, avec un grand bureau en bois sombre, de forme ancienne, des fauteuils de cuir patiné et des marines à l'huile sur les murs. Les lambris de noyer étaient travaillés à la main, vieillis et bien astiqués, le tapis oriental, usé, avait dû être apporté par un grand clipper d'autrefois.

Le coffre mural était de forme cylindrique, dissimulé derrière un tableau de soixante sur quatre-vingt-dix centimètres. Laura avait pris dans le tiroir du bureau une carte indiquant la combinaison et me l'avait communiquée. Une fois seul, j'avais placé les sept chiffres sur le cadran et j'avais ouvert le coffre. Il était vide.

Je m'y attendais. Ce qui m'avait surpris, c'était le coffre lui-même, un Grissom 914 A, pas du tout le modèle qu'on choisit pour des bijoux en toc et des papiers sans importance. C'était un engin à l'épreuve des cambrioleurs, avec un système d'alarme au troisième chiffre, qui devait être branché sur le central de la police locale. Je le refermai et refis la combinaison sans prendre les précautions voulues, cette fois. J'ouvris le coffre et attendis.

Laura n'était pas redescendue que les flics étaient là, deux jeunes, tout excités, qui arrivèrent dans une vieille Ford, et se précipitèrent revolver en main. Ils m'en menacèrent quand je leur ouvris la porte.

Le plus grand des deux passa derrière moi pendant que l'autre me dévisageait et me demandait :

« Qui êtes-vous ?

— C'est moi qui vous ai appelés.

— Ne faites pas le malin !

— Je vérifiais le coffre mural. »

Il esquissa un méchant sourire.

« Quand on fait des essais, on fait attention !

— Désolé. J'aurais dû vous prévenir. »

Il allait répondre, mais son copain nous appela dans l'autre pièce. Mon gardien me poussa du canon de son revolver. Laura paraissait intriguée.

Elle avait passé une robe noire à ceinture qui accentuait ses formes. Quand elle se dirigea vers moi, ce fut avec une grâce athlétique.

« Mike... savez-vous...

— Il y a un système d'alarme dans votre coffre. J'ai voulu voir s'il fonctionnait. Cela m'a l'air probant.

— C'est la vérité, madame Knapp ? demanda le grand flic.

— Mais oui. J'avais autorisé M. Hammer à inspecter le coffre. J'ignorais qu'il y avait une alarme.

— C'est la seule maison du coin qui en soit munie, madame Knapp. D'habitude, il n'y a que les maisons de commerce qui s'en servent. »

Le flic remit son revolver dans son étui, en haussant les épaules.

« Eh bien, dit-il, voilà. Nous avons fait de notre mieux. »

L'autre fit un signe de tête, ajusta sa casquette et me dit :

« Nous aimerions que vous nous préveniez, une autre fois.

— D'accord. Puis-je vous poser une question ?

— Oui.

— Étiez-vous dans la police quand le sénateur a été tué ?

— Nous étions agents tous les deux.

— Est-ce que l'alarme a fonctionné cette fois-là ? »

Il m'examina longuement, l'air circonspect.

« Non, elle n'a pas fonctionné.

— Donc, si c'est le meurtrier qui a ouvert le coffre, il connaissait la combinaison et le système de débranchement ?

— Ou alors il a forcé le sénateur à l'ouvrir, et celui-ci sachant qu'il n'y avait pas de valeurs dedans, n'a pas fait fonctionner l'alarme, de peur que notre intervention subite le mette en danger ainsi que Madame.

— Il a quand même été tué, lui rappelai-je.

— Si vous l'aviez connu, vous comprendriez pourquoi.

— Dans ce cas, expliquez-le-moi ? »

A voix basse, le flic me dit :

« Sous la menace d'un flingue, il n'aurait pas bougé, mais à la moindre occasion, il aurait sauté sur le paletot du type. Il a dû croire qu'il avait sa chance, après avoir ouvert le coffre, mais il n'a pas été assez rapide.

— Ou alors il a surpris le cambrioleur quand le coffre était déjà ouvert.

— C'est encore une possibilité. Nous avions déjà eu toutes ces idées, vous savez. Et maintenant, si vous me disiez ce que vous faites ici ?

— C'est assez vague. Un de mes amis a été tué d'une balle tirée par la même arme. »

Ils s'entre-regardèrent. Celui qui était près de moi déclara :

« On ne nous en a pas encore informés.

— Cela ne va pas tarder. Le capitaine Chambers, de New York, va sûrement vous contacter.

— Ce qui n'explique toujours pas ce que vous faites ici. »

Je haussai les épaules.

« La victime était un ami.

— Représentez-vous une agence habilitée ?

— Plus maintenant. Mais c'était vrai autrefois.

— Dans ce cas, vous feriez bien de laisser le soin d'enquêter à ceux dont c'est le métier. »

Son intention était claire. Si Laura Knapp n'avait pas prétendu me connaître, notre petite conversation se fût déroulée au poste de police. Le flic me faisait entendre de ne pas piétiner ses plates-bandes. Je fis un geste pour lui signifier que je saisissais l'allusion. Ils levèrent leurs casquettes devant Laura et sortirent.

Laura me demanda alors :

« Qu'est-ce que tout cela veut dire ? »

Elle se tenait en équilibre sur un pied, l'air un peu provocant.

« Saviez-vous que le coffre comportait un système d'alarme ? »

Elle réfléchit un instant puis lança un coup d'œil vers le mur.

« Oui, à présent que vous en parlez, mais il n'avait jamais été ouvert depuis... depuis lors. Et je me rappelle seulement maintenant que les policiers avaient parlé de ce système. J'ignorais qu'il fonctionnait encore.

— Votre mari gardait-il toujours la combinaison dans son tiroir ?

— Non, l'avocat a trouvé la carte dans ses vêtements. C'est moi qui l'ai placée dans le bureau, au cas où j'aurais eu besoin du coffre. Mais cela ne s'est jamais présenté. (Elle avança d'un pas et me posa une main sur le bras.) Vous avez appris quelque chose d'utile ?

— Je n'en sais rien. Ce n'était qu'une idée, qui n'a rien de neuf. Une hypothèse sans fondement. Tout ce que je peux vous dire, c'est que cela aurait pu nous révéler le *modus operandi*.

— Pardon ?

— La méthode de travail. Le meurtrier de votre mari aurait pu être un voleur de bijoux. L'homme qui vient d'être tué était lui-même contrebandier en bijouterie. Il y a là une coïncidence curieuse. »

Je restai perdu dans mes pensées. Je me revoyais à l'hôpital près du mourant. Je me rappelai pourquoi il fallait retrouver la piste. J'étais intérieurement déchiré, tendu comme un ressort.

Ce fut l'insistance de sa voix qui me rappela à la minute présente :

« Mike... Mike... je vous en prie... Mike ! »

En baissant les yeux, je m'aperçus que je lui serrais durement l'avant-bras, je vis dans ses yeux la douleur qu'elle éprouvait. Je la lâchai et respirai profondément.

« Je vous demande pardon », dis-je.

Elle se frotta le bras en souriant doucement :

« C'est bon. Vous m'aviez complètement oubliée, n'est-ce pas ? »

Je fis un signe d'acquiescement.

« Puis-je faire autre chose pour vous ?

— Non, je ne crois pas qu'il me reste quoi que ce soit à apprendre ici.

— Je n'aime guère ces paroles définitives, Mike. Vous êtes très seul, Mike, c'est comme une maladie. Je la reconnais chez les autres parce que j'en souffre depuis longtemps.

— Vous l'aimiez beaucoup n'est-ce pas ? »

Son regard parut prendre un éclat nouveau.

« Autant que vous l'aimiez, elle, Mike, quelle qu'elle soit. Cela fait très mal. Moi, je me suis soulagée en ayant le plus d'activités mondaines possible.

— Moi, je me suis adressé à la bouteille. Sept ans d'enfer.

— Mais c'est fini ! Vous en gardez les traces, mais je vois bien que c'est fini.

— Oui. Il y a quelques jours, j'étais clochard et ivrogne. Je suis toujours de la cloche, mais au moins je ne bois plus. (Je pris mon chapeau. Elle m'accompagna jusqu'à la porte. Je lui tendis la main, elle y glissa ses doigts fermes et frais.) Merci de m'avoir consacré tout ce temps, madame Knapp.

— Appelez-moi Laura, je vous en prie.

— Avec plaisir.

— Je vous ai dit que je n'aime pas les choses définitives. Vous reviendrez un jour ?

— Avec joie. Mais je ne suis pas un compagnon très plaisant, Laura.

— Peut-être pas pour tout le monde, en effet. Vous êtes décidé, vous avez un visage étrange, on ne sait que penser de vous. Pourtant j'espère que vous reviendrez, ne fût-ce que pour me dire comment marchent vos affaires. »

Je l'attirai à moi. Elle ne résista pas. Elle inclina la tête et me rendit mon baiser, avec aisance et sincérité. Ce simple contact réveilla en moi des émotions que j'avais crues mortes à jamais.

Elle resta sur la porte à me regarder partir. Elle y était encore quand je pris le virage pour rejoindre la route.

6

Quand je téléphonai chez Peerage Brokers, la même voix calme m'informa que M. Rickerby serait dans une vingtaine de minutes au Restaurant automatique de la 49ᵉ Rue. Quand j'y arrivai, il était déjà installé à une table de côté, devant un café noir. Toujours avec le même air patient de l'homme qui a toute la vie devant lui.

« Vous avez des heures de travail fichtrement irrégulières », lui dis-je.

Il sourit, pour le bénéfice de qui eût pu l'observer, mais ses yeux ne reflétaient ni sourire ni patience. Il avait placé sur la table la dernière édition du *News* qui publiait une petite photo du cadavre du vieux Dewey. La police attribuait le meurtre à des chenapans du quartier.

Rickerby attendait que je parle.

« J'ai vu Laura Knapp, aujourd'hui », dis-je.

Il fit un signe de tête.

« Nous avons déjà étudié à fond cet aspect de l'affaire.

— Savez-vous que le coffre est muni d'un système d'alarme ? »

Nouveau signe affirmatif.

« Pour votre gouverne, déclara-t-il, je vous dirai qu'aucun service n'a pu établir le moindre rapport entre la mort du sénateur et celle de Richie. Si vous imaginez qu'il y avait des papiers d'État dans le coffre, vous vous trompez. Knapp avait établi en double la liste des documents qu'il détenait, et nous les avons tous récupérés.

— Il y avait aussi ces bijoux en toc.

— Je sais. Je doute qu'ils prouvent quoi que ce soit, malgré le métier de marin-contrebandier de Richie. Il paraît à peu près certain que la même arme a simplement servi pour deux crimes distincts. De plus, on nous a signalé de Los Angeles un troisième meurtre exécuté avec la même arme. Cela remonte à un an, et cette fois, la victime était un revendeur de voitures d'occasion.

— Mon idée n'avait donc rien de sensationnel.

— Ni d'original. (Il reposa sa tasse et me regarda fixement.) En outre, je ne m'intéresse qu'à Richie. (Il s'interrompit quelques secondes.) Êtes-vous décidé à me répéter ce qu'il vous a dit ?

— Non.

— Au moins, vous avez le mérite de la franchise !

— Allons, ne prenez pas cela mal. »

Rickerby cessa de sourire et haussa les épaules.

« Où voulez-vous en venir ?

— A Richie Cole. Je voudrais des renseignements sur lui.

— Je vous ai déjà dit...

— D'accord, le secret ! Seulement il est mort. Vous cherchez un meurtrier. Je cherche un meurtrier. Si nous n'unissons pas nos efforts, nous n'aboutirons ni l'un ni l'autre. Vous vous en doutez bien ? »

Ses doigts se crispèrent sur la tasse.

« Avez-vous une idée du nombre de gens qui cherchent ce... meurtrier ?

— J'ai été du métier, moi aussi, mon ami.

— Bon. Je ne sais rien de la dernière mission de Richie et je doute de pouvoir m'en informer. Mais une chose est certaine : il ne devait pas revenir ici. Il a désobéi à ses instructions et s'il n'avait pas été tué, il aurait eu des comptes à rendre.

— Cole n'était pourtant pas un débutant. »

Pour la première fois, il perdit son calme. Ses yeux trahirent son étonnement devant cette défaillance d'un être qu'il avait formé lui-même.

« C'est le plus étrange de l'histoire.

— Vraiment ?

— Richie avait quarante-cinq ans. Il travaillait pour notre organisation depuis 1941, sans avoir jamais commis une faute. Il était littéralement à cheval sur le règlement. Il lui arrivait de prendre des libertés dans certaines circonstances sans toutefois violer les règles fondamentales. Je... je n'y comprends rien.

— Il a bien fallu un motif pour le ramener ici. »

Il reprit son impassibilité, après ces quelques instants de franchise.

« Je suis de votre avis sur ce point. »

Il attendait que je lui dise un seul mot qui le lancerait sur la piste. Je réfléchis.

« Il me faut davantage de temps, lui dis-je.

— Le temps n'a pas trop d'importance à mes yeux. Richie est mort. Le facteur temps n'aurait d'intérêt que s'il s'agissait de lui sauver la vie.

— Mais il en a pour moi.

— Quel délai vous faut-il pour me communiquer les dernières paroles de Richie ?

— Une semaine. »

Son regard était devenu glacial.

« Bon. Une semaine. Pas un jour de plus. Si vous dépassez cette limite, je vous enseignerai des trucs que vous n'auriez jamais imaginés pour rendre la vie intenable à n'importe qui.

— Il se peut que je découvre le meurtrier d'ici là.

— Sûrement pas !

— Il fut un temps où j'étais assez astucieux.

— C'est vieux, tout ça, Hammer. Maintenant, vous n'êtes plus rien. Si je ne vous bouscule pas davantage, c'est parce que vous ne tiendriez pas le coup. Autrement, j'adopterais une autre méthode. »

Je me levai.

« Merci de l'attention. Je vous en sais gré. Je vous téléphonerai dès que possible.

— J'y compte bien. »

Il pleuvait de nouveau. Une pluie agréable pour la balade et pour la réflexion, quand on n'était pas pressé. Je longeai la 44e Rue et pris à l'ouest vers Broadway. Je m'arrêtai au Blue Ribbon Bar pour boire un demi et saluer quelques connaissances puis je repartis vers les lumières de la grande avenue.

Je ne connaissais pas le veilleur de nuit du Hackard Building, un vieux à l'air endormi qui ne paraissait plus attendre qu'une mort paisible. Il me regarda signer le registre et m'accompagna dans l'ascenseur jusqu'à mon étage. Il redescendit aussitôt.

Je pris ma clef, actionnai la serrure et ouvris la porte.

Un objet métallique me ricocha sur l'arrière du crâne, et s'abattit sur ma nuque. Tout en tombant, je devinai que l'agresseur retournait le pistolet dans sa main. J'entendis le chien qui s'armait. Je dégringolai la face en avant, sans la moindre capacité de résistance, et je sentis le sang chaud couler sous mon col. L'ampoule s'éclaira, une pointe de chaussure me poussa doucement. Des mains habiles me fouillèrent. Le revolver était toujours là. Au moindre geste, je mourrais de mort subite. Je n'y tenais nullement.

Ce fut mon sang répandu qui me sauva. L'entaille était assez profonde et laide pour lui donner à penser qu'il avait mis le point final. Les pieds s'écartèrent de moi, la porte s'ouvrit et se referma. J'entendis des pas qui s'éloignaient.

Je me relevai et m'approchai de mon bureau le plus vite possible, pris mon pistolet, l'armai et ouvris la porte. L'homme avait décampé et devait déjà être loin. J'avais encore de la veine qu'il ait été prudent. Il aurait pu aussi bien rester là, à m'attendre, et me perforer de sa première balle. Ma main tremblait, j'avais oublié de faire monter une cartouche dans la chambre. Signe de vieillissement !

Allons, la veine continuait à me sourire.

Je fis le tour du bureau, examinant tous les endroits qu'il avait fouillés. Ç'avait été rapide, mais consciencieux, du boulot d'artiste. Ni temps ni mouvements perdus de sa part. Si j'avais caché n'importe quoi de valeur dans une enveloppe, il l'aurait trouvé. Deux cachettes que je croyais pour le moins originales avaient été mises sens dessus dessous.

Même le bureau de Velda était ouvert, et le dernier mot qu'elle m'avait adressé était sur le plancher, déchiré sous une semelle rageuse. Il ne restait que le début : *Mon chéri...* Impossible d'en lire davantage.

Avec un sourire inepte, je fis monter une cartouche dans la chambre, rabattis doucement le chien, puis glissai l'automatique dans ma ceinture.

Soudain, je me sentais un autre homme. La route du retour serait longue si j'en sortais en vie, courte, si je devais y laisser ma peau.

En bas, un vieillard devait être mort dans son fauteuil parce que seul il eût pu reconnaître la personne qui était montée chez moi. Si l'intrus s'était inscrit au registre, c'était sous un faux nom, et faute de mobile apparent, cet assassinat serait encore classé comme inexplicable.

Je rangeai le bureau de façon à effacer toute trace de ce qui s'y était passé, me lavai la tête, essuyai les taches de sang sur le plancher, puis descendis par l'escalier jusque dans le hall.

Le vieillard était effectivement mort dans son fauteuil, le cou brisé. Le registre de nuit était intact, donc le meurtrier avait seulement feint de signer. J'arrachai la dernière page, m'assurai que personne ne pouvait me voir et sortis. Du côté de la 8e Avenue, je déchirai le feuillet en menus morceaux que je jetai au ruisseau.

Je sifflai un taxi qui m'emmena lentement vers les docks. Le chauffeur finit par trouver l'adresse indiquée. Il encaissa son dollar sans rien dire et me déposa devant le bar de Benny Joe Grissi, où on pouvait se procurer un assassin à gages, une putain, ou n'importe quoi d'autre, une fois qu'on avait réussi à y mettre les pieds.

Si l'on voulait se renseigner sur les installations portuaires de New York, entre la Battery et Grant's Tomb, ou sur les syndicats, ou si on voulait qu'un nom fasse le tour du monde, c'était l'endroit adéquat. Il en existait un semblable à Londres, à Paris, à Casablanca, à Mexico et à Hong Kong, et, en cherchant bien, le même en plus petit à peu près dans toutes les grandes villes du globe. Seulement, New York, c'était mon patelin.

A la table voisine de la porte, les deux types qui filtraient les clients m'adressèrent le signe poli qui signifiait : « Débine. » Puis le plus petit des deux se leva, l'air excédé, s'approcha de moi et me dit :

« On ferme, mon pote. On n'admet plus personne. »

Comme je ne disais rien, il m'examina la figure et montra du doigt son coéquipier, un homme de grande taille qui rappliquait, le visage grimaçant de colère parce qu'on le dérangeait. On se regarda dans les yeux un instant, et il s'en tint d'abord au topo classique :

« Pas d'histoires, mon gars. La maison n'en veut pas.

— Moi non plus, petit.

— Alors, du vent ! »

Je lui souris de toutes mes dents.

« Débine ! » insista-t-il.

Au moment où il balançait le bras pour me coller un gnon, le plat de ma main lui frappa la poitrine et il alla s'asseoir sur le derrière, en achevant son geste, comme un idiot. Le petit arriva, tête basse, persuadé qu'il allait m'avoir sans peine. D'un seul coup de tatane, je lui démolis la bobine, l'envoyant tout pleurnichant contre le mur.

Maintenant, tous les clients s'étaient retournés et avaient cessé de bavarder. Leur plaisir se lisait sur leurs tronches, ils trouvaient ça drôle qu'un mec ait presque réussi à franchir le barrage... presque, mais pas tout à fait.

Ils attendaient la suite, quand le grand allait se relever pour gagner sa croûte. Et le grand attendait son moment, lui aussi.

Dans le silence qui s'était établi, une voix dit : « Dix contre un sur Sugar Boy », et tout aussi calmement, une autre répondit : « Tenu à cinq dollars. »

De nouveau, comme au ralenti, tous les regards se portèrent au bout du bar, sur un étrange petit bonhomme, tout ratatiné et sale, qui venait d'accepter le pari. Quelqu'un rit et déclara :

« Pepper doit avoir un tuyau.

— Nature », dit le curieux personnage.

Le grand type s'était remis debout, visiblement ravi de la circonstance. Par esprit sportif, il me laissa placer le premier coup.

Je ne lui causai pas le moindre mal, et il me le fit comprendre. Il s'avança, exactement comme je m'y attendais, et je me retrouvai comme sept ans plus tôt, en train de bouffer de la poussière, de sentir mes tripes éclater, d'avoir les os écrasés par un homme plus lourd. Pendant que les gars alignés au bar hurlaient et rigolaient, le malabar continuait à me démolir coup par coup. Puis je vis l'ouverture que j'attendais, je lui collai un coup de pied au bas-ventre, et il s'écroula, vomissant, les yeux désorbités, plein de haine, attendant que son effroyable douleur s'atténuât. Alors il prit à sa ceinture une lame de trente centimètres de long. Ce fut la fin. Pour tout le monde. Parce que moi, j'avais sorti mon gros 45, qui avait déjà fait tant de dégâts, et contre lequel la plus fine lame ne saurait prévaloir. L'homme me lança un coup d'œil, puis s'excusa. Il avait fait erreur sur la personne. Il me priait de ne pas faire tonner mon canon. Cela avait été tangent, et il s'en était rendu compte. Je remis l'arme à ma ceinture, sans rabattre le chien, posai le pied sur la lame et la brisai. Je lui dis ensuite de se relever.

Le drôle de petit bonhomme au bar déclara :

« Ça fait cinquante dollars qui me reviennent. »

Celui qui avait offert le pari dit :

« Je vous l'avais bien dit que Pepper était tuyauté. »

Le grand type se releva :

« Faut pas m'en vouloir, vieux, c'est mon boulot », dit-il.

Le propriétaire s'approcha :

« Ça recommence comme autrefois, hein, Mike ?

— Tu devrais rencarder tes employés, Benny Joe.

— Ils manquent d'entraînement.

— Je ne suis pas là pour leur en fournir.

— Tu t'es plutôt mal démerdé, ce soir, j'ai cru que Sugar Boy allait t'avoir.

— Pas contre mon flingue.

— On n'en savait rien. Ça faisait longtemps que t'étais plus enfouraillé. On m'a même dit que Gary Moss t'avait foutu une trempe. À toi. Tu te fais vieux, Mike. »

Les clients me regardaient avec curiosité.

« Ces gars-là ne me connaissent pas, Benny Joe », fis-je.

Le patron, gras et court, haussa les épaules.

« Tu n'es pas reconnaissable. Tu es tout maigre. Et maintenant, si tu te débinais ?

— Allons, tu ne vas pas te mettre à me refouler, toi aussi ?

— Je me gênerais ! Des durs, j'en vois tous les jours. Des durs sur le retour, j'en ai rien à foutre. Ils sont toujours en train de la ramener. Alors, je te fais arnaquer par les flics, ou tu te tires, vu ? »

Je regardai ce petit gros, un mec que je connaissais depuis quinze ans. Ou plutôt que je connaissais mal. Il fallait lui donner une leçon.

« Et si je t'arrachais les couilles, Benny Joe ? Il n'y a personne ici pour m'en empêcher. Tu as envie de jouer les sopranos suraigus à l'Opéra ? »

Cela faillit finir comme dans un western. Il sortit un calibre 25, mais c'était toujours le même bonhomme. Je le lui pris des mains, je le déchargeai, et le lui rendis en lui conseillant :

« Pas la peine de crever pour rien, Benny. »

Le drôle de petit type du bar, qui venait de gagner cinquante dollars, m'adressa la parole :

« Vous ne vous souvenez pas de moi, Mike ? »

Je fis un signe d'ignorance.

« Il y a dix ou quinze ans… l'incendie chez Garrigan ? »

Cela ne me disait toujours rien.

« J'étais journaliste, Bayliss Henry, du *Telegram*. On m'appelle Pepper, maintenant. Vous vous étiez battu au pistolet avec Cortez Johnson et sa bande ?

— Cela remonte loin, mon vieux.

— Oui. Les journaux disaient que c'était votre première affaire importante. Pour les assurances Aliet.

— Ouais… je me rappelle l'incendie. Et je me souviens de vous aussi. Je ne vous ai même jamais remercié. Je traverse la guerre sans une égratignure, pour me faire blesser dans un braquage à la noix, et manquer me faire brûler vif ! Mieux vaut tard que jamais, tous mes remerciements !

— C'était un vrai plaisir, Mike. Cela m'a valu un article en exclusivité.

— Et maintenant, quoi de neuf ?

— Allons, après tout ce que nous avons vu, nous autres, que pourrait-il y avoir de neuf ? »

Je vidai mon demi sans rien dire.

Bayliss me demanda en souriant :

« Et vous, où en êtes-vous ?

— Comment ? (Je cherchais à me donner l'air profondément détaché, mais cela ne paraissait pas mordre.)

— Allons, Mike, j'ai toujours suivi vos aventures dans les canards. Je n'écris plus, mais je lis encore. Vous n'êtes pas venu dans cette turne sans motif. Combien de temps avez-vous vécu à la cloche, Mike ?

— Sept ans.

— Il y a sept ans, vous n'auriez pas braqué un flingue sur Sugar Boy.

— Dans ce temps-là, je n'en avais pas besoin.

— Et à présent, c'est nécessaire ?

— C'est nécessaire, effectivement. »

Il jeta un coup d'œil circulaire et baissa le ton.

« Vous n'avez plus de permis de port d'arme, Mike. »

J'éclatai de rire. Mon expression le glaça.

« Al Capone n'en avait pas non plus. Cela le gênait ? »

Les autres s'étaient écartés. Les deux gardes étaient de nouveau près de la porte, à regarder tomber la pluie derrière les vitres. L'appareil à disques débitait pour une fois de la musique douce, et le bourdonnement des conversations s'entendait à peine.

Il n'y a que les nuits pluvieuses pour créer des atmosphères pareilles. Cela peut quelquefois changer le cours des événements. Cela modifie la notion de temps.

« Pardon ? fis-je.

— Dites, Mike, vous pourriez m'écouter. Il y a dix minutes que je dégoise.

— Désolé, mon vieux.

— Ça va, je sais ce que c'est. Seulement je voudrais bien savoir quand vous allez vous décider à poser la question... à demander le renseignement que vous êtes venu chercher ici ?

— Bayliss, mon gars, vous gambergez un peu trop.

— Je peux même gamberger un peu plus. Vous avez un gros emmerdement. Ici, c'est un peu la bourse aux voleurs. Tout le monde n'y vient pas. C'est un endroit spécial, à des fins spéciales. Vous cherchez quelque chose, hein ? »

Au bout d'un moment, je lui demandai :

« Vous pouvez me renseigner ? »

Un large sourire illumina sa figure fripée.

« Bon Dieu, mon vieux, je suis prêt à tout pour vous faire plaisir.

— Connaissez-vous un nommé Richie Cole ?

— Naturellement, fit-il avec indifférence. Il avait sa piaule juste au-dessous de la mienne. C'était un bon copain. Un foutu contrebandier qu'on croyait de deuxième zone, mais qui ne l'était pas, car il avait de la camelote que les demi-sels ne voient jamais. Chic type, quand même. »

Voilà comment on trouve le bout de la pelote à New York, à condition de savoir par où commencer. A un moment ou à l'autre on tombe sur quelqu'un qui peut d'un simple geste vous indiquer la bonne piste... s'il veut bien. Mais il faut à cela des années d'expérience, des quantités de connaissances dans tous les milieux.

« Il habite toujours au même endroit ? demandai-je.

— Non. Il a déménagé. Mais il n'est pas marin.

— Qu'en savez-vous ?

— Voyons, vous avez déjà vu un mataf qui garde sa piaule même pendant qu'il navigue ? grommela-t-il.

— Vous m'avez l'air rudement bien renseigné. »

Il haussa les épaules et fit signe au barman d'approcher.

« Mike... je ne suis pas né de la dernière pluie. On a avalé pas mal de demis ensemble. (Il m'en tendit un tout frais et prit le sien.) Richie Cole, c'était un gars qui se faisait du fric, parole ! Il vous aurait plu.

— Où est-ce qu'il crèche ?

— Minute, Mike ! fit-il en souriant. Je vous ai dit que c'était un ami. S'il est en difficulté, ce n'est pas moi qui vais lui en causer davantage.

— Vous ne pourriez pas. Il est mort, l'ami Cole. »

Il reposa lentement son verre sur le bar et me regarda, le front plissé.

« De quelle manière ?

— D'un pruneau.

— Vous voulez que je vous dise une bonne chose, Mike ? Eh bien, je me doutais qu'il finirait comme ça. C'était couru.

— Pourquoi ?

— J'ai vu son artillerie. Il avait trois flingues dans une malle. En plus, il lui est arrivé de me demander certains services. »

Je ne dis rien. Il sourit en haussant de nouveau les épaules.

« Je suis un vieux renard, Mike. J'ai encore des contacts qui me permettent de me faire un peu d'oseille par-ci par-là. Sans me mouiller, d'ailleurs. J'ai rendu tellement de services dans ma vie que cela me rapporte maintenant. Et ce n'est pas du luxe, avec ce que j'ai comme pension. Alors j'améliore l'ordinaire en donnant des tuyaux ou des idées. Quant à Cole, je n'ai jamais réussi à savoir ce qu'il cherchait, mais il demandait de drôles de trucs.

— Drôles à quel point de vue ?

— Eh bien, pour un gars qui réfléchit comme moi, c'était inattendu de la part d'un petit contrebandier, ce qu'il voulait savoir.

— Très astucieux. Lui en avez-vous dit deux mots ?

— Naturellement, mais on se comprenait, tous les deux. Il savait bien que je ne bavarderais pas.

— Si vous me conduisiez voir où il habitait ?

— Si vous me disiez d'abord ce qu'il était en réalité ? »

Cette fois, je retrouvais le Bayliss Henry d'autrefois, le jeune reporter avide de nouvelles sensationnelles, qui ne démordrait pas du marché qu'il proposait. Comme je me foutais pas mal des secrets d'État à la gomme, je lui dis :

« Richie Cole était agent fédéral. Au moment de mourir, il m'a chargé de suivre l'affaire sur laquelle il était. »

Il m'observa un moment, prit sa décision et enfonça sa casquette sur son front :

« Vous savez ce que vous risquez ?

— On m'a déjà canardé plus d'une fois.

— Ouais... mais on ne vous a pas encore tué ! »

C'était une maison de pierre brune, entre cinquante autres semblables, dans une rue de Brooklyn. Les fenêtres étaient autant d'yeux morts, et les petits perrons démodés ressemblaient à des langues pendantes.

Pas de difficulté pour un enfant de la ville qui n'avait plus rien à perdre. La chambre était au rez-de-chaussée, sur le derrière de la maison. Trois maisons plus bas, nous entrâmes dans un sous-sol, pour ressortir dans une cour. Quelques clôtures basses à franchir jusqu'à la bonne fenêtre, et nous étions dans la place. Personne ne nous remarqua. En tout cas, personne ne se dérangea. Dans le quartier, on ne s'occupait pas des voisins.

Dans le mince faisceau de ma lampe de poche, je vis un lit-divan, un fauteuil ordinaire, une commode et un bureau. Pour une chambre meublée, cela avait une touche personnelle qui concordait avec ce que m'avait dit Bayliss. A certains moments, Cole avait eu besoin de plus de confort qu'on n'en trouvait généralement dans les garnis du coin.

Le placard renfermait quelques vêtements : un imperméable militaire, une veste en toile épaisse, des chemises d'étoffe grossière. Des bottes de pêcheur et des chaussures montantes usées étaient dans un coin. La commode contenait du linge de rechange et quelques chemisettes, mais rien qui pût faire soupçonner que Richie était autre chose que ce qu'il prétendait.

C'est dans le bureau qu'était l'indice intéressant. Il ne l'était d'ailleurs que pour moi. Tout autre ne l'eût pas remarqué. Cole avait un petit album de photos. On y trouvait les instantanés habituels, des paysages sans inspiration, Cole avec des copains et des filles, et des filles toutes seules, de ces filles qui donnent aux marins l'illusion qu'ils vivent comme tout le monde.

Dès le début de l'album, j'éprouvai un choc. On y voyait Cole, sur une vieille photo, assis à une table de bar en compagnie de soldats américains de la 8e Force aérienne. Près de lui, il y avait Velda, et dans le fond des types en uniforme de la R.A.F.

Velda avait de longs cheveux, noir corbeau, coiffés à la page, ses seins gonflaient la robe sans manches, tout prêts à saillir. Ses lèvres brillaient, son sourire était calculateur. Un des soldats la regardait avec une admiration évidente.

Bayliss murmura :

« Alors, Mike ?

— Rien », répondis-je en tournant la page.

Je la retrouvai deux fois encore. Debout devant un café en Angleterre, avec un soldat et une auxiliaire féminine de la Marine, puis devant les ruines d'un bâtiment, avec le même soldat, mais une autre fille.

Rien de truqué dans l'album. Les photos y étaient collées depuis longtemps. Les lettres étaient anciennes aussi. Il y en avait six, datées de 1944, adressées à une boîte postale de New York, au nom de Cole. Malgré leur contenu innocent, elles prouvaient qu'ils se connaissaient de longue date. Pas à se tromper sur la signature de Velda, avec le « V » fantaisiste qu'elle traçait de son encre verte favorite. Je ne l'avais pas encore rencontrée à cette époque, et pourtant j'eus pour Cole une haine subite et profonde. Je me sentis heureux de sa mort, tout en regrettant de ne pas l'avoir supprimé moi-même. Alors je pris une longue inspiration d'air, la laissai fuser lentement, et tout alla mieux.

Bayliss me prit le bras :

« Ça va, Mike ?

— Bien sûr.

— Vous avez trouvé quelque chose ?

— Rien d'important.

— Ne me racontez pas de bobards ! grommela-t-il.

— C'est une habitude chez moi. Allons-nous-en.

— Et les pistolets ? Il les avait dans une malle...

— Nous n'en avons pas besoin. Partons.

— Vous avez trouvé quelque chose. Vous pourriez satisfaire ma curiosité.

— Bon. Cole et moi, nous avions une connaissance en commun.

— Et c'est important ?

— Peut-être. Allons, filons. »

Il sortit le premier, je le suivis et rabaissai la fenêtre. Nous reprîmes le même chemin qu'en venant. Je donnais un coup de main à Bayliss pour passer les petites clôtures. J'étais à califourchon sur la dernière lorsque je sentis un choc dans le pilier de bois, près de ma main, puis un tiraillement à ma veste, entre le bras et la cage thoracique. D'instinct, je me laissai tomber sur Bayliss tout en prenant mon 45, et, sans même savoir d'où venaient les balles tirées avec un silencieux, je lâchai un pruneau de mon gros flingue, déchirant la nuit d'un coup de tonnerre pour faire savoir au chasseur que le pigeon était encore vivant et qu'il avait des dents, lui aussi.

Au loin, j'entendis des pas, des bruits de poubelles renversées, des fenêtres qui s'ouvraient, des voix affolées. Nous prîmes la fuite. Nous suivions le même parcours que celui qui nous avait pistés, mais il avait trop d'avance. Ses feux arrière disparaissaient déjà à l'angle de la rue, et dans quelques minutes, la voiture de police serait là.

Inutile de l'attendre.

Six rues plus loin, nous montâmes dans un taxi qui nous conduisit au bar d'Ed Dailey. Pas la peine de faire un topo à Bayliss. Il connaissait trop bien la musique. Il tremblait de tout son corps et sa pomme d'Adam n'arrêtait pas de monter et de redescendre. Il avala deux whiskies secs avant de me regarder d'un drôle d'air et de me dire :

« Nom de Dieu ! Je ne saurai donc jamais tenir ma foutue langue ! »

La firme Peerage Brokers n'avait rien de bien défini. Les bureaux, fauteuils, classeurs et machines à écrire n'indiquaient rien de précis et pourtant faisaient une façade valable. Il n'y avait que l'homme aux cheveux gris qui buvait du café dans un coin qui représentât quelque chose de concret.

« C'est le moment ? » me demanda Art Rickerby. (Je compris très bien ce qu'il voulait dire.)

Je fis un signe négatif. Il me regarda en silence, puis but une gorgée de café. Pas de doute, il savait attendre, celui-là.

« Connaissiez-vous bien Richie ? fis-je.

— Je le pense.

— Avait-il une vie privée ? »

Son visage se rembrunit, puis la curiosité domina l'irritation.

« J'aimerais que vous précisiez votre pensée.

— Les femmes, par exemple ? »

Il redevint impassible.

« Richie avait été marié. Sa femme est morte d'un cancer en 1949.

— Depuis combien de temps la connaissait-il ?

— Ils avaient grandi ensemble.

— Avaient-ils des enfants ?

— Non. Richie et Anne savaient bien que cette dernière avait un cancer. Ils se sont mariés après la guerre, mais ils ne voulaient pas laisser derrière eux des enfants avec une vie difficile.

— Et avant cela ?

— Je me suis laissé dire qu'ils étaient fidèles l'un à l'autre.

— Même pendant la guerre ?

— Où voulez-vous en venir ?

— Que faisait Richie pendant la guerre ? »

Il réfléchit longuement.

« Il était capitaine, en Angleterre, pour l'O.S.I. Par entente tacite, je ne lui ai jamais demandé — et il ne m'a jamais dit — de quel travail il était chargé.

— Revenons-en aux femmes.

— Ce n'était pas un puritain, si c'est ce qui vous intéresse. »

Il vit que le coup me touchait, mais il ignorait pourquoi. Je dus me décontracter volontairement avant de poursuivre.

« Avec qui sortait-il quand il était ici ? Quand il n'était pas sur une affaire ? »

Rickerby fronça les sourcils et remonta ses verres d'un geste impatienté.

« Il a eu... plusieurs filles. Je n'ai pas cherché à savoir. Après la mort d'Anne... cela ne me regardait pas, n'est-ce pas ?

— Mais vous en avez connu quelques-unes ? »

Il hocha affirmativement la tête. Encore une seconde de réflexion, puis :

« Il y a eu Greta King, une hôtesse des American Airlines, qu'il voyait de temps à autre. Et Pat Bender, de la maison Craig. Elle est manucure. Ils étaient amis depuis des années. Le frère de Pat, Lester, était dans le même service que Richie, mais il a été tué juste avant la fin de la guerre.

— J'ai l'impression qu'il ne s'amusait pas beaucoup ?

— Il n'y tenait pas. La mort d'Anne lui en avait ôté toute envie. Tout ce qu'il cherchait, c'était des missions pour l'occuper entièrement. Même, il ne voyait que rarement Alex Bird, et si...

— Qui est-ce encore, celui-là ?

— Alex, Lester et Richie ont fait partie de la même équipe pendant toute la guerre. Ils étaient très amis. Lester a été tué, Alex élève des poulets à Marlboro, dans le nord de l'État, et Richie était resté au service. Quand Alex est redevenu civil, Richie a un peu perdu le contact. Vous connaissez la règle de conduite : pas d'amis, pas de parents... Une vie de solitaire. »

Il s'interrompit.

« Et c'est tout ? lui demandai-je.

— Non. Il y avait une autre personne qu'il voyait de temps en temps. Pas souvent... mais il attendait toujours avec impatience ces rendez-vous-là. »

Ma propre voix me parut étrange quand je lui demandai :

« C'était sérieux ?

— Je... je ne crois pas. Cela n'arrivait pas assez souvent, et généralement il s'agissait seulement d'un dîner. Je crois que c'était une vieille amitié.

— Vous ne vous rappelez pas le nom de cette jeune personne ?

— Il ne me l'a jamais dit. Je ne me mêlais pas de ses affaires.

— Le moment est peut-être venu de le faire. »

Rickerby fit un signe d'acquiescement.

« Le moment est également venu de me dire vous-même où vous en êtes.

— Je ne peux pas vous dire des choses que j'ignore.

— Vous avez raison. (Il me lança un coup d'œil aigu.)

— S'il ne s'agit pas de renseignements ultra-secrets, tâchez de savoir ce qu'il faisait pendant la guerre, avec qui il travaillait, et qui il connaissait. »

Il passa quelques secondes à sérier mes questions.

« Vous croyez que cela remonte aussi loin ?

— Possible. (J'inscrivis mon numéro de téléphone sur un bloc, arrachai le feuillet et le lui tendis.) C'est mon bureau. Je vais recommencer à l'occuper. »

Il lut le numéro, le confia à sa mémoire et jeta le feuillet. Je souris, lui dis au revoir et partis.

Peut-être qu'on me prenait toujours pour un ex-flic. Personne ne consentait à me parler. Une vieille pute bavarde me dit qu'elle avait vu dans la cour deux hommes, et un peu plus tard un troisième. Non, elle ne savait pas ce qu'ils fabriquaient, et elle s'en balançait du moment qu'ils n'étaient pas dans sa cour, *à elle*. Elle avait entendu la détonation et pouvait me montrer l'endroit, sauf qu'elle ne voyait pas pourquoi je ne m'adressais pas à mes collègues de la maison Poulaga, au lieu d'emmerder encore une fois les honnêtes gens.

Je convins de la justesse de ses observations, la remerciai et me laissai conduire à l'endroit de la palissade où j'avais failli me faire descendre. Je découvris le point de passage de la balle et la retirai d'un poteau de la clôture d'en face. Le pruneau, un peu cabossé, portait encore des traces des rayures du canon, aussi le mis-je dans ma poche avant de regagner la rue.

Je fis signe à un taxi. Alors je sentis le poids de ces sept années. Je m'étais rudement mal débrouillé dans cette escarmouche. J'avais même failli me faire effacer. En un temps, je n'aurais pas manqué le gibier avec mon automatique. Maintenant, je me contentais de faire assez de tintamarre pour foutre le type en fuite. Je me maudis intérieurement.

Si elle était vivante, il fallait que je me décarcasse un peu plus. Je n'avais pas assez de temps. C'était comme lorsque le mec au chapeau-galette avait accroché Velda aux solives et que le fouet qu'il maniait lui marbrait le dos de traces sanglantes, la force des coups faisant pivoter le corps en une exhibition obscène de cheveux dénoués et de seins offerts. Je lui avais cisaillé le bras d'une rafale de mitraillette, et le membre était tombé avec un bruit mat au milieu des vêtements de la fille, comme une offrande païenne. Et pendant que le bourreau crevait, je les avais tous abattus... Ils étaient vingt, n'est-ce pas ? Et après, le juge et le jury m'avaient affublé des qualificatifs les plus atroces...

7

Le cadavre avait disparu, mais pas les flics. Les deux inspecteurs qui interrogeaient Nat près de l'ascenseur l'écoutaient patiemment tout en examinant le registre de nuit.

« Bonjour, Nat », dis-je.

Il m'adressa un coup d'œil effrayé et surpris, puis haussa les épaules pour me signifier qu'il n'y pouvait rien.

« Salut, Mike. (Il se tourna vers le flic qui tenait le registre.) C'est M. Hammer, du 808.

— Ah ? (Le flic me reconnut en deux secondes.) Mike Hammer, hein ? Je vous croyais retiré de la circulation.

— Je rentre tout juste. »

Il me regarda dans les yeux. Il avait vu dans quel état j'étais.

« Ouais, fit-il sarcastiquement. Et où étiez-vous la nuit dernière, hein ?

— Rien à voir, mon pote. J'étais en ville avec un ami. »

Il prit automatiquement son crayon.

« Auriez-vous l'obligeance...

— Certes. C'est Bayliss Henry, un vieux reporter. Il doit habiter... »

Il rentra son crayon, l'air ennuyé.

« Je sais où il habite.

— Bon. Que se passe-t-il ici ? »

Avant qu'on ait pu le faire taire, Nat me dit :

« Mike... c'est le vieux Morris Fleming. On l'a tué. »

Je jouai les innocents de mon mieux.

« Morris Fleming ?

— Le veilleur de nuit. Il n'a commencé à travailler ici qu'après... votre départ. »

Le flic lui fit un signe impérieux.

« On lui a brisé le cou.

— Pourquoi ? »

Il me montra le registre. A quelqu'un d'autre, il n'aurait rien répondu, mais il y avait trop longtemps que je connaissais le métier.

« On risquait d'identifier l'assassin. Il a signé le registre, tué le vieux par la suite, et arraché la page en partant. »

Il me laissa le temps de réfléchir et me demanda :

« Vous avez pigé ?

— On ne tue pas pour le plaisir. Il y a un autre mort dans les étages ? »

Ils me regardèrent fixement tous les deux.

« Astucieux.

— Alors ?

— Pas de cadavre. Pas de vols signalés. Pas d'indices d'effraction. Vous êtes un des derniers à arriver. Vous devriez vérifier dans votre bureau.

— Je vais le faire », affirmai-je.

Pas la peine. On avait déjà fouillé mon bureau. Encore une fois. La porte était ouverte, le mobilier dérangé, et dans mon fauteuil Pat se prélassait, le visage froid, les yeux scrutateurs. Il tripotait la boîte de cartouches de 45, qu'il avait dénichée dans sa cachette.

Face à lui, me tournant le dos, avec la lumière de la fenêtre qui faisait un halo pâle autour de ses cheveux jaunes, se tenait Laura Knapp.

« Vous vous amusez bien ? » fis-je.

Laura se retourna vivement, et son visage s'embellit d'un sourire.

« Mike !

— Comment diable êtes-vous arrivée ici ? »

Elle me prit la main et la tint un instant avec un plaisir évident, puis elle me laissa m'asseoir au bord de mon bureau.

« C'est le capitaine Chambers qui m'a invitée. (Elle lui fit face pour lui sourire, mais sans succès.) Il est venu me rendre visite peu après vous.

— Je vous l'avais prédit.

— Il paraît que comme vous aviez manifesté de l'intérêt envers moi, il a eu la même idée... alors on a repassé ensemble tous les détails de ce qui est arrivé à Leo. (Son regard s'assombrit à ce souvenir.)

— Que se passe-t-il, Pat ? Tu n'as plus d'archives ?

— Ta gueule.

— Le manuel prescrit la politesse envers les citoyens. (Je tendis la main pour prendre la boîte de cartouches.) Heureusement que tu n'as pas trouvé mon flingue.

— Tu l'as dit. Je te coffrerais immédiatement pour détention d'arme.

— Comment as-tu fait pour entrer, Pat ?

— Pas bien difficile. Je connais les combines aussi bien que toi. Et tâche de ne pas faire le malin. (Il prit un papelard dans sa poche et le jeta sur la table.) J'ai un mandat, monsieur. Dès que j'ai su qu'il y avait eu un crime dans cette baraque, j'ai pris mes précautions. »

J'éclatai de rire devant son expression furibarde et je l'excitai encore :

« Tu as trouvé ce que tu cherchais ? »

Il se leva lourdement et contourna le bureau, et, tout en m'observant, ce fut à Laura qu'il s'adressa :

« Si cela ne vous dérange pas, madame Knapp, attendez-nous dans l'autre pièce. Et fermez la porte. »

Elle lui lança un coup d'œil étonné. Je lui adressai un signe et elle sortit. La porte se referma avec un déclic. Nous étions seuls. Pat avait le visage ravagé de colère, mais son regard trahissait aussi autre chose.

« J'en ai marre, Mike. Tu ferais bien de te mettre à table !

— Sinon ?

— Eh bien, je vais te le dire. Tu t'efforces de lutter contre le temps. Et ne dis pas le contraire, car je te connais mieux que tu ne te connais toi-même. Ce n'est pas la première fois que cela arrive. Tu te sers de tes accointances contre moi, tu joues au plus fin. D'accord. Moi, je vais te l'user, ton temps. Je vais utiliser tous les articles de la loi pour t'embêter à mort. Je vais te faire filer le train à longueur de journée, et tu n'aurais qu'à cracher par terre pour qu'on te mette à l'ombre. Je te garderai sous les verrous sous tous les prétextes possibles, et s'il s'agit même de te faire un coup fourré, j'en suis très capable. »

Il ne mentait pas. Je le connaissais, tout comme il me connaissait. Il était prêt à tout ce dont il me menaçait. Du temps, je n'en avais pas de reste. J'allai m'asseoir à mon bureau, ouvris un tiroir et remis mon automatique dans sa niche, ostensiblement. Puis je réfléchis aux sept années écoulées, et je me rendis compte qu'il fallait ruser.

« D'accord, Pat. Tout ce que tu voudras, mais avant, rends-moi un service.

— Pas de services !

— Ce n'est pas tout à fait cela. C'est oui, ou rien du tout. (Je pris une expression aussi froide que la sienne.) Que cela te plaise ou non, je suis prêt à courir ma chance. »

Il ne répondit pas. Il avait envie de me coller son poing sur la figure. Mais il se détendit progressivement, et le métier reprit le dessus en lui. Il haussa les épaules, mais je ne m'y laissai pas prendre.

« Que veux-tu que je fasse ?

— Je le ferais moi-même si j'avais le temps. C'est accessible au public. »

Il me lança un regard futé et attendit.

« Vérifie la patente d'enquêteur privé de Velda. »

Il resta bouche bée comme un idiot, puis la referma, et les paupières en même temps. Il se pencha vers moi, les poings crispés sur la table, et me demanda d'une voix rauque :

« Qu'est-ce que c'est encore que cette connerie que tu manigances ?

— Selon les lois de l'État de New York, récitai-je, il faut avoir servi au moins trois ans dans un organisme policier officiel, municipal, gouvernemental ou fédéral, avec le grade de sergent, ou au-dessus, pour obtenir licence d'exercer en privé. Ce n'est pas facile à avoir, et il faut fournir des renseignements substantiels. »

Pat était redevenu calme.

« Elle travaillait pour toi. Pourquoi ne le lui as-tu pas demandé ?

— C'est une de ces bizarreries de l'existence. Au départ, sa patente m'avait paru valable. Par la suite, il ne m'est pas venu à l'idée de lui poser des questions. D'ailleurs, je m'intéresse surtout au présent, tu le sais très bien.

— Salaud ! Qu'est-ce que tu combines encore, hein ?

— Oui ou non, Pat ? »

Son sourire manquait d'humour. Les tendons de son cou saillaient durement au-dessus de son col. Son regard était mortel.

« C'est non. Tu la connais dans les coins, merdeux. Ne t'amuse pas à me faire prendre les vessies pour des lanternes. Tu te figures que tu prends ta revanche parce que je t'ai cogné sur la gueule. Tu te sers d'*elle,* comme un dégueulasse... mais tu te goures d'adresse. »

Sans attendre le coup de poing qu'il me destinait, je m'adossai à mon fauteuil et pris dans ma poche la balle que j'avais extraite du pilier. Je posai le morceau de métal déformé sur le bureau.

« Ne me traite pas de *merdeux,* connard. Dis plutôt aux recherches balistiques de s'occuper de ce pruneau, dis-moi ce que je veux savoir, et après, je te dirai où je l'ai trouvé. »

Pat prit la balle entre ses doigts. Impossible de deviner ses pensées, mais il y avait une chose qui primait tout : c'était un flic de première. Il cherchait un meurtrier. Il fallait bien qu'il joue le jeu.

« Bon. Je ne peux pas courir de risques. Je ne sais pas ce que tu fabriques, mais si c'est de la frime, tu es bon.

— Quand auras-tu les renseignements sur la patente de Velda ?

— Ce ne sera pas long.

— Je te téléphonerai.

— Entendu, dit-il. (Il tourna les talons, mit son chapeau et tendit la main vers la porte.)

— Pat... fis-je.

— Quoi ?

— Tu aimais Velda, toi aussi ? »

Ses yeux seuls me répondirent. Il sortit.

« Je peux entrer ?

— Oh ! pardon, Laura. Bien sûr !

— Vous avez eu des... difficultés ?

— Rien de particulier. (Elle s'assit dans le fauteuil des clients, l'air curieux.) Pourquoi ? »

Elle croisa gracieusement les jambes et abaissa sa jupe sur ses genoux.

« Eh bien, pendant que j'étais avec le capitaine Chambers, il n'a pas cessé de parler de vous. Comme si vous étiez la cause de toutes les calamités. Il vous déteste, n'est-ce pas ?

— Oui. Mais nous étions amis autrefois. »

Elle haussa lentement les sourcils.

« Est-ce que toutes les amitiés ne sont pas provisoires ?

— C'est assez cynique, comme point de vue.

— Non, réaliste, tout au plus. Il y a les amitiés d'enfance, puis les amitiés d'école, et même les fraternités de sang. Combien de temps cela dure-t-il ? Vos amis de l'armée ou de la marine le sont-ils encore, ou avez-vous oublié leurs noms ? »

Je haussai les épaules.

« Donc, vos seuls amis sont ceux du moment présent. Ou on dépasse ses amitiés, ou elles se transforment en haine.

— D'accord, celle-là a mal tourné.

— Et cela vous fait de la peine, hein ?

— Sans doute. Cela n'aurait jamais dû se produire.

— Ah ? (Elle m'examina un instant, puis elle comprit.) Cette femme... dont nous avons parlé... vous l'aimiez tous les deux ?

— Je croyais être le seul. Nous l'avons crue morte, tous les deux. Il le croit encore, et il me juge coupable de ce qui s'est passé.

— Est-elle morte, Mike ?

— Je ne sais pas. Tout cela est très étrange, mais s'il y a la moindre possibilité qu'il soit arrivé un événement fantastique il y a sept ans et qu'elle soit encore en vie, il faut que je m'en assure.

— Et le capitaine Chambers ?

— Il ne l'aurait jamais aimée autant que moi. Elle était à moi.

— Si... vous vous trompez... si elle est morte, il vaudrait peut-être mieux ne rien savoir ?

— Si elle est vivante, je la trouverai. Si elle est morte, je trouverai l'assassin. Et alors, lentement, morceau par morceau, je le ferai crever, jusqu'à ce que la mort soit pour lui le seul espoir.

— Je comprends vos sentiments, Mike.

— Vous croyez ?

— Oui. (Elle me caressa la joue.) J'étais ainsi à l'égard de Leo. C'était un grand homme, et d'un seul coup, il est mort.

— Je vous demande pardon, Laura.

— Pourtant, ce n'est pas fini, pour moi non plus. »

Je pivotai dans mon fauteuil pour la contempler. Elle était magnifique, ses formes se fondant en une ligne à vous couper le souffle, son visage éclatant dans sa maturité, ses yeux et sa bouche richement colorés. Elle me tendit la main, je me levai et lui redressai la tête, d'un doigt sous le menton.

« Vous pensez à quelque chose, ma chatte, dis-je.

— Pourquoi ?

— Parce que vous pensez que la mort de Leo a un rapport avec ce qui est arrivé à cette femme, et que j'ai la même impression. Celui qui a tué Leo mourra, lui aussi. »

Je lui posai les mains sur les épaules et l'attirai tout près de moi.

« Si c'est celui que je cherche, je le tuerai pour vous, mon petit.

— Non, Mike. Je le ferai moi-même. (Sa voix était froide et aussi résolue que la mienne.) Contentez-vous de me le trouver.

— Vous me demandez beaucoup, mon amie.

— Sûrement pas. Après votre départ, je me suis renseignée sur vous. Il ne m'a pas fallu longtemps. C'est passionnant. Mais j'avais deviné tout cela dès la première minute où je vous ai vu.

— C'est de l'histoire ancienne. Je n'ai pas dessoûlé pendant sept ans, et j'émerge à peine de mon état de clochard. Je risque d'y retomber en vitesse, qui sait ?

— Moi, je sais.

— Personne ne sait. En outre, je ne suis pas autorisé à poursuivre l'enquête.

— Cela ne paraît guère vous embarrasser. »

J'esquissai un sourire :

« Vous avez peut-être raison, mon petit. »

Elle rit doucement, calmement. Une fois de plus, elle m'effleura la joue de sa main tiède.

« Alors, je vous aiderai à trouver votre femme, Mike, à condition que vous m'aidiez à trouver qui a tué Leo.

— Laura...

— A la mort de Leo, l'enquête a été de pure forme. La police s'inquiétait davantage des répercussions politiques possibles que de trouver son meurtrier. Elle l'a même complètement oublié, celui-là, mais pas moi. Je le croyais, mais il n'en est rien. Je compte sur vous, Mike, vous le trouverez. Bien sûr, vous n'avez ni patente ni autorité, mais j'ai de l'argent, ce qui mettra pas mal de ressources à votre disposition. Prenez-le. Trouvez la femme que vous cherchez, trouvez l'assassin. Demain, je vous enverrai cinq mille dollars en espèces. Sans questions. Sans papiers. Sans comptes à rendre. Si vos efforts restent sans résultat, vous n'en aurez nulle obligation. »

Elle tremblait entre mes mains. Cela ne se voyait pas sur son visage, mais ses épaules frissonnaient de tension.

« Vous l'aimiez beaucoup, dis-je.

— Autant que vous l'aimiez, elle. »

Nous étions trop proches l'un de l'autre, encore trop sous le coup de nos émotions soudaines. Mes mains quittèrent d'elles-mêmes ses épaules pour descendre à sa taille, pour se refermer derrière ses reins et la serrer contre moi.

Elle haletait et ses doigts, sur mon visage, se crispèrent subitement, m'attirant vers ses lèvres.

Elle s'écarta un peu, les seins soulevés. Elle avait les yeux humides et son regard disait son étonnement d'éprouver de nouveau de tels désirs.

« Mike... il me faut un homme. Un homme, un vrai. (Elle tourna vers moi un visage implorant.) Je vous en prie, Mike...

— Pas besoin de me prier ! » lui dis-je en l'embrassant ardemment, et en l'entraînant vers le divan de cuir...

Nous étions assis dans un coin de bar, au restaurant Moriarty, à l'angle de la 6e Avenue et la 52e Rue. Ses yeux étaient comme des billes fascinantes, derrière ses verres grossissants. Le barman irlandais, John, nous servit deux demis et fila sans mot dire, devinant la tension qui régnait.

« Jusqu'où croyez-vous pouvoir tenir ? me demanda Art Rickerby.

— Jusqu'au bout.

— Pas avec moi.

— Alors, je tiendrai seul. »

Il but son demi comme un homme assoiffé, mais d'une manière qui faisait sentir qu'il n'y prenait pas plaisir, que c'était une obligation. Puis il reposa le verre.

« Vous ne vous rendez pas compte à quel point vous êtes seul.

— Je le sais parfaitement. Alors, on cause ?

— Vous êtes prêt à parler ?

— Vous m'avez donné une semaine, mon vieux.

— Oui, mais je pourrais changer d'avis.

— C'est que vous avez appris quelque chose, fis-je en haussant les épaules.

— Oui. Quelque chose qui vous intéresse précisément.

— Allez-y. »

La lumière du plafonnier se reflétait sur ses verres et je voyais mal ses yeux. Il se décida :

« Richie avait un travail plus important que je ne pensais pendant la guerre. Un travail très important.

— A son âge ?

— Il avait le même âge que vous, Mike. Et en temps de guerre, l'âge peut être aussi bien un camouflage qu'un facteur de décision.

— Venons-en au point.

— J'y arrive. (Il vida son verre.) Il commandait le 17e Groupe. (Je n'eus pas de réaction.) Est-ce que vous avez entendu parler de Butterfly Two ? »

Je dissimulai mes pensées en vidant à mon tour mon demi et en faisant signe à John de m'en servir un second.

« J'en ai entendu parler, mais j'ignore les détails. C'était une partie du réseau d'espionnage allemand. Il y avait des gens qui travaillaient pour eux depuis la fin de la Première Guerre mondiale. »

Son regard manifesta un certain respect.

« Il est surprenant que vous en ayez même entendu parler, dit-il.

— J'ai des amis dans des milieux surprenants.

— Ou plutôt vous en aviez. »

Je reposai mon verre aussi doucement que possible.

« Et qu'est-ce que cela peut bien vouloir dire ? »

Ses yeux se fixèrent alors sur mes traits pour n'en pas perdre la moindre expression.

« C'était votre fameuse amie, la nommée Velda, qu'il rencontrait quand il était par hasard ici. Cela durait depuis la guerre. »

Le verre se brisa sous mes doigts et je sentis couler mon sang. Je pris la serviette que me tendait John, pour l'étancher.

« Continuez », dis-je.

Art sourit, un sourire cruel qui n'allait pas avec sa figure.

« Il l'avait rencontrée à Paris, juste avant la fin de la guerre, et à l'époque, il s'occupait de Butterfly Two. »

Je rendis la serviette à John et posai sur la coupure la bande de sparadrap qu'il me donna.

« L'objectif, c'était Gerald Erlich. En ce temps-là, son nom était ignoré de tous, sauf de Richie... et de l'ennemi. Y voyez-vous plus clair ?

— Non. (J'étais bouleversé. Je ne pouvais plus qu'écouter.)

— Erlich était le chef d'un réseau d'espionnage organisé en 1920. Ses agents étaient disséminés dans tous les pays du monde pour préparer la prochaine guerre. Leurs enfants mêmes étaient formés comme agents secrets. Vous imaginez-vous que la Seconde Guerre mondiale n'ait été que le résultat de changements politiques ?

— La politique n'est pas mon fort.

— En tout cas, c'était autre chose. Il y avait aussi un autre groupe, qui n'avait rien non plus de commun avec les machinations de l'état-major allemand. Ce dernier a utilisé ce groupe, de même qu'Hitler l'a fait... ou mieux encore, vice versa. »

Je hochai la tête. Je m'y perdais.

« Il s'agissait d'un plan de conquête du monde. On y trouvait certains des cerveaux militaires les mieux organisés en même temps que les plus vils que le globe ait jamais connus. Le groupe en question utilise les guerres générales aussi bien que des abcès localisés, à son propre avantage, en attendant le jour où tout sera prêt pour s'emparer du monde.

— Vous perdez la tête !

— Vous croyez ? fit-il sans s'émouvoir. Combien y avait-il de puissances en lutte en 1918 ?

— Presque toutes.

— Exact. Et en 1945 ?

— Toutes étaient…

— Pas tout à fait. Mais quelles étaient les principales puissances ?

— Il y avait nous, l'Angleterre, l'Allemagne, la Russie, le Japon.

— Ce qui réduit un tant soit peu leur nombre, n'est-ce pas ? Et maintenant, combien de *grandes puissances* restera-t-il ? »

Ce qu'il disait était presque inconcevable.

« Deux. Nous et les communistes.

— Ah !… nous y voilà. Et ces deux puissances tiennent à peu près le monde et ses habitants dans leurs mains. Elles sont antagonistes. Ils font pression et nous résistons.

— Mais, bon Dieu, Rickerby !

— Doucement, mon ami. Réfléchissez un peu.

— Ah ! au diable la réflexion ! Au fait, au fait ! D'après vous, Velda serait dans le coup ? Vous avez des visions, mon bonhomme ! Même un idiot de village ne déconne pas comme ça ! »

Sa bouche se tordit.

« Curieux. Vous parlez d'elle comme si elle était vivante. »

Je laissai filer. Je vidai mon verre avec une grimace de plaisir et le reposai sur le bar. Quand je me sentis bien remis, je dis :

« Résumons. Les communistes vont donc s'emparer du monde. Ils nous enterreront. Possible, mon gars, mais ils ne seront certainement plus assez nombreux pour entreprendre le repeuplement du globe. Et cela, c'est une certitude.

— Ce n'est pas exactement ce que je vous ai dit. Je pense tout simplement que les groupes avides de conquérir le monde ont changé de mains. Le conquérant a été conquis. Les communistes ont découvert cet immense centre de renseignements, cette vaste organisation que nous appelons Butterfly Two, et ils s'en servent. Voilà pourquoi le monde libre est sur la défensive.

— Finissons-en. Vous pensez que Velda fait partie de Butterfly Two ? »

Il haussa les épaules, l'air fatigué.

« Je n'ai pas posé de questions de détail. Je m'en fiche. Tout ce que je veux, c'est le meurtrier de Richie.

— Ce qui ne répond toujours pas à ma question. Quelle est *votre* opinion ?

— Il semble bien qu'elle en ait fait partie, dit-il.

— De quelle affaire s'occupait Richie quand on l'a tué ? »

Il savait que j'allais poser la question et hocha tristement la tête.

« Pas du tout de cette histoire-là. Son boulot portait sur des expéditions illicites d'or.

— Vous en êtes sûr ?

— Absolument.

— Et qu'est devenu le nommé Erlich dont vous parliez tout à l'heure ?

— Mort ou disparu. Englouti dans les bouleversements de l'après-guerre. Personne ne sait rien de précis.

— Si, il y a des gens au courant. Les types des grandes organisations ne lâchent pas si facilement leurs proies. Surtout lorsque la proie consacre entièrement sa vie à l'espionnage.

— Possible, fit-il après un temps de réflexion. Mais il est plus que vraisemblable qu'Erlich est mort à présent. Il aurait plus de soixante ans s'il avait échappé au coup de filet général, après la guerre. »

D'un air indifférent, je lui demandai :

« Qui est le Dragon ? »

Je le tenais, et il le savait. Il était embarrassé. C'était un homme à principes. Il pesait les faits et prenait ses risques, tout seul. Il ignorait ce que je savais, comme il ignorait ce qui m'échappait. Et il ne tenait pas à ce que je me taise.

« Vous ne répondez pas », insistai-je.

Il posa son verre d'une main que je vis trembler, pour la première fois.

« D'où tenez-vous ce nom ?

— Dites-moi, est-ce tellement secret ?

— *Hautement secret,* fit-il sèchement.

— Tiens, tiens !

— Hammer...

— Zut, Rickerby, parlez ! »

Maintenant, le temps travaillait pour moi. Pas pour lui. Il fallait qu'il téléphone à un supérieur que le Dragon n'était plus un secret. Il ôta ses lunettes pour les essuyer avec son mouchoir.

« Le Dragon, c'est une équipe, c'est le nom code d'une équipe d'exécuteurs. Elle se compose de deux éléments, les Dents et les Griffes. »

Tout en faisant tourner mon verre entre mes mains, je m'enquis :

« Ce sont des communistes ?

— Oui. Je pourrais vous citer des personnalités politiques du monde entier qui sont mortes récemment, les unes de mort violente, les autres de mort naturelle en apparence. Vous les connaissez probablement de nom.

— J'en doute. Il y a sept ans que je vis retiré du monde. »

Il remit ses lunettes et marmonna :

« Je me demande...

— Ce Dragon, Rickerby, si c'est tellement important, comment se fait-il qu'on n'en ait jamais entendu parler ? Avec un nom pareil, on ne passe pas inaperçu.

— Mais, bon Dieu, c'est le nom code que *nous* leur donnons, pas le leur. (Il fit un geste d'impuissance, puis joignit les mains.) Et maintenant que vous savez quelque chose que tout le monde ignore en dehors de notre organisation, peut-être allez-vous vous décider à me parler à votre tour du Dragon.

— D'accord. C'est le Dragon qui a tué Richie. (Je l'observais, mais il ne laissa voir aucune émotion.) A présent, le Dragon veut supprimer Velda. »

Toujours aucune réaction, mais il me demanda calmement :

« D'où le savez-vous ?

— C'est Richie qui me l'a dit. C'est ce qu'il m'a dit avant de mourir. Donc elle ne pouvait pas être liée avec l'autre bord, n'est-ce pas ? »

Il se mit à sourire brusquement, mais sans qu'on pût dire ce qu'il pensait.

« On ne sait jamais. Quand leurs gens sont en disgrâce, ils deviennent à leur tour des victimes. Nous en avons des exemples dans nos archives. C'est même assez courant.

— Salaud !

— Vous en savez trop, monsieur Hammer. Vous pourriez bien devenir une victime, vous aussi.

— Cela ne m'étonnerait pas. »

Il tira un billet de sa poche et le posa sur le bar. John le prit et lui rapporta la monnaie.

« Merci de votre franchise, me dit Art. Merci de m'avoir parlé du Dragon.

— C'est tout l'effet que cela vous fait ?

— Il vaut mieux en rester là, vous ne trouvez pas ?

— Imbécile ! » m'écriai-je.

Il était en train de se lever, mais il se rassit.

« Vous ne me croyez tout de même pas bête à ce point ? repris-je. Même au bout de sept ans d'inactivité, je ne suis pas tellement ramolli. »

Pendant un instant, je revis le petit homme gris et placide de notre première entrevue, puis il hocha tristement la tête et avoua :

« J'ai l'impression que je perds tout sens psychologique. Je croyais tout savoir. Qu'y a-t-il encore ? »

Je vidai lentement mon verre, puis je lui dis :

« Richie m'a dit encore autre chose qui pourrait mettre son meurtrier dans la position du gibier.

— Et que désirez-vous au juste en échange de ce renseignement ?

— Pas grand-chose. Seulement une mission officielle pour une organisation quelconque, afin de me permettre d'être armé, dis-je en souriant.

— Comme au bon vieux temps ?

— Tout comme au bon vieux temps. »

8

Hy Gardner était en train de surveiller des enregistrements sur bande, aussi dus-je attendre un moment pour le voir. Nous avions tout un studio pour nous seuls, de grands fauteuils pour nous détendre, et un silence rare à New York. Quand il eut allumé son cigare, il me demanda :

« Comment va, Mike ?

— Pas mal. Pourquoi ? On t'a encore raconté des histoires ?

— Diverses choses. On t'a aperçu. (Il rit et posa les pieds sur la table basse.) J'ai entendu parler de la petite séance chez Benny Joe Grissi. Tu as vite fait de retrouver ton activité.

— Il faut bien, pas le temps d'y aller progressivement ! Qui est-ce qui t'a si bien tuyauté ?

— Le vieux Bayliss Henry vient toujours boire un pot chez Ted dans l'après-midi. Il sait que nous sommes bons amis.

— Que t'a-t-il raconté ?

— Uniquement la bagarre. Il savait que cela se répandrait. Mais j'aimerais mieux que tu me dises toi-même la suite.

— D'accord.

— Je peux enregistrer ?

— Pas encore. Ce n'est pas assez cohérent. Mais tu peux me rendre un service.

— Demande.

— As-tu des contacts de l'autre côté de la mare ? »

Il ôta son cigare de ses lèvres, en examina la cendre et la secoua.

« J'imagine que tu vas me demander la lune ou le mouton à cinq pattes !

— Presque.

— Bon. Dans le métier, il faut avoir des amis. Les reporters n'inventent rien. Il leur faut des sources de renseignements, et presque autant de moyens qu'à l'Interpol.

— Pourrais-tu transmettre une demande en code à tes copains et recevoir la réponse sous la même forme ? »

Au bout d'un moment, il fit un signe d'acquiescement.

« Parfait. Alors tâche de trouver quelqu'un qui sache ce qu'est le Dragon. C'est un nom code, celui d'une équipe d'exécuteurs. C'est de ce côté-ci qu'on leur a collé ce surnom et c'est hautement secret, mais tu sais qu'en remuant la boue, on obtient des résultats.

— Tu ne perds pas de temps ! Te voilà embarqué dans des histoires dangereuses.

— Je te raconterai tout par la suite.

— J'espère que tu vivras assez longtemps pour ça.

— Je ne suis pas tout à fait l'agneau du sacrifice.

— Mais tu n'es plus le Mike Hammer d'autrefois, mon ami.

— Quand peux-tu m'obtenir ces renseignements ?

— Tout de suite, par exemple », fit-il calmement.

Il y avait une cabine publique dans le couloir. La demande fut immédiatement expédiée. La réponse parviendrait au bureau du journal, en code, mêlée aux nouvelles courantes. A charge de revanche, bien entendu.

Hy raccrocha et me fit :

« Qu'est-ce qu'on fait maintenant ?

— On va bouffer. Et puis on passera au bureau d'un flic qui était mon ami dans le temps. »

Je frappai, il me cria d'entrer. En me voyant, il se figea dans une expression faussement impassible. Cette fois, il dissimulait son ressentiment et sa rancune. Le docteur Larry Snyder, affalé dans un vieux fauteuil de bureau, m'adressa un signe de tête en souriant, l'air surpris.

« Hy Gardner, Larry Snyder, et le capitaine Pat Chambers », dis-je.

Ils se congratulèrent vaguement, puis Hy s'assit devant le bureau. Je restai debout à regarder Pat en lui faisant bien sentir que moi aussi je me foutais pas mal de ce qu'il pouvait penser.

« Motif de la visite ? s'enquit Pat d'un ton coupant.

— Hy s'intéresse à l'affaire du point de vue reportage.

— Il y a des règles bien établies pour la presse.

— Peut-être, mais pas pour moi, et il faudra en passer par où je veux, mon vieux pote.

— Ta gueule ! »

Larry intervint posément :

« J'ai peut-être bien fait d'apporter mon sac de toubib, mais si vous avez la moindre jugeote, l'un et l'autre, vous vous en tiendrez à la conversation tant que vous n'y verrez pas plus clair.

— Bouclez-la, vous n'êtes pas au courant, Larry ! gronda Pat.

— Vous seriez surpris de l'étendue de mes connaissances, répondit le médecin.

— Que disent les services de la balistique ? » demandai-je.

Il ne me répondit pas. C'était inutile. Son silence signifiait que la balle portait les mêmes traces que les autres. Il s'accouda sur son bureau, les mains jointes, puis il se décida :

« Bon. Où l'as-tu trouvée ?

— Nous devions faire un petit échange, tu te souviens ?

— Pas forcément. » (Son sourire était torve.)

Je souris de la même manière.

« Des clous ! Le temps ne travaille plus contre moi, petit. Je peux me taire aussi longtemps que j'en aurai envie. »

Pat voulut se lever, mais Larry le prévint :

« Du calme, Pat. »

Il se rassit avec un grognement de protestation et me tendit un photostat.

« Lis-le à haute voix, dit-il.

— Va te faire aimer !

— Non, insista-t-il d'une voix presque tendre, vas-y, lis. »

Je lus le document en silence. Velda avait été agent de l'O.S.I. pendant la guerre. Certains numéros des archives de Washington fournis à titre de références, son grade et le temps qu'elle avait passé dans ce service lui avaient permis de demander une licence d'enquêteur dans l'État de New York.

Pat attendait. Finalement, il fit :

« Alors ? »

Je lui rendis le photostat en haussant les épaules, puis je lui donnai l'adresse de Cole à Brooklyn et lui expliquai comment retrouver le poteau d'où j'avais extrait la balle. Je me demandai quelle serait sa réaction en voyant les photos de Velda dans l'album.

Il me laissa terminer, puis composa un numéro au téléphone. Au bout de quelques minutes, un agent vint poser un dossier sur le bureau et Pat le compulsa. Le premier compte rendu lui suffit. Il se mit à se balancer sur son siège.

« Il y a eu deux détonations. Pas de la même arme. Un individu jugé compétent déclare que la seconde provenait d'une arme de gros calibre, très vraisemblablement un 45.

— Comme c'est curieux ! » dis-je.

Son regard se durcit.

« Tu fais le malin, Mike. Tu joues de nouveau avec les armes à feu. Un de ces jours, je te prendrai la main dans le sac. Si tu tues qui que ce soit dans cette affaire, j'irai personnellement voir comment on te ficelle sur la chaise.

— Je ne sais comment te remercier de cette attention.

— Ce sera un plaisir. »

Je lançai un coup d'œil à Larry, en lui désignant Pat du menton.

« C'est un malade, docteur. Il ne veut pas l'avouer, mais il était amoureux d'elle. »

L'expression de Pat ne changea pas du tout.

« N'est-ce pas ? » lui demandai-je.

Il attendit que nous fussions sur le seuil de la porte, Hy et moi. Je me retournai, bien décidé à ne pas partir avant qu'il ait répondu. Il n'hésita pas. A voix basse, il dit :

« Oui, je l'étais, et maintenant, fous le camp ! »

Hy m'entraîna vers un bar voisin du Trib Building. Nous choisîmes un box isolé et commandâmes deux demis bien frais. Hy me déclara :

« J'ai l'impression que la situation se complique de plus en plus. Tu m'en as expliqué une partie, maintenant, je voudrais en savoir davantage. C'est très joli, ma petite chronique sur les célébrités, mais je reste avant tout reporter et cela me ferait le plus grand bien de rédiger un article à sensation.

— Je ne sais par où commencer, Hy.

— Essaie toujours.

— Voyons. Cela te dit quelque chose, *Butterfly Two* et *Gerald Erlich* ? »

Son verre resta à mi-chemin de ses lèvres.

« Où as-tu entendu parler de Butterfly Two ?

— Où en as-tu entendu parler, toi-même ?

— Histoires de guerre. Tu sais ce que je faisais en ce temps-là ?

— Tu étais capitaine dans les services auxiliaires. Tu me l'as dit.

— Oui, mais c'était une couverture. Je rendais certains autres services à l'occasion.

— Tu ne vas pas me raconter que tu faisais de l'espionnage ?

— Disons simplement que je me tenais à l'affût de certaines activités. Mais que viennent faire ici Butterfly Two et Erlich ? Il y a dix-sept ans de cela, c'est parfaitement démodé.

— Tu crois ?

— Merde ! Écoute, Mike, quand la machine de guerre des nazis... (Il comprit que je parlais sérieusement et reposa son verre, en me regardant fixement.) Allez, Mike, raconte.

— Butterfly Two n'est pas aussi démodé que tu parais le croire.

— Écoute...

— Et Gerald Erlich ?

— On pense qu'il est mort.

— Il y a des preuves ?

— Pas une, mais bon Dieu !...

— A mon avis, il y a trop de suppositions non fondées dans tout cela.

— Où veux-tu en venir ? En ce qui concerne Gerald Erlich, je l'ai vu trois fois. Les deux premières, je l'ai pris pour un officier allié, comme tout le monde. La troisième, il était dans un camp de détention, après la guerre, mais je ne l'ai reconnu qu'après deux heures de réflexion. Quand j'y suis retourné, on avait transféré les prisonniers, et le camion qui les transportait avait sauté sur une mine en contournant un pont détruit. C'était dans le même camion que se trouvait le colonel de S.S. Giessler, celui qui avait fait tuer tous les prisonniers pendant l'offensive de Bastogne.

— Tu as vu le cadavre ?

— Non, mais on a ramené les survivants et il n'était pas parmi eux.

— Donc présumé mort ?

— Que te faut-il de plus ? Écoute, j'ai une photo du type, que j'avais prise au camp, et une autre des survivants. Il n'y figure pas. »

Je me penchai en avant, les mains à plat sur la table.

« Tu as *des photos ?* »

Surpris de la sécheresse de ma voix, il prit un cigare pour se donner une contenance.

« Dans mes paperasses personnelles, là-haut.

— Dis-moi, Hy, tu es sûr de ces détails ? Je peux les voir, ces photos ?

— Pourquoi pas ? »

Je vidai mon verre, il en fit autant, et je le suivis. Après avoir traversé la salle de rédaction du journal, nous prîmes l'ascenseur jusqu'à l'étage de Hy. A part quelques types de permanence, les lieux étaient déserts. Hy ouvrit la porte de son bureau, donna de la lumière et me montra un siège.

Il lui fallut cinq minutes de recherches dans ses vieux classeurs, puis il me remit des photos. C'étaient des feuilles de contact direct, format 6 x 6, dans un dossier militaire, jauni et craquelé. Il étala les épreuves, m'indiqua celle du coin supérieur gauche et me tendit une loupe.

Le visage se dessina clairement, des traits durs et massifs, habitués au commandement. Les yeux étaient sévères et méprisants, la bouche une mince ligne. Pas la moindre trace de découragement. Rien du prisonnier de guerre.

Hy me désigna la photo des survivants de l'accident. L'homme n'y était pas. Quant aux corps mutilés, ils étaient méconnaissables.

« Tu l'as rencontré ? me demanda Hy.

— Non. Pourtant, je n'oublie jamais les visages.

— Eh bien, cela élimine une possibilité.

— Je ne suis quand même pas satisfait. Si c'est une fausse piste sur laquelle on m'a aiguillé, c'est un peu trop poussé pour qu'il n'y ait pas une part de vérité. Toujours à propos d'Erlich, je voudrais savoir autre chose.

— Je t'écoute.

— Le sénateur Knapp ?

— L'homme des fusées ? Quel rôle joue-t-il là-dedans ?

— Il fait le mort. Il a été tué avec la même arme que Richie Cole, et on a tiré sur moi, toujours avec le même flingue. Par les renseignements que tu m'as fournis sur Knapp, j'ai appris qu'il avait commencé la guerre comme lieutenant-colonel et qu'il l'avait finie comme général de division. Je me demande s'il n'a pas eu des rapports avec Erlich à un moment quelconque ? »

La bouche d'Hy faillit en laisser échapper son cigare.

« *Knapp aurait travaillé pour un autre pays ?*

— Mais non ! Tu ne le faisais pas, n'est-ce pas ?

— Pourtant...

— Il pouvait lui aussi se camoufler sous un autre emploi.

— Bon sang, Mike, si Knapp avait fait un autre boulot que ce qu'on croyait, il aurait pu capitaliser là-dessus du point de vue politique et...

— Qui était au courant de *ton* travail réel ?

— Euh... personne, naturellement. Du moins jusqu'à présent.

— Pas d'amis ?

— Non...

— Tes supérieurs ?

— Oui. Et encore, quelques-uns seulement.

— Est-ce que Marilyn le sait à présent ?

— Mike...

— Est-elle au courant ?

— Bien sûr, je lui en ai parlé, mais tout cela remonte à dix-sept ans. Elle m'a écouté gentiment, en épouse indulgente, voilà tout.

— Néanmoins, elle est au courant.

— Oui ? Et après ?

— Peut-être que Laura Knapp est également au courant.

— Mon vieux, c'est cousu de fil blanc ! Tu cherches des prétextes, rien que pour la revoir, hein ? »

J'éclatai de rire.

« Possible. Je peux t'emprunter la photo d'Erlich ? »

Hy prit une paire de ciseaux dans un tiroir, découpa l'image de l'agent nazi et me la remit.

« Amuse-toi bien, mais c'est un fantôme que tu poursuis !

— Tant pis. Seulement, en le poursuivant, je risque de lever un gibier bien vivant.

— Ouais, une poulette, par exemple.

— Tout juste », fis-je en prenant mon chapeau.

Duck-Duck Jones me dit qu'on avait retiré le flic de surveillance chez le vieux Dewey. Une demi-sœur d'âge avancé était venue prendre en main les affaires de Dewey, à l'exception du kiosque à journaux, qu'il avait légué à Duck-Duck par une lettre confiée à Bucky Harris, le propriétaire du Clover Bar. Duck-Duck lui-même avait peine à y croire, mais la fierté du propriétaire avait pris le dessus et il était tout heureux de prendre la succession du vieillard.

Quand il consentit enfin à m'écouter, je lui dis :

« Écoute, Duck-Duck, avant que Dewey soit assassiné, un type lui avait remis quelque chose pour moi.

— Ah ? Qu'est-ce que c'était, Mike ?

— Je ne sais pas. Un paquet, ou une enveloppe. As-tu vu ici quelque chose avec mon nom dessus ? Ou même un objet sans aucune inscription ? »

Duck plia un journal, et le tendit à un client, puis il se retourna vers moi.

« J'ai rien vu, Mike. Sérieusement. On peut rien cacher ici. Vous voulez jeter un coup d'œil ?

— Non. Tu aurais déjà trouvé.

— Alors, qu'est-ce que je fais si je trouve quelque chose ?

— Garde-le, Duck, je repasserai. »

Je pris un journal, posai une piécette sur le comptoir et m'apprêtai à partir.

« Hé, Mike, vous vous servez toujours ici ? Dewey vous a inscrit.

— Laisse-moi sur la liste, Duck. Je prendrai mes magazines dans un jour ou deux. »

J'entrepris de traverser la ville. C'était loin, mais au bout du chemin, il y avait un gars qui me devait deux cents dollars et qui était en mesure de me les verser immédiatement. Je pris ensuite un taxi qui me conduisit à l'agence de location de voitures de la 49e Rue. Je pris tout mon temps pour choisir un coupé Ford. Je partis ensuite en direction de West Side Drive.

La journée s'annonçait belle. Il était près de midi et le soleil était chaud. Sur l'autoroute de New York, il y avait peu de circulation. Je roulais à la vitesse limite, 90 à l'heure. De temps à autre un fana de vitesse me doublait, parfois, je doublais un camion. Juste avant d'arriver à Harriman, je vis une voiture qui se rapprochait derrière moi. Arrivée à quatre cents mètres, elle me suivit régulièrement. Vingt-cinq kilomètres plus loin, à l'entrée de Newburgh, elle me collait toujours au train. J'accélérai jusqu'à 110. La distance grandit, puis diminua et la course continua. Juste avant la sortie de New Paltz, la voiture prit de la vitesse, me dépassa et fila bon train. C'était une conduite intérieure bleue, une Buick Spécial. Le conducteur avait dû s'amuser, comme il nous arrive à tous sur la route, à me suivre, pour se reposer d'un long parcours. Je souris de ma nervosité et me détendis complètement. Je quittai l'autoroute à Kingston et pris la Route 28 pour monter lentement jusqu'aux Saules. Quand je coupai le contact, j'entendis de la musique qui venait de derrière la maison. Je devinai qu'elle m'attendait.

Elle était étendue sur une serviette de bain, au bord de la piscine, le visage entre ses mains. Elle avait rabattu ses cheveux en avant, pour se dégager la nuque. Jambes largement écartées, elle s'offrait aux rayons du soleil.

Près d'elle, une radio portative répandait un tonnerre symphonique qui couvrait le bruit de mes pas. Je m'assis à ses côtés pour admirer son corps de déesse. De longues minutes passèrent, la musique s'apaisa, puis cessa. J'appelai doucement :

« Laura. »

Elle sursauta, puis découvrant qu'elle était nue, saisit le bord de la serviette pour se cacher. J'éclatai de rire en l'aidant à se couvrir. Elle roula sur le dos, ouvrit largement les yeux et me dit bonjour.

« Vous allez vous faire rôtir le derrière à rester au soleil comme cela.

— Ce qui est affreux, c'est d'être surprise ainsi !

— Cela en valait la peine. Je n'ai pas souvent l'occasion de voir un aussi beau spectacle. »

Son regard pétilla de malice.

« Vous mentez. Et puis, je ne suis plus une nouveauté pour vous, me rappela-t-elle.

— En plein soleil, si, ma chatte. La perspective est différente.

— C'est une déclaration ou un cours d'anatomie ?

— Je ne sais pas. On peut facilement passer de l'un à l'autre.

— Alors laissons la nature suivre son cours.

— D'accord.

— Vous avez envie de nager ?

— Je n'ai pas de slip de bain.

— Et alors ? » (Elle sourit de nouveau.)

Je lui donnai un petit coup de l'index dans les côtes.

« Il y a des domaines dans lesquels je garde une certaine pudeur, ma belle.

— Ça alors ! murmura-t-elle, stupéfaite. On aura tout vu.

— Justement pas !

— Il y a des shorts dans la cabane.

— Je préfère cela.

— Alors permettez que j'en enfile un moi-même. Je ne vais pas me balader en pleine peau pendant que vous jouez les pasteurs puritains ! »

Elle revint au bout d'une minute, avec le bikini le plus réduit que j'eusse jamais vu. Elle me tendit un short, puis elle partit en courant et plongea. Je me rendis au vestiaire dans une cabine et enfilai le short, sans même avoir donné la lumière dans le réduit sombre. Puis je ressortis au soleil.

Elle nageait sous l'eau comme une anguille. L'image même de la tentation, à son maximum. Elle remonta en surface et s'assit au bord de la piscine, le ventre rentré, les muscles saillants. Elle rit, me tira la langue, se leva et retourna s'allonger près de la radio. Je la rejoignis au bout d'un moment.

Dès que je fus confortablement installé, elle me prit la main.

« A présent, on peut causer, Mike. Vous n'êtes pas venu jusqu'ici rien que pour me voir, hein ?

— J'avais effectivement d'autres raisons au départ.

— Puis-je vous parler très franchement ?

— Je vous en prie.

— Vous me plaisez beaucoup, mon grand. »

Je tournai la tête pour lui mordiller l'avant-bras.

« C'est réciproque, ma grande. Et cela ne devrait pas l'être.

— Pourquoi pas ? (Son regard était direct, chaud, profond.)

— Parce que nous ne nous ressemblons nullement. Nous différons dans nos vies, nos façons de penser. Je suis un type à histoires. Cela ne changera pas. Alors ne m'encouragez pas, car je n'ai que trop envie de jouer avec vous. Notre rencontre a été amusante, étonnante même, et je suis venu ici sous un prétexte assez mince, parce que j'avais faim de vous. Maintenant que j'y goûte de nouveau, j'ai envie de tout manger !

— Hum-hum. Donnez-moi donc votre prétexte ? »

J'arrêtai la radio.

« C'est au sujet de Leo. »

Son sourire s'effaça et ses yeux se plissèrent.

« Ah ?

— Vous a-t-il jamais parlé de ce qu'il faisait pendant la guerre ? »

Elle n'avait pas très bien saisi.

« Eh bien, il était général. Attaché à l'état-major du général Stoeffler.

— Je sais. Mais que faisait-il au juste ?

— Il s'occupait de l'intendance. Il ne m'a jamais donné de détails.

Je pensais que c'était parce qu'il n'avait jamais participé aux combats proprement dits. Il en paraissait honteux.

— Moi, je me demande s'il n'avait pas une mission secrète.

— Je ne comprends pas, Mike. (Elle se redressa sur un coude pour mieux me voir.) Vous pensez que Leo faisait partie d'un service de renseignement ? »

Je fis un signe affirmatif.

« Je l'aurais su, je crois. J'ai vu toutes ses affaires personnelles, décorations, photos, citations, il m'a raconté ses souvenirs. Mais effectivement, il a toujours eu un peu honte de ne pas s'être fait canarder en première ligne. Heureusement ! Le pays avait trop besoin de lui.

— Simple hypothèse de ma part. Dommage !

— Je suis désolée de ne pouvoir vous rendre service, Mike. »

Une autre pensée me vint. Je lui demandai de m'attendre et retournai dans la cabane pour m'habiller. Je vis sa déception dans ses yeux en ressortant. Mais il y a des limites à tout.

Avec un coup d'œil moqueur, elle m'invita à m'asseoir à son côté. Je lui montrai la photo de Gerald Erlich.

« Regardez bien, chérie. Avez-vous jamais vu ce visage parmi les affaires de votre mari ? »

Elle l'examina, les paupières mi-closes, puis elle me la rendit.

« Non, jamais. Qui est-ce ?

— Il s'appelait autrefois Gerald Erlich. C'était un spécialiste de l'espionnage, au service des nazis pendant la guerre.

— Mais en quoi cela concerne-t-il Leo ?

— Je l'ignore. Son nom revient trop souvent pour que ce ne soit qu'une coïncidence.

— Mike... (Elle se mordit la lèvre en réfléchissant.) Les affaires de Leo sont à la maison. Pensez-vous y trouver quelque chose d'utile ? Cela aura peut-être plus de signification pour vous que pour moi ?

— En tout cas, cela ne coûte rien de s'en assurer. »

Je lui tendis la main pour l'aider à se lever, mais mon geste se figea. La radio placée entre nous éclata d'elle-même et vola jusque dans la piscine.

Je donnai à Laura une poussée qui l'envoya à trois mètres, je me laissai rouler de l'autre côté, puis je me relevai et partis à toute vitesse en direction du côté ouest de la maison. Ce ne pouvait être qu'une balle, et d'après le vol de la radio, je devinais d'où elle était partie. On avait dû tirer avec un pistolet muni d'un silencieux, parce que, avec un fusil, on nous aurait eus, Laura ou moi, sans la moindre difficulté. Je longeai la rangée d'arbres, m'immobilisai et tendis l'oreille. Droit devant moi, j'entendis claquer une portière. Je fonçai, en me maudissant de n'avoir pas pris mon 45, malgré les menaces de Pat. Je dus suivre l'allée, les buissons étant impénétrables. Pas la moindre chance. Je n'aperçus que l'arrière d'une Buick Spécial bleue, qui vira et disparut.

Maintenant, tout s'ordonnait un peu. La voiture bleue ne m'avait pas suivi par hasard, sur l'autoroute. Le salopard m'avait repéré au kiosque et avait dû croire que Duck m'avait donné autre chose en même temps que le journal. L'homme avait probablement loué sa bagnole dans le moment où je choisissais la mienne. Il n'avait pas eu à se presser, puisque moi-même j'avais pris tout mon temps. Puis il m'avait filé, en attendant son heure.

Nom de Dieu, cela devenait sérieux ! Et ma modeste personne avait son importance. Depuis le début de mes activités, il y avait quelqu'un à mes trousses, et cela avait bien failli me coûter cher. Mais s'il devenait nécessaire de me supprimer, Laura courait le même danger ! Le tueur ignorait ce que j'avais révélé ou non à cette femme. Sacré nom de Dieu !

Elle était allée repêcher les débris de la radio dans la piscine et les tenait entre ses mains tremblantes. Elle était pâle et essoufflée comme si elle eût couru longtemps.

« Mike... que s'est-il passé ? Je vous en prie, Mike... »

Je lui passai un bras sur les épaules et elle se blottit contre ma poitrine en sanglotant. Quand elle releva la tête, elle avait réussi à dominer ses nerfs.

« C'était un coup de feu, n'est-ce pas ?

— Oui, avec un silencieux.

— Mais...

— C'est la deuxième fois qu'il cherche à m'effacer.

— Pensez-vous que...

— Il est parti, pour le moment.

— Mais enfin, qui est-ce ?

— Je crois que c'est le Dragon, ma douce. »

Elle resta quelques secondes sans rien dire, puis elle me regarda dans les yeux :

« Qui cela ?

— Personne que vous connaissiez. C'est un assassin. Jusqu'à présent, il a fait son boulot consciencieusement, mais il commence à perdre les pédales.

— Mon Dieu, Mike, c'est insensé ! Absolument insensé ! »

J'acquiesçai.

« Nous avons un sacré problème sur les bras. Il va falloir vous protéger.

— *Moi* ?

— Tous les gens qui m'approchent courent des dangers. Le mieux à faire c'est de prévenir la police locale. »

Elle me lança un coup d'œil effaré.

« Mais je ne peux pas... il faut que j'aille à Washington... Oh ! Mike !

— En ville, il n'y aura pas trop de risques, mon petit, mais ici, vous êtes trop isolée. »

Elle réfléchit, puis haussa les épaules.

« Vous avez sans doute raison. Après la mort de Leo, la police m'a conseillé de garder quelques armes à la maison. Il y en a même une dans chaque pièce.

— Savez-vous vous en servir ?

— L'agent que vous avez vu ici la dernière fois m'a montré.

— Très bien. Mais ici, à la piscine ?

— Il y a un fusil de chasse dans un coin de la cabane.

— Il est chargé ?

— Oui.

— Un fusil de chasse ne se manie pas comme un pistolet.

— Leo m'avait enseigné à m'en servir. Nous faisions souvent du tir aux pigeons à l'autre bout de la propriété.

— Il vaudrait quand même mieux demander l'aide de la police.

— Pas moyen de l'éviter ?

— Pourquoi courir des risques inutiles ?

— Parce que je vais être très occupée. Le Congrès se réunit cette semaine et la concurrence entre les dames de la société va être intense.

— Tout cela, c'est de la crotte !

— Peut-être, mais Leo tenait à ce que je sois à la hauteur. Je l'aimais, Mike, tâchez de comprendre...

— Je vous demande pardon. Je ne suis pas très raffiné. Nous évoluons dans des milieux très différents. »

Elle m'effleura la main, du bout des doigts.

« Pas tellement. Je pense que nous avons beaucoup plus de points communs que vous ne le soupçonnez. »

Je me mis à sourire en lui caressant le flanc. Elle sourit à son tour et me demanda :

« Vous comptez... agir, à la suite de ce coup de feu ?

— Le faut-il ?

— Cette fois, à vous de répondre. Ce n'est plus dans mes cordes.

— Bon. Nous n'allons pas ébruiter l'incident. Si ce type a le moindre sens commun, il se doutera que nous ne nous exposerons plus comme des lapins. Désormais, c'est moi qui entre en chasse.

— Si vous voulez. Allons voir les affaires de Leo. »

Dans la maison, elle m'emmena à l'étage, au bout du couloir qui desservait les chambres, ouvrit un placard et en tira une petite cantine que j'emportai dans la première chambre. J'en vidai le contenu sur la commode.

En y réfléchissant, c'est curieux qu'un homme conserve si peu de souvenirs des années les plus graves de sa vie. On fait toute une guerre, on vit en pays étranger près de gens inconnus, on accomplit des missions difficiles et dangereuses, exceptionnelles même, et tout cela tient dans une petite cantine !

Le dossier militaire de Leo Knapp était dans un ordre parfait. Il y avait en outre un journal de guerre d'une cinquantaine de pages, qui finissait en queue de poisson, sur le mode désabusé. Rien d'intéressant dans les papiers. J'avais gardé les photos pour la fin.

Laura me laissa seul, mais son parfum hantait la pièce et je l'entendais parler au téléphone, quelque part dans la maison, sans distinguer les paroles, mais sa voix trahissait un reste de nervosité. Elle revint au bout de dix minutes et s'assit sans rien dire au bord du lit. Puis elle soupira. Elle se détendait.

Je ne sais pas ce que j'espérais trouver, mais les résultats furent décevants. Sur des centaines de photos, je ne découvris rien d'intéressant : c'était la collection classique ramenée par tous les soldats.

Laura m'observait tandis que je remettais les documents en place dans la cantine.

« Bredouille, Mike ? fit-elle.

— Oui. (Je jetai les médailles sur le reste, d'un geste impatient.) Tout est aussi banal que possible.

— J'en suis navrée, Mike.

— Il ne faut pas. Quelquefois la banalité même dissimule l'inattendu. Il me reste une chance. Si Leo a été en rapport avec Erlich, j'ai un ami à la police fédérale qui me donnera peut-être un tuyau. (Je refermai la serrure de la petite malle.) Cela me fatigue de devoir me donner tant de mal pour tout !

— Vraiment ? Alors à moi de vous faciliter certaines activités ! » dit-elle.

Laura s'était levée, droite, splendide, avec sa peau dorée, ses cheveux presque blancs à force de soleil. Le bikini tomba à ses pieds comme une petite mare d'ombre, elle enjamba le mince tissu et s'avança vers moi, qui l'attendais, frémissant de tout mon corps.

9

New York avait retrouvé la pluie en même temps que la nuit. Les bars étaient pleins, les passants s'abritaient sous les auvents et sous les portes. Un taxi libre était devenu un trésor que tous se disputaient âprement.

Mais c'était une bonne nuit pour la réflexion. En ville, quand il pleut, on est seul, sans l'être tout à fait. Les gens ne sont plus que de vagues figurants. Ils sont cependant le symbole de la vie et leur présence vous évite l'horreur de la solitude absolue.

Combien de fois m'étais-je promené sous la pluie en compagnie de Velda ? Elle était grande, nos épaules arrivaient au même niveau. Nous faisions exprès de ne pas marcher au même pas, pour que nos jambes se frôlent, et quand elle prenait mon bras, nos mains s'étreignaient. Je lui avais offert une bague que je sentais sous mes doigts. Elle me regardait alors en souriant, parce qu'elle connaissait toute la signification de cet anneau.

Où était-elle à présent ? Que s'était-il passé ? Je m'impatientais en songeant au temps écoulé depuis que Richie Cole m'avait fait appeler dans sa chambre de mourant, mais qu'aurais-je pu faire d'autre ?

Je n'étais plus bon à grand-chose. Bien sûr, il y avait mes années d'expérience, et j'avais un but. Je reprenais certaines habitudes peu à peu, mais il me fallait une attention continue si je ne voulais pas me faire descendre par un quelconque *pistolero !*

Pour le moment, réfléchir ! J'avais encore un tout petit avantage. Pour combien de temps ? Allons, réfléchis, Mike ! Tu sais qui est la clef de cette affaire. Cole est mort en prononçant son nom. C'est elle, la clef. Mais pourquoi ? Pourquoi ?

La pluie se mit à tomber plus fort et à dégouliner des bords de mon chapeau. Puis elle réussit à transpercer mon trench-coat de mauvaise qualité et j'en sentis le froid sur mes épaules. Enfin je restai absolument seul à marcher dans les rues. La nuit et la ville étaient à moi. Les autres, tassés sous les portes, qui me regardaient de leurs yeux fatigués, étaient les faibles. Ceux qui couraient après les taxis étaient les froussards.

Velda. Maintenant, il fallait que je pense à elle froidement. Logiquement. Comme à une inconnue qui me poserait un problème.

Qui l'avait vue mourir ? Personne. Ce n'était qu'une hypothèse, vraisemblable, mais non prouvée. Ensuite, au bout de sept ans, qui l'avait vue vivante ? Richie Cole.

Il avait de bonnes raisons de la connaître. Ils étaient amis. Camarades de guerre. Ils avaient travaillé ensemble. Ils se retrouvaient une fois par an pour égrener leurs souvenirs. Bon Dieu, moi, il m'arrivait d'en faire autant, avec George, Earle, Ray, Mason et les autres. On ne peut parler de ces choses-là qu'avec ceux qui les ont vécues à vos côtés.

Cole n'avait pas pu se tromper : *il la connaissait.*

Cole était du métier, Velda était du métier. Il m'avait fait chercher parce qu'elle lui avait dit que j'en étais aussi, et il avait été déçu en voyant ce que j'étais devenu. Il ne m'avait pas cru capable de remplir la mission qu'il avait espéré me confier.

Seulement Richie Cole ne me connaissait pas du tout.

Il avait eu le temps de prononcer le nom magique qui avait tout changé. *Velda.*

Il y avait un nouveau garçon d'ascenseur. Je signai le registre de nuit et lui indiquai mon étage. Au huitième, je descendis et pris le couloir en regardant mon ombre qui grandissait devant moi au fur et à mesure que je m'éloignais de l'ampoule. J'avais mes clefs à la main, mais ce n'était pas la peine. La porte du 808 était large ouverte, et il y avait de la lumière dans mon bureau. Art Rickerby était là. Il m'avait apporté un sandwich et une bouteille de bière. Il me laissa les consommer tranquillement, sur le divan.

« C'est votre ami Nat Drutman qui m'a donné la clef, me dit-il enfin.

— Il a bien fait.

— J'ai fait un peu pression sur lui.

— Il y est habitué. S'il ne vous avait pas jugé à son goût, il ne vous aurait pas remis la clef. Ne le sous-estimez pas.

— C'est bien ce que je me disais. »

Je me levai, me débarrassai de mon manteau et de mon chapeau trempés en les jetant sur une chaise.

« Pourquoi cette visite ? J'espère que vous ne vous impatientez pas trop ?

— Non. Je suis patient de naissance. Rien de ce que je peux faire ne redonnera la vie à Richie. Je suis obligé d'attendre les occasions, de suivre le cours de la vie. Mais un jour ou l'autre on accroche le poisson, avec ou sans amorce.

— Des boniments !

— Vous savez bien que c'est la vérité. Vous êtes flic vous-même.

— Plus depuis des années. »

Il m'examina avec un étrange sourire.

« Si, *en ce moment même.* Je reconnais les symptômes. Il y a trop longtemps que je suis dans la course.

— Enfin, que venez-vous faire ici ? »

Son sourire s'épanouit.

« Je vous l'ai déjà dit. Je suis prêt à tout pour prendre l'assassin de Richie. »

Il tira une enveloppe de sa poche. Je la lui pris des mains, la déchirai et lus les quatre faces de la carte qu'elle contenait. Je la glissai dans mon portefeuille que je remis dans ma poche.

« Donc, je peux sortir armé, dis-je.

— De plein droit. Et dans tous les États.

— Je vous remercie. Comment avez-vous fait pour l'obtenir ?

— Des petits services qu'on me devait. Notre organisation est assez... compréhensive.

— Elle juge avantageux de me permettre le port d'armes ?

— Il n'y a pas eu de protestations. Vous voilà de nouveau... patenté.

— Ce n'est pas tout à fait ce que m'accordait l'État de New York.

— A cheval donné, on ne regarde pas la bride, mon ami.

— C'est bon. Je vous remercie.

— Il n'y a pas de quoi. C'est moi qui gagne.

— Comment cela ? »

Il ôta ses lunettes, les essuya et les remit.

« Parce que j'ai appris à votre sujet tout ce qu'on peut savoir. Vous allez accomplir ce qui m'est impossible, parce que vous détenez la clef et que vous refusez de la lâcher. Vous n'avez pas les mêmes motifs que moi, mais ils aboutissent à la même conclusion, alors cela me suffit. Tôt ou tard, vous prononcerez le nom du meurtrier de Richie et je n'en veux pas davantage. En attendant, plutôt que de gêner vos mouvements, je ferai tout mon possible pour les favoriser. Vous comprenez ?

— Je crois.

— Bon. Alors, j'attends. (Il eut un sourire sans rien de plaisant.) Il y a des gens qui ne ressemblent pas du tout aux autres. Vous êtes un tueur, Mike. Vous l'avez toujours été. Vos actes étaient généralement justifiés, mais vous êtes quand même un tueur. Vous êtes sur la piste et je vous aiderai. Je ne vous demande qu'une chose en retour.

— Laquelle ?

— Si vous découvrez le meurtrier de Richie avant moi, ne le tuez pas. »

J'avais serré les poings et je les contemplais. Je relevai la tête :

« Pourquoi ?

— Il me le faut, Mike. Abandonnez-le-moi.

— Que comptez-vous en faire ? »

Son visage prit une expression sauvage que je ne m'attendais pas à lui voir.

« Une mort rapide serait trop douce, Mike, me dit-il posément. Mais la loi... cette institution en principe juste et charitable... C'est encore ce qu'il y a de plus cruel. On pourrit dans la cellule du condamné pendant des mois, dans la certitude de mourir. Et puis on vous ligote sur la chaise... et voilà ! »

Il s'interrompit, avec un sourire encore plus cruel. Puis il reprit :

« Et pendant tout ce temps-là, je rendrai visite à l'assassin tous les jours.

Je savourerai son angoisse comme un alcool de qualité, j'irai le voir griller, il saura pourquoi je suis là, et quand tout sera fini, je serai apaisé.

— Vous n'êtes pas tendre, Rickerby.

— Ce n'est rien à côté de vous, Mike. Vous verrez. Un de ces jours, votre violence se manifestera d'une façon qui me serait tout à fait étrangère.

— Allons, changeons de sujet.

— J'ai certains renseignements que vous m'avez demandés », dit-il, calmé.

Je passai derrière mon bureau dont j'ouvris le tiroir du bas. Mon étui d'épaule était resté souple, malgré les années. J'ôtai ma veste, accrochai l'étui en place, et me rhabillai.

« J'ai... je me suis renseigné sur Gerald Erlich, poursuivit Art. Il est mort, le nommé Erlich. Depuis cinq ans. Et son cadavre a été formellement identifié. »

Depuis cinq ans ! Mais il était mort pendant la guerre, disait-on !

« On l'a trouvé avec une balle dans le crâne dans la zone est d'Allemagne. Après la guerre, on lui avait pris ses empreintes comme prisonnier, aussi n'y a-t-il aucun doute sur son identité. Il semble qu'il s'efforçait de passer en zone ouest. On a trouvé sur lui des papiers et des objets indiquant qu'il venait de Russie. Il portait des traces de sévices. On estime qu'il s'est évadé de prison et a été rejoint à quelques mètres de la zone ouest.

— Ce sont des renseignements rudement détaillés pour provenir de la zone est ! »

Il hocha sagement la tête.

« Nous y avons nos gens. Ils enquêtent toujours dans des cas semblables. Nous ne nous en rapportons pas au hasard.

— Vous avez d'autres tuyaux ?

— Ce n'est que récemment que nous avons compris l'importance du rôle d'Erlich. Il était le centre d'une organisation d'espionnage comme il n'y en avait encore jamais eu, et dont les moyens sont restés intacts même après la chute du Troisième Reich. C'était une organisation tellement résolue à ses fins qu'elle était prête à s'allier à tout gouvernement en mesure de gagner une guerre globale. Les chefs ont donc choisi les communistes. S'opposer à eux et à nous à la fois, c'était lutter sur deux fronts, aussi ont-ils estimé qu'il valait mieux aider un ennemi à anéantir l'autre, puis écraser le vainqueur épuisé par la lutte et enfin prendre le pouvoir.

— Cela ressemble à une histoire de fous. Ils n'ont aucune chance d'aboutir.

— Mais ils peuvent causer des dévastations incroyables.

— Alors pourquoi tuer Erlich ? »

Art joignit les mains d'un geste naturel.

« C'est simple. Il a déserté. Il voulait abandonner. Disons que l'âge lui a apporté un peu de raison et qu'il a compris la vanité de cette entreprise. Il souhaitait vivre ses dernières années en paix. »

C'était assez rationnel. J'acquiesçai de la tête.

« Mais il fallait le supprimer, reprit Art, car il savait une chose que les nouveaux maîtres de l'organisation seuls devaient connaître.

— Quoi donc ?

— Il connaissait tous les agents du groupe. Il pouvait tout annihiler en dévoilant l'affaire aux puissances occidentales, ce qui ne laissait plus d'espoir de conquête mondiale pour les communistes ou pour les autres.

— Vous avez des preuves ?

— Non. Disons que j'en ai la conviction, mais sans preuves. D'ailleurs au point où nous en sommes, je m'en fiche. C'est ce que j'ai appris en plus qui m'intéresse. (Il me regarda dans les yeux.) Il a été filé et abattu par le maître exécuteur des communistes, un nommé Gorlin, que nous avons surnommé le Dragon. »

Je ne dis rien. Il cligna les paupières et se leva, le manteau sous le bras.

« Vous savez où me joindre. Vous n'avez besoin de rien d'autre ?

— Pas pour le moment. Merci encore de m'avoir obtenu cette carte.

— Promettez-moi seulement une chose ?

— Bien sûr !

— Ne vous servez pas de votre pétoire contre le Dragon.

— Je ne le tuerai pas, Art.

— Laissez-le-moi. Ne gâchez ni votre plaisir ni le mien. »

Il sortit en refermant doucement la porte. J'ouvris le tiroir central de mon bureau pour y prendre le chargeur de rechange et la boîte de cartouches.

Le paquet que je m'étais adressé était sur la table, près de la porte, là où Nat déposait toujours les envois postaux. Je déchirai l'emballage, saisis mon automatique, en vérifiai le fonctionnement et le plaçai dans son étui.

Maintenant, c'était tout à fait comme autrefois.

J'éteignis dans mon bureau et m'apprêtai à sortir. J'étais près de la porte quand le téléphone, sur la table de Velda, sonna si brusquement que je sursautai.

Elle me dit bonsoir d'une voix chaude, vibrante, qui me donna envie de sa présence, immédiatement. Elle le devina et son rire cascada.

« Êtes-vous très pris ce soir, Mike ? » me demanda-t-elle.

Je n'avais pas assez de temps devant moi, mais je n'étais pas rassasié d'elle non plus.

« Eh bien… Pourquoi ?

— Parce que je vais à New York.

— Il n'est pas un peu tard pour cela ?

— Non. Je dois voir un de vos amis à dix heures, et comme je juge inutile de gaspiller la soirée, je me suis dit que vous pourriez peut-être faire vos affaires en ma compagnie.

— D'accord, arrivez. Je bouderais contre mon cœur en vous disant le contraire. Quel est cet ami à moi avec qui vous avez rendez-vous ?

— Un vieil ami, un ennemi récent, le capitaine Chambers.

— Qu'est-ce que cela veut dire ?

— Je l'ignore. Il m'a téléphoné pour me prier de venir. Sous prétexte que cela simplifie les choses, car il a des tas de formalités à remplir pour quitter son propre district.

— Mais, bon Dieu…

— Mike… cela ne me dérange pas. Si c'est à propos de la mort de Leo, je suis prête à tout, vous le savez. Et puis cela me fournit l'occasion de vous revoir plus vite que je ne l'espérais. D'accord ?

— D'accord.

— Alors, à plus tard, Mike. Où cela ?

— Chez Moriarty, à l'angle de la 6ᵉ et de la 52ᵉ. Je serai au bar.

— J'arrive à toute vitesse », dit-elle en raccrochant.

Je raccrochai à mon tour, puis repris le combiné et composai le numéro privé de Hy Gardner au journal. J'eus la veine de le joindre.

« Mike, me dit-il, si tu n'as rien de mieux à faire, passe ici. Je termine ma chronique avant ton arrivée. J'ai quelque chose à te montrer.

— Important ?

— Vieux, un mot de ta part et tout pète ! Presse-toi !

— Dans un quart d'heure.

— Parfait. »

Marilyn m'ouvrit la porte et m'embrassa amicalement. Elle me dit :

« Hy vous attend dans son bureau. Il ne veut pas me dire pourquoi.

— Vous êtes sa femme maintenant, plus sa secrétaire. Vous n'êtes plus à son service.

— C'est ce que vous croyez ! Quand même, il ne veut rien me dire.

— C'est une affaire d'hommes, ma jolie.

— Bon. Je vous laisse. Je vais vous chercher du café... Dites, Mike... »

Je me retournai.

« Cela fait plaisir de vous retrouver. »

Je lui fis un clin d'œil et elle m'envoya un baiser en sortant.

Hy était à son bureau, les lunettes remontées sur son front plissé, devant une liasse de papiers. Il y avait dessus des tas d'annotations au crayon.

Je pris une chaise et le laissai terminer son boulot. Puis il leva la tête et rabattit ses lunettes.

« J'ai transmis ton message.

— Alors ?

— Alors, cela a fait le même effet qu'une bombe dans un G.Q.G. Ils savent là-bas des choses que nous ne publions pas ici. (Il se pencha en tapotant les papiers.) Cette affaire du Dragon, c'est ce qu'il y a de plus brûlant dans la guerre froide, mon vieux. Tu vois clairement dans quel merdier tu t'engages ?

— Oui, oui.

— Bon, je m'incline. Les communistes mènent actuellement une opération sous le nom code REN. Il s'agit d'une poursuite. Depuis quelques années, cela n'allait pas trop bien derrière le Rideau de fer. Il y avait là-bas quelqu'un qui pouvait ébranler tout le système. Il fallait l'éliminer. C'est là qu'intervient le Dragon. Il était sur la piste, sur le point de frapper. Personne ne sait au juste encore où en est l'affaire. (Il prit un ton grave.) Ou bien le savent-ils ?

— Qui, ils ? »

J'aurais dû trembler, éprouver une émotion, comme autrefois. Que s'était-il passé ? Mais cela valait peut-être mieux ainsi. Je serrai l'automatique sous mon bras avec amour.

« Ils sont aux trousses de Velda, dis-je. C'est d'elle qu'il s'agit. C'est elle qu'ils pourchassent. »

Il resta silencieux une bonne minute. Puis il posa les papiers et s'adossa à son fauteuil.

« Pourquoi, Mike ?

— Je n'en sais absolument rien, Hy.

— Si ce qu'on m'a dit est exact, elle n'a pas la moindre chance de s'en tirer.

— Elle a une seule chance, fis-je à voix basse.

— Peut-être ne s'agit-il pas du tout d'elle ? »

Je ne répondis pas. La porte s'ouvrit derrière nous et Marilyn entra. Elle lança une enveloppe sur le bureau de son mari et posa le gobelet de café.

« C'est une photo qui vient d'arriver en belno. Del dit que tu l'as demandée. »

Il me regarda un peu trop brièvement, ouvrit l'enveloppe et prit la photo. Il l'examina, puis me la passa.

L'image n'était pas bonne. L'original devait être flou et la transmission électronique ne l'avait pas amélioré. Velda était debout devant une bâtisse. Une grande fille, les cheveux noirs, plus longs que je ne me les rappelais, les traits peu distincts, les formes et le maintien camouflés par les vêtements grossiers de l'Europe orientale. Pourtant il y avait des impondérables dans la pose, dans l'allure générale, que la faiblesse de la photo et la simplicité des vêtements n'arrivaient pas à dissimuler.

Je lui rendis la photo.

« C'est bien Velda.

— Mon ami allemand prétend que cette photo remonte à plusieurs années.

— A qui appartenait-elle ?

— A un agent communiste qui a été tué au cours d'une escarmouche avec des flics d'Allemagne occidentale. On l'a trouvée dans ses poches. A mon avis, il était lui aussi affecté à l'opération REN et la photo devait lui servir à repérer la victime.

— Ce sont des renseignements publics ?

— Sûrement pas. Les sources gouvernementales refusent d'admettre des choses pareilles. Nous puisons nos renseignements à d'autres sources.

— Le gouvernement d'ici est au courant, cependant.

— Tu sais beaucoup trop de choses, Mike.

— Pas assez, tu veux dire. J'ignore où elle est en ce moment, par exemple.

— Je peux te donner un tuyau.

— Parle !

— Elle n'est sûrement plus en Europe. La sphère d'activité de REN a changé. Le Dragon a lui-même quitté l'Europe. Sa victime a réussi à s'enfuir et tous les indices tendent à montrer qu'ils sont tous les deux dans notre pays. »

Je me levai très lentement, mis mon chapeau et mon manteau.

« Tous mes remerciements, Hy.

— Tu ne bois pas ton café ?

— Je n'en ai plus envie. »

Il prit dans un tiroir une épaisse enveloppe jaune.

« Tiens. Quelques renseignements confidentiels sur le sénateur Knapp. Cela te donnera une idée de l'importance de son rôle. Tu me les rendras.

— Entendu, et merci.

— Ça va, Mike ? » me demanda Marilyn.

Je lui fis un sourire piteux :

« Ça va.

— Cela n'en a pas l'air, insista-t-elle.

— Mike... » commença Hy.

Je le coupai :

« On se reverra bientôt, Hy. (Je lui souris aussi, tant bien que mal.) Merci encore, et ne t'en fais pas pour moi. (Je tapotai mon flingue sous mon épaule.) J'ai un ami, à présent, tout ce qu'il y a de plus régul ! »

Pour tromper l'attente, je me documentai sur Leo Knapp. Sa carrière avait été interrompue tragiquement, car il serait devenu le « grand homme » du pays. Il avait été à la base des progrès réalisés en matière de fusées en dépit de l'opposition des libéraux. Il avait déjoué toutes les attaques et fait adopter les programmes essentiels. Il avait eu entre les mains des secrets d'importance capitale. Sa mort était survenue à point pour l'ennemi. La balle qui l'avait tué était sortie de l'arme du Dragon. Cette même arme avait également tué Richie Cole, et m'avait pourtant raté à deux reprises. Une balle de ce canon était en outre destinée à Velda.

Laura entra, en s'ébrouant, des gouttes de pluie plein les cheveux. Elle s'installa sur le tabouret voisin en me tendant une main fraîche. John lui servit un Martini et renouvela ma Blue Ribbon. Nous levâmes nos verres.

« C'est bon de vous retrouver, lui dis-je.

— Encore meilleur pour moi.

— Où devez-vous rencontrer Pat ? »

Elle plissa le front, puis s'écria :

« Oh ! vous voulez dire le capitaine Chambers ! Eh bien, ici même. (Elle regarda sa montre.) Dans cinq minutes. On va s'asseoir à une table ?

— Allons-y. (Je pris son verre et me dirigeai vers le fond de la salle.) Pat sait-il que je suis ici ?

— Je ne le lui ai pas dit.

— Cela va être un beau cirque ! »

Pat fut ponctuel, selon son habitude. Il resta impassible à ma vue. Après avoir salué Laura, il s'assit près d'elle et seulement alors daigna m'adresser la parole.

« Je suis content que tu sois de la partie.

— Tu es trop bon. »

C'était un flic de l'espèce la plus dure, la plus froide. Son visage était impénétrable, mais non ses yeux où se reflétaient la haine et l'obstination.

« Où dégotes-tu tes relations, Mike ?

— Pourquoi ?

— C'est assez singulier qu'un ex-privé, un cochon d'ivrogne, un clochard dans la boue jusqu'au cou obtienne un permis de port d'armes contre lequel nous sommes impuissants. Comment t'y prends-tu, salaud ? »

Je haussai les épaules, peu d'humeur à discuter. Laura nous regarda l'un après l'autre, interdite.

« En tout cas, tu en auras besoin si tu continues à jouer les pigeons ! Au fait, j'ai le signalement de ton copain de l'autre nuit. Un gamin assez observateur l'a vu à la lumière d'un réverbère. Un grand type, dans les un mètre quatre-vingt-cinq, cheveux foncés et frisés, visage aux joues creusées de rides profondes. Les pommettes un peu hautes, comme un Indien. Ça ne te dit rien ?

Il cherchait à m'énerver, à me mettre hors de mes gonds, pour avoir un bon motif de me tomber dessus. Effectivement, j'avais rencontré un type de ce genre. C'était lui qui m'avait doublé sur l'autoroute, lui que j'avais pris pour un automobiliste banal, lui qui m'avait tiré dessus un peu plus tard. Bien plus, je savais qui c'était. Le Dragon ! Sa figure, j'étais sûr de la revoir et je ne m'y tromperais pas.

— Non, rien du tout », dis-je.

Pat eut un sourire sardonique.

« J'ai l'impression que tu ne tarderas pas à le rencontrer.

— Dans ce cas, j'essaierai de te l'attraper.

— Parfait, et moi, je t'attraperai. Je te mets plus que jamais dans le coup, pour que tu t'enferres.

— Moi ?

— Tout juste. C'est pour cela que je suis content de te voir. Cela m'épargne d'avoir à te parler plus tard. (Ma curiosité était éveillée et il le sentait.) Il y a un commun dénominateur assez insolite dans notre petit problème policier. Je cherche à savoir ce que cela signifie.

— Continuez, je vous prie, dit Laura.

— Les pierres précieuses. Je n'arrive pas à les chasser de mes pensées. Cela fait trois fois qu'elles reviennent sur le tapis. (Il m'examina entre ses paupières mi-closes.) La première fois, c'est pour des pierres que mon vieil ami que voilà envoie une fille à la mort, puis, lors du meurtre du sénateur Knapp, on barbote dans son coffre une série d'imitations, et plus tard encore, un homme connu comme contrebandier de pierres précieuses est tué avec la même arme. C'est comme un leitmotiv, hein, Mike ? Tu dois t'y connaître en la matière. Tu as dû avoir la même idée, puisque tu as tout de suite filé voir Mme Knapp dans sa propriété ?

— Écoute, Pat...

— Ta gueule ! Cela va plus loin. (Il prit dans sa poche un sachet de toile.) Nous voici revenus à nos fameuses pierres. (Il renversa le sac, répandant sur la table des bagues, des broches et des bracelets étincelants.)

— Du toc, madame Knapp, mais je crois que cela vous appartient. »

Elle tremblait en tendant la main pour les toucher. Elle prit les bijoux un à un pour les examiner.

« Oui, c'est à moi ! Mais où...

— Un pauvre vieux brocanteur a tenté de les refiler à un prêteur sur gages, qui nous a téléphoné. Nous avons arrêté le vieux. Il prétend les avoir trouvés il y a des années dans une poubelle et avoir attendu jusqu'à maintenant pour les vendre. Il se doutait que les bijoux avaient été volés, mais il n'a pas réfléchi qu'il se ferait coffrer.

— Explique-toi, Pat. Jusqu'ici, tout ce que tu as démontré, c'est que le voleur a été assez malin pour s'apercevoir que c'étaient des faux et pour s'en débarrasser.

— Je me pose simplement des questions au sujet du premier vol de bijoux, ceux que ton agence s'était chargée de protéger. Les clients étaient M. et Mme Civac. Je me demande quel coup fourré ç'a été. Tu y as envoyé Velda, tu n'as pas voulu y aller toi-même. Je pense que tu as été tenté à ce moment-là, par l'importance du butin, mais que cela s'est mal goupillé. »

Ses mains étaient cachées, ce qui m'indiquait que l'une d'elles serrait la crosse de son revolver. J'étais en rogne, mais je me contins.

« Tu es complètement givré, dis-je. Je n'ai jamais vu Civac. L'affaire s'est traitée au téléphone. »

Pat fouilla dans sa veste et en tira une épreuve glacée.

« Eh bien, regarde de quoi il avait l'air, feu ton client. J'ai repris toute l'histoire, si vieille qu'elle soit. Il en sortira bien quelque chose, mon bonhomme, et j'espère que tu casqueras ! »

Il se tourna vers Laura.

« Reconnaissez-vous formellement ces bijoux, madame Knapp ?

— Oui. Il en existe une description détaillée dans le dossier et sur le métal il y a...

— J'ai vu les marques du fabricant.

— Cette bague était abîmée... tenez, il manque une griffe... oui, ils sont à moi.

— Très bien. Passez les prendre au bureau demain, si vous voulez. Je dois les garder encore un moment.

— Entièrement d'accord. »

Il m'arracha la photo des doigts et la remit dans sa poche.

« Toi, je ne tarderai pas à te revoir », me dit-il.

Je fis un signe de tête sans rien dire. Il m'observa un instant, le front plissé, sur le point de parler, mais il se retint. Il salua Laura et s'en alla.

On nous servit des consommations fraîches. Je vidai distraitement mon verre. Laura gloussa, me faisant lever les yeux.

« Il y a un moment que vous vous taisez. On va s'amuser dans une ou deux boîtes ?

— Cela vous ennuierait beaucoup de ne pas sortir ? »

Elle haussa les sourcils, surprise, mais pas du tout mécontente.

« Non. Vous préférez faire autre chose ?

— Oui, réfléchir.

— Chez vous ? fit-elle malicieusement.

— Je n'ai pas d'autre chez-moi que mon bureau.

— Nous y avons passé un bon moment, une fois », me taquina-t-elle.

Seulement, c'était un endroit où j'avais trop souvent embrassé Velda autrefois.

« Non », dis-je.

Laura se pencha en avant, sérieuse, cette fois :

« C'est important, non ?

« — Oui, très.

— Alors quittons la ville. Repartons à la campagne, où il fait bon et calme. Vous y réfléchirez mieux. Cela vous tente ?

— D'accord. »

Je réglai l'addition et sortis dans la nuit pluvieuse pour appeler un taxi. Ce fut elle qui donna l'adresse du parking au chauffeur, car je ne pouvais détacher ma pensée de la photo que m'avait montrée Pat.

Rudolph Civac et Gerald Erlich étaient un seul et même homme.

10

Je serais bien incapable de me rappeler le trajet. Je m'étais endormi dès le départ, pour ne me réveiller que lorsqu'elle me secoua. J'entendais sa voix dans un brouillard épais et je crus pendant quelques secondes que c'était Velda qui m'appelait. Puis j'ouvris les yeux sur le sourire de Laura.

« On y est, Mike. »

La pluie avait cessé, mais dans le calme de la nuit, j'entendais s'égoutter les branches des sapins qui entouraient la maison. La lumière du perron répandait une lueur jaunâtre.

« Cela ne va pas faire jaser vos domestiques que je vienne ainsi chez vous ?

— Non, je suis seule la nuit. Les domestiques ne viennent que dans la journée.

— Je ne les ai encore jamais vus.

— Chaque fois que vous venez, c'est leur jour de congé ! »

Je fis une grimace de contrariété.

« Vous êtes folle, ma petite. Vous devriez toujours avoir quelqu'un près de vous après ce qui s'est passé. »

Elle me caressa le menton.

« Vous voyez, j'essaie », dit-elle.

Elle se pencha pour me frôler la bouche de ses lèvres tièdes.

Elle ouvrit la portière et descendit de voiture. J'en fis autant et nous montâmes ensemble les marches du perron. C'était étrange cette impression de rentrer chez soi. La maison, la femme, le désir réciproque. Pourtant nous savions l'un et l'autre que d'autres choses nous réclamaient impérieusement. Mais c'était pour plus tard.

Il y avait dans le salon un vaste divan de cuir souple, un tourne-disques qui jouait du Dvorak, du Beethoven et du Tchaïkovsky. A un moment quelconque, Laura avait réussi sans que je m'en aperçoive à s'enrouler dans des mètres de nylon qui ne dissimulaient nullement son corps ardent, qui ne restreignaient pas le moins du monde l'épanouissement de ses seins et de ses cuisses. Elle était dans mes bras, me laissant savourer mon plaisir, ne trahissant le sien que par une accélération momentanée de sa respiration tandis que je la caressais du bout des doigts. Finalement, elle se tassa tout contre moi, avec un sourire de contentement secret.

Je m'endormis en essayant de soulever encore une fois le rideau qui me cachait l'enchaînement de ces meurtres successifs, et d'un sommeil si profond que je sombrai, sans une pensée, sans un souvenir.

J'étais seul quand un rayon de soleil me réveilla. J'étais confortablement allongé, déchaussé, la cravate dénouée, une couverture légère sur le corps. Je la repoussai, me rechaussai et me levai. Mon automatique dans son étui était accroché au dossier d'une chaise, avec ma veste. Elle entra avec toute la joie d'un matin d'été, portant le café sur un plateau. Elle m'envoya un baiser.

« Eh bonjour ! » lui fis-je.

Elle posa le plateau et servit le café.

« J'ai eu du mal à vous déshabiller.

— Pourquoi vous donner ce mal ?

— On dort mal près d'un homme qui porte un pistolet. (Elle me tendit une tasse.) Tenez, buvez cela. Sucre et lait ?

— Oui. Je suis content que ce soit du lait et non de la crème.

— A votre manière, Mike, vous êtes snob. (Elle me fit la grimace.) Mais j'adore les snobs.

— Vous devez bien les connaître, avec la société que vous fréquentez.

— Ce ne sont pas des snobs dans votre genre. Ce sont simplement des gens qui ont peur et qui mettent un masque. Vous, vous êtes un vrai snob. Allons, embrassez-moi. Il est déjà une heure ! » (Elle me tendit ses lèvres, je l'étreignis brièvement, mais cela suffit à réveiller mes désirs.)

Laura me prit par le bras pour me conduire jusqu'à la piscine. Le soleil était chaud, et l'air rempli des odeurs de la montagne.

« Avez-vous faim ? fit-elle.

— Pour le moment, vous suffisez à mes appétits », répondis-je en lui serrant le bras.

Elle s'appuya à mon épaule, puis s'écarta en souriant. Nous installâmes des fauteuils en aluminium et plastique. Pendant qu'elle repartait chercher la cafetière, je m'assis. Peut-être allais-je enfin pouvoir réfléchir.

Après avoir rempli les tasses, elle s'installa en face de moi, devinant mon souci.

« Mike, est-ce que cela vous ferait du bien de m'en parler ? Je sais écouter. Vous me poserez des questions. Leo agissait ainsi constamment avec moi. Il réfléchissait mieux à haute voix. Tout seul, cela lui aurait paru idiot. Alors, je l'écoutais. (Ses yeux brillaient du désir de me venir en aide.) Je suis à vous, quoi que vous me demandiez, Mike.

— Merci, ma chatte. »

Je vidai ma tasse.

« Vous avez peur de quelqu'un, me dit-elle.

— Pas de, *pour*. Par exemple pour vous, ma grande. Je vous ai déjà dit que j'attirais les dangers. Partout où je vais, ils se multiplient, et quand on joue avec les armes à feu, il y a souvent des balles perdues. Je ne tiens pas à ce que vous soyez sur la trajectoire.

— Je m'y suis déjà trouvée, vous vous rappelez ?

— Uniquement parce que je n'étais pas sur mes gardes. Mes réflexes se sont ralentis. Je suis resté trop longtemps hors cours et je manque de prudence.

— Êtes-vous plus prudent en ce moment ?

— Non. Je me conduis de nouveau comme un fichu imbécile. Je doute qu'on nous ait suivis, mais ce n'est pas une certitude. Mon pistolet est resté dans la maison. Nous serions morts avant que je puisse mettre la main dessus. »

Elle haussa les épaules avec insouciance.

« Il y a le fusil de chasse dans la cabane de bain.

— Cela ne suffit pas. Nous avons affaire à des tueurs de profession. Ils ne nous laisseront pas une seconde chance. Vous n'auriez même pas le temps d'arriver jusqu'au fusil. Il est de l'autre côté de la piscine, dans le noir !

— Alors, racontez, Mike. Pensez tout haut, vous arriverez peut-être plus vite à la solution. Après, vous pourrez peut-être vous occuper de moi !

— Vous en avez donc assez de vivre ? Il est dangereux d'en savoir trop long ! »

Une ombre passa sur ses traits.

« J'avais déjà cessé de vivre à la mort de Leo. Je pensais que je ne vivrais plus jamais.

— Mon petit...

— Non, c'est la vérité, Mike. Je connais toutes les objections que vous pouvez soulever... nos milieux... nos situations actuelles... tout cela ne change rien. Cela ne change nullement un simple fait que j'ai su dès le premier jour. Je suis amoureuse de vous, Mike. C'est arrivé au premier coup d'œil. J'ai prévu vos objections, les difficultés, même que vous pourriez ne pas m'aimer.

— Laura...

— Mike, je recommence à vivre. Je me croyais morte et je ressuscite. Ai-je tenté de vous influencer ?

— Non.

— Et je ne le tenterai pas. On n'influence pas un homme. On ne peut qu'essayer de le garder. »

Elle me fit signe de me taire.

« Peu m'importent vos sentiments envers moi. J'espère, voilà tout. Je suis heureuse de savoir que je peux encore vivre, et n'importe où vous serez, vous saurez que je vous aime. C'est une curieuse façon de se déclarer, mais les circonstances sont inhabituelles. Soyez convaincu d'une chose, Mike. Vous obtiendrez de moi tout ce que vous voudrez. Vous voyez à quel point je suis à vous. Si vous me demandez de ne plus vous parler de mon amour, je me tairai. C'est un amour sans espoir, mais je vis ! Je ne cesserai jamais de vous aimer. Quant à votre question, oui, j'aime la vie, vous me l'avez redonnée. Avant, j'étais morte. »

Sa beauté à ce moment avait quelque chose qui défiait toute description. Je lui dis posément :

« Le peu que vous pouvez savoir est encore trop. Vous êtes devenue une cible. Je ne tiens pas à faire de vous une victime obligatoire.

— Je ne mourrai que si vous mourez vous-même, dit-elle simplement.

— Laura... »

Elle ne me laissa pas achever.

« Mike... m'aimez-vous... un peu ?

— Je le crois, Laura. Je n'en suis pas sûr. Parce que... je ne suis plus en état de m'en rendre compte.

— Cela me suffit. Ce « peu » grandira, il le faut. Vous avez déjà été amoureux, n'est-ce pas ? »

Je songeai à Charlotte et à Velda, avec une douleur violente, bien que cachée.

« Oui, répondis-je.

— Était-ce la même chose ?

— Ce n'est jamais pareil. Vous êtes... différente.

— Je sais, Mike, je sais. (Elle attendit un instant avant de poursuivre.) Ce sera... l'autre... ou moi, n'est-ce pas ? »

Inutile de lui mentir.

« C'est bien cela.

— Très bien. Je suis satisfaite. Et maintenant, voulez-vous me parler ? Dois-je vous écouter réfléchir ? »

Je m'adossai au fauteuil, fermai les yeux au soleil et m'efforçai de reprendre l'affaire à ses débuts. Non pas les débuts tels que je les connaissais, mais tels qu'ils avaient dû être. C'était toute une combinaison. Il fallait que je voie si elle tenait debout.

« Il y a trois principaux intéressés dans cette affaire. Ce sont des personnages étranges, et la police pas plus que les organisations de Washington ne sont vraiment au courant. Les services secrets ne connaissent que les résultats, pas les origines, et s'ils ont des soupçons, ils ne sont pas en mesure de les vérifier. Nous les éliminerons donc pour en venir aux faits essentiels qui peuvent nous amener à des conclusions.

« L'affaire commence à la fin de la Première Guerre mondiale, avec un groupe d'espions dirigé par Gerald Erlich qui, avec d'autres, envisageait un empire mondial. Cela n'avait rien de nouveau. Avant lui il y avait eu Alexandre, César, Napoléon. Lorsque l'Allemagne impériale fut vaincue, Erlich se choisit un nouvel employeur, un nouveau levier : Hitler. Sous ce régime, il prit de l'importance et son organisation atteignit à la perfection. La mort d'Hitler, la fin du Troisième Reich ne l'abattirent pas. Le monde n'en était que plus nettement divisé. Il ne restait que deux partis en présence, l'Occident et l'Est. Il a donc choisi pour le moment de s'allier avec l'Est. Gerald Erlich a pris le gouvernement communiste comme levier. Il estimait que les communistes seraient les vainqueurs dans l'ultime conquête du monde. Le moment venu, il s'emparerait lui-même du pouvoir.

« Seulement les temps et les circonstances changent. Il ignorait que les communistes rêvaient aussi d'un empire universel. Il ne s'était pas rendu compte que c'étaient eux qui l'avaient *trouvé* et *utilisé,* alors qu'il croyait les mener. Comme ils le font partout, ils ont mis la main sur son groupe et l'ont rendu encore plus efficace. Ils dirigeaient bien l'organisation, mais le chef, un vrai fanatique, demeurait intransigeant. Les communistes l'ont compris. Il fallait qu'Erlich disparaisse, qu'il meure.

« Mais ce n'était pas un imbécile. Il a reconnu les indices de sa disgrâce et les a correctement interprétés. Il n'était plus jeune et on lui avait pris son groupe. Ses rêves de conquête n'étaient plus tellement importants. Ce qui comptait, c'était de continuer à vivre, et l'endroit le plus favorable, c'était aux États-Unis. Il est donc venu ici, s'est marié à une riche veuve, sous le nom de Rudy Civac, et a mené une vie agréable pendant un certain temps.

« Un jour, ils l'ont retrouvé. On a découvert sa nouvelle identité. Il a cherché à se protéger. Il était hors de question de s'adresser à la police, alors il a adopté la seule solution possible : faire appel à une agence de détectives privés en donnant comme prétexte les bijoux de sa femme. En fait, il voulait des gens armés autour de lui. Une protection active.

« C'est ici que le sort frappe une seconde fois. Mieux, le pur hasard : je lui envoie Velda. Pendant la guerre, jeune, belle, intelligente, elle faisait un agent parfait contre les hommes. Elle avait fait partie de l'O.S.S., de l'O.S.I. et d'un groupe encore plus secret, et à ce titre avait été affectée à l'opération Butterfly Two, contre Gerald Erlich et son organisation. La guerre ayant pris fin avant que l'opération fût menée à bien, Velda se fit démobiliser et vint se joindre à moi, parce que c'était dans ses cordes. Nous avons travaillé ensemble jusqu'au jour où Civac a demandé protection. C'était moi qu'il attendait, c'est elle qui est arrivée.

« Le sort est encore intervenu quand elle l'a vu. Elle le connaissait. Elle savait qu'il fallait bloquer la route de cet homme, qui poursuivait peut-être ses desseins. Elle savait qu'Erlich était l'homme le plus important du monde à ce moment-là. En effet, il connaissait le nom et l'identité des principaux de ses anciens collaborateurs, des êtres tellement dédiés à leur tâche qu'ils ne l'ont jamais interrompue... Or, ces agents étaient passés au service des communistes.

« Ici, coïncidence, ou nouvelle intervention du sort. C'est ce soir-là que les agents communistes ont agi. Camouflés en cambrioleurs. Ils ont emmené Civac, sa femme et Velda. Ils ont tué la femme, mais ils ont gardé Civac pour s'assurer de ce qu'il savait réellement.

« Velda a saisi la chance aux cheveux. Elle a probablement prétendu faire partie du groupe de Civac, elle aussi ; il était donc possible qu'elle fût au courant de détails intéressants pour les communistes. Nous ne devons pas oublier que Velda avait eu une formation poussée d'agent secret... une expérience que je ne soupçonnais pas moi-même. Ils l'ont donc emmenée en territoire communiste avec Civac en détournant l'enquête grâce au cadavre mutilé de la femme et au vol des bijoux. Fausse piste qui a pris merveilleusement. Et pendant que Velda souffrait dans cette putain de Russie, moi je me soûlais à mort... »

Elle m'interrompit pour la première fois :

« Mike... »

J'ouvris les yeux.

« Merci, lui dis-je.

— C'est bon. Je comprends. »

Je refermai les yeux, laissant travailler mon imagination.

« Les communistes n'ont certainement pas le monopole de l'intelligence ! Ces imbéciles ont oublié une chose. Civac — ou Erlich — et Velda sont gens de métier. A un moment quelconque, ils ont réussi à échapper à la surveillance, derrière le Rideau de fer, et la chasse a été ouverte.

« J'imagine qu'après, pas mal de têtes ont dû tomber. Quand les communistes ont compris tout le tort que pouvaient leur causer les deux évadés, ils ont lancé à leurs trousses leur meilleur limier, le Dragon, autrement dit le camarade Gorlin.

« La poursuite dure depuis sept ans. Civac et Velda ont dû unir leurs efforts pour se sauver mutuellement. Velda a probablement obtenu de Civac tous les renseignements possibles, si bien qu'elle est maintenant aussi dangereuse que lui pour le régime.

« Ne sous-estimons pas les communistes. Ils sont patients, obstinés. Le Dragon s'est accroché à la piste des deux fugitifs. Il a fini par retrouver Erlich et l'a tué. Restait Velda. Là, il se heurtait à des difficultés particulières. Elle avait connu des tas d'agents pendant la guerre, entre autres Richie Cole. Ils étaient restés amis. Elle savait qu'il était en Europe et elle a établi le contact avec lui. Ils n'avaient pas assez de temps pour qu'elle lui communique tout ce qu'elle avait appris, et ce n'aurait pas été prudent de le confier au papier. En conséquence, la solution était de la ramener aux États-Unis. Ils n'ont même pas eu le temps de refiler la mission à un organisme approprié.

« Richie Cole a pris sur lui d'abandonner son poste pour protéger Velda. Il est rentré ici. Il se savait suivi. Il savait que le Dragon allait le prendre pour objectif, mais il n'avait pas non plus le temps de faire appel à d'autres agents. Velda lui avait communiqué un nom, le mien, ainsi qu'un point de contact chez un vieux marchand de journaux qu'elle connaissait bien.

« Cole a bien tenté d'établir le contact, mais le Dragon l'a tué. Malheureusement pour le Dragon, Cole n'est pas mort immédiatement. Il s'est cramponné à la vie parce que Velda avait dû lui raconter que j'étais un type formidable, capable de tout, et il l'a crue. Et alors, il m'a vu. »

Je me frottai les yeux pour effacer ce souvenir.

« *Alors il m'a vu !*

— Mike...

— Regardons les choses en face, mon amie. Je n'étais plus qu'une loque, un ivrogne.

— Mike...

— Taisez-vous... Laissez-moi parler. »

Laura ne répondit pas, mais il était clair qu'elle craignait que je perde la tête. Je m'interrompis donc, le temps de boire une tasse de café, puis je repris mon argumentation :

« Une fois de plus, chapeau aux communistes ! Ils ont fouillé le passé de Velda et trouvé ma piste. Ils ont deviné que Cole comptait me dire où Velda se cachait. Il est mort avant. Croyant qu'il avait laissé le renseignement entre les mains du marchand de journaux, ils l'ont supprimé. Persuadés que j'étais au courant, ils m'ont pris en filature dans l'espoir que je les conduirais à Velda. Ils ont bouleversé le logement de Dewey aussi bien que mon bureau, à la recherche des documents que Cole aurait pu me passer. Le Dragon a même tenté de m'effacer, pensant sans doute que je n'étais qu'un comparse et qu'il valait mieux m'écarter de son chemin. »

Je m'adossai, soudain vidé d'énergie.

« Qu'y a-t-il, Mike ? me demanda Laura.

— Il manque un chaînon. Un élément important.

— Ne parlez plus, je vous en prie.

— Je dois être fatigué. C'est dur de reprendre la vie normale d'un seul coup.

— Peut-être que nager vous ferait du bien ? »

Je la regardai en souriant.

« Vous en avez marre d'entendre mes lamentables histoires ?

— Non.

— Pas de questions ?

— Si. Qui a tué Leo ?

— Dans mon boulot, les armes sont marchandise courante. Cela ne me surprend jamais que des meurtres différents soient commis avec un même pistolet. Saviez-vous que le pistolet qui a tué votre mari et Richie Cole a également été utilisé pour un crime banal dans l'Ouest ?

— Je l'ignorais.

— On dirait aussi que les vols de bijoux établissent un lien entre les personnages. Richie Cole se camouflait en marin du commerce, contrebandier sur les bords. Vos bijoux avaient disparu. Pat y voit le commun dénominateur. Pas moi.

— Est-ce que la position de Leo à Washington... comme vous le suggériez...

— Un de mes amis prétend que non. Il est bien placé pour le savoir. Je m'en tiens à son opinion.

— Alors la mort de Leo est tout à fait étrangère à votre affaire ?

— Je le pense. Je le regrette en un sens. J'aurais aimé vous aider à vous venger. Votre mari était un grand homme.

— Je le sais.

— Allons nager, comme vous le proposez.

— Vous trouverez un slip dans la cabane. »

Dans la faible clarté qui filtrait à travers le lierre accroché aux fenêtres, nous nous tournâmes le dos pour nous déshabiller. Ce fut vite fait. En passant devant moi, elle me fit une grimace espiègle. Je tendis le bras pour lui barrer le passage, puis je m'immobilisai, stupéfait et effaré.

« Que se passe-t-il, Mike ? »

Je m'écartai d'elle pour aller prendre le fusil de chasse que j'avais aperçu du coin de l'œil. La baraque avait été érigée sur un prolongement du terrain aplani pour le tennis, aussi le sol en était-il de glaise. A l'endroit où était posé le fusil, l'eau de la douche extérieure s'était infiltrée et avait fait du sol une sorte de mastic bleuâtre qu'on pouvait modeler entre ses mains.

Elle avait posé le fusil les canons en bas, et ils étaient par conséquent bouchés par des tampons de glaise. Quand je soulevai l'arme il resta dans le sol deux trous bien ronds de cinq centimètres de profondeur !

Avant d'ouvrir l'arme, je lui demandai :

« Il est chargé ?

— *Oui.* »

J'agis sur le levier, le fusil se cassa et j'en retirai les deux cartouches de douze. En tapant sur les canons, du plat de la main, j'en fis sortir un peu les deux bouchons de glaise, que je retirai alors précautionneusement. Elle me regardait bouche bée. Je lui demandai :

« Qui a posé ce fusil ici ?

— Moi.

— Je croyais que vous saviez vous en servir ? fis-je brutalement.

— C'est Leo... qui m'a appris à tirer.

— Mais il paraît qu'il ne vous a pas indiqué les précautions à prendre !

— Mike...

— Écoutez-moi bien, Laura. Avant de jouer avec les armes, il faut apprendre sérieusement à les respecter. Vous avez planté les canons dans la terre. Savez-vous ce qui serait arrivé si vous aviez tiré ? »

Elle était effrayée de mon expression. Elle fit non, d'un signe de tête.

« Eh bien, vous avez bouché les deux canons avec la glaise ! Le fusil était chargé de cartouches de bonne qualité. Si vous aviez pressé la détente, vous passiez immédiatement dans l'autre monde, parce que l'éclatement de l'arme vous aurait littéralement pulvérisé la figure.

— Mike...

— Taisez-vous, et écoutez ! Ne commettez plus jamais cette faute. Les canons se seraient déchirés et toute la charge vous aurait passé à travers le cou, la tête, la cervelle. De quoi rendre malade le médecin légiste le plus endurci. Une fois, dans un cas semblable, j'ai vu deux yeux collés à un mur. Cela, c'est un spectacle, je vous le jure ! Ils sont tout écrasés et il en sort un jus épais. Si on les jette dans le seau avec les autres morceaux de cervelle, ils remontent à la surface. Comme pour vous regarder. Jusqu'à ce qu'on mette un couvercle.

— *Mike !*

— Taisez-vous, bon Dieu ! Et ne jouez pas stupidement avec les armes ! Je n'ai pas fini mon cours de médecine ! »

Elle porta les deux mains devant sa bouche, prise de nausée.

« Le pire à voir, c'est le cou, parce que la tête est volatilisée et que le sang jaillit encore pendant quelques instants avant que le cœur s'arrête. Savez-vous à quelle hauteur le sang peut jaillir ? Non ? Je vais vous le dire. Il monte à cinquante centimètres, sous l'effet de la pression. Il y en a partout. On ne sait pas tout le sang que contient le corps humain tant qu'on n'a pas vu une personne décapitée d'un coup. Je l'ai vu. *Tâchez que cela ne vous arrive pas !* »

Elle vomit tout son café de l'autre côté de la porte. Je ne m'en émus pas le moins du monde, elle avait besoin de la leçon. Je nettoyai les canons, rechargeai le fusil et le remis dans le coin, la crosse à terre.

Quand je sortis, Laura me dit :

« Ce que vous pouvez être méchant !

— On me l'a déjà dit. » (Ma colère n'était pas encore dissipée.)

Son sourire était un peu pâle.

« Mike... je comprends, je vous assure.

— C'est clair ?

— Oui.

— Alors, faites attention. Je connais bien les armes. C'est mon métier. J'ai horreur qu'on les maltraite. Bon ? Finie la leçon ! Allons nous baigner. »

Elle partit en courant et plongea. Après avoir traversé la piscine, elle s'accrocha au rebord pour m'attendre. Je m'approchai lentement, plongeai à mon tour et restai sous l'eau jusqu'à l'autre bord. Vue ainsi, elle prenait des proportions d'amazone, tous les creux et renflements de son corps déformés et grandis. Je remontai en surface et me hissai sur le terre-plein. Je lui tendis ensuite la main.

« Vous êtes calmé ? me demanda-t-elle.

— Oui, mais il y a quelque chose qui me tarabuste, tout d'un coup, fis-je, le regard vague.

— Pas au sujet du fusil ?

— Non. Je ne sais pas au juste moi-même de quoi il s'agit.

— Vos yeux sont étranges. Vous êtes prêt à me quitter, n'est-ce pas ?

— Oui.

— Vous reviendrez ? »

J'étais incapable de lui répondre.

« C'est quelque chose entre nous deux ?

— Non, mais la chasse à la femme est ouverte.

— Vous reviendrez, Mike ? »

Mes pensées étaient loin, concentrées sur le chaînon manquant.

« Oui, dis-je, il faut que je revienne.

— Vous l'aimiez.

— C'est vrai.

— Et moi, m'aimez-vous un peu ? »

Je la contemplai. Elle était mienne à présent, avec toute sa beauté, son intelligence. Une femme comme il en fallait une à un homme comme moi.

« Je vous aime, Laura. Ou est-ce que je me tromperais sur mes sentiments ?

— Non, vous ne pouvez pas vous tromper.

— Je dois d'abord la retrouver, elle. Elle est pourchassée. Tout le monde à ses trousses. Je l'ai aimée, alors je lui dois bien cela. Elle m'a fait appeler à son secours.

— Trouvez-la, Mike. »

J'avais enfin une idée.

« Je la retrouverai. De ce qu'elle sait peut dépendre le sort du pays. Oui, je vais la trouver.

— C'est cela, Mike. Après, vous prendrez votre décision. A-t-elle été votre maîtresse ?

— Non.

— *Moi,* vous me possédez entièrement. Vous êtes donc peut-être plus à moi qu'à elle.

— Peut-être. »

Elle recula, les mains aux hanches.

« Si vous m'avez dit la vérité, elle mérite que vous la sauviez. Vous verrez ensuite ce que vous avez à faire. Pour moi, je continuerai à vous aimer à ma manière.

— Dans les moments difficiles, devant le tribunal qui m'accusait de tous les crimes, elle ne m'a jamais lâché. Vous comprenez ?

— Oui. Revenez après avoir pris votre décision. Je vous attendrai. »

Velda, Laura. Les noms se ressemblaient. Laquelle ? Après les années
mortes, laquelle ? L'une, c'était le passé, l'autre, le présent. Laquelle ?

« Entendu, Laura, je vais essayer de voir clair, et je reviendrai.

— Prenez ma voiture.

— Merci. »

Maintenant, j'avais besoin de la posséder. Je la pris par le bras et
l'attirai violemment pour l'embrasser. J'étais sûr que c'était vers elle que je
reviendrais.

« Après cela, vous ne devriez plus avoir envie de partir.

— Il le faut.

— Pourquoi ?

— Elle est rentrée dans notre pays par un moyen quelconque. Et je crois
savoir lequel.

— Mais vous reviendrez quand vous l'aurez trouvée ?

— Oui », dis-je.

Je lui caressai tout le corps, pour lui faire sentir qu'il n'y aurait jamais
plus d'autre femme pour moi. Notre étreinte fut aussi violente que brève.
Quand nous fûmes apaisés, je rentrai prendre mon pistolet et ma veste. Je
repartis pour New York.

11

La nuit était tombée. Je laissai la voiture dans un parc surveillé à l'angle
de la 8e et de la 52e, et passai un coup de fil à Hy Gardner pour lui donner
rendez-vous au Blue Ribbon sur la 44e Rue. Je m'y rendis à pied, en
réfléchissant sur un tas de détails auxquels j'aurais dû songer plus tôt.

Cela paraissait impossible que des êtres aient pu être enfermés en Europe
pendant tant d'années. Si Velda et Erlich avaient été des imitateurs, ils
auraient été repris sans peine, mais ils avaient su tenir le coup. Ou presque,
pour lui ! Ce qui conférait à Velda l'avantage sur Erlich.

Hy m'attendait déjà, devant un demi. Je fis signe au garçon de m'en
servir un également, puis nous commandâmes notre dîner. Ce ne fut qu'après
avoir mangé que Hy m'adressa son coup d'œil perçant et me demanda :

« C'est fini ?

— Il n'y en a plus pour longtemps.

— On peut en discuter ici ?

— Aussi bien qu'ailleurs. Cela ne tiendra jamais dans ta chronique !

— Ne t'en fais pas pour la longueur. Je trouverai la place voulue. »

Je lui répétai tout ce que j'avais dit devant Laura, tandis qu'il prenait des
notes. De temps à autre, il me regardait, l'air incrédule, puis se remettait à
écrire. Quand j'eus fini mon récit, il me dit :

« Mike... j'espère que tu te rends compte de ce que cela signifie ?

— Parfaitement.

— Comment peux-tu rester aussi calme ?

— Parce que l'action ne fait que commencer.

— Bon sang, mon vieux...

— Tu sais ce qui me manque, hein ?

— Tu parles ! Il te manque quelque chose dans le citron ! Tu te bats contre une organisation politique qui t'attaque avec tous les moyens imaginables, où que tu sois. Mike, tu ne peux pas lutter tout seul contre eux !

— Il le faut bien. Je ne suis pas particulièrement bien en cour. Qui accepterait de me croire ?

— Cet Art Rickerby dont tu m'as parlé.

— Il n'a qu'un but en tête. Prendre le meurtrier de Cole.

— Cela ne paraît pas vraisemblable. Il est agent fédéral !

— Et après ? Quand quelque chose t'atteint personnellement, il arrive que tu oublies le patriotisme pendant un temps. Il y a des tas d'autres agents. Lui, il cherche un assassin, et il sait que je le lui trouverai. De même que Velda est la clef d'un problème, je suis celle d'un autre : les adversaires pensent que je vais finir par mettre la main sur le document que Richie Cole a laissé à mon intention. Maintenant, je sais ce que c'était. Toi aussi, non ?

— Si. C'est l'indication du lieu où est Velda.

— Tout juste. Ils ignorent si je le connais déjà ou si je le découvrirai. Mais ils savent que Cole est resté vivant jusqu'à ma visite. Ils ne sont sûrs de rien, sauf de ceci : s'ils veulent retrouver Velda, ils doivent me laisser vivre.

— Ils ont pourtant tenté de te supprimer deux fois ?

— En apparence, mais les deux fois, cela a raté. Je ne conçois pas un assassin de première bourre manquant son coup. Les deux fois, j'étais une cible parfaite.

— Alors pourquoi ces tentatives ?

— Je vais te le dire. Ils ont fait exprès de me rater. Pour m'aiguillonner. Pour que je réagisse en vitesse. Au cas où j'aurais eu quelque chose à cacher, ou une piste, cela se serait vu rapidement.

— Mais tu n'as rien laissé voir.

— Non. Alors maintenant, je suis devenu l'homme à abattre, parce que j'en sais trop. Ils savent que j'ignore la cachette de Velda et que désormais je ne puis que les gêner. Je te parie qu'en ce moment même ils me cherchent.

— Mike... si tu téléphonais à Pat...

— Tais-toi. Ce n'est plus un ami. Il n'a plus qu'une idée fixe, me faire coffrer, par tous les moyens. »

Hy remonta ses lunettes sur son front.

« Et que comptes-tu faire ?

— Me mettre à la recherche du chaînon manquant. J'aurais dû piger plus vite. Je vais recueillir tout ce qui pourra servir à régler l'affaire définitivement, et tu vas m'aider.

— Mais tu disais...

— Je n'ai rien dit du tout. J'ignore où elle est, mais je sais un tas d'autres choses. Richie Cole est rentré sans ordres, pour me voir. Ce qui ne signifie qu'une chose. Et moi, je n'ai rien pigé, bon Dieu ! Rien pigé du tout.

— Comment cela ?

— Voyons, Hy... Richie était marin... il l'a cachée à bord du navire sur lequel il est revenu. Il ne l'a pas laissée en Europe ! Il l'a ramenée ici ! »

Il posa lentement son cigare, réfléchissant aux perspectives que cela ouvrait.

« Il a été obligé de la faire sortir clandestinement, autrement les autres l'auraient tuée. Si Velda et Cole avaient pris l'avion, l'appareil aurait explosé au-dessus de l'océan, si elle avait pris passage sur un transat sous un faux nom, ils auraient eu le temps de la repérer, et il arrive que des passagers tombent à la mer. Non, il l'a aidée à sortir clandestinement. Et à rentrer ici.

— A t'entendre, c'est tout ce qu'il y a de facile !

— Naturellement ! Tu te figures que les gars de l'équipage ne l'ont pas aidé ? Ils adorent blouser leur capitaine et la douane. Qu'est-ce que cela peut leur faire, du moment que c'est Cole le responsable ? Il était embarqué sur un cargo, et on y fait à peu près ce qu'on veut quand on connaît les ficelles. Tu veux que je te donne des exemples ?

— Je sais que c'est possible.

— Bon. Nous arrivons au point crucial. Le Dragon était sur les talons de Velda, au départ, et Cole s'en est rendu compte. Pas le temps de réfléchir. Il fallait qu'il agisse seul. L'affaire était assez sérieuse pour lui faire oublier tous les règlements. Il a donc fait sortir Velda… mais sans pour autant sous-estimer l'adversaire. Il a bien pensé qu'on l'attendrait à l'arrivée.

« Le Dragon était effectivement sur les lieux et a suivi Cole croyant qu'il le mènerait tout droit à Velda, mais il a changé de plan en voyant qu'il n'en était rien. Il a abattu Cole, mais il a dû filer à cause des gens qui s'attroupaient, et ce n'est que plus tard qu'il a pu joindre le vieux Dewey. Il a ensuite entendu parler de moi. Ne me demande pas comment. Ces gens-là ont des ressources partout. Par la suite, il a tué Dewey sans trouver la note laissée par Cole et il a dû me filer partout où j'allais.

« Je ne pouvais pas le mener à Velda, puisque j'ignorais sa retraite. Mais il ne va pas tarder à suivre le même raisonnement que moi : une tierce personne a aidé Cole à débarquer Velda, une tierce personne qui sait où elle est.

— Alors que décides-tu ? fit-il calmement.

— Je retrouve le bateau et je cherche qui était dans le coup.

— Comment cela ?

— Je t'emmène faire un tour dans les bas-fonds.

— Je te suis », dit-il en se levant.

Je réglai la course devant le bar de Benny Joe Grissi. A l'intérieur, Sugar Boy et son copain étaient à leur poste. En me voyant, Sugar Boy pâlit un peu et jeta un coup d'œil vers le bar.

Benny Joe lui fit signe de nous laisser entrer. Je lui montrai la carte que m'avait remise Art Rickerby.

« Au cas où tu aurais des idées comme la dernière fois, mon pote, lui dis-je, je bousille ta boutique et toi avec !

— Mike, jamais…

— La paix. Bayliss Henry est ici ?

— Pepper ? Ouais. Aux toilettes.

— Attends-moi, Hy. »

Le vieux Bayliss était en train de se laver les mains. Il me vit dans le miroir au-dessus du lavabo. Il se retourna pour me poser les mains sur la poitrine :

« Non, mon vieux, rien à faire. Notre dernière promenade m'a servi de leçon. Je suis vieux, je suis trouillard, et je tiens à mes dernières années. D'accord ?

— D'accord.

— Alors, ne me posez plus de questions. Ne me faites plus jouer au jeune et fringant reporter.

— On ne vous tirera pas dessus. »

Il haussa les épaules.

« A quoi bon discuter ? Que voulez-vous savoir ?

— Sur quel bateau naviguait Cole ?

— Le *Vanessa*.

— Quel môle ?

— C'était le douze, mais cela ne vous sert à rien. Il a pris la mer avant-hier. »

Tout était remis en question, rien que parce que j'avais mis trop de temps à comprendre. Il avait suffi de deux jours de retard.

« Pourquoi, Mike ?

— Je voulais voir un type.

— Ah ? Je croyais que c'était le rafiot qui vous intéressait. Pour les hommes il en reste quelques-uns. C'est sur le *Vanessa* qu'il y a eu des difficultés avec le syndicat. Tout le monde se plaignait de la nourriture et la moitié de l'équipage a refusé de rembarquer. Le syndicat a fait des efforts... »

J'avais encore une chance.

« Écoutez, Bayliss... Qui Cole fréquentait-il le plus à bord ?

— Mince, Mike, en mer...

— Avait-il des amis sur le bateau ?

— A mon avis, non.

— Voyons, un gars ne voyage pas pendant des mois sans se faire quelques copains !

— Ouais... je vois. Cole aimait jouer aux échecs et il y avait un nommé... un nommé... Red Markham, c'est ça ! Ils jouaient et buvaient ensemble. Parce que Red, c'était un fameux joueur d'échecs. Je me rappelle une fois...

— Où puis-je le rencontrer ?

— Vous connaissez le meublé d'Annie Stein ?

— Oui. Ce taudis ?

— Vous le trouverez là. Il se soûle dans la journée et se couche de bonne heure.

— Venez avec moi.

— Mike, je vous ai déjà dit...

— Hy Gardner est dans la salle. »

Bayliss s'épanouit.

« Bon. Allons-y. Si Gardner en est, moi aussi. Il était encore môme que je faisais déjà les comptes rendus criminels ! »

Le garni s'appelait pompeusement Hôtel du Port.

Comme il coûtait un dollar la nuit — un beau prix dans le coin — sa clientèle se recrutait surtout parmi les ouvriers et les marins. C'était vieux et sale, cela sentait le désinfectant et l'urine, avec en plus un relent de découragement et de décomposition.

L'employé fit la grimace en nous voyant, mais nous présenta le registre sans rien demander. Il ne voulait pas d'ennuis. Red Markham était dans la troisième chambre au premier étage. Par sa porte entrouverte nous parvenaient ses ronflements et son haleine de buveur.

Je fis de la lumière dans la piaule. L'homme était couché en chien de fusil sur le lit, une bouteille vide près de lui. Sur une chaise, avec sa veste et son chapeau, il y avait un échiquier de poche, dont les pièces étaient disposées pour un coup complexe.

Il fallut dix minutes de serviettes mouillées et de bourrades pour l'éveiller. Les yeux encore vitreux d'alcool, il ne comprenait rien à ce que nous voulions. Il lui fallut encore une demi-heure pour être en mesure de parler. Sur son visage, les expressions se succédaient. En reconnaissant Bayliss, il esquissa un sourire. Il eut la nausée.

Hy lui apporta un verre d'eau.

« Comment vous appelez-vous, mon ami ? lui demandai-je.

— Vous êtes... de la police ? hoqueta-t-il.

— Non, des amis.

— Ah ! bon. (Il me regarda vaguement.) Vous jouez aux échecs ?

— Non, mais j'avais un ami qui aimait cela. Richie Cole. »

Markham hocha la tête avec une solennité d'ivrogne.

« Il... il était fortiche. Oui, monsieur. Un brave gonze.

— Saviez-vous qu'il y avait une fille à bord ? » demandai-je sans préparation.

Il fronça les sourcils, fit la moue, puis il retrouva un peu de lucidité et ricana.

« Ouais. Une sacrée... blague ! On l'avait... planquée... dans la cale ! »

Ses paupières se fermaient malgré lui. J'avais trop besoin de lui. Je le secouai.

« Où est-elle, maintenant, Red ? »

Bayliss m'appuya :

« Allons, Red, si tu le sais, dis-nous où elle est.

— Sais pas. Je... l'ai fait monter... sur le pont.

— Alors elle est à terre ? » fit Bayliss.

Red gloussa.

« A terre... bien sûr ! C'est Dennis Wallace qui l'a emballée... dans une caisse ! Marrant ! »

J'écartai Bayliss pour m'asseoir au bord du lit.

« C'est vraiment marrant. Et où est partie la caisse ?

— Drôle de rigolade, fit-il en gloussant, de plus en plus abruti.

— Oui, mais racontez. Qui a pris la caisse ? »

Il s'ébroua vaguement :

« Sais pas.

— Quelqu'un est venu la prendre », dis-je pour lui remettre les choses en tête.

Il eut le sourire idiot du pochard qui se croit mystérieux.

« C'est un coup à Richie. Il a téléphoné... à un pote. Et Dennis lui a donné la caisse. (Il éclata de rire.) Quelle rigolade !

— Astucieux, fit Hy.

— Ouais, dis-je, il ne reste qu'à trouver le nommé Dennis.

— Il habite près d'ici, dit Bayliss.

— Vous connaissez donc tout le monde ?

— Il y a longtemps que je suis dans le coin, Mike. »

Nous allions partir, laissant Markham assis béatement sur son lit, lorsqu'il cria :

« Hé, vous autres ! Pourquoi que tout le monde veut voir... le vieux Dennis ? »

Je retournai près de lui.

« Qui d'autre voulait le voir ?

— Un type. (Il porta la bouteille vide à ses lèvres et avala, tout comme si elle eût encore contenu de l'alcool. Puis il la reposa, l'air satisfait.)

— Un type comment, Red ?

— Oh !... (Il se laissa aller contre le mur.) Un grand. Comme vous.

— Continuez.

— Un mauvais... un fils de... comme un foutu Indien. Un Peau-Rouge... Il... »

Je me retournai vers Hy.

« C'est le Dragon. Il a pris de l'avance. »

Bayliss nous indiqua où habitait Dennis et nous annonça qu'il avait son compte d'aventures pour un moment et qu'il retournait chez Benny.

C'était un meublé en pierre brune, non loin de la 9e Avenue. La propriétaire, sortie de son antre, me regarda et déclara :

« Je ne veux pas de flics ici. (Hy lui tendit un billet de dix dollars, alors elle sourit.) Je me goure. Les flics ne distribuent pas d'oseille. Que désirez-vous ?

— Voir le marin, Dennis Wallace.

— En haut, sur le devant. Montez. Il a de la visite. »

Je fis un signe de tête à Hy, le précédai dans l'escalier en m'armant de mon 45 et grimpai en quelques secondes. Le vieux tapis plein de poussière étouffait nos pas. Une mince fente lumineuse se dessinait sous la porte. Il n'y avait aucun bruit. Je fis tourner la poignée et poussai le battant. J'étais prêt à tirer sur tout ce qui bougerait. C'était bien inutile. Si le petit homme qui gisait sur le plancher, les mains liées derrière le dos et la gorge tranchée, était bien Dennis Wallace, son assassin était déjà loin.

La grosse propriétaire poussa un hurlement en voyant le corps. Elle nous confirma que c'était Dennis. Elle redégringola les marches pour me montrer le téléphone. J'appelai Pat à qui j'annonçai que j'avais encore trouvé un cadavre. Cela ne le surprit pas. Il prit posément des notes et me donna l'ordre de rester sur les lieux. Il paraissait content de me tenir enfin.

Hy était redescendu entre-temps. Il me tapa sur l'épaule.

« Tu n'as rien remarqué de spécial sur le corps ?

— Quoi donc ?

— Tout ce sang ne lui est pas sorti de la gorge. On lui a tailladé le ventre et il a un ruban adhésif en travers de la bouche.

— Ainsi on l'a torturé ?

— On le dirait. »

La propriétaire était en train de se remonter avec un verre de whisky. Elle paraissait nous en vouloir, comme si nous étions responsables. Elle me dit néanmoins que le visiteur de Dennis était arrivé deux heures plus tôt. Ne l'ayant pas entendu partir, elle avait présumé qu'il était toujours chez Dennis. Oui, c'était un grand type qui ressemblait à un Indien.

Dans une minute au plus, la voiture de police allait arriver. Je préférais m'éloigner. J'emmenai Hy sur le perron pour lui dire :

« Je file.

— Pat ne sera pas content.

— Pas le temps de discuter. Raconte-lui la chose.

— Entièrement ?

— Oui, jusqu'au dernier détail.

— Et toi ?

— Écoute, tu as vu ce qui est arrivé. Le Dragon a abouti aux mêmes conclusions que moi. Il était ici quand Richie a débarqué. Richie le savait, et a donc téléphoné à un copain qui connaissait le jeu pour lui demander de passer prendre la caisse. Il lui a dit où il fallait la conduire. Puis il est parti en se disant — à juste titre — qu'on allait le suivre. Il a réussi à les éloigner du bateau et a tenté de joindre le vieux Dewey au kiosque. Ce qu'il voulait lui communiquer, c'était l'endroit où son ami devait transporter la caisse.

— Alors il reste une étape à franchir.

— Oui, l'ami en question.

— Tu ne pourras pas retrouver trace du coup de fil après tout ce temps.

— Je ne crois pas que ce soit nécessaire.

— Si Cole était un agent important, il n'avait pas d'amis.

— Pourtant si, dis-je.

— Qui cela ?

— Velda, par exemple.

— Mais...

— Alors, il en avait peut-être d'autres. Quelqu'un qui faisait partie de la même équipe pendant la guerre. Quelqu'un qui comprendrait immédiatement la gravité de la situation, quelqu'un qui serait capable de s'acquitter de la mission.

— Mais enfin, qui cela, Mike ? »

Je ne le lui dis pas.

« Je te téléphonerai quand ce sera fini. Raconte tout à Pat. »

Une voiture de police vira à l'angle de la rue. Je partis sans me presser dans l'autre direction. A la hauteur de la 9e, je fis signe à un taxi qui me conduisit au parc où j'avais laissé la voiture de Laura.

12

Si mon raisonnement était erroné, Velda était fichue. Si elle est morte, songeai-je, c'est moi qui deviens le chasseur. Ils se croient si malins ! Merde alors ! Ils ne savaient pas ce que c'est que la *vraie* violence ! Je les aurai tous, les grands et les petits, partout où ils iront.

Mais il valait mieux que je ne me trompe pas dans mes déductions.

Dennis Wallace avait dû ignorer qu'il ne s'agissait pas d'une simple blague de marin. Cole avait donc dû lui dire le nom de la personne qui devait prendre livraison de la caisse. Comme c'était une grande caisse, il avait fallu un camion pour la transporter. Dennis avait sûrement vu le nom de l'entreprise sur les plaques du véhicule. Il avait donc été en mesure d'identifier le conducteur et le camion. Un petit travail au couteau sur le ventre avait dû lui remettre en mémoire tous les détails de l'opération.

Je ne pouvais pas me tromper. Art Rickerby lui-même m'avait donné le fil conducteur.

Le type devait être Alex Bird, le copain de guerre de Richie à l'O.S.S., celui qui élevait des poulets à Marlboro, dans l'État de New York. Il devait avoir au moins une camionnette, pour sa ferme. Il était homme à rendre ce service et à garder le secret. Et il n'avait pas dû remarquer les articles de journal sur la mort de Richie, aussi ne s'était-il pas présenté à la police. D'ailleurs, l'habitude du métier l'en aurait empêché.

Quand je parvins au George Washington Bridge, les étoiles étaient voilées de nuages et la pluie menaçait de nouveau. Je m'engageais sur l'autoroute quand les premières gouttes se mirent à tomber à l'oblique sur le pare-brise.

C'était une nuit comme je les aimais. Le calme partout. Le bruit des pas même serait étouffé, et les chiens n'aboient jamais quand il pleut. Oui, je me souvenais d'autres nuits semblables, des nuits de mort.

A Newburgh, je quittai l'autoroute pour prendre la 17 K qui traversait la ville, puis la 9 W en direction du nord. En arrivant à Marlboro, je m'arrêtai dans une station-service et demandai à l'employé s'il connaissait la maison d'Alex Bird. Il m'indiqua le chemin et je fis un croquis succinct avant d'enfiler la route goudronnée qui s'enfonçait dans la campagne.

Je dépassai la maison, la première fois, et dus manœuvrer au carrefour pour revenir en arrière. Cette fois, je repérai la boîte aux lettres. Elle ne portait pas de nom. Il y avait seulement un grand oiseau en bois découpé. Elle m'avait été dissimulée par l'ombre d'un arbre, mais à présent le signe se découpait clairement dans la lumière de mes phares. Je vis en même temps l'amorce de l'allée. J'y entrai lentement, puis me rangeai entre des buissons, en bordure, avant de couper le contact.

La ferme, une vieille bâtisse modernisée, se dressait à deux cents mètres de la route. Derrière, dans la faible clarté des veilleuses, je distinguai deux longs poulaillers, dont l'odeur flottait dans l'air humide. A droite, à une centaine de pas, il y avait une grange carrée, à un étage, plongée dans le noir.

Quand je parvins à la maison, je n'y vis qu'une lumière, du côté de la cheminée, donc évidemment dans le living-room. Je restai immobile une minute pour habituer mes yeux à l'obscurité. Pas de voitures aux alentours, mais cela ne prouvait rien, car il y avait trop d'endroits où les dissimuler. Je pris mon automatique pour introduire une cartouche dans la chambre.

Une seconde fenêtre s'éclaira soudain, dans la pièce opposée, au rez-de-chaussée. Derrière les rideaux, une ombre passa plusieurs fois, lentement, puis disparut. J'attendis, mais la lumière ne s'éteignit pas. Au contraire, une autre jaillit à une fenêtre de l'étage, mais trop faible pour me permettre de distinguer plus qu'une vague silhouette sur les rideaux.

Je compris d'un seul coup et fonçai vers la porte. On fouillait la maison.

La porte, fermée à clef, était trop épaisse pour l'enfoncer d'un coup de pied. Avec l'espoir que la pluie couvrirait le fracas, j'appliquai mon trench-coat contre la fenêtre et appuyai. Le verre tomba sur le tapis, sans faire trop de bruit. Je tirai le crochet, soulevai la guillotine et enjambai le rebord.

L'homme mince aux cheveux clairsemés, ligoté sur une chaise, devait être Alex Bird. Son menton reposait sur sa poitrine, et quand je lui relevai la tête, ses yeux avaient la fixité de la mort. Il y avait une petite bosse sur le crâne, à l'endroit où on l'avait frappé, mais en dehors d'écorchures aux poignets et aux chevilles, il ne portait pas de blessure apparente. Son corps était encore chaud. Il n'était mort que depuis quelques minutes, et j'avais vu trop d'attaques cardiaques pour me tromper sur la cause du décès.

Le Dragon avait bien déniché Alex Bird, et il s'apprêtait à le faire parler, mais le cœur de la victime avait flanché. Ce qui voulait dire que Bird n'avait rien dit. Le Dragon cherchait toujours. *Il ne savait pas encore où était Velda.*

En cet instant même, il retournait la maison de fond en comble.

L'escalier décrivait un angle avant d'atteindre le palier. Je me tassai dans l'ombre, contre le mur, m'efforçant de situer avec précision le Dragon, aux bruits qu'il faisait. Je devais me retenir d'éclater de rire, tellement j'étais exalté. Mais je ne pouvais empêcher un large sourire de se dessiner sur mes lèvres. Puis je me préparai à l'action.

Je ne sais comment il le sentit. Quand la mort est le plus clair de votre boulot, vous avez une sorte d'instinct animal qui vous avertit qu'elle approche, même si vous ne voyez et n'entendez rien. Et de même qu'il sut tout d'un coup que j'étais là, je me rendis compte qu'il le savait.

En haut, les bruits cessèrent brusquement. Je perçus un tout petit cliquetis métallique. Ce fut tout. Nous attendions tous les deux. Nous savions l'un et l'autre que nous n'attendrions pas longtemps.

On ne s'amuse pas à compliquer le jeu quand le facteur temps est primordial. On court le risque d'encaisser un pruneau pour tenter d'en placer un définitif. Un des deux doit mourir. Parfois les deux, simultanément.

Nous nous démasquâmes exactement en même temps. Le tonnerre de mon 45 couvrit les détonations de son arme, mais j'éprouvai une brûlure au flanc et une autre au bras. C'était un tir instinctif, mal ajusté, en attendant de voir la cible et de pouvoir la viser. Dans la lueur orangée des rafales, je le vis, colossal, en haut de l'escalier, avec un visage aux pommettes hautes, comme un Indien, avec son front mangé par les cheveux noirs, avec sa bouche hilare, pour le plaisir de bagarrer.

Une de mes balles lui arracha son pistolet de la main. Il avait quand même l'avantage, car il me dominait. Comme un fou hurlant, comme un animal sauvage, il réagit immédiatement en me bondissant dessus à travers la fumée âcre des cartouches.

Sous le choc, je tombai sur le dos, jusqu'en bas des marches, me heurtant à la table d'angle dont la lampe se fracassa. Je saisis sa veste qui se déchira. Il se dégagea d'un coup de reins, en grondant et en jurant, et se redressa comme un acrobate. L'automatique m'avait échappé de la main. Il était contre la dernière marche. Un mouvement rapide et je le reprenais. L'homme vit mon geste, comprit qu'il ne pourrait pas être sur moi avant que j'aie l'arme. Pendant que je saisissais le 45, il fonça vers la porte et sortit. La culasse était en place, le chien armé, il me restait donc au moins une balle. Il ne voulait pas risquer de perdre la partie. Je vis son ombre qui fuyait vers l'allée. Quand mon corps intercepta en partie la lumière dans l'encadrement de la porte, il fit un crochet vers les ténèbres de la grange. Je tirai et entendis la balle s'enfoncer dans le bois.

C'était ma dernière. Cette fois, la culasse resta en arrière. Je laissai tomber le pistolet dans l'herbe et courus vers la grange avant qu'il ait pu refermer la porte et se perdre dans le noir.

Il sauta sur moi comme une panthère, mais il commit la faute de me saisir la main droite, me croyant toujours armé. De la main gauche, je lui déchirai la figure. Il ne cria pas. Il gronda et chercha à m'empoigner le cou. Il était grand, fort, sauvage, mais je connaissais aussi le jeu. Je me redressai d'un coup de reins, l'expédiant loin de moi, puis je décochai un coup de pied dans sa direction. Je ne l'atteignis qu'au flanc et il riposta d'une manchette que je ne pus bloquer qu'en partie. Je devinai ce qu'il allait faire et laissai un vieux réflexe agir pour moi. Le judo, c'est très bien si tout est en votre faveur, mais un solide crochet à la figure qui arrive le premier ne laisse pas la moindre chance au judo, au karaté, ou à toute autre forme de combat à mains nues.

Mon poing écrasa de la chair et des os. Une odeur de sang me parvint en même temps que le soupir qu'il poussa. Il me saisit de ses deux mains comme entre des serres. Il se cramponnait et je compris que si je ne me libérais pas, il allait me tuer. Il s'attendait à un coup de genoux au bon endroit, aussi se tourna-t-il légèrement pour le parer. Je fis quelque chose de bien plus terrible. Je lui pris les testicules à pleines mains et les tordis en serrant de toutes mes forces. Il poussa un cri aigu de femme et dans sa douleur atroce me repoussa si violemment que je lâchai ma prise sur ce qui lui restait de virilité. Aveuglé de haine, il s'avança au moment même où je trébuchais sur un obstacle quelconque, et s'abattit sur moi comme un fauve, me mordant, me déchirant de ses ongles. A mon tour, je ressentis une douleur insupportable lorsqu'une de mes côtes se brisa sous ses coups. Impossible de me débarrasser de lui. Il me maintenait sous son poids et me cognait de la tête tout en poussant ses cris aigus. Encore une minute, je serais mort, et Velda ne tarderait pas à me rejoindre.

De penser à elle me donna un dernier sursaut d'énergie. Je réussis à lui jeter la tête en arrière d'un coup de coude, puis je me mis à lui marteler la mâchoire, alternativement du droit et du gauche. Je parvins à reprendre le dessus et je continuai à cogner, cogner, cogner... jusqu'au moment où il ne bougea plus du tout. Il respirait encore, mais il était inerte.

Je me relevai à grand-peine et allai jusqu'à la porte pour respirer à grands coups l'air frais de la nuit. Le sang me coulait du nez et de la bouche, mouillant ma chemise, et à chaque inspiration d'air, j'avais l'impression que ma poitrine allait éclater. Les deux éraflures causées par les balles n'étaient rien en comparaison du reste. J'étais presque complètement démoli, mais j'étais vainqueur. Maintenant, ce fils de pute allait crever.

Je trouvai l'interrupteur près de la porte. L'ampoule ne répandait qu'une faible lumière, mais c'était suffisant. Je retournai près de l'homme étendu sur le dos. Je crachai à la figure du Dragon. Machinalement, je le fouillai, sans trouver autre chose que de l'argent. Puis je m'aperçus qu'un de mes coups lui avait dérangé les cheveux. J'arrachai sa perruque et je découvris dessous plusieurs petites bandes de microfilm.

Je ne savais foutre pas ce qu'il y avait dessus, et je m'en balançais. Il ressemblait à présent à un Indien mal scalpé par un amateur. Il était costaud. Les pommettes hautes, la bouche mince, les yeux bridés, les sourcils épais et noirs. Néanmoins, avec sa calvitie il faisait un peu moins Peau-Rouge.

Il y avait au mur une hache à long manche, à deux tranchants, bien affûtée. Je la décrochai et revins près du Dragon. J'avais un problème à résoudre. Comment tue-t-on un Dragon ? Lui planter la hache en plein dans les tripes serait amusant. Ou au milieu du crâne, ce serait encore plus drôle. Après avoir vu ces représailles en photo, les autres y regarderaient à deux fois avant de venir nous emmerder. Et la décapitation ? D'un seul coup, comme les Japonais ? Bon Dieu, non ! C'était trop doux.

Il fallait qu'il meure *vraiment*.

Je contemplai le grand porc, reposai la hache par terre et le poussai du pied. Que m'avait raconté Art ? Sur la souffrance... Je l'avais cru cinglé, mais il avait peut-être raison. Le laisser en prison, à moisir en attendant la mort inéluctable. Pourtant il fallait prouver qu'il y a encore des gens prêts à traiter ces brutes comme ils traitent leurs victimes.

Un simple avertissement.

Ce n'était plus que le camarade Gorlin, à présent. Il n'avait plus rien du Dragon, avec le sang qui lui dégoulinait sur le menton.

Je parcourus la grange à la recherche d'un *avertissement*. Je le trouvai sur l'établi du fond. Une pointe de charpentier de dix centimètres et un marteau.

Je retournai le camarade Gorlin à plat ventre. Je lui étendis le bras, la paume de la main à plat sur le plancher.

En tapotant, je repérai la solive sous les planches. Je lui posai la main dessus, avec précision.

Dommage qu'il fût sans connaissance.

Puis je posai la pointe au centre du revers de sa main, et je me mis à taper, taper, taper, avec le marteau jusqu'au moment où la large tête de la pointe lui déprima légèrement la peau. Il était tellement bien cloué au plancher qu'il ne pourrait jamais s'en arracher. Je jetai le marteau près de lui et lui dis :

« Ça, c'est soigné comme menottes, mon pote ! »

Malheureusement il n'était pas en état d'apprécier. Il était toujours dans les pommes.

Dehors la pluie avait redoublé. Comme toujours dans ces cas-là. Comme pour laver les souvenirs sordides. Je ramassai mon automatique dans l'herbe, rentrai à la maison, le démontai, le séchai et le rassemblai.

Alors seulement m'approchai-je du téléphone mural pour demander à la standardiste le numéro de Peerage Brokers, à New York.

Art Rickerby me répondit en personne.

« Mike ? fit-il.

— Oui. »

Quelques secondes de silence.

« Mike...

— Je vous l'ai trouvé. Il est encore en vie. »

On eût dit que je venais simplement de lui dire l'heure.

« Merci, fit-il.

— Vous me couvrirez en cas de pétard ?

— Ne vous en faites pas. Où est-il ? »

Je lui donnai l'adresse et tous les détails. Je lui dis de téléphoner à Pat et à Hy et de tout leur raconter. L'affaire était à peu près réglée.

« Une question, Mike ?

— Oui.

— Votre problème personnel ?

— Fini. J'étais là, en train de nettoyer mon flingue, et ça m'est venu d'un coup. C'était simple. Si j'y avais pensé immédiatement, Dewey, Dennis Wallace et Alex Bird seraient encore vivants. C'en est tragique de simplicité. J'aurais pu découvrir où était Velda depuis plusieurs jours déjà.

— Mike...

— Au revoir, Art. Il me faut encore abattre l'autre moitié du Dragon.

— Quoi ? (Il ne comprenait plus.)

— *Les dents et les griffes.* Je n'ai encore arraché que les dents... les griffes sont plus retorses.

— Il va nous falloir une déposition.

— Vous l'aurez.

— Comment ferez... »

Je le coupai :

« Je vous rappellerai. »

13

A l'aube, la pluie cessa et le soleil vint réchauffer les arbres et l'herbe. Les montagnes étaient enveloppées d'une vapeur qui se dissipait peu à peu. Je mangeai dans un restauroute ouvert toute la nuit, après avoir garé la voiture entre deux poids lourds. J'avalai encore six tasses de café avant de régler l'addition et de repartir, sans accorder d'attention aux regards curieux que me lançait la serveuse.

Je m'arrêtai encore une fois devant le Bassin d'Ashokan, pour contempler l'eau paisible et m'efforcer de remettre dans leur perspective les sept années écoulées. On change en sept ans.

Mais on change aussi en sept jours, songeais-je.

J'étais un clochard quand Pat m'avait emmené à l'hôpital voir un mourant. J'étais presque aussi inerte que le mourant. J'étais en tout cas complètement vidé. Il ne me restait que le désespoir, qui est une forme de mort dans la vie.

Tu te rappelles, Velda, quand nous avions le monde devant nous ? Tu dois te l'être rappelé, puisque tu m'as fait demander. Et pendant toutes ces années, je m'efforçais de t'oublier, alors que tu te souvenais.

Je me relevai, époussetai mon pantalon et regagnai à travers champs ma voiture. Elle avait ramassé toute la boue des chemins pendant la nuit, mais je ne pensais pas que Laura m'en ferait reproche.

Le soleil était presque à l'aplomb. Le temps passe parfois vite, quand on se rappelle et qu'on réfléchit. Je mis le contact et m'enfonçai dans les montagnes.

Laura entendit la voiture et accourut à ma rencontre. Elle se précipita dans mes bras avec une joie évidente et pendant quelques instants, elle me tint serré contre elle. Puis elle me regarda, recula et me dit :

« Mike... votre visage !

— Des difficultés, mon petit. Je vous l'ai bien dit que les ennuis me suivent partout. »

Je remarquai pour la première fois l'état de mes vêtements. Ma veste n'avait plus de boutons, elle était tachée de sang ainsi que ma chemise. Et sur le flanc, il y avait une déchirure, avec du sang caillé, là encore.

« Mike ! fit-elle en écarquillant les yeux.

— On m'a tiré dessus. Mauvaise nuit.

— Je vais appeler le médecin. »

Je lui pris la main.

« Non. Ce n'est pas grave à ce point.

— Mike...

— Soyez gentille, ma chatte. Laissez-moi lécher mes blessures au soleil comme un vieux chien, hein ? Je ne veux pas de médecin. Je guérirai. Ce n'est pas la première fois. Je ne veux que rester seul au soleil.

— Oh ! Mike, que vous êtes têtu !

— Il y a quelqu'un dans la maison ?

— Non. On dirait que vous choisissez toujours le jour de congé des domestiques. (Elle sourit.) C'est bien calculé et cela me fait plaisir. »

Toutes mes douleurs se réveillaient et cela ne faisait que commencer.

« Je suis fatigué », dis-je.

Elle me conduisit derrière la maison, près de la piscine. Elle m'aida à me déshabiller et à enfiler un short. Je me posai délicatement dans un fauteuil pour jouir du soleil. J'avais des bleus partout, et ma côte brisée saillait en un arc violacé. Laura alla chercher un antiseptique pour laver les éraflures laissées par les balles. Je me rendis compte de ma veine que ce grand sauvage ait été si impatient — tout comme moi — et ait pris trop de plaisir à la lutte, au lieu de la considérer froidement comme un travail.

Je dormis un moment. Le soleil me chauffa d'abord d'un côté, puis de l'autre. Je m'éveillai soudain, conscient qu'il me restait quelque chose à faire.

« Vous avez parlé en dormant, Mike », me dit Laura.

Elle avait remis son bikini noir, qui était mouillé, comme sa peau. Elle venait sans doute de sortir de l'eau. Son bikini était encore plus révélateur que le nu absolu. Qu'elle était désirable, avec ses cuisses longues et musclées, ses mollets ronds et pleins ! Ses seins avaient toujours la même fierté. Quant à son visage illuminé d'un sourire, c'était presque la perfection.

Adorable.

« Et qu'est-ce que j'ai bien pu raconter, Laura ? »

Elle cessa de sourire.

« Des histoires de dragons.

— Oui, aujourd'hui, je suis saint Georges.

— Mike, est-ce qu'on peut bavarder ensemble de nouveau ?

— Oui, on va bavarder.

— Cela ne vous dérange pas que j'aille m'habiller, avant ? Il commence à faire frais ici. Vous devriez aussi remettre vos vêtements. »

Elle avait raison. Le soleil n'était plus qu'un gros disque rouge à la crête de la montagne. Des ombres violettes s'étendaient déjà sur une pente de la vallée.

Je lui tendis la main et elle m'aida à me lever, puis, côte à côte, nous fîmes le tour de la piscine, jusqu'à la cabane, sentant la tiédeur de nos corps quand nos pas nous amenaient en contact. A la porte, elle me prit dans ses bras.

« Dos à dos ? demanda-t-elle.

— Oui, comme des puritains. »

Son regard s'adoucit, elle s'humecta les lèvres, puis, avec avidité, m'offrit sa bouche. Nos désirs montèrent simultanément.

Je ne la lâchai qu'à regret, puis je la suivis à l'intérieur. Le soleil couchant filtrait en longs rayons orangés par la fenêtre, nous éclairant suffisamment. Elle passa sous la douche pendant que je m'habillais lentement, avec une douleur à chaque mouvement.

« Quand est-ce que tout cela sera fini, Mike ? cria-t-elle.

— Aujourd'hui », dis-je tranquillement.

Elle s'arrêta de se savonner.

« Vous en êtes sûr ?

— Oui.

— Vous avez rêvé de dragons ! cria-t-elle.

— De leur mort, chérie. Ils sont durs à tuer. Celui-ci particulièrement. Vous n'imagineriez pas comment les événements s'enchaînent. Des idées semées il y a longtemps ne portent leurs fruits qu'à présent. Vous vous rappelez ce que je vous ai dit au sujet de Velda ?

— Oui, Mike.

— Il a fallu que je reprenne tout cela et que j'y ajoute encore, Laura.

— Vraiment ? »

Elle avait arrêté la douche et se savonnait derrière moi, et c'était si naturel, si gentil, que j'avais envie de me retourner.

« Pat avait raison, et moi aussi, repris-je. Vos bijoux ont leur rôle. Comme ceux de Mme Civac et le fait que Richie Cole était contrebandier.

— Ah ? (Sans s'émouvoir.)

— Ce n'étaient que des trompe-l'œil, des fausses pistes. Voulez-vous que je vous explique le reste de ma pensée ?

— Si vous voulez, Mike.

— Dans un gouvernement, il y a des hommes dont l'importance réelle n'est visible qu'à des yeux exercés, bien avant que le public s'en aperçoive. Votre mari était de ceux-là. Il était évident qu'un jour ou l'autre, il serait le chef de notre pays, un chef que nos ennemis communistes ne pouvaient pas se permettre de nous laisser.

« Voilà ce qu'était Leo Knapp, l'homme des fusées, votre mari. En le tuant, nos ennemis en auraient fait un martyr. Or ils ne tenaient pas à ce qu'on le mette sur un piédestal.

« Il est cependant d'autres moyens de contrôle sur les fortes personnalités. Par exemple, Leo Knapp pouvait épouser une femme toujours prête à écouter ses pensées, ses idées, ses secrets, et à les communiquer aux individus compétents, de façon à contrebattre rapidement tout ce qu'il pouvait entreprendre. Il pouvait épouser une femme qui, en sa qualité d'hôtesse officielle, à Washington, avait l'oreille de personnes respectables, et pouvait recueillir de-ci, de-là, des renseignements tout aussi importants pour l'ennemi que des documents sous scellés. Il devenait ainsi possible d'entraver son œuvre à tout instant.

« Et puis un jour, il a tout compris. Il s'est aperçu que l'ennemi était dans sa propre maison. Il a amorcé un piège en déposant des papiers prétendus importants dans son coffre, et une nuit, pendant que l'ennemi — son épouse — fouillait le coffre avec un compatriote qui devait photographier les papiers et transmettre les photos à un quartier général supérieur, il est descendu. Il l'a vue, il l'a accusée, mais il s'est trouvé pris dans une combine plus forte que lui.

« Disons qu'elle l'a abattu. Peu importe. Elle est aussi coupable que si c'est le complice qui a fait le geste. En tout cas, ce dernier a emporté l'arme... un pistolet de hasard, non identifiable, si on le jetait quelque part sans y laisser d'empreintes. L'épouse a pris le temps de simuler un cambriolage et de faire filer son compatriote, puis elle a appelé la police.

« Et cela ne finit pas pour autant. La même femme continue de jouer les grandes dames à Washington et d'envoyer un flot de renseignements à l'ennemi. Disons qu'elle-même a assez de classe pour faire partie de l'équipe du Dragon. Il en était les Dents, elle en est les Griffes, tous les deux assassins, espions, ennemis irréductibles de notre pays. »

Derrière moi, la douche recommença à couler fortement. Elle se rinçait.

« Tout a bien marché jusqu'au meurtre de Richie Cole. La partie « Dents » a utilisé le même pistolet. Cela établissait un lien entre les événements. Comme je vous l'ai dit en réfléchissant à haute voix devant vous, les coïncidences sont choses curieuses. Je préfère le mot sort, ou destin.

Et « conséquences » ne convient-il pas encore mieux ? Richie, Leo et Velda se sont trouvés pris dans la même intrigue et j'ai été trop bête pour m'en apercevoir de longtemps.

« Mais je ne suis pas toujours idiot. On meurt, ou on apprend. Le Dragon était à mes trousses. Rétrospectivement, les plus petits détails se chargent de sens. Vous vous rappelez, quand Gorlin a démoli la radio ? Vous trembliez, et j'ai cru que c'était de peur. Mais non, petit, c'était de la colère parce qu'il avait fait une sottise qui risquait de vous mettre en danger. Et après, vous lui avez dit votre façon de penser au téléphone, n'est-ce pas ? Votre maison est comme une chambre de résonnance, mon petit. On saisit la tonalité des voix. Vous étiez furieuse. J'étais trop intéressé par les souvenirs de votre mari pour y prêter attention, voilà tout.

« Et maintenant, c'est fini. La mâchoire du Dragon est clouée. Vous ne pouvez pas comprendre cette innocente plaisanterie, pour le moment. Mais disons que le Dragon est entravé. Il ira s'asseoir sur la chaise électrique et les journaux expliqueront pourquoi. Bref, le Dragon est mort. Sans avoir trouvé Velda. Elle parlera, elle révélera les secrets de la plus grande organisation d'espionnage que le monde ait jamais connue, et l'idéologie communiste en prendra un sacré coup.

« Parce que, voyez-vous, mon petit, je sais où est Velda. »

La douche s'arrêta. J'entendis chantonner Laura comme si elle ne m'eût même pas écouté.

« L'imprévu, c'est que Richie Cole avait établi le contact. Il avait remis au vieux Dewey, le marchand de journaux, une lettre indiquant où Alex Bird devait conduire Velda. L'endroit était tout préparé et elle avait l'ordre de n'en pas bouger tant que Cole ou moi ne serions pas venus la chercher. Cole ne peut plus y aller.

« Il ne reste que moi. Dewey a glissé la lettre dans un magazine. Tous les mois, il m'en met quelques-uns de côté, et pour être certain que je trouverais la lettre, il l'a mise entre les pages de mon magazine préféré, *Cavalier*. Je le prendrai au kiosque en rentrant, et je saurai alors où se cache Velda. »

J'achevai de m'habiller, glissai mon automatique vide dans son étui et enfilai péniblement ma veste. Mes vêtements étaient raides de sang séché, mais cela n'avait plus d'importance.

« Tout cela n'est qu'hypothèses, poursuivis-je. Il se peut que je me trompe, mais je ne peux plus courir de risques. J'ai aimé d'autres femmes. J'ai aimé Velda. Je vous aime, et, comme vous l'avez dit, c'est vous ou elle. Il faut que je la retrouve si elle est vivante. La clef est dans mon magazine. Il y aura mon nom dessus, Duck-Duck me le remettra, et je saurai enfin où elle est. »

Elle cessa de chantonner. Elle m'écoutait. Je l'entendis émettre un son étrange, comme un sanglot.

« Je peux me tromper, Laura. Il se peut qu'en la voyant, je ne la désire plus. Je peux me tromper aussi à votre sujet, et dans ce cas, je reviendrai, mais il faut que je sache. »

Le rayon oblique du soleil éclairait l'autre côté de la cabine, me laissant dans l'ombre pour le moment. Je savais ce que j'avais à faire. Une épreuve.

On la passe, ou on échoue. Pas de milieu. Je ne voulais pas charger davantage ma conscience.

Je pris le fusil de chasse dans son coin, en enfonçai les deux canons dans la glaise bleuâtre en appuyant et en tournant pour être certain de les boucher hermétiquement. Je replaçai l'arme dans son coin et ouvris la porte.

Les montagnes étaient dans l'ombre et le soleil avait disparu, n'accrochant plus que quelques reflets aux plus hautes branches des arbres. La ville était à cent soixante kilomètres, mais avec la voiture de Laura ce ne serait pas long. Je me réconcilierais avec Pat, Hy aurait son article, et Velda... Velda ? Quel effet cela nous ferait-il à présent, de nous retrouver ?

Je pris l'allée cimentée et commençai à m'éloigner de la cabane. Elle cria : « Mike ! Mike ! »

Je me retournai au son de sa voix. Elle était debout dans sa nudité splendide, dans l'éclat de sa chair dorée, avec ses formes idéales, ses cheveux blonds et ses incroyables yeux gris.

Incroyables.

Ils m'observaient par-dessus le double canon du fusil et paraissaient pétiller de la joie de tuer, en cet instant de vérité.

De vérité pour qui ?

Seulement la gueule des canons était sans profondeur. Sur leur acier bleuté, les ongles écarlates de Laura faisaient un contraste frappant et symbolique.

Rouge sang, songeai-je. Les doigts auraient dû être dorés, comme le reste du corps, mais ils ne l'étaient pas. Ils étaient blancs de crispation. Encore une fraction de centimètre, et le mécanisme meurtrier allait se déclencher.

Elle répéta : « *Mike...* » et réussit à mettre dans ce seul nom sa haine, ses désirs, sa vengeance et ses regrets, mais aussi la notion du devoir à accomplir qu'on avait inculqué si longtemps auparavant à son cerveau discipliné.

« Adieu, mon petit », dis-je.

Je tournai les talons et partis vers la porte, vers Velda. Dans mon dos, j'entendis une explosion terrifiante quand elle pressa sur les deux détentes à la fois.

IN THE BABA

The last Cop Out
Traduit par F.-M. Watkins

Aux critiques, sceptiques et autres esprits forts, je conseille de consulter avec grand soin la documentation des quotidiens... en accordant une attention toute particulière à certain dossier de police classé sous le titre 3D-SSR-02.

Pour le Grand Homme... merci.

M.

1

Il arriva au kiosque à 22 h 57 précises, acheta la première édition du journal du lendemain, le dernier numéro de *TV Guide*, et parcourut les gros titres pendant une minute, à la lumière du kiosque, avant de traverser la chaussée. Tirant sur sa laisse, le teckel sauta sur le trottoir, se retourna comme pour poser une question, tourna à droite au commandement, et traîna son maître sur le trottoir désert.

Il était à présent 22 h 59. L'homme était ponctuel, sachant que l'autre l'était aussi. Quand la voiture sombre dépassa le promeneur et son chien pour se garer à l'emplacement réservé, devant un vieil hôtel particulier transformé en appartements, on eût dit que les montres avaient été synchronisées des heures plus tôt en vue de ce bref rendez-vous du destin.

Le conducteur de la voiture coupa le contact, éteignit ses phares, verrouilla les deux portières de droite et celle de l'arrière gauche ; il s'apprêtait à remonter sa vitre quand il leva machinalement les yeux vers le piéton qui faisait pisser son chien, l'homme inoffensif qu'il avait vu quelques secondes plus tôt acheter son journal et qu'il avait aussitôt oublié parce qu'à New York tout le monde promène son chien, achète son journal et rentre chez soi, ce qu'un ennemi ne ferait jamais. Il faillit sourire quand le passant lui sourit.

Il sentit alors un bloc de glace peser sur son estomac, sa gorge se dessécher ; il reconnaissait cette tête et ce bizarre sourire, et comprenait tout à coup que quarante-six années de vie allaient prendre fin dans une obscure rue étroite du West Side où il n'avait aucune raison valable de se trouver. Il n'y aurait plus d'appartement luxueux avec terrasses au sommet d'un gratte-ciel de Manhattan, plus de femme potelée pour le harceler dans un anglais approximatif, plus d'insolences de gosses arrogants, plus d'orgueil ni de pouvoir de vie ou de mort dans une immense organisation. Et tout cela à cause d'une connasse de blonde dans un logement minable, qui savait résoudre ses problèmes sexuels et lui faire connaître cet éblouissement qu'il avait cru disparu à jamais.

Il vit le journal se lever, tenta de tirer son propre pistolet de sa poche, mais ne fut pas assez rapide. Victor Petrocinni connut un dernier soupir quand une balle de gros calibre creusa un trou dans son front en éclaboussant de sa cervelle le tableau de bord.

Le teckel se retourna à peine en entendant le *whoup* étouffé du silencieux.

Ni l'homme ni le chien n'avaient ralenti le pas. Ils poursuivirent leur promenade.

Un mois plus tôt, ils étaient vingt et un autour de la longue table, dans la salle de conférences de Boyer-Reston Inc. A présent, dix-sept hommes seulement, d'âges divers mais tous sobrement vêtus, occupaient les fauteuils de chêne sombre. Chacun avait devant lui un bloc-notes et un crayon, un percolateur bouillonnait doucement dans un coin, mais les tasses à café étaient vides et les blocs vierges.

Au bout de la table, présidant la séance, Mark Shelby, dont le vrai nom était Marcus Aurelius Fabius Shelvan, jouait distraitement avec la breloque en or de sa chaîne de montre. En observant à tour de rôle les hommes assis à sa gauche et à sa droite, son esprit retournait vingt ans en arrière, quand il avait assisté pour la première fois à une telle réunion.

Il n'y avait alors que des visages du vieux pays, des voix à l'accent prononcé, des haleines qui sentaient encore l'ail après le dîner offert par Peppy. Des bouteilles de vin vides servaient de cendriers et il prenait seul des notes, parce que lui seul était capable de traduire deux langues, deux patois dans un anglais cohérent auquel on pourrait se référer dans l'avenir. Quelques semaines plus tôt à peine, il avait passé son examen d'entrée et avait prouvé sa valeur, avec le double assassinat de Herm et Sal Perigino, la tentative contre Papa Fats... un peu tard, pour être mis à l'épreuve ; mais aussi il avait été désigné pour faire les études supérieures dont l'Organisation tirerait profit, et le contrat n'avait été qu'une formalité, une tradition, une simple initiation.

La table n'était faite alors que de quelques méchantes planches sur des tréteaux, dans l'arrière-salle de la taverne de Peppy. Il s'y était assis bien souvent, en progressant rapidement vers le haut bout de la table. Maintenant c'était lui qui occupait le fauteuil présidentiel et commandait aux divers P.-D.G., servant de façade à la nouvelle organisation ultra-moderne, cette autre société qui faisait fortune grâce aux vices et maléfices du secteur de Manhattan, à New York.

La voix de Shelby et son vocabulaire évoquaient le prétoire, mais il y avait de l'acier derrière chaque syllabe. Depuis l'affaire Perigino, il avait fait éliminer une trentaine de gars dont l'activité lui semblait intolérable pour le bien-être de l'Organisation, s'occupant en personne de quatre de ces cas pour bien démontrer qu'il était toujours aussi capable et impitoyable que ses prédécesseurs, et digne aussi bien du titre qui lui était officiellement donné que de celui que l'on employait derrière son dos. On l'appelait le *Primus Gladiator*, le premier gladiateur, non pas à cause de son curieux prénom mais pour la manière avec laquelle il se débarrassait de ses adversaires, rapidement et avec joie.

— Hier soir, dit Mark Shelby, Vic Petrocinni a été abattu.

Il feuilleta quelques notes, trouva le feuillet qu'il cherchait et posa son index dessus.

— Pendant six semaines, reprit-il, le mardi et le vendredi, il s'est rendu à la même adresse, dans le même dessein. Il avait toujours un bon prétexte, différent à chaque fois, il croyait tromper tout son monde, mais il est tombé tête baissée dans une embuscade, parce qu'il y avait quelqu'un qu'il n'avait pu abuser... La question qui se pose à présent est : Pourquoi ?

Léon Bray dirigeait le département des ordinateurs, indispensable aux innombrables activités de l'Organisation. A cinquante ans, il en paraissait dix de plus, avec sa figure parcheminée par le travail intensif, et ses yeux de hibou derrière des lunettes à verres épais. Il tapa sur la table avec son crayon et attendit que le silence se fît.

— Chez nous, tous les comptes sont en règle. Personne n'a de découvert à la banque. J'ai tout vérifié trois fois, tous les chiffres collent, jusqu'au dernier centime. Joe Morse et Baggert ont augmenté leur rendement de plus de vingt pour cent l'année dernière, et Rose et Vic faisaient des affaires d'or dans leurs nouveaux territoires. Aucune plainte, dans aucun secteur.

Shelby digéra cette information et hocha la tête avant de se tourner vers la droite.

— Kevin ?

Arthur « Slick » Kevin fit rouler entre ses doigts son gros cigare éteint et regarda le président. Il était nerveux, il n'aimait pas ça, mais à son avis ce qui se passait en ce moment n'était qu'un début, et promettait de devenir de plus en plus redoutable. Il plissa les yeux et secoua la tête.

— J'ai contacté tous les autres bureaux ; personne n'a essayé de nous évincer, ni de nous coller des bâtons dans les roues. Chicago et Saint-Louis veulent nous prêter quelques-uns de leurs hommes qui pourraient repérer de nouvelles têtes dans le coin, au cas où il s'agirait d'un putsch fomenté par certains de ces foutus pigeons de Miami ou de Philly, ou même de K.C. Ils ont eu des ennuis de ce genre l'année passée, mais ils ont vite fait de régler la question. Je leur ai dit que nous attendrions un peu pour voir comment les choses allaient se passer.

— Et Al Harris ? Cela fait un an qu'il a quitté Atlanta.

Kevin écarta cette supposition d'un geste de la main.

— Tout ça, ce n'était que du vent, et d'abord il a fait son temps. Al a maintenant une bonne planque en Basse-Californie et il n'en a pas bougé depuis qu'il s'y est installé. Les autorités mexicaines ont l'œil sur lui en permanence et le laissent faire sa pelote dans le petit patelin où il vit, et ça suffit au vieux. Par-dessus le marché, il est tubard. Alors, même si Big Harris a les contrats et le fric pour financer son retour, il n'est pas assez con pour tenter le coup.

— Tu en es sûr ?

— Certain.

— Et toi, Remy ? demanda Shelby.

Le petit homme haussa simplement les épaules, mais ce geste signifiait qu'il avait fait une enquête serrée, en employant deux cents types bien entraînés dont les rapports avaient ensuite été analysés dans les moindres détails. Il consentit tout de même à répondre :

— Vic et Baggert s'occupaient tous les deux de drogue mais leurs territoires étaient bien distincts. Morse avait les books, et Rose l'usure. Aucun rapport entre eux. Aucun n'avait les mêmes amis. J'ai fouiné dans tous les coins, dans toutes les directions possibles, et je n'ai pas pu découvrir le moindre rapport, sauf que les gosses de Rose et de Vic étaient allés ensemble à la même école élémentaire.

Une minute s'écoula avant que Shelby lève les yeux de ses papiers. Il examina de nouveau chaque visage, puis toute l'assistance en bloc. A ce moment, il ressemblait davantage à l'une de ces strictes figures du passé, dont les portraits à l'huile ornent les tribunaux, qu'au président du plus riche conseil d'administration des bas-fonds.

— Personne, déclara-t-il à mi-voix, ne tue quatre de nos chefs sans avoir une bonne raison.

Au bas bout de la table, celui qu'ils appelaient Little Richard à cause de sa masse énorme hasarda :

— Rien ne nous dit qu'il est tout seul.

Richard Case était l'agent de liaison de l'Organisation avec le réseau politique de la métropole. Ostensiblement, il dirigeait une monumentale affaire d'immobilier, il s'activait dans la politique et avait l'esprit civique, mais ce n'était qu'une façade, une couverture.

— Je t'écoute, Richard.

Cent cinquante kilos se déplacèrent dans le fauteuil en le faisant gémir.

— Pas deux flingues pareils. Vic et Morse se sont fait abattre avec des 38, Baggert avec un 45 et Rose avec un 9 mm. Le seul point commun, c'est que tous ont été tués d'une seule balle bien placée.

— Nous avons éliminé bien des gens de cette façon, lui rappela Shelby.

— Non, répliqua Case. Les nôtres auraient donné au moins un coup de grâce, pour plus de sûreté. D'ailleurs, nos hommes n'auraient pas choisi ainsi l'heure et le lieu. A chaque fois, c'était des embuscades extra, on dirait même que tous les flingues étaient équipés de silencieux. Jusqu'ici, les flics n'ont trouvé personne qui ait entendu le moindre courant d'air, et le mec qui a fait tous ces coups doit drôlement savoir se déguiser, ou alors ce sont des types différents. La façon d'opérer est la même, d'accord, mais les témoins, quand il y en a eu, n'ont jamais décrit quelqu'un qui ressemble au tueur d'une autre affaire. Si c'est un seul mec, c'est un sacré professionnel et il doit y avoir beaucoup de fric derrière tout ça. Ce genre de talent, ça se paie.

Case se renversa dans son fauteuil, l'air songeur, et poursuivit :

— Mais il y a un truc, avec un pro comme celui-là... il sait que nous sommes alertés, à présent, et il n'aura pas envie de s'exposer davantage. Il prendra son fric et il s'en ira se mettre au vert, laissant ses patrons chercher un autre porte-flingue ailleurs. C'est un as, il est champion, ça fait pas de doute, mais il a beau connaître le territoire, c'est pas un gars du coin, et je vous parie tout ce que vous voudrez qu'il est déjà loin.

— Supposons qu'il y ait plusieurs types, dit Shelby.

— Dans ce cas, ça sera encore plus facile de savoir ce qui se passe. Quelqu'un fera une gourance ou un tour de con et nous saurons d'où ça vient. Il nous suffit de découvrir le pourquoi de la chose, et on sera peinard, on pourra leur voler dans les plumes.

— C'est un raid, décréta Kevin.

En face de lui, Léon Bray releva la tête et le regarda à travers ses épaisses lunettes.

— Je ne sais pas. Aucun des secteurs, aucun des clients n'a été touché. Personne n'a porté le deuil nulle part. Si ça se trouve, c'est une vendetta personnelle.

— Les vendettas, c'est aussi râpé que l'ancien régime, rétorqua Kevin.

— C'est possible, n'empêche qu'entre les souris et le fric elles peuvent refleurir.

Remy les regarda tous les deux avec un rien d'irritation et abattit le plat de sa main sur la table.

— Je vous ai déjà dit qu'il n'y avait aucun rapport entre les coups. C'est dans cette direction qu'on a d'abord cherché, et il n'y a rien, absolument rien qui colle. La seule chose qu'ils avaient en commun, c'est qu'ils faisaient partie de notre groupe, et je crois qu'il est inutile d'insister là-dessus.

— Calme-toi, Remy, conseilla Shelby.

Son cerveau triait tous les renseignements et toutes les possibilités, et quand il fut satisfait du résultat il se détendit et prit un cigare. A part les trois non-fumeurs, tout le monde l'imita.

— Il n'y a qu'une solution, à mon avis, déclara-t-il. C'est, sans aucun doute, un raid.

— Qu'est-ce qu'on fait, alors ? demanda Slick Kevin.

— C'est simple. On attend. Ils ont éliminé nos hommes pour nous faire perdre les pédales. Maintenant ils vont essayer de s'introduire dans les secteurs sans chef et chercher à s'installer. Il nous suffit d'attendre pour voir qui est assez stupide pour se mesurer à nous. Et pendant ce temps, nous en profiterons pour restructurer notre Organisation, et les opérations continueront comme si de rien n'était. Je ne pense d'ailleurs pas que notre adversaire remettra ça.

Mark Shelby se trompait. Le soir même, une balle de 22 à tête creuse pénétra dans l'oreille gauche de Dennis Ravenal, et le sous-directeur de la prostitution de l'East Side mourut entre les draps de soie d'un appartement de luxe dont la porte blindée était, croyait-il, à l'épreuve de toute effraction.

Personne n'entendit de coup de feu. Personne ne vit passer qui que ce soit.

Dans les bureaux de la Brigade criminelle de Manhattan, le capitaine William Long but le café qu'on lui avait apporté dans un gobelet de carton, et sourit largement à son chef.

— Pourquoi irions-nous mettre fin à une belle petite guerre comme celle-là ? demanda-t-il.

— Parce que ça donne à penser que la police est foutrement incapable ! fulmina le grand patron.

— Oh, pour ce qui est d'être capables nous le sommes, répliqua le capitaine. Mais il peut se faire que l'on soit plus utiles en étant inutiles. Jusqu'ici, il n'y a pas eu de victimes innocentes.

— Ça ne durera pas. Les autres n'ont pas encore lâché leurs chiens.

— J'ai l'impression qu'ils ne savent pas d'où vient le vent.

— Je suppose que vous avez une idée, vous ?

Long hocha la tête, en souriant. C'était un plaisir d'exaspérer le superintendant. Long prenait sa retraite dans quinze jours et il ne voyait pas de situation mieux choisie pour couronner sa carrière.

— Quelques-unes, avoua-t-il. Rien de précis, mais au bout de vingt-cinq ans, on finit par avoir une espèce d'instinct pour ce genre de choses.

— Je suppose que vous ne tenez pas à me les dévoiler ? ironisa le superintendant.

Long vida son gobelet de café, l'écrasa dans sa grosse main et le jeta dans la corbeille à papiers.

— Il y a deux possibilités : affaires ou vie privée. Franchement, je ne peux imaginer qu'on soit assez con pour s'attaquer aux grands pontes de l'Organisation, histoire de satisfaire une vengeance personnelle. Par conséquent, il faut que ça touche au business. Quelqu'un veut se placer, et doit d'abord écarter la concurrence. Ces gens-là doivent être assez formidables puisqu'ils ne s'en prennent pas à un individu mais à tout le réseau de l'Organisation. Le Syndicat ne peut pas se permettre de laisser passer ça sans réagir. La nouvelle force qui passe à l'offensive élimine les grossiums un à un, histoire de flanquer les foies au reste, assez longtemps pour qu'elle puisse établir une tête de pont dans le cirque ou foutre la merde dans les opérations pour jouer les sangsues.

— C'est un jeu assez dangereux.

— Malgré tout, déclara Long, on l'a déjà tenté et on a déjà réussi. Parfois, les gros pontes préfèrent assimiler les nouveaux, plutôt que de se battre. Les petits ambitieux sont absorbés, et leur pouvoir est décuplé. C'est comme partout, il y a toujours des jeunes pour se pousser.

— Cela, capitaine, aggrave encore les choses. Pendant quelque temps, nous avons pu les repousser, et d'ici un an ou deux nous aurions même pu les écraser, mais s'ils reprennent de nouvelles forces il nous faudra repartir de zéro.

— Pas si cette guerre continue comme ça.

— Vous savez bien que c'est impossible !

— Ouais ! C'est trop beau pour durer. Ils ont perdu cinq mecs et je crois qu'ils ont compris la leçon. Ils doivent être prêts à abattre leurs cartes.

Le capitaine William Long se trompait aussi. Le lendemain après-midi, à 2 h 15, un taxi fut volé devant un snack-bar de la 8e Avenue. A 2 h 48, le même taxi fut aperçu, apparemment abandonné, dans une petite rue de Greenwich Village par un chauffeur de la même compagnie. Sur le siège arrière il trouva Anthony Broderick, l'ancien docker devenu l'exécuteur numéro un du racket de l'usure, affalé dans un coin avec une balle de 357 Magnum dans le cœur.

Gillian Burke, assis à la mezzanine de l'Automat, déjeunait de haricots et de pâté de viande, en buvant du lait. Durant toutes les années qu'il avait passées dans la police, jamais personne ne l'avait appelé par son prénom. Pour tous, il avait été Gill, et même *Le* Gill. Il lisait encore un autre éditorial d'un quart de page, ressassant le passé, le conseil de discipline de la police, sa suspension parce qu'il était trop flic au goût des politiciens ; l'auteur citait son nom trois fois en l'épelant correctement, et retraçait brièvement sa carrière, ajoutant bien trop tard qu'on avait, ô combien, besoin d'hommes comme lui, même si quelques oreilles officielles étaient choquées et quelques individus innocents mais peu recommandables écorchés.

Gill leva les yeux en voyant apparaître Bill Long avec un plateau ; il replia le journal pour lui faire de la place. On ne pouvait douter de la profession de l'un comme de l'autre. Les marques étaient là, bien inscrites et accusées, à un point tel que le premier venu pouvait les reconnaître en moins d'une minute pour peu qu'il ait le coup d'œil, et quiconque avait eu affaire avec la loi et les forces de l'ordre l'aurait senti à l'instant et à cent pas.

Il y avait cependant une différence, assez gênante. Bill Long était toujours dans la police, et cela se voyait. Gill avait été rejeté du circuit et il y avait quelque chose d'indéfinissable dans son comportement, comme le reflux de la marée sur une longue plage de sable, une tristesse qui s'approfondissait à mesure que les vagues reculaient. Cependant, la trace de la marée haute était toujours visible, et on savait que l'eau remonterait, et que la mer irait plus haut encore en cas de tempête.

— Tu ne m'as pas attendu, reprocha le capitaine.

— J'avais faim, mon vieux. D'ailleurs, je suis tout prêt à en reprendre.

Gill poussa l'autre chaise du pied. Long s'assit, ôta les assiettes de son plateau et les disposa dans leur ordre habituel avant de poser le plateau sur une chaise libre. Gill se leva, revint cinq minutes plus tard avec une autre portion de pâté de viande et une tarte aux pommes en équilibre sur un second verre de lait. Le capitaine rigola en tranchant sa viande.

— J'aurais bien accepté ton invitation au 21, mais je ne veux pas me laisser contaminer par tout ce luxe.

— De la couille.

— Comment ça marche, ton nouveau boulot ?

— Bien. Ça paye. Tout le monde n'a pas cru à toutes ces conneries qu'on a débitées sur mon compte.

Long sucra son café et le remua bruyamment.

— Pense plus à ça, Gill. T'as eu du pot. Bon, d'accord, t'as foutu en l'air une pension parce que le système t'écœurait et que tu ne voulais pas te défendre, mais un boulot à cinquante sacs par an, ça bat tout le reste. D'ailleurs, c'est le même genre de travail.

— Pas tout à fait.

— Tu sais combien d'inspecteurs à la retraite aimeraient être chef de la sécurité à la Compat ?

— Dis-le-moi, tu veux ?

— Tous tant qu'ils sont ! Et tu n'étais que sergent. J'espère seulement que je trouverai un job comme ça moi aussi.

Gill leva les yeux de sa tarte et sourit. Sans humour. C'était simplement un sourire qui avait besoin d'être compris.

— Pas toi, Bill. T'as toujours été idéaliste. C'est pour ça que tu t'es acheté cette ferme il y a huit ans. Tu es tout flic, et un sacré bon flic, mais c'est un truc qu'on ne peut pas éteindre comme le gaz quand on quitte le métier.

— Mais pas toi ?

— Non, pas moi, Bill. C'est un des trucs que j'ai cachés à notre belle équipe de psychologues, pendant toutes ces années.

Le capitaine fit une grimace, se remit à manger et puis s'interrompit, la fourchette en l'air.

— Il me semble que tu n'as pas mal opéré ta transition à la vie civile.

— Le boulot a des compensations. Je n'ai personne sur le dos, par exemple.

— J'aimerais pouvoir en dire autant.

— Des problèmes ?

— Rien, à part cette grosse histoire avec le Syndicat. Personne ne sait ce qui se passe. Six mecs à la morgue pour le moment, et pas le moindre foutu indice.

— Ouais, fit Gill, mais au moins les journaux font la claque.

— Quand un pauvre con se fera descendre au cours d'une fusillade, le ton changera, fais-moi confiance. Et c'est ce qui va se passer. Pour le moment, nos indics nous disent que tous les tueurs sont dans la rue pour couvrir leurs patrons, en espérant de l'action. La grande réunion d'hier soir à Chicago a mis les points sur les i... Comme les types de Manhattan ne sont pas foutus de régler l'affaire eux-mêmes, ils n'ont qu'à sortir et se transformer en cibles pour forcer l'opposition à se montrer. Cet ordre-là a donné la courante à tous les grossiums. Tous ceux qui ne font pas partie de la haute direction doivent jouer à cette nouvelle version de la roulette russe ou rendre des comptes en haut lieu.

— Et maintenant la police joue aussi les gardes du corps.

— C'est à peu près ça, reconnut Long.

— Protéger ces malfrats, voilà qui est nouveau !

Long grimaça.

— La seule chose qu'il y a de bien, c'est que tu n'es plus dans le coup. Pour le moment, c'est moche, mais au moins c'est provisoire. Si jamais tu te faisais coller dans cette mission, nous passerions notre temps à extirper des échardes d'os de nos yeux et à nous casser le cul à chercher un abri.

— Je n'étais pas aussi terrible que ça, quand même !

— Non, mais le sang ne t'a jamais empêché de travailler comme tu l'entendais.

— Je me suis gourré combien de fois ?

— Assez.

— Jamais sur des gros coups.

— Non, pas dans le temps. Mais on ne pouvait pas discuter avec toi, non plus.

— Il y a toujours plusieurs moyens d'arriver à quelque chose, dit Gill.

— Par exemple le bon moyen, le mauvais moyen, et ton moyen.

Gill hocha lentement la tête.

— C'est aussi comme ça qu'ils jouent le jeu, en face.

— Bien sûr, grommela le capitaine en se levant. Allez, salut et passe à l'ombre. Faut que je file. On se verra pendant le week-end.

— D'accord.

A 6 heures moins le quart Gill Burke glissa sa clef dans la serrure de son appartement, entra et verrouilla la porte. Il regarda le journal télévisé, puis il ouvrit une porte secrète dans le gros pied épais d'un vieux bureau à cylindre. Trois pistolets de diverses marques y étaient suspendus. Il les examina tous, hocha la tête et retourna regarder la télévision.

A 8 heures du soir, il éteignit le poste et alla se coucher.

2

Avant cette réunion, personne, à part Mark Shelby, n'avait rencontré le Français. François Verdun était l'envoyé spécial délégué par la haute direction du Syndicat, un briseur d'emmerdes qui n'avait de comptes à rendre à personne, sinon au triumvirat qui contrôlait la gigantesque machine du troisième gouvernement et dont la présence même provoquait une peur presque palpable. A part ça, c'était un homme de taille moyenne, capable de se fondre dans une foule, sans le moindre signe particulier, assez jovial, et qui aimait être appelé Frank par tout le monde.

A côté des performances de tueur de Frank Verdun, celles de Mark Shelby paraissaient insignifiantes. Administrer la mort était un plaisir qu'il avait appris à apprécier depuis longtemps, qu'il fût personnellement responsable des exécutions quand il tenait à ne pas perdre la main, ou qu'il en donnât l'ordre, quand les résultats pouvaient être longuement savourés grâce à la télévision ou à la lecture des journaux. A quinze ans il avait tué son frère, à vingt son meilleur ami à coups de couteau, parce que l'Organisation l'avait exigé ; à vingt-cinq ans, il avait personnellement expédié dans un monde meilleur une famille de seize personnes, sur la Côte, parce qu'elle devenait trop exigeante, et une seule bombe avait suffi. A trente ans, il avait remis sur pied un réseau de drogue européen démantelé et l'avait livré intact à ses chefs. Éperdus d'admiration pour la qualité de son travail et son dévouement à leur cause, ceux-ci l'avaient installé dans un poste enviable d'une suprême importance où la mort devenait une simple question de routine, une tâche à accomplir discrètement sans laisser de traces, moyennant d'énormes compensations financières, car ses goûts étaient aussi bizarres que coûteux.

Et maintenant l'Organisation, lors d'une réunion au sommet, avait décidé de retirer la direction des affaires au chapitre de New York et de précipiter les choses en vue d'une solution. Frank Verdun reçut l'ordre de retrouver et d'abattre toutes les personnes responsables de près ou de loin de la pagaille actuelle des affaires du Syndicat. Il avait carte blanche et tout le monde devait coopérer avec lui. Tout le monde devait obéir aux ordres que Frank Verdun déciderait de donner.

A Chicago, seul dans son bureau au sommet d'un luxueux gratte-ciel, Teddy Shu, second sous-directeur du secteur des Grands Lacs, appela pour la dernière fois le numéro du téléphone rouge posé sur le bureau de Papa Menes, en vacances chez lui à Miami, lui dit que Frank Verdun était arrivé à New York pour mettre la machine en marche et qu'ils devraient s'attendre à de l'action d'ici quelques jours. Papa Menes en fut heureux, mais dans quelques jours il allait être tout à fait fâché.

Teddy raccrocha, épongea sa lèvre supérieure en sueur et cria au jeune garçon du snack, à qui il avait téléphoné pour qu'on lui montât un café, qu'il pouvait entrer. Quand il leva les yeux vers le garçon, il vit une figure bien trop familière, mais avant qu'il ait eu le temps de prononcer son nom, il n'eut plus de bouche du tout parce que la balle de calibre 45 avait emporté la moitié de sa tête.

Papa Menes avait soixante-douze ans ; c'était un petit homme trapu avec un anneau de cheveux gris qui encerclait son crâne comme une couronne. Ses deux mains énormes étaient déformées par l'arthrite, mais surtout parce qu'elles avaient été brisées, l'une au cours d'une bagarre de rue et l'autre par Charlie Argropolis qui voulait le faire parler. Et il aurait sûrement parlé si Charlie n'avait pas trimballé un pic à glace dans un étui passé à sa ceinture, mais avant qu'il eût pu terminer la séance de torture, le petit Menes avait vivement tiré le pic de l'étui pour l'enfoncer jusqu'au manche dans l'œil de Charlie. Le petit Menes avait alors douze ans. Maintenant, à soixante-douze, il était Président dictateur d'un gigantesque clan dont l'empire terrifiant extorquait des taxes à toutes sortes de gens, dans toutes les nations du monde.

Dans la rue, on l'aurait aisément pris pour l'épicier du coin. En poussant une voiture des quatre-saisons, il aurait paru parfaitement à sa place. Dans son appartement dominant tout Miami Beach et l'Atlantique, il détonnait, tant par l'époque que par le lieu. Mais il s'y trouvait bien, et une des prérogatives que son âge et sa situation lui permettaient d'avoir était l'horaire qui lui plaisait ; ainsi personne, sous aucun prétexte, ne devait le déranger avant 10 heures du matin.

Dans le couloir, George Spacer changea de position sur la banquette à côté de l'ascenseur, soucieux parce que son partenaire Carl Ames n'avait pas envie d'attendre une demi-heure.

— Assieds-toi et détends-toi, bon Dieu, gronda-t-il.

Carl Ames ouvrit et referma la fermeture à glissière de son blouson de golf, écrasa sa cigarette dans le bac plein de sable, et grinça :

— Je te jure, George, le vieux va nous bouffer si on ne le prévient pas. Tu sais ce qu'il a fait à Morrie il y a un mois.

— Il faisait la sieste, seulement. Tu connais les ordres.

— Mais écoute...

— Teddy Shu est mort. Il sera tout aussi mort dans vingt minutes.

— Chicago essaye de joindre le vieux, depuis qu'on l'a appris !

— Chicago devrait se faire soigner la tête. Au moins le standard est moins con.

— Je veux bien, mais tu vas voir qu'on va se retrouver dans le Jersey pour surveiller les tapins.

George Spacer sourit à son collègue d'un air mauvais. Deux semaines plus tôt un soldat de l'Air Force avait envoyé son pied dans les joyeuses de Carl et avait failli en déloger une, et depuis il souffrait.

— Au moins, tu pourrais te payer un peu plus de fesse qu'ici, lui dit-il.

— Va te faire foutre, gronda Carl.

A 10 h 05, ils suivirent le garçon d'étage dans l'appartement de leur patron, lui laissant le temps d'entamer son petit déjeuner et de se remettre de son insomnie tenace, et se tinrent au garde-à-vous près de la table de verre, devant la fenêtre.

Papa Menes trempa son toast dans son café, le fourra tout entier dans sa bouche et grommela :

— Alors ?

— Teddy Shu s'est fait descendre hier soir.

— Je sais, grogna le patron en retournant son journal pour montrer le titre en caractères gras. Du boulot bien propre. Qui vous a avertis ?

— Bennie.

— Il vous a donné des détails ?

— Non. Il dit que personne n'y comprend rien.

Le vieux ne paraissait pas trop bouleversé et l'estomac de Carl se calma un peu.

— Teddy était seul, mais il y avait une dizaine de personnes dans les autres bureaux. Personne n'est entré ni sorti qu'elles ne connaissaient pas.

— Quelqu'un a compris la coupure, murmura Papa Menes.

Ses yeux brillants comme des boutons de bottine toisèrent les deux hommes. George Spacer avait l'air perplexe.

— Qui ça ?

— Celui qui a fait le coup. Rappelle Bennie. Il sait peut-être quelque chose, à présent.

Spacer décrocha le téléphone, obtint une ligne extérieure et forma un numéro de Chicago. Il parvint à joindre Bennie dans la salle de rédaction de son journal, écouta pendant trois bonnes minutes, et raccrocha.

— Eh bien ?

— La dernière personne qu'on a vue entrer, c'est le garçon livreur du *Delicatessen*. Il a apporté des cafés et des sandwiches pour d'autres types aussi. Teddy ne voulait pas être dérangé car il était au téléphone, alors ils ont fermé la boîte et ils sont rentrés chez eux.

— Vous pouvez peut-être piger, maintenant, leur dit Papa Menes.

Comme ni l'un ni l'autre ne répondirent, les petits yeux noirs leur témoignèrent leur mépris.

— Ce garçon a travaillé pendant une quinzaine de jours histoire de se faire connaître de tout le monde. Il attend son moment et il fait son coup. Avant de sortir il décroche le téléphone pour que ça sonne occupé dans l'antichambre. Tout le monde s'imagine que Teddy est toujours là, et tout le monde fout le camp peinardement. Très simple, très propre. Appelle ce *Delicatessen*. Demande si le type y travaille encore.

Carl mit un quart d'heure à trouver le numéro du traiteur, à obtenir la communication et à poser sa question.

Ce matin, le livreur n'était pas venu prendre son travail. Le patron lui donna l'adresse de son domicile.

— Vous voulez que j'envoie quelqu'un chez lui ? demanda Carl.

— Fais pas le con, grommela le vieux. Il n'y sera pas davantage. Commence à faire mes bagages et prépare la berline. Pas la limousine, la petite voiture.

— Vous voulez que nous...

— Tout ce que je veux, c'est que vous la boucliez. Personne ne sait rien. Je pars en voyage et personne ne sait où ni pourquoi, ni quoi, ni qu'est-ce. Vous allez rester ici tous les deux, répondre à ce foutu téléphone et dire ce que vous êtes censés dire et pas autre chose. Compris ?

— Oui, bien sûr, Papa, répondit Carl.

Une heure après le départ de Papa Menes, George Spacer était confortablement assis près de la fenêtre et buvait un scotch en regardant les gens étalés au soleil autour de la piscine. Tant qu'ils ne recevraient pas d'autres consignes, ils vivraient comme des rois et aussi comme des prisonniers.

— Je me demande où le vieux a filé, murmura-t-il.

Carl alla se resservir et s'assit, avec précaution, en prenant garde de ne pas écraser sa couille endolorie.

— J'en sais rien, mais au moins on est mieux ici qu'à surveiller des tapins dans le Jersey.

Ni l'un ni l'autre ne se doutait de l'astuce remarquable du vieux.

Généralement, Bill Long ignorait la frustration et ne s'abandonnait guère à la colère. Il vivait depuis si longtemps avec les règlements, les lois, les politiciens, l'indignation ou l'apathie du public, les organisations de citoyens et les comités anti-crime qu'il avait appris à les subir sans s'énerver et sans se hérisser de rage impuissante.

Mais à présent, alors que le District attorney adjoint venait d'achever sa petite péroraison et attendait une réponse, les mains jointes, Long sentit sa poitrine se dilater et les muscles de ses jambes se crisper.

— Vous pouvez me dire qui a eu cette idée de génie ?

— Disons qu'elle est née en haut lieu, répondit Lederer.

— Alors votre haut lieu est un nid de dingues. Qu'est-ce qu'ils s'imaginent, que Gill va revenir à genoux après toute la merde qu'ils lui ont collée sur le dos ? Il a un chouette boulot, il fait sa pelote, et il n'aimerait rien tant que de faire un bras d'honneur à tous ces gros culs qui l'ont viré !

— Vous êtes son ami, n'est-ce pas ?

— Et un assez bon copain pour ne pas lui jeter ce tas d'ordures à la gueule. Ils ont un foutu culot, de demander une chose pareille !

Lederer allongea ses jambes maigres et fronça les sourcils.

— Son renvoi n'était pas complètement injustifié, vous le savez fort bien, capitaine.

— Vous n'êtes pas un flic, alors qu'est-ce que vous en savez, vous ?

— Mais vous, vous l'êtes assez pour connaître le règlement. La police est un service public obéissant à des règles strictes.

— Certaines de ces règles ne suffisent pas à servir le public.

— N'empêche. Gillian Burke était un spécialiste et il gardait dans sa tête des fiches qu'il aurait dû consigner dans ses rapports. Il s'est arrangé pour avoir des contacts et des sources d'information que tous les services de police réunis sont incapables d'obtenir.

— Vous admettez maintenant qu'il était un bon flic !

— Dans ce domaine... oui. Personne ne l'a jamais nié. Mais son attitude et ses actes, concernant d'autres choses, étaient loin d'être sans reproche. En fait, ils étaient presque criminels.

— Il n'avait pas affaire à des citoyens conscients et organisés, monsieur Lederer. Que ça vous plaise ou non, il obtenait des résultats.

— Et c'est la police qui se faisait blâmer, ne l'oubliez pas.

— Je ne l'oublie pas. Je sais que le fric peut permettre de faire virer n'importe qui, et personne ne demande d'où vient l'argent. Et il faut une fortune pour payer des manifestants qui s'amassent devant la mairie, ou qui écrivent des lettres, et pour persuader les mecs de la télé de présenter les informations d'une manière que je préfère ne pas qualifier. Est-ce que vous savez qu'il était sur le point de foutre en l'air tout le Syndicat de mes deux ? Est-ce que vous saviez qu'il avait découvert quelque chose de si formidable que ça aurait fait sauter l'Organisation et garanti des centaines d'années de prison ?... Non, vous ne le saviez pas, vous, mais *eux*, ils se doutaient bougrement que tout allait exploser et ils ont coiffé Gill au poteau en faisant dévier le fleuve de merde de votre côté. Alors vous avez tout épongé et vous avez arraché les dents du tigre, et même quand tout a été fini il m'aurait dit tout ce qu'il savait, sauf que j'ai jamais pu le lui demander. Huit jours plus tard, après avoir pris le temps de réfléchir, il n'aurait donné à personne l'heure qu'il était. Vous l'avez fait passer pour un fumier, mais si vous vous donnez la peine de regarder les choses d'un peu plus près, vous verrez un peu de quel côté sont les vraies ordures.

— Vous vous oubliez, capitaine.

— Disons que j'ai failli. J'allais en dire plus.

— Ne vous faites pas de tort à cause de lui, capitaine. Vous savez fort bien qu'il a délibérément dissimulé des indices dans les enquêtes sur les meurtres de Berkowitz et Manute.

— Pourquoi irait-il couvrir deux macchabées qui avaient fait des films cochons ? On voit mieux que ça dans n'importe quel cinéma spécialisé de Times Square. Nous avons saisi toutes les bandes et identifié tous les types et les gonzesses qui ont figuré là-dedans, et il n'y avait pas de quoi fouetter un chat. Nous ne pouvions même pas les inculper.

— Le sergent Burke aurait pu assurer sa propre défense.

— Certainement, pour que vous alliez flanquer en l'air toutes ses enquêtes.

— Le travail d'un policier n'est pas une opération personnelle, capitaine. Vous travaillez en équipe.

— Je le sais foutre bien ! Il y a des flics qui font leur boulot à leur façon et vous leur laissez la paix. Ils n'entendent jamais parler de congés ni de vacances parce qu'ils sont mariés avec leur métier, et quand vous mettez dehors un type comme ça, il laisse un sacré trou que vous ne pourriez pas remplir avec une centaine de ronds-de-cuir.

— Nous ferions mieux d'en revenir à cette proposition.

— Gill va vous envoyer vous faire voir par les Grecs ! Non, ce n'est pas une métaphore. Il vous regardera en face et il vous dira d'aller vous faire voir par les Grecs. En fait, il pourrait même ajouter des détails et un mode d'emploi. Vous vous rappelez ce qu'il a dit au conseil de discipline ? Vous vous souvenez de la gueule de tous ces cons, ensuite ? Maintenant il a eu le temps de se perfectionner et de trouver encore autre chose à dire.

— Malgré tout...

D'un plissement des lèvres, le grand flic le fit taire. C'était un sourire bizarre qui monta lentement jusqu'aux yeux tandis qu'il se renversait dans son fauteuil et laissait la tension se calmer.

— Vous savez, monsieur Lederer, je crois bien que je vais lui transmettre votre proposition. Et dans les moindres détails... je lui dirai que les membres du bureau du District attorney veulent qu'il collabore avec eux, en tant qu'agent de ce bureau, en donnant tout son temps, toute son énergie et toute son expérience par pure bonté d'âme et par amour du métier, et parce qu'il rêve de rentrer dans les bonnes grâces d'une bande d'ingrats, sans le moindre salaire ou la plus petite reconnaissance. Et puis j'aimerais noter sa réponse, mot pour mot, et la coller sur un mémorandum pour que tout le monde puisse la lire, depuis le garçon de bureau jusqu'au maire en personne.

Il s'interrompit, en riant de l'expression déconfite de Lederer.

— Tout ce que je peux vous dire, ajouta-t-il, c'est que le mec qui dirige votre brain-trust devrait porter un bonnet d'âne.

Quand il eut terminé, Bill Long se renversa sur sa chaise et attendit. Il regarda Gill finir son sandwich et avaler la moitié de sa bière ; finalement il s'exclama :

— Enfin quoi, dis-le !

— Qu'est-ce que tu veux que je dise ?

— Qu'ils aillent se faire voir par les Grecs !

— Pour un officier de police, vous êtes bien grossier, capitaine.

— Ah merde ! Ne dis rien, alors.

— Pourquoi ont-ils attendu si longtemps ?

La cigarette faillit tomber de la bouche du capitaine. Ses sourcils escaladèrent son front et son air effaré fit sourire Gill.

— Bon Dieu, qu'est-ce que t'as dans la tête, Gill ?

— Des souvenirs.

— Cette idée te *plaît* ?

Burke haussa les épaules et acheva sa bière.

— En partie.

— Pourquoi ?

— Mon moi, je suppose.

— Tu ne vas pas faire ça, dis ?

— Dis-leur que je vais y réfléchir.

— Écoute, ducon, tu risques de tomber de nouveau dans un piège. Ils sont coincés entre l'arbre et l'écorce, au beau milieu d'une espèce de guerre des gangs complètement dingue, et je te jure qu'ils aimeraient bien avoir un bouc émissaire sous la main. N'importe comment, tu te feras baiser. Tu trouves une solution, et c'est eux qui s'en vantent, tu fous tout en l'air et c'est toi qui écopes. Tu n'es plus un flic, et si tu asticotes ces foutus gros-bras, tu es un homme mort. Il n'y a rien à gagner et tout à perdre.

— Ça se peut.

— Ça se peut ! Tu connais la coupure aussi bien que moi. Et d'abord, ce n'est pas tout.

— Tu veux me dire que le Français est en ville ?

Long le considéra longuement avant de demander :

— Comment diable le sais-tu ?

— Des gens que je connais se foutent que je sois flic ou non. Ils continuent à me remercier pour les services rendus.

— Frank Verdun n'aimerait rien de mieux que de te voir tomber.

— Faux, mon coco. Bon, je l'ai descendu. Il s'en est tiré, et de sa blessure et de son procès. Tout ça, ça faisait partie du jeu et c'est du passé. Le Français est un trop bon professionnel pour perdre son temps à faire tomber un ancien adversaire.

— Tu sais pourquoi il est ici ?

— Certainement.

— Je suppose que tu as une idée de ce qui se passe ?

Les épaules de Burke se haussèrent.

— Il existe diverses possibilités.

— Cite-m'en une !

— Quelqu'un n'aime pas quelqu'un d'autre, répliqua Gill.

Impassible, Frank Verdun écouta les rapports. Il paraissait perdu dans ses pensées, mais les moindres faits s'enregistraient dans son esprit, se classaient en catégories et en probabilités. Cette fois, il y avait de nouvelles têtes dans la salle de conférences de Boyer-Reston Inc., que Mark Shelby n'aimait guère, mais il n'osait rien dire parce que ces gens-là faisaient partie de la brigade personnelle du Français, et qu'ils avaient des gueules à figurer dans la suite d'Attila soi-même. Six d'entre eux avaient enquêté à fond sur tous les meurtres, achetant, obtenant de force ou avec le sourire, reniflant toutes les bribes de renseignement possible. Des détails avaient surgi que la police elle-même ignorait, et maintenant tout avait été étalé sur la table pour être étudié.

La discussion terminée, le Français déclara :

— Il n'y a pas deux signalements semblables. Pas deux armes semblables. Les méthodes se ressemblent. Et la cible, c'est nous, simplement. Vous vous cassez la tête pour savoir s'il y a un seul mec ou plusieurs. Ce n'est pas une solution.

Depuis quinze jours, Mark Shelby avait la même opinion. Il frappa sur la table avec son crayon et obtint le silence.

— Il est possible qu'il s'agisse d'une équipe, dirigée par un seul homme, dit-il.

— Ça me paraît raisonnable, répliqua le Français, mais alors ce serait une opération organisée, avec un comité de direction. Dans ce cas, ils seraient déjà passés au second stade. Jusqu'ici, personne n'a bougé. On ne se paye pas tous ces coups pour rien. Quelqu'un veut une grosse part du gâteau, et il la veut salement.

— Qu'est-ce que Papa Menes en pense ?

Verdun répondit, d'une voix glacée :

— Tu te plais là où tu es, Mark ?

Shelby encaissa le coup mais pas jusqu'au bout.

— Je suis assez content.

— Parfait. Alors reste assez content. Je parle pour Papa Menes. Ne l'oublie pas... Premièrement, nous avons affaire à une organisation. Deuxièmement, ils sont bougrement forts et foutrement astucieux. Troisièmement, il va bientôt y avoir une sacrée bagarre.

— Qu'est-ce que nous devons chercher, Frank ? demanda Arthur Kevin.

— Les tueurs. C'est pas des mecs à contrat, ça c'est sûr. Ils font partie de l'Organisation. Et c'est leur faiblesse. Il nous faut mettre la main sur l'un d'eux et il chantera *Manon*. Nous lui ferons raconter sa vie depuis sa naissance et peu importe qui nous fiche cette merde, nous les trouverons et je vous jure que personne ne tentera plus jamais un coup pareil.

Personne n'ouvrit la bouche.

Une lueur pétillante brillait dans les yeux reptiliens de Frank. Il sourit.

— Vous avez tous peur de demander comment ?

Il y eut des mouvements divers et un vague murmure de désapprobation.

— Vous n'avez peut-être pas complètement pigé, reprit le Français. Ils nous abattent en partant du haut et en descendant tranquillement, jusqu'à ce qu'ils parviennent à nous démolir tous. Mais ça n'arrivera jamais, croyez-moi. Alors, comme le veut Papa Menes, vous allez rester dans les rues, à découvert, et vous prendrez vos risques. Vous n'avez pas besoin de leur faciliter les choses, mais ne vous cachez pas non plus. Nous avons nos propres troupes qui couvrent tout le monde et même si nous perdons encore quelques mecs, nous tomberons les autres tôt ou tard. C'est tout. La séance est levée.

Cette nuit-là, ils perdirent encore deux hommes. Ils ne furent pas descendus. Ils profitèrent simplement d'une option prévue depuis longtemps, une porte de sortie discrète avec une valise pleine de fric, donnant sur un petit pays lointain où la bouffe était dégueulasse, l'eau imbuvable, mais où l'on pouvait se tailler sur mesure une nouvelle identité et se dissocier totalement d'un monde où la mort subite les guettait si jamais ils osaient y retourner. Les circonstances étant ce qu'elles étaient, on supposa qu'ils avaient succombé sous les coups d'un ennemi qui avait ajouté une nouvelle dimension à sa façon d'opérer.

L'autre réunion, à cinq kilomètres de là, en plein centre de la ville, évoquait une bande de gosses en retenue attendant d'être sermonnés par le dirlo. La gêne alourdissait l'atmosphère et les sept personnes attendant Gillian Burke et Bill Long essayaient vaille que vaille de tourner des phrases qui ne les feraient pas passer pour des cons intégraux.

Quand les deux hommes arrivèrent enfin, tout le monde les salua poliment et s'assit à la table en laissant à Gill une place à l'extrémité, en face du

District attorney. Gill eut un sourire en coin pour Bill Long et mit tout le monde à l'aise :

— Allons-y carrément, et au diable les conneries.

Cela fixa aussitôt leur attention. Lederer étouffa une quinte de toux et le représentant du maire laissa tomber son stylo.

— Vous avez un marron chaud dans les mains et personne ne sait qu'en faire. Les ordinateurs ont tous fait chou-blanc, et maintenant vous avez besoin de ces superbes renseignements de première main qui étaient à votre disposition dans le temps. Vous ferez n'importe quoi quand ça tournera mal, mais je ne vous en veux pas du tout. J'en ferais autant moi-même.

— Monsieur Burke, dit le District attorney.

— Bouclez-la, c'est moi qui parle, trancha Gill.

Le D.A. se tut.

— Ne venez pas me raconter que vous plaignez les mecs qui se sont fait buter. Chaque cadavre vous permet de classer un dossier, mais quand leur organisation fait mine de mordre et serre les rangs suffisamment pour faire pression sur les gens qu'il faut, vous commencez à les avoir à zéro. Alors maintenant vous voulez que je revienne. D'accord, c'est ce que vous voulez et je reviens.

Tous les yeux étaient à présent rivés sur lui.

— A mes conditions, reprit Gill. Je ne vous ai pas encore dit ce que je veux, moi.

— Il n'a pas été prévu de conditions, monsieur Burke, dit Lederer.

— Naturellement. Vous essayez d'avoir tout pour rien. Mais n'oubliez pas... c'est vous qui venez me chercher, alors je pose mes conditions ou je rentre chez moi. C'est à prendre ou à laisser.

— Quelles sont vos conditions ? demanda le District attorney.

Gill hocha la tête, regarda les visages à tour de rôle, imperturbable.

— Un poste officiel, l'accès à tous les dossiers et aux fiches de police, la collaboration garantie de tous les services que je nommerai, et aucune interférence d'aucune faction politique.

— Vous êtes bien sûr de ne pas vouloir aussi un salaire ? lança insolemment Lederer.

— Comme j'ai l'esprit civique, un dollar par an me suffira.

— Vous pensez avoir besoin d'un an pour découvrir qui est responsable de ces crimes ?

— Monsieur Lederer, répliqua Burke, ce ne sont pas des crimes.

— Vraiment ?

— Non. Ce sont des assassinats.

— Je ne vois pas la différence.

Burke serra les dents.

— Si vous ne la voyez pas, inutile de vous l'expliquer, vous ne comprendriez pas. Maintenant, vous avez une minute pour me dire oui ou non.

A vrai dire, ils n'avaient pas le choix.

Devant un café, dans un snack voisin, Bill Long se mit à rire en secouant la tête.

— Mon vieux, tu ne le leur as pas dit, mais tu les as bien forcés à le faire !

— Quoi donc ?

— Aller se faire voir par les Grecs !

3

Les deux porte-flingue, dans l'antichambre, se jetèrent sur lui dès qu'il poussa la porte. Le plus grand tenta de le prendre à la gorge tout en s'efforçant de dégainer, mais il se fit écraser le nez sur la figure si vite qu'il ne comprit jamais ce qui s'était passé. L'autre eut encore moins de chance parce que son arme était bien visible. Gill Burke lui cassa le bras avant de le couper presque en deux par un coup de pied terrible entre les jambes. Dans le silence on n'entendit que le bruit sourd des deux hommes blessés roulant sur le plancher et la respiration oppressée de la ravissante brune assise derrière le bureau. Tout s'était passé si vite qu'elle n'avait pas eu le temps de tout enregistrer, ni de hurler, et elle regarda Gill avec stupéfaction tandis qu'il ramassait les pistolets en glissant son index dans le pontet.

— Le patron est là ? demanda-t-il.

La brune hocha la tête, en retenant sa respiration, si fort que ses seins faillirent déchirer l'étoffe légère de sa robe.

— Pressez le bouton, ordonna-t-il.

Il avait une voix si autoritaire qu'elle obéit machinalement. Son index tâtonna, trouva le bouton et appuya, et tandis que la serrure automatique bourdonnait, il franchit la porte et la claqua derrière lui.

Le Français leva les yeux du dossier qu'il examinait, fronça les sourcils et se détendit, en souriant.

— Tiens, monsieur Burke, dit-il en baissant les yeux sur les pistolets. Vous venez pour me descendre ?

Gill jeta les armes sur le bureau, prit une chaise et s'assit.

— Pas aujourd'hui, Frank. Une autre fois, peut-être.

Frank Verdun prit les armes, les fit pivoter et les braqua sur Gill.

— Mes hommes ne sont pas fameux, on dirait.

— Guère.

Il fit sauter les chargeurs des deux automatiques, s'assura qu'ils étaient pleins et qu'une balle était engagée dans chaque canon, puis il les reposa dans la même position.

— Ils auront besoin d'être recyclés, je suppose.

— Apprenez-leur la politesse. Ils vivront plus vieux.

Verdun sourit, l'air amusé.

— Vous avez un sacré culot, Burke. Je vous croyais plus intelligent, mais je reconnais que vous avez du cran. A quoi dois-je le plaisir de cette visite ?

— A la curiosité, Frank. Il paraît que vous avez pas mal d'ennuis.

— Rien que nous ne puissions régler nous-mêmes.

— Vous n'avez pas fait des étincelles, jusqu'ici.

— Une Organisation comme la nôtre a toujours de petits problèmes. C'est bien normal.

— De la merde ! Vous avez perdu vos hommes-clefs et à présent, ça commence à se savoir.

— Qu'est-ce que ça peut vous faire ? A propos, quel effet ça vous a procuré de vous retrouver en civil... et d'être traité de salaud par-dessus le marché ?

— Ça fait partie du jeu, Frank. Je m'y attendais un peu, alors ce n'est qu'un petit ennui.

— A mon tour de dire « de la merde ».

Ils se regardèrent, comme une paire de matous prêts à défendre leurs territoires. Les dents et les griffes étaient aiguisées et il n'aurait fallu qu'un geste, d'un côté comme de l'autre, pour déchaîner les passions. Ils se respectaient, mais ne se craignaient pas.

— Vous ne m'avez pas dit ce que vous me vouliez, monsieur Burke.

— Je tenais simplement à vous montrer que je ne suis pas mort.

Frank Verdun hocha la tête et ses paupières cachèrent le feu de son regard.

— Vous essayez de me faire comprendre que vous cherchez un emploi chez nous ?

— Bon Dieu non ! Je voulais simplement vous faire savoir que je vous démolirai tous à la première occasion et que pour le moment il y a une sacrée brèche dans votre blindage. Chaque fois que Papa Menes envoie en première ligne son meilleur tueur c'est qu'il a les foies, et je m'en vais le faire baver jusqu'au bout.

Le Français ne se donna pas la peine de baisser les yeux sur les deux automatiques. Sa main se tendit vers le premier, et il était presque prêt à faire ce qu'il s'apprêtait à promettre.

— Je pourrais vous tuer tout de suite, Burke. J'ai un prétexte au poil. Et ça ne me coûterait jamais qu'une journée au tribunal.

— C'est pas sûr, dit Gill.

Il souleva son chapeau, qu'il tenait sur ses genoux, et révéla un colt 45 braqué sur le nez du Français. Verdun éclata de rire et se renversa dans son fauteuil, les mains croisées sous la nuque.

— Je ne pensais pas que vous seriez aussi sournois, vu que vous ne faites plus partie de la police. Vous savez ce qui se passerait si vous me descendiez ?

— Encore une erreur, Frankie... Les temps changent.

Il tira son portefeuille de sa poche et l'ouvrit pour montrer sa carte officielle au Français. Les yeux de Verdun se plissèrent.

— Vous me prenez pour un con, Burke ?

— C'est pas du bidon, Frankie. Je tenais à vous avertir, pour que vous puissiez réfléchir à tout ce qui peut se passer.

Il rempocha son portefeuille, rabattit le chien du 45, se leva et se dirigea vers la porte.

— C'est comme au bon vieux temps, Frankie, seulement cette fois les enjeux ont augmenté.

Dans l'antichambre, les deux porte-flingue avaient souillé le tapis de leur sang et de leur vomi, et gémissaient lamentablement en reprenant connaissance. La jolie brune était penchée sur l'homme au bras cassé, la lèvre inférieure serrée entre les dents, et s'efforçait de ne pas vomir aussi.

Elle était plus grande que l'avait pensé Gill, bronzée, avec un corps fait pour allumer ou pour plaire, mais il y avait chez elle un certain brin de classe qui paraissait déplacé dans l'entourage de Frank Verdun. Le Français, il s'en souvenait, avait des goûts particuliers, et elle n'avait pas du tout une tête à ça. Il l'examina, l'air soucieux, puis il décrocha du porte-manteau l'imperméable et le chapeau de la fille, la prit par le bras et l'entraîna dehors.

Elle ne résista pas et le suivit docilement jusqu'aux lavabos.

— S'il vous plaît, murmura-t-elle alors, et il la laissa entrer.

Il attendit. Cinq minutes plus tard elle reparut, les yeux rougis et larmoyants, le teint verdâtre, la bouche pincée.

— Allons prendre l'air, lui dit Gill.

Elle hocha la tête. Il l'aida à enfiler son imperméable et ils descendirent par l'ascenseur. Ils marchèrent un moment, puis il entra dans un grill-room au coin de la 6e Avenue et la conduisit vers une table dans le fond de la salle.

— Un thé glacé pour la dame et une bière pour moi, dit-il au garçon.

— Un thé glacé ?

— C'est facile à faire.

Il sourit, avec humour, et le garçon s'éclipsa. Quand il revint avec les deux verres il fit vivement disparaître les deux billets d'un dollar que Gill lui tendait.

Après avoir bu la moitié de son thé glacé elle poussa un grand soupir et se laissa tomber contre le dossier de la banquette, les yeux fermés.

— C'était horrible, murmura-t-elle d'une voix rauque.

— J'ai vu bien pire, Helen.

Elle se redressa brusquement.

— Vous me connaissez ? Comment ?

— J'étais dans le prétoire quand vous avez témoigné pour la défense, au procès de Scobi. Sans votre témoignage, ce sale petit voyou aurait été condamné à mort. Pourquoi avez-vous fait ça, hein ?

Elle le regarda, avec un petit sourire fatigué.

— Parce que c'était la vérité. Il était bien avec moi.

— Lennie Scobi était un tueur à gages du gang.

— Et cette nuit-là il a fait irruption dans ma chambre, complètement ivre, et il s'est mis à ronfler sur mon lit.

— Personne n'a été dupe mais on a bien dû vous croire sur parole.

— Précisément, et à la suite de ça j'ai perdu mon emploi, n'est-ce pas ? Plus de cabarets, plus de Broadway. Une simple place de dactylo réceptionniste dans un grand immeuble de bureaux impersonnels.

— Vous savez pour qui vous travaillez ?

— Bien sûr. Eux, au moins, ils ont su montrer leur reconnaissance.

— Votre père était un flic, Helen. Joe Scanlon était un type épatant.

— Mon père est un flic mort.

— Vous savez comment il est mort ?

— Je sais comment on a dit qu'il était mort, répliqua-t-elle amèrement. Vous devez savoir quelle a été la gratitude du public, après.

— Il savait ce qu'il risquait.

— Mais il n'a pas été obligé de vivre avec eux ensuite.

— La vie n'est facile pour personne.

Helen Scanlon hocha la tête, puis elle le regarda dans les yeux.

— Et vous ? Qui êtes-vous ?

— Gill Burke.

Elle réfléchit, sa figure se crispa.

— Vous êtes celui qui...

— Précisément, interrompit Gill.

— Alors ce que vous avez fait là-haut, c'était...

— Mon devoir, Helen. On a de nouveau besoin de moi, paraît-il, et la nécessité n'a point de loi. Pour ça, ils sont capables de ravaler leur orgueil.

— Vous les avez laissés par terre !

— Ils peuvent s'estimer heureux d'être encore en vie. Aujourd'hui, je me sentais généreux. Votre M. Verdun fera nettoyer le tapis, leur donnera quelques bonnes leçons sur la meilleure façon de protéger sa précieuse personne et il oubliera l'incident. Nous avons eu une intéressante conversation et s'il ne m'en veut pas, je ne vois pas pourquoi vous rouspéteriez.

Elle resta impassible, mais les tendons de son cou étaient crispés.

— Merci pour le thé, dit-elle en se levant. Non, ne vous dérangez pas. Je préfère rentrer seule... je suis heureuse de ne pas être de vos amies, monsieur Burke. Je trouve indécents les gens qui se fichent d'être d'un côté ou de l'autre de la barrière, du moment qu'ils peuvent faire du mal. En tant que policier, même réprouvé, je pourrais peut-être vous admirer, mais en tant que tourne-veste vous êtes aussi répugnant qu'un rat écorché.

Il tendit vivement la main et lui saisit le poignet.

— Tourne-veste ?

— C'est ce que j'ai dit.

Elle se dégagea, avec colère.

Gill Burke éclata d'un rire sardonique, et leva son verre de bière.

— Vous vous trompez drôlement, bébé.

En rentrant au bureau, elle se rappela ce rire, et les dents blanches de Gill. Et aussi quelque chose de bizarre dans son regard, une espèce de flamme sous l'expression glacée, et elle sentait encore la force de ses doigts sur son poignet. Un frisson la parcourut ; elle se demanda vaguement si quelqu'un était venu nettoyer l'antichambre des bureaux de Boyer-Reston Inc.

Au bureau de poste de Homestead, Floride, on remit à Artie Meeker une seule lettre, adressée poste restante à M. John Brill, puis il prit le volant de la Ford bleue vieille de deux ans et retourna au petit cottage à l'extrémité de Plantation Key. Il se gara, prit dans le coffre le carton de provisions, donna la lettre à Papa Menes et alla à la cuisine préparer un repas pour deux.

Sous la véranda, le vieux se désintéressa des pêcheurs sportifs dans le golfe, qui ramenaient à terre un dauphin récalcitrant, et déchira l'enveloppe.

Normalement, le Français s'occupait de tous les détails, mais cette fois il tenait à informer Papa. L'ancien flic qui leur avait mené la vie dure refaisait surface. Il avait retrouvé son insigne on ne savait trop comment, et il y avait gros à parier qu'en dépit de son passé quelqu'un avait eu salement besoin de lui et l'avait persuadé de reprendre du service. D'un côté, c'était peut-être une bonne chose que les autorités partent en chasse contre quiconque avait organisé le raid, mais si Papa n'aimait pas le représentant des autorités en question parce que celui-ci avait bien failli l'avoir déjà, alors on pourrait s'en occuper, vite fait.

Papa Menes n'aimait pas ça du tout. Et il aimait encore moins d'avoir à s'occuper de quiconque appartenait à la police. Les flics étaient des gens bizarres, qui défendaient leurs copains. Ce cinglé de Burke n'avait pas été un mauvais flic, au contraire. Il avait si bien compris son métier qu'il avait fallu l'évincer. Le public le prenait peut-être pour une brebis galeuse, mais les autres flics ne se laissaient pas abuser, et même viré, Burke restait un des leurs. Mais à présent qu'il était rentré dans le rang, c'était autre chose... il faisait partie du clan.

Le Français avait peut-être raison, pensa-t-il. Si sa mission était d'épingler les tueurs et quiconque était responsable de ce merdier, autant le laisser fouiner. Little Richard serait au courant de tout, et si jamais Burke dénichait quelque chose, même un courant d'air, l'Organisation pourrait toujours le coiffer au poteau ou étouffer le coup avant qu'il puisse se servir de sa découverte.

Il contempla de nouveau les eaux vertes où les pêcheurs s'efforçaient toujours de hisser le dauphin à bord de leur bateau. Une brise tiède filtrait par l'écran à moustiques et il sentit l'odeur de sel et de sable chaud. Cela aurait dû être plaisant, mais l'autre odeur était trop forte et il la connaissait parce qu'il l'avait déjà humée plusieurs fois, et que jamais on ne peut oublier l'étrange relent de la peur.

Il hocha la tête puis il écrivit le texte d'un télégramme qu'Artie Meeker enverrait au Français. Ils ficheraient la paix à Gill Burke jusqu'à ce qu'il devienne encore une fois une menace pour l'Organisation et alors, cette fois, il n'y aurait pas de campagne de calomnies... rien qu'une petite disparition discrète qui éliminerait une fois pour toutes cette source d'ennuis.

Il appela Artie, lui remit le message codé, lui donna des instructions et se carra dans son fauteuil. Il aurait dû être satisfait, mais il ne l'était pas ; il fronça les sourcils. Cette foutue puanteur était toujours là.

L'alcool ne parvint pas à calmer les nerfs de Mark Shelby. Son estomac faisait de nouveau des siennes et il avait la gorge sèche, malgré la quantité de scotch qu'il y déversait. Helga, la pulpeuse Suédoise blonde qu'il entretenait, dans l'appartement de l'East Side, était assise en tailleur sur le divan, entièrement nue sous la lampe à bronzer ; elle espérait qu'il n'allait pas encore se soûler et se remettre à lui flanquer des coups.

Dans le fond, ça lui était un peu égal. Il ne tapait jamais avec le poing mais avec la main ouverte, et c'était un prix minime à payer, pour tout ce qu'il lui avait donné. La plus grande partie de l'argent était à la banque ou judicieusement placé, ses comptes ouverts dans les magasins étaient promptement réglés, les robes et les fourrures dont regorgeaient ses placards étaient toutes neuves, toutes coûteuses et lui appartenaient. Une ou deux fois par semaine, Mark Shelby venait faire l'amour, se laisser éveiller par tous les jeux érotiques qu'elle connaissait si bien, et puis, au bout de cinq minutes d'activité buccale, il était réduit à l'impuissance jusqu'à la prochaine fois. Il téléphonait toujours pour s'annoncer, ce qui permettait à Nils de s'esquiver et d'aller oublier dans l'alcool l'interruption momentanée de sa vie sexuelle.

Debout devant le bar, en caleçon, Mark se servit un autre verre. Helga jeta un coup d'œil à la pendule et éteignit la lampe à bronzer. Elle avait le corps doré, intégralement, sans la moindre trace de blanc. Elle passa une main dans ses cheveux soyeux d'un blond naturel puis elle caressa lentement son pubis du même blond.

— Mark chéri...

— Ta gueule.

Elle ne savait pas très bien s'il était furieux parce qu'en dépit de tous les petits jeux amoureux, il ne parvenait pas à obtenir une érection, ou parce que ses affaires ne marchaient pas. Depuis quinze jours, il était d'une humeur de chien et elle se demandait comment un épicier en gros pouvait être aussi chagrin. Avec la montée des prix, il aurait dû être fou de joie. Elle se dit que les hommes étaient bizarres, même les bons bourgeois de Trenton, New Jersey, qui avaient une femme frigide préférant le bridge à ses devoirs conjugaux. Elle sourit. Quand elle aurait épousé Nils, ça ne se passerait pas comme ça. Jamais il n'aurait besoin d'une autre femme. Avant qu'il parte pour son travail elle lui ferait l'amour et le mettrait à plat et quand il reviendrait elle l'accueillerait, toute nue, il la jetterait sur le divan sans se soucier de la femme de ménage qui prendrait la fuite. La nuit, ils feraient gémir les ressorts de leur lit au point qu'un jour ou l'autre le sommier rendrait l'âme et s'écroulerait.

Peut-être était-ce la position de la fille, sa sœur reflétant un rayon de soleil, ou encore l'alcool, mais Mark Shelby se mit soudain à bander. Il posa son verre, ôta son caleçon et s'approcha du divan. Elle leva les yeux vers lui en souriant quand il se planta devant elle.

Quand la bouche d'Helga le toucha, il gémit et frémit. Gill Burke, les obsèques répétées, la peur du pouvoir presque illimité de Papa Menes, tout fut balayé. Tout fut emporté par le flot de sa jouissance, qui le laissa faible et vulnérable. Il s'écroula de fatigue, la tête sur la cuisse nue et tiède de la fille, et ne pensa plus à rien.

La photo de Mark Shelby que Gill Burke examinait avait été faite vingt-huit mois plus tôt alors qu'il sortait d'un bistrot à la mode et souriait à quelqu'un qui n'était pas dans le champ. Le cliché avait été pris au téléobjectif de l'immeuble d'en face. Comme Mark Shelby n'avait pas de casier, il avait été impossible de se procurer des photos anthropométriques.

— L'affaire est classée, Gill, dit Bill Long.

— Ouais, je sais. On a tout à la fois le flingue, le mobile et l'homme, sauf que l'homme est un cadavre.

— Un policier l'a abattu au cours d'un hold-up. Il avait sur lui la montre en or de Berkowitz, et quand on a perquisitionné chez lui on a trouvé le portefeuille de Manute, avec un tas d'autres objets volés.

— Tu connais beaucoup d'artistes du hold-up qui conservent des souvenirs ? Ils ne sont pas cons à ce point !

— Ils le sont, s'ils sont assez bêtes pour commettre des vols à main armée.

Burke parcourut une autre fiche, jusqu'au bout.

— Le mec n'avait pas de casier. Il avait même un emploi.

— A mi-temps, rectifia le capitaine.

— C'est déjà plus que ce que ne consentent à faire les truands.

— Pas toujours. C'est une bonne couverture. Le mec était un solitaire, il buvait sec et il n'était pas tellement intelligent. T'as qu'à voir ce qu'il gagnait. Il ne pouvait pas boire à sa soif avec ça et manger aussi. Il devait bien se trouver du fric autrement. Enfin quoi, merde, Gill, c'est une vieille histoire.

— Berkowitz et Manute étaient en train de développer des films. Il n'y avait pas de fric dans leur atelier et leur matériel ne pouvait pas être facilement fourgué. Ce n'était pas un endroit pour tenter un artiste du hold-up.

— Gill... Ils étaient seuls, dans un quartier désert, et ce mec... comment c'est son nom ? Oui, Ted Proctor. Il a simplement vu la cible facile. Apparemment, Berkowitz avait une centaine de dollars sur lui, et Manute au moins cinquante. Assez pour justifier le vol, il me semble.

— Et Mark Shelby était dans le secteur aussi.

— Le témoin supposé s'est rétracté. C'était le gardien d'un parking qui n'avait vu Shelby qu'une seule fois quand il était venu garer sa voiture.

— De la merde !

— C'est ce qu'il a juré.

— Un parking à côté d'un restaurant appartenant au gang. Il avait dû voir Shelby bien souvent.

— Tu vas fort, Gill.

— C'est possible, mais c'est parce que j'y suis allé un peu fort que je me suis fait virer à coups de bottes dans le train.

— Tu visais Papa Menes, vieux !

— Un échelon à la fois et on atteint le type du sommet, Bill. Et j'étais sur le point de faire tomber les pommes de l'arbre quand ils sont venus scier ma branche.

— Oublie tout ça, tu veux ?

Un demi-sourire retroussa les lèvres de Burke.

— Tu l'oublierais, toi ?

— Non.

Gill jeta les papiers sur le bureau et s'étira dans son fauteuil. Pendant une minute ou deux il contempla le plafond, puis il se pencha brusquement en avant et regarda son copain.

— Comment m'ont-ils eu, Bill ?

— Tu faisais cavalier seul depuis longtemps. Tu te foutais du règlement. Ce comité de citoyens a exigé l'enquête.

— Leurs deux avocats étaient de mèche avec le gang.

— Ça n'a jamais été prouvé.

— Pourquoi personne n'a cherché à me défendre ?

— Parce que nous devons tous penser à notre propre peau, Gill, tu le sais bien. Ils n'ont jamais cité que les faits qu'ils avaient pu se procurer à la dure. Chez nous personne ne leur a rien allongé.

— Les journaux s'en sont donné à cœur joie. Les mecs de la télé m'ont mis en pièces.

— Tu as toujours fait de la copie à sensation. Quand tu as abattu ces trois types dans le métro, ça leur a donné de quoi se faire les dents.

— Bill, ces mecs étaient tous armés. Dans la foule, des fumiers les ont délestés de leurs armes et ont foutu le camp avec.

— Tu as failli déclencher une émeute raciale.

— Pas vrai. Il y avait pas mal de têtes froides dans le tas.

— Alors pourquoi ne se sont-elles pas manifestées ?

— Pour se faire traiter d'Oncle Tom ? Être méprisés par les leurs ? Peut-être, si ma vie avait été en jeu, auraient-ils parlé, mais je n'étais qu'un flic de plus sur qui on faisait pression, et ça c'est un truc qu'ils connaissaient trop bien. Les mecs avaient sur eux le butin du vol et mon tir aurait été justifié même si j'avais seulement pensé qu'ils pouvaient être armés !

— Alors qu'est-ce que tu vas faire ?

— Recommencer à zéro.

— Et nous voilà repartis, marmonna Long d'une voix résignée. Mais ne perds pas de vue la raison pour laquelle on t'a rappelé. Il y a une sacrée guerre de gangs qui couve et ils espèrent que tu pourras apporter ce petit trait de génie qui l'étouffera dans l'œuf.

Le capitaine s'interrompit pour examiner Gill. Sa figure impassible ne lui apprit strictement rien.

— Tu crois que tu pourras, Gill ?

— C'est possible, mais je suppose qu'ils ne cracheront pas sur quelques bénéfices accessoires.

— Comme quoi, par exemple ?

— La mise en l'air de tout le foutu Syndicat, si tu tiens à le savoir.

— Tu as été absent trop longtemps, Gill. Ils sont trop costauds. C'est pas possible.

— Dans le cul, oui ! Quelqu'un a déjà commencé.

Après le journal télévisé de 23 heures, Gill Burke éteignit son poste et versa le reste de sa bière dans son verre. La journée avait été longue, celle du lendemain promettait d'être dure et il avait envie de se coucher de bonne heure.

Un coup de sonnette brutal le fit sursauter et se demander qui pouvait bien venir le voir à une heure pareille. Tous les amis qu'il avait auraient téléphoné d'abord, et il n'avait envie de voir personne d'autre. Il posa son verre, prit le 45 sur la table et se colla contre le mur d'un côté de la porte avant de l'ouvrir brusquement.

Elle portait une mini-jupe et un pull assortis, et un imperméable blanc sur les épaules ; ses cheveux sombres encadraient un visage aux yeux immenses et à la bouche écarlate.

— Vous allez me tirer dessus, monsieur Burke ? demanda Helen Scanlon.

Burke sourit du bout des lèvres mais ses yeux restèrent froids et impassibles. Il rengaina son arme.

— Pas ce soir.

— Vous ne m'invitez pas à entrer ?

— Ce n'est guère l'heure des visites.

— Faites une exception.

— Bon. Entrez. Ne faites pas attention au désordre, je n'attendais personne.

— Pas depuis que vous habitez ici, apparemment. Vous n'êtes pas très soigneux, monsieur Burke.

— Qu'est-ce que ça peut vous foutre ? répliqua-t-il. Je vous offre un verre ?

— Non, merci.

— Alors que voulez-vous ?

— Ne soyez pas si abrupt. Je peux m'asseoir ?

Gill lui désigna un fauteuil et se laissa tomber sur la chaise longue avachie, en se disant que quelque chose n'était pas clair du tout.

— Je suis venue vous faire des excuses, dit-elle.

— Pour quoi ?

— Pour vous avoir traité de tourne-veste.

— Mais pas d'être aussi répugnant qu'un rat écorché ?

— Ça vous a piqué au vif, n'est-ce pas ?

Burke haussa les épaules et reprit son verre de bière.

— Ce n'est rien à côté d'autres épithètes que j'ai dû encaisser.

— Mais ça vous a touché.

— Le côté répugnant, simplement.

— Je suis navrée.

Elle était manifestement sincère.

— Pourquoi ?

— Parce que j'ai entendu M. Verdun donner un coup de téléphone. Il disait que vous étiez de nouveau dans la police, et que vous enquêtiez un peu partout. Il semblerait que vous soyez une menace pour son… ses affaires.

— Et comment !

— Monsieur Burke… Il y a bien des choses que je ne comprends pas.

— Ne croyez pas tout ce que vous lisez dans les journaux. Quel âge avez-vous ?

— Trente ans.

— Vous ne les paraissez pas.

— Et vous ?

— Cent dix ans et le pouce.

Elle sourit.

— Vous ne les paraissez pas non plus.

— C'est dans la tête que ça se passe, poupée.

— Pourquoi êtes-vous une menace pour eux ?

— Parce que je suis fermement décidé à les démolir.

— Vous savez bien que ce n'est pas possible, n'est-ce pas ?

— C'est ce que tout le monde semble croire, mais on se trompe. Ce qui monte doit bien redescendre un jour.

— Mon père le pensait aussi.

— Joe Scanlon venait de mettre la main sur l'arme qui avait servi à descendre un témoin-clef qui aurait pu témoigner contre Papa Menes et six autres chefs du Syndicat. Les empreintes du tueur étaient sur ce pistolet et elles auraient pu faire dégringoler le plafond sur la tête d'un important personnage politique. Le gang l'a fait écraser par une voiture volée et a récupéré l'arme. On a classé ça dans les accidents avec délit de fuite.

— Rien n'a jamais prouvé le contraire, déclara-t-elle sèchement.

— Si une petite vieille dame était encore en vie... celle qui a entendu ses dernières paroles, elle aurait pu vous raconter autre chose.

— Quelle vieille dame ?

— Elle est morte d'une embolie deux jours plus tard. A la suite de sa frayeur, sans doute, en assistant à l'accident. Elle a tout de même donné ce renseignement à Hanson, qui était alors chargé de faire des rondes dans ce quartier. Il a fait un rapport, bien sûr, mais le tribunal a refusé d'en tenir compte.

Helen Scanlon mordilla l'ongle de son pouce, et cligna vivement des yeux pour retenir ses larmes. Elle était venue faire des excuses, pas ressusciter le passé. Elle ne voulait plus y penser, mais là, en face de Gill Burke, de sa figure dure, sentant la violence rentrée qui faisait partie de lui, ce passé revenait en force dans le présent.

— Ces trente mille dollars qu'on a trouvés chez mon père, dans une cachette... Jamais il n'aurait pu faire autant d'économies. Tout ce qu'il gagnait servait à payer le médecin et les médicaments pour ma mère. Et j'envoyais aussi presque tout ce que je gagnais.

— Pourtant, ça a peint un très joli tableau pour la presse à scandales, lui rappela Gill. Vous étiez la vedette d'un cabaret appartenant au gang, vous sortiez avec des truands de haute volée, vous...

— Cela faisait partie de mon travail. Je n'étais pas la seule. Je vous l'ai dit, ma mère...

— Les gens ne regardent que ce qu'ils veulent voir. Et quand vous avez témoigné en faveur de Scobi, tout était cuit.

— Mais il était là !

Gill l'observa un moment puis il grommela :

— Si vous les aviez lâchés à la mort de votre père, il n'aurait pas été là.

— Mais enfin, bon Dieu, j'avais besoin de l'argent ! Vous ne comprenez pas ça, monsieur Burke ? Où est-ce que j'en aurais trouvé ? Maman est morte quinze jours après mon père, et une fois que j'eus réglé tous les frais médicaux il n'est plus rien resté !

— Bon, d'accord, je vous crois.

Oui, il la croyait. Son poing crispé s'enfonçait dans sa cuisse et elle cherchait son souffle. Lorsqu'elle se fut un peu reprise, elle murmura :

— La nuit où le public m'a sifflée, j'ai compris que c'était fini. Mon imprésario et la direction aussi. J'ai pris un mois de vacances et je suis revenue à New York, mais c'était pareil ici. Personne ne m'adressait la parole, à part les reporters des feuilles à scandale. Un jour j'ai rencontré Roller...

— Vic Petrocinni ?

— Oui. Un joueur enragé. On l'appelait Roller, là-bas. Il m'a présenté des gens et j'ai obtenu le poste de réceptionniste chez Boyer-Reston.

— Bien payée ?

— Oui. On m'a très bien traitée.

— Cette société, lui dit Gill, est une des couvertures du Syndicat.

— Boyer-Reston possède des parkings, une chaîne d'entreprises de pompes funèbres, des teintureries et deux grands restaurants.

— C'est ce que je disais.

— Quoi ?

— Rien... Vous connaissez bien Frank Verdun ?

— Je l'ai rencontré une fois, à Las Vegas. Il est directeur des relations publiques.

— C'est un directeur de pompes funèbres de première classe, poupée. Il fabrique lui-même ses clients. Vous ne le saviez pas ?

— Les réceptionnistes ne posent pas de questions.

— Mais vous êtes là-dedans depuis assez longtemps pour entendre des choses et reconnaître des têtes. Au bout d'un moment, les faits et les rumeurs commencent à prendre une signification et vous pouvez vous poser une question et y répondre en même temps. Il se peut que vous n'aimiez pas ce qui sort de votre petit ordinateur mental et que vous mettiez votre mouchoir par-dessus, mais ne venez pas me raconter que vous ignorez tout !

— J'essaye de ne pas penser, monsieur Burke.

— Vous avez fait preuve d'assez d'opinion quand vous m'avez envoyé sur les roses.

— Je vous ai dit que je le regrettais.

— Pas la peine de vous excuser.

— Peut-être, mais j'ai un curieux sens des valeurs morales, que mon père m'a inculqué.

— C'est pour ça que vous avez témoigné en faveur de Scobi.

— Oui. J'ai dit la vérité.

— Dites-moi, demanda Gill, est-ce que ces gens-là vous plaisent ?

— Ils ne m'ont jamais fait de mal.

— Ce n'est pas ce que je vous demande.

Elle détourna les yeux, fit un geste vague de la main et murmura :

— Non.

— Pourquoi ?

Au bout de quelques secondes elle releva la tête.

— Parce que, comme vous l'avez dit, je suis là depuis assez longtemps pour me poser quelques questions.

— Alors pourquoi rester avec eux ?

Helen Scanlon se leva et jeta son imperméable sur ses épaules.

— Je n'ai pas le choix, monsieur Burke. Où voulez-vous que j'aille ?

Gill parut sceptique mais il ne dit rien. Il se leva et accompagna Helen à la porte. Elle lui tendit la main.

— Au revoir, monsieur Burke.

Il voulut répondre mais les mots se coincèrent dans sa gorge. Ces yeux bruns humides plongeaient dans les siens et il sentit ses sourcils se froncer. Il avait comme un vide au creux de l'estomac, une espèce de frisson courait entre les épaules, et une autre personne qui n'était pas lui attira la fille, de plus en plus près, jusqu'à ce que leurs deux corps se touchent et que ses seins s'écrasent sur sa poitrine, que le léger renflement de son ventre et ses cuisses collent aux siens. Juste avant que leurs bouches se rencontrent elle ferma les yeux et laissa échapper un petit miaulement de chat et il sentit trembler sa main. Ce fut un baiser tendre et langoureux qui ne dura que quelques secondes mais qui ressemblait à de l'eau jaillissant par une brèche d'un barrage et menaçant de devenir un torrent tumultueux.

Gill lâcha la main qu'il tenait et elle aspira profondément, en s'efforçant de se maîtriser. Elle sourit, mais il y avait de la perplexité dans ses yeux. Elle avait déjà été embrassée, bien souvent, mais jamais aucun baiser n'avait provoqué semblable réaction.

Sur le seuil elle se retourna, toujours souriante.

— Vous n'êtes pas du tout répugnant, monsieur Burke.

Gill poussa ses verrous et mit en place la chaîne de sûreté. Il considéra son appartement, où s'attardait encore son parfum.

— Un de ces jours, grommela-t-il, il faudra que je nettoie un peu ce taudis.

4

Stanley Holland était très content de lui. Il pleuvait ; il avait horreur de la pluie parce qu'elle aggravait sa sinusite chronique, mais il était satisfait. Même le smog et la pollution puante de Cleveland, Ohio, ne parvenaient pas à dissiper sa bonne humeur. Un an plus tôt, quand Papa Menes l'avait muté de Los Angeles pour venir remettre sur pied le réseau de drogue démoli par la police de Cleveland, il avait râlé mais c'était fini. La nouvelle Organisation était si structurée et si efficace, et ses racines si bien implantées dans la terre de l'Ohio qu'on n'était pas prêt de les arracher.

Et tout ça, c'était son œuvre, à lui. Il avait consacré sa vie à son travail, et le résultat était bon. Papa Menes serait reconnaissant. Tout le conseil serait reconnaissant. On lui confierait une autre ville, plus grande, plus importante, où il pourrait se payer les plaisirs qu'il aimait.

Le réseau marchait rondement, la nouvelle source de drogue était une de ses découvertes personnelles et il était absolument inconnu. Il n'était qu'un homme d'affaires respectable qui dirigeait deux cinémas et un drive-in, qui en tirait de substantiels bénéfices et qui avait un point de chute en or pour ses fournitures.

Huit jours plus tôt, il avait fini par apprendre l'identité du mouchard responsable de la destruction de l'ancien réseau, et il lui avait lui-même réglé son compte au moyen d'une overdose massive d'héroïne sur sa propre terrasse. Comme c'était un drogué notoire, cela ne surprit personne. Mais les gens du métier avaient compris le message.

Deux jours après, la paire de flics marrons de la ville voisine qu'il avait utilisés pour récupérer les neuf chiffres-clefs du livre de code saisi par la police avaient essayé de faire chanter son contact et réclamé un sac chacun par semaine. Rendez-vous avait été pris et les deux flics se présentèrent à l'heure, pour être discrètement éliminés par Holland lui-même grâce à un whisky drogué et à un nœud coulant, tassés dans une malle-armoire pleine de ciment et jetés au fond du lac Érié. Ça n'avait pas été facile, mais c'était fait. Papa Menes et le conseil devaient maintenant connaître les détails ; le mécanisme de l'offre et de la demande pouvait commencer à tourner rond dans le secret le plus absolu, et l'étoile de Stanley Holland allait monter un peu plus haut à l'horizon de l'Organisation.

Il se gara dans le parking, derrière l'immeuble où il avait ses bureaux, coupa le contact et tendit la main vers son porte-documents. Il allait ouvrir la portière quand l'instinct de la jungle pénétra dans ses rêves dorés et il se rappela que la voiture à la place voisine n'était pas la Cadillac blanche généralement garée là, mais une Chevrolet noire. Il ne put voir la figure du conducteur parce qu'une main tenant un pistolet de gros calibre la cachait.

En ce dernier instant, Stanley Holland eut à peine le temps de penser qu'il avait donné sa vie à son travail. Tout aurait dû être parfait. Mais tout ne l'était pas.

Quand Bill Long rejoignit Gill pour déjeuner, il traînait encore avec lui la colère qu'il aurait dû laisser à son bureau.

— Qu'est-ce que t'as ? demanda Gill.

— On a trouvé le cadavre de Stanley Holland dans un parking de Cleveland.

— Qui c'est, ça ?

— Son vrai nom, c'était Enrico Sala. Ça te dit quelque chose, j'espère !

Long fit signe au garçon et commanda un sandwich de salami-pain bis et un café. Gill demanda la même chose.

— Je croyais qu'il était mort dans une collision à L.A., dit-il.

— Apparemment, c'était ce qu'il voulait nous faire croire. Nous avons pu l'identifier grâce à ses effets. Une opération de chirurgie esthétique lui a changé la figure après qu'il se fut tiré de cette histoire de trafic de drogue là-bas, et il a changé de crémerie.

— Tu en es sûr ?

— Ma foi, la moitié de sa figure était emportée mais il restait encore des cicatrices, et ses empreintes collaient. C'était lui, pas de doute.

— C'est arrivé quand ?

— Ce matin vers neuf heures et demie. La police de Cleveland a reçu un coup de fil anonyme de quelqu'un qui signalait un mort dans une bagnole, derrière un immeuble de bureaux, et elle est allée y voir.

— Qui diable peut passer son temps à regarder ce qu'il y a dans des voitures garées ?

— Quelqu'un l'a fait. Deux ou trois types qui laissaient auparavant leurs voitures là ont dit qu'elles avaient été fouillées de temps en temps. On y volait des bricoles, des cigarettes, la monnaie des péages... des trucs de gosses, quoi.

— Alors pourquoi fais-tu cette tête-là ? Cleveland est à huit cents kilomètres. Ce n'est pas de notre ressort.

— Non, mais nous marchons sur la base d'une coopération interdépartementale et les superintendants font un foin du diable. Tout ça fait partie de la même foutue guerre, et si ça continue ça va finir par exploser dans tout New York... Je suppose que tu n'as rien à dire ?

— Tu m'as déjà entendu dire quelque chose ?

— Pas à moins que ce soit pertinent et probant.

— Alors continuons comme ça.

— Cette attitude était peut-être bonne dans le temps mais tu travailles pour un autre service, à présent. Le District attorney n'est pas moi.

— Qu'il aille se faire foutre.

— Il peut te remettre en uniforme.

— Mais il n'en fera rien, mon petit vieux. Il ne peut pas se le permettre. Maintenant mange.

Bill Long attaqua son sandwich, puis il observa :

— Papa Menes semble avoir disparu.

— Tiens donc ?

— T'as une idée ?

— Bien sûr. Il n'est pas con.

— Le vieux pourrait se terrer dans n'importe laquelle de sa dizaine de maisons, et il faudrait une armée pour l'en tirer. Il n'est nulle part. Il a quitté Miami et disparu purement et simplement.

— Définitivement.

— Il n'est pas mort. Il transmet encore des ordres. Nous serions les premiers à le savoir, si jamais il lui était arrivé quelque chose.

Gill sourit et mordit dans son sandwich.

— Tu sais, c'est assez intéressant de réfléchir à ce qui se passerait au sein du Syndicat si quelqu'un descendait Papa. Ils se boufferaient tous entre eux, dans la course au sommet.

— Tu me fais marrer. Ils ont tout prévu.

— Mauvais temps, bonhomme.

— Quoi ?

— Ils *avaient* tout prévu. Cette année n'est pas l'année dernière ni celle d'avant, et il y a une nouvelle race de rats dans les rues. Les choses changent aussi vite dans leur petit monde qu'ailleurs. Les gouvernements et les sociétés, légitimes ou non, sont comme les immeubles. Il y a des limites aux tours et aux gratte-ciel, et si on voit trop grand tout s'écroule ou bien ce n'est pas rentable.

— Ne crois pas ça.

— Ah non ? Regarde-les donc en ce moment, avec la peur au ventre et la courante parce que, pour changer, ce sont eux les cibles et qu'ils n'ont personne à qui s'en prendre. Des mecs, qui s'imaginaient que leur puissance et les protections dont ils bénéficient les rendaient invulnérables, se réveillent au cimetière et c'est la panique générale. Papa Menes se fait discrètement la malle et il restera terré dans son coin jusqu'à ce que ça se tasse.

— Il refera surface. Un type comme lui ne peut pas rester caché.

— De la merde ! Il a toujours eu quelques grottes pour y camper. Il doit trimbaler une valise pleine de fric et ne traîner personne avec lui. Il disparaîtra dans la nature, avec ses petits moyens de communication personnels avec l'Organisation, et il laissera passer l'orage.

— Où donc, par exemple ?

Gill souffla sur son café et grogna.

— Il avait une bonne cachette à New Paltz, New York. Ne te donne pas la peine d'aller y voir parce que je l'ai fait et il n'y a personne. L'électricité et le téléphone fonctionnent. Une bonne vient faire le ménage une fois par semaine, fait tourner la camionnette dans le garage pour recharger la batterie et reçoit son salaire par mandat. Elle n'a jamais vu le propriétaire, bien qu'il soit venu plusieurs fois. Quelqu'un qui aurait le temps de jouer au pirate amateur pourrait venir quand la bonne n'est pas là, foutre tout en l'air dans la maison et s'amuser à creuser dans le jardin, et se tirer avec une petite fortune en espèces.

— Comment as-tu fait pour te procurer ces petits renseignements ?

— En profitant de mes loisirs pour surveiller les clients d'un certain restaurant italien, à une certaine heure et certains jours.

— Quand Papa Menes était là ?

— Très astucieux, mon vieux. Un de ces visiteurs était un agent immobilier. Le reste était fatigant mais facile.

— Ça ne nous dit pas où est Menes maintenant.

— Tu ne pourrais l'inculper de rien, d'abord. Et puis il y a de meilleurs gibiers à traquer.

— La réserve de gibier va être plutôt envahie, dit ironiquement le capitaine. Les familles ont lancé des ordres et tous les tireurs sont dans les rues. Ils ont expédié leurs soldats dans tous les points chauds, et la plupart d'entre eux viennent par ici. Hier soir, on a cambriolé l'arsenal de la Garde nationale dans le Jersey et emporté vingt-deux mitraillettes et soixante mille cartouches. Même vol dans un dépôt de la marine à Charleston, mais cette fois pour des grenades. Gill... nous sommes assis sur un volcan.

Burke but son café et hocha la tête.

— Tu pourrais avoir quelque chose à dire, protesta Long.

— Sûr. Tu prends un dessert ?

Mark Shelby digérait mal le dîner de Cissie. Normalement, il aurait apprécié les spécialités qu'elle servait aux clients qui avaient subventionné sa retraite de la 55e Rue Est. Les chroniqueurs gastronomiques la citaient régulièrement et elle était passée deux fois à la télévision locale pour donner ses recettes de cuisine méditerranéenne.

Il but encore un peu de vin, un rosé d'importation à 25 dollars la bouteille, mais il passa comme de l'eau sans améliorer sa digestion. C'était toujours comme ça quand il avait le Français en face de lui. Il avait réussi, il avait été dans tous les coups, mais il était essentiellement un organisateur, un compilateur de faits, et un conseiller.

Essentiellement, le Français était, lui, un tueur.

Rien d'autre n'importait.

Le Français était un tueur homosexuel et personne ne pourrait jamais le prouver parce que tous ceux qui bénéficiaient de ses faveurs subissaient le même sort que le mâle de la mante religieuse, sauf qu'on ne trouvait jamais de cadavre. Il y avait des courants d'air, bien sûr, mais nul n'osait vérifier les rumeurs parce que le Français avait une fâcheuse tendance à tuer les gens pour prendre son pied, sans égards pour le rang ou la réputation, et tant que cela ne gênait pas les machinations du Syndicat sa vie privée ne regardait personne.

Pour le Français, le meurtre équivalait à l'orgasme. Il le savourait encore plus quand ils se succédaient, mais il savait les apprécier séparément si besoin était, et d'ailleurs un autre suivrait immanquablement.

S'il avait eu à choisir entre l'assassinat et l'amour, Frank Verdun aurait choisi le meurtre. L'orgasme était alors beaucoup plus intense.

Et à ce moment précis, Mark Shelby n'aimait pas l'expression de Frank Verdun.

— Celui qui a abattu Holland était de chez nous, déclara-t-il sèchement. Deux personnes seulement auraient pu le reconnaître avec sa nouvelle figure, et elles sont mortes toutes les deux... le chirurgien et son infirmière.

— Le tueur savait, dit Verdun avec un sourire glacé.

Irrité, Shelby se pencha sur la table.

— Écoute, Frank, il n'y a pas eu de photos, ni de dossiers. C'était payé d'avance, avec une garantie de sécurité. Les seuls types de l'extérieur qui étaient au courant de son opération étaient Papa Menes, toi, moi, et six membres influents du conseil.

— Nous savons que Papa n'aurait jamais rien dit, les types du conseil non plus, ce qui ne laisse que toi et moi, pas vrai, Mark ?

Le petit 25 qui ne quittait jamais Mark Shelby était braqué sur le ventre de Frank Verdun, sous la table, et son index était prêt à presser la détente.

— Range ça, dit le Français avec son bizarre petit sourire.

Il leva son verre comme pour porter un toast silencieux, le vida et prit la bouteille dans le seau à glace.

— Tu te figures que Papa n'a pas déjà compris la coupure ? demanda-t-il à Shelby.

Le doigt de Mark se détacha de la détente. Il regarda l'homme assis devant lui. Verdun avait aussi glissé une main sous la table et il se demanda ce qu'elle tenait. Il avait été stupide, il le savait ; il murmura « merde ! » et fourra le petit automatique dans sa gaine.

— Quelqu'un cherche à nous avoir tous, Frank.

Le Français plaqua les deux mains sur la table ; la paix était déclarée.

— Bien sûr, que c'est un boulot de l'intérieur, reprit Verdun. C'est obligé. Mais la question qui se pose c'est où, à l'intérieur ? Qui savait tout, au sujet de Vic Petrocinni, Taggart et Holland... Tu sais combien de mecs nous avons perdus, jusqu'ici ?

— C'est moi qui tiens les registres.

— Ouais, alors tu le sais, mais qui est si bien renseigné ?

— Où veux-tu en venir, Frank ?

— Le grand conseil a les foies, Mark. Il n'aime pas ce qui se passe. La première fois, les patrons ont pensé qu'ils avaient affaire à un petit con, et puis ils ont cru à un raid, et maintenant ils ne pigent plus, à moins qu'une autre organisation ne se soit lancée dans la guerre à outrance et cherche à abattre les généraux avant qu'ils lancent leurs troupes.

— Dis pas de conneries ! C'est impossible.

— Il y a autre chose, aussi, qu'ils envisagent.

Shelby examina son verre, goûta le vin et le reposa.

— Quoi donc ?

— Le gouvernement des États-Unis a peut-être décidé de provoquer une diversion pour amuser le tapis et couvrir ses propres conneries.

— T'es dingue ! Qui diable vont-ils employer ? La C.I.A. ?

— C'est une possibilité.

— Ils ont le F.B.I. Ces mecs-là sont assez salauds. En ce moment, ils sauteront sur le premier prétexte venu pour franchir les frontières des États, et leur foutu directeur ne donne pas un pet de lapin des droits constitutionnels. Seulement nous avons aussi des hommes à nous chez eux, et aucune directive n'a été lancée pour nous épingler.

Frank Verdun renifla son vin, admira sa couleur. Si Shelby ne l'avait pas si bien connu, il aurait pensé qu'il était un habitué des bistrots parisiens à la mode.

— Pourquoi se donner cette peine ? reprit Mark. Tout marche pour eux. Quelqu'un d'autre nous démolit et ils ramasseront les morceaux. Non, Frank, ce n'est ni le F.B.I. ni la C.I.A. J'aimerais mieux, à vrai dire, parce qu'au moins nous saurions à qui nous avons affaire et comment nous défendre, mais ce qui se passe est complètement dément. Pas un bougre n'a encore bougé !

Verdun acquiesça.

— Ils bougeront. Il faudra bien. On ne se donne pas tout ce mal sans finalement avancer ses pions. Personne ne fait rien pour peau de balle et jusqu'ici c'est eux qui ont joué... C'est très simple, tu sais, quand on y réfléchit.

— Quoi donc ?

— Qu'est-ce qu'il y a de plus important au monde ? demanda le Français.

Il croisa les bras sur la table, voûta ses épaules et regarda fixement Mark. Shelby aurait bien répondu autre chose, mais il savait ce que le Français voulait entendre.

— Le fric, dit-il.

Le pli de la lèvre du Français, qui ne se voyait généralement pas, apparut. Il avait hérité sa bouche de sa mère, un chirurgien esthétique avait fait disparaître le bec-de-lièvre, mais par moments le défaut se devinait malgré l'opération. Son esprit était comme un abcès purulent sur le point de crever.

— Quelqu'un en veut à notre fric !

Mark Shelby n'avait pas du tout envie de crever l'abcès.

— C'est possible, logique même. Rien n'est aussi important que le fric.

— Et ce foutu fumier de Burke ? demanda brusquement Frank Verdun.

— Il paraît qu'il est revenu.

— Tu sais qu'il travaille maintenant pour le bureau du District attorney ?

— Oui.

— Et alors ?

— Tu as vu les ordres de Papa. Défense de toucher aux flics. Et qu'est-ce qu'il pourrait faire, d'abord ? Ils ont vingt-cinq mille poulets dans cette ville. Un de plus ou de moins, qu'est-ce que ça change ?

— C'est un spécialiste.

— Qu'il aille se faire foutre !

— C'est à toi qu'il en voulait, Mark.

Un sourire flotta sur les lèvres de Shelby, puis il éclata de rire.

— Nous l'avons eu une fois et nous l'aurons encore. Allons, Frank, ne me dis pas qu'un fumier de flic révoqué te flanque la trouille uniquement parce que le bureau du D.A. se crampone à des bouts de bois ?

— Non, répondit le Français. Pas du tout... Et toi ?

Papa Menes avait envoyé son chauffeur à Miami pour lui acheter une grande carte des États-Unis. Artie Meeker l'avait collée au mur avec des punaises et cerné d'un trait de crayon les régions que lui indiquait le vieux. Adossé au mur, il songea à la superbe putain qu'il avait croisée et n'avait pas eu le temps d'aborder, et attendit que Papa Menes ait fini de réfléchir.

— Trace-moi une ligne en pointillé vers Phoenix, Artie, dit enfin le vieux.

Il ne savait pas du tout où se trouvait Phoenix, mais il se rappela que Nicole lui avait parlé du bordel dans lequel elle avait travaillé, un truc pour routiers, à côté de Phoenix, et après avoir trouvé l'État, il posa la pointe de son crayon sur la ville et traça une ligne pointillée de là jusqu'à New York.

— Qu'est-ce qu'il y a à Phoenix, patron ? demanda-t-il.

— Une idée, répliqua Papa Menes. Maintenant, trace une autre ligne vers Cleveland.

Artie connaissait Cleveland. Il s'appliqua, et tira un trait.

— Comme ça ?

— Très bien. Maintenant, Seattle.

Artie obéit et trouva Seattle tout à fait par hasard.

— San Diego est dans le bas de la Californie. Trace une autre ligne.

Docilement, Artie suivit la Route Cinq jusqu'en bas parce que c'était le meilleur moyen de ne pas se tromper. Il recula et contempla son œuvre. Il avait l'impression de se retrouver en classe de géographie, à la communale, et il regrettait que Miss Fischer ne puisse pas le voir. Il avait toujours été un cancre, mais ce coup-ci elle serait fière de lui. Dans le temps il n'avait même pas été foutu de trouver Philadelphie, et voilà qu'il venait de tracer une ligne jusqu'à San Diego !

— Va à Dallas, maintenant, dit Papa.

Artie s'amusait comme un gosse. Il avait vu assez de bulletins de météo à la télé et il savait où était Dallas parce que c'était toujours là qu'ils dessinaient leurs grands ronds avec des lettres au milieu, et où Kennedy s'était fait descendre, et pas plus tard que la semaine dernière ils avaient eu une zone de froid dingue et un cyclone. Il avait toujours rêvé d'entendre un cyclone parce que tout le monde disait que ça faisait un bruit comme un express qui passe. Il traça la ligne jusqu'à Dallas.

— Très bien, approuva Papa.

Il se carra dans son fauteuil et considéra la carte. Il aurait pu demander à Artie de dessiner d'autres traits, mais ils n'étaient pas vraiment nécessaires. Il aurait pu aussi ajouter des chiffres pour indiquer la continuité des meurtres, mais ce n'était pas la peine. Il connaissait leurs séquences et rien n'avait de sens.

— Ils sont très mobiles, observa-t-il.

Artie Meeker ne comprit pas très bien ce que le patron voulait dire, alors il hocha la tête comme s'il le savait.

— Est-ce que cette petite putain que tu as rencontrée à Miami doit venir, ce soir ? demanda Papa Menes.

Il y avait longtemps qu'Artie avait cessé de s'étonner de l'intuition du vieux et de ses sources d'information. Il savait aussi qu'il valait mieux ne pas mentir.

— Ouais, patron.

— Combien ?

— Cent dollars et elle est ravie.

— N'importe quoi ?

— Bien sûr, patron.

— Dis-lui d'amener une copine. Appelle le West Wind et dis-leur que nous les retrouverons là-bas. Tu es bien sûr que c'est un fusil à trois coups ?

— Allez, ah ! patron, vous me connaissez !

— Oui, certainement, dit Papa Menes.

Une cinquantaine de mètres séparaient les deux cottages au bord du golfe. Généralement, ils servaient aux débordements de Harvey Bartel, le barman qui avait un passe, mais quand l'*homme* descendait de la ville, le courtier assez riche pour vous acheter ou vous vendre, ou vous faire virer d'un boulot pépère au soleil où la fesse était facile et le fric aussi, ou vous faire démolir par ces foutus gros-bras de Miami qui ne comprenaient pas qu'on avait simplement envie de rigoler, alors on fermait les yeux et on emmenait sa petite amie au cinéma à vingt kilomètres de là en s'estimant heureux de ne pas avoir été surpris avec le passe ou en train de sauter une blonde locale dont le mari était un colosse.

Parfois Harvey Bartel rêvait de voir le propriétaire de ces cottages, mais comme il était trouillard il n'avait jamais osé poser de question ; pour le moment il se consolait avec une main sur la cuisse nue de la grosse fille de Summerland Key qui avait fait tout le trajet en voiture pour le voir. Elle n'était pas jojo, toute en lard et en bavardage, mais elle avait une bonne grande bouche humide et savait s'en servir. Son père avait un atelier de mécanique à Miami et possédait aussi quatre cruisers de pêche au tout gros.

La fille cria et gémit parce qu'elle pensait que le vieux monsieur aimait ça comme ça. Elle reçut un coup sur la tête et Papa Menes grogna :

— Boucle-la. Je ne paye pas pour qu'on me casse les oreilles.

Louise Belhander se tut et se tordit le cou pour regarder le vieux monsieur en position, à cheval sur ses jambes. Elle rit, s'installa confortablement sur le ventre, en écartant les cuisses autant qu'elle le pouvait et lui dit :

— D'accord, amuse-toi, papa.

Pauvre pomme, pensa-t-elle ; n'importe comment, elle aimait ça. Il n'était pas trop gros et elle était bien lubrifiée, et s'il voulait allonger tous ces jolis dollars pour une vraie paire de miches il était le client, et le client avait toujours raison. Elle sentit ses mains écarter ses fesses et elle nicha sa tête au creux de ses coudes repliés. *Amuse-toi, bébé*, murmura-t-elle à part soi. Ce sale con qui s'était noyé la semaine dernière était encore mieux. Trop long et trop gros, mais il était trop fort pour qu'elle se défende. Il avait bien failli défoncer pour de bon sa petite entrée de service et l'avait envoyée à l'hôpital avec une histoire de viol anal qui avait fait rigoler les foutus internes jusqu'à ce qu'ils constatent les dégâts.

Papa Menes était même plaisant. Louise souleva son arrière-train pour lui faciliter les choses et sourit. *Comme de se brosser les dents*, pensa-t-elle, *ou de cirer ses souliers*. La plupart des femmes ne savaient pas pourquoi les hommes faisaient cirer leurs souliers. Ils s'asseyaient dans un fauteuil et laissaient un type faire jouir leurs pieds avec une brosse et un chiffon, et c'était comme s'ils se tapaient une gonzesse. Le coup le moins cher du monde. Ils avaient les pieds tout excités, ils se payaient un orgasme des orteils et ils rentraient chez eux sans savoir ce qui leur était arrivé.

Pour le moment, Louise Belhander avait les fesses chatouillées et, experte dans l'art de la relaxation, elle savourait simplement la chose tout en se demandant comment elle allait dépenser l'argent. Si le radis là-haut devenait un régulier, elle pourrait même se permettre d'acheter la décapotable dont elle rêvait. Louise comprit qu'il atteignait son point d'orgue et elle y alla de tous ses trucs. Pour elle, professionnelle depuis le lycée, c'était tout simple.

Une demi-heure plus tard Papa Menes était totalement drainé, son esprit était regonflé à bloc puisque ses exigences mensuelles avaient été satisfaites, et il pouvait de nouveau réfléchir. Il décrocha le téléphone et forma le numéro du cottage voisin.

Artie Meeker avait trop bu et cette superbe sensation orgasmique lui échappait complètement. Quand le téléphone sonna et que la fille interrompit ce qu'elle faisait pour lever les yeux et l'entendre répondre : « Tout de suite, patron », elle se dit simplement qu'elle aurait mieux fait d'épouser cet éleveur de poissons-chats du Tennessee qui n'avait mis que deux ans pour amasser un demi-million de dollars. Bizarre mais riche, et capable de lui en mettre plein la bouche, ce qui était son grand plaisir dans la vie. Ce type-là n'était qu'une bouffée de poussière et elle était prête à parier que Louise, dans l'autre cottage, n'avait guère plus de pot. Ces gars de Wall Street étaient tous les mêmes. Rien que du fric et pas de queue. C'était moche d'être une putain quand on aimait vraiment son métier. Un de ces jours, se dit-elle, elle retournerait à Lesbos.

Papa Menes consulta encore une fois la grande carte, chercha une petite ville de Pennsylvanie et se rappela le jour où il avait fait la connaissance de Sylvia, qu'il avait épousée. Elle était vierge, fille de rabbin, et il n'était qu'un Rital cinglé qui s'était débrouillé pour foutre en grève le personnel de l'hôpital pour couvrir Rierdon, en prison, pour assassinat. Il était jeune, alors, et le conseil avait approuvé. On lui avait permis d'épouser la vierge, d'avoir ses gosses stupides qui avaient grandi tiraillés entre deux religions, et une fois qu'il eut effacé tous ceux qui se dressaient sur son chemin, on avait été très heureux de le laisser contrôler l'incontrôlable. Papa Menes était le patron. Il supportait tant bien que mal son idiote de femme juive. Ses cons de mômes reposaient depuis longtemps sous des tombes à l'étoile de David, parce qu'il ne pouvait les tolérer. L'opposition pensait qu'ils étaient son point faible.

Elle se trompait, ils étaient morts, il avait la bénédiction des programmateurs et il était considéré comme un homme capable de faire face à ses obligations. A trente-huit ans, ses tâches avaient été accomplies et on avait commencé à l'appeler Papa.

Sa femme refusait toujours de lui prêter ses fesses parce qu'elle avait un complexe du lavement, mais ça n'avait plus d'importance parce que Papa Menes connaissait trop de filles qui se moquaient des complexes et des craintes quand il y avait une petite liasse de billets sur la commode.

Papa revoyait la petite fille potelée qu'il avait épousée, protégeant son petit anus froncé quinze jours après la cérémonie. Elle lui avait griffé la figure, avait écopé d'un nez cassé dans la bagarre et à part les quelques fois où il était rentré bourré et l'avait sautée qu'elle le veuille ou non, leurs rapports sexuels s'étaient arrêtés là. Le beau-père rabbin était mort, la belle-mère aussi, et sa femme jouait maintenant à la canasta à Miami, en s'assurant que ses diamants scintillaient bien et que ses fourrures étaient les plus somptueuses.

Dommage qu'elle ait été réfractaire à la sodomie, pensait Papa. Ils auraient pu s'entendre fameusement, père rabbin ou non. Il l'aurait même laissée passer le temps avec ce petit crétin d'Aaron dont le père avait la teinturerie du coin. Aaron était tout en queue et sans cervelle. Pas du tout comme un Rital ou un Irlandais. Avec ceux-là au moins, on savait où on en était. Ces cinglés de youpins avaient des idées à eux.

Papa Menes avait peur des Juifs. C'est pourquoi il les tuait chaque fois qu'il en avait l'occasion.

Il n'aurait peut-être pas dû écouter son cousin, quand on avait mis en place Mark Shelby. Son grand-père maternel était juif, et ce n'était pas d'un type comme ça qu'ils avaient besoin. Le vieux s'endormit en se rappelant son membre fourré dans le cul de la jeune pute et les gémissements qu'elle poussait en se tortillant. Le seul ennui, c'était l'ombre noire qui persistait dans ses rêves comme une main attendant de le marquer du signe de la mort. Mais le spectre avait les yeux bandés et ne pouvait le trouver, et il était encore capable de savourer totalement la vie.

Artie Meeker n'était pas très intelligent mais il avait une mémoire remarquable, qui lui permettait de répéter mot pour mot une conversation d'un quart d'heure et de l'oublier promptement avant le jour suivant. Il avait payé les deux filles, en ajoutant un petit cadeau égal au tarif, les avait collées dans un taxi à Homestead avec cinquante dollars de mieux pour la course, et puis, les poches pleines de petite monnaie il était entré dans une cabine publique pendant qu'on faisait le plein de la voiture, et avait demandé New York. Il eut le loisir de fumer deux cigarettes, tout en écoutant et en glissant des pièces chaque fois que le temps était dépassé, marmonna un simple « d'accord » quand son correspondant se tut, paya l'essence et l'huile et repartit.

Papa Menes était déjà levé et prenait son café sur la terrasse en regardant le soleil scintiller sur l'océan quand Artie arriva.

— Alors ? demanda-t-il.

Artie se lança dans sa récitation. La police de Cleveland avait eu du pot. Une fille travaillant dans l'immeuble d'en face avait remarqué la voiture conduite par l'assassin de Holland parce qu'elle était garée à une place normalement occupée par le directeur du bureau voisin et parce que le numéro d'immatriculation comportait trois zéros consécutifs. Quand les flics avaient vérifié toutes les combinaisons de chiffres possibles, ils avaient appris que la seule voiture dont la marque et la couleur collaient était une bagnole de location.

Le crime payait, parce que l'agence de location avait été victime de quatre hold-up l'année passée et avait installé une caméra cachée qui filmait tous les gens se présentant au comptoir ; la personne qui avait loué la voiture était sur la pellicule. C'était un homme assez grand, en imperméable bleu sur un costume sombre, portant un chapeau gris, une petite valise avec une étiquette de compagnie aérienne, des lunettes, une fine moustache et qui s'était coupé au menton en se rasant. Son permis de conduire était au nom de Charles Hall, d'Elizabeth, New Jersey. Il avait payé avec une carte de crédit. La police de Cleveland interrogeait le personnel de toutes les compagnies aériennes pour obtenir une identification. Des copies de la photo étaient envoyées à tous les services de police du pays mais on ne l'avait pas communiquée aux journaux. Papa Menes aurait la sienne le lendemain matin au courrier. Le vieux hocha la tête et finit de déjeuner.

Gill Burke rendit la photo au capitaine Long en grommelant :

— Monsieur n'importe qui. Les lunettes et la moustache peuvent être fausses, et qui ne se coupe pas en se rasant ? D'ailleurs, ces marques-là ont disparu, depuis le temps.

— Merci de me remonter le moral, grinça Bill Long. J'avais bien besoin de ça !

— Et la carte de crédit, l'adresse ?

— Bidon, qu'est-ce que tu crois ? L'adresse est un garage où personne n'a jamais entendu parler de ce type, et la carte n'a servi que cette fois-là. Nous enquêtons sur les références dont il s'est servi pour obtenir la carte de crédit, mais sans grand espoir.

— Ce coup-là a demandé pas mal de préparation, mon vieux.

— Rien de plus que ce que l'on peut attendre d'un professionnel.

— Un peu plus. Tu sais bien que les mecs qui travaillent sur contrat ont horreur de la paperasserie.

— Ouais, alors celui-ci est un peu plus consciencieux. Ou il a été payé au prix fort, ou c'est un coup de l'Organisation. Au moins, nous avons maintenant un indice. Quelqu'un va reconnaître cette tête un jour ou l'autre, et nous aurons notre chance. Les spécialistes du labo travaillent sur le négatif, et s'il y a quelque chose qu'ils peuvent faire ressortir et agrandir, ils le feront.

— Et l'aéroport ?

— Rien. Le bide intégral, répliqua Long ; puis il fronça les sourcils en regardant Gill. Qu'est-ce qu'il y a de drôle ?

— Tout ça pourrait bien n'être qu'un leurre. Il pouvait même être au courant de la caméra. Si c'est un bon professionnel, il a pu se changer et se déguiser dans les lavabos et partir de là.

— Peut-être, mais il n'y a que huit jours que cette caméra est installée.

— Alors tu as ton point de départ.

— Nous avons mieux que ça, tu dois le savoir, à moins que tu n'aies pas encore vu le D.A. ?

— Il ne me parle de rien.

— Stanley Holland, expliqua Bill Long, était un secret très bien gardé. Maintenant que nous savons qui il était, nous avons une idée plus nette de l'ensemble du tableau. Ses activités n'étaient connues que de quelques gros bonnets du Syndicat, et ceux qui se sont infiltrés dans leur petit projet doivent faire partie d'un groupe extrêmement bien informé et financé. La police de L.A. y va à fond et nous devrions bientôt aboutir.

— Bonne chance, dit Gill.

— Ouais...

Long remit la photo dans sa poche et alluma une cigarette.

— Et toi, qu'est-ce que tu as ? demanda-t-il.

— Rien de concret encore. Mercredi, je pourrai peut-être apporter quelque chose à la réunion.

— Tu ferais bien. Il y a un sale petit con de chroniqueur qui en veut à tout ce qui porte un uniforme et qui a reniflé ta participation dans cette affaire.

— Meyer Davis ?

— En personne.

Gill rit tout bas.

— Il n'a pas apprécié le coup de pied au cul que je lui ai flanqué pour le papier qu'il a fait sur Joyce Carroll. Il a failli foutre mon enquête en l'air.

— Oui, eh bien il a le nez sur la piste et son journal coco le soutient.

— Un nouveau coup de pied au cul le remettra d'aplomb.

— Dis pas de conneries.

— Bien, patron.

— Et laisse tomber aussi ces conneries-là.

— A vos ordres, capitaine.

— Allez, Gill !

Burke lui rit au nez.

— D'accord. A mercredi.

5

Le surnom de Willie Armstrong était « Junior » mais cela équivalait à appeler Marlène Dietrich « Bébé ». Il mesurait près de deux mètres, devait peser dans les quatre cents livres et pouvait s'exprimer comme l'universitaire qu'il était ou comme le ramasseur de coton de Georgie qu'avait été son père. Ses dents blanches, éblouissantes, illuminèrent sa large figure noire quand il sourit en accueillant Gill Burke sur le seuil de son appartement de Lenox Avenue, à Harlem.

— Tu manques pas de cran de venir ici, petit Blanc, dit-il.

Gill prit la main tendue et la serra très fort.

— Tes petits copains ne cherchent pas des crosses le matin. Vous êtes tous trop envapés.

— Nous sommes des tigres, papa.

— Seulement quand le soleil se couche. Comment va Cammie ?

— Au poil, papa. Elle a commencé à faire le gruau et la sauce dès que t'as téléphoné.

— Je voulais des saucisses et des grosses crêpes, Junior.

— Tout dans la même assiette, mon gars. Comme au bon vieux temps. Tu te rappelles Looney Mooney, ce cuistot qu'on avait à l'entraînement ?

— Le vieux Looney qui ne laissait pas tomber la piétaille.

— Soi-même. A côté de celles de Cammie ses crêpes sont tristes comme c'est pas vrai.

— Alors, à la bouffe !

En déjeunant, ils évoquèrent tous les trois de vieux souvenirs, depuis le temps où ils avaient essuyé tant de mauvais coups ensemble jusqu'au présent où ils ne se voyaient plus que rarement. Junior Armstrong avait fondé une petite affaire de soldes, survécu à la crise économique et en était sorti pavillon haut, puissant porte-parole de la communauté noire. Sa main lourde et ses contacts influents lui permettaient de faire régner la paix dans son secteur et il ne se passait pas grand-chose qu'il ignorât.

Après le déjeuner, Cammie, la jolie petite femme de Junior qui était la seule personne au monde dont il eût peur, les expédia au salon pendant qu'elle rangeait tout, et posa une cafetière sur la table entre eux deux.

Junior offrit une cigarette à Gill, puis du feu, et demanda :

— T'en as bavé depuis qu'on t'a viré ?

Burke souffla sa fumée au plafond.

— Pas vraiment.

— Ne raconte pas d'histoires, papa.

— Bon, j'en ai bavé pendant un moment, répondit Gill, et ses yeux pétillèrent soudain. Mais je suis de nouveau en selle.

Junior ne parut pas du tout étonné. Il écouta Gill lui raconter les détails de l'affaire et hocha la tête.

— T'as besoin d'aide ?

— Un peu.

— Vas-y, papa.

— Un jeune, nommé Henry Campbell, qui doit avoir dans les vingt-cinq ans. Dernier domicile connu, un meublé de Bleeker Street, mais il est parti sans laisser d'adresse.

— Quand ça ?

— Un an ou deux.

— Ça fait un bail.

— Je sais, mais il n'a guère d'endroits où aller.

— Ouais. Quand on est Noir, on est situé. On ne peut aller que d'un ghetto à un autre. Et s'il a quitté le coin ?

— Peu probable. Il est né ici. Parents morts, deux frères dans les postes qui n'ont pas eu de ses nouvelles depuis des années, mais il a forcément des copains.

— Jusqu'où t'as progressé ? demanda Junior.

— S'il travaille, il ne se sert pas de son numéro de Sécurité sociale. Il n'est pas inscrit au chômage. Il n'a pas de talents précis ni connus, mais il aime bien travailler dans l'automobile. La dernière fois que je l'ai vu il garait les bagnoles dans un parking appartenant au Syndicat.

Junior tira sur sa cigarette et fit tomber la cendre dans un cendrier.

— Ça doit être le témoin qui t'a pété dans les doigts l'autre fois.

— Ouais.

— Tu vas faire pression sur lui ?

— Non. Je veux simplement savoir pourquoi il a changé son témoignage. Quelqu'un d'autre a peut-être pesé un peu fort sur lui.

— Il n'a peut-être pas de mémoire.

— Pour moi, sûrement pas. Pour toi, elle serait peut-être meilleure.

— J'aimerais pas voir son cul coincé entre l'arbre et l'écorce.

— Moi non plus. Ça fait mal.

— Tu peux le supporter. Il a déjà la chance contre lui.

— Il y a des tas de moyens d'adoucir une situation, Junior. Il me rend un service et je lui garantis de lui en rendre un autre encore plus grand. Qu'est-ce que tu en dis ?

Le colosse fuma en silence pendant une minute, puis il hocha lentement la tête.

— Tout le monde a besoin d'un coup de main, un jour ou l'autre. Je vais voir ce que je peux faire. Tu la veux quand, ta réponse ?

— Hier.

— Demain, ça irait ?

— J'ai le choix ?

— Non.

Junior sourit, ses dents étincelant dans la lumière. Quand Gill se leva, il proposa :

— Je peux te donner une escorte, pour rentrer dans ton quartier.

— Fais pas le con, tu veux ? Y a encore de la joie, dehors.

— Seulement pour les tigres comme nous. Nous serons toujours des amoureux de la nature.

Gill éclata de rire et désigna la fenêtre.

— Je te crois ! Qui arrose tes plantes, papa ?

— Cammie. C'est elle la fermière, dans ces régions boisées. Moi j'arrose les siennes.

— Pas de doute, tu adores la nature, Junior.

La grosse vieille dame qui gérait le garni du West Side refusa de rentrer parce qu'elle se sentait trop à l'aise dans son fauteuil de toile, à la chaleur du soleil, et elle força Gill à lui parler sur son perron. Une bande de morveux poussait des cris dans la rue, et un peu plus loin deux clodos se partageaient une bouteille de vin.

Elle se rappelait bien Ted Protor, pas de doute, surtout parce qu'il avait été descendu la veille du terme et qu'elle n'avait jamais touché son loyer. Elle avait jeté à la poubelle les quelques effets qu'il avait laissés, et les chiffonniers les avaient emportés avant le passage des éboueurs. Elle avait vendu sa valise pour un dollar à une pute qui s'en allait, et elle avait gardé sa montre, qui ne marchait pas et qu'elle n'avait pas encore fait réparer.

— Il avait des amis, dans le quartier ?

— S'il avait eu du fric il aurait peut-être eu un copain, répliqua-t-elle. Vous savez comment ils sont, ces clodos.

— Des visites ?

Elle grimaça, déplaçant des replis de graisse.

— Andy, le voisin, des fois, quand il pensait que Proctor avait une bouteille.

— Il est toujours là, Andy ?

— Ce con-là s'est endormi sur le seuil de sa porte en janvier et il est mort d'une pneumonie.

— Vous montiez souvent chez Proctor, quand il habitait ici ?

Elle regarda fixement Gill. Il tendit un billet de cinq dollars et le vit disparaître dans une poche de sa robe.

— Je changeais les draps et les taies une fois par semaine.

— Qu'est-ce qu'il avait dans son placard ?

— Du linge sale. Il n'avait... Dites, vous allez pas vous figurer que je fouille dans les affaires de mes locataires, tout de même ? J'aime autant vous faire savoir...

— Répondez, voulez-vous ? J'ai déjà payé.

Les épaules grasses se soulevèrent.

— Rien, voilà ce qu'il avait. Rien qui comptait, quoi. Deux-trois vieilles lettres, des cartes postales, des bulletins de paie... Parce qu'il travaillait, vous savez.

— A mi-temps.

— Il payait régulièrement son loyer.

— Vous savez ce que la police a trouvé dans sa chambre ?

— Ils m'ont rien dit, rien montré. J'ai seulement lu ça dans les journaux.

— Vous n'avez jamais tiré à fond le tiroir du bas de la commode ? Ces portefeuilles étaient cachés dessous.

— Je savais même pas qu'il y avait de la place.

— Et on a trouvé d'autres choses dans des cartons, au fond du placard.

— Quand j'ai été voir, j'ai vu que du linge sale. J'ai dit la même chose aux flics.

— Vous avez regardé combien de temps avant sa mort ?

Elle réfléchit un moment.

— Il a été descendu la veille du jour où il devait payer sa semaine, et c'était ce jour-là que je changeais les draps. Alors ça devait être la semaine d'avant.

— Il avait un pistolet ?

— Où est-ce qu'il aurait trouvé un flingue ?

— Ce n'est pas ce que je vous demande.

— Il avait rien que j'aie pas vu et il avait pas de flingue.

— Proctor en avait un quand il est allé braquer ce prêteur sur gages. Un pistolet tout neuf qui coûte cent dix dollars si on l'achète chez un armurier, et peut-être vingt s'il a été volé, mais sûrement pas moins. Ce pistolet avait été volé dans un magasin d'articles de sport et n'aurait pas été vendu moins de vingt dollars dans le quartier.

— Monsieur, dit la vieille, si Proctor avait eu vingt dollars dans sa poche, je vous fous mon billet qu'il serait pas allé s'acheter un flingue avec. Il serait allé se rincer la dalle chez Barney jusqu'à ce qu'il soit trop bourré pour marcher droit et puis il serait rentré ici à quatre pattes pour cuver sa cuite. Il avait peur de son ombre et si jamais il avait trouvé un flingue dans un coin il aurait cherché à le vendre avant de penser à s'en servir.

— Si un type crève de soif, il est prêt à faire pas mal de choses pour se payer un verre.

— Vendre le flingue, oui. S'en servir non, affirma la vieille. C'était rien qu'une cloche. Et si vous voulez encore me faire causer, ça vous coûtera plus cher.

Gill secoua la tête.

— Non. Ça va comme ça. Merci.

— Tout le plaisir est pour moi, répliqua la vieille en tapotant sa poche.

— Sûr, que je me rappelle. Il est entré ici bourré jusqu'aux oreilles en brandissant ce pistolet et en me disant de mettre mon argent sur le comptoir ! C'est ça qui m'a flanqué une trouille du diable. Je vois ces mecs tout le temps et quand ils sont dans cet état-là, je vous jure, ils sont capables de tout. J'avais peur, je vous le dis franchement. Vous savez combien y a eu de hold-up chez moi ? Quatorze, et le dernier pas plus tard qu'il y a quinze jours !

— Vous devriez être ruiné, depuis le temps, observa Gill.

— Écoutez, je les laisse plonger dans la caisse eux-mêmes. Je garde pas grand-chose là-dedans, ils l'emportent et ils foutent le camp. C'est pas comme si j'étais assis sur un paquet.

— Où rangez-vous le reste ?

— Dans une petite cassette bien fermée soudée aux poutrelles du plancher, avec une serrure à mouvement d'horlogerie, et trois fois par semaine je colle tout à la banque.

— Vous dites que vous n'aviez jamais vu ce Ted Proctor.

— Rien que cette fois-là où il est venu me voler. Sans le flic qui faisait sa ronde et qu'a tout vu, ce foutu poivrot m'aurait tué. Écoutez, qu'est-ce qui vous prend de revenir deux ans en arrière ? Le mois dernier, tenez…

Gill considéra le prêteur en hochant la tête, en s'efforçant de ne pas manifester son mépris.

— Je fais ce qu'on me dit de faire, vous savez.

— Ils devraient nous donner plus de flics, ici dans le quartier.

— Je le dirai au superintendant.

— Ouais, bien sûr. Et à part ça, qu'est-ce que vous voulez savoir ?

— Rien. Merci.

Gill referma son carnet, le fourra dans sa poche et sortit. Sur le trottoir il s'arrêta et regarda des deux côtés de la rue. Quelque chose le tracassait, mais il ne savait pas quoi. Rien d'important, sans doute, un détail qui lui avait échappé. Il se dit que ça lui reviendrait. Il suffisait de laisser fermenter les idées. Il consulta sa montre et vit qu'il était bientôt une heure.

Mme Cynthia Berkowitz portait son veuvage comme un manteau royal. Son indignation, sa colère et ses frustrations avaient été apaisées par le chagrin, l'apitoiement et la sollicitude de voisines qui avaient connu le même malheur et qui n'étaient que trop heureuses de pouvoir évoquer feu M. Berkowitz, un homme si bon, si charmant, si généreux, qui ne mangeait rien qui ne fût pas kasher et qui ne manquait jamais le culte à la synagogue, qu'il vente, qu'il neige ou qu'il pleuve. Pas du tout comme ce M. Manute, qui aux yeux de la veuve Berkowitz était pratiquement un infidèle et qui avait entraîné son regretté mari dans des entreprises photographiques auxquelles il n'entendait rien ; il ne savait même pas ce qui se passait, ce M. Manute lui racontait qu'ils développaient des films d'art alors que ce qu'ils produisaient était visible à l'heure même dans des salles spécialisées du quartier. S'il l'avait su, jamais il n'aurait voulu se mêler de ça.

Gill Burke but son thé et approuva poliment.

— Qu'est devenue l'entreprise, madame Berkowitz ?

— Vendue. Nous n'avons pratiquement rien touché. S'il n'y avait pas eu l'assurance…

— Qui l'a achetée ?

Elle écarta les bras et sa lourde poitrine se souleva.

— Qui peut s'en souvenir ? Des trucs ici, des trucs là. Myron, mon neveu, c'est lui qui s'est occupé de tout. C'est un avocat, Myron. Si jamais vous avez besoin d'un avocat…

— Et les dossiers ?

— Les papiers ? Oh, les papiers ! Des factures qu'ils payaient, des factures qu'ils recevaient. Des chèques en bois. A la cave, j'ai un grand carton plein de papiers que je ferais mieux de jeter. Myron — c'est l'avocat — il dit que je devrais les garder au cas où on viendrait me poser des questions pour les impôts. Les impôts, il connaît bien, Myron. Dites-moi, monsieur…

— Burke.

— Oui. Monsieur Burke. Pourquoi est-ce que la police s'intéresse à M. Berkowitz, après tout ce temps ? Ce petit étranger qui s'est fait tuer a fait le coup et nous ne pouvions même pas plaider. S'il y avait pas eu l'assurance...

— Pourrais-je voir ces papiers, madame Berkowitz ?

— Je devrais peut-être appeler Myron. C'est mon avocat, vous savez.

— Appelez-le donc.

— Oh, et puis, pourquoi j'irais déranger Myron ? Vous êtes un type bien, avec la carte et tout. L'autre fois, les messieurs de la police ont été très gentils aussi. En bas dans la cave, à côté de la chaudière, vous trouverez un grand carton. Fouillez dedans tant que vous voudrez et puis remontez et vous prendrez encore une tasse de thé. Vous aimeriez peut-être de la soupe ?

— Merci, le thé suffira.

Il s'accroupit à la lumière pauvre d'une ampoule de quarante watts poussiéreuse, et il examina le monceau de paperasses. Les deux hommes avaient acheté tout leur matériel d'occasion, des caméras 16 mm, des projecteurs, des lampes, des fournitures pour le développement et tout un tas d'accessoires peu coûteux. Ils avaient payé en espèces et les reçus étaient là. Ensuite la plus grosse dépense semblait être la livraison bimensuelle de pellicule d'une grosse firme du centre. Trois mois avant leur mort, Manute avait acheté un Nikon 35 mm d'occasion, un fauteuil à pivot, et avait fait installer des serrures de sûreté à son bureau.

Myron, l'avocat, avait laissé un inventaire sur le dessus de la pile, ainsi qu'un double du résultat de la vente aux enchères. Le tout n'avait guère rapporté plus de deux mille dollars. La feuille était signée par Mme Cynthia Berkowitz et Mme Irma Manute. Le parafe illisible de Myron figurait au-dessous.

Gill Burke rangea tout dans le carton, rabattit le couvercle et remonta boire encore du thé. Il passa une heure à chercher un indice, un détail insolite, mais n'obtint rien de plus qu'un estomac gonflé par tout ce thé.

Il dit au revoir à Mme Berkowitz, promit de la tenir au courant et partit à la recherche d'un taxi. Il était déjà 6 heures et il comptait dîner avec Helen Scanlon. Il ne savait vraiment pas pourquoi.

Sa façon d'embrasser, peut-être, pensa-t-il.

Ils avaient installé le type dans le grenier, au-dessus d'un garage de Brooklyn. Il était ligoté sur une chaise, les mains et les pieds engourdis par les liens serrés, et il ne pouvait que gémir tout bas sous le sparadrap qui lui recouvrait la bouche. Le pire, c'était qu'il n'y voyait rien. La dernière chose dont il se souvenait, c'était un coup violent sur la nuque, et puis le trou noir. L'obscurité était toujours là, derrière le bandeau dont le nœud s'enfonçait dans la blessure du crâne.

Quand Frank Verdun entra avec Slick Kevin, Bingo Miles et Shatzi Heinkle se levèrent respectueusement. Le type sur la chaise gémit de plus belle et tourna la tête.

— Qui c'est ? demanda Frank.

— D'après ses papiers, il s'appelle William R. Hays. Il est d'East Orange, New Jersey, répondit Bingo en montrant l'attaché-case ouvert sur le sol. Il était à Chicago et à Cleveland les jours en question. Il ressemble bougrement à la photo, monsieur Verdun.

Frank désigna l'attaché-case et se tourna vers Slick.

— Vérifie ce qu'il a là-dedans.

Puis il s'approcha du prisonnier et l'examina.

— Il porte des lunettes ?

Shatzi lui montra une monture et quelques morceaux de verre brisé.

— Les mêmes que sur la photo. Elles se sont cassées quand on l'a enlevé.

— Pas de pépins ?

— On s'est servi du taxi de Bingo. Pas de problèmes. Il voulait aller au Hilton.

Kevin acheva d'examiner les papiers et les rejeta dans l'attaché-case.

— Il a une bonne couverture, Frank. Représentant en tissus d'ameublement.

— Vérifie jusqu'au bout, Slick, ordonna Verdun, puis il jeta un coup d'œil à Bingo et à Shatzi. Vous deux, gardez-le ici et prenez bien soin de lui. Je ne voudrais pas qu'il arrive malheur à ce mec tant qu'on n'en saura pas davantage sur lui. Il a peut-être un tas de choses à nous raconter.

Il tira de sa poche un tampon encreur et une carte de bristol blanc, appuya les doigts de l'homme sur le tampon noir et les appliqua sur la carte. Il n'utilisa qu'une main et deux des empreintes étaient floues, mais ça suffisait. Quand la carte fut sèche, il la glissa dans une enveloppe et la fourra dans sa poche.

Le type gémit de nouveau ; une tache humide souilla son pantalon.

— Votre coup de téléphone m'a agréablement surprise, dit Helen Scanlon. Je ne pensais vraiment pas que vous voudriez me revoir.

Gill demanda au garçon deux autres cafés et alluma une cigarette.

— C'est à mon tour de vous faire des excuses pour vous avoir traitée si durement. J'aurais pu être plus aimable au bureau et plus hospitalier chez moi.

— Ça ne vous irait pas, monsieur Burke.

— Vous ne pourriez pas m'appeler Gill ?

— Si vous voulez.

— Ne me prenez surtout pas pour un paria.

Helen Scanlon sourit gentiment, en jouant avec un cube de sucre.

— Vous me rappelez mon père. Policier jusqu'à l'âme. Rien d'autre ne comptait.

Gill avança la main et la posa sur celle d'Helen.

— Au cas où ça vous intéresserait, je ne suis pas là pour jouer aux questions et aux réponses. J'ai eu envie de vous inviter à dîner parce que j'ai pensé à vous toute la journée.

— Pourquoi ?

— Pas parce que vous travaillez chez le Français. Ils ne m'empêcheront pas de les foutre en l'air si ça me plaît, et si j'ai besoin de renseignements je n'ai pas besoin de jouer à des petits jeux non plus. Je vous jure que j'aimerais vraiment savoir pourquoi je voulais vous revoir, mais je n'en sais rien. J'en ai eu envie, c'est tout.

Il ne savait pas non plus pourquoi il était irrité contre lui-même.

— Vous ne connaissez pas bien les femmes, n'est-ce pas ?

— Ça dépend. Pourquoi ?

— Parce que vous venez de me donner la raison la plus valable.

— Moi ?

Elle éclata de rire, retourna sa main et serra celle de Gill.

— Savez-vous ce qui arriverait si un journaliste nous voyait ensemble et pensait que ça ferait un bon sujet d'article ?

— Limitez ça à deux ou trois reporters, pas plus. Les autres étaient tous pour moi, et quant à ces deux ou trois fumiers je pourrais les mettre au pas si vite qu'ils en auraient le vertige. D'ailleurs, nous sommes de l'histoire ancienne, tous les deux. Tout ce qu'on pourrait dire a déjà été dit.

— Tandis que vous, Gill, vous avez encore beaucoup de choses à dire.

Elle retira sa main, regarda autour d'elle et fouilla dans son sac. Elle trouva le petit rectangle de carton qu'elle cherchait et le lui tendit.

— C'est la photo de qui, ça ?

Il la prit, y jeta à peine un coup d'œil et demanda vivement :

— Où l'avez-vous trouvée ?

C'était le cliché pris par la caméra secrète de l'agence de location de voitures.

— On en a livré toute une boîte à M. Verdun, aujourd'hui. Il en a fait six tas et a demandé qu'un homme du siège vienne les chercher. Il a passé plus d'une heure au téléphone et il paraissait très excité. Quand il s'est absenté de son bureau pour une minute, je suis allée porter du courrier à signer et j'en ai pris une sur le dessus de la pile.

Gill grogna un juron et regarda de nouveau la photo. Visiblement, ce n'était pas un original mais une copie d'après une épreuve, mais pour les besoins de l'identification elle était aussi bonne que celles que la police avait reçues de Cleveland.

— A qui les photos étaient-elles envoyées ?

— Je ne sais pas. Il n'y avait aucune adresse sur les paquets.

— Vous avez reconnu le type qui est venu les chercher ?

— Non. Je suis navrée... Il est passé trop vite et j'étais occupée.

— C'est un bon cliché.

— Qui est-ce, Gill ?

— Un type qui a peut-être tué un malfrat nommé Holland, à Cleveland.

— Important ?

— Ouais, grommela Gill en empochant la photo. Votre entreprise a un pipe-line qui communique directement avec les services de police... Ne faites pas cette tête-là. Ça n'a rien de nouveau.

Il fit signe au garçon, demanda l'addition, la régla et se leva.

— Venez, Helen, tirons-nous.

Un léger brouillard montait du nord-est, formant des halos autour des réverbères et déposant une pellicule d'humidité grasse sur la chaussée. Une équipe de nuit de la compagnie d'électricité creusait un grand trou au milieu de la rue et un clignotant jaune faisait dévier la circulation autour de l'obstacle.

— Où voudriez-vous aller ? demanda Gill.

— Si je vous le disais, vous me croiriez ?

— Bien sûr.

— Je veux aller mettre un peu d'ordre dans cette porcherie qui vous sert de logement.

— Pourquoi ?

— Parce que j'en ai envie et je ne sais pas pourquoi.

Burke héla un taxi.

Le client du restaurant qui s'était précipité au téléphone chercha en vain un autre taxi. Il n'y en avait pas et celui qu'il voulait suivre venait de tourner à gauche au coin de la rue. Il jura tout bas et se mit à marcher rapidement.

Gill se demandait comment diable il ne fallait que deux heures à une femme pour faire une chose qu'il n'aurait pas pu terminer en une semaine. Deux corbeilles et une taie d'oreiller de linge sale furent lavées pendant qu'elle rangeait et nettoyait tout le reste, et elle ne lui dit pas un mot tandis qu'il buvait deux whiskies en appréciant les mouvements de son corps sous la vieille chemise de police en oxford bleu clair. Elle avait de longues jambes musclées et tournées comme celles d'une danseuse. La chemise était trop grande mais ses seins tendaient le tissu et les pans étaient juste assez longs pour être décemment indécents.

Helen avait tiré ses cheveux en queue de cheval. Sa figure luisait de sueur, mais elle fredonnait un petit refrain idiot et souriait en travaillant. Gill sentit son estomac se crisper bizarrement ; il descendit chercher le linge dans l'essoreuse et quand il remonta elle avait fini.

Elle tira du sac à linge la plus grande des serviettes éponges.

— Rangez vos propres affaires. Je ne connais pas votre système. Je vais prendre une douche.

Quand il eut tout rangé, et refait son lit, il retourna au salon et se servit un autre verre. L'eau de la douche coulait toujours ; ses mains tremblaient. Merde, pensa-t-il, voilà que j'ai des appréhensions de puceau. Il l'imaginait toute nue, là derrière la porte fermée, savonnant sa peau, frictionnant ses courbes pulpeuses en se contemplant dans la haute glace.

Comment apparaîtrait-elle ? Entièrement nue ? La serviette nouée en long pagne, et une expression de désir subtil dans ses yeux sombres et profonds ? Ou bien espérait-elle qu'il allait pousser la porte, exerçant les prérogatives du mâle agressif ?

Bon Dieu, jamais les femmes ne l'avaient dérouté. Elles avaient été là, depuis la petite blonde potelée de la haute qui avait été folle de lui, jusqu'à la pute sur le retour qui réclamait son petit cadeau, et elles étaient toutes les mêmes. Une nécessité physique, l'opportunité, la satisfaction, mais rien de plus ; pas de quoi se tournebouler. Mais à présent il était assis là, avec un garrot mental autour d'un début d'érection, tout secoué parce qu'une fille prenait une douche à côté.

Quand elle ressortit, le choc fut encore pire parce qu'elle était tout habillée ; les choses qu'il s'était attendu à voir restaient toujours du domaine de l'imagination et il aurait bien voulu que quelqu'un vienne défaire ce foutu garrot.

Elle paraissait heureuse, fière d'elle-même, et après avoir pris le verre qu'il avait à la main et avoir bu longuement elle le lui rendit.

— Merci, Gill. Vous me prenez peut-être pour une folle, mais je me suis bien amusée.

Il lui sourit.

— Vous êtes dingue en plein, pas de doute. Ce petit souper a rapporté.

Un rire fusa de sa gorge ; elle prit son manteau.

— Il est temps que je rentre. Et je peux me trouver un taxi.

Il posa son verre, l'accompagna à la porte et l'aida à enfiler son manteau. Elle noua la ceinture, bien serrée, en se retournant. Quand il l'embrassa il s'efforça de dire simplement bonsoir et merci pour tout, mais le garrot se défaisait et le feu commençait à faire rage et il savait qu'il ne pourrait pas l'éteindre, alors il murmura :

— Maintenant je n'ai plus d'excuses pour vous attirer chez moi.

— Vous trouverez bien un prétexte, répliqua-t-elle. A moins que ce ne soit moi.

Quand les portes de l'ascenseur claquèrent, il retourna dans l'appartement et but son verre, irrité parce que son esprit cherchait toujours des raisons subtiles. C'était la fille d'un flic qui travaillait pour le Syndicat, et elle lui avait rendu un service. Mais lui en avait-il aussi rendu un, à son insu ?

Il ouvrit les tiroirs du bureau qu'elle avait épousseté. Rien ne semblait avoir été déplacé. Son carnet de notes et son portefeuille, sur le guéridon, avaient été repoussés pour faire place à un dessous de verre pour son whisky. Il ignorait si elle les avait examinés. Il réfléchit, alla voir le compartiment secret où il rangeait son arsenal. Tout était en place.

Il n'y avait rien eu dans la boîte à ordures de la cuisine, à part des papiers qu'il avait brûlés et une boîte de lait en carton qu'il y avait jetée plus tard. Il aurait dû s'assurer que tout avait bien brûlé jusqu'au bout, mais il avait dû partir et il n'y avait plus pensé. Il n'y avait vraiment pas grand-chose dans cette poubelle mais elle avait été vidée quand même.

Simple habitude, peut-être. A moins qu'il n'y ait autre chose...

Gill se déshabilla et se coucha ; allongé entre les draps propres, les mains croisées sous la nuque, il laissa voguer distraitement son esprit parmi les écueils et les obstacles composant le fouillis que l'on appelait un monde.

Dans le grenier du garage de Brooklyn, Slick Kevin raccrocha le téléphone et se tourna vers le Français.

— Il a quimpé deux fois, pour vol de voiture et attaque à main armée. Il a été relaxé il y a huit ans, et il n'y a rien sur lui depuis.

Verdun hocha lentement la tête, en contemplant l'homme terrifié toujours ligoté sur la chaise. Un célibataire qui habitait le New Jersey et qui pouvait avoir d'autres identités bidons là-bas. Son patron se portait garant de lui, et il gagnait bien sa vie, mais il calculait lui-même son horaire, il n'avait pas d'itinéraire précis du moment qu'il obtenait des commandes ; ses notes de frais étaient si minimes qu'elles devaient être honnêtes, et personne ne lui avait jamais demandé de justificatifs. Comme il s'était trouvé dans les deux endroits au moment voulu, tout ce qu'il fallait maintenant, c'était pousser un peu.

— Travaillez-le au corps, dit-il à Shatzi et Bingo.

Shatzi sourit largement, versa la moitié d'un bidon d'essence à briquet sur le charbon de bois dans un seau et y mit le feu. Quand les braises furent bien rouges, il glissa dessous les fers et les pinces et alluma un cigare. Bingo alla arracher les vêtements du prisonnier en fronçant le nez avec dégoût. Tous ses sphincters avaient lâché et il empestait.

Frank Verdun et Slick Kevin descendirent et remontèrent dans la voiture. Dès qu'il parlerait, ils seraient prévenus. En attendant, tout le monde connaissait les ordres et il n'y avait plus qu'à attendre. Seule la routine fatiguait le Français. Quand le moment était venu de tuer il pouvait rester éveillé et vif pendant des jours. Il bâilla, tout prêt à passer une bonne nuit.

Peut-être, pensa Gill. C'était une probabilité à ne pas négliger. On avait tendu à Helen le bâton merdeux et c'était le Syndicat qui l'avait aidée. Elle était femme, et les femmes peuvent nourrir pendant longtemps une bonne grosse vengeance. Elles étaient même capables de soigner une petite haine jusqu'à ce qu'elle devienne plus grande qu'elle ne le méritait. Elles étaient capables aussi de bizarres loyautés, comme celle de la pute pour le mac qui la vole et la bat par-dessus le marché. En lui donnant cette photo elle avait pu lui tendre un piège, et son désir de grand nettoyage n'était peut-être que celui de fouiner un peu.

Si la probabilité était une réalité, il le saurait bien assez tôt. Il n'était pas si con, même si son membre manquait d'intelligence. Il l'imaginait sous la douche... Il chassa cette pensée et s'endormit.

Dans la luxueuse chambre d'hôtel le téléphone réveilla Frank Verdun en sursaut. Il jura, décrocha et gronda :

— Ouais ?

— C'est Shatzi, monsieur Verdun.

— Fais attention à ce que tu dis !

— Sûr. Je voulais simplement vous prévenir que nous n'avons pas pu ouvrir ce nouveau compte. Ça paraissait au poil, et s'il y avait eu quelque chose à acheter ça aurait été pour nous.

— Qu'est-ce qui s'est passé ?

— Ce compte-là s'est débité de lui-même.

— Bon, alors larguez-le et c'est marre, grommela-t-il.

Puis il raccrocha et se rendormit.

6

La brume de la veille avait été l'avant-garde d'une vague de froid déferlant sur la côte atlantique. Une pluie battante noyait la ville, et les gratte-ciel étaient coupés au vingtième étage par un épais plafond de nuages sombres. Les voitures roulaient en codes et les piétons rasaient les murs. Comme toujours, il n'y avait pas de taxis en maraude et si l'un d'eux s'arrêtait pour déposer un client, le syndrome new-yorkais de la grossièreté s'en donnait à cœur joie dans la ruée. Les femmes pouvaient bien se croire égales de l'homme mais il y avait toujours un costaud pour bondir sur la portière et renvoyer des insultes aussi vite que les malheureuses pouvaient en débiter.

Dans le métro, Gill avait une rame presque à lui tout seul. Il émergea à l'air libre, courut sous la pluie jusqu'au bureau du capitaine Long, jeta son imperméable trempé sur une banquette et passa dans la pièce où l'attendaient le capitaine et Robert Lederer.

— Putain de temps mais bonjour quand même, dit-il.

Lederer leva les yeux du dossier qu'il examinait et hocha la tête.

— Un café ? proposa Bill Long.

— Je viens d'en boire un.

Il prit une chaise et s'assit. Quand le District attorney adjoint eut fini de compulser ses papiers, il ferma les yeux et releva la tête. Gill jeta la photo sur le bureau.

— Regardez ça.

Lederer lui accorda à peine un coup d'œil. Son irritation perça, dans son expression et dans sa voix.

— Vous savez que nous avons distribué ces clichés à tous nos enquêteurs. Si vous m'avez dérangé pour...

— Faites voir, interrompit le capitaine en la lui arrachant des mains. Ouais. C'est une copie d'une des nôtres.

Lederer mit quelques secondes à comprendre. Il s'humecta les lèvres, les pinça.

— Qui l'avait ?

— L'adversaire en a distribué aussi, répondit Gill. Ils recherchent le même type, alors ça signifie que vous avez de sales fuites chez vous, papa. Qui d'autre serait au courant ?

— C'est difficile à croire.

— Ah merde ! grogna Gill. Qu'est-ce que vous avez dans la tête ?

— Écoutez un peu, Burke...

— Si vous adoptez cette attitude, vous pouvez aller vous faire mettre. Vous avez là une organisation qui a une main dans toutes les grandes municipalités de ce pays, dans la politique, qui peut faire tourner une élection comme elle veut, et vous trouvez ça difficile à croire. Il y a une guerre des gangs en train ; la drogue transforme les gens en cadavres ambulants, les commerçants font faillite parce qu'ils ne peuvent pas résister à la poussée du vol organisé, et il faut que j'écoute ces conneries !

Bill Long leva une main.

— Écrase, tu veux ? Je connais la coupure. Nous avons distribué ces photos en quantité limitée, et ça ne devrait pas être bien compliqué de découvrir la fuite. Je ne vois pas pourquoi tu fais tant de foin.

— Parce que la fuite ne date pas d'hier, répliqua Gill. Et que ça ne va pas être aussi facile que tu crois.

— Alors ?

— Je veux savoir de quand ça date.

Lederer n'apprécia pas et se renfrogna.

— Deux ans, peut-être ?

— Au moins, dit Gill.

— J'espère que nous ne perdons pas notre temps, grommela le capitaine.

— Le temps n'est jamais perdu. Il faut toujours commencer au commencement.

— Monsieur Burke...

Gill se tourna vers Lederer.

— Quoi ?

— Notre bureau a, très efficacement et très méthodiquement, compilé un grand nombre de renseignements sur les opérations du Syndicat depuis quinze jours. Vous ne nous avez aidés en rien, et pourtant vous avez été spécialement recruté pour ajouter aux nôtres vos prétendues sources d'information personnelles. Jusqu'ici vous ne nous avez rien apporté, à part ça !

D'un index dédaigneux il poussa la photo sur le bureau. Sa figure était sombre, son regard accusateur.

Burke resta impassible. Il avait une expression que trop de gens avaient cherché à comprendre alors qu'ils souffraient, et bien d'autres avaient été forcés de parler, qu'ils le voulussent ou non, parce qu'ils ne pouvaient deviner ce qu'elle dissimulait. Au bout d'un moment, Gill répliqua :

— Prévenez-moi, quand cette belle efficacité aura découvert des faits et mené à des inculpations, monsieur Lederer. Quand vous aurez colmaté cette fuite, je vous en dirai peut-être plus long. En attendant, je travaillerai comme je l'entends, selon nos conventions.

Lederer ne se sentit pas de taille à discuter quand il vit le visage qui le regardait. Il était toujours mal à son aise, dans un bâtiment de la police. Les couleurs froides, l'odeur bizarre, l'indescriptible attitude des hommes qui avaient choisi de travailler dans le milieu du crime lui rappelaient sa première année d'université. Mais il avait eu la chance, alors, d'appartenir à une famille influente et riche. Il se leva, décrocha son manteau, serra la main du capitaine, accorda à peine un signe de tête à Gill Burke et s'en alla.

— On dirait que ça te fait plaisir de le prendre à rebrousse-poil, dit Long.

— S'il a du pot, dans dix ans il aura quelque chose dans le chou. Et cette photo ?

— Ce n'est pas le seul incident.

— Des indices ?

— Non, mais quelques idées.

— Et le type de la photo ? insista Gill.

— Notre expert du labo est prêt à parier qu'il était grimé. Il est même possible qu'il ait connu l'existence de cette caméra et qu'il se soit laissé tirer le portrait histoire de brouiller sa piste.

— Astucieux, murmura Gill.

— Pas vraiment. C'était un matériel drôlement perfectionné et le cliché suivant a été pris au zoom automatique qui révèle des détails qui seront peut-être intéressants à suivre. Le progrès scientifique, c'est pas rien !

— Ça ne vaut pas la planque et la marche à pied.

— Seulement quand on a le temps, coco. Pour le moment nous n'en avons guère. Ce matin nous avons trouvé un cadavre au beau milieu de Prospect Park qui avait été travaillé au point d'être un magma répugnant, mais entier il aurait pu coller avec le signalement du type de la photo.

— Vous l'avez identifié ?

— Facile. C'était un ex-taulard qui marchait droit. Pendant six ans il avait fabriqué des meubles, et puis il était devenu représentant en tissus d'ameublement, dit Long ; puis il prit la photo et l'examina de nouveau. Maintenant, on peut y voir un peu plus clair.

— Comment ça ?

— Le cadavre présentait quelque chose de bizarre, à la main droite. Les doigts étaient tachés d'encre. Apparemment, quelqu'un a pris ses empreintes et a vérifié son identité. La même personne aurait pu voler cette photo et consulter nos fiches.

— Tu vas donner le cliché à la presse ?

— A présent, aussi bien, bougonna Long. Le téléphone l'interrompit ; il décrocha, écouta, grogna « Faites-le monter » et annonça à Gill : Corrigan est là. Il est inspecteur dans la Quatrième, à présent. Ne lui fais pas perdre trop de temps. Si t'as besoin de moi, je serai à côté.

Burke hocha la tête, alluma une cigarette ; il avait pris deux bouffées quand le flic en civil arriva.

— Salut, lui dit-il. Asseyez-vous.

Jimmie Corrigan jeta son chapeau sur le bureau et prit une chaise.

— Qu'est-ce qui se passe, monsieur Burke ?

— Vous avez bonne mémoire ?

— Assez.

— Vous vous rappelez Ted Proctor ?

Le flic sursauta.

— Y a pas moyen d'oublier ça ! C'était mon premier, et mon dernier j'espère. Tuer quelqu'un, ça laisse un sale goût dans la bouche.

— Ouais, je sais.

Corrigan rougit et détourna les yeux. L'histoire de Gill Burke était très nette dans son esprit.

— Parlez-moi un peu de cette soirée, lui dit Gill.

— Tout est dans mon rapport, monsieur Burke.

— Je sais. Je l'ai lu. Maintenant je veux vous l'entendre raconter.

— Eh bien, j'allais terminer mon service une heure plus tard. J'avais téléphoné de la cabine, traversé la rue et je longeais le trottoir.

— A l'heure habituelle ?

— Un peu en avance, peut-être. Il faisait un froid de canard cette nuit-là, et je pensais au café chaud que j'allais prendre au Gracie Snack avant de rentrer. La blanchisserie du Chinois et le prêteur sur gages étaient ouverts...

— Pas d'incidents ?

Corrigan réfléchit et haussa les épaules.

— J'ai jeté un coup d'œil dans une ruelle quand j'ai entendu dégringoler une poubelle. C'était un chien. Tout de suite après une fille à moitié bourrée m'a abordé pour me raconter que son petit ami était un foutu salaud parce qu'il avait amené une fille dans l'appartement où elle avait payé la moitié des meubles.

— Beaucoup de monde dans la rue ?

— Trop froid. Deux, trois passants, c'est tout.

— Où étiez-vous, quand la fille vous parlait ?

— Près de la porte de l'épicerie.

— La vitrine éclairée ?

— Non. Tout était noir.

— Alors si Proctor est entré chez le prêteur sur gages, il ne vous aura pas vu ?

— Sans doute. Je ne l'ai pas vu non plus.

— Bon, continuez.

— Alors j'ai dit à la bonne femme d'écraser le coup et elle m'a quitté. J'ai continué de remonter la rue. En arrivant devant ma tante j'ai tourné la tête et j'ai vu le prêteur les mains en l'air, et Proctor qui lui faisait face. J'ai dégainé aussi sec et je suis entré ; j'ai dit au mec de lâcher son arme, mais il s'est retourné, le pistolet au poing, et j'étais sûr qu'il allait me tirer dedans, alors j'ai tiré le premier.

— Il n'a rien dit ?

— Non, mais il avait l'air vraiment dingue en plein.

— Vous pouvez me le décrire ?

Corrigan plissa le front, ferma les yeux un instant.

— Ça fait deux ans, monsieur Burke. Je vois encore cette expression mais pour la décrire je ne trouve qu'un mot : dingue en plein. Je vous jure, ça s'est passé si vite que l'on n'a guère eu le temps de comprendre. On réagit, et on espère qu'on a fait ce qu'il fallait.

— Vous avez bien réagi.

— J'aimerais en être sûr.

— Qu'est-ce qui vous fait douter ?

Le flic se frotta les mains, plissa les yeux comme s'il cherchait à distinguer quelque chose, un souvenir confus.

— Vous savez, j'essaye de ne pas trop y penser, mais je revois constamment cette foutue histoire. J'en rêve même la nuit. Il y avait quelque chose, là, qui ne collait pas bien, et du diable si je sais ce que c'était.

— Vous ne pensez pas que l'enquête l'aurait révélé ?

— C'est ce que je me répète. C'est tout ce que vous vouliez savoir ?

— Oui, c'est tout.

— Je croyais que c'était une affaire classée, monsieur Burke.

— C'est ce qui est marqué sur le dossier, lui dit Gill, mais il arrive que des affaires classées en apportent de nouvelles.

— C'est la vie.

Les deux hommes se serrèrent la main et Corrigan sortit.

Au sommier, le sergent Schneider entraîna Burke dans le fond et trouva dans un classeur l'enveloppe qu'il réclamait. Il la vida sur une table.

— Voilà. C'est pas grand-chose, mais ça nous a suffi.

Il prit les photos agrandies de trois balles qui avaient mis fin à une vie, et indiqua les raies, les marques révélant qu'elles avaient été tirées par la même arme, puis il en montra une autre qui avait été tirée par les services de balistique avec le pistolet ayant servi au crime. Les marques étaient identiques.

— J'aimerais bien que toutes les enquêtes soient aussi faciles, bougonna-t-il en soupirant.

Burke examina un autre cliché, montrant les empreintes relevées sur l'arme du crime. Elles concordaient avec celles de Proctor, prises après sa mort. Schneider indiqua les ressemblances.

— Là, dit-il, nous avons eu du pot. La crosse en noyer sculpté avait été remplacée par du plastique qui a bien conservé ces trois superbes empreintes. Les autres étaient brouillées, mais ça n'avait pas d'importance. Le pistolet était là, sous lui, comme il était tombé.

Burke écrasa sa cigarette dans un cendrier et donna une chiquenaude à la photo.

— Qu'est-ce qui cloche là-dedans, Al ?

Schneider prit le cliché, l'examina, le rendit à Gill.

— Rien. C'est magnifique.

— Il y a quelque chose qui ne va pas.

— Du diable !

— Je suis peut-être idiot.

— On ne devient pas sergent quand on est con. Qu'est-ce que vous voulez de plus ?

— J'en sais foutre rien.

— Pourquoi ne pas laisser tomber, Gill ?

— Parce que j'aime pas avoir l'impression d'être con, répliqua Burke en consultant sa montre.

Il était bientôt 2 heures. A ce moment Trent entra, avec un agrandissement 18 × 25 en couleurs. Il le donna à Schneider pour qu'il le classe, avec le rapport dactylographié.

— Tu veux voir un truc chouette ? C'est le mec qu'on a trouvé à Prospect Park.

Les photos en noir et blanc ne gênaient pas trop Schneider, mais ces foutus clichés en couleurs qu'on lui apportait à présent le rendaient malade, surtout quand ils représentaient des entrailles, des organes mutilés et des chairs déchirées. Il réprima un haut-le-cœur et quand Burke demanda à voir il fut ravi de s'en débarrasser.

— Qui s'occupe de l'enquête ? demanda Gill à Trent, après avoir examiné la photo.

— Peterson.

Il montra la blessure béante sur le ventre du cadavre.

— Dites-lui donc de se renseigner auprès des polices de Minneapolis et de Denver, sur le mode d'opération. Qu'ils remontent à dix ans. Deux des cinglés de Caprini, d'une famille de Chicago, ont été descendus par un tueur qui aimait bien arracher les nombrils.

— Pourquoi ?

— Il les mangeait, peut-être, répondit Gill.

Schneider vira au vert et plaqua une main sur sa bouche. Gill éclata de rire et s'en alla.

Le service des abonnés absents lui annonça qu'un certain M. Willie Armstrong avait téléphoné sans laisser de numéro, et, après avoir remercié l'opératrice, Gill chercha un autre jeton dans sa poche et forma le numéro de Lenox Avenue. Quand la voix rocailleuse répondit, il dit :

— Salut, Junior, c'est Gill. J'ai reçu ton message.

— Où es-tu ?

— Dans une cabine. Qu'est-ce qui se passe ?

— Si tu veux causer avec Henry Campbell il te répondra, mais faudra raquer.

— Pas de pet.

— Je lui ai promis qu'il ne risquait rien.

— D'accord.

— C'est pas un gamin, mon vieux, et tu peux parier qu'il se fera couvrir. Si jamais ça tourne mal pour lui, ça sera pour ma pomme.

— Junior, déclara Gill, j'aimerais t'avoir sous la main pour t'enfoncer cette réflexion à la con dans ton cul noir.

Il entendit son ami rire tout bas à l'autre bout du fil.

— Pardon, papa. Ça fait un bail qu'on a vécu dans la même tranchée.

— Écrase, vieux singe. Où est-ce que je le vois ?

— Tu te souviens où Perry Chops a trouvé la fin qu'il méritait ?

— Sûr.

— Trouve-toi là ce soir à 10 heures, dit Willie Armstrong, et il ajouta avec un gros rire, en exagérant son accent nègre : Et puis écoute un peu, petit. Va pas jouer au grand chasseur blanc. Tu seras en plein territoire des Panthères Noires, là-bas.

— Papa, t'es un sale raciste, répliqua Gill en riant aussi.

Perry Chops était un revendeur de drogue mort depuis longtemps, qui s'était payé une chute de quarante mètres du haut d'un toit, avec l'aide et l'assistance d'un père furieux qui l'avait surpris en train d'initier ses deux mômes adolescents aux joies douteuses de l'héroïne. Le père avait un cousin qui connaissait un inspecteur, et dans les rapports la chute se transforma en simple suicide. Les deux gosses firent connaissance avec une ceinture de cuir appliquée sur leur cul nu et tous deux devinrent sapeurs-pompiers, en professant le plus grand respect pour le père qu'ils considéraient comme un croulant et une sainte terreur pour le cousin et le flic qui les avaient solidement maintenus pendant que la ceinture de cuir leur apprenait à vivre.

La rue n'avait guère changé, les maisons étaient tout aussi décrépites et les yeux qui le considérèrent tandis qu'il garait sa voiture aussi méfiants. Pour qu'un homme se hasarde dans ce quartier, seul par-dessus le marché, il fallait qu'il soit drôlement puissant et protégé, et mieux valait ne pas y toucher tant qu'on ne connaissait pas la coupure.

Il ferma les portières à clef et gravit les marches, sans se donner la peine de jeter un coup d'œil vers les deux petits voyous en costumes voyants coiffés de bérets. L'immeuble était silencieux, dépourvu des relents habituels qu'il connaissait trop bien. Gill avait bien souvent fréquenté des taudis de ce genre et n'avait pas besoin qu'on lui montre le chemin.

Deux autres types s'écartèrent, sur le palier du premier ; trois autres l'attendaient au quatrième. L'un d'eux lui barra le chemin avec une arrogance juvénile et grogna :

— T'as un feu, papa ?

Malgré le mauvais éclairage, le gosse sentit le regard brûlant, sans avoir besoin de voir les yeux.

— Qu'est-ce que tu crois, patate ? répliqua Gill, et il monta sur le toit.

Personne ne tenta de l'en empêcher.

Henry Campbell était un très vieux jeune homme qui avait fourré une dizaine d'existences en une seule vie, et chacune d'elles l'avait usé un peu plus. Il n'avait pas assez de cheveux pour se payer la coiffure à l'Afro qu'il arborait, et Gill eut du mal à le reconnaître à première vue. Il était plus maigre, et il avait perdu, on ne sait où, une dent de devant et le petit doigt de la main gauche.

— Salut, Henry.

— Allez, je vous permets de m'appeler M. Campbell, nasilla le Noir avec l'accent de New York.

— Va te faire foutre. Tu connais mon prénom.

Les dents blanches scintillèrent dans la figure noire, avec un trou sombre au milieu.

— Y a rien qui peut intimider les foutus flics comme vous ?

— Rien.

— Même pas mes potes dans l'escalier ?

— Je n'ai pas eu le temps d'être présenté.

— Ça viendra, un de ces jours.

— Du moment que c'est pas pour le boulot.

— Papa, je vous jure, c'est pas rien, un mec comme vous. Je pensais pas que je vous verrais.

— Tu rigoles ? Il fait pas un temps idéal pour traîner sur un toit.

Au-dessus de leur tête le ciel gronda ; la pluie menaçait. Henry Campbell sourit et tendit la main.

— Allongez-les, inspecteur.

Gill fouilla dans sa poche, trouva ce qu'il cherchait et laissa tomber un centime dans la paume rose.

— C'est tout ce que ça vaut, dit-il.

Il eut droit à un rire méprisant et la pièce disparut dans une poche de chemise.

— Cool, papa. On finira peut-être par faire connaissance.

— Ça se pourrait bien.

— Bon, posez vos questions. Je connais déjà mes droits.

— Tu te souviens quand Berkowitz et Manute se sont fait descendre ?

— Facile, papa.

— Et tu as bien dit que tu avais vu Mark Shelby dans le secteur ?

— Exact. Très vrai. Oh oui ! Je l'ai dit. A vous.

— Et plus tard, ta mémoire t'a joué des tours et tu as pensé que tu avais pu te tromper ?

— Trop vrai, papa. Trop vrai.

— Alors ? Tu l'as vu, oui ou non ?

— Oh papa... Gill... Merde, voilà que j'appelle un flic par son prénom... à moins que vous préfériez que je dise monsieur Gill ?

— Tu veux que je déconne aussi ?

— Non.

— Alors ? Oui ou non ?

— Je l'ai vu, papa. Comme je vous vois. Il était là dans la rue. Vous croyez que j'irais oublier un mec qui allonge des pourliches de dix dollars ?

— Jamais en mille ans.

— Je veux bien vous dire autre chose, avant que vous le demandiez.

— Quoi donc ?

— Vous croyez que j'irais oublier deux mecs qui m'ont montré comment ils allaient me trancher mes bijoux de famille et qui parlaient sérieusement, et les cinq cents dolluches qu'ils ont posés devant moi si j'étais assez mariolle pour oublier ce que j'avais vu ?

— J'avoue que ce sont des arguments assez convaincants, reconnut Gill.

— Et c'est resté oublié, papa. C'est enterré si profondément que personne ne pourra me l'extirper, parce que ces deux mecs sont toujours assez fortiches pour me supprimer le meilleur de l'homme et sans ça je peux aussi bien mourir, vu ?

— Vu.

— Y a pas moyen de me faire retrouver la mémoire, et si je vous raconte tout ça c'est parce que le grand Willie a fait dire que je devrais vous causer, alors maintenant vous savez et y a pas de raison que vous traîniez encore dans le coin.

— Qu'est-ce que Shelby faisait là, Henry ?

— Rien. Je l'ai vu, c'est tout.

— Il n'était pas près de ce bureau ?

— Ni trop près ni trop loin.

— Il allait de quel côté ?

— Nulle part. Il était planté là, simplement. Jamais j'aurais dû moufter, mais j'étais jeune, dans le temps, et je savais pas. Ces foutus flics m'ont monté la tête et je me suis pris pour un caïd, jusqu'à ce qu'on manque de me faire perdre les joyeuses.

— Tu travailles ?

— J'ai un garage, dans la Dixième Avenue. En association avec un frère. Pourquoi ?

Gill tira de sa poche un billet de cent dollars et le fourra dans la poche de chemise, par-dessus le centime.

— Je suis un gros dépensier, dit-il. Je viens de me faire changer les pneus.

Henry prit le billet, l'examina, et le rempocha.

— Foutus flics, répéta-t-il en souriant.

— Foutus négros, répliqua Gill aimablement.

Henry tendit la main.

— On se la touche, papa.

Ils se serrèrent la main, et Henry ajouta :

— Le centime aurait suffi.

— Je peux faire de grosses notes de frais, à présent, lui dit Gill. Accroche-toi bien à tes joyeuses, tu pourrais en avoir besoin un jour.

— Merde, papa, j'en ai besoin tout de suite ! Je viens de me marier.

Artie Meeker aimait les plats mexicains épicés, et qui vous emportaient la bouche, au point que lorsque les serveurs virent ce qu'il faisait des piments jalapenos, du poivre rouge et des autres condiments qu'il réclamait, ils se tapèrent la tempe avec l'index pour indiquer qu'ils avaient sur les bras un *Norteamericano* dingue en plein avec un estomac d'acier, et qu'ils espéraient qu'avant de partir il laisserait un pourboire bien gras.

Et, de notoriété publique, Pedro Cabella servait la cuisine la plus épicée de tous les restaurants cubains de Miami, parce qu'il venait de Nueva Laredo où les cinglés d'Americanos aimaient se taper des volcans gastronomiques et qu'il n'avait jamais vu La Havane de sa vie. Pedro et Artie étaient faits l'un pour l'autre et Artie se tapait la route de Miami chaque fois que le vieux lui donnait campo.

Il termina son repas et Pedro mit les restes dans un carton paraffiné pour qu'il les emporte et assaisonne les œufs brouillés de son petit déjeuner du lendemain. Quand Pedro le vit faire la cour à la grosse Maria, il sourit en rêvant qu'Artie essayerait de l'embrasser pour que Maria sache ce que c'était que d'avoir la langue calcinée. Son esprit subtil dévala la pente quand une idée meilleure encore lui vint et qu'il imagina Artie en train de lui faire minette tandis que la grosse Maria hurlait en subissant les effets des jalapenos sur ces muqueuses sensibles qu'elle ne lui permettait pas d'explorer.

Mais Artie avait un horaire serré, et il se contenta de donner une claque sur les fesses rebondies de Maria et de fourrer un billet de cinq dollars entre les énormes seins qu'elle trimbalait, en lui promettant le paradis à sa prochaine visite. Avec une fille comme ça, pensait-il, le vieux deviendrait dingue.

Il paya sa note, prit le paquet préparé par Pedro, et sortit sans prêter attention au petit bonhomme basané à la table du coin, dans le fond, qui était sorti avant lui et traînait encore sur le trottoir quand il monta dans la voiture. Dès que la bagnole eut démarré, le petit bonhomme traversa la rue, s'engouffra dans une cabine publique, demanda un numéro de New York en P.C.V. et donna le numéro de la voiture, la marque et la couleur, en espérant avoir décroché le gros lot. Non que ce ne fût pas une occupation inutile. Il avait des repas gratuits, de l'argent de poche, et s'il trouvait la bonne bagnole il toucherait une prime bien grasse. Il aurait pu donner d'autres coups de fil et obtenir par la poste quelques suppléments de fric, mais il avait peur des yeux de l'homme qui l'avait le premier chargé de cette mission. Non, ce n'était pas tout à fait exact. Il n'avait pas peur. Il n'était même pas terrifié. Il était tout simplement terrorisé.

Seul avec ses livres, ses dossiers chiffrés, deux téléphones et le nouvel ordinateur, Léon Bray se sentait en sécurité. Il avait quatre millions et demi de dollars dans une banque suisse, un appartement de luxe à New York, une propriété près de Las Vegas où vingt hectares et huit chevaux de selle étaient considérés comme un strict nécessaire, une villa de vacances en Basse-Californie où il pouvait se détendre avec une danseuse chaque fois qu'il en avait envie, et un cottage dans les monts Catskills que tout le monde ignorait.

Mais son bureau était sa forteresse. L'Organisation avait exaucé ses moindres désirs sans discuter parce qu'il était le filtre par lequel passaient toutes les facettes de l'entreprise afin d'être cataloguées, indexées et préparées pour référence immédiate.

Au-dehors, une garde d'élite veillait. Au rez-de-chaussée, Jan le pédé et son ami Lucien gardaient l'entrée. La vue du sang les stimulait et ils étaient toujours prêts à le faire couler, histoire de prendre leur pied. Des sentinelles en or massif.

Ollie, Matt Stevenson et Woodie occupaient le niveau suivant, d'où ils pouvaient surveiller toutes les issues et prendre le moindre intrus dans un feu croisé.

Au dernier palier, Lupe et le Cobra jouaient aux cartes avec un minuscule jeu de patience parce que le service était toujours cassant quand ils étaient de garde au château. Ils seraient heureux quand tout le bazar déménagerait à Long Island où tout serait au même étage, avec des murs tout autour et un bar sous la main, et un cottage où ils pourraient faire venir des filles en douce.

Léon Bray ne craignait vraiment rien.

Il ignorait qu'au rez-de-chaussée Jan couvrait Lucien de son corps ensanglanté, et que le regard horrifié de Lucien avait finalement compris quel effet ça faisait quand une lame incroyablement acérée vous tranchait la gorge.

Ollie, Matt Stevenson et Woodie ne sentirent pas un instant l'odeur du gaz qui brûla leurs poumons. Ils furent simplement secoués d'un spasme atroce qui les fit sursauter un instant, avant de leur incendier la gorge et de retourner leurs intestins. Leurs armes tombèrent bruyamment, mais pas suffisamment pour alerter les copains de l'étage au-dessus.

Lupe constata le premier la chose, et comme il n'avait jamais rien vu de pareil de sa vie il resta bouche bée, au lieu de dégainer immédiatement, et quand il y pensa le sommet de son crâne s'envola tandis qu'un *plop* sourd résonnait sur le palier. Le Cobra faillit justifier son nom, il se retourna avec la rapidité d'un serpent en se jetant de côté tout en essayant de viser.

L'apparition l'avait deviné et le deuxième *plop* emporta son pistolet et la main avec. La troisième balle pénétra dans sa bouche ahurie et dessina un tableau abstrait sur le mur avec son sang et sa cervelle.

L'intrus ôta le masque à gaz et s'épongea la figure, puis il le remit. Pas la peine de prendre des risques. Il faudrait au moins cinq minutes pour que les ventilateurs dissipent le tout. Il consulta sa montre, attendit, puis il ôta définitivement le masque et l'accrocha à sa ceinture.

Dix minutes plus tard, l'interphone bourdonna et la voix métallique de Léon Bray demanda :

— La voiture est prête, Lupe ?

— Ouais, répondit l'homme d'une voix ressemblant à celle d'un des cadavres.

Le rai de lumière sous la porte s'éteignit, des verrous claquèrent et Léon Bray sortit de son bureau, une serviette de cuir à la main. Il ferma à clef derrière lui avant de se retourner pour dire à ses gardes du corps de le raccompagner chez lui.

Il ouvrit la bouche pour crier, mais un méchant coup de karaté l'atteignit à la gorge et le cri resta prisonnier de ses poumons. Il fut projeté contre le mur, se laissa glisser au sol tandis que son instinct de conservation lui faisait dégainer fébrilement le Beretta qu'il portait sous l'aisselle dans une gaine de chamois. Pendant un instant il crut avoir réussi et une joie triomphale atténua sa douleur.

Cela ne dura que le temps d'un éclair. Une main puissante saisit la sienne et retourna le Beretta contre son sternum, et la torsion força son propre index à presser la détente et à expédier la balle qui pénétra l'os et les chairs, frappa la colonne vertébrale et ricocha dans l'aorte.

Il sentit qu'on prenait ses clefs dans sa poche, mais la mort était trop proche pour qu'il s'en souciât. À côté de lui la porte du bureau fut ouverte, les trois cartouches de dynamite soigneusement déposées et une allumette s'approcha de la longue mèche.

Baldie Foreman posa ses cartes et annonça :

— Gin !

En face de lui, dans l'appartement miteux, Vito Bartoldi nota les points et fit le total.

— T'as pas encore gagné, déclara-t-il à son copain.

Il rassembla les cartes, les battit pour redonner, puis il leva les yeux sur le réveil bon marché posé sur une chaise.

— Qu'est-ce qu'ils foutent, les pédés ? Ils auraient dû déjà appeler.

— Fais gaffe à pas les emmerder, Vito.

— Qu'est-ce qui lui a pris, au Français, d'amener ces mecs-là, d'abord ?

— Ils ont du talent. Je voudrais pas leur chercher des crosses à moins d'avoir une sulfateuse dans les mains. On en avait deux comme ça, en Corée. Ces fumiers se tenaient par la main dans les rangs, je te jure, et ils se mignotaient dans le même sac de couchage. Leur « zob » les tracassait pas. Les plus foutus tueurs que j'ai jamais vus. Des bouchers, et ils adoraient ça. Pour eux le sang, c'était le grand pied. Et tu veux savoir ? Ils ont été décorés tous les deux !

— Ouais, eh bien ils auraient dû téléphoner. Ils ont dix minutes de retard.

— Bon, alors Bray a travaillé plus tard.

— Bray c'est une foutue mécanique. Jamais il dépasse l'heure.

— Alors appelle-les. C'est pour ça qu'on nous paye. Pour veiller au ' grain.

Vito consulta nerveusement le réveil, jeta les cartes sur la table et décrocha le téléphone. Il forma le numéro de l'immeuble à peine distant de cent mètres et écouta la sonnerie...

— Pas de réponse, grogna-t-il.

— Raccroche et remets ça. T'es peut-être tombé sur un faux numéro.

Vito appuya sur les broches et recommença. Sans plus de succès.

— Y a quelque chose qui va pas, déclara-t-il.

Ils ne perdirent pas leur temps à discuter. Ils bondirent tous les deux, décrochèrent leur veste au passage et dévalèrent l'escalier. Dans la rue, ils foncèrent vers l'immeuble si récemment modernisé. Ils sonnèrent, personne ne répondit, alors Baldie prit sa clef et ouvrit, en espérant que c'était une erreur, que les pédoques avaient simplement oublié la routine.

Mais il eut beau pousser, la porte ne s'ouvrit que de quelques centimètres. Il dut peser de tout son poids, parce que les cadavres étaient tombés en travers du seuil, et quand il vit cette horreur sanglante il ne put que s'exclamer « *Putain !* ». Et il répéta le mot quand ils arrivèrent au premier et virent les corps intertes d'Ollie, Matt Stevenson et Woodie, leurs yeux vitreux, leurs mains crispées sur la gorge. Ils ne firent pas attention à l'ampoule brisée et leurs gros pieds l'écrasèrent quand ils se précipitèrent sur les marches, le pistolet au poing, prêts à tirer.

Ils virent le cadavre de Léon Bray, aussi, mais ce n'était pas tant toutes ces morts qui les inquiétaient que ce que Frank Verdun allait dire. Ils y pensaient encore quand ils entrèrent dans le bureau en espérant y surprendre quelqu'un qu'ils pourraient tuer pour se faire pardonner leur négligence.

Ils étaient tous les deux si affolés qu'ils ne sentirent même pas l'odeur de poudre brûlée avant d'être arrivés tout près, et, au moment même où Baldie allait crier à son pote de foutre le camp en vitesse, l'étincelle atteignit la dynamite et les deux truands ne furent plus qu'un amas de débris de chairs multicolores mêlés à des bouts de métal et de papier.

Dix minutes plus tard les pompiers étaient là, arrosaient l'immeuble et les maisons voisines, et la police faisait évacuer tout le secteur. L'unique reporter présent se doutait justement de ce qu'était cet immeuble. Il partit au galop vers la première cabine téléphonique venue et appela son journal.

7

Elle allait pousser la porte des toilettes quand elle entendit les deux femmes de ménage entrer dans les lavabos et la grosse qui « faisait » son étage dire à l'autre :

— ... alors j'ai dit à Manny qu'il devrait bien fermer sa grande gueule. C'était pas une raison, parce qu'il l'avait vue dans ce restaurant chic, le New Hope, avec quelqu'un qu'il connaît, d'aller avertir le patron.

Quand elle entendit le nom du restaurant, Helen Scanlon se figea. C'était là qu'elle avait dîné avec Gill Burke.

— Quatre fois, il téléphone, reprit la voix, et il arrive pas à joindre le patron. Moi je lui répétais : « Manny, mêle-toi de tes affaires », mais penses-tu, il me dit de la boucler. A sa propre mère !

Non, pensa Helen, il n'avait pas pu joindre Frank Verdun parce qu'il n'était pas venu au bureau et n'avait pas laissé de numéro où on pourrait le trouver. Mais il devait y être maintenant parce qu'il arrivait toujours avant le personnel. Elle attendit que les femmes aient fini de changer les serviettes, les entendit sortir, patienta encore une minute ou deux, puis elle retourna dans son bureau.

Les autres employés n'étaient pas encore là mais elle entendit la voix de Frank Verdun au téléphone dans le bureau voisin ; il semblait irrité. Elle prit rapidement une décision et dès que le Français eut raccroché elle frappa à la porte et entra.

— Monsieur Verdun ?

— Qu'est-ce que c'est ? grogna-t-il.

— Il s'est passé quelque chose de bizarre, que vous devriez savoir.

— Ah oui ? Quoi donc ?

— L'autre jour, alors que j'allais partir, j'ai reçu un coup de téléphone de M. Burke... celui qui a causé... tous ces ennuis. Il voulait m'inviter à dîner.

Le Français attendit, en la regardant fixement.

— Vous étiez déjà parti, et je ne pouvais pas vous demander conseil, alors j'ai accepté, pour savoir ce qu'il voulait.

— Gill Burke, murmura Verdun, et sa figure s'anima un peu.

— Oui. Il était très gentil. Nous avons dîné tous les deux.

— Et vous avez découvert ce qu'il voulait ?

— Il m'a posé des questions, à votre sujet.

— M. Burke me connaît pourtant bien.

— C'est ce que j'ai cru comprendre. Mais il voulait en savoir davantage, ce qui se passait ici, qui venait au bureau, de quoi vous parliez.

— Et vous lui avez dit...

— J'ai noyé le poisson, si vous voyez ce que je veux dire.

Frank Verdun se permit un petit sourire.

— Qu'est-ce que vous avez pensé de M. Burke ?

— C'est un flic, répliqua Helen.

— Exact.

— Il a une mission, et cette mission vous concerne.

— Vous m'en direz tant !

— Je vous en prie. N'oubliez pas que mon père était un policier. Je les connais, je connais leurs façons d'agir, leurs habitudes, tous leurs trucs. J'ai posé moi-même des questions à M. Burke. Mais il s'est montré très évasif. J'aurais aimé pouvoir vous en dire plus.

— Non, ça me suffit, répondit le Français. J'apprécie votre loyauté, Helen. Si j'ai bien compris, vous n'aimez guère la police.

L'expression d'Helen changea et Frank Verdun ne put manquer de le remarquer car il était très psychologue. Personne ne pouvait le tromper, en jouant la comédie, et ce qu'il voyait maintenant le satisfaisait pleinement... le dégoût, la haine qu'il éprouvait lui-même. Non, elle ne mentait pas. L'expression était authentique.

Authentique, elle l'était bien. La seule chose que le Français ignorait, c'était qu'Helen ne pensait pas à Gill quand il avait posé la question. Elle pensait à Frank Verdun, tranquillement assis à son bureau.

Le Français se contenta de cette réaction.

— Dites-moi, demanda-t-il, est-ce que M. Burke vous a demandé de sortir encore avec lui ?

— Oui, mais j'ai répondu que je voulais y réfléchir. Je ne voulais pas avoir l'air de sauter sur l'occasion.

— Vous devriez accepter.

Hésitante, Helen fronça les sourcils.

— Vous croyez ? Il ne risque pas de soupçonner que je cherche à lui tirer les vers du nez ?

— M. Burke est toujours sûr de lui, déclara Verdun. Il est incapable de s'imaginer qu'on pourrait le doubler, et moins encore une femme.

Elle se mordit la lèvre, mais resta calme.

— Ma foi... Je ne sais pas trop...

— Il y aura une petite prime dans votre enveloppe, à la fin du mois, dit-il en souriant.

Elle se força à sourire aussi.

— Bon. Mais s'il insiste trop, je le laisserai tomber. Il y a certaines choses que je ne puis accepter.

— Je comprends, dit-il. Et je vous remercie, Helen.

Dès qu'elle fut partie il décrocha son téléphone et donna l'ordre de passer à tabac ce foutu con de Manny Roth pour lui apprendre à se taire. Un foutu crétin de cette espèce, capable de dénoncer quelqu'un de chez lui, serait bien capable de le balancer aussi. Quand Manny sortirait de l'hôpital, il pourrait aller en convalescence à Philadelphie, pour y décharger des camions à l'entrepôt.

Il regarda la porte fermée et sourit. Cette Helen Scanlon était une sacrée poupée. Il s'en voulait d'avoir écouté les conneries de Manny Roth.

Le rédacteur en chef du quotidien du matin était parti à fond, après avoir enquêté aussi discrètement que chèrement sur les propriétaires probables de l'immeuble détruit, et la première édition tomba dans la rue avec une manchette énorme : « Guerre des gangs », qui coiffa au poteau les premiers journaux télévisés. La police n'avait rien révélé sur l'identité des cadavres, mais un habitant du quartier connaissait la coupure et avait révélé tout ce qu'il savait pour cinquante dollars. Jan et Lucien avaient été ainsi identifiés, une enquête rapide avait permis de savoir qui composait le reste du personnel de Léon Bray, et ce que le journal imprimait au conditionnel était la vérité pure.

Robert Lederer jeta le journal au bout de la pièce et tourna en rond, en frappant du poing la paume de son autre main.

— Enfin quoi, bon Dieu, monsieur le superintendant, comment aurions-nous pu éviter un coup pareil ? C'est pas possible !

Le gros individu en pardessus noir le foudroya du regard.

— Vous auriez dû surveiller cet immeuble.

— Nous ne savions même pas qu'ils étaient là ! Il y a quinze jours à peine qu'ils sont installés !

— Quelqu'un le savait.

— Écoutez. Il se peut qu'ils se bouffent entre eux et...

— Ah merde ! Ne cherchez pas à me faire avaler des conneries ! C'est une foutue guerre de gangs, comme le dit le journal. Il se passe quelque chose dans ce foutu syndicat et nous ne savons pas quoi. Ils ont laissé tant de cadavres qu'ils ne savent plus où les enterrer, et le public nous accuse et ameute tout le monde, d'Albany à Washington. Combien de types avez-vous arrêtés ? demanda-t-il en se tournant vers le capitaine Long et les deux inspecteurs.

— Pas mal de gens, répondit un des inspecteurs, mais ils ne savent rien de ce merdier.

— Personne ne sait rien, je suppose ?

— Précisément, monsieur le superintendant.

— Les indics, c'est passé de mode ?

— Ils n'en savent pas plus que nous.

— Et personne n'a la moindre idée. Incroyable !

— Nous avons une piste, intervint brusquement Bill Long. Pas grand-chose, mais un indice.

— Quoi donc ?

La voix du superintendant était tendue. Il en avait assez d'entendre ses hommes se trouver des excuses.

— La viande froide de Prospect Park... certaines mutilations étaient les mêmes que celles qu'on a trouvées il y a pas mal de temps sur d'autres cadavres. Nous avons envoyé Peterson à Chicago, et il nous a rappelés pour nous donner quelques renseignements sur un dénommé Shatzi qui était un complexé du nombril. Il ne pouvait pas supporter ça. On ne l'a pas revu depuis six ans.

— Superbe ! ironisa le superintendant. Quelle révélation ! Vous cherchez un type que personne n'a vu depuis six ans et qui détestait les nombrils. Les journalistes en feraient leurs choux gras.

Bill Long ne put s'empêcher de sourire. C'était idiot, évidemment, mais assez dingue pour être vrai, quand même.

— Nous le saurons au moins quand nous mettrons la main sur le gars que nous voulons.

— Ah vraiment ?

— Parce qu'il s'est arraché son propre nombril quand il était tout môme, répliqua Long.

Pour le superintendant, ce fut le bouquet. Il jeta son mégot de cigare dans sa tasse de café et sortit en claquant la porte. Avant que l'un ou l'autre des inspecteurs puisse ouvrir la bouche, Lederer se tourna rageusement vers Bill Long.

— Où diable avez-vous dégotté ce petit renseignement salace ?

— Ça vient de votre homme, Robert, répliqua Long, et comme Lederer ne répondait pas il ajouta : Gill Burke.

— Bon. Qu'est-ce que vous en pensez, vous ?

— C'est la seule chose qui ne soit pas complètement folle, jusqu'ici. Et nous avons eu des trucs plus dingues qui ont donné des résultats.

— Monsieur Lederer ?

— Oui, inspecteur ?

— Quelle genre de coopération avez-vous obtenue des autres grandes villes ?

— Totale !

— Mais ça n'a rien donné ?

— Tout le monde est dans le cirage, rétorqua Lederer. Certains des gros bras du gang ont passé l'arme à gauche, les grands pontes sont entourés de soldats et quelques-uns ont disparu purement et simplement. Nous savons cependant qu'il y a eu une réunion du grand conseil, mais nous ignorons où et quand. Pour le moment.

— Alors la seule chose que nous ayons c'est le cinglé des nombrils ?

— Espérons que ça donnera quelque chose. La séance est levée, messieurs.

Les trois flics saluèrent poliment et sortirent.

Mark Shelby avait gravi les échelons grâce à ses connaissances et à son sens des affaires, guidé aussi par son intuition et un certain instinct primitif qui n'était en réalité que la faculté de calculer instantanément tous les facteurs en question. Quand il partait voir Helga, il prenait toujours un chemin détourné qui lui permettait de voir s'il était suivi, et il était assez malin pour en changer souvent, de façon à ne pas présenter à l'adversaire éventuel de routine définie.

L'Organisation avait son propre réseau de surveillance interne, et il se rappelait ce qui était arrivé à Victor Petrocinni ; il ne prenait pas de risques. Dans sa situation, presque au sommet de la famille de Papa Menes, il ne devait pas exposer sa personne ni l'Organisation en établissant une liaison plus ou moins permanente avec Helga. Les règles étaient assez simples. Baiser s'il le faut, mais vite fait. Il y avait suffisamment de putes sûres approuvées par la famille, dans des appartements à l'abri de tout soupçon, où l'on pouvait aller éteindre ses feux sans danger avant de reprendre le collier.

Mais Helga était une flamme qu'il ne pouvait étouffer, un feu dévorant qui le brûlait depuis un an et qui se transformait de jour en jour en brasier. Chez la femme qu'il avait à la maison, confortablement installée dans l'immense demeure pleine de bric-à-brac de luxe, il n'y avait pas le moindre feu, rien qu'une voix nasillarde et geignarde tombant inlassablement des lèvres pincées, une figure flasque surmontant un corps plus flasque encore. Elle continuait de se déshabiller dans la penderie et la dernière fois qu'il l'avait vue nue, par hasard et par un jeu de glaces, il avait failli vomir.

Helga était son rêve. Son rêve érotique, vivant ; au mépris de tous les règlements elle était pour lui une nécessité absolue, et en ce moment il était en route pour aller la voir.

Personne ne savait qu'il quittait le bureau et personne ne savait où il allait. Au sous-sol, il enfilait le pardessus rembourré, se coiffait du vieux chapeau et prenait le parapluie. C'était toujours plus facile quand il pleuvait et que le parapluie lui cachait la figure. Personne ne pouvait reconnaître le P.-D.G. élégant dont les bureaux occupaient tout l'étage supérieur de l'immeuble.

A trois cents mètres de là, il prit l'autobus et s'assit à l'arrière pour observer la chaussée derrière lui ; il descendit au coin de la rue où Guido, son cousin, tenait une épicerie ; il y entra, se changea encore et sortit par la porte de la cave qui donnait dans la ruelle aboutissant au pâté de maisons voisin, et puis il marcha vers l'est, jusqu'à ce qu'il trouve un taxi en maraude.

Il se sentait satisfait, en sécurité.

Il n'avait pas accordé la moindre attention au vieillard qui, un paquet sous le bras, fouillait les poubelles au bout de la ruelle. Il ne pouvait pas savoir qu'il avait fallu au vieux près de six mois de patience, de filatures discrètes et de prévisions astucieuses pour en arriver là. Mais le temps était la seule fortune du vieillard, le temps et le chèque mensuel qui venait s'ajouter à sa maigre pension. En ce moment il avait aussi un peu de chance, parce qu'il réussit à voir les trois derniers chiffres du numéro du taxi qui ralentissait pour prendre Mark Shelby.

Quand elle entendit le grincement de la clef dans la serrure, Helga sourit et s'étendit sur le canapé, les bras allongés sur le dossier, le devant de sa courte chemise de nuit jaune retroussé jusqu'aux seins à moitié dévoilés, les jambes croisées de telle façon que Nils la verrait tout entière, dans une pose si aguichante qu'il commencerait à se déshabiller sur le seuil et se jetterait sur elle comme une bête magnifique avant même de dire bonjour.

Et puis elle vit Mark refermer la porte et le frémissement d'impatience de son bas-ventre se transforma en un monstrueux spasme de terreur. Mais Helga était bonne comédienne. Si Mark n'avait pas été aussi bon public, peut-être aurait-il remarqué le côté un peu forcé de son jeu, mais en la voyant accourir vers lui, les seins au vent et les cuisses bien bronzées, pour l'accueillir avec un grand baiser mouillé, il ne songeait qu'à une seule chose. Elle était là, toujours prête à le recevoir à n'importe quelle heure, et tout son être bandait.

— Tu ne m'as pas avertie, taquina-t-elle. Je n'ai même pas fait le lit.

Il lui mordilla le cou et l'oreille, caressa ses seins, laissa ses mains impatientes glisser jusqu'aux fesses.

— Qui a besoin d'un lit ?

Helga éclata de rire et lui prit la main pour l'entraîner dans l'appartement.

— Alors tu as besoin de boire un verre.

— Jamais de la vie !

Elle le poussa sur le canapé.

— Pas pour t'exciter, trésor, ronronna-t-elle en regardant la bosse que faisait le pantalon. Pour te calmer un peu. Tu es toujours trop rapide et tu ne profites pas de moi, quand tu arrives dans cet état-là. La prochaine fois, je mettrai mon vieil ensemble de ski et tu ne t'énerveras pas autant.

Mark lui sourit.

— Bon, d'accord, sers-moi un verre.

Helga le saisit d'une main, le caressa avec douceur jusqu'à ce qu'il ferme les yeux, puis elle décrocha le téléphone et forma un numéro.

Elle avait un système qui ne plaisait pas à Nils, mais il n'avait pas son mot à dire. En ce moment, elle espérait le joindre à temps. A la quatrième sonnerie, elle s'inquiéta mais finalement entendit la voix haletante de Nils et dit tranquillement :

— Le marchand de vin ? Lowery ?... Oui. Faites-moi livrer immédiatement une bouteille de scotch et une de vodka.

— Ce fumier, grogna Nils. J'allais partir.

— Oui. C'est ça, dit Helga puis elle donna son nom et son adresse, et raccrocha.

Mark Shelby haussa les sourcils tandis qu'elle se laissait tomber à côté de lui.

— Comment ça se fait que t'as plus rien à boire ?

— Comment ça se fait que t'as tout bu la dernière fois ?

Il caressa une de ses jambes et sa main se nicha tout en haut, entre les cuisses. Elle le repoussa d'un geste taquin.

— Attends un peu ! Sinon je ne te ferai pas voir un truc que j'ai inventé.

— Montre-le-moi tout de suite.

— Non. Le livreur sera là dans une minute.

Il mit bien cinq minutes et quand Nils tendit les bouteilles, comme c'était prévu à l'avance, elle lui donna un billet de vingt dollars.

— Merci. Gardez la monnaie.

Nils chuchota quelque chose de désagréable en suédois mais elle lui claqua la porte au nez. Il s'en était fallu de peu ; d'un cheveu. Maintenant elle allait devoir faire quelque chose de particulier et d'un peu honteux à Mark Shelby, qu'elle réservait pourtant à Nils. Elle se raisonna, en se disant qu'un peu d'entraînement l'aiderait à mettre le truc au point. Bien sûr, avec Nils ce serait plus facile parce qu'il était beaucoup plus gros que Mark Shelby, mais ça ferait plus mal, aussi. Guère, juste un peu plus, et ce serait un mal joli.

— Tu en es sûr ? demanda le Français.

Erik Schmidt passa une main sur sa grosse moustache grisonnante et hocha la tête.

— Y a pas à tortiller. Les Allemands ont cessé de fabriquer ce flingue en 40 parce qu'il exigeait trop de main-d'œuvre. Les balles étaient en alliage spécial, et ils n'allaient pas consacrer à l'industrie du sport des métaux de haute priorité. Maintenant, le fusil est une pièce de collection.

— Combien y en a-t-il en circulation, à ton avis ?

— L'usine n'en a fabriqué que trois cents. Il ne doit pas y en avoir plus de six chez nous. Un annonceur a offert trois sacs pour l'un d'eux l'année dernière et il n'a pas reçu une seule proposition.

— Et les cartouches ?

— Crocker était le seul à en avoir. Si ce flic du service de la balistique n'était pas passé à ma boutique avec son échantillon, je n'aurais jamais été au courant, mais dès que je l'ai vu j'ai reconnu cet alliage spécial. J'ai même fait des spectros pour plus de prudence. J'ai dit au flic que je ne pouvais pas l'aider, et que je ne voyais pas qui pourrait le renseigner. Ils faisaient la tournée de tous les armuriers, alors j'ai mis Crocker au parfum et je lui ai dit de se débarrasser d'eux et de se mettre tout de suite sur cette piste.

— Raconte, dit le Français.

— Ouais. Alors Crocker avait une boîte de ces munitions dans sa boutique, depuis la fin de la guerre. Un type est entré et en a acheté six, à un dollar pièce. Crocker a essayé de le faire parler du flingue, mais le mec lui a simplement répondu qu'il l'avait depuis longtemps, et qu'avec toutes ces attaques à main armée dans les rues, il avait pensé qu'il lui fallait se procurer des munitions. Crocker se rappelle très bien le type, un grand bonhomme aux cheveux trop longs, avec des lunettes et un vieil imperméable. Mais ce qui l'a étonné c'est qu'il n'avait pas l'air assez vieux pour s'être attriqué un souvenir de guerre.

— Je vois.

Schmidt alluma une cigarette et la garda aux lèvres tout en parlant.

— Y a mieux que ça encore. Il avait un pansement à l'avant-bras gauche, qui s'est décollé pendant qu'il examinait les cartouches. Dessous y avait une croûte qui recouvrait un tatouage tout neuf.

Les yeux de Verdun brillèrent.

— Il a pu voir ce que c'était ?

— Non, mais c'était gros comme une pièce de vingt-cinq *cents* et ça avait l'air d'une étoile. Mais il n'en est pas sûr.

— Ça me suffit. Tu recevras un chèque par la poste.

Schmidt s'en alla et Verdun prit son téléphone. C'était plus que suffisant. Il n'y avait pas tellement de tatoueurs dans le pays et il était sûr de pouvoir les contacter tous, d'une côte à l'autre, en vingt-quatre heures. Il forma un numéro, obtint sa communication et donna des instructions. Les rouages de l'énorme machine se mirent en marche.

Papa Menes avait chaud, l'air était moite, le foutu climatiseur de la voiture marchait mal, et il était furieux d'être obligé d'aller à Homestead pour une conférence téléphonique avec les huiles, où il devrait écouter et parler au lieu de voir des gens et de surprendre des expressions révélatrices de leurs mobiles ou de leurs désirs. Il atteignit la cabine publique cinq minutes avant l'heure convenue, entra et feignit de téléphoner un moment, avant de former son numéro.

La conversation dura vingt-cinq minutes, durant lesquelles il apprit le nom des secteurs menacés où une nouvelle génération de voyous minables, sentant branler l'Organisation, avaient oublié toute espèce de respect, négligé toute espèce de peur et commençaient à s'insinuer là où ils n'avaient aucune raison d'être. Aucun de ces groupes n'avait encore abattu ses cartes, mais ils ôtaient déjà leurs gants. L'affaire de New York ne plaisait pas du tout au grand conseil. La perte de Léon Bray et des renseignements qu'il détenait était incommensurable et ils espéraient que Mark Shelby serait capable de le remplacer, avec l'aide de Papa Menes ; leur « espoir » équivalait à l'ordre impérieux d'un tyran qui n'a qu'une seule façon définitive de punir l'échec.

Papa Menes assura que Shelby s'en tirerait très bien. Il était, après tout, son protégé, il était doué d'une mémoire remarquable et, s'il ne possédait ni fiches ni dossiers, il avait suffisamment de notes chiffrées lui permettant de bien travailler. Il promit d'y veiller lui-même. En attendant, tout le bazar risquait de s'écrouler plus vite qu'ils ne le pensaient puisque le Français recherchait personnellement le mec qui pourrait indiquer une piste.

Quand il raccrocha, il marmonna au téléphone une injure choisie, en regrettant que ces fumiers à la table de conférence ne puissent l'entendre. Foutus cochons, pensa-t-il. L'opération de New York était plus importante que toutes les autres réunies ; elle avait baigné dans l'huile depuis qu'ils étaient au berceau et voilà qu'à présent ils lui cherchaient des crosses. Ces enviandés voulaient le mettre à l'épreuve et ils allaient en baver, c'était sûr. Il avait vu venir le coup dix ans plus tôt, quand ils avaient organisé pour lui une soirée d'anniversaire, à Chicago, et il était prêt. Il avait des hommes à lui dans les postes les mieux protégés, et le conseil n'en savait encore rien. Alors ils allaient un peu voir ce que c'était qu'une véritable guerre de gangs.

Il regrettait aussi de n'avoir pas permis à Joey Grif de tirer au bazooka en plein dans cette foutue salle alors qu'il leur téléphonait. Joey était posté juste en face, au sommet d'un immeuble qui avait deux étages de moins que celui où se tenaient les conférences, et où les grossiums se croyaient en sécurité, mais l'angle de tir avait été bien calculé et Joey était drôlement impatient de se servir de ce bazooka.

Cette idée fit sourire Papa Menes, et lui remonta le moral. Il tenait toujours les commandes, et il pourrait le prouver avec un seul coup de fil à Joey au bon moment. Miami n'était pas loin et il se demanda s'ils ne pourraient pas aller faire un tour en ville et ramasser une paire de filles. La dernière avait été assez au poil. Mais, toutes réflexions faites, il n'avait plus vingt ans et devait rationner ses parties de jambes en l'air. C'était pénible de s'exciter mentalement pour être ensuite trahi par un membre en berne. Mieux valait attendre un jour ou deux, et fourrer le paquet à cette fille. Elle aimait en prendre dans le cul et quand elles aimaient ça, il n'en jouissait que mieux.

Il dit à Artie Meeker de le reconduire à la maison.

— Vous avez eu le réflexe rapide, Helen, approuva Gill.

— Il le fallait. J'étais à peu près sûre que quelqu'un l'avait déjà averti et je ne voulais pas qu'il se méfie de moi. En ce moment, il pense qu'il a une fille loyale, à l'Organisation, à son service.

— Il se trompe ? Ou non ?

— Tant qu'on me paye, je m'occupe des affaires légales de Boyer-Reston et je respecte la confidence. Personne ne m'a jamais citée comme témoin.

— C'est très bien comme ça.

— Mais je ne suis pas forcée de vivre avec eux.

— Vous n'êtes pas non plus obligée de rester là.

— Ne soyez pas idiot. Quelles références pourrais-je donner à un autre employeur ?

— Oui, il y a ça. Il se passe des choses au bureau, en ce moment ?

— Pas tellement. M. Verdun est venu chercher quelque chose dans le coffre et il est reparti. Il n'a pas dit quand il reviendrait. Depuis, il n'a reçu ni visites ni coups de téléphone. Nous ne faisons pas grand-chose, à part envoyer des bordereaux et enregistrer des commandes... Gill... Qu'est-ce qui se passe ?

— Vous lisez les journaux ?

— Est-ce que... c'est vraiment comme ça ?

— Les gens disent que la Mafia n'existe pas. Pas plus que le crime organisé, répondit Burke avec un sourire amer, en tirant longuement sur sa cigarette. Je me demande pourquoi tous les grossiums ont leurs armées en ligne alors qu'ils se terrent dans leurs abris. Ils ont usé les lignes téléphoniques, pour chercher lequel d'entre eux est responsable de tout le bordel, et ils ont renforcé toutes leurs alliances. Ils ont des courriers et des espions dans tous les États de l'Union, et vous pouvez parier gros qu'il y a une sacrée prime pour le cerveau responsable de la révolte.

— Que va-t-il se passer ?

— Peux pas savoir. Ils resserreront probablement les rangs, en attendant de se faire une petite idée. Ou alors ils resteront terrés pendant que leurs professionnels feront le boulot. Les tactiques révolutionnaires classiques.

— Mais la police... Elle les protège. D'après les journaux...

— Une surveillance de protection, pour parer à toute espèce de grain. Trop de promeneurs innocents risquent de recevoir une balle perdue s'ils se mettent à tirer et, croyez-moi, ça ne tardera pas.

— Gill...

— Quoi donc ?

— Raccompagnez-moi, vous voulez ?

— D'accord. Ça vous ennuie si je passe voir quelqu'un en chemin ?

— Non, pas du tout.

Quand il s'arrêta le long du trottoir devant la boutique du prêteur sur gages, elle eut l'air surpris et le regarda avec curiosité en réprimant un sourire.

— Ça va si mal que ça ?

Gill lui donna en riant une petite tape sur la cuisse.

— Des affaires de flic, mon chou. J'en ai pour une minute.

— Je plaisantais.

— Je l'espère bien.

Le prêteur vendait une vieille guitare à un gosse aux cheveux longs, et Gill attendit la fin de la transaction avant de s'approcher du comptoir.

— Bonsoir, monsieur Turley.

Une méfiance toute naturelle voila le regard du commerçant et il s'humecta les lèvres.

— Vous tenez vraiment à me faire répéter tout ça encore une fois, monsieur l'inspecteur ? J'allais fermer et...

— Il est encore tôt, pourtant.

— Ma femme voudrait sortir, ce soir.

— Je ne vous retiendrai pas longtemps.

— Alors allez-y.

— Ce n'est pas facile d'oublier les détails d'un hold-up, je suppose ?

— Ah non ? Ça vous est déjà arrivé ? Quelqu'un vous brandit un pistolet sous le nez et vous voudriez qu'on se souvienne de tout ?

— Comment le brandissait-il ?

— Comme s'il allait s'en servir, tiens donc !

— Allons, ne vous énervez pas. Qu'est-ce qu'il a dit ?

— Vous vous foutez de ma gueule ?

— Il n'est pas resté planté là.

— Ce qu'il a dit, c'est que je lui refile mon fric. Il était bourré comme un canon et je comprenais à peine ce qu'il racontait, mais je vous jure que ce pistolet parlait pour lui.

— Vous avez l'habitude de remettre votre caisse, comme ça ?

— Dites, qu'est-ce qu'on peut faire quand un type vous menace avec un pistolet ?

— Depuis dix ans, vous avez un permis de port d'arme. Où la gardez-vous ?

Le prêteur haussa les épaules et fit un geste du pouce.

— Là, sur l'étagère du bas.

— Ce n'est guère commode, il me semble, observa Gill.

— Mon voisin, Koch, il a dit que je devrais être armé. Alors je me suis acheté une arme, j'ai pris un permis et j'ai posé le truc là. Il vaut mieux que je donne l'argent. Les armes à feu, j'y connais rien.

— Mais Proctor était ivre, vous me l'avez dit. Vous n'auriez pas pu le maîtriser ?

— Vous croyez que je suis capable de tirer sur quelqu'un ?

— Vous pensiez qu'il allait vous tirer dessus. C'est un prétexte suffisant pour essayer de sauver sa peau.

— Ça se peut, mais à ce moment ce flic est entré. J'avais pas besoin. Peut-être, s'il avait pas été là...

Il fit un vague geste et Gill grogna :

— Ouais, vous avez sans doute raison.

Il se retourna, vit Helen dans la voiture, se reflétant dans le coin de la vitrine, et se demanda pourquoi il se donnait tant de mal.

Quand il démarra, elle demanda :

— Vous avez découvert quelque chose ?

— Je crois que j'ai fait un bide.

— Vous croyez ?

— On le dirait.

Elle posa une main sur celle de Gill, sur le volant.

— Alors c'est que ça devait arriver, dit-elle.

Pendant quelques secondes il regarda droit devant lui, puis il sourit et lui jeta un coup d'œil.

— Une réflexion comme celle-là risque de vous valoir un baiser.

— Nous ne pouvons pas attendre d'être à la maison ?

— Tout juste, répliqua Gill.

Helga était de plus en plus irritée. Elle avait accordé à Mark Shelby tout ce qu'il avait exigé, et le pouce, et maintenant au lieu de partir comme d'habitude il avait dormi six heures, l'empêchant de recevoir Nils comme prévu. Non seulement ça, mais après avoir appelé son service d'abonnés absents et reçu un message, il avait été furieux au point de lui flanquer deux gifles magistrales, pour lui faire quitter la chambre pendant qu'il téléphonait en paix. Elle s'était mordu l'intérieur de la joue, sous la violence du coup, et elle espérait bien qu'elle n'aurait pas encore un œil au beurre noir.

Pour une fois, elle eut envie de décrocher l'autre appareil pour écouter la conversation et savoir ce que tout ça signifiait, mais elle savait fort bien que si jamais Shelby la soupçonnait de l'espionner il lui tannerait le cul avec sa ceinture. Ou pire. Il avait des manières qui la terrifiaient littéralement mais elle ne comprenait vraiment pas pourquoi un épicier en gros de Trenton, New Jersey, se conduisait de cette façon.

Elle alla au bar et se servit un whisky léger. Elle rêvait de se venger, de lui faire un coup vraiment vache. Peut-être, un jour, elle allumerait ce foutu gros cierge planté devant la statue religieuse qu'il lui avait fait foutre au-dessus du bar. Elle le laisserait brûler jusqu'au bout et puis... et puis un sourire bizarre retroussa ses lèvres enflées ; elle se contempla dans le grand miroir. Elle avait une meilleure idée. Elle prendrait son sacré cierge sacré qui avait une forme et une taille si intéressantes, elle taillerait peut-être la base en rond, et le frotterait de beurre, et puis quand Shelby ne serait pas là elle s'en servirait en imaginant des choses folles et prendrait son pied au moins dix fois. Ensuite, quand elle serait vraiment furieuse contre lui, elle lui raconterait ce qu'elle avait fait avec son instrument religieux, et elle foutrait le camp avec Nils.

Elle tendit la main pour effleurer la cire et n'entendit pas la porte s'ouvrir derrière elle.

— Touche pas à ça ! glapit Mark Shelby.

Elle se retourna et son sourire aguicheur masqua totalement ses pensées.

— Il me fait penser à toi, mon amour.

Ces mots apaisèrent son orgueil de mâle et il n'insista pas. Elle lui apporta un verre ; il vit un peu de sang au coin de sa bouche.

— Je t'ai fait mal ?

— Tu sais que j'aime quand tu me bats, ronronna-t-elle en lui caressant la joue. Seulement j'aimerais mieux que ce ne soit pas sur la figure. Ça risque de me gêner quand je fais ce qui te plaît le plus.

Il tira de sa poche deux billets de cent dollars et les lui fourra dans la main. C'était la seule réponse qu'il savait faire. Il se doutait bien qu'il était stupide de la traiter comme ça, et qu'il avait une foutue chance d'avoir une fille comme elle qui encaissait les coups sans se plaindre. Sans elle, il deviendrait dingue en plein, et en ce moment, surtout, il avait besoin de rester aussi froid que de la glace et tout aussi glissant. Même les pépins marchaient pour lui, et si ça continuait, pour peu que ça s'aggrave, il serait exactement là où il fallait pour atteindre le but qu'il s'était fixé ce soir-là, il y avait dix ans.

Une fois rhabillé, Shelby embrassa Helga dans le cou et descendit par l'ascenseur. Il marcha jusqu'au coin de la rue, attendit qu'un taxi passe et lui donna l'adresse du Français. Que Frank Verdun donne les ordres, et si ça tournait à la gelée de coing il pourrait endosser la responsabilité. Frank voudrait se servir de ses propres hommes, ce qui fait que lui, Shelby, ne serait pas dans le coup. Abattre un flic, c'était toujours délicat.

8

Elle s'alanguissait sur le lit, nue, totalement satisfaite, sentant la main tiède de Gill sur les courbes lisses de son corps. Elle gémit tout bas et tourna la tête pour la nicher au creux de son épaule. Le souvenir du plaisir fit courir un frisson sur sa cuisse et, le sentant, il lui pétrit doucement la chair.

Jamais elle n'avait connu ça, pensait-elle. Jamais ça n'avait été aussi beau, aussi violent, aussi bon. Jamais ses propres exigences... non, ce n'était pas le mot juste... son désir ne l'avait emportée dans de tels tourbillons sensuels.

A quatorze ans, elle avait été dépucelée par un petit voyou qui se faisait appeler Miller le Tueur, et qui s'était jeté sur elle dans le vestibule de leur immeuble. Lorsque Joe Scanlon l'avait rattrapé dans le parking du supermarché il avait fallu quatre hommes pour l'arracher à la masse de chairs sanglantes, si mutilée que lorsque Miller le Tueur sortit de l'hôpital sept mois plus tard on ne l'appela plus que Miller l'Andouille.

Dans ce temps-là, on ne poussait pas les hauts cris contre les brutalités policières.

A dix-huit ans, elle apprit par Kierman que le plaisir sexuel faisait partie de l'amour, et elle lutta contre l'horreur et la nausée parce qu'elle le croyait, jusqu'à ce qu'il la laisse tomber pour la nymphomane aux seins énormes qui gérait la boutique de marchand de vin à Broadway.

A vingt-deux ans, cela devint une nécessité, pour signer un contrat, voir son nom en lettres de feu à la porte d'un cabaret, partout où les imprésarios et les directeurs la faisaient engager, et elle apprit à l'accepter comme un mauvais rêve, en pensant à autre chose et en s'efforçant d'oublier ensuite l'incident. Elle n'avait jamais recherché le plaisir. Elle l'avait même fui, en apprenant tous les trucs possibles capables de vider un homme avant qu'il aille jusqu'au bout de ses intentions, au point même qu'ils rendaient responsable leur propre exubérance et non son habileté.

Jamais, jamais encore elle n'avait connu ça.

Elle était encore toute moite, toute chaude, ses seins frémissaient de bonheur et une délicieuse lassitude l'envahissait jusqu'au bout des orteils.

Gill, tout aussi béat, laissait errer ses pensées dans la fumée de sa cigarette.

Il ne savait pas s'il était heureux ou non, parce que pour la première fois il n'avait pas l'impression que son indépendance était menacée. Il avait toujours vécu seul, sans rendre de comptes à personne. Jamais il n'avait éprouvé de désirs impérieux, jamais il n'avait rien connu dont il ne pût se passer.

Mais à présent quelque chose le rongeait qu'il ne comprenait pas, et il se demandait pourquoi la chair tiède d'Helen était si bougrement douce sous sa main et pourquoi il se sentait revivre alors qu'il aurait dû être complètement à plat.

Non, se dit-il, ça vient bien trop tard. Le bouton avait déjà été pressé, le missile était lancé. On n'essaye pas de monter en marche après le lancement. Si on s'y risque on meurt, et il ne voulait pas qu'il arrivât pareille chose à Helen.

Il écrasa son mégot dans le cendrier et retira lentement sa main.

— Il faut que je parte, Helen.

Elle glissa son bras sous le sien et le serra très fort.

— Il est trop tard, murmura-t-elle.

— J'ai du travail.

— Demain.

Il l'embrassa tendrement.

— Tout de suite, superbe poupée.

Elle souleva ses paupières lourdes et le regarda. Elle aurait aimé voir autre chose que la façade, elle voulait tout savoir de lui, tout ce qui se passait dans sa tête et dans son corps. Mais trop d'années avaient contribué à construire la même sorte de façade qu'avait eue son père, et le masque impénétrable qui cachait tout le reste était trop opaque.

— Répète-le, murmura-t-elle.

— Tout de suite ?

— Non. Le reste.

— Superbe poupée.

— J'aime ça.

Elle le regarda s'habiller, boucler l'étui du pistolet à sa ceinture, enfiler sa veste. Dans la pénombre de la chambre il paraissait immense, et elle sentait encore le poids de son corps sur le sien. Tout était si nouveau, si différent, qu'elle frissonna.

— Tu reviendras ?

— Comment veux-tu que je ne revienne pas ?

— Si tu le voulais, tu pourrais.

— Je ne veux pas. J'aimerais bien, peut-être, mais je ne veux pas.

— Je comprends, murmura Helen.

— Non, tu ne comprends rien.

Le délicieux frisson devint glacé et elle comprit ce qu'avait dû éprouver sa mère quand Joe Scanlon se levait en pleine nuit pour aller faire ce qu'il avait à faire.

Le Français avait compris la coupure. Ce qu'il n'avait pas déjà su lui avait été enseigné, mais quand des événements qui auraient dû rester enfouis ressuscitaient pour jeter une lueur spectrale sur les œuvres vives de l'Organisation à laquelle il avait voué sa vie, il sentait son irritation virer à la colère contre les incompétents et les cons qui acceptaient des missions qu'ils auraient mieux fait de laisser à des experts.

Il avait passé la moitié de la nuit à revoir tous les détails, jusqu'à ce qu'il soit certain que tout était en ordre, et maintenant le scotch commençait à lui brouiller la vue et à lui faire oublier qu'il était à New York pour une raison plus importante que l'élimination d'un ex-flic.

Tant que Gill Burke avait été suspendu de ses fonctions, il n'avait pas constitué une menace, mais à présent il avait de nouveau une foutue carte officielle et sa mort risquait de déclencher une enquête dont l'Organisation n'avait nul besoin. Il avait emmerdé le peuple quand il avait consacré tous ses efforts à faire tomber les têtes du Syndicat, mais ceux qu'il avait épinglés on pouvait s'en passer, et deux fois on lui avait fait cadeau de fauteurs d'embrouilles notoires. Si la police s'en était tenue là et l'avait collé derrière un bureau, comme elle l'aurait dû, il n'y aurait jamais eu de pépins. La paperasse peut enrayer la plus belle mécanique. Mais on ne l'avait pas fait, et Burke avait continué de fouiner dans tous les coins, jusqu'à ce qu'il touche un point tellement sensible, en cherchant à abattre Mark Shelby, qu'il avait bien fallu lui arracher les dents. Heureusement, il avait fourni sa propre huile et organisé son propre dérapage. Il leur avait suffi de donner une petite poussée et la bureaucratie avait fait le reste.

Maintenant il remettait ça, et ce foutu con de Shelby avec toute son instruction avait les foies parce que Burke avait repris là où il s'était interrompu, et Mark ne se fiait pas à la couverture que le Syndicat lui avait donnée. Frank Verdun n'aimait pas Shelby, ni ses conneries de *Primus Gladiator*, sous prétexte qu'il avait descendu une poignée de mecs. Les vieux dons aimaient ça, mais il avait cessé de compter les cadavres depuis si longtemps qu'il avait l'air d'un foutu amateur, Shelby.

Trou du cul, pas autre chose, pensa le Français. Il avait mis en l'air deux photographes juifs parce qu'il s'imaginait qu'ils lui avaient tiré le portrait en douce avec une connasse. Ils avaient bien assez de trucs comme ça dans leurs classeurs, mais Shelby n'y figurait pas. Ils avaient travaillé dans la chambre voisine de la sienne, dans ce foutu bordel d'hôtel, et le trou dans le mur avait été fait par un marin bourré qui avait tiré dedans la semaine précédente.

Maintenant, il fallait éliminer Burke avant qu'il ne devienne trop gênant. C'était toujours ça, l'ennui. On avait beau faire, on ne pouvait pas tuer tout le monde. Il y avait toujours quelqu'un pour savoir un petit bout de quelque chose, et si un mec était suffisamment obstiné et malin, il pouvait rassembler tous les morceaux épars pour avoir un beau tableau. Les temps étaient pépères, les juges avaient la main légère et les libéraux étaient partout, protégeant les droits de celui-ci ou de celui-là, mais avec un zigoto comme Burke, tout ça c'était de la merde, et s'il faisait coller tous les morceaux il gueulerait au charron et foutrait tout le monde en l'air quitte à s'expliquer ensuite.

Et ils ne pouvaient se permettre de tirer un trait sur Mark Shelby. Les dons avaient encore du pouvoir et ils l'avaient élevé depuis le berceau pour qu'il s'occupe de leurs affaires. Il avait prouvé sa valeur, il leur avait fait gagner des millions, et il était toujours leur cher petit. Or, les chers petits ont la manie de se fourrer de temps en temps dans des sales coups et c'était à Verdun de le tirer d'affaire.

Il aurait aimé pouvoir donner à Mark Shelby, *Primus Gladiator*, un magistral coup de pied au cul et lui fourrer un canon de pistolet dans la gorge jusqu'à ce qu'il dégueule. Seulement Papa Menes ou le grand conseil pourraient bien le punir de son arrogance en lui faisant tremper les joyeuses dans une bassine d'eau bouillante, ce qui ne souriait pas du tout à Frank. Pas depuis qu'il avait vu faire ça à Malone, son prédécesseur irlandais parvenu.

Le Français décrocha son téléphone et, pour la neuvième fois, il appela Slick Kevin. Il écouta la sonnerie jusqu'à ce qu'il en ait marre et raccrocha brutalement, en jurant. Il n'avait pas soif mais il était exaspéré, alors il versa une solide rasade de scotch sur deux cubes de glace et s'assit devant le poste de télévision qui donnait un vieux film, en réfléchissant à son plan pour tuer Gill Burke.

Plus il y pensait, moins il le trouvait bon. Puis il se rappela quelque chose de spécial et sourit. Oui, le conseil aimerait ça. Il pourrait faire avancer Burke tout droit dans une tombe ouverte et il ne saurait jamais ce qui lui était arrivé... ni lui ni personne.

Il se promit de parler bientôt à Helen Scanlon. Il n'y avait pas de meilleur appât qu'une poupée aux seins généreux et à la chatte consentante, qui s'était vouée corps et âme à la société, et qui rêvait tellement de la scène qu'elle ferait n'importe quoi pour se retrouver sur les planches. Un jour ou l'autre, elle disparaîtrait dans un trou au milieu du désert, pas loin de Las Vegas, et on n'en parlerait plus.

Il décrocha le téléphone et forma pour la dixième fois le numéro de Slick Kevin.

Il laissa sonner pendant deux bonnes minutes avant de raccrocher.

Il aurait pu patienter une heure sans plus de résultats. Slick Kevin gisait par terre à moins de deux mètres du bureau où le téléphone était posé, mais Kevin était mort, avec un seul trou entre les deux yeux, à la main un automatique dont il n'avait pu se servir, et la plus grande partie de son crâne jetée contre le mur comme un monstrueux cendrier d'où dégoulinaient encore des matières diverses.

Le coup vint d'un secteur inopiné. Il était prématuré et stupidement flagrant, parce que les insurgés ignoraient le temps, l'argent et l'effort qui avaient permis d'établir la récente famille Arando. C'était malgré tout un commencement, parce que le grand conseil avait fait venir les porte-flingue du territoire de Sal Roma et ils remplissaient le vide comme ils pouvaient, c'est-à-dire déplorablement, en se fiant à leurs muscles pour mettre la main sur des entreprises lucratives et fort peu légales.

Ils étaient durs, ils avaient la détente trop facile, et ils travaillaient chez eux ; c'était le genre de voyous que Capone utilisait dans ses débuts, trop cons pour savoir ce qu'était la peur. Ils voulaient renverser le pouvoir établi, ils voulaient leur part du gâteau, bien grosse de préférence, et surtout tout de suite.

Alors ils entrèrent en action et parvinrent à tenir le coup parce que tout Miami se figea devant eux, et parce qu'ils se foutaient bien que Pasi Arando eût reçu le territoire grâce à son cousin Steve qui régnait sur le secteur nord-ouest et à son oncle Vitale qui faisait partie du grand conseil.

Herman Shanke, le gros bras musclé aux épaules énormes qui s'en voulait d'être petit, menait la révolte avec une paire de Luger 9 mm, une haine farouche du monde entier et une ambition dévorante, sans compter le désir de venger un peintre en bâtiment mort depuis longtemps.

Il aimait être appelé Herman le Boche.

Heureusement pour le grand public, la saison d'hiver tirait à sa fin et il y avait peu de touristes sur les trottoirs.

L'oncle Vitale reçut un coup de fil du grand conseil et téléphona aussitôt à son fils Steve pour qu'il prévienne son cousin Pasi que s'il ne matait pas l'insurrection il y aurait du vilain pour sa poire. Par « vilain », il entendait qu'il serait mort et, dans ce cas-là, les relations familiales ne comptaient pas.

Maintenant que le grand conseil savait d'où venaient les pépins, il allait pouvoir remettre les choses dans leur cours normal. Un mois plus tôt, le meilleur ami de Herman le Boche était parti pour New York ; c'était le tueur qui avait amené de Cuba une fournée d'anticastristes et qui avait éliminé le témoin dans l'affaire de la compagnie Lindstrom. Il avait une belle collection d'armes, l'instinct inné du chasseur et les facultés du caméléon pour s'adapter dans n'importe quel environnement.

Il s'appelait Moe Piel.

Quand les diverses familles apprirent la mort de Slick Kevin, elles firent passer la consigne partout où il fallait, et toutes les polices reçurent l'ordre de rechercher Moe Piel. Un contrat de cinquante mille dollars fut lancé sur la tête de Herman le Boche qui s'étrangla de rire en l'apprenant, et resserra les rênes de son opération de Miami. Bevo Carmody arriva avec un carton plein de billets, étouffé dans le garage où les réfugiés cubains avaient fait une collecte en vue d'un nouvel assaut contre Castro, et après avoir donné cinq sacs à Bevo, Herman le Boche partagea le reste entre ses rares associés, afin d'entamer une reconnaissance dans le secteur de Manhattan qu'il connaissait si bien. Depuis que ce vieux fumier de Papa Menes l'avait fait passer à tabac et laissé pour mort dans une décharge publique de Newark, il cherchait comment égaliser le score.

Maintenant il savait.

Et ce serait du nougat.

Tout le monde croyait qu'il était responsable du merdier.

Il aurait bien aimé l'être.

Le District attorney prenait les choses en main, lui-même. La pression avait fait sauter le couvercle et il la refilait à tout le monde. Les superintendants se trouvaient en butte aux sarcasmes de la presse et de la télévision, et ils étaient d'une humeur massacrante. Robert Lederer était devenu porte-parole depuis que son patron s'était vu à court d'épithètes, et il était assis là comme un bouddha furieux, contemplant sombrement les hauts bonnets de la police et la figure ironique de Gill Burke.

— Nous avions deux indicateurs à Chicago, depuis sept ans, annonça-t-il au groupe. Ils attendaient quelque chose comme ça et rien d'autre. Celui qui nous a renseignés sur le soulèvement de Miami a commis l'erreur de téléphoner d'une cabine téléphonique vitrée, où un sourd-muet capable de lire sur les lèvres et que nous soupçonnons d'être affilié au gang pouvait le voir. Une heure plus tard, il était mort. Jusqu'ici, ils ne connaissaient pas l'autre, mais il n'a pas assez de relations haut placées pour pénétrer dans le saint des saints.

Le grand inspecteur appartenant à une brigade du centre de New York demanda :

— Qui d'autre a ces renseignements, Bob ?

— Nous tous ici présents, et c'est tout. Pour le moment.

— Et Miami ?

— Là-bas, ils doivent observer les mêmes consignes de sécurité. Ils ont déjà envoyé des détachements spéciaux dans tous les secteurs. Ils ne peuvent pas s'attaquer à Herman Shanke parce qu'ils n'ont rien de précis contre lui et qu'ils ne veulent pas déclencher une fusillade générale.

— Est-ce que le nouveau gang a fait déjà venir des artistes de l'extérieur ? demanda un autre inspecteur.

— Voilà le hic. Les aéroports et les gares sont surveillés mais personne ne s'est pointé. S'ils arrivent, ce sera probablement par la route, et on ne peut pas fouiller toutes les voitures. Ils sont entre deux saisons mais il y a suffisamment de touristes pour cacher n'importe quoi. Ça va être un boulot du diable de visiter tous les hôtels, et il y a des chances pour qu'ils disposent de maisons amies pour y résider.

— Chicago et Saint Louis ont téléphoné, dit Bill Long. Il leur manque quelques soldats d'élite qu'ils croyaient bien surveillés. Il est évident qu'ils ont senti le vent et qu'ils ont pris leurs dispositions.

— Miami va sauter, déclara solennellement Lederer.

Gill Burke intervint alors, d'une voix paisible :

— Ce n'est pas à Miami que ça va se passer.

Tous les regards se tournèrent vers lui.

— Miami n'est qu'un leurre, poursuivit-il. Le vautour malin attend que la bête meure avant de foncer sur la charogne. Les jeunes imbéciles s'y prennent trop tôt et les bêtes leur volent dans les plumes, puis ils se font manger eux-mêmes.

— Le moment est mal choisi pour parler en paraboles, Burke, grogna Lederer.

— Bon, alors soyons simple. L'action se passe là où se trouve l'argent, et le fric est à New York !

— Les faits ne...

— Frank Verdun aussi est à New York.

— Burke, je pense...

— Mark Shelby est aussi à New York.

L'irritation assombrit la figure de Lederer.

— Il ne s'agit pas d'une affaire personnelle, Burke. Bon Dieu ! Jusqu'ici vous n'avez...

Gill ne le laissa pas achever.

— Et le cinglé des nombrils, monsieur Lederer ?

Le capitaine Long attendait ça ; il sourit, ouvrit un dossier et déclara :

— Denver nous a donné une piste et le F.B.I. l'a confirmée. Ils ont eu trois autres cadavres mutilés, au nombril arraché. Nous avons lancé un avis général de recherches, pour retrouver un homme de race blanche, de taille moyenne, âgé de quarante-cinq ans, calvitie naissante, léger strabisme de l'œil gauche. Le seul nom que nous ayons est Shatzi, probablement un pseudonyme. Son signe particulier est une grosse cicatrice à la place du nombril. Ce dernier renseignement nous a été donné par une femme avec qui il a vécu.

— Je suppose que vous allez envoyer vos hommes planquer dans les bains turcs, ironisa Lederer.

— Bien sûr, répliqua sérieusement Long. Nous enquêtons aussi chez les putains.

— Quand vous le retrouverez, intervint Burke, ce sera facile de le faire parler.

— Vraiment ? Et comment donc ?

— En lui disant que vous allez lui recoudre son nombril.

Le rire qui fusa autour de la table rompit la tension, mais ne calma en rien la rage rentrée du District attorney adjoint. Il sourit froidement et reprit l'ordre du jour. La conférence prit fin une heure plus tard, et tout le monde fut d'accord pour conclure qu'ils en étaient toujours au même point.

Tout le monde sauf Gill Burke, et quand il retrouva Long devant un café dans un snack voisin, il lui dit :

— Premièrement, il y a une fuite dans la police. Deuxièmement, nous avons une piste menant à ce Shatzi. Pourquoi ne pas se concentrer là-dessus ?

— Pourquoi ne pas cracher au vent ? Enfin quoi, merde, Gill, nous faisons tout ce que nous pouvons, tu le sais bien.

— Le labo a trouvé quelque chose dans le bureau de Bray ?

— Des masses. Deux camions de débris. L'explosion et l'incendie ont tout détruit. Ce qui restait des bandes n'avait pas de sens parce que tout était en code, et nous n'avons rien pu y comprendre.

— C'est tout de même un indice, ça.

— Ah oui ?

— Supposons qu'un autre gang essaye vraiment de se pousser. Il préfére-rait avoir toutes ces informations, plutôt que de les détruire. Bray était un homme clef dans l'Organisation, et ce qu'il savait permettrait aux adversaires de s'insinuer dans tous les secteurs de l'entreprise. Le Syndicat, c'est une grosse affaire, papa. Ils ne calculent plus de tête, tu sais. Tout est là, sur des cartes perforées et des bandes, comme dans n'importe quel gros trust.

— C'est vrai, ça. L'idée est bonne. T'as des solutions pour l'accompa-gner ?

— Des questions, plutôt. De quoi réfléchir. Tu devrais essayer ça.

Long contempla le mur jaunâtre.

— Ouais, je crois que je vais m'y mettre.

Les autres filles du bureau avaient toutes été envoyées au-dehors pour diverses raisons et Helen Scanlon était seule quand le Français l'appela.

— Helen, dites-moi, vous connaissez la sténo ?

— Oui, bien sûr, monsieur Verdun.

— Parfait. Alors prenez votre manteau et je vous dicterai quelques lettres en déjeunant. Ça ne vous ennuie pas ?

— Mais non, pas le moins du monde.

Elle ouvrit la penderie, hésita un instant et haussa les épaules. Cette demande semblait assez normale, et si elle cachait autre chose elle le saurait bien assez tôt.

Verdun dit à son chauffeur de les conduire à un restaurant élégant du centre où un maître d'hôtel à l'accent étranger les conduisit à une table isolée, prit la commande des apéritifs et disparut silencieusement. Des haut-parleurs dissimulés diffusaient de la musique douce, et le brouhaha des conversations était presque inaudible.

Avant qu'on leur apporte les verres, un messager arriva, remit une enveloppe à Verdun et dix secondes plus tard un des serveurs apparut avec un téléphone qu'il posa sur la table. Verdun prit la communication, parla brièvement d'un investissement de Boyer-Reston dans une nouvelle usine de plastique, donna des instructions et raccrocha. Il demanda au garçon de ne plus accepter d'appels, et leva son verre.

— Vous comprenez maintenant pourquoi je dois combiner le plaisir du déjeuner et les affaires, dit-il à Helen.

— Oui, bien sûr.

Quand ils eurent commandé le repas, il dicta plusieurs lettres, en réponse à celles qu'elle avait placées sur son bureau dans la matinée, puis il s'interrompit dès que le garçon apporta les plats.

— C'est bon ? demanda-t-il.

— Délicieux, monsieur Verdun. Je ne suis encore jamais venue ici.

— C'est un de mes endroits favoris, quand je suis en ville. Dites-moi, comment ça marche avec votre copain le flic ?

Voilà la raison de cette invitation, pensa-t-elle. Maintenant elle allait tout savoir.

— Il est toujours aussi curieux, mais je suppose que tous les policiers le sont.

— Est-il charmant ?

Elle ne put s'empêcher de sourire.

— Ce n'est pas facile pour un flic d'être... charmant. Je n'en ai jamais connu un seul qui ne fût pas plutôt grossier sur les bords.

Verdun rit tout bas.

— Ils peuvent être assez rusés, vous savez.

Et assez directs aussi, se dit-elle. Elle considéra le Français, qui beurrait consciencieusement son pain, et se demanda ce qu'il savait. Il y avait un moyen de s'en assurer.

— J'ai essayé de faire un peu de charme, moi-même.

Il haussa les sourcils.

— Vraiment ?

— Apparemment, il ne pense qu'à cette histoire de Syndicat. Tous ces meurtres, vous savez.

— Le Syndicat n'existe pas, déclara Verdun.

— Il prétend le contraire, mais il n'en parle pas beaucoup. Nous avons dîné, et ensuite il n'a rien trouvé de mieux, pour me distraire, que de passer chez un prêteur sur gages avant de me raccompagner chez moi.

— Les policiers ne sont pas payés, c'est bien connu, dit Verdun.

Mais son esprit lui disait autre chose. Burke devrait être éliminé sans tarder. Il aurait bien aimé pouvoir faire d'une pierre deux coups et se débarrasser par la même occasion de cette andouille de Shelby, mais il ne fallait pas y songer.

Ils terminèrent le repas en parlant de tout et de rien ; au café il se rappela une dernière lettre, et dicta aussi une note pour le siège, réclamant l'installation de deux nouvelles lignes téléphoniques et le remplacement des machines à facturer. Le chauffeur les reconduisit au bureau, où Verdun disparut derrière sa porte close. Une des dactylos transcrivit sa sténo pendant qu'elle classait des bordereaux, préparait des enveloppes pour les messagers et introduisait les clients qui avaient rendez-vous.

A 16 h 30, Frank Verdun apparut avec un client, tout en parlant d'une promotion dans l'Arizona, et vint se pencher sur son bureau.

— Est-ce que le billet d'avion de M. Clough est arrivé, Helen ?

Elle prit une enveloppe que venait d'apporter un courrier et la lui tendit.

— Oui, il y a dix minutes. C'est le vol de 20 h 10 à La Guardia.

Le client trapu examina le billet et le fourra dans sa poche.

— Merci. Ça m'évite bien du tintouin. Mais je suis navré de devoir repartir si vite.

Il regarda Verdun, fouilla dans ses poches et finit par en tirer deux billets de théâtre.

— Vous pourriez peut-être les utiliser, Frank. Il m'a fallu un mois pour les obtenir et Sadie sera folle de rage de manquer ça, mais le voyage est trop important.

Verdun prit les billets, en secouant la tête. Il les laissa tomber sur le bureau d'Helen.

— Demain soir je serai avec les experts-comptables. Mais ça fera sûrement plaisir à quelqu'un.

Quand les deux hommes furent partis, Helen regarda les billets. C'était deux fauteuils d'orchestre pour le grand succès de la saison. Elle demanda aux deux autres filles si ça les intéressait, mais la première avait vu la pièce et l'autre avait un rendez-vous amoureux, alors elle les glissa dans son sac, en se disant qu'elle pourrait peut-être persuader Gill de l'y accompagner.

Mark Shelby avait des sueurs froides. C'était déjà assez coton d'avoir à retrouver tous les renseignements accumulés dans les fichiers détruits, et ce travail aurait été impossible si les ordres n'avaient pas été aussi précis et directs. Avec les vieux dons moustachus et la nouvelle génération qui poussait, il n'y avait pas d'excuses possibles, pas de prétextes valables, et si on n'était pas capable de descendre le boulot, on était descendu. Plus il y pensait, plus sa colère montait, le seul aspect satisfaisant de la chose étant que la pression ne pourrait durer éternellement et qu'un jour ou l'autre ils allaient tous s'affaisser comme des ballons dégonflés pour être balayés dans la foutue poubelle où ils seraient à leur place et que ce serait lui qui manierait le balai et la pelle. Bande de branques... pas de classe, pas d'éducation, pas de talent sinon celui de laisser la mort régler les comptes. Des cons. Pas autre chose. De foutus cons de cochons. Ils parlaient des liens avec le vieux pays, alors qu'ils n'étaient même pas capables de retrouver Rome ou Naples ou la Sicile sur une carte. Ils allaient faire de drôles de gueules en tombant. Ils se frapperaient peut-être même la poitrine comme à la messe !

Cette idée le réconforta, mais pour une seconde seulement. Bien sûr, il pourrait reconstituer tous les fichiers parce qu'il avait de la mémoire et plus de notes que l'on pensait. Et il gravirait sans doute les échelons quand ils apprendraient comment il avait réussi ; il était même possible qu'il puisse atteindre son but sans avoir recours à son plan.

Ce qui foutait tout en l'air, c'était cette ordure de Gill Burke, ce sale flic qu'ils auraient dû abattre une fois pour toutes au lieu de le rejeter sous le tapis. Maintenant il était de retour, il allait de nouveau poser des questions au prêteur et ce foutu con risquait de céder sous la menace et d'en dire plus qu'il ne devait.

Il avait peut-être déjà parlé !

Cette crainte le fit transpirer de plus belle. Jamais il n'avait sous-estimé Gill Burke, pas une seule fois, et il n'allait pas commencer maintenant. Il l'avait fait surveiller, durant ses mois de suspension, et il n'y avait pas eu de répercussions, mais il était bien possible que Burke s'en soit douté et se soit montré encore plus astucieux que d'habitude. Et il avait eu le temps de réfléchir, dans sa retraite, et de trouver la solution. Le grand conseil avait enquêté aussi, et les huiles avaient même accès aux dossiers de la police, mais ils s'étaient contentés de ce qu'il leur disait.

Malgré tout, lui, le *Primus Gladiator*, n'était pas entièrement satisfait, et tant qu'il ne le serait pas il s'appliquerait à sa tâche. Shelby décrocha le téléphone et appela Helga. Il savait qu'elle avait rendez-vous chez le coiffeur et qu'elle devait se préparer à partir. Il se contenta d'obtenir une confirmation, de murmurer quelques gentillesses et de dire qu'il lui téléphonerait le lendemain. Il consulta sa montre, attendit un quart d'heure et sortit de l'immeuble par son chemin particulier.

Le petit vieux qui traînait les pieds dans la rue le retrouva exactement à l'endroit où il l'avait perdu, et cette fois tout marchait en sa faveur. Il n'eut aucun mal à filer Mark Shelby jusqu'à l'immeuble où il payait le loyer du luxueux appartement d'Helga, et quand il n'eut plus de doutes il courut vers la cabine téléphonique la plus proche. Un répondeur automatique le pria de laisser un message, ce qu'il fit en le formulant assez discrètement, et puis il se sentit un peu triste parce que sa mission venait de se terminer. Elle l'avait bien amusé, lui avait permis de passer le temps et de se faire des amis dans des tas d'endroits bizarres. Mais à présent il y aurait une bonne prime bien grasse, qui paierait la dernière traite du verger d'orangers au centre de la Floride où il resterait assis au soleil jusqu'à ce qu'il soit momifié.

Mark Shelby s'assura que l'appartement était désert, et pendant qu'il passait d'une pièce à l'autre il fouilla aussi les effets personnels d'Helga. Tout ce qu'elle possédait, il le lui avait donné. A part une petite chose. Un paquet intact de préservatifs tout au fond du tiroir de la table de chevet. Pendant une seconde, il crispa les poings, la figure congestionnée... Si jamais elle essayait de le tromper avec un merdeux... Mais soudain il sourit et se détendit, parce que le paquet était intact, vraisemblablement oublié au fond du tiroir, et qu'elle avait dû l'acheter au cas où son stérilet tomberait, ou quelque chose comme ça, et c'était pour lui, pas pour un jeune crétin.

Dans le living-room il passa derrière le bar et souleva le cierge du chandelier, sans un regard pour la statue de la Vierge ; il le porta à la lumière du jour et le contempla en transparence. La cire était trop opaque pour lui permettre de voir quoi que ce fût, alors il l'examina avec soin. Au bout de cinq minutes, il fut rassuré, certain que personne n'y avait touché depuis qu'il l'avait planté là.

Il était soulagé d'un grand poids.

Il contempla la statue qui gardait son trésor et se demanda pourquoi il n'éprouvait pas le besoin de faire une génuflexion, un signe de croix ou n'importe quoi.

Au diable ces mômeries, pensa-t-il. Sa foi concernait le cierge, pas la statue.

Il dévala l'escalier et repartit comme il était venu.

A ce moment même, le message du répondeur automatique était en train d'être déchiffré.

9

Moe Piel était remonté à New York au volant d'une vieille camionnette à l'enseigne d'un réparateur de télévision de Fort Lauderdale. Il avait respecté la limitation de vitesse, avait passé la nuit près de Myrtle Beach, en Caroline du Sud, et le seul incident avait été une crevaison sur la Route 13 dans le Delaware. Un motard de la police routière s'était même arrêté pour proposer ses services, mais voyant qu'on n'avait pas besoin de son aide, il était reparti après avoir jeté un coup d'œil aux papiers pour la forme.

S'il avait examiné l'intérieur, il aurait découvert une boîte à outils pleine de fric destiné à un trafiquant d'armes et de munitions qui possédait un entrepôt à Manhattan. Malheureusement, la police du Delaware n'avait pas encore reçu d'avis de recherches au nom de Moe Piel, pas plus que le signalement de la camionnette, et d'ailleurs cela n'aurait pas changé grand-chose puisque les papiers et les plaques d'immatriculation étaient bidons. D'ailleurs, il avait tout l'air d'un réparateur de télévision obligé de faire un voyage rapide à New York pour trouver des pièces qui mettraient trop longtemps à lui parvenir par la poste.

Malheureusement aussi, l'Organisation savait que si Herman Shanke voulait tenir le coup à Miami il aurait besoin d'un arsenal, et la police était tellement sur les dents en Floride qu'il était impossible d'y trouver des armes.

Il restait donc New York, et l'Organisation connaissait parfaitement le trafiquant sans scrupules, et l'adresse de son entrepôt, à deux pas de l'autoroute du West Side.

Bingo et Shatzi l'attendaient, quand il gara la camionnette devant le vieux garage qui revendait en principe des pièces détachées d'occasion, incapables pourtant d'intéresser même un voleur de ferraille.

Comme Moe Piel n'avait jamais vu le trafiquant, il ne put deviner que Bingo Miles ne concordait pas avec son signalement et ne se douta de rien jusqu'à ce que Shatzi lui colle un pistolet dans les reins ; il n'eut même pas le temps de dégainer l'arme qu'il avait toujours à la ceinture pour impressionner les voyous. Il en éprouva une certaine honte, parce que tout là-bas, au fin fond de la Floride, il était un sacré tueur, respecté, armé jusqu'aux dents, et que soudain il n'était plus qu'un pauvre con.

Le pire était qu'ils avaient l'air de penser qu'il avait trahi tout un tas de grossiums et ils le traitaient avec un certain respect alors qu'il ne comprenait même pas de quoi il retournait. Tout ce qu'il savait, c'était qu'ils le prenaient pour un con parce qu'il était sorti de son rang pour trimbaler des armes au profit de Herman le Boche, alors que le premier paumé venu aurait pu s'occuper de la livraison. Il les entendit discuter, et la conclusion fut simplement qu'il s'agissait de faire vite. Sauf que Herman ne faisait pas partie de la famille et Moe non plus, et qu'on ne pouvait pas leur demander d'être au courant de tout.

Le garage n'était pas isolé, ni insonorisé. Aussi après l'avoir ligoté, ils lui collèrent du sparadrap sur la bouche et Shatzi prépara la casserole, le fourneau, le charbon de bois, versa l'essence à briquet et mit les fers à chauffer. Ils donnèrent à Moe Piel un bloc-notes et un crayon, en prévision du moment où il serait prêt à parler, et ils allèrent téléphoner au Français.

Il était impossible de deviner quand Frank Verdun était en colère. Quand on savait, c'était moche, mais quand on ne savait pas, c'était pire. Il tuait le plus aisément quand il était de bonne humeur, il savourait la mort de l'adversaire, la figure paisible et un léger sourire aux lèvres. C'était ainsi qu'à présent il dévisageait Bingo et Shatzi.

— Écoute, Frank, je te jure, ni Bingo ni moi on l'a touché. C'est pas du bluff, Frank. On t'attendait, et quand on l'a regardé il était comme ça, tout affalé et, merde, les fers étaient même pas encore chauds.

Le Français souleva la tête de Moe Piel par les cheveux et contempla les yeux vitreux.

— Bougres de cons !

— Frank...

— Ta gueule !

Ce n'était pas la première fois qu'il voyait ça. Ça lui était arrivé deux fois ; il s'était fait tout expliquer en détail par un toubib, et il repassa tous ces détails dans sa tête.

— Le connard a eu une crise cardiaque.

— Ah merde, Frank...

— C'est pas possible d'être cons à ce point ! ragea-t-il. Il a fallu que vous fassiez la mise en scène avant que j'arrive ? Ça vous amuse, hein ?

— On a pensé...

— On vous a jamais demandé de penser, bande d'andouilles ! Vous savez ce que ce mec aurait pu nous dire ? Nous aurions pu connaître le responsable, tout le bazar... et comme des cons vous foutez tout en l'air !

— Allez, Frank ! On attendait un convoyeur, c'est tout. Alors quand ce mec est arrivé, on l'a préparé pour toi. Ça marche à tous les coups. Tu sais bien...

— Merde !

Il regarda les deux hommes et maîtrisa sa colère. Ils avaient simplement fait leur boulot, comme ils en avaient l'habitude, et on ne pouvait pas leur en vouloir.

— Où est le marchand de flingues ?

— Nous l'avons tué, répondit Bingo. Il est là derrière.

— Bon, ça va. Larguez-les tous les deux.

— Et la camionnette, patron ?

— Chargez-la, préparez-la bien comme il faut et renvoyez-la. Que ce foutu Boche ait son armement, mais assurez-vous bien que ça lui pétera au nez. Vous pensez que vous pouvez faire ça ? Hein ?

— Sûr, patron, assura Bingo.

— Hé, Frank...

— Qu'est-ce que tu veux encore, Shatzi ?

— Non, rien.

Le Français haussa les épaules et sortit. Shatzi souriait. Inutile de demander d'autorisation, pour un truc aussi simple. Il tira son couteau de sa poche, et pendant que Bingo installait les charges dans la camionnette, il découpa les nombrils des deux cadavres, regarda ces objets avec horreur et alla les jeter dans les chiottes en tirant la chaîne.

Ils larguèrent la viande froide dans les prairies du Jersey et renvoyèrent la camionnette en Floride, avec sa grosse surprise pour Herman le Boche.

Le grand conseil de Chicago fut averti dans les formes et approuva la procédure, sans toutefois l'apprécier pleinement. La seule chose que les chefs ignoraient, c'était la chirurgie ombilicale.

La pièce enchantait Helen, mais Gill restait silencieux, à côté d'elle, et ne souriait même pas aux scènes les plus hilarantes. Il ne consultait pas sa montre, il ne paraissait pas impatient, alors elle finit par penser qu'il n'était simplement pas très démonstratif en public.

Mais Gill Burke était préoccupé par les deux cadavres que la police du Jersey avait découverts en fouillant le secteur à la recherche d'un gosse fugueur, et le labo avait prélevé des parcelles révélant que tous deux s'étaient trouvés peu de temps auparavant dans un garage, un très vieux garage où était entreposée une certaine huile minérale de voiture qui n'était plus fabriquée depuis la Grande Guerre.

Comme ce massacre-là était bien loin, le garage avait dû fournir des restaurateurs de vieux tacots, de voitures de collection, ou vendre des pièces détachées. On n'avait pas encore identifié les cadavres mais ça ne saurait tarder, et dès la fin du spectacle il lui faudrait appeler Bill Long pour savoir où ils en étaient de leur enquête. Il avait déjà essayé, à l'entracte, mais on n'avait encore rien de nouveau. Dans un quart d'heure, peut-être...

Il ne s'aperçut pas que le rideau était tombé et sursauta en voyant les gens se lever ; il retomba sur terre et se tourna vers Helen.

— Tu as aimé ? demanda-t-elle.

— Énormément.

— Tout à l'heure, je te demanderai de me parler de la pièce.

— Pourquoi ?

— Parce que je crois que tu dors les yeux ouverts.

— Moi ? Tu sais bien que non !

— Vraiment ?

— Peut-être, si tu étais dans mes bras...

Un vague sourire erra sur les lèvres d'Helen.

— Il m'a dit que tu devais être charmant.

— Qui ça ?

— M. Verdun. C'est lui qui m'a donné les billets.

Le frisson glacé prit naissance entre ses jambes et remonta jusqu'à son ventre. Tout était là, et elle n'avait même pas besoin de lui dire que c'était un hasard ! Bon Dieu, qu'il était con ! Il aurait dû poser des questions, s'étonner, faire quelque chose. Il avait été trop absorbé par ses propres pensées et il avait laissé passer tout le reste.

Il regarda vivement autour de lui. Le théâtre se vidait rapidement.

— Helen, ne discute pas et fais exactement ce que je te dis.

— Gill ?

— Obéis. Viens !

Il la prit par le bras, la poussa dans la travée et joua des coudes dans la foule qui gagnait la sortie. Quand ils furent bien cernés, il avisa un groupe de huit personnes sur le trottoir qui cherchaient à héler un taxi, les rejoignit et quand une voiture s'arrêta il les repoussa tous, jeta pratiquement Helen sur le siège et s'engouffra derrière elle.

Il donna l'adresse au chauffeur et se retourna pour surveiller ses arrières, mais les rues de Manhattan, à l'heure de la sortie des théâtres, étaient pleines de taxis et il n'aurait su dire s'ils étaient suivis ou non. Quand il déposa Helen devant chez elle il donna de nouvelles instructions au chauffeur et sauta à terre deux cents mètres plus loin.

Quand le taxi qui l'avait réellement suivi atteignit l'endroit où il se trouvait, il y avait justement là une descente de sous-sol ; il y sauta juste avant que la mitraillette crépite et brise toutes les vitres du rez-de-chaussée au-dessus de sa tête.

Seulement cette fois il tenait son 45 à deux mains et la balle atteignit le conducteur en pleine tempe ; il le vit s'affaler sur son volant et le taxi alla emboutir une rangée de bagnoles en stationnement.

Gill ne fut pas assez rapide pour atteindre le passager de l'arrière mais Bingo Miles était bien mort, à l'avant.

Deux heures plus tard, les techniciens maussades qu'on avait tirés du lit pouvaient certifier que les vêtements de Bingo Miles présentaient les mêmes particules microscopiques que l'on avait découvertes sur les deux cadavres des prairies du Jersey, et Robert Lederer était vert de rage parce que Gill Burke refusait de lui dire de quoi il s'agissait.

Il se contentait de sourire, et Lederer ne pouvait même pas le virer, parce que Burke était le seul à se douter de ce qui se passait. Le fumier d'ex-flic renégat détenait tous les atouts.

Jusqu'à ce jour, le Français n'avait jamais pu comprendre la peur. Il l'avait vue chez d'autres, il l'avait entendue s'exprimer, il avait constaté ses effets, mais jamais il n'avait pu la comprendre parce que jusqu'à présent elle s'était manifestée chez des gens qui avaient peur de lui. Il n'aimait pas du tout cette sensation. En fait, il ne la reconnut même pas pour ce qu'elle était avant de vomir sans avoir la nausée. Il s'arrêta simplement dans la rue et vomit comme une foutue femme enceinte.

Cet imbécile de Miles s'était fait abattre, et alors ? Il avait tout prévu et arrangé, et au lieu de faire son boulot ce con se faisait tuer, et ce foutu Shatzi était devenu dingue en plein parce que son pote était mort, et tout bouleversé parce qu'il se figurait qu'ils s'étaient fait blouser. Bon Dieu, on ne pouvait pas avoir confiance dans un cinglé quand les choses tournaient mal, et jamais il ne pourrait comprendre pourquoi il avait employé Shatzi. Il devait se faire vieux. Dans le temps, il avait l'habitude de mettre les dingues au pas, mais à présent ils lui pétaient dans les mains, et s'il n'écrasait pas ce foutu con de cinglé, il aurait tout le grand conseil sur le paletot. Il aurait dû se rappeler ce que Lulu lui répétait autrefois : « Les loufs, ça moufte. » Elle avait bougrement raison.

C'est bon, Shatzi, t'es sur la liste noire, à présent.

Mais Shatzi Heinkle s'était déjà douté du coup, et il avait fait sa valise et changé de crémerie. Quand les soldats vinrent le chercher, sa chambre était froide et vide. L'employé de nuit ne l'avait pas vu partir, pas plus que le portier qui était à moitié bourré.

Frank Verdun sentit un nouveau frisson de peur quand on le lui apprit. Il n'aimait pas ce qui se passait là dehors. Gill Burke, c'était déjà assez grave, mais maintenant il y avait autre chose.

Toute la foutue Organisation tombait en couille, pensa-t-il.

— Recommence, tu veux ? demanda Bill Long.

— Ils m'ont tendu un piège, reprit posément Burke. Verdun a jeté les billets sur ses genoux et ils ont pu me filer.

— C'est exact, mademoiselle Scanlon ?

— Je ne sais pas. M. Verdun m'a dit que je pouvais donner ces billets à quelqu'un du bureau. J'ai préféré les garder.

— Alors vous auriez pu aider à organiser le coup ?

— Si vous voyez les choses de cette façon, oui, sans doute.

— Va te faire mettre, Bill, gronda Burke.

— Bon, ça va, ça va, c'est une possibilité, quoi !

— De la merde !

— Pas d'après ce que tu m'as raconté.

— T'as rien dans la tête. Rien.

— Qu'est-ce qu'un bon avocat en tirerait ?

— Rien, affirma Gill. L'accusation n'irait même pas devant un tribunal et tu le sais bien.

— Il ne reste alors que toi et ta vendetta personnelle.

— Grotesque. Je n'ai rien contre le Français.

— Maintenant, oui.

— Maintenant je vais le tuer. S'il m'en donne l'occasion.

— Sans autre forme de procès ?

— Parfaitement.

— Un chouette flic.

— Merde !

— Lederer n'a peut-être plus besoin de toi.

— Oh que si, que si.

— Pourquoi ?

— Parce que ce n'est pas moi qui cavale avec la courante.

Bill Long aspira profondément et changea de position. Il se dit qu'il aurait mieux fait de ne pas croiser le fer avec son copain, mais les choses n'étaient plus ce qu'elles avaient été.

— Dis-moi un peu ce que toutes ces conneries et tous ces meurtres signifient, et pourquoi brusquement tu deviens la cible ? Toute la foutue Mafia ne va pas te foncer dessus alors qu'elle a d'autres embrouilles à régler.

Burke se leva et alluma une cigarette. Quand il eut tiré deux bouffées, il se tourna vers la fenêtre pour contempler la nuit sur la ville, et murmura :

— Il y a longtemps que tu aurais dû me poser la question. Ou tu préfères que je te force à te servir de ta tête ?

— Tu sais ce que tu peux faire ?

— Bien sûr, répliqua Gill en souriant, et il se tourna vers Helen. Mais pourquoi encaisser quand je peux le faire moi-même ?

— Dehors ! cria Long. L'amitié c'est bien beau mais n'exagère pas !

— Tu m'en diras tant !

Dans le taxi, Helen lui prit la main.

— Je ne peux pas rester là plus longtemps, Gill. Je suppose que tu le comprends.

— Je n'allais pas te le permettre. Cette ordure est un peu trop rusée.

— Gill... Il ne m'a pas dit d'utiliser ces billets.

— Ah non ? grogna-t-il en la regardant fixement. Réfléchis. Il doit bien connaître son personnel et tu es la seule qui vive seule, qui n'ait pas d'amant. Les femmes ne changent généralement pas leurs projets à la dernière seconde, même pour des fauteuils d'orchestre et une pièce à succès. T'étais faite sur mesure, bébé.

— Mais pourquoi voudrait-il te faire tuer ?

— Je les gêne.

— Tous les autres policiers aussi.

— Pas autant que moi. Ils ont déjà assez d'ennuis sans moi.

— Ils prenaient un risque énorme !

— C'est comme ça qu'ils vivent, en calculant leurs risques. Ils se sont débarrassés de moi une fois, et je ne suis pas resté au vert, alors ils remettent ça. En espérant que ce sera définitif.

— Le capitaine Long est persuadé que j'ai joué un rôle dans...

— Mais non. Pas vraiment. Il se raccroche à des fétus de paille. Il connaît toute l'histoire.

Sa main se crispa sur celle de Gill, et elle se mordit la lèvre.

— Je ne sais pas... Je crois que je commence à avoir peur, Gill.

— Ne pense plus à ça.

— Écoute... Ça va recommencer, n'est-ce pas ?

Il haussa les épaules, le visage impassible.

— Peut-être. Mais on peut jouer à deux à ce jeu-là.

— Gill, est-ce qu'il n'y a pas moyen d'y échapper, d'échapper à tout ça, rien que pour un petit moment ? gémit-elle. Tout va si vite... Je... J'en ai assez !

Il leva son bras et la prit par les épaules.

— Je suis navré que tu sois mêlée à tout ça, Helen. Je sais que la séance avec Bill n'a pas été du gâteau, mais il devait avoir ta déposition. Maintenant, tu en as fini avec ce foutu boulot et tout le reste de ce merdier. N'y pense plus.

— Bon, mais qu'est-ce que je vais faire, à présent ?

— Tu vas te détendre et me laisser m'occuper de toi.

Pendant une seconde, elle resta figée, puis elle tourna lentement la tête et le regarda, les yeux immenses, mouillés.

— Gill... ?

Il lutta contre lui-même pendant une longue minute, en se répétant la liste de tous les obstacles, en se rappelant tout ce qui pourrait mal tourner. Il n'était plus un gosse, et elle en avait eu assez d'une vie de flic, quand elle était plus jeune. Il avait encore une importante mission à accomplir, qui risquait de le faire tuer, et toute cette histoire pourrait l'exposer à quelque chose de pire que ce qu'elle avait connu.

Mais l'autre sentiment, celui qu'il ne se serait jamais cru capable d'éprouver, fut le plus fort. Il sourit.

— C'est une sacrée façon de te dire ça, mais voilà, c'est comme ça, chérie.

Elle laissa tomber sa tête sur son épaule et souffla :

— Je t'aime.

Gill posa un baiser sur ses cheveux, pour dire silencieusement les mêmes mots.

— Gill ?

— Quoi donc ?

— C'est samedi soir.

— Ouais, je sais.

— Nous ne pourrions pas aller passer le week-end quelque part ?

Il baissa les yeux sur sa montre et fronça les sourcils.

— Il est déjà 9 h 30.

— Je connais un endroit charmant dans le New Jersey, un coin tranquille où l'on mange bien. Toutes les chambres ont une terrasse donnant sur les collines.

— Chérie...

— Je t'en prie !

Il la serra contre lui.

— Ça va, peste. Je vais te déposer chez toi, aller faire une valise et je reviendrai te chercher dans une demi-heure.

Elle le repoussa, haussa les yeux au ciel et secoua la tête devant tant d'ignorance.

— Mon amour !... Si c'est ce que tu veux être, tu ferais bien d'apprendre à mieux comprendre les femmes. Cette épreuve a été pénible, oui, et j'aimerais vraiment être en forme pour cette nouvelle mission, alors je t'en supplie, accorde-moi au moins une heure et demie !

Burke rit parce qu'elle avait raison et qu'il n'était qu'un abruti. Le taxi ralentissait devant l'immeuble d'Helen. Il se pencha et l'embrassa légèrement sur la bouche.

— J'apprendrai, mon cœur.

— Je l'espère bien.

— Mais toi aussi, tu as des choses à apprendre.

— Ah ?

— Je ne considère pas cela comme une mission. Mon désir de te garder était motivé par une raison plus personnelle et plus permanente.

Elle se sentit rougir et se demanda quand elle avait été aussi heureuse. Jamais, sûrement. Elle monta chez elle toute secouée de délicieux petits frissons.

Papa Menes ne savait trop s'il était heureux ou furieux. Tout ce qu'il savait, c'était que le grand conseil n'ignorait pas qu'il se trouvait dans le secteur où les choses allaient mal, et maintenant les patrons devaient se demander s'il n'allait pas bousculer le pot de fleurs. C'était à Miami que les ennuis mijotaient, il n'était qu'à une heure de route, et s'il n'en était pas l'instigateur alors il pourrait bien être le bouchon dans la tuyauterie. Il siégeait au grand conseil mais il n'avait pas été présent quand les décisions avaient été prises parce qu'il avait l'odorat délicat et qu'il n'aimait pas cette odeur de sang. C'était beaucoup plus agréable de savourer les fesses douces d'une pulpeuse jeune personne et de profiter de la vie plutôt que d'avoir à repasser par tous les coups fourrés qui avaient fait partie de son entraînement avant qu'il soit propulsé à la présidence, où la torture et le meurtre n'étaient que des mots et où l'on n'assistait jamais aux exécutions.

Il était là un peu par hasard, et maintenant on lui demandait de s'occuper d'un foutu Boche qui s'imaginait pouvoir tenir tête à l'Organisation, et comme il connaissait la question dans les coins, on lui demandait d'accomplir une tâche de sous-fifre. Les filles allaient arriver, et il pourrait régler son compte à Herman le Boche quand il voudrait. Ses soldats étaient déjà là, prêts à opérer, et même si toute la police de Miami surveillait le secteur, ses hommes étaient les seuls capables de s'insinuer dans la place pour frapper. Ils étaient parfaitement équipés, habiles et totalement dévoués à la cause.

Quant à la raison pour laquelle le grand conseil voulait éliminer Herman le Boche, il l'ignorait. C'était une opération bonne pour un *capo* local, pas pour le patron. Mais s'ils voulaient qu'il s'en occupe lui-même, tant mieux. Parfait.

Là-haut à New York, ce foutu flic de Burke en faisait salement baver au Français, et ça aussi, ça lui plaisait. Chaque fois que le conseil avait recruté un obsédé sexuel comme le Français, il y avait eu des embrouilles. Merde, ils n'avaient qu'à le laisser choisir ses hommes et il aurait tout réglé sans l'aide de personne, mais non, il avait fallu qu'ils fassent venir Frank Verdun, et depuis son arrivée les choses allaient de mal en pis.

De toute façon, on ne pouvait pas le rendre responsable, lui, Papa Menes. D'ici deux jours, une semaine au plus, ce foutu Boche serait mort et on tirerait un trait sur ce pataquès. Tout un mois de gelée de coing à cause d'un con d'Allemand et de ce Moe Piel qui était mort. Des trous-du-cul.

L'expression le ramena dans le présent, parce qu'Artie Meeker était en route avec les deux gonzesses de Miami, et maintenant qu'il savait qu'elle aimait ça, il était prêt à lui donner le maxi. Plus de vaseline ni de crème pour lubrifier le chemin. Cette fois, il se contenterait de salive et si ça faisait mal ce serait tant mieux.

Frank Verdun avait l'instinct d'un animal. Il savait qu'on le suivait. Il le sentait jusque dans ses os et sa main ne quittait jamais la crosse du pistolet dans sa poche. Dans le temps, cela le rassurait, mais plus maintenant. L'arme était lourde et froide, futile, et il avait beau chercher et se retourner, il ne voyait jamais personne. Il se rappelait Vic Petrocinni et les autres, il comprenait soudain ce qu'ils avaient ressenti, et une aigreur lui brûla l'estomac.

Quand il fut en sécurité dans son appartement il vomit encore une fois, à genoux sur le tapis de laine bouclée, devant la lunette pour ne pas se salir. Il ne rejeta pas grand-chose parce qu'il n'avait rien mangé, mais la terrible nausée lui déchirait les entrailles et il dut attendre que les spasmes finissent par se calmer. Alors il se déshabilla et passa sous la douche.

Le Français se mit à bander, comme toujours quand il se masturbait avec le savon, et, rasséréné, il ne vit pas le couteau trancher son membre gonflé et raide. Il ne put qu'ouvrir des yeux ronds avant de reprendre sa respiration pour hurler. Il vit la figure sans pouvoir prononcer son nom et le deuxième coup de couteau emporta la moitié de sa gorge, sous le menton.

Il connut la terrifiante sensation de vivre son agonie, sans rien comprendre, en se demandant comment diable un sale petit rat pouvait ronger des murs de pierre et les faire s'écrouler comme du sable. Il vivait encore lorsque le couteau transperça certains organes vitaux, avec une violence inimaginable ; toute la peur se confondit avec le souvenir de ce qu'il avait fait à d'autres et il essaya de hurler.

Mais ses efforts étaient vains.

Il ne sortit de la blessure béante de sa gorge qu'un gros soupir, et il commença de mourir en comprenant vaguement, mais sans pouvoir rien dire.

Pendant un long moment, Shatzi contempla la mare de sang où baignait le corps nu, la figure grimaçante, en proie à de vagues pensées. De son vivant, Frank Verdun avait été un être terrifiant, que l'on devait éviter à moins de lui obéir, et après ce que le Français lui avait fait autrefois, Shatzi était resté loyal, subissant tous les caprices et toutes les exigences du justicier numéro un du gang. Non par respect ou dévouement, mais par pure et simple panique viscérale.

Maintenant il savourait le spectacle, et un vague rire lui échappa.

— Tu n'avais pas besoin de m'envoyer tes soldats, Frank, dit-il. Verdun ! Foutu salaud, fumier, ordure ! T'as fini par crever !

Il crut détecter un léger battement de paupières, mais il n'en était pas sûr. Dommage, pensa-t-il. Jamais il n'avait fait ça sur quelqu'un de vivant. Il prit son couteau et, avec soin, il creusa le ventre et préleva le nombril de Verdun, en le haussant sur la pointe du couteau pour bien l'examiner. Quand il baissa de nouveau les yeux il ne put réprimer un sursaut. Le Français le regardait. Avec une expression horrifiée, son regard se fixa sur son lien avec la vie brandi à la pointe d'un couteau, et puis ses yeux se voilèrent tandis que le cœur cessait de battre.

Shatzi sourit avec satisfaction, en tirant de sa poche un mouchoir sale pour y envelopper avec soin le souvenir macabre.

— Celui-là, je vais le conserver, Frankie, dit-il. Celui-là, c'est du spécial !

Gill décrocha à la quatrième sonnerie et grommela. Bill Long lui dit :

— Je pensais que ça te ferait plaisir de savoir que nous sommes sur la piste de Shatzi Heinkle, et cette fois je crois que c'est la bonne.

— Où est-il ?

— En cavale, papa. Et drôlement pressé. Il a foutu le camp de son hôtel et tout de suite après des mecs sont venus le demander. Leur signalement concorde avec celui de deux tueurs de Brooklyn.

— Ouais. Il est marqué. Si c'était lui qui était dans le taxi avec Bingo, ils doivent vouloir l'éliminer. En ce moment, ils ne peuvent pas se permettre d'avoir des dingues en liberté.

— Est-ce que Verdun aurait lancé un contrat contre lui ?

— Ça me paraît tout à fait possible.

— C'est ce que je pensais. Ils devraient être chez lui maintenant, pour voir ce que le Français en dit.

Les sourcils de Burke se froncèrent.

— Ce mec est capable de filer vite fait, lui aussi.

— Pas mèche, nous avons un type qui planque en permanence devant chez lui. Tu veux y aller ?

— Pas ce soir, vieux.

— Qu'est-ce qui se passe ?

— Si je te le disais, tu ne me croirais pas.

— Je crois à tout.

— Je passe le week-end avec Helen Scanlon. Si tu as besoin de me joindre, je serai au Chipper Inn, dans le New Jersey.

— Merde alors, murmura Long avant de raccrocher.

Burke prit sa valise et dévala l'escalier pour aller chercher Helen.

Papa Menes se réveilla en se rappelant comment il avait pénétré la blonde de Miami. Une bonne victime consentante, celle-là, charnue et souple, et difficile à maîtriser dans cette position. Il savait qu'elle avait adoré ça. Il se disait qu'elle avait joué la comédie en criant et en se débattant, mais elle ne cherchait pas vraiment à lui échapper et quand il avait claqué les fesses dorées, elle avait gémi bien convenablement et s'était immobilisée pour le laisser faire.

La fille était une vraie professionnelle qui savait s'adapter aux exigences du client. Quand elle avait compris sa préférence, elle avait joué le jeu, mais elle n'en avait pas retiré le plaisir escompté parce que le vieux était un vrai mollasson incapable d'aller jusqu'au bout. Dommage. Elle envia sa copine qui était à côté avec Artie Meeker et se faisait sauter à la missionnaire, ou faisait son petit truc buccal tout simple. Un coup, et Artie était estourbi pour des heures, mais ce vieux con persistait à labourer et s'entêterait jusqu'à ce qu'il se soit défoulé, et elle commençait à avoir mal. Il aurait pu au moins mettre de la vaseline.

Alors pour se distraire elle releva la tête et se tourna vers la commode. Elle vit le pistolet, mais pour ces sales Yankees c'était normal. L'autre chose la tracassa, le télégramme froissé sur le tapis, sous ses yeux, et un mot en majuscules qui lui fit contracter son anus si violemment que Papa Menes atteignit sur-le-champ son orgasme. Ce mot était VERDUN.

Son grand-père avait été tué à la guerre, près d'un patelin appelé ainsi. Et puis elle se rappela un type qui portait le même nom et qui avait bien failli la tuer.

Elle était jeune, alors, bien trop jeune pour partir de chez elle, mais le groupe l'avait persuadée qu'elle était une sale bourgeoise, et comme elle ne voulait surtout pas être bourgeoise, elle était montée dans le vieux mini-car Volkswagen et avait donné ses soixante dollars à Glen pour qu'il les mette dans la caisse commune, et ils étaient partis de Decatur vers les eldorados de Californie. Mais ils s'étaient trompés de direction, et ils avaient roulé vers le sud-est jusqu'à ce que le car tombe en panne. Ils l'avaient envoyée chercher du secours dans un garage, à deux kilomètres de là, mais le garage était abandonné depuis un an, et quand elle était revenue le car était toujours là. Mais pas la petite famille de hippies. Ils étaient partis en emportant toutes ses affaires.

Elle pleura pendant une heure, puis elle se mit à marcher. Alors une décapotable s'arrêta et un homme élégant en costume d'été lui proposa de l'emmener. Elle était bien trop malheureuse pour refuser. La ville la plus proche était à trente kilomètres, et la route de campagne à deux voies pratiquement déserte. Pendant un moment elle pleurnicha en s'apitoyant sur son sort, et finit par raconter ses malheurs.

Moins d'une demi-heure plus tard elle hurlait de douleur, mais la grange était isolée, et ses murs épais. Elle gisait, entièrement nue, les chairs entamées par les cordes serrées, obligée de se soumettre à son bon plaisir, acceptant tout et se tordant encore quand il recommençait à lui faire mal.

Quand il défit les liens, elle essaya de s'enfuir tant bien que mal, mais elle ne savait où aller, alors elle se pelotonna contre la mangeoire où il avait accroché ses vêtements. Il se rhabilla vite, sans même la regarder. Seulement une lettre était tombée de sa poche, et avant qu'il la ramasse elle avait vu le nom sur l'enveloppe, et ce nom était VERDUN. Elle se souvint que son grand-père était mort là.

Et puis elle n'y avait jamais plus pensé.

Cette fois, elle savait qu'elle ne pourrait pas oublier ce nom. Plus jamais.

10

Gill conduisait en silence, heureux de se libérer du bruit et de l'incessante activité de la grande ville. C'était un peu comme s'il franchissait une porte, et il se surprit à rêver de ne plus avoir à revenir en arrière. Heureusement, il savait s'adapter. Bien des gens en étaient incapables. La ville était leur vie, leur sang, leur être. Pour lui, c'était un lieu où il avait été contraint d'exister parce qu'il y était né, qu'il y avait travaillé jusqu'à ce que New York ne soit plus une ville mais un monstre, une montagne de béton et d'acier, dont les défilés, les gorges, les canyons étaient gravés dans sa mémoire. Il avait catalogué ses habitants, les avait classés dans tous les recoins cachés de son cerveau, et parfois il sentait leur poids peser sur lui comme un cancer. Ceux qui étaient fichés, ceux-là étaient le cancer. Les autres n'étaient que des hôtes de hasard, qui se faisaient ronger.

— Tu as l'air bien grave, Gill.

Il tourna la tête et sourit.

— Non. Je réfléchissais, c'est tout.

— A quoi ?

Il éprouva une drôle de sensation au creux de l'estomac, et regarda fixement la route. Ses années de solitude lui criaient de se taire, mais l'avenir le pressait de parler. Il coula de nouveau un regard vers Helen, et ce qu'il vit lui serra le cœur.

— Si je t'avais connue plus tôt, tout aurait pu être différent.

— Ça n'aurait pas changé grand-chose, répliqua-t-elle.

— J'ai une impression idiote.

— Quelle impression ?

— Bon Dieu, gronda Gill, tu dois bien le savoir !

— Tu me croirais, si je te disais que j'ai la même impression stupide ?

Il haussa les épaules.

— L'amour, c'est bon pour les gosses.

Elle éclata d'un rire franc et joyeux, et laissa tomber sa tête sur l'épaule de Gill. Il sentit son parfum subtil et la tiédeur de son corps sur son bras.

— Alors, déclara-t-elle, nous devons être deux gosses. Et nous avons choisi un bien mauvais endroit pour parler franchement.

— Je n'en connais pas de meilleur.

— Tu aurais pu essayer, quand nous étions dans le même lit.

— Ça aurait paru bidon.

— Venant de toi, jamais, souffla-t-elle.

Le téléphone sonna. Mark Shelby posa son verre et leva les yeux vers la pendule. Il se dit qu'à Chicago ils se faisaient vieux. Il leur avait fallu plus de deux heures pour vérifier les renseignements qu'il leur avait repassés, rassembler le conseil et prendre une décision.

Quand il dit « allô », son interlocuteur ne se nomma pas mais il reconnut la voix. Maintenant qu'ils savaient que le Français était mort, ils se souviendraient qu'il avait toujours été le *Primus Gladiator* et ils confieraient les affaires à celui qui était capable de s'en occuper.

— Nous venons de discuter de la situation, dit la voix.

— Bien, répliqua Mark, fermement, avec assurance.

— Où en es-tu, pour l'autre affaire ?

C'était une allusion aux renseignements programmés dans l'ordinateur détruit.

— Je n'en ai plus que pour quelques jours.

— Tu peux t'occuper d'autre chose ?

— Bien sûr, riposta-t-il avec plus d'assurance encore.

— Bon. Alors on te le confie.

— Qu'est-ce que c'est ?

— En l'absence de Papa, tu es chargé de tout. Tu veilleras au grain, d'accord ?

— D'accord. Avec plaisir, dit-il avec un sourire dans la voix avant de raccrocher.

Mais ni ses yeux ni sa bouche ne souriaient. Merde, pensa-t-il, de la merde, voilà ce qu'on lui collait sur le dos. Il avait maintenant à faire le boulot du Français, pendant que ce foutu Papa se la coulait douce dans sa prétendue retraite secrète. Il savait bien, lui, où il se cachait en Floride. Les autres l'ignoraient peut-être, mais il s'appliquait à se tenir au courant de toutes ces choses, parce qu'il n'avait pas envie que son piège se referme sur du vent, le jour où il passerait à l'action. Le seul ennui, c'était que le grand conseil donnerait l'ordre d'éponger ce foutu Herman Shanke à Miami ; Papa lancerait ses soldats à l'attaque puis il se ferait applaudir pour avoir éliminé l'opposition.

C'était proprement incroyable qu'un minable comme Shanke ait pu réussir un coup pareil, mais si l'on y regardait de plus près on commençait à piger. Il était inconnu, le meurtre ne lui faisait pas peur et les embuscades qu'il dressait n'étaient pas tellement compliquées. Quelques soldats passablement stupides de sa connaissance étaient assez retors pour manigancer des coups de ce genre, mais ils étaient aussi assez cons pour aller s'en vanter sur l'oreiller d'une pute et se faire effacer une heure plus tard.

Il reprit son verre, posé à côté du dossier récupéré chez le Français avant l'arrivée des flics, passa la main sur le rond humide qu'il avait laissé et rouvrit la chemise. Il y avait là quelque chose qu'il avait vaguement parcouru mais qui le tracassait ; il feuilleta les papiers jusqu'à ce qu'il trouve ce qu'il cherchait.

C'était un rapport sur une vente de cartouches correspondant à la fois à une arme du crime et à un gars possédant sur l'avant-bras gauche un tatouage tout neuf. Une note au crayon indiquait qu'Eddie Camp avait été chargé de rechercher le tatoueur.

Mark chercha le numéro de téléphone de Camp, le forma et tomba sur une femme à la voix aigre qui lui dit qu'Eddie était sorti et qu'on ne savait pas quand il rentrerait. Il lui demanda de le prier de rappeler dès qu'il reviendrait et raccrocha.

Il y avait quelque chose, dans cette histoire de tatouage, qui ne lui plaisait pas du tout, mais il ne voyait pas quoi.

Il donna trois autres coups de fil, pour se tenir au courant de la situation. Tout ce qu'il apprit ce fut que Miami était un secteur bouclé où tous les gars se donnaient rendez-vous, parce que la consigne était de frapper en douce ; pas de coups spectaculaires mais un massacre discret, avec déblaiement de tous les cadavres pour que les autorités s'imaginent que Herman le Boche et compagnie avaient simplement décidé de passer la main et pour que la presse n'y voie que du feu. Le grand conseil et Papa Menes avaient choisi avec soin les meilleurs soldats, tous des professionnels expérimentés, et le boulot devrait s'effectuer sans trop de difficultés.

Dommage, se répéta-t-il. Plus il y aurait d'ennuis, mieux il pourrait mettre au point et exécuter le reste de son plan magistral. Il prit sa décision rapidement. L'argent était là, il savait quand la livraison aurait lieu, et il décrocha de nouveau son téléphone avec un petit sourire satisfait.

Une heure plus tard, un paquet de fric changea de mains. Trois quarts d'heure après, la marchandise était chargée et expédiée. Herman le Boche allait recevoir son arsenal sans que Moe Piel y soit pour rien.

Il vida son verre et il s'apprêtait à se coucher quand l'employé de la réception téléphona pour lui dire qu'un certain M. Case désirait le voir. Il lui dit de le faire monter, en se demandant ce que pouvait lui vouloir le Petit Richard à une heure pareille.

Dès qu'il arriva, Case ne perdit pas de temps.

— Tu sais qui a descendu le Français ?

— Je suppose que tu vas me le dire.

— Ce foutu Shatzi ! Les flics l'ont vu sortir de l'immeuble mais il a réussi à se tirer.

— Shatzi ?

— Ouais, le propre poulain de Frank. Il a raté son contrat, alors Verdun a donné l'ordre d'aller le chercher et Shatzi s'est fondu dans la nature. Tout ce qu'il se dit, c'est que Frank va le faire descendre et ce dingue perd les pédales.

— Le dernier bulletin d'informations...

— Merde, personne en sait rien ! Les flics tiennent la presse et les mecs de la télé la mouftent pas. Il a coupé d'un coup la queue du Français, il lui a arraché son nombril et il lui a tranché la gorge. Le portier l'a reconnu, les flics aussi, et maintenant il a tous les poulets de New York aux fesses.

Shelby remplit deux verres et en tendit un à Case.

— Comme tu dis, c'était un homme à Frank. On ne peut pas établir de rapport avec nous autres.

— Écoute, Mark, personne ne sait ce que ce cinglé a pu découvrir. Faut absolument le trouver avant les flics, c'est tout.

— Les ordres de Frank n'ont pas été annulés, je suppose ?

— Bien sûr que non. Et j'ai rameuté une dizaine de mecs de chez nous pour le chercher aussi. Mais enfin, nom de Dieu, qu'est-ce qui se passe ? Nous étions là, bien peinards, et tout soudain la foutue baraque nous dégringole sur la tête !

— Calme-toi. C'est pas la première fois. On sait s'occuper de ça.

— Oui, mais nous n'avons jamais eu chez nous de foutus chirurgiens du nombril !

— Qui t'a annoncé la mort du Français ?

— J'étais là quand Lederer piquait sa crise. Je l'entendais hurler du bout du couloir. La mairie a dû un peu faire pression sur lui parce qu'il a supprimé tous les congés, qu'il fait faire des heures supplémentaires aux inspecteurs et qu'il tanne le cul de Bill Long parce que Burke a disparu et que personne ne peut lui mettre la main dessus.

— Bon, ça va. Finis ton verre et rentre chez toi. Chicago m'a collé toute l'histoire sur le dos en attendant que Papa revienne, et je veillerai au grain. Demain, nous aurons un peu d'action.

Il poussa les verrous derrière Case et resta un moment devant la porte, en pensant à Gill Burke. Sa disparition l'irritait. Il aurait voulu l'avoir à sa portée, là où il pourrait le frapper.

Seul Bill Long avait pu joindre Burke pour lui parler de Shatzi.

— Tu en es sûr ? demanda Gill.

— Absolument. Le portier et le flic l'ont reconnu. Le légiste a confirmé que Verdun était mort quelques minutes avant que l'inspecteur voie Shatzi s'enfuir au galop.

— Tu as enfin un coup de pot, on dirait.

— Ouais. Il a mutilé le Français comme les autres, en pire. Il lui a coupé carrément la queue. Et il a même laissé des empreintes sanglantes dans l'ascenseur.

— Il s'est démerdé comme un con.

— Merde, dit Long, Verdun le connaissait, il lui a ouvert et l'autre l'a surpris. Jamais il n'aurait supposé que Shatzi essayerait de l'avoir !

— Il suffit de se gourrer une fois, observa Gill.

— Et Lederer te cherche partout. Il veut avoir une longue conversation avec Helen Scanlon au sujet de Verdun, alors vous feriez bien de réfléchir à ce que vous direz tous les deux, sinon vous serez foutus. Il commence à penser que tu fous la poisse, mon vieux. Il a même chargé deux de ses hommes d'enquêter sur toi.

— Qu'il aille se faire mettre.

— Tu l'as déjà dit.

— A part ça, quoi de neuf ?

— Tu reviens quand ?

— Lundi matin. Et au cas où l'idée te viendrait de me ramener par la peau du cou, rappelle-toi que nous sommes dans le New Jersey.

— Allez, Gill ! Je ne lui ai rien dit.

Cela fit rire Burke.

— Travaille bien, et continue comme ça. Un homme a besoin de se reposer de temps en temps.

— Tu appelles ça du repos ? lança Bill Long, mais il raccrocha sans attendre la réponse.

Quand Gill se retourna il vit Helen qui souriait.

— Je ne vais sûrement pas te laisser te reposer ! Viens là, gros paresseux !

Burke se laissa retomber sur l'oreiller, un bras sous les épaules tièdes d'Helen. Mais quelque chose avait changé, et il n'était pour ainsi dire plus là. Son esprit était reparti à New York, et soudain un tas de petits faits s'enclenchaient, tout doucement, un peu comme les premiers flocons de neige dans le vent, volant et tombant les uns sur les autres, et valsant en cherchant où se poser. L'un d'eux arrivait au sol, repartait, retombait, adhérait, et attendait qu'un autre vienne. La congère se formait, et quand tous les petits flocons seraient amassés, tout serait net et clair.

Elle savait qu'il n'était plus avec elle et elle se garda de troubler ses pensées, tandis qu'il se frayait un chemin dans de secrets souterrains à la recherche de choses cachées qui n'intéressaient que les flics, tout en regrettant de ne pouvoir l'aider. Elle savait bien que c'était impossible, et la seule chose dont elle pouvait être sûre c'était que, cette nuit, elle ne l'aurait pas tout à elle. Elle ferma les yeux et chercha le sommeil.

Au dernier étage d'un hôtel minable de la 49e Rue, Shatzi ne pouvait dormir. Son regard était sans cesse attiré par le morceau de chair fripée, dans un bocal d'alcool à 90° posé sur la table de chevet, et il éprouvait une excitation nouvelle et unique.

Vivant ! Il avait fait ça à un type vivant !

Il passa le bout de sa langue sur ses lèvres et but encore une gorgée, au goulot de la bouteille de whisky bon marché qu'il avait achetée en chemin, en riant comme un idiot. Tout le monde le cherchait, les flics et les truands, mais pour le moment il s'en foutait. L'hôtel borgne était un refuge sûr, tant que Bert était à la réception, mais dès le lendemain il déménagerait dans un autre asile, et ainsi de suite jusqu'à ce qu'il atteigne la cabane en planches au beau milieu des États-Unis, où il était né et où il pourrait vivre heureux et tranquille avec son trophée dans le bocal d'alcool, en se répétant qu'il s'était enfin vengé du monde entier. Il était bien trop malin pour eux, ça oui. Ou trop con pour eux, peut-être. Jamais ils n'avaient cru ça de lui, et c'était pour ça qu'on ne l'avait jamais retapissé. Et qui s'en irait le chercher dans un bled où il n'y avait même pas de bureau de poste ?

Une par une, il repassa dans sa tête toutes ses étapes futures, et comment il s'y prendrait, sachant que son plan d'évasion était parfaitement au point. La seule chose qui l'ennuyait, c'était le bocal, à côté de lui, et sa folle excitation. Bon Dieu, si un seul de ces trucs lui procurait tant de plaisir, qu'est-ce que ce serait s'il y en avait deux ou même trois dans le bocal ? Il eut soudain la gorge sèche, et l'humecta de nouveau avec le whisky.

Bien sûr, il y avait ce grossium de Shelby, et le petit gros d'en ville qu'on appelait Little quelque chose. Il y avait Remy qui lui avait dit une fois d'aller se faire voir alors qu'il attendait Frank devant le bureau. Bon Dieu... Il pourrait peut-être arriver à sa bonne planque avec deux bocaux pleins, sûr qu'il avait laissé derrière lui le souvenir d'un sacré mec, et ce genre de nourriture le ferait vivre éternellement.

Il pouvait partir, bien sûr, mais s'il s'en allait maintenant, il ne pourrait pas remplir son bocal. Et d'ailleurs, il était bien trop malin pour eux.

Ou trop con. N'importe comment, il partait gagnant.

11

Les années de putanat professionnel avaient recouvert Louise Belhander d'une solide carapace, l'avaient privée de toute espèce de sensibilité, et, jusqu'à ce qu'elle revoie le nom de *Verdun*, lui avaient permis d'oublier totalement le passé. Mais ce seul mot avait tout ravivé, jusqu'à ces moments où elle avait machinalement consulté les pages des V dans l'annuaire téléphonique, chaque fois qu'elle avait à chercher un numéro quelconque. Mais jamais elle n'avait retrouvé ce nom, et maintenant elle était secouée par une espèce de rage terrible tandis qu'elle se rappelait les moindres détails de sa vie sordide, qui avait commencé ce jour-là, dans la grange.

Le vieux connard et son copain payaient bien sans doute, mais ils connaissaient un dénommé Verdun, et si c'était le même, elle allait les faire payer plus encore.

Quand Artie Meeker les reconduisit à Miami, elle dit qu'elle allait passer la nuit chez une amie, et s'arrêta à Homestead pour téléphoner. Elle appela une agence de location de voitures et donna son adresse, et quand Artie la déposa, elle sauta dans la conduite intérieure, le fila tandis qu'il raccompagnait l'autre fille, puis le suivit le long des Keys. Artie ne s'aperçut pas un instant qu'il était filé, parce que Louise était devant, et qu'il n'existe qu'une route goudronnée allant d'une île de Floride à l'autre. En chemin, Artie s'arrêta pour faire le plein et resta dix bonnes minutes dans la cabine téléphonique, puis il bondit littéralement dans sa voiture et fonça comme s'il avait le feu au cul. Quand elle le vit ralentir dans son rétroviseur, et quitter la route, elle fit demi-tour, aperçut le cottage, se gara dans un petit chemin et courut jusqu'à la retraite de Papa Menes.

Elle se glissa dans les buissons sous la fenêtre ouverte, sans se soucier des insectes qui l'accueillaient avec joie, tendit l'oreille et sentit des ondes de choc se répercuter dans sa cervelle quand elle surprit ce qu'Artie racontait à Papa Menes.

Une seule fois dans sa vie, Papa Menes avait senti son ventre se crisper et ses cuisses frémir de peur. Il retrouvait cette sensation, et il serra les poings sur les accoudoirs de son fauteuil pour mieux se maîtriser, et quand le spasme fut passé, il grogna :

— Répète un peu cette connerie !

Artie Meeker cessa de tourner en rond.

— C'est comme je vous l'ai dit, patron. Verdun est mort. Ce foutu Shatzi lui a arraché le nombril aussi sec et il l'a même emporté. Un coup de couteau, et hop ! le Français a le ventre ouvert. Le grand conseil a chargé Shelby de s'occuper de tout, là-haut, et ils font un sacré ramdam parce que rien n'a encore été réglé par chez nous.

— Shelby ne va s'occuper de rien, grinça Papa.

— Moi, je vous répète ce qu'on m'a dit, c'est tout.

— Le conseil, ce n'est qu'une bande de branques, marmonna Papa Menes pour lui-même plutôt que pour Artie. S'ils se figurent qu'ils peuvent me faire coiffer par Shelby, ils sont malades.

— Patron...

— Ta gueule, Artie.

Il regarda ses mains, et écarta les doigts.

— Ces abrutis ont fait venir Verdun, eux-mêmes. Ils l'ont fait venir sans même me demander mon avis, et maintenant ils gueulent !

— Patron... C'est vous qui avez amené le Français, la première fois, lui rappela Artie.

— Et une fois m'a suffi. Qu'est-ce qu'ils t'ont dit d'autre ?

— Tout le monde et les flics de New York cherchent Shatzi. Nos gars voudraient le retrouver les premiers et tout le bazar est prêt à sauter. Ce foutu D.A... Lederer... il met le paquet. Ils veulent que vous donniez un coup de torchon ici, et puis que vous radiniez là-haut.

— Comme ça, hein ?

Meeker haussa les épaules.

— Ils disent que vous avez des soldats ici, que vous avez qu'à vous en servir. Ils veulent qu'on élimine ce con de Herman tout de suite.

— Tu ne leur as pas dit comment je comptais m'y prendre ?

— Bien sûr, patron. En douce, je leur ai dit. Cool. Pas de pet. Le conseil a dit d'écraser les fantaisies et d'y aller carrément.

— Bande de cons, grommela Papa.

— Alors qu'est-ce que vous allez faire, patron ?

Pendant une minute ou deux, Papa Menes garda le silence. Il réfléchit, et quand il eut pris une décision il releva la tête.

— Combien de gars à nous avons-nous ici ?

— Quatre seulement.

— Ouais. Rappelle-les. Le reste, c'est ceux que le grand conseil a envoyés. Quand la merde tombera dans le ventilateur, nous laisserons Chicago s'enfoirer. Cette foutue bande de péquenauds a besoin d'en baver. Alors les familles de la côte comprendront peut-être la coupure et recommenceront à marcher droit.

— Vous voulez que je fasse ça tout de suite ?

— Non. Demain il fera jour.

Artie prit sa bière, but longuement et feignit d'examiner l'étiquette sur la boîte en fer. Finalement il hasarda :

— Dites, Papa...

— Quoi encore ?

— Qui c'est qui a descendu tous les autres mecs, à votre avis ?

— Quelqu'un qui veut prendre la relève, tiens donc !

— Herman le Boche est pas assez mariolle pour ça, Papa.

— Ouais, je sais.

— Alors faut que ça soit quelqu'un d'autre.

— Je le sais bien.

— Qui, alors ?

— On élimine ce sale petit pigeon de Miami, et si ça recommence alors on saura.

Artie hocha lentement la tête, d'un air pensif, en contemplant sa boîte de bière.

— Y a un truc qui ne colle pas, patron... Verdun était drôlement prudent. Il aurait pas laissé un branque comme Shatzi entrer et le découper. Merde, le Français était capable de l'estourbir d'une seule main. Il s'est fait avoir dans la douche, alors celui qui était entré avait une clef, et c'est pas Verdun qui aurait donné une clef à Shatzi... Le salaud lui a coupé la queue et lui a arraché le nombril...

Artie réprima un frisson. Papa aboya rageusement :

— Ça va comme ça, je te dis !

Lui aussi, cette image l'écœurait.

Mais dehors, sous la fenêtre, Louise Belhander la savourait, avec une brûlante satisfaction. Verdun était donc mort, et c'était parfait. Mais il y avait ces deux autres, avec qui il était en cheville, et qui feraient aussi bien l'affaire. Elle vit Artie Meeker prendre la boîte de bière du vieux et elle se colla contre le mur tandis qu'il ouvrait la porte pour les jeter toutes les deux dans la poubelle. Quand il fut rentré, elle attendit dans l'ombre un moment, avant de se glisser jusqu'à la poubelle pour prendre les deux boîtes de bière vides, en enveloppant ses mains dans les pans de son corsage.

Il y avait des choses qu'elle voulait savoir.

Ce qu'elle apprit vint d'un ex-flic passé dans le privé, qui s'occupait d'affaires de divorce. Il releva pour elle les empreintes, les fit identifier par un copain resté dans la police et ne posa pas la moindre question.

Mais, étant flic, il reconnut la marque de la bière locale, photographia le prix marqué sur le dessus et nota les chiffres de distribution sur l'étiquette.

Louise Belhander passa la journée suivante à la bibliothèque, à lire de vieux journaux, et fut quelque peu suffoquée par ce qu'elle découvrit. Cette unique séance avec Verdun dans la grange allait coûter très cher à une Organisation internationale.

A deux doigts de la retraite, pensait Bill Long, et il fallait qu'il soit plongé dans un merdier pareil. La retraite semblait encore bien loin et le souci du présent avait buriné sa figure.

Il regarda Burke.

— Helen Scanlon ne leur a rien appris qu'ils ne savaient déjà.

— Elle ne pouvait pas, Bill. Elle travaillait là, c'est tout.

— Lederer est d'un autre avis. Il insistera jusqu'à ce qu'elle s'affale.

— Et je lui casserai la gueule. Si elle savait quelque chose elle me l'aurait dit. Ne va pas croire que je n'ai pas pensé au début qu'elle jouait son rôle dans l'Organisation.

— Qu'est-ce qui t'a fait changer d'avis ?

— Je n'ai pas changé d'avis. J'ai attendu, j'ai laissé courir jusqu'à ce que je n'aie plus de doutes.

— Malgré tout, quand il aura fini de la harceler, elle aura du mal à se recaser.

— Elle n'aura plus besoin de travailler. J'ai l'intention de m'occuper d'elle moi-même.

Bill Long le considéra longuement, le front plissé.

— Je crois déceler une certaine réserve dans ta voix, Gill.

— Parce que mon métier comporte un gros facteur de risque.

— Tu es un survivant.

— Ben voyons. Et si je ne survis pas, elle pourra toucher ma succession. Je n'ai pas d'autres héritiers.

— D'accord, Richard.

— Un célibataire qui n'a pas de vices coûteux peut mettre de côté pas mal de dollars avec le temps, mon petit vieux. Maintenant laissons tomber ma vie privée et revenons-en à nos moutons. Tu veux encore un café ?

— Non. Mais prends-en, toi.

Quand Burke vint se rasseoir, le capitaine se carra dans son fauteuil et alluma une cigarette.

— Les flics de Los Angeles viennent d'obtenir des résultats.

— Ah ?

— Sur Stanley Holland.

Gill sucra son café et le touilla.

— Ils ont retrouvé le toubib qui lui a chanstiqué la figure.

— Et alors ?

— Il appartenait au gang. Il soignait des blessures par balle sans les signaler... des trucs comme ça. Il faisait aussi pas mal d'avortements, mais jamais il n'a été inculpé ni même soupçonné.

— Au poil, mais qu'est-ce que ça vient faire dans nos histoires ?

— Eh bien, les gars de L.A. savent comment faire un peu pression sur les gens comme lui et il a fini par parler. Par exemple des photos qu'il avait prises d'Enrico Scala après l'avoir transformé en Stanley Holland, et qui ont été volées dans ses classeurs ainsi que les négatifs.

— Qui savait qu'il se faisait opérer ?

— Les mêmes gens qui donnaient toujours leur accord au travail approuvé par le Syndicat.

— Donc, c'est quelqu'un de l'intérieur.

— Pas forcément. Un des inspecteurs est parti sur une autre tangente et il a travaillé à mort sur le type qu'on avait pris pour Scala... Tu sais, l'accident de voiture bidon et tout ça. Alors il découvre que quelqu'un d'autre fouine aussi dans le coin, que tout le monde prenait pour un inspecteur d'assurances, seulement la compagnie d'assurances en question avait simplement jeté un coup d'œil à l'épave et payé recta. L'autre type voulait voir le cadavre, tous les papiers, les rapports d'enquête et il s'est même renseigné auprès de la société de pompes funèbres pour savoir quelles dispositions avaient été prises.

— On a su qui c'était ?

— C'est trop vieux. Personne n'a pu donner de signalement positif.

— Qui était le mort ? Tout ce que je me rappelle, c'est les photos de la collision. J'étais en Californie pour la Compat quand ça s'est passé.

— On n'en sait toujours rien... Et toi tu ne sais rien de spécial sur Scala ?

— Non, à part ce que j'ai pu lire dans le temps sur de vieux avis de recherches. C'était un petit truand de la Côte, pas autre chose.

— Qui gravissait vite les échelons, avant d'être abattu. Le gang avait de gros projets pour ce type-là.

— Ils peuvent les oublier, à présent.

— Ouais. Et ils ont d'autres soucis, avec Miami.

— Qu'est-ce qui se passe encore ? demanda Gill.

— Quelqu'un a fait passer un chargement d'armes et de munitions, et depuis deux heures la bande à Herman le Boche se paye une fusillade en règle, répliqua Long ; voyant l'expression de Gill, il ajouta : Tu devrais passer plus souvent au bureau, mon vieux.

— Combien de morts ?

— Deux hommes du Boche et trois soldats venus du Middle-West.

— Toujours rien sur Papa Menes ?

— S'il a quitté le secteur il est passé entre les mailles de notre filet. Il paie toujours son appartement à l'hôtel, mais maintenant celui-ci est occupé par une paire de truands nommés George Spacer et Carl Ames.

— Menes avait un chauffeur... Artie Meeker. Con mais fidèle.

— Il a disparu aussi.

— Ils ont pris une voiture ?

— La grosse limousine de Papa n'a pas quitté le garage.

— Il devait bien en avoir une autre.

— On ne l'a pas encore retrouvée. Et maintenant je commence à me faire des cheveux.

— Pourquoi ?

— Parce que c'est bougrement trop calme ici, à New York. Comme lorsqu'on sait qu'une mèche est allumée et qu'on ne peut pas trouver la foutue bombe. On ne peut qu'attendre qu'elle saute en espérant qu'on n'est pas assis dessus.

Mark Shelby avait la même impression. L'action s'était déclenchée à Miami et quelle qu'en soit l'issue, ça ferait du renaud dans tous les azimuts. Même si Papa Menes en sortait vainqueur, il serait marqué et sa cote baisserait auprès du grand conseil. Sans compter que l'opinion publique et la police en feraient voir de rudes aux vieux de Chicago. Ils leur sauteraient dessus de tous les coins à la fois et toute l'Organisation allait être secouée de bas en haut.

Il sourit, parce que s'ils s'en étaient tenus à leurs activités illégales ils s'en seraient foutu, mais depuis longtemps ils plaçaient leur argent mal acquis dans des entreprises légitimes qui formaient maintenant un trust d'un milliard de dollars, et celui qui sortait blanc de l'affaire en serait le propriétaire, et posséderait l'Organisation par-dessus le marché.

C'était faisable. Simple question de temps.

Il consulta sa montre et pensa à Helga. Il avait salement besoin d'elle, mais il devait attendre ce coup de fil, au sujet d'un mec avec une étoile tatouée qui avait acheté toutes ces cartouches de fabrication étrangère.

Cinquante minutes plus tard le téléphone sonna et il apprit que le travail avait été fait ici même, à New York, dans un atelier clandestin, sur un type d'une trentaine d'années qui voulait une étoile portant au centre les initiales DS et dessous WV. L'étoile avait l'air d'un ancien insigne de shérif. Quand il avait ôté sa chemise, le tatoueur avait remarqué des cicatrices de balles à l'épaule gauche et dans le flanc droit.

Shelby appela Remy, et après une brève conversation Remy suggéra que les initiales pouvaient signifier Deputy Sheriff, West Virginia, et que le gars avait sans doute été récemment viré de la police mais qu'il était encore assez fier de son boulot pour vouloir garder l'insigne en permanence. A son avis, ce serait assez facile de se renseigner.

Après avoir dit à Remy de s'y mettre tout de suite, il appela Helga pour lui annoncer qu'il arrivait, et il partit par ses chemins détournés habituels en songeant à ce corps pulpeux qui l'attendait.

Burke dut attendre jusqu'à 6 heures, avant que Myron Berkowitz rentre chez lui. L'avocat était un typé maigre, très grand, apeuré, qui se mit à transpirer dès que Gill lui mit sa carte sous le nez si bien qu'il y avait de quoi se demander ce qu'il manigançait au juste. Myron essaya d'être aimable, l'invita chez lui et parut même surpris quand Gill accepta le verre qu'il lui offrit.

Quand il se fut enfin assis à son bureau, il s'efforça de prendre un air sérieux.

— Que puis-je pour vous, monsieur ?

— Votre tante m'a dit que vous vous étiez occupé de toutes les affaires de son mari, après son assassinat.

— Oui, oui, en effet, bien sûr. Naturellement, la succession était assez maigre...

— J'ai vu tous les papiers, dans la cave.

— Heureusement, mon oncle était assuré.

— Vous avez tout noté sur l'inventaire ?

— Tout.

— S'ils faisaient des films pornos, comment les vendaient-ils ?

Cette question ne parut pas dérouter l'avocat. Il devait bien connaître les activités de son oncle.

— Directement. Ils ne les louaient pas, si c'est ce que vous voulez dire. Ces films n'étaient pas bien fameux, entre nous, et d'ailleurs, avec ce qu'on peut voir aujourd'hui dans les salles, en couleurs et avec le son, ça paraissait un peu désuet. Il vendait ses courts-métrages bon marché, alors il s'en tirait. … C'est justement ce que je ne comprenais pas.

— Quoi donc ?

Myron fit une grimace, haussa vaguement les épaules et but une gorgée.

— Comment il pouvait songer à s'acheter une maison à la campagne et une voiture neuve. Il n'avait pas deux sous d'économies.

— C'était son rêve, peut-être ?

— Pas pour lui, affirma l'avocat. Mon oncle ne perdait pas son temps à rêver de choses impossibles. Il m'a dit qu'il allait emménager dans une nouvelle maison à la campagne et il voulait que je me renseigne sur les prix des voitures… des grosses voitures.

— Quand ?

— Pas huit jours avant sa mort.

— D'où venait l'argent, à votre avis ?

Myron parut un peu soucieux.

— Il avait peut-être fait un bon film, pour changer.

— Vous n'en croyez pas un mot, mon très cher maître.

Cette fois, Myron détourna son regard.

— Ma foi…

— Eh bien, dites-le !

— Il se peut qu'il ait tourné un film sur quelqu'un qui était prêt à payer cher pour avoir la pellicule.

— Il en était capable ?

Très lentement, en hésitant, Myron hocha la tête.

— Une fois déjà, à Boston. Des gens voulaient avoir des photos d'une petite réception qu'ils donnaient. Pour leur propre usage, bien sûr. Ils ont réclamé le négatif.

— Mais il avait gardé des épreuves, pour les revendre plus tard ?

— Quelque chose comme ça. Notez bien que ce n'est qu'une supposition de ma part.

— Il avait un agenda ? demanda Gill.

— Oui, et je n'y ai rien trouvé. J'ai même comparé le métrage de pellicule et les factures, pour en être certain.

Gill sourit.

— Vous avez tout de même trouvé dans tout ça quelque chose qui ne collait pas, hein ?

La consternation qu'il surprit aussitôt dans les yeux de l'avocat le persuada qu'il avait raison. Il continua de le regarder en face, et le spectacle n'était pas bien beau. Myron vida son verre d'un trait et finit par révéler :

— Il avait la facture d'un certain appareil qui n'était pas là.

— Quel genre d'appareil ?

— Monsieur Burke… Je suis avocat, pas photographe.

— Pas d'histoires, petit. Vous avez tout vérifié et ça risque de vous retomber sur le râble si vous ne dites pas tout.

— Eh bien... C'était un appareil pour microfilms.

Gill pinça les lèvres, sourit encore et se leva, ce qui surprit Myron.

— C'est tout ?

— C'est tout. En ce qui vous concerne...

Dans la rue, Burke leva les yeux vers le ciel assombri et sentit une goutte de pluie sur sa joue. Ce n'était pas la neige à laquelle il avait pensé l'autre nuit, chaque flocon représentant une pièce du puzzle, mais ça ferait l'affaire. Tout était là, suspendu au-dessus de sa tête, qui commençait à descendre.

Tout en marchant, il sépara les diverses pièces et les étiqueta. Berkowitz et Manute, photographes, morts. Mark Shelby dans le secteur. Pourquoi Shelby emploierait-il... ou tuerait-il... des photographes ? Cependant Berkowitz avait acheté du matériel pour microfilms et s'attendait à toucher un paquet. Une théorie pouvait être élaborée vite fait, avec ça.

L'ennui c'était que tout était foutu en l'air par l'arrivée de Ted Proctor. Gill fronça les sourcils et recommença depuis le début. Si Proctor avait appris on ne sait comment que Berkowitz devait toucher du fric, et croyait qu'il l'avait, il aurait pu tenter un cambriolage qui avait abouti à un double meurtre, et comme il n'y avait pas d'argent il était allé tenter un hold-up chez le prêteur sur gages. Logique, seulement ça ne collait pas du tout avec la mentalité de Proctor. Ce n'était pas le genre de type capable de commettre deux coups de sang-froid... et encore moins des meurtres.

Une chose était certaine. Jimmie Corrigan était le flic le plus droit qu'on ait jamais vu, et il était impossible de douter de l'exactitude de son rapport ; quand il avait surgi, Proctor menaçait avec un pistolet le prêteur sur gages. Les états de service de Corrigan étaient impeccables, il avait de l'expérience, et il n'aurait jamais agi aussi précipitamment s'il ne s'était pas senti sérieusement menacé.

Mais il y avait un petit détail. Corrigan connaissait les faits aussi bien que Gill, et pourtant il avait l'impression lui aussi que quelque chose ne cadrait pas. Un petit détail bizarre et fugace, trop compliqué ou trop simple pour qu'on mette le doigt dessus.

Mais c'était là, pas de doute.

Henry Campbell avait bien vu Mark Shelby dans le quartier, bien qu'il l'eût nié publiquement. Mark Shelby était là et il l'avait nié catégoriquement. Par conséquent... si Shelby n'était pas dans le coup, pourquoi faire tant d'histoires ?

La pluie redoubla et Burke remonta le col de son imperméable. Un taxi en maraude ralentit, mais il ne le héla pas. Il avait besoin de réfléchir.

La logeuse de Proctor n'avait jamais vu de pistolet, ni de marchandises volées dans la chambre de son locataire, et pourtant la perquisition avait permis de découvrir des portefeuilles cachés, dont la moitié avaient été volés par un pickpocket, et signalés.

Burke s'arrêta, sous la pluie qui tombait de plus en plus fort. Une idée lui vint, qui le fit rire. Un couple qui passait vit son expression et pressa le pas avec inquiétude.

Burke marmonna tout bas. Il avança sur la chaussée et siffla entre ses dents en voyant apparaître un taxi. Il donna au chauffeur une adresse, et se carra sur le siège.

Le sergent Schneider s'apprêtait à partir lorsque Gill Burke entra. Il jeta un coup d'œil à la figure de Gill et leva les yeux au ciel.

— Voilà que ça recommence !

— Ça ne sera pas long, papa.

— Je suis déjà en retard pour dîner. Ça ne peut pas attendre ?

— Qu'est-ce que t'as, tu ne veux pas être un héros ?

— Tu rigoles ? Comment on pourrait devenir un héros au sommier ?

Burke attendit, les mains dans les poches, jusqu'à ce que Schneider hausse les épaules.

— Va me chercher les rapports sur les objets qu'on a trouvés dans la chambre de Proctor, dit-il. Je veux consulter les plaintes, retrouver les noms et les adresses des propriétaires des objets volés.

— Enfin quoi, Gill !

— Allez, ça ne te retardera pas tant que ça.

Avec un soupir résigné, Schneider s'extirpa de son fauteuil et fit signe à Burke de le suivre. Une demi-heure plus tard il avait réuni tout ce que réclamait Gill, et il attendit pendant qu'il examinait tous les papiers un à un. Sept personnes avaient porté plainte pour vol à la tire, le total de ces vols se montant à quatre cent quatre-vingt-six dollars. Une note manuscrite indiquait que les portefeuilles et leur contenu avaient été rendus à leurs propriétaires. Gill nota les noms et les adresses dans son carnet et referma le dossier.

Schneider grommela avec irritation :

— C'est tout ?

— Quelque chose nous a échappé, à tous, dit Burke, les yeux brillants.

— Quoi donc ?

— Ces plaintes ont toutes été déposées en deux jours.

— Et alors ? Un mec qui étouffe un portefeuille et qui se sent en veine ne va pas laisser tomber.

— Proctor était un clodo, un ivrogne. Il n'avait pas besoin de plus de quatre cents dollars pour apaiser sa soif.

— Tu dois plus savoir ce que c'est de tirer une bordée, répliqua Schneider. Il s'est fait entôler lui-même avant de pouvoir tout dépenser, alors il a remis ça, tiens donc !

— Peut-être.

— Peut-être mon cul. Tu deviens dingue, Gill. Je ne comprends pas pourquoi tu t'occupes de ça. C'est de l'histoire ancienne.

— Parce que c'est cette histoire ancienne qui m'a fait virer.

Schneider le regarda, bouche bée.

— Et c'est de la merde, mon petit vieux. Toute cette histoire, c'est du bidon.

— Tu peux le prouver, je suppose ?

— Ouais, si j'ai raison, je crois que je le peux.

Il était plus simple de laisser tomber les officiels et d'obtenir ce qu'il voulait dans un quotidien. Il y avait un creux, le rédacteur de service s'ennuyait et il fut tout heureux d'accompagner Gill à la documentation et de lui ouvrir les dossiers. Il vérifia les dates, tendit à Burke deux feuillets, et le laissa les consulter. Quand il eut fini, il demanda :

— Vous avez trouvé quelque chose ?

— Superbe, répondit Gill en le remerciant.

Il ressortit, et marcha sous la pluie qui dégoulinait des gros nuages noirs cachant le sommet des gratte-ciel. La rue était déserte et il riait tout bas malgré l'averse, parce que les deux nuits où l'on avait porté plainte pour vol à la tire il avait plu de la même façon et jamais un pickpocket n'aurait travaillé par un temps pareil.

12

La foudre tomba sur Miami deux heures après la livraison du chargement d'armes à l'Outboard Motor Outlet de Vigaro. Ni Vig, ni Herman le Boche ne prirent la peine de vérifier l'origine du butin, croyant fermement que Moe Piel avait tout arrangé. Ils ne remarquèrent même pas que la valeur des armes reçues dépassait de loin la somme que Moe avait emportée. La simple vue des grenades, des mitraillettes de l'armée encore emballées dans la cosmoline et des caisses de munitions était si exaltante qu'ils ne songèrent qu'au pouvoir qu'elles leur conféraient. Herman le Boche eut la mirifique vision d'un ordre nouveau installé dans la péninsule avec lui-même à sa tête, et la certitude plus satisfaisante encore de posséder les moyens d'éliminer un certain vieux don nommé Papa Menes, qu'il haïssait tellement que c'en était douloureux.

Malheureusement pour les deux soldats d'importation que le grand conseil avait envoyés, ils s'étaient imaginé que tout ce qui s'étendait hors de Chicago n'était que cambrousse et péquenauds, et après avoir abattu un des hommes de Herman, ils ne couvrirent pas assez soigneusement leur fuite, et ne soupçonnèrent pas qu'une gosse de quinze ans sur un vélomoteur était là pour les filer jusqu'à leur retraite. Une grenade par la fenêtre du living-room du cottage qu'ils occupaient leur évita d'avoir des remords.

Un autre groupe attaquant un snack drive-in où on leur avait signalé la présence d'un des principaux lieutenants de Herman fut pris dans le tir croisé de trois mitraillettes et seul le conducteur s'en tira sans mal, ses deux passagers étant complètement déchiquetés.

L'onde de choc qui secoua l'Organisation qui s'estimait invincible mit des heures à se calmer, et quand ils reprirent leurs esprits ils comprirent que l'ennemi qu'ils avaient pris pour un parvenu sans envergure était en fait beaucoup plus redoutable qu'on le supposait. Il opérait sur son propre territoire, un secteur vital pour les opérations du Syndicat, il possédait tout l'équipement nécessaire à la défense et à l'offensive, suffisamment de main-d'œuvre, et ses premiers succès lui vaudraient de nouvelles recrues en masse. Mais, ce qui était plus important, il avait la témérité de frapper durement et avec assez d'intelligence pour demeurer dans l'obscurité. Il avait déjà décimé les cerveaux de l'Organisation en effectuant des raids hardis dans tout le pays, d'une manière si imprévisible qu'aucune défense n'était possible.

Ce que le grand conseil comprenait mal, c'était comment ils avaient pu sous-estimer ou négliger un type comme Herman le Boche. N'importe quel homme doué d'un peu de bon sens aurait dû deviner son potentiel depuis longtemps, et alerter le conseil ou le faire éliminer.

Ce fut Florio Prince qui se rappela l'incident avec Papa Menes. Celui-ci avait fait passer Herman à tabac et l'avait renvoyé de New York à coups de pied dans le train, et après une brève délibération ils estimèrent que c'était cet impair de Menes qui avait abouti à la destruction partielle de tout ce qu'ils avaient si soigneusement élaboré. Ainsi, bien que Papa Menes fût à la tête de la structure, les autres membres faisaient maintenant des réserves, et s'il ne se rachetait pas complètement il serait invité à descendre de quelques échelons.

Craignant que Papa Menes apprenne qu'il était l'instigateur de sa déchéance, Florio Prince se hâta de l'informer des intentions du conseil, en se demandant, sur le moment, comment le vieux pouvait être aussi calme alors que les autres voulaient sa peau et son royaume.

Papa Menes était loin d'être calme. Il mâchonnait un bout de cigare éteint, ce qui ne lui était pas arrivé depuis des années, et foudroyait du regard les six *capos* réunis dans l'arrière-salle du Red Dolphin Grill, ivre de rage parce qu'une révolte comme celle-ci aurait dû être matée à l'échelon local sans que l'on ait à déranger la tête même de toute la structure.

Il n'avouait pas, même à lui-même, que la véritable raison de sa colère était autre, la peur sournoise que Miami ne soit pas la solution, ou la cause du pétrin, la peur qu'il y ait quelque part un flingue guettant l'instant où il s'exposerait pour lui placer une balle entre les deux yeux. Il ne pouvait oublier Victor Petrocinni, Teddy Shu, Slick Kevin, Stanley Holland et tous les autres, un ruisselet de sueur froide lui coulait dans le dos, et il se félicitait d'avoir mis sa veste légère pour que l'on ne puisse voir les taches humides de la peur sur sa chemise.

Les *capos* lui expliquèrent en détail les dispositions, le nombre d'hommes concernés et certaines possibilités d'attaque. Il faudrait agir uniquement à l'intérieur de l'Organisation parce que leurs relations politiques avaient toutes tourné à l'aigre ; il n'y avait pas un seul contact officiel sur qui ils pouvaient compter pour un peu de coopération. La police leur tomberait sur le paletot aussi vite qu'elle harponnerait les hommes de Herman, et il était toujours à craindre que le F.B.I. trouve une raison d'entrer en scène et de renforcer les forces de police locale.

Mais pour Papa Menes, Miami n'était pas un territoire inconnu. C'était sa résidence secondaire depuis de nombreuses années, et il connaissait chaque rue, chaque magasin. Ces choses-là ne changent jamais. Il pouvait y avoir de l'expansion, de la rénovation, mais pas de vrais changements. La seule chose qui variait c'était les gens, et c'était de là que venaient généralement les ennuis.

La réunion dura un peu plus de quatre heures et quand la séance fut levée le groupe admira le génie de Papa Menes, comprit qu'il était le patron et comment il était arrivé là, et plaignit d'avance tous ceux qui chercheraient à défier son autorité.

Papa Menes, à cause de son âge et de sa haute situation, ne participerait pas directement à l'opération, mais tout se déroulerait suivant ses plans détaillés, et il serait toujours là, à portée de la main, s'il semblait nécessaire de modifier la stratégie.

Quand ils se séparèrent, Papa monta dans la voiture avec Artie Meeker et retourna à son cottage des Keys par des chemins détournés. Il avait fait sa part de boulot et il se sentait en pleine forme. Ces fumiers de Chicago allaient voir un peu ce qui se passait quand un véritable expert prenait les choses en main, et à la prochaine séance plénière il leur mettrait le nez dans leur caca. Quelques têtes allaient tomber, histoire de servir d'exemples aux autres corniauds qui le croyaient fini. Merde ! il n'y en avait pas un seul capable de lui tenir tête ; il les baisait tous.

Cette dernière pensée provoqua une vague chaleur dans son bas-ventre, et il décida d'envoyer Artie chercher cette petite blonde, dans la soirée, pour fêter sa victoire. Artie ne demandait pas mieux que de conduire, du moment qu'il avait aussi une fille à sauter. Pauvre Artie, pensa Papa. Pas d'imagination. Un piston mécanique, qui montait et descendait autant de fois qu'il le fallait avant de s'épuiser. Une pause pour reprendre des forces et se rafraîchir, et la machine à coudre repartait. Jamais il ne prenait la peine de remarquer l'expression d'ennui profond sur la figure d'une fille. Tandis qu'avec lui, Papa, la souris avait toujours une expression, et ce n'était sûrement pas celle de l'ennui. Elle pouvait aller de la douleur au plaisir, mais jamais elle ne révélait l'ennui. Il était vieux, peut-être, mais au moins il ne manquait pas d'imagination.

A New York, Mark Shelby oubliait un peu sa rage parce que Little Richard Case lui avait donné rendez-vous dans un bar isolé du West Side, et à voir son expression il devait avoir de bonnes nouvelles. Ils se firent servir à boire, à une table du fond, et quand le barman traîne-savates fut reparti derrière son comptoir, Mark demanda :

— Alors ? Qu'est-ce que tu as trouvé ?

Little Richard s'agita un peu, goûta son whisky, le trouva mauvais, mais il avait besoin d'un remontant.

— Les flics ont situé Shatzi quelque part, dans un périmètre de deux pâtés de maisons, dans le centre. Ils ont bouclé tout le secteur et ils fouillent systématiquement, maison par maison.

— Comment ils l'ont retrouvé ?

— Ce con a fait monter une fille dans sa chambre, et tu sais quoi ? Il a le nombril du Français dans un foutu bocal. Elle a vu ça, et elle s'est tirée vite fait parce qu'elle a une peur panique des détraqués. C'est qu'une pute à cinq dollars, mais elle s'est fait embarquer trop souvent, alors elle essaye de se rengracier et elle avertit les poulets.

— Merde !

— Ils ne veulent pas faire peur à Shatzi. Alors ils ont envoyé les mecs en

848

IN THE BABA

civil. Pas de clignotants, pas de sirènes... rien qu'un gros tas de main-d'œuvre.

— Qui avons-nous dans le secteur ?

Case sourit finement.

— Marty et son cousin Mack. Dans l'immeuble voisin. Ils habitent là depuis quatre ans.

Shelby hocha la tête, attendant la suite.

— Je leur ai dit de l'enlever, dit Case.

— Bien.

— Ni l'un ni l'autre n'a de casier, et ils travaillent tous les deux. Un vrai boulot. Les flics ne peuvent rien contre eux.

— Tu leur diras de l'amener à la maison de Brooklyn.

— Ça peut demander du temps.

— M'en fous.

— Tu sais, Mark, ce dingue ne va pas se laisser prendre comme ça. Si les flics l'abattent...

— Nous ne prenons pas de risques, tu sais ça.

— Ben quoi, qu'est-ce qu'il pourrait savoir, Shatzi ?

Shelby fit une grimace.

— Allez, ah ! Ces mecs-là savent toujours quelque chose et Verdun était assez près du sommet pour déteindre un peu, même sur les sous-fifres. Suppose qu'il en ait toujours voulu à Frank ? Suppose qu'il ait médité un coup comme ça et se soit garanti en étouffant quelques papiers de Frank ?

— Le Français ne prenait jamais de notes, Mark.

Les yeux de Shelby se plissèrent. Pensant à lui-même, il grommela :

— On ne sait jamais.

— Oui, bien sûr.

— Tiens-moi au courant. Tu retournes en ville ?

— Ouais. Il y a autre chose qui mijote. Ce foutu Gill Burke est parti en chasse, pour je ne sais pas quoi, et Lederer fait un pet du diable. Burke a fait pression pour qu'on lui donne des gars et le bureau du D.A. n'a pas pu s'y opposer.

— Qu'est-ce qu'il veut en faire ?

— Il refuse de parler, et c'est ça qui met Lederer en rogne. Ce mec-là ferait n'importe quoi pour se débarrasser de Burke et pourtant c'est lui qui l'a fait venir dans le coup.

Shelby crispa les doigts sur son verre et jura. Gill Burke était le seul être dont il avait vraiment peur. Ce salaud ne lâchait jamais rien, quand il était lancé. On lui avait donné quelque chose de bien juteux pour s'amuser et au lieu d'être content il recommençait à jouer au policier. Shelby n'était cependant pas trop inquiet. Il avait complètement brouillé sa piste, et le temps avait parfait la chose.

— Au diable Burke, grogna-t-il.

— Faudrait pas le sous-estimer.

Shelby comprit que Case avait autre chose à dire, et il attendit.

— Tu te rappelles ce flic ? Corrigan ?

— Ouais.

— Burke l'a vu. Et il est retourné chez ce prêteur sur gages, aussi.

— Il l'avait interrogé la première fois. Qu'est-ce qu'il peut espérer découvrir après tout ce temps ? Tu crois que l'usurier va parler ?

— Burke se fout bien de peser sur quelqu'un. Il n'arriverait jamais au tribunal.

— Tu crois que ça le gêne ? Rappelle-toi ce qu'il a fait à Bennie et Colfaco il y a huit ans. Il a économisé pas mal de fric à l'État et on n'a jamais pu prouver qu'il les avait poussés du haut du toit.

Shelby posa son verre et se frotta le menton d'un air songeur.

— Y a de ça, oui. Ce mec est le seul point faible. Nous devrions peut-être l'éliminer.

— Ben voyons ! Et Burke pigerait aussi sec.

— Pas forcément. Le mec a été assez souvent assailli pour que ça n'ait pas l'air bidon. Ce coup-ci il se fera descendre, c'est tout.

— Ne te mouille pas, Mark.

— Quand je voudrai donner des ordres, ne viens pas m'en empêcher.

Case vida son verre et fit une grimace écœurée.

— Bon, d'accord, c'est toi le patron pour le moment, mais Papa Menes va pas aimer ça.

— Papa Menes est bien trop emmerdé pour s'en occuper.

Cette calme assurance gêna Case, et il s'agita un peu sur sa chaise. Shelby s'était distingué, il avait suffisamment de victimes derrière lui, tandis que lui-même n'avait jamais été chargé de participer à une action directe. Son poste au sein de l'Organisation était très discret et sa couverture assez bonne pour qu'on n'ait encore jamais soupçonné la liaison entre le Syndicat et le gouvernement. Il haussa ses larges épaules.

— Je ferais mieux d'avertir Marty avant que Shatzi retapisse ces flics. Tu viendras à Brooklyn, quand on l'aura amené ?

— Pas si nous devons l'interroger, Little Richard, dit Shelby, et il ne put réprimer un sourire en voyant l'expression horrifiée de Case.

Il savait ce qu'on allait faire et cette seule idée le rendait malade.

— C'est ton boulot, dit-il. Ce coup-ci, je ne suis que le livreur.

— A tous les coups, Little Richard, à tous les coups.

Shelby attendit que Case s'en aille, puis il retourna à son bureau et appela Miami. Pendant une bonne minute il écouta, en souriant à demi, le regard dur et brillant, puis il dit simplement « O.K. » et raccrocha.

Papa Menes en bavait. Ce n'était plus comme au bon vieux temps. Les années s'étaient entassées sur le vieux et il avait perdu la main. Ces jeunots l'écraseraient et s'il résistait le grand conseil leur donnerait un petit coup de main. Ils ne toléraient pas l'échec, même chez les leurs.

C'était bien pourquoi le grand conseil devait disparaître aussi ; comme ça, lorsque le *Primus Gladiator* prendrait la barre il n'y aurait personne pour lui tenir tête, personne pour commander les troupes. Il détiendrait seul le pouvoir et le reste serait facile.

Là-bas dans l'appartement d'Helga, enfouis dans la cire du cierge, il conservait les chiffres, les faits, les détails qui rendraient cette prise de pouvoir d'une simplicité enfantine. Les chiffres lui ouvriraient les comptes numérotés en Suisse. Les faits et les détails lui donneraient de l'influence sur tous les domaines où la corruption et le contrôle étaient nécessaires. Le surplus de renseignements, expédié aux autorités, éliminerait toute espèce d'opposition.

Il n'y avait qu'une seule brèche qui devait être colmatée avant tout. Ce n'était pas un travail qu'il pouvait confier à quelqu'un d'autre. Cette fois il n'y aurait pas de dérapage, il serait inutile de remuer le système pour faire mettre Burke au vert. Cette fois, il disparaîtrait définitivement.

Tandis que Mark Shelby savourait son triomphe futur, un autre camion entrait dans Miami, venant de l'ouest. Pendant la moitié du trajet, le conducteur avait eu des ennuis de moteur mais, à cause de son chargement, il ne pouvait se fier à personne pour les réparations et avait dû tout faire lui-même. Malheureusement, il n'avait pas les outils nécessaires et avait dû se débrouiller avec deux clefs anglaises et une vieille pince. Il ne savait pas comment on avait piégé le camion pour qu'il saute au moment voulu et il ne tenait pas à déclencher accidentellement le mécanisme. Le vieux moulin menaçait de retomber en panne quand il atteignit le secteur où on lui avait dit de garer le camion. Il sauta à terre, fit deux cents mètres à pied, traversa la route et avisa une cabine téléphonique. Il donna le coup de fil que Frank Verdun lui avait dit de donner, et puis il appela une compagnie de taxis. Une demi-heure plus tard il était dans le car et filait vers le nord ; il put enfin lire le journal, pour la première fois depuis quatre jours. Les nouvelles le firent avaler de travers. Verdun était mort et il n'avait plus personne pour le couvrir. Alors, nom de Dieu, il lui faudrait se carapater plus vite que jamais. Quand ce camion sauterait...

13

On crut un instant que la pluie allait cesser, et puis le vent fraîchit et donna une poussée aux gros nuages ventrus qui cabriolaient dans la nuit. Des éclairs soudain zébrèrent le ciel et Helen Scanlon les vit se refléter dans les yeux de Burke. Depuis une heure il était si loin d'elle qu'il était impossible de l'atteindre. Comme mon père, pensa-t-elle.

Quand Bill Long revint du téléphone où il avait été retenu un quart d'heure, il se laissa tomber dans son fauteuil et donna à Burke une feuille de papier portant un seul nom.

— Tu le connais ? demanda-t-il.

— Ouais, fit Gill au bout d'un moment. Ancien shérif adjoint. Il a dû prendre sa retraite après avoir été blessé dans une fusillade. Pourquoi ?

— Il a essuyé une nouvelle fusillade et cette fois il est définitivement à la retraite. Apparemment quelqu'un a voulu le descendre qui ne s'attendait pas du tout à une telle résistance de sa part. Il a descendu deux tueurs et en a sans doute blessé un troisième qui a pris la fuite... Il avait ta carte dans sa poche.

Burke resta impassible.

— Et alors ? Je suis chef de la sécurité à la Compat. Le mec est venu me demander du travail. Je lui ai donné ma carte et je lui ai dit d'aller se présenter à l'usine de ma part.

— Gill...

— Quoi ?

— Merde, rien, voilà quoi ! Nom de Dieu, pourquoi ils ont eu besoin d'abattre ce mec-là ?

— Parce qu'il me connaissait, peut-être.

— Il y a une combine là-dedans, Gill ?

Burke regarda fixement le capitaine, la bouche pincée, les lèvres dures.

— J'espère bien que non, mon vieux.

— On a fouillé sa chambre meublée. Il avait trois automatiques dans une valise fermée à clef, tous chargés et enveloppés comme pour être livrés.

— A ma connaissance, il avait toujours sa carte de shérif adjoint. Il est possible que dans son État le port d'armes soit tout à fait légal. Vérifie.

— Je le ferai peut-être.

Bill avait bien autre chose à dire mais le garçon apparut.

— On vous demande au téléphone, capitaine.

— J'y vais. Merci. Je reviens.

Quand il fut parti, Helen retira sa main de celle de Gill.

— Il y a autre chose, n'est-ce pas ?

Les yeux de Burke se tournèrent à peine.

— Ah oui ?

Helen retourna sa main et il put voir le sang perler à l'endroit où son ongle s'était enfoncé quand Long lui avait montré le papier.

— Ta réaction a été immédiate, et assez douloureuse. J'ai été surprise. Je ne pensais pas que tu étais capable d'émotion dans ton boulot.

— Je n'ai pas dit à Bill que c'était un ami. Le genre de type qu'on n'aime pas perdre.

— Je crois que tu n'as pas réussi à tromper Bill.

— Je ne le tente jamais.

— Tu ne crois pas qu'une coopération...

— Au diable la coopération. On commence à travailler en comité et puis tout le monde se braque sur la même idée. J'aime garder l'esprit ouvert... Bon, qu'est-ce qu'il y a encore ?

Bill Long était revenu et s'appuyait des deux mains sur la table pour se maîtriser. Des rides de frustration et de colère semblaient avoir été gravées sur sa figure ; il aspira profondément avant de répondre :

— Nous savions où Shatzi se terrait. Nous avions bouclé tout le foutu secteur et nous convergions en douce pour mettre la main sur ce cinglé de mes deux, et il a filé. Nous avons une viande froide et c'est tout, la gorge tranchée et le nombril pratiquement arraché. Bon Dieu, Gill... est-ce que ces dingues sont si foutrement malins qu'ils...

— Qui est le cadavre ?

— Marty Stackler. Un type qui habitait là. Il travaillait à Brooklyn. Pas de casier, rien. Il a dû surprendre Shatzi par hasard et...

— Stackler est un baron, Bill. Ils en ont partout mais ils vont généralement par paires. Il n'avait personne avec lui ?

— On dit qu'il a un cousin...

— Mack ? Mack Ferro ou Berro ?

— Ferro. Comment peux-tu le savoir, bon Dieu ?

— Allez, Bill ! C'est mon ancien territoire.

— Et tu crois que Shatzi a descendu aussi ce Ferro ?

Burke secoua la tête.

— Non, je pense que Mack a enlevé Shatzi.

— Comment qu'ils ont pu filer, hein ?

— Tu oublies tes origines, papa. Ces vieux faubourgs sont comme des terriers. Il y a des issues et des souterrains que personne ne peut imaginer.

— Tu sais peut-être aussi où ils sont allés ?

— Ça se pourrait.

— Burke...

Gill sourit, lentement.

— Stackler travaillait dans un entrepôt de Brooklyn qui appartenait à l'ancienne famille Statto. C'est devenu une entreprise légitime, mais ça reste à leur disposition pour une opération quelconque si le gang en a besoin.

— Une supposition que Shatzi...

— Est-ce que le bocal avec le nombril du Français était toujours là ?

— Sur la table. Et celui du cadavre était à moitié...

— Ils auraient dû lui sauter sur le poil ensemble, interrompit Burke. Ils ont dû se séparer et Stackler a raté son coup. Pas Shatzi. Son seul tort a été de vouloir mutiler le corps. Ce doit être à ce moment que Ferro l'a assommé et l'a emmené.

— Mais enfin, bon Dieu, pour quoi faire ? Pourquoi ne pas le tuer sur place ?

— Ils veulent le faire parler, Bill. Ils ne tiennent pas à prendre de risques.

— Ouais... Tu viens ?

— Non, pas sur ce coup-là, Bill.

— Mais Lederer...

— Qu'il aille se faire mettre ! Combien de fois faut-il que je te le répète ?

— Où tu vas, alors ?

— Pour le moment, je vais rentrer chez moi me changer. Et ensuite je ferai peut-être une petite enquête officielle, et je prendrai quelques dispositions officielles pour justifier ma position dans l'équipe du grand redresseur de torts.

Long le regarda d'un air profondément écœuré.

— Tu sais, j'ai dépassé l'âge de la retraite, je suis resté pour rendre service. J'aurais dû m'en foutre.

Burke attendit qu'il soit parti pour régler sa note et sortir à son tour. Pendant quelques minutes, il attendit à l'abri de la marquise, jusqu'à ce que passe un taxi en maraude. Il courut avec Helen sur le trottoir et donna son adresse au chauffeur.

Ils roulèrent en silence, montèrent à l'appartement sans un mot et, pendant que Gill ôtait ses vêtements trempés, Helen appuya distraitement sur le bouton de l'enregistreur automatique encastré dans le socle du téléphone. Une voix bizarre de vieillard se fit entendre, récitant des mots sans suite, puis une série de chiffres, et finissant par un petit rire caquetant.

Elle poussa un autre bouton et écoutait de nouveau la bande quand Gill entra.

— C'est un code, dit-il.

— Important ?

— Possible. Un truc sur lequel je travaille depuis longtemps.

— Tu ne vas pas me dire ce que c'est, je suppose ?

— Non.

Il finit de boutonner sa chemise et lui sourit.

— Fâchée ?

Elle haussa légèrement les épaules.

— Mon père faisait la même chose. Il ne voulait pas inquiéter ma mère. Où allons-nous ?

— Intimider quelqu'un, trésor. Et il n'est pas question de nous. J'y vais tout seul et je veux que tu restes ici jusqu'à ce que je revienne.

— Mais...

Il s'approcha, la saisit par les bras, laissa remonter ses mains jusqu'aux épaules qu'il pétrit doucement.

— Nous avons fait beaucoup de chemin, Helen. Tâchons de continuer. C'est un foutu métier, et je travaille mieux quand je suis seul.

— Gill, Gill, murmura-t-elle les larmes aux yeux. Je t'aime. Sois prudent. Pour moi.

— Je sais assez bien me défendre.

— Les risques sont terribles.

— Pas quand on tient le bon bout, assura-t-il.

Il se pencha, embrassa les lèvres humides, passa une main dans les longs cheveux.

— Je ne serai pas long.

La sonnerie stridente du téléphone mit brutalement fin à la minute de tendresse. Il décrocha et entendit la voix haletante de Bill Long.

— Burke ! Ramène tes fesses ici en vitesse. Une voiture de patrouille est partie te chercher.

— Vous avez trouvé Shatzi ?

— Nous avons mieux que ça, mon vieux. Ramène-toi avant que Lederer arrive, pour préparer ce que tu voudras lui dire. Aucun de ses mecs n'a cette adresse sur ses livres.

— Le flic du quartier a pu la lui donner.

— Non, c'est un nouveau. Le vieux a pris sa retraite il y a trois mois, comme j'aurais dû le faire. Magne-toi.

— D'accord.

Gill raccrocha et ramassa son imperméable sur un fauteuil.

— L'intimidation devra attendre.

— Tu veux toujours que je reste ici ?

— Ça me permettra d'accélérer les choses, si je sais où tu es.

— Bon, je ne bougerai pas, promit-elle.

Le plus bizarre c'était qu'il pouvait enfoncer tout son index dans le trou et que ça ne faisait pas mal. Il sentait une espèce de picotement autour de la blessure, comme lorsqu'une main s'endort et qu'on a des fourmis, et plus bas une sorte d'engourdissement mais, pour Shatzi, ça n'avait rien de désagréable.

Il toussa et s'appuya un moment contre le mur d'un immeuble pour se reposer. Il avait toujours ce truc dans la main et il le regarda encore une fois, contemplant cette horreur plissée nichée dans une petite boule de graisse, en se demandant où était passée l'autre, mais ses idées se brouillèrent et il haussa les épaules.

Ce gros con de Case et l'autre mec. Ils avaient dû le prendre pour un cave. Il se rappelait l'impact soudain d'un objet sur son crâne alors qu'il se penchait sur le type, dans sa chambre, celui qui avait essayé de le matraquer. Il s'était fait avoir, pas de doute, mais il avait retrouvé ses esprits très vite en se réveillant, parce qu'il était sur le plancher d'une voiture. Ce gars Mack voulait le tuer sur place mais Case le lui défendait. Deux fois, ce fumier de Mack avait voulu savoir s'il était revenu à lui, et lui avait méchamment piqué la jambe avec son couteau, mais il n'avait ni bougé ni moufté, et quand Mack s'était remis à discuter avec Case, Shatzi avait tiré de sa chaussette son couteau à cran d'arrêt mexicain et quand la bagnole s'était arrêtée dans la ruelle entre les immeubles il avait bondi et pratiquement tranché la tête de Mack avant d'enfoncer la lame dans la poitrine de Case. Le salaud était si gras qu'il avait dû s'y reprendre à trois fois avant qu'il s'affale, et à ce moment les restes macabres de Mack avaient remué, la tête essayant de se tourner en même temps que les épaules mais sans y arriver, et le sang jaillissait par à-coups comme si on avait pressé une éponge. Et puis le petit pistolet dans la main de Mack avait craché une fois, et Shatzi avait senti comme un petit coup de poing au-dessus de la ceinture, sur le côté droit.

La blessure ne le gêna même pas quand il pratiqua sa chirurgie rituelle sur les deux corps.

Maintenant il devait suivre son plan. Il en avait un, il le savait, mais il se le rappelait mal. Il devait partir dans l'ouest... il y avait une cabane dans un village où personne ne connaissait et il pourrait regarder ce qu'il avait dans son bocal et se dire que dans le temps il avait été plus fortiche que tous les autres. Mais il n'avait plus de bocal. Il ne lui restait que cette boule visqueuse dans la main. Il toussa encore, et s'assit par terre. Il entendait dans le lointain des sirènes de police, mais elles n'avaient aucune signification pour lui. Il tâta de nouveau le trou à son côté et y enfonça distraitement le doigt. Une rafale de pluie le gifla ; il leva la figure, parce que cette fraîcheur lui faisait du bien. Trois têtes se penchaient sur lui, mais petit à petit elles se confondirent, devinrent un ovale blême et il se sentit tomber.

Les quatre voitures de police et la pluie suffisaient à écarter les curieux. Comme c'était un quartier d'usines et d'entrepôts, seul un petit groupe de badauds prit la peine de venir voir ce que faisaient les flics ; comme il n'y avait pas d'action ils repartirent. L'un d'eux, cependant, qui savait à quoi servait parfois l'entrepôt, se donna la peine d'aller donner un coup de téléphone qui serait relayé aux échelons supérieurs.

Gill Burke s'écarta des deux cadavres enveloppés d'alèses, et attendit l'arrivée de l'autre fourgon de la morgue. Un homme en uniforme sauta à terre, en secouant la tête. Jusque-là, il croyait avoir tout vu.

— Qu'est-ce qu'il a, celui-là ? demanda Gill.

— Plus rien, il est crevé. Ça lui a pris un moment mais il avait pas la moindre chance. Cette balle a transformé ses tripes en pâté de foie. Vous savez ce qu'il avait dans la main ?

— Ouais, je sais.

— Je vous jure. Merde ! Qu'est-ce qu'on doit en faire ?

— Vous pourriez le recoudre sur le mec à qui il appartenait.

— Génial. Et puis quoi encore ?

Il entendit derrière lui le pas lourd du capitaine Long, la voix furieuse de Bob Lederer, et se retourna pour poser sur eux ce regard froid, terne, qui faisait de nouveau partie de lui-même. Avant que Lederer puisse placer un mot, Burke demanda :

— Vous avez compris la coupure ?

— Inutile de le crier sur les toits, murmura le D.A.

Burke se retourna, en fronçant les sourcils. Les deux seuls reporters interrogeaient sans grand succès les assistants du coroner.

— Vous allez parler de Case, ou non ?

Lederer aspira un grand coup, retint sa respiration une seconde et souffla lentement.

— M. Case était un homme doué d'un grand civisme. Il avait dans sa voiture une radio à ondes courtes et, il a dû apprendre où se trouvait Shatzi quand l'avis de recherches a été diffusé.

— Pas mal, reconnut Burke.

— Sa voiture a été vue, garée non loin de l'immeuble en question, aussi quand ces hommes ont eu besoin d'un véhicule pour fuir ils l'ont réquisitionnée.

Burke pouffa de rire et alluma une cigarette.

— Qui va croire à ce ramassis de conneries, hein ?

— Gill...

— Oh toi, Bill, ça va. Ne me dis pas que tu marches, quand même !

— Non, mais nous espérons que quelqu'un le croira.

— Richard Case était le responsable de vos fuites, déclara Burke. Qu'est-ce qu'il vous faudra encore pour le rattacher au gang ?

— Pas grand-chose, peut-être, dit Long, mais il vaut mieux ne pas insister, Gill.

— De la merde. Toute leur structure s'écroule et vous voulez y aller avec des gants ?

— Écoute, Gill, c'est comme ça que nous allons traiter l'affaire, alors calme-toi.

— Bien sûr. D'accord. Et maintenant ? Vous en avez assez, ici, pour foncer tête baissée. Qu'est-ce qu'on fait ?

— Nous ne bougeons pas. Nous rentrons chez nous, nous buvons un verre et nous laissons tous les grands cerveaux se réunir, décider de l'attitude officielle, donner des ordres et toutes ces conneries pour ne pas faire de vagues, surtout.

Burke tourna à peine la tête pour regarder son copain.

Le capitaine sentit courir dans son dos un frisson glacé. Ce n'était pas la pluie ni le vent. C'était simplement quelque chose, et durant cet instant de silence, Bill Long se rappela certains articles de journaux, datés d'un coin d'Amérique du Sud, et son esprit entreprit une analyse des détails des mois passés, jusqu'à ce que vienne luire la dureté de son regard.

— Fais ce que je te dis, Gill, gronda-t-il.

Quand Herman Shanke reçut le message il envoya deux de ses gars les moins précieux chercher le camion. Il n'était pas stupide au point de ne pas craindre un coup fourré de l'ennemi, et après avoir tour à tour conduit, remorqué et poussé le camion dans divers endroits prévus, Herman le Boche alla y jeter un coup d'œil lui-même, hocha la tête et dit avec admiration à trois de ses lieutenants :

— Qu'est-ce que vous dites de cette vieille peau de vache de Moe Piel ? Bon Dieu, je sais pas comment il s'est démerdé, mais il est champion !

— Je me demande pourquoi il a pas téléphoné.

— Pour quoi faire ? L'essentiel c'était de rassembler la camelote et de la coller sur la route.

— Moe aurait dû l'apporter lui-même. Il devrait être ici.

— Moe a autre chose à faire qu'à jouer à la riflette, ducon. Un champion, je te dis.

Mais le lieutenant de Herman n'était pas convaincu. Pour lui tout devait être noir et blanc, sans la moindre trace de gris, sans ça il se sentait nerveux et les cheveux se dressaient sur sa tête.

— J'aime pas ça, Herm, déclara-t-il.

— T'aime pas quoi ?

— Comment ça se fait qu'on a reçu l'autre camion d'abord ?

— Allez, ah ! celui-là a le moteur qui marche sur trois pattes.

— T'es sûr que c'est le camion de Moe ?

— Écoute, patate, je peux voir les plaques d'ici. Je connais le bahut, vu ? Maintenant va l'inspecter et si tout est o. k. conduis-le à l'hôtel. Dès que tu l'auras garé dans la ruelle, on bouclera tout.

— D'accord, Herm. Mais comment ça se fait que Moe est pas venu ?

— Il traite peut-être une autre affaire. J'en sais rien, merde ! Il rappliquera bien.

Vingt minutes plus tard, le camion tourna dans la ruelle, poussé par une vieille quatre-portes, glissa gentiment sur la rampe et s'arrêta derrière le vieil hôtel qui était le nouveau quartier général de l'organisation Shanke en pleine expansion. Le déménagement s'était fait discrètement, avec tact et célérité. En ce moment même six des porte-flingue de Papa Menes étaient en train d'investir l'ancien Q.G. Ils ne se doutaient pas que les armes, à l'intérieur, appartenaient à des policiers perquisitionnant dans l'immeuble abandonné et qui avaient déjà demandé des renforts. En dix minutes, la crème des forces armées de Menes allait être éliminée.

Ainsi qu'un énorme pâté de maisons.

Les hommes de Herman le Boche avaient transporté presque toutes les caisses d'armes, ils exultaient, ils étaient ravis de leurs acquisitions, ils savouraient déjà le pouvoir apporté par cette poudre et cet acier, et puis la caisse critique fut soulevée dans le camion et un monstrueux enfer de flammes et de fumée jaillit dans un grondement terrifiant qui détruisit tout dans le voisinage immédiat, cassa des carreaux à plus d'un kilomètre à la ronde et envoya voler des débris brûlants dans tous les azimuts pour y allumer d'autres foyers ; en un seul instant l'armée de Herman le Boche fut anéantie.

Trente secondes plus tard la radio et la télévision diffusaient des flashes d'information sur l'explosion qui avait détruit tout un quartier de Miami, et cinq minutes après un des hommes de Shanke, titubant et couvert de brûlures, confirmait que tout était perdu parce que les forces de Menes les avaient tous baisés dans les grandes largeurs.

A Chicago, il fallut une heure pour que le grand conseil puisse se réunir. Tous les membres savaient ce qui s'était passé à Miami et maudissaient Papa Menes qui, avec un seul acte stupide, avait mis en danger toute l'Organisation. En ce moment même toutes les associations civiques, tous les services fédéraux s'apprêtaient à lancer une offensive massive contre l'empire des bas-fonds. Si le grand public s'en mêlait et commençait à manifester, c'en serait fait de leur présent et de leur avenir, de leurs familles et de leur peau.

Il n'y avait qu'une seule lueur d'espoir dans ces ténèbres. Papa Menes était dans le secteur de Miami, c'était lui qui dirigeait les opérations là-bas, c'était à lui d'endosser les responsabilités. On jetterait Papa Menes aux chiens, le public serait satisfait et les autres pourraient retourner à leurs affaires.

Comme la décision était plutôt banale, ils compensèrent le manque d'originalité par une longue discussion au cours de laquelle ils distribuèrent des missions de relations publiques destinées à attirer l'attention sur Papa Menes tout en la détournant de leur propre notoriété.

Dans l'ensemble, ce fut une réunion très harmonieuse, où l'on but beaucoup et où l'on se congratula énormément.

Dans l'ensemble, c'était une réunion parfaitement stupide parce qu'ils avaient sous-estimé la personne même qui les avait hissés au pouvoir, tout relatif qu'il fût. Quand Papa Menes apprit l'explosion destructrice de Miami, il téléphona aussitôt à Joey Grif, qui était assis en face de la salle des délibérations, avec un bazooka monté sur trépied et braqué d'avance.

Joey répondit à la troisième sonnerie, en sachant qui appelait parce que personne d'autre ne connaissait ce numéro, et il dit :

— Oui, patron ?

— Ils sont réunis ce soir, Joey ?

— Ouais. Grosse affaire. Cette fois, tout le monde est là.

— Tu es prêt ?

Joey Grif sentit monter en lui une joie délirante, comme il n'en avait jamais éprouvée. C'était comme si on l'avait plongé dans de l'huile bouillante qui ne brûlait pas, mais réchauffait le cœur et les sens si bien que c'était encore meilleur que de coucher avec une souris. Il ne voulait pas que le patron change d'idée parce qu'il paraissait trop excité ou énervé, alors il répliqua très calmement :

— Fin prêt, patron. Vous avez qu'un mot à dire.

— Tu les vois bien, de là où tu es ?

— Pas tellement. Ils sont tous assis. Ils causent, probable.

— Quand ils se lèveront, ils vont boire un coup. Alors vas-y.

— Compris, patron.

— Bonne chance, Joey. Et t'en fais pas, on s'occupera bien de toi.

— Je sais bien, patron.

Il entendit un déclic, puis la tonalité, et il raccrocha. En bas, sa voiture l'attendait, la maison était prête dans la montagne et l'argent bien caché. Personne ne pourrait trouver sa trace, ni celles du matériel, et avec un petit sourire satisfait il lissa sur ses doigts ses gants de caoutchouc, chargea le bazooka avec une roquette spécialement prévue pour ce tir unique, et se rassit pour observer les fenêtres d'en face, en attendant le bon moment.

Au bon moment, sans une fraction de seconde de battement, Joey Grif pressa la détente et un jet de flamme rugissant devant une grêle mortelle de balles explosives traversa la rue pour aller éliminer d'un coup les chefs du Syndicat du crime de tout l'Ouest des États-Unis.

Papa Menes était très content de lui. Reconstruire l'empire ne serait pas tellement compliqué, et cette fois il l'organiserait comme il l'entendait. Il sourit et caressa le corps nu de Louise Belhander. Elle leva vers lui des yeux brillants, une bouche haletante. Il sentit sa chair frémir et son propre sang battre dans ses veines.

Bon Dieu, elle bandait pour lui ! Cette blonde inouïe en pinçait pour lui comme une chatte en chaleur. Bon Dieu, pensa-t-il, il allait la satisfaire et pas qu'un peu ! Elle s'en souviendrait, la belle garce ! Les putains devraient avoir des cartes de l'union des artistes, elles étaient si bonnes comédiennes, mais ce petit numéro-là ne jouait pas un rôle. Papa laissa sa main errer sur un sein, et sentit battre follement son cœur, et quand elle gémit le feu se ralluma dans son ventre et il se mit à trembler aussi. Quand elle avança la main vers lui la sensation fut si violente qu'il faillit jouir. Papa ne se faisait pas d'illusions, bien sûr. Il avait déjà éprouvé ces sentiments fous, surtout quand il venait de descendre lui-même quelqu'un, ou en lisant un récit d'une mort dans les journaux. Le crime provoquait chez lui une excitation sexuelle intense, démente, et il n'aurait jamais cru qu'elle pût être toujours aussi vive. Mais elle l'était, et il entendait bien en profiter. Cette bonne petite salope n'était pas mal du tout, et du diable s'il n'allait pas l'emmener avec lui ! Impossible de payer et d'oublier une fille capable de réagir comme elle au feu qui le brûlait.

Seulement Papa avait mal jugé la force qui la stimulait.

C'était la même que la sienne. La mort. Et ce serait pour bientôt.

Cet espoir permit à Louise de pratiquer sur le vieil homme sa magie sensuelle, étouffant mais n'éteignant jamais son feu, et quand il lui proposa de l'accompagner dans le Nord, elle accepta immédiatement, sachant déjà avec précision comment elle le tuerait.

14

Les événements de Miami et de Chicago passionnaient le pays tout entier. A tout instant, un flash d'informations spécial venait interrompre les programmes de la radio et de la télévision, et les attentats occupaient en permanence la une des journaux.

Et Mark Shelby s'inquiétait. Non, ce n'était pas tout à fait ça. Il avait peur, il était même terrifié, et il ne savait pas pourquoi.

Il se versa un autre whisky et marcha de long en large dans son living-room, le regard vague, en essayant de comprendre. Bien sûr, il s'était attendu à la grosse histoire de Miami, et il savait que tout retomberait sur les bras du vieux si ça tournait mal, mais il ne savait pas au juste d'où était parti le coup. Les flics avaient découvert qu'un camion avait été transformé en bombe à retardement, et ils faisaient un rapprochement avec la révolte du gang.

Shelby secoua impatiemment la tête, irrité de rester dans le cirage. Bon, il y avait eu une explosion. Un accident, peut-être. Aussi bien, ce dingue de Herman Shanke avait reçu on ne sait d'où une livraison d'explosifs qui avaient sauté par hasard. C'était l'explication la plus plausible, mais pour le public et la police c'était un attentat, encore un coup du Syndicat du crime, et maintenant les flics seraient sur les dents et il n'y aurait plus moyen de faire marcher les affaires.

Mais ce n'était pas ça qui l'effrayait. C'était la façon par laquelle quelqu'un avait réduit à néant le cerveau tout entier d'une organisation puissante, d'un seul coup parfaitement minuté et exécuté.

Comme pour les autres, pensa Shelby. Seulement, cette fois, on n'a pas fait de détail.

Où diable ce mec dénichait-il ses renseignements ? Le grand conseil n'utilisait cette salle de réunion que depuis deux mois, et l'avait louée grâce à une ribambelle d'hommes de paille. Ils auraient changé de crémerie avant la réunion suivante... et pourtant quelqu'un avait posté un tueur juste en face, au moment même où le conseil commençait à utiliser le local.

Pourquoi ?

Trente-deux morts. Deux autres grièvement blessés qui ne s'en tireraient pas. Six avaient été retenus pour raisons de santé, un autre était arrivé trop tard... et le dernier avait à faire à Miami.

Shelby s'arrêta de marcher, vida son verre et, l'air songeur, retourna vers son petit bar. Pendant une minute, il se contempla dans le miroir gravé. Serait-il possible...

Papa Menes se faisait vieux, et, s'il était le chef titulaire de tout un groupe de familles, il avait perdu cette poigne de fer qui lui permettait autrefois de tout contrôler. De plus, comme partout, les jeunes poussaient, jouaient des coudes et tentaient de s'imposer en formant leurs propres alliances, en complotant contre le pouvoir, avides d'éliminer ceux-là mêmes qui les avaient créés. Plus d'une fois, on avait chuchoté que Menes avait fait son temps. Il s'était trop souvent opposé à leurs combines, et ils ne pouvaient plus le tolérer. Tout ce qu'il leur fallait, c'était un bon prétexte.

Mark Shelby avait essayé de le leur fournir, et juste avant la grande explosion Jerry Dines lui avait appris, par téléphone et en langage codé, que Papa Menes avait été condamné.

L'ennui, c'était que les vieux tigres ne mouraient pas facilement. Ils étaient peut-être moins agiles, moins forts, mais ils avaient des années d'expérience pour aider leur instinct naturel, et ils pouvaient battre à chaque fois les challengers.

Papa Menes était un tigre, pas de doute. Merde, il savait bougrement bien ce qui se passait. Il avait ses propres lignes d'écoute dans tous les domaines qui l'intéressaient et ce n'était pas un type à céder avec grâce. Il était aussi tenace et aussi mauvais que n'importe quel vieux tigre de la jungle, et bien capable d'organiser un coup comme le massacre de Chicago s'il se sentait menacé.

Mais... Était-ce possible ?

Et si ça l'était, ça signifiait que Papa était logiquement responsable des autres meurtres. Il se préparait à tout réorganiser, et c'était justement cette sorte de sénilité à la con qui avait toujours inquiété l'Organisation.

Shelby se rappelait les anciens jours. Ça se passait comme ça dans les années quarante, mais Papa n'était pas encore Papa, à l'époque... il était *le* patron, le tigre qui avait tout pris et l'avait gardé.

Réprimant un rire, Mark Shelby but longuement. Ainsi, le vieux était toujours résolu à tout garder... Mon cul !

Il suffisait de faire passer aux flics quelques petits renseignements précieux qu'il avait collectionnés depuis des années, et Papa Menes serait automatiquement candidat à perpète dans une prison fédérale, si quelqu'un n'acceptait pas un contrat pour son élimination définitive sur l'ordre de la poignée de chefs de familles restant dans le pays.

Pauvre Papa ! pensa Shelby. C'était fini et il ne s'en doutait même pas. Ils étaient *tous* finis, et désormais le grand patron ce serait lui. Lui seul connaissait tous les détails de l'Organisation, et si certains se plaignaient, il ne manquerait pas de soldats pour les mettre hors de combat, dans une tombe anonyme ou une cellule de condamné à mort.

Shelby vida son verre et se cligna de l'œil dans le miroir du bar. Il se sentait heureux. Il avait tout calculé, et maintenant il se sentait en pleine forme. Il tendit la main vers la bouteille, mais se ravisa et la reboucha. L'alcool était la dernière chose dont il avait besoin pour fêter sa victoire. Ce qu'il lui fallait, c'était une grande blonde aux gros seins avec une chatte comme un aspirateur, et il s'en donnerait à cœur joie, avec de la classe, et peut-être, quand il aurait pris les commandes, il lui dirait qui il était, et l'installerait dans son appartement, avec lui, pour vivre comme il l'avait toujours rêvé ; si sa femme renaudait, un petit accident était toujours possible, ou bien il s'arrangerait pour que Pete le Taureau la lui mette devant un photographe et il pourrait la larguer en plaidant l'adultère.

Il tendit la main vers le téléphone pour appeler Helga, mais il s'immobilisa. Avec toutes ces histoires, les poulets devaient surveiller tout le monde. Helga devrait attendre quelques jours, jusqu'à ce que les choses se calment un peu. Il retourna vers le bar et se servit ce verre qu'il s'était refusé, et puis il alla s'asseoir, en se demandant pourquoi Little Richard ne téléphonait pas. Il n'y avait encore rien eu sur Shatzi dans les journaux, ni à la radio ou à la télé ; il ne savait pas s'il soutenait un siège ou s'il s'était échappé. Le téléphone de l'entrepôt ne répondait pas, mais cela n'avait rien d'étonnant, dans le fond. Il ne pouvait qu'attendre. Il n'aimait pas ça, parce qu'il se sentait toujours vulnérable quand il ne passait pas à l'offensive, mais pour le moment il n'avait pas le choix.

Une fois la décision prise, il ne fallut qu'une petite demi-heure à Papa Menes pour tout organiser. Ils changèrent de voiture à Miami, emportèrent une seule valise contenant les effets les plus précieux de Papa, et poussèrent jusqu'à Jacksonville, au nord de la Floride, Artie et Louise à l'avant, Papa Menes à l'arrière. Son nom était cité dans tous les bulletins d'information mais personne ne les reconnut, aucun policier ne les intercepta.

A l'aéroport, Artie prit pour Louise un aller en première classe pour New York, lui dit où elle devait les attendre et lui donna cinq cents dollars. Revenant à la voiture, il dit à Papa Menes :

— Patron, j'aime pas la ramener, mais vous êtes bien sûr de ne pas vous tromper, avec cette pépée ?

Normalement, cela lui aurait valu un revers de main en travers de la bouche, mais cette fois Papa se contenta de sourire.

— Le jour où je serai plus capable de voir une poupée pour ce qu'elle est, dit-il à Artie, ce jour-là j'irai retrouver ma femme. Cette gosse est folle de moi.

Artie hocha la tête, à contrecœur. Il avait vu comment elle regardait le vieux, et comment elle se comportait avec lui, et pour sûr elle ne jouait pas la comédie. Il se demanda ce que le vieux pouvait bien avoir, qui faisait bander les filles. Il espéra même que ça pourrait déteindre sur lui.

— Oui, bien sûr, patron, mais si quelqu'un dit quelque chose...

— Qui va se plaindre ?

Artie se le tint pour dit. Il tourna la clef de contact, puis il sortit du parking, regagna la route et prit la direction du nord. C'était ce qu'il aimait le mieux, dans son travail, conduire tranquillement en écoutant la radio et en pensant à toutes les filles des Keys et à celles qui l'attendaient à New York. Il se promettait de ne pas dépasser les limitations de vitesse, de ne s'arrêter que pour faire le plein ou manger un morceau, laissant le vieux roupiller à l'arrière. Il y avait vingt-quatre heures de route et il allait en savourer chaque minute, surtout celles où il verrait un con intercepté par des motards pour excès de vitesse. Oui, monsieur. Ceux qui violaient le code de la route méritaient d'être salement épinglés. Bien fait pour eux, les salauds ! Artie poussa un petit soupir de satisfaction. Jamais de sa vie il n'avait eu de contravention, même pour stationnement interdit.

Derrière lui, Papa ne roupillait pas du tout. Il avait fermé les yeux, mais il regardait passer des événements sur l'écran du souvenir, comme un film.

Par moments c'était un documentaire, à d'autres des effets spéciaux dont il explorait les possibilités, et puis il effaçait tout et repartait à zéro.

Ce n'était pas commode de trouver le commencement. Ça n'avait pas débuté par les morts subites de certaines grosses têtes du Syndicat... tout avait dû commencer bien plus tôt. Il devait y avoir eu pas mal de préparatifs et de gamberge avant le premier meurtre et jusqu'à ce dernier magnifique holocauste de Miami.

Tout le monde avait été bougrement certain que Herman Shanke était le responsable, alors que ce con n'avait fait que profiter de la situation. Il possédait l'artillerie, pas de doute, mais n'était pas assez costaud pour s'attriquer ce genre de matériel à moins d'avoir un contact en or. Le plus bizarre, c'était cette foutue explosion qui avait creusé un grand trou dans la ville. C'était peut-être un accident, mais ce genre d'accident exige en général pas mal de préparation, et il reniflait dans les parages une main qui s'agitait dans l'ombre pour remuer la salade. Et la préparation, c'était bien une des choses auxquelles Papa Menes croyait dur comme fer. S'il n'avait pas été aussi croyant, le grand conseil aurait déjà signé un contrat sur lui, sans savoir comment on lui avait fait si bien porter le chapeau, et lui donner l'air d'un vieux crétin incompétent qui avait besoin d'être éliminé.

Alors... A qui appartenait la main dans l'ombre ? D'abord, qui restait-il aux postes-clefs ? Pas grand monde, c'était sûr, mais pour ce qui était du contrôle il n'en voyait qu'un. Mark Shelby. Qui connaissait, à part lui, tous les rouages de l'énorme machine ? Mark Shelby, bien sûr... Parmi les vivants, c'est-à-dire.

Papa sourit aigrement et laissa retomber sa tête contre le dossier. C'était un jeu qui lui plaisait bien. Une longue route devant lui et il pouvait calculer tous les angles, aigus ou obtus, séparant et analysant, se rappelant une foule de détails qui n'avaient pas semblé avoir d'importance sur le moment, mais qui, imbriqués les uns dans les autres, devenaient lumineux.

Et si le résultat donnait Mark Shelby, *Primus Gladiator*, le vieux Primus allait bientôt être un *Finis Gladiator*.

Avec les échos des événements de Miami et de Chicago qui se répercutaient encore, il y avait largement de quoi occuper la presse écrite, parlée ou télévisée, et ce ne fut pas compliqué de la persuader de ne pas parler encore de la mort de Richard Case et compagnie. Pour tout le monde, les morts s'étaient simplement absentées. Case était séparé de sa femme depuis trois ans, donc elle ne risquait guère de poser de questions, et ses collègues avaient été informés, par un coup de téléphone bidon, qu'il partait en voyage.

Robert Lederer et son équipe, renforcée par quelques hommes choisis dans les unités de renseignement de la police, compulsaient depuis cinq heures tous les rapports, en cherchant à comprendre ce qui s'était passé, mais malgré tous les récits détaillés, la version finale fut plutôt hypothétique.

Il y avait à peine un quart d'heure que l'on savait où se trouvait Papa Menes. Il s'était présenté spontanément, accompagné de son avocat et de quelques témoins qui jurèrent qu'il avait pris des vacances dans un chalet de montagne, dans le Nord de l'État, où il lui avait été impossible d'être au courant des récents événements.

Burke et Bill Long firent tous deux la grimace quand Lederer le leur annonça, et le capitaine demanda :

— Jusqu'où irez-vous pour vérifier son alibi, Bob ?

— Jusqu'au bout, assura Lederer. Mais nous n'avons pas affaire à un enfant de chœur. Menes a dû brouiller toutes ses pistes. D'ailleurs, il est possible qu'il dise la vérité.

— De la merde !

La voix sèche de Burke claqua comme un coup de fouet et toutes les têtes se tournèrent vers lui.

— Très bien, monsieur Burke, grinça le D.A., vous faites beaucoup de vent, vous donnez les explications les plus insensées, mais si vous avez quelque chose à dire sur cette affaire tâchez d'être explicite.

— Pourquoi ? Vous n'en êtes pas capable vous-même ?

— Parce que c'est nous qui devons tirer les conclusions de tout ce que vous nous apportez, vrai ou faux... et pas vous, Burke.

— Parfait, on va s'en tenir aux faits, alors.

Il fit sauter une cigarette de son paquet, et l'alluma posément avant de poursuivre :

— Vous avez ce qui reste du Syndicat éparpillé dans tout le pays, et les meilleurs hommes coude à coude à la morgue. Vous avez l'indignation du public à son point culminant, et quoi que vous fassiez contre le foutu gang, vous ne pouvez pas vous tromper du moment que vous êtes rapide. Tout le monde est assis dans une roseraie politique où tout le monde peut soudain se donner des gants, depuis le flic en tenue jusqu'aux grosses légumes.

— Cette dernière déclaration est une pure hypothèse, Burke.

— Dans le cul, oui ! Vous savez que c'est vrai. La seule chose qui emmerde tout le monde, c'est la direction générale du gang et la disposition de ses entreprises légales. Ces milliards d'investissements risquent de creuser un trou énorme dans l'économie si tout dégringole, et personne ne veut être responsable. Ce qui m'amène tout naturellement à un autre fait précis. Le chef est ici, à New York. Le deuxième de la chaîne est ici, à New York. Tout part à l'encan avec le gagnant qui rafle le toutime, et il y aura une sacrée guerre quand Papa Menes et Mark Shelby aligneront leurs troupes... et vous pouvez parier ce que vous voulez qu'en ce moment ils sont en train d'embouteiller les circuits pour téléphoner à tous les porte-flingue et tueurs à gages disponibles. Le vieux a du fric à gauche et Shelby aussi. Ils vont arracher la bonde, prendre du recul et voir ce qui va sortir. Ils vont se terrer chacun dans son coin et jamais vous n'obtiendrez suffisamment de preuves pour établir un rapport entre eux et le conflit, mais ça va saigner. Ça va faire un tel ramdam que le petit fracas de Miami aura l'air d'une bagarre de mômes dans un square.

— Ne vous laissez pas emporter, Burke.

Gill sourit froidement.

— Allons, mon petit vieux, j'essaye au contraire de *minimiser* l'affaire. Si vous croyez que je dis n'importe quoi, demandez un peu l'avis de vos conseillers. Ce ne sont pas tous des béni-oui-oui.

Un coup d'œil furtif apprit à Lederer que Burke disait vrai.

— Naturellement, ironisa-t-il d'une voix acide, vous avez la solution, je suppose ?

— Sûr, affirma Burke.

— Je vous écoute.

— Les tuer.

Bill Long tendit à Burke le gobelet de plastique plein de café brûlant et s'assit sur le bord de la table, pour contempler la ville par la fenêtre. De petites rides plissaient ses yeux et il n'eut pas la moindre réaction en avalant une gorgée du liquide fumant. Une pensée tournait en rond dans sa tête, qu'il ne pouvait chasser. Au contraire, elle s'imposait, elle s'épanouissait, mais c'était comme un arbre croissant dans la nuit. La substance était là mais on ne pouvait pas la voir.

— Nous en avons fini pour ce soir ? demanda Burke.

Le capitaine hocha la tête sans se retourner.

— Alors je m'en vais. Je te passerai un coup de fil demain.

Bill Long entendit son pas traverser la pièce mais avant qu'il atteigne la porte il marmonna :

— Gill ?

— Oui ?

— Tu parlais sérieusement, n'est-ce pas ?

Burke hésita un moment.

— Quand ça ?

— Là-haut. Quand tu as dit qu'il fallait les tuer.

Le rire de Burke était dur, sec.

— C'est la seule solution réaliste, mon vieux. Ah oui, je parlais sérieusement !

Long se retourna enfin et le regarda fixement, la figure impassible, les yeux glacés.

— Tu envisages aussi de le faire ?

Pendant quelques secondes, Burke ne dit rien, son regard fouillant les yeux de son ami. Mais les stores étaient baissés, trop épais pour être pénétrés.

— Ouais. Je l'ai envisagé. J'ai cherché comment.

— Tu as trouvé ?

— Peut-être. Quand j'en serai sûr, je te préviendrai.

15

Une reconnaissance soignée lui avait permis de repérer une seule planque, installée en permanence et remplacée toutes les quatre heures ; alors Mark Shelby jugea que ses besoins physiques justifiaient le risque et, sans prendre la peine de s'annoncer par téléphone, il sortit de l'immeuble par son chemin détourné habituel, trouva un taxi à deux cents mètres de là et donna au chauffeur l'adresse d'Helga.

Mark avait grand besoin de la diversion. Il devait mettre de l'ordre dans ses idées, s'organiser, calculer ses risques pour être certain que rien ne clocherait.

Croiser le fer avec le vieux lui mettait toujours les nerfs à vif, même quand il tenait le bon bout. L'ennui, c'était qu'il n'y avait plus de grand conseil, plus personne pour le soutenir en cas de conflit. Papa Menes se foutait éperdument qu'on lui ait confié l'opération. En ce moment, Papa Menes était le patron, le grand ou le petit conseil et tout le bazar. Du moins le croyait-il. Mark consulta sa montre. Papa devait maintenant commencer à avoir de vagues doutes. Shelby avait surenchéri pour s'attacher une dizaine des meilleurs tueurs de la place et Menes devrait se contenter des laissés pour compte. Il savait que Papa lançait ses propres contrats et, avec le temps, qu'il pourrait rassembler une meilleure armée, mais Mark n'entendait pas lui laisser de temps. Papa Menes pourrait s'affaler avec grâce, les poches pleines, ou tomber de son haut sans un fifrelin.

Sur la côte du Pacifique, la plupart des familles décimées marchaient avec Shelby. Instinctivement, elles savaient que Papa Menes avait ordonné la destruction presque totale des chefs de l'Organisation, et, tout en sachant qu'il n'avait pas tort, elles lui en voulaient trop pour l'accepter comme patron.

D'un autre côté, Mark Shelby avait laissé entendre qu'il avait tout prévu, et connaissant bien sa ruse et son astuce, les familles imaginaient qu'il détenait tous les atouts. Alors, comme elles ne voulaient pas être écartées, elles jouaient son jeu.

La vieille bande du Middle-West continuait de porter la moustache et de mépriser tous ceux qui avaient oublié la langue du vieux pays. Ils avaient sans doute souffert dans la bagarre mais ils soutenaient Papa, en espérant que le conflit se résoudrait comme toujours, comme au temps où les vieux dons tenaient les rênes.

Shelby, lui, ne se faisait pas d'illusions. Il savait que les temps avaient changé et qu'à présent une seule chose comptait : le fric. Les tueurs à gages se foutaient éperdument de l'identité du chef, du moment qu'ils étaient payés. Plus ils touchaient, plus ils étaient fidèles, et ils savaient toujours où était l'argent. Mark était sûr de lui. Quand chacun aurait choisi son camp, il éliminerait les inutiles, les adversaires, et l'opposition serait définitivement anéantie sans qu'il eût besoin d'abattre ses cartes.

Le vieux, bien sûr, devait avoir un as ou deux dans la manche mais ça ne pourrait jamais battre un flush royal. Mark sourit, en songeant à sa conversation avec Papa, au téléphone. Un vieux con, mais rusé, la vache. Mark ne voyait vraiment pas comment il s'était débrouillé pour savoir que c'était lui qui avait envoyé le chargement supplémentaire d'artillerie à Herman le Boche. Il croyait s'être couvert assez soigneusement, mais il avait été pressé par le temps, et dans le fond ça n'avait guère d'importance. Il ne l'avait pas reconnu, bien sûr. Il s'était contenté de rire et de rappeler au vieux quelques petites histoires qui braqueraient complètement contre lui certaines de ces vieilles familles loyales. Et il avait conclu en disant :

— Match nul, Papa.

— Tu crois ça ? rétorqua Menes.

— Et comment !

— Tu oublies quelque chose, Mark.

— Quoi donc ?

Mark, entendant un rire étouffé, fronça les sourcils. Il n'y avait rien de drôle dans tout ça, bon Dieu !

— Tout est là, qui attend qu'on mette la main dessus si on est assez costaud, vrai ?

— Vrai, Papa.

— Et c'est assez important pour que tu cherches à l'avoir et que j'essaye de le garder, oui ?

— Absolument.

Un autre rire, et puis le vieux dit, en appuyant sur chaque mot :

— Bougre de petit con, tu te figures que tu sais tout et tu en sais peut-être long, mais il y a une chose à laquelle tu n'as jamais pensé. La plus importante.

Shelby frémit, puis il se détendit et sourit. Papa Menes faisait toujours cet effet-là sur les gens, et maintenant il essayait de l'avoir comme les autres. Mais il en serait pour ses frais.

— Quoi donc, Papa ?

Mais le vieux gagna. Il rit encore.

— Si tu n'as pas pigé avant ce soir 10 heures, passe-moi un coup de fil, dugland, et je te dirai quelque chose qui te fera avaler ton dentier.

Avant que Mark puisse répliquer, le vieux raccrocha. Mark en fit autant, en riant parce que le temps où Papa maniait le fouet était révolu, et que c'était maintenant lui qui tenait le manche. Le seul ennui, c'était qu'il ne voyait pas très bien ce qu'avait voulu dire le vieux. Il était pourtant facile de deviner qui était l'instigateur de tous ces raids contre l'Organisation. Une seule main, un seul bonhomme… un vieux professionnel expérimenté qui connaissait la coupure dans les grandes largeurs et qui pouvait embaucher et entraîner des tueurs de l'extérieur pour exécuter tous les coups. Pas étonnant qu'ils n'aient jamais pigé. Mais la première idée qu'on avait eue à la réunion était la bonne. Un seul type qui entraînait une armée. Un seul mobile : reprendre en main toute l'Organisation. Un dictateur, quoi.

Et Papa Menes était le seul capable d'avoir organisé aussi bien la chose. Mark sentit revenir son irritation. Le vieux salaud avait peut-être même prévu sa réaction et tentait de la retourner contre lui. Mais il en était pour ses frais. Mark était encore bien en vie et solide au poste.

C'était toujours la même chose qui clochait, dans les révolutions, un foutu petit détail, un os, quelqu'un qui arrivait en retard, ou un type qui avait besoin d'aller pisser avant de se rendre au bureau, et le grand projet était loupé.

Le plus beau, pensa Mark, c'était que ses propres plans avaient été mis sur pied bien longtemps avant que Papa Menes se sente menacé et décide de se défendre.

Toutes ces pensées étaient si plaisantes qu'il en bandait. Il changea de position pour ne pas être trop gêné, extirpa de sa liasse un billet de cinq dollars et quand le taxi s'arrêta devant l'immeuble il le tendit au chauffeur en lui disant de garder la monnaie.

Il espérait qu'Helga aurait prévu pour lui une innovation dingue. Cette nuit-là devait être très spéciale.

Très spéciale.

Quand il tourna la clef dans la serrure et poussa la porte, il comprit tout de suite que ce serait la nuit la plus folle, parce qu'Helga bondit du divan dans toute sa glorieuse nudité et sauta dans ses bras avec tant de violence qu'elle faillit le renverser, et pendant qu'il cherchait encore à retrouver son équilibre elle l'embrassa fébrilement, ses mains s'acharnèrent sur ses vêtements et il dut la repousser avant qu'elle en fasse des loques. Il crut qu'elle allait le violer sur place et cette idée provoqua une érection intolérable, alors il la souleva dans ses bras et la porta dans la chambre où il la jeta sur le vaste lit.

Elle rebondit avant qu'il ait eu le temps de se déboutonner, ses mains avides le griffèrent, et en poussant de petits gémissements elle embrassa goulûment son corps à mesure qu'elle le dénudait.

Il finit par céder, par ne plus résister à cette agressivité, et devint complètement passif. Il se laissa manipuler, caresser, embrasser. Elle ne demandait rien, elle donnait tout, elle cherchait simplement à l'amener aux sommets du plaisir où plus rien ne comptait à part des ondes d'extase qui vrillaient les nerfs et laissaient le corps vidé, épuisé et moite.

Il comprit alors pourquoi on appelait cela la « petite mort ».

Il se sentait trop repu pour se demander ce qui avait pu provoquer une aussi magnifique performance. Couché sur le dos les bras en croix, le membre flasque, il sentit ses paupières s'alourdir et il finit par s'endormir.

Sur le seuil de la chambre, Helga l'observa jusqu'à ce qu'elle soit certaine qu'il avait cédé à la fatigue sexuelle, et elle se détendit enfin, son corps frémissant encore d'angoisse.

Elle avait cru que c'était Nils qui entrait, et elle s'était préparée pour son amant avec toute l'ardeur dont elle était capable. Elle avait pris un bain parfumé, s'était soigneusement fait coiffer, et l'artiste aux yeux de velours, aux mains prestes et à la voix de fausset avait été assez habile pour électriser son corps et son esprit grâce à une technique érotique perfectionnée depuis quatre ans, si bien que lorsqu'il était parti elle était déjà dans un état tel que seule une femme experte dans les arts sexuels pouvait le comprendre, et en faire profiter un homme passé maître en érotisme.

C'était pour Nils qu'elle s'était préparée avec tant de soin, et puis ce foutu con qui payait les factures était arrivé et elle avait dû tout gaspiller sur lui !

Le plus pénible n'avait pas été de drainer le salaud. N'importe quelle pute à cinq dollars aurait pu en faire autant. Ce qui l'avait épuisée, c'était de dissimuler sa terreur. Oh, elle n'avait pas tellement peur du petit pistolet qu'il avait toujours sur lui. Il trimbalait assez d'argent pour avoir besoin de se sentir protégé, c'était comme le représentant en joaillerie qu'elle avait connu dans le temps ou l'agent immobilier de Phoenix avec qui elle avait couché une fois et qui ne traitait jamais qu'en liquide.

Ce qui lui faisait une peur bleue, c'était ce qu'elle avait vu dans le magazine qu'elle avait acheté avec son journal du soir... l'édition spéciale aux manchettes énormes consacrée aux monstrueux événements de Miami et de Chicago... qui publiait une photo prise au téléobjectif par un photographe mort depuis, représentant les chefs du Syndicat sortant d'un hôtel, et là, à l'arrière-plan, dans l'ombre, il y avait l'homme qu'elle croyait être un brave épicier en gros de Trenton, New Jersey, et qui n'était autre, en réalité, que Mark Shelby, que l'on soupçonnait d'être à la tête du gang.

Et l'avion de Nils avait du retard. Il aurait dû arriver une heure plus tôt. L'appartement appartenait à l'homme nu qui ronflait sur le lit. Il était bien capable d'avoir soudoyé le portier, donc elle ne pouvait l'alerter. Il faudrait qu'elle marche au pifomètre, en espérant qu'elle ne serait pas prise entre l'arbre et l'écorce.

Helga était loin d'être une idiote. Elle avait tellement de loisirs qu'elle lisait tout ce qui lui tombait sous la main, pour occuper les heures creuses. Elle savait réfléchir et calculer. Elle avait exercé dans son passé tant d'activités en marge des lois qu'elle était capable de réunir la réalité et la fiction, et d'y déceler une parcelle de vérité assez terrible pour flanquer les foies à des hommes courageux, et comme elle n'était qu'une femme, non seulement elle eut les foies, mais elle courut à la salle de bains sans besoin pressant, comme un gosse regardant un film d'horreur, et elle évacua ses émotions dans les toilettes. Tout en s'essuyant, elle songea à s'emparer du pistolet de Shelby pour le tuer.

Trop dangereux. Helga n'était pas particulièrement courageuse. Elle pourrait attendre Nils, et le laisser abattre Shelby.

Mais Nils n'était pas un héros non plus. Fabuleux au lit, baraqué comme un dieu, la parole facile, mais pour ce qui était de la fusillade, zéro.

Elle ne pouvait qu'attendre en espérant qu'un instinct hérité de leurs ancêtres, un atavisme de cran et de détermination, apparaîtrait et leur permettrait à tous les deux de fuir la terreur avachie sur le lit, en espérant aussi que leur angoisse mutuelle et la certitude de leur propre lâcheté ne viendraient pas démolir ces merveilleux jeux de l'amour qu'ils aimaient tant.

Helga regarda l'heure encore une fois.

Qu'est-ce qu'il foutait, ce bon Dieu d'avion ?

Qu'est-ce qu'elle ferait quand il arriverait ?

Elle la sentait tout autour d'elle, cette force invisible qui semblait confiner l'atmosphère. Il y avait de la tension sur la ville, on la devinait à la nervosité des passants. Dans le ciel nocturne, une énergie sauvage était de nouveau lâchée, grondant sa rage et crachant des éclairs de chaleur, assombrissant tout et attendant le moment de déclencher toutes les fureurs de l'orage.

Helen Scanlon regarda Burke et le capitaine Long, sentant que quelque chose était arrivé à leur amitié, devinant qu'elle était maintenant en équilibre instable sur la lame d'un couteau et que, de quelque côté qu'elle tombe, ils seraient perdants tous les deux.

Elle savait qu'elle n'aurait pas dû être là. C'était un moment pour hommes seuls, et pourtant, dans une certaine mesure, elle servait de catalyseur et sa présence pouvait provoquer ou prévenir un cataclysme. Ils avaient tous deux un secret bien gardé, et chacun essayait de deviner celui de l'autre, de le dévoiler... pas au grand jour, mais simplement en suscitant un mot, une expression qui confirmerait leurs impressions.

Pendant un instant elle fut prise de haine contre le monde entier, contre tout le foutu système dégueulasse qui pouvait transformer les hommes en animaux et la terre en un laboratoire de destruction au profit de quelques rares esprits dérangés.

Elle consulta sa montre. Il était 9 heures moins le quart.

Bill Long posa sa tasse de café et prit la cigarette que lui offrait Gill.

— Si tu as raison, la police va avoir l'air foutrement stupide, ou alors on va croire que nous nous laissons tous soudoyer.

— Pas forcément.

— Ah non ? Tu sais combien de mecs nous avons mis sur cette affaire ? gronda Long en soufflant un jet de fumée en travers de la table.

— Bien sûr.

— Des inspecteurs, des as, pas des nouvelles recrues. Honnêtes, aussi, et tout prêts à te tirer d'affaire mais, aussi prêts à révéler ce qu'ils découvraient.

— Ils ont découvert pas mal de choses, hein ?

— Rien que tu pouvais réfuter.

— Oh, je l'ai réfuté, mais je ne pouvais rien prouver, répliqua Burke.

— Pourquoi n'es-tu pas resté pour te défendre ?

— J'en avais marre. On accumulait une foule de trucs contre moi et je ne voyais aucune issue. Il y avait suffisamment de petites vérités pour que tout ait l'air de coller. Tout ce que j'aurais fait n'aurait pu qu'aggraver mon cas et tu le sais bien. Quand c'est devenu une affaire politique, je n'avais plus la moindre chance, et je n'avais aucune envie de me faire taper sur les doigts par tous ces cons de politiciens. Le comité de la Compat comprenait la coupure mieux que toi et m'a offert ce poste. Je n'ai pas eu besoin de réfléchir. Je pouvais gagner en un mois plus que ce que je touchais en un an dans la police, sans avoir à obéir à de foutus règlements ni affronter une bande d'ennemis des flics ou des supérieurs terrifiés à l'idée de perdre leur pension.

— Dis pas de conneries, Gill.

— Qu'est-ce que t'aurais pu faire pour moi ?

— Poursuivre l'enquête, tiens. Attendre.

— Très chouette, mais je n'aime pas crever de faim et encore moins courber le dos quand je me fais couvrir de merde... L'adversaire était trop costaud, c'est tout. Il n'avait rien à perdre, ne reculait devant rien. Ces gars-là m'ont arraché les dents et ont tout fait pour m'éliminer, et après ça ils étaient sûrs d'être bien tranquilles.

— Mais ils ne l'ont pas été, n'est-ce pas ?

Le sourire de Burke parut terrifiant à Helen. Il y avait une expression dans ses yeux, dans le pli de sa bouche, qui lui fit froid dans le dos.

— Non, en effet, dit-il froidement.

— Ça s'est plutôt aggravé ?

— Pour certains, peut-être.

Burke ne souriait plus ; il observait Long. Le capitaine hocha la tête.

— Quand on y pense, toute l'histoire a l'air d'un coup bien monté.

Burke eut un mouvement d'épaules énigmatique.

— Qui sait ? Dans ce métier, on ne peut jamais savoir ce qui va déclencher une réaction en chaîne.

Cette fois, ce fut la figure de Bill Long qui prit une expression bizarrement tendue.

— Très vrai. Si… et seulement *si*… tu sais où, comment et quand la provoquer.

— Ça peut arriver par hasard.

— Le hasard n'existe pas plus que les coïncidences, déclara Long. Ça n'arrive pas comme ça, dans le métier. Tout est prévu.

— Beaucoup de choses sont prévues, petit. Et puis soudain un détail vient tout foutre en l'air et c'est la merde.

Gill Burke regarda l'heure, jeta un billet sur la table et ajouta :

— Et maintenant nous allons ouvrir les écluses.

La figure du capitaine s'assombrit, et quand il parla ce fut d'une voix sèche :

— Tu pourrais peut-être me dire ce que tu comptes faire, Gill.

— Je pourrais aussi te payer une place de ring et t'expliquer ce qui se passe. Tu n'as guère le choix, d'ailleurs.

Helen vit la main de Long se crisper sur la table.

— C'est bon, grogna-t-il enfin. C'est à toi de jouer.

Elle se pencha vers Gill.

— Si tu préfères…

— Tu connais bien la boutique, poupée. Nous allons simplement enquêter, c'est tout. Un peu d'intimidation, peut-être, mais pas de violence. Vois-tu… c'est un peu grâce à toi que j'ai compris comment on avait fait.

Chaque fois que Mark Shelby se remettait d'un orgasme, il avait l'impression d'être une coquille creuse, d'être forcé de se contempler, et il était écœuré par ce qu'il voyait. Ce qu'il avait pris pour de la virilité s'était gaspillé d'un seul coup en une flambée brûlante, ne laissant absolument rien qui puisse calmer le mépris de soi, l'horreur et l'amertume, le sentiment de n'avoir été qu'une marionnette sans courage dont les prouesses n'étaient pas imputables à sa propre habileté mais à ceux qui tiraient les ficelles et l'obligeaient à obéir à leurs exigences. Quand il avait tué, il n'avait jamais fait preuve d'audace. N'importe qui pouvait tirer un coup de pistolet ou donner un coup de couteau dans le dos, dans une embuscade, ou en prétendant être un ami. Il avait toujours su ce qu'il ferait s'il devait affronter un adversaire sans peur, qui se jetterait sur lui, une arme redoutable à la main. Il prendrait la fuite. Il se cacherait. Il attendrait que quelqu'un d'autre vienne abattre l'ennemi avant de refaire surface avec une explication logique pour tirer profit de la victoire.

Seul, Mark Shelby était un être faible, qui se haïssait.

Heureusement, il n'était jamais seul. Il détenait un pouvoir, caché dans la pièce voisine, un cylindre de cire recelant la puissance.

Il essuya sa bouche amère, se leva, alla prendre une douche et se rhabilla. Helga devait l'attendre dans le living-room, vibrante, prête à le conduire de nouveau au septième ciel… et, comme presque toujours, il devrait trouver un prétexte pour ne pas avoir à participer à des jeux qui trahiraient son impuissance. Peut-être n'y croyait-elle pas, mais au moins elle le comprenait et lui accordait le bénéfice du doute.

C'était pour ça qu'il était fou d'elle. Elle était toute à lui, de la tête aux pieds, avec ces merveilles entre les deux. Il était pour elle un sacré héros, son grand homme, et pour ce qui était du magnétisme physique, personne ne lui arrivait à la cheville. Elle le lui faisait bien comprendre. Il sourit et rentra son ventre. Il se jura que lorsqu'il aurait l'Organisation bien en main, il l'emmènerait avec lui, il lui dirait qui il était, il enverrait sa femme au diable et alors Helga et lui s'en paieraient une bonne tranche.

Mais rien ne se passa comme il l'espérait. Elle n'était pas du tout cul nu. Elle était assise en tailleur sur le divan, la robe retroussée sur les cuisses, et elle souriait, mais son sourire avait quelque chose de forcé ; le verre qu'elle avait à la main contenait du scotch pur et il était déjà à moitié vide. Il avait suffisamment d'instinct animal pour sentir sa nervosité.

Il allait lui arracher le verre de la main quand le téléphone sonna, et elle faillit le lâcher. Il la devança, décrocha vivement et vit les yeux d'Helga s'arrondir et s'affoler.

— Oui ? fit Shelby, puis il grogna et tendit le combiné à Helga. C'est pour toi. Une bonne femme.

Indiscutablement, elle était soulagée. Précipitamment, elle se lança dans une longue discussion, au sujet d'une robe à transformer, sans se tourner une seule fois vers lui. Elle raccrocha presque à regret et quand il revint du bar, un verre à la main, elle le considéra fixement.

Il allait la prendre dans ses bras quand il vit que la pendule marquait 10 heures et, sans la quitter des yeux, il forma le numéro personnel de Papa Menes, et attendit ; dès que le vieux répondit il déclara :

— Il est 10 heures, Papa.

— Alors t'as pigé, petit con ? rétorqua Papa en riant.

— Tu deviens sénile. J'appelle par courtoisie, c'est tout.

— C'est bien vrai, Marcus ? Pas tant que tu crois que je suis responsable de tous les pépins, dugland.

Un frisson glacé courut dans le dos de Shelby.

— Pourquoi penserais-je ça ?

— Parce que, lui dit Papa, j'ai été presque assez stupide pour imaginer que c'était toi. Et puis j'ai réfléchi, j'ai tout repassé dans ma tête et finalement j'ai conclu que tu n'avais pas assez de cran pour réussir un coup pareil. Tu as simplement attendu en coulisse que tout se passe et se tasse. Ce n'était pas ce que tu avais projeté, mais tu as laissé faire, en poussant même à la roue. Seulement t'as oublié un petit détail.

— Non, écoute, Papa...

— Fous-moi la paix, tu veux ? Je sais que c'est pas moi, et je sais que c'est pas toi. Ce que tu as oublié c'est que dans un coin le mec qui a tout déclenché attend toujours et que nous sommes tous les deux sur sa liste... et que toi, t'es dans la mouscaille.

— Mais je...

— Déconne surtout pas, Marcus. Tu n'es pas chez toi, t'es pas à ton bureau, alors t'es quelque part où tu peux te faire avoir facile. Tu vois, je suis plus malin que toi, pauvre pomme. Je suis bien planqué à l'abri, avec vingt calibres pour me protéger, et je peux attendre un an s'il le faut. D'ici là, tu seras mort... Et si tu l'es pas, tu seras au ballon pour pas mal de temps. Ce flic Burke est retourné chez le prêteur sur gages. Il cherchait une pute blonde. Il risque pas de la trouver parce qu'elle est morte mais il va piger la coupure et ça, ça fait pas de doute.

Le vieux raccrocha en riant, et son rire résonna encore longtemps aux oreilles de Shelby. Quand Helga lui sourit, débordante de gentillesse bidon, et lui demanda si tout allait bien, il sentit son estomac se révulser et, réprimant un hurlement, il expédia son poing dans sa figure levée, d'un coup qui l'envoya s'étaler sur le divan. Incapable de se maîtriser, il se jeta sur elle, se défoula à fond, abattit ses poings sur ses côtes, sur sa tête, lui assena des coups de pied jusqu'à ce qu'elle ne soit plus qu'une bouillie sanglante avachie par terre.

Quand il se calma enfin, il était haletant, débraillé, le regard fou et les mains en sang, et il trouvait à peine ses mots.

— Salope, siffla-t-il. Bougre de salope. Tu attends un mec. Espèce de putain, foutue garce, tu ne te taperas plus de gars, fais-moi confiance. Tu vas crever, vous allez mourir tous les deux. Je m'en vais revenir et je vous descendrai tous les deux !

Shelby aurait préféré attendre, mais il avait quelque chose de plus important à faire, et puis ensuite il reviendrait et il les abattrait tous les deux. La peur démente qu'un seul type soit capable de mettre en l'air tout son projet le tenaillait au ventre, au point qu'il oubliait ce que Papa Menes lui avait dit.

Il était déjà dans la rue quand il se le rappela, mais il était trop tard pour se raviser. Il héla un taxi, donna une adresse au chauffeur et s'efforça de se détendre.

La chance était peut-être de nouveau avec lui. Pour plus de sûreté, il changea trois fois de taxi, et quand il arriva à destination il était certain de ne pas avoir été suivi.

Sa peur s'était apaisée, et il était dans sa forme la plus redoutable, prêt à tuer encore dans une embuscade.

Gill Burke gara sa voiture à cent mètres et attendit, avec Helen et Bill Long. La pluie s'était transformée en brouillasse qui rendait les chaussées glissantes et traçait des halos autour des réverbères. Ils contemplèrent la rue déserte, où seuls quelques magasins étaient encore éclairés.

— Je m'en vais t'esquisser le tableau, Bill, dit Burke. Ce n'est pas la grosse histoire, et quand nous aurons tout vérifié tu n'auras pas de preuves tangibles, à part un petit détail.

— Vas-y.

— Il faut en revenir à Mark Shelby.

— Tu te fais des illusions, Gill.

— Tu crois ? On va bien voir.

— Je t'écoute, grogna Long sans le moindre enthousiasme.

— Voilà... Shelby était en mesure de tout savoir, sur tout le monde, comment marchait l'Organisation, les détails personnels, tout... Il a toujours été ambitieux mais il le cachait bien, parce que le Syndicat n'aime pas avoir des mecs ambitieux dans des postes-clefs. Shelby ne voulait pas non plus être une cible. Il projetait une mainmise générale, et tenait à rester couvert, alors non seulement il a amassé tous les renseignements possibles sur l'Organisation mais aussi tout un tas de preuves contre les chefs qui pourraient les mettre définitivement hors de circulation. C'est pas nouveau, Bill, tu le sais bien, mais il était assez astucieux pour que son truc marche. Comme il ne pouvait pas conserver des rames de papier et des piles de notes, il a découvert une paire de photographes inconnus et dépourvus de scrupules, pour mettre sa collection sur microfilm. Malheureusement ceux-ci ou l'un des deux, avaient encore moins de scrupules qu'il ne pensait, et ils ont compris ce que ça pouvait rapporter. Ils l'ont fait gentiment chanter, et Shelby les a abattus aussi sec. Il était probablement resté sur place pendant qu'ils photographiaient les documents, mais un de ces gars pouvait facilement faire des copies en douce. Le pauvre con ne savait pas avec qui il jouait, et son compte a été bon. Shelby a raflé toutes les copies et les négatifs, et il s'est tiré vite fait. C'était un quartier perdu, minable, et il ne pensait sans doute pas y être reconnu, mais un mec l'a vu... lui a même parlé. Le môme a eu du pot. Quand on l'a interrogé il l'a bouclée, et il ne mouftera pas, même maintenant... mais Shelby ne pouvait plus se permettre de prendre des risques. Il aurait pu se débarrasser du flingue, mais il voulait que l'affaire soit vite classée, à la satisfaction de tous. Ensuite tout ce que pourrait raconter le môme n'aurait plus d'importance.

— Il a trouvé le type idéal pour porter le chapeau, un alcoolique nommé Ted Proctor. Il a imaginé toute une histoire, que le gars a crue, il lui a sans doute dit qu'il avait trouvé un calibre dans le caniveau, que Proctor pourrait aller l'engager chez un prêteur pour vingt dollars et qu'ils partageraient le butin pour boire. Alors Proctor a foncé dans le piège tête baissée, tout heureux.

Long devinait la suite.

— Ne viens surtout pas me dire que Jimmie Corrigan était complice, dit-il d'une voix glacée.

— Il l'a été sans le savoir, répondit posément Burke. Lui aussi, il est tombé dans le piège... Juste avant, Shelby avait persuadé quelques-uns des hommes de paille de l'Organisation de lui remettre leur portefeuille. Il les a planqués dans la chambre de Proctor, pour faire croire que Proctor était un professionnel du hold-up. Après quoi il a harponné une pute et l'a chargée de jouer une petite comédie au cas où le minutage foirerait un peu.

— Qu'est-ce que tu racontes, bon Dieu ?

— Corrigan s'est rappelé un détail qui ne figurait pas dans son rapport, parce qu'il pensait que ça n'avait rien à voir avec l'affaire.

— Il le confirmera ?

— Bien sûr, mais nous ne retrouverons jamais le tapin, c'est certain.

— Continue.

— Shelby connaissait la route de Corrigan et il savait à quelle heure il passerait devant la boutique de Turley, le prêteur. Corrigan était un peu en avance, alors la pute l'a retardé très gentiment, pendant que Proctor entrait dans le magasin. Finalement Corrigan s'est débarrassé d'elle et il a poursuivi sa ronde. Au moment où il passait devant la boutique où Turley marchandait le pistolet que Proctor voulait vendre, Turley a levé les bras comme s'il était attaqué. Corrigan a vu la scène, il est entré pistolet au poing, et quand Proctor s'est retourné avec le flingue à la main Corrigan a cru qu'il allait le descendre, et il a tiré le premier.

Bill Long poussa un soupir et considéra Burke d'un air méprisant.

— Il y a un sacré trou dans ton histoire, Gill.

— Ah oui ? fit Burke en souriant, parce qu'il savait ce que Long allait dire.

— Ouais. Énorme. Il faisait nuit. Il était impossible que Turley puisse voir passer le flic devant la vitrine. Elle est complètement bouchée par le tas d'objets laissés en gage.

— C'est sûr.

— Alors ?

— Tu te rappelles que je t'ai dit que c'était Helen qui m'avait mis la puce à l'oreille ?

Elle le regarda, interdite. Il lui sourit.

— Tu m'attendais dehors, dans la voiture. Les vitres qui flanquent la porte t'ont reflétée, toi et la voiture, quand je me suis trouvé au milieu du magasin, et c'était justement là que Turley se tenait, pas derrière le comptoir où il traite généralement ses affaires. Il a pu apercevoir Corrigan et jouer son rôle le plus simplement du monde.

— Merde, gronda Bill Long.

Sa voix n'était plus glacée. Il voyait maintenant la logique de la chose, le raisonnement astucieux, mais ce qui l'irritait le plus c'était qu'ils s'étaient servis d'un pauvre flic pour faire leur sale boulot.

— Le pistolet que Shelby avait utilisé avait déjà servi pour plusieurs coups, et ça a marché au poil pour lui. Nous l'avons retracé, connecté avec diverses attaques à main armée, et tout le monde est tombé dans le panneau... Enfin, pas tout le monde. Corrigan n'a jamais été satisfait, mais il ne pouvait pas nier ce qui s'était passé. Quelque chose d'indéfinissable l'a toujours tracassé mais il ne savait pas ce que c'était.

— Ah ?

— Moi, je l'ai découvert, dit Gill.

Long attendit une explication.

— Les empreintes.

Les sourcils du capitaine se froncèrent.

— Il n'y avait que celles de Proctor sur le flingue.

— Ouais, il y en avait trop. Mais il n'y en avait aucune sur la détente, où son index aurait dû se poser. L'empreinte de l'index était sur la crosse en plastique. Proctor ne savait même pas se servir d'un pistolet. Il le tenait par la crosse, à pleine main.

— Comment diable est-ce que nous n'avons pas...

— Facile, vieux. Toute l'affaire était simple, alors personne n'a cherché d'os.

Long changea de position, agacé, songeur.

— Si tu as raison, nous avons toujours Turley.

— Ils le tiennent si bien qu'il ne parlera jamais.

— Ils ne nous connaissent pas !

— Bon, alors tentons le coup.

— D'accord, bougre d'enflé. Je te souhaite de ne pas te tromper !

— Pas de danger. Mais rends-moi un service.

— Qu'est-ce que tu veux ?

— Laisse-moi parler le premier au mec. Il me connaît, à présent, et je veux qu'il me connaisse encore mieux. Je veux être celui qui le préparera à parler quand on fera pression sur lui.

— Écoute, Gill, ta brigade...

— C'est à moi qu'ils ont fait ça, vieux, alors c'est moi que ça regarde.

— Bon, bon, d'accord, grogna Long.

Burke tourna la clef de contact et la voiture démarra. Un peu plus haut dans la rue une autre voiture tourna le coin, déposa un passager et poursuivit sa route. Burke se gara et éteignit les phares.

Mark Shelby avait la gorge desséchée. Le brasier de rage et de terreur s'était éteint, et ses lèvres étaient comme du parchemin sec. Sa main endolorie aux phalanges écorchées lui fit mal quand il serra les doigts sur la crosse de son pistolet, et il sentit son estomac se nouer.

Il vit la silhouette descendre d'une voiture en face de lui et entrer dans la boutique de l'usurier ; son impatience le rongeait comme un cancer. Pendant quelques minutes il resta dans l'ombre d'une vieille camionnette, attendit, mais le type ne ressortit pas. Il ne voyait pas très bien ce qui se passait, à travers la vitre ruisselante de pluie, mais il croyait reconnaître la silhouette, la carrure des épaules, le geste de la main rejetant le chapeau en arrière.

Il comprit soudain qui c'était, et la bile remonta brusquement à sa gorge, si vite qu'il faillit vomir, et ses yeux larmoyèrent quand il se précipita follement sur la chaussée déserte, son petit pistolet à la main, prêt à descendre les deux monstrueux obstacles qui risquaient de réduire à néant tant de projets soigneusement élaborés depuis des années. Quand il poussa la porte un cri rauque lui échappa et il vit les yeux de Turley s'arrondir d'horreur. Il visa le dos de Burke, mais celui-ci avait surpris le regard de Turley et s'était accroupi avec l'agilité d'un chat. La balle frappa Turley en pleine poitrine ; il était mort avant de toucher le sol.

Shelby faillit descendre Burke aussi, qui cherchait à dégainer fébrilement, mais avant qu'il presse encore une fois la détente un coup de tonnerre retentit derrière lui et il sentit comme un choc monstrueux dans ses reins, et dans son cœur, et un geyser de sang jaillit de ses lèvres, inondant le plancher à l'endroit même où il tomba.

Dans la rue, Helen hurlait comme une folle et Burke croisa un regard si brûlant de haine qu'il crut que Long allait l'abattre sur place.

Il s'en fallut de peu. Mais des années d'entraînement le retinrent, il rengaina son arme et attendit que Burke se relève.

— Salaud, gronda Bill Long. Espèce de foutu salaud. Ordure.

Burke le regarda en silence.

— Tu m'as eu, hein ? Tu m'as fait le même coup qu'ils ont fait à Corrigan ! Tu avais tout manigancé et tu m'as fait le tuer à ta place !

Le regard de Burke ne cilla pas. Les yeux étaient froids et sa voix glacée :

— Tu disais que les coïncidences ça n'existait pas, Bill. Tu viens d'en voir une.

— Oh que non ! Tu n'es qu'un salaud, Gill, un fumier pourri ; je l'avais compris depuis longtemps mais je ne le savais pas !

— Tu veux que je te le prouve ?

— Tu peux toujours essayer, mais tu ne me prouveras jamais rien, Bill, dit-il, puis il considéra celui qui avait été son ami avec une certaine admiration. On peut dire que t'es malin, papa. Drôlement astucieux.

— Je peux essayer ?

— Si tu veux. Qu'est-ce que ça peut foutre, à présent ?

— Rien, sans doute.

— Alors appelle Lederer et toute l'équipe. Fais nettoyer ce gâchis et nous repartirons.

Long fit une grimace.

— Ouais, on peut faire ça.

Sur le seuil Helen les observait tous les deux avec stupéfaction, une main sur la bouche comme si elle avait le mal de mer.

16

Lederer arriva avec le légiste, et s'attarda pendant que les inspecteurs notaient tout et que les types de la morgue embarquaient les cadavres. La télé et les reporters étaient là aussi, et cette fois Lederer était ravi de les avoir parce qu'il pouvait leur coller un scoop fameux qui les empêcherait de penser au meurtre de Richard Case. Il plastronnait ; il songeait déjà aux prochaines élections et il se voyait presque propulsé en haut lieu.

Il trouva même des mots aimables pour Burke et son admiration pour l'action rapide de Bill Long était évidente. Le témoignage de Helen Scanlon était un coup de chance superbe et quand Burke dit qu'il avait autre chose à faire et remettrait son rapport dans la matinée, Lederer fut ravi de le laisser filer.

Dans la voiture, Bill Long se mordilla la lèvre sans cacher sa stupéfaction.

— Ils ont marché ! Ils ont marché à fond ! Le plus monumental tour de passe-passe du monde, et ils l'ont avalé tout cru ! Et ils devront continuer. Je devrai même te soutenir, alors que j'en sais long, fais-moi confiance.

— Tu ne sais rien du tout.

Helen serra le bras de Burke.

— Gill, je t'en prie.

— Tu veux que je te dise ce que je sais ? demanda Long.

Il y avait comme un sourire dans sa voix, celui d'un homme qui en avait trop vu et qui ne pouvait s'empêcher de rire d'un bon tour.

— Oui, Bill, dis-moi.

Le capitaine se carra sur le siège, la tête reposant contre le dossier.

— Il n'y a pas bien longtemps, dans une certaine république d'Amérique du Sud — et tu as dû lire ça dans tous les journaux —, des gangsters ont été trouvés morts un peu partout. De gros caïds, de petits truands... parfois seuls, parfois en bande. Ils se promenaient au grand jour ou bien ils se planquaient, mais à chaque fois ils étaient soigneusement suivis, traqués, abattus, et leurs cadavres abandonnés là où tout le monde pouvait les voir. Pendant un moment les autorités ont cru à une nouvelle guerre des gangs. Elles ont fini par découvrir qu'un peloton d'exécution s'était mis au travail et que les seuls professionnels capables de réussir ce genre de coups étaient des policiers.

» Bien sûr, le pourcentage des crimes est tombé à zéro et les gangsters ont quitté le pays en vitesse, le feu au cul : peut-être ça valait-il mieux pour tout le monde, mais n'empêche que ça laissait une drôle de sensation pas tellement agréable, parce que plus on tue plus ça devient facile, et un groupe ou un mec aussi puissant et aussi redoutable était bien capable de consacrer ses talents à autre chose quand il n'aurait plus de voyous à se mettre sous la dent. Heureusement, les choses ne sont pas allées plus loin, et les résultats étaient là, alors on n'en a pas trop parlé. On a pratiquement oublié l'affaire. Mais supposons que quelqu'un n'ait pas oublié, quelqu'un qui aurait compris comment le système pourrait s'appliquer chez nous aux États. En le modifiant et en l'améliorant dans de telles proportions que les ramifications seraient incroyables... Premièrement, il faudrait un professionnel, connaissant dans ses moindres détails le fonctionnement du Syndicat. Il devrait avoir les renseignements, le temps, l'habileté et l'argent nécessaires pour tout mettre sur pied sans risquer de se trahir. Il devrait s'appliquer à les jeter les uns contre les autres, et quand il n'en resterait qu'un petit nombre, couronner le tout par une manœuvre parfaitement légale qui assurerait sa réussite définitive.

Burke se gara le long du trottoir devant l'immeuble et coupa le contact. Quand il descendit, Bill Long et Helen le suivirent. Le capitaine leva les yeux.

— Shelby a un appartement ici, expliqua Burke.

— Ce n'est pas dans nos fiches.

— Dans les miennes, si.

Comme Burke s'y attendait, aucun des appartements n'était au nom de Shelby, mais quand il brandit sa carte sous le nez du concierge et donna le signalement du gangster, l'homme retrouva la mémoire et répondit qu'il venait souvent voir Miss Helga Piers, au 21 A. En fait, ajouta-t-il, il était venu ce soir même et il était parti en hâte un peu après 10 heures.

— Vous avez un passe ?

— Oui, bien sûr.

— Alors vous feriez bien de monter avec nous.

— Mais... Est-ce que vous ne devez pas avoir un...

— Nous pouvons obtenir un mandat dans cinq minutes, ou bien vous pouvez choisir la manière facile, répliqua Burke.

Un regard à ses yeux glacés et le concierge n'hésita plus. Il les accompagna jusqu'à l'ascenseur, monta avec eux jusqu'au dernier étage et montra la porte. Tandis qu'Helen et le concierge restaient à l'écart, Burke et Long s'avancèrent, flanquèrent la porte et se regardèrent.

Il y avait un rai de lumière sous le battant et l'on entendait glapir la télévision à l'intérieur. Il y avait aussi un autre son, une espèce de rire hystérique entrecoupé de sanglots.

Burke sonna et attendit. Personne ne se manifesta. Il sonna encore ; toujours pas de réponse. Il claqua des doigts et le concierge ouvrit la porte avec son passe-partout. Gill poussa le battant, et se retourna.

— Foutez le camp, dit-il au concierge.

Ils entrèrent tous les deux, pistolet au poing, s'écartèrent, tendus comme des chats, mais personne ne vint les affronter.

Ils n'entendaient que la télévision et cet étrange gémissement ; il y avait aussi une drôle d'odeur, chaude, aromatique. Avec une prudence toute professionnelle, ils traversèrent le vestibule, entrèrent dans le living-room et virent immédiatement le désordre, les meubles renversés, et une femme en sang, presque nue, accroupie par terre et se tordant de douleur, un cierge allumé devant elle qu'elle frappait, avec un couteau, d'une main lasse.

Bill Long en avait vu de toutes les couleurs au cours de son existence mais ce tableau lui donna la nausée. Jamais il n'avait vu de femme ayant subi un tel passage à tabac, et celui qui avait fait ça devait être si détraqué qu'on n'aurait jamais dû lui permettre de vivre.

Gill appela Helen, et cette fois elle oublia sa peur et son dégoût. C'était un cas d'urgence, et elle se montra à la hauteur des circonstances. Elle ne leur laissa même pas le temps de téléphoner mais les mit aussitôt au travail, pour l'aider à allonger Helga sur le canapé, chercher des serviettes, des compresses, des calmants, jusqu'à ce que les yeux vagues et terrifiés se remettent à briller et qu'elle gémisse :

— Non... non... assez... assez...

— Tout va bien, lui dit Helen. Nous sommes des amis, nous venons vous secourir.

— Me... Me secourir ?

— Mais oui, assura Helen, et elle fit signe à Gill. Il faudrait appeler l'ambulance, maintenant.

Il téléphona, puis il alla au bar avec Long. Tout le panneau du fond était en miettes, un grand tableau religieux et une statue de la Vierge avaient été démolis et les morceaux jonchaient le bar.

— Dingue, grogna le capitaine. Elle s'est traînée partout, dans cet état. Tu vois ces traces de sang ?

— Ouais.

— C'est pas possible...

Burke regarda les taches rouges sur le comptoir et sur le mur du fond. Il y en avait d'autres sur un guéridon et le bras d'un fauteuil, sur lesquels elle avait dû s'appuyer en traînant son corps blessé.

— Elle avait peut-être une raison, murmura Gill.

— Quoi ? Pour démolir un saint en plâtre ? Un tableau religieux ? protesta Bill Long en donnant un coup de pied dans un chandelier de fer forgé. T'as peut-être raison, après tout.

Il ramassa le chandelier couvert de larmes de cire et le montra à Burke.

— Je suppose que les gens qui ont des convictions religieuses exagérées sont capables d'un tas de choses. Elle a cru qu'elle allait mourir alors elle a voulu s'allumer un cierge.

— Alors pourquoi est-ce qu'elle tapait dessus avec ce couteau ?

— Ça fait peut-être partie de sa religion, grogna Long.

— Gill ! appela soudain Helen.

— Elle a repris connaissance ?

— Il lui a dit qu'il s'appelait Norris. Il l'entretenait, c'est certain, mais tu sais comment elle a appris qui il était ?

Helen leva sous les yeux de Gill un magazine à gros tirage, ouvert à une pleine page de photos.

— Elle avait ça sous le matelas du divan. Elle me l'a montré.

Burke prit le magazine, le referma et regarda la date.

— Le dernier numéro, dit-il.

Helen hocha la tête.

— Oui. Elle vient à peine d'apprendre qui était cet homme. La pauvre gosse.

— Viens un peu par ici, vieux, dit Gill en se retournant.

Quand le capitaine s'approcha, il lui montra une des photos.

— Voilà ton homme, dit-il en montrant un personnage à l'arrière-plan.

— Mark Shelby, souffla Long.

— J'espère que ça te remonte un peu le moral.

— Pour ce qui est de lui, sûr, gronda Long, mais toi c'est autre chose. Tu restes un fumier.

Les yeux brûlants d'Helga allaient d'un homme à l'autre, ses lèvres frémissaient comme si elle voulait parler. Bill Long tenait à avoir une certitude. Il leva le magazine, son index désignant Shelby.

— C'est lui qui vous a fait ça ?

Elle hocha faiblement la tête.

— Oui... Il...

— N'essayez pas de parler, intervint Helen.

Helga fit un petit geste et reprit, avec un effort :

— Il... il était en colère... je ne sais pas pourquoi et puis il... il a découvert... que je... que Nils...

— Nils ? Votre mari ?

— Mon ami. Nous devions... nous marier. Prendre son... son argent et nous enfuir.

— Vous voulez que je téléphone à ce Nils ? Écoutez, s'il...

Il s'interrompit en voyant dans ses yeux une expression de chagrin incroyable et les larmes couler lentement sur ses joues.

— Nils... il est venu. Il m'a vue et... et il a fichu le camp... aussi...

Elle réussit à retrousser ses lèvres tuméfiées dans un pitoyable sourire.

— Plus rien... Parti... Il ne me restait rien... que sa... son beau cierge... qu'il adorait. Alors... j'ai voulu tuer... cette foutue bougie.

Burke comprit brusquement. Il courut vers le cierge, le souffla, et ramassa le couteau ensanglanté avec lequel elle avait essayé de tuer cette bougie.

Avec la pointe, il le fendit sur toute sa longueur, puis il enfonça la lame et ouvrit en deux le cylindre de cire.

Les rouleaux de microfilms étaient empilés au milieu et quand il les montra à Long il déclara :

— La preuve, mon vieux. Nous sommes arrivés à temps. Si ce cierge avait continué de brûler tout aurait été détruit. Ce sacré Shelby avait tout prévu, même une auto-destruction. Qui diable oserait éteindre un cierge votif ?

— Quelqu'un qui n'a pas de religion, peut-être, marmonna Long. Ou pas de conscience. Quelqu'un comme toi.

— Va te faire mettre !

Bill Long sourit amèrement.

— Tu vois bien que j'ai raison. C'était toi. Un peloton d'exécution en un seul homme. Dans le temps, tu m'aurais cassé la gueule, pour ce que je viens de dire, mais tu ne peux plus, parce que tu sais que j'ai raison !

— Tu ne laisses jamais tomber, hein ? demanda Gill.

— Pas ce coup-ci. Je t'aurai, Gill. Et je n'aurai même pas besoin de me donner beaucoup de mal parce que je sais ce que tu as dans la tête, depuis le début. Il n'y a qu'un seul gars que tu veux descendre, le chef, Papa Menes. Il est toujours bien en vie, il détient toujours le pouvoir et même si ce qu'il y a sur ces films parvient à le faire inculper, il se tirera avant d'être seulement condamné. Il ne manque pas d'endroits où il pourra se terrer tout en dirigeant les opérations. Luciano l'a fait, d'autres aussi, qui ont vécu tranquillement leurs vieux jours dans le confort au vieux pays, en continuant de tirer les ficelles. Mais ça, tu n'en veux pas. Tu as commencé et tu ne peux pas t'arrêter en chemin. Un jour, quand j'aurai le temps, j'enquêterai sur toi. Je retrouverai tous ceux que tu as contactés ou utilisés... Je retracerai toute ton opération, dans les moindres détails, et peut-être le monde civilisé comprendra quelle espèce de monstre il a abrité.

Burke sourit froidement.

— Le monde sauvage s'en apercevra peut-être aussi et alors c'est toi qui feras les frais de la plaisanterie, si toutes ces conneries que tu débites sont vraies.

— Elles le sont, assura Long. Le passé sera sans doute assez difficile à prouver, mais l'avenir sera facile parce que je sais ce qui doit se passer.

— Quoi donc ?

— Tu dois tuer Papa Menes.

— Et si je ne le fais pas ?

— Alors je me serai trompé, pas vrai ?

— Tu peux toujours aller te faire mettre, grommela Burke.

Helen les observait tous les deux, le regard hésitant entre l'ahurissement et l'incrédulité.

La vaste maison de Long Island avait été construite par un banquier de New York durant les deux années pendant lesquelles il avait été milliardaire. C'était le fils d'un immigrant d'Europe centrale qui était devenu cireur de souliers dans le centre de Manhattan et remettait à ses pauvres parents tout ce qu'il gagnait pour payer le loyer d'un taudis et leur permettre de vivre de pain rassis et d'arlequins. Une fois par semaine ils se payaient du bœuf bouilli ou des saucisses, et il avait haï les tentacules de la misère qui l'enveloppaient.

Mais il était bon cireur, il avait du flair et de la mémoire, et savait se rappeler les noms des magnats de Wall Street qui aimaient le voir travailler et lui donnaient de gros pourboires. Il économisa ; jusqu'au jour où il put louer une minuscule échoppe avec deux fauteuils dans un espace étroit entre deux gratte-ciel.

Quand les deux fauteuils étaient occupés les clients s'entretenaient de leurs affaires, au-dessus de sa tête baissée, et un jour il écouta attentivement la conversation, prit ses soixante dollars d'économies et acheta quelques actions qui avaient été mentionnées. L'après-midi même, il avait gagné deux mille soixante-quatorze dollars.

Il continua d'ouvrir les oreilles et au bout d'un mois son compte en banque dépassait les six chiffres. Il continua de cirer des souliers pendant une trentaine de jours, puis il vendit l'échoppe à son assistant et passa son temps devant les téléscripteurs.

Après avoir gagné son troisième million de dollars il renvoya ses parents au vieux pays avec un pactole leur permettant de vivre leurs vieux jours sans soucis, s'installa dans un bureau fabuleux avec appartement à Riverside Drive et engagea un architecte pour se faire bâtir une forteresse d'un goût déplorable sur un terrain de trois hectares à Long Island, en bordure de mer.

Le petit cireur devenu milliardaire s'apprêtait à épouser une des plus belles filles de Broadway. On était en 1929.

Au mois d'octobre, quand la Bourse s'était écroulée à Wall Street, la superbe fille lui avait ri au nez, sur quoi il avait sauté de la fenêtre de son luxueux bureau du vingtième étage. La maison de Long Island était passée entre les mains de six propriétaires différents avant qu'une société servant de couverture à Papa Menes en fasse l'acquisition. C'était une adresse que personne ne connaissait, un château fortifié qu'aucun ennemi ne pouvait investir et une luxueuse retraite où Papa pouvait diriger en paix ses affaires, jusqu'à ce que la police se désintéressât de lui et que ses avocats fissent de leur mieux pour embrouiller les fils de la justice. Il lui suffisait d'un peu de temps et il avait bien assez d'argent pour se payer un brin de tranquillité.

Il entendait en profiter le mieux possible en compagnie de la pulpeuse personne importée de Miami, un fusil à trois coups dont le talent ne cessait de s'améliorer, qui était pétrie d'imagination et lui réservait tant de surprises qu'il commençait à se demander s'il n'allait pas être complètement vidé de sa sève.

Cette sacrée Louise Belhander le caressait et l'asticotait jusqu'à ce qu'il ne sache plus où il en était, et puis, au bon moment, elle se retournait comme une crêpe et prenait cette délicieuse position, à quatre pattes, offrant ses somptueuses rotondités entre lesquelles il s'enfonçait avec une passion si frénétique qu'il s'écroulait sur elle, et qu'elle devait s'extirper de son mieux et le ranimer avec des compresses froides.

Elle avait déjà mis à gauche plus de cinq mille dollars dus à la générosité de Papa Menes, ce qui était à peu près tout ce qu'il lui faudrait pour pallier tous les ennuis qui pourraient s'abattre sur elle après son ultime acte de vengeance contre Frank Verdun. Ou ses amis.

Les neuf spécialistes que le capitaine Bill Long avait chargés de retrouver la trace de Papa Menes s'étaient démenés, ils avaient fait appel à tous leurs indicateurs et n'avaient rien pu obtenir. Les entreprises légales appartenant au gang démantelé marchaient toujours normalement, donc il y avait toujours une main pour les diriger, et ça ne pouvait être que celle du vieux.

Les conseillers juridiques des nombreuses corporations reconnurent spontanément qu'on leur transmettait des ordres, mais ils ignoraient tout de leur source, sinon que l'identification codée était authentique et qu'ils ne pouvaient qu'obéir. Dans le pays tout entier, des huissiers et des avocats travaillaient jour et nuit pour essayer d'abattre les barrières de propriété que d'autres avocats avaient dressées, et se heurtaient à tous les coups à un mur. L'adversaire avait de meilleurs hommes de loi, s'était préparé à tout et bien avant que la police puisse mettre le nez dans leurs affaires, les véritables propriétaires liquidaient leurs stocks ou leurs actions, et partaient se mettre au vert sans avoir à affronter l'avalanche de pépins.

En bas, au labo, les microfilms avaient été développés, agrandis et passés dans des projecteurs pour un public formé d'officiers fédéraux ou municipaux, et quelques minutes après la présentation de la dernière diapo, des avis de recherches étaient diffusés dans trente-deux États de l'Union au nom de diverses personnes. Il aurait pu y en avoir plus, mais les principales étaient mortes dans le massacre de Chicago ou effacées avant le début de la guerre totale.

Robert Lederer, assis au bout de la table en face de Bill Long et de Burke, consultait ses notes et faisait le total des petites croix à la suite de chaque nom de la liste, représentant les morts.

— C'est cette foutue racine qu'il va falloir guetter.

— Quoi ? fit Long, sans comprendre.

— On peut tuer le fruit et abattre l'arbre, mais si on laisse les racines, tout risque de recommencer. Alors nous pouvons tomber sur tous leurs revendeurs et en flanquer un coup au trafic de la came. Nous pouvons fermer quelques officines de books et boucler quelques prostituées. Mais à quoi bon ? Avec tous ces revenus légaux qui affluent, un seul type mariolle peut financer toute l'opération et repartir à zéro en quelques mois... un seul homme assez costaud pour que les étrangers ou les caïds du cru le craignent au point de lui faire confiance.

— Nous démolirons Menes, Bob. Calmez-vous. Prenez votre temps.

— Il n'y a pas de temps à perdre, bon Dieu ! Vous le savez aussi bien que moi.

— Quelque chose... ou quelqu'un va craquer, répliqua Long en jetant un coup d'œil à Burke qui restait impassible.

— Qu'est-ce que ça veut dire, ça ?

— Que le vieux n'en a plus pour longtemps. Pas vrai, Gill ?

Burke ne cilla même pas.

— Je n'en doute pas une seconde.

Le crayon de Lederer tambourina un moment sur la table, puis il grogna :

— Vous savez quelque chose, tous les deux ?

— Mais non, Bob. Simple hypothèse.

Le D.A. se leva et fourra ses papiers dans son attaché-case.

— Vous feriez bien d'espérer et de prier pour qu'il se passe quelque chose.

Quand il fut parti, Bill Long se renversa dans son fauteuil, les mains croisées sur la nuque.

— Qu'est-ce qui va se passer, Gill ?

— Combien de fois faudra-t-il que je te répète d'aller te faire mettre ?

— Tant que tu voudras. Je suis bien trop curieux de voir comment tu te débrouilles pour me vexer. Je tiens vraiment à savoir comment tu vas tuer le vieux. Je veux voir ta réaction.

— Tu devrais la connaître, Bill. Comment est-ce que la mort de Shelby t'a affecté ?

— Allez, ah ! c'était pas ma victime, petit. C'était la tienne, la tienne. Mon doigt était peut-être sur la détente, mais c'est toi qui as fait le coup.

Burke se leva et enfila son manteau.

— Bill, j'espère que ce qui te sert de cerveau carbure assez pour te permettre de piger le moment venu.

La grande fête de Long Island devenait de plus en plus débridée à chaque flash d'information. Depuis l'annonce de la mort de Mark Shelby jusqu'à la récapitulation des événements, le vin et l'alcool avaient coulé à flots pour célébrer la royauté absolue de Papa Menes. Au-dehors, les gardes devaient attendre leur tour pour profiter du pactole, et leurs remplaçants apportaient avec eux assez de rafraîchissements pour tenir le coup jusqu'à la prochaine relève.

Il y avait bien longtemps que Papa avait autant bu. Artie Meeker avait commencé trop tôt et il ronflait maintenant à côté de la rouquine idiote qu'il avait levée à Brooklyn, et Remy se laissa entraîner par les deux souris qui s'occupaient du classement.

Papa s'en foutait bien. Il se retrouvait seul avec Louise. Le champagne les avait émoustillés tous les deux et Louise lui faisait un massage avec ses doigts agiles qui le titillaient de la racine des cheveux à la plante des pieds. Les communiqués de ses conseillers juridiques l'assuraient que tout marchait au poil, et tant qu'il resterait caché il ne pourrait recevoir une convocation d'un juge et rien ne pouvait lui arriver. Ses hommes disséminés à l'extérieur avaient déjà effacé deux mecs d'une bande de Philadelphie qui se croyaient déjà arrivés, et Moss Pitkin de Saint Louis avait mis fin à son raid sur les teintureries quand on lui avait un peu cassé la tête. Maintenant tout le monde savait que le vieux ne plaisantait pas, qu'il connaissait le métier, et les hommes étaient assez contents de se la couler douce et de le laisser diriger la baraque.

Louise pouffa quand ses mains firent frémir Papa ; elle glissa ses bras sous ses épaules et tenta de le soulever.

— Allez, Papa, retourne-toi.

— Non... Continue comme ça, j'aime...

— J'ai mieux que ça, assura-t-elle, mais je ne peux pas le faire quand tu es à plat ventre.

Papa rit tout bas, stupéfait de ce que cette sacrée blonde faisait de lui. Son membre avait si souvent durci qu'il en avait mal, et maintenant il se redressait encore une fois, et il ne pouvait se retenir parce que tout ce qu'elle faisait était différent et nouveau, et valait bien qu'on souffre un peu. Le corps nu de Louise se tordait sur lui, tiède, palpitant, mouillé de sueur. Elle lui mordilla le cou, lui glissa le bout de la langue dans l'oreille, au point qu'il en eut la chair de poule.

— Allez ! Retourne-toi, insista-t-elle.

Cette fois il se laissa retourner sur le dos et fut enchanté quand Louise poussa une petite exclamation délicieuse et drôle en le voyant dans toute sa virilité. Il ne savait pas que ce gloussement était un rire étouffé et elle se laissa tomber sur le membre, trop vite pour qu'il eût le temps de se poser des questions.

Elle s'immobilisa quand elle reconnut les signes avant-coureurs, mais il s'efforça de la reprendre.

— Continue... Bon Dieu, ne t'arrête pas... pas maintenant...

— C'est moi qui commande, déclara-t-elle. Si tu aimes mes petites spécialités, tu dois te laisser faire.

Il ferma les yeux.

— Oui. Oui, bien sûr. Mais dépêche-toi.

— Oh non, ce coup-ci il ne faut pas se presser, parce que ça va être fantastique. C'est un truc si extraordinaire que je dois t'y amener lentement, sinon tu ne pourrais pas l'apprécier.

Il rouvrit les yeux, l'air impatient.

— Qu'est-ce que tu vas faire ? Dis-moi.

— Du calme. Détends-toi. Tu vas voir, gros papa. Je peux seulement te promettre une chose. Tu ne l'oublieras jamais.

Pour la première fois depuis qu'il était tout enfant, Papa Menes obéit à une femme. Il se détendit, en se demandant quelle surprise elle lui réservait.

Il n'y avait pas grand-chose à voir, du balcon du living-room de Burke, à moins qu'on eût du goût pour le décor primitif du vrai New York. Il n'y avait rien d'esthétique dans ce tableau représentant des toits goudronnés et une jungle d'antennes de télévision avec des haubans de fil de fer couverts de suie.

Çà et là, des taches vertes indiquaient que quelqu'un avait essayé de faire pousser un maigre gazon, et des transatlantiques de toile bariolée attendaient ceux qui espéraient encore que le soleil serait un jour capable de pénétrer toute cette pollution.

L'odeur même était visible, soulevée par les ondes de chaleur, montant de la rue comme un brouillard jaunâtre, dansant au rythme des avertisseurs et du grondement de la circulation. La nuit tombait et quand les lumières s'éteignirent dans les immenses tours du centre, d'autres s'allumèrent dans les immeubles de luxe ou dans les taudis.

Le trafic aérien créait des nuages artificiels avec les longues traînées blanches des avions à réaction qui donnaient l'illusion de l'infini avec leurs fausses étoiles rouges et vertes. Seule la lune qui venait de se lever était réelle, et les hommes l'avaient même contaminée.

— Rentrons, dit Burke.

Il ferma la fenêtre et pendant une minute Helen contempla encore le panorama pendant qu'il allait remplir les verres, son esprit tourbillonnant comme une centrifugeuse, prêt à rejeter tous les fragments de mensonge pour qu'il reste au moins une parcelle de vérité.

Depuis combien de temps le connaissait-elle ? Depuis toujours, lui semblait-il, mais elle savait bien que non. Et les autres ? Depuis sa naissance elle avait connu la mort et la destruction, le bon et le mauvais, alors elle aurait dû pouvoir se juger elle-même.

Mais elle faisait partie de tout ça, elle avait vécu dans un monde de violence, et tout ce qu'elle pouvait entendre, c'était les mots d'accusation terribles que Bill Long avait prononcés et qui, s'il disait vrai, faisaient de Gill l'être le plus terrifiant du monde.

— A moins qu'il y ait une justification.

Elle se retourna vivement, le souffle coupé.

— Quoi ?

— Je sais à quoi tu penses, reprit Burke en lui tendant un verre, qu'elle prit d'une main tremblante.

— Excuse-moi.

— C'est assez logique.

— Gill. Je vais te poser une question. Tu promets de me répondre franchement ?

— C'est une question idiote si tu crois que je t'ai menti.

— Tu m'as menti ?

— Non. Tu le penses ?

— Non.

— Bon, alors vas-y.

— Est-ce que tu t'es arrangé pour que... ou plus simplement, est-ce que tu savais que Mark Shelby était là ?

— Non.

Elle l'examina attentivement. Elle le crut. Rien au monde ne pourrait la détromper, après l'avoir vu répondre aussi nettement.

— Tu as d'autres questions à me poser ? demanda-t-il.

— Non. Je ne crois pas... Et puis, franchement, je n'ai pas envie de savoir. Pas maintenant en tout cas.

— Pourquoi ?

— Parce que je t'aime, Gill. Pour employer ce langage de la rue qui semble tellement te plaire, je t'ai dans la peau.

— Ne parle pas comme ça, ça ne te va pas ! Tu es quelqu'un de bien.

— Pas quand je suis avec toi, sauvage.

— Tu sais ce qui va t'arriver dans une minute ?

Helen sourit, passa le bout de la langue sur ses lèvres et, posant son verre, leva les bras dans son dos vers la fermeture à glissière de sa robe. D'un geste prompt elle laissa tout tomber sur le tapis, rejeta d'un coup de pied le dernier souffle de nylon, et se redressa dans son éblouissante nudité.

— Je l'espère bien, dit-elle.

Tandis que la nuit enveloppait la ville, effaçant toute la laideur et ne laissant que les milliers de fenêtres étincelantes, ils explosèrent tous les deux dans un fouillis de coussins, de cendriers et de verres renversés qui les rafraîchirent et rendirent cet orgasme délirant plus fou encore.

Épuisés, ils restèrent allongés sur le tapis, traçant des lignes mouillées sur leurs deux corps avec les cubes de glace qui semblaient les enfiévrer plus qu'ils ne calmaient leur ardeur, et quand le dernier fut complètement fondu Helen releva la tête et demanda :

— Qu'est-ce que c'est, Sabrille ?

— En voilà un moment pour me parler de cirage !

— Non, sérieusement.

— C'est une marque de cirage. Pourquoi ?

— Je ne sais pas. Je viens d'y penser.

— Tu es complètement dingue, Helen. Je t'aime et je vais t'épouser quand même. Mais je suis heureux d'avoir découvert à temps que tu étais cinglée. Je vais te faire soigner. Qu'est-ce qui t'a fait penser à ça ?

— Un jour, M. Verdun était en colère, je l'ai entendu crier. Il disait qu'il ne pouvait pas mettre la main sur le vieux con parce qu'il devait être à Sabrille en train de se planquer.

Elle le sentit sursauter et le regarda. Ce n'était plus Gill Burke qu'elle voyait, mais une mécanique, une machine humaine pensante qui avait cet avantage, sur les ordinateurs qu'un ingénieur pouvait fabriquer, d'être capable de digérer son propre programme et de faire face aux variantes comme il l'entendait. Elle ne pouvait savoir qu'il fouillait les millions de cellules de sa mémoire, qu'il cherchait à ressusciter un mot qui n'avait été qu'un détail obscur, qu'un ordinateur mécanique n'aurait jamais enregistré sur bandes. Elle le vit réfléchir, trouver, se redresser brusquement et bondir au téléphone. Elle n'entendit pas ce qu'il disait mais elle le vit hocher la tête deux fois, remercier son correspondant et raccrocher.

Il se rhabilla fébrilement.

— Où vas-tu ?

— Aucune importance.

Elle attendit qu'il ait bouclé son ceinturon avec l'étui du pistolet, puis elle se leva et s'habilla aussi.

— Tu te trompes, Gill. C'est très important. Qu'est-ce qu'on t'a dit ?

Il la regarda, longuement. Finalement il murmura :

— Où se trouve Papa Menes.

— Je t'accompagne. Tu le sais, n'est-ce pas ?

Il la regardait toujours. Finalement il prit sa décision, accepta.

— Si tu viens, tu trouveras peut-être des réponses à des questions que tu n'as pas encore posées.

— Je le mérite ?

— Oui.

La glace, dans son regard, était plus froide encore que les glaçons avec lesquels ils s'étaient amusés.

Sur le trottoir, ils guettaient un taxi quand Bill Long surgit de l'ombre.

— T'as besoin de compagnie ?

Gill Burke ouvrit la portière, et le laissa monter à côté d'Helen.

— Pas particulièrement, mais puisque tu es là, autant profiter de la voiture.

Quand le taxi eut démarré, Long demanda :

— On se promène ou on va quelque part ?

— Sabrille, répondit laconiquement Burke.

Le mot, le nom réveilla quelque chose dans la mémoire du capitaine, mais il ne savait pas encore quoi.

— Une demeure complètement cinglée, une espèce de château de Long Island, bâti par un ancien petit cireur de souliers qui avait gagné des millions et perdu sa chemise à Wall Street. Ses ennemis avaient baptisé son palais Sabrille, par dérision.

Long se rappela l'histoire et coula vers Burke un regard bizarre.

— Qu'est-ce qu'il y a, là-bas ?

— Papa Menes.

— Comment tu le sais ?

— C'est moi qui le lui ai dit, intervint Helen.

Il devenait fou. Cette foutue souris le rendait complètement dingue et s'il ne jouissait pas il allait la tuer, l'étrangler, lui retourner le vagin comme un gant pour l'avoir tellement excité. Ses noix étaient dures comme des cailloux, toutes les glandes, tous les nerfs, tous les muscles de son corps ridé lui faisaient mal, et elle refusait d'aller jusqu'au bout. Elle était plus forte que lui en ce moment, elle l'avait épuisé avec ses massages savants et avait fait de lui une masse de vieilles chairs frémissantes, et s'il savait bien qu'elle était folle de lui parce qu'il lui faisait savourer les perversions qu'il adorait, elle le tuait avec les choses mêmes qu'il lui avait apprises, et elle faisait sa joie. Il se mit à trembler quand la bouche de Louise l'effleura, et quand elle le caressa, trouva le point sensible et le pinça, il ouvrit la bouche et haleta comme un poisson hors de l'eau. Il avait hâte qu'elle en finisse, il ne voulait pas qu'elle s'arrête, il avait envie de crier VIENS, VIENS, VIENS, mais elle ne le laissait pas en paix. Elle l'aimait tant, pensait-il, qu'elle le faisait mourir, et il n'avait plus la force de se défendre. Il était tout à elle, tout ce qu'elle voulait était parfait, mais rien que pour être soulagé il avait envie de la mordre, de hurler, et elle persistait, elle lui faisait toutes ces choses abominables que sa grosse Juive de femme n'avait jamais pu apprendre, et il savait qu'elle ne faisait que commencer. Elle lui parlait, tout en le caressant avec ses mains, ses jambes, sa bouche. Il la sentait contre lui, il n'avait même pas besoin de tâtonner, elle était là, partout, sur lui, et à côté, et dessus, et dessous, et elle lui répétait que c'était merveilleux quand il la retournait dans une position d'humiliation abjecte et la fourrait dans le cul, et que c'était le paradis après le premier spasme de douleur, et que tout devenait facile et glissant et bon, et qu'elle manquait d'exploser de plaisir à chaque fois parce que c'était encore meilleur que la dernière, et finalement qu'il n'y avait plus de douleur mais uniquement le plaisir, le plus extraordinaire qu'elle avait éprouvé de sa vie, et elle gémissait que c'était dommage, elle était navrée qu'il ne connaisse pas ce plaisir-là, mais s'il voulait, elle essayerait et quand elle lui demanda s'il aimerait ça le vieux cria OUI, OUI, OUI, et elle le renversa sur le ventre et le mit en position sur les genoux, la tête sur les bras repliés.

— Ça, c'est pour ce que Frank Verdun m'a fait, dit Louise Belhander.

Et elle lui enfonça dans l'anus tout le canon d'un 38 et pressa la détente.

Le garde posté derrière la porte entendit la détonation bizarrement étouffée, jeta un coup d'œil dans la chambre et haussa les épaules. Il s'en foutait, il avait été payé d'avance. Il alla avertir les autres, qui haussèrent les épaules à leur tour, raflèrent tout ce qui pouvait leur être utile et repartirent vers les régions boisées d'où ils étaient venus.

Ils n'étaient pas dans leur juridiction ; l'affaire ne les regardait pas. Mais les temps avaient changé, les circonstances aussi. Ils roulèrent lentement devant les grilles de la propriété qu'un mauvais plaisant avait appelée Sabrille en souvenir du petit cireur devenu un génie de Wall Street, revinrent, regardèrent les fenêtres éclairées, les grilles ouvertes, l'absence totale de vie, de mouvement. Tout était silencieux, et dans le quartier les seules personnes vivantes étaient la blonde qui montait dans le car à trois cents mètres et le type en pyjama qui faisait pisser son chien. Le domaine était là, accueillant, apparemment éveillé et présentant cependant tous les signes de la mort.

Burke longea l'allée et s'arrêta devant le vaste perron à colonnes. Pendant quelques minutes ils attendirent, pistolet au poing, l'oreille tendue, et puis ils descendirent de voiture, regardèrent autour d'eux et gravirent les marches.

Ils avaient trop souvent pénétré dans des endroits semblables pour ne pas comprendre que tout était fini, que ce qu'ils avaient soupçonné était déjà arrivé. Par habitude, ils respectèrent le règlement, ils se couvrirent mutuellement, rasèrent les murs, observèrent tous les détails en les cataloguant pour s'y référer plus tard, en les coordonnant pour un usage plus immédiat. Par la suite, les experts du labo pourraient venir et ajouter leurs découvertes aux fichiers et aux ordinateurs.

Quand ils eurent visité tout le rez-de-chaussée, ils montèrent au premier. La première porte qu'ils poussèrent fut celle de la chambre de Papa Menes, et le vieux était toujours là, à quatre pattes, dans cette position obscène, la tête tournée comme s'il avait voulu hurler, mais son cri n'avait pu jaillir parce que la balle tirée par le pistolet encore planté entre ses fesses était allée droit au cœur et qu'il n'avait jamais pu savoir quel truc spécial Louise lui réservait.

Gill Burke avait oublié Helen et il sursauta quand elle vint le prendre par la main. L'air satisfait, elle se tourna vers Bill Long.

— Simple hypothèse, avez-vous dit... Rien qu'une histoire que vous vouliez raconter.

C'était fait, achevé, mais ça ne s'était pas passé comme il fallait. La logique et la vérité l'avaient eu dans le dos parce que le doigt sournois du destin s'était trompé de fesses et qu'il n'y avait plus de solution. Pas la moindre.

Le capitaine haussa vaguement les épaules.

— Ah merde, grommela-t-il.

Helen ne voulut pas le laisser en paix.

— Bill, est-ce que nous pourrions entendre l'histoire encore une fois ? Le peloton d'exécution... et Gill Burke ?

Le vieux flic les regarda tous les deux, puis il dévisagea longuement Gill.

— C'est bizarre, comme les choses tournent. Je suis heureux de prendre ma retraite. Je suis ravi que tu retournes à la Compat. Je ne veux plus penser à tout ça, parce qu'aucune fin ne justifie les moyens, et pourtant c'est arrivé et tout est pour le mieux. Je ne veux pas penser et encore moins savoir qu'un seul homme est peut-être responsable de tout ça et qu'il s'en tire sans une égratignure sur sa personne ou sa conscience. Je ne veux pas le savoir, Gill, mais quand même j'aimerais bien. Je sais que c'est toi qui es responsable de tout, et je suis à la fois content et furieux. Je suis content de ne pas savoir avec certitude ; comme ça nous pouvons rester copains même si j'ai encore des doutes qui ne seront jamais apaisés parce que je laisse tomber à partir de tout de suite.

— C'est toi que ça regarde, Bill.

— C'est fini ?

— Oui, dit gravement Burke. C'est fini.

Le capitaine leur tourna le dos et ils suivirent son pas lourd dans l'escalier, l'entendirent décrocher le téléphone et appeler la brigade.

Le cadavre obscène sur le lit ne gênait plus Helen. Elle leva les yeux vers Gill Burke, qu'elle aimait tant, et lui sourit avec tendresse.

— Dis-moi... C'était toi ?

Il changea brusquement, il redevint lui-même.

— Ça changerait quelque chose, si c'était moi ?

— Absolument rien.

— Alors qu'est-ce que ça peut faire ?

Helen hocha la tête et son sourire s'accentua.

— Viens, dit-elle. Rentrons.

Printed in Great Britain by
Richard Clay Ltd, Bungay, Suffolk